如何现代 怎样新诗

中国诗歌现代性问题学术研讨会论文集

王光明 编

社会科学文献出版社
SOCIAL SCIENCES ACADEMIC PRESS (CHINA)

如何现代，怎样新诗——中国诗歌现代性问题学术研讨会

2014. 10. 31~11. 3 北京香山

目　　录

又是红叶时节（致辞）………………………………………… 谢　冕／1

现代性的录求

"五四"新诗的现代性问题 ……………………………………… 唐晓渡／5

"绝对的开端"：关于"新诗"创生的诠释与自我诠释………… 孟　泽／15

文学场与政治场相互借力

　　——论早期新诗的政治话语 ……………………………… 伍明春／27

"五四"文学革命时期的诗歌现代性想象 …………………… 王晓生／38

论早期新文学作家旧体诗中的现代意识 …………………… 常丽洁／60

古典诗传统的再发现

　　——20 世纪 30 年代新诗现代化的另类路径 …………… 罗小凤／71

新诗史中的"两岸" …………………………………………… 洪子诚／87

城镇化进程中的诗及其表达 ………………………………… 苏君礼／94

城市现代性境遇下的"70 后"诗歌 ………………………… 霍俊明／105

"建设"时代的新诗理论批评 ………………………………… 王光明／117

论中国现代诗论的现代性问题 ……………………………… 李　怡／132

新诗接受的历史检视 ………………………………………… 陈仲义／145

恐惧之下的人性

　　——人性的后现代，兼谈诗歌的表现 ················· 钟　文 / 165

把性感的还给性感

　　——以李森为例看诗歌如何表现"生意" ··········· 敬文东 / 188

晚年彭燕郊的文化身份与文化抉择

　　——以书信为中心的讨论 ····················· 易　彬 / 196

诗人译诗：承续与拓展 ·································· 王家新 / 219

日本中国新诗译介概况 ································ 岩佐昌暲 / 221

堂郡絮语 ·· 杨匡汉 / 240

现代诗的语言策略

诗歌：让心灵自由飞翔 ································ 吴思敬 / 249

隐喻的相异性与意象产生的关系 ······················ 简政珍 / 260

音与义的踌躇：现代诗声音探索原理 ··················· 李心释 / 274

现代汉语诗歌诗体的现代性 ·························· 王　珂 / 301

浅谈"如何现代"与散文诗 ·························· 灵　焚 / 311

散文诗跨文体写作的现代意义 ························ 张　翼 / 330

20 世纪 90 年代诗歌的戏剧化特质

　　——以现代性为视角 ························· 王昌忠 / 344

现代汉诗缘何"事态叙事"？ ························ 杨四平 / 356

论当代"口语诗"的叙述语言艺术 ···················· 孙丽君 / 364

诗之所不能畅所欲言的

　　——论杨牧《十二星象练习曲》兼及现代性 ········· 郑慧如 / 377

洛夫诗语言的现代性 ································ 刘士杰 / 400

论洛夫《漂木》的意象创造及经典意义 …………… 熊国华 / 413

彭燕郊的散文诗写作和现代诗的一种可能 ………… 陈太胜 / 424

当代诗歌中的意象问题和骆一禾、海子的诗歌写作 ………… 西　渡 / 439

现代诗歌中的现代性

"他是属于未来的诗人"

　　——读《妇人画报》徐迟几首"摩登"现代诗 …………… 孙玉石 / 451

西部边疆史地想象中的"异托邦"世界

　　——解读孙毓棠的《河》兼论现代诗歌中的多元现代性

　　…………………………………………………………… 吴晓东 / 468

《蕙的风》版本校释与普通话写作 …………………… 颜同林 / 481

"无韵诗"到"散文诗"的译写实践

　　——刘半农早期散文诗观念的形成 ………………… 赵　薇 / 494

朱自清："新诗的进步"与"新诗史"的诞生 ………… 段从学 / 508

意义的寻求还是诗艺的探索

　　——论 20 世纪 30 年代梁实秋和梁宗岱的争论 ………… 郑成志 / 521

当代诗歌中的现代性

无中之有

　　——当代中国诗歌的现代性透视 …………………… 骆　英 / 533

蒙着面纱的缪斯

　　——浅谈朦胧诗与中国诗歌现代性 ………………… 王性初 / 553

铭记苦难与诗的伦理

　　——论"归来诗人"铭记历史创伤的独特方式 ………… 李文钢 / 559

时代之诗的去蔽与可能 ……………………………… 董迎春 / 573

"大国写作"或向往大是大非

　　——以四个文本为例谈当代长诗的写作困境 ………… 颜炼军 / 585

"第三代"诗歌的后现代性：以韩东诗歌为例 ……… 蒋登科　邱食存 / 598

关于新世纪诗歌的先锋性问题 ………………………… 王士强 / 613

二十一世纪以来的中国诗歌 …………………………… 何言宏 / 621

现代性背景下的网络诗歌审美悖论 …………………… 姚则强 / 635

贵州少数民族生态诗歌论 ……………………………… 谢廷秋 / 646

中国现代诗的"诗经"时代 …………………………… 汪剑钊 / 663

个案中的现代性

根子诗中"心"的风景 ………………………………… 朱　西 / 671

日常生活的政治

　　——从臧棣的《菠菜》看 20 世纪 90 年代诗歌趋向 ……… 张桃洲 / 683

前现代性的社会矛盾与现代性的个人体验

　　——从骆英的诗歌写作谈起 ………………………… 耿占春 / 694

"无作为 1"或者"无作为 0"与中国诗学现代性的危机

　　——一个对骆英的试验性回答 …………………… 石江山者 / 699

骆英诗歌中对死亡的谈论 ……………………………… 荣光启 / 707

"带着语言的盒子以免在这个世界落单"

　　——论骆英近年来的诗 ……………………………… 赖彧煌 / 723

"动物化"与中国散文诗的现代性

　　——以骆英《小兔子》《第九夜》为例 ……………… 陈培浩 / 741

骆英：一部巨人传的开头 ……………………………… 张光昕 / 758

从死亡到复活，从世故到神性
　　——骆英诗歌阅读笔记　………………………… 陈芝国 / 763
人马的蹄音
　　——试析骆英《第九夜》的道德踪迹　…………… 程一身 / 782
跨越时光碎片的现代性"返源"
　　——评灵焚的散文诗集《剧场》　………………… 孙晓娅 / 790
胡宽：城市里的"修鞋匠"　………………………… 黄尚恩 / 806
"爸爸惩罚核桃夹的方式"
　　——对青葒"非风格化"诗歌的印象与细读　……… 刘洁岷 / 814
四首现代汉诗的诗画意味　…………………………… 梅丹理 / 821
音乐于诗歌的另一种解读
　　——以欧阳江河《For"H"》——7 为例　………… 朱明明 / 830
后　记　………………………………………………… 王光明 / 836

又是红叶时节（致辞）①

谢　冕

亲爱的朋友们，不到一年的时间，我们又在香山重逢了。王光明先生在去年香山会议论文集的后记中，把红叶节中的香山比喻为"这个城市最美季节的最美山娘"，遗憾的是那时我们见到的只是这位"山娘"卸下盛装后的朴素与大方。今年，会议提前了20多天，我们终于有幸一睹她盛装的华彩与艳丽。我深信，漫山遍野的红叶一定会引发我们谈论诗歌的热情。

今年会议的主题是中国诗歌的现代性问题。说起来也有意思，从晚清开始，"如何现代，怎样新诗"这项惊天动地的诗歌变革工程，我们苦干了100多年，如今才郑重其事地把它作为一个专门的学术问题提出来，我们的讨论无疑是非常必要也非常迫切的。现代性有很多层面，"现代"首先是相对于"古代"而言，因此首先是一种时间的概念。人类对时间变得越来越敏感了，这种敏感又跟工业革命、跟理性意识的兴起有关。尼采宣告"上帝死了"，意在提醒人类必须自我承当，实际上说的就是理性社会世俗与宗教的现实。在理性的主导下，人类实际上既重新设计了政治经济制度，也调整了知识结构和感受方式，个体与群体的思维方法和价值取向也随之发生了很大的变化。

无论是主动还是被动，也许还是半推半就，中国也理所当然地加入了人类寻求现代性的宏远工程。也许在进入现代的时间上、程度上人们有不同看法，但进入20世纪后，在制度结构层面，中国已经逐渐实现了由君到民、由朝到国、由家到群的转变；而在知识、文化、感受和想象方式方面，白话

---

① 本文为《2014 中国诗歌现代性问题学术研讨会开幕辞》。

对文言的打破和最终的替代，则是有目共睹的事实。朱自清先生在《中国新文学大系–诗集》"选诗杂记"中认为，新诗之新，或者说"启蒙期诗人努力的痕迹"，其实质乃是"怎样学习新语言，怎样寻找新世界"的问题。

可以这样认为，中国新诗的现代性追求，究其实质就是"学习新语言"和"寻找新世界"这两项。"学习新语言"就是寻找放弃文言的思维和写作习惯，在言说与书写上采用接近现代汉语的方式；"寻找新世界"就是寻求现代的美学意境、美学情趣和新的美学风格。在这种"学习新语言"和"寻找新世界"的100多年行程中，中国新诗的现代性呈现出非常丰富也非常复杂的情态，其中有对工业化、对科学民主、对新事物的无保留的礼赞，也有面对时代剧变的惊恐不安。语言形式上也是如此，在抛弃了旧形式之后，新诗还要不要新的形式？有人说新诗就是自由诗，据此提倡新诗的"定型化"，有人倡导新诗的"二度革命"，等等，不一而足。在这些层面，我们总是在不安与惶惑之中。

诗歌领域中的矛盾与斗争呈现出非常复杂的胶着状态，追新与炫奇，否定与肯定之间的错综复杂，在这些现代性景观的层面，一方面显示了现代性具有"永动性"和不稳定性的特征，另一方面也暴露出它许多潜在的问题。正因为如此，才出现了我们今天的题目："怎样现代，如何新诗。"毫无疑问，新诗的现代性寻求必须追寻到这种寻求的本身：为什么100年过去了，我们还在重复地、苦苦地寻求这一寻求的答案？

谢谢朋友们不远千里、万里而来；谢谢你们对香山聚会的热情。如同一年一度秋风中燃烧的红叶那样，你们的友谊总是这样让我们感动。

（作者单位：北京大学中文系）

现代性的录求

"五四"新诗的现代性问题

唐晓渡

表面看来，新诗的"现代性"直到 20 世纪 80 年代才成为一个被明确意识到的问题①，但其渊源却必须追溯到它的起点。这里，首先涉及新诗的合法性依据。一般认为，新诗的产生缘起于旧体诗与现实关系的不适，这种观点显然是过于简单化了。事实上，旧体诗迄今仍不失为一种有效的写作文体，其可能性远未被耗尽；此外，这种观点也不能解释诸如新诗的倡导者何以会把白话和文言尖锐地对立起来，何以会把这种对立延伸为文学史的价值尺度这样一些更为复杂的现象。

同时我注意到，由于把"现代性"当作一个有其固定内涵的、先入为主的概念加以使用，许多论者都落入了循环论证的陷阱。本文将力图避免这一陷阱。奥克塔维欧·帕斯的有关看法或许有助于解释我所持的立场。在帕斯看来，追随现代性"几乎是本世纪所有诗人的经历"，"现代性曾经是一般世界的热情"；然而，"现代性"本身却是"一个含糊的术语，现代性跟社会一样多。每个社会都有自己的现代性，其含义是模糊的、随心所欲的，就像它之前的那个时代——中世纪的含义一样"。问题不在于"它是一个概念，一种幻觉，还是一个历史时期"，而在于它"是一个寻

---

① 此是相对中国大陆而言。其理论形态最早可见于杨炼的《传统和我们》（1982）和欧阳江河的《关于现代诗的随想》（1982）。

找自己的字眼"①。

从词源学的意义上探讨"新诗"一词，可以发现它并不孤立，而是一个"五四"前后这一特定历史语境下形成的、彼此有着血亲关系的庞大词族的一分子；因此，"新诗"绝非如人们习惯认为的那样，仅仅是一个文体概念，而是积淀着丰富的历史—文化内涵。这个"词族"包括"新民""新思想""新道德""新宗教""新政治""新风俗""新人格""新小说""新文艺""新文化"，如此等等。显然，我们看到的是一种大规模的命名或重新命名现象；其中"新"（正如眼下的"后"一样）扮演着价值给定的元话语角色。按《现代汉语词典》的解释，和"旧"相对的"新"有两个意项：（1）性质上改变得更好的、更进步的；（2）没有用过的。前者相当于孔子所谓"日日新，又日新"的"新"，后者则相当于成语"除旧布新"的"新"。"五四""'新'词族"的"新"或二者兼而有之，但显然更偏向后者。当时最权威的思想家之一、"新民说"（有充分的证据表明，"新民"是"五四""'新'词族"的核心概念）的倡导者梁启超说得毫不含糊：

　　吾思之，吾重思之，今日中国群治之现象殆无一不当从根柢处摧陷廓清，除旧而布新也。②

梁氏所言非一己之见，事实上，他同时道出了"五四"新文化运动一体化的实质及其原则立场。这一原则立场建立在中国传统社会—文化已经全面朽坏的判断基础上，因而毫不奇怪，新文学运动从一开始就不同于此文学史上的历次诗文革新运动——它不是要回溯、清理、疏浚进而拓展原先的"道统"源流，而恰恰是要"从根底处"摧毁、抛弃这一道统本身，"别立新宗"（鲁迅语）或另辟源头。按照林毓生教授的说法，这种"全盘性的反传统主义"主张在"五四"前后形成了一股巨大的潮流，并一直贯穿到20

---

① 奥克塔维欧·帕斯：《对现时的录求》，《太阳石》，漓江出版社，1992，第336~337页。重点系引者所加。
② 梁启超：《新民议》，《饮冰室合集》，中华书局，1989。

世纪 70 年代①。

新诗的奠基人胡适推崇梁启超是"当代力量最大的学者"②，又说他自己"受了梁先生的无穷恩惠"③，这都是大大的实话。很难设想，假如不是基于经由梁启超阐明的新文化原则立场，假如不是从据此形成的"全盘性反传统主义"的"巨大潮流"中汲取力量并引为依托，当时既无令人信服的文本可征（这方面"新诗"比"新小说"远为软弱）、自身美学特质又极为苍白的"新诗"就不能摇摇晃晃地站住脚跟，形成与称雄千年、美轮美奂的"旧诗"对峙的局面，以至最后在文体上取得压倒性优势④（顺便说一句，假如"新诗"最后站不住脚，那一夜间"暴得大名"的胡适可真就要枉担一份虚名了）。

"白话是否可以做诗"作为"文学革命"的最后一役殊受重视，围绕这一点展开的论争火药味也更浓，用胡适的话来讲就是：

> 白话文学的作战，十仗之中，已胜了七八仗。现在只剩下一座诗的壁垒，还须全力去抢夺。待到白话征服了这个诗国时，白话文学的胜利就是十足的了。⑤

在此过程中倡导者把白话和文言誓不两存地尖锐对立起来，甚至提出废

---

① 林毓生：《中国意识的危机·绪论》，贵州人民出版社，1986。
② 胡适：《我的信仰》，《胡适自传》，黄山书社，1987，第 89 页。
③ 胡适：《四十自述》，《胡适自传》，黄山书社，1987，第 47 页。
④ 郑敏先生在《世纪末的回顾：汉语语言变革与中国新诗创作》一文（《文学评论》，1993 年第 3 期）中，曾从"矫枉必须过正的思维方式和对语言理论缺乏认识"的角度，对白话诗文运动代表人物（胡适、陈独秀）的"那种宁左勿右的心态，和它对新文学特别是新诗创作的负面影响"做了较为深入的探讨。在郑先生看来，这种思维方式和理论上的缺陷并非个别人或阶段性的流弊，事实上据此形成了一种自"五四"以来一直居于"正统"地位、"拥有不容置疑的权威"的"决策逻辑"，从而从内部支配或影响了"过去一个世纪中国文学，特别是诗歌创作"所面临的三次道路选择。这种逻辑简而言之，即"拥护—打倒的二元对抗逻辑"，而"我们一直沿着这样的一个思维方式推动历史"。郑先生的上述观点甚为精警，但把白话诗文运动的勃兴说成是"由几个知识分子先定下改革的'刍议'，进而登高一呼，希望在一夜之间（或很短时间内）'推倒'自己的母语传统，进入'正宗'"，则不免过于戏剧化了。它无法回答进一步的追问。例如：用今天的眼光看，胡、陈等人当初的决策或许是幼稚的；但他们为什么会做出这种"幼稚的决策"？这种"幼稚的决策"与"那种矫枉必须过正的思维方式和对语言理论缺少认识"之间是否存在必然的因果关系？它又为什么会形成一种"逻辑"力量，从而不仅导致了"五四"以后文学和诗歌的"语言断裂"，而且支配或影响了此后的好几代诗人？如此等等。
⑤ 胡适：《逼上梁山》，《胡适自传》，黄山书社，1987，第 122 页。

除汉字、改用拼音文字的极端主张，便也不足为怪；所有这些借助新文化运动发展的重力加速度，成了"全盘性反传统主义"最显豁的表达。

新文学运动首先是中国1840年鸦片战争以来愈演愈烈的社会——文化危机及其造成的广泛的生存焦虑的产物，但这只是问题的一面。新文学运动在中国兴起之初，正是现代主义思潮在欧美激荡之时。饶有兴味的是，那里也同样存在鲜明的"全盘性反传统主义"的倾向。J. 麦克法兰把现代主义运动描绘成一场"唱对台戏"的运动。在这场运动中"要求清除、取代和更新的愿望成了压倒一切的念头"，它造成了一种"革命情势"，"新事物以令人惊愕的速度转化旧事物。对文学的旧卫道士的攻击，不仅仅显示为文体风格的变化，同时也显示为大喊大叫地要求根本性的变革，要求新的态度、新的领域和新的价值观"；其结果不仅使艺术家和知识分子们产生了"极强烈的革命热情，真正的 Ekstase（狂热——引者）感受"①，而且造成了历史在一夜间重新开始的幻觉。维吉尼亚·伍尔芙写道："1910 年 12 月前后，人类的本质一举改变了。"欧文·豪就此评价说，这句夸张的话里有一道"吓人的裂缝，横在传统的过去和遭受震荡的现实之间……历史的线索遭到扭曲，也许已被折断了"②。

夸大这两种"全盘反传统主义"的相似性是没有意义的。尽管如此，我们还是能从这种相似的精神氛围中发现某种或许可以称之为"世纪标志"的东西。而假如哈贝马斯关于"现代性反叛传统的标准化机制。现代性依靠的是反叛所有标准的东西的经验"③ 的看法普遍有效的话，那么不妨说，这里所谓的"世纪标志"正是"现代性"，它事实上构成了新诗合法性的依据④。

---

① J. 麦克法兰：《现代主义思潮》，《现代主义文学研究》（上），中国社会科学出版社，1989，第 50 页。

② 转引自丹尼尔·贝尔《现代和后现代》，《后现代主义文化和美学》，北京大学出版社，1992，第 50 页。

③ 哈贝马斯：《论现代性》，同上，第 11 页。

④ "五四"前后直到 20 世纪 70 年代，中国大陆很少使用"现代诗"一词，它主要被用来指称 20 世纪 30 年代的某一诗歌流派。但即便是这一流派也并不以"现代性"自诩，被认为是该流派理论纲领的《望舒诗论》通篇都以"诗"或"新诗"的名义发言。撇开刻意回避者不论，显然，对此一期间的大多数诗人和诗论家来说，"新诗"一词已经自然而然地涵括了"现代性"，无须做进一步区分。事实上，时至今日大多数人仍然乐于把"新诗"和"现代诗"作为可以互换的概念交叉使用，就像有时把"新诗"和"白话诗"作为可以互换的概念交叉使用一样。这种混乱某种程度上是可以理解的，尽管需要把其逻辑颠倒过来。

　　可以从新诗"最大的影响是外国诗的影响"① 这一总体概括的角度来看待新诗初时对"现代性"的追求。例如胡适的"八不主义"或戴望舒的《望舒诗论》对庞德"意象派六原则"的借鉴；或闻一多、徐志摩取法英诗，"用中文来创造外国诗的格律来装进外国式的诗意"② 的实验；或李金发对法国象征主义手法的模仿，等等。然而，仅限于此则未免过于皮相，比这些远为重要的是其心理和学理的逻辑。关于这一点，胡适本人说得倒是更加透彻，在写于1919年的《说新诗》一文中，他试图用进化论的观点来为新诗的"诗体大解放"辩护，同时沟通历史上的变革经验。他说：

　　　　这种解放，初看上去似乎很激烈，其实只是《三百篇》以来的自然趋势，自然趋势逐渐实现，不用有意的去鼓吹去促进他，那便是自然进化。自然趋势有时被人类的习惯性、守旧性所阻碍，到了该实现的时候均不实现，必须用有意的鼓吹去促进他的实现，那便是革命了。

1934年，在为《中国新文学大系·建设理论集》所写的导言中，胡适以胜利者的口吻重申了他当年的观点：

　　　　文学革命的作战方略，简单说来，只有"用白话作文作诗"一条是最基本的。这一条中心理论，有两个方面，一面要推倒旧文学，一面要建立白话为一切文学的工具。在那破坏的方面，我们当时采用的作战方法是"历史进化的文学观"……

　　这里胡适实际上再次强调了新文学和新文化运动的一体性，因为"进化论"正是"五四"前后两代知识分子探索中国社会—文化变革之途，以

---

①　朱自清：《〈中国新文学大系·诗集〉导言》，《中国现代诗论》（上编），花城出版社，1985，第240页。

②　梁实秋：《新诗的格调及其他》，《诗刊》创刊号，1939年1月20日。

救亡图存所普遍使用的思想武器①。由种族革命而文化革命而社会革命，由康有为、谭嗣同而孙中山、章太炎、梁启超、鲁迅，而李大钊、陈独秀，其剑芒可谓无所不在，但它对中国现代思想文化的影响主要还不在实用的层面，而在于从根本上改变了所谓"语言的世界图像"，首先是时间图像。当胡适把中国诗歌自《三百篇》以来的"自然趋势"描述成一个"自然进化"的过程时；当他抨击"该实现的时候不实现"的人为梗阻，"有意的鼓吹""革命"时，他显然运用的是新文化的时间观。这种时间观彻底抛弃了传统文化时间观的循环轮回模式。它把时间理解为一种有着内在目的（进化）的直线运动，其根据不在"过去"，而在"未来"，因而是一种向前的、无限的运动。"现在"亦因此呈现出前所未有的重要性：由于摆脱了"过去"的纠缠并始终面向未来，它同时获得了道德上的清白无瑕和价值上的优先权，从而立即成为话语权力的真正制高点②。

通过这种源于现代西方的时间观（即经过启蒙主义的科学理性改造过了的基督教时间观），"五四"新诗显示出与追随"现代性"的"世界性热情"之间更深刻的关联。正如帕斯在《变之潮流》一书中所指出的，在这种直线时间观中融合了几乎全部被视为"现代性"特征的要素：未来的卓越性、不断进步和物种日趋完善的信念、理性主义、传统和权势的丧失、人道主义，如此等等。所有这些不同程度上都曾经是"五四"新诗热衷的主题。在经历了最初分散而乏味的"观念化"和摆脱粗鄙形式的尝试阶段之后，它们逐渐汇聚成形，终于在郭沫若的《女神》（1921 年）中以爆发的方式获得了完整的表达。

《女神》发表后立即引起同代诗人的大声赞美不是偶然的，其中闻一多的称誉尤有代表性。在闻一多看来，之所以只有郭沫若的诗"才配"称为"新诗"，是因为"不独艺术上他的作品与旧诗词相去最远，最要紧的是他

---

① 胡适在《四十自述》中曾说到严复所译《天演论》于 1989 年出版后迅速流行的盛况："《天演论》出版后不上几年，便风行到全国，竟做了中学生的读物……在中国屡次战败之后，在庚子、辛丑大耻辱之后，这个'优胜劣败，适者生存'的公式确是一种当头棒喝，给了无数人一种绝大的刺激。几年之中，这种思想象野火一样，延烧着许多少年人的心和血"。他是 1905 年在上海澄衷学堂读到这本书的。见《胡适自传》，黄山书社，1987，第 46 页。

② 参见拙作《时间神话的终结》，《文艺争鸣》，1995 年第 2 期。

的精神完全是时代精神——20世纪底时代精神"①；换句话说，《女神》同时满足了新诗反叛传统和加入"现代性"世界潮流的双重要求。他把《女神》体现的"20世纪底精神"概括为"动"的精神、"反抗"的精神、"科学"的精神、"世界大同"的精神，将这些纳入黑暗/光明的二元对立模式，并最终突出"涅槃"的再生主题同样是意味深长的。正像在《女神》中交织着泛神论和进化论的双重目光一样，在闻一多对《女神》的阐释发明中，所谓"20世纪底时代精神"也闪耀着进化的启蒙之光。它不仅允诺"'五四'后之中国青年"以冲决那"冷酷如铁"、"黑暗如漆"、"腥秽如血"的旧世界的可能，同时也允诺他们以战胜被心中"喊不出的苦，喊不尽的哀"所围困的"旧我"的可能，更重要的是允诺他们以这样一种无差别的、透明的新世界和"新我"的"更生"：

我们更生了！/我们更生了！/一切的一，更生了！/一的一切，更生了！/我们便是"他"，他们便是我！/我中也有你，你中也有我！/我便是你，/你便是我！

(《凤凰涅槃》)

就这样，借助丹穴山上的香木，梁启超所曾热忱讴歌过的"少年中国"和他的"新民理想"再次得到了表达，然而却是以彻头彻尾的乌托邦方式。这种乌托邦同样充满了"20世纪底时代精神"。它不是来自传统的"桃花源"式的遁世冲动，而是来自米兰·昆德拉所说的那种对革命的"巨大同情以及对一个崭新世界的末世学信仰"②。18世纪的欧洲浪漫主义者曾经基于这种信仰，狂热地寻求一个历史的新纪元并在理想化的中世纪寻找到了；20世纪中国诗人的狂热程度甚至更胜一筹，只不过对他们来说，"新纪元"的地平线已经移到了前方。进化论和新的时间观保证它在人类的集体"涅槃"（"革命"的转喻）后将像再生的女神一样姗姗降临。

把《女神》称为中国新诗"真正的开山之作"是有道理的。它所体现

---

① 闻一多：《女神之时代精神》，载《中国现代诗论》（上编），花城出版社，1985，第82页。
② 米兰·昆德拉：《生活在别处》，作家出版社，1989，第2页。

的元历史投射和宏大抒情特征一直被据为经典,而当作所谓"新诗传统"的源头之一。事实上,就表达对现实的热情而言,新诗史上迄今罕有其匹(充其量可以见到一些拙劣的赝品),但它同时也标示了"五四"新诗追求"现代性"的边界。朱湘敏锐地感觉到了在这种热情中所蕴含的"紧张",并指出"构成这紧张之特质,有三个重要分子:单色的想象、单调的结构、对一切'大'的崇拜"①。然而,说"崇拜'大'的人自然而然成了泛神论者,我便是自然,自然便是我"②,却不免过于表面化了。因为郭沫若式的泛神倾向和例如惠特曼式的远不是一回事:它无意识地受到某个"神"(历史新纪元)的内在牵引;它感兴趣的也不是无目的的精神壮游,而是明确地向某一既定目标凝聚,以求最终有所皈依。所谓"单色的想象、单调的结构,对一切'大'的崇拜",很大程度上不过是趋赴这一目标时的心态投影;而所谓"紧张"与其说存在于作品内部,不如说存在于偶然在世的个人和即将到来的"历史新纪元"之间。苦闷、期待、恐惧和亢奋的混合不分要求某种"一次性的解决",没有比宣泄式的大叫大嚷更能满足这种要求的了。

这样说肯定不是着眼于《女神》在艺术上的成败得失,实际上问题要严重得多。回头去看,正是在《女神》式的"现代性"热情中埋藏着新诗后来遭受的毁灭性命运的种子,"新纪元"的诱惑是难以抗拒的。越是强烈地感受到这种诱惑的人就越是不能自禁地踊跃向前,并自觉地将其化为内心的道德和美学律令。郭沫若作为"始作俑者"应对新诗在 20 世纪 50~70 年代流于标语化、口号化的恶劣风尚负责是一回事,探讨其文化—心理成因是另一回事。不应忘记,郭本人对此是相当自觉的,他早就说过他"要充分写出些为高雅文士所不喜欢的粗暴的口号和标语",并表明他很"高兴做个'标语人'、'口号人',而不必一定要做'诗人'"③。很显然,对郭沫若来说,为了"新纪元"而付出这样的代价是值得的,他很乐意把他的诗,连同他本人,作为祭品贡献到这新的尊神面前。但是,正如《女神》中的

---

① 见《〈中国新文学大系·诗集·诗话〉》,上海文艺出版社,1981 年影印本,第 26 页。
② 见《〈中国新文学大系·诗集·诗话〉》,上海文艺出版社,1981 年影印本,第 26 页。
③ 郭沫若:《我的作诗经过》,转引自韩毓海《新文学的本体与形式》,辽宁教育出版社,1993,第 193 页。

"凤凰涅槃"仪式不可能是任何意义上的个人仪式一样，郭沫若也并非这方面的一个特例，他只不过履行得更为彻底而已。

新诗的某种宿命由此而被注定：既然"新纪元"意识已经成为黑暗尽头的尊神，它被偶像化，且找到现实的对应并与之重合也只是一个时间问题。庄严的灵魂涅槃将蜕变为无休止的生命祭祀，神圣的涅槃之火将演化成在所难逃的劫火——这里并没有发生什么"人民圣殿教"式的集体愚行，不如说它首先暴露了追求"现代性"的新诗在自身逻辑上的严重缺陷。和西方现代主义运动不同，"五四"新诗从一开始就不是一场独立的艺术运动，而是一场远为广泛的社会政治、文化和意识形态启蒙运动的组成部分。这场运动有明确的指归，就是要救亡图存，使日益衰败的古老国家重新崛起于现代的断层。它决定了新诗本质上的功能主义倾向，并把启蒙理性暗中降低为工具理性①。表面看来，新诗在最初二三十年的发展中并不缺少自我意识，包括以开放姿态不断探索新的可能性，谋求自身改善和对自身的反省②，但它从来就没有真正形成独立的自由意志，至多是以消极的方式试图逃脱强大的意识形态引力场（徐志摩抱怨"思想被'主义'奸污得苦"）；而当现实的革命要求被无限夸张、放大成"新纪元"的乌托邦时，它恰恰是在逃避自己的自由意志。

"新纪元意识"实际上已经为权力美学的统治准备好了登基之石。这里奇怪的不是后者以"新纪元"的化身临世，而是诗人们对此几乎完全丧失了怀疑和批判的意志，仿佛与之有一种默契或合谋；并且恰恰是那些最激进的"革命诗人"，对权力美学的依附也最彻底，直到成为权力美学的一部分。从20世纪30年代的"左联文学"，到20世纪40年代的"解放区文学"，再到20世纪50年代的"思想改造文学"，新诗逐步被权力美学支配的过程，同时也是其逐步意识形态化的过程，是其贫弱的"自性"从内外两方面逐步沦为"他者"的过程。郭沫若在这方面同样称得上是一个典

---

① 认为"文学是传导思想的工具"（蔡元培语），白话文学"可以用来做新思想新精神的运输品"（胡适语），在当时是占支配地位的看法。

② 例如俞平伯、周作人对新诗语言缺少美学内涵的抱怨和不满。穆木天甚至因此尖锐指斥胡适是新诗运动"最大的罪人"。

型①。写《女神》时的郭沫若确实体现了某种"狂飙突进"式的时代精神，然而，写《百花齐放》时的郭沫若却已成为一只不折不扣的高音喇叭。这位《浮士德》的中译者以如此方式结束他与内心的靡菲斯特的灵魂抵押游戏恐怕连他自己都没想到，然而却完全符合"新纪元意识"的内在逻辑。

　　没有比这更能表明"五四"新诗追求的"现代性"所具有的悲—喜剧特征的了——现实的功利目的和直线的时间观决定了它只能一再告别过去，更多地向未来汲取诗意。可是，随着怀疑和批判精神的丧失，二者之间的界限开始变得越来越难以辨认；而当现实对一部分人意味着从"未来"支取的话语权力，对另一部分人则意味着"未来"的透支时，它甚至成了一种新的"过去"，一种比"过去"更像过去的过去。在这种情况下，所谓"现代性"不但已经徒具其表，而且已经完全走到了自己的反面。除了自焚以求再生，它还能有什么更好的选择呢？

（作者单位：作家出版社）

---

　　①　参见拙作《时间神话的终结》，《文艺争鸣》，1995 年第 2 期。

失势的重要标志①。"新"不仅成为方向和目标，而且成为抵达目标的方法和动力，"'新'这个词在近现代中国的语境中，原也是可以作为具有心理意义的动词来看的。"② 如此，才有"宁今宁俗"的种种"新事""新物"在近代以来的传播、创始和风靡，才有"新诗"作为一个带有肯定性的复合名词在 19 世纪末的出现。

胡适曾经述及，梁启超的"新文体"称得上"是古文的大解放"③；黄遵宪、梁启超的"诗界革命"与"新体诗"，出走得虽然不够远，在因循沉闷中却不失震撼力。如梁启超说的"当时所谓'新诗'者，颇喜捃扯新名词以自表异"，但毕竟"在诗界上放一点新光彩"；"黄遵宪是一个有意作新诗的"，"我手写我口，古岂能拘牵"，"这种话很可以算是诗界革命的一种宣言"。胡适还看到，黄遵宪对于"民歌"、"民间声调"和"地方曲辞"的赏识和借重，意味着他对"白话文学"某种程度的自觉，黄氏以"古文家抑扬变化之法作古诗"，"颇想用新思想和新材料——所谓'古人未有之物，未辟之境'——来做当日所谓新诗"也意味着难得的新气象——尽管由此实践的写作，其"革命性"往往被质疑为"旧瓶新酒"，甚至是"瓶既旧，酒也不新"。

王光明认为，"虽然 19 世纪末'新诗'就成了一个复合的名词，但黄遵宪说的'新派诗'只是内容上的'人境'之诗、'为我之诗'，而梁启超心目中的'新诗'，也只是'新意境'和'新语句'，并未从文学类型的意义上认同'新诗'这个概念。真正具有文类革新意义的，恐怕还是胡适有意进行的解放语言和体式的'尝试'，它早期被称为'白话诗'，在 1919 年经过《谈新诗》一文的论证获得了广泛的认同，从而宣告了现代诗歌文类

---

① "鹜今""趋新""慕少"，可谓发于人之本心本性，但汉文化逐渐缔造出一种几乎反向的价值观与文明观，"尚古""念旧""敬老"，在这里，"古""旧"与"老"，不只代表时间或伦序上的状态，更可以指称一种成熟的老到的生命境界、历史境界、艺术境界。此种价值观与文明观，内含了深沉微妙的生命意识、历史理性与艺术知觉。作为一种历史观念，也并非没有受到过冲击，李贽就曾有过"世无孔子，万古为长夜？"的诘难，但整体上，类似李贽的怀疑主义传统，极其稀薄。

② 王光明：《现代汉诗的百年演变》，河北人民出版社，2003，第 4 页。

③ 参见《中国新文学大系第一集导言》，《胡适学术文集·新文化运动》，中华书局，1993，第 229 页。

的确立。"①

胡适"尝试"的"新诗"所具有的"文类革新意义"毋庸置疑，以胡适的"尝试"作为"新诗"的某种意义的开端，这种表述似乎也无可厚非；但是，胡适本人把"新诗革命"命名为"第四次的诗体大解放"，并且把自己的所作所为与黄遵宪、梁启超联系起来，尽管有着某种使"新诗"顺理成章获得合法性的策略上的考虑，但毕竟证明胡适的"新诗"理论观和尝试"新诗"的热情，他对于"新诗"的理想和规划，渊源有自，并非"破空而来"。后之视今，犹今之视昔。反过来也同样如此，如认知心理学家皮亚杰所说："起源是无限地往回延伸的"，或许"从来就没有什么绝对的开端"②。

回溯人文历史，任何精神现象对于"萌芽""起源"的认定往往不是由"起源"所决定，相反，常常是日后相对明确的"轨辙"与"结局"让我们获得清算"起源"的依据，获得寻找"萌芽"的线索。在某种意义上，是"结局"规定着"起源"的确认及其意义。因此，当"新诗"没有尘埃落定为汉语诗歌的新的典范，就像旧体诗曾经有过的典范那样，就很难将"新诗"的源头和开端锁定在某一种具体的设计与规划上。而事实上，至少在今天看来，黄遵宪、梁启超其时在"诗界"倡导出来的写作，较之日后更新的新诗人眼中胡适的"新诗"写作，言"同"言"异"，言"新"言"旧"，其实都可以找到足够的说辞和理据③。

二

在《文学革新申议》中，傅斯年曾经对"新诗""新文学"的出现有过通达的理论解说。傅斯年强调，文学作为精神产品，是"不居的而非常住的，无尽的而非有止的，创造的而非继续的"，有其鲜明的时代性，为"词""物"所不能局限。他总结早期汉语诗歌转型的秘密说："中夏文学之

---

① 王光明：《现代汉诗的百年演变》，河北人民出版社，2003，第4页。
② 皮亚杰：《发生认识论原理》，商务印书馆，1985，第17页。
③ 朱湘认为胡适《尝试集》大多是"旧诗词"而几无"新诗"，施蛰存视胡适的"新诗"为"顶坏的旧诗"。

殷盛，肇自六诗，踵于楚辞，全本性情，直抒胸臆，不为词限，不因物拘，虽敷陈政教，褒刺有殊，悲时悯身，大小有异，要皆'因情生文'，而情不为文制也。惟其以感慨为主，不牵词句，不矜事类，故能吐辞天成，情意备至，而屈宋之文，遂能'绝乎若翔风之运轻霞，洒乎若元泉之出乎蓬莱而注渤澥'。"

"情不为文制"——基于"情"相对于"文"的主动性，基于文学变迁与时事世情变迁之间存在的协同，傅斯年指出，近代"文体革迁，已十余年，辛壬之间，风气大变，此蕴酿已久之文学革命主义，一经有人道破，当无有间言，此本时势迫而出之，非空前之发明，非惊天之创作"①。

之所以最终"一经有人道破，当无有间言"，是因为有此前广泛的"蕴酿"和蓄势。"新诗"拟议的动力和背景，显然不是单一的。且不说"新诗"的建构并不只是一个单纯形式的演绎过程，而同时是一个复杂的逐渐凝聚的精神过程，普遍的感应和激发需要有一个相似的思想起点，一种共同的精神诉求，具有这种起点和诉求的必须是一些人而不是一个人，这才会有"新诗"如同凭空虚构一样的陡然兴起和普遍认同。

胡适日后视为"偶然的偶然"的"新诗"运动，其实并不偶然，从"晚清"到"五四"，所谓顺流而下，势所必至②。因此，在我们描述"新诗"的发生及其在理论上的自我诠释时，不仅黄遵宪、梁启超、谭嗣同、

---

① 《中国新文学大系·建设理论集》，上海文艺出版社，2003年影印良友图书，1935，第112、113、120页。

② 胡适日后反复强调，"提倡白话文学"于他是"一件偶然的事情"，认为"历史上的许多大事的来源，也多是偶然的"，而创为"新诗"，"更是偶然加上偶然的事体"。"新文学是从新诗开始的。最初，新文学的问题算是新诗的问题，也就是诗的文字的问题，哪一种文字配写诗？哪一种文字不配写诗？""我觉得许多事情的发生都是偶然的，并不是因为一个缘故，一个理由。新诗和新文学的发生不但是偶然的，而且是偶然的偶然"。这种说法多少模糊与淡化了当事者置身其中的"偶然"与"事情"衍化本身的某种必然之间的重要关联，胡适本人作为当事者，或许有着某种偶然性，但如果不是他，一定会有如他一样的当事者和投身者。胡适《提倡白话文的起因》，1952年12月8日在台北中国文艺协会欢迎会上所作讲词，见《胡适学术文集·新文学运动》，第261~262页。胡适《新文学·新诗·新文字》，1956年6月2日下午7时在纽约西第181街忆江南酒家白马文艺社第九次月会上的讲话，见《胡适学术文集·新文化运动》，中华书局，1993，第280页。"文言白话之争""新诗""白话诗"，乃至新文学、新文化运动的兴起，从当事者的作为看，都有"偶然"的意思，任鸿隽回忆说胡适当年以白话诗相示，他们则"故作反对之辞以难之，于是所谓文言白话之争以起"。任鸿隽《五十自述》，见《任鸿隽陈衡哲家书》，商务印书馆，2007，第68页。

夏曾佑等人曾经有过的思考和实践是必不可少的环节，而且，王国维、鲁迅早期的诗学思想表面看来与"新诗"无涉，事实上却构成"新诗"发生及其理论自觉的重要精神源头。

百年后的今天，当我们因为现实的不尽如人意甚至不堪，因为自身创造力的窒息与萎靡，而不能不反思"五四"的反思，不能不检讨"五四"在文化选择上，自然也包括在诗歌选择上的"激进主义"策略和似乎显得莽撞的普遍潮流时，只要我们多少能够还原前"五四"时期不止一代人的精神困境，就很难以"事后诸葛亮"的聪明与世故，去质疑"晚清"和"五四"诸子，质疑他们近乎独断的否定性的激情和对于"新文化"的创始之功。在某种程度上，他们的"创始"甚至有着"创世"的意义和含义，因为"欧风美雨"的洗礼对于华夏文明来说实在是"破天荒"的遭遇和变局，此前没有任何一种文化具有如此的异质性，具有如此不可回避、不可轻松化解的强势。

在百年后的今天看来，"新诗""新文学"在当年的"创始"，虽然至今似乎并未竟成"创世"之功，但根本的原因也许并不是因为"创始者"太激烈、太极端，就算是他们的选择真的充满了极端的否定性，也同样渊源有自，有着渊源于"传统"本身的精神资源，有着来自现实的别无选择。而且，就是在这样的传统与现实中，任何"异端"和"叛逆"最终都不免被收编或者修成正果，任何"新生"最终都难免被"归化"和"同化"，这甚至构成了汉文化传统中某种重要的生命观和文明观。

黄遵宪、梁启超等所代表的"晚清的诗歌革新运动催生了'新诗'这一概念，开拓了中国诗歌面向现实和向西方寻求参照的先河，在后来成了现代中国诗人寻求现代诗歌型态的第一个驿站，它醒目地彰显了古典诗歌体制与现代语言经验的矛盾与紧张"①。这其中，自然也还包括陈独秀、苏曼殊等人在20世纪初以《国民日日报》《安徽俗话报》等为阵地的写作实践②，报纸杂志作为"新媒体"是"新诗"赖以成立的重要依据。

值得指出的是，"诗界革命"固然曾经以"欧洲之真精神真思想"的输

---

① 王光明：《现代汉诗的百年演变》，河北人民出版社，2003，第61页。
② 陈万雄：《"五四"新文化的源流》，生活·读书·新知三联书店，1997，第123～124页。

入为使命，以"革其精神，非革其形式"为号召，但表现为诗歌形式的自新意识和要求，其实仍然远大于"真精神真思想"的掌握与实践。而对作为工具的"语言"的反思与觉悟，甚至成为"新诗"创生的起点，"诗界革命"的倡导，已然意味着一种翻然的醒悟，即新词汇、新语言对于"新境界"具有根本的决定性。因此，晚清任何对于诗歌有所反思的人，几乎都会考虑到语言问题，以至胡适最终以语言的解决作为"新诗""新文学"解决的"终南捷径"。胡适的"尝试"，更有着某种由理论设计出发然后落实到实践中去的"理论先行"的味道，他的"新诗"几乎就是由理论催生的"虚构"，其是诗歌事件，更是伴随汉语的现代转型而出现的文化事件。从"工具"出发，而触动了诗歌的"本质"，如此"戏剧化"的逻辑，无意间为"工夫即本体""体用一元"之类的传统哲学命题提供了重要的案例。

与此形成对照的是，与"诗界革命"没有直接关联，时间上又出现在胡适"新诗"革新运动之前的《摩罗诗力说》与《人间词话》等，则似乎更充分地勾画了"新诗"的审美品格和精神属性。《人间词话》（包括王国维几乎同时写作的《文学小言》等）之区别于众多晚清民国的"词话""诗话"，正在于其精神气质中所内含的审美现代性；《摩罗诗力说》被"章太炎式的文言"所遮蔽的，则正是它超越了形式诉求的属于"新诗"的主体人格诉求。这两部书更应该被视为"新诗"的理论张本和思想依据，有更多的理由把它们看作是新诗的精神源头——尽管它们在当时几乎没有构成影响，但它们的出现，便意味着一种早已在酝酿的时代潮流和趋势。

与"新诗"逐渐获得理论自觉的多元精神背景一致，"新诗"的实际发轫同样未必是一元的，未必如一般教科书所指示的那样简单明确。郭沫若就曾认为，自己的"新诗"写作与胡适的"白话诗"无关，他的尝试甚至比胡适更早①；邵洵美在追溯自己的"新诗"履历时说，"我写新诗从没受谁的启示，即连胡适之的《尝试集》也还是过后才见到的。当时是因为在教会学校里读到许多外国诗，便用通俗语言来试译，（作为一个旧家庭的子

---

①　郭沫若在《五十年简谱》中称自己在 1916 年开始写新诗，《残月》《黄金梳》及《死的诱惑》为此时之作。见张静庐辑注《中国现代出版史料》，中华书局，1956，丙编第 322 页。

弟，他并不知道世上有所谓白话文运动）到后来一位同学借给了我一份《学灯》，才知道这类工作正有许多前辈在努力。"①

　　类似的说法（尽管出于事后追述），虽然有违我们倾向于"单纯""一元"的下意识历史认知要求与思想趣味，但是，"新诗"发生的此种"共时"与"混沌"，乃至不约而同、殊途同归，也许更接近事情的本来面目，其中邵洵美"读到许多外国诗"的说法，尤其具有启示性。

　　简单地说来，胡适的"新诗"理论与实践作为标志性的"历史"事件已经成为文学史描述的重心与基本线索。胡适所号召的"作诗如作文"、"有什么材料，做什么诗；有什么话，说什么话"的"诗体大解放"②，无疑是早期"新诗"最令人瞩目、最具号召力的理论表述，其目标在于打破诗的格律，而换以用"自然的音节""顺着诗意的自然曲折，自然的轻重，自然高下"以白话写诗——不仅以白话代替文言，而且以白话（口语）的语法结构代替文言语法。

　　此种持论的迅速传播，与知识界日益广泛的西方经验，特别是有关诗歌的见识有关。异域诗人与诗歌，通过不同的媒介和方式逐渐深入人心，无论浪漫主义、古典主义还是现代主义，其中某些诗和诗人，甚至得到过短暂的追捧和拥戴，并由此激发了人们对于诗歌特别是汉语诗歌传统的多元性的自我反思，特别是激发了对于"白话诗"的追认与"新诗"渊源的追溯。

　　在开放性的反思与追溯中，对"民歌民谣"以及诗歌"人民性"的普遍热衷，成为"新诗"自我诠释、自我设计的重要契机，成为新诗"虚构"的重要依据。

　　围绕"民歌民谣"所作的诗学阐发与文化阐发，是"新诗"理论草创时期醒目的思想元素，而且也成为整个 20 世纪"新诗"拟议中最重要的理论焦点之一。最初，"新诗""新文化"的倡导者对于"民歌民谣"的重视，对于"民歌民谣"所作的理论诠释，一方面有民俗学意义上的动机和目标，如周作人、刘半农最初标举的目的；另一方面，"歌谣"在形式、趣味和题材上的朴实、平民意味及其开放性，对于"新诗"倡导者来说又几

---

① 邵洵美：《诗二十五首自序》，上海书店据上海时代图书公司 1936 年 4 月版影印，第 2 页。
② 参见胡适《答朱经农》（1918 年 7 月 14 日），《胡适学术文集·新文化运动》，中华书局，1993，第 62～63 页。

乎构成一种无法回避的诱惑——不仅黄遵宪在以"熔铸新理想以入旧风格"时，就认同"歌谣"的意义，胡适更高度赞扬意大利人卫太尔搜集的《北京歌唱》，认为其中"有真诗"。

在某种意义上，对于"民歌"的"发现"与"新诗"的确立有关，与新的世界观、文明观的传播也有关。而"新诗"的确立过程，不仅本身联系着启蒙的自觉，也伴随着某种平民主义思维在文学领域内的深入以及与特定时期的政治意识形态的关联，由此生发的理论解释同时是"新诗"自我诠释的重要构成，包括所谓"进化的还原论"。

事实上，在传统士大夫的诗学逻辑与诗歌趣味中，也多少包含着对于"民歌"的宽容和引申，原始要终，返本开新，以至不惜视之为某种原初的诗性精神与天然品质的渊薮。而对于"新诗"的拟议者来说，它是诗歌从文人情趣的玩偶走向平民化，从文言走向通俗与口语化的重要借鉴。1918年北京大学设立歌谣征集处，有沈尹默、刘复、周作人、沈兼士、钱玄同五人"分任其事"；1922年成立北京大学歌谣研究会，发行《歌谣周刊》；周作人作《发刊词》，一方面强调民俗学的研究价值，另一方面沿引卫太尔的话强调在出于"人民的真感情"的歌谣之上，"一种新的'民族的诗'也许能产生出来"，认为搜集歌谣"不仅是在表彰现在隐藏着的光辉，还在引起当来的民族的诗的发展"①，可以拿来作为"新诗的节调"②。俞平伯、刘半农几乎视"民歌民谣"为"新诗"的本原，郭沫若等同样夸赞歌谣的魅力，认为"语言的生成与诗的生成是同一的；所以抒情诗中的妙品最是俗歌民谣。"③ 梁实秋意识到重视歌谣"是对中国历来因袭的文学的一个反抗"，是"'皈依自然'的精神的表现"，歌谣"自身的文学价值甚小，其影响及于文艺思潮者则甚大"④。此种说法和做法，虽然呈现出了新的时代特征和品质，但也未尝看不出习惯以"循环论"反思和应对变化的传统思维的影子，包括某种关于"文""质"、"雅""俗"、"巧""拙"的相对论。

① 《歌谣》第一号，1922年12月17日，陈子善、张铁荣编《周作人集外文》上集，海南国际出版中心，1995，第477～478页。
② 周作人：《儿歌》"附记"，《晨报》，1920年10月26日。
③ 郭沫若：《三叶集》，上海亚东图书馆，1922，第45页。
④ 梁实秋：《现代中国文学浪漫的趋势》，《梁实秋文集》卷一，鹭江出版社，2002，第53页。

包括对域外诗歌及其诗学思想的译介，以及有关"民歌民谣"的理论探讨，"新诗"在持续的分辨、论争与澄清中，得以确立自己初步的规范和方向。鲁迅、周作人、钱玄同、刘半农、俞平伯等从不同的角度表达了对于"新诗"的认同和对于"新诗"本质的体贴与揭示，深沉周到者的思想甚至触及了"自由"与"限定"、"美"与"善"等充满悖论性的核心命题，所体现的远不是一时一地可以牢笼的见识和智慧。

三

相对于胡适等人的主要目标，是召唤"新诗"语言程式的开放性建构——"诗体大解放"，郭沫若等人对于"情感""情绪"作为"内在韵律"和"诗歌生命"的强调，从主体的维度表达"新诗"写作所需要的无可羁束的"绝端的自由"与"绝端的自主"，不仅把诗的解放与时代文化要求联系起来，而且与人格主体结构联系起来，使"新诗"的使命可以连接乃至落实为更深沉而复杂的社会与人生使命。这正是"创造社"、"少年中国"和"文学研究会"等团体成员差不多共同呈现的理论取向。

在极端的时代条件和意识形态偏至中，"文学的革命"最终演绎成为"革命的文学"，而这，却也未尝不是"新诗"的题中应有之义。柳亚子常常说，"我的诗不是文学的革命而是革命的文学"，证明"革命"其实是远不止于"新诗"的难以逃逸的目标和使命①。

随着"新诗"理论建构者的身份与学养，在逐渐走向开放的时代文化境遇中的更新，他们对域外诗歌的了解更多、更充分（包括"五四"以来对于泰戈尔的欢迎与批评），对于自身的文化也有着更清明的体认和觉悟，对"新文化""新文学"基本概念和立场的认同已无疑义，"新诗"逐渐成为居之不疑的自家生活，某种意义上，有点如废名说的，"他们现在作新

---

① 参见彭燕郊《那代人》，花城出版社，2010，第 3 页。"革命"日后成为"新诗""新文学"最崇高的要求，其集体政治性远远大于个人精神性，社会目标远远高于审美目标，以至无论诗人还是诗歌，都以投身具体政治运动为职志，最终是诗歌与诗人的自我取消，而这其实也许是从诗人的自我认同、自我选择发端的，用柳亚子的话说就是"至竟何关家国事，羞叫人说是诗人"。

诗，只是自己有一种诗的感觉，并不是从一个打倒旧诗的观念出发的，他们与中国旧日的诗词比较生疏，倒是接近西方文学多一点，等到他们稍稍接触中国的诗的文学的时候，他们觉得那很好；他们不觉得新诗是旧诗的进步，新诗也只是一种诗。"[①] 也正因为如此，他们对"新诗"有了更清晰的目标，也有着更专业的理论洞察，这就是我们通常所说的"新月派"的诗人，他们是俗称"格律派"的闻一多、徐志摩、朱湘、梁实秋、饶梦侃、叶公超等，而时间上稍晚于他们的还有所谓"象征主义者"李金发、穆木天、王独清、梁宗岱等。"格律"与"象征"作为主义和特征，完全不足以概括他们对于诗歌的理论拟议，他们很多人的思想虽然在20世纪20年代已经相对成熟，而完整的表述却常常延伸到20世纪30年代。

除了我们耳熟能详的闻一多、徐志摩以外，其中叶公超、梁宗岱等对"新诗"的规划以及由此提供的思考既有常识感，又充满专业精神显得敏锐、通达。虽然说，任何一种对于"新诗"的拟议和实验都不免莽撞和专断，而且最终难免于时代的主流意识形态的绝对支配，难免于政治、社会的裹挟和吞噬，但曾经有过的理论思考却可以是深刻、绵密、不可再得的。他们不仅重新打量、调整了关于传统与"新诗"的关系，而且以有机的方式融通了西方现代诗学与传统中国诗学话语，"以'西'激'中'，以'今'活'古'"，为"新诗"的理论拟议提供了经验性与概念抽象性、现代性与古典性、逻辑性与直觉性结合得相对完美的书写形态[②]。

自然，他们其实并没有放弃，而是更加热烈地拥抱了"新诗"初始的文化目标。

施蛰存在1933年的回忆文中，谈及自己早年的"新诗"经验时说，读刚出版的《尝试集》而觉得"他的新诗好像是顶坏的旧诗，我以为那不如索性做黄公度式的旧诗好了。但是我从他的'诗的解放'这主张里，觉得诗好象应该有一种新的形式崛兴起来，可是我不知道该是哪一种形式。这个疑问是郭沫若的《女神》来给我解答的"。"读《女神》第一遍讫，那时的印象是以为这些作品精神上是诗，而形式上绝不是诗。但是，渐渐地，在第

---

① 废名、朱英诞：《新诗问答》，陈均编订《新诗讲稿》，北京大学出版社，2008，第3页。
② 参见陈太胜《梁宗岱与中国象征主义诗学》，北京师范大学出版社，2004，第230~233页。

三遍读《女神》的时候，我才承认新诗的发展是应当从《女神》出发的。"施蛰存认为，对于"新诗"来说，"胡适之先生的功绩是在打破了旧诗的形式，郭沫若先生的功绩是在建设了新诗的精神，徐志摩先生的功绩是创造了新诗的形式与韵律……"①

施蛰存给出的是他个人所经验、所认同的"新诗"历程：从胡适、郭沫若到徐志摩，从"诗的解放"带来的新形式的崛兴到"新诗"在精神上的自立，以至期待建构真正属于"新诗"的形式与韵律。事实上，这一历程，也正是早期"新诗"在理论上自我诠释的历程，"建功"者们在创作上的作为，就是他们思想的重心所在。虚构和实拟，相互激发，也相互印证，共同造就了"新诗"及其理论阐释在初始阶段的壮观——不仅作为公共性的文化事件，而且逐渐指向私人性的审美体验；不仅作为集体的或个人的情绪应答，而且作为深入自我意识与时代精神深处的个性化呈现；从祛魅到返魅，从信任到怀疑，从自我开放到自我深入，从他律到自律……这是一个远没有完结而且纠葛不断的过程，一个封闭与敞开、出走与回归、瓦解与凝聚总是如影随形的过程，直到有一天，天才崛起，群星灿烂，真正创造出汉语诗歌的新坐标、新典范。

自然，这样的创造，一定是与现代人文精神与价值理想的确立相协同的，或者说，汉语诗歌的新境界意味着汉语不仅创生了新的"语汇"，而且创生了新的"语法"；不仅创生了新的"物质的事实"，而且创造了新的精神的秩序。此时，"源泉"丰沛，过程饱满，不同的文化元素与不同的美学向度带来的将是成长所需要的巨大张力，而不是相互取消的对立与限定。

（作者单位：中南大学外国语学院比较文学系）

---

① 施蛰存：《北山四窗》，上海文艺出版社，2000，第269、274页。

文学场与政治场相互借力

——论早期新诗的政治话语

伍明春

　　若要深入谈论早期新诗的各种议题，恐怕都难以完全绕开复杂政治话语的纠葛。众所周知，新诗诞生于政治上群雄逐鹿、文化上中西大碰撞的民国早年，政治话语无疑构成其起源性语境的一个重要部分。这是一个方面。另一方面，以胡适为代表的早期新诗写作者，作为那个时代的知识阶层，大多保持着某种程度的介入政治的热情，这种热情也常常反映在他们的文学活动和诗歌写作中。与此同时，沈玄庐、戴季陶、朱执信等一些民国元老在"五四"新文化运动如火如荼的时代氛围里，面对军阀控制的北洋政府政治上的倒行逆施，也乐于借助新诗这一颇具活力的新文学形式来传达他们的政治理念。上述多种影响因素合力形成的叠加效应，使得政治话语从不同层面、以多种方式渗透到早期新诗的写作中，早期新诗活动中的文学话语和政治话语的对话、交融，折射出文学场与政治场之间相互借力的关系。

　　本文所谓的"文学场"，指的是以胡适为代表的新文学写作者和拥趸者在当时的思想文化界中所占据的一个话语场域，而"政治场"则指以沈玄庐、戴季陶、朱执信等民国元老为代表的政界人物所占据的一个话语场域。这两个原本相互独立的场域在一个特殊时期出现了交集，清晰地勾勒文学场与政治场之间相互借力的关系，并呈现其中隐含的文化意涵，自然是早期新诗研究的题中应有之义。

《谈新诗》：“大事”的诉求

曾被朱自清称为早期新诗“创造和批评的金科玉律”的《谈新诗》是新诗史上的重要文献之一，最早发表在 1919 年 10 月 10 日的《星期评论纪念号》上，作者胡适当时为这篇文章郑重其事地加上了一个副标题：“八年来的一件大事”。换句话说，胡适把新诗的诞生标举为中华民国建立以来的一件“大事”，纳入到一个构建现代民族国家的宏大叙事框架之中。尽管胡适本人似乎刻意要让早期新诗疏离与现实政治的关联，他在该文的开头这样声明道：“现在《星期评论》出这个双十节的纪念号，要我做一万字的文章。我想，与其枉费笔墨去谈这八年来的无谓政治，倒不如让我来谈谈这些比较有趣味的新诗罢。”① “无谓”一词，鲜明地表明了他对民国成立以来畸形政治生态的不满态度。然而，有意思的是，《谈新诗》的写作缘起及发表平台的选择，其实都颇具政治意味。从这段声明透露的信息看，胡适写这篇文章可以说是一次“命题作文”。值得注意的是，为他出题的并不是《新青年》同人，而是中国国民党主办的刊物《星期评论》。事实上，此前胡适的《文学改良刍议》《历史的文学观念论》《建设的文学革命论》等鼓吹新文学的重要文章均发表于大力倡导“文学革命”的《新青年》杂志，也就是在学院知识分子把控的文学场内的话语平台上发声；而他专门讨论新诗问题的《谈新诗》一文，则是应政治场的一个重要话语平台之邀约而作，所谈论的内容尽管还是文学问题，却在传播方式上试图借力于文学场之外的政治场，以期获得更为广泛的影响。此举无疑也是胡适为早期新诗争取一个更大的合法性空间而运用的一种策略。

《星期评论》是“五四”时期由中华革命党主办的一份周刊，1919 年 6 月 8 日创刊于上海；同年 10 月，中华革命党改组成中国国民党后，该刊即转为中国国民党主办的刊物，戴季陶和沈玄庐任主编；迫于北洋政府施加的强大压力，该刊在 1920 年 5 月 1 日出版第 47 期后于同年 6 月 6 日停刊。《星期评论》显然是明确支持新文学的，几乎每期都开设有“诗”栏目，专

---

① 胡适：《谈新诗》，《星期评论纪念号》，1919 年 10 月 10 日。

门发表新诗作品，但这并不能改变它带有浓厚的政治色彩这一事实。发表胡适《谈新诗》的同一期双十节"纪念号"上，还发表了孙文的《中国实业当如何发展》、廖仲恺的《革命继续的工夫》、戴季陶的《英国劳动组合运动》、民意（胡汉民）的《我们要一种什么样的宪法》、蒋梦麟的《实验主义理想主义与物质主义》、林云陔的《唯物史观的解释》、蒨玉的《女子与共和之关系》、徐季龙的《宗教的共和观》等文，除《谈新诗》外，其他文章谈论的都是社会、政治方面的议题，这些议题无不流露出作者鲜明的政治意图。《谈新诗》虽然被排在纪念号的最后一篇的位置，但也赫然出现在本期刊物所列的"本号重要目次"中，这一方面体现了编者对这篇文章及其作者的重视，另一方面表明编者也意识到，应该把以早期新诗为代表的新文学建设问题置于现代民族国家的整体构想之中。

"国语"正是建立现代民族国家的一项重要指标，自然也成为谈论新文学和早期新诗的一个关键词，胡适曾在当时的多篇文章中使用过这一关键词。据当代学者王尔敏考证，该词其实并非新文化运动兴起之后方才出现，而是肇始于1903年京师大学堂学生上书时任北洋大臣的袁世凯的呈文中。不过，王尔敏也指出，在中华民国已经宣告成立若干年的"五四"新文学语境中，"国语"一词的内涵相应地发生了一些新变化："'国语'一词之简明定义，即为全国性国家公用语言之意。此一词汇之生成背景，颇有明晰渊源。最重要根本之'国语'之观念，启导于民族主义思想……"[1] 在胡适看来，新诗就是一种"国语的韵文"，是他构想中的"国语文学"的重要组成部分，同时也是一个急先锋。值得注意的是，胡适对"国语""国语的文学"的阐述常常语焉不详，有时在一些文章中相应地代之以"白话""活的文学""白话文学"等语词。

关于"国语"和"国语文学"的关系问题的讨论，颇具某种"先有鸡还是先有蛋"的吊诡意味，胡适对此的解释是："国语不是单靠几位言语学的专门家就能造得成的；也不是单靠几本国语教科书和几部国语字典就能造成的。若要造国语，先须造国语的文学。有了国语的文学，自然有国语。"[2]

---

① 王尔敏：《中国近代文运之升降》，中华书局，2011，第113页。

② 胡适：《建设的文学革命论》，《新青年》1918年4月15日，第4卷第4号，载季羡林主编《胡适全集》第1卷，安徽教育出版社，2003，第56页。

胡适在这里的逻辑很明晰：大力发展丰富的国语文学，是制定所谓"标准国语"的前提。至于具体做法，胡适认为，除了充分利用既有的白话文学资源外，建设国语文学甚至也并不完全排斥文言的成分："所以我以为我们提倡新文学的人，尽可不必问今日中国有无标准国语。我们尽可努力去作白话的文学。我们可尽量采用《水浒传》《西游记》《儒林外史》《红楼梦》的白话。有不合今日的用的，便不用它；有不够用的，便用今日的白话来补助；有不得不用文言的，便用文言来补助。这样做去，决不愁语言文字不够用，也决不用愁没有标准白话。中国将来的新文学用的白话，就是将来中国的标准国语。造中国将来白话文学的人，就是制定标准国语的人。"① 而具体到早期新诗如何才能真正成为"国语文学"的一部分，《谈新诗》分别从语言、音节、方法等角度来说明一首"纯粹新体诗"必须满足的若干条件；而在另一篇文章里，胡适谈到了制定"标准国语"的难度和必经过程："你想要用国语，千万不要怕南腔北调的国语。你不经过南腔北调的国语，如何能有中华民国的真正国语呢？"②

"国语"这一语词显然具有鲜明的政治意涵，胡适关于"建设国语文学"的构想，也得到了政界人物的关注和呼应。这种关注和呼应，除了邀约胡适《谈新诗》一文外，在其他方面也有所表现。譬如，1919 年末至1920 年初，胡适曾在与当时政界的重要人物廖仲恺、胡汉民、朱执信等人的往来书信中，较为深入地讨论了中国古代的井田制问题。其中廖仲恺1919 年 12 月 19 日致胡适信的开头，还专门提及也是中国国民党主办的《建设》杂志向胡适约稿一事："先生能够早日把《国语的文法》做好寄来，不但使《建设》读者得受许多益处，并且使国语的文学有个规矩准绳，将来教育上也可得无限便利，这是我们同人所最恳切希望的。"③ 从这里可以看出，在那个特殊的时代，政治场和文学场的互动是颇为活跃的。

---

① 胡适：《建设的文学革命论》，《新青年》1918 年 4 月 15 日，第 4 卷第 4 号，载季羡林主编《胡适全集》第 1 卷，安徽教育出版社，2003，第 57 页。

② 胡适：《〈国语讲习所同学录〉序》，载季羡林主编《胡适全集》第 1 卷，安徽教育出版社，2003，第 226 页。

③ 胡适：《井田辨》，《建设》1920 年 2 月，第 2 卷第 1 号，载季羡林主编《胡适全集》第 1 卷，安徽教育出版社，2003，第 394 页。

民国元老们的新诗写作

在"五四"新文化运动如火如荼开展的时代里，早期新诗的合法性问题虽然尚存争议，然而其对当时的青年读者思想的影响力却是巨大的，每一个敏感的政治人物对这一点基本上都不会视而不见。当然，具体到每一个个体做出的反应，却是因人而异的。譬如，"中华民国"的缔造者孙中山曾写过不少旧体诗词来申述他的革命理念，中国古典诗歌的美学传统在他眼中可谓魅力无穷："中国诗之美，逾越各国，如三百篇以逮唐宋名家，有一韵数句，可演为彼方数千百言而不尽者，或以格律为束缚，不知能者以是愈见工巧"；相形之下，他对新诗的态度可以说相当保守："今倡为至粗率浅俚之诗，不复求二千余年吾国之粹美，或者人人能诗，而中国已无诗矣。"[1] 此语对新诗的批判不可谓不犀利，有论者曾对此做过一个颇为精准的评价："政治上的激进主义地推进民主自由，文化上的保守主义地呵护古典艺术，在这位民国缔造者那里矛盾地统一着。"[2] 但孙中山的追随者却似乎并不完全认同他的这一观点，如戴季陶、沈玄庐、朱执信等人，反而乐于借用新诗的形式来表达他们的政治抱负和革命情怀。

这种表达形式的选择当然也有现实的原因。新诗诞生之初的那几年，正值北洋政府掌握实权，是包括孙中山在内的民国元老们颇为失落的时期，他们被边缘化在一个日益逼仄的政治空间里，自然希冀通过新诗这一为当时青年人广泛接受的文学形式来更有效地宣扬他们的政治主张，从而获得更多支持，为未来回归权力中心做好准备。而此时，最直接也见效最快的做法，就是他们自己拿起笔来客串写作新诗。

戴季陶的《开差》的主题是对军阀混战的强烈批判。诗中的抒情主人公是一个被强征入伍的男子，连年的战争让他和他的家庭都遭受了巨大的痛苦："昨夜梦见我的爱妻，大声呼救在山林里！下衣撕破上衣单，头发蓬蓬乱如鬼。我那七十岁的老娘呵！被谁绑在大树上，一身的衣服都剥去！我急

---

[1] 中国社会科学院近代史研究所中华民国史研究室等编《孙中山全集》第 4 卷，中华书局，1985，第 539 页。

[2] 毛翰：《民国首脑们的诗》，《书屋》2006 年第 5 期。

忙奔上前，忽然一阵喇叭声，吹到我耳朵里。原来是队长要开差去！"作为一个家庭的顶梁柱，在被卷入残酷的战争之后，不能保护自己的妻子和母亲，其内心的伤痛是何其深重。这种富有视觉冲击力的场景，往往最能引起读者的共鸣。而《阿们》则以一种反讽的手法，表达了对身处都市最底层的工人的深切同情："一天不作工，没有了米；两天不作工，没有了衣。那严厉的房东呵！他还要硬赶我出门去。这样繁华的上海呵！只见许多华丽庄严的教堂，竟找不出一个破烂的栖留所！'上帝呵！上帝!! 你快些儿来接引我呵！进天国去伺候你！阿们!'"作者在这里向读者表明，面对悲惨的命运，向上帝呼告已完全失去了宗教层面的拯救意义，而是沦为结束当下饥寒交迫的痛苦生活的最便捷解决方式——选择死亡。

同样是写城市里底层工人艰难的生存境遇，沈玄庐在堪称姊妹篇的《工人乐》和《富翁哭》两首诗中设置了一个强烈的对比情境。他把工人和富翁的生活并置，让读者对二者之间的巨大反差一目了然："我说：我们棉袄夹裤过得冬。他们红狐紫貂还要火炉烘。我们十里八里脚步轻且松，他们一里半里也要汽车送。绞脑无汁体无力，——何如一手锄头一手笔？世界为有了他们，无冬无夏无休息"（《工人乐》）；"工人乐——富翁哭——富翁——富翁——不要哭，——我喂猪羊你吃肉；你吃米饭我吃粥。你作马，我作牛；牛耕田，马吃谷。马儿肥肥驾上车，龙华路上看桃花。春风三月桃花早，道旁小儿都说马儿跑得好。哪里知道马儿要吃草"（《富翁哭》）。尽管是苦中作乐，但作者在这里对工人的前途和命运还是抱着几分乐观的希望，抒情风格上也就呈现出某种明朗感。

与戴季陶、沈玄庐诗贴近现实的表现手法不同，朱执信的诗更重视某种象征和意境的营造。譬如他的《毁灭》："一个明星离我们几千万亿里，他的光明却常到我们眼睛里。宇宙的力量几千年前把他毁灭了，我们眼睛里头的光明还没有减少。你不能不生人，人就一定长眼睛。你如何能够毁灭，这眼睛里头的星！一个星毁灭了，别个星刚刚团起。我们的眼睛昏涩了，还有我们的兄弟我们的儿子！"在这里，星星显然是革命火种的象征。这种手法可能受到胡适诗作的影响，这首诗的小序也透露了朱执信当时经常阅读胡适的新诗作品："读胡适之先生诗，忽忆天文学家言，吾人所见星光有数千年前所发者，星光入吾人眼中时，星或已灭矣，戏成此诗。"① 另一首哀悼英年早逝的革命战友的诗，基本上也可以看作是作者的某种自况，甚至可说是一个谶言，因为作者在写作此诗一年后也惨遭杀害："你抛弃了将来，来保护你的从前。到了今天，我眼里享自由的仲实早已死了，心里闹革命的仲实从此再无更变！"（《悼黎仲实》）

上文述及的民国元老们的这些诗作，无论是表现手法，还是主题内容，其实大多与胡适的《人力车夫》、刘大白的《卖布谣》、刘半农的《学徒苦》《相隔一层纸》等关切底层民生之作并无二致。因此，许德邻 1920 年在编选《分类白话诗选》时，就把戴季陶、沈玄庐等人的政治关怀题材的白话诗和胡适等人相同题材的诗都编入"写实类"一辑中。因为，如果仅仅把他们作为一般的白话诗作者，放入当时庞大的白话诗作者群中，那么，他们很快就被湮没无形。我们之所以在这里特别讨论他们是因为他们具有特殊的文化身份；而这种身份所带来的象征资本，使得他们的白话诗写作不仅为他们所处的政治场提升了、拓展了话语空间，也从另一个角度为早期新诗合法性的寻求提供了有力的支持。

政治话语的权宜性

从文学创作的艺术规律看，文学话语和政治话语在多数情况下是龃龉的，二者之间要真正实现在一篇作品里合二为一，关键在于文学形式的成熟——只有文学形式成熟了，才具备足以化合政治话语的力量。早期新诗处于新诗发展的初始阶段，当时只能在语言解放（用白话写作）、主题更新（加入时代主题）方面有所作为，而在形式建设方面还显得十分孱弱。正因如此，早期新诗中的政治话语表现出很突出的权宜性特征。这种权宜性特征可以从两个方面考察：政治场人物借力早期新诗体现的是一种外部的权宜性，文学场中人抒写政治话语，是一种内部的权宜性。所谓外部和内部的差异，主要体现为前者的写作几乎都是一次性的"客串"，因为这些作者的志业是政治；而后者的写作是带有较为自觉的文类意识的，虽不一定是职业的，但至少是持续性的、具有一定的规模，多数作者的志业是文学。

---

① 执信：《毁灭》，《星期评论》第 18 号，1919 年 10 月 5 日。

按照布尔迪厄的艺术场域理论，当文学场内部的活力不足时，可能就需要转向外部去寻求新的话语活力："在平衡阶段，位置的空间倾向于控制占位的空间。应该在与文学场中的不同位置相联系的特定'利益'中寻找文学（等）占位的原则，甚至寻找场外的政治占位的原则。"[①] 胡适等早期新诗作者借力于政治话语，显然也有"寻找场外的政治占位"的策略考量。换言之，当"白话"这一文学革命重要诉求的感召力发挥到极限时，早期新诗必须寻求某种新的话语活力，在那个文化革新和政治动荡交错纠缠的民国初年，政治话语自然就成了胡适等早期新诗作者的首选，这同样也是一种权宜性的表现。胡适《四烈士塚上的没字碑歌》堪称这方面的代表作：

> 他们是谁？
> 三个失败的英雄，
> 一个成功的好汉！
> 他们的武器：
> 炸弹！炸弹！
> 他们的精神：
> 干！干！干！
>
> 他们干了些什么？
> 一弹使奸雄破胆！
> 一弹把帝制推翻！
> 他们的武器：
> 炸弹！炸弹！
> 他们的精神：
> 干！干！干！
>
> 他们不能咬文嚼字，
> 他们不肯痛哭流涕，

---

① 布尔迪厄：《艺术的法则》，刘晖译，中央编译出版社，2011，第207页。

他们更不屑长吁短叹！

他们的武器：

炸弹！炸弹！

他们的精神：

干！干！干！

他们用不着纪功碑，

他们用不着墓志铭：

死文字赞不了不死汉！

他们的纪功碑：

炸弹！炸弹！

他们的墓志铭：

干！干！干！

　　胡适在这首诗前的小序中，先是介绍了民国政府所建的四烈士墓墓主的革命经历等基本情况，最后说明了写作的缘起："十年五月一夜，我在天津，住在青年会里，梦中游四烈士塚，醒时作此歌。"① 胡适在这里关于梦游情境的叙述，显然是为了拉近抒情主体和表现对象之间的距离，从而为弥漫全诗的政治话语作必要的铺垫。

　　胡适还有不少介入现实政治的诗作，譬如 1919 年 6 月 11 日陈独秀被捕，胡适写了《"威权"》一诗，直接而鲜明地表达了他对当局的强烈不满："奴隶们同心合力，/一锄一锄的掘到山脚底。/山脚底挖空了，/'威权'倒撞下来，活活的跌死！/"；而在同年 8 月 30 日，《每周评论》被北洋政府查禁，作为主编的胡适写下《乐观》一诗，把被禁的刊物比作一株大树，把北洋政府比作"斫树的人"，以一种隐喻的方式曲折地表达了他的抗争态度，也流露出对反动势力必然失败的乐观情绪："过了许多年，/坝上田边，都是大树了。/辛苦的工人，在树下乘凉；/聪明的小鸟，在树上歌唱，——/那斫树的人到哪里去了？"

---

① 胡适：《尝试集》，亚东图书馆，1922，第 106～107 页。

作为早期新诗的开创者和大力实践者的胡适，他的文化身份也是多元的，除诗人身份之外，他既是新文化运动的旗手，又是北京大学的教授。多重身份赋予他丰厚的象征资本，这个象征资本，让年轻的胡适在诸多北大教授中脱颖而出，正如一位海外学者在论及"五四"时期支持新文学的北京大学教师群体所言："26 岁的胡适是其中最年轻的人物。但是，他那无可怀疑的受过西方教育的归国学者身份，他在北大的地位，以及他与《新青年》的联系，都标志着他是这个虽然规模较小但却条理分明、影响巨大的先锋派的天然领袖。他知道，无论他说什么都会引起人们的关注——至少在那些日子里——也会得到人们恭敬的聆听。"① 正是凭借在当时文化语境中获得的特殊地位，胡适新诗写作中的政治话语，才发挥出了一般早期新诗作者难以企及的影响力。

不过，《尝试集》出版之后，胡适几乎不再写新诗了，他把更多的精力投入到现实政治的各种活动中。从某种意义上说，这也体现了胡适新诗写作整体的权宜性，其中包含政治话语的权宜性。当代学者沈卫威曾清晰地描述胡适自由主义思想的转变过程及其重要节点："'五四运动'以后，胡适由文化上的自由主义向政治上的自由主义顺转。从 1920 年胡适签名（7 人之一）看出的《争自由的宣言》，1922 年列名（16 人之一）宣布《我们的政治主张》，以及实际运作的《努力》周报，他都是在做一些实在的干预政治的工作，并在此基础上张扬自由主义精神。"② 这个转变过程基本上与胡适新诗写作活动的转变相重合。

在早期新诗之后的发展历程中，新诗与政治话语的关联在不同阶段呈现出不同的形态，从左翼诗歌到政治抒情诗，到天安门诗歌运动，再到朦胧诗，这种此起彼伏的更替现象无不体现了每个历史阶段的诗歌革新在文学场中的占位效应："应该从这个角度，重构诗歌运动的历史，诗歌运动依次反抗诗人形象连续不断的代表……并且依靠合法建立的和有立法权的重要文本，包括序言、计划或宣言，努力重新发现可能或不可能的形式和形象空间的客观概貌，这种客观概貌如是出现在每个伟大的革新者面前，并且重新发

① 格里德：《胡适与中国的文艺复兴》，鲁奇译，江苏人民出版社，1993，第 67～68 页。
② 沈卫威：《自由守望：胡适派文人引论》，南京大学出版社，2009，第 26 页。

现每个革新者关于他的革命任务的表象……一切的发生，仿佛是每一次这种革命都把衰退作用下显示其传统特点的方法，驱除到合法诗歌的空间之外，从而促进了对诗歌语言的历史分析，这种分析倾向于孤立看待最特殊的方法和效果……"[1] 事实上，不管是在哪个历史阶段，占位效应的持续力如何，新诗中政治话语的权宜性总是一个相当棘手但又难以忽略的话题。

（作者单位：福建师范大学文学院）

---

[1]　布尔迪厄：《艺术的法则》，刘晖译，中央编译出版社，2011，第216页。

"五四"文学革命时期的诗歌现代性想象

王晓生

导言：诗歌发展的两个阶段

在人类社会的很长一段时间中，诗歌也许根本就从来没有面临现代性这样的问题。"饥者歌其食，劳者歌其事"乃是生命的本真性自然，诗歌的生产也就像哺育婴儿的母亲奶水一样自然流淌。《诗经》变而为《屈骚》，动力之源何在？这样的设问其实都是在当下现代性视野中的错误。《诗经》多是地域民歌，《屈骚》也多带地域民歌影响，不同的是地域南北殊别。地域差之万里，风格必然不同，"诗骚"的不同实乃地域风格的不同，而无关作者的现代性自觉。那么，后来五言到七言的演化、唐诗到宋词的变迁，动力又来自何方？来自一种传统的凝固并逐步走向高度的艺术化，最后走向腐朽，然后再走向一种新的突破。这样的回答其实还是处于一种描述层次，要解释清楚这里面的动力之源，有必要引进"神经诗歌学"的概念。语言学中有"神经语言学"之说，其实道理非常简单，举一个例子就一目了然。"一"字的本调是第一声"yī"，而在第四声前面读为第二声"yí"，譬如一样、一位、一次等；在第一声、第二声、第三声字前面读为第四声（yì），譬如一般、一年、一起。之所以发生这样的变化，与权威的规定毫无关系。一个六七岁的小孩，刚严格学会"一"字的本调，可一说话时就必然发生变调，这是一种深层次的神经语言现象。诗歌的变迁，当然受到更复杂的文化影响，然而也受到深层的神经规律影响。作为文类来说，诗歌与语言的关联最为深刻和纯粹。诗歌五言和七言的演化、唐诗到宋词的变迁，深层次的动力来源正是这种语言的神经性。这种演变与"诗骚"的演变一样，本质上是一种自然性，而不是一种现代性。现代性必须具备两个重要特点，一个是强烈的主体性，另一个是强烈的新旧时间观。一句话说，强烈主体意识主导下的诗歌新旧代际更替现象。

基于上述理由，可以说，古代诗歌鼎革中没有现代性问题，否则所有的诗歌革新、运动，乃至演化都可以说成一种现代性。如此，现代性概念就弄得宽泛无边，这实际上不利于这个概念的解释力。

从一个长时段来说，以"五四"新诗革命为界碑，中国诗歌正式进入一个现代性发展阶段，而与漫长的语言自然性主宰而发展的古诗阶段相区别。当然这个现代性之始孕育于晚清，自不待言。"五四"文学革命时期诗歌现代性运动分别在三个层次展开：身份认同层面、传统迎拒层面、写作技艺层面。三者分别属于宏观层面、中观层面、微观层面。

一　身份认同的危机

新诗从一诞生就面临着各种问题。这些问题放在一起决定着新诗的"身份"。一种诗体的自我身份认同是由各个层次的问题组成的，如果对这些问题的回答并不那么清晰明确，新诗的自我身份认同也就会变得很模糊。新诗发展的过程，是充满自我疑惑的过程，也是不断自我认识的过程。

1. 新诗：向诗的本质认同

"五四"新诗革命中，一个深层的问题冒出了水面：到底什么是诗歌本质性的东西？对这个问题的回答可以成为摧毁旧诗的强力武器，也可以成为护卫新诗的强力盾牌。新诗的合法性与我们到底能把什么称为诗歌是紧密相关的，要为新诗争取合法性，必须改变传统的有关"诗歌"的概念。诗歌本质的改写意味着"新诗"概念的新生。1923 年《晨报副刊》读者来信栏有读者来信说："什么是新诗？这固然是很难解答的。但我以为如问到此处，不能不先知什么是诗？"这位读者明确指出要知道"什么是新诗"，就不能不先知道"什么是诗";同时他认为,决定的因素不是别的而是"诗的精神",只要具有诗的精神,新诗旧诗都能称之为诗,"新旧只是形式的韵律的转换而已。"① 有悖论性的是,作者想从回答什么是诗入手来为新诗寻找合法性,却同时为旧诗找到了存在的理由。既然新旧只是形式的转换而已,那只要符合诗的标准,旧诗也就能同新诗相提并论了。正如于赓虞说的,"诗无所谓新旧",新诗与旧诗只是个相对的名词;诗更重要的是"内质",不是"形式上的变迁"②。

新诗的合法地位找到后,随之而来的问题是:到底什么是新诗呢?这正是废名后来要回答的问题。废名要解决的中心问题是:"什么样才是新诗"③,也就是要找到新诗和旧诗的真正区别在哪里。他认为这个问题的答案"不在乎白话与不白话"。新诗所用的文字当然应该是白话,但旧诗中近乎白话的也不能就称为新诗④。废名认为旧诗的内容是散文的,文字是诗的;新诗的内容是诗的,文字是散文的。对新诗来说,诗的内容是最要紧的,只要有诗的内容,其他的一切束缚都没有:不拘格律,不拘平仄,不拘长短;有什么题目做什么诗,诗该怎样做就怎样做。新诗在这个意义上可以称为自由诗,这个自由也使得新诗最不容易掺假,如果没有诗的内容,一眼就能识破。

我们怎么去理解废名"诗的内容"这个概念呢?我们凭什么去判断一首诗有没有"诗的内容"呢?在废名手里这个很难把捉的"虚"问题能够转换成另两个问题来分析。一是情和文的关系,二是诗歌的当下性问题。"旧诗是情生文,文生情的,未必是作诗人当下的感兴。"也就是说,在旧诗中,从写作到阅读两个过程中,"文"始终处于突出的地位;无论从文学写作还是阅读欣赏来说,"文"处于支配"情"的地位。正因为如此,旧诗中蕴含的作者的感兴都经过了一层"文"的明显转换过程,因而也就可以说旧诗没有写作的当下性。在新诗中,情和文是不分的,是二而一与一而二的,无论在写作还是欣赏中二者都是在一瞬间同时完成的。用废名的话来

① 《晨报副刊》1923 年 10 月 1 日。
② 于赓虞:《诗之情思》,《晨报副镌》1926 年 12 月 4 日。
③ 废名:《论新诗及其他》,辽宁教育出版社,1998,第 2 页。
④ 废名:《论新诗及其他》,辽宁教育出版社,1998,第 3 页。

说，就是"新诗是用文写出的当下便已完全的一首诗"。新诗是"当下完全的诗"，其当下性是旧诗没有的。"新诗是即景，旧诗是格物。""即"是瞬间性的，"格"是时间段的。因此具不具有当下性也就成为判断有没有"诗的内容"的依据。

2. 身份来自：中西古今

我们知道什么是新诗了，然而新诗到底是怎么来的？它的父亲是谁？新诗是受中国古诗还是西方诗歌的影响诞生的呢？它与谁具有更深的血缘关系？

1918年2月《新青年》刊登了沈尹默的《宰羊》一诗，张厚载认为这首诗从形式上来看，竟完全似"从西诗翻译而成"。他认为此期《新青年》上《宰羊》《人力车夫》《鸽子》《老鸦》《车毯》等"并非译自西诗"，又何必写成"西诗之体裁"呢？张厚载认为新诗是西诗的"翻译体"，对此很不满意。胡适在回答张厚载的信中对新诗来自于西洋诗的看法提出了异议。胡适质问张说，到底什么是西洋式的诗？像《宰羊》《人力车夫》《鸽子》《老鸦》《车毯》等的长短句就是西洋式的诗吗？长短句的诗体就是西洋诗体吗？胡适认为西洋诗中当然有长短句，但有些也格律极严的；中国旧诗中也有很多长短句，《诗经》、乐府和词中尤其多；长短句不必就是西洋诗体，长短句是诗中最近语言自然的体裁，无论中西都有。胡适说自信自己写诗没有模仿西洋诗体的地方。张说是模仿西洋诗是不对的，"吾辈未尝采用西洋诗体"[1]。

最有影响的争论是梁实秋和胡适的。梁实秋以为新文学运动之所以成功的最大原因是"外国文学的影响"，"新诗实际就是中文写的外国诗"[2]。胡适后来在给徐志摩的信中针对梁实秋的"新诗实际就是中文写的外国诗"的说法，认为自己在新诗革命时期的理想"不止于中文写的外国诗"，一直的希望是"用现代中国语言来表现现代中国人的生活、思想、情感的诗"。胡适认为：理想的新诗"不仅是中文写的外国诗，也不仅是用中文来创造外国诗的格律来装进外国式的诗意。"看来胡适并不否认外国诗对新诗的影

---

① 张厚载：《新文学及中国旧戏》，《新青年》1918年6月15日，第4卷第6号。
② 梁实秋：《新诗的格调及其他》，《诗刊》1931年1月20日，创刊号。

响，但真正的理想却是要创作中国自己的新诗①。

周策纵对胡适诗歌创作和观念形成原因的分析，对我们分析"五四"白话新诗革命的来源很有启示。周策纵认为胡适之所以"尝试"新诗，在理论主张上，除了受英国湖畔诗人及美国意象派的启发外，受中国传统诗词的影响也很大。比如胡适在日记里就提到过元白与袁枚，前人所作的浅近的小令，尤其如苏辛词等也是他的榜样，一些通俗小说中的浅近诗词对胡适也有启发。中国旧式白话小说中引的或作的诗词多半比较浅显通俗，胡适喜欢看小说，这种影响也是很自然的；胡适也很欣赏好的打油诗，甚至有些歪诗，对他也不无影响。胡适早期新诗的试作，往往脱不了浅显绝句、歌行、小令、苏辛所喜用的中调，以至打油诗的气氛，是有其原因的②。

胡适的诗歌写作是受多方面影响的，既有中国传统的东西，也有外国的东西。"五四"白话新诗革命就像周策纵对胡适的分析一样，来源是复杂的，中西的成分是杂糅在一起的。

3. 命名：名不正则言不顺

我们要革旧诗的命，当然就要创作我们自己的新作品。我们自己怎么给我们的作品起名字呢？名字的问题可不是小事。名字是称呼事物的符号，也是由普通的字构成。我们的汉字多得连文化人也很难全部认识，一个事物的名字从可能性来说，会多得让人惊讶。我可以给一件事物取名为甲，你也有权力给它命名为乙，然而这并不是甲乙两个字的简单区别，背后隐藏的是阐释的权力。我之所以命名为甲，是因为对其有我的理解；你之所以命名为乙，是因为内中有你的含义——其背后所指的也许相差万里。

"五四"文学革命后"新的诗歌"，当时的人到底怎么去叫它呢？这里没有称"新诗"，而是称"新的诗歌"，是为了避免一个先入为主的名字，因为这个名字可能会引起争议。历史给它取了很多名字，名字的背后隐藏的是对诗歌革命理想的不同理解。

我们的诗歌革命由于使用的是白话，很早就获得了"白话诗"的称号。

---

① 参见胡适给徐志摩的信，《诗刊》1922 年 7 月 30 日，第 4 期（徐志摩纪念号）。
② 周策纵：《论胡适的诗》，唐德刚，《胡适杂忆》，华文出版社，1992。

朱谦良对白话诗的名称很不赞同，认为不应该叫白话诗，而应该称"新体诗"。他并非不赞成以"白话诗"命名的诗歌革命，那为什么要反对"白话诗"这个名字呢？原因在于："诗和文章究竟不大相同。白话文的好处，在无论什么意见，什么事体都可以达得出，人人读了都领会得到的。至于白话诗的描写，能达出意见和事物的果然很多，但有许多事物和意见，断非全白话诗可以达到。"用白话写诗他赞成，用浅近文言带着白话性质的语言写诗他也赞成①，这就是他要称我们的诗为新体诗的原因。把白话诗的名字改为新体诗，反映了当时文人对诗歌写作中文言白话关系的思考。写诗并不只是要用白话，必要的时候文言也是可以入诗的。

梁实秋甚至认为"白话诗"对新诗来说是一个很不幸的名称。为什么这样说？因为"白话就是我们口头说的话"，但"诗人并不是一个对人说话的人"，所以用白话写诗是不对的。他认为诗与白话是有很大区别的，因为"白话诗必须先是诗，否则单是白话仍然不能成为诗"；再者所谓白话本身应该带有加工的含义，要注意到白话如何才能成为"诗的适当工具"。梁实秋并没有提供一个可以替代白话诗的叫法，他非议白话诗这一名字，并不是像朱谦良那样要提醒人们注意文言在新诗写作中的地位，而是告诉人们在入诗前给白话打扮修饰的必要。

梁实秋还对"自由诗"（Vers libres）的名字很是不满。他认为，"所谓自由诗是西洋诗晚近的一种变形，有两个解释，一是一首诗内用许多样的节奏与音步，混合使用，一是根本打破普通诗的文字的规律。"他认为我们不能用自由诗的名字称呼革命后的诗歌，原因在于中国文字与西洋文字根本有别。自由诗的第一个含义不能适用汉字的诗歌，我们没有音步的概念；那就只有第二个含义了，那就是说，诗歌"毫无拘束地随便写下去便是"。他认为我们的新诗，一开头便采取了这个榜样，"不但打破了旧诗的格律，实在是打破了一切诗的格律"。梁实秋认为一切艺术品都应该有格律和形式，格律形式可以改变，但是不能根本取消，新诗就是吃了这个亏，借自由诗的理念，取消了一切格律形式②。梁实秋在这里借反思"自由诗"的名称，告诉

---

① 朱谦良：《我对于新诗体的意见》，《民国日报·觉悟》1920年1月27日。
② 梁实秋：《文学讲话》，《梁实秋批评文集》，珠海出版社，1998。

我们新诗不能抛弃格律和形式。

二　传统迎拒的犹豫

1. 旧诗：黄花又开

诗歌现代性难题中的一个就是如何重新认识先前反对的旧体诗，这也关系到如何重新认识新诗自身。把古代的诗体和语言都完全革新了之后，白话新诗的创作到了一个新的境界。这个新境界开拓之后，人们面对古诗又有了一种新眼光，不是完全排斥，而是要在创新中吸收。如 1923 年田汉写的《黄昏》《浴场的舞踏》《七夕》《初冬之夜》《银座闻尺八》等几首诗，其在诗形上力求排列整齐，比新月诗人们的探索还要稍早，在意境和用词上也力求化古为今[①]。如：

> 虽同作异乡的旅人
> 也难得这样佳的七夕；
> 谁把故国的村歌
> 吹入那泠泠的玉笛？

其实早在新诗革命初期就有人提出要借鉴旧诗，只是由于当时的历史主题不在此，这样的声音并没有得到注意。作为新诗革命提倡者的胡适早就提到白话诗不只是要"白话"还要是"诗"，有意思的是，引领新诗革命风潮的胡适的这个声音竟被历史湮没了。1921 年 5 月 19 日胡适日记记载："今天我做了一件略动感情的事。有中国公学旧同学谢楚桢做了一部《白话诗研究集》，里面的诗都是极不堪的诗。他曾拿来给我看，我说这里面差不多没有一首算是诗，我又说单有白话算不得诗。"[②] 1918 年胡适在给钱玄同的信中说自己在 1916 年作白话诗的时候，如《朋友》《他》《尝试篇》，不夹一个文言字。但后来忽然发现事实情况并不应该如此，其实文言中有许多字

---

① 《少年中国》1923 年 3 月，第 4 卷第 1 期。
② 胡适：《胡适日记全编（1919～1922）》（3），安徽教育出版社，2001，266 页。

尽可写入白话诗中①。1918 年胡适作诗词就不避文言了，看样子，胡适作为新诗革命的第一人在很早就注意到新诗要吸取文言的长处。

胡适在给钱玄同的信中还进一步说明了为什么他在北京所写的白话诗都不用文言的原因——因为考虑到改革的初期，存留的旧污（文言）太多，对新诗革命方面很有阻碍，所以不用文言。可见胡适并不是完全反对文言入新诗的，反对文言是战术的需要。但后来形势的发展是他个人很难控制的，当时的新诗人彻底与文言诗歌传统划清界限，而新诗过分流于"白话"，他大概也没有预料到。

新诗面对旧诗，其实不仅仅是一个文字的问题，文字背后是深广的写作惯例和文化传统。新诗写作不仅仅是要用文言字，而且更要紧的是尽量继承旧诗的写作惯例和文化传统中有用的成分。周作人就认为刘大白的《旧梦》"摆脱旧诗词的情趣太多"，"使诗味未免清淡"。他认为刘大白"富有旧诗词的蕴蓄，却不尽量地利用，也是可惜"。所谓"情趣"，就是一系列的写作惯例和文化。为什么要启用旧诗词这个宝藏呢？周作人认为写诗"不专重意义"，还要注意语言的效果。而白话和文言一样也是汉语，白话诗当然有可能也应该从旧诗中汲取营养。周作人对那个时代的诗人"因为传统的压力太重"，写新诗只是"表示反抗而非建立"，"反抗古文遂并少用文言的字句"，以至于倒水的时候连小孩一起倒掉很是不满②。

俞平伯的《冬夜》一出版，围绕它产生了一场大讨论。分析这场讨论能使我们更清晰地看到初期新诗人对旧诗的矛盾感情。1921 年《冬夜》由亚东图书馆出版时，俞平伯有一个自序。他在自序中说他写诗有两个信念：自由和真实。虽然他说要"借当代的语言去表现出自我"，但因为照顾"自由和真实"，他写了"创造的诗"，也写了"因袭的诗"——"因袭"也就是更多的旧诗因素。这些传统的因素使得《冬夜》和当时的许多新诗区别开来。《冬夜》具有"神秘性"，它为什么"不好懂"？其神秘性来自于哪里？这是好事还是坏事？诗人们一时摸不着头脑，因为他们习惯的是白话诗。不同的看法随之蜂起。

---

① 胡适：《论中国小说及白话韵文》，《新青年》1918 年 2 月，第 4 卷第 1 号。
② 周作人：《旧梦》，《晨报副刊》1923 年 4 月 12 日。

　　胡适作为"新诗的老祖宗"就认为俞平伯的《冬夜》"不好懂、太雕琢"。用"胡适之体"的眼光来看《冬夜》当然是不好懂的，但胡适也不得不肯定《冬夜》"得力于旧诗词的地方却不少"[①]。朱自清认为俞平伯的诗并不"艰深难解"和"神秘"，而是"艺术精练""表现经济有弹性"。为什么会出现这种情形？原因在诗句和音律两个方面。从诗句来看，"简练而整齐"，与普通新诗的"词句沓冗而参差"不同；从音律来看，凝练、幽深、绵密，"有不可把捉的风韵"。朱自清认为这些特色都来自于旧诗和词曲，所以他认为现在要建设新诗"不能丢了旧诗、词、曲"[②]。朱自清后来在别的地方也表达过同样的看法，认为俞平伯"妙在能善采古诗音调之长，更施以一番融铸工夫"[③]。同朱自清持有相同看法，闻一多也认为《冬夜》的长处在音节，这长处的获得得益于旧诗和词曲。《冬夜》的音节在闻一多看来到底好在哪里呢？在"凝练、绵密、婉细"。闻一多认为这是俞平伯对新诗的一个贡献，并认为这音节的艺术是"从旧诗和词曲里蜕化出来的"。那我们能从俞平伯的经验中学到什么呢？那就是人工的修饰。闻一多认为诗的"自然的音节"是可笑的事，音节必须在自然的基础上加以"人工的修饰"；俞平伯的诗是"几乎没有一首音节不修饰的诗"。任何一种语言都有一种"天赋的（inherent）音节"，旧词曲的音节大部分是由语言的天性决定的。既然我们写新诗还是用旧词曲的语言，我们就应该继承"词曲的音节"，所以"词曲的音节在新诗的国境里并不全体是违禁物"[④]。闻一多提出的"天赋的音节"说有一定的道理，因为任何一种语言都有属于自己的与生俱来的音节。问题是，我们的语言已经发生了很大变化，文言有文言的天赋音节，白话有白话的天赋音节，从这点来说，新诗要继承旧词曲的音节是有一定困难的。

　　有意思的是，俞平伯虽然提出白话诗要讲"修饰"，但他自己倒没有看到旧诗词中可借鉴的东西。他甚至还自我批评"染上很浓厚的旧空气"，旧诗词的作风还流露于不自觉，承认自己表现上的无力。不但没有看到借鉴，

①　1921 年 3 月 15 日日记，《胡适日记全编（1919—1922）》（3 卷），安徽教育出版社，2001。
②　朱自清：《〈冬夜〉序》，《朱自清全集》（4），江苏教育出版社，1996。
③　朱自清：《寄俞平伯》（二），《文学杂志》1948 年 10 月，第 3 卷第 5 期。
④　闻一多、梁实秋：《〈冬夜〉〈草儿〉评论》，清华文学社，1922。

而且是反对旧诗词了①。

叶维廉在谈到"语言本身的问题"时，认为在新诗的历史场合里，"有许多文言所能表达的境界（或者说感受、印象意味）是白话无法表达的"。但如果都用文言写诗情况又会怎么样呢？第一，新境界不能表达；第二，白话是我们日常讲的话，不是学习得来的艺术语，所以在模拟我们实际的语调、神情、态度时比较接近，虽然有时散文化。问题是：我们应用白话作为诗的语言时，应该怎样把文言的好处化入白话里？他认为胡适的把"文言诗略加白话化"的方法不是正途，"仿佛一个新时代的人同时说着两个不同时代的话"。叶维廉认为，"文白的互相调整需要一段很长的时间"②，也许我们永远无法达到这个时间的尽头，我们也无法知道尽头的清晰图景。在这里分析文言和白话相互调整的过程，能使我们认识其中的丰富性就够了。

2. 作为白话诗新诗如何"白"

新诗应该如何认识自己，对它的习惯性名字"白话诗"，值得重新反思。问题得从白话诗的"白"开始。当时有很多人认为白话文的"白"字就是通俗易解。陈独秀对这个简单的看法给了一个很好的提醒，他说："通俗易解是新文学的一种要素，不是全体的要素。白话文若是只以通俗易解为止境，不注意文学的价值，那便只能算是通俗文，不配说是新文学。这是新文化运动中一件容易误解的事。"③

胡适也重新解释了白话诗的"白"字，更详细地分析了白话诗的"白"有三个意思："一、白话的'白'是戏台上'说白'的白，是俗语'土白'的白。故白话即是俗话。二、白话的'白'是'清白'的白，是'明白'的白。白话但须要'明白如话'，不妨夹几个文言的字眼。三、白话的'白'是'黑白'的白。白话便是干干净净没有堆砌涂饰的话，也不妨夹几个明白易晓的文言字眼。"④ 看来白话诗可以"俗"，不必要像旧诗一样过于"庄"；也可以夹文言字眼，但必须"明白如话"。潘力山也认为，"不要把

① 俞平伯：《做诗的一点经验》，《新青年》1920 年 12 月 1 日，第 8 卷第 4 期。

② 叶维廉：《语言的策略与历史的关联——"五四"到现代文学前夕》，《中国诗学》，三联书店，1992。

③ 陈独秀：《新文化运动是什么？》，《新青年》1920 年 4 月 1 日，第 7 卷第 5 号。

④ 胡适：《论中国小说及白话韵文》，《新青年》1918 年 1 月 15 日，第 4 卷第 1 号。

白话二字看狭了",不要把文言是死文字相信过了;"白话诗不必全说白话,文言尽管用得";新诗要做到"语简而隽"就不能不用文言①。看样子,初期公众舆论中关于新诗的刻板印象是可以改变的,文言可以入新诗了。

3. 写诗和做诗

"诗体大解放"后,新诗的一切趋向是"自由"。写诗是否自由,那就有"写"诗和"做"诗的区别——过多地考虑诗歌的形式因素就是"做"诗,而不是"写"诗。

"写"诗和"做"诗的说法差不多是郭沫若和康白情同时提出来的。

郭沫若在给宗白华的信中说:"诗不是做出来的,是写出来的。""做"就是做作,"写"就是自然。这句话的含义可以用同一封信中的另一句话来解释:"只要是我们心中的诗意诗境的纯真的表现,命泉中流出来的 Strain,心琴上弹出来的 Melody,生的颤动,灵的喊叫,那便是真诗、好诗。""写"诗要的就是生命的自然的表现②。

康白情在《新诗的我见》中提出"诗要写,不要做;要整理,不要打扮",理由也是要保持诗歌的"自然的美",他认为"做"和"打扮"都足以伤自然的美。康白情比郭沫若在这个问题上更进一步的是,用"打扮"和"整理"两个概念指出了"写"和"做"之间的复杂关系:"做"就太过分了,"整理"是恰到好处;也就是说,提倡"写"时并不是不要"整理",只要符合"自然的美",新诗的音韵、平仄清浊等都应该"整理"。"整理"的总原则是:"读来爽口,听来爽耳"。康白情提出"整理"的概念,其实也就说明了对"写"诗来说一定的"做"是必要的③。

与康白情的"打扮"和"整理"含义相类似,俞平伯提出了"雕琢"和"修饰"两个概念——雕琢相当于打扮,修饰相当于整理。针对当时诗人只讲白话,不重修辞的倾向,俞平伯认为要区分雕琢和修饰。"雕琢是陈

---

① 潘力山:《论诗》,《学艺》1920 年 6 月 30 日,第 2 卷第 3 号。

② 《少年中国》1920 年 3 月 15 日,第 1 卷第 9 期"诗学研究号"。

③ 郭沫若给宗白华的信和康白情的《新诗的我见》同时刊于 1920 年 3 月 15 日《少年中国》第 1 卷第 9 期之"诗学研究号",但他们写作的时间略有先后,郭信写于 1920 年 2 月,康文写于 1920 年 3 月。《少年中国》创刊不久连续刊出两次"诗学专号",影响巨大;在此期诗学专号前面还有一期诗学专号。

腐的，修饰是新鲜的"；雕琢会失去美感，修饰会增加美感①。胡适说他最佩服俞平伯这两句话，认为是做白话诗的真理。

要"写"诗不要"做"诗的理念很快从学者圈播散到青年学生中，有一位叫张戴华的师范生，1922 年在给《小说月报》的信中说，很赞成"诗是写的不是做的，诗要整理不要打扮"②。由诗而引起的"写和做"的问题甚至还波及小说，1922 年一位叫汤在新的读者在给《小说月报》编辑的信中说"我是主张小说是写的不是作的"③。小说作为叙事性文体，"写"和"做"的冲突本来是不明显的，由于受到诗歌理论的影响，也有了"写"和"做"的议论了，可见当时这个问题的理论影响力。

随着时间的过去，诗歌"写"和"做"的关系被重新定位了。历史环境变了，它们的意义也发生了演变，郭沫若等人当初提出的诗要写不要做后来成了反思的对象，他们看问题越来越照顾到事实情形的复杂性。1921 年刘大白在《再答胡怀琛先生》④ 中说："我对于做诗，很服膺'只要写，不要做'这一句话的。"刘大白进一步指出"写"和"做"之间辩证关系，诗歌要做到"写"，不要"做"的境界，却是要"做"的；"写"只有在"做"的基础上才能实现。在刘大白前面，康白情提出"整理"的概念，其实间接谈到了"写"和"做"的辩证关系，但是他还没有明确地提到这个问题，第一个明确提到这个问题的是刘大白。1924 年周作人在一次讲演中也认为"写和做本无优劣可言"，写和做是不可偏废的；写中有做，做中有写。"真的创作实是具备这两种方法，是一半儿做，一半儿写的。"写和做"若换上两个名词，一个是天分，一个是工夫。"谁能说诗歌写作不是天分和功夫的统一呢？写和做当然要统一在诗歌创作当中。理论的重心从诗歌要"写"不要"做"转移到"写"和"做"的统一⑤。到后来这样的讨论都失去意义了。正如 1936 年李健吾说的："最初有人反对'作'诗，用'写'来代替。如今这种较量不复存在，作也好，写也好，只要他们是在创造一首

---

① 俞平伯：《白话诗的三大条件》，《新青年》1919 年 3 月 15 日，第 6 卷第 3 号。
② 《小说月报》1922 年 8 月 10 日，第 13 卷第 8 号。
③ 《小说月报》1922 年 8 月 10 日，第 13 卷第 8 号。
④ 《民国日报·觉悟》1921 年 4 月 7 日。
⑤ 周作人：《诗的方便》，《民国日报·觉悟》1924 年 3 月 28 日。

诗——一首真正的诗"①，"写"和"做"这个问题就完全消失了。只要是写"诗"，无论怎么样都可以了。

要"写"诗，不要"做"诗，这个问题的提出在新诗革命时期到底有什么意义呢？"写"诗的理论反映了"五四"时期个性解放的诉求。个性要解放必然要求诗歌是自然地"写""情感"，甚至如宗白华说的，"写"都是不必要的，只要心中有诗意就好了②。对诗歌要"写"不要"做"的理论超越那是 1923 年以后的事情，在新诗革命初期"写"诗的提倡对解放诗歌语言和感情都有很大的推动。"写"诗写的是真实的情感，"写"的也是真正的白话；只有"写"诗才能写出真正的白话，"做"诗是做不出真正的白话的。"写"诗是新诗革命通向寻找新语言（白话）的一个桥梁，哪怕"写"诗的理论后来产生了多么大的负面影响，它在新诗寻找语言的路途中都起到了伟大的解放作用。

三　写作技艺的"新"与"旧"

1. "诗"与"歌"：格律的有无

新诗是讲求音韵格律的文体，在解放了的诗体中，如何建立新的格律音韵模式呢？当时很多人攻击新诗的理由之一就是说新诗没有很好的音节模式，新诗人们如何去应对这样的责难呢？

1919 年，胡适在《谈新诗》中用很大的篇幅来谈"新诗的音节"。他认为："诗的音节全靠两个重要分子：一是语气的自然节奏，二是每句内部所用字的自然和谐。至于句末的韵脚，句中的平仄，都是不重要的事。语气自然，用字和谐，就是句末无韵也不要紧。"胡适把这种"新诗的音节"称为"自然的音节"，具体来讲，这又包括两个方面：一是，节奏的自然。旧体诗五言七言的节奏是两字一顿，因为新诗的句子长短是不确定的，句子的节奏只能依着意义的自然区分与文法的自然区分来分析。白话里的多音字比文言多得多，并且不只两个字的联合，往往有三个字为一节或四五个字为一

---

① 李健吾：《〈鱼目集〉——卞之琳先生作》，载《李健吾批评文集》，珠海出版社，1998。
② 参见宗白华 1920 年 1 月 3 日致郭沫若函，《三叶集》，安徽教育出版社，2000，第 7 页。

节的，这样，旧体诗以两字一顿为主要的节奏必须要打破。二是，平仄的自然、用韵的自然。"白话诗里只有轻重高下，没有严格的平仄"；白话诗的声调不在平仄调剂得宜，全靠自然的轻重高下。

胡适的"自然音节观"就是说新诗的节奏、平仄和用韵都随语言的自然，完全不受古体诗的要求的限制。一切都随现代语言的发展而变化，是节奏、平仄和用韵追随语言，不是语言追随节奏、平仄和用韵。

那么胡适说的自然音节到底靠什么来决定呢？他说："内部的组织——层次、条理、排比、章法、句法——乃是音节的重要的方法。"这个音节观与古体诗的音节观是完全不同的，着重点从声音方面转到了逻辑和意义方面了。胡适所说的新诗内部组织的诸多方面——层次、条理、排比、章法、句法——其实不仅仅是诗歌表面的结构，而是背后的思想意义的组织。这反映了白话新诗放弃古体诗"声"的重要方面，而转向"意"的方面的变化①。

胡先骕对胡适反对以平仄四声为特征的音节观念有不同意见，他认为"五七言确有自然之音节"；至于韵，他说"古今之诗人与文学批评家莫不以韵为诗所不可缺乏之要素"②。胡先骕批评当时的文学创作没有标准可言，他认为文学的本体有"形质"两部分，两者不可偏废。当时新文学之所以坏，就坏在不讲形只求内容。"形所以求其字法句法章法"，文学必须讲求形，他认为不讲求形"最甚者莫如所谓自由诗"。那么他认为诗应具有什么样的"形"呢？他说："诗于文学中最似音乐，最重节奏音韵与和谐。自由诗一切破坏之，遂使所谓诗者，不过无首尾，分行而写之散文耳。今人不知文体中形之要素，务求恣意解放者，皆此类也。而吾国所谓新文学家则尤甚。彼辈先中主张语体文说之毒，以推翻一切古昔为文之规律为解放，遂全忘艺术以训练剪裁为原则，创'要这么说就这么说'之论。于是文体乃泛滥芜杂，不可收拾。"其实在胡先骕看来，诗歌的"形"就是旧体诗的节奏音韵，这些因素都抛弃了也就成了"分行而写之散文"③。胡先骕没有注意到语言的变化，坚持传统的音节观，使诗歌的音节模式与语言的发展相脱离。胡适就是要探索如何在现实的语言环境下建设"散文体"诗歌的音节

① 胡适：《谈新诗》，《中国新文学大系·建设理论集》，上海文艺出版社，1980年影印本。
② 胡先骕：《评〈尝试集〉》，《学衡》1922年1、2月，第1、2期。
③ 胡先骕：《文学之标准》，《学衡》1924年7月，第31期。

模式，使诗歌的音节模式与语言的发展相吻合。胡先骕是从诗歌的"声"的方面看诗歌的音节模式，胡适则更多从"意"上来看诗歌的音节模式。

胡适关于新诗音节的理念虽然遭到一些人的反对，但是在后来的理论家中还是得到了很大回应，影响了一个时代人的诗歌音节观念。很多人把胡适的音节观进一步地丰富发展了，但是基本思想还是胡适定下的基调。

郭沫若提出一个问题：我们试读瓦格纳（Wagner）歌剧剧本时，只能说它是"歌"，而不能说它是"诗"，为什么呢？因为它"外在律"的成分太多了。他认为："诗自诗，而歌自歌。歌如歌谣、乐府都是可以唱的。而诗则不必然。更从积极的方面而言，诗之精神在其内在的韵律。内在的韵律（或曰无形律）并不是什么平上去入、高下抑扬、强弱长短、宫商徵羽，也并不是什么双声叠韵。什么押在句中的韵文——这些都是外在的韵律或有形律。内在的韵律便是'情绪的自然消涨'。内在律诉诸心而不诉诸耳。""大抵歌之成分外在律多而内在律少。诗是纯粹的内在律的表示，他表示的方具用外在律也可。便不用外在律也正是裸体的美人。散文诗便是这个。"① 和内在律、外在律的概念相关，1925 年郭沫若提出"情调"和"声调"的概念，用两者的轻重关系来区分"诗"与"歌"："情调偏重的便成为诗，声调偏重的便成为歌。"② 1946 年郭沫若还写文章对这个问题继续探讨。他认为诗与歌分离的原因在于："意识的音乐超越了音律的限制而成长，于是诗与歌便逐渐分离，诗歌与音乐也逐渐分离了。"③

郭沫若提出了"内在律"和"外在律"、"情调"和"声调"两组概念，这两组概念是区分"诗"与"歌"的本质的东西。新诗只讲"内在律"和"情调"，旧诗的平上去入等一类外在的东西都不讲了，其实也就指出了新诗与旧诗在音节观上的区别。新诗既然只追求内在的韵律，那么一切语言外在音乐性的东西都可以不要了。这个音节观能使我们的新诗能照顾到情绪和语言的自然，是有利于语言解放的，诗歌的语言可以卸掉很多外在的包袱而轻装上阵。

梁实秋认为不能把诗的音乐成分看得太重要。如果看得太重就会牺牲诗

---

① 郭沫若：《给李石岑的信》，载胡怀琛编《诗学讨论集》，上海新文化书社，1934。
② 郭沫若：《论节奏》，载《郭沫若全集》（15），人民文学出版社，1990。
③ 郭沫若：《诗歌与音乐》，载《郭沫若全集》（20），人民文学出版社，1992。

的意义（Sense）。梁实秋在这里还没有明确提出新诗的音节是以"意"为中心①。朱自清则明确指出新诗"终于转到意义中心的阶段"。正因为新诗（白话诗）与旧诗不同转移到以意义为中心的阶段，脱离了"人工的、音乐的声调"，不能吟唱了，而是"接近说话的声调"。新诗终于走出了"歌"的传统，"跟音乐完全分家"②。朱自清不但指出新诗不再靠"声"而靠"意"的成分构成音节，而且指出新诗音节模式"接近说话的声调"。在这个基础上，新中国成立后卞之琳提出诗歌的节奏模式可以分为哼唱式调子和说话式调子③。有意思的是，哼唱式调子也正是朱自清反对的"人工的、音乐的声调"，在"新民歌运动"的背景中又被卞之琳肯定为一种诗歌节奏模式。

废名也认为注重诗歌"声"的成分是"从主观上去求诗的音乐"，言外之意就是这种音乐性并不是新诗本身具有的东西。所以他认为中国的旧诗和民间歌谣的长处"声"的部分"在新诗里都不能有"，新诗是完全独立于这些东西的。他认为新诗有新诗成立的意义。那么新诗的意义是什么呢？那就是"新诗将严格的成为诗人的诗"。什么是"诗人的诗"？"诗人的诗"是在"写"的意义上成立，不在"歌"的意义上成立④。所谓"写"的意义，其实就是说新诗是在"意"的意义上成立，这和前面谈到的很多观点是相通的。

主张诗与歌的分离提供给我们一个全新认识诗歌的机会，旧诗人是不赞同这样区分的。旧诗人认为"诗之所以美"有四件重要的事："情意之美、音韵之美、声律之美、篇章之美"。他们认为"旧诗绝佳者，四美无不悉具"。"白话诗既不用韵，又不拘平仄，不顾章法，诗之为美之事已去其三。"⑤ 他们要求的还是诗歌的外在的声韵之美，问题是新诗还有没有能力做到这些外在的声韵之美？诗体大解放后，新诗的诗句长短不拘了，适应旧诗诗体的很多外在声韵之美是没有办法继承的。随着旧诗体的打破，旧诗诸

---

① 梁实秋：《文学的美》，《东方杂志》1937年1月1日，第34卷第1号。
② 朱自清：《论百读不厌》，载《朱自清全集》（3），江苏教育出版社，1996。
③ 卞之琳：《谈诗歌的格律问题》，《文学评论》1959年第2期。
④ 废名：《论新诗及其他》，辽宁教育出版社，1998，第95页。
⑤ 邵祖平：《无尽藏斋诗话》，《学衡》1923年第21期。

多外在的声韵之美也会一起丢进收藏箱，虽然它并不是垃圾，甚至是宝贝。但因为诗体发生了变化，这些宝贝派不上用场，也就只能永远存封起来。

既然新诗不以"声"为成立的依据，而注重"意"，新诗的音节以内在的"意"为依据，那么新诗如何去也以"意"为中心的散文区别呢？诗与文的区别在哪里呢？胡适1919年在一次谈到诗与文的区别时讲：诗和文的区别不在音韵的有无，散文也有散文的音韵，骈文和八股更是有自己的音韵。他以为散文和诗的区别在于"抽象与具体的两种趋向"，"诗是偏于具体的，越趋向具体的，越有诗味"。什么是"具体"的内涵呢？他认为像"鸡声茅店月，人迹板桥霜"就是具体的，因为它能产生"逼人的影像"——"影像"就是其具体性。"影像"其实就是我们常说的"意象"。什么手法能达到"具体性"呢，能产生"逼人的影像"呢？他进一步讲："凡是全称名词都是抽象的，凡是个体事物都是具体的。"① 1919年10月，胡适在《谈新诗》中也同样谈到"做诗的方法"，即"诗要用具体的做法，不可用抽象的说法"。诗不能"抽象的题目用抽象的写法"。胡适的这些思想先记载在日记中，不久就写成专门的诗学论文（《谈新诗》），可见这个思想是胡适深思熟虑的结果。在回答了新诗的音节是什么后，"诗和文的区别"是理论界必须认真回答的问题，其"具体性"就是胡适提供的答案。1919年胡适就注意到了诗和文的区别，可是因为那时候这个问题还没有走上历史主要舞台的机遇，胡适的这个想法也就没有得到很大的关注，胡适自己也没有进一步从理论和实践上考虑这些问题。

2. 押韵：无韵可以成诗？

胡适提出了新诗的音节观以后，在理论上很快被很多年轻的诗作者接受了。但接受是一回事，写作实践又是另一回事。朱自清说新诗找新语言是很不容易的事，因为旧势力太大，这就造成很多诗人"急切里无法丢掉旧诗词的调子"②。"旧诗词的调子"就包括用韵，虽然胡适主张新诗用韵解放，然而在那个解放的时代用韵的问题始终成为关注的中心。尽管像"诗的本质是表情"，"有韵无韵都无关系"，"韵是诗的形式上的条件，不是诗的实

---

① 胡适：《胡适日记全编（1919～1922）》（3），安徽教育出版社，2001。
② 朱自清：《〈中国新文学大系〉诗集导言》，载《朱自清全集》（4），江苏教育出版社，1996。

质上的条件"的理论①早就有很多人充分证明，但有关新诗押韵与相关的问题的讨论还是在1921年形成一个高潮。

在1921年三四月间，有一场关于诗歌中的"双声叠韵"和"句中用韵"的激烈争论。当时的《觉悟》刊载了一系列文章，计有：大白《双声叠韵和句里用韵问题的往事重提》②、胡怀琛《讨论诗学答复刘大白先生》③、大白《答复胡怀琛先生——"双声叠韵"和"句里用韵"问题》④、胡怀琛《答复刘大白先生》⑤、大白《再答胡怀琛先生》⑥，这些文章反复精细地讨论了双声叠韵和句中用韵的问题。

胡怀琛一次给胡适改诗的事情很值得注意。胡适写过理论文章反对新诗要押韵，但他的一首诗《小诗》遭到胡怀琛批评而改动后，其出来反驳的理由居然是"双声叠韵"和"句中押韵"。胡适的原诗是："也想不相思，可免相思苦。几次细思量，情愿相思苦。"胡怀琛认为改为："也要不相思，可免相思恼。几度细思量，还是相思好。"胡怀琛认为原诗两个"苦"字在结尾押韵不好，改过后读起来更上口，更符合诗调。胡适反驳说"想相思"是双声，"几次细思"四个字是叠韵，还说原诗第二句的第二字"免"和第四句的第二字"愿"是句中押韵。针对胡适的反驳，胡怀琛的一个学生质问胡适："旧诗为什么要改革，岂非为了押韵等太烦的缘故么？今适之先生要提倡这种押韵法，岂不是更加比旧诗加倍的烦了吗？"⑦ 胡适被指责的矛盾，并不是一次偶然的事情，在另外一封信中，他也不顾自己反复申明的不必在新诗中计较押韵，而大谈自己在诗中押韵的试验。胡适在另一封给胡怀琛的信中说："《尝试集》里的诗，除了《看花》一首之外，没有一首没有韵的。我押韵有在句末的，有在倒数第二字的，还有在倒数第三字的，有在倒数第四字的，有在倒数第三和第四字的，有完全在句里的，这都是我一时

---

① 潘大道：《何谓诗？》，《学艺》1920年4月30日，第2卷第1号。
② 《民国日报·觉悟》1921年3月16日。
③ 《民国日报·觉悟》1921年3月22日。
④ 《民国日报·觉悟》1921年4月3日。
⑤ 《民国日报·觉悟》1921年4月3日。
⑥ 《民国日报·觉悟》1921年4月10日。
⑦ 王庚：《〈尝试集批评与讨论〉的结果到底怎样？》，胡怀琛编《诗学讨论集》，上海新文化书社，1934。

高兴的'尝试'。"①

　　朱执信对胡适和胡怀琛争论的评论很有启发性②。他认为胡适和胡怀琛关于双声叠韵的争论往往容易引起误解，使人认为双声叠韵就是诗的音节；诗的音节最应注意的是"自然轻重高下"，音节是不能孤立的，"一个字在一句里，是不是合自然音节，不能凭空拿字音来说，一定要从有这个音的字在一句一章里头的位置来判断他这个音是不是合于音节"。当然，有时候用字不能过于束缚，更要注意到"义的效能"，把"音的效能"放到第二位，这叫音受义的干涉，也就是"声随意转"。朱执信在这里其实指出了胡适在这个问题上的矛盾，因为新诗的音节应注意"自然轻重高下"是胡适的理论主张，而胡适现在却斤斤于押韵的试验。可见胡怀琛的学生对胡适的质问是有力的，胡适确实暴露了自己理论上的矛盾。

　　胡适的矛盾并非他个人的。新诗诞生初期主张打破用韵与讨论如何具体押韵是一直交替在一起的，一方面是主张用韵绝对的解放，另一方面却就如何押韵喋喋不休地讨论。比如早在新文学运动初期，作为新文学的积极主张者钱玄同也认为要"造新韵"③，章太炎和曹聚仁的争论更有代表性。章太炎认为有韵才能说是诗，无韵就是文，年轻的学生中也有很多人赞同章太炎的看法④；曹聚仁认为这是一个误区，诗可以有韵，也可以无韵，"诗有别妙，不关韵也"⑤。曹聚仁认为要解决这个问题，必须认清诗的本源："诗是情意的，文是理智的"，只要做到了这点，诗有韵无韵都无所谓⑥。

　　除了押韵外，如何在新的诗体中考虑别的方面的声韵因素也被提起了，因为"音韵并不是诗的外加的质素"，所以给新诗造新音韵。新音韵要考虑到韵脚、平仄、双声叠韵、行的长短等问题，新诗要从这些方面去征服自己的语言工具⑦。后来饶孟侃把新诗在"音节上的冒险"看作是新诗"入了正

---

①　《时事新报·学灯》1920年9月12日。
②　执信：《诗的音节》，《星期评论》1920年5月23日，第51号。对执信此信胡怀琛在5月25日《神州日报》有回应，执信于5月30日《星期评论》第52号有《答胡怀琛先生》再回应。
③　钱玄同：《新文学与今韵问题》，《新青年》1918年2月，第4卷第1号。
④　陆渊：《新诗用韵问题》，《时事新报·学灯》1924年2月8日。
⑤　曹聚仁：《新诗管见》（一），《民国日报·觉悟》1922年6月13日。
⑥　曹聚仁：《新诗管见》（二），《民国日报·觉悟》1922年6月18日。
⑦　梁实秋：《诗的音韵》，《清华文艺增刊》1923年1月12日，第5期。

轨""就了范围"的标志。新诗"音节上的冒险"包含有格调、韵脚、节奏和平仄等的相互关系①，这些都提示我们要重新认真对待新诗的音节性，而不是只以"内在的音节"马虎过去。新诗的外在音节也要重新去考虑。如果说新诗要不要押韵还值得讨论，新诗要不要平仄早就取得公认，应该在废弃的行列了。这时提出新诗也要注意平仄很值得深思了，为什么我们的诗坛在几乎取得一致性认识的问题上还摇摆不定呢？

这个二律背反的现象很值得思考。为什么在诗学革命的时代，人们还会抓着诗歌用韵的问题讨论不休？胡适为什么会在理论上造成自相矛盾呢？对这个问题，废名认为原因在：当时没有明白什么是新诗的真正的东西，所以"在新诗的途径上只管抓着韵律的问题不放手，正是张皇心理的表现"②。这个"张皇的心理"到底是什么呢？

我们先来看看当年的一位研究者对押韵在初期新诗发展中的位置的分析。饶孟侃说，新诗革命的最初就是因为大家觉得在音节上再没有发展的可能，懂得这个道理，却一时没有想到用什么方法去代替。"最初的音节试验是在新诗里恢复韵脚的作用。这种作用恢复了以后，新诗在音节上便着了边际，因此诗调的整齐，节奏的流利和平仄的调协都渐渐一步步地讲求起来了。"③他认为在新诗发展过程中"恢复韵脚"意义不可小看，它是新诗创作从解放阶段的只求诗意到讲求诗调、节奏、平仄过渡的桥梁。"桥梁"是新旧交替的地方，是打破与重建交接之处，初期诗坛为什么出现对押韵之类的问题产生"张皇的心理"，原因就在这里。

在文学革命时期，旧的文体秩序趋于完全打破，而新的文体秩序不可能很快建立。建设一种文体秩序需要一个很长的探索过程，如果新的文体秩序没有建立之前，旧的文体秩序被完全打破的话就会形成文体秩序的空白，这个时候，如果没有任何文体秩序提供给写作者，写作者是很难接受的。写作者往往会有一种潜在的心理，会从旧的文体秩序上去找到一些认同感——尽管时代的风潮会告诉写作者，这些也是要打破的。只有新的文体秩序能提供一些新的认同感，那些旧的才能完全消逝。押韵的问题当时就是在这样的心

①　饶孟侃：《新诗的音节》，《晨报诗镌》，1926年4月22日。
②　废名：《论新诗及其他》，辽宁教育出版社，1998，第33页。
③　饶孟侃：《再论新诗的音节》，《晨报诗镌》，1926年5月6日。

理状态下被推到前台的，用韵问题成了"诗学过渡时代的一个大问题"①。正如上面分析的，那时期理论上已经完全解决了押韵在新诗中是要抛弃的问题，但因为新诗作为新的文体还没有形成自己的文体秩序，所以押韵问题就被临时抓住，作为文体秩序的认同。如果这点都没有了，靠什么去认同所写的是诗呢？诗到底是什么？这个时候作者们是迷茫的。是押韵提供了一些"安全感"，让他们凭此还知道所写的是"诗"，这就是押韵既遭到反对，又被反复讨论的原因。

3. 用典：历史的矫枉过正

用典是与新诗革命初期"写"诗的强大声音相违背的，胡适在《文学改良刍议》中就反对用典。反对用典的主张在当时几乎一路高奏凯歌，得到读者的广泛赞同。

旧诗如何讲究用典，我们看看当时一个读者讲述的自己亲身经历就很明白了。易家钺是这样描述自己写诗学用典的情形："一边读书，一边写诗。读书是为了写诗增加典故。《资治通鉴》《易知录》很不容易找出做诗的材料，于是又将《古事比》《全唐诗》《渊鉴类函》买来，作为临时祭獭之用，果然诗比以前好多了。典故用得渐多，一句有一句的来历，务使人家看见不懂，诗才算好，学才算博。"②

从易家钺学诗的经历中，我们知道，反对诗歌写作中的用典是多么的必要——旧诗写作中用典太过分了，影响了诗人的正常表达。

新诗革命者胡适为什么反对诗歌写作中用典呢？我们还是从胡适的一次改诗的事情说起。曾经有一位叫慕楼的读者给胡适寄来一首诗，并在信中说"昌言改革较易于实行建设，尤望先生双方着力"③，可见这位读者是把这首诗看作"新诗建设"的成果。全诗《眉妃叹》如下：

　　抬头望见北斗清，北斗照我颜色白。北斗当秋明，我颜减光泽。吁嗟乎！前年我与君，相见在今夕！

　　眉妃御黑衣，长裙垂翡翠，登楼明月照人心：吾爱今夜居何地？心

①　王咏麟：《诗学过渡时代的一个问题》，《民国日报·觉悟》1921年5月16日。
②　易家钺：《难道这也应该学父亲吗？我之忏悔录》，《少年中国》1920年2月15日，第1卷第8期。
③　《新青年》1918年9月15日，第5卷第3号。

中想道梅佛是个好男儿，他能奉命从军骑。

眉妃对镜着戎装，眉妃非男子，解下战炮交梅佛，梅佛心中甚欢喜。怒马欲长征，相视久无语。临行脱下金约指，说一声：吾爱眉妃我先将此物交还你！

胡适是怎么看这首诗的？"尊诗五章，因来书有'削正'之命，我已大胆删去了二四两章，末章中又删去两句。此诗依我个人看来，只有末句很好。所删去的第二章最不好。全篇有一个大毛病，就是不大能够代表这时代的文物。依末句金约指一事看来，此诗所指乃是近事。但'战炮'、'垂翡翠'、'马革将尸裹'、'带着眉头'诸语又不是今日的事物。此犹是用古典套语的流弊，却忘了今日军人不用带盾也。"胡适认为用典不能"代表时代的文物"，也就是用典不能很好地表现时代的思想感情，我们当然要反对用典了。

至于有人从"诗质"的意义上否定反对诗歌中用典，那是从另外的意义上看问题，视角是有区别的，并且也只有在新诗革命完成后重提诗歌用典才具有历史的意义。比如1922年6月22日闻一多给梁实秋的信中说，他主张新诗中用旧典，他的《红荷之魂》就是这方面的试验①。

胡适是从诗歌与时代思想内含的关系来反对诗歌中用典的，这在当时有深远的意义。如果我们从新诗革命初期诗体的意义上来看反对用典，还能得到另一番收获——如果诗歌中不用典，诗歌语言必然更趋向于白话，因为原来用典故来表示的东西，只能用现代的白话来呈现。反对用典，导致诗歌语言的解放，语言的解放也必然促使诗体的大解放。从诗体革命的意义上来说，反对诗歌中用典也有历史性的贡献。

（作者单位：中南大学文学院）

---

① 闻一多：《闻一多全集》（3），三联书店，1982，第588页。

论早期新文学作家旧体诗中的现代意识

常丽洁

摘　要：早期新文学作家是白话新文学的倡导者与最早实践者，他们创作的旧体诗也带有不同于传统旧体诗的新式文学理念，文章从性别观念的变革、打破风雅传统的尝试以及对旧语境旧理念的颠覆等三个方面分析了早期新文学作家旧体诗中的现代意识。

关键词：新文学作家　旧体诗　现代意识

早期新文学作家，亦即惯常所称的"五四"一代人，指的是发起参与"文学革命"、最早从事新文学创作的一批作家。这些作家无一例外，在倡导白话新文学的同时还一直进行着旧体诗的创作，"新文学作家的旧体诗"就这样成为一个充满张力而耐人寻味的词术语。本文正是想从"早期新文学作家旧体诗中的现代意识"这一切入点出发，寻绎出新文学作家的旧体诗不同于传统旧体诗的一些新的特质，进而论证旧体诗与新文学是如何在他们身上和谐共存、他们又是怎样把旧体诗这一传统文学形式推向一个崭新境界的。

一　从不香艳的无题诗谈起——性别观念的变革

在中国诗歌史上，李商隐之后，"无题诗"几乎成为抒写扑朔迷离、恍惚暧昧情绪的代名词，且多少都与闺阁中事相关，带有香艳的色彩。唐以后，写"无题效商隐体""拟无题"之类诗作者代不乏人，风格亦多限于秾艳晦涩。

早期新文学作家中写"无题诗"的也很有些人，俞平伯即是其一。他1933年有一首五言长诗，题为《没有题目的诗》，发表于林语堂主编的《论语》半月刊第17期上。诗云：

> 多难兴邦日，高腔亡国时。
> 庸医临险症，劣手对残棋。
> 建业空流水，辽阳有鹤归。
> 外交非直接，抵抗是长期。
> 半壁莺花笑，千门骨肉悲。
> 画符王老道，折楦孟先师。
> 自许南阳葛，人怀秦会之。
> 民生三主义，国难一名词。
> 直到分瓜侯，终须煮豆萁。
> 河关轻似叶，江表沸如糜。
> 有耻添新节，无当失故卮。
> 腹心真痼疾，手足堪疮痍。
> 文化车装去，空城骡马嘶。
> 沉溟无复语，重读兔爰诗。①

与诗同时刊发的还有一则小序："偶见赵心余旧稿，杂诗甚多，均没有题目，现在一从其真。简言之，原可曰无题。但无题依照习惯法都是艳体。今既一点也不香而艳，只好用白话题之。"②"赵心余"云云乃作者假托，此文人惯技，不必细究，而这则小序很有些公开为新文学作家写作无题诗张目的意思。显然，以俞氏为代表的早期新文学作家无意继续吟风弄月的无题诗惯例，转而要写"一点不香而艳"的无题诗，甚至因"不香而艳"似乎不

---

① 俞平伯：《俞平伯全集》（第1卷），花山文艺出版社，1997，第415～416页。
② 转引自毛大风、王斯琴《近百年诗钞》，岳麓书社，1999，第74页。

便称"无题",而径以"没有题目的诗"这样的"白话题之"。此种举动,称之为在无题诗领域里的小小革命似乎也没什么不妥。大约是想将此观念贯彻始终,俞平伯另写《失题》五言诗一首,有"殿匝双圆绿,棂通四顾青。……壶中多阔大,枕隙最光明"①诸语,也是"一点也不香而艳"。

鲁迅写有很多无题诗,但此无题与彼无题,相去不可以道里计。这是因为鲁迅的很多旧体诗或者是写给某一个关系亲密的朋友,或者是收录在某篇散文杂文当中作为文章的一部分出现,所以一般不再刻意取个诗名,而后来的编纂者为了方便,便将这些诗统一命名为《无题》——此举既非出自鲁迅本意,更与李商隐式的无题诗大异其趣。鲁迅这些无题诗中,较为人所熟知的是"万家墨面没蒿莱,敢有歌吟动地哀。心事浩茫连广宇,于无声处听惊雷"七绝一首,及"惯于长夜过春时"七律一首,其风格或苍凉或沉郁,都与香艳毫无干涉。

另一些新文学作家则索性不写无题诗。叶圣陶旧体诗的特点是"没有香奁气,甚至儿女情长(不是没有)也不写"②;周作人也"没有或不喜欢风月香奁的感情和驰骋才华的作法……他是淡到连绮丽的词语也很少用"③。

不写无题诗,并不意味着早期新文学作家没有儿女情长或闺阁私语,只不过身经近代民主精神的洗礼与科学观念的熏陶,又是在胡适"文学改良八事"和陈独秀"三大主义"口号的号召下进入文坛,新文学作家们在创作有关"风月"的旧体诗时,便有意无意地规避了传统文学中惯见的哀婉缠绵与香艳旖旎,而更多地选择了新鲜立诚的做法。

即以寄内或赠内一类接近无题诗的题材而言,在新文学作家笔下就呈现出与传统文学不一样的风致。古来寄内诗多情深一往之作,表现的两性关系不外相敬如宾、夫唱妇随之类,女性基本上是作为"守望者、等待者、服务者、付出者"的角色被歌咏赞颂的。到了"五四"一代人这里,作为建立现代民族国家的整体远景的一个重要组成部分,妇女解放与男女平权自然也被提上日程,女性观念也因之发生变化。在受过近代新思潮洗礼的新文学作家看来,女性的身份开始更多地作为现代国家的公民个体而非男性的附庸

---

① 俞平伯:《俞平伯全集》(第1卷),花山文艺出版社,1997,第411页。
② 张中行:《读〈叶圣陶诗词选注〉》,《读书》,1991年第10期,第27~35页。
③ 张中行:《负暄续话》,黑龙江人民出版社,1997,第69~70页。

呈现出来，对女性作用的讨论也不再局限于传统家庭内部，而是将其置于现代社会的大环境中，肯定女性对于民族国家建构的重大作用与意义。正是基于这种理念，出现在新文学作家旧体诗中的女性或者说妻子形象便与传统女性形象有了很大出入，鲁迅赠许广平的一首诗"十年携手共艰危，以沫相濡亦可哀。聊借画图怡倦眼，此中甘苦两心知"便是一例。古来志同道合的夫妻多的是，李清照和赵明诚等便是千古佳话，但这类"佳话"多限于闺房之中家庭内部，而绝少鲁迅和许广平这样携手并肩、工作战斗在广大的人世间的。如果说古来的夫妻可以是情人、朋友的话，鲁迅这首诗里所表现的夫妻关系则多了同志、战友和默契十足的知交的意味，不仅将女性视为一种性别符号，而是重视其作为独立个体的精神品质。风格素朴而不香艳，情感深挚而不甜腻，显示了鲁迅对女性的"理解之同情"以及他在别的文体形式中绝少显露的性格中深情款款的一面。这些，都与新文学作家所倡导的"人的文学"的观念一脉相承，带着显而易见的新思潮影响下新的时代风貌。

二 "支颐"之后及其他——打破风雅传统的尝试

"支颐"意为以手托下巴，这个词语或者说动作在传统旧体诗中出现频率很高。以现代人的眼光看来，"支颐"这样一个动作很带有一些妩媚的色彩，似乎不大宜于男子。不知是否乃时代风气由尚武向文弱的转变使然，唐以前的诗文里不大出现这个动作。有唐一代，收录在《全唐诗》中的数十首含有"支颐"动作的诗，作者基本都是中唐以后的诗人；宋代以后的旧体诗里面，"支颐"这个动作出现得就更多了。

简单统计分析一下便可发现，在"支颐"这个词语的引领下，大概不外这样几种后续动作："叩齿坐明月，支颐望白云"（〔唐〕贾岛《过杨道士居》）、"此时忆著千里人，独坐支颐看花落"（〔唐〕陆龟蒙《春思》）、"日日登南楼，支颐望西山"（〔宋〕王灼《赠瑄上人》）是看风景；"尽日支颐听雨声，闲中惟得自知明"（〔宋〕陈傅良《和丁少詹韵》）、"支颐闻落叶，隐几见栖禽（〔宋〕李新《官居偶书》）是聆听；"惟取架上书，拭几支颐观"（〔宋〕刘处权《留别范元长二十八韵》）是读书；"支颐半睡月明中，仿佛仙人薄雾笼"（〔宋〕杨平洲《梅花》）是睡觉；"解带依芳草，支颐想故山"（〔唐〕李端《茂陵村行赠何兆》）、"支颐不语相思坐，料得君心似我心"（〔唐〕刘得仁《对月寄同志》）是沉思；"舟中野客苦残病，决眦支颐揽奇胜"（〔明〕吴拭《浈阳峡》）是抱病……凡此种种。做出这些动作的主体多为文人雅士，也有老翁、仕女和病人，这些动作所展现的状态也多是风雅、慵懒、闲散或病弱的，大体而言，不出传统旧体诗惯见的风格情调。

同样是"支颐"，在新文学作家笔下，就另换了一副场景。周作人《苦茶庵打油诗》其二二云：

> 山居亦自多佳趣，山色苍茫山月高，
> 掩卷闭门无一事，支颐独自听狼嘷。①

山居月夜，掩卷闭门，自是古来文人雅趣，这首诗前三句放入古人诗集中当无违碍之感。在这种情形下，再配合"支颐"这样妩媚的姿态，按照传统旧体诗的习惯和逻辑，应当是听雁叫猿啼或杜鹃哀鸣才算恰切，而"听狼嘷"就显得太突兀了。事实上也是如此，"听狼嘷"这样的词句从来没有在传统旧体诗中出现过。"支颐"之优雅纤柔与"听狼嘷"之孤野荒寒，二者之间的对比太过鲜明，在视觉上给读者造成一种强烈的冲击力。如此"不雅"的举动，大概只有受过各种新思潮洗礼、无多约束与顾忌的具有现代意识的新文学作家如周作人者才做得出来。这一句"支颐独自听狼嘷"，就把作者刻意打破风雅传统的独特趣味暴露出来了。

类似这样刻意打破传统旧体诗风雅格调的旧体诗，在周作人那里还有很多。其《丙戌丁亥杂诗三十首》之《梅子》云：

> 文人爱梅花，诗画极普遍。
> 亦有风雅客，踏雪骑驴看。
> 独不画梅子，未免是缺憾。

---

① 王仲三：《周作人诗全编笺注》，学林出版社，1996，第22页。

　　诗词咏景物，时或一二见。

　　（宋人词中有红英落尽青梅小，青梅如豆柳如梅，闲穿绿树寻梅子诸语，但总不及唐诗中绕床弄青梅，以儿童生活为背景，更有情趣也。）

　　我意同儿童，果饵最所美。
　　梅干与梅酱，佳品出蜜饯。
　　更有大青梅，酸味齿牙溅。
　　儿拳一下击，生脆倏迸绽。
　　称曰青榔头，乡语可怀念。
　　恨不遇曹公，醋浸送一担。①

　　梅作为"花中四君子"之首，以其剪雪裁冰、凌寒独放的孤傲清逸之态，千古以来极受中国文人青睐。"疏影横斜水清浅，暗香浮动月黄昏"（〔宋〕林逋《山园小梅》）咏其姿态，"雪满山中高士卧，月明林下美人来"（〔明〕高启《咏梅》）赞其韵致，凡此种种。但诚如周作人此诗所言，这些诗词都是赞咏梅花，踏雪骑驴去寻的也都是梅花，却绝少有咏梅子的；不独如此，"绿叶成荫子满枝"（〔唐〕杜牧《叹花》）甚至用来比喻携儿带女的妇人，是要诗人为之扼腕叹息恨恨不已的。相形之下，周作人这首诗大写特写梅子如何吃法，不但有梅干梅酱之类的果饵蜜饯，更写到生食大青梅时"酸味齿牙溅"、"生脆倏迸绽"，绘声绘色，形神毕现。这显然是典型的唐突风雅之作，也彰显了以周作人为代表的新文学作家不同于传统文人的独特的审美趣味：注重日常人世生活的点滴琐屑远过于故作姿态的无谓风雅。这里面固然有现代社会向平民化方向发展、旧有的贵族阶层的精致文化渐趋没落的因素所在，更多的只怕还是新的文学主张和思想理念在起作用。

　　此外，周作人还有两首七绝也是此类刻意破除风雅之作，一云：

　　春光如梦复如烟，人事匆匆又一年。

---

　　①　王仲三：《周作人诗全编笺注》，学林出版社，1996，第116页。

走马观花花已老，斜阳满地草芊芊。①

又云：

橙皮权当屠苏酒，赢得衰颜一霎红，
我醉欲眠眠未得，儿啼妇语闹哄哄。②

前一首中"走马观花"句出自孟郊诗的"昔日龌龊不足夸，今朝放荡思无涯。春风得意马蹄疾，一日看尽长安花"③；后一首中的"我醉欲眠"则典出自《宋书·陶潜传》，"贵贱造之者，有酒辄设。潜若先醉，便语客：'我醉欲眠，卿可去。'其直率如此"④。李白《山中与幽人对酌》一诗便用到此典："两人对酌山花开，一杯一杯复一杯。我醉欲眠卿且去，明朝有意抱琴来。"⑤ 在孟郊和李白的诗中，"走马观花"抒写的是少年得意的豪气，"我醉欲眠"表现的是放达不羁的情怀，都是传统旧诗中惯有的风雅情调。周作人却再一次对其进行了解构：他刚说"走马观花"，马上接一个"花已老"，得意未起，便即压下；他也是"我醉欲眠"，然而却"眠不得"，因为家里"儿啼妇语闹哄哄"。所有这些，在中国传统诗歌观念里，都未免是有些煞风景的，而这种冲撞或者说不屑传统旧体诗的姿态，也正是周作人有意要做出的。

对于什么字句可以入诗、什么字句不能入诗的问题，周作人很早就明确了自己的态度："何以同是一件东西，我们可以说可以用或可以做，却不准我们写进诗里去，难道新诗也须要'雅手而俗口'的规则么……何以瓜皮艇子茅屋尺素书……是美，而小火轮洋楼电报……则丑，这是个大疑问……我们不能规定什么字句不准入诗，也不能规定什么字句非用不可。"他还格外说了一句："我自己虽然未曾将小便这字用在诗里，但我相信是可

① 王仲三：《周作人诗全编笺注》，学林出版社，1996，第 33 页。
② 王仲三：《周作人诗全编笺注》，学林出版社，1996，第 11 页。
③ （清）彭定求等编：《全唐诗》（第 374 卷），中华书局，1979，第 4308 页。
④ （梁）沈约：《宋书》（第 93 卷），中华书局，1974，第 2287 页。
⑤ （唐）李白：《李白全集》，上海古籍出版社，1997，第 201 页。

以用在诗里的。"① 这篇文章写于 1922 年，主要还是讨论处于发生期的新诗。到了晚年写旧诗的时候，周作人果然不负前言，不但以"支颐独自听狼嚎""走马观花花已老""我醉欲眠眠未得"入诗，且到底把"小便"也写到诗里去了。如其《夏日怀旧》一诗，即有"夕凉坐廊下，夜雨溺门前"② 之句，《儿童杂事诗》之《书房二》也有"后园往复无停趾，底事今朝小便长"③ 之句，都是如此。

　　新文学作家中与周氏持相近观点者亦不乏其人，其中俞平伯的一段话较有代表性："裴回乎古今雅俗之际，不屑屑求与古合，亦不汲汲求与古离。语近雅者十之七八，而其俗者亦十之二三。"④ 所谓"其俗者亦十之二三"，证之以俞诗，则其《遥夜闺思引》中有"知心奈君何，香泽为欢施"⑤ 之句。按照俞平伯自己的说法："苏州有小曲曰《知心客》，尝爱其名。兹篇之'知心奈君何'一句，原典即出于斯，尘陋可想矣。"⑥ 此外，俞平伯《丙子新春二律句》其二又有"闺女要花儿要炮。上灯圆子落灯糕"⑦ 之句，此盖为北京民谚，周作人在《厂甸》一文中亦曾引用，且直名其为"儿歌"⑧。以此入诗，显然也是有伤诗之"雅道"的"尘陋"做法。

　　新文学作家此举，背后是有深厚的学识修养和纯粹的趣味作为支撑的，其用语的雅之七八与俗之二三之间的分寸把握与拿捏，亦非一朝一夕之功。倘器识不足，只学其表面的用语俚俗，则很容易本末倒置，堕入不堪的境地。后来者无此自知，更兼时代风气的引领鼓吹，数十年下来，老干部体的顺口溜和打油诗已经成了旧体诗的代名词，而这些，显然并非新文学作家在旧体诗上打破风雅传统的初衷。

---

① 王仲三：《周作人诗全编笺注》，学林出版社，1996，第 428～430 页。

② 王仲三：《周作人诗全编笺注》，学林出版社，1996，第 51 页。

③ 王仲三：《周作人诗全编笺注》，学林出版社，1996，第 187 页。

④ 俞平伯：《俞平伯全集》（第 1 卷），花山文艺出版社，1997，第 503 页。

⑤ 俞平伯：《俞平伯全集》（第 1 卷），花山文艺出版社，1997，第 489 页。

⑥ 俞平伯：《俞平伯全集》（第 1 卷），花山文艺出版社，1997，第 504 页。

⑦ 乐齐、孙玉蓉：《俞平伯诗全编》，浙江文艺出版社，1992，第 372 页。

⑧ 周作人：《夜读抄》，河北教育出版社，2003，第 152 页。

三　也是翻案诗——对旧语境旧理念的颠覆

翻案诗是古来惯见的一种诗歌创作现象。翻案诗的写作在中国诗歌史上可谓代不乏人，有宋一朝，以王安石为代表的翻案诗更是达到了一个高峰。钱钟书曾将宋朝的翻案诗归纳为这样几个类型：同者异而合者背、违者谐而反者合、相仇相克者乃合解而无间、其语否定之否定、其理反乃至顺①。台湾成功大学教授张高评则将宋代的翻案诗分为道理、现象、因果、主客、人我、立意和假设之翻案等七种类型②。还有学者依照手法不同将其归纳为五种类型："一为对公众观念之翻案。二是对历史定论之翻案。三为用典类翻案。第四种为反用诗句法。第五种是反用成诗法。"③ 无论怎样分类，传统旧体诗中的翻案诗大致仍是在一个共同语境内做较小范围的周折翻转，无论翻案翻得怎样尖锐、怎样好奇务新，都没能脱离由时代和固有理念带来的局限。

新文学作家中也不乏翻案诗的写作者，其中以周作人成就最高，尤其是他对古代人物的褒贬品评上，更是自出机杼大异古昔。

一方面，周作人对历史上的所谓"正面人物"每不以为然乃至出语刻毒，如他的《往昔三十首》之《范蠡》一诗提及勾践，即说他"腼然具人面，本是蛙黾徒。但知报仇恨，情理非所喻"④。古来惯常的看法中，大多以为卧薪尝胆、忍辱负重、最终复仇的勾践乃是成功的典范，是值得效仿与歌颂的，周作人却完全反其道而行之，认为他但知复仇而不明情理，只是个徒具人形的蛙黾之徒罢了。看似平淡的几句诗，极轻巧地便把束缚国人数千年的汲汲于事功的固有理念和因之而产生的紧张与焦虑感拆解开来，使之还原到一个原始本真的状态，出发点自然是新兴的人道主义理念。又如《往昔三十首》里的《邵雍》一诗中说朱熹"晦庵诃黎涡，出语如隶胥"，还加

① 钱钟书：《管锥》（第二卷），三联书店，2001，第 105～108 页。
② 张高评：《宋诗之传承与开拓》（第三章），台北文史哲出版社，1990。
③ 张静：《翻案诗与宋代诗学关系的辨析》，《上海大学学报》（社会科学版），2013 年第 6 期。
④ 王仲三：《周作人诗全编笺注》，学林出版社，1996，第 66 页。

注说："朱元晦诗本不佳，'世上无如人欲险'一诗尤恶劣矣。"① 朱熹此诗由来见于罗大经《鹤林玉露》卷十二："胡澹庵十年贬海外，北归之日，饮于湘潭胡氏园，题诗云：'君恩许归此一醉，傍有梨颊生微涡。'谓侍妓黎倩也。厥后朱文公见之，题绝句云：'十年浮海一身轻，归对黎涡却有情。世上无如人欲险，几人到此误平生。'《文公全集》载此诗，但题曰'自警'云。"② 胡铨题诗，很可见其不加掩饰的性情之真，朱熹却从其理学观念出发，主张以所谓道德扼杀人正常的情感欲望，其迂腐拘泥可知。后人对此亦不无非议，如袁枚《读胡忠简公传》等，但多是表示对胡铨此举的同情，出发点多在维护名士风流与真性情上，而绝少有针对朱熹的批评声音，便有，着眼点也在其太过拘泥于礼教、不解风雅的层面上。而周作人此诗，直是将被元明清三代统治者视为官方哲学代言人而享受无上尊宠的朱熹视为出语恶俗的"隶胥"，痛斥朱熹此诗之"恶劣"，批判的锋芒直指封建统治的核心。这与早期新文学作家"五四"时期批判儒家的三纲五常、理学家"遏人欲而存天理"的主张一脉相承，带有西方民主思想与人本理念的痕迹，是因循在封建专制统治格局下的人不可能说出的话。

　　另一方面，周作人对历史上的"异端"或边缘人物的评价却非常之高。如《往昔三十首》里的《王充》一诗云："往昔读论衡，吾爱王仲任。读书疾虚妄，无愧读书人。……明清有李俞，学海之三灯。唯此星星火，照破千古冥。"③ 称扬王充"疾虚妄"的精神，以为只有这样才可以无愧于读书人的声名，并将王充与李贽、俞正燮并称为"学海之三灯"。李贽和俞正燮二人，周作人在其旧体诗中也屡屡提及，《往昔三十首》之《李贽》一诗曰"笔削存大义，刚直过史狐。人伦重估价，肇自龙潭初"④；《儿童杂事诗》乙之二一《俞理初》云："最喜龟堂自教儿，本来严父止于慈。高风传述多天趣，正是人间好父师。"⑤ 从不同角度对二人加以赞扬。而王、李、俞三人，在传统的道德观念中，无一例外都是带有异端思想的人物，因之长期处

---

①　王仲三：《周作人诗全编笺注》，学林出版社，1996，第84页。
②　罗大经：《鹤林玉露》，中华书局，1983，第229页。
③　王仲三：《周作人诗全编笺注》，学林出版社，1996，第67页。
④　王仲三：《周作人诗全编笺注》，学林出版社，1996，第9i页。
⑤　王仲三：《周作人诗全编笺注》，学林出版社，1996，第217页。

于不被重视的地位甚至被视为大逆不道之人。周作人独具慧眼，将其凸显出来，列置一起大加褒扬，其评判的标准自然不是旧有的道德观念与伦理纲常，而是基本的人情物理、科学的理性精神与健全自然的人性。

周作人这类翻案诗，与古来惯见的翻案诗最大的不同即在于诗人的立场与出发点。如果说传统翻案诗基本上是与被翻之"案"在同一语境中对话，基本理念没有什么大的差异，只是从不同角度对同一问题进行阐释与补充，更多的还是要显示诗人的机智辩才与独特个性的话，那么周作人的这些翻案诗不仅无意于角智斗巧以博赞叹，更是彻底跳出了因循数千年的伦理语境与理念局限。他带着西方科学精神和人本主义思想的濡染，从最基本的人情人性出发，重新审视和打量出现在中国历史上的种种人事，从而显示出独属于新文学作家的崭新风貌。

（作者单位：商丘师范学院）

古典诗传统的再发现

——20 世纪 30 年代新诗现代化的另类路径

罗小凤

"如何现代、怎样新诗"是自新诗诞生以来中国诗人们面对的共同课题,主要聚焦于中国新诗如何现代化的问题。对此,不同时代的诗人都各有不同的回答,在他们对此问题的不同回答中,每一时代的诗歌形成每一时代的诗歌风貌,每位诗人则形成各异其趣的诗歌特质。一般而言,"现代性"是与传统相对立而诞生并存在的,因而中国新诗的现代化通常被理解为与传统决裂、对立、断裂,而向西方诗歌资源寻求援助则成为中国新诗现代化的公认路径。但事实上,20 世纪 30 年代现代派诗人中的废名、何其芳、卞之琳、林庚、朱英诞、吴兴华等一批诗人与其同时代的戴望舒、施蛰存、曹葆华等主要向西方诗歌资源寻找现代化路径的诗人不同,他们深入古典诗传统,从中探寻中国新诗现代化的建设路径。具体而言,他们是不约而同地回望古典诗传统,携带新诗如何现代的问题对古典诗传统进行再认识和重新阐释,重新发现了传统中可资建设新诗现代性的优秀质素,形成了对古典诗传统的再发现,从而形成了一条新诗现代化的"僻路"。由此,"古典诗传统的再发现",是 20 世纪 30 年代以废名为代表的一批诗人探寻新诗现代化的独特路径。

一　再发现传统的独特姿态

对于现代诗与传统的关系，艾略特曾在 1917 年的《传统与个人才能》一文中进行了详细阐述，他指出："如果传统的方式仅限于追随前一代，或仅限于盲目的或胆怯的墨守前一代成功的方法，'传统'自然是不足称道了……传统是具有广泛得多的意义的东西。它不是继承得到的。"① 艾略特明确认为传统是无法继承得到的，更无法追随、回归或墨守，只能在面对传统时"不但要理解过去的过去性，而且还要理解过去的现存性"②，在艾略特看来，传统不仅拥有"过去的过去性"，即"过去"之人对于"过去"传统的秩序、面貌的认识，也拥有"过去的现存性"，即现世之人对于过去传统的秩序、面貌的新认识。对此，艾略特更明确地指出："现存的艺术经典本身就构成一个理想的秩序，这个秩序由于新的（真正新的）作品被介绍进来而发生变化。这个已成的秩序在新作品出现以前本是完整的，加入新花样以后要继续保持完整，整个的秩序就必须改变一下，即使改变得很小；因此每件艺术作品对于整体的关系、比例和价值就重新调整了；这就是新与旧的适应。"③ 艾略特敏锐地洞悉了现代诗与传统的关系本质，这篇讨论传统的文章于 1934 年在叶公超的嘱托下由卞之琳译介并发表于《学文》创刊号上，成为现代诗歌史上一篇极其重要的诗学论文。此文在 20 世纪 30 年代的中国诗坛产生了巨大影响，无可避免地影响了以卞之琳、废名等为代表的一批诗人。

根据艾略特的传统观，传统并非孤立地被悬置于以往历史空间中的固定实体，而是动态地活动于历史时序之中的具体存在物；传统并非属于已经造就的过去，而永远处于被正在造就与发明的状态中，后世之人就是制造者与发明者；当传统被置于新的历史时代，其原本的传统秩序便会发生改变，这种改变不仅仅是由于新增了上代人的作品而使传统秩序增加了新成分，更由于后人对传统中的已有作品做出了不同的理解与阐释，获得了新的认识与发

---

① 艾略特：《传统与个人的才能》，卞之琳译，《学文》1934 第 1 卷第 1 期。
② 艾略特：《传统与个人的才能》，卞之琳译，《学文》1934 第 1 卷第 1 期。
③ 艾略特：《传统与个人的才能》，卞之琳译，《学文》1934 第 1 卷第 1 期。

现。新一历史时代所想象与认识的传统与其上一代的传统显然不同，其秩序与面貌会在"新与旧的适应"中发生调整与改变。可见，新诗与传统之间并不存在一种绝对化的连续性，所谓继承与被继承关系，或许只是一种理论预设和心理幻觉。传统是一个动态系统，是在一代又一代后人的诠释中建立起来的一个未完成式概念，当有着一定"时间间距"的后人对它追寻时都携带着自己文化时空的浓厚色彩。对于传统，一代人有一代人的诠释，一代人有一代人的发现，正如艾略特重新审视 17 世纪英国玄学派诗歌，并非要按照玄学派的玄学风格模式进行创作，而是对之进行重新阐释时重新发现了英国玄学派诗人强调"机智"和注重"感受性"的诗歌特点，从而形成对英国玄学派诗人的"再发现"。因此，新诗与传统的关系绝不是静止的，也并非单线的继承关系，而是多元互动的关系。传统是动态存在的，一代一代人只能对之作出阐释，在一代又一代人的阐释中不断丰富与发展，不断形成新的面貌，发生不同的现实作用。或许正是基于以上认识，沈启无曾于 20 世纪 40 年代明确提倡："我们在一个现代文明空气之下，对于中国过去旧文学应有一个再认识的态度。"① 事实上，早在 20 世纪 30 年代的一批诗人那里，诗人们便已实践了对古典诗传统的"再认识"，形成了"再发现传统"的独特姿态。

20 世纪 30 年代的诗坛上，诗人们曾一反初期新诗与传统决裂的姿态而纷纷对晚唐诗词情有独钟，掀起一股"晚唐诗热"。当然，"晚唐诗热"这一诗歌现象的发生，并不仅仅意味着诗人们只对晚唐诗词情有独钟，事实上他们的热情并不囿限于晚唐诗词，而是显示了诗人们对以晚唐诗词为代表的古典诗传统的重新肯定。在这股"晚唐诗热"现象中，诗人们对待传统的姿态和与传统所发生的关系实质并不一致，而是呈现出根本性的分化状貌。此期，戴望舒、施蛰存、曹葆华等一批诗人亦曾钟情于古典诗传统，尤其是为"晚唐诗词家及其直接后继人的艺术"所迷醉，并承认晚唐诗作"使我改变了诗格"②。这种对传统诗词的亲近其实是对古典诗传统的拥抱与回归，当他们发觉自己为传统诗词所俘虏的危险后便主要转向外国诗歌资源寻求借

---

① 沈启无：《大学国文·序》，载《大学国文》（上），新民印书馆，1942。
② 施蛰存：《我的创作生活之经历》（写于 1933 年 5 月），载《灯下集》，开明书店，1937，第 73 页。

鉴，并未重新阐释和再认识传统，并未形成对传统的再发现。而废名、林庚、何其芳、卞之琳、朱英诞、吴兴华、南星等一批诗人虽然大都出身外文系，亦熟谙外国诗歌资源，却保持了回望传统的热情。但这决不意味着他们重新回到以晚唐诗词为代表的古典诗传统之怀抱，而是以 20 世纪 30 年代诗人特有的眼光与当时新诗建设的需要重新认识与阐释传统，形成了对古典诗传统的"再认识"与"再发现"。

所谓"再认识"，是指诗人们携带现代性的眼光与审美需求，回望古典诗传统时重新阐释、理解传统。如废名明确标举"重新考察以往的诗文学"[1]，林庚为新诗未来的发展而从传统"问路"，何其芳迷醉于古典诗词中寻找"重新燃烧的字"、"重启引起新的联想的典故"[2]，卞之琳在中西对照的视野中重新阐释传统等姿态，便属于对古典诗传统的"再认识"。"再发现"是在"再认识"基础上进一步的升华，即指诗人们以"再认识"的姿态对古典诗传统进行重新阐释时，重新发现传统中的一些优秀质素。这些"重新发现"的质素形成了对传统新的认识和发现，重新调整了传统的秩序和面貌，从而形成对古典诗传统的再发现，同时又启示了新诗现代化的发展路向，由此新诗与古典诗传统之间形成多元互动互进的关系。废名、金克木、林庚、何其芳、卞之琳、朱英诞、吴兴华等诗人都以现代诗人的眼光对古典诗传统进行重新阐释和再认识，重新发现了传统，也发现了现代性，从而有益地推进了新诗现代化进程。张洁宇曾将戴望舒与废名等的区别定位于"无意识的因袭"与"有意识的继承"[3] 上，其实其区别并非在此。戴望舒或许确有"无意识的因袭"，但其实这种无意识的因袭或继承其实是每个置身于本土文化历史序列中的人所无法逃避的，因为传统血脉的潜流是任何外在地宣称"断裂"的口号所无法阻断与遮蔽的，以废名为代表的一批诗人亦不例外。但废名等诗人对传统更有其独特姿态，他们是以"再认识"的态度和 20 世纪 30 年代诗人的眼光重新考察与阐释传统，重新发现古典诗传统中可资建设新诗现代性的优秀质素，对传统形成新的认识，形成了"再

---

[1]　冯文炳：《已往的诗文学与新诗》，《谈新诗》，人民文学出版社，1984，第 39 页。
[2]　何其芳：《论梦中道路》，《大公报·文艺》1936 年 7 月 19 日第 182 期"诗歌特刊"。
[3]　张洁宇：《荒原上的丁香——20 世纪 30 年代北平"前线诗人"诗歌研究》，中国人民大学出版社，2003，第 123 页。

发现"，并非"有意识的继承"。正如臧棣所指出的："对传统的'承继'和对传统的'重新发现'是不同的。前者尽管在新诗史上呼吁不断，却是一个伪问题……从现代性角度看，人们所设想的旧诗和新诗之间的继承关系是不存在的……旧诗对新诗的影响，以及新诗借镜于旧诗，其间所体现出的文学关联不是一种继承关系，而是一种重新解释的关系。"① 王家新也曾指出："新诗的曲折历史已表明，它与传统并不是一种'继承'关系，更不是一种'回归'关系，而应是一种修正和改写的关系，一种互文与对话的关系；在富有创造力的诗人那里，这可能还会是一种'相互发明'的关系！"② 他们都敏锐地洞悉了新诗与"旧诗"或古典诗传统的关系。20 世纪 30 年代以废名为代表的一批诗人与古典诗传统的关系，不是简单的线性继承关系，更不是回归，而是以现代性的眼光重新解释、修正、改写与发明传统，使古典诗传统形成一种新的面貌——此面貌是 20 世纪 30 年代诗人眼中对传统的独特认识，是对古典诗传统的再发现。而且，他们将自己带着现代性眼光从传统中再发现的这些质素用于新诗现代化的建设，形成了新诗现代化建设的独特方案。那么，20 世纪 30 年代的诗人们带着现代性的眼光重新阐释传统时，重新发现了哪些可以用于新诗现代化建设的质素？

二　"诗是诗"：现代化的基础工程

时至 20 世纪 30 年代，新诗虽然历经十余年的发展已确立了"新诗"这一不同于古典诗词的"新品种"，但由于新诗"诗型"的建立主要是借力于外国诗歌资源，其正如梁实秋所言，大多是"用中文写的外国诗"③。金克木将此认为是"洋货充斥市面"的"歧途"④，其实直到 20 世纪 30 年代，新诗依然没有找到建设自身的正确方案，而是陷入一个窘迫的困境之中。诚

---

① 臧棣：《现代性与新诗的评价》，载现代汉诗百年演变课题组编《现代汉诗：反思与求索——1997 年武夷山现代汉诗研讨会论文汇编》，作家出版社，1998，第 92 页。
② 王家新：《一份现代性的美丽》，《诗探索》2000 年第 1 辑。
③ 梁实秋：《新诗的格调及其他》，《诗刊》1931 年 1 月 20 日创刊号。
④ 金克木：《论诗的灭亡及其他》，《文饭小品》1935 年第 2 期。

如鲁迅 1934 年在给窦隐夫的信中感叹的："新诗直到现在，还是在交倒霉运！"① 沈从文则在《新诗的旧账》中亦感叹："就目前状况说，新诗的命运恰如整个中国的命运，正陷入一个可悲的环境里。"② 那么，到底如何新诗、怎样现代？

在思考"如何现代，怎样新诗"的问题时，《现代》杂志鲜明地亮出自己的标语："《现代》上的诗是诗"③。这是第一次明确地提出"诗是诗"的命题，但不同的诗人采取了不同的策略，戴望舒、施蛰存、曹葆华等一批诗人大力推介外国诗歌资源，向外国诗歌寻求帮助，而废名、林庚、何其芳、卞之琳、金克木、朱英诞、吴兴华、南星等一批诗人却在重新考察古典诗传统，对之进行再认识、再发现。他们重新发现了"诗是诗"是中国新诗现代化过程中最基本的问题，废名的"诗的内容"、金克木的"纯诗"、林庚的"极端的诗"、卞之琳的"纯姿"、何其芳的"姿态"等诗人们私设的诗学概念无不是他们从古典诗传统中重新发现的新诗与古典诗词的相通之处。这是诗歌史上首次将"诗是诗"的问题提上议事日程，改变了以往的新诗建设中只注重"新"而不注重"诗"的发展格局；这是 20 世纪 30 年代诗人们对古典诗传统的再发现，也是对新诗现代化建设中最根本问题的再发现，其对于新诗现代化建设具有极其重要的意义，但学界研究却一直对此涉笔不多。

在废名"再认识"传统的过程中，他敏锐地发现，新诗之为诗的根本质素在于新诗必须有"诗的内容"，而古典诗词中以"温李"为代表的晚唐诗词及其同一脉系诗词亦有这种"诗的内容"，这是旧诗中的"例外"，潜藏着新诗发展的根据。这是废名对古典诗传统的再发现，也是对新诗自身的发现，其实他发觉了新诗与旧诗的相通处，发觉了诗之为诗的根本质素，意识到"诗是诗"的重要性，从内容维度将"新诗"之"诗"的重要性提上了日程，对新诗建设具有重要意义。"新诗要别于旧诗而能成立，一定要这

---

① 鲁迅：《致窦隐夫》（1934 年 11 月 1 日），载《鲁迅全集》第 13 卷，人民文学出版社，2005，第 249 页。
② 沈从文：《新诗的旧账》，《大公报·文艺》1935 年 11 月 10 日，第 40 期。
③ 施蛰存：《又关于本刊中的诗》，《现代》1933 年 11 月，第 4 卷第 1 期。

个内容是诗的，其文字则要是散文的。""我们的时代正是有诗的内容的时代。"① 在废名看来，旧诗的内容是"散文"的，其"文字"是"诗"的，不关乎这个诗的"文字"是否扩充到白话；而新诗与旧诗之不同就在于新诗有"诗的内容"，此正为新诗之成其为新诗的核心要素，也是新诗现代化建设的基础工程。

金克木也一直在寻找新诗与旧诗的本质区别，他在其几篇诗论文章中都谈及此问题：

> 新诗和旧诗却决不仅是用语的不同。新诗和旧诗，除了都是诗外，就几乎毫无共同之点。
> 新诗与旧诗的最大分别是形式的限制放宽而内容的限制缩窄了。②
> 新诗跟旧诗的区别决不仅在用语的不同上。③

金克木很锐利地洞察到了新诗与旧诗的区别并不仅仅在于用语的不同，"除了都是诗外，就几乎毫无共同之点"。在金氏看来，除了都是"诗"这个共同点外，新诗和旧诗便毫无共同点了，便都是差异与区别。金克木切入了问题的本体性层面，他在传统旧诗的参照系的对照下，细致地比较了新诗与旧诗，紧紧抓住了"诗型"和"纯诗"两个本质性的概念。在金克木看来，"诗型"是指诗歌的外在形式，是"诗的条件的一半"；而"纯诗"是与"诗型"相对应的诗的"另一半条件"；"纯诗"与"诗型"共同构成了旧诗的条件。正是在这种分析与寻找中，金克木发现了"纯诗"。金克木所谓的"纯诗""一定是从所有的诗里抽象出来的一个共同点"，"抛去了时在变化的形式的原因就一定会找到那个真正的原因；而这个，不论你叫它做什么，就是诗的真正的，唯一的条件"。可见，金克木的"纯诗"与穆木天、王独清所提倡的"纯诗"并非同一概念。金克木的"纯诗"并非一种诗歌类型或诗歌理想，而是诗中的一种质素。到了新诗，诗的形式已经被破坏了，"诗型"不存在了，于是只剩下了"纯诗"这种诗之为诗的基本质素。

---

①　废名：《新诗问答》，《人间世》1934 年第 15 期，"诗专辑"。
②　金克木：《论诗的灭亡及其他》，《文饭小品》1935 年第 2 期。
③　金克木：《杂论新诗》，《新诗》1937 年第 2 卷第 3、4 期合刊。

换言之，金氏的"纯诗"其实就是"诗质"，是形式因素之外的"质"，这是他对"诗是诗"的一种认识，是他对"如何现代，怎样新诗"的回答。

林庚曾在《极端的诗》中提出了"极端的诗"这一个其个人话语场域里所私设的概念。1935 年 2 月揭载于《国闻周报》的《极端的诗》一文是林庚回望古典诗传统的重要文章，林庚率性私设了"极端的诗"这一概念。所谓"极端的诗"，是区别小说、戏剧、散文与诗的重要标志，无论小说、戏剧、散文怎样地与诗分不清，却不会混进了"极端的诗"里去。林庚擅自拟就"极端的诗"这一名词，以指称诗与小说、戏剧、散文相区别的关键要素。在他看来，"极端的诗"是现实存在的，那告诉人们区别于小说、戏剧、散文或荷马的史诗、但丁的《神曲》和米尔顿的《失乐园》的"最初也最合理的联想"便是"极端的诗"。简言之，"极端的诗"其实就是诗与其他文体相区别的要素的总称，林庚私自设想了一个可以区分诗与其他文体的"质"，这个"质"是诗之为诗的根本。林庚认为：

> 极端的诗是指那支持了诗而使它仍与其它作品有别的特质。有了这点特质，则便有点像诗，有很多则简直就可是诗，全没有便全不像，全都是便是这极端的诗了。极端的诗其实便是我们最平常的印象中的诗，却非冠以极端二字不可者，作者是有其特别苦处。①

可见，林庚的"极端的诗"是诗的特质，是诗能与其他文体相区别而存在的特质，是古今诗相通的诗的特质。

此外，卞之琳在他对传统的回望中发现："庞德'译'中国旧诗有时候能得其神也许就在得其'姿'，纯姿也许反容易超出国界。"② 他将"姿""纯姿"作为中国旧诗超出国界与时间界限的"神"，这种"姿"正是中国旧诗与新诗的相通之处，正是"诗是诗"的关键质素。而何其芳则用"姿态"概括了这种新诗与旧诗相通的质素，他在回望古典诗传统的过程中多次明确表示他"欣赏的是姿态"。"我喜欢读一些唐人的绝句。那譬如一微

---

① 林庚：《极端的诗》，《国闻周报》1935 年第 12 卷第 7 期。
② 卞之琳：《山山水水（小说片断）》，载《卞之琳文集》上卷，安徽教育出版社，2000，第 365 页。

笑，一挥手，纵然表达着意思，但我欣赏的却是姿态。"① 这"姿态"正是何其芳在回望古典诗传统时对传统的独特发现，他以自己的爱好和眼光择取了传统中他个人认为最优秀的质素，形成了何其芳对传统的独特再发现。

"诗"的内容、纯诗、极端的诗、纯姿、姿态等都是诗人们从古典诗传统中重新发现的优秀诗歌质素，是诗人们携带现代眼光重新照亮的部分传统，正是中国新诗现代化进程中所需要的基本质素。

三　"诗言感觉"：现代化的主要内容

波曼曾把文学"现代性"定义为一种内心体验和主观感觉，他追索不同时期、不同地域的作家如何对抗和处理这种压倒一切的对于疏离的、破碎的、倏忽的和混乱的现代感受。而《现代》中也指出，《现代》上的诗是"书写现代生活中所感受到的现代情绪"。废名、林庚、卞之琳、何其芳、朱英诞、南星等一批现代派诗人都是如此，他们注重诗的"感觉"，而非"现实"、"道理"、"意义"或"情感"；当他们回望传统时，他们重新发现了古典诗词中诗的"感觉"的重要性。废名在重新考察传统时发现古今诗人对"月亮"的书写各有千秋："古今人头上都是一个月亮，古今人对于月亮的观感却并不是一样的观感，'永夜月同孤'正是杜甫，'明月松间照'正是王维，'举杯邀明月，对影成三人'正是李白。这些诗我们读来都很好，但李商隐的'嫦娥无粉黛'又何尝不好呢？就说不好那也是没有办法的，因为那只是他对于月亮所引起的感觉与以前不同。"② 同是一个月亮，不同诗人的感觉不同，必然导致诗的"感觉"不同。不同时代之人的观感相异，不同时代的诗也必各异其趣，诗的"感觉"不同形成了不同风格之诗与不同时代之诗。由此废名发现了诗的"感觉"对于形成不同风格之诗和不同时代之诗的重要性，对此，废名还援引《锦瑟》一诗进行阐说："我们想推求这首诗的意思，那是没有什么趣味的。我只是感觉得'沧海月明珠有泪，蓝田日暖玉生烟'这两句写得美。"③ 此诗曾被胡适由于读不懂而

---

① 　何其芳：《论梦中道路》，《大公报·文艺》1936 年 7 月 19 日，第 182 期"诗歌特刊"。
② 　冯文炳：《谈新诗》，人民文学出版社，1984，第 36、37、219 页。
③ 　冯文炳：《谈新诗》，人民文学出版社，1984，第 36、37、219 页。

讥为"妖孽诗"①。显然，废名与胡适截然不同，他并不去推求此诗所表达的意思或具有的意义，所欣赏的"只是感觉美"——由此，废名重新发现了古典诗传统中诗的"感觉"的重要性。废名自己的诗歌创作也一直将诗的"感觉"作为其新诗建设的"主打工程"，极其注重表达"感觉"，而不注重说理或写实。在《妆台》一诗中，废名并不描摹妆台的形状、外观或性能功用，或因之而发生的故事、情感，全诗"只注重一个'美'字"，"只注意到照镜子应该有一个'美'字"，诗中所传达的是一种"美"的感觉。他的《理发店》《灯》《十二月十九夜》《掐花》等诗都无不如此，传达了身处 20 世纪 30 年代那个特定时代氛围中人的虚无感、无奈感、幻灭感、荒凉感等"感觉"。林庚亦极其注重诗的"感觉"，他认为在感觉、情绪和事物这文学中最基本的三件东西中，情绪和事物是古今一致的，只有感觉才是新的，是关系到不同时代产生不同诗的关键要素。他还在唐诗研究中发现诗之为诗的关键质素在于"诗的感觉"，从而形成对古典诗传统中"感觉"质素的重新发现。林庚对感觉的重视，李长之概括为"感觉论"，其指出，于林庚而言，"感觉是诗的一切；诗人与常人的不同、诗人之间的不同、诗的进化与好坏均在感觉的敏钝"。林庚自己的诗歌实践亦将诗的感觉作为核心内容，《破晓》《夜》《朦胧》等诗都是呈现"感觉"之美，而《风沙之日》《二十世纪的悲愤》《信口之歌》《在空山中》《沉寞》《除夕》《当你》《北风》《有一首歌》等诗呈现的内容虽然与时代现实密切相关，却并非追求"意义"，而是传达当时时代背景下被压抑的抑郁、烦闷之感。林庚对诗的感觉的注重还影响了同时代的诗人："林庚之看重感觉，从而看清诗人的贡献和天职，是的的确确我们大家的精神。"卞之琳则在翻译外国诗歌资源尤其是艾略特的诗学论文与诗歌作品时深受艾略特的"非个人化"理论影响，而艾略特的"非个人化"其实是一种使"感情"化炼成"感觉"的方式和手段，目的在于表现与传达"感觉"而非"感情"。卞之琳的诗实践了"非个人化"的诗歌策略，用以传达诗的"感觉"，当他以此诗歌经验回望古典诗传统时，发

---

①　出自胡适《五十年来中国之文学》（该文写于 1922 年 3 月 3 日，原载 1923 年 2 月《申报》五十周年纪念刊《最近之五十年》），此处依《中国新文学大系·史料索引集》，上海良友图书印刷公司，1935，第 11 页。

现"感觉"正是他个人话语系统中"戏剧性处境"与"意境"之间具有相类性的连接点。以"感觉"重新阐释"意境""境界"等古典诗学中的重要概念，其实是对古典诗传统中"感觉"质素的重新发现，由此形成了对传统的再发现，亦是卞之琳自身新诗现代化经验的折射。卞之琳的《圆宝盒》"到底不过是直觉地展出具体而流动的美感"，只能"意会"，是"没有一个死板的谜底搁在一边的"①，可见他对"诗的感觉"的重视。他的《一个闲人》《和尚》《酸梅汤》等诗都不是从人道主义立场出发关注底层劳动人民的生活状态，而是通过底层人的生活状态呈现当时时代氛围下人的迷惘、无奈、幻灭、空虚和虚无等内心感觉，袁可嘉认为他是一个"优秀的感觉诗人"②，正挈中了其诗歌内容的主核。

"感觉"是废名、林庚、卞之琳、何其芳、朱英诞、南星等诗人在回望古典诗传统时重新发现的重要诗歌质素，亦是他们进行新诗现代化的主要内容。

四　"暗示"：现代化的重要步骤

欧文·豪曾指出："这种称作现代主义的文学几乎总是令人费解，这就是其现代性的一个标志"③，而"令人费解"也是现代诗的一个重要特点。诗人们在回望古典诗传统时发现，"暗示"是"旧诗词的长处"，正是这"暗示"，造成了现代诗的"令人费解"，构筑了新诗的"现代性"。

1932 年，卞之琳摘译了英国当代评传名家哈罗德·尼柯孙（Harold Nicolson）所著《魏尔伦》（1920 年出版）一书最后一章里的三节文字，他把这部分专论魏尔伦诗中的"亲切"和"暗示"以及这两个特点在象征派诗法上所占地位的文字擅自割离出来，以《魏尔伦与象征主义》为题发表。在这篇译文的"译者识"中，卞之琳先针对魏尔伦在中国文艺界的影响因

① 张鸣：《人间正寻求着美的踪迹——林庚先生访谈录》，《文艺研究》2003 年第 4 期。
② 林庚：《我为什么特别喜爱唐诗》，《人民日报》1982 年 6 月 21 日，后被作为"代序"收入《唐诗综论》，人民文学出版社，1987，第 26 页。
③ 欧文·豪：《现代主义的概念》，《现代主义文学研究》上册，中国社会科学出版社，1989，第 170 页。

素提出疑问："魏尔伦底诗为什么特别合中国人底口味？"接下来他又以一个反问句对此疑问进行了回答："其实尼柯孙这篇文章里的论调，搬到中国来，应当是并不新鲜，亲切与暗示，还不是旧诗词的长处吗？"① 在卞之琳看来，魏尔伦之所以合中国人的口味，在于其"口味"与传统诗词里的"口味"相似，符合中国人的"肠胃"。卞之琳认为，魏尔伦及象征主义诗歌中的"亲切"与"暗示"这两个最重要的特点其实正是中国旧诗词的长处。换言之，卞之琳带着对魏尔伦及象征主义诗歌特点的认识去回望传统，发现中国古典诗传统中也有这两个特点。卞之琳总是在"对照"中回过头重新发现古典诗传统中的优秀质素，他在翻译尼柯孙的《魏尔伦与象征主义》后三节时便是如此，他以西方象征主义诗歌的特点为视角，重新发现了古典诗传统中的优秀质素。晚年时他重读戴望舒的诗，又表达了相似的观点："在法国诗人中，魏尔伦似乎对望舒最具吸引力，因为这位外国人诗作的亲切和含蓄的特点，恰合中国旧诗词的主要传统。"② 可见，虽然时间上跨越了将近50年，卞之琳却一直怀抱此观点，对当年的"发现"从未改变，只是将"暗示"换成了"含蓄"（由此可见在卞之琳的话语系统中，"暗示"即"含蓄"）。同时，虽然卞之琳只是只言片语、"灵光乍现"似的呈露了他对古典诗传统的重新认识，却一语中的发现了古典诗传统中可以重新启用的优秀资源。如果卞之琳没有对魏尔伦及象征主义诗歌特点的把握而形成"现代眼光"，如果他没有古典诗传统的深厚修养和对传统的回望，就不会发现二者存在相通点。因此，卞之琳对二者相通点的发现，其实是对古典诗传统的再发现。

废名在重新考察古典诗传统时，否定了白话诗初期胡适一辈推崇与跟随"元白"之风的美学观念，他推崇以反动派"温李"为代表的诗：

> 胡适之先生所推崇的白话诗，倒或者与我们今日新散文的一派有一点儿关系。反之，胡适之先生所认为反动派"温李"的诗，倒似乎有我们今日新诗的趋势。

① 卞之琳：《〈魏尔伦与象征主义〉译者识》，《新月》1932年第4卷第4期。
② 卞之琳：《戴望舒诗集·序》，《诗刊》1980年第5期。

　　我又说，胡适之先生所认为反动派温李的诗，倒有我们今日新诗的趋势，我的意思不是把李商隐的诗同温庭筠的词算作新诗的前例，我只是推想这一派的诗词存在的根据或者正有我们今日白话新诗发展的根据了。①

　　显然，废名反胡适之道而行，否定了胡适所推崇的白话诗的发展根据即"元白"诗派，却认为"温李"诗词存在的根据"正有我们今日白话新诗发展的根据"——而"温李"一派诗词的一个极其重要而鲜明的特征便在于"隐僻""含蓄"。"温李"诗词诚如高棅在《唐诗品汇·总叙》中所概括的"温飞卿之绮靡"与"李义山之隐僻"（高棅《唐诗品汇·总叙》），均"意致迷离，在可解不可解之间"（陆次云《唐诗善鸣集》卷上），"寄托深而措辞婉"（叶燮《原诗》）。因此，废名对"温李"一派的选择，在深层次上正反映了他对"含蓄""暗示"的重新认同。

　　此外，何其芳所欣赏唐人绝句的"姿态"中那种"镜花水月"般只可意会不可言传的"迷离"诗境也是对"暗示"的再发现。他曾反复阐明自己欣赏晚唐五代诗词与唐人绝句一类古典诗词里的那种"镜花水月"②。而"镜花水月"是一种不可捉摸、无法言尽与指实的朦胧诗境，正如宋严羽《沧浪诗话·诗辨》云："故其妙处，透彻玲珑，不可凑泊，如空中之音，相中之色，镜中之像，言有尽而意无穷。"明谢榛《诗家直说》第一卷则曰："诗有可解不可解，不必解，如水月镜花，勿泥其迹可也。"可见，何其芳欣赏古典诗传统的"镜花水月"是对传统诗词中"言有尽而意无穷""可解不可解"的朦胧、迷离的再发现，是对"暗示"的再发现。

　　诗人们对"暗示"的再发现并用于自己的新诗创作，形成了晦涩的诗风，被读者质疑为"谜子""如入五里雾中"，事实上是中国新诗现代化进程中非常重要的一步。

---

① 冯文炳：《已往的诗文学与新诗》，《谈新诗》，人民文学出版社，1984，第27~28页。
② 何其芳：《论梦中道路》，《大公报·文艺》1936年7月19日第182期"诗歌特刊"。

五　想象：现代化的展开策略

诗人们在诗中自由驰骋想象、幻想、联想，使新诗缺少逻辑性，而富有跳跃性，这是新诗现代化的重要策略。

"想象"是 20 世纪 30 年代以废名为代表的诗人们反思"五四"以来新诗一直占据主流位置的写实倾向，采用的诗歌表现方式。废名、何其芳、卞之琳、林庚等诗人都重新发现了想象之于诗的重要性，并在自己的诗歌创作中尽情驰骋想象以自由展开诗的感觉。废名在重新考察传统时发现，旧诗都是情生文、文生情模式的反复和自我繁殖，唯想象与幻想缺席；而盛唐之后的晚唐"温李"派诗词之所以能够在诗歌高峰之后别开一境，乃在于他们的诗超乎一般旧诗的表现，突破了旧诗情生文文生情模式的囿限。"温庭筠的词不能说是情生文文生情的，他是整个的想象"；"在谈温词的时候，这一点总要请大家注意，即是作者是幻想，他是画他的幻想，并不是抒情，世上没有那样的美人，他也不是描写他理想中的美人，只好比是一座雕刻的生命罢了……他的美人芳草都是他自己的幻觉。"① 在废名看来，温庭筠的词全凭想象来展开诗的感觉，"温词无论一句里的一个字，一篇里的一两句，都不是上下文相生的，都是一个幻想，上天下地，东跳西跳，而他却写得文从字顺，最合绳墨不过，居花间之首，向来并不懂得他的人也说：'温庭筠最高，其言深美闳约'了"②。废名最肯定温词之处便在于温词凭借想象、幻想，一方面可以自由驰骋，一方面却又文从字顺、最合绳墨不过，他认为这是温庭筠的词居花间之首的根本原因。废名还拈出温词与以前的诗体进行对比，在对比中发觉温词所表现的内容不是他以前的诗体能装得下的，长短句这种诗体正适合温词里要表现的内容，更适合驰骋想象。由此，废名得出结论："我们今日的白话新诗恐怕很有根据，在今日的白话新诗的稿纸上，将真是无有不可以写进来的东西了。"③ 正是由于想象所拓展的广阔空间，给新诗的发展提供了"根据"，启示新诗可以自由地驰骋想象，在想象的驱

---

① 冯文炳：《已往的诗文学与新诗》，《谈新诗》，人民文学出版社，1984，第 30 页。
② 冯文炳：《已往的诗文学与新诗》，《谈新诗》，人民文学出版社，1984，第 34 页。
③ 冯文炳：《已往的诗文学与新诗》，《谈新诗》，人民文学出版社，1984，第 35 页。

谴下，"无有不可以写进来"，此正符合废名关于"诗的内容"的标准。废名在自己的诗歌实践中常恣意地驰骋想象，他的许多诗都以"梦"的方式展开想象，或直接以"梦"为标题，或以"梦中我……""梦里……"为起兴，如"梦中我采得一枝好花"（《赠》）、"梦中我梦见水"（《梦中》）、"因为梦里梦见我是个镜子"（《妆台》）等都以"梦"展开想象，传达诗的感觉。何其芳亦在对古典诗词的"醉心"之中重新发现了"想象"的魅力，他极其欣赏李商隐的《懊恼曲》最后四句（楚水悠悠流如马，恨紫愁红满平野。野土千年怨不平，至今烧作鸳鸯瓦）中的"镜花水月"，"我喜欢……那种镜花水月"[1]。而"镜花水月"源出佛教术语，后人多解作镜中花、水中月，常比喻虚幻的景象、幻觉和不可捉摸、无法言尽与指实的事情，即"无一语及于事实，而言外无穷"（刘熙载《诗概》）。可见"镜花水月"主要指想象、幻想中的虚幻事物和景象，因此，何其芳对古典诗词中"镜花水月"的再发现，其实是他对想象、幻想的再发现。何其芳后来曾在谈及《李凭箜篌引》时指出，此诗"想象是那样丰富，那样奇特"，"有很多奇特的想象"，"那些想象忽然从这里跳到那里，读者不容易追踪"[2]，这也显示了他对古典诗词中丰富的想象力的关注与欣赏。何其芳自己的诗歌创作亦追求"镜花水月"，注重想象，"梦"是其最主要的想象方式。何其芳初登诗坛就曾宣称"更喜欢梦中道路的迷离"[3]，并终日沉浸于"画梦"之中。他的《预言》中约有三分之二的诗是在"画梦"；《爱情》一诗乃诗人于梦中所得，诗中布满近乎痴人说梦的怪诞联想；而《给我梦中的人》《梦歌》《梦后》等诗也都显示了"梦"无处不在地支配着何其芳的诗歌思维与想象方式。何其芳完全将"梦"作为现实的另一种存在，他对美、爱情和理想的寄托全附着于"梦"；在其笔下，梦便是现实，现实便是梦，梦比现实更真实，"梦"成为其诗歌创作中最重要的想象方式。因此，成天沉浸于"梦中道路"上"画梦"的何其芳在回望古典诗传统时重新发现了"梦"的想象方式，发现了那种"镜花水月"的美，形成了对古

---

① 何其芳：《论梦中道路》，《大公报·文艺》1936 年 7 月 19 日，第 182 期"诗歌特刊"。

② 何其芳：《论梦中道路》，《大公报·文艺》1936 年 7 月 19 日，第 182 期"诗歌特刊"。

③ 刘西渭：《画廊集——李广田先生作》，《大公报·文艺》1936 年 8 月 2 日，第 190 期"书评特刊"。

典诗传统的再发现，也形成了自身的诗歌建设特质。

废名、何其芳等一批诗人虽然发现了"想象"对于古典诗传统和新诗建设的重要性，但由于诗人个人视野的局限，他们并未意识到"想象"作为诗之为诗的基本质素的重要性，这不能不是20世纪30年代诗人的失误。事实上，想象是诗之为诗的基本质素之一，它在写实倾向占据主流诗歌位置的时代被重新发现，对于新诗建设具有重要意义。

总之，身处新诗发展新的十字路口，20世纪30年代以废名、何其芳、卞之琳、林庚、吴兴华、朱英诞、南星等为代表的一批诗人重新阐释和再认识传统，重新发现了传统中可用于新诗现代化建设的质素。这些质素拼贴起来，便是20世纪30年代废名等一批诗人们眼中的"传统"，是他们对古今相通的"诗"传统的再发现，以此组构出他们眼中古典诗传统的面貌与秩序，形成了他们对古典诗传统的再发现。同时，这些质素正是新诗现代化建设所需的基本质素，反映了新诗现代化建设在思维方式、内容、表现方式、诗歌语言、传达方式、形式等各方面的基本问题。因而，废名等人对古典诗传统的再发现，其实又是对新诗现代性的发现，是对新诗现代化建设的再发现。他们发现了一条被初期新诗发展所否定和忽略的新诗现代化建设的"僻路"，在这条"僻路"上，废名等诗人所重新发现的并非传统的全部，甚至并非传统的真实面貌，但这正是他们眼中所看到的"传统"。他们所发现的这些"风景"和这种"再发现"传统的诗学倾向对于建设20世纪30年代的新诗起到了重要作用，构筑了20世纪30年代诗歌的一道独特"风景"，并对20世纪40年代及后来乃至当下的诗歌建设都具有重要的启示价值与诗学意义。

（作者单位：广西师范学院文学院）

新诗史中的"两岸"

洪子诚

这个题目包含两层意思，一层是中国新诗史怎样处理"两岸"的诗歌现象，另一层是"两岸"的学人如何对待新诗史的写作。

先谈后面一个问题。

中国不仅是经济大国，中国大陆还是文学史生产大国，这个情况的产生，和大陆教育/学术体制密切相关。20 世纪 90 年代的时候，《诗探索》开辟专栏讨论"重写新诗史"，我曾写过一篇短文《重写新诗史?》，说首先是要有新诗史，然后才能讨论"重写"——那时候，新诗史确实不多。20 多年过去，大陆学人编写的新诗史已成批涌现，成果斐然，粗略统计，各种冠以中国、台湾、香港等的或全面系统，或专题性质的新诗史著应该有 20 种之多①。

---

① 自 1989 年古继堂的《台湾新诗发展史》之后，大陆学者陆续出版的新诗史著作（主要在大陆出版社出版，个别在台湾或香港出版社出版），重要的有：周晓风等《中国当代新诗发展史》（1993），洪子诚、刘登翰《中国当代新诗史》（1993 出版，2005 修订版），谢冕《新世纪的太阳》（1993 初版，2009 再版），王毅《中国现代主义诗歌史论》（1998），孙玉石《中国现代主义思潮史论》（1999），龙泉明《中国新诗流变论》（1999），刘扬烈《中国新诗发展史》（2000），李新宇《中国当代诗歌艺术流变史》（2000），朱光灿《中国现代诗歌史》（2000），罗振亚《中国现代主义诗歌流派史》（2002），程光炜《中国当代诗歌史》（2003），王光明《现代汉诗的百年演变》（2003），杨四平《二十世纪中国新诗主潮》（2004），陆耀东《中国新诗史 1916~1949》（第一卷 2005，第二卷 2007），沈用大《中国新诗史：1918~1949》（2007），古远清《台湾当代诗史》（2008），张新《20 世纪中国新诗史》（2009），刘春《一个人的诗歌史》（第一、第二部 2010，第三部 2013），谢冕等《中国新诗史略》（2011），林贤治《中国新诗五十年》，刘福春《中国新诗编年史》（2013）等。

　　相对于大陆这边在著史上的"或老骥伏枥，奋不顾身"，或"初生牛犊，身手矫健"（陈平原语），台湾的研究同行却显得相当沉寂。记得 2005 年 8 月在北京圆明园的达园宾馆，有规模宏大的"中国新诗一百年国际研讨会"举行，会上，台湾学者孟樊、杨宗翰宣布了他们合著"台湾新诗史"的计划，并公开它的结构大纲。因为关切这部著作，10 年来我常在网络上搜索，标示的总是"撰写中"三个字。当年，杨宗翰在《台湾新诗史：一个未完成的计划》① 中，对台湾在"新诗史撰述的毫无表现"有这样的描述：

　　　　笔者敢斥为"毫无表现"，正是因为我们从来就没有一部由自己执笔、完整的"台湾新诗史"，有的只是关于诗史的后设批评（meta-criticism），以及自我催眠用的最好借口：（无尽地?）期待与盼望。大陆学者古继堂早在 1989 年"替"我们写了一本《台湾新诗发展史》，出版后虽毁多于誉、骂声不绝，却迟迟未见本地学人独撰或合写（哪怕只是一部）诗史撰述来取代古著。唯诗人学者向阳（林淇漾）曾尝试以"风潮"的角度切入，自 1950 起用十年一期来"断代"，写出了一系列的"现代诗风潮试论"。不过，向著偏重文学外缘研究（这当然与切入角度关系密切）且尽为单篇论文，体例不类文学史著作，迄今亦未涉及日治时期的台湾新诗史，殊为可惜。在向著之外，另有两场学术研讨会必须一提：一为文讯杂志社于 1995 年举办的"台湾现代诗史研讨会"，一为世新大学英语系于 2001 年举办的"台湾现/当代诗史书写研讨会"。两者在设计上都有希冀结合众学者之力，集体撰述台湾新诗史之意图；不过就会议论文集的成果来看，其实践与目标间恐怕还有很大一段落差，故此构史共图不幸只能草草落幕、不了了之。

　　这篇文章还预告了古添洪、陈慧桦、余崇生的《台湾诗史》，但至今也仍是"写作中"。虽说 2006 年有张双英的《二十世纪台湾新诗史》② 出版，

---

① 参见《台湾史料研究》第 23 期，2004 年 8 月。
② 台北五南图书出版公司，2006。

但杨宗翰勾画的情形似未很大改变。造成这个情况,杨认为主因缘于"集体合撰式的文学史观点应该统一"这一迷思在作祟。这当然有道理,但其实应该有更广泛,也更重要的原因。其中的一项是,对于诗史撰写,不论是台湾部分单独论列还是与祖国大陆、香港等地集合评叙,在诗歌史观念、架构、体例,以至起源、断代分期、传承、诗质与诗型等方面,都离不开台湾诗歌的定位。说古著的《台湾新诗发展史》是"'替'我们写",对《中国当代新诗史》的"台湾当代诗歌是中国当代诗歌发展的一个重要组成部分"这个说法斥为"武断"并"愤恨不平",都牵涉到台湾诗歌"主体性"或"本土性"这一令撰述者有时感到困惑的问题。

另一原因是,诗歌史撰述与学术/教育体制之间的关系。杨宗翰用"在野性质"来描述台湾的诗歌史/文学史研究与祖国大陆的"最大不同之处",他说,台湾文学史/诗歌史研究还未被教育机构"彻底收编",因此,也较少出现"注重体例、叙述、结构、配置是否符合教学上的要求"的撰述。这个观点值得重视。确实,从20世纪五六十年代迄今,台湾有关新诗研究的论著数量一点也不少,"从文士学者的个人专著到研讨会的集体发表","台湾新诗研究虽然称不上热门或丰收,但从来就不曾冷僻或枯槁",只是相较"正统"、体制化的新诗史撰述显出差距而已。这里引发的问题是,这种为学术/教育制度所"收编"、规范的新诗史撰述是否那么重要?在一些诗人、批评家和读者那里,可能更倾心于那种多样鲜活的、"不规范"的研究论著,这种倾向也存在于祖国大陆的诗人和读者中,最近,《一个人的诗歌史》① 受到的欢迎说明了这一点。就如这部书的推荐语说的,它"具有文学评论的精确与简练,也有生活随笔的细腻与温润,同时也自然带出随笔特有的一种思考"(柏桦),而写作者个人感受积极参与,也是重要特色。这一从爱伦堡的《人,生活,岁月》获得启发的撰述体式,显然与通常意义的诗歌史有很大不同。十多年前出版的《持灯的使者》和《沉沦的圣殿》,也属于这种"另类"的诗歌史性质。汇集当事人有关20世纪70年代"地下诗歌"和《今天》创办情况的回顾文字的《持灯的使者》,编者就称它为与体制化文学史不同的"边缘化文学史写作"。对这一"散漫的,重视细节

---

① 刘春:《一个人的诗歌史》,第一、第二部,2010,第三部,2013,广西师范大学出版社。

的，质感较强的"诗歌史，刘禾认为：

> 我觉得《持灯》和正统文学史写作的关系应该倒过来看，不是《持灯》为文学史提供原始文献，以补充和完善现有的文学史的内容，而是恰好相反，《持灯》的写作迫使我们重新思考现代文学史一贯的前提和假设，因为它所代表的倾向是另一类的历史叙事……①

奚密在论述"现代汉诗"的性质的时候，将"边缘性"特别提出②。其与主流意识形态，与制度化的语言、情感、思维方式保持距离，加以质疑和再造，应该看作是现代诗歌存在的意义和它获得生命活力的主要保证。相对于诗歌的这一特质，诗歌研究和诗歌史写作的"边缘性"，就不应被看成是缺陷，而是一种积极的应对。毫无疑问，寻找"规律"，全面、条理化的诗歌史有它的价值，但是，能容纳、有效处理感性细节的能力，呈现为抽象概括所遗漏、遮蔽的情景、思绪、精神氛围的著述，包括认真编著的作品选和文本解读、赏析读本，其重要性一点也不比正规的诗歌史差。这是因为，事实不仅需要聚拢，也需要扩散；历史不仅是中心，也有不可轻忽的边缘；不仅有必然，也有众多的偶然和碎片。

况且，比起小说等来，现代诗是一种特殊的，甚至是更"专业"的手艺和知识。在我看来，较为成功的诗歌写作经验，是有成效的诗歌批评和诗歌史写作的必备条件，像我这样毫无诗歌写作经验的人，常感只是隔靴搔痒。只要粗略看看新诗历史，就会明白"诗人包办一切"的说法也并非狂妄，因此，台湾诗歌研究界和诗人大幅度重叠的情况，也是导致欠缺体制化诗歌史的原因。对此，说是应该忧心也对，但绝对不必忧心忡忡。

接着是新诗史中如何处理两岸的诗歌现象。

基于目前已出版的这方面论著的情况，谈论这个问题只能以大陆学人的诗歌史著作作为对象。在此，大体上有三种处理方式：第一种是对两岸的诗歌分别单独处理。因为目前大部分冠以"中国"的诗歌史著作，如王毅的

---

① 参见刘禾主编《持灯的使者·编者的话》，牛津大学出版社，2001。
② 参见奚密《从边缘出发》一书的第一章"从边缘出发：论现代汉诗的现代性"，广东人民出版社，2000。

《中国现代主义诗歌史论》、孙玉石的《中国现代主义思潮史论》、刘扬烈的《中国新诗发展史》、李新宇的《中国当代诗歌艺术流变史》、罗振亚的《中国现代主义诗歌流派史》、程光炜的《中国当代诗歌史》、陆耀东的《中国新诗史》、沈用大的《中国新诗史：1918～1949》、张新的《20世纪中国新诗史》等，都以祖国大陆的诗歌现象作为评述对象，未涉及台湾、香港等部分。这种处理方式，或者是研究者尚难顾及，或者是没有找到合适的整合架构，或者根本就不信奉把什么都往里装的"大筐子主义"，因此在一些学人那里，收缩评述范围也暗含着对这种"主义"的抵制。

　　第二种方式，是虽然将祖国大陆和台湾、香港的诗歌都纳入其中，但采取分别叙述的结构。如我和刘登翰合著的《中国当代新诗史》就是这样；刘福春的《中国新诗编年史》以编年的方式将两岸诗歌现象聚拢并置，大体上也是分别叙述的格式。另有带有文学史意味的一些选本，如近年出版的《中国百年新诗大典》① 也属于这一类。"大典"共30卷，台湾、香港部分单独在第9、第13、第21、第26卷中，另有第14卷是马华中文诗歌。在这些著述、选本中，祖国大陆和台港诗歌的关联性难以得到充分显示，有的论著、选本，因为侧重点在大陆，台港部分给人以附录、补白的印象。

　　第三种方式，是将两岸新诗作为"中国新诗"中既相对独立，也密切关联的对象进行"文学史意义"的整理，这是基于两岸拥有历史、文化、语言的深厚渊源，也面临相似的诗歌问题。不过，这方面的成果尚不多见，目前在处理这一问题上值得重视的是王光明的《现代汉诗的百年演变》② 另外，在谢冕担任总主编、多人合作编选的《中国新诗大系》③，以及将这一"大系"的导言抽出集合成书的《中国新诗史略》④ 中，各卷也有程度不同的整体考察的尝试。

　　王光明的《演变》是史论性质的论著，这有助于解决（或避开）诸如历史分期、诗人位置分配等棘手问题。我在一篇书评中指出，他对"百年

---

① 《中国百年新诗大典》，长江文艺出版社，2013。该书将大陆与台港诗歌分别设卷，30卷中含台湾诗歌3卷，香港诗歌1卷，另有马华中文诗歌1卷。
② 王光明：《现代汉诗的百年演变》，河北人民出版社，2003。
③ 谢冕总主编《中国新诗大系》，人民文学出版社，2011。
④ 《中国新诗史略》，北京大学出版社，2011。

新诗"做了全景式关照，时间上贯通近代和现当代，"空间上将祖国大陆、台湾、香港'两岸三地'的诗歌纳入论述范围。其中，台湾、香港诗歌首次在新诗史论述中，与祖国大陆诗歌得到'整合性'的呈现"，而对"在社会、文化等'时势'变迁（或者叫'转型'）中，'新诗'有何文学史意义，怎样学习新语言，寻找新世界，'是否完成了象征体系和文类秩序的重建'，'能否作为一个环节体现中国诗歌传统的延续'"① 的思考，成为观察两岸诗歌的贯穿视角。这部论著在处理两岸诗歌问题上提供的经验和存在的问题，都需要进一步分析。

其实，是否将中国海峡两岸暨香港、台湾的诗歌变迁都囊括进一本书里，并不是一个十分紧要的事情。有意义的可能是，让有关联而又互异的因素产生比较和碰撞，能否对新诗的研究有实质性推进，是否会激发诗歌实践的能量。正像王光明说的，与其"规划版图，分出时期，排定等级，颁给荣誉，建造文学的纪念碑"，不如通过不断自我质疑，开放诗歌史中的问题，延续我们对当代问题的思考②。

在将海峡两岸暨香港、台湾诗歌设定为对比、互为参照的对象的时候，浮光掠影之间会容易看到它们之间的相似性。比如，容易发现新诗与旧诗，个人与社会，意识与语言，都市记忆与乡村情结、外来影响与本土传统、情感与知性、自由与秩序、明朗与晦涩等，都是经常在祖国大陆和香港、台湾浮现涌动的问题，它们也经常被诗人和学人处理成对立的两项。这样，就加强了我们有关祖国大陆和香港、台湾诗歌"同质性"的理解。但是，深入的考察其实需要揭发同中之异，差异不仅表现为程度、范围，不仅表现为事情发生时间的先后，更是某种带有实质性的条件和特征。

比如，祖国大陆和香港、台湾现代诗在社会文化空间上都存在"中心"与"边缘"的选择，对台湾、香港诗歌来说，进入"中心"殊属不易，而让祖国大陆诗人摆脱那种"中心"的情结，倒是相当困难——因为诗歌作为一种"动员"的手段，仍盘踞在诗人和批评家脑中。不错，诗歌的"现实感"、现实关怀是中国诗歌的共同关注点，但在今天，台湾有的诗人和诗

① 洪子诚：《谈〈现代汉诗的百年演变〉》，《学习对诗说话》，北京大学出版社，2010。
② 王光明：《文学批评的两地视野》，北京大学出版社，2002，第97、101页。

评家可能觉得祖国大陆的写作整体上过于紧张、坚硬，少有放松和幽默，而祖国大陆又可能认为香港、台湾的诗在重量和视野上存在欠缺。

又比如，在诗歌语言方面，虽然海峡两岸暨香港、台湾使用的都是"现代汉语"，但其实在质地上有许多差别。20 世纪 50 年代起，祖国大陆诗歌就强调以乡村生活经验和大众口语来整合、规范诗歌的个人意识和语言，并在艺术资源上向着本土乡村民歌靠拢；同时，国家大力推行的"汉语规范化"也让诗歌/文学语言发生很大变化。这些举措为诗歌接近大众、表现大众生活创造了条件，但也窄化了诗歌语言对更多资源的吸取。冯至 20 世纪 50 年代在《冯至诗文选集》中修改了他 20 世纪 20 年代的诗，北岛修改戴望舒翻译的洛尔加的《梦人游谣》，都从语言角度可以窥见汉语规范化在当时的重大影响和留下的"后遗症"（根据黄灿然的相关分析[1]）。

在与西方"现代派"的关系上，一般会认为 20 世纪 80 年代的祖国大陆诗歌是在重复台湾走过的路子，这被解释为"现代"诗歌"后发地域"的必经历程。因此就会发生这样的现象：20 世纪 80 年代祖国大陆"现代派热"的时候，一位台湾著名前辈诗人访问北京大学，他在与学生座谈的时候，以过来人身份好意劝告"后来者"要避免陷入"西化"的误区，而引发学生批评性的反应。的确，前人的经验必须重视，以史为鉴嘛；但另一方面，我们有时不大明白，路要自己去走，他人经验不可能简单取代。更重要的是，同是所谓对"现代派"的接受和反思，如果仔细考察，20 世纪五六十年代台湾和 20 世纪 80 年代祖国大陆的具体情形，如动机、亲近的对象、接受的方式和语言策略、调整的方向等，实际上有很大的差别。设若人们只关注那些相似性的表象，虽然可以为"中国新诗"的概念提供证明，却无助于对 20 世纪中国新诗研究的深化。

（作者单位：北京大学文学院）

---

[1] 参见黄灿然《粗率与精湛》，《读书》2006 年第 7、9 期。

城镇化进程中的诗及其表达

苏君礼

摘　要：中国城镇化率到 2013 年底达到了 53.7%，尽管这里真正意义上的城镇人口只有 36%，但是这无疑标志着中国城镇化进程的节奏正在不断加快。与此同时，贫困的世袭与阶层固化、利益固化现象并存，农民由底层转化上升为"市民"的通道依然受阻。在这样的语境下探讨中国新诗如何"现代"，怎样"新诗"，无疑十分必要和及时，因为现代化步伐的加快，正为诗人的发现与表达提供着丰富的创作素材和题材，也提供着难得的机遇与挑战。这使人们对文学、对诗的理解和诠释，既有所改变，也有所修正，更有所补充。用"乡村"与"城市"间的游走来概括当下诗的总体状貌是准恰的。

关键词：城镇化　乡村　城市　游走　诗的现代

从 1978 年到 2011 年，中国城镇化人口从 1.72 亿增加到 6.9 亿，城镇化率从 17.92%，提高到了 51.27%，而到 2013 年底城镇化率又达到了 53.7%，尽管这里真正意义上的城镇人口只有 36%，但是无疑标志着中国城镇化进程的节奏正在不断加快。与此同时，贫困的世袭与阶层固化、利益固化现象并存，农民由底层转化上升为"市民"的通道依然受阻。在这样的语境下，探讨中国新诗如何"现代"，怎样"新诗"，无疑十分必要和及时——因为现代化步伐的加快，正为诗人的发现与表达提供着丰富的创作素材和题材，也提供着难得的机遇与挑战，使人们对文学、对诗的理解和诠释既有所改变，也有所修正，更有所补充。在经典意义上的习惯性表述中，文学是要对它的表现对象进行全面或局部的"本质化"处理和表现的，换言之，文学要反映或把握社会历史发展的本质规律，诗歌亦然。但社会的本质是什么？恐怕在当下已很难有众口一致的表述，而诗的本质亦然。诗在本质上是抒情的，也是语言形式的，既要承载历史，也要承载现实，更要寄托未来。意大利学者克罗齐说："任何历史都是当代史。"城镇化进程的不断加快，是社会的表征，同时也是本质的呈现。诗面对着城镇化、现代化，面对它所反映和表现的对象要进行怎样的处理和表现，恐怕已是许多文学从业者必须面对的现实问题和难以破解的困境。

诗和诗的表达，我以为用"乡村"与"城市"间的游走来概括当下的总体状貌是准恰的。不容置疑，当下的城镇化、乡村化的概念或内涵，是社会现代化进程中所必然和自然表现出来的，并且早已有别于传统社会学表述中的意义，也早已不是一个单纯的时间或地域概念，更不再是文明与愚昧、落后或进步的区分与差异的简单称谓。就我个人有限的生活经历和阅读经验而言，当下对诗的理解、表述、表达相当繁复杂乱，在多元语境，多媒体、自媒体环境下，人人都有命名的权利和表达的理由，诸如"打工诗"、"特区诗"、"城市诗"、"精英诗"、"草根诗"等。上述术语尽管的确有着自身概念的一些特质，但交叉、混沌和互渗是肯定的存在。城镇化进程中的诗应是面对城镇化完整进程的逼视姿态和生命追问，是焦虑、紧张、魅惑、茫然等更加"个人化"的写作，它以捍卫、开发、抒发身处现代生活节律中人的独特的个体生命意识和独立人格为前提，创作主体必须拥有清醒的自由意志和明确的批判精神，必须实际地承担与生命情调相伴始终的良知与尊严、苦难与困厄以及爱与恨、追悔与畅想等，应该是一种面对灵魂的缠绕与诘难、困顿与警觉，是现实世界、经验世界和超验世界的打通和共在。因为城镇化进程中，人的喜怒哀乐的感觉、经历和精神萎顿与张扬是复合型的，既多姿多彩，又丰富无比。

在一个诗教传统受重视和强调的语境中，"诗言志"、"文载道"的观念根深蒂固，"诗"当然不独充当服务的工具角色，已是不疑的表述。诗不提供给人们某种心灵救赎的具体方式，更不会明确指出走出或逃离经济困境、物质匮乏境地的最佳路径，这是如何"现代"和创新都绕不开的现实存在。太多的历史与事实证明了诗不会太过直接的招引或改造什么，其干预生活是间接的，在当下生活中与权力、金钱相比更过弱势。如果说杨绛欣赏的英国诗人蓝德的一句话"我和谁都不争，和谁争我都不屑"是文人傲骨、淡然心境的彰显和袒露，那么，城镇化进程中的诗和诗的表达也应有自己的承担和坚守、价值及追求。诗应该依旧延续它自身的历史，秉持既传统又超越的使命感，在孤寂中寻求共在，在有限中实现自由。换言之，诗应该始终站立在较高的精神领地、精神维度上，审视现实、关爱生命，展布人物丰富而独特的个性禀赋，进而在多样化的表现或再现中抒写出人物各自不同的丰繁而复杂的潜在内质——人性。马克思说过，"现代的历史是乡村城市化，而不像在古代那样，是城市乡村化"①。城镇化是社会发展的大趋势，而进程的加快是不以人的意志为转移的。诗要通过诗人对个体生命的深度体验和高度认可与尊重，来反抗商品经济环境下个人生活空间、生命时间的被粗暴占有与挤压，呼唤人的生活的五彩缤纷，以之来抗争个人生活的无色彩或单一色彩——被无情地"公共化"的残酷现状与恐怖现实。近年来，生活中"被××"的事件时有发生，概而言之是当下生活中人们"被文学"了，尤其是弱势群体成员，在本属于私性领域中的合法性、独立性乃至幻想性，遭受着压抑、修正和篡改。尽管诗或诗的表达并不能真正抑制公共领域的过度扩展所造成的对人的私密时间和空间的挤压与掠夺，但至少可以清洗掉一些附着于表面上的"霾"或尘垢，从而让人留存或获得独特而精致的诗意想象和审美发现，并真正感受到生活或生命存在的价值、意义。诗应是永远在场的，无论是面对过去、现实，还是未来，都要有自己的担当和使命。在文化多元的城镇化进程中，简单持守"本土化立场"当然不能对抗全球化、跨文化浪潮的强烈冲击和强势掠夺。消费主义时尚正创造着各种怪异的样式或"范式"，而享乐主义正挟持着人的感官排演着无数充满肉欲和铜臭的闹戏。当家园被毁，房屋遭拆，希望破灭之后，"活下去"的理由并不构成人生的大障碍，"坚忍"早已使他们习惯于在抗争中默默等待破晓的曙光。诗人独

---

① 《马克思恩格斯全集》第46卷上册，人民出版社，1979，第480页。

唱的声音，能否融入合唱的队列？在感性大潮中生态学意义的可持续发展，呼唤着诗"有序"的理性回归，回归本体，软弱地抗拒着逐利的滔天巨浪，勉强固守着孤傲的旗标，以期让人在失望中不至于彻底绝望。

在习惯上，人们常常听凭于习惯，追逐着"时尚"、"前卫"，诗的"现代"进程亦然。早在 1929 年，就有人探讨"中国新诗坛的昨日今日和明日"[1]，而当下城镇化进程中的诗及其表达与现代节奏并未同步。城镇化的加快使诗人对生活的理解发生了翻天覆地的根本性变化，如果依靠自己确立已久的价值意识和感觉系统，让盘踞于心的东西不证自明而又天经地义地存在和展布当然舒展，但是未必"现代"。当我们面对商品经济环境下的日新月异的生活变化产生即时快感时，我们早已确立或刚刚有些适应的习惯性观念、视野和审美意识，连根须都未及萌生或伸长即被连根拔起了，最终成为太多的问号或叹号，成为飘浮于空中失去实在指向性的纯粹的符码碎片，轻抚心壁，撞响神经。鲁迅等一代中国文化的守夜人，面对让人匪夷所思的事，如山东招远不给陌生人手机号码竟被打死，会是怎样的感受？血流盈野虽不常见，但仇恨与情欲的扭结、兽性与人性的搏斗正发出真切的嘶叫，显现着巨大的魅惑力和冲击力。在视、听、触、嗅、味中，人的历史和现实都是主观化、意象化的；在霓虹灯下灯红酒绿中讨生活，灵魂的漂泊与眼神的无助是必然的。与之相应，诗的"现代"表达也会呈现出个人化、个性化特征。

一般来说，在科学理解下城镇化包括三个层次：①"业"的——由原来务农到务工；②"居"的——由过去生活在农村到生活在城镇；③"人"的——由身份的农民属性到市民属性。当下 53.7% 的城镇化率，是"业"的初步，"居"的初步，而"人"的城镇化恐怕还远未达到。可以想象，当下农村"锄禾日当午"的现象或场景还存在多少？空巢、留滞现象普遍存在，人的真实感受怎样？农民工的答案已然不同于唐代，更少有古时的乡村意境，可有的诗歌表述依旧是臧克家式的"儿子在土里洗澡、爸爸在土里流汗、爷爷在土里埋葬"的感受和体验——"苦难"的母题被简单化、模式化了。事实上，城镇化中生活"两极化"状况更趋严重，贫困的世袭和

---

[1]　参见草川未雨《中国新诗坛的昨日今日和明日》，海音书局，1929。

阶层的固化在延续，人们要么是"富"得流油，要么是失业或下岗后的疾病、叹息与无奈，而"病象"背后的真实病理、病因却无人顾及且少有追问。的确，在当下任何一个地方，面对景、情、人、事等诸多诗的元素，我们如庄子笔下的那个河伯一样的观看河流的心情姿态早已荡然远去。看着生活河流浩浩荡荡奔流向前，那种"欣然自喜，以天下之美为尽在己"的感受体验，已为望洋兴叹所取代，这定然是一种震惊和晕眩，失"河"得"海"的转换，是"时空"的全方位变化，失却边界、不知所往的迷失和焦虑实属必然。感受着飞速发展变化的经济繁荣带来的巨大审美冲击力，我们可能有些猝不及防，也有些力不从心，甚至还缺乏足够理性的梳理和哲学层面的追问。这是自然而然的，正如世上不可能有哪一座山恪守着永远苍翠挺拔的诺言，火山喷发一定会创造新的地形、地貌，诗也一定是在现代化进程中不断发展变化的。

城镇化进程中的诗或诗的表达，在当下已不仅仅是情感苍白无力，语言形式乏善可陈，也不仅仅是学术化、同质化、概念化或娱乐化、符号化，更不仅仅是缺少真实、缺少意境、缺少情感，而是情感的、意义的丧失或流放，是对诗的语言和艺术特质的漠视或无视。我对今年1月至8月的《诗刊》和《人民文学》等做了简单的粗略阅读，个人感觉其中直面现实和灵魂、能打动人心的诗不多。语词的表达在现代焦虑中产生了类似于shook（休克）的感觉，要表达、要抒情、要叙述、要展布却只能听任种种逸出常规；超乎定见的文学现象或审美现象在特定的时空氛围里以自己的方式存在，自说自语、自我呻吟或自我抚摸。有人赞扬有的诗人写出了"新闻性"，而"新闻性"是诗要有的"现代性"的题中要义吗？有的诗在"新"、"奇"上，甚至在逻辑上，大玩语词游戏，貌似生机勃勃、毫无顾忌地绽放或表演，其实也可能是昙花一现，速现速朽。

在惯常情况下，城镇化进程中的人有自己的生活节律和价值追求，也有自己迥别于传统的生活经验和生命体验。他们以真正敞开的胸怀容纳和享受着阳光、春风、雨露，也领略并感受着秋霜、冬雪的寒凉。这其中有打拼的艰难，失败的沮丧，成功的欢娱，也有超越的冲动和经验的断裂，更有生命的狂欢和审丑的极端；有失去土地的无依，有房屋被野蛮拆毁的愤怒，也有因股票获利或被套牢的狂喜、无奈，甚至有对房价畸高、物价不稳的不解和困惑以及对爱情和婚姻的怀疑与恐惧等。其中一些人对生命的不安、对"未来"的迷茫和恐惧是共性的，如祥子当年的感觉依然存在且蔓延着、聚集着。农民或准农民对于城镇或城镇生活拼尽全力地想融入，却总是被排斥、被挤压、被拒绝着，仿佛永远轮回，却不过是实在与虚拟的重复。人生境遇上升的通道被体制、政策、人为等多种因素阻隔了，社会阶层的固化趋势和贫困化的代际传递在加剧且加速，有人将之概括为"回不去的故乡，融不进的城市"是不二的表述和现实存在。对此，诗或诗的表达并不同步，节律也难说一致，诗人像所有自设樊篱或自营囚牢者，只是不能以作茧自缚来形容，因为有太多的外因、渴望、欲念，有不能自已和自控的生命悸动。我以为这就是城镇化进程中诗或诗人面临的现实，是活生生的，也是血淋淋的；是明晰的，也是模糊的、纷杂的；它是现实存在的，也是想象中的。诗应该努力找寻打开两个世界的钥匙，不然便无法理解一些沉醉于幻觉和自恋中的诗人，如何践踏和改变着人们感受苦难、体味幸福的方式，如何以陈旧的感觉，替代着貌似现代的精神感受。

　　人们的苦难或幸福是多层次、多向度的。在常识上人人都知道："一个姑娘可以歌唱她失去的爱情，而一个守财奴却不能歌唱它失去的钱财。"但城镇化进程中的诗，太多的是在写"钱财"，甚至直接抒发失去"钱财"的感伤，显然是一种现代意识的缺失。在中西方文化的碰撞中先是社会市场化的挑战，给文学带来了新课题，继而又是城镇化进程的加快，考量着人的生理、心理的承受力。当整个社会都转型到市场后，追求利润和价值成为理由充分的唯一，势必带来强烈的功利心理和行为。马克思说："资本来到世间，就是从头到脚，每个毛孔都滴着血和肮脏的东西。"[①] 从原始积累的过程来看，资本以牺牲道德、挑战法律、蔑视人性为代价。马克思曾引邓宁格的话说："《季刊评论员》说，资本会逃避动乱和纷争，是胆怯的。这当然是真的，却不是全面的真理。像自然据说惧怕真空一样，资本惧怕没有利润或利润过于微小的情况。一有适当的利润，资本就会非常胆壮起来。只要有10%的利润，它就会到处被人使用；有20%就会活泼起来；有50%就会引起积极冒险；有100%就会使人不顾一切法律；有300%就会使人不怕犯罪，

① 参见〔德〕卡尔·马克思《资本论》第1卷，人民出版社，1958，第839页。

甚至不怕绞首的危险。如果动乱和纷争会带来利润，它就会鼓励它们。走私和奴隶贸易就是证据。"① 这已为太多的事实所证明。人人都清楚，当市场化的特征和运作手段越来越明显、越来越花样繁多，相应地会带来诗自身的调整与改变。为了摆脱日益边缘化、小圈子化和争夺话语霸权，人们各显神通、相互倾轧，网络诗、纯诗、大众或草根诗等混杂并存，表征如此，价值尚待析清和实证。反正各个层次的诗，都可以以各种不同的方式，快速地抢"滩"掠"地"，赚人眼球，而诗的"本质"在价值多元的审美混乱中被模糊了。实际上诗的"现代"与否，典雅或通俗不是问题，当信仰不在，想象枯萎，语言沙化，诗的绿意、葱茏和生命能在吗？语言的表达方式的多样转变或也不是问题，对现实、文化、思想、审美等方面的深度漠视才是真正问题。扪心自问，为什么会有写诗的人比读诗的人还多的说法？是急功近利的"丰富"，是缺乏质量支撑的"数量"，甚至是抄走捷径的投机行为，贬损了诗的声誉，降低了诗的艺术高度，遮掩了诗应有的光环。伤害越深，败象越多，人们对诗及诗的价值的疑问越多，这是每个人都心知肚明的。

　　城镇化进程中的诗本然地带有自炫色彩，这不只是简单的价值判断。城市当然与文明相携、相伴，"城市，让明天生活更美好"口号一度很流行，也很具诱惑性。但过度追逐舒适，使人与自然的关系紧张，已是不争的事实。农民被卖掉土地后的短暂富裕和工人被改制后的下岗都有着深层的隐痛，而不独短暂的经济优势、收入优势等，这必然修正并替换掉传统诗学观念意识或潜意识中的自谦、荣耀、仁爱等高贵名词。如今许多自命为"时尚"、"新潮"、"现代"的东西，其实并没有多少内容、形式或手法的创新，而只是衍生出或强化着诸如自夸、伪饰、强迫、暴力、眩惑等不平等的非自由意志，不和谐的价值等级，不平等的阶层意识，不光明磊落的炫耀感等。于是，文字拼凑、意象堆砌、诗思匮乏、逻辑不通、似丰实馁、似广实狭、似深实浅，心灵浮躁而不沉静，用意直接而不纯净的诗屡读屡现；表层化、同质化、媚俗化倾向十分明显，而且屡试不爽。放眼望，诗人笔下的场景多为酒吧、超市、公园、洗浴中心，诸如孤独、惘然、疯子、恍惚、病房等频频出现，权力和欲望发酵带来了荣誉、利益，既得者失控，未得者失衡，而

---

① 　参见〔德〕卡尔·马克思，《资本论》第 1 卷，人民出版社，1958，第 839 页。

真正的诗思、诗意湮没于金钱、权势的狂涛，踏入不归路；加之，内耗造成的坏名声，更是贬毁着诗的高贵与尊严。于是，诗或者被简化为下岗流落街头的无语，或者被神化为无所不能的激昂，却依然是面朝黄土背朝天的嗟叹；或者打扮成流落中的美丽"路遇"，有"深蓝或更深的蓝"。尽管我们可以在阅读中找出其话语方式的流行主要是为反抗以往过度净化的语言的理由，但却不能不对身体化、器官化、粗鄙化等当下诗的语言去纯化、去审美化表示担忧。可以说，尽最大努力地突出语言的感性特质，甚至身体性别属性，与诗的审美特质相去甚远。当人们的身体被当作资源，各种器官潜能被前所未有地尊崇和挖掘时，人是获得了自由，还是反而失去了自身呢？事实上肉身在幻觉中的种种迷醉与放纵，反而令拥有精神的身体本身逃逸了，"不在场"应是一个准确的概括，在"城市"与"乡村"间的游走、不定是状貌呈现。那万劫不复的沉沦，或不惜血本的放纵，没法拯救，只能救赎。而人的精神一旦被驱逐或放逐，灵魂就是空洞的，因为这时无论怎样修饰或象征出的欲望一定是浅表化的。无论哪种意象的把玩与流连，几乎都成了某种策略，而非对意义的寻找，对高贵的仰慕。

诗总是面对鲜活的生活，面对各种丰富无边的形态和自由的漫无边界的想象空间。依照马斯洛的人的需要的五个层次说，写作行为自然是源自于本能和欲望的生存冲动，但肯定有更高级的审美需要成分在其中。虽然它并不绝对需要秩序化和规范化，但在终极意义上其使命便是提供一种人的存在的多样性的"存在"，它是方式的，也是内容本质上的。一般来说，诗在展布、抒发中的感性叙说或描写，总是被各种观念的理性所操纵；在文化多元环境下处在边缘化的诗人，并不一定秉持真正的民间立场，说穿了不过是以在野的身份试图建立一个个人化的意识形态中心而已。在城镇化进程中，人道主义关怀正遭遇后现代语境的解构和颠覆，而真正的诗学审美被丢弃路边，少有问津；精神的高度日益降低，一蹶不振。这使我们对有关诗的陈词滥调产生反感，对鲜活生活中的陈规陋习表现出不满，进而对蓄积已久的陈年旧账产生最终清算的冲动和渴望。

城镇化进程中的诗不一定非要对诗学传统或"先锋"时尚做出完全认同，或者相反，做出反叛与颠覆，其深刻的合理性恐怕在于：在迄今为止的对于诗的各种命名、表述中，权力话语始终占据着主导性的地位。诗的

"现代"与否不独是时间概念，更有语言形式规约的创新要求。当下的城市、城镇或农村相对于传统的行政区划意义上的地域概念，不独是地域的特殊，政策上或意识形态意义上的独树一帜也是不容忽视的——因为户籍或地域附加了过多的利益、待遇、福利、公共服务等方面的诉求差别，表现、再现、抒发对象的不同，以及话语形式、方式，个性差异的改变或略有调整都有其内在动因。看看那些缀满密集的透不过气来的"小资"生活的文化符码，并不植根于生活，而是来自臆造，是凭空而制的"肥皂泡"，幻彩而缺少生气；那些让人炫目的设定，如酒吧、歌厅、超市、泳池、别墅、风景名胜区等，的确是发生"故事"的地方，而抒情主体多为工程师、白领、律师、企业老板、小姐、农民工等，也确实容易出"新"出"彩"。但我以为，把这些作为"现代"元素尚可，而理解为"现代性"则难以苟同。遥想人类祖先大胆地从树上跳落地面，开始直立行走生活是"创新"的、现代的，而如果重新回到树上，恐怕并不具有"现代"意义。我们应在基元上厘清哪些确属于城镇化的范畴，哪些在表面上是浪漫、抒情的，而在骨子里却拒绝抒情。慵懒、松散的结构，缺乏诗意的语言弥漫于作品中，有其合理性，外形上时尚、时髦，而骨子里对乡村或乡村记忆带有或抱有一种根深蒂固的偏见，并且在各种传媒的强化下、打扮下，并不羞羞答答反而显得合情合理，甚至理直气壮。诗不应该在对农民或市民、愚昧或落后的展布玩赏中来取悦什么了，"乡愁"从古至今都有变化发展中的内涵与外延。诗的写作对于真正抒情的回避或假意热衷本无可指责，问题是，当诗人人为地铺设或铺陈一段老掉牙的感情故事，却有意或无意地将故事中本该存在的内在情感冲突和浓郁的人情味稀释、抽取掉之后，取而代之的只能是怪诞、搞笑、轻逸、闲谈和表象化。在严重的同质化前提下，诗创造必需的个性不见了，人的丰富的内在的风景消隐不见了，而酷似实验室搅起的感情"飓风"却徒有其形地刮起来。于是，人们也只能在疲惫中阅读，偶尔勉强做忧郁状，不然那柔媚的炮制，精致的包装就更加浪费和多余了。人们可以叹赏城市里突兀地凸起于地表的奇形怪状的高大建筑，却不能容忍密度过大的广告式诗的意象的堆垛——它是人性丰富无边的直接简单化、理念化，触摸不到生命的节律和本质。当话语想象被放大为苦难本身，当基本生存权被曲解为幸福的本质，当伪"平民意识"弥漫于各种诗歌文本，人们放弃对诗的阅读，进而迫不得已地放弃对精神高地的占领欲望，既顺理成章，也天经地义。一些诗人借助于对抒情性的消解，早已把自己从纯粹个人化的情感抒写中疏离出来，从而对读者不自信地保持着某种精神上的优越，至少如福楼拜那样的"我就是包法利夫人"的宣称，已被替换为假冒纪实的伪自传体、纪实体写作了。

众所周知，城市重叙事而乡村重抒情，而诗在本质上应该既是叙事的，更是抒情的，是"城市"与"乡村"间的游走。城镇化，在时间与空间的简单转换中，人们的深度情感已被转化为平面化的各种关系，听凭于价值、利润的驱遣，呈现为金钱的、等级的、贫富的、高下的、尊卑的鲜明对比或对立。然而城镇化进程的加快，并不意味着城镇文化、文学的同步发展或已经成熟，有资料显示城镇化的主要核心是"人的城镇化"，因为"人是生产力中最活跃的因素"。而据《文艺报》2014年2月17日头版披露：近几年中国人的人均年读书是4.5本，韩国是11本，法国是20本，日本是40本，而以色列达到64本——这至少表明人口"城镇化"、"现代化"之路还很漫长。读图时代，享受感官，娱乐至死，剑走偏锋，反讽无数，这应该是真实存在的"现代人"的一种状况，诗当然不可回避而应正视。30多年前我们为舒婷的《神女峰》的理性辉光惊叹，之后也曾为大解的"厚土"、"活水"培植的"感觉"而激赏。而今，当无土栽培已不新鲜，"活水"也许早已变成了"死水"或培植液，人的各种感觉肯定会与时俱进有所改变，不然就是抱残守缺。有时，在许多"城里"人看来，乡村或乡风民俗依旧是有待批判或在笑谑中观赏和把玩之物，正如小品中对农民的丑化表现一样，仿佛阿Q头上的疮疤，揭也揭不去；而在"乡村"人看来，城市则无时无刻不充满了太多的诱惑、陷阱与伤害，似乎城镇化进程的加快，正加速着人性的消失、动物性的强化……一些农村或城市的"准城市化"或"准乡村化"特征，功利性是明显的，覆盖并隐含着各种"价值"、"资本"要素。人们千方百计地想施展技能或抬高、拓展智商，以期争取个人利益的最大化，这已得到了太多事实的证明。而事实上，城镇化进程中物质性与精神性的深刻矛盾已远非简单的城乡对立所能涵盖，更是短时间内无法消除和解决而又必须破解的，这无疑是对传统的乡村抒情诗性和审美的强势掠夺和挤压。"城镇化"极度追求价值和追逐功利，漠视了人性的丰富无比，这在消费理念视野下对乡村的植根、垦殖文明是一种不宣而战的反动与背叛，所以当下诗歌语言节奏的加快、意象的密集、虚化以及意义的缺失有其必然性，因为疏放、疏朗、乡愁只属于田野、山峦、河床。在意念上，城镇抒写重纪实、快乐，感官性极强，而乡村抒写重终生厮守，恪守传统规约，有"理性"沉淀因素，这样我们就不难理解当下诗的各种悖论性现象存在了。农民向往城镇生活，而一旦失去土地家园，又严重缺乏归属感，因为无论是现实还是将来，他们终将失去记忆的支撑。而背景性的东西一旦消失了，心灵的隔阂就是必然的，接柏油路上流荡的灵魂回家，是经常性的期盼和行为。对"后现代"生活诗意栖居的渴望，事实上是现代生活中一种焦虑的必然性表现。"乡村"与土地亲近，颇具抒情性，而诗的审美价值在很大程度上体现并依赖于抒情。所以极度热情而痴心编织城镇生活魅力的人，已部分表明自己写作立场的缺失，写作价值的迷乱。真实意义上的城镇化是"现代化"中的一环，是带有"乡愁"的，终极上总要实现公共资源分配、公共服务、公共福利待遇的均等化，这是诗要表达和直面的现实与理想。

　　当可贵的乡村抒情已被城镇化的物性蚕食殆尽之后，人们一味地追逐各种光怪陆离、内涵空洞的时尚和"现代"值得怀疑。诗如果严重背离直指心灵、敲击良知的本性，人的审美疲惫与道德、价值的矮化现象便无可避免了。任何场景的转换，表征的变化，表现手法的更新都不是对诗固有审美特性的全盘否定，身份、环境、工具甚至感觉的变化与进步，可以提供自我满足，自我证明的路径，但永远不能真正悬置于价值判断、审美判断之上。摒弃生存的种种苦难，放逐对美好的憧憬，不然城镇化进程中的诗在"城市"与"乡村"间的游走就是徒劳的——既缺少了现代性、后现代性语境下的城镇特征，又遗失了市场条件下农村的固有诗性。展布的场景、营构的意象、携带的"意义"，都令人失望和费解，也就永远触摸不到真正的意义和精神内质并向往精神的天堂。

（作者单位：河北科技师范学院文法学院）

城市现代性境遇下的"70后"诗歌

霍俊明

摘　要：对于"70后"一代人而言，城市化时代的到来让他们成为异乡人。乡土经验和城市现代性境遇之间的矛盾在他们的诗歌写作中呈现为对话、诘问的紧张感。这一代诗人的城市化抒写更多带有现实的批判性、乡土的追忆感以及强烈的生命体验、历史化的想象力和整体的寓言性特征。

关键词："70后"　城市　现代性　寓言

在"70后"这一代人幼小的心灵深处，城市曾经是如此充满魔力地召唤着他们；城市的柏油路、拖拉机、大卡车、电影院、录像厅、游乐园、新华书店、高楼、电车、花花绿绿的食品，都像一个巨大的魔方和万花筒吸附着他们。但是，当这一代人真的有一天集体性地在城市中生存和挣扎的时候，一种本源性的与土地的亲近和对水泥和物欲的排斥却让他们对城市心存芥蒂，甚至怀有本能性的恐惧，这注定了"70后"一代人永远不可能真正地拥有城市。布满地下室、陷阱和脚手架的城市，就像一个极容易使生命失重、精神失衡、道德失范的黑匣子，令每一个"70后"诗人显得弱小、卑微，类似于一株株的蕨类植物。他们只好在那潮湿阴暗的角落里看着"世界瘦下来，阳光变老/六角形的根/浅紫色或者墨绿的叶片/像色彩本身，在时间中茂盛/却在城市的沙场腐烂。/灰雀会记忆它，或者给他/送去海水和飞行"（李海洲《蕨类的故乡》）。

面对着发着高烧却陌生、冷漠、面无表情的城市，"70 后"诗人该如何面对？身置其中，他们该如何首先面对一个个生命真实而荒芜的身体，然后再对待他们同样真实而尴尬的灵魂？在城乡的十字路口，一代人该何去何从？这也是"70 后"诗歌针对"返乡"和"离乡"的最无奈、最尖锐的困惑。"我从地上的火车走出，又钻进/地下的。这一回/铁皮箱子里充实了很多。各种焦虑的味儿/往鼻子里扑//乡间公路上的小公共像过期的面包/却没有黄油来点缀。它停顿/没有任何预兆。狂风转着圈过来/又突然离去"（马骅《一年中的最后一天》）。

一

作为一代人，面对着城市生活这一庞然大物的无限扩张和占有，"70 后"诗人在他们的病痛和诗歌中到底完成怎样的命名？是就此束手就擒，完全屈服于历史的车轮，还是有所辩驳，以示人与精神面对物质的最终强大？其中具有敏识的"70 后"诗人已经清醒地意识到在城市面前他们永远是尴尬而陌生的外来者和异乡人，"异乡的人，在极度的怀念中/跌倒"（马骅《唐朝诗人》）。也正基于此，包括江非在内的诗人认识到只有乡村的事物和记忆才能够唤醒生命的沉睡与麻木，所以，城市不能不是他们与生俱来的噩梦与炼狱。"当那辆公交车把更多的人抛在一个冷冰冰的城市里，而把它的乘客带到了麦香四溢的平墩湖和一些其它的乡村，我又一次相信，在一个黎明到来之前，总有一些事物会先于世界醒来。那就是一些人自然的命运，和一个人自由的心灵与自在的诗歌。那就是黄河以南长江以北、沂河以东沭河以西的一个也许你一生都不曾到过的村庄——麦子和石榴树、灰斑鸠和红月季的村庄"①。

在承认了城市历史的力量并确认为是暴力之后，很快，"70 后"诗人就开始了他们的反驳与较量，在比楼群更高的地方，开始尽量以虚妄的理性高蹈来俯瞰这个世界："这些楼群在都市里走秀，/长腿、平胸、价格之臀乱

---

①　江非：《一个山东人住在平墩湖》，新浪博客，http://blog.sina.com.cn/pingdunhu。

扭。/我总希望从天上，从/草场一样枯荣的云层中/杀出一队阿提拉、成吉思汗/或者帖木儿"（胡续冬《楼群》）。他们在祛除城市神话的同时也清醒地认识到城市生存压力的巨大挤迫，尽管这种挤迫是以讽刺的姿态进入诗歌文本，"要想到国贸大厦顶上眺望日落/必须先登上三十六层楼的高空/可以乘电梯，如坐上一块马尔克斯的魔毯/后工业的速度，让你发出对物质的喟叹"（郘筐《在国贸大厦顶上眺望日落》）。在现实中无法立足的诗人们，终于被现实挤到了更高更寒冷的地方，并冒充虚无的上帝——那虚设的最高道德伦理来评判眼前的一切。而在这场评判里，他们几乎毫不犹豫就复仇般地把眼前的景象指认为是患了失忆症的痴呆者。

"70后"，这些城市废墟下的蟋蟀仍在疲弱中坚持着乡土的歌唱。一代人在乡愁下的抒情就不能不充满了悖论与尴尬。在城市的牢笼里，他们的诗作布满了深深的时间焦虑症，所视犹如病痛，犹如体内的桃花在短暂的饱满、红润过后就是长久的荒芜。在"70后"一代人的生存景观以及诗学意义上的城市，如今已经成为后工业化时代的黑色寓言，这让人想起了当年波德莱尔的城市和街区。

在"70后"的城市抒写中我们可以看到城市已经成为巨大的旋涡，诗人的任何呐喊或者叹息都被席卷得悄无声息。城市是陌生而虚假的，城市这巨大的消费机器带给一代人的是无尽的挑战与尴尬，是一代人的梦魇，"在深圳/欢乐谷和世界之窗正成为盛大的舞会/我像任何一名观光客一样/但更是冷漠的摄像机"（育邦《南方印象》）。姜涛的《鸟经》则构筑了城市中的这样一种真实：现在和过去、命定与偶然、俗世与想象，人世的沧桑在纠缠着一个深夜中难以安睡的身影。这是一个在僵硬冰冷的水泥都市仍对过往或理想而"抱残守缺"的灵魂。诗人没有忘记"没有一首诗能阻挡坦克"，当然更没有一首诗能够阻挡乡村的消逝，能够阻挡城市巨大的推土机和搅拌机。但是，在这场不可阻挡的无烟之战的城市里，"70后"诗人们不约而同地认领了他们的"幽灵"身份。这一个个幽灵就是一个个匍匐在地的荒诞的小甲虫，"把生活变成异域，把你的胸膛/变成一个可以狂欢的漫长郊区/正是在那里，一个外省的小提琴手/渴望被倾听。他在咖啡馆和地下室/之间往返，像一个过时的幽灵……"（蒋浩《陷落》）。一群无法趋时的诗人，就像这些"外省"的小提琴手那样，在曲终人散之后显得抑郁而悲伤，尴尬而彷徨。而他们所能做的也只能是看着那些"城市事件"一件一件在眼前荒诞上演。

对于这一代人来说，轰响的火车他们还没有完全适应，城市就为他们打开了一场更大的漂泊和茫然的风暴。他们看见了火车，也看见了比火车还要快的工业时代和城市化进程。"火车像一只苞米/剥开铁皮/里面是一排排座位//我想象搓掉饱满的苞米粒一样/把一排排座位上的人/从火车上脱离下来//剩下的火车/一节一节堆放在城郊/而我收获的这些人/多么零散地散落在/通往新城市的铁轨上/我该怎样把他们带回到田野"（刘川《拯救火车》）。谢湘南的一些关于城市和新兴产业工人题材的诗作呈现了一种冷静、寒峻的质地，在他的这些诗歌里生活泛着铁轨一般冷冷的寒光。卑微的生命就像在惯性中被命运的砧板反复敲打然后冷冻的肉羹。这些和诗人一起来到了城市中的新兴产业工人，这些打工的女孩子，她们在异乡咀嚼着自己的辛酸苦辣。当甘蔗成为她们生活中一点卑微的幸福时，她们也成了另一张工业和城市嘴里被咀嚼的甘蔗。她们曾经鲜灵、生动，但最终却只能被工业时代的牙齿咀嚼、消化。如果说当年郭小川诗歌中的甘蔗林意象象征了诗人对新的社会生活的憧憬和赞颂的话，在谢湘南这里，这些廉价的"甘蔗"反倒成了苦涩、卑微甚至痛苦的一代人的集体的城市象征。这一代人，当他们进入城市选择了流浪之后，他们就同时选择了不归之路；他们只是一群无根的异乡人，他们首先要接受的就是眼前的工业齿轮的咬啮和吞噬，"风扇静止/毛巾静止/口杯和牙刷静止/邻床正演绎着张学友/旅行袋静止/横七竖八的衣和裤静止/绿色的拖鞋和红色的塑胶桶静止"（谢湘南《呼吸》）。在这首接近于静止的令人窒息的冷色调的诗歌里，我们看到的是定格的、放大的琐碎日常细节，感受到的是活在异乡都市工业底层的一代人的沉重；我们嗅到了光洁的城市广场下面的黑暗、潮湿与腐臭，也感觉到了在一条锈迹斑斑扭曲的管道里那些修检者因为不得不常年弯腰而在里面忍受的关节疼痛。1994年，安石榴从广西来到深圳，"深圳"作为中国一个最具城市力量和工业化色彩的背景和表征也一并出现在了他的诗歌中。在这个城市里，落寞与惆怅让诗人成了一个反讽意味十足的醉酒者甚至酗酒者，他提着燃烧的酒瓶，嘶哑着嗓子唱："我携带酗酒的美德/饮遍南方的街巷"（安石榴《我携带酗酒的美德》）；

而现在的安石榴，经由深圳、广州、中山和银川辗转来到了北京的一个城郊。在"70后"这里，诗人对城市的态度不能不是尴尬、无奈，而这种尴尬和无奈体现在诗歌中就是一种强烈的质疑和反讽的语气。而在康城的诗作中，"广州"也同样是被工业和欲望之"酒"迷醉的畸形产物。在城市里，一代人的精神是那么疲惫而衰老，生活是那么冷漠而虚假，"70后"诗人就像城市里充满了浓重忧郁的秋日，一遍一遍在歌唱着被羁绊的灵魂和孤独。

在"城市"这个场域中，一代人的诗歌命运是沉重的。他们企图通过诗歌这座教堂和十字架来进行救赎，但结果却只能面对"那头更大的狮子"显露出诗人的尴尬、泪水，低下自己的头。而江非的临沂城也是一个十足的充满了死亡、病痛、黑暗和荒诞的现代寓言，"……临沂城适合死亡/死亡永远只有一次"（江非《临沂城不欢迎妓女》）。在对城市的叙述、描写中，"70后"诗人除了在记忆和现场不断反观斑驳繁杂的感受、体验和想象之外，还在城市的黑暗和眩晕中强烈地感受到了时间和死亡的阴影。城市生存现场的压力构成了另外一种恐惧，让人时时处于死亡恐惧当中。诗人无情地撕开了城市和商业的虚假的遮羞布，让人看见了一个肮脏、情欲、淫乱的城市时代："上海外滩活像被污辱后/光明正大卖淫的我的邻居小丽//她的内裤常年晒在东方明珠上/精斑累累，仍然有嫖客练习"（余丛《上海一景或小丽的故事》）。在廖伟棠的眼里，城市和无限加速度的市场巨兽就如一支嘈杂的无处不在欺骗的军队和暴力的军火，时代和生存这把钢锯已在无情撕裂着诗人的良知和灵魂。他们在工业和市场的庞大机器中生命像上足了马力的发条，却在强大的他者惯性中丧失了自我意识。城市中的一个个灵魂都被锈蚀掉了，"齿轮挤榨着心脏直到世界被鲜血染黄/发条弹了出来因为我在把自己剥开"（廖伟棠《发条橙之歌》）。基于此，廖伟棠不得不以反讽、悲愤甚至痛哭的方式来面对一个时代的冷酷，面对提前窥到的一场熊熊大火背后的灰烬和寒冷。李建春也在他的诗歌中对城市市场的"好天气"在不断地予以质疑，"这些都很好。工业，速度，一部分事物已成传统，/一部分躺在公社水坝下像残留的骨骸。/而深圳的海边冲刷着不安"（李建春《三年，从广州回湖北》）。当工业"骑士"、饕餮的物欲盛宴成为时代的偶像甚至唯一的选择，当钢筋水泥的灰色建筑构筑成了都市的冷漠表情，诗人们开始怀疑一切，并对"故乡记忆"产生了无限渴望。在都市与乡村、现在与过往中，诗人以近乎反讽的姿态呈现了工业时代城市生活的悖论。在黑色的城市背景上，城市生存中巨大的焦虑与不安却像长着巨大独眼的蝙蝠在黑色的河流上尖叫。

城市依然存在，机器依然轰鸣，物质依然流淌，但一代人依然无法做出最后的决定。他们依然像一群被魔鬼驱使的幽灵，在中国城市的大街小巷面色凄惶，内心忧伤。

二

在"70后"的诗歌谱系中，尤其是在对城市的抒写中，邰筐是一个具有相当个性又具有普泛象征性、代表性的诗人。对于邰筐而言，在当下这个时代诗歌就是一张灵魂整洁的过滤器，"是诗歌一次次把我从俗世的喧嚣和物欲红尘中救起，它就像一张灵魂过滤网，让我尽量保持内心的干净"[①]。

当临沂、沂河、曲柳河、平安路、苗庄小区、金雀山车站、人民医院、人民广场、尚都嘉年华、星光超市、发廊、亚马逊洗浴中心、洗脚屋、按摩房、凯旋门酒店一起进入一个诗人的生活和诗歌当中的时候，城市记忆的讽刺剧和昏黄的遗照中的乡土挽歌就必然开始了。邰筐以他的敏识、经验、想象力重新发现和命名了城市，他在1996年9月用7天的时间走完长达2100里的沂河，这对其诗歌写作的帮助以及对文化地理学意义上的临沂的重新确认都是大有裨益的。如果说当年的芒克、多多、根子、林莽等人是为白洋淀写诗，海子为麦地写诗，于坚为尚义街6号写诗，那么邰筐就是为临沂、沂河和曲柳河写诗，为他所熟知的这些事物再次命名。邰筐诗歌中的城市和事物更多是浸染了深秋或寒冬的底色，尽管诗人更多的是以平静、客观、朴素甚至谐趣来完成一次次的抒情和叙事。邰筐的诗歌，尤其是那些对乡土生活的怀念、家族谱系的叙事以及对城市怀有批判态度的诗歌都印证了一代人的整体形象——他们成了永远地在乡村和城市之间的尴尬不已的徘徊者和漂泊者。无论是城市还是乡村，它们都不能成为这一代人的最终归宿，迎面而来

---

① 邰筐:《嘤其鸣矣，求其友声》,《诗刊》（下半月），2008年第5期。

的是无家可归的黑色潮水。这也正是邰筐所强调的，城市在左，乡村在右，诗人在中间，"又要离开小村了，飘过漫漫乡愁/我注定是一片流浪的叶子/在思念的风中，挣脱最初的枝头/在城市的屋檐下觅食，我又像一只/来自乡村的麻雀，浓重的乡音被讥为/土老冒，我写诗，我打工/一贫如洗却又无尚富有"（《曲柳河的秋天》）。如果说优异的诗人应为读者、批评者、诗人同行以及时代提供一张可供参照、分析、归纳的报告的话，邰筐就在其列。邰筐的诗与欺骗和短视绝缘，他的诗以特有的存在方式呈现了存在本身的谬误和紧张。工业文明狂飙突进、农耕情怀的全面陷落，"心灵与农村的软"与"生存与城市的硬"就是如此充满悖论地进入了生活，进入了诗歌，也进入了疼痛。在邰筐的诗歌中我们不仅可以日渐清晰地厘定一个诗人的写作成长史，更能呈现出一代人尴尬的生活史与生存史。诗歌和生存、城市与乡村以空前的强度和紧张感笼罩在"70后"一代人身上，"2004 年一天的晚上，我来到了临沂城里。沿着东起基督教堂西至本城监狱的平安路往西走，妄图路过苗庄小区时，到在小区里买房子住下快有一年的邰筐家里留宿一宿，和他谈一些生活上的琐事，以及具体生活之外的人生小计，实在无话可说了，甚或也说一些有关诗歌的话题"①。当 1999 年，江非和邰筐以及轩辕轼轲这"三架马车"在临沂城里让渐紧的秋风吹透单薄的衣衫，被巨大的城市建筑的阴影所笼罩的时候，我们看到的是一代人在艰难的城市景观中发着低烧的额头。当谈论诗歌的时候越来越少，当谈论生活的时候越来越多，这些在临沂城的某一个角落席地而坐的青年似乎只有沉默和尴尬能够成为一代人的生存性格和集体宿命。

　　邰筐在经历 20 世纪 90 年代后期自觉的诗歌写作转换之后，他的诗歌视角更多地转向了城市。收入"21 世纪文学之星丛书"的《凌晨三点的歌谣》就是诗人在农村与城市的尴尬交锋中的疼痛而冷静的迹写，而"城市靠左"、"乡村靠右"、"我靠中间"正是一个清醒的观察者、测量者和诗歌写作者最为合宜的姿势。在乡村、城市和诗人的多重视角的交错观照中，无论是城市还是乡村都呈现出了空前的复杂性和暧昧特征。邰筐诗歌中的城市叙事具有大量的细节化特征，但是这些日常化的城市景观却在真实、客观、

---

① 江非：《记事——可能和邰筐及一种新的诗歌取向有关》，《诗刊》（下半月），2005 年第 2 期。

平静、朴素和谐谑的记录中具有了寓言性质和隐喻的特质。邰筐使诗歌真正地回到了生活和生存的冰点或者沸点，从而在不断降临的寒冷与灼热中提前领受了一个时代的伤口或者一个时代不容辩白的剥夺。而这一切都是以极其日常化的状态在改变着一切，麻木着一切；这一切都在诗人敏锐而深邃的掘进中凸显出了一代人特有的对城市和工业化社会的态度——尴尬、疼痛、焦灼、拥抱、排斥。邰筐所做过的工地钢筋工、摆地摊、推销员、小职员等近20个工种更为有力地呈现了城市和工业时代的个体命运，"像一个人一样活着"的吁求就不能不是艰难的。

邰筐在城市中唱出的是"凌晨三点的歌谣"。凌晨三点使得黑夜不是黑夜，白天不是白天，这正是城市所天生具有的。它是如此的含混、暧昧、扭曲，而挥舞着扫帚的清洁工、诗人、歌厅小姐、餐馆的小伙计在"黎明前最后黑暗"的时候的短暂相聚和离散正是都市的令人惊悚而习以为常的浮世绘。拆迁，成为一个时代暴力的核心语汇，在声响震天的挖掘机、推土机、搅拌机和翻斗车的河流里，粗砺的砂石打磨着一代人已经布满血痂的伤口。出现在"肮脏的城市"里的一个一年四季扭秧歌的"女疯子"无疑成了工业时代城市化加速度推进过程中的乡土挽歌，而这个女疯子的消失也印证了在城市的履带面前曾经的乡村和诗人的乡土情怀是多么得不堪一击。"这是四年前的事了／我每天回家的路上都会看到的一个场景／她似乎成了我生活的一个内容／如果哪天她没有出现，我总觉得少了点什么"（《扭秧歌的女疯子》）。长期的乡村生活使得他们不得不紧紧抓住古典的农耕情怀和理想主义红色列车的最后一个把手，他们为了生存又不得不在城市里挣扎游荡——所以，这一代人在乡村和城市面前不是一个单纯的乡土主义者，更不是一个沉溺的城市市侩。邰筐的城市是黑色的，其发出的声调是反讽和严肃的夹杂。作为一个清醒而沉痛的城市和乡村的言说者，邰筐诗歌意义在于他比之其他年轻诗人更为敏锐、更为深邃的诗歌写作意识和深入时代噬心主题的介入与冲撞。尽管邰筐的任务，甚至整个一代人的任务不是单纯地在发黄变脆的遗照中为乡村写下最后的"挽歌"，但是这一代人生存和诗歌写作的起点正是乡村，而他们对城市的态度不能不是带有本能的乡土视野和农耕情怀。所以，邰筐等"70后"诗人对城市的抒写，无论是批判还是赞同，都是在乡土视野下完成的；所以，当城市化的进程不断无情而无可阻挡地推进，当黑色的时光在生命的躯体上留下越来越沉重的印痕，往日的乡土记忆就不能不以空前的强度扩散、漫涸开来。这种乡土情怀的深深悼念的挽歌也在更深的层面上折射了城市对一代人的影响，邰筐的城市诗正是在时间、历史、体验和想象力的共同观照下获得了直取时代核心的力量。在突进的城市化和工业化景观中一切都面目全非了，但是也有一些似乎从未改变，正如那只捞沙子的木船日复一日地重复着摆渡、装载的生活以及其上所承载的是人的脆弱记忆和不经意间涌起的浓重思念与悲伤。

值得注意的是，邰筐的城市抒写更多的是一种生动、客观的叙事和戏剧性的场景，但是这种叙事和对生存现场的关注与20世纪90年代以来被不断误解的所谓"叙事性"是有区别的。正如吴思敬所说，"这样的诗，是叙事的，又是抒情的；是厚重的，又是轻灵的；是扎根于大地的，又是展翅欲飞的。在当下诗歌'叙事'铺天盖地，'生活流'到处泛滥的时候，尤其值得肯定"①。的确，是以邰筐为代表的诗歌写作让诗歌界的同行们重新认识到20世纪90年代以来汉语先锋诗歌的"叙事性"甚至"个人性"问题。

邰筐的城市诗尽管有时候是以轻松、平静甚至诙谐幽默的语气来进行独白、对话、叙事和抒情，但是仍脱不了一代人诗歌写作的底色——沉重、尴尬。这就是黑夜里的素歌，这就是城市上空凌晨三点的歌谣，而悲伤却总是随着夜幕一起降临，"悲伤总随着夜幕一起降临。/那些每天挤在回家的人群里，/木偶般面无表情的人。/那些每天在黑暗中摸索着上楼梯，/又找不到钥匙开门的人。/是什么一下子揪住了他们的心？"（《悲伤总随着夜幕一起降临》）。

三

"70后"诗歌在精神趋向上表现为典型的"返乡"、"离乡"。而"离乡"，具体来说就是面对城市化、工业化和商业化，在形态上表现为对于机器生产和疯狂交易的介入，在结局上则是对于因此而衍生的新的社会身份的

---

① 吴思敬：《舞成一团火的红绸子——邰筐诗歌印象》，《诗刊》（下半月），2007年第7期。

确认和对抗。随着中国社会的转型，一代人离乡进城而随之出现相应的诗歌写作冲动，他们的诗歌在灵魂、情感的多重观照和折射中呈现出真实和独特，也从工厂、机器繁布的郊区、厂区和矿区等更为具体的现场传出了一代人对于尴尬的不适与呼喊。

在中国先锋诗歌经历了20余年的发展之后，"70后"一代人的这种真实、独特，既来自经验又是来自想象的有活力的关注社会现实的诗歌写作，在涉及诗人如何有效地在尊重诗歌自身美学依据的同时，也为我们提出了诗歌如何承担时代和生存的责任的问题。

在群体性的尖锐的、敢于抗争的诗歌写作中，一个在冬日的寒光中脱掉粗糙工装、农装的人，破烂的工装和农装袒露着无尽汗水的苦涩，这也让人们领受了在一个空前复杂的时代背景中，一代人更为复杂的身份转换、价值观念转换所带来的真实影像及生命的"时间简史"。谢湘南如在暗流汹涌的河流上一条简陋木船上的划桨者，每一次用力都直截了当地深入了河流的核心。在谢湘南的诗里，陌生、窒息、死亡、黑夜、国度这些意象所串联起来的情感总是显而易见，压抑难名。生存中的荆棘不断刺痛着诗人，让他和他的朋友们正如在惨淡的巨大冰湖之下仍有在梦想中游走的鱼群；在冷硬的生存石块和钢铁之间诗人只有选择"拿出身体的麻木眺望"并呼喊，他在尴尬、愤懑、不甘中扔下决斗的"白色手套"。这是一群最终撕下幻彩面具的诗人，是在城市的现实与虚幻之间自问与自责，热望与反讽的群体。正如谢湘南所说的，在这样一个商业化盛行人文精神丧失或被遮蔽的时代，特别是以一个边缘人的身份生活并感受诗歌面目的破碎与模糊，诗人身份的隐退与扭曲，"至于我的写作，我能作出的惟一肯定是，它无时不在悄悄地进行着，它是我隐秘的生命的狂欢，我驱赶着那些忠实抑或背叛于我的言辞，构筑着自己的城堡，完成那些我认为有必要完成和承担的——谦卑的使命。我想这种言语的游戏，会持续到我生命的终点"[①]。白雪的幕布，已无声地遮盖了一代人的返乡之路。精神小站的微弱叹息中白的雪如尸布，黑的煤却是焚尸的火，煤矿、厂区、城区，已经成为一代人的永远的记忆；在庞大机器的喧响中，"红色革命"的大

① 谢湘南：《诗歌是一种成长》，诗生活网站诗人专栏。

院，这些面孔黧黑的往年旧事也沉淀着粗砺的生存矿砂，只有那辆父亲的老式自行车在载着一代人的童年，载着永远不曾模糊的记忆的履痕："70年代，我的童年无数次穿过矿工路/有次，爸爸用飞鸽车带我去火电厂/那是他的单位。骑到路尽头，厂门/有两根水泥柱和一个大铁门，往厂区/运煤的铁轨、巨大的烟囱，还有/汽轮机房，这些厂外我就能看到，尽管/我只有6岁"（张杰《70年代：煤城旧事》）。在一个抗拒的时代，诗人只能去追求宁静平缓的"低音区"，"我清醒过来，透过被防盗网割裂的天空/观察其他户主的反应。乐音越来越响亮了/笼罩在整个居民区，为什么没有人出面抗议/甚至所有的民工都停下了手中的钉锤"（刘春《低音区》）。

在胡续冬这里，城市生存的紧张、底层的悲凉、人性的荒芜、时代的压力，也以相当戏谑的口吻、繁复怪异的意象、高速的令人眩晕的诗歌节奏呈现出来："张三砸锅，李四卖血/王二麻子的艾滋病老婆/还在陪客人过夜。只有俺/过得排场，戴墨镜、穿皮鞋，/尿尿都尿在中关村大街。//'毕业证、身份证、发票、刻章……'//安阳的收破烂，信阳的/摆地摊。就数咱/敢摸北大屁股，吃/豹子胆；黑压压聚成一团/堵南来的马车、北往的客官"（胡续冬《毕业证、身份证、发票、刻章……》）。胡续冬的这首《毕业证、身份证、发票、刻章……》无疑掀开了北京这个政治、文化、经济中心城市油腻腻一角的锈迹斑驳的下水管道，使我们看到和北京大学一墙之隔的中关村，那些街面上办假证、发票，背着娃卖毛片的嘈杂的黑色人群，看到了他们的生存和难度。

在青草、黄花、纸片、最后的一滴雪中我们窥见的是青春生命的远行、命运的沉重、命比纸薄的漂泊和老人的无助的哭泣，而这些"卑微"的事物，诗人的反讽、愤怒和寒冬中的泪水都无情拉开了社会多彩幕后的黑与痛。而当这些沉重的词汇和更为沉重的一代人的命运联系在一起时，诗人的道德关怀和伦理担当也显得更为重要。"70后"诗人关于城市境遇的诗歌伦理也让我们看到了他们要求承担责任深入时代的自觉，他们是在尊重诗歌的美学本体的前提下完成对时代境遇以及自我的发现与命名；他们承认自己有着尴尬的生活，但不想就此屈服于尴尬的一生。

"怀着共同的诗歌理想，走在不同的诗歌道路上"，这就是"70后"诗歌的精神大势，这也是"70后"诗人的与众不同之处。而对于城市化语境下一代人的写作而言，乡土经验和城市境遇之间的矛盾在他们的诗歌写作中呈现为对话、诘问的紧张感，使得这一代诗人的城市化抒写更多带有现实的批判性、乡土的追忆感以及强烈的生命体验、历史化的想象力和整体的寓言性特征。

（作者单位：中国作家协会创作研究部）

"建设"时代的新诗理论批评

王光明

  摘　要："建设"时代的诗歌理论批评，是中国新诗研究史中的辉煌篇章。除形成了诗人兼批评家的传统、涌现了一批重要理论批评家、出现了具有规划研究格局的大家和体系化的诗歌理论外，还有三个重要特点：一，"选本"已经提上议事日程；二，重视诗歌理论的翻译介绍；三，"奇文共欣赏疑义相与析"风气的开始形成。

  关键词：新诗理论批评　"选本"批评　理论翻译　"对话"批评

  现代诗歌发展与古典诗歌的一个重要不同，是现代诗歌更有创作与理论批评"双轮驱动"的特点。这不仅因为现代"新"诗必须说服别人同时也说服自己，也因为从无到有的探索，意识上必须自明与自觉：新诗应该如何学习新语言，寻找新世界，创造新美学。

  当然，不同的历史阶段，新诗的理论批评也有不同的特点与功能。"革命"时期的诗歌理论批评，是要与千百年形成的传统作战，证明自己也是诗，以便开放中国诗歌的语言、形式体系，接纳更加丰富的精神和艺术资源；而"建设"时期的诗歌理论批评，则要在"革命"的地基上实现汉语的"新"诗理想，寻找中国诗歌新的质地，在新的时代和语言背景下，完成中国诗歌的现代转型，实现意象、形式、想象方式的历史重构。

一方面，新诗已经站稳脚跟；另一方面，已成风气的新诗已经暴露出许多问题。因此，"建设"时期的诗歌理论批评，策略上由一致对外转向了自我审度；在形态上，也主要不是辩论而是立论。关注诗歌特殊的说话方式，关注诗的形式和语言，这些诗歌本体的问题重新被提上了议事日程。先是有陆志韦探索"有节奏的自由诗"，紧接着是"新月诗派"的诗人在闻一多、徐志摩的感召下"第一次聚集起来诚心诚意的试验作新诗"（梁实秋语），引导诗歌在建行建节的方面走上轨道。他们希望在视觉与听觉两方面协调考虑诗歌的形式问题，在视觉方面做到诗节的匀称和诗句的齐整，在听觉方面注意音节、平仄、押韵的节奏意义。这些理论批评启迪了新诗的建设思路，形成了很有价值的理论成果和概念术语（如诗的"音乐美"、"绘画美"、"建筑美"、"音节"、"音尺"、"音组"），不仅直接启示了现代汉语诗歌"说话的调子"的意识，对西方十四行诗的改造与转化，对诗行诗节的实验，对稳定的形式结构的追求，而且对诗歌翻译中形式与节奏的考虑起了非常积极的作用（像梁宗岱、卞之琳、孙大雨、吴兴华的译诗，就非常讲究传达原作的形式与节奏）。

诗歌的本体问题既是形式的问题，也是内容的问题，或者说是想象方式的问题。"建设"时期的理论批评在这方面的贡献，是努力弥合工具语言与现代感性的分裂，探索感觉意识的真实，希望调整诗歌的象征体系，找到现代诗歌的想象机制，更换"新诗"的血液。这方面的"建设"，从创作上可以追溯到鲁迅的《野草》和李金发的象征派诗，再到戴望舒、何其芳、卞之琳、艾青、冯至、穆旦等人的探索；理论批评则包括主体与客体、写实与象征、事实与感觉、境界与趣味等方面讨论，以及现代主义的诗歌实验。这些探索和讨论，引导了新诗从"主体的诗"到"本体的诗"的美学位移，提升了中国诗歌的艺术品格。

"建设"时代的诗歌理论批评，是中国新诗研究史中最辉煌的篇章。在这个时期，既形成了诗人兼批评家的传统，涌现了闻一多、朱自清、朱湘、穆木天、梁宗岱、朱光潜、废名、林庚、沈从文、李广田、艾青、胡风、唐湜、袁可嘉等重要批评家，也出现了具有规划研究版图意义的大家（如朱自清）和体系化的诗歌理论（如朱光潜的《诗论》），以及艾青、胡风、唐湜、袁可家这样流派特色明显的批评家。这些，已经在本卷研究史中重点叙述。

但在这些重点之外，还有一些不可忽略的特点需要在"绪言"中予以一定篇幅的介绍。它们分别是：一、提上议事日程的"选本"；二、诗歌理论的翻译介绍；三、"奇文共欣赏疑义相与析"风气的形成。

一　提上议事日程的"选本"

文学选本是择优汰劣将作品经典化不可缺少的工作，实际上也是一种批评和研究方式。自孔子选定《诗经》以来，一直受到世人的重视。新诗到了20世纪30年代，为了自我证明，也为了重新出发，清点新诗运动以来诗歌成就的工作被提上了议事日程。这并不说20世纪20年代新诗没有选本，而是说20世纪30年代的诗歌选本更有历史感，也更丰富，更有诗歌史的意义。

在这些选本中，影响最大的自然是朱自清为《中国新文学大系》编选的诗集，它的历史意义在本卷第三章已有叙述。这里还要补充的是，峻峰下面是群山，有诗歌史意义的诗歌选本不止朱自清一家。比如诗歌流派选本的代表《新月诗选》（陈梦家编，上海新月书店，1931）即早于《中国新文学大系·诗集》；历史意识明确的还有《现代诗选》（赵景深编，上海北新书局，1934），哈罗德·艾克敦（Sir Harold Acton，1904 - 1994）与陈世骧合编和翻译的英文选本 *Modern Chinese Poetry*（《中国现代诗选》）。

《新月诗选》已经经受漫长的时间考验，这个选本早已成为研究新月诗派和中国新诗流派的重要资料，自不待言。而《现代诗选》企图标示从胡适到戴望舒十几年新诗成就的意图却值得多说几句，特别是编者的序言。编者把十几年的新诗发展分为五期并做了概括性的描述，这五期分别是："草创时期"、"无韵诗时期"、"小诗时期"、"西洋律体诗时期"、"象征派时期"。把《现代诗选》与《中国新文学大系·诗集》进行比较，可以发现不同选家的眼光和趣味，也可以看到新诗历史建构的不同角度与策略。

而《中国现代诗选》则是中国新诗第一个英译选本，既反映了当时"北方系"（沈从文语）诗人创作的鼎盛局面，也反映了西方人的选择角度与艺术趣味。因为哈罗德·艾克敦是在北京大学任教时间最长（1932～1938

年）的外籍诗人教授，他与朱光潜、梁宗岱、梁实秋、袁家骅同在西语系任教，同时与"北方系"年青诗人陈世骧、何其芳、李广田、林庚等过从甚密。更重要的，哈罗德·艾克敦是在英国享有声誉的现代主义诗人，在1932 年来北京大学任教之前，已经在英国出版《水族馆》《一头印第安的驴》《五个圣徒和一个附属品》《混乱无序》等诗集。英美现代主义诗人的"新古典"趣味，既体现在哈氏讲授现代英语诗歌的课堂上，也体现在他编选和翻译《中国现代诗选》上。例如在这本诗选中，林庚的诗竟达 19 首之多，此外还加上林庚的一篇诗论。给予林庚这种特殊的待遇，是因为林庚的诗曾被负有盛名的美国芝加哥《诗刊》翻译刊载——虽然它们在许多热心"白话诗"的中国读者中被视为"混乱而隐晦"，但哈罗德·艾克敦认为它们"具有独创性和中国特色"。他在诗选的"导言"中写道：

> 它们具有独创性和中国特色。用 T. S. 艾略特的话来说，这种隐晦往往出现于初次阅读之时，"是由于那些解释性的、连续性的成分所组成的链条被隐去了，而不是出于前后不连贯或对密码（cryptogram）的迷恋"。尽管是用自由体和白话文写成的，但它们秉有中国古代诗人的许多典型的个人癖好：林庚先生非常欣赏王维（699—759）和苏东坡（1036—1101）……
>
> 林庚先生如同唐代诗人，把自己框定于一个狭小的范围：冬日早晨、破晓时分、晨雾、夏雨、春天的乡村、春天的心等等。如同白居易，他自称，他的诗的灵感多数来自某个瞬间的感觉和转瞬即逝的事件：冬日早晨号角的吹响，蜻蜓展翅、在 20 世纪上海的嘈杂声中女人唱着一首追溯长城之建造的歌谣……
>
> ……林庚禀赋的是丰沃的灵感，而不是丰沃的想像。他的灵感来自一种强大的资源，那种资源比《新青年》杂志诗人群所利用的资源还要强大，后者太匆促地在欧洲和上海"孵卵"。尽管他的题材范围狭小，他的直觉方式承自祖先，但所上的那条小船的漆色是光鲜的。[1]

---

[1] 哈罗德·艾克敦（Sir Harold Acton）：《〈中国现代诗选〉导言》，北塔译注，《现代中文学刊》2010 年第 4 期。

　　从"导言"对林庚的激赏，我们不难看出哈罗德·艾克敦所秉持现代与传统互动的诗歌观念。这种观念是艾略特式的：创新与传统并不矛盾，它们不是对立而是一种对话关系，通过个人才能，它们可以互相激活和彼此发现。顺便要多说一句的是，哈罗德·艾克敦在向西方介绍中国新诗与向中国介绍英语诗歌时，对这种诗学观念推崇备至，身体力行，在中国新诗从象征主义向现代主义转变进程中，起了相当重要的作用。

二　诗歌理论的翻译介绍

　　自"五四""新"诗运动以来，中国的诗歌已经打破在封闭系统中自我循环的格局，与外国诗歌保持着千丝万缕的联系。因此，朱自清在《中国新文学大系·诗集·导言》中提出"最大的影响是外国的影响"[1]，后来卞之琳在《翻译对中国现代诗的功过》中，更是通过具体追溯外国诗歌的汉语翻译，得出结论："西方诗，通过模仿与翻译尝试，在'五四'时期促成了白话诗的产生。在此之后，译诗，以其选题的倾向性和传导的成功率，在一定程度上更多介入了新诗创作发展中的几重转折。"[2]创作如此，理论批评更是接受西方的理性逻辑和分析方法，改变了传统诗话那种点到为止的批注式、语录式风格。

　　在观念和方法上直接接受外国影响的案例，较早有鲁迅的《摩罗诗力说》，那是一篇材料和观点受日本木村鹰太郎《拜伦——文艺界之大魔王》影响写成的论文；而梁实秋指出胡适的"八不主义"受美国意象派宣言的影响，更是人所共知。不过，就诗歌理论的翻译介绍而言，较早和较系统的还是傅东华、金兆梓译述的《诗之研究》，1923 年 11 月由上海商务印书馆出版。这是一本诗歌基础理论著作，作者为 Bliss Perry，原著分为通论和抒情诗论两部分；傅、金译述的是通论部分，分为六章：第一章　诗之背景，第二章　诗之范围，第三章　诗人的想象，第四章　诗人之文字，第五章　声调及格律，第六章　韵节及自由诗。该书诚如郑振铎《引言》所言，或

---

[1]　朱自清：《中国新文学大系·诗集·导言》，良友图书印刷公司，1935。
[2]　卞之琳：《翻译对于中国现代诗的功过》，载《卞之琳文集》中卷，安徽教育出版社，2002，第551 页。

许算不上是最好的诗歌理论著作，"但是这部书却较为浅显易解。对于初次要研究'诗'的人，至少可以贡献他们许多关于'诗'的常识"。或许正由于此，它不到半年（1924 年 4 月）便得以再版。

而新诗的"建设"时期，也是西方理论批评翻译介绍眼光敏锐、译述水准较高的时期，特别是抗战爆发前的 20 世纪 30 年代，分别出版了傅华东编译的《诗歌与批评》（上海，新中国书局，1933）和曹葆华选译的《现代诗论》（上海，商务印书馆，1937）。

《诗歌与批评》除"前言"外，实际收入诗歌论文 12 篇（前言说"这里十一篇译作，都是关于广义的与狭义的诗的批评"，数目有误）。有意思的是，在《前言》中，编译者把批评分为"主观的批评"和"客观的批评"两种类别，而后又将"主观的批评"细分为"文学的（诗的）"与"哲学的"，将"客观的批评"细分为"历史的"和"科学的"。这些划分，实际上提示了诗歌批评的多样性。

就 20 世纪 30 年代诗歌中国与西方思潮的密切关系而言，《现代诗论》更值得重视。在这本译著的序言中，曹葆华写道："近十余年，西洋诗虽然没有特殊进展，在诗的理论方面，却可以说有了不少为前人所不及的成就。在这本书中，译者想把足以代表这种最高成就的作品选译几篇，使国内的读者能够由此获得一个比较完整的观念。"该书除《序》外，收入诗歌论文 14 篇，主推四位作者的理论，分别是墨雷（Gilbert Murray, 1866 – 1957）3 篇、瑞恰兹（Ivor Armstrong Richards, 1893 – 1980）3 篇、艾略特（Thomas Stearns Eliot, 1888 – 1965）3 篇、瓦雷里（Paul Valéry, 1871 – 1945）2 篇。译者所选的这四位批评家及其另外三人的诗论，直到今天，仍然不减其理论意义。难能可贵的是，译文不仅尊重原作的风格，对作者和论文的介绍也准确到位，与原作相得益彰。譬如第一篇选译的是法国诗人瓦雷里的《诗》，译者为作者写的简介是：

　　梵乐希（Paul Valéry）是当代法国最伟大的诗人，我们想要理解他的诗不可不先知道他的诗论。他主要承袭自波特莱尔（Charles Baude-laire）和马拉梅（Stéphane Mallarmé）一直下来的象征派诗歌。在外表上，他更把法国自瑞森（Racine）以降的谨严的形式看得十分重要。所以他理想的诗的境界与所谓纯诗（La poésie pure）十分相近，把诗中的音乐成分看得异常重要；他以为诗的艺术必须如雕刻一样苦心经营，所以十九世纪诗人那样完全信任灵感的态度是他所不能同意的。他自己曾经用五年的功夫来制作、修改，完成一首五百行的长诗 La Jeune pargue。

而在为艾略特《传统与个人才能》一文所写的"附识"是：

> 爱略忒（T. S. Eliot）和梵乐希（Paul Valéry）一样，自己是当代的大诗人；他的批评的主张，必须与他的诗合看。因为古往今来的诗人莫不在他的笔下出现，而且他又用典极多，所以许多人说他的诗歌是理智的或者甚至于说他是玄学的。这实在是一种皮相的观察。如果我们知道他之主张诗人不能不吸收含有历史含义的传统，和读他的"诗不是情绪的放纵而是情绪的逃避……"这一段话，对他的诗必可以多一点了解。

译者的这些介绍和评点，既包含着对翻译对象的阅读心得，也隐含着对中国诗歌语境的发言，实在是有所针对，有所倡导的。这一点在他对瑞恰兹及其论文的介绍中表现得更加明显：

> 瑞恰兹（I. A. Richards）曾经说过，他治文学批评直接间接都希望供献另外一种新的科学——这种科学他和不多几位学者正在开始研究着：他们叫他为"意义学"。他和阿克顿（O. K. Ogden）曾合著一本《意义底意义》（The Meaning of Meaning），这里所分的四种意义便是其中精义的一部分——为了应用到文学批评上，略为有点改头换面。我们觉得把意义这样一分，的确有不少好处；文学批评中有许多问题，因此都可以得以解说。读者虽然不能尽悉这些问题，但在领会了四种意义之后，在欣赏诗的时候试为应用必然得到很大的帮助。

如果说，曹葆华的《现代诗论》代表了中国学者的视野，那么，梁宗岱的《诗与真》（上海商务印书馆，1935）、《诗与真二集》（上海商务印书馆，1936）则代表了学贯中西的中国诗人融会中西的直接转化能力。梁宗岱（1903～1983）无论从诗人而言，还是从诗歌理论批评而言，在新诗史上都有重要地位，只不过受限于"研究史"的角度，我们只能将他放在绪言中多说几句。因为梁宗岱，与其说是一个新诗的研究者，不如说是一个现代诗歌理论家；与其说他向中国读者翻译介绍了西方诗歌和诗论，不如说他接受西方诗歌和诗论的启发，提出了重要的诗歌理论，特别是中国现代象征主义诗歌理论。

　　把梁宗岱放在法国与中国诗歌关系中，他的意义更容易得到昭彰。中国诗歌寻求变革和发展的历史进程，波德莱尔以降的法国现代诗歌，包括凡尔哈仑、马拉美、兰波、阿波里奈尔、瓦雷里、圣琼·佩斯、布勒东等诗人的作品，深刻影响了中国诗歌想象现代、寻求现代性的进程。现代法国诗歌对中国诗人的影响和启迪可以说在其他外国诗歌之上，周作人的《小河》和鲁迅散文诗集《野草》曾直接受惠于波德莱尔的散文诗；著名诗人李金发、王独清、戴望舒和艾青都是法国诗歌的朝圣者；而瓦雷里的象征主义和纯诗理论，不仅在 20 世纪 30 年代，而且在 20 世纪 80 年代后期，都有广泛的回响。这种深刻和持续的影响，甚至让法国学者在中国诗坛发现了一个法国派。米歇尔·卢瓦就曾写过一篇题为《法国派的中国诗人》的文章，他说："现代中国向西方开放时，特别重视法国。远的且不说，'五四'运动的爆发就同《新青年》杂志所作的可贵贡献密切相关。而该杂志的主编陈独秀曾最积极向中国青年散播了对于法国事物的好奇和对于法国革命的赞颂。于是一方面是法国文学，尤其是诗，另一方面是法国人民的'公社精神'，对中国有巨大的魅力。"[1]

　　而在这些被法国诗歌、诗论哺育与启迪的诗人和理论批评家中，梁宗岱显得更加独特和引人注目。这既由于他欧洲游学时在法国结识了瓦雷里，得到这位后期象征派教父的赏识（瓦雷里还为梁宗岱的法译《陶潜诗选》作序），更由于他受到欧洲象征主义诗潮和理论的启迪，融会贯通中西理论，提出了中国现代象征主义理论。一方面，他从理论的普遍性和彻底性原则出

---

[1]　米歇尔·卢瓦：《法国派的中国诗人》，丁雪英、连燕堂摘译，《文学研究参考》1987 年第 12 期。

发，提供了"一个超空间时间的象征的原理"。他把象征定义为：

> （一）是融洽或无间；（二）是含蓄或无限。所谓融洽是指一首诗底情与景、意与象底惝恍迷离，融成一片；含蓄是指它暗示给我们的意义和兴味底丰富和隽永……换名话说，所谓象征是藉有形寓无形，藉有限表无限，藉刹那抓住永恒，使我们只在梦中或出神底瞬间瞥见的遥遥的宇宙变成近在咫尺的现实世界，正如一个蓓蕾蕴蓄着炫熳的芳菲的春信，一张落叶预奏那弥天漫地的秋声一样。所以它所赋形的，蕴藏的，不是兴味索然的抽象观念，而是丰富，复杂，深邃，真实的灵境。①

另一方面，梁宗岱几乎可以称得上用生花妙笔描述了创造象征意境的"象征之道"，"象普遍而且基本的真理一样，象征之道也可以一以贯之，曰，'契合'而已"②。而契合，首先必须做到的是物我两忘，或者说"天人合一"，这被梁宗岱形容为"我们在宇宙里，宇宙也在我们里：宇宙和我们底自我只合成一体，反映着同一的荫影和反应着同一的回声"③。而后，"世界和我们中间的帷幕"便得以揭开——

> 如归故乡一样，我们恢复了宇宙底普遍完整的景象，或者可以说，回到宇宙底亲切的跟前或怀里，并且不仅是醉与梦中闪电似的邂逅，而是随时随地意识地体验到的现实了……我们发现我们底情感和情感底初苗与长成，开放与凋谢，隐潜与显露，一句话说罢，我们底最隐秘和最深沉的灵境都是与时节，景色和气候很密切地互相缠结的。④

梁宗岱的象征主义诗学，受到欧洲象征主义理论的影响，尤其是波德莱尔、瓦雷里、歌德等人的影响。但正如梁宗岱的《诗与真》，书名接受了歌德自传的暗示，追求的却是对文学"不偏不倚"的认识一样，梁宗岱对象

---

① 梁宗岱：《象征主义》，《诗与真·诗与真二集》，外国文学出版社，1984，第69~70页。
② 梁宗岱：《象征主义》，《诗与真·诗与真二集》，外国文学出版社，1984，第71页。
③ 梁宗岱：《象征主义》，《诗与真·诗与真二集》，外国文学出版社，1984，第76页。
④ 梁宗岱：《象征主义》，《诗与真·诗与真二集》，外国文学出版社，1984，第78页。

征主义、纯诗等现代诗歌观念的阐述，融会了中国与西方诗歌经验，理论与方法具有自身的白洽性和系统性，同时也体现了主体与客体、拿来与给予、吸收与转化的互动相生。事实上，这种互动性，不仅体现在向西方寻求资源与启迪的中国诗人和中国批评家方面，也体现在来华工作与访问的外国诗人和外国学者方面。譬如前面提到的瑞恰兹、哈罗德·艾克敦，还有燕卜荪（William Emsom，1906－1984）、朱利安·贝尔（Julian Bell，1908－1937）、W. H. 奥登（Wystan Hugh Auden，1907－1973）等为中国诗坛喜爱的来华诗人、学者，他们不仅向中国"输出"了西方，也从中国文化中获得了补益。

三　"奇文共欣赏疑义相与析"风气的形成

"建设"时代新诗批评和研究，在某种意义上，也是通过现代理性和细密的分析方法理解诗歌、塑造新诗读者的过程。新诗不同于古典诗歌的一个特点，是语言文字上好懂而意境、意思、意味微妙丰富。特别是自从新诗告别"白话诗"时期的"明白清楚主义"而讲究诗形、诗质以来，不仅一些古典诗歌的读者读不懂新诗，不少"五四"时代的读者也指责20世纪30年代的现代诗晦涩难懂。正是回应这种新诗发展中的问题，瑞恰兹等剖析诗歌的理论与方法引起了翻译界的注意，曹葆华择译了他的《文学批评原理》和《意义的意义》，合并为《科学与诗》（上海商务印书馆，1937），贡献给中国的批评界和中国读者。而中国新诗的理论批评界，一方面是认真分辨"难懂"、"晦涩"的不同原因（如朱光潜）；另一方面是开始重视具体的文本批评，努力改变传统诗论那种点到为止，让人们思而得之的评点风格——认真分析诗歌文本的肌理，贯通诗歌的想象脉络，把握其丰富的美感。这些特点既体现在20世纪30年代的作品论和诗人论中，也体现在朱光潜等人组织的"读诗会"（参见第四章第一节）中，而"奇文共欣赏疑义相与析"的讨论风气也开始形成。

其中典型的事例，是1936年4月到7月关于卞之琳诗集《鱼目集》你来我往的批评与辩论。

辩论在萧乾主持的天津《大公报》文艺副刊上进行，该刊于1936年

4月12日发表了刘西渭的《〈鱼目集〉——卞之琳先生作》。刘西渭认为，从胡适的《尝试集》（上海亚东图书馆，1920）到卞之琳的《鱼目集》（上海文化生活出版社，1935），"从形式的破坏，到形式的试验，到形式的打散（不是没有形式：一种不受外在音节支配的形式）"，诗已经从"浪子式的情感的挥霍"，到如今追求"诗本身，诗的灵魂的充实，或者诗的内在的真实"。文章感慨："从《尝试集》到现在，例如《鱼目集》，不过短短的年月，然而竟有一个绝然的距离。彼此的来源不尽同，彼此的见解不尽同，而彼此感觉的样式更不尽同……我们从四面八方草创的混乱，渐渐开出若干道路——是不是都奔向桃源？没有人能够解答，也正无须解答，但是我们可以宣示的，是诗愈加淳厚了。"① 刘西渭认为《鱼目集》象征了中国新诗"一个转变的肇始"，他赞扬用具体描画摆脱感伤的抒情："从正面来看，诗人好像雕绘一个故事的片断；然而从各方面来看，光影那样匀衬，却唤起你一个完美的想象的世界，在字句以外，在比喻以内，需要细心的体会，经过迷藏一样的捉摸，然后尽你联想的可能，启发你一种永久的诗的情绪。这不仅仅是'言近而旨远'，这更是余音绕梁。言语在这里的功效，初看是陈述，再看是暗示，暗示而且象征。"他特别举《圆宝盒》为例：

我们不妨回到那题做《圆宝盒》的第一首诗。什么是《圆宝盒》？我们不妨猜测一下。假如从全诗提出下面四行：

别上什么钟表店
听你的青春被蚕食
别上什么骨董铺
买你家祖父的旧摆设。

是否诗人心想用《圆宝盒》象征现时，这个猜测或者不见其全错。那"桥"——不就隐隐指着结连过去与未来的现时吗？然而诗人，不

① 刘西渭（李健吾）：《〈鱼目集〉——卞之琳先生作》，文化生活出版社，1936。

似我们简单，告诉我们：

> 可是桥
> 也搭在我的圆宝盒里；

　　那么，如若不是现时，又是什么呢？我们不妨多冒一步险，假定这象征生命，存在，或者我与现时的结合。然后我们可以了解，生命随着永生"顺流而行"，而"舱里人"永远带有理想，或如诗人所云，"在蓝天的怀里"。是的，在这错综的交流上，生命——诗人的存在——不就是

> 好挂在耳边的一颗
> 珍珠——宝石？——星？

　　为了强化自己对这首诗"象征现时"的理解，刘西渭还引入卞之琳的另一首《断章》中的诗句阐发生命存在的悲哀："还有比这再悲哀的，我们诗人对于人生的解释？都是装饰：'明月装饰了你的窗子/你装饰了别人的梦'。"

　　刘西渭对《圆宝盒》的批评，就对诗作整体特点的感觉而言，是比较到位的，但对具体文本的分析，虽然行文才气横溢，似乎左右逢源，却游离了文本的想象理路，因而引来卞之琳在同一个副刊上发表《关于〈鱼目集〉》的文章予以回应。卞之琳说刘西渭猜解"圆宝盒"的象征和对"桥"的理解"显然是'全错'"：

　　我自己以为更妥当的解释，应当——应当什么呢？算是"心得"吧，"道"吧，"知"吧，"悟"吧，或者，恕我杜撰一个名目，理智之美（beauty of intelligence）……

　　《圆宝盒》中有些诗行本可以低徊反复，感叹歌诵，而各自成篇，结果却只压缩成了一句半句。至于"握手"之"桥"呢，明明是横跨的，我有意地指感情的结合。前边提到"天河"，后边说到"桥"，我

们中国人大约不难联想到"鹊桥"。不过我说的"感情的结合"不限于狭义的,要知道狭义的也可以代表广义的。在感情的结合中,一刹那未尝不可以是千古。浅近而不恰切一点地说,忘记时间。具体一点呢,如纪德(Gide)所说,"开花在时间以外"。然而,其为"桥"也,在搭桥的人是不自觉的,至少不能欣赏自己的搭桥,有如台上的戏子不能如台下的观众那样欣赏自己演戏,所以,这样的桥之存在还是寄于我的意识,我的"圆宝盒"。而这一切都是相对的,我的"圆宝盒"也可大可小,所以在人家看来也许会小到像一颗珍珠,或者一颗星。比较玄妙一点,在哲学上例有佛家思想的,在诗上例有白来客(W. Blake)的"一砂一世界"。合乎科学一点,浅近一点,则我们知道我们所看见的天上一颗小小的星,说不定要比地球大好几倍呢;我们在大厦里举行盛宴,灯烛辉煌,在相当的远处看来也不过"金黄的一点"而已!故有此最后一语,"好挂在耳边的一颗珍珠——宝石?——星?"此中"装饰"的意思我不甚着重,正如《断章》里的那一句"明月装饰了你的窗子,你装饰了别人的梦",我的意思也是着重在"相对"上。至于"宝盒"为什么"圆"呢?我以为"圆"是最完整的形相,最基本的形相。《圆宝盒》第一行提到"天河",最后一行是有意的转到"星"。①

卞之琳自己的解释是详细的,对理解这首诗提供了非常重要的参考。但诗人自己的解释是否就是一首诗的真义?刘西渭不以为然,他写了《答〈鱼目集〉作者》,阐述文本唤醒的经验的丰富性:"一行美丽的诗永久在读者心头重生。它所唤起的经验是多方面的,虽然它是短短的一句,有本领兜起全幅错综的意象,一座灵魂的海市蜃楼。于是字形,字义,字音,合起来给读者一种新颖的感觉;少一部分,经验便有支离破碎之感。"他回顾与反思自己的批评思路,重新理顺自己对《断章》《圆宝盒》等诗的理解,得出的是不同解释的"相成之美"。他在文章结尾时写道:

　　如今诗人自白了,我也答复了,这首诗就没有其他"小径通幽"

---

① 卞之琳:《关于〈鱼目集〉》,《咀华集》,文化生活出版社,1936。

吗？我的解释如若不和诗人的解释吻合，我的经验就算白了吗？诗人的解释可以撵掉我的或者任何其他的解释吗？不！一千个不！……诗人挡不住读者。这正是这首诗美丽的地方，也正是象征主义高妙的地方。①

后来，卞之琳又写了《关于"你"》说明诗中的人称代词。不过，关于《鱼目集》的讨论并未在《大公报》了断，之后在该刊提及这次讨论的还有朱光潜，在其他地方参加讨论的还有李广田、朱自清、徐迟等。李广田认为：

> 这首诗的含义是很丰富的，解释起来真是说不尽……第一节的圆宝盒是从静处看，第三节的圆宝盒是从动处看，第一节的圆宝盒是一个完整无缺的宇宙，是无限的，第三节的圆宝盒是一个有限的世界，其实有限中也见出无限，静的也是动的。在这里，纵的时间，横的空间，主观的我，客观的你，都在层叠中统一在一致里。"你看我的圆宝盒跟了我的船顺流而行了"，是静中有动，久中有暂，"虽然舱里人永远在蓝天的怀里，虽然你们的握手是桥——是桥！——可是桥也搭在我的圆宝盒里"，是动中有静，暂中有久，"一颗晶莹的水银掩有全世界的色相……"是小中有大，"而我的圆宝盒……也许也就是好挂在耳边的一颗珍珠——宝石？——星？"是大中有小。于是内在的，外在的，无外的大，无内的小，是相对的，也是统一的了……至于《圆宝盒》的第二节只是一种抑制的写法，用钟表、骨董这些"暂时的"、"残缺的"反衬"永恒的"、"完全的"，"别上什么钟表店"、"别上什么骨董店"，只说明不必执著，不必介意这些无用的事物罢了。②

而朱自清，则觉得这首诗"表现的怕不充分"③。徐迟认为卞之琳诉说的是"小小的哲理"，或者说是"感情的思想"，写的是兰波、梵乐希、里尔克、克洛黛尔式的"水银似的诗"，"他想把一场华宴抹去而追求黄金的

---

① 刘西渭：《答〈鱼目集〉作者》，文化生活出版社，1936。
② 李广田：《诗的艺术——论卞之琳的〈十年诗草〉》，《诗的艺术》，开明书店，1943。
③ 朱自清：《解诗》，《新诗杂话》，作家书屋，1947

灯火，以贮藏在圆宝盒里，他想把全世界的色相踢开而抓住一颗晶莹的水银，以贮藏在圆宝盒里……他华宴也没有得到，而水银也没有得到：他不要华宴，而水银是得不到的。"①

　　一首诗的理解吸引了那么多诗人与批评家参与讨论，称得上是现代中国诗歌批评的一个奇观。它是诗歌批评民主和自由对话风气的见证；它在中国诗歌理论批评史中的意义，远不止于帮助一般读者如何理解一首意味丰富的诗，不止于揭示不同立场、角度理解文本的"相成之美"；它也让人们更多地理解了批评的独立、自由和再创造的特点，启迪了诗歌批评的自我建构。事实上，朱光潜由此提出一篇好的书评理应有"再造"的权力，应当"容许它有个性、有特见，甚至于有偏见"。他说："刘西渭先生有权力用他的特殊看法去看《鱼目集》，刘西渭先生没有了解他的心事。而我们一般读者哩，尽管各人都自信能了解《鱼目集》，爱好它或是嫌恶它，但是终于是第二个以至于第几个的刘西渭先生，彼此各不相谋。世界有这许多分歧差异，所以它无限，所以它有趣；每篇书评和每部文艺作品一样，都是这'无限'的某一片面的摄影。"② 至于朱自清，则因此受到启发提出了"解诗"这一命题，这一命题就是后来孙玉石倡导的"解诗学"的前身。

（作者单位：首都师范大学中国诗歌研究中心）

　①　徐迟：《圆宝盒的神话》，《中国现代作家选集·卞之琳》，人民文学出版社，1995。
　②　朱光潜：《谈书评》，《大公报·文艺》1936 年 8 月 2 日，第 100 期 "书评特刊"。

论中国现代诗论的现代性问题

李　怡

摘　要：中国现代诗论是说明和探讨现代诗歌本身的新话题而产生的。中国现代诗论的现代性问题首先绝不是一个引入西方文学与文化的现代性问题，而是关注诗歌、思考诗歌的中国诗论家们究竟如何看待、如何解释正在变化着的诗歌创作状况的问题。在这一需要中生长的中国现代诗论也就有了与中国古代诗论的不同特征，当然也遭遇了一系列的困惑。

关键词：中国现代诗论　现代性"读者"诗论"作者"诗论

一

就如同我们对中国现代文学与文化的许多问题所采取的思路那样，中国现代诗论的发生发展也常常被置于中外文化交流的巨大历史背景之中，而且基于这一交流所存在的事实上的不平衡，包括中国现代诗论在内的一系列中国文学的问题也就"理所当然"地被一再描述为西方文化与文学的东移问题。如果按照近些年出现的现代性质疑的思维，那么连同中国现代诗论在内的中国现代文学与文化的都不过是西方文化霸权的东移的结果，于是，中国文学的所有现代性问题在很大程度上就成了西方现代性问题的一种反映。要探讨中国文学的现代性问题，最重要的工作似乎倒是要厘清西方文化的现代性问题。

充分肯定这一思路的合理性无疑是重要的，因为它的确反映出了决定现代中国文化面貌的一个至关重要的事实，我们迄今为止的主要的学术成果也都得益于这一恢弘的视野。然而，进一步的思考却也昭示了这一思路的某些可疑：文化创造与文学创造的根本动力究竟来自何方？是我们所概括的抽象的各种"传统"，还是创造者自己的主体意识？正如王富仁先生所指出的那样："人是有创造性的，任何文化都是一种人的创造物，中国近、现、当代文化的性质和作用不能仅仅从它的来源上予以确定，因而只在中国固有的文化传统和西方文化的二元对立模式中无法对它自身的独立性做出卓有成效的研究。""是中国近、现、当代知识分子为了自己的生存和发展吸取中国古代的文化或西方的文化，而不是相反，因而他们在人类全部的文化成果面前是完全自由的，我们不能漠视他们的这种自由性。"①

对于中国现代诗论现代性问题的认识也是如此。严格地说，在现代的中国诗论发生发展的时候，其实首先并不是这些诗论家必须对古代或者西方的诗论加以继承或者排斥的问题，而应当是这些关注诗歌、思考诗歌的人们究竟如何看待、如何解释正在变化着的诗歌创作状况的问题。最早的中国现代诗论都如同胡适的《谈新诗》一样，关注和解释的是"八年来一件大事"，因为"这两年来的成绩，国语的散文是已经过了辩论的时期，到了多数人实行的时候了。只有国语的韵文——所谓'新诗'——还脱不了许多人的怀疑"②。"五四"时期的诗论的确标举过"进化"的大旗，但显而易见，在它们各自的"进化"概念之下，却是关于当下诗歌新变的种种理由。在他们眼里，"自然趋势逐渐实现，不用有意的鼓吹促进他，那便是自然进化。自然趋势有时被人类的习惯性守旧性所阻碍，到了该实现的时候均不实现，必须用有意的鼓吹去促进他的实现，那便是革命了"③。"五四"时期的诗论家也就是借着西方的进化论的"声音"来"有意地鼓吹"中国新诗的

---

① 王富仁：《对一种研究模式的置疑》，《佛山大学学报》1996 年第 1 期。
② 胡适：《谈新诗——八年来一件大事》，杨匡汉、刘福春编《中国现代诗论》上册，第 2 页，花城出版社，1985。
③ 胡适：《谈新诗——八年来一件大事》，载杨匡汉、刘福春编《中国现代诗论》上册，第 6 页。

革命。是丰富的文学的事实激发起了理论家的思考的兴趣、解释的冲动和新的理论建构的欲望。中国现代的诗论家首先是为了说明和探讨关于诗歌本身的新话题而不是为了成为或古典或西方的某种诗歌学说的简单的输入者，在这些新的文学事实的感受中，在这些新的理性构架的架设中，我们的理论家同样是"完全自由"的，我们同样"不能漠视他们的这种自由性"。胡适之所以将"文的形式"作为"谈新诗"的主要内容，首先并不是因为他掌握了西方的意象派诗歌理论，而是因为他感到必须让走进死胡同的中国诗歌突破"雅言"的束缚，实现"诗体大解放"。我们完全可以发现胡适诗论与影响过他的西方意象派诗论的若干背离之处，但恰恰正是这样的背离才显示了胡适作为中国诗论家的"完全自由"。胡适的诗歌主张遭到了穆木天等人的激烈批评，在把胡适斥责为"中国新诗最大的罪人"之后，穆木天、王独清等从法国引进了"纯诗"的概念，他们这样做的根本原因还在于"中国人现在作诗，非常粗糙，这也是我痛恨的一点"[1]。"中国人近来做诗，也同中国人作社会事业一样，都不肯认真去做，都不肯下最苦的工夫，所以产生出来的诗篇，只就 technique 上说，先是些不伦不类的劣品。"[2] 正是这种明确的"中国意识"使得穆木天、王独清等人的"纯诗"充满了他们所"主张的民族彩色"[3]，而与"纯诗"在西方诗学中的本来意义颇有距离。从某种意义上说，胡适的"自由"、"口语"与"诗体解放"代表了中国现代诗论的重要的一极，而自穆木天、王独清开始的对于胡适式主张的质疑、批评，进而力主"为艺术而艺术"的"纯诗"理想，又代表了中国现代诗论的另外一极。但无论是哪一极，其诗歌理论的出发点都是中国现代新诗发展的基本现实，这些理论家是按照各自的实际感受来建构他们的诗歌主张，来摄取、剔除甚至"误读"着西方的一系列诗学概念。

　　在中国现代诗论中，是以袁可嘉为代表的"新诗现代化"理论体现了最自觉的"现代性"追求。而这样的追求目标，也被我们的理论家放在解决"当前新诗的问题"中做了相当富有现实意义的表述："当前新诗的问题既不纯粹是内容的，更不是纯粹技巧的，而是超过二者包括二者的转化问

---

①　穆木天：《谭诗——寄沫若的一封信》，《中国现代诗论》上册，第 98 页。

②　王独清：《再谭诗——寄木天、伯奇》，《中国现代诗论》上册，第 109 页。

③　穆木天：《谭诗——寄沫若的一封信》，《中国现代诗论》上册，第 94 页。

题。那么，如何使这些意志和情感转化为诗的经验？笔者的答复即是本文的题目：'新诗戏剧化'，即是设法使意志与情感都得着戏剧的表现，而闪避说教或感伤的恶劣倾向。"① 袁可嘉还明确指出，所谓的"现代化"是不能够与"西洋化"混为一谈的，"新诗之不必或不可能西洋化正如这个空间不是也不可能变为那个空间，而新诗之可以或必须现代化正如一件有机生长的事物已接近某一蜕变的自然程序，是向前发展而非连根拔起"；"一个中国绅士，不问他外国语说得多么流利，西服穿得多么挺括，甚至他对西洋事物的了解超过他对本国事物的认识，但他很难自信已经是一个外国人或立志要做一个外国人，他给人们的普遍印象恐怕不是他西洋智识的过多而是本国智识的不足；另一方面，他却可以毫不惭愧地学做现代的中国人，努力舍弃一些古老陈腐，或看来新鲜而实质同样陈腐的思想和习惯"。接下来这几句话好像在半个多世纪以后依然新鲜，而且就像是对某些"现代性"质疑者的特别提示："现代诗的批评者由于学养的不够，只能就这一改革的来源加以说明，还无法明确地指出它与传统诗的关系，因此造成一个普遍的印象，以为现代化即是西洋化。"②

在这个意义上，我以为要理解和评价中国现代诗论的现代性，其根本的意义并不在于厘清影响着现代中国文化与文学的西方的现代性究竟为何物（尽管这也仍然是一个重要的问题），而是现代的诗歌环境究竟给诗论家提供了什么？中国现代的诗论家是怎样感受和解释这样的环境？他们因此而产生了怎样的理论设计？或者说，在中国既有的诗论体系之外，现代的他们又发现了什么样的诗学的趣味、诗学的话题？在表达他们各自的这些看法的过程中，逐渐形成了怎样的一种新的理论话语模式？用袁可嘉先生的话来说，就是要关注诗歌理论在我们这个"空间"内部的有机生长的"蜕变的自然程序"——我以为，这才是真正构成中国现代诗论现代性的"问题"。

二

要理解和说明中国诗论在 20 世纪以后所要解决的"问题"在何种意义

---

① 袁可嘉：《新诗戏剧化》，《中国现代诗论》上册，第 500 页。
② 袁可嘉：《新诗戏剧化》，《中国现代诗论》上册，第 499、500 页。

上是"新"的、"现代"的，还得先回到中国古代的诗论中去，看一看作为这"新"的参照之中国古代诗论的"旧"究竟为何物；它曾经是怎样来发现和理解诗歌的"问题"，又具有什么样的形态；到了 20 世纪之后，这些固有的"问题"为什么会发生变化；而诗歌"问题"本身的变化又怎样导致了诗学形态的变化。对于这一系列问题的回顾和梳理，实际上就是对中国现代诗论发生的说明。

　　在中国古典诗歌基本生态环境与中国古代知识分子的特殊文化心态中，中国古代诗论逐渐形成了自己的形态，概括言之，中国古代的诗论家首先面临的重要"问题"便是中国诗歌（特别是抒情诗）几乎在自己的第一个发展阶段就出现了相当的艺术成熟和相当的社会影响力。闻一多就说："《三百篇》的时代，确乎是一个伟大的时代，我们的文化大体上从这一刚开端的时期就定型了。"[1] 值得注意的是，这个"伟大的时代"拥有着早熟的人文品格，也就是说，我们的诗歌艺术不是被送上形而上的神性世界而是更多地承载了现实人生的内容，在这个"现实"的社会里，我们的诗论家也具有了相当实际的诗歌态度。

　　面对已经足以让人叹为观止的《诗经》文本，众多的批评家和欣赏者几乎是本能地产生了与诗歌实际创作过程相分离的心态。这样的心态也许就鼓励和支持了以孔子儒家为代表的功利主义诗论——在对这些脍炙人口诗歌的"有距离"的观照和审视中，重点思考诗歌的社会作用。"兴于诗，立于礼，成于乐"（《论语·泰伯》）、"不学诗，无以言"（《论语·季氏》）、"诗可以兴，可以观，可以群，可以怨。迩之事父，远之事君，多识于鸟兽草木之名"（《论语·阳货》）等言论开创了中国古代诗论的学习、运用诗歌的观念的传统，这些功利主义的诗论成为中国古代诗论的第一个发展阶段。到了梁代钟嵘的《诗品》，中国古代的诗论家开始从思想艺术的角度来欣赏、品评诗歌作品，但欣赏和品评的对象无疑是诗人已经完成了的"成品"。这本身就仍然属于艺术创作过程之外的一种感觉活动，于是，那种与诗人实际创作过程形成"距离"的姿态也继续保留了下来，并在以后的发展中成为中国古代诗话的一个极其重要的特点。中国古代诗歌理论的历史表

---

　　① 闻一多：《文学的历史动向》，《闻一多全集》第 10 卷，湖北人民出版，1993，第 17 页。

明："论诗之著不外二种体制：一种本于钟嵘《诗品》，一种本于欧阳修《六一诗话》，即溯其源，也不出二种。"[①]

如果说钟嵘的《诗品》尚且体现了一种比较严肃的理论批评风格，那么北宋欧阳修的《六一诗话》则在"论诗及事""以资闲谈"的轻松里更充分地传达了诗论家对于诗歌创作的"有距离"的姿态。这种"有距离"的姿态再一次生动地体现了中国古代的诗论家从事诗歌批评活动的基本艺术环境：中国的诗歌批评总是在创作的高度成熟之后出现；中国古代的诗论家不是与诗歌的生长而是与诗歌的介绍、传播和鉴赏联系在一起的。中国古代诗话的大兴是在有宋一代，而在这个时候，中国的知识分子倍感压力的是唐代诗歌那难以企及的艺术高峰。"读古人诗多，所喜处，诵忆之久，往往不觉误用为己语"（叶梦得《石林诗话》），对于崇尚独创性的艺术家来说，无法跳出前人的窠臼这是多么可怕的事啊！"唐人精于诗而诗话少，宋人诗离于唐而诗话乃多"[②]，这话移作对于宋代文人的无奈心态以及无奈中的写作转换的说明，倒也是颇为恰当的。的确，当前人的艺术创造的高峰一时难以逾越之际，诗人何为？诗论家又能何为？恐怕积累知识，积累关于诗歌的五花八门的知识，摸索阅读诗歌的一些经验就成了一件理所当然的事情。

这就是我们的中国古代诗论：它们自始至终都不是以直接思考主体创作规律，揭示艺术创作的奥妙，探讨创作者复杂精神活动为目标的；关注"成品"的阅读，汇集"成品"的知识，传达个人的鉴赏心得才是其主要的特色。从这个意义上说，中国古代诗论可以被称作是一种读者对于诗歌的"鉴赏论"，或者是特定的读者从"社会需要"出发对于诗歌的"征用论"。我们甚至还可以发现，尽管在我们这样一个巨大的"诗国"当中，文人皆诗人，但是绝大多数有影响的诗歌论著都不是出自创作成就突出的诗人之手，这也有趣地表明了诗论与诗作在"发生学"意义上的分裂。

中国古代诗论的这种实用性与鉴赏性的追求与西方自古希腊以来的诗歌批评传统大相径庭。古希腊人相信诗歌来自于神谕，这便有效地阻断了他们对此做中国式的现实"利用"的可能。先是古希腊的神性的迷狂和理性的

---

① 郭绍虞：《清诗话·前言》，载丁福宝汇辑《清诗话》，上海古籍出版社，1978。

② 吴乔：《答万季野诗问》，载丁福宝江辑《清诗话》，上海古籍出版社，1978。

光辉，还有后来的智慧、意志与内在的生命，都不断吸引西方诗论家走着一条向往神秘、渴慕智慧、探究精神创造奥妙的道路。从古希腊上古的诗的神性论到亚里士多德将诗视作"个别反映一般"的"技巧"，一直到文艺复兴、浪漫主义、20世纪以来的一些诗论，我们可以相当清楚地发现，诗歌创作者的感受始终是西方诗论所表述的中心，在西方，发展起来的是一整套关于诗歌创作实际体验的"诗学"。亚里士多德的《诗学》讨论的是诗人如何进行成功的"摹仿"；华兹华斯的《〈抒情歌谣集〉再版前言》述说如何"使日常的东西在不平常的状态下呈现在心灵面前"；柯尔律治大谈"想象力"、"天才"和词语的使用；托·斯·艾略特研究"传统"与诗人个人才能的关系；海德格尔追问"诗人何为"……这正如有学者已经指出的那样：西方"无论是技艺学视野中的古典主义诗学还是美学视野中的浪漫主义诗学，都是立足于写作过程并在对作者心性机能的假定中确立起来的。换句话说，它们都是从作者的心理机制出发来思考诗（艺术）的本质的"[①]。这也可以解释这个现象：在西方诗论的发展史上，出自著名诗人的名篇要明显多于中国诗论。

　　对人的主体精神世界和创造奥秘的关注、追踪也使得西方的"诗"的理论有机会超越具体的文体批评的层次而继续上升、扩大到那些更具有普遍意义的精神现象的领域，古希腊亚里士多德的"诗学"就是整个文艺活动之"学"。他的"诗"实质上是区别于历史与科学言论的内涵丰富的概念，包括了史诗、悲剧、喜剧、竖琴歌和阿洛斯歌等文体类别。20世纪的海德格尔也在"诗思"中探讨"存在"（Sein）的意义，在他看来，意义的最初发生、持存与变异、消失都与"诗性语言"的活动密切相关。与之相反，中国古代的诗家总是在相当具体地用诗、读诗，这实际上便将"诗"的言论实在化和确定化了，所以我们所有的都是具体的诗歌的评论而没有更加抽象的"诗学"。

　　中国现代诗论的新变、中国诗论现代性意义的建立实际上就源于一种诗歌生态环境与知识分子的特殊文化心态的根本变化，也就是说，20世纪的中国诗论家们再也无法在对固有的经典文本"有距离"的阅读中表达自己

---

　　① 　余虹：《中国文论与西方诗学》，三联书店，1999，第75、76页。

的心得了。因为，所有关于中国古典诗歌的背景知识都已经为前人所道尽，所有经典阅读的体验也不断被古人所阐发，而他们也未必能说得比前人更仔细、更独到；更重要的是，中国诗歌界的现实已经发生了翻天覆地的变化，一种全新的诗歌样式——现代白话新诗——占据了历史的舞台，而这一足以唤起人们莫大兴趣的新的韵文文体还正在成长之中，诗论家与它的关系再也不是那种"有距离"的，这些看起来远未成熟的新的文本还不足以以一种"经典"的姿态对他们形成莫大的压力，迫使他们在艺术的仰视中小心翼翼地表述自己的阅读体会。现代诗歌作为中国现代文人集体参与、集体建设的一种文学活动，新的诗歌创造与诗歌发展的命运就常常联系着众多文化人自己的生存与艺术事业的选择，也就是说，在这些现代新诗的批评者提出对他人作品的评论之前，他们本人很可能就首先是一位新诗运动的积极倡导者，是现代新诗写作的那少数的先行者，对于诗歌，他们是休戚与共、命运相融，对于诗歌的评说，自然也就不再是一个超脱的"品味"与"鉴赏"的问题，而是自身的价值和生命的展开的过程与方式。

这样深刻的历史情景的变化最终决定了中国诗论的现代转换。

三

我认为，这种现代转换的特点至少表现在以下几个方面。

从"读者"诗论向"作者"诗论转换。尽管中国古代诗论的写作者也都可以被称作"诗人"，但是从他们写作诗论的立场来看，却分明属于欣赏诗歌的读者心态——也就是说，这些本也作诗的诗论家不是以创作诗歌而是以阅读诗歌的体会来从事诗论活动的。于是便出现了我们前文所述的那种情形：绝大多数有影响的诗歌论著都不是出自创作成就突出的诗人之手。到了现代，由于新诗的实际创作经验问题成了众多文人普遍关心问题，而且首先就是诗歌创作者自己需要对此发言和讨论的问题，所以其写作现代诗论的立场和态度也就自然发生了翻天覆地的变化——愈是创作成就突出、创作经验丰富的诗人愈有参与诗论写作的欲望和条件，如胡适、郭沫若、康白情、闻一多、穆木天、王独清、戴望舒、梁宗岱、废名、艾青、胡风、田间、袁可嘉等，他们既是在中国现代诗论发展史上留下名篇杰作的诗论家，同时也是卓有成就的诗人。新诗作者们的创作自述构成了中国现代诗论中最主要的部分，此情此景与中国古代相比，已经有了根本的不同。

对于当下创作"问题"的关注成了诗论写作的出发点。"诗话者，以局外身作局内说者也"（吴秀《龙性堂诗话序》），中国古代诗论的这一"局外身"的立场决定了它们对于当下创作情景的某些遮蔽，或者干脆说由于它们正在"鉴赏"的往往是前代的名家名篇，所以也常常没有更直接地探讨当前的问题。而对于中国现代诗论家而言，关注诗歌就是观照他们自己，讨论诗歌就是因为他们自己遇到了一系列的"问题"。胡适鉴于8年来的新诗"还脱不了许多人的怀疑"而"谈新诗"；宗白华谈新诗，是因为"近来中国文艺界发生了·个大问题，就是新体诗怎样做法的问题，就是我们怎样才能做出好的真的新体诗"[1]；成仿吾号召展开"诗之防御战"，因为他目睹了"目下的诗的王宫"的问题："一座腐败了的宫殿，是我们把他推倒了，几年来正在从新建造。然而现在呀，王宫内外遍地都生了野草了，可悲的王宫啊！可痛的王宫！"[2]穆木天倡导"纯诗"，因为他痛感胡适式的创作"给中国造成一种 Prose in Verse 一派的东西。他给散文的思想穿上了韵文的衣裳"[3]。闻一多评论郭沫若的《女神》，提出了一个"地方色彩"的问题，因为他不满意这样的现实："现在的一般新诗人——新是作时髦解的新——似乎有一种欧化底狂癖，他们的创造中国新诗底鹄的，原来就是要把新诗做成完全的西文诗。"[4]也正是出于解决这一"问题"的目的，闻一多系统地提出了关于诗的"三美"，关于创建现代格律诗的设想；萧三、王亚平等探讨了诗歌的大众化、民族化，因为他们发现了中国新诗贵族化与欧化的"问题"；袁可嘉言及新诗的"戏剧化"，因为他认为"当前新诗的问题"就是诗人的意志和情感都没有"得着戏剧的表现"[5]。作为中国现代学院派诗论的重要代表，朱光潜的"诗论"与一般的诗人之论应当是有所区别的，但如果与中国古代的"局外身"般的"读者诗论"相比较，本来还算身在

---

[1]　宗白华：《新诗略谈》，《中国现代诗论》上册，第29页。

[2]　成仿吾：《诗之防御战》，《中国现代诗论》上册，第70页。

[3]　穆木天：《谭诗——寄沫若的一封信》，《中国现代诗论》上册，第99页。

[4]　闻一多：《〈女神〉之地方色彩》，《闻一多全集》第2卷，第118页。

[5]　袁可嘉：《新诗戏剧化》，《中国现代诗论》上册，第500页。

"局外"的朱光潜却依然更多地关心着创造者的心态，他的讨论依然属于典型的现代的"作者诗论"。茅盾并不以诗知名，但作为"局外人"的他却照样以"局内人"的眼睛发现着当前创作的"问题"。比如他在1937年发现"这一二年来，中国的新诗有一个新的倾向：从抒情到叙事，从短到长"；具体到作家作品，他又发现"我嫌田间太把眼光望远了而臧克家又管到近处。把两位的两个长篇来同时研究，是一件有意义的事；我们不妨说，长篇叙事诗的前途就在两者的调和。我从没写过诗，不过我想大胆上一个条陈：先布置好全篇的章法，一气呵成，然后再推敲字句，章法不轻动，而一段一行却不轻轻放过，——这样来试验一下如何"①。自称"从没写过诗"的评论家，也敢于从创作的内部规律处发现"问题"、解决"问题"，这显然反映出整个现代诗论的独特思维已经形成，对于当下创作"问题"的关注成了所有诗论写作的基本出发点。

对于当下创作"问题"的关注，也就使得探讨和揭示具体创作过程之中的心理状态和写作方法成了现代诗论的主要内容。为了解决当下的"问题"，中国现代诗论将最重要的篇幅留给了"怎么办"。胡适详细阐发了新诗的如何做到音节和谐，如何"用具体的做法，不可用抽象的做法"；俞平伯提出"增加诗的重量"、"不可放进旧灵魂"等方面的系列建议；宗白华探讨"训练诗艺底途径"、"诗人人格养成的方法"；穆木天论及"诗的思维术"、"诗的思想方法"；梁宗岱论述"象征"如何创造；胡风的著名建议则是"有志于做诗人者须得同时有志于做一个真正的人"，"一个真正的诗人决不能有'轻佻地'走近诗的事情"②。所有的这些"怎么办"，都在各自不同的方面揭示着艺术创作过程本身的奥妙。与中国古代那些颇受贬斥与轻蔑的技术性"诗法"入门教材不同，中国现代诗论对于诗歌艺术创作方法的这些探讨主要是从作者的主体意识和创作心态上入手的，这样在事实上也就将中国的诗论引入到一个前所未有的心理学视域之中。郭沫若早在1921年就提出"要研究诗的人恐怕当得从心理学方面"③着手。出现在郭沫若、俞平伯、宗白华、穆木天、王独清、梁宗岱、戴望舒、杜衡、朱光潜等人的

---

① 袁可嘉：《新诗戏剧化》，《中国现代诗论》上册，第500页。
② 胡风：《关于人与诗，关于第二义的诗人》，《中国现代诗论》上册，第403页。
③ 郭沫若：《论诗三札》，《中国现代诗论》上册，第53页。

诗论之中的，是"情绪"、"心境"、"思维"、"潜在意识"、"灵感"之类的字眼；而像俞平伯、朱光潜等诗论家还特别探讨了"社会上对于新诗的各种心理观"、"心理上个别的差异与诗的欣赏"等接受心理学的问题。从这些方面来看，中国现代诗论恐怕更接近西方诗论的传统而与中国古代诗论中那些纯粹技术性意义的"诗法"大相径庭。

诗歌的创造性的价值与时代精神受到了格外的重视。在中国古代，明道、宗经、征圣的文艺思想影响了几乎所有的文学批评，诗论也是如此。一方面，中国古代的诗人与诗论家深刻地感受到了来自前人经典的压力；另一方面，却又始终无法理直气壮地将自己的艺术追求定位在超越前人的创造中。他们的诗歌理想大多只能在形形色色的"复古"口号中表达，是"宗唐"与"宗宋"的相互纠缠与循环，而当下诗歌的求异性却并没有得到有力的肯定与伸张。中国现代诗论在整体上却有了完全不同的价值趋向，对于中国现代诗论家而言，如何证明新诗的"新"、如何发现中国新诗与古代诗歌的区别，如何激发和培育中国新诗的"时代精神"恰恰是他们论述的中心，也是确立自己的研究对象学术价值的基本方式。周作人的《小河》、胡适的《应该》都表达了古典诗词中所没有的"细密的观察"和"曲折的理想"。中国新诗如何因为"诗体的大解放"而获得了与中国古典诗歌"不同"的精神，是胡适"谈新诗"的重要内容。胡适所开启的在"差异"、"不同"中认定诗歌现代价值的思路可以说贯穿了整个中国现代诗论的发展，尽管像周作人这样以"旧人"自居的诗论家也"相信传统之力是不可轻侮的"，但他们都还是首先承认："中国的诗向来模仿束缚得太过了，当然不免发生剧变，自由与豪华的确是新的发展上重要的原素，新诗的趋向所以可以说是很不错的。"① 20 世纪 20 年代初期的闻一多在批评《女神》缺少"地方色彩"的同时还满怀激情地赞叹道："若论新诗，郭沫若君的诗才配称新诗呢，不独艺术上他的作品与旧诗词相去最远，最要紧的是他的精神完全是时代的精神——二十世纪底时代精神。有人讲文艺作品是时代底产儿。《女神》真不愧为时代底一个肖子。"②

---

① 周作人：《〈扬鞭集〉序》，《中国现代诗论》上册，第 129 页。

② 闻一多：《〈女神〉之时代精神》，《闻一多全集》第 2 卷，第 110 页。

　　中国现代诗论在超越古代诗论的鉴赏传统，转而借助心理学、哲学为自己开拓道路的选择中逐渐建立起了一套更具有思辨性和严密性的理论体系，从而也与中国古代诗论的概念的模糊含混有了很大的不同。这种理论体系的建立既得益于现代文人对于精密思维的自觉追求——如像胡适将观察的"细密"和理想的"曲折"作为现代白话诗的时代特征那样，也是一系列西方哲学社会科学术语概念输入的必然，值得注意的是，这些输入的外来术语最终都服从了中国诗论家的极具个体性的理论建构的需要。也就是说，它们往往都失去了其固有的含义，因具体语境的不同而呈现了新的丰富多彩的意义，诸如郭沫若诗论中的"泛神论"、梁宗岱诗论中的"象征"、朱光潜诗论中的"意象"与"意境"、杜衡、李金发诗论中的"潜意识"等。这样的个体差异性，也反映出了中国现代诗论家们建构"自己的"诗论体系的努力。

四

　　超越古代诗论的读者点评式传统、建立新的作者式思辨化理论体系，中国现代诗论的这一"现代性"追求却并不是畅通无阻的。这首先就体现在中国现代并没有建立起一个成熟的属于现代文化的哲学思想体系，甚至我们也没有一个近似于西方文艺复兴那样的思想认同的平台。也就是说，真正能够支持中国现代诗论又具有普遍认同意义的思想与概念实在还是相当的匮乏，中国现代诗论家更可能由个体的意义的差异而走向了某种"不可通约"的现实。于是，中国现代的诗论会反反复复地重复和纠缠着一系列的基本问题而难以自拔，如"平民化"与"贵族化"的争论，"民族化"与"西化"的分歧，"个人化"与"大众化"的对立，"格律化"与"自由化"的歧义，"浪漫主义"与"现实主义"、"现代主义"的取舍，"知识分子写作"与"民间写作"的论剑等，中国现代诗论的这些基本认知体系的不统一使得我们失去了继续升华思想直达形而上境界的可能。在现代中国，我们有了自己理论化的"诗论"，却没有出现过类似于海德格尔的关于人的存在的"诗学"；中国现代诗论家常常在各自的概念范围内自言自语，尚未给我们展现彼此思想连接、共同构建"诗与思"和"存在与诗"的辉煌境界。

不仅如此，随着中国社会政治意识形态的日益霸权化，一种非艺术的政治性概念体系完成了对于个人化的诗论话语的代替，这样的代替从表面上看是暂时达成了我们所梦寐以求的那种概念语汇的认同，但是这样的认同却是以否定和删除艺术的基本感知为前提的。这样一来，我们的诗论就不仅进一步中断了走向"诗学"的可能，而且也失去了像中国古代诗论那样精细地感受诗歌文本的能力。如果说我们中国现代诗论在进入当代后有什么失落的话，那么这失落就是双重的：我们既失落了西方探究作者心理机制的深刻与严谨（因为除了执行"将令"，我们已经不需要关注作家个人的创造才华与心理状态了），也失落了中国传统诗论阅读艺术作品的"兴味"（对所有作品的解释都必须纳入既定的政治思想模式中）。"文革"结束之后的很长一段时间里，我们都不得不面对这一零落惨苦的现实，政治意识形态风暴扫荡之后的中国当代诗论，实在是如此的触目惊心。虚幻的话语同一性分崩离析了，新的思想的认同平台仍然没有建立起来，与此同时我们竟又丧失了艺术感受的能力与习惯，这是多么糟糕的局面啊！

新时期以后中国诗论的重建绝对不仅仅是一个西方理论的引进问题，我们欠缺的东西其实还有很多。新时期中国诗论的热闹与喧嚣中也实在飘忽着太多的"无根"的语汇，它们要么是来自作者的自言自语——因为缺乏一系列基本的思想认同的基础而很难像 20 世纪前半叶那样形成声势浩大的"作者诗论"的繁盛，要么就是在丧失了对具体艺术的感受能力之后的概念的游戏。在这里，游戏于外来的时髦概念和顽固地坚持那些陈旧的政治意识形态的语汇其实又是十分相似的，因为他们都同时丧失了鲜活的艺术悟性。中国现代诗论在"现代转换"中的窘境至此达到了极致！

在 21 世纪到来的时候，中国现代诗论的重建任务应当说是相当繁重的，它不仅需要恢复诗论家们的文本感受能力，而且也需要我们建立起更广泛的思想认同的平台；我们既需要继续输入西方诗学的精神，也需要恢复古典诗论的艺术悟性。当然，这样一来，我们的诗论就依然不会是西方或者中国古代诗论的翻版与重复了。中国现代诗论的"现代性"继续来自中国现代诗论家自己的人生艺术之思，来自于他们自己的复杂选择。

（作者单位：北京师范大学中文系）

新诗接受的历史检视

陈仲义

摘　要：梳理百年新诗审美接受的困窘、失序；检视接受尺度处于"公婆各理"的争歧境遇；呼吁新诗接受的"理性回归"、走出新诗的接受误区；在"阐释共同体"的前提下，维护诗与非诗的底线，探触好与不好的升值线。

关键词：新诗　接受　困窘　争歧　误区　标准　"阐释共同体"

一　新诗接受的困窘拮据

新诗接受同它的诞生一样，充满多灾多难的坎坷，一开始就面临接受的合法性、转换性与变迁性的多重困扰。新诗在剪断文言脐带时，不无惊世骇俗的"断裂"冲动，殊不知文言体内深藏古典美学的"深度装置"已牢牢钳住"新变"方向，故谈何容易。黄遵宪们怀抱"新体诗"的激情理想，挣脱樊篱，但"举手投足之中都是古典亲密的身影"，在复古"求正"与"求变"的对垒摸索中，骨子里依然被那个深度装置所锁定。而远离创作的一般民众多持狐疑围观态度，直到胡适们"逼上梁山"，高举"诗体解放"的大旗，破障"故纸陈言"，情况才大有改观。新诗迅速成为一个新品种而开始传播（年轻学子争相模仿，一时"胡适体"颇为流行），但发轫期的稚嫩、夹生、散漫、浮嚣也引发接受的诟病。来自新诗内部的自嘲不是"胡诌之举"便是"杂凑之症"的调侃，最后归结到"随着嘴乱凑，似乎很容易……弄到后来，社会上对于新诗自然要抱一种嫌恶轻蔑的态度"①。旧派营垒的攻讦特别刻薄，一直讥其为"驴鸣犬吠"（黄侃语）；洋派们也不甘落后，"本家同窗"的胡先骕动用 2 万字长文大批《尝试集》的"枯燥无味之教训主义"、"肤浅之征象主义"、"纤巧之浪漫主义"与"肉体之印象主义"②。

但是，作为强大后盾的媒体向来对新事物有一种天然的偏爱，《新青年》《新潮》《每周评论》《少年中国》《诗》月刊、《时事新报·学灯》《晨报·副镌》《民国日报·觉悟》等都全面力挺，为早期新诗的合法性、诗人身份认同和诗人自我形象的确立推波助澜。仅 1919 年，各类报纸杂志所刊新诗超过 3000 首，平均每天 10 首，谁能怀疑这一强大的破茧力量不会带来奇迹呢？新诗集出版，更是一种最直接、最具集束力量的传播，单《新诗集》第一辑丛书就推出 18 部，其中《尝试集》一版再版，成为新诗创作的范本，销量突破几万册；《女神》也印刷了十几次；最重要选本有《新诗年选》（1919 年）、《分类白话诗选》（1920 年）、《新诗三百首》（1922 年）三种，其开山之功，不可等闲。初期的启蒙教育（其时全国在校生 600 万）同样功莫大焉，1922 年《初级中学国语读本》第五册入选白话诗 7 首，1924 年《新学制高级中学国语读本·近人白话文选》增至 30 多首，数量似乎不是太多，但意义影响深远。如同拓荒期间，南开中学 16 岁的辛笛写下第一首白话小诗；就读上海青年会的中学生孙大雨创办了《学生呼》（每期都发新诗）；胡风在武昌中学像小牛一样啃啮着青草般的诗歌；卞之琳在乡下初中班就设法邮购"志摩线装版"——如此追捧景观，可见新式教育没少为新诗的接受推广立下汗马功劳。全新作者群和全新读者群的出现，意味着新诗创作与接受平台的建立，此外，"大规模地有系统地试译外国诗"（朱自清语）可视为新诗的另一条接受"出路"。彼时风气多把翻

---

① 俞平伯：《社会上对于新诗的各种心理观》，《新潮》1919 年 2 卷第 1 期。
② 胡先骕：《评〈尝试集〉》，《学衡》1922 年第 1 期。

译当成自己的创作成果，"重译"、"再译"一度流行（像歌德的四行小诗，竟有五位大家胡适、郭沫若、徐志摩、朱家骅、周开先先后"接力"），翻译与创作蜜月般互动，都无疑增加了传播接受的"厚度"。这样，新诗草创期在诗人、诗作、媒体、翻译共同推动下，出落成初具形式、别有体香的"宁馨儿"。

稍后的"新月"、"象征"、"现代"，在发现早期新诗过于潦草之时，便加紧了缝合补丁工作，纠偏了某些毛糙、涣散、浅白之后，有了较好口碑。不过，很快"民族救亡"的历史使命峻切逼急，接替了"启蒙"任务，原本就与"左翼"、"普罗"血脉相连的大众诗潮蔚然成风，并迅速转换为朗诵诗、枪杆诗、街头诗、田野诗及歌谣体的普及形式，鼓动的功能几乎占据全部美学份额。在解放区，"诗人大众化"不再是空中楼阁，受众们顺应晓畅明朗、昂扬向上的线路一路高歌猛进；在国统区、沦陷区则出现相异的"讽刺"体，它们都共同承担诗歌的"社会订货"功能且发挥到极致。有论者对此"偏斜"做出解释："新诗与读者的关系突破了单纯的鉴赏关系。每当社会变化剧烈的时期，新诗往往充当着先锋的角色。新诗的非审美价值不容忽略，事实上往往是'非诗'的这部分使命，在民族危亡的时候，在大众心理急需抒发的时候，使得诗歌传播广泛，接受者众多。"① 20 世纪 50 年代，当初那些不得已的"偏斜"变成了彻底的"一边倒"，主流意识形态掌控的宏大叙事哺育出颂歌、战歌模式，连同喜闻乐见的"豆腐干""顺口溜"风行一时，人们对"每个县出一个李白"不啻迎合不疑且日夜兼程。毛泽东冷不丁一句"迄无成功"的批语，何止是拒斥心理的顺延："现在的新诗还不能成形，没有人读，我反正不读，除非给一百块大洋。"② 这仿佛从头到尾浇一盆凉水，叫贫血的新诗骤然缩回到"古典＋民歌"的子宫里，直至"破冰"期，国人思想艺术全面觉醒，才打开全天候的窗口。有趣的是，朦胧诗以"令人气闷的朦胧"遭遇最初的抵制，最终在懂与不懂的魔咒中解除禁令。揭竿而起的第三代，同样遭遇"艺术败家子"的扫射（不过这次的枪口来自自身内部），在少数中枪者躺倒之后，站起来的是众多有

① 栾慧：《中国现代新诗接受研究》，四川大学，中国知网 2007 博士论文数据库。
② 毛泽东：《在成都会议上的讲话》（1958 年 3 月 22 日），《毛泽东文集》第 7 卷，人民出版社，1999。

模有样的群像。然而对于多数读者来讲，他们仅仅是偶尔"围观"一下新诗，偶尔聆听一点新诗，他们更愿意用款款深情去缅怀记忆中的"云彩"、"丁香"，原因是，那些被反复"摧毁"了的"深度装置"还在起作用。

平心而论，百年新诗的写作一直在传统与现代、本土与欧化、大众与精英、"纯"与"不纯"、"用"与"无用"、"贵族"与"平民"、"雅化"与"俗化"、普及与提高、功利与审美之间碰撞纠结，而在接受平台上，更处于或"百纵千随"，或众声喧哗，或各取所需的境况。新诗的接受既要承担来自社会和文化的合法性的巨大问责，也要化解身份焦虑，及至引领受众美学情趣，加上自身太多美学问题的困扰，无怪乎不时得弄个"焦头烂额"，"左支右拙"，委实令人同情。

毋庸回避，在接受终端上，新诗成就及其存在价值历来一直深受各方诘难。这其中有鲁迅 20 世纪 30 年代的评语："如冬花在严风中颤抖"①，"新诗直到现在，还是在交倒楣运"②；有 20 世纪 50 年代冯雪峰的不满："各种各样的形式都还不能满意……太不像诗"，"太不像话的作品是相当多的"③；有 20 世纪 90 年代肖鹰的悲观论："关于诗歌的胜利，一个遥远的祝福，只有形而上期待的真实。现实却是，诗歌本身的失败正以不可抵抗的速度到来"④；有 21 世纪韩寒的断然宣判："现代诗这种体裁也是没有意义的"，"既然没有格式了，那有写歌词的人就行了，还要诗人做什么"⑤；更有文化大家季羡林以不容置疑的口气裁断："至于新诗，我则认为是一个失败。"⑥

不能不承认，读者普遍对新诗采取疏离态度，与古老诗国的传统和人口形成强烈反差的原因是多方面的：立场观念的不同，自身"美学造诣"的缺失，主观接受心理元素的千变万化，本体对象无法达诂的神秘，还有诗教的滞后、受众的隔膜、评鉴机制的错位、接受尺度的混乱等，缠绕成团团乱麻。对此，我们都应一一做出省思。

---

① 马蹄疾、陈漱渝主编《鲁迅杂文集·卷一》，春风文艺出版社，1997，第 229、227 页。
② 马蹄疾、陈漱渝主编《鲁迅杂文集·卷一》，春风文艺出版社，1997，第 229、227 页。
③ 转引自骆寒超《二十世纪新诗综论》，学林出版社，2001，第 2 页。
④ 肖鹰《形象与生存——审美时代的文化理论》，作家出版社，1996，第 89 页。
⑤ 韩寒博客，http://hanhans.sohu.eom，2006.9.26。
⑥ 季羡林：《文学天地》，《季羡林生命沉思录》，国际文化出版公司，2008。

　　但仍有少数人坚持认为（如于坚）："中国20世纪的所有的文学样式，小说、散文、戏剧等等，成就最高的是新诗，被误解最多的也是新诗，被忽略最多的也是新诗，这正是伟大的迹象。"① 是否"成就最高"另当别论，高下辨析也非本书目的。许多被误解、被忽略的东西，恰恰说明新诗是艺术接受领域的一个"灾区"，本研究的主要工作在于清理混乱废墟，运送必要物资，至少筹建可以基本立足的"板房"。

　　简言之，在多年"新诗无体"的困窘际遇中，反复出现过危机论、衰亡论、无用论、死亡论，也涌现出生长论、成熟论、发展论，甚至有"小传统"的自我嘉许。在多元的评估中，笔者更倾向于一切都还在实验、探索"途中"的"历险论"，特别从受众的角度出发，新诗依然一直处于"对话"、"协商"，乃至某种"妥协"的游移语境中。而令人忧虑的还是，新诗的接受尺度与标准长期来一直陷于"空茫"的失序。

二　新诗标准的混乱与争歧

　　新诗因狠命斩断传统脐带，吸吮大量洋乳，其合法性与有效性从未有过安稳。固然新诗在整体上已然成为一种独立文类，然一涉及具体文本，评价接受就变得相当复杂难堪——"公说公有理，婆说婆有理"，"青菜萝卜，各有所爱"是最真实的写照。一首诗，从某个角度上看，可能会找出毛病；同样这首诗，换一下角度看，也可能发出别样的光彩。这就使得诗与非诗、好诗和坏诗的界线变得十分模糊，经常陷入判断悖论。比如从文化层面着眼，它可能达到石破天惊的颠覆程度，但在艺术上大有"非诗"嫌疑；比如从心理学上讲，它可能产生强烈快感，但从美学上评估，却存在着不可宽宥的污点。

　　症结集中于百年新诗，有关标准的问题远未解决，有如挥之不去的"魔咒"。论之，首当其冲是写作标准，从外围到内部，层层包裹。胡适在《谈新诗》中首先提出"说话"问题（"有什么话，说什么话；话怎么说，诗怎么写"），同时主张"八不主义"，这可以看作是安顿新诗的最早"定心

---

① 　于坚：《新诗：存在还是死亡？》，《新京报》2006年10月18日。

丸";俞平伯的"写实、完密、优美",岂止是遵循写《白话诗的三大条件》,而是萌生出某种规范新诗尺度的意思;穆木天、王独清在《谭诗》《再谭诗》里提出的"暗示性、朦胧性、象征性",显然出现了新诗审美上的强力定位;闻一多关于"三美"的实验,表面是对早期文本涣散的反拨、约束,实际上是对新体式规约的追求;废名关于"诗的内容、散文的文字"的提法,让人们对诗本体多了几份狐疑与追索;戴望舒的"鞋脚论"(形式符合情绪内容),呼应了诗美形式论要求;艾青力促"散文美"之用心,是敏感到新诗的现代变化,做与时俱进的策略调整;袁可嘉有关"现实、象征、玄学"的概括与"新诗戏剧化"之说,首次指向新诗现代化……而在此期间,各路诗人穿插性提出的各种诗体方案——新格律、半格律、半逗律等,或零敲碎打,或局部整体,都指涉了新诗建构与接受规范。

然而上述研讨,多数还是从发生学、写作学角度入手——通常在本体论与诗体学层面上进行的。新时期以来,诗体学与本体论的研讨逐渐朝向更多价值层面上的"争讼"——焦点集中于审美接受尺度;尤其是 21 世纪以降,有两次规模较大的关于新诗审美接受的标准讨论。第一次是 2002 年《诗刊》设立"新诗标准讨论"专栏,分别在下半月的三、五、六、八、九、十一期刊出。 "标准:一条不断后移的地平线——高校学人如是说"……"标准:必然倾斜的天平——青年诗人如是说";"标准:自己打制的一把尺子——青年诗人如是说";"标准:宽泛与具体的融合——诗歌编辑如是说";"《标准:寻找溯源中的发现——诗界同仁如是说》以及讨论小结"众声喧哗谈标准",共发表 50 篇文章。此后数年,《江汉大学学报》《诗潮》《特区文学》《中国诗人》也展开同样讨论。第二次是 2008 年,《海南师范大学学报》全年设立"新诗标准讨论"专栏,全年 6 期总共组织发表海内外论文 22 篇(每期都加了"主持人的话"),分别集结"50 后"、"60 后"、"海外"等板块。这些文章涉及了究竟有没有诗歌标准、有必要清理与重建新诗标准吗、新诗标准涉及哪些内涵、什么样的标准能获得基本共识、新诗的审美底线在哪里、诗与非诗及好诗与庸诗的判断依据又在哪里,以及大标准与小标准、主观标准与客观标准、写作标准与批评标准、大众标准与精英标准、古典标准与先锋标准等问题,应该说是有新诗历史以来有关接受标准最具理论色彩的一次研讨。

2005 年金羊网也曾发起《寻找诗歌：好诗的标准是什么?》系列讨论，中国网、人民网、天涯社区、榕树下等数十家网站和《东方日报》《解放日报》《潇湘晨报》《河北日报》等纸质媒体纷纷转载或评论①。2012 年《中国诗歌流派网》提出"把李白从汉字里挑出来"，马不停蹄地推出"中国网络诗歌抽样读本"、"好诗榜"、"劲诗榜"、"新世纪诗典"、"中国好诗歌"等一系列评选举措，其组织数十人评选团，披沙沥金的做法都触及诗歌的标准问题。

周伦佑在接受《时代信报》采访时指出：现在诗歌界最大的问题就是没有一个批评的标准和尺度，包括"梨花体"、"下半身写作"以及季羡林的"新诗很失败"，种种乱象都是因为诗歌失去了标准和尺度，完全不知道怎么评价和如何讨论，这是非常严重的问题②。的确，没有哪一个时代的诗歌批评家像今天这样承受着被指摘、被攻讦的巨大压力，从根本上说，正是诗歌批评的失范导致当下诗歌评价的"三无"："无语"、"无力"和"无效"（魏天无语）。

何言宏也有同感：近年诗歌界的种种问题，其病因，其实都在于诗歌标准的模糊、混乱、丧失，或难以贯彻；在门槛较低、泥沙俱下和"海量"的网络诗歌以及很多诗歌批评与诗歌评选中，这样的问题更加突出。马永波肯定了标准确立的重要性：它意味着恢复诗歌作为技艺含量最高的艺术的尊严，恢复对广大高深的难度探寻的尊重，恢复诗歌不为任何外在目的所决定的独立的内在美学价值的尊荣。标准的树立虽然不可能先于写作实践，但它对写作实践却有着不可或缺的指导作用，对诗歌的接受、诗歌优劣的判别、诗歌史的梳理等方面，更是不可或缺的尺度和原则。何平也认为：在诗歌生产过程中诗歌的等级不只是来源于一种诗学想象，而且也确实是一种实践性的诗歌分层。对诗歌"举贤排差"的分层应该是诗学标准确立的一个最基础的工作，它应该起到一种示范和警觉的作用，以形成一种自觉写好诗和发表好诗的诗歌生产机制③。

这样的呼声特别得到批评界的响应。赖彧煌说，当我们不是把标准作为

---

① 浪行天下：《好诗需要什么标准——网上诗歌论争综述》，《海南师范大学学报》2008 年第 3 期。
② 浪行天下：《好诗需要什么标准——网上诗歌论争综述》，《海南师范大学学报》2008 年第 3 期。
③ 何言宏等：《重建我们的诗歌标准》，《海南师范大学学报》2008 年第 1 期。

某种本质主义的公式进行看待，而是把它牵涉的诸多理论问题既还原到历史现场之中，又回到诗歌的文类成规内部，在开放的历史视界和内指的诗歌美学形式问题之间，构设一种充满张力的诗之评判指标，不仅是可行的，而且是必要的①。张立群说，事实上，当前很多著名的诗歌网站在刊登诗歌作品和专栏更新时，都呈现了近乎无意识状态下的限制，这说明我们时代的诗歌写作标准一直有其客观、自律的空间。讲求诗歌的写作伦理、外在的认识型构，以及规范的复杂多义性，正是建构"新诗标准"的重要逻辑起点②。张德明坦陈许多新诗探索都是无效劳动，并不能带来质的飞跃，也存在"权力赋予"的嫌疑，甚至还可能导致"写作霸权"的倾向。不过我认为这并不紧要，紧要的是让诗人的艺术探索和创作实践进入正常的诗学轨道，发挥更大的审美效能；有时候标准苛刻一些，甚至武断一些，这对制止诗歌创作的随意性来说，绝对是利大于弊的③。而张大为则显出深重的忧虑：诗人与诗歌标准的制定，具有"山大王"和"僭政"的性质，这时并不是没有诗歌标准，而是每个人都可以随时随地制定诗歌的"标准"，也仅仅是其个人的"标准"并最终停留在一种"越想越有道理"、"越看越像诗"的幻觉性的个体凝视当中。现在，每一个诗人和批评家都可以在一天之内琢磨出20种诗歌的"标准"、"定义"和"主义"来。"标准"的"个体"权利在此处于过度消费和被滥用的疯狂状态，而恰恰正是这种状态，摧毁了标准本身的现实基础。在这种情况下，变化的不是"标准"本身，而是标准之外、之下、之后的东西。他中肯地指出：走出一体化的诗歌标准，不等于就要每个人一个标准；标准的多元化，也并不等于标准的一盘散沙；没有绝对的诗歌标准，不等于标准本身就不起任何作用；暂时的标准失范，不等于永远没有标准；标准发挥作用，不等于发挥作用的只是"标准"本身④。

另一部分批评家，则看到标准问题的复杂曲折、隐晦暧昧。

---

① 赖彧煌：《在现代经验和美学形式的张力场中——新诗标准的探讨》，《海南师范大学学报》2008年第2期。

② 张立群：《历史性的认知及其逻辑——关于当下"诗歌标准"的问题》，《海南师范大学学报》2008年第2期。

③ 张德明：《当前诗歌写作标准问题的再探讨》，《中国诗人》2009年第1期。

④ 张大为：《诗歌标准重建：从江湖化到政治化》，《海南师范大学学报》2008年第4期。

姜涛意识到新诗"标准"之所以被一再提出，无疑源于这样一种历史困境，即作为激进的形式、语言革命的产物，新诗始终处在"未完成"的状态中，这一点既像是"厄运"，又像是"原罪"，一直挥之不去。为了摆脱这一困境，寻求一种美学标准和建立规范势在必行。他同时指出，在"标准"的问题上保持一定的神秘感，似乎是更为可取的态度。悬置"标准"，并不意味着在具体的写作中诗人可以否认写作的难度和限度，对新诗性质的理解不同，是"标准"争议背后的重要原因。在这种局面下，与其执着于"标准"的有无，不如将这个问题历史化，从中探讨新诗内在的历史张力。需要警惕的是，一种以"标准"为名出现的对历史的抽象和固化，而在具体的写作中，"标准"不是一位小心伺候的"美学上级"，却更多与一种写作的伦理相关①。诗人王家新通过对保罗·策兰的分析，认为标准不是干巴巴的理论教条，而是一种不可见而又确凿无误的尺度，在激励和提升着一个诗人；诗人的所有写作，最终要达到的就是对这些标准的确立。他特别强调："难度"是关涉到对内心的发掘和忠实，关涉到朝向语言的纯粹和绝对性的努力，关涉到一种"不可能的可能"；有难度和没有难度，永远是一个尺度，它把一个真正的诗人与那些充斥的冒牌货彻底分开②。

臧棣尝试用新诗现代性框架以解决新诗的评价问题，也许是我们迄今所能发现的最可靠的途径。"在我看来，新诗对现代性的追求——这一宏大的现象本身，已自足地构成一种新的诗歌传统的历史。而这种追求也典型地反映出现代性的一个特点：它的评判标准是其自身的历史提供的。"③

鲍昌宝则看到了新旧标准的重大"错位"：新诗为表现现代生活的"新原质"进行了一系列"非诗化"的探索，从而获得诗歌现代性品格。因此，以古典诗歌的意境理论作为新诗评价标准是错位的；对新诗合法性理论的文化反思，应是确立新诗评价标准的前提和基础④。

而魏天无则看到了标准的多重"纠结"：新诗标准提出与设定的困难在

---

① 姜涛：《"标准"的争议与新诗内涵的歧义》，《江汉大学学报》2004 年第 5 期。

② 王家新：《无花果养大的诗人》，《海南师范大学学报》2008 年第 5 期。

③ 臧棣：《现代性与新诗的评价》，《现代汉诗：反思与求索》，作家出版社，1998，第 86 页。

④ 鲍昌宝：《错位的新诗评价标准——对新诗合法性的文化反思》，《江汉大学学报》2004 年第 5 期。

于多重矛盾的纠结，首先是普遍性与具体性的矛盾。如果标准过于宽泛笼统，如采用"历史的"与"审美的"批评，或"内在的"与"外显的"批评等，会失去针对性和有效性；如果过于具体单向，如单纯着眼于"文本"或"语言"等，则会缺乏涵盖性。其次是历时性与共时性的矛盾。标准中积淀着以往批评者对作品的认知与审美经验，面对的则是急剧变化的"现场"。再次是个人性与社会性的矛盾。标准既要体现批评者鲜明的个性色彩与审美趣味，同时又要考虑它在多大程度和范围内能被接受和认可。理想的批评标准，当然是能够在上述多重矛盾中建立某种"平衡"机制，保持而不是消解在矛盾中形成的张力，但是，这很容易滑入托多洛夫所说的"纯多元论批评"的深渊[1]。

意味深长的是，与多数批评家意愿相左，多数诗人反感理论、概念、术语，对理式标准一直采取轻慢、轻蔑的态度，他们更愿意从自身写作体验和经验，即从写作发生学角度去谈论，从而发出了迥异于学院派的声音。如于坚说：中国诗话从来不在概念上去界定"好诗是什么"，那是不言自明的，诗就在那里，或者是"对不可说的就保持沉默"。古代的诗歌标准就是诗选，诗歌史也是诗选。所谓"诗歌标准"——尤其是当它被诗歌的正式发表、诗歌评奖、诗歌选本、诗歌史、诗歌评论仅仅作为维持话语权力的游标卡尺去利用时——是完全不能信任的。好诗只有一种，这是一个玄学问题，用科学主义是无法回答的。标准就是一个科学主义的腐烂名词，在今天，就是现代物理学也对这个可疑的名词嗤之以鼻了。自然是"测不准"的，道发自然的诗歌更是深不可测了；论诗如论禅，它几乎完全属于玄学、无法标准化[2]。标准的直接提出或许过于生硬，一直以来遭到多数诗人的嘲讽，最凌厉的攻势即为来自武汉"或者"论坛的主诗小引，他在洋洋洒洒7000多字的《反思与追问》中提出了针锋相对的反驳。他首先责问批评家们为什么那么热衷于给诗定一个想当然的"权威"标准。在他看来，关于标准的讨论，实际上就是诗人和批评家之间进行的一场权力斗争，批评家们企图为诗套上一个权威标准的想法几乎就是对诗的阉割。一个诗人在创作中，其实

① 魏天无：《新诗标准：在创作与阐释之间》，《海南师范大学学报》2008 年第 3 期。

② 于坚：《为天地立心的诗》，《海南师范大学学报》2008 年第 5 期。

并不会分心考虑那些标准之类的，因为诗从来就不是按需生产的；诗人唯一关心的，就是我们到底能把诗写成什么样。你不能站在诗的外面拿一根尺来丈量这首诗，何况很可能你的尺子本身就是用松紧带做的①。

江西诗人木朵也在《标准的反骨》中扮演不信任角色：标准应是与共识有关的东西，但审美与鉴赏因人而异，达成共识几乎不可能。衡量诗好坏的标准是在诗的生产过程中同时孕育的，还是要从诗的圆周上去找那轻轻触碰的切线呢？在群情激愤的形势下，任何标准的提出都可能被认为是那无法亲吻圆周的直线在自甘堕落。议定的标准来自信誓旦旦也好，反标准者时刻虎视眈眈也罢，所做的工作无非都是在可能存在的标准与描述标准形貌的修辞之间建立一条通道。我们所谓的"标准"，首先是一种标准的意识微澜（你所见过的河面上圈圈涟漪并非持久的美的法律），然后，是一种在言辞上溜达着的标准形体（我们左思右想的都是"标准"怎样才好在言辞上过得舒服一些）②。短兵相接中，重庆诗人沙沁干脆宣称："标准"意味着死亡！河北诗人张祈也说得十分决绝，"好诗的标准根本就是个虚无的命题。"③伊沙同样不留余地，他在诗江湖论坛的语调斩钉截铁：好诗不需要标准。给好诗定标准，好比是在给真理找公式④。

三　新诗接受的"理性回归"

如此严重的标准分歧，让人想起瓦雷里一段逸闻。有人问瓦雷里什么是时间，瓦雷里回答说，我无法告知"时间"，我只能看看手表，告诉你现在是几点钟。绝大多数诗人都秉持瓦雷里无时间而有"具体钟点"的用法，以此来缓解难题。问题是，现在每个人的诗歌手表，并没有一个统一的刻度，每个人都在维护自己的绝对"时区"，并且把自己的时区视为绝对的"世界时间"，基本不遵守"时区换算"守则。在审美接受上，凭什么我要滞后你4个时区，又为什么我必须领先你8个小时？"虚拟时区"的语用接

① 小引：《反思与追问》，诗生活论坛，http：//bbs. poemlife. com/forum. php 2007. 12. 23。
② 木朵：《标准的反骨》，《海南师范大学学报》2008年第5期。
③ 诗生活论坛，bbs. poemlife. com/forum. php，2007年12月23日。
④ 伊沙：《诗江湖》帖子，2007年12月21日。

受模式，固然有其科学性，但自由愉悦的诗歌审美接受从来是以趣味为转移的。

笔者能够理解多数诗人坚持自己的直觉感受，并在第一时间做出反应，他们更愿意遵守"心理时间"，听从心灵召唤。从郭沫若开始："我想我们的诗只要是我们心中的诗意诗境底纯真的表现，命泉中流出的 Srtain（旋律），心琴上弹出来的 Meoldy（曲调），生底颤动，灵底喊叫，那便是真诗、好诗。"① 这种对诗歌的直接感悟一直传递到百年后的当下，如中间代女诗人子梵梅的切身体会："好诗会产生肉体上的痉挛，手指指尖的一阵开裂的饱涨，心脏的波颤，瞳孔的放大，前额的放光，小腿一丝如丝袜抽裂从而自下至上似水蛇爬行的钻心冰凉。"② 同样的感觉在男性诗人身上屡试不爽："总有些诗一下子就能攫住你的心灵，总有些诗让你过目难忘，总有些诗多少年后让你读来鲜活饱满，直觉告诉我们：这就是好诗"③；"好诗就是那种能使自己'一见钟情'的诗。如同走在大街上，在你身后或在视线之外的地方那个绝色女子，你会霎那间被她'擦亮'，会木然地惊艳于她超凡的韵致。一首好诗也是这样，就像电流的对接，一瞬间被窒息、感动和惊憾"④。这种阅读的普遍观感似乎已强化为某种定势：既然直觉能感性"印证"好诗的存在，那么于此就够了，而阅读感受一旦要抽象到理性层面，便叫人犯难了——与其如此，不如保持最开始的原汁原味。诗书画石四者兼治的邓澍诗也认为，好的诗歌应该是"尖锐"的：像一根针，透着光。你一靠近那光芒，你的眼睛、血液突然变得滚烫；或是它深深扎在你的心头，让你莫名地疼痛，手足无措地悲伤⑤。

直接感悟不失为一种"准头"，但不应过多滞留于感官、感性基础上，将其提到理性的认知层面，有什么不好呢？子梵梅继续写道，好诗应该是：

---

① 郭沫若：《致宗白华函》，《三叶集》，安徽教育出版社，2000。
② 子梵梅：《诗歌的标准：床和榻榻米的区分，还是猩猩和金鱼》，http：//blog. tianya. cn/blogger/post_ read. asp？BlogID＝217700&PostID＝12371188。
③ 参见专题《标准：一条不断后后移的地平线》，《诗刊》2002 年第 8 期。
④ 海啸访谈《如何看见天鹅的泪水》，博宝艺术网，http：//news. artxun. com/duandi － 1217 － 6081167. shtml，2008. 3. 24。
⑤ 邓澍：《关于诗歌与诗人断想的 300 句》，邓澍诗书画石艺术博客，http：//blog. sina. com. cn/dengshu1956。

写作难度在提升，阅读难度在降低；体现了"大众性"的共同经验，表达了同一层面的人的共通性体验；永远保持写作的新鲜感和内心悲喜的极致感，具备唤醒和震痛的能力。几千个汉字的无穷组合，最后形成陌生而熟悉的体例，给予汉字古老而崭新的尊严和积极的追问能力，这就是好诗的内部纹理与肌体功能①。邹洪复也有类似的理式提升："好作品是一个实心球，是有厚度的质量和完美，而不仅仅是一个圆圈或一枚钉子，好作品是静水潜流的，经得起反复阅读，且读着叫人舒服，不会有失重感。好作品是'虚而不伪，诚而不实'的，它们当如筛盛水、如网罗风一样既实又虚。好作品是微茫而又不落言筌，既活泼又空灵，能感知而又不那么具体。最好的诗歌也许是一种浓缩到无言而感人的力量，温暖漫升的力量，抵达内心的力量。它可能并没有气势。它应该不仅仅是诗歌，还是修为、眼界、文化和思想。"② 这一切，都在进一步表明，好诗的存在，一直以来都拥有不断被表述、被判断、被明证、被发挥的确凿性，而非被攻击的"伪命题"。

21 世纪以来，随着讨论深入，部分诗人（尤其诗与评兼做者）完全从直觉认知中跳脱出来，理出了一些知性色彩十分浓厚的"条款"。在"八仙过海"的洋面上，扬起各自的风向标。

先看大处着眼，几乎都锁定在文本上——

西川：衡量一首诗的成功与否有四个程度：（1）诗歌向永恒真理靠近的程度；（2）诗歌通过现世界对于另一世界的提示程度；（3）诗歌内部结构、技巧完善的程度；（4）诗歌作为审美对象在读者心中所能引起的快感程度③。

田原：首先要有新的发现；其次要有一种"谜"存在其中（神秘、隐喻、不确定＋悬念）；再次是自己的文体④。

魏天无：具有提升精神的价值；富有"原创性"的品格；提供多元化

---

① 子梵梅：《诗歌的标准：床和榻榻米的区分，还是猩猩和金鱼》，http：//blog. tianya. cn/blogger/ post_ read. asp？ BlogID = 217700&PostID = 12371188。
② 邹洪复：《对当代诗歌写作的几点思考和认识》，http：//www. 360doc. com/content/13/0104/12/ 10694173_ 258128158. shtml。
③ 陈超：《西川的诗：从"纯于一"到"杂于一"》，《华中师范大学学报》2012 年第 1 期。
④ 田原：《想象是诗的灵魂》，《当代作家评论》2012 年第 2 期。

的阐释空间①。

　　毛翰：好诗的标准大致有三。诗内两条：永恒的主题、卓越的语言表达。诗外一条：诗人高尚的人格风范②。

　　还有——

　　刘川：对情感的提升、对智力的启迪、对灵魂的震颤③。

　　张清华：弹性，包容性，意料之外的表达，情理之中的疑虑④。

　　王若水：要确立一种高尚、敏锐、有重量与力度的诗歌精神与标准⑤。

　　李领：诗歌至少应满足下列四重要求：寻求语言指谓——美学要求；寻找适合于困境的象征——道德要求；需要包容进人类的理想景观——形而上的要求；承认在任何情况下出现的真实的人类激情——心理要求⑥。

　　仅从大处着眼，显然不够，一部分人又从"文本元素"进行具体坐实。如——

　　辛笛：好诗总要做到八个字：情真、景融、意新、味醇⑦。

　　邹建军：情真、意藏、象美、言凝⑧。

　　高准：1 境界、2 情操、3 感怀、4 语言、5 形象、6 音韵、7 结构、8 气势⑨。

　　林林总总，眼花缭乱，仿佛每一种元素都可以抵达一种标准，与此同时，转换为综合性的"指标化"⑩ ——

　　桑克：衡量自己作品的尺度，至少包括五个技术指数，即作品的完整性、结构的平衡性、句法的柔韧性、修辞的合理性与音韵的和谐性。还有四

---

①　魏天无：《新诗标准：在创作与阐释之间》，《海南师范大学学报》2008 年第 3 期。

②　毛翰：《好诗标准 ABC》，《海南师范大学学报》2008 年第 5 期。

③　参见 《 "标准：宽泛与具体的融合——诗歌编辑如是说"》，《诗刊》2002 年第 8 期。

④　《很残酷的规则——"好诗的标准"研讨会纪要》，《芳草》2008 年第 5 期。

⑤　《很残酷的规则——"好诗的标准"研讨会纪要》，《芳草》2008 年第 5 期。

⑥　李领：《从"反语义"到语词的"乌托邦"——于坚诗论中的语言观探》，华中师范大学，2006，中国知网硕士学位论文数据库。

⑦　辛笛：《诗稿自序》，人民文学出版社，1983。

⑧　邹建军：《论抒情诗的艺术标准》，（台湾）《乾坤诗刊》1998 年第 1 期。

⑨　高准：《试论诗的评判标准》，《诗刊》2001 年第 2 期。

⑩　2007 年另有 14 位诗人联合发《天问诗歌公约》八条，涉及了诗歌尊严、见证、节制、敬畏、血统。即便末条"多识草木虫鱼"遭到普遍嘲讽，笔者乃肯定其对好诗标准的维护与失序伦理的拨乱反正。

个精神指数，即信仰问题、精神价值、文明传承与诗歌伦理。技术指数和精神指数只是一个底线标准或者基本标准，而更高的甚至是伟大的标准，不仅是衡量的尺度，更是一种导引[①]。

沈奇：简约性——言简意赅，辞约意丰，少铺陈，不繁冗，以少总多，不以多为多；喻示性——意象思维，轻逻辑，重意会，非关理，不落言筌；含蓄性——非演释，非直陈，讲妙悟，讲兴味，语近意邈；空灵性——简括，冲淡，空疏，忘言，重神轻形；音乐性——节奏，韵律，抑扬，缓急，气韵生动[②]。

汤养宗：（1）有不同凡响的照亮精神的第一现场感；（2）文本构建方式独立不群并且高度自治；（3）语言鲜活到位具有颠覆破障的冲击力；（4）体现表率性的写作品质和方向感；（5）读后能迅速瓦解对已有诗歌的温存而确信一种美终于又可以找到其相依托的形式[③]。

继续回到诗歌理性上来。周伦佑在最近一次新诗标准研讨会上提出标准应分为相对标准和绝对标准：相对标准是具体的、可描述的、可模糊量化的、可公度的，每个诗人所写的，都是无形地"遵循"自己的相对标准；绝对标准是无法描述的，形而上的，是自己写作期待中高于相对标准存在的"那一首"，也就是瓦雷里所说的"绝对之诗"。每个相对标准都在努力靠拢那个绝对标准，但都无法抵达，因为"时间的尺度就是上帝的尺度"，就好比尼采所说的"人的本质在人之上"[④]。

与周伦佑不同，"70"后诗人兼学者一行（王凌云）更乐意把诗歌标准分为公共标准与专业标准。公共标准又分为两种：低的标准：诗歌要让人感动（满足人们的道德自恋和情感自恋）或回味（意境主义）。这种标准对诗的要求，仅仅要求其符合人们惯常的情感模式和感受模式。高的标准：诗歌要能安慰人的灵魂，要承担起对时代现实和人性的洞察，同时成为时代良知的声音。对洞察力的强调使得这个标准显得具有某种精英性质。专业标准：

---

① 李心释主持《关于当代诗歌语言问题的笔谈》（三），《广西文学》2009 年第 3 期。

② 　　　　　语言的"常"与"变"》，《沈奇诗学论集》，中国社会科学出版社，2005。

③ 汤养宗：《在诗歌第一现场，谁是可靠的》，http：//blog.sina.com.cn/s/blog_ 51dc0bee 0100bqr6.html，2008.12.5。

④ 周伦佑在"新诗审美标准研讨会"的发言录音，2014 年 3 月 6 日。

由极少数专业诗人及专业批评家组成的共同体，或明确或隐含地遵守的标准。专业标准的实质内容是：以诗歌中呈现出的心智的成熟程度、包容力和独特性来判断诗的高下。专业标准首先强调个人风格的独特性，其次强调诗人在想象力、洞察力和运用语言方面的控制力，最终是强调一个诗人的作品的容量（调动和保存尽可能丰富的经验）和精粹性（使用尽可能恰当、精确、简练的语言）。公共标准的缺陷在于，它忽略了诗歌作为一项技艺的严格性和个人风格的绝对重要性。单纯的专业标准也有缺陷，完全以专业标准来评判诗，就会忽略诗歌承担的传统责任：安慰人和教化人。专业标准维系了一个深度进行诗歌探索和实验的空间，而公共标准的存在则使得诗歌仍然在社会中具有一定的影响力，因此，重要的是这两种标准之间的充满张力的平衡。他最后提出理想化的诗歌标准与机制，虽然带有某种"空想"：

> 一种良好的诗歌秩序应该是共和制的。民众们的诗歌趣味，如同公民大会中的公民意见；而专业诗人们，则构成了元老院。批评家们，一部分作为保民官为民众的趣味辩护，另一部分作为监察官防止诗歌风气的堕落和腐坏。民众们与元老院协商，选出执政官——桂冠诗人；在诗歌风气已混乱不堪的紧急状态下，专业诗人们组成的元老院可以指定一个桂冠诗人——独裁官，当然这位独裁官是要受到监察官监督的。于是，诗的国度就得以良好地运转下去，诗歌本身也由此成为一种公民宗教——所有爱诗的人、愿意为诗投入心力的人都是这个宗教的成员。[①]

的确有那么一点乌托邦色彩，可是，诗歌的创作与接受，难道不是一个巨大的梦想吗？在梦境里遨游后，我们将面临更严峻的接受挑战。

2014 年，由洪子诚、程光炜担纲主编的《百年新诗经典》30 卷，由 30 位中青年诗评家、新诗史研究者组成编委会，收录百年来 300 多位诗人、一万多首优秀作品。该书序言明确指出："入选标准，主要视其作品是否具有较高思想艺术价值，是否对新诗艺术发展具有某种创新意义，和在某一历史

---

① 一行：《诗歌的标准》，《论诗教》，北京师范大学出版社，2010。

时期是否产生较大影响。"① 显然，以"价值、创新、影响"作为三大理性标准，相当范围内照顾了创作与接受两大维度。

还可以继续陈列标准的争歧——要多少有多少。在"乱花迷眼"的标准面前，我们倾向两种标准的交会：方向性的大标准和文本性的具体标准。方向性的大标准具有宏观上较大的认可度和巨大覆盖面（如前述"价值、创新、影响"三大指标），在诗歌史、诗歌史论、选本、年鉴方面发挥把关作用，具有整体性的、大而化之的好处。文本性的具体标准比较麻烦，又多又杂，且各自有异，但可以集中在文本的基本参数上（如经验、体验、语言、形式等），它对具体文本的赏析、阐释、评价、判断有一种稳定的保障作用，多少减免了因个人化趣味所带来的偏倚。

四　厘清新诗接受的"误区"

以上，仅仅是对 21 世纪以来标准争歧的简要梳理，作为某种管窥蠡测的参照。新诗标准尺度的最大质疑与阻力，主要还是来自写作第一线诗人的本能反抗，原因在于他们从来都视创新为生命，而睥睨任何尺度的束缚。但谁能否认，在文本后面，总有一个匿名的东西潜伏在那里，或虎视眈眈瞪着你，或含情脉脉撩拨你，让你想平静淡定又时起微澜。那么，那个叫标准的尤物永不露面吗？它是由谁给定的权力？它的可行性、有效性如何？它能否被共同遵守或执行？它既不能简单化地、一劳永逸地确定，也无法政令式的加以强制推行，它是一种悬挂在壁上的"理想"吗——"画饼充饥"，还是根本就不需要自我定制的"镣铐手链"，聊做"设防"？它，或许被理解为义不容辞的理论责任感，或许被误认为某种话语"霸权"？它涉及众多误区，只有先清理这些误区，才有助于问题进一步揭示。

其一，在笔者看来，不应该机械教条地理解"标准"两字，把它等同于物质生产的精确量度。标准指向准星、量度，指数、水准、多少带有量化性质，方便作为评判产品优劣、高的质量依据；但作为精神产品，只要大体拥有一个基本规约就行了，无须当成一种锱铢必较、严丝合缝的"国标"。

---

① 洪子诚、程光炜主编《百年新诗经典》序言，长江文艺出版社，2014。

精神产品，体现一个时代审美需求的取向，凝结一个时代艺术创造、智慧和精神境界的向往，显然是模糊的，谁都知道它是无法量化的。由于约定俗成，不幸"盗用"了人家的物理量度，只好忍受众人的"机械化"指摘。

其实，标准不是鼓励走向一种程式化、机械化、凝固化的"容器"，而是寻找前行的路标和结合当下定位的"说辞"。像前面所提供的大的方位考量，如"原创"、"深度"、"厚度"、"重量"、"穿透力"、"有效性"一样，这些标准虽有点虚大，但都是属于审美接受不可或缺的要件，包括具体文本要求的经验、体验、语言、陌生化、张力等，显然也是诗歌文本无法摒弃的基本质素，它们都是审美接受诗库里举足轻重的砝码。由这些砝码掂量出的诗歌体重，并不要求精准到"公斤"的刻度。

其二，在笔者看来，有必要厘清新诗三种相互关联的标准：即生成标准（产品完成）、批评标准（产品鉴定）和接受标准（产品消费）——迄今之所以仍产生那么大的困扰，主要是不少人把三种标准经常混为一谈。仔细推敲，创作标准与批评、接受标准还是有区别的。创作标准通常以创新求异为目标，追求独一无二的原创性；批评标准是根据文本的成色进行的鉴定工作；而接受标准则是基于个人兴味的主观感受。创作标准因创作发生的混沌，呈现出写作过程要尽量无视标准、抛弃标准状态，才有益于文本自由生成的特征。有趣的是，生成标准经常以"隐身人"身份出现，悄悄潜伏在创作过程中，它闪烁着诡谲的眼神又透露着诱人的气息，无时不在地匿迹于文本的罅隙、褶皱、关节、空白等一切架构与肌质里。如果你偏重于感性，你可能会不知不觉把所有的感性化标准认知收编于心灵，并使之弥漫于你血液里；如果你偏重于知性，你可能会较为清晰地把它内化为一把尺度，让它于潜意识或下意识里游走。

这不免给写作者造成严重错觉，以为处于无标准中方是进入创作的最佳状态，并且推及后面的批评与接受两个环节。其实，批评与接受两个环节涉及鉴赏、理解和阐释，多具理性期待、容纳，从而能比较清楚地感受其"界限"所在，苾而能事先做出某种"预设"或"规定性"。由于混淆了三种标准的细微差异，用诗歌生成标准代替其他两个标准，难免易产生"唯我独大"或"干脆取消"标准的偏见。这是新诗接受失序的一个罪魁祸首。

其三，单就接受标准看，关键要理顺标准的动态内化与两个基本切面。

客观地说，我们对标准的实践与倡导，从来就不指望标准能一劳永逸地搞定在那里，使所有受众都据此来"依样画葫芦"或"按图索骥"。诗歌史和经典化过程雄辩地表明，标准只能存在于不断的追溯与修订中。同样，标准也不是以"公告"、"条款"的形式形成明晰的制度化规定，它一般体现为某种模糊的"艺术公约数"，在集体无意识与个人趣味中保持一种张力式的"较量"。

而标准的基本层面则简单多了。第一个层面，首先要解决诗与非诗即"是与不是"的判断问题；第二个层面，要解决诗好与诗不好，即"优与劣"的问题。通常我们都模糊了两个界面，或互相取代，或混为一谈。其实，明晰了是与不是、好与不好的界限与职责，我们的接受天平就自然就踏实多了。换句话说，标准主要管好两条线——明确的分际线：什么是可以跨越和止步，什么是可以保留和去除，什么是可以拒绝和接收的所谓底线。即让"是"与"非"清渭浊泾，然后再涉及好与差、美与丑、雅与俗、高与低、深与浅的升值线。

其四，为减少接受标准分歧，有必要继续维护前章已讨论过的"阐释共同体"作为接受的前提。我们清楚知道，诗歌接受在打破本质主义的垄断后可能陷入相对主义泥淖，因而建立共识基础上的"阐释共同体"，至少可以在所谓诗界的"圈内"取得消弭差异的积极效果。新诗研究中年学者王毅在这方面是最早的鼓吹者：

> 如果我们真的试图建立一个新诗的标准，有关什么是诗歌，什么是好诗，我们能够做到的就只能是置身于诗歌知识共同体内的协商、不知不觉中的相互让步：在已有的作品、正在出现的作品和将要出现的作品之间协商，在诗人、读者之间协商，在诗歌艺术和社会情势之间协商……它只能是一个时代的艺术时尚、学术兴趣以及社会情势等相互交错的结果。①

在诗歌知识共同体内，妥协、协商、求大同、存小异、弥合细微的差异

---

① 王毅：《新诗标准：谁在说话？》，《江汉大学学报》2004年第5期。

性都是为了接近共享的可能，虽然有绝对的相对主义在骚扰，但相对共识的基础还是可以找到的。目前，在尚且找不到更好的"出路"（或许永远也找不到）时，我们倚重接受前提"阐释共同体"进行有理有据的作业，犹如在找不出更好遴选大学生方案时，守护与完善目前的"高考制度"是别无选择，当仁不让的。

在笔者心目中，新诗的接受标准当属于"一条不断后移的地平线"，属于积累与变化中的"内化经验"，属于个人意会与"趣味"的主观产物，属于共享范围的特殊知识"契约"，属于鉴识屏幕上高悬的、模糊化"参数"，当然更属于"阐释共同体"内相对稳定的"硬通货"。

（作者单位：厦门城市学院）

恐惧之下的人性

——人性的后现代，兼谈诗歌的表现

钟 文

一 恐惧之恶，唯人性可以克服

哈贝马斯在《现代性的哲学话语》一书中，认为尼采的后现代传统继承得最好的是两个人，一个是海德格尔，另一个是乔治·巴塔耶。现在我们对于海德格尔的后形而上学的研究宣传得比较多。巴塔耶对于尼采的继承非常独到，比之海德格尔学院派的那种继承更有一种独特的光彩。他更像尼采，是诗人式的哲学家，把自已内心体验的深刻，无所顾忌地坦露灵魂呈现给读者——而不像海德格尔、萨特、梅洛·庞蒂、福柯等这些后哲学家们的学究式的研究。巴塔耶的文字晦涩而有灵性，这是特有魅力。他的晦涩像诗，在这点上他好像学布朗肖，又像是他们互相倾慕互相影响的结果。

巴塔耶曾经对当今的世界有过这样一段非常有深意的表达，他说："当代的政治思想与技术思想达到了一种畸形的发展，将我们引向对微不足道的结果有用的目的本身。不应该有丝毫的隐瞒：这最终意味着人类的失败。这种失败的确没有触及整个人类。只有奴性的人与此相关，他的目光从没用的东西，从不能带来任何用处的东西上移开。"① 巴塔耶认为这些奴性的人实

---

① 乔治·巴塔耶：《色情史》，商务印书馆，2010，第53页。

际上就是这个当今世界上掌握了各方面权力的人，整个人类是没有办法对这些掌握各方面权力的奴性的人提出任何异议的。所以，这种失败对整个人类而言是非常悲惨的。巴塔耶感慨地说："我倍感孤独地在过去的经验中寻觅的，不是既定的原则，而是未知的法则，这些法则引导着人们，假如不了解这些法则，我们就会走上不幸的道路。不受奴役的过去，消失在歪歪斜斜的道路中，不断迷失自己和弄虚作假。我们在相反的方向上，在恐惧中迷失了自己。我们在恐惧中进行着疯狂的活动和可耻的欺骗。"[1]

巴塔耶这段对于人类的现在和将来预知式的看法非常深刻。当今的人类到底生活在怎样的一种恐惧的环境中，这种恐惧是怎样产生的，它还有没有解脱的可能……这一切作为每一个具体的人是必须知晓的。很遗憾，当今的大多数人是在虚假的幸福和真实的恐惧中过着日子，规律永远是一杯甜酒，最底层一定是毒药。

诗人王寅在20世纪80年代就写过一首诗，叫《由于阴谋，由于顺从》：

由于阴谋，由于顺从
恐惧的今天，也就是
同样恐惧的明天

时间穿着唯一的旧靴子
候鸟向南飞去时，北方的冰山
倍感孤独

太阳教育并且凝固了我们的生活
小小的赞美诗左右着
苦难的星辰，泪水靠近的大海
悲剧已平淡无奇

在这首诗中他非常明确地告诉大家，这个世界的奴性的人是出于阴谋，

---

[1]　乔治·巴塔耶：《色情史》，商务印书馆，2010，第5页。

而对于一般的人们是由于顺从，所以才会使得这个恐惧从今天蔓延到明天，从这里蔓延到那里。黑暗已控制了整个世界，悲剧仿佛平淡无奇。这首诗提出了恐惧之恶和人性怎么解脱的悬念，至今还是悬念。

表面上看，今天人的恐惧可能已经不是那种在严刑拷打之下的颤抖，今天最真实的恐惧是一种对将来的茫然和担心，一种别样的不适，一种对生活永远没法把握的选择。大屠杀的历史仿佛已经茫然，无论是奥斯维辛还是古拉格，但他们并没有过去。对于杀戮的战争，德里达说："如果战争在今天比以往任何时代都更不频繁，更不正常以及更加例外，那么，它们的权利之整体'优势'就以同样的速度增长。杀戮的现实可能性就趋向于无限。这就意味着，今日之战争，战争状态，战争境况仍然是决定性的痛苦经历，是严峻的现实。"[①] 这个地球上至今无一天在炸弹声中安静过须臾。

如果我们要不停地唠叨，我们的餐桌，我们的卧室旁边摆放着可以让大家死几十次的原子弹，人们会漠视这一切，就像漠视战争一样，因为它通常是属于一个遥远的事情。那么，今天这个世界有多少现实的恐惧性事实呢？1973 年诺贝尔生物奖和医学奖的获得者康拉德·洛伦茨著有《文明人类的八大罪孽》一书，这本书对于人的恐怖的来由和人类在当今世界上所犯下的罪孽整整列了 8 条。

洛伦茨认为，人的第一个恐怖来由是人类是由原始灵长类通过自然选择的过程进化而来的。现在的人类具有高度发达的智力和操作能力，他们可以注意到生物潜能和环境阻力之间的极不平衡，人类不可避免地要对其他的物种和生态系统做最后的控制和平衡，否则，掌握技术的人类最后只能成为地球进化史上的匆匆过客。

人类恐惧的第二点是人口爆炸，这个已经成为一个全球性的危机。公元元年，人类人口仅有 2.5 亿，而 20 世纪人口统计已经接近 60 亿。人口与经济的快速增长以及人们对科学技术的崇拜与放纵使全球不可再生资源和材料急剧消耗，导致经济资源紧张、环境污染、生存空间拥挤、人际关系衰竭以及犯罪率升高。

人类恐惧的第三点是生存空间遭到破坏。"大自然是永不枯竭的"是一

---

① 德里达：《〈友爱的政治学〉及其他》，吉林人民出版社，2006，第 179 页。

种流传过广的错误观点。生机盎然的大自然哺育了人类，而人类却用盲目和残忍的方式破坏了大自然，从而使其受到生态毁灭的威胁。生存空间的破坏，对大自然的疏远，将使人类文明出现美感丧失以及人种的野蛮化。

人类恐惧的第四个来源是"与自己赛跑"。随着科技的进步、人口的膨胀和自然资源的短缺，人类物种内部的竞争也日趋激烈。金钱不再是一种工具，而成为人类追逐的目标。恐惧性忙碌和忙碌的恐惧正在剥夺人类最根本的特性，人种内部竞争压力和对速度的盲目追求，无时无刻不在迫使人类"自残"。恐惧——这种人类健康的天敌，百分之八十的身心病患与此有关。

人类恐惧来源的第五点是叫"情感的死亡"。追求快乐与避免不快是人类的本能，但随着科技的发展，人类对二者日趋趋向过度追求。对不快的回避使人类精神脆弱，对快乐的过度追求又使人类处于刺激的情景之中，快乐的吸引力如果不断减弱，就会使人们不停地追求更强烈的刺激。这种狂热的"嗜新症"造成现代人的情感死亡。

人类恐惧的第六点是遗传的蜕变。人类天生就是一种文化生物，人类的本能趋力和人类受到文化，责任约束所产生的克制构成一个体系，这种平衡一旦破坏，便会出现障碍。若我们观察一下原本是野生的、后来放到笼子里喂养之后发生蜕变的家畜，就可以推知，一旦废除了特异性的选择，社会行为方式发生蜕变的速度将会多么惊人的加快，它所导致的情感障碍和道德障碍都将是毁灭性的。

人类恐惧的第七点是"抛弃传统"。一个民族的文化传统决定着人类的思维方式和生活方式，所有的文化发展都是以积累的传统为基础的。青年人对传统的摒弃多出现在青春期，他们否定传统，而对所有新鲜事物充满好奇，也称"生理嗜新症"；他们总是毫不犹豫地加入到年轻团队中去，以满足自己的"认同作用和团队归属"的欲望。

最后一个恐惧来源是可"灌输性"。美国行为心理学家华生声称，如果环境可以控制的话，给他若干健康的婴儿，他就可以把他们变成任何一类人，无论是伟人还是强盗——这便是人类的可灌输性。现代社会的大众传媒、商品广告以及时尚潮流的追逐更强化了人们的可灌输性，科学对"时尚"的易感受性则更是危险。人口爆炸产生无法避免的"个性丧失"与"一致性"，对大自然疏远使人失去了"崇敬"的功能，人类的功利主义思想使得自身的商业竞争把手段当成目的；情感冷漠现象更不能忽视。所有的这一切都可以在科学领域的非人性现象中找到踪影，这些文化的疾病便是产生这些现象的根源而非结果①。

　　面对洛伦茨讲的人类恐惧的八大来由，我相信任何人都不会无动于衷。因为即便是再迟钝的人，今天生活的每一细节都已经在告示恐惧的阴影无处不在，并已经笼罩性地吞噬着我们。费解的是，人对此的麻木已经达到了超然的地步，这是死期到来前的寂静，还是无可奈何的等待？有的人认为幸福实际上只是像哈维尔所说，当今的人只是生活在一种生物学，蔬菜的水平之上的。

　　要把那些人类恐惧之源彻底铲除，对人类而言是无法做到的。因为正如巴塔耶所说，这个世界是在奴性之人的手中，没有人会对奴性的人掌权的权力提出异议。

　　那么恐惧意识于人要是多一点好还是少一点好呢？克尔凯郭尔对于人的恐惧之心、恐惧的来由和恐惧的解决有先见之明，他的著作《畏惧与颤栗》《恐惧的概念》《致死的疾疾》都对恐惧有很多的阐述——当然，他更多的是从宗教与人性恐惧的关系上来讲道理。克尔凯郭尔的贡献在于他全部的恐惧论述表明，人性的觉醒主要就是表现在对于恐惧要有正确的认识。他认为，恐惧是因为信仰缺失的一种文化；他讲的信仰更多的是讲宗教。比如他就非常强调"恐惧是'自由'的可能性，只有这恐惧才是通过'信仰'绝对地取得教育作用的，因为他消蚀所有的'有限性'，揭露它们所有的欺骗"②。克尔凯郭尔认为是人性，主要是人性的高扬的，才能认识恐惧，识别恐惧。由此，恐惧越多，就会精神越多，恐惧越少，却会精神越少。因为你认识了恐惧，于是你就具备了超越，具备了超越恐惧的可能性。他给人恐惧的定义是"恐惧是梦者的精神的一种定义"③。他认为从心理学的概念来说，只有人才有这种发生恐惧的可能性。因为人有精神，而动物没有精神，不可能发生恐惧。如果你的人性越多，精神就越多，你就可能会

①　康拉德·洛伦茨：《文明人类的八大罪孽》，中信出版社，2013。
②　克尔凯郭尔：《畏惧与颤栗》，中国社会科学出版社，2013，第394页。
③　克尔凯郭尔：《畏惧与颤栗》，中国社会科学出版社，2013，第199页。

恐惧越多，但这种恐惧是"一种同感的反感，或者是一种反感的同感"①。所以，克尔凯郭尔认为，今天的文化中，你这个恐惧越深奥，文化就会越深刻，因为你发现了这种恐惧；只有具备要从精神上超越它的动机，人才可以不会沉沦到无所作为的植物状态。人性的发扬实际上就是认识恐惧这个东西，美国总统罗斯福说："我们唯一需要惧怕的事，便是恐惧本身。"这是提高精神的激励语，根本上是不解决问题的；解决问题的前提是认识恐惧的本质，包括表现，以及怎样解决的办法。发扬你潜在的一切人性，去抵抗任何一种恐惧力量的诱惑，或者威胁，这个时候你就成为一个真正的人。

二 坚决不成为技术的工具

当代，技术为人类享乐所用但又与社会敌意对立，这已经成了历史的必然结果。科学家对人类的善意最后被权力所利用，实际上是反善意甚至是毁灭人类的结果，这是人类的一种最高级的悖论。当爱因斯坦知道人发明了原子弹，由此他感到了极度的恐惧。

爱因斯坦的恐惧也完全反映在海德格尔的理论中。海德格尔把为代技术的本质取了一个名字叫"座架"。海德格尔说："我们以'座架'一词来那种促逼着的要求，这种要求把人聚集起来，使之去订造作为持存物的自行解蔽的东西。"② "座架"就是人工制造的把人聚集起来的一种框架式的工具，它逼迫人类，使在场者进入无蔽的状态，也就是不自由，不开放的命运区域。海德格尔谴责的不是技术装置，而是来自"座架"的本质。"座架"是一种技术的完全统治，使人难以进入到源初的真理状态，它的力量完全安排着、控制着人类。这种力量把人从地球上连根拔起。当海德格尔看到作为持存物的人上了月球的照片以后，他认为，现在我们人类已经被连根拔起了；技术对物的控制实际上是消灭物。

海德格尔还认为科学是消灭物。这是海德格尔关于形而上学遗忘存在的

---

① 克尔凯郭尔：《畏惧与颤栗》，中国社会科学出版社，2013，第199页。
② 《海德格尔选集》下卷，上海三联出版社，1996，第937页。

一种表达。消灭物的科学当然是不能揭示物之为物的。海德格尔认为在科学统治一切的情况下，物质物性必然是蔽而不显，是被遗忘的。物的本质从来没有显示出来，也从来没有表达出来，这种情况本身就意味着物的消灭。科学一旦垄断了人类的生活，无限扩张，实际上是人类的恶性自杀。

海德格尔的"座架"理论主要认为，技术的创造一旦不为技术的主持人自身的力量所掌控，就无可回避地使人被异化为订造持存物的持存物，人被技术控制了，人的命运就会被无蔽地遣送。这有点像这样一个事实：人是从石头中来的，今天的一切高科技用的主要原材料都是硅，硅是从石头中提炼出来的。人始于石头又毁于石头，这仿佛是一种宿命。

法国哲学家让·波德里亚在海德格尔"座架"理论基础上，更为详尽、更为现实地指出，完美的技术是怎样成为完美的罪行的。波德里亚认为："技术正在变成一个不可改的冒险，这与它在另一种外形情况下像鬼怪那样突然出现同样不可思议。它在变成一种消失的艺术。不只是改变世界，其终极目的可能是一个自主的，完全实现的世界的终极目的。我有可能最终从这样一个世界退出。"①波德里亚在《完美的罪行》一书中分析了完全技术化的力量是怎样虚拟人类的，是怎样创造对世界的幻觉的，"过去，我们在失去的客体的影响下生活，今后是客体失去我们"②。

从海德格尔的"座架"理论到让·波德里亚"完美的罪行"的论述，思想家们就不是担忧了，而是真实地表达了人类在所谓的高度科技、高度智能、世界都是技术统治一切的指导下，实际上最终的可能是人类成为这个世界的奴隶。

由此，恐惧将根本成为人对人性的挑战。恐惧的不能被克服，技术成为工具的出路，如同宇宙大爆炸是一瞬间，人类最终的毁灭可能也是一瞬间。这是不是像艾略特诗歌说的，"不是'嘭'的一声，而是'嘘'的一声呢"？

海德格尔把今天这种技术控制人的现象称为"座架"。实际上，这个世界上一切暴虐的极权的法西斯化的东西都是一种"座架"，任何一个个人在

---

① 让·波德里亚：《完美的罪行》，商务印书馆，2014，第42页。
② 让·波德里亚：《完美的罪行》，商务印书馆，2014，第70页。

这个"座架"中都是齿轮或者是螺丝钉。人是被工具化了,被异化了,但是可怜的人还常常不自知。

这种人的工具化、技术化的状况常常被那些作恶的小人拿来作辩护。逃跑了的纳粹分子艾希曼在审判席上强调自己的动机仅仅是为了把工作做好,让上级满意,他的动机与行为和他最后屠杀犹太人的结果是没有任何关联的。他试图让法庭相信,他对犹太人怀有敌意是根本不存在的。艾希曼和他的律师认为,600万犹太人的死亡,都是像艾希曼这样的纳粹分子力图忠诚职守,才养成了在现代官僚体制中的职业美德造成了犯罪的现实。

汉娜·阿伦特把艾希曼的犯罪称为"平庸的恶"。阿伦特的评论引起了社会的很大反响,很多人认为"作恶"没有"平庸"或不"平庸"之分。

技术的失控是人类极度享乐、物质化、与社会敌意对立而造成的必然结果。人类永远不能明白,曾让自己享乐的技术将不由自主地成为他们的唯一绞首架。在今天这种偌大的杀戮人或虐待人的权力机器当中,每个作恶的人都是以一种工具的面貌出现的,这种恶的工具化现象,就是当前这种高度健全的恶的社会的"座架"所造成的。人一旦被工具化了,人性必然是被异化了,甚至开始作恶。阿多诺曾经这样地说:"新的恐惧是集中营中的死亡:害怕死意味着害怕比死本身更糟糕的东西。"[1] 阿多诺的意思是今天有比集中营还可怕的死亡,人的作恶如果已经成为完全的工具化和机器化现象的话,结果将非常可怕。所以阿多诺有一句非常有名的话:"在奥斯维辛之后,再也没有抒情的诗歌了。"这句话的全部原话是:"社会越是过于集权,精神就越是物质化,自动摆脱物质化的举措就更荒谬。更极端的灾难意识还威胁将蜕化的废话。文化批评判面临文明和野蛮辩证法的最后阶段:在奥斯维辛之后,写一首诗是野蛮的,这样做同时也是对那种认识的侵蚀,这种认识会说出,为什么今天书写是不可能的。绝对的物质化曾经把思想进步构成它构成因素的一个前提条件,而且今天正要把这种精神进步消耗掉,只要批判精神停留在自我满足的静观状态中,它就战胜不了物质化的形象。"[2] 这种状况的确让我们从忧心到揪心,人再怎么创造,也只是堆积废墟,正像一

---

[1]　尚杰:《归隐之路》,江苏人民出版社,2008,第192页。
[2]　安德雷:《恶的美学历程》,中央编译出版社,2014,第463页。

个当代诗人所写的：“我并不曾让信念持续得比痛苦更广阔/除非给我两柄利斧，两个反面/除非有一个更大的秩序/维持着暗夜的空洞与节拍”（鲁西西《序曲与怀念》）。这里说的就是阿多诺说的比死本身还糟糕的东西。

三　反抗封闭的努力是人性

尼采、海德格尔等后现代的大量思想家们都对当代的技术凌驾于人性之上的现象表现出极大的忧心。人性被冷落，权力和机器像“座架”一样把人技术化、工具化，即奴化。这个过程会使每个人心里面潜藏着的兽性一点点地跑出来。如果一旦机会成熟，这个野兽是会跑出来杀人的。这种现象真的像阿多诺说的“害怕比死本身更糟糕的东西”。这也是人性中最为恐怖之所在。

当今的世界是一个什么样的世界呢？巴塔耶认为现在的这个世界——资本主义世界——也不尽然是资本主义社会，已经达到了一个谋划性的功利主义世界的巅峰。这种巅峰的表现实际上是一种世界性的现象，在全球性的景观中，广告和铁靴并肩作战，物质的过度消费连同恐怖的技术同步发展。而这一切的结果就是巴塔耶说的：“富人消费穷人献出的产品，把穷人纳入卑微的范畴中，并对此进行羞辱，进而使他们成为奴隶。现在，很明显的是，通过奢华世界的代代相传，现在世界已然接受了奴隶，他为无产阶级保留这一位置。”①

巴塔耶认为这个社会现实，已经“成功地将所有的‘人性’降低到令人恐怖的丑行”②的地步。这种丑行的最大表现是一个事实，出现了两个拜物教，第一个是物的拜物教，第二个是语言的拜物教。

首先，是物的拜物教。海德格尔认为科学消灭了物，另一面他们又把世界上的一切存在都简约成一个有价格的物，这个物包括人。这些物都可以凭着价格进行消费和交换，一个是消灭物，遮蔽物的本质；另一个是把一切都崇尚成物。这两者是相辅相成的。这种物的疯狂崇拜必定反映了野蛮与文明

---

① 《乔治·巴塔耶文选》，吉林人民出版社，2011，第31页。
② 《乔治·巴塔耶文选》，吉林人民出版社，2011，第33页。

的矛盾，物质与精神的对抗，它们都会引起文化反人性的倾向，这种现象是集权主义之后的另一种威胁。鲍德里亚在《消费社会》一书中，对于这种世界性物的拜物教的现象进行了非常完整全面的描述及评论。他认为今天的世界不只是物出售着，身体也出售着，美丽也出售着，色情也被出售着，只要是存在着的一切东西包括人都可以被出售。而在这个出售的过程中，又是种种幻想引诱中的自愿，或是消费中的"诱奸"——今天商品社会的种种广告、宣传、文字语言都是这种诱奸行为。鲍德里亚非常明确地说："我们制造物品什么也不是，在其背后滋长着人际关系的空虚、滋长着物化社会生产力的巨大流通的空洞轮廓。"① 而物的拜物教就是在人的愉悦的享受中，把社会与人完全异化，世界上的一切都被异化了，而"异化是无法超越的：它就是魔鬼交易的结构本身。它是商品社会的结构本身"②。面对如此恶心的现实，作为人类必须震惊并自醒，物的拜物教，是吞噬人性最肮脏的恶虫。你以为结识了天使，实际上你已经成了魔鬼的俘虏，甚至是同伴。因为你的心底里本身就有魔鬼的基因。

有关于物的拜物教的批评在当今诗歌中已有不少表现，有不少的好诗。我这里以台湾诗人阿翁所写的诗歌《光黄莽》为例：

> 所有的幽远的景将渐渐拉近
> 所有的星月终展现尘泥
> 所有的人每天都吃肉
> 血滴与腥变成慢慢拉出的臭气
> 扶着厕所门我拉上裤子
> 出席水晶晚会香槟的手
> 行行自上而下的晚装
> 深红漩涡的裙

这首诗把人在物的奢侈消费中堂皇的一面，与非常丑陋的一面，不加切

---

① 鲍德里亚：《消费社会》，南京大学出版社，2008，第203页。
② 鲍德里亚：《消费社会》，南京大学出版社，2008，第196页。

断地并列展示，并用不言自明的强烈对比方法来对物的过度消费进行尖锐的讽刺。美丽中的臭气，盛装掩蔽的血腥，这确实是到处可见的真实。

下面讲语言的拜物教。语言从鲜活、本源性的语言变成为封闭的、歪曲的语言，这是由来已久的事情。马尔库塞在《单向度的人》中这样说："把一个专制的政府称为'民主的'，把一个被操纵的选举称为'自由的'，这些例子都早在奥威尔之前，就已是为人熟知的语言学和政治学的特征。"① 歪曲、玩弄、操纵语言成了当代一切有权力统治者的根本方法。语言的魔术化、仪式化和虚假化现象除了表现在集权主义的国家中，还表现在一切所谓资本主义国家中。马尔库塞说："改造后的辩证语言根本不再能够适用于'话语'。这种语言是依靠生产设施力量来宣判和认定各种事物——它是自我生效的宣告。"② 这种语言全部是封闭的、仪式化的，表面上可能被人唾弃，但是最后还是会表现为一种迷惑人的力量，最重要的是这种力量总是压迫着，威胁着，最后达到操纵人的灵魂和操纵人的行为的目的。

语言的被异化绝不是教授们所能解决的问题，它是人类历史上积累太久的沉疴。当人类的文明从生命之树演化、转变成知识之树的时候，语言就从根本上异化了。生命之树是人应有的发展之路，它标志着人类与自然和人类本身的灵魂关系的和谐发展，与万物血脉相连的关系纽带的联系，这是一切人性之源。如果人类失去了这个轴向，而成了知识就是一切，知识就是力量，生命之树变成知识之树的时候，最后遭殃的一定是语言。语言马上沦落为工具，变为符号，变成无生命、不在场、不变化、被操纵的符号体系。语言一旦失去了本源的生命性，当然就像斯大林所说的工具了。

对此，后现代的思想家们提出了一个人性的方案，这个方案就是要求在整个文字工作或一切创造中强调诗歌，强调诗歌的创作，强调诗歌的语言。马尔库塞这样说："由于诗歌语言是借助一种能够表现未露面者的手段来创造和发展的，它是一种认知语言，是一种推翻已得到确认的事物的认知语言。在诗歌的认知作用中，诗执行着伟大的思想任务：努力使不存在的东西

① 〔美〕马尔库塞：《单向度的人》，上海世纪出版社，2008，第72页。
② 〔美〕马尔库塞：《单向度的人》，上海世纪出版社，2008，第82页。

存在于我们之中。"① 马尔库塞的这个观点让人十分兴奋,"诗歌语言是推翻已得到确认的事物的认知语言"。如此推崇诗的语言,实际上是希望用诗的创造力去改变封闭和错误的语言拜物教。

汉娜·阿伦特更多地是从诗歌的非物化来推崇诗。她认为只有诗歌才能使"活的精神从死亡中被拯救出来,艺术的'物质化'在音乐和诗歌中是最少的"②;"以语言为材料的诗也许是最人化和最少世界性的艺术,一种最终产品最接近于激发它的思想的艺术";"在所有的思想物中,诗歌是最接近于思想,一首诗歌比其他艺术更不像一个物"③。对待诗歌与诗歌语言的特殊存在做这样评论的人还很多,这正是后形而上学的一大特征。

但是,海德格尔是必须提及的。海德格尔一生研究的内容有四大主题:人的存在、人的思、语言和诗歌。诗歌作为一个哲学主题被研究,这是前所未有的。海德格尔的整个诗歌观和语言观有完整的体系,其与他的后哲学思想一以贯之,有如浩瀚的海洋。这里,我只能择其一而弘之。

海德格尔有一句很有名的论断:"艺术的本质是诗。"为什么说艺术的本质是诗呢?海德格尔的理由有两点:第一点,"诗的本质是真理之创建",因为诗是在一种大道(海德格尔的大道并非像有的中国学者说的是受中国老子影响下的天道。海德格尔的大道就是指大自然中的道路,喻示人类寻找真理的方向和阶段)指引下的"道说"。诗是把本质真理说出来的一种创建,由此,诗歌给艺术提供了一个基本标准。第二点,语言的来源本质是原诗的,就是"语言本质就是根本意义上的诗"。"诗歌即狭义上的诗,才是根本意义上最原始的诗。语言是诗,不是因为语言是原始诗歌:不如说诗歌在语言中发生,因为语言保存着诗的原始本质。"④ 对于诗歌是一种道说,海德格尔曾经用了这么四个排比的表述:"筹划着的道说就是诗,世界和大地的道说,世界和大地之争执领地的道说,因而也是诸神的所有远远近近的场所的道说。诗乃是存在者之无蔽状态的道说。"⑤ 诗的道说是真理在无蔽

① 〔美〕马尔库塞:《单向度的人》,上海世纪出版社,2008,第55页。
② 〔美〕汉娜·阿伦特:《人的境况》,上海世纪出版社,2008,第129页。
③ 〔美〕汉娜·阿伦特:《人的境况》,上海世纪出版社,2008,第129页。
④ 〔德〕海德格尔:《林中路》,上海译文出版社,2004,第62页。
⑤ 〔德〕海德格尔:《林中路》,上海译文出版社,2004,第61页。

的状态中把自身发射到存在之中去的一种运动。由此，诗就是大地和世界之间隐与显的无限之中的发生和运动，它是一种最神圣者的各种表现和真理的彰明。

用诗歌来破解当代世界的语言拜物教，用诗歌来对抗这种歪曲、玩弄、操纵语言的反人性行为，是后现代的大量思想家的设想与行为的一种对抗。

一个真正的诗人必定用反抗语言操纵者的语言去表现人性的深度和厚度，人性是瓦解语言操纵者的伪劣的最好武器。德国诗人德拉克尔曾经这样自述："在濒临死亡的存在的那些瞬间里，感觉到，所有的人都值得爱。当清醒的时候，你感受到世界的残酷：其中有你全部不可推诿的过错；你的诗歌只是不圆满的赎罪。"① 德拉克尔这段话正是一个真实诗人诗作的全部人性内容，也是他内心的全部人性内容。

四　面向死亡的生存才有创造

波特莱尔以《航程》这首诗作为《恶与花》的结束。在诗中，波特莱尔以他特别尖锐的眼光，表达出一种人类面对死亡的新观点。这首诗是这样写的：

> 哦，死亡，我们的老船长，时候到了！让我们起航吧！
> 这个国度已经让我们感到厌倦，哦，死亡！我们将乘风破浪，
> 即使天堂有着如同海洋般，墨黑的颜色，
> 你也深知，我们的心感到多么的清爽。
>
> 所以，倒出你的毒药吧，这就让我们得到安慰！
> 烈火在我们的脑中跳跃，我们想探测
> 这深渊的深度——管它是地狱还是天堂——
> 在未知的深邃中去把新鲜的事物打量！

---

① 〔奥〕德拉克尔：《德拉克尔诗集》，商务印书馆，2014，第3页。

　　这么明确地把对死亡的期待和人的生存的愿望联系起来，把死亡的意识如此微妙独特的内心体验用诗表达出来，最早可能就是波特莱尔了。他认为死亡不是自然的死亡，他认为死亡是人向无法探到生的深邃的一种眺望，在一种未知的深渊中去打量新鲜的事物的欲望。这种观念和以前的诗人和思想家有很大的不同，但与他之后的思想家们对死亡的看法却完全吻合。所以说世界的当代诗歌是波特莱尔所开创的，这个结论不容动摇。

　　唯有死亡人才可以体验友爱、他人、自我超越等一切概念。巴塔耶曾经非常诗意地描写出"幻象中使你活的然而却我在死"的另一种死亡图："是的，那是真的（什么真的？）孤独的，你正在死，你没有远离孤独，你还一直在场，因为这里你让我与死亡一致，这个一致超越了所有的痛苦，而且在这里，我在我的泪水里轻轻地战栗，丧失了与你的语言，与你一起死却没有你，让我自己死在你的位置上吧，接受这个超越和你的礼物吧。"[1] 死亡可以写得非常柔情，像巴塔耶；但也可以写得非常悲观又调侃，像王寅的《死者》："噩耗简洁的像一根手指/他和他所有的死者/一无似处/他们已替他死去/这次他为别人而死/冰块互相敲打/黑色蹲在果壳上行走/比目鱼在水下声音低沉/死者躺在条状的盒子里/像一把收拢的象牙扇子/泥土是他喜爱的外套。"死亡是无法追究的将来，只是悲伤是现实，但是"悲伤太多——悲伤也筋疲力尽"。

　　海德格尔认为人是唯一认识死亡的动物，人的这个认识是人的一大优势。人面对死亡，能够知道死亡，这就认识了人自身的有限性。于是人在认识了这种有限性后，人的精神的领先性就产生了，于是就开始有了新的自由。这种自由就是面向死亡的生成与创造的自由。

　　把死亡引入形而上学研究的关注点，是从现象学研究开始的，尤其是海德格尔。他在《存在与时间》这部著作中，花了大量篇幅研究死亡。他讲的死亡不是生理学范畴中的死亡，而是存在论范畴中的死亡。他的这番研究对后人很有启迪。

　　海德格尔认为，"死亡是此在本身向来不得不承担下来的存在可能性。

---

① 〔法〕吕克·南希：《变异的思想》，吉林人民出版社，2011，第50页。

随着死亡，此在本身在其最本已的能在中悬临于自身之前……于是，死亡披露为最本已的、无所关联的、不可逾越的可能性。"① 死亡是对人存在的一种此在标志，所以它也是对人的一个考验。海德格尔认为世上有两种人，一种是常人，另一种是本真、本已的人。前者是不在存在状态中的人，浑浑噩噩过日子的人；后者是在存在状态的人。对于死亡，这两种人有截然不同的表现。常人对死亡"是一种向死存在中存在着"状态的表现，他们对死不是"畏"，而是"怕"②。而本真、本已的人是"向死存在标识为向着一种可能性的存在"③ 而存在的状态中，因为他们把死作为一种可能性认识，所以，他们"把自身筹划到最本已的能在上去"④。能在就是不为死亡所怕，反而由此筹划着一切。这种人"解脱了常人的幻想的，实际上，确知他自已而又是畏着的向死的自由之中"⑤。如果简要地说，常人是"向着生存而死亡着"，本真的人是"向着死亡而生存着"。

海德格尔是指这样一种死亡观：只有把死亡带进自己的生活，本身的存在对人才有一种可能。当人感受到死亡的天使来临的时候，人生虽然是可畏的，但那是解放。他可以让我们在日常琐碎的奴役般的生活中解放出来，面对着令人恐怖的现实去做某种策划的准备，于是使我们的生活成为有意义的自由生活。海德格尔把这种状态叫作"向死的自由"。

萨特继承了海德格尔的说法，但他有了一个新角度。萨特把自由观引进了死亡观，他认为死亡是非常恐怖的，但是"我的恐怖是自由的。并表露了我自由，我把我的整个自由置于恐惧之中，我在这样和那样的处境下，自我选择成为是恐怖的，在另一种处境下，我将作为意志的和勇敢的人而存在，我将把我的整个自由置于我的勇敢之中"⑥。

人一旦认识死亡这样的恐惧，人就可以勇敢地选择自由的意志的生存。人就能成为一个勇敢的人。原因何在？巴塔耶认为"真正的快乐要求一种

---

①　〔德〕海德格尔：《存在与时间》，三联出版社，1987，第 288 页。
②　〔德〕海德格尔：《存在与时间》，三联出版社，1987，第 292 页。
③　〔德〕海德格尔：《存在与时间》，三联出版社，1987，第 299 页。
④　〔德〕海德格尔：《存在与时间》，三联出版社，1987，第 301 页。
⑤　〔德〕海德格尔：《存在与时间》，三联出版社，1987，第 306 页。
⑥　〔德〕萨特：《存在与虚无》，三联出版社，1987，第 541 页。

直至死亡的快乐，但是死亡结束了快乐！"① 这就是悖论。巴塔耶更多是从他的色情概念来说事的。他说你只有快乐至死，你才真正体会快乐，但是你一旦体会到这种极致的快乐，那你就已经死亡了。这种悖论怎么解决？巴塔耶换了一种新的说法来解决这个悖论。他说："只有一种真正的勇气才能使我们在有形的死亡或衰落的焦虑中找到唯一的极端快乐，这种快乐使人毁灭。没有这种勇气，我们就无法以宗教或艺术的财富对抗动物生活的贫乏。"② 巴塔耶的意思就是人要超脱死亡的恐怖，最好的办法就是创造。创造有多种，最明显的就是艺术创造。在这种艺术创造中，人才能够真正找到面向死亡的生存。

　　当今这恐怖世界的存在现实，促使人们必须面向死亡的生存，这是一种在有限性中作无限自由创造的引导。尼采的一系列理论，以及两次世界大战的现实，意味着以苏格拉底为整个西方文化史奠定的理想主义所预示的失败。现代科学的测不准规则与不确定性特征更是证明了以前所谓逻辑的理想主义的实现是个空想。人完全被矛盾化了。克尔凯郭尔的看法是，人实际上是处于一种悖论中，如果人意识到了真理，这人就不必认识真理；如果人不知真理所在，人又不能认识真理。所以我们只能把真理作为我们生活的源泉来对待，我们永远不可能占有真理，这就是生活在不确定的情况下的人。在这种不确定的背景下，人的生活往往是一种无法完成的完美，甚至无法完成的一个方案。人被分离了，虽然并不意味着全然的解体，最好的出路是面向死亡有勇气去捡起碎片，让想象力赋予头脑，让创造性的东西去创造自身新的生命，于是重写历史。正如巴塔耶所言："死亡，唯有死亡才能不断地保证生命的更新。"③

　　瓦尔特·本杰明曾经在法西斯主义刚开始的时候说过一句很有名的话："只是因为有了那些不抱希望的人，希望才赐予了我们。"④ 生活的确就是一种面向死亡的生存，实际上是一种永远没有完成的事业，也是没法完成的事业，实在是还处在史后的过冬过程中。中国诗人北岛写过一首名为《过冬》

---

① 〔法〕乔治·巴塔耶：《色情史》，商务印书馆，2003，第90页。
② 〔法〕乔治·巴塔耶：《色情史》，商务印书馆，2003，第91页。
③ 〔法〕乔治·巴塔耶：《色情史》，商务印书馆，2003，第69页。
④ 〔德〕马尔库塞：《单向度的人》，上海世纪出版社，2008，第203页。

的诗：

> 醒来：北方的松林——
> 大地紧迫的鼓声
> 树干中阳光的烈酒
> 激荡黑暗之冰
> 而心与狼群对喊
>
> 风偷走的是风
> 冬天应大雪的债务
> 大于它的隐喻
> 乡愁如亡国之君
> 寻找的是永远的迷失
>
> 大海为生者悲亡
> 星星轮流照亮爱情——
> 谁是全景证人
> 引领号角的河流
> 果园的暴动
>
> 听见了吗？我的爱人
> 让我们手挽手老去
> 和词语一起冬眠
> 重织的时光留下死结
> 或未完成的诗

这首诗写的是中国的现实，也是世界的现实。这是一个绝望的时代，但人似乎还应该存有希望，面向死亡的生存是一种未完成的事业，是一种过冬的煎熬，黑暗到心与狼群对喊，盼望星星照亮爱情。

五　完成欲望的超越

乔治·巴塔耶讲了一种生活中常见，但谁也说不出口的真实："除非以欺骗的方法，我们永远也领会不了人类——他所代表的含义：人类总是自相矛盾，突然由慈善变得极其残酷，由纯洁变得无比卑污，由迷人变得万分可恶……这种不和谐也会集中在一个人身上，与家人在一起，这个人是一个善良的天使，但当夜晚来临，他便沉溺于荒淫。"①

巴塔耶论述的最大优点就是他的直言不讳，他把他的观察和内心的真实体验结合在一起，毫不作假地坦露给你看。所以他对于这个世界的观察比20世纪的一般哲学家，尤其是学院派的哲学家都来得入木三分。他刚才说的那个现象是什么现象呢？这个现象实际上就是欲望与精神的一种对立。人经常夸耀自己是一种精神动物，是一种文化动物，比一般动物来得高尚。实际上并非完全如此。正因为人是用语言、用艺术武装起来的文化动物，所以，这样就把人的身体和思想分割了开来。这种分割往往是不成功的分割，一切虚假、伪善都由此而起，而且这种最卑劣的品德在动物界都是不存在的。对此，尼采激动地说："相对来说，人是最不成功的动物，最虚弱的动物，最危险地偏离了自己本能的动物。"②尼采指出人是最不成功的动物，是因为人的肉体并不直接成为主宰，人在所谓理性道德，经济文化的环境中，他才可以呈现出人的样子，而肉体是被环境蔑视，被自己隐藏了起来。灵与肉的分离正说明人的文化表皮已经生病了，甚至有的已经病入膏肓。人的肉体的欲望和文化表皮的分离必定使人染上恶的良知，伪善的丑相。尼采把这种分离的人说成是"供上帝消遣的圣人是理想的阉人"③，由此，人就可以在伪善的假面下做出最恶的罪行。

欲望是什么？欲望是人作为一种动物，他的身体最正常不过的需要，是一种功能性的需要，完全是一种常态现象。如果没有这种欲望，包括性的欲望，财富的欲望，等等，人就不会有创造性。人的创造性的根底就是欲望；

---

① 乔治·巴塔耶：《色情史》，商务印书馆，2003，第 11 页。
② 刘小枫选编《尼采在西方》，华东师范大学出版社，2014，第 266 页。
③ 尼采：《偶像的黄昏》，商务印书馆，2012，第 30 页。

欲望即创造。

正常人的欲望常常被那些理想主义的思想家们或者像尼采抨击的假善人们过分的贬低了，而这种贬低实际上是贬低人的身体。普遍性怀疑人的身体和否定身体，要求把欲望锁在笼子里，希望欲望能够在所谓的道德和宗教的多重监管下，清心寡欲地过生活。轻一点说这是给人穿上紧身衣，希望在紧身衣的束缚下去生活和生存，这实际上是违背了人的生存的根本目的。人的生存的一大需要就是人的欲望的自由实现，如此，人才会成为一种主体的无穷创造力，一种可以无限延伸的动物。

巴塔耶所讲的人的绝对虚假的两面产生的最主要的原因是：人作为一个文化动物常常要表现出自己已经把欲望关进笼子了，但是实际上人的欲望又很难关进笼子。人的欲望总是要想尽办法用各种力量找各种缝隙去发泄，去寻求欲望的实现。既然不想让欲望透明、自由、有限度地实现，那么欲望必然会用最虚假、最无限度的办法去实现。人的这种主体的自由欲望的实现，既有创造性的一面，又有无底线的破坏力量。这种破坏力量在社会上比比皆是。譬如说，人对于金钱、财富的欲望，贪得无厌的占据，从而形成了社会严重的贫富悬殊，世界1%的富人的财富比99%的穷人的全部财富还要多。为了金钱不惜破坏人最应该遵守的基本准则，不惜杀戮、掠夺、战争……在性的问题上，人的欲望也会造成这种没有底线的无限度破坏。

欲望是人的肉体和物质的混合体，但他不是人的全部价值，甚至可以说肉体和物质的欲望只是一种欲望，一种初级的欲望。人存在的一切美好、幸运、价值，必然要与这种初级欲望有关系。但是，人作为人的高级的存在，需要在精神上和品德上的开发与创造，这是一种可以让人比肩天地的高级欲望。

对于这种创造性基因存在的欲望，你既不能把他关在笼子里，但又要使得它在笼子外面的活动得到某种创造式的发挥，并且绝对不能对社会造成破坏。这个问题的确是当代社会中最大的难题。人对于欲望这个东西，往往会走两级，一个是完全关进笼子，另一个是完全放纵——让欲望像一个贪婪饥饿的老虎被放出笼子，最后咬死善良者与无辜者。

尼采和巴塔耶对于这个社会难题有各自不一样的解决方法。例如关于性欲的问题。尼采对于婚姻是非常不看好的，他在多处说婚姻就是卖淫；巴塔耶却在多处说，婚姻通常是与色情对立的。尼采和巴塔耶对婚姻问题的看法，牵涉到对欲望的放纵和控制的行为和方法的争议。动物也有动物的性，动物的性比较简单，基本就是本能的行动，是一种非常天然性、透明、无邪的行为。因为动物的性没有像人的性那样接受了艺术、精神、道德等各种文化力量制约，所以动物的这种性是不在封闭状态中的性。而人的性已经被这些所谓的文化力量所封闭、所控制，处在封闭状态中人的欲望实际已经分化了。一种是真实的性，只有个人自己知道，从不示人；另一种是可以示人的性，例如婚姻，但它可能一点也不真实。外人只能看到笼子里的老虎，看不到笼子外面的老虎，实际上，这实在不是人性的发展的需要。

巴塔耶对于婚姻与人的色情的这种对立，解释成两个原因。他认为人的性行为实际上不是一种色情，所谓的色情应该是带有一种巨大欲望的，人性的力量。巴塔耶曾经写过一首短诗，这首诗的名字叫《书》：

> 扒开妳赤裸的双腿
> 啜饮着你的缝穴
> 翻阅书本般，在那里
> 我阅读着致命的内容①

巴塔耶这首写男女色情的诗歌是一首生命的赞歌。生命必定要有生命的挥霍，才称得上是一种胜利。如果欲望能够在这种享受的情况下，快乐的情况下，那真是可以创造出一种令人叹为观止的人性状态。

用快乐来鉴别动物的性和人的性的区别，是一件特有趣的事。动物的性基本反应是快乐的，但它们也是处在一种潜在的自律状态，并非没有一点规则。动物之间的性是以生殖为目的，它们有单偶制的性，有多偶制的性，雄性和雌性都有某种分工，这一切实际上都是为了达到以生殖壮大自己种族为目的的性。但人的性被种种的文化条件和道德理性文化约束，于是就被禁锢在里面了。这种男人女人的婚姻状态，实际上就有某种禁锢的因素在里面。照巴塔耶的说法，婚姻中的性行为大凡不是一种快乐的色情行为；快乐的色

---

① 《情色论》，台湾联经出版社，2007，第27页。

情行为一定有冲向禁忌的愉悦。人只有在这种冲向禁忌的愉悦的时候，人的性行为才会产生一种极乐。享受极乐，享受至死都不放的快乐才叫真正的性，所以人的性是性的禁忌与性的愉悦之间的一种竞争，是一种无法接受的禁忌的逾越，一种欲望与人性双向矛盾运用中的较量。怎样使人的欲望不被诅咒，又不被撕裂？让人的性既是无涯的，又是符合规则的？性的快乐是不被压抑的，欲望是能够在这种规则中走向真正的幸福。巴塔耶认为男人与女人如果没有焦虑、诱惑、渴望的因素参与其内的色情，男人与女人的性实际上就是比动物还要低下的性。色情作为阴凹妖术一定失灵，而且永远产生不了至死不放手的快乐。人在这种色情的需要下，才能把他的生命的价值实现出来。我们经常讲爱，巴塔耶认为，真正的爱实际上是人的双方情欲无间无邪的配合。他这样说："情欲的对象以本质上说是另外一种欲望。肉欲倘若不是毁灭自己的愿望，至少也是寻求刺激和无保留放纵自己的欲望，但是我的欲望对象只能在一种条件下满足自己的欲望：我在对方身上唤起与我相同的欲望。爱情就其本质而言乃是两种欲望的契合。"[①] 这样的看法十分有道理。婚姻常常会死亡，男人和女人结婚若干年以后最后都会很失望，希望赶快结束这种不人道的所谓爱情。因为这种所谓爱情实际上是没有肉体力量的，没有真正欲望思想的那种性。于是，巴塔耶认为，这个时候你如果身边有情色的性，还不如去找个妓女，因为妓女是赠予你的，是一种献祭。

怎样解决既能把人的创造力和生命力的欲望放出笼子，但又是一种有创造性和有价值的发挥，欲望又能受到某种约束与控制，让欲望成为高级欲望，这个问题尼采有尼采的观点，巴塔耶有巴塔耶的观点。

尼采对于人去追求欲望又超越欲望，总的看法是有一个办法、一个追求，还有一个手段。尼采的一个办法就是用权力意志战胜欲望，使得欲望回归到生命的起源中去。权力意志是尼采的形而上学中最精彩的一个东西，他认为人有了权力意志才可能真实地存在。所谓的理性是动物性生存的理性，而灵魂是身体的某种词语，身体才是最伟大的理性。人的权力意志会使生命打上特殊的符号，这个符号使得生命重新被教育，具备这种精神的人就是超人。海德格尔对尼采这种权力意志战胜欲望的办法与追求是这样评价的：

---

① 乔治·巴塔耶：《色情史》，商务印书馆，2003，第93页。

"那种人，那种置身于存在者中间而与存在者——这个存在者作为这样一个存在者是强力意志，而作为整体就是相同者的永恒轮回——相对待的人，被叫做超人。"① 海德格尔认为尼采所谓的超人是一种否定性的肯定来决定人类历史的命运，超人虽然否定以往的人的本质，但他是以虚无主义的方式进行否定，虚无主义的特征是否定中明确暗示新的价值将会出现，这是过渡的历史。尼采认为人要使欲望真正得到创造性发挥的话，那就是要使得人的强烈欲望超越为超人，"超人造成的人化乃是非人化……通过这种非人化存在者'赤裸裸地'显示为强力意志即'混沌'的支配性构成物的强力运作和斗争。于是，根据存在者存在的本质，存在着纯粹地是'自然'"②。尼采对于怎么样把欲望做到超越，还有一种手段。我曾经在上一文中特别强调的，就是他认为对于这个世界完成权力意志的时候，"为了成其至善，人类的至恶是必需的，一切至恶乃是人类的最佳力量，对于至高的创造者来说，就是最坚硬的石头；而且，人类必须成为更善的和更恶的"③。这就是尼采认为超越欲望的一个手段。强硬的否定态度，对旧的价值进行否定，然后用最强烈的力量去进行，建立一个全新的善与恶，这是尼采对于欲望超越的办法。

　　自从量子理论出现以后，人类对于宇宙，对于世界有越来越不确定的意识。不确定原则已经成了人看待世界万物的一个定律。在这种一切都不确定的情况下，人是相信理性的自由，还是相信个体的自由？我相信多数人都会选择个体的自由。所谓个体的自由实际上就是人的欲望的自由的发挥和自由的超越，这就牵涉到自律和他律的问题。巴塔耶对于这个问题这样说："在人性的本质中，一种凶猛的冲动找寻着自律性，找寻着未来的自由。当然，自由的理解多种多样——但自由是今天人们渴求的某种奇迹呢？我将不得不独立面对尼采所面对的那些困难——把上帝和善抛在后面，尽管那些给上帝和善捐躯的人们，燃烧着炽烈的怒火。"④ 尼采的观点和巴塔耶的观点在这一点上是统一的。人要寻求自立，就是寻求自由。而要寻求这个，就必须把上帝和所谓善抛在一边。原因非常简单，人欲望的实现的最根本的需求是自

① 〔德〕海德格尔：《尼采》下卷，商务印书馆，2012，第 983 页。
② 〔德〕海德格尔：《尼采》下卷，商务印书馆，2012，第 999 页。
③ 〔德〕尼采：《查拉图斯特拉如是说》，上海人民出版社，2009，第 281 页。
④ 《乔治·巴塔耶文选》，吉林人民出版社，2009，第 110 页。

由，人的生命的本质是需要自由的，"生命只有在不从属于超越生命的特定目标时才是完整的。如此说来，在整体的本质是自由。然而，我还是不能仅仅通过自由而成为一个完整的人，即便为自由而斗争是我应该采取的行动"①。巴塔耶说明了人为了追求自律，就必须是自由的。但是巴塔耶从另一方面又很悲观地认为，人在追求这种自律、自由的状态时，没有任何他律的约束和驱动，人的这种欲望是不是能够真正达到有价值的被超越，巴塔耶表现出非常大的悲观。巴塔耶说："人即渴望又害怕失去极限，仿佛极限意识需要一种不确定的、悬而未决的状态，仿佛人本身对于一切可能性的探索，他总是走极端和冒险。因此，一种对如此顽固的不可能性的挑战，一个如此丰盈的虚无欲望，只能与死亡的空虚结束。"②

　　人类的生命在凝结欲望的超越的时候，是不是最终必须走到死亡的深渊去？恐怕不是这样的。我在下一篇文章中讲到一个主题：渴望神性的人性。人的人性就是人必须有一个心里的上帝。尼采也曾经说，如果有必要可能需要一个新的上帝，这个上帝应该是心中的上帝。即便是有宗教的信仰也罢，非宗教的信仰也罢，人性的存在本身就有普世公认的价值标准和人性的底线的存在作为他律的存在。人性，终究可以作为对欲望规范的他律因素而存在。

（作者单位：法中文化交流中心）

---

① 《乔治·巴塔耶文选》，吉林人民出版社，2009，第116页。
② 《乔治·巴塔耶文选》，吉林人民出版社，2009，第168页。

把性感的还给性感

——以李森为例看诗歌如何表现"生意"

敬文东

"夫乾，其静也专，其动也直，是以大生焉；夫坤，其静也翕，其动也辟，是以广生焉。广大配天地，变通配四时，阴阳之义配日月，易简之善配至德……"① 这等质朴、铿锵、洁净的言辞传达出来的，完全配称华夏文明内部辉煌、灿烂的内容，只因为它始终乐于"以'德'论生，强化了'生'之普遍实在的善的价值，这是从质上概括的乾之'大生'；从量上看，'大生'推进为'广生'，万物生生，气化流行"②。而"生生之谓易"、"天地之大德曰生"，肯定能够入驻中国古代最伟大的格言之行列，至少，当代诗人李森和他的诗句愿意为此做证："一起逃走吧，子夜不眠的玫瑰/带着渴望的尖刺，向着日出爬行。"（李森《合拢花瓣》）考虑到"太阳"意象在华夏文明中的固有语义，"向着日出爬行"只可能意味着对生的渴意；考虑到动态的"日出"形象在国人心中的通常含义，"向着日出爬行"只可能更具体地意味着对生意、生机、生气的向往："日出"喻示着生命的清洁开端、无限的希望、火红的前程；而考虑到"爬行"在玫瑰的匍匐性生长中，承担着承前启后甚至传宗接代的作用，"向着日出爬行"只可能意味着生意

---

① 《易·系辞上》。

② 向世陵：《易之"生"意与理学的生生之学》，《周易研究》2007年第4期。

之顽强、生机之强悍、生气之艰难曲折……

云南远离政治中心，是帝国的脚趾、小腿，甚至小腿上一小块腓肠肌或几根经络。由于大山阻隔，河流密布。较之于其他或平坦或隆起的区域，云南很可能更有机会充任正史的"二奶"——小南明和老吴三桂的话剧，也许只适合在云南上演。如今，它倒是更乐于教导自己的嫡出子孙（比如李森）在诗歌中，把它再次弄成现代性的"二奶"。现代性的"二奶"既意味着从侧面攻击现代性，也意味着它将成为攻击本身需要仰赖的堡垒、要塞和根据地，只因为没有大后方的攻击行为，只能是死路一条。为此，曾长时间浸淫于西方诗学的李森，终于将目光转向被遗忘多时的华夏传统：恢复事物的勃勃生机，将事物从现代性的压榨下解救出来，在诗中，将生机重新赋予万物。或许，这就是李森在深思熟虑之后，果断采取的诗歌策略——对生机、生气和生意的呈现，构成了要塞、堡垒和根据地。在李森笔下，不但有机物（比如飞动的鸟）富有生意，看似死寂、没有嘴巴和耳朵的无机物（比如本该无言的石磨）也从未闲着——"现在，南方漏斗的深夜，三只鸟窝里在争吵/里面，模仿铁锤、錾子、银镰的词汇在蹦跳"（李森《灌木林》）。"夜的中央，石磨里孤傲的那根轴在旋转/它要顶开石头磨盖……"（李森《天问》）在构成和促成生机的大合唱中，所有事物都被云南人李森认为是美好、动人的，包括一向形象不佳、令人恐惧与反胃的蟒蛇：

> 北方，饥饿旋转沙丘
> 蟒蛇，在中央，梦见一条藤蔓直立起来
>
> （李森：《蟒蛇》）

在此，"直立"是一个特别值得重视的语词，尤其是在它和蟒蛇的"梦见"行为发生关系的时候：不依靠墙壁、树干充当脚手架，便无法攀爬和提升自身高度的藤蔓，是在蟒蛇"梦见"它时，才突然间"直立"起来的。蟒蛇的"梦见"行为，成了藤蔓得以"直立"起来最大甚至唯一的辅助力。在云南（或云南诗人心中、笔下），蟒蛇除了具有助人为乐的美德外，还很有几分调皮的猴性，令人喜爱有加："它曾经模仿上古的长虹，在河边饮水/它带着身上禁锢的光斑，在洞中摩擦/它梦见钻进了一个音箱，藏在乌鸦的眼窝背后。"蟒蛇的调皮特性和隐藏起来的幽默感（比如藏在乌鸦的眼窝背后），意味着万物各从其类，兢兢业业地恪尽职守。考诸李森诗歌的整一语境，万物不存在重要性上的丝毫差别，只有在促成生机、生气、生意方面不同的革命分工。

太阳和月亮，天空中一对隔河相望的冒号："大的那个——太阳，要来引领我们/小的那个——月亮，一直在怜悯我们"（李森《天空》）。农耕时代的天空如此明亮、清澈，太阳照耀整体的万物，毫无偏爱、无一遗漏地催促它们快快成长——偏心是现代性的标志之一，和利润、数字、资本的逻辑密切相关。太阳是地球上所有能量的唯一来源。一切复杂的能量方程式，都可以还原到、追溯到简单质朴的光线；月亮则以它规律性的圆缺、盈亏，给予我们准确的时令以指导农耕，但更要指导庄稼和果蔬接受太阳的引领以便成就自身，准时达致饱满酣畅、喷薄而出的境地。与农耕相对称的，只能是由万物组成的生意盎然的大自然，但更是被提纯出来的生意本身。农耕的本质，就是顺应生意自身的成长与养成，在更多的时候，带有"四两拨千斤"的架势与境界：顺着事物成长与瞭望的方向，施二三两巧力和小力，促进和加速它的生长。云南是植物的王国，李森似乎很自然地写道："南国，花苞又放弃贞洁"（李森《蟒蛇》）。但这真的是李森的神来之笔，和人间凡世对"贞洁"的守护与看重刚好相反。"花苞"放弃"贞洁"，倾心于甜蜜、温馨的性生活，既是自然而然的事情，也是值得称道的行为，更是农耕可以施行"四两拨千斤"的基础，但最终，是为了促成盎然的生意，是为了暗自滴水的生意本身。在此，一个"又"字惹人遐想，它表明：放弃"贞洁"的事情在周而复始地发生，而不断轮回的同一件事情本身就意味着生气，意味着种族不绝的绵延。让事物按照自身节律、方式和对季节的依赖怀孕、生殖，是农耕的基础，是农耕的宪法，更是生意、生机、生气遵循的圭臬，用于起跳的地平线。"天与地是在暴风雨中交媾。从荒古时代以来中国人就认为云是地的卵子，它靠雨即天的精子而受孕。"[1] 农耕时代的天、地如此质朴自然，以至它们在暴风雨中泯灭"贞洁"的行为，都显得庄严、大气，甚至跟传自亘古的

---

[1] 〔荷兰〕高罗佩：《中国古代房内考》，李零等译，上海人民出版社，2007，第23页。

巫术都毫无关系。

呲牙咧嘴的现代性仅仅将万物看作冷冰冰的物件：万物都可以被分解，可以被解剖，生意、生气和生机是它的天敌；现代性长有一双能够全方位观察的复眼，万物仅仅被看作促进时代"进步"与"发展"的工具，但必须以事物的尸体或身体的零部件为方式，参与到时代的进程之中；现代性崇尚事物等级制度，宣称不同的事物具有不同的价值，能制造五美元利润的鱼子酱，绝对高于只能制造三美元利润的菠菜——或许，这就是现代汉诗长时间推崇事物等级制度的隐蔽原因（但此处对这个问题姑置不论）。为现代性的"二奶"能够准时出场精心考虑，李森果断废除了事物等级制度，让交媾的大天地，直接等同于"失贞"的小花苞；他放逐了现代性视力极好的复眼，不允许任何一个事物丧失生机，更不允许任何事物处于碎片化和尸体化之中：

> 南国浮动的海角，残冬席地卷起，春光开始播种青草
> 光的阴旋转树冠，候鸟的风铃，背走造冷的风箱
> 号角生下蝉虫，钟鼓老成磬石，琴弦种下藤条
> 轰鸣的旗帜种下了我，七星银勺里的春晖种下了你
> 春光的顶针，顶着种子的悲智发芽，针针织就田园
> 缪斯妹妹，让狮子在我们耕作的领地，像理想一样安睡吧
>
> （李森：《青草》）

齐泽克（Slavoj Zizek）对当下险恶境遇的理解或许是精辟的：在目下的现代性时代，甚至连"'性感区域'都不是由生理决定的，而是对躯体予以符指化包装（signifying parceling）的结果。躯体的某些部分在色情方面被赋予特权，被人视为性感区域，不是因为它们在解剖学上具有什么优势，而是因为它们以某种方式陷入了符号网络之中"①。齐泽克的意思很可能是：现代性不仅抽干了事物的鲜活本性，让它们抽象、干瘪、缺乏水分，让它们尸体化、碎片化，最后，还干脆把它们给彻底地符号化了。但真正的危险刚好

---

① 〔斯洛文尼亚〕齐泽克：《斜目而视》，季广茂译，浙江大学出版社，2011，第34页。

在于："'符号化'就是'符号性谋杀'（Symbolic murder）"①。万物在现代性时代被迫陷入流亡之途，它们离开土壤，离开空气；"符号化"却自称它们的空气、它们的土壤，因此"陷入符号网络之中"的性感区域，只具备冒牌的敏感性——其敏感性顶多只能算作对敏感性自身的拙劣模仿。性高潮虽然像楼市泡沫一样居高不下、一路凯歌，含金量终归有限，不可能真的达到抽搐、痉挛、颤栗和销魂的境地。现代性为万物提供的土壤不是真实的土壤，提供的空气仅仅是黏稠的、无法进入事物肺部并为肺部吸收的气体。鉴于事态的严重性，云南人李森采用的诗歌策略，不是回到农耕时代（也不可能回到农耕时代），而是借助农耕时代的节奏，为现代性时代以及被它垄断、统治的事物寻找一种新感性：

> 河姆渡，就在那个早晨，那个早晨
> 我把一头野牛领回家耕作
> 又擦干了一匹马的眼泪，让它安心吃草
> 就在那个早晨，那个早晨
> 我和春相约，一万年后相爱

（李森：《河姆渡》）

农耕的节奏大体上就是大自然的呼吸节奏，它充满生机，满带着露珠、朝阳和善意；行走在七千年前的河姆渡的那个野生之"我"，正在按照生意自身的节奏、生机满意的脉动，以四两巧力和小力，顺势把野牛"拨"向"耕作"的方向——这一切，都发生在叠句反复的"那个早晨"、歌咏般的"那个早晨"。在诗中，野牛被驯化为耕牛如此简单，但那仅仅是因为驯服它的人被生意自身的节律所掌控。黄梵精确地观察到李森对《诗经》——尤其是对《诗经》中叠句技法——的借鉴，承认这样做的好处是"消除争辩，把一些孤掌难鸣的诗句变成一个个回声。聆听这些接踵而来的回声，读者便易于迈入'知者不言'的神秘诗境"②。不排除有诸如此类纯粹诗学技

---

① 〔斯洛文尼亚〕齐泽克：《斜目而视》，季广茂译，浙江大学出版社，2011，第39页。
② 黄梵：《从〈诗经〉到新诗——李森近作读后感》，载李森《屋宇》，新星出版社，2012，第235页。

术方面的考虑，但深陷于现代性时代的李森对《诗经》有这么大劲头，很可能更有本体论方面的用意：《诗经》的节奏就是农耕节奏的语言化，是对生意、生机和生气的符号化。农耕的节奏大体上意味着大自然季节性的周而复始，无所谓死亡之悲，无所谓复活之喜；《诗经》诸篇中的叠句反复，或许就是对周而复始自身的语言性描摹。寻找现代性之"二奶"的李森想要的恰好是：叠句在反复吟诵中，加强了生意的厚度、拓宽了生机的广度、放纵了生气的深度——

> 鸡鸣呜呜，饮尽残阳。鸡鸣咕咕，饮尽韶光
> 鸡鸣连着鸡鸣，山峰连着山峰，云雨的千万褴褛挂在空天
> 石头靠着石头，树摩擦着树，山路如绸在风中起伏
> 鸡鸣空空，叫万物做成春色。鸡鸣慌慌，叫人养成心灵
> 鸡鸣崔崔，画着水墨长空。鸡鸣遥遥，与闲愁相约红透

> （李森：《鸡鸣》）

正是在铿锵抑扬、错落有致的叠句反复中，"云雨的千万褴褛挂在天上"；正是在此起彼伏的鸡鸣声声中，"万物做成春色"、"人养成心灵"，并"与闲愁相约红透"……连一向慵懒、性喜瞌睡和面色黯淡的"闲愁"，都获得了积极向上的生命力，像一个快要被水分涨破皮肤的西红柿，在满腔喜悦中，暗自忍住了生意引发的心跳，就像"树会憋住满腔的绿意"（张枣《云》之六），更不用说本身就具备积极生命力的"褴褛"、"春色"和"心灵"。但这一切，丝毫不会让人感到意外，因为叠句反复生发、演奏出来的音乐感，不高不低，不急不躁，特别适合万物生长；叠句反复在为渴望生机、"向着日出爬行"的万物伴奏；不分贵贱的万物在被诱惑中，则梦游般，像投桃报李一样，走向了自己的大生命，并在这个饱满的过程中，罢黜了所有消极的东西。或许，李森理解得非常正确：最大的生机、生意、生气，是"饮尽残阳"之后的生殖，是"饮尽韶光"之后的生育和生养——前提是叠句反复预先给生殖、生育和生养扫清了障碍，让"残阳"和"韶光"得以成为生意、生机、生气需要吸吮的能量。

> 春还在，那只雨燕不能歇下来
> 它抱着一小盏白光在屋脊上盘旋
> 春不在，那只雨燕也不能歇下来
> 它抱紧一小团黑告别犁铧而去

（李森：《春还在》）

　　名词性意象"春"、"雨燕"、"白光"、"屋脊"、"一小团黑"、"犁铧"和动作性意象"歇"、"抱着"、"盘旋"、"抱紧"、"去"，几乎是任意地、毫无逻辑地被焊接在一起——这种情况，在李森的近作中几乎比比皆是①。他故意让意象处于错乱搭配，处于乱点鸳鸯谱的境地，仅仅是为了凸显生意的茂盛、生机的茂密和生气的盛大：生机勃勃或勃勃生机让万物暗中发愿，要拼尽全力用于生长；这种鼓鼓囊囊、乳汁饱满的情形，宛若大地刮起一阵时速时缓的春风，它让桃花的花粉没能正确地落于桃花的花蕊，却被错误地吹到了低飞的蜻蜓眼里，让蜻蜓暗中大吃一惊，为不可能的怀孕惭愧不已，为无功而受禄心生感激。这种目的倒错、彼此难以般配的情形，反而比正常的、合乎逻辑的意象搭配更能显透生机、展现生意。李森在俯仰之间就能完成这场小小的诗学变革，条件之一是叠句反复充当基础，或者，他至少从叠句反复能够加强生意的功能中，获得了启示。

　　现代性的"二奶"或许就是这样炼成的：在李森接受农耕经验和《诗经》节奏共同启示过的诗作中，表面上只有农村和田园山水，但隐藏在诗作之中的，恰好是城市，以及由城市代表的现代性——城市以匿名的方式，早已潜伏于李森的近作，充当精彩绝伦的卧底。这种匿名方式如此突出，卧底隐藏得如此之深，以至于让明"眼"人一"眼"就能看到城市的存在。或许，这恰好是李森想要达到的效果。只因为匿名的城市将会告知李森的读者：正面描写现代性和都市的诗篇，也许揭露了都市和现代性足够真实的那一面，但它不像匿名的城市诗因为接受农耕节奏和《诗经》节奏而显得更性感、更有水分，以至于性感区域竟然真的就是如假包换的性感区域，性高潮就是性高潮。在这里，新感性被重新交付都市中人，一切生意、生机、生

---

① 　参阅一行《气之感兴与光阴的悲智》，载李森《屋宇》，新星出版社，2012，第239～247页。

气都能得到直观，农耕时代的节奏被创造性地转化为拯救城市和现代性的途径之一、方式之一：

> 有时，我在屋宇中，在火塘边沏茶，为等待而学习遗忘
> 此时，我在屋外，看着树上所有的果子模仿麻雀，向屋宇靠拢
> 我还看见过，春光心慌，点燃夏火。秋云伤怀，抟成冬雪。
> 我知道，世界等着我开门瞭望，门槛等着我回来闭户厮守。
>
> （李森：《屋宇》）

（作者单位：中央民族大学中文系）

晚年彭燕郊的文化身份与文化抉择

——以书信为中心的讨论

易　彬

　　摘　要：在中国当代文学研究领域，文献的搜集与整理工作远未完成，大量重要的文献资料仍处于零散状态。因为文献资料的拘囿，学界对于彭燕郊的认识存在偏差，彭燕郊与友人间的大量书信是目前化解此一难题的合适途径。借此，可以发见彭燕郊三种主要的文化身份，即胡风派成员、文艺组织者和民间文艺工作者。其中，与众多文艺界人士的通信，在外国文学作品的译介、出版方面所做的大量具体工作，最可见出彭燕郊在新的文化语境之中所做出的文化抉择，显示了彭燕郊借助译介活动来推动当代文艺发展的自觉意识。对于中国当代文学人物的文献资料建设而言，如何获取更广泛的资料，以达成对于人物的全方位认识，彭燕郊是具有突出的个案意义的。

　　关键词：晚年彭燕郊　文化身份　文化抉择　书信

　　在中国现代文学研究领域，作家全集或文集、成型的文献资料已大量出现，重要作家研究、文学史研究诸层面的文献资料积累工作已经颇具规模，但在当代文学研究领域，文献的搜集与整理工作远未完成，大量的重要文献资料仍处于零散状态。因为文献资料的拘囿而造成文学人物——特别是跨越现当代文学阶段的人物认识偏差的情形并不在少数，彭燕郊（1920—2008年）即算得上是这方面的一个重要例子。

彭燕郊首先是一位诗人。1939年10月，年仅19岁的彭燕郊得到了素未谋面的胡风的特别看重，其诗四首，《冬日》《雪天》《夜歌》《怀厦门》总题为《战斗的江南季节》（诗集），刊载于胡风主编的《七月》第四集第3期的头条位置。胡风在类似于编辑手记的《这一期》中点明了彭燕郊当时的"新四军"身份，也特别强调了年轻的彭燕郊正处于诗情勃发的阶段——"一年来'发了狂样的'写了近二百首诗，但被发表出来这似乎是第一次。"

彭燕郊在写作初期与胡风的这一相遇对其文学旨趣，特别是人生道路有着非常深远的影响。完全可以说，它规约了彭燕郊作为"胡风学生"这一基本形象——当然，细分之下，还是可包括两个基本向度：其一是"七月派"诗人或"七月派"作家群成员；其二是"胡风分子"。现代文学史或思想史关于彭燕郊的讨论即主要着眼于这两个方面。这种认知及具体处理方式基本上是在现代文学的总体语境之中展开的，这固然有其历史合理性，但并不能直接移换到对于"当代彭燕郊"的认识。要言之，偏执于"七月派"诗人的身份，晚年彭燕郊艺术创新的冲动与实践往往容易被忽视；而过于强调"胡风"这一精神线索，则往往容易忽视彭燕郊在当代文化建设中的身份与贡献。如何化解此一难题呢？目前比较合适的途径是彭燕郊与友人间的大量书信，其中少量已面世，能为读者所阅知，更多的则还只是未经整理的手稿。因为时代、政治、个人生活等方面的原因，存留下来的绝大部分都是彭燕郊在新时期以来的书信，更为完整的彭燕郊书信史看起来已难以建构，但其中所包含的海量信息，对于认识20世纪80年代以来的文化与社会无疑是大有助益的，而彭燕郊本人在此一历史进程之中的文化身份、抉择与贡献无疑也能得到相当程度的厘清。

一

彭燕郊与友人间的书信，目前仅有少量被披露出来，其中以与胡风为中心的居多，他与路翎、胡风、聂绀弩等的书信较早即已随这些人的作品集披露，新近出版的则有《梅志彭燕郊来往书信全编》①。而从目前所掌握的材料来看，彭燕郊与原"七月派"作家或"胡风分子"之间存有书信往来的，还包括绿原、舒芜、贾植芳、何满子、曾卓、罗飞、罗洛、牛汉、冀汸、朱健、耿庸、孙钿、张禹、木斧等十数位。

　　这些书信材料显然有助于人们对于彭燕郊作为胡风学生这一文化身份的认识，其中特别值得注意的，自然是《梅志彭燕郊来往书信全编》。其所录为 1982 年之后彭燕郊与梅志（1914—2004 年）之间长达 20 余年的通信，另有几封彭燕郊与胡风及其女儿张晓风的信，共计 117 封。这些信的话题自然是多关乎"胡风"，它们出自饱受磨难的历史当事人之手，有着特殊的文献价值，能为认识"胡风"及相关事件打开更大的空间。

　　彭燕郊作为胡风学生的身份在此确是有着非常充分的体现。如果说在《回忆胡风先生》② 一类回忆录中，彭燕郊比较偏重于史实的叙述的话，那么，在与梅志的私人通信中，彭燕郊则时时流露着对胡风的尊敬与景仰之情。非常典型的即是 1985 年 6 月 12 日，胡风逝世四天之后，彭燕郊以胡风学生的身份所发出的叩问："胡先生在文学史上的劳绩，他的辉煌成就，铮铮的一生，如今是有定评的了。现在人们就会问一问我们这些胡先生当年用自己的心血和汗水培育出来的学生：你们将怎样学习他，继承他的遗志？"③

　　从书信中可以很明显地看出，在较长一段时间内，梅志与包括彭燕郊在内的众多胡风学生之间处于一种相互激励的状态，为胡风作传、讲述胡风及其影响的故事是他们自己不容推却的历史使命。彭燕郊在信中即多次表达一种严肃而急切的意念，诸如"还有许多事等着我们去做"，"要做的事很多，且须加紧做"，"那是历史给你的任务"，要满足"读者需要"，要"对历史负责"，"先不急于写自己，而应该把胡先生写好……我们应该先把《回忆胡风》写、编、印出来，这是当务之急。"彭燕郊也多次谈及"胡风传"、"聂绀弩传"的写作计划和具体提纲（在当时胡风圈内的人士看来，彭燕郊是"聂绀弩传"的合适人选），彭燕郊本人对于此类文章的写作显然有着更大的抱负——试图从"历史的高度"来书写：

---

① 北京鲁迅博物馆编，晓风、龚旭东整理辑注《梅志彭燕郊来往书信全编》，海燕出版社，2012。
② 刊载于《新文学史料》2002 年第 4 期。
③ 彭燕郊：《致梅志》（1985/6/12），载《梅志彭燕郊来往书信全编》，海燕出版社，2012，第 71 页。

胡先生的一生我以为是一部活的文艺运动史，在他身上呈现的是一个现代世界文学史上只有革命初期的苏联才差可比拟的重大问题或重大现象，即在共产党（作为现实的政治实体）的强大影响或强有力控制下，马克思主义的文艺运动应该由谁，采取什么方式进行。说实在的，不是这几年，也不是"胡案"发生前后几年，四十年代初期，特别是中期，我就开始思考这个问题了。这个问题不但在共产党当权的国家有，在其他国家也有。这是个大问题，我只能是想想而已，非我的学力所能深入研讨的。但我以为如离开了这个宏观视点，就写不出胡先生悲壮的一生（同样也涉及到鲁迅先生的一生）。我之所以不敢轻易写，原因就在这里。[①]

彭燕郊对于胡风情感的浓度或真诚度显然是非亲历者所能比拟的，但值得注意的是，从一个更长的时间角度来看，彭燕郊关于胡风及聂绀弩的诸多宏大的写作构想仅仅实现了一小部分，重要文章除了前面提到的《回忆胡风先生》外，仅有《他心灵深处有一颗神圣的燧石——悼念胡风老师》《千古文章未尽才——聂绀弩的旧体诗》，以及作为"遗作"发表的长文《我所知道聂绀弩的晚年》[②] 等。实际上，《回忆胡风先生》这篇长文仍然只能说是未完成之作，所记仅止于胡风桂林时期的活动。稍后讨论将揭示，这种"未完成性"肇因于历史的要求与个人的实际行动之间所存在的差异。

二

略略浏览彭燕郊所存书信，其中与胡风及有关的人士的通信其实只是很小的一部分，数量更大的是其与包括文学界、翻译界、出版界、民间文艺界和研究界等在内的各类文艺界人士间的通信，如端木蕻良、骆宾基、徐迟、卞之琳、罗念生、罗大冈、沈宝基、魏荒弩、袁可嘉、王佐良、叶汝琏、王

① 彭燕郊：《致梅志》（1989/12/20），载《梅志彭燕郊来往书信全编》，海燕出版社，2012，第185 页。

② 分别刊载于《中国文化报》1986 年 2 月 2 日；《读书》1991 年第 10 期；《现代中文学刊》2012年第 1 期。

道乾、曹辛之、陈敬容、郑敏、唐湜、罗寄一、屠岸、林林、米军、章道菲与黄元（木刻家黄新波的妻子与女儿）、郭茜菲、艾以、石天河、卢季野、涂石、蔡其矫、晏明、公刘、邵燕祥、冯英子、顾蕴璞、吕同六、张英伦、王央乐、葛雷、王守仁、梁启炎、郑民钦、顾子欣、周家树、黄家修、秦海鹰、赵毅衡、柯文溥、郑玲、姚锡佩、姚辛、张铁夫、陈耀球、林贤治、刘湛秋、唐晓渡、张洪波、赵振开、马高明、李之义、柏桦、张曙光、杨远宏、董继平、黎维新、杨德豫、唐荫荪、余开伟、管筱明、骆晓戈、彭浩荡、龚旭东、邱晓崧、贺祥麟、林伦彦、吕剑、邹绛、田仲济、陈子善、李辉、杨益群、陈思和与刘志荣、李振声、张福贵、周良沛、刘扬烈、陈梦熊、黄泽佩、郭洋生、荒林、钟敬文与陈秋子夫妇、王文宝、谷子元、龙清涛、萧园、唐愍以及台湾、香港等地的林海音、李魁贤、莫渝、张国治、刘以鬯、高旅（慎之）、罗孚①、陈实、马文通等；此外，其与家人、学生及文学爱好者的通信量也是很大的，其中与叶汝琏、葛雷、郭洋生、郑玲、莫渝、马文通等人的通信量都比较大，与陈实和陈耀球②的通信更是足可编成两大卷往来书信集。

问题由此而来：何以偏居长沙的彭燕郊与众多文艺界人士会有如此广泛的通信呢？1984 年 11 月 9 日，彭燕郊给梅志的一封信有助于理解这一点：

　　我仍在忙一些别人不会去忙的事，我在想办一个译诗丛刊，不像绿

---

① 目前所掌握的为彭燕郊与罗孚北京时期的通信，主要话题是跟罗孚负责编注的《聂绀弩诗全编》（学林出版社，1992）有关，其署名"承勖"、"林安"。

② 目前，笔者已经初步整理完毕彭燕郊与湘潭大学历史教授陈耀球（1931—2012 年）的大部分往来书信，有近 500 封之多。若需全面、系统地了解晚年彭燕郊，则此部分信件最值得一读。晚年彭燕郊的行历、日常生活、看病与医药费的报销（彭燕郊居长沙，长期看病，长期须将病历本、医药票据寄到或托人带到湘潭大学）、写作、发表、出版以及编选等方面事宜，都有详细记载。同时，陈耀球是彭燕郊非常仰仗的一位湖南本土的翻译者，正是在彭的导引之下，陈由非文学领域（主要是军事领域）转向文学（俄语）翻译，译有普希金、茨维塔耶娃、阿赫玛托娃、帕斯捷尔纳克等人诗文，见诸《外国诗》《国际诗坛》《俄苏文学》和香港版《大公报》等书刊。其译著的《苏联三女诗人选集》（〔苏〕阿赫玛托娃等著，湖南人民出版社，1985）被列入"诗苑译林"丛书，《自杀的女诗人：回忆茨维塔耶娃》（〔苏〕茨维塔耶娃著，漓江出版社，1991）被列入"犀牛丛书"。

原搞的那个，是专门介绍现代，特别是当代的外国诗的，名叫《世界诗坛》。这个丛刊，可以与原兄的《外国诗》① 相辅而行。本来，拟自己筹资办，已有点眉目，现在，有个出版社愿意出了，可算是好消息……

另外，还想编一套外国文学丛书，专收"格调高"的，同时读者也欢迎的作品，主要是诗、散文、中篇小说。

也想搞个《世界散文》，专门介绍外国古典、近代和现代、当代散文。

我的设想中还有一套《诗学译林》，系统地、全面地介绍希腊、罗马至今的诗论，包括各大诗人和大流派的诗论、诗见。

另外，还想搞个大型理论丛刊《诗学》，每期四五十万字（这样才可以容纳二万字上下的论文），不定期，或许每年出一两期。

还想出一套《中国新诗全集》，像日本中央公论社、新潮社出版的《日本诗歌全集》那样……

总之，我是一个爱"想"的人，不能安静。总想干点什么……②

彭燕郊所谈到的是自己在编选（译）方面的诸多构想。按说，彭燕郊不过是一介书生，并非出版界人士，也非任教于著名学府，所掌握的所谓出版资源或文化资本相当之有限，个人经济状况也相当之一般；而且，彭燕郊为 1920 年生人，新时期之初即已是花甲之年，其身体状况始终不好，长年看病、服药，并曾到北京、广州、四川、桂林等地求医。个人状况如此，驱动他不断工作的动力又是什么呢？"爱'想'"、"不能安静"、"总想干点什么"一类说法显然太过笼统。彭燕郊在给朋友们的信中有过一些零星说法，更为确切的说法可见于他 1989 年 3 月 12 日致木斧的信：

艺术更新对于我们之所以必要，是因为首先：现实向我们提出了诗的要求；其次，我们身上的旧观念过去已经浪费了我们大部分的大好光

---

① 指绿原操弄的译诗丛刊《外国诗》，外国文学出版社，1983 年 9 月出版第 1 辑，后不定期出版，至 1987 年 7 月，出版第 6 辑。
② 彭燕郊：《致梅志》（1984/11/9），载《梅志彭燕郊来往书信全编》，海燕出版社，2012，第57～58 页。

阴，我们再不能被它拖住故步自封了。你和我一样，过去漫长的封闭岁月中我们的求知欲是被压抑到最低点的，到最后，人类文明的全部成果被宣布为"封资修"垃圾，能说我们没有受这个大文化环境、文化气氛的影响吗？改革开放的十年来，有幸的是我自己总算慢慢地睁开眼睛了，知道该看看世界，看看自己的国家，和自己身上有些什么东西了。这样，我就既有奋发、乐观的一面，又有痛苦、反省的一面……这几年我用大部分时间编译介［绍］各国现代诗的目的也在于让大家看看到底现代诗是个什么样子，现代诗是怎样发展过来的，从中也可以比较一下到底人家有什么长处我们有什么短处。我以为在这种情况下如果能形成我们的自信，应该是一种坚实的自信。能看到的我们的新诗的前途应该是现实的可靠的前途。起哄和胡闹是没有用的，只有甘心于默默无闻，情愿做个默默无闻的埋头苦干的人，才真正能够得到真正的诗。①

从彭燕郊本人的这番自述来看，花大量时间精力来做编选（译）、出版工作，其背后是有着重要的文化抱负的："过去漫长的封闭岁月"压抑了求知欲，桎梏了眼界，新诗的前途在于"艺术更新"，即通过外国现代诗的译介，获得必要的参照系，进而获得一种"坚实的自信"。类似想法，亦可见于彭燕郊为《国际诗坛》创刊号所撰写的《前言》②。林贤治将彭燕郊的工作称为"诗人的工作"，称彭燕郊是诗人当中"少有的一位醉心于出版者"③，将"出版"行为与"诗人"使命并置，所着眼的正是彭燕郊出版行为的特殊性。

种种资料表明，彭燕郊的文化抉择在新时期之初就已做出。最初的构想即是"出版一套译诗的丛书，要概括'五四'以来外国主要名诗人的诗和中国的名译"，这就是后来的大型诗歌翻译丛书"诗苑译林"。按照时任湖南人民出版社副社长、译文室主管领导、与彭燕郊"相识相交近六十年"

---

① 彭燕郊：《致木斧》（未刊稿）。按：着重号为原有。
② 彭燕郊：《前言》，载彭燕郊主编《国际诗坛》，漓江出版社，1987，第1～5页。
③ 林贤治：《诗人的工作》，《新文学史料》2008年第4期。

的李冰封的回忆①，此一构想 1980 年就已提出，并得到时任湖南人民出版社
社长黎维新的支持，后经夏敬文、杨德豫、唐荫荪等人具体协商，拟定主要
书目和译者。彭燕郊则受委托外出组稿，曾专程到上海、广州、北京等地，
听取施蛰存、梁宗岱、卞之琳等人的意见。彭燕郊此一时期给朋友们的信
中，反复提到自己处于"忙乱"状态，主要即是忙于为"诗苑译林"的奔
走、筹稿等事务。

　　前面提到，1984 年 11 月彭燕郊很兴奋地向友人提出了自己的出版构
想，各种计划并没有全然实现，但却也是多有成绩的——所列构想前三种基
本上都实现了："译诗丛刊"即先后以《国际诗坛》（漓江出版社）、《现代
世界诗坛》（湖南人民出版社）之名出版②；"外国文学丛书"则有漓江版
"犀牛丛书"③；《世界散文》则有湖南人民出版社的"散文译丛"④ 以及花
城版"现代散文诗名著译丛"⑤。"译诗丛刊"两种均署"彭燕郊主编"，后
几种则没有类似字眼，当下的读者对这些译著的操作内情可能会比较陌生。
林贤治在回忆花城版"现代散文诗名著译丛"时即曾特别谈道："我要他任
主编，他非要拉我一起挂名，我不同意，他也就坚辞不受。读者在丛书中所
看到的只是一篇序言，其实作序之外，策划选题，联络作者，审阅书稿，他

① 李冰封：《彭燕郊与〈诗苑译林〉及〈散文译丛〉——哀悼一代诗人彭燕郊》，《新文学史料》
2008 年第 4 期。按：本文所引李冰封文字均出自于此，不另说明。
② 《国际诗坛》与《现代世界诗坛》具有衔接性，前者出版四辑，后者出版两辑。据 1984 年 11
月 27 日彭燕郊从北京写给陈耀球的信，彭燕郊即与友人初步议定译诗丛刊出版、编委会等方面
的事情（"有百分之七十的可能"）。
③ 该套书 1985 年中段商定（据 1985 年 8 月 7 日彭燕郊致陈耀球的信），1988 年左右开始出版，包
括《爱经》（〔古罗马〕奥维德著，戴望舒译）、《卡夫卡随笔》（〔奥〕卡夫卡著，冬妮译）、
《巴尔扎克情书选》（〔法〕巴尔扎克著，管筱明译）、《普希金情人的回忆》（〔俄〕安·彼·凯
恩著，张铁夫译）、《自杀的女诗人：回忆茨维塔耶娃》（〔苏〕茨维塔耶娃著，陈耀球译）等。
④ 根据李冰封的回忆，大约在 1982 年，彭燕郊向湖南人民出版社建议出版"散文译丛"丛书，
1985 年左右开始出版，有《希腊罗马散文选》（罗念生等编译）、《一个孤独的散步者的遐想》
（〔法〕卢梭著，张驰译）、《战地随笔》（〔美〕斯坦贝克著，朱雍译）、《面向秋野》（〔苏〕帕
乌斯托夫斯基著，张铁夫译）等。
⑤ 该套书从 1990 年左右开始出版，包括《夜之卡斯帕尔》（〔法〕贝尔特朗著、黄建华译）、《黄
金幻想》（〔日〕鲇川信夫等著，郑民钦译）、《地狱一季》（〔法〕兰波著，王道乾译）、《隐形
的城市》（〔意〕卡尔维诺著，陈实译）、《卡第绪——母亲挽歌》（〔美〕金斯伯格著，张少雄
译）、《白色的睡莲》（〔法〕马拉美著，葛雷译）等。

是做了许多琐碎的工作的。"①

　　彭燕郊自 1980 年即开始筹划诗歌翻译丛书，他奔波于湘、粤、桂等地的出版社，并且积极替朋友们向各地刊物、出版社荐稿。彭燕郊的这样一种身份，按照梅志的说法，可称为"文艺组织者"②——时间稍长，朋友们显然也已经习惯于彭燕郊的这种出版联络人的角色。③ 由此，大致可以说，偏居长沙的彭燕郊之所以与文艺界人士有着广泛的通信，非常直接的一个原因即是和 20 世纪 80 年代前期以来的"诗苑译林"、"犀牛丛书"、"现代散文诗名著译丛"和《国际诗坛》《现代世界诗坛》等翻译活动的筹稿有关。

　　与此相关联的一个问题也可一说，即偏居长沙的彭燕郊何以能在新时期之初就能做出此般文化抉择呢？这一问题，涉及彭燕郊的阅读状况、知识积累、艺术视野等方面的情况。按照彭燕郊本人的回忆，其童年乃是"纸墨飘香的童年"，很早即开始买书、邮购图书；到 1950 年开始定居湖南之后，他的图书购买量也是非常之大的，即便是被打成"胡风分子"之后的 20 多年，买书、读书也始终没有间断④。他后来曾被媒体评为"长沙十大藏书家"，其书多而杂，显示了非常广博的阅读视野⑤。而从彭燕郊晚年的诗歌写作来看——1979 年 9 月，彭燕郊在《诗刊》发表《画仙人掌》一诗，这是他新时期以来所发表的第一首诗——"不是起于一种高音，如众声喧哗般的'我归来了'（艾青《归来的歌》）或者独异的'我一不一相一信'（北岛《回答》）"，而是以"唯美"的笔触去"画仙人

---

① 林贤治：《诗人的工作》，《新文学史料》，2008 年第 4 期。

② 梅志：《致彭燕郊》（1985/12/26），载《梅志彭燕郊来往书信全编》，海燕出版社，2012，第82 页。

③ 非常典型的例子即如 1991 年 2 月 16 日施蛰存的来信所示，施蛰存看到漓江出版社出版了法国作家拉迪盖的《魔鬼附身》（程曾厚等译，漓江出版社，1990），请彭代为联系该社出版戴望舒所翻译的《陶尔逸伯爵的舞会》；又请他为台湾诗人纪弦的选集"物色出版家"。见《北山散文集》（2），华东师范大学出版社，2001，第 1820 页。

④ 彭燕郊：《邮购之乐》《纸墨飘香的童年》《长沙淘书记》等，《纸墨飘香》，岳麓书社，2005。

⑤ 一般读者可能都是借助《和亮亮谈诗》（三联书店，1991）而察知彭燕郊的诗学观点的基本方面，即对于浪漫主义的批评以及对于现代主义的推崇。而根据彭燕郊 1982 年、1984 年在湘潭大学开设的《诗歌研究》课程讲稿整理出版的《彭燕郊谈中外诗歌》（杜平整理，徐炼导读、注释，湘潭大学出版社，2011）一书，对中国古典诗歌和外国诗歌均有相当多的引述，显示了彭燕郊在古今中外诗歌方面的综合素养。

掌"："那些花/都有着我们这些欣赏者给予它的/美的自觉和美的自信/形成那么一种生动的风致/有着那么一颗惹人喜欢的坦裸的小小的心/婴孩般的单纯，少女般的安详/小伙子般的富于幻想而且有些顽皮/不止是逼真/而且要画出那真正的天国的愉快/多么难啊，这些花！"对彭燕郊个人写作而言——也可廓大来说，对新时期文学而言，这是一个有意味的"起点"，"粗略比附一下，如果说'文革'后文学是从'真'开始的话，得到普遍赞誉的巴金《随想录》就在于'讲真话'；那么，彭燕郊的写作是从'美'开始的"①。这样一种对于"美的自觉和美的自信"的追求姿态，也包括后来持续探索的理念（所谓"我不能不探索"，写"不像诗的诗"等）与旺盛的创作力等，均可显示出彭燕郊的诗歌写作与其长期广泛的阅读，与其文化、出版行为（或曰诗学活动）之间具有一种良性的互动关系，由此也就不难理解何以彭燕郊在新时期之初即能敏锐地把住时代的精神需求了。

三

彭燕郊与文艺界人士的通信，包含了非常多的历史、文化诸方面的信息，这里择要述之。其与文坛前辈的通信，包括罗念生（1904—1990）、施蛰存（1905—2003）、沈宝基（1908—2002）、罗大冈（1909—1998）、卞之琳（1910—2000）等。其中与施蛰存的通信量是相当大的，被披露出来有27封之多，这是目前除了梅志通信之外，他被披露最多的批信。施、彭二人最初交往的情形暂未有确切资料，但最迟当是在1982年上半年②。目前所见施蛰存写给彭燕郊的最后一封信是1999年6月15日，已到了"九五之尊"的施蛰存在信中感慨：老朋友"故世的多，活着的多不出门了。今天想到你，写此信问候。希望兄安好，能复我一信，谈谈近况"③。呈文字平淡至极，但仍能看出二人20年交谊的辉光。彭燕郊与施蛰存信中所谈多是读书、写作、编选（译）、出版等方面的内容，与罗念生、沈宝基、罗大

---

① 易彬：《彭燕郊研究论纲》，《南京师范大学文学院学报》2008年第3期。
② 施蛰存：《致周良沛》（1982/6/23），《北山散文集》（2），华东师范大学出版社，2001，第1696页。
③ 施蛰存：《北山散文集》（2），华东师范大学出版社，2001，第1841页。

冈、卞之琳所谈，亦多是译介、出版方面的事。凡此，既可彰显一批已是耄耋之年的"文化老人"在新时期之后逐渐开化的时代语境之中的精神操守与文化信念，也可借助他们彼此之间的"互动行为"而展开"实存分析"，从而更深入地探究其文学行为与时代语境之间的关联①。

与彭燕郊年龄相仿的通信者有相当一批，如曾被称为"九叶诗派"或"'中国新诗'派"的王佐良（1916—1995）、陈敬容（1917—1989）、曹辛之（1917—1995）、郑敏（1920—）、唐湜（1920—2005）、罗寄一（1920—2003）、袁可嘉（1921—2008）等。在一些文学史描述当中，"七月派"与"'中国新诗'派"被认为是 20 世纪 40 年代中国新诗的两大高峰，但两者当时处于某种对峙状态。新时期以来，这种纠葛也一直存在。但从彭燕郊的角度来看，在"20 世纪 80 年代"这一亟待改革开放的时间节点上，这些年过花甲的老人在交流时，基本上并无所谓流派或者门户之见，如袁可嘉就明确表示彼此之间并无所谓"成见"②；而更多的话题都是关乎当代文化，特别是中外文化的交流。这些人当中，彭郑敏、袁可嘉的书信都比较多，但同他私谊更好的应是陈敬容和罗寄一——彭燕郊曾撰长文深情回忆陈敬容③。早年毕业于西南联大的罗寄一（本名江瑞熙）大抵可以称得上是文学史上的失踪者，坊间关于此人的资料非常之少，近年来其早期诗歌已被打捞出来，并被放置到穆旦、郑敏、杜运燮等西南联大诗人谱系当中加以考察。即

---

① "互动行为"语出解志熙的《相濡以沫在战时——现代文学互动行为及其意义例释》（《新文学史料》2011 年第 3 期）一文。文章认为，在面对文学现象时，不能止于"文坛掌故、文学谈助或名人逸事之类"，而应"回到一个朴素的原点，重新定义文学活动的性质及其与作家自身、和他人和社会到底是个什么样的关系"，应对作家（们）的文学行为展开"实存分析"，进而探究其"文学史意义"。就彭燕郊的这一话题而言，除了本文所涉及的若干人事外，叶汝琏、王道乾与彭燕郊三者的互动，施蛰存对于客居长沙、精通法国文学但"多年不露面"的沈宝基的"鼓气"等，也都是很好的例子。

② "七月派"与"'中国新诗'派"之间的纠葛显然和政治文化语境有关。20 世纪 80 年代中前期，牛汉、曹辛之等站在派别立场上有过笔战，曹辛之在给《九叶集》同人的书信中，对此也多有涉及（参见赵玉兰、刘福春编《曹辛之集》（第 1 卷），上海人民出版社，2011）。但 20 世纪 80 年代后期以来，随着政治文化语境的开化，相关局势逐渐缓和，1991 年 5 月 4 日，袁可嘉在致彭燕郊的信中写道："我和绿原同志常有来往，相处融洽。我自信无门户之见，对诗友一律坦诚相待，只觉得新诗界有些人的框框和圈圈实在太多了，成见也很深，不利于诗的发展，常为之心忧耳。"绿原后来在针对类似观点时也认为："不论从哪个角度来说，我从未有过'对立'的感觉。"参见绿原《答王伟明问》，载《书屋》2001 年第 7～8 期。

③ 参见彭燕郊《明净的莹白，有如闪光的思维——记女诗人陈敬容》，载《新文学史料》1996 年第 1 期。

便如此，罗寄一晚年的思想与创作方面的情况仍是基本上处于阙如状态，彭燕郊与罗寄一的较多书信，无疑能在相当程度上弥补此一方面的缺憾①。

更年轻一代的通信者当中，李振声（1957—）特别值得一说。李振声与彭燕郊通信已是 20 世纪 90 年代中期的事情了，其时，李振声负责编选《梁宗岱批评文集》②，两人的交往即缘起于此。对于梁宗岱，彭燕郊有很深的情感，文献资料方面又多有积累③。李振声在后来的文字中多次叙及与彭燕郊的交往：彭燕郊不仅寄去了手头上珍藏关于梁宗岱的各种资料，而且，"整个编选过程，我们前后作了不下十数次的书信往来，从大到篇目的敲定，小到现在难以觅见的资料的复印，他对我始终是有求必应。他甚至还自告奋勇，替我致信现居香港的梁思薇女士，征求她对乃父这本诗学文集出版事宜的允肯"。彭燕郊的态度如此之热情、执着，李振声在回信中满怀感慨：彭燕郊对一位后学"编这本文集的悉心关照，并不仅仅只是关乎像我这样一介晚学的事，而是关乎到一宗文化遗产的守护和传承"，这让他"真实地弄懂"了"薪尽火传"这个典故的意义④。李振声后来写过多篇关于彭燕郊的文章，对彭燕郊写作的精神向度做了细微的体察⑤，对其写作之中可能存在的"参差"也做了如实的评价⑥。彭燕郊先生逝世

---

① 目前坊间所传罗寄一诗歌，如《西南联大现代诗钞》（杜运燮、张同道编，中国文学出版社，1997）所录，均是早年作品。笔者在编选《中国新诗百年大典》（第 8 卷）（长江文艺出版社，2013）的时候，正是凭借罗寄一写给彭燕郊的较多书信，找到了不少罗寄一晚年写作的线索，并编入其晚年诗歌 5 首。

② 李振声编《梁宗岱批评文集》，珠海出版社，1998。

③ 彭燕郊在筹划"诗苑译林"丛书时，即得到梁宗岱的指点。梁逝世后，其遗孀甘少苏将其"几乎全部遗著"都寄给了彭燕郊，并不断寄来各种资料；彭燕郊则协助甘少苏完成了《宗岱和我》（重庆出版社，1991）一书，并为之作序《一瓣心香》，后又作长文《诗人的灵药——梁宗岱先生制药记》（《新文学史料》1994 年第 2 期）。

④ 李振声：《薪尽火传》，《中华读书报》1997 年 3 月 26 日。按：该文收入了 1996 年 9 月 14 日彭燕郊致李振声的信以及李振声的复信。

⑤ 在《诗心不会老去》（《读书》2007 年第 12 期）中，李振声写道："燕郊先生的诗，尤其是他晚近的诗作，始终维系在一个很高的精神高度上。我虽不便说，它们的存在，是如何在不时地提示和警醒着人们远离那些足以致使人类精神矮化的种种场景和事物，但我心里清楚，它们的存在，是怎样在延缓着我个人精神生活的退化和萎缩的。"

⑥ 在《谁愿意向美告别?》（《扬子江评论》2009 年第 4 期）中，李振声对呈现了"诗境的多种向度和众多可能性"的长诗《混沌初开》给予了高度评价，但也对由《生生：五位一体》修订而来的《生生：多位一体》提出了批评，认为其诗思基本上是在"单一向度"里展开的。

之后，李振声曾将彭燕郊的信寄给其家属，有理由相信：这样一批往来书信不仅能见证两代人之间的精神交流，在当代文化史上，亦将具有重要的个案意义。

李振声所谓"薪尽火传"，在林贤治（1948—）看来，即是一种超于"私谊"之上的"使命感"："我初到广州日报编译室做事，即向他报告工作的性质，并就旧籍重版问题请教于他，数天之后，他便来信给我开具一份几页纸的长长的书单，而且分门别类，附加了不少建议。我知道，这份热忱，包含着他对诗，对文化，对真理和教育的本能的挚爱，不仅仅出于私谊，而且出于他对于社会的一贯的使命感。"[1] 廓大一点来看，彭燕郊与郭茜菲（桂林《力报》研究）、陈子善（询问梁宗岱著作出版事宜[2]）、李辉（胡风研究）、杨益群（桂林文化城研究）、陈思和与刘志荣（"潜在写作"研究）、刘扬烈（"七月派"研究）、陈梦熊（辛劳研究）、黄泽佩（严杰人研究[3]）等人通信中就相关话题展开的细致讨论，其效应大致上也可作如是观。

四

20 世纪 80 年代开始筹划，"诗苑译林"丛书、《国际诗坛》《现代世界诗坛》、"犀牛丛书"、"现代散文诗名著译丛"等陆续出版，彭燕郊所筹划的出版事业可谓成绩斐然并为国内文艺界所瞩目，友人们的信中对此颇多鼓励与激赏。但彭燕郊所遭受的挫折大概也不在少数，从 20 世纪 80 年代中后期彭燕郊与友人的信中，这方面的话题就一直或隐或现，有的时候情绪表现得还相当强烈。如"诗苑译林"丛书出版方面，他和出版方于 20 世纪 80 年

---

① 林贤治：《诗人的工作》，《新文学史料》2008 年第 4 期。
② 彭燕郊逝世之后，陈子善有怀念文章《彭燕郊：诗般跌宕的生命》，《新京报》2008 年 12 月 30 日。
③ 彭燕郊 20 世纪 40 年代前期在桂林期间认识严杰人（1922—1946），后曾撰写《回忆严杰人》一文（收入彭燕郊回忆录《那代人》，花城出版社，2010），还存有一批严杰人文章的剪报，文章均出自新中国成立前的报纸。大概彭燕郊生前也曾寻求过严杰人作品集的出版可能，笔者在协助彭燕郊家属清理其作品时，其夫人也曾特别谈及此事。

代中期即生罅隙，工作主要由出版社来操弄①。对于漓江版"犀牛丛书"，彭燕郊措辞激烈的言论亦不在少数，如1989年4月27日他在给梅志的信中写道：自己为"犀牛丛书"组稿10多部，结果书出来，"竟然没有我'主编'的字样，却说这套丛书是某某'倡导'和'帮助'下编的，稿费也没发全，特别气人的是样书至今半年也不送给我，托人去问，置之不理……××对我欺侮，已登峰造极，这笔账当然是要算的，但现在谁又有精神去和这类流氓再打交道！唯一的办法，是设法收回那些稿件，另找出版社，好向热情支持我的朋友有个交代。我就是背着这么个包袱，不能不拼老命走南闯北地奔波。"在1991年1月14日的信中他则谈道："这两年我也渐渐明白了，想做的事不但做不成，还得受多少肮脏气！书编了，出不成，译者只找我，出版社是虱子多了不痒，不算一回事；我得赔复印费、抄稿费、邮费，还得花费大量时间写信解释，请朋友们原谅。前有'漓江'，近有'湖南文艺'，搞得我狼狈不堪。"②

彭燕郊这里所谈到的是名分、费用以及辜负文艺界朋友所托等方面的问题，但丛书终究还是出版了多种。在整个过程之中，彭燕郊有操劳、荐稿乃至奔波之苦，但终究是一个筹划者的角色，本人并无须直接负文字之责（写信、提出丛书方案等不在此列）。稍后彭燕郊直接出任主编的一部诗歌辞典却让其陷入长达数年的纠葛之中。

编"词典"是20世纪80年代后期出版界非常热衷的事务，因"钱途"可观。安徽某出版社所筹划的诗学大辞典显然即是受到此一风气的影响。大辞典拟分"中国卷"、"外国卷"和"理论卷"三大卷，分别请罗洛、彭燕郊和刘湛秋出任主编。彭燕郊被提请，既是由于老朋友张禹、罗洛等"一再介绍"的缘故，想必也是彭燕郊多年来筹划诗歌翻译

---

① 较早出版的"诗苑译林"丛书均有《"诗苑译林"出版前言》，其中有句："特别感谢湘潭大学彭燕郊教授，他在这套丛书的规划、组稿、审校等工作上，都曾付出过辛勤的劳动。"但后来双方生了罅隙，感谢字眼被取消，后期丛书主要也应是由出版社方面来操办的，不过一些译著，如孙钿所译《日本当代诗选》（湖南人民出版社，1987），显然是由彭燕郊组来的稿。双方何以发生罅隙，坊间并没有很明确的说法，彭燕郊本人认为是人事方面的原因，参见易彬《诗人彭燕郊访谈录》（未刊稿）。

② 参见彭燕郊《致梅志》（1989/4/27）、（1991/1/14），载《梅志彭燕郊来往书信全编》，海燕出版社，2012，第176、206页。

丛书、丛刊所积累的名望所致。不过，彭燕郊此前已与出版社打了很多交道，起初对此非常之谨慎，从相关书信可以看出，他 1987 年下半年即接到邀约，但一直到 1988 年中旬出版社派人到长沙，后又寄来聘书，方才开展工作。

联系到此前彭燕郊本人所谈到的诸多想法，这样一部《外国诗大辞典》无疑是很符合其诗学构想的。彭燕郊也的确是抱着很高的期待，组织了相当一批翻译界人士（设副主编 5 人，编委 34 人，工作中心摆在广州外国语学院），他们工作严谨，以图编出一部不同一般的文学辞典的辞典①。此一事件也形成了相当一批书信，涉及的人数当有数十人之多——出版社方面有朱守中、刘明达等；工作方面的则有黄建华、陈实、罗寄一、梁启炎、程依荣、李之义、刘瑞洪、钱鸿嘉等。

综合来看，编纂工作大致上是从 1988 年下半年开始，至 1990 年上半年初步完工，彭燕郊在给朋友们的信中多次传达了喜悦之情。但其后，由于扫尾工作迟迟难以结束，他在给朋友们的信中逐渐多了后悔之意，其中也不乏措辞激烈的言论。直到 1992 年 4 月，才由出版社副总编到彭燕郊处取走文稿——最后形成的书稿字数在 220 万字左右（超出计划 40 万字），词条在 11000 条上下，重量则达到 50 多市斤②。

按说历经数年认真而辛苦的工作，出版方又算是非常之重视——多次派人来长沙，最终还进入了编辑流程，有清样寄来（为 1994 年上半年），并承诺该书已与安徽省政府签了目标责任状，将"限期保质出版"③，出版应是指日可待的事情了。但是，当代出版文化显示了它非常诡异的一面：在未给主编合理解释的情况下，耗费各方人士大量精力的一本书最终居然不了了之④。这种诡异，大抵上只能概括为：不是以文化传承为使命，而是受制于市场或领导意志。彭燕郊生前曾与出版社多番交涉，出版社最终只是退还了

---

① 参见彭燕郊《〈外国诗辞典〉序》，《书屋》2011 年第 12 期。
② 这里关于《外国诗大辞典》相关情况的归纳主要是基于彭燕郊与陈耀球的信。
③ 据 1994 年 4 月 21 日，刘明达给彭燕郊的信。又，8 月 10 日，刘明达在收到校样之后，来信感谢彭燕郊"谨严的精神"，并表示"增强了辞典胜券在握的信心"。
④ 实际上，三种词典仅出版一种，即罗洛主编《诗学大辞典·中国诗歌卷》（安徽文艺出版社，1995）。

全书的目录（厚厚一叠），书稿却始终不见踪影①。

　　花较多篇幅对彭燕郊的出版受挫展开讨论，并非要进行所谓"问责"（实际上，由于种种因素的限制，目前所见基本上还只是彭燕郊单方面的材料），而是借此展开在新时期以来的文化语境之中，其出版行为的复杂境遇：翻译丛书、丛刊的较多出版，使得彭燕郊对于文化及诗歌前途满怀期待，但出版社的意愿变动则往往使他难以招架——历时数年、投注大量心力的《外国诗大辞典》最终未能出版，非常典型地放大了晚年彭燕郊的一大尴尬之处：一介书生，手中并未直接掌握半点出版资源或文化资本，在与出版机构及市场风尚的博弈当中，终难免受挫。这样一种文化挫败，无疑地，也构成了晚年彭燕郊出版事业的重要内容——廓大点说，也构成了20世纪80年代以来文化语境的重要内容。

五

　　1980年，彭燕郊提出筹办大型诗歌翻译丛书的构想，并为之展开了大量工作。不大为文艺界人士注意的是，他在民间文艺界也展开了一系列的工作，其与钟敬文、陈秋子、王文宝、谷子元、龙清涛、唐愍、萧园等人的通信即显示了彭燕郊作为民间文艺工作者的一面。

　　彭燕郊对于民间文学始终怀有比较强的兴趣②，也做了不少实际工作。新中国成立之初，第一次文代会后，彭燕郊曾短期居留北京和钟敬文先生一起编《光明日报》的《民间文艺》副刊——该副刊是"解放后报纸所办的唯一的一份民间文艺副刊"，对新中国民间文艺的发展起到了重要的推动作用③。到湖南之后，彭燕郊曾随湖南大学到益阳、溆浦等地参加土改，其间搜集了大量的各地民间文艺资料，后被聘为湖南通俗读物出版社（即湖南

---

① 近期，唐朝晖发起了寻找彭燕郊手稿的事件，此事经《新京报》（2012/11/15）以《亲属追讨彭燕郊书稿》为题予以报道之后虽造成了一定的媒体效应，但随着出版社人事更迭，下一步如何处置，目前显然还不可确知。

② 2005年之后，笔者开始做彭燕郊的系列访谈，彭燕郊主动提出应谈谈新诗与民间文学的关系，具体文字参见《"民歌精神是非常真实、非常纯朴的"——诗人彭燕郊谈新诗与民歌》，《中国诗人》2011年第3期。

③ 张义德、彭程主编《名人与光明日报》，光明日报出版社，1999，第298~299页。

人民出版社的前身）的编审委员，他编选了《湖南歌谣选》并由该社出版（1954 年）。

因为民间文艺方面的经验与成绩，彭燕郊的民间文艺专家的身份其实也是很突出的——比如，他参加第四次湖南省文代会和全国文代会所在组别均是"民间文学"组，而非"文学"组；其工作，除了民间文艺资料搜集等实践层面外，还包括业务管理、刊物编辑、理论探讨、人才培养等多个方面。他曾任中国民间文艺研究会湖南分会副主席，并参与编辑由该会主编的《楚风》多年；曾撰写《谚语和哲学》《保护民族民间文化：理解和期待》等长篇论文；曾在湘潭大学中文系成立民间文学教研室，并开设"民间文学课程"，还曾与钟敬文先生所在的北京师范大学联合培养了一届民间文学方向的硕士研究生。凡此，均可显现出彭燕郊在民间文艺方面工作的广度。

从彭燕郊所存书信看，钟敬文先生曾多次将其发表在《北京师范大学报》等处的古体诗词寄来（署名"静闻"），并在《喜燕郊北来》一诗中表达了"相期完胜业"的愿望。所谓"胜业"，指的即是"关于民间文学的编集的研究"①；也有北京师范大学、中央民族学院以及湖南本地的相关讲习班邀请彭燕郊讲授民间文学方面课程；有到峨眉山、咸宁、广州等地参加民间文艺方面会议的记载，如 1984 年 5 月底在峨眉山召开的"全国民间文学理论著作选题座谈会"等。书信当中也有祁连休（1937—）、叶春生（1939—）等民间文学研究者的记载。及到 20 世纪 80 年代中期，中国民间文艺家协会、文化部、国家民族事务委员会等机构联合下发文件，要求全国各地大规模开展《中国民间故事集成》《中国歌谣集成》《中国谚语集成》的调查、搜集、整理与编纂工作（简称"三套集成"工作），彭燕郊也曾被湖南省民间文艺研究界委以重任，请他担任其中一套集成的主编，但彭燕郊自觉年事已高，"实不敢担任此种长期性的重任"，最终推却了此一邀约②。

从"三套集成"工作的后续发展来看，其历时之长、涉及人员之多、

---

① 钟敬文：《喜燕郊北来》，《钟敬文文集·诗词卷》，安徽教育出版社，2002，第 192 页。
② 据彭燕郊《致杜平》（1985/9/18），未刊稿。按：杜平为彭燕郊所指导的民间文学方向的硕士研究生。

材料搜集范围之广，的确可称之为一桩"长期性的重任"①。当然，彭燕郊后来对此也还是有所参与，比如他为湘潭地区搜集整理的民间文学集成资料作序等。但在此后的书信当中，已只能非常零星地看到一些彭燕郊参加民间文艺活动方面的信息，比如他到某民间文学讲习班讲课等；而他长期搜集的民间文艺方面的资料最终只能堆积在书房的角落里，无缘得到进一步的整理。②

六

除了上述三种文化身份外，晚年彭燕郊也还有其他一些身份，比如"新四军"身份。彭燕郊与新四军时期战友黄宛年、沈柔坚等人有通信，曾撰写回忆当年新四军经历③及战友辛劳④、丘东平⑤等人的文章，为《烽火诗情新四军诗选》一书作《序》⑥等。又如，文学爱好者、青年学子的精神导师形象。湖南本土文艺界乐于视彭燕郊为大师级人物，视其为长沙的文化地标，前往拜访的人相当之多；全国各地文学爱好者慕名前往或写信求教的也不在少数。此外，因为与莫渝、马文通、陈实等人的大量通信，彭燕郊与港台及海外文艺界人士也有较多联系。莫渝（1948—，本名林良雅）在台湾，为笠诗社同仁；马文通在香港，供职于《大公报》，此二人可谓联结彭燕郊

---

① 据资料，民间文学三套集成工作最终历时约 20 年，"动员了 200 余万人次的基层文化工作者参加调查和搜集，共搜集记录民间故事 184 万篇，民间歌谣 302 万首，谚语 748 万余条，总字数超过 40 亿字。各地编辑地方卷本 4000 余种。"参见向云驹《人类口头和非物质遗产》，宁夏人民教育出版社，2004，第 201～202 页。

② 笔者近期协助彭燕郊家属整理其藏书与遗物，发现其中有大量这方面的材料。据老友黎维新回忆：2008 年春节期间，彭燕郊曾向他表示：多年收集的民间文学资料"放在那里未及整理，真太可惜了"。见黎维新《一个出版人对彭燕郊先生的怀念》，《芙蓉》2008 年第 6 期。

③ 即《流囚九千里——皖南事变后的叶挺将军》《北上抗日行军途中》，分别刊载于《云岭》总第 44 期、第 45 期，2001 年 12 月、2002 年 6 月。

④ 彭燕郊：《他一身都是诗——悼念诗人辛劳》，《新文学史料》2000 年第 2 期。

⑤ 彭燕郊的《傲骨原来本赤心——悼念东平》，初刊于《随笔》2008 年第 2 期，后作为"代序"收入罗飞主编《丘东平文存》（宁夏人民出版社，2009）一书，并与《我的悼念》一文收入许翼心、揭英丽主编《丘东平研究资料》（复旦大学出版社，2011）一书。

⑥ 邵凯生、朱强娣编注《烽火诗情新四军诗选》，安徽人民出版社出版，2005。按：该集收入彭燕郊诗歌 11 首。

与台港地区文艺界的直接纽带——换个角度说，也是促成彭燕郊在台港地区及海外传播的主要人物。莫渝除了书信之外，长期给彭燕郊寄赠《笠》诗刊等资料，而且，因为他的介绍，林海音等人都与彭燕郊有书信往来，商讨梁宗岱译作出版之事。彭燕郊在马文通主编的《大公报》副刊发表了一批作品，施蛰存、罗大冈等也曾通过彭燕郊与马文通等香港文艺界人士建立了联系。

但总体来说，彭燕郊的上述三种文化身份更为突出，更有其话题意义。从实际事务的处理来看，"胡风派"成员、文艺组织者和民间文艺工作者这三种身份，彭燕郊还是有某种主次之分的。比如他民间文艺工作者的身份自20世纪80年代中期之后就已逐渐消退，而"胡风派"成员的身份一直在延续——除了撰写一些回忆文章外，2002年，年过80岁的彭燕郊还到上海参加了"纪念胡风诞辰一百周年暨第二届胡风学术研讨会"，并在会上做了长篇主题报告《世纪之痛的沉重课题——读鲁贞银的〈胡风文学思想及理论研究〉》。此次会议，除了与梅志及贾植芳等10多位健在的"胡风集团"成员聚首外，还别有一重认识，即因读到张业松的《舒芜的两篇"佚文"》而走出历史的"迷误"。其后他写成《我所知道绀弩的晚年》《绀弩与舒芜》以及问答体文章《答客问》，一改此前与舒芜的友人关系，文中对舒芜进行了严厉的批评，并借此对胡风事件展开新的反思。彭燕郊逝世两年后，《答客问》和舒芜女儿方竹以及姚锡佩、叶德浴等人的文章相继见诸《新文学史料》等处，话题再次聚焦于"舒芜评价"这一老问题上，且再次带有某种论争性①。以此看来，胡风、"胡风事件"及相关人物在彭燕郊生前始终缠绕着他；而在他身后一段时间之内，其对于舒芜态度的陡然转变也都将是

---

① 此次重评舒芜的契机是2009年8月舒芜辞世。2009年12月16日，《中华读书报》刊发了李洁非的《反复：舒芜的路》，对舒芜提出批评。2010年1月27日，又刊出舒芜女儿方竹的反驳文章《不幸的思想者舒芜：并非怀有不可告人的卑劣动机》，认为"处于同样的时代大潮中，舒芜的检讨不过是全体检讨中的一份，唯独他加上许多卑鄙的动机，于理不通"。并引述1997年5月9日彭燕郊致舒芜的信，认为彭燕郊是"唯一肯公正讲话的"。《新文学史料》2010年第1期推出"舒芜专辑"，有方竹《知识分子在政治大潮中的宿命——记我的父亲舒芜》、姚锡佩的《往事问天都冥漠——悼舒芜先生》等文，其中亦引述彭燕郊致舒芜的信。该刊第4期又推出叶德浴《彭燕郊与舒芜》（附彭燕郊《答客问》），叶文摘录了2002年之后彭燕郊写给他的6封信，正面申扬了《答客问》的主旨。

一个话题——这种转变发生在 80 高龄之后，彭燕郊也许将成为此一事件的一个特殊个案。

在与姚锡佩、叶德浴等人的信中，彭燕郊谈到要写《绀弩和舒芜》，且自认"联系诗、信，及我亲见亲闻来写，当能廓清迷雾"[1]。但是，严格说来，这一写作计划也未能完成，他实际形成的文本基本上是基于个别历史当事人的"谈论体"，是关于历史的单方面证词，而且，"绀弩与舒芜"的篇幅也着实有限——若将此与 20 世纪八九十年代那些未完成的关于胡风、聂绀弩等人的写作联系起来，那么，在相当程度上可以说，彭燕郊的胡风学生的身份始终具有一种未完成性：其情感形态有着超常的浓度；而就其观念层面而言，彭燕郊关于胡风及相关人事的认识已经达到了超乎常人的"历史的高度"，但其所提供的具有反思意味的文本尚不足以"廓清迷雾"。

彭燕郊的情感与热情是毋庸置疑的，这种"未完成性"或有资料、能力、身体等方面的因素[2]，更有可能是"心有旁骛"、忙于他事——如果说，"胡风学生"的身份是历经较长时间淬炼的一种历史事实，关于胡风的诸种写作是一种历史的要求的话，那么，在文化语境不断开化的背景之下，彭燕郊还是有着强烈的个人诉求的。从前面的描述来看，这种个人诉求大致可归结为借助译介活动来推动当代文艺发展的自觉意识，主要即是由"文艺组织者"的身份来呈现。新时期以来，彭燕郊始终乐此不彼地从事着外国文学的译介等方面的"文艺组织活动"，即便是屡受挫折仍投入大量的心力，"拼老命走南闯北地奔波"。梅志在书信之中多次奉劝彭燕郊，以他的才情，应多写东西——写自己的东西，也包括写和"胡风"有关的东西，"文艺组织者"要耗费大量的精神和时间，对像他这样"能写的人来说是太可惋惜了"[3]。但彭燕郊显然并未听从这样一种善意的提醒，可见彭燕郊在这些方面有着重要的精神寄托和文化抱负。

在《外国诗大辞典》遭受挫折之后，年事已高的彭燕郊在出版组织方面似有所沉寂，但进入 21 世纪之后，彭燕郊还主编了湖南文艺版"散文译

---

① 据叶德浴《彭燕郊与舒芜》所摘录的 2003 年 10 月 4 日彭燕郊的信。
② 这几方面的情况，彭燕郊在致梅志的信中均有谈及。
③ 梅志：《致彭燕郊》（1987/1/14），《梅志彭燕郊来往书信全编》，第 113 页。按：1991 年 12 月 21 日，舒芜在致彭燕郊的信中亦有类似观点。

丛"并作《丛书前言》。国内 2004 年之后陆续出版过一些散文译作，有若干新印的，也有不少是 20 世纪 80 年代湖南人民出版社所出"散文译丛"的重印本。其后，彭燕郊又为花城版《现代散文诗名著名译》丛书作《总序》。而据林贤治的回忆，2007 年底，彭燕郊在信中谈及 2008 年是拜伦诞辰 220 周年，"何不趁此纪念一下，借此张煌鲁迅先生《摩罗诗力说》，对目前迷茫中的诗歌界，应该有振聋发聩的作用"[①]。就其文化效应而言，这些出版或构想，显然已无法与 20 世纪 80 年代相比，"受到读者的热情支持，几乎每隔不到两个月就有一种新书出版，大多数读者都以读到每一种新书为快"——彭燕郊在《丛书前言》中提到的这类情形已不可复现，但还是可以显现出，即便是到了生命的最后时刻，彭燕郊对当代文艺建设方面仍然抱有期待。

与胡风、梅志等人的通信，非常明显地凸显了彭燕郊作为原"七月派"或"胡风分子"的身份，相关话题显示了彭燕郊作为一名"现代作家"在当代文化语境之中如何展开其历史认知与自我辩诘。与众多文艺界人士的通信，在外国文学作品（特别是诗歌）的译介、出版方面所做的大量具体工作，则充分显示了彭燕郊在新的文化语境之中所做出的文化抉择，这种借助译介活动来推动当代文艺发展的自觉意识，大大地拓展了彭燕郊的文化身份，有效地凸显了他在 20 世纪 80 年代以来的文艺建设之中新的、独特的作用。

"诗苑译林"等出版物一经面世即受到文艺界的特别看重。施蛰存当时在给江声（杨德豫）的信中写道："'五四'运动以后，译诗出版物最少，'诗苑译林'出到现在，发表译诗数量已超过 1919 年至 1979 年所出译诗总数。我相信你们这一项工作，对现今及未来的中国诗人会有很大的影响，颇有利于中国新诗的发展。"[②] 彭燕郊先生逝世之后，李冰封在悼念文章中特别呼吁："希望大家千万不要忘记这件"五四"以来，中国当代诗歌出版史上的重要史实。而这件事的首创者，乃是一代诗人彭燕郊。"杨德豫则指出：彭燕郊是"诗苑译林"丛书的"'精神领袖'或'社外主编'，业绩斐

---

① 转引自林贤治《诗人的工作》，《新文学史料》2008 年第 4 期。
② 施蛰存：《致江声》（1989/7/28），《北山散文集》（2），华东师范大学出版社，2001，第 1767 页。

然，功不可没。"诗苑译林"丛书的广大读者，以及更广大的外国诗歌爱好者，都会对彭燕郊教授怀有历久不渝的敬意和谢意。"① 在当事人看来，世事变迁，彭燕郊费尽心力所操持的"诗苑译林"丛书似有被遮蔽、被遗忘之势，故有必要重申其意义。

结　语

在交通不便、现代通讯技术尚不普及的时代，书信是人们进行交流的主要手段，在文献资料的保存方面，书信往往具有不可替代的作用，各种作家全集或文集也往往设有书信卷。孔另境所编选的《现代作家书简》即曾受到学术界的普遍好评，鲁迅在"序言"中即认为：从作家的日记或尺牍这类"非文学类作品"上，"往往能得到比看他的作品更其明晰的意见，也就是他自己的简洁的注释"；能"显示文人的全貌"，"知道人的全般，就是从不经意处，看出这人——社会的一分子的真实。"②

彭燕郊是一名非常热情的书信家，其书信数量自然已难以准确估定，但写作量大、接触面广、信息丰富已是毋庸置疑的。对那些出版过书信集或者多卷本作品集的人物而言，如罗念生、施蛰存③、卞之琳④、罗大冈、梅志、田仲济（1907～2002）、端木蕻良（1912～1996）、徐迟（1914～1996）、贾植芳（1915～2008）、曹辛之、蔡其矫（1918～2007）、绿原（1922～2009）、曾卓（1922～2002）、牛汉（1923～2013）、邵燕祥（1933～）等，致彭燕郊的信均可称为集外佚简，而对于沈宝基、罗寄一、王道乾、叶汝琏

---

① 杨德豫：《彭燕郊教授与〈诗苑译林〉》，《芙蓉》2008 年第 6 期。

② 鲁迅：《序言》，载孔另境编《现代作家书简》，生活书店，1936，第 2 页。按：1997 年 10 月 24 日，施蛰存在致彭燕郊的信中提到此书，并称编者"还有许多余稿，待编续集，现存其女海珠处。八十年代，广州花城出版社曾想印，不知为什么未印成"。见《北山散文集》（2），第 1840 页。

③ 施蛰存文集所录致彭燕郊的信为 1991 年 2 月之后的。彭燕郊生前在清理书信时即已发现不少更早时期的书信和其他资料，2006 年左右，曾委托笔者（当时在华东师范大学中文系攻读博士学位）告知该书责任编辑，但新版《施蛰存全集》之《北山散文集》（华东师范大学出版社，2011）仍未收入这方面的新资料。

④ 从目前笔者所掌握的信息看，陈越、解志熙等正在编选《卞之琳集外文集》，相关书信均会录入。

等原本资料就比较稀少的人物而言，其与彭燕郊的书信更是非常珍贵的文献资料。

对于中国当代文学人物——特别是跨越现当代文学阶段的人物的文献资料建设而言，如何获取更为广泛的资料，以达成对于人物的全方位认识，彭燕郊在这一方面无疑也具有突出的个案意义。就已有彭燕郊作品集的出版情况来看，成型的作品集有两种，即由彭燕郊本人所审定、在其逝世前后所出版的三卷本《彭燕郊诗文集》和三卷本《彭燕郊纪念文集》①。前者按诗歌、散文诗和评论分卷，其中诗歌卷分上、下两册；后者则按诗歌、散文诗和回忆录分卷。撇开版本等问题不论②，其所呈现的彭燕郊形象，基本上就是一位经历了风云变幻的时代、有着漫长写作生涯（1938～2008）的写作者形象，读者借此可以获得关于彭燕郊写作的总体印象，而上面以书信为中心所述及的诸种文献资料，则可大大拓展彭燕郊的历史形象，将有助于学界更为深入、全面地认识彭燕郊——特别是当代文化语境之中的彭燕郊，同时，也将能为 20 世纪 80 年代以来文化语境及文化建设的研究打开新的空间。

当然，与那些已经成型的文献资料相比，这里所面临的问题也比较明显：彭燕郊与友人间的通信，除了前面提到的胡风、梅志、施蛰存、聂绀弩、路翎等人外，仅有与端木蕻良、常任侠、邵燕祥、陈思和与刘志荣、张洪波、余开伟等人的少量书信被披露，学界所知有限；而且，目前绝大部分的彭燕郊去信都还散落在收信人手里，能征集到什么程度，仍然充满了未知数。因此，对于彭燕郊的文化身份及其独特的历史效应的认知也就还有待时日。

（作者单位：长沙理工大学中文系）

---

① 分别为湖南文艺出版社 2006 年出版、花城出版社 2009 年出版。

② 彭燕郊生前对其作品进行了全方位修订，这可视为一位写作者对自我写作行为的最终看法，从文献版本的角度看，即所谓"定稿"。若要全面了解彭燕郊不同时期的写作情况，则还需查找更早的版本。

诗人译诗：承续与拓展

王家新

　　回望百年中国新诗，它不仅一直伴随着翻译，也有赖于翻译。因而我们会看到，一部中国新诗的发展史，同时也是一部诗人译诗的历史，梁宗岱、卞之琳、戴望舒、冯至、穆旦、王佐良、袁可嘉、陈敬容、绿原等前辈都是这方面的开创者。这些优秀的诗人翻译家为新诗的变革和建设带来了最需要的东西，甚至可以说，新诗的"现代性"视野和技艺主要就是通过他们建立的；他们创造性的翻译，不仅使译诗本身成为一种艺术，其优秀译作还和他们的创作一起，共同构成了"我们语言的光荣"。正是由于他们，"诗人作为译者"成为一种"现代传统"，对后来的诗人产生了重要的启示和激励作用。

　　比如说冯至，在我上高中时他早年的抒情诗对我起到了一种唤醒作用，上大学后我第一次读到他翻译的里尔克，则从中受到一次更具有决定性意义的精神和艺术的洗礼。穆旦对我的影响也主要来自于他的翻译，"文革"末期我们就怀着"犯罪般的颤栗"偷读他翻译的普希金（虽然那时还不知道那就是他的翻译），后来读到他翻译的奥登的《悼念叶芝》，一种带着巨大寒意的伟大诗歌骤然出现在我的面前。因此我们在今天接过这一传统，也就是对这些前辈的一种回报和致敬。

　　正如新诗从草创到成熟需要数代诗人的努力，从"五四"前后最初对外国诗的翻译到卞之琳先生所说的"译诗艺术的成年"，也需要经验的积累，甚至需要付出代价。前辈为我们提供了很多有益的经验和参照，比如说穆旦，他充分意识到翻译是一种有所损失但又必须有所补偿的艺术，他的"补偿"策略就很值得我们学习。另外，他的翻译完全不是"信达雅"那一套，他在翻译英国现代诗时不惜打破本土审美习惯，以给我们的语言文化带来刺激，带来新质和异质，这一点也应为我们在今天所坚持。还有王佐良，作为他那一代诗人翻译家的最后一位代表，他对"现代敏感"的强调，他对"语言刷新"的关注，以及他在具体翻译时从容有度、高度练达、充满创造性的处理，在今天仍让我深深敬佩。卞先生早年的译文集《西窗集》是我上大学时的启蒙书之一，他晚年对瓦雷里和叶芝的翻译也使我叹为观止；不过，我对他"形神兼备"的译诗原则及方法有所保留，因为我看到这种亦步亦趋刻意追求与原诗音韵节奏形式上的"形似"也带来了许多问题。翻译是一个充满多种可能性的领域，而不只是这一条路。

老一代诗人翻译家有着他们不可取代的贡献，但也有着他们的局限。比如冯至先生，是他确定了"汉语中的里尔克"的音质和基调，这一点至关重要。但他接受的，主要是早、中期的里尔克，他没有全力去译里尔克后期的两部伟大作品，因为正如他自己坦言："读不懂。"另外从整体上看，老一代翻译家受限于他们的时代，在诗歌观、翻译观和翻译方法上也比较陈旧，许多人谈起翻译来仍不脱"信达雅"的窠臼，除了其中的佼佼者，大多数翻译仍过于拘泥于原作。他们给我们提供的，是一种中规中矩、可圈可点的翻译，但还不是一种具有足够的勇气和创造力的翻译。当然，"作茧自缚"也是一种翻译的美德，但是我期望有一天我们能咬破那层茧，从而迎来一个更伟大的"化蛹为蝶"的时刻。

至于我和我同时代的一些诗人译者的翻译，则从本雅明、斯坦纳、德里达、鲁迅等文人那里获得过一些理论支持，也受到庞德、策兰、穆旦、王佐良等诗人翻译实践的激励和启示。到了我们这一代人，我们不仅要重建"诗人译诗"这个传统，也要尽力为一种新的翻译诗学提供可能，最起码要能够刷新人们对翻译本身、诗歌和语言本身的认知。在一个"信达雅"那一套仍支配着许多人和平庸的翻译比比皆是的环境中，我们也需要一种更富有冲击力的翻译，需要一种能够推进中国诗歌向前探索的翻译，需要一种"为了未来的翻译"。

（作者单位：中国人民大学文学院）

日本中国新诗译介概况

岩佐昌暲

一 日本中国新诗译介历史概况

日本对中国新诗的介绍和研究开始得很早，始于 20 世纪 20 年代初。1920 年，京都帝国大学教授青木正儿（1889—1947）在该大学的校刊《支那学》杂志上，介绍了胡适所倡导的白话诗运动①；紧接着，1922 年出版了大西齐、共田浩编译的《文学革命与白话新诗》一书②，该书首次用日语将中国的白话诗系统地加以译介；之后，又陆陆续续地出版了一些相关书籍。

日本大规模翻译介绍中国新诗，是从中华人民共和国成立开始的。1945 年日本战败，1949 年中华人民共和国的成立，这一系列历史事件对日本知识界来说是一个很大的冲击。在亚洲，日本最早实现近代化，但是这个近代化产生了军国主义，使日本走上了侵略中国以及亚洲国家的道路，发动太平洋战争。丸山升（1931—2006）说，日本人应该学会的近代意识、近代思想在这个侵略的历史过程中几乎没有起过抵抗作用。这是为什么？是一个让

---

① 青木正儿：《以胡适为中心卷起漩涡的文学革命》（上、中、下），《支那学》第 1 卷第 1 号～第 3 号，弘文堂，1920 年 9～11 月。青木于 1921 年 6 月《支那学》第 1 卷第 10 号上翻译了胡适《我的儿子》和康白情《疑问》。

② 大西齐、共田浩编译《文学革命与白话新诗》，东亚公司，1922。该书收译胡适、郭沫若、康白情等的诗作品及论说 50 多篇。

为数众多日本知识分子思考的问题。根据丸山的观察，20世纪40年代后期日本读者要理解中国现代文学的主要动机在于对中国侵略，特别抵抗不了侵略的忏悔和自我批判的意识；20世纪50年代前期又加上了一个新的要素，那就是对美国占领军的占领政策的批判。占领初期，占领军推进日本民主化政策，它被众多日本人民（包括知识分子）所欢迎。可是，中华人民共和国成立后，占领军把政策的重点转到日本国的反共化了。朝鲜战争开始时占领军采取了洗清赤色分子政策，要求企业、媒体、教育机构把在职的共产党人和其赞同人驱逐。这些措施让日本人民意识到占领军是对日本人民的自由和独立的压抑者，社会上传出了"才知道被压迫人民的心"这些话。在这种感情的基础上，日本读者带着忏悔感和共鸣的感情，阅读起描写日本侵略下的中国人民的苦难和抵抗的抗战期间的文学[1]，因此，有关书籍也就不断地被推出。当然这不仅是对文学的关注，更多的是对当时的中国的关注：中国现在发生了怎样的变化？中国的革命是如何成功的？

不只是知识界，国民整体对中国的关注度也在不断提高。在这种情况下，中国的现代文学被广泛地介绍和阅读，从毛泽东的《在延安文艺座谈会上的讲话》[2] 到抗日战争时期的作品，以及解放区创作的作品，等等，仅新诗而言就有许多翻译的书籍[3]。

但是，随着日本经济复兴，进入高速增长期以后，人们渐渐地对中国文学不那么感兴趣了。这其中主要原因是中国社会主义建设时期的文学，特别是1957年反右斗争以后的文学没有什么新的发展，极端政治化、概念化的作品流布很广，"中国现代文学没有意思"这种评价开始广泛流传。与此同时，由于当时日本长期采取在政治上封锁中国的政策，所以人们开始逐渐失

---

① 根据丸山升《中国现代文学在日本》（《鲁迅·文学·历史》，汲古书院，2004年10月）整理，文责自负。

② 《文艺讲话》日语版的最早版本是八木章（新中国成立初期的北京电台的日本专家）在沈阳出刊的日语报《民主新闻》上译介的（未看）。日本国内出版的是新日本文学会译《现阶段中国文艺的方向》，十月书房，1950。书名不一样，但是内容跟"讲话"是一致的。最早以原名翻译出版的为鹿地亘（1903—1982）译《1942年在延安文艺座谈会上的讲话》，鸽书房，1951。

③ 比如，世界抵抗诗刊行会编译《中国抵抗诗集从延安到北京》，大月书店，1951；仓石武四郎译《冬儿姑娘（谢冰心自选集）》，河出书房，1951；须田祯一译《郭沫若诗集》，未来社，1952；坂井德三译《中国解放诗集》，鸽书房，1953；竹内好译，鲁迅《野草》，筑摩书房，1953，等等。

去对中国的亲近感；加之中国又开始了"文化大革命"，日本就更不对中国的新文学进行介绍了，特别是新诗，再也没有译介过。在新诗研究方面也是如此，除了郭沫若、何其芳、艾青等诗人以外，基本上再也没有任何中国诗人成为日本文人研究的对象了。

阪口直树（1943年生，同志社大学教授，已故）有一篇《现代中国文学研究50年》，发表在日本现代中国学会会刊《现代中国》75号上[①]。据阪口直树的统计，从20世纪60年代到70年代，日本的中国文学研究对象只是一些已有定评的作家，如鲁迅、郭沫若、茅盾、老舍、丁玲等，而对当时中国所开展的文学活动根本就不感兴趣。他提到在日本，从1945年到1977年，日本文人对中国现代诗人的研究论文数量为：郭沫若78篇，胡风23篇，何其芳12篇，艾青10篇，冰心8篇，李广田8篇，闻一多7篇，朱自清5篇，田汉4篇，徐志摩1篇。

日本对中国文学研究与介绍的再次兴起，正值中国"文化大革命"结束，新时期文学开始的时期。据阿部幸夫、松井博光的从1977年到1986年的中国文学研究文献一览[②]表所示，此期研究对象较多。

到了20世纪80年代和90年代后，日本国民对中国文学的热衷度已超过战败初期。据阪口先生调查的1989年到1995年的资料得知，在这个时期作为研究对象的作家更多。

但是，不管是哪个时期的调查统计，除了何其芳以外，没有一个现代诗人能入列前几位，即使扩展到第50名，也只有艾青、谢冰心、闻一多、朱自清、徐志摩等能入列其中。这说明，在日本的中国现代文学研究中对现代诗的研究和介绍与小说相比要少得多。那么实际情况确实如此吗？2005年，我对日本1990年以来15年研究中国现代诗的情况进行了调查，调查资料的来源是日本中国学会年刊上刊登的会员每年发表的文献目录——该会是日本最大的汉学者的学术组织。该文献目录虽然未能把全日本的资料文献都收录，不过目录上的资料基本网罗了主要大学的研究刊物刊登的文章，及以诗

---

①　阪口直树：《现代中国文学研究50年》，日本现代中国学会，《现代中国》75号，2001年10月。

②　阿部幸夫、松井博光编《中国现代文学研究的深化与现状——日本研究中国文学（现代/当代）文献目录：1977～1986》，东方书店，1988。

歌出版为主的出版社出版的有关中国现代诗的书籍，可以说能够反映这个时期日本的中国现代诗翻译与研究的情况①。根据资料，从 1990 年到 2004 年日本对中国现代诗的翻译与研究状况是这样的——这是 10 年前的资料，这以后的资料我还没有整理好，10 年间日本对中国新诗的翻译、研究还是有发展的，这绝不能反映日本现阶段的翻译研究的实际情况。

从 1990 年到 2004 年，这 15 年里，日本研究、介绍的作家有何其芳、艾青、徐志摩、鲁迅、老木、北岛、陈千武、丁玲、徐玉诺、芒克、冯至、废名、卞之琳、舒婷、杨炼、顾城、韩东、穆木天、胡适、闻一多、牛波、纪刚、郭沫若、朱湘、国洪、穆旦、铃木尔·达瓦买堤、毛泽东、梁上泉、雷石榆、林徽因、梁宗岱、郭路生、戴望舒、田晓青、方含、严力、多多、雁翼、阿垅、谢冕、郑敏、戈麦、周作人、田奇、翟永明、闻一多、谢冰心、杨牧（台湾）、林享泰、张虹、李魁贤、李敏勇、路寒袖、于右任、臧克家、王家新、高红十、李广田、杨华、陈义芝、焦桐、许悔之、杨牧（中国大陆）、余光中、郑愁予、白萩、王良和、郑振铎、王润华等。

以上这些作家中同时被多个日本研究者研究的有何其芳、艾青、徐志摩、鲁迅、老木、北岛、芒克、冯至、卞之琳、舒婷、杨炼、顾城、韩东、郭沫若等诗人。

在新中国成立前就活跃于文坛的中国诗人中，艾青、何其芳、徐志摩、闻一多等多次成为日本研究者的研究对象；新时期以后的朦胧诗和新时代诗人也常常成为研究对象。2002 年以后，中国台湾的诗也越来越引起日本文人的关注，有关台湾诗的介绍也有所增加。

这里重点介绍"文革"后 35 年日本新诗译介的情况和对此个人之私见。

二 "文革"后的日本有关中国新诗的书籍出版情况

从 1977 年到 2015 年大约 37 年中，日本出版了 116 本在中国大陆、台

① 岩佐昌暲：《最近 15 年（1990～2004 年）日本对中国新诗研究·介绍——文献目录（未定稿）》。这是 2006 年 9 月在重庆西南大学召开的"第 2 届华文诗学名家国际论坛"上发布的资料，没有公开发表。

湾及香港创作的新诗翻译、研究和资料等书籍①，其细目如下：诗选 25 本，个人诗集 62 本，研究专著（包括评论及传记）25 本，资料集（目录、索引及专题作品集）7 本。

　　本文通过分析 116 本书来归纳日本介绍中国新诗的概况。1949 年中华人民共和国成立后日本大量翻译介绍中国新诗，1977～2001 年中国诗选和个人诗集的出版总数为 44 本，其中大陆 40 本，台湾 4 本。2002 年以后这种情况发生了变化，翻译介绍台湾新诗作品的书籍开始增加，而到今年为止其数目已经出现逆转。2002 年以后日本出版的中国新诗作品总数为 40 本，其中大陆 14 本，台湾 25 本，香港 1 本，翻译介绍台湾新诗作品的数量大大超过了翻译介绍大陆新诗作品的数量。那么，日本是如何接受中国新诗的呢？

三　台湾新诗在日本的出版

　　1972 年日中两国邦交正常化之前，日本政府一直承认台湾当局是正统政权，但是日本民间"革新势力"（日共、社会党以及由他们组织领导的工会、农民组织、民主团体、学生团体，还有知识界的进步人士等构成的社会力量）认为中华人民共和国是崇尚"进步、民主、和平、清新"的政治力量，所以把台湾政权视为"反动、非民主、腐败、黑暗"的统治集团。在这种情况下，日本的中国学界渐渐形成了无视台湾研究、忌讳台湾研究，甚至不敢研究台湾的风气，所以抗战胜利后日本的中国学研究，无论哪个领域其主要研究对象都是中国大陆，而对台湾地区的研究成了支流。

　　台湾于 1987 年解除"戒严令"，同时出现了社会民主化和统治体制的"台湾化"，学界确立了"台湾文学"这个学术领域。1997 年淡水学院（现真理大学）设置了台湾文学系，之后台湾各大学纷纷设置台湾文学系，2000 年成功大学研究生院设置了硕士班，2002 年设置了博士班。如此，台湾文学研究有了长足的发展，而今已经成为学术界的"显学"。1994 年 11

---

　　①　参照资料《最近 35 年日本有关中国新诗图书目录》。

月清华大学（新竹）举办了"日据时期台湾文学国际会议"，台湾文学登上了国际学术舞台。以此为契机，日本与台湾地区的文学研究者展开了交流，并且越来越紧密。

1977年，当学界还在避讳台湾研究时，"台湾史研究会"却在天理（奈良）成立；随后，1978年"台湾近现代史研究会"在东京成立；1981年关西的中国文学研究者组织了"台湾文学研究会"；1995年"台湾史研究会"发展为"天理台湾学会"。关东、关西两地的这些学术团体都定期召开研究会、出会刊，在这些脚踏实地的研究活动基础上，于1997年10月成立了"日本台湾学会"。这些团体收集、整理有关资料，为日本的台湾地区研究（包括台湾文学研究）打下了坚实的学术基础。

台湾文学研究的骨干力量是原本研究中国大陆现代文学的研究者，他们在以往的文学研究方面取得了丰富的研究成果，所以他们不是改行重新开始研究，而是把自己对中国文学的研究领域扩大到台湾文学。在日本，对台湾现代诗歌的研究现在很活跃。除了在出版资料（《最近35年日本出版有关台湾新诗的图书目录》）里介绍的书籍以外，还在台湾学会、天理台湾学会等学术刊物上发表研究论文。思潮社（出版日本诗歌月刊《现代诗》的出版社）等出版社也支持台湾新诗，经常举办以台湾诗歌为题目的论坛、座谈会等。

2002年以后，在日本出版的诗集全部得到了台湾有关当局的出版资助；最近几年，除了新诗之外的台湾文学作品陆续翻译出版，其中很多都得到了资助。在日本，诗集这样的出版物市场规模极小，愿意出版诗集的出版社几乎没有，只有靠自费才能出版。这是一个普遍现象，因此中国新诗的翻译出版就更困难了。在这种情况下，日本不断地出版有关台湾新诗的书籍，是因为离不开台湾有关当局的资助。

即使有台湾的资助，如果翻译者认为作品的艺术水平不高，那也不会出现台湾新诗集译介繁荣的现象。长期译介中国大陆新诗的是永骏教授，他20世纪90年代初在美国、加拿大访问时认识了不少北美的中国台湾诗人。他回忆说：诗人郑愁予"有不齿同时代的大陆诗人的自负"，感受到在美台湾诗人对同时代大陆诗歌的"冷淡的视线"。以此为开端，他开始集中阅读台湾诗人（他列举了郑愁予、痖弦、洛夫、余光中等名字）的作品，意识到"台湾诗人有这样的自负很有道理"①。在日本，台湾新诗翻译者大部分跟我年龄相仿或者比我稍微年轻一点儿，都是研究中国大陆新诗大有成绩的学者。我认为他们热衷于译介台湾的新诗，是因为他们高度评价其艺术水平。这些翻译者抱有"一定要把台湾新诗介绍给日本读者"这样一个信念，这是台湾新诗的魅力使然，毋庸置疑。

四　大陆新诗在日本译介的情况

下面我谈谈日本对中国大陆新诗译介的特点。

（1）新诗"研究"与"翻译介绍"的偏差

1976 年后日本翻译出版的中国大陆诗集一共有 40 本，从被译介的诗人来看，这些诗集的出版并未正确反映出日本研究中国新诗的实际情况，也未考虑到这些诗人在中国新诗史上的地位。而新诗史上的重要诗人——比如谢冰心、闻一多、徐志摩、蒋光慈、李金发、胡风等，在日本有不少读者关注他们，欣赏他们，学界对他们的研究也比较深入，研究论文也不少，但是他们的诗集却不在上述译介之列。相反，那些很少甚至不被研究的诗人，学界不重视、各种诗选也没采录的诗集却在日本出版了，这也许跟翻译者与诗人的个人关系有关联。所以我要指出的是，被译介的诗人并不意味着他得到了日本学界或新诗研究专家们的高度评价。

当然诗人的知名度不等同于其作品的艺术价值，并且翻译文学作品这个工作离不开翻译者的那种非译不可的冲动和激情，所以翻译者只要看中作品就会去译，根本不会顾及其本国学界对该作家的评价如何。比如台湾从1949 年到 1987 年"戒严"期间奖励"反共文学"，而那些不愿写"反共文学"的作家们则根据个体内心世界的真理创作其文学作品。不管他们的作品在政权公认的文学史上的评价如何，外界都给予其高度评价。

虽然如此，我依然认为，对不太了解中国大陆新诗但又对其感兴趣的日本读者来说，他们只能通过被译介的作品来了解新诗，所以翻译者在选择译介对象时还是应该考虑如何让读者了解中国新诗。

---

①　是永骏：《系列台湾现代诗Ⅱ》后记，图书刊行会，2004。

（2）作为重要研究对象的诗人及其作品不一定被译介

由于在日本出版译介中国新诗的书籍（无论作家多有名）不盈利，所以出版社不愿意出此类书，翻译者只能自费出版。这是中国大陆诗人诗集的出版数量少于台湾地区的重要理由，可是根本原因却在于日本对中国大陆现当代文学不够重视。日本有句嘲讽日本现代诗歌的话：“读诗的只有写诗的，买诗集的只有诗人。”这说明现代诗歌不受重视。连日本诗歌都如此被冷落，更何况中国大陆新诗。

但是中国诗歌并非都不受欢迎。以唐诗为代表的古典诗歌，日本人自古以来就很是欣赏，人们从初中就开始学习比较简单而且容易背诵（按照日本传统的训读方式来读）的唐诗，普通老百姓也能背诵一两句有名的诗句。唐诗是日本人的文化基础素养，有关唐诗的书籍在日本拥有广泛的读者群。那么，为什么中国古典诗歌如此受欢迎，而现代诗歌却遭遇冷落呢？这不仅是研究新诗的日本学者（同时也是新诗翻译者）所面临的问题，也是中国诗歌界人士值得思考的问题。

（3）日本读者对当代新诗作者的偏爱

日本翻译中国当代诗人北岛、芒克、舒婷、杨炼等朦胧诗作家的诗集最多，一共7本；从发表的研究论文的数量上可以看出学界对朦胧诗的重视。

日本翻译出版中国大陆哪个诗人的诗集，是由日本知识阶层、媒体及报界对中国的关注（包括政治关注）所左右的，所以我认为日本对中国大陆新诗的译介，不能说在对被译介的诗人的全面性研究的基础上进行。这是日本媒体、出版界和学界各有的利害带来的情况，不能一下子解决，但是还是需要克服的课题之一。

[附录]

资料1　最近35年日本有关中国新诗图书目录

凡例

1. 本目录收录了1977年至2014年9月在日本出版的中国大陆、台湾、香港等地发表的中国新诗作品和相关研究、资料及新诗专集杂志。

2. ○印是有关台湾诗歌的图书；△印是有关香港诗歌的图书。于作家国籍，凡是印有“台湾现代诗”之类文字的都归类于台湾。

3. 本目录为日语版（岩佐编写），所述书名为原名。因时间有限没有翻译，请谅解。

1977 年

7 月　須田禎一編訳 郭沫若選集編集委員会編　郭沫若選集 5『郭沫若詩集』雄渾社

11 月　井口克己編訳『中国人民詩集　1976 年　文化大革命の轟』たいまつ社

1978 年

8 月　井口克己編訳『中国人民詩集　1977 年　大乱から大治へ』たいまつ社

1979 年

2 月　○北原政吉編『台湾現代詩集』もぐら書房

8 月　藤本幸三編訳 童懐周『中国が四人組を捨てた日－ドキュメント『天安門詩文集』』現代史出版会

10 月　井口克己編訳『中国人民詩集　1978 年　四つの現代化』たいまつ社

1980 年

7 月　竹内好改訳 魯迅『野草』岩波書店（岩波文庫）

1982 年

6 月　彭銀漢訳 郭沫若『郭沫若詩集―対訳』花曜社

1983 年

4 月　尾坂徳司編訳『中国新詩歌四十首』燎原書店

7 月　竹内好訳『魯迅文集 第 2 巻　野草・朝花夕拾・故事新編』筑摩書房

1984 年

1 月　蒼土舎『詩人黄瀛　回想篇・研究篇』蒼土舎

1985 年

1 月　吉田富夫『“五四”の詩人　王統照』（京都大学人文科学研究所・五四運動の研究 9）同朋社

1986 年

7 月　○北影一訳編『台湾詩集』土曜美術社（世界現代詩文庫）

1987 年

6 月　○北影一訳 李魁賢『楓の葉―李魁賢詩集』アカデミー書房

9 月　稲田孝訳『艾青訳詩集―芦の笛　現代中国の詩星』勁草出版サービスセンター

1988 年

1 月　是永駿訳編『北島（ペイ・タオ）詩集』土曜美術社（世界現代詩文庫 13）

4 月　財部高子，穆広菊編訳『億万のかがやく太陽―中国現代詩集』書肆山田

7 月　田端宣貞訳『中国青年詩選』詩学社

1989 年

5 月　○陳千武・北原政吉編『台湾現代詩集 続』もぐら書房

6 月　前川幸雄訳『大地への恋―田恵剛詩集』品川書店

10 月　刈間文俊、白井啓介、白水紀子、代田智明訳 Geremie Barme, John Minford 編『現代中国文芸アンソロジー　火種　SEED OF FIRE』凱風社

11 月　秋吉久紀夫訳編『馮至詩集―現代中国の詩人』土曜美術社

1900 年

5 月　佐々木久春編訳『現代中国詩集』土曜美術社（世界現代詩文庫 17）

10 月　是永駿訳『芒克（マンク）詩集』書肆山田

1991 年

1 月　秋吉久紀夫訳『何其芳詩集―現代中国の詩人』土曜美術社

3 月　前川幸雄，馬国梅，睦幸子訳『桜梅集―劉斌詩集』福井県詩人懇話会

5 月　岩佐昌暲編集『朦朧詩―その誕生と挫折』『季刊　中国研究』20 号 中国研究所

11 月　是永駿訳、北島『ブラックボックス』書肆山田

11 月　片山智行『魯迅「野草」全釈』平凡社（東洋文庫 541）

12 月　是永駿訳、芒克『時間のない時間』書肆山田

1992 年

2 月　是永駿編訳『中国現代詩三十人集—モダニズム詩のルネッサンス』凱風社

2 月　秋吉久紀夫訳編『卞之琳詩集—現代中国の詩人 』土曜美術社

1993 年

2 月　秋吉久紀夫訳編『陳千武詩集—現代中国の詩人』土曜美術社出版販売

11 月　浅見洋二訳『牛波詩集』書肆山田

1994 年

3 月　秋吉久紀夫編訳『精選中国現代詩集—変貌する黄色の大地』土曜美術社出版販売（世界現代詩文庫 20）

5 月　秋吉久紀夫訳編『穆旦詩集—現代中国の詩人』土曜美術社出版販売

6 月　佐藤竜一『黄瀛—その詩と数奇な生涯』日本地域社会研究所

7 月　宇田礼『声のないところは寂寞—詩人・何其芳の一生』みすず書房

12 月　佐々木久春訳、舒婷『始祖鳥—詩集』土曜美術社出版販売

1995 年

3 月　秋吉久紀夫訳編『艾青詩集—現代中国の詩人』土曜美術社出版販売

8 月　池澤實芳，内山加代編訳『もう一度春に生活できることを—抵抗の浪漫主義詩人　雷石楡の半生』潮流出版社

1996 年

5 月　秋吉久紀夫訳編『戴望舒詩集—現代中国の詩人』土曜美術社出版販売

7 月　財部鳥子，是永駿，浅見洋二訳編『現代中国詩集』思潮社

1997 年

3 月　秋吉久紀夫訳編『阿壟詩集—現代中国の詩人』土曜美術社出版

販売

　　3 月　丸尾常喜『魯迅『野草』の研究』汲古書院（東京大学東洋文化研究所研究報告）

　　4 月　劉暢園著，陳淑梅訳『ふたたびの春一劉暢園詩集』花神社

　　6 月　秋吉久紀夫『陳千武論--ひとりの元台湾特別志願兵の足跡』土曜美術社出版販売

　　10 月　中国文藝研究会『今天（1978—80）覆刻版』中国文藝研究会

　　11 月　岩佐昌暲編『詩刊（1957—1964）総目録・著訳者名索引』中国書店（福岡）

1998 年

　　1 月　宋益喬著，内海清次郎訳『青年・梁実秋伝—ある新月派評論家の半生』埼玉新聞社

　　3 月　秋吉久紀夫訳編『牛漢詩集一現代中国の詩人』土曜美術社出版販売

　　9 月　ギャラリー沢編『尹世霖の童詩の世界展一現代中国の朗誦詩の紹介』東京文献センター

1999 年

　　3 月　秋吉久紀夫訳編『鄭敏詩集一現代中国の詩人』土曜美術社出版販売

　　12 月　金子総子編著『尹世霖・現代中国朗誦詩の世界』東京文献センター

2000 年

　　1 月　〇保坂登志子訳　陳千武『猟女犯—元台湾特別志願兵の足跡』洛西書院

　　8 月　前川幸雄訳『田奇詩集』朋友書店

　　10 月　秋吉久紀夫編訳『現代シルクロード詩集』土曜美術社出版販売 世界現代詩文庫　30

　　10 月　鈴木義明訳 聞黎明『聞一多伝』北京大学出版社

　　11 月　是永駿編訳『戈麦—戈麦詩集』書肆山田

2001 年

　　3 月　岩佐昌暲、劉福春編『紅衛兵詩選』中国書店（福岡）

2002 年

1 月　○林水福編、是永駿編訳、上田哲二訳『台湾現代詩集』国書刊行会

9 月　前川幸雄訳注，王少英訳　張虹『赤私のカラーーー張虹詩集』朋友書店

12 月　○林水福編、上田哲二、島由子、是永駿編・監訳『李魁賢・李敏勇・路寒袖』国書刊行会（シリーズ台湾現代詩 1）

12 月　○下村作次郎訳『台湾原住民文学選 1　名前を返せ』草風館

12 月　武継平『異文化の中の郭沫若—日本留学の時代』九州大学出版会

2003 年

2 月　○日本・台湾現代詩共同翻訳セミナー共同編訳、秋吉台国際芸術村編　陳義芝『服の中に住んでいる女』思潮社

2 月　日本・台湾現代詩共同翻訳セミナー共同編訳、秋吉台国際芸術村編　焦桐『黎明の縁』思潮社

8 月　内山加代訳　雷石楡『八年詩選集』潮流出版社

10 月　今辻和典　柏楊『柏楊詩集』遠流出版事業（台北）

12 月　劉燕子編訳『黄翔の詩と詩想—狂飲すれど酔わぬ野獣のすがた』思潮社

2004 年

2 月　○松浦恒雄、上田哲二、島田順子訳、林水福編、是永駿編『陳義芝・焦桐・許悔之』国書刊行会（シリーズ台湾現代詩 2）

12 月　竹内新訳，田原編『中国新世代詩人アンソロジー』詩学社

12 月　○上田哲二、三木直大、是永駿、島田順子訳、林水福編、是永駿編『楊牧・余光中・鄭愁予・白萩』国書刊行会（シリーズ台湾現代詩 3）

2005 年

2 月　竹内新訳　麦城『麦城詩選』　澪標

3 月　浅見洋二編訳『幸福なる魂の手記—楊煉詩集』思潮社

3 月　小山旭訳　欧卓君『卓君心雨—欧陽卓君詩集』日本橋報社

　　6 月　大高順雄，藤田梨那，武継平訳 郭沫若『桜花書簡：中国人留学生が見た大正時代』東京図書出版会

　　6 月　斎藤孝治『シュトゥルム　ウント　ドランク　—疾風怒涛』〔郭沫若伝〕（上）（下）シュトゥルム　ウント　ドランク編集出版委員会

　　9 月　坂井洋史『懺悔と越境—中国現代文学史研究』汲古書院

2006 年

　　3 月　宇野木洋『克服・拮抗・模索——文革後中国の文学理論領域』世界思想社

　　3 月　○三木直大訳　陳千武『暗幕の形象—陳千武詩集』思潮社（台湾現代詩人シリーズ1）

　　3 月　○松浦恒雄編訳　痙弦『深淵—痙弦詩集』思潮社（台湾現代詩人シリーズ2）

　　3 月　○上田哲二編訳　楊牧『カッコウアザミの歌—楊牧詩集』思潮社

　　11 月　竹内新訳，田原編『中国新世代詩人アンソロジー　続』詩学社

　　12 月　○三木直大編訳　林亨泰『越えられない歴史—林亨泰詩集』思潮社（台湾現代詩人シリーズ3）

　　12 月　○上田哲二編訳　張錯『遙望の歌—張錯詩集』思潮社（台湾現代詩人シリーズ4）

2007 年

　　8 月　竹内新訳　駱英『都市流浪集』思潮社

　　11 月　○上田哲二『台湾モダニズム詩の光芒』三恵社

　　12 月　○池上貞子編訳　焦桐『完全強壮レシピ—焦桐詩集』思潮社（台湾現代詩人シリーズ5）

　　12 月　○三木直大編訳　許悔之『詩化の悲しみ—許悔之詩集』思潮社（台湾現代詩人シリーズ6）

　　12 月　○上田哲二　楊牧『奇莱前書—ある台湾詩人の回想』思潮社

2008 年

　　6 月　△也斯・四方田犬彦著、池上貞子訳『いつも香港を見つめて—往復書簡』岩波書店

2009 年

2 月　是永駿　北島『北島詩集』思潮社

2 月　○池上貞子　席慕蓉『契丹のバラ—席慕蓉詩集』思潮社（台湾現代詩人シリーズ7）

2 月　○三木直大　向陽『乱—向陽詩集』思潮社（台湾現代詩人シリーズ8）

9 月　宇田禮『艾青という詩人　中国人にとっての二十世紀』新読書社

2010 年

2 月　○上田哲二　陳黎　『華麗島の辺縁』思潮社

3 月　松浦恒雄　駱英『小さなウサギ』思潮社

7 月　岩佐昌暲，藤田梨那，武継平 編著『郭沫若の世界』花書院

11 月　鄧捷　『中国近代詩における文学と国家—風と琴の系譜』お茶の水書房

12 月　秋吉久紀夫『中国現代詩人訪問記』中国書店（福岡）

2011 年

3 月　佐藤普美子『彼此往来の詩学—馮至と現代中国詩学』汲古書院

4 月　岩佐昌暲，藤田梨那，岸田憲也，郭偉編『日本郭沫若研究資料総目録』明徳出版社

4 月　藤田梨那訳 郭沫若『女神：全訳』明徳出版社，

4 月　△池上貞子　也斯『アジアの味』思潮社

7 月　○三木直大　鴻鴻『新しい世界』思潮社（台湾現代詩人シリーズ9）

8 月　○佐藤普美子　陳育虹『あなたに告げた』思潮社（台湾現代詩人シリーズ10）

11 月　佐藤普美子訳　盧文麗『西湖詩篇（中国現代文学選集）』トランスビュー

12 月　○松浦恒雄　洛夫『禅の味』思潮社（台湾現代詩人シリーズ11）

2012 年

1 月　池上貞子　杜国清『ギリシャ神弦曲』思潮社（台湾現代詩人

シリーズ12)

1 月　〇三木直大　陳克華『無名の涙—陳克華詩集』思潮社（台湾現代詩人シリーズ13）

3 月　岩佐昌暲編訳　謝冕『中国現代詩の歩み』中国書店

12 月　竹内新訳　田禾『田禾詩集』思潮社

12 月　竹内新訳　駱英『第九夜』思潮社

2013 年

3 月　岩佐昌暲『中国現代詩史研究』汲古書院

2014 年

2 月　田島安江、馬麗訳編『牢屋の鼠—劉暁波詩集』書肆侃侃房

3 月　秋吉久紀夫『中国詩人論』土曜美術出版販売

资料 2　日本研究中国新诗的主要学者

在日本研究中国新诗的老一代学者中，秋吉纪夫先生（1930 年生，九州大学名誉教授）是首屈一指的专家。秋吉先生以专人研究杂志《中国文学评论》和《天山牧歌》为园地，展开对现代中国诗人的介绍、研究工作，其成果结集为《现代中国诗人》系列丛书，共 10 册。另外，他还编著了好几本现代中国诗选，为日本的中国现代诗研究做出了很大贡献。宇田礼（1930 年生）也是一位很早就开始研究现代诗的学者，他撰写了多部关于何其芳研究的著作。

还有佐佐木春久（1934 年生，秋田大学名誉教授），虽然不是专门研究中国文学的学者，但是为翻译中国现代诗也做出了很大贡献，当然他的翻译以及对中国现代诗的某些认识还存在不少问题。除此以外，还有财部鸟子（1933 年生，诗人）和吉田富夫（1935 年生，佛教大学教授）也值得一述。财部是一位在中国长大的诗人，她和永骏一起致力于向读者介绍 1976 年以后的中国新诗；吉田是著名的中国当代文学专家，这几年陆续翻译了莫言的小说，他有研究王统照诗歌的专著。

与上述学者相比，稍微年轻一些的学者有是永骏（1943 年生，立命馆亚洲太平洋大学校长）和阪井东洋男（1942 年生，京都产业大学校长），我（岩佐，1942 年生）也算这一代吧。是永不仅把北岛、芒克的诗全面介绍给日本读者，而且还在将朦胧诗以后诗人的作品译介方面投入了很大的精力；

阪井研究舒婷、艾青有成绩，近年来他又将研究领域扩展到"文革"时期的文学；我主要研究的是朦胧诗的历史和理论，并且撰写了一系列相关论文。稍微年轻一些的池上贞子（集迹见学园大学教授）本人是诗人，也是著名张爱玲专家，研究台湾诗人。

比上述几位学者更年轻的学者中，比较突出的有三木直大（1951年生，广岛大学教授）、松浦恒雄（1957年生，大阪市立大学教授），还有佐藤普美子（驹泽大学教授）等。三木研究戴望舒等，松浦研究九叶派诗人，佐藤研究冯至和九叶派诗人，他们在各自的研究领域都取得了出色的成果。但是，近年来他们三位的视线逐渐转移，三木、松浦开始转向台湾地区的诗人，佐藤则开始转向研究朦胧诗以后的诗人，她对20世纪90年代以后诗歌的研究和介绍都取得了显著的成果，最近她主编了《九叶读诗会》。

除此以外，活跃于汉学界的年轻一代研究现代诗的学者有牧角悦子（二松学舍大学教授）和栗山千香子（中央大学副教授），她们在闻一多诗歌研究方面成绩斐然——牧角是日本闻一多学会的负责人；另外，会长铃木义昭（早稻田大学教授）也是众所周知的研究闻一多诗歌的学者，他曾翻译过《闻一多传》。栗山除了研究闻一多以外，还研究新时期的诗歌，小说方面她研究史铁生。新月派诗人在日本学界很受欢迎，研究新月派的比较多，其中成绩可见的有渡边新一（中央大学教授）、加藤阿幸（清和大学教授）、星野幸代（名古屋大学副教授）和楠原俊代（同志社大学教授）等；年轻一代新月派研究代表人物是邓捷（关东学院大学副教授）。

关根谦（1951年生，庆应义塾大学教授）研究阿垅；池泽实芳（1953年生，福岛大学教授）研究王独清。最近开始译介新诗的有西槙伟（熊本大学教授），他原来研究丰子恺，最近大量地翻译冯至和陈敬容的诗歌。

浅见洋二（1960年生，大阪大学副教授）是研究所谓新潮诗的学者，他所写出的论文水平相当高。其实他本来是研究宋代诗歌的学者，而且翻译过牛波的诗。此外，在研究台湾诗歌方面有所成就的有上田哲二（1954—2012年，台湾慈清大学教员）、岛田顺子（1959年生，大阪外国语大学兼任讲师）；研究郭沫若诗歌的学者有武继平（福冈女子大学教授）和横打里奈（东洋大学兼任讲师），其中武继平的成就最出色——他是在我那里取得学位的九大博士；还有研究朦胧诗的工藤明子和岛由子。

鲁迅研究是现代日本中国学界的主要研究领域，最高权威当推藤井省三（1952 年生，东京大学教授），他对现代诗歌也非常感兴趣，并专门为读者介绍新潮诗以及台湾诗歌。鲁迅的散文诗集《野草》也是很多鲁迅研究者研究的对象，最早的翻译是著名的鲁迅专家竹内好（他原是东京都立大学教授，因 1960 年日本政府在国会强行决议日美安全保证条约，抗议政府辞职），他翻译过《野草》（岩波书店，1955 年出版）。研究鲁迅的专著有两本，一本是片山智行（大阪市立大学教授名誉教授）的《鲁迅〈野草〉全释》（平凡社，1991 年出版），一本是丸尾常喜（东京大学名誉教授，已故）的《鲁迅〈野草〉的研究》（东京大学东洋文化研究所，1998 年出版）。丸尾的翻译在总结了前人的研究成果的基础上，进一步对《野草》进行了详细的注释，可以说是《野草》研究的集大成之作。片山和丸尾两位先生对鲁迅诗歌研究的贡献也很大，他们都是东京大学毕业生，后来都考入大阪市立大学大学院，因为当时大阪市大文学部中文专业有增田涉教授（师从鲁迅的唯一日本人）。我也是大阪市大的毕业生，我考入时增田教授还在。因为是同乡，增田先生对我特别好。增田先生与竹内好先生都是战前"中国研究会"成员，他们很熟，所以我们也自然而然地对鲁迅、日本"中国研究会"等名字有亲近感。研究鲁迅诗歌和日本文学之间关系的学者是秋吉收（九州大学副教授）。

还有虽然不做专门研究，但是积极地向读者介绍中国现代诗歌的刘燕子（杂志《蓝·BLUE》的主编），她主办的杂志《蓝·BLUE》是"中日双语文艺杂志"，自从创刊以来，即把中日两国的文学作品与研究论文相互翻译并且登载在杂志上；她出版过译介黄翔的书。谷川毅（名古屋经济大学教授）以翻译阎连科小说闻名，也是一名出版家，通过他主办的《火锅子》杂志（很可惜去年停刊了）介绍过不少中国当代诗歌。在《火锅子》杂志上译介中国诗人的是中国籍留日诗人田原。

另外，我特意推荐两名学者，他们经常在日本学界做很有学术刺激性的发言。一位是阪井洋史教授（一桥大学教授，著有《忏悔和越境——中国现代文学史研究》，2005 年由汲古书院出版），另一位是宇野木洋教授（1954 年生，立命馆大学，著有《克服·拮抗·摸索——文革后中国的文学理论领域》，2006 年 3 月由世界思想社出版）。阪井教授的著作从语言的角度来探讨中国现代文学的各种问题，很有创见，其中第 5 章是有关诗人陈范予的论文——陈是"五四"时代的诗人；第 7 章"围绕文学语言的'自然'与第三代诗的'口语化'"是谈论第三代诗人的文学和语言观念问题，我认为也对中国诗学家有很多值得学习的创见。宇野木教授是日本研究中国当代文学理论的第一人，他从 pre-modern、modern、post-modern 这样三个理论框子来分析当代文学的理论问题，所以虽然他的著作不是专门研究诗学问题的书，但是里边涉及新民歌问题、批评朦胧诗和徐敬亚的问题等，对中国诗学家也是有参考价值的。

（作者单位：日本九州大学）

堂郡絮语

杨匡汉

【前记】甲午桂秋，避居京北远郊堂郡农舍，天高云淡，气爽助人遐想。思及"现代"与"新诗"，随手漫录，仅得涓滴之微，扪叩之见。现略呈芹献，未必可采，求教于诗坛方家。

一

"现代"这一词汇，已铺文学之天、盖艺术之地，也包括了新诗。

事实上，"现代新诗"是一种文化立场和艺术态度。我们被形形色色的文化观念乃至意识形态所裹挟，作为现代诗人，须有心灵的自由和独立；真诚地面对自己的生命体验；提供与现代人生存有关的严格又新鲜的感觉；寻找新的情感逻辑和语言模式；有经过个性化处理的独特的心态和姿态。而这一切，都需要和现代生活、现代人的命运息息相通。

"现代新诗"搭建了一个大舞台。诗人们会有历史担当，会有新的有深度的诗歌思想和艺术观念出现吗？还得等着看。有一点是可以肯定的：大视野出大手笔，大境界出大作品。

二

"现代新诗"为中国诗歌史上一大变。从古代到现代，是话语系统的更新，意象体系的改变。

"更新"和"改变"使新诗不断处于动态，且越"动"越烈。近30多年来，旗号变换，追新慕奇，群趋偏峰，怎一个"不平静"了得；需要带引号的"朦胧诗"、"后朦胧诗"、"新诗潮"、"后新诗潮"、"新生代诗"、"中产阶级诗歌"等，也就各领风骚七八年吧。

其实，不必对潮流的因素太过看重。太过激昂，太过匆忙，太过线性进化，潮流一过，又太多的浮云散落。时尚和风头一旦压过恒常的准则，是诗歌文化和美学的一种异象。

三

诗就是诗。现代新诗就是现代新诗。

"旧瓶装新酒"也好，"新瓶装旧酒"也罢，都该是我们能喝的玉液。

好的现代诗，往往是"三套车"：民族性（本土生命元素、民族特殊体悟）、精神性（价值取向、求真求善）和审美性（心智模态、美感能量）。这"三套车"，由语言去完成涅槃。

现代新诗的语言要求：

澄明——语言精醇、透亮，刻意笨拙、清远。

象征——意象思维之丰沛，启迪发端之澶漫。

简约——简洁乃才能的姐妹，制约中显身手。

律吕——从快速多变的心理节奏中寻声协律，从容跃如。

苦的是现代精神，甜的是灵性语言。

四

生命中最天真的因素是自然，是活的文化。

现代新诗要回归自然，让天籁掠过耳畔，沁入心肺。

人类生活在广袤的大自然中。我们抬头望见辽阔苍天，举足接触厚实大地。"天"之雨露和"地"之膏泽，养育着自然万物也温润着每个诗人；风雨寒温，动静炎凉，直接影响我们的生存环境和心灵潮汐。

看来，需要提倡一种"最自然的诗歌写作"。它不是随意泼洒，而是类自然之情，通神明之德，顺势而为。反之，强求逆取之事、离谱之诗，必然有种种后遗症。

道法自然。大音希声。虹影行空。微妙玄通。

五

在煽情于"盛世"、陶醉于"幸福"的当今，现代新诗依然要有忧患意识。

中国哲学和诗学有一个重要的穿透点，就是以穿越时空的特定角度，透视并感悟人类过去、现在、未来的"忧患"所在。忧患之雾，遍被华林，人们因之而敏力以求排忧解患的正道。

现代诗应对着怪诞迷茫的车水马龙，赵公元帅的冰冷脸面，惊魂动魄的掠夺残杀，边缘底层的悲情诉求，贫富悬殊的不公不义，灾难频发的族群冲突，等等，难道不使我们的灵魂不安吗？难道不应当汲取排忧解患的哲学灵感，以诗性智慧去开辟新的生存前景吗？

诗悬一线。如果"忧患"这条线断了，现代诗易成一地碎片。

六

我们总是在寻找和阐释"金子"。

"金子"就是经典。

"经典"原本专指古往今来各种重要典籍而延及各种文化艺术的传世精品。对于诗歌来说，那些经得起时光检验、审美淘洗，从而在历史的绵延中恒久地具备人文传承之德效的作品，才有典范性价值。

诗歌经典大致上有四个维度：历史文化的维度，生命体验的维度，心灵拷问的维度，艺术上达的维度。四者兼具，堪称上品。惜时间尚短，当代新诗中，此类"经典"寥若晨星。

诗界关注经典，往往不仅为其经典本身，主要为了寻求经典的当代意义。通过当代人对"经典"持续的审美解读，重新获得全新的价值定位。

经典的"真理性"总是在历史进程中具体地形成,成为一条长河中流淌不息的深水。

大浪淘沙,沙里淘金。人们往往喜欢看到从浪里、沙里洗出来的"金子"。"金子"穿缀成诗歌史,构成一种鉴赏的经验;但倘若只盯住"金子",可能形成阻碍新诗艺术发展的"守成因子"。因此,对于当下的诗歌运行,我们不必过于用"看金子"的眼光,挑剔止在做种种实验的艺术。

我们走在通往经典化的路上。对于诗歌论评而言,似乎更要看重大浪里挟着沙子和金子的那一瞬间——它往往是新艺术将要出现的一种常态,一种鲜活的状态。

七

梁启超对黄遵宪推崇有加。他在《饮冰室诗话》中写道:"近世诗人,能熔铸新理想以入旧风格者,当推黄公度。""其精神之雄壮活泼沈浑深远不必说,即文藻亦二千年所未有也,诗界革命之能事,致斯而极矣。"任公又在《夏威夷游记》中借黄氏而曰:"欲为诗界之哥伦布、玛赛郎,不可不备三长:第一要新意境,第二要新语句,而又须以古人之风格入之,然后成其为诗。"

这就涉及融古入新、以古润今的问题。

含章可贞。好的现代新诗,并非仅仅与西方发生关系,而是静水深流,古今相融。戴望舒、卞之琳、穆旦、冯至那一代人的诗,正是生长于暮鼓晨钟的氛围里,既充满现代口语的活力,又含有古典辞语的光泽。赋比句的活用,对旧体诗词、戏剧唱词的化用,对西诗以"中国意味"的别用,等等,其新风格、新意境,大都既具现代感且有民族化的倾向。晚近的一些"新潮"作品,反倒看上去像生硬的翻译本。

八

现代诗似乎不必过多考虑"新诗"与"旧诗"。

双水分流,两峰对看,朝着"现代"的同一方向,在高处汇聚,有何不可、不好？

我们曾经以"启蒙"与"救亡"之变奏为背景，讨论现代新诗的"合法性"，并予以历史化。但同时，我们对另一个"活性因子"——抒情传统及其在新变中的渗透，不应忽略不计。

在古典传统文化落幕的"诗界革命"时代（延续至今），有没有古典诗词的现代生产？有没有以旧体诗词为骨干的抒情传统对新诗"历史化"的顽强抗拒？有没有古典所展示的抒情主体性在现代情境下书写的脉络和意义？有没有在旧体诗词背后也潜藏另一层文化编码，昭示着审美意涵上存在一种文化共同体的想象？

答案是肯定的。

故而我们要重视：中西诗歌观点的交集和差异；新旧诗歌理念的越界潜能；歧异与故常的流动性和相对性；守成与新变在同一位现代诗人身上多重暧昧的呈现。我们也正是从"新""旧"互渗互动中，把握现代诗暗涌的脉搏。

九

现代新诗应有一定的温度。

这一温度，是集古典传统和现代之创造的能量于一己的释放，是涵今菇古、期拓于境的积极回响。

这"回响"是什么？

它可能是让纯美与庄重跃入视野，以乐易恬性和、以探原辟理霖的轮回；

它可能是以人极安苦营，以笃实辉德新，不断重复的悲喜剧；

它可能是在不同文化碰撞中产生张力，并发越于面向未来的人生绝唱；

它可能是以温软的手指，触摸坚硬化石又疗救心理创伤的灵魂的矿工；

它可能是"古代"与"当代"、"民国"与"共和"之间文风经脉的接应二传；

它更可能是高擎"为天地立心，为生民立命"的火炬手。

诗歌是现当代文化秘密的发动机之一。对古典的回响和对现代的通灵，将成就守正创新的风貌，发出真率的声音，盘活应有的艺术冲击力。

十

20 世纪为我们的诗歌留下了一笔丰富的遗产，进入 21 世纪，"如何思考与写作"？要想和要做的事情多多。窃以为，目前紧要的有：

（1）继续认真清理 20 世纪的诗歌遗产，以文化反思，以掘发辩证，披沙拣金，去伪存真，构成我们与世界对话的重要面向。

（2）仔细探究在现代性生成发展的各个环节中，"新知"与"旧学"如何交织角力，乃至如何发展共生同谋的关系。

（3）不必鼓吹揣着"经典"去写每一首诗、每一个字。"在 21 世纪写诗"，宜一路低开高走。我们所贡献的，是历史命题和文化命题的交集，是思索、反省、体验和美感，是精神性元素带来的提升。

新诗向来萧瑟行，我们迎接的是喷薄如日出的新一轮创造阶段。

（作者单位：中国社会科学院文学所）

现代诗的语言策略

诗歌：让心灵自由飞翔

吴思敬

"自由"二字是对新诗品质的准确概括。

2005 年在广西玉林举行的一次诗歌研讨会上，一位记者向老诗人蔡其矫提出了一个问题："如果用最简洁的语言描述一下新诗最可贵的品质，您的回答是什么？"蔡老脱口而出了两个字："自由！"蔡其矫出生于 1918 年，逝世的时候虚岁是 90 岁，他的一生恰与新诗相伴。他在晚年高声呼唤的"自由"两个字，在我看来，应当说是对新诗品质的最准确的概括。

波兰天文学家哥白尼在公布他的日心说的文章（1540 年的《初论》）的扉页上曾引用过阿尔齐诺斯的一句名言："一个人要做一个哲学家，必须有自由的精神。"其实，不只是做一个哲学家，做一个诗人也一样要有自由的精神。诗歌写作是一种具有高度独创性的心灵活动，常常偏离文化常模，有时还会给世俗的、流行的审美趣味一记耳光，这就要求诗人有广阔的自由的心灵空间。在这个空间里，诗人的思绪可以尽情地飞翔，而不必受权威、传统、习俗或社会偏见的束缚。

伟大的诗人无不高度珍视心灵的自由。屠格涅夫在即将退出文坛的时候曾向青年作家致"临别赠言"："在艺术、诗歌的事业中比任何地方更需要自由；怪不得连公文套语都称艺术为'放浪的'艺术，即是自由的艺术了。如果一个人的内心受到束缚，他还能'抓住'、'把握'他周围的事物吗？普希金对这一点体会很深，难怪他在那首不朽的十四行诗——每个新进作家都应该把它当作金科玉律，背熟和记牢它——里面说：'……听凭自由的心灵引导你/走上自由之路……'"惠特曼在《〈草叶集〉序言》中也强调了这点："有男人和女人的地方，英雄总是追随着自由，——但是诗人又比其他的人更追随和更欢迎自由。他们是自由的声音，自由的解释。"拜伦在他的长诗《查尔德·哈罗德游记》中也曾充分表达了对自由的热爱，他认为自由思想是诗人的一切精神生活中首要的和不可缺少的基本因素。

新诗在"五四"时期诞生不是偶然的。郁达夫曾说过，"五四"运动的最大的成功，第一要算"个人"的发现。从前的人，是为君而存在，为道而存在，为父母而存在，现在的人才晓得为自我而存在了——由此看来，诗体的解放，正是人的觉醒的思想在文学变革中的一种反映。胡适要"把从前一切束缚诗神的自由的枷锁镣铐，拢统推翻"（《谈新诗》）；康白情说："新诗破除一切桎梏人性底陈套，只求其无悖诗底精神罢了"（《新诗的我见》）。这样痛快淋漓地谈诗体的变革，这种声音只能出现在"五四"时代，他们谈的是诗，但出发点却是人。他们鼓吹诗体的解放，正是为了让精神能自由发展，他们要打破旧的诗体的束缚，正是为了打破精神枷锁的束缚。

艾青则这样礼赞诗歌的自由的精神："诗与自由，是我们生命的两种最可宝贵的东西"（《诗与宣传》）；"诗是自由的使者……，诗的声音，就是自由的声音；诗的笑，就是自由的笑"（《诗论·诗的精神》）。出于对诗的自由本质的理解，艾青选择了自由体诗作为自己写作的主要形式，在他看来，自由体诗是新世界的产物，更能适应激烈动荡、瞬息万变的时代。此后，废名（冯文炳）还做出了"新诗应该是自由诗"的判断："我的本意，是想告诉大家，我们的新诗应该是自由诗，只要有诗的内容然后诗该怎样做就怎样做，不怕旁人说我们不是诗了"（《新诗应该是自由诗》）。我觉得，对废名"新诗应该是自由诗"中"自由诗"的理解，恐不宜狭窄地把"自由诗"理解为一种诗体，而是看成"自由的诗"为妥；废名这里所着眼的不只是某种诗体的建设，他强调的是新诗的自由的精神。

这些诗人在不同条件下关于心灵自由的论述，给我们留下了深刻的印象。诗人的心灵是否自由，直接关系到诗人的人格能否健全地发展；诗人想象能否自由的展开，以及最终能否写出富有超越性品格的诗篇。有了心灵的自由，才可能有健全的、独立的人格。一个伟大的诗人总是向读者敞开自己的心扉，自己是什么样的人，就承认是什么样的人；他不怕世俗的嘲笑和冷眼，无须乎给自己戴一副假面具，在任何情况下都敢于说真话，不去欺世盗名，不去迎合流俗，不去装神弄鬼；他用不着在帽子上插一枝孔雀毛来装饰自己，更不会昧着良心说谎。俄罗斯诗人叶赛宁坦率地承认："我并不是一个新人，／这有什么可以隐瞒？／我的一只脚留在过去，／另一只脚力图赶上钢铁时代的发展，／我常常滑倒在地！"郭小川在回顾过去时亦不回避："我曾有过迷乱的时刻，于今一想，顿感阵阵心痛；／我曾有过灰心的日子，于今一想，顿感愧悔无穷。"像这样坦率地自责，这样真诚地自剖，只能出自高度自由的心灵。读着这样的诗句，我们绝不会因诗人承认自己的不足而败坏他在我们心目中的形象，相反，正是在和诗人心灵的撞击中，更感到他人格的崇高。有了自由的心灵，诗人才能超越传统的束缚，摆脱狭隘的经验与陈旧的思维方式的拘囿，让诗的思绪在广阔的时空中流动；才能调动自己意识和潜意识中的表象积累，形成奇妙的组合，写出具有超越性品格的诗篇。诗永远是心灵的歌唱，伟大的诗人总是有些"想入非非"，他的灵魂是可以自由地往返于幻想与现实之间的。

保持作家心灵的自由需创造一定的外部条件，即一个社会应鼓励作家自由地畅想，自由地创作，自由地竞争，而不能让作家由于敢于思考，由于写出了富于独创性的作品而遭到危险和迫害。美国心理学家 C. R. 罗杰斯提出过有利于高度创造性活动的两个条件：一是心理的安全，二是心理的自由。这两个条件是紧密相关的，心理的自由在很大程度上是心理的安全的结果。当一个人在心理上感到安全时，他就不怕发展和表现他的异常思维，从而得到心理的自由。与这种主张相近，诗人杜甫早就提出艺术创造要"能事不受相促迫"（《戏题王宰画山水图歌》），这表明有一个允许创作自由的社会环境对作家的创作来说是绝对必要的。反过来，如果社会环境缺乏创作自由，作家经常受到不适当的"促迫"，甚至是打击和伤害，动辄得咎，其内心处于不自由的状态，个性受到压抑，创造性的思维受到束缚，就很难有佳作问世了。保持心灵的自由还要有一定的内在条件。这就是说，在外界条件允许的情况下，固然要充分发挥自己心灵的自由，即使外界条件不允许也要尽可能地在内心深处为自己的心灵自由提供一种正常的防卫。这一要有勇气，要有自信。中国有句老话，叫"放胆文章拼命酒，无弦曲子断肠诗"。

酒是不能拼命去喝的，文章却要放胆去做。为了保持心灵的自由，诗人应当有勇气直面人生，直面旧的习惯势力和世俗的种种压力，他不会受权威或世俗的限制和束缚，而往往是旧的习惯势力的叛逆者。二要能拒绝诱惑，甘于寂寞。一方面去掉功利之思，不慕繁华，不逐浮名，视功名富贵如浮云；另一方面要坚持自己的创作追求，恪守自己的美学理想，决不随波逐流。有了寂寞之心，才能甘于寂寞做人，才可能祛除杂念，排除内在的与外在的干扰，建立一道心理的屏障。

诗人应当是一个民族中关注天空的人。

当商品经济大潮和大众文化的红尘滚滚而来的时候，也许低俗是不可避免的，但不能所有人都去低俗，而应当有中流砥柱来抵制低俗。也就是说，有陷落红尘的人，就应有仰望天空的人。正如黑格尔所说，一个民族有一些关注天空的人，他们才有希望；一个民族只是关心脚下的事情，那是没有未来的。

毫无疑问，诗人应当是一个民族中关注天空的人。固然，天空是美的，如哥白尼所说："有什么东西能够跟天空相媲美，能够比无美不臻的天空更美呢！"不过，我们这里说的对天空的关注，不单是迷醉于天空的美，而是指天空所能给我们的启发与想象，如同康德在《自然通史和天体论》中所描写的："宇宙以它的无比巨大、无限多样、无限美妙照亮了四面八方，使我们惊叹得目瞪口呆。如果说，这样的尽善尽美激发了我们的想象力；那么，当我们考虑到这样的宏伟巨大竟然来源于唯一的具有永恒而完美的秩序的普遍规律时，我们就会从另一方面情不自禁地心旷神怡。"实际上，对天空的关注，更是指把个人存在与宇宙融合起来的那样一种人生境界的关注。

人生是一个过程，寄居于天地之间，追求不同，境界也就存在高低的差别。诗人郑敏在西南联大哲学系念书时，听过冯友兰先生讲"人生哲学"课。冯先生把人的精神世界概括为由低而高的"四大境界"：自然境界、功利境界、道德境界、天地境界。自然境界，是说一个人做事，只是顺着他生物学的本能和社会的习俗，对于他所做的事情的性质并没有清楚地了解，处于混沌的状态。功利境界，是说这种境界中的人，其行为是"为利"的。他的行为，或是求增加他自己的财产，或是求发展他自己的事业，或是求增进他自己的荣誉。他所做的事，其后果可以有利于他人，其动机则是利己的。道德境界，是说在此种境界中的人，其行为是"行义"的（"义"与"利"是相辅相成的。求自己的利的行为，是"为利"的行为；求社会的利的行为，是"行义"的行为）。他意识到，社会与个人并不是对立的。人不但须在社会中始能存在，并且须在社会中始得完全。社会是一个"全"，个人是"全"的一部分；部分离开了"全"，即不成其为部分。他为社会的利益去做各种事，不是以"占有"，而是以"贡献"为目的。天地境界，是指在此境界中的人，知道人不但是社会的"全"的一部分，并且是宇宙的"全"的一部分。不但对于社会，人应有贡献，即对于宇宙，人亦应有贡献。人不但应在社会中堂堂地做一个人，亦应在宇宙间堂堂地做一个人。人的行为，不仅与社会有干系，而且与宇宙有干系。他觉解人虽只有七尺之躯，但可以"与天地参"；虽上寿不过百年，而可以"与天地比寿，与日月齐光"。这样看来，只有立于天地境界的人，才算是"大彻大悟"，才能对宇宙、人生有完全的体认和把握。这样的人，就其形体而言，他仍是自然的一部分，但是就其精神而言，却超越了有限的自我，进入浑然与天地融合的最高境界。这也是最高的人生境界，如冯友兰所言："天地境界是人的最高的'安身立命之地'……有一种超社会的意义。"（《三松堂自序》）

作为人生最高境界的天地境界，与审美境界是相通的。一个人在审美境界中获得的"顶峰体验"，便是一种主客观交融的生命体验。此时，审美主体从拘囿自己的现实环境、从"烦恼人生"中解脱出来，与审美对象契合在一起，进入一种物我两忘、自我与世界交融的状态，精神上获得一种解脱，获得一种空前的自由感。《管子》有言："人与天调，然后天地之美生。"天即宇宙，宇宙是人所生活的大环境，人只有和宇宙这个大环境保持一致，才能领略到人生之美、宇宙之美，抵达人类生存的理想世界和精神的澄明之境。

仰望天空便是基于人与宇宙、与自然交汇中最深层次的领悟，强调对现实的超越，强调内心的无限自由对外在的有限自由的超越，强调在更深广、更终极意义上对生活的认识，从而高扬生生不息的生命精神，提升自己的人生境界。认识宇宙，也就是认识人类自己。人类在现实世界中受到种种限制，生命的有限和残缺使得人类本能地幻想自由的生存状态，寻求从现实的羁绊中超脱出来。而诗歌作为人类生命活动的象征形式，是力图克服人生局限，提升自己人生境界的一种精神突围。

伟大的诗篇都是基于天地境界的。曹操的《观沧海》、陈子昂的《登幽州台歌》、张若虚的《春江花月夜》、苏轼的《水调歌头·明月几时有》等，之所以成为千古绝唱，就是因为它们传达了宇宙人生的空漠之感。那种对时间的永恒和人生的有限的深沉喟叹，那种超然旷达、淡泊宁静的人生态度，成为诗学的最高境界。

在现代优秀诗人的身上也不难寻觅出这种超然与旷达。梁宗岱在欧洲的时候，一度曾在南瑞士的阿尔卑斯山一个五千余尺高的山峰避暑，直到这时，他才体会出歌德《流浪者之夜歌》中最深微最隽永的震荡与回响：

> 我那时住在一个意大利式的旧堡。堡顶照例有一个四面洞辟的阁，原是空着的，居停因为我常常夜里不辞艰苦地攀上去，便索性辟作我底卧室。于是每至夜深人静，我便灭了烛，自己俨然是脚下的群松与众峰底主人翁似的，在走廊上凭栏独立：或细认头上灿烂的星斗，或谛听谷底的松风、瀑布，与天上流云底合奏。每当冥想出神，风声水声与流云声皆恍如隔世的时候，这雍穆沉着的歌声便带着一缕光明的凄意在我心头起伏回荡了。（《谈诗》）

身兼美学家与诗人双重身份的宗白华也曾描述过类似的心境：

> 从那时以后，横亘约莫一年的时光，我常常被一种创造的情调占有着。黄昏的微步，星夜的默坐，大庭广众中的孤寂，时常仿佛听见耳边有一些无名的音调，把捉不住而呼之欲出。往往是夜里躺在床上熄了灯，大都会千万人声归于休息的时候，一颗战栗不寐的心兴奋着，静寂中感觉到窗外横躺着的大城在喘息，在一种停匀的节奏中喘息，仿佛一座平波微动的大海，一轮冷月俯临这动极而静的世界，不禁有许多遥远的思想来袭我的心，似惆怅，又似喜悦，似觉悟，又似恍惚。无限凄凉之感里，夹着无限热爱之感。似乎这微渺的心和那遥远的自然、和那茫

茫的广大的人类，打通了一道地下的深沉的神秘的暗道，在绝对的静寂里获得自然人生最亲密的接触。我的《流云小诗》，多半是在这样的心情中写出的。（《我和诗》）

梁宗岱与宗白华结合他们切身体验所描绘的，正是一种自我与天地交融的审美心境，这是最好的诗的鉴赏的心境，也是最好的诗的创作的心境。在这种心境下写出的诗，才能"唤起我们感官与想象底感应，而超度我们底灵魂到一种神游物表的光明极乐的境域"（梁宗岱《谈诗》）。

创造的成功是自由的实现。

在当代优秀诗人的作品中也不难寻觅出这种超然与旷达。郑敏在西南联大听了冯友兰先生的人生哲学课后，她体会到："只有将自己与自然相混同，相参与，打破物我之间的界限，与自然对话，吸取它的博大与生机，也就是我所理解的天地境界，才有可能越过得失这座最关键的障碍，以轻松的心情跑到终点。"晚年的郑敏曾说过："写诗要让人感觉到忽然进入另外一个世界，如果我还在这个世界，就不用写了。"（刘溜《"九叶"诗人郑敏》）进入 21 世纪后，她在《诗刊》上发表《最后的诞生》，这是一位年过八旬的老诗人，在大限来临之前的深沉而平静的思考：

许久，许久以前/正是这双有力的手/将我送入母亲的湖水中/现在还是这双手引导　我——/一个脆弱的身躯走向最后的诞生……

一颗小小的粒子重新/飘浮在宇宙母亲的身体里/我并没有消失，/从遥远的星河/我在倾听人类的信息……

面对死亡这一人人都要抵达的生命的终点，诗人没有恐惧，没有悲观，更没有及时行乐的渴盼，而是以一位哲学家的姿态冷静面对。她把自己的肉体生命的诞生，看成是第一次的诞生，而把即将到来的死亡，看成是化为一颗小小的粒子重新回到宇宙母亲的身体，因而是"最后的诞生"。这种参透生死后的达观，这种对宇宙、对人生的大爱，表明诗人晚年的思想境界已达到其人生的峰巅。

可喜的是，不只是饱经沧桑的老诗人，不少由青春写作起步，而现在已步入成熟的中年诗人，也开始理解并神往这种与自然融合、与天地合一的境界。

蓝蓝说："宇宙感的获得对于诗人，对于欲知晓人在世界的位置、人与现实世界的关系直至探求有关认识自我、生与死等问题的一切思想者，有着不言而喻的意义。"（《"回避"的技术与"介入"的诗歌》）

杜涯认为，诗人应当"以人类悲苦为自己悲苦，以天地呼吸为自己呼吸，以自然律动为自己律动，以万物盛衰为自己盛衰，以时空所在为自己所在，以宇宙之心为自己之心。他心中因而获取了一种新的前所未有的力量：达于时空、与天地万物交融、与世界从容交谈的力量。他开始获得一种世界意识，以至宇宙意识：他进入了世界的核心，进入了万物，与其合而为一。此时的诗人，他的精神已遍及时空，触及万物，优游无碍，与世间万物呈足够的交叉关系、相容关系：包容于万物之中。"（《诗，抵达境界》）

王小妮说："让我们回想一下，现在的春夏秋冬一年里面，能有几个朗朗的晴天？如果一个人能在他自己的头顶上，随时造出一块蓝天，只有他才能看见的，是蓝到发紫的蓝天，这不是人间的意外幸福吗。有许多人说，他除了等飞机，三年五年里都没抬头看过天，他活着其实是个负数，是亏损的。"（《第二届华语文学传媒大奖年度诗歌奖获奖演说》）

李琦说："少年时代，我学过舞蹈。在我眼里，舞蹈老师简直灵异而神奇。她说，把手伸起来！伸向天空的时候，要感觉到手就在长……她还在指导我们在舞蹈中发现远方。她说：往远处看，眼里要有一个远方，非常美、非常远的远方……想起遥远的少年时代，我更清楚了自己是个什么样的人，也越发理解了当年的舞蹈老师。她是那种真正爱艺术的人，犹如我真正需要诗歌。老师的舞蹈和我的写作首先是悦己的，是一种自我痴迷，是心旷神怡。现实生活是一个世界，舞蹈或写作是另一个世界。我们是拥有两个世界的人。现实生活里经历的一切，会在另一重精神世界里神秘地折射出来。实际上，只有在这个虚幻的精神世界里，我们才能蓬勃而放松，手臂向天空延长，目光朝远处眺望。这才真正是'诗意地栖居'。"（《李琦近作选·自序》）

蓝蓝、杜涯、王小妮、李琦均是21世纪来很有影响的诗人，蓝蓝、杜涯的话直接表明了她们对天地境界这一人生最高境界的认同与向往；王小妮提出的在自己的头顶上造出一片蓝天，是用自己的语言方式表达了诗人企望一种精神上的提升；李琦从舞蹈老师那里悟出的"现实生活里经历的一切，会在另一重精神世界里神秘地折射出来"，实际也正是由现实世界向天地世界的一种延伸与超越。这些话不同于朦胧诗人的启蒙的宣告，也不同于20世纪80年代"第三代"诗人的语言的狂欢，其内涵的深刻与到位，反映了进入21世纪以来年轻诗人的成熟。

基于天地境界的诗歌写作即是所谓灵性书写，强调的是精神境界的提升，即由欲望、情感层面向哲学、宗教层面的挺进，追求的是精神的终极关怀和对人性的深层体认。每一位诗人，因为所处环境不同、经历不同，因而有不同的人生经验，但这些具体琐屑的人生经验永远满足不了诗人理想与情感的饥渴，他渴望超越。灵性书写，就是诗人实现精神超越的一种途径。

诗人卢卫平从小就有一种对天空的向往，这是母亲留给他的启示："我四岁时　母亲教我数星星……/母亲说　世上没有谁能数完天上的星星/没有谁不数错星星/没有星星会责怪数错它的人/数过星星的孩子不怕黑夜/星星在高处照看着黑夜的孩子/母亲死后　留给我的除了悲痛/就是我一直在数的星星"（《遗产》）正是母亲从小教导他的对浩渺星空的敬畏，他才写出了这首颇有深度的《在命运的暮色中》：

在命运的暮色中/一个盲人在仰望天空/一个聋子在问盲人　看见了什么/盲人说　看见了星星

聋子沿着盲人的方向望去/有星闪烁/聋子问　你是怎么看见的/盲人说　坚持仰望/就有不灭的星在内心闪耀

你听见星星在说什么/盲人问聋子/聋子说　星星正和我们的患难兄弟/哑巴在交谈/哑巴的手语告诉我/星星将引领我们走向光明的坦途

这是一首带有浓重的寓言色彩的诗。盲人和聋子，他们尽管肉体的感官有缺陷，但他们依然能够凭心灵感官感应这个世界。这种特殊的感应能力是基于信仰与大爱：他们坚持仰望，坚持倾听，最终都获得了心灵的补偿。这是一种向上的灵性书写，强调的是精神境界的提升。

仰望天空体现了诗人对现实的超越，但这不等于诗人对现实的漠视与脱离。人生需要天空，更离不开大地。海德格尔说："作诗并不飞越和超出大地，以便离弃大地，悬浮于大地之上。毋宁说，作诗首先把人带向大地，使人归属于大地，从而使人进入栖居之中。"这是由于审美作为人的存在方式，不是指向抽象的理念世界或超验的彼岸世界，而是高度肯定和善待现实生活中的个体生命与自由。因此，终极关怀脱离不开现实关怀。能够仰望天空的诗人，必然也会俯视大地，重视日常经验写作。把诗歌从飘浮的空中拉回来，在平凡琐屑的日常生活中发现诗意，这更需要诗人有独特的眼光，要以宏阔的、远大的整体视点观察现实的生存环境，要在灵与肉、心与物、主观与客观的冲突中，揭示现代社会的群体意识和个人心态，让日常经验经过诗人的处理发出诗的光泽，让平庸的生活获得一种氤氲的诗意。滚铁环，这是诗人王家新儿时与许多孩子共有的人生经验，多年以后他对这一游戏有了新的体悟：

> 我现在写诗/而我早年的乐趣是滚铁环/一个人，在放学的路上/在金色的夕光中/把铁环从半山坡上使劲往上推/然后看着它摇摇晃晃地滚下来/用手猛地接住/再使劲地往山上推/就这样一次，又一次——
>
> 如今我已写诗多年/那个男孩仍在滚动他的铁环/他仍在那面山坡上推/他仍在无声　地喊/他的后背上已长出了翅膀/而我在写作中停了下来/也许，我在等待——/那只闪闪发亮的铁环从山上/一路跌落到深谷里时/溅起的回音？
>
> 我在等待那一声最深的哭喊

如果联想到这首诗的题目是《简单的自传》，那么诗中的滚铁环就不再单纯是一种寻常的游戏，而被赋予了象征内涵。滚铁环的男孩，就像不停地推石上山的西西弗斯一样，为了理想永不言弃，这也是诗人内心世界的写照。在这个滚铁环的孩子身上我们看到了诗人对诗的钟爱，对诗人使命的理解，以及把诗歌与生命融为一体的人生态度。

在物欲横流，道德沦丧，世俗的红尘遮蔽了人性的诗意本质的时代，不能不让人思考海德格尔提出的一个有名的命题："在一个贫乏的时代里，诗人如何为？"（《诗·语言·思》）在任何一个时代，诗人都不能把自己等同于芸芸众生。他不仅要忠实地抒写自己真实的心灵，还要透过自己所创造的立足于大地而又向天空敞开的诗的世界，展开自觉的人性探求，坚持诗的独立品格，召唤自由的心灵，昭示人们返回存在的家园。

创造的成功是自由的实现。让心灵自由飞翔吧！说到底，心灵的自由不仅是创造成功作品的必要条件，同时也是人生追求的一种境界。

（作者单位：首都师范大学中国诗歌研究中心）

隐喻的相异性与意象产生的关系

简政珍

摘　要：相异性是隐喻诗性之所在。明喻的重点是意象衬托理念，因此相似性比较明显，隐喻引起读者注目的则是强烈的相异，而进一步在细致的阅读中感受其中幽微的相似。隐喻主客体可能是几近独断性的牵连，书写以"是"替代"像"经常是诗性的跨越，但有些意象字面上的"像"重点是"不像"。有些隐喻，主客体的相异隐含比较的影子，因此也隐含相似。有些隐喻则是两种意象的迭合，是不同属性的穿插，重点不是比较。比较性的隐喻中，相异性的幅度似乎和诗性成正比，但无止境的扩大差异反而造成诗性的萎缩甚至崩解。

关键词：雅克慎　隐喻的相异性　独断的牵连　逻辑的缺口　意象的迭合　诗性

隐喻的相异性与意象产生的关系

雅克慎在其著名的《语言的两种面向——隐喻与转喻》（*Two Aspects of Language：Metaphor and Metonymy*）中提到隐喻轴涵盖相似性，相似性和与其对比的属性也是隐喻的范畴。心理测验中，小孩子从提示语茅草屋（hut）

联想到小木屋或是皇宫，都是隐喻式的反应。小木屋和茅草屋相似，因为两者可能都是穷人的住宅，而富丽堂皇的皇宫则是茅草屋的对比。兽窟（den）与洞穴（burrow）也是隐喻，因为是动物的居住所，但"动物"是"人"的对比。[①]

比喻相似性的回顾

无疑，所有比喻的产生，原始的概念是基于主客体的相似。相似是人类观察世界的"慧眼"，看到混乱次序中彼此相似的影子，因而调理出客观世界的结构以及思维的逻辑。人有住处，动物也有住处，所以"房子"与"兽窟"相似；相似性的观照扩展了人的视野，推己及人，因而联想到小鸟身上的羽毛与人类的衣服相似。

羽毛与衣服相似是人的逻辑思维，而逻辑的推展网罗了更多的相似，大型动物身上的毛发，蜗牛背负的硬壳，乃至冬夜遮掩流浪汉身上的报纸。相似性的串联编织了人的思维体系，从 A 联想到 B、到 C、到 D，等等。逻辑推演展延，空间的布局如此，时间的行进也如此。也许，基于相似性的逻辑是人类贯彻思维的体现，赋予理念的主体性。

19 世纪浪漫诗的比喻，倾向明喻，以"像"联结物象，以"像"联结理念与物象。进一步思维，"我孤独流浪如云"（William Wordsworth），或是"爱情像一朵玫瑰"（Robert Burns），表象是以意象（云、玫瑰）将理念（孤独、爱情）具象化，实际上，诗行的重点是理念，意象的角色大都类似装饰与修辞。

比喻对比的一瞥

假如明喻的相似性重点是理念，隐喻的相异性则是以意象为焦点，这是隐喻与明喻甚具意义的差别。假设把上面的"流浪如云"改成"流浪是云"，云将变成视觉的焦点，流浪反而变成陪衬的属性。因为要了解流浪，先要还原云的本来面目；云不只会流浪，还能展现不同的身姿，给很多人带

---

① 请参考 Roman Jakobson《Two Aspects of Language：Metaphor and Metonymy》*From Existential Phenomenology to Structuralism*. Ed. Vernon W. Gras. New York：Dell Publishing Co.，Inc.，1973，p. 123。

来遐想，给大地带来甘霖。20 世纪之后，很多精彩意象以隐喻的形式展现，诗也从理念的驾驭中解脱，而变成略带叛逆个性的意象。

假如相似是逻辑的推演，相异是逻辑的缺口；而介于相似与相异之间的对比则是相似与相异的桥梁。一个乞丐幻想拥有一栋别墅，而现实当下，他用几片铁皮所盖的"违章建筑"即将面临拆除。生活的幻想是基于对比，幻想生命一百八十度的扭转，事实上最后只是语言的幻想。对比反而凸显现实的不足与匮缺。同样是住宅，冷冰冰的现实是：铁皮屋与别墅天渊之别。

以相似性产生的意象，经常是理念的陪衬品，以对比产生的意象虽然是"绝地逢生"，但仍然是依随着相似、相反的逻辑思维，表象的相异实际上根植于相似。因此，以对比构思诗作，仍然循迹相似性的轨辙。意象的产生大约依循类似的模式：一是相似性的思维，二是刻意与相似相反，如爱则恨，如朋友则敌人，如太阳则月亮，如白天则黑夜等。

隐喻的相异性

比喻主客体独断的牵连

现当代诗的意象偶而基于明喻的相似，偶而基于相似的延伸——对比，但最具有"诗性"的可能是蕴含于比喻主客体间的相异。隐喻中，比喻的主客体也许几近独断的牵连，正如索绪尔（Saussure）说符征与符旨之间是独断性的对应[①]。诺沃特尼（Winifred Nowottny）在其《诗人用的语言》(*The Language Poets Use*) 一书中说有些隐喻的主客体极端差距（extremes），隐喻是在这两个极端中做"独断的选择"（arbitrary selection），因为是极端，有些隐喻让读者觉得粗糙反感，有些则让人感受到想象"突然的解放"（sense of sudden liberation）[②]。

在"感觉是黄河"一语中，一般读者会认为这是语言的随机性与独断性所促成的牵连。意象的产生似乎临机反应，瞬间跳脱一般的逻辑思维。一

---

① 索绪尔如此思维的依据是西方拼音系统的语言。

② Winifred Nowottny, *The Language Poets Use*, London：The Athlone Press, 1962, pp. 54, 56.

者，感觉怎么会是江河？再者，以长江、黑龙江取代黄河有何不可？由于比喻以及意象的产生类似"独断的选择"，阅读时要在主客之间寻找共同点或是相似性。找到的读者会惊讶这个意象的创意，找不到的读者可能会认为如此的意象是文字游戏。试以李进文的诗行进一步说明之：

> 终于摘满一篮哈哈大笑的桑椹
> 想到就酸
> 而蚕，总是容易满足的
> 牠们啃剩的绿梗子
> 满山遍野横尸成一堆简体字①

诗行中，蚕所啃剩的绿梗子，被隐喻为一堆简体字。绿梗子与简体字是比喻的主客体，两者的关系不是一般思维逻辑所促成的牵连，而是书写意识几近独断的认定。假如我们用建筑鹰架，或是违章建筑，或是散落地面的钢筋也无不可。反过来说，诗人如此书写必有其特定的意象思维，对他来说，并非独断。阅读时，若是感受到桑树被啃食过后，犹如文字的精神丧失，只剩简单的框架，"遍野横尸成一堆简体字"，读者会认同、赞赏诗行的创意。假如读者无法如此感受，他可能会认为这是诗人随意为之。

从"像、如"到"是"之间发生了什么？

从相似性到相异性是从"像、如"到"是"的过程，也就是从明喻到隐喻。当诗人说"他的舌头像一把刀"，读者了解他的舌头非常锐利，很可能伤人，让人伤心淌血；但是当诗行变成"他的舌头是一把刀"，除了上述"像"的诠释外，读者更关注其中的弦外之音。首先，舌头可以像一把刀，但不是刀，两者全然相异。在比喻时，为什么诗人不停留在"像"的层次，让语言更有逻辑、让读者更能接受？

隐喻的学者大都有一种共同的认知，正如葛腾普蓝（Samuel Gutten-plan）所说的，"'像'可以扮演障篱（hedge）的角色"，让比喻的主客体

---

① 李进文：《长得像夏卡尔的光》，（台湾）宝瓶文化，2005，第83页。

的"并置柔化缓冲,使两者不会那么格格不入"①,这也就是"他的舌头像一把刀"比较没有争议、比较容易被人接受的道理。但诗人为何要冒险选择一个可能被排斥的隐喻,而将"像"改成"是"?从"像、如"到"是"到底发生了什么?是诗人故意玩弄意象?还是"是"比"像"多了什么?试以陈大为的《音乐》的诗行进一步讨论:

> 音乐是耳朵苦苦铺好的双人床
> 我们躺在互不侵犯的位置
> 互相侵犯
> 在成为诗人专利的
> 凌晨三点②

引文第一行的"是"比"如"多了什么?若是将原文改成"音乐如耳朵苦苦铺好的双人床",会增加了什么或是损失了什么?一方面,"如"让许多读者更能接受如此的比喻。音乐如铺好的双人床,两人可以倘徉其中享受彼此的情意。将"如"改成"是"后,书写者的主观意识取代了常理的逻辑,原来接受这个比喻的读者,可能产生反感,因为"音乐怎么可能是双人床"?但有些读者更能领受这个意象的感染力,因为"是"就是"是",不必常理逻辑的缓冲;本来两人离得远远的,无法"侵犯"对方,但音乐"是"我们共同的床,我们已经如此贴近,因而可以"互相侵犯"。"是"的运用也许排斥了一些读者,却让另一部分的读者有更深沉的体会。

思维逻辑的缺口

读者能接受"他的舌头像一把刀",因为这样的比喻符合我们的逻辑思维。人间舌头锐利伤人的不知凡几,因而这是一个令人伤心的世界。现在将"像"改成"是",一般人可能觉得逻辑失控、比喻失当、语言误用,否则舌头怎么是一把刀?托贝因(Colin Murray Turbayne)在其《隐喻神话》

---

① Samuel Guttenplan, *Objects of Metaphor*, Oxford: Oxford University Press, 2005, p. 206.
② 陈大为:《巫术掌纹》,(台湾)联经出版事业,2014,第110页。

（*The Myth of Metaphor*）一书中说，隐喻的生命有三个阶段，第一个阶段就是文字运用错误，张冠李戴，"把一个属于他者的名字给了另一个物品。这是文字误用的案例，'违反一般的语言'，破坏成规。"① 所谓破坏成规，是因为不符合一般的思维逻辑。当今泰勒（John R. Taylor）如此的看法几乎是普遍的认知："作家总是喜欢和那些没有既定成规的用语纠缠。"②

　　诗的语言必然破坏语言的成规，而经常被认为是语言的误用。"语词与语法"考试时，一个小学生若是写出如此的句子："棺材以唬唬的步伐踢翻满街的灯火"，③ 他的成绩很可能是一场灾难，因为看在许多老师的眼里，如此的文字是词语不当，逻辑错乱，棺材怎么会走路？怎么可能踢翻灯火？

　　过去，西方形上学以理念主导思维。德希达（Derrida）以隐喻对抗形而上学的论述似乎在所有现当代诗人的意象里得到印证。当我们要传达言语锐利如刀子这样的理念时，"是"的突变将这个理念切割变节；理念试图以意象为工具，但意象却以消解理念终结。再以陈克华《在 A 片流行的年代……》为例说明之：

> 在偶尔舍弃皮鞭和刑具的良夜
> 尼采便虚脱也似地疯狂寻找药物——
> 月亮吗？全世界最大一颗迷幻药
> 已然图腾了半个地球的水泥丛林④

　　陈克华这些诗行勾勒了一些性爱、性虐待的情境，这时连哲学家尼采都要找迷幻药。第三行月亮是"一颗迷幻药"是令人惊喜、错愕的意象。它一方面推翻了传统"月下谈情说爱"的浪漫情境，另一方面把月

---

① Colin Murray Turbayne, *The Myth of Metaphor*, New Haven：Yale University Press, 1962, p. 24. 托贝因说，隐喻生命的第二阶段是渐渐的这样的比喻被接受，读者或是接受者感受到它的创意。第三个阶段是，这样的比喻已经变成普通的言语，甚至是陈腔滥调，如"爱情像玫瑰"。

② John R. Taylor, Category Extension by Metonymy and Metaphor, *Metaphor and Metonymy in Comparison and Contrast*, ed. *Rene Dirven and Ralf Poriongs*, Berlin and New York：Mouton de Gruyter, 2003, p. 335.

③ 这是洛夫《石室之死亡》里著名的诗行。

④ 陈克华：《欠砍头诗》，（台湾）九歌出版社，1995，第 135～136 页。

亮当作迷幻药，可以更疯狂的恋爱/性爱/性虐待。月亮替代了被舍弃的皮鞭和刑具，因为有额外的迷幻效果。这一颗世界最大的迷幻药是从传统思维的缺口中冒出来的想象，诗中人觉得全世界都在吞服这颗迷幻药，地球只要进入黑夜都会在都市的水泥建筑群里（水泥丛林）悬挂这颗迷幻药的图腾。

"像"的相异性

其实，在大多数有创意的现、当代诗里，即使文字中有"像"但也强调"不像"，虽然用"如"或"像"，其实"不像"才是诗意之所在。这时，表象的明喻实际上是隐喻。孙维民的诗行："我听到悉索的脚步/像秘密膨胀的果实"①，悉索的脚步，以明喻思维的逻辑，很难与膨胀的果实产生联想，所谓"像"并"不像"。李进文的诗行："这样的信折痕特别深，三折四五折/每一折都异常压抑/像猫小心踱过的屋脊"②，细心折叠信纸的动作与小猫小心翼翼的脚步似乎相似，但信的折痕和屋脊全然两不相干。动作的相似终究无法带来客体的相似，"像"毕竟"不像"，但是如此的"不像"却是诗意之所在。再以洛夫的诗行说明之：

> 院子的右侧
> 有一株先生手植的酸子树
> 树酸花不酸，据说还可以泡茶
> 只是随开随谢
> 亦如在中国地平线初升起的太阳③

这是洛夫《非政治性的图腾》里的诗行，诗中的先生指的是孙中山先生。酸子树的花随开随谢，"如在中国地平线初升起的太阳"，以常理的思维，"如"所连接的比喻主客体几乎没有任何"像"的基础。"如"的

---

① 孙维民：《麒麟》，（台湾）九歌出版社，2002，第14页。
② Winifred Nowottny, *The Language Poets Use*, London: The Athlone Press, 1962, Reprinted 1996, p. 25.
③ 洛夫：《天使的涅槃》，（台湾）尚书文化出版社，1990，第96页。

使用与传统的明喻极其不同。树花不像太阳，花开花谢更不像地平线升起的太阳。但如此的意象却散发出绵密的创意，诱引读者回味比喻产生的理由，当读者感受到其中纤细的牵连，他不仅体会到原先"像"虽然"不像"，但最终这种"不像"中隐约的"像"却是意象诗性之所在。下一节将进一步讨论之。

由相异再发现相似

一般明喻的产生，诗人与读者一开始就意识到比喻主客体间的相似，而相异性的隐喻，以及众多现当代诗虽"像"而"不像"的意象，正如上述，思维原始点不仅不是基于彼此的相似，更可能是瞬间临机反应所造就的独断牵连。但是也许诗人潜意识里已经"感知"到其中有一些相似性的光影，读者在细读这些意象时，也可能从相异中发现相似。

因此，隐喻是诗人引发读者**发现**相似，而非诗人**发明**相似。隐喻是否能发明相似性，是当代学术界历久弥新的论争。比较理论（comparison theory）的学者倾向认为隐喻不能发明相似性。巴兹奇（Renate Bartsch）在《产生分歧的意义：隐喻与转喻》（*Generating Polysemy：Metaphor and Metonymy*）一文说：

> 严格来说，我们必须承认没有所谓相似性的发明。假如相似性不在那里，你就无从创造。相似性透过情境或是观点的导向与选择而进入我们关注的焦点。观点中的相似性是隐喻的先决条件，隐喻不是创造相似性的先决条件。[①]

拉可夫与约翰孙（George Lakoff and Mark Johnson）在其《我们凭借生活的隐喻》（*Metaphor We Live By*）则强调隐喻可以发明相似。比喻主客间，隐喻凸显某些特性，淡化、隐藏其他的特性，并让两者原先零散的相似产生

---

① Renate Bartsch, "Generating Polysemy：Metaphor and Metonymy," Metaphor and Metonymy in Comparison and Contrast, ed. Rene Dirven and Ralf Porings, Berlin and New York：Mouton de Gruyter, 2003, pp. 49 – 74.

一种结构性统一的相似①。这种相似就是隐喻的发明。

由于拉可夫与约翰孙的"发明"实际上还是基于原来一些独立零散的相似，将"统一结构性的相似"视为"发明"似乎比较类似"一种说法"，而非是我们一般认知的"无中生有"的发明，所以本文倾向以"发现"替代"发明"。意象思维时，诗人意识或是潜意识"发现"主客体的相似，但如此的"发现"事实上已是创作上极大的"发明"。我们可以说，若是 A 与 B 完全相似，彼此不能成为比喻；若是完全相异，也不可能相互成为比喻。关键在于，相似性与相异性的比例。

传统的相似性以相似为因，比喻的意象为果，因为相似理念的比例远远高于相异性的考虑。本文强调相异性，因此在比喻关系中，相异的比重明显大于相似。吸引读者的是两者的相异，而后发现其中隐约的相似；读者先体认到舌头不可能是刀，再发现舌头是刀，因为言语伤人，也可能割伤自己的唇舌。从"像"到"是"，刀子变成两面开口，伤人也可能伤自己。另外，"感觉是黄河"中，感觉可能是当下的感受，也可能是过往的记忆。"当下的感受"或是"记忆"与"黄河"似乎是独断的两个客体，但蕴含其中的是，记忆的混浊如黄河，且不时泛滥，淹没人的情思甚至是生存意识，而这样的"记忆"也影响了"当下的感受"。记忆也可以是黑龙江，假如诗人要强调过去的时光像一条不时出没的黑龙，但那是另一种意象思维，存在于另外一首诗。孙维民诗行中悉索的脚步"不像"膨胀的果实，但是果实的膨胀是因为时间的推手，正如脚步悉悉索索的挪动隐含时间的推移。上述洛夫的诗行，太阳固然不像酸树花，但树花随开随谢难以掌握，正如刚建立的民国时而阳光普照，时而乌云蔽日，太阳似乎升起了又消失。

非比较性的相异

"像"与"是"都隐含比喻主客体 A、B 两者的比较。但诗的创作中众多的隐喻并非来自比较，而是一个物象/意象混合了另一个物象/意象。古今中外类似的书写不胜枚举。现、当代诗经常是如此的意象思维。佛洛斯特

---

① 原文是："coherence in these isolated similarities in terms of the overall structural similarities." 有关隐喻创造相似性的讨论，请参阅 George Lakoff and Mark Johnson, *Metaphor We Live By*, Chicago and London: The University of Chicago Press, 1980, pp. 149 – 155.

（Robert Frost）《除草》（*Mowing*）的诗行："我的大镰刀对着大地呢喃"
（My long scythe whispering to the ground）中，诗中人用大镰刀除草，呢喃是
人才可能的动作，对于贴近的对象轻轻吐露情意。一般的阅读会把这个意象
视为镰刀的拟人化，因而将其简化成文学的修辞，但较深沉的阅读是体会
"呢喃"的隐喻。镰刀的意象结合了人的意象后，本来"呢喃"所意味的
"情/爱"变成一种杀伐；镰刀挥动发出轻轻声音与言语，那应该是"爱"
的呢喃，结果是地面的野草身首分离。"大雨过后，满山遍野暴牙的花朵"，
也是把人身体的意象与花朵迭合。这是两个相异的物象/意象经由穿插结合
而造成隐喻。"战争过后，一条条长了脓疮的街道"，是身体的脓疮与街道
结合，街道因而有了身体疾病的意象。这是两个意象的迭合造成隐喻，而非
两者的比较。也许诗中人看到街道残破不堪，想到身体长的脓疮。更具体
些，也许诗中人看到街道布满伤员，伤口上苍蝇嗡嗡作响，因而意识闪现这
个意象。"台风轻轻拉起裙角，这个城镇就已经醉了"，台风的拟人化而拉
起裙角，两个意象特性的迭合，让人想起以前的台风都是女性，拉起裙角的
风姐非常迷人，城镇很快就"醉了"。人醉了，可能胡言乱语，脚步不稳；
城镇醉了，因为被吹得东倒西歪。

陈义芝《梦中所见》的诗行："结晶的岩层宝石般的眼睛/海上的巨帆
载运梦的谷粒"①，第一行"宝石般的眼睛"用了"般"，是眼睛与宝石样
貌的比较，第二行"梦的谷粒"则是梦的意象与稻谷意象的结合，此时着
重的是意象的相异经由迭合所造成的诗意，而引发读者的想象。"梦的谷
粒"是人的精神食粮，滋养情感思维的走向，也许这正是"海上巨帆"的
去处。

以"像"或"是"比较性的隐喻，从相异性瞥见相似，是诗性敞开的
瞬间。非比较性的相异，两个意象经由迭合可能展现相似，也可能保持相
异。若是隐含相似，则两个意象类似比较性的隐喻，虽然更隐约，如上述拟
人化的"镰刀的呢喃"、"城镇醉了"。但"长了脓疮的街道"以及"梦的
谷粒"中，"脓疮"与"街道"、"梦"与"谷粒"仍然保持相异，如此相
异的迭合使得意象的张力与诗性更为浓稠。

① 陈义芝：《不能遗忘的远方》，（台湾）九歌出版社，1993，第100页。

隐喻相异性的诗性

隐喻的诗性，透过上面的讨论，大概可以理出两个特点。第一点：所有的隐喻都是相似性与相异性的拉扯。明喻是相似在先，且以相似为主，是比喻的因。如此的比喻，要凸显的是理念；而强调相异性的隐喻，读者从主客体意象的相异启发思绪，而后发现其中隐约的相似；相似性是后续延生的果，意象跨越理念的规划。第二点：诗性与相异性的程度成正比，隐喻的主客体差异越大，诗性可能越强。但这种差异性可能变成一种诱惑，当差距大到某种程度，可能沦为随意为之的拼凑或是文字游戏。

相似与相异的拉扯

雅克慎把隐喻放在垂直轴/选择轴里，意味上下重叠的语言的空间性，江水、河水、溪水都在同一词性的位置（空间）；忧郁、阴郁、愁思也类似。居于同一个空间的意味彼此相似且不同，这样才有得选择[①]。基本上，隐喻必然涵盖相似性与相异性，意象的产生是两者的拉扯。问题是，个别的隐喻意象，相似与相异的比例如何？当诗人把"石缝"放在"江水、河水、溪水"词语的位置时，令人讶异的是其中的相异，相异性的比例远远超出相似性。但如此的"超出"、"逸出"正是诗性展现的契机。所谓"超出"可能是词语或是意象超出单一的意义，我们在其中听到各种意义的众声交响。其次，所谓超出，是指意义在情境中持续的改变。诺沃特妮在上述《诗人用的语言》里说："隐喻提供给诗人持续变化的语言，我们体认到隐喻的重要性在于可变性的形式。"[②]"石缝"的文字引发视觉想象的可能是石缝中的积水，语言的可变性事实上是基于意象现实的可能性，因而和"江、河、溪"占据同一词性的位置。白灵的《金门高粱》的开头是这样的：

---

① 雅克慎的水平轴则是左右接续/组合的时间轴。语言或是话语的产生是个别占据词语位置的主词、动词、受词选择后，组合成句子。例如：在主词位置中从江水、河水、溪水中选择一个词语，在动词位置中从触发、引发、搅动等词语中选择，再从受词位置中的忧郁、阴郁、愁绪做选择后，可能组合成这样的句子："溪水搅动愁绪"。

② Winifred Nowottny, *The Language Poets Use*, London：The Athlone Press, 1962, p.81。

只有炮火蒸馏过的酒

特别清醒

每一滴都会让你的舌尖

舔到刺刀①

20 世纪 70 年代之前，金门是前线战地，不时炮火轰隆。金门高粱酒因而被描述成是被炮火蒸馏过的，既辛辣又刚烈，刺激而让人清醒。第三、四行的诗意主要依存在酒让人"舔到刺刀"这个意象上；假如把这个意象"正常化"，可能是如此：高粱酒酒精含量很高，喝起来每一滴都会让你的舌尖非常刺激，好像"舔到刺刀"。烈酒与刺刀的比喻是相似与相异的交互活动，相似的是烈酒对舌尖强烈的刺激如刀，但酒是液体，刀是固体；前线的刀隐含杀伤流血的意涵，喝酒正如舔到刺刀，不仅感受时代的血腥与悲剧，还可能舌尖淌血。喝酒本来是身体精神的享受，变成身心血淋淋的历程，传统明喻强调的相似性向相异性大量倾斜。

诗性与相异的程度成正比？

我们似乎可以说，隐喻必然有隐藏的相似，但诗性与相异的程度成正比。比喻的主客体，其特性似乎差异性越大，诗性越浓烈②。但差异性可以无止境的扩大吗？当差异大到某一个地步会不会变成比喻的崩解，而使诗作类似随意地拼贴？试以洛夫的《香港的月光》说明之：

香港的月光比猫轻

比蛇冷

比隔壁自来水管的漏滴

还要虚无

过海底隧道时尽想这些

---

① 白灵：《爱与死的间隙》，（台湾）九歌出版社，2004，第 41 页。

② 但这并不意味诗行的意象一定要经由比喻而产生。

　　　　而且
　　　　牙痛①

　　诗中的月光与猫轻蛇冷比较和比喻，让读者又惊喜又错愕。诗原来要表达是月亮出现时静悄悄且带点寒意。但以诡异的猫蛇当作比喻的客体，颇出人意表。月光与猫蛇的差异几乎濒临极限的边缘，但是"轻冷"状态使主客体仍然得以牵系。读者似乎被带领到比喻的极限，下面就是万丈深谷，在即将坠涯的瞬间，诗性趋于饱满。

　　第二节把月光比喻成水管的漏滴也非常特异，但同样以"虚无"建立了两者联想的基础。月亮似有似无，正如隔壁水管漏水的声音似有似无。和上一个意象比较，这里相似性的比例比较高。

　　最值得讨论的是本诗的最后一节。以一般意义的追寻来说，本节似乎可有可无，但是以气氛的营造来说，本节让诗性大幅度提升——假如把这一节省略，这一首诗几乎也等于不存在了。首先，诗中人在过海底隧道时想到上述的月光、猫轻、蛇冷、水管漏水的意象；意象的产生，可能是诗中人在过海底隧道时意识里真实的闪现，但化成文字后，让诗的进行显得非常"不经心"，而诗性就是在"不经心"中变得更浓密。

　　再者，最后的"而且/牙痛"更让人觉得这是神来之笔。同样，也许诗中人或是诗人真的"牙痛"，化成诗的文字却使诗性几近极致。诗性的产生，可能是和上面各个意象似乎有关又无关。一方面，"牙痛"不经心地在那里；另一方面，"牙痛"可以是整个情境的大隐喻，是月光被感受成猫轻、蛇冷、水管漏水的缘由，但是居于"牙痛"这个词语位置的，可以是头痛、心痛、肝痛、肾脏痛、脾脏痛等。但头痛、心痛略显得刻意，让意象之间的关系显得太近；肝痛、肾脏痛、脾脏痛显得随意，让各个意象的关系离得太远。"牙痛"与月光等的意象完全相异，甚至无关，但这个情境的隐喻却是本诗诗性的核心②。

　　假设原来的诗行"而且/牙痛"改成"而且/脾脏痛"，相异性再度扩

_____

　　①　孙维民：《麒麟》，（台湾）九歌出版社，2002，第156页。
　　②　本诗的"牙痛"也可以用转喻的观念诠释，有机会将另文探讨之。

大，但诗性反而衰减，甚至崩解。原诗中，"而且"的用语暗示"牙痛"和前面情境的关系，读者想到诗中人过海底隧道时牙痛，想到月亮、猫、蛇、水管的意象。牙痛的不舒服似乎带来情绪少许的波动，而让人对人生有点灰色的思维，因而"蛇冷"、"水管漏水"的意象在意识里浮动。但"牙痛"不能视为这些灰暗意象的必然原因，只能说是隐约间似乎相互依托，两者似有似无的牵连让诗性趋于饱满。假设将诗行改成"而且／脾脏痛"，"而且"无法提供类似"牙痛"与前面那些情境的牵连。再者，"脾脏痛"更与这些情境两不相干，两者生硬摆在一起，类似随意的拼贴，原来的细致的呼应已不在，诗性也几近荡然无存。

相异性的诗性来自于人生。

在上述洛夫的诗例中，假如以"心痛"或是"头痛"替代"牙痛"，效果比较强烈，但是读者也意识到书写者的刻意；若是使用"肾脏痛"或是"脾脏痛"替代之，书写似乎为了显现极端的差异，因而让读者觉得是另一种刻意所造成的随意。"牙痛"之所以让读者动容，在于诗性的最极致是因为技巧似有似无，若即若离地呼应人生。所谓人生，并不一定是当下真实诗人的投影，并不是诗人在这个情境真的牙痛。诗行"真实地"反映了诗人的身体状况，而是在诗行铺陈的人生情境中，诗中人极可能在牙痛中意识里闪现月亮、猫、蛇等意象。诗性不是刻意的技巧可以操控，诗的感动力正如人生动人的瞬间，似有意似无意。拉可夫与约翰孙认为隐喻来自生活，生活是隐喻最重要的源头。"隐喻基于经验的相似性（experiential similarity）"[1]（Lakoff and Johnson 155），也就是生活的体现。隐喻的诗意象表象背离常理，违反成规，而显现极端的差异，但是隐喻相异性的诗性却是来自于人生。没有人生的傍依，诗可能只是文字游戏。

（作者单位：亚洲大学外文系）

---

① 洛夫：《天使的涅槃》，（台湾）尚书文化出版社，1990，第 155 页。

音与义的踌躇：现代诗声音探索原理

李心释

摘　要：诗歌与声音的关系在传统与现代视野中是两种不同的景致，它牵涉到音乐、格律和声音诸要素在诗歌历史上的沉浮。文字的产生并没有将诗歌从声音的首要性里撤出，古典诗中声音比格律、文词更重要，现代诗学亦表明，以语音为中心的组织原则内在于所有的诗歌。对诗歌声音的曲解在学界相当普遍，必须区分四个层面的两种不同"声音"。从艺术符号学角度看，声音天然地被要求表意，在诗歌中寻求意义与声音的结合具有正当性。声、音、韵、律的关系表明，现代诗是诗歌和音乐彻底分离后的自然结果，现代诗可以无律，但仍然有声、音和韵。现代诗的声音探索遵循声音与意义的双向平行关联原则，具体表现为：声音与意义的和谐，声音为特殊表意服务，声音语象的创造。

关键词：现代诗　声音　语象　符号学

一　诗歌与声音

语言本指有声语言，文字出现后，才有可视的语言。语言在古典社会里是个完整的在场之物，即声音与真理、意义、内容同在，文字是声音的象征（亚里士多德语），不是与声音相抗衡的力量，代表声音在场而已。对于汉语而言，汉字却有另一股魔力，它可以游离于汉语之外，保持自身的特性。在西方，索绪尔避谈汉字，德里达却深受启发，批判起西方的"语音中心主义"。但从汉字抒写的文学来看，语音仍然是中心，古人论诗，"声"、"色"二字足以尽之。不过，此"声"不同于日常语言之"声"，此"语音中心"非彼"语音中心"，前者是作为艺术审美对象的声音，后者是真理的权威的声音，是在场穿透外部声音而来临的声音。在日常生活中，语音中心不可能被批倒，我们都靠相信语言能说出什么来交往、生活，只有在写作中，在场或意义可以永远缺席，或者不断延宕，展示无限的可能性风景。事实上，西方诗人并不像德里达那样拒绝声音的在场，他们在写作中依然聆听着语言中的声音，来自天堂的歌声或神谕的声音；他们早知神的语言已经堕落为人的语言，但神的声音并没有离语言而去，这是海德格尔从这些诗人身上获取的信念。他们专注于语言的声音本身，"一旦我们聆听到隐藏在语言中的歌声，歌声便将自然而然地引导我们达到时间和存在的和谐……既然语音是语言的唯一特征，而语言是语音的真正内在性，因而与任何语言本身之外的东西没有关系，那么语音将成为唯一可用的资源"[1]。故而在诗歌中，日常语言的语义功能必须服从于语音功能，无论中、外诗歌都一样，"准许将语言的语义功能同语言的修辞功能和语音功能完美地结合在一起，从而使最初的以语音为中心的方式成为诗歌创作的原则"[2]。

在语言中差异至关重要，尤其是负性（negative）的差异，它不像化学元素之间的差异，而完全由特定系统中的成员相互决定的差异[3]。诗人和艺术家对特定语境中的差异的捕捉非常人能比，"差异一经产生，必然会表示意义"[4]，这是诗歌语言远比普通语言丰富的缘由所在。然而每一种语言的语音和语义的差异都是成系统的，并不由该语言社会中的个体所任意改变，诗人能利用声音的各方面差异进行赋义的是建立在语言社会之上的私人系统，具有庞大无边的无意识心理背景，如美国语言学家萨丕尔所说，"在语言本身这个层面上，发音（voice）并没有意义，但如果从心理学上来解释，

---

① 保尔·德·曼：《阅读的寓言》，沈勇译，天津人民出版社，2008，第35页。
② 保尔·德·曼：《阅读的寓言》，沈勇译，天津人民出版社，2008，第52页。
③ 索绪尔：《普通语言学手稿》，于秀英译，南京大学出版社，2011，第53页。
④ 索绪尔：《普通语言学教程》，高名凯译，商务印书馆，1980，第168页。

我们会发现在单词的'真实'价值和个体实际发声的无意识象征性价值之间有一种难以捕捉的微妙关系,诗人凭直觉就知道这一点"①。

诗歌与声音的联系在中国传统的视野中却是另一番景象,即诗歌与音乐难分难解,语言的声音反倒成了音乐的附属物。且不说有人推断语言产生于音乐,诗歌产生之初的确与音乐相伴,《今文尚书·尧典》记舜的话"诗言志,歌永言,声依永,律和声"。"永"即长的意思,"歌永言",使诗歌语言的含义在音乐中得到延长、充实、表现;"声依永",是要求语言的声音须按音乐的原则来安排,这样才能使"律"和"声"和谐。作为声音的语言受音乐引导并不难理解,两者本来就亲近,并且音乐的韵律结构具有原型特征。它不只约束诗歌语言的声音,甚至现代心理学表明,人的心理和生理形式都具有韵律结构,由此当这种内在感觉投射到社会行为中,社会组织结构也有了韵律特征。人类学家发现原始社群将其社会单位安排得相当整齐和对称,其功能也是规整的平行分布。中国建筑严整的对称结构,君主社会中的官衔系统与空间方位的韵律化对称,同样能说明音乐对于社会生活的内在性。但是音乐不是语言的声音,诗歌中的声音模式由音乐主导,但声音的象征可能性只是来自语言。随着歌与诗的分离,音乐的影响是在诗歌语言中发展出一套符合韵律结构的格律,而这一外在的格律也终将像音乐一样离开诗歌,留下质朴的语音在诗歌中自由活动,担当起它的无限赋义的使命。

格律在古典诗中无比重要。但这不是古人的看法,而是现代人的妄测。若仔细看一眼任何一本古诗话文献,便知格律对于古人没有多少难度,它像一个游戏规则一样,对于所有参与游戏的人都是共同的。所以古诗的高下绝不在是否符合格律本身,而在于诗歌中除格律之外的那部分声音,或者说,是格律中的声音要素。当歌与诗分离后,声音比格律、文词都重要,南宋著名诗人王之望云:"某闻善论诗者,不专取其文词,必观其志而听其音。"②"音"即诗语的声音。古人不仅区分声与律,还区分声与音,清代文学家姚莹(桐城派散文大家姚鼐之后)云:"情动于中故形于声,声成文谓之音,然则声音之道,是在言乎?乐则舌,哀则号,悲则泣,忧则呀,情之所动,

① 萨丕尔:《萨丕尔论语言·文化与人格》,高一虹译,商务印书馆,2011,第346页。
② 吴文治:《宋诗话全编》(四),凤凰出版社,2006,第4316页。

声发随之，不必有言，闻者心感……故长于琴者，不在征弦，妙于歌者，不在辞句。"① 对于无歌之诗，也不在辞句，而在辞句的声音。清代沈德潜从读者角度说得更加明确，"诗以声为用者也，其微妙在抑扬抗坠之间，读者静气按节，密咏恬吟，深前人声中难写，响外别传之妙，一齐俱出"②，此等声音几乎不关格律的事。

从诗歌的语法角度看，声音也有首要性，以语音为中心的组织原则内在于所有的诗歌，此即语言的诗学功能。"在诗中，同一组诗内的某一个音节与其他任何音节都是相当的：每出现一个词的重音，就必定有另一个重音与之相当；而一个'非重音'的出现，必有另一个非重音与之相当。这种相当随处可见：长音节与长音节相当，短音节与短音节相当；词界与词界相当，非词界与非词界相当；句法停顿与句法停顿相当，无停顿与无停顿相当；连其中的音节也都被转换成度量单位，其余如重读音等也是如此"③。诗句不是日常语言的句子，诗句本质上是一种音句，现代诗的分行写法也继承了音句精神。诗学功能体现的是等值原则（the principle of equivalence），根据等值原则来创造组合，其内容首先是音的等值，其次才是义的等值，甚至是音的等值预设了义的等值。

二　两种不同的"声音"

自索绪尔以后，"语言"一词至少有专业与通俗的含义之分，再加上人们对"语言"的印象式曲解，"语言"的用法就需要澄清。将一种语言看作该语言中的词语的总和，此看法最流行；有人甚至把"语言"和"词语"等同起来，这就连"语言"的一条经脉都摸不着了。然而其实，第一，词语是现实的，而语言是潜在的；第二，词语是概念化的结果，而语言仍然在差异中运行；第三，词语是言语的作品，而语言是它的可能性。索绪尔区分语言和言语，区分差异与语言单位，是认识"语言"的重要前提；对"语

---

① 姚莹：《中复堂全集》，台北文海出版社，1974，第 1154 页。
② 沈德潜：《说诗晬语》，人民文学出版社，1979，第 187 页。
③ 雅柯布森：《语言学与诗学》，载赵毅衡编《符号学文学论文集》，百花文艺出版社，2004，第 182 页。

言"的另一条重要认知途径来自海德格尔,他区分诗的语言和常人的语言,认为前者是本真的语言,若不识差异与诗的语言,谈论"语言"难免一下子就陷入常识的偏见之中。同理,对于"声音",也不能不区分其不同的用法,否则徒增思想的混乱,至少在如下四个方面都存在两种不同的"声音"。

一是语言的声音与自然的声音。我们谈论的诗歌里的声音属于语言的声音,具有社会属性,是一种声音符号。符号有双层结构,如一个硬币的正反面,两者不可或缺,才能叫硬币。符号是异于自身之物,在自身之内从一物跨向另一物的过程,但"另一物"是个虚拟物,是一个阐释者的意向或语言社会中约定俗成的意向。所以诗歌里的声音是语象符号①,也不同于普通的日常语言的声音,普通语言的声音是一级符号,诗歌里的声音是二级符号,谈论诗歌语言的声音一般不特指二级符号,因为后者由前者派生。自然的声音如雨声、风声、雷声等,也可以是人发出的,如悲伤时候的哭泣声、高兴时候的笑声,但很难说它们是符号,因为它不需要阐释者的参与。若将诗歌里的"声音"与自然中作为泛称的"声音"等同看待,就无法认识前者的特质了。

二是具体的声音与作为隐喻的声音。语言的声音是具体的,既具有物理属性,又具有心理属性,它必可通过听觉器官进行感知;而作为隐喻的声音实际上是无声的,它通常指某个人或某一群人所持有的有一定角度与特征的观点、见解,或一种态度、一种世界观。虽然后者一般也是通过语言传达出来,但不一定必然与语言的声音有关,文字足以显示其内容。当然,诗歌中的声音往往能传达出作为隐喻的声音,如一个诗人特有的对世界的态度。中国有声解传统,在细细吟诵诗句时,可依诗语的声音分出汉、魏、唐、宋来,甚至还能分出具体不同的诗人来,然而两者只有推衍关系,不可混淆。

作为说话方式的声音是隐喻化的"声音"之一。T. S. 艾略特曾在《诗的三种声音》中写道:"第一种声音是诗人对自己说话,或不对任何人说话;第二种是诗人对听众说话,不管人多人少;第三种是诗人试图创造一个戏剧性人物在诗中说话,这时他说着话,却不是他本人会说的,而只是一个

---

①　李心释:《语象与意象:诗歌的符号学阐释分野》,文艺理论研究,2013,第 195～202 页。

虚构的人物对另一个虚构的人物可能说的话。"① 这里的"声音"只与声音的成品即言语作品有关，指说话和说话方式，并不真的是说出来的声音本身，它体现了诗人写作时的口吻、视角等。当然，说话方式的不同肯定会影响到语言的组织，从而影响整体的声音效果，对自己说话与对听众说话的诗歌声音在语气、语调等方面必会不同，但这是附带性的，即便艾略特有强调这一点的意思，也还是隐喻的声音，即把具体的声音作为提喻来用。

三是声音的元指称与声音的指称对象。语言本身的声音是元声音，语言对声音进行描绘中的那个声音是对象声音，两者常常被混淆。如王维《鹿柴》："人闲桂花落，夜静春山空。月出惊山鸟，时鸣春涧中。"此诗就是关于对象声音的，用语言描绘在山里的听觉体验：先讲因为夜太安静了，连桂花飘落的声音也能听见；后讲月亮出来，使天空突然由暗转亮，惊动鸟儿，打破宁静。这不是语言对声音的运用，不属于声音诗学，而是对声音意象的描绘。意象是语言外转形成的符号，而诗中的声音是语象，是语言内转形成的符号。上述混淆也是因为诗学界至今不分意象和语象的一个后果，最典型的例子是有人把陈东东《雨中的马》中用意象暗示音乐的写法，看作是对诗歌音乐性的尝试②。如"黑暗里顺手拿起一件乐器。黑暗里稳坐/马的声音自尽头而来/雨中的马/这乐器陈旧，点点闪亮/像马鼻子上的红色雀斑，闪亮/像树的尽头/木芙蓉初放，惊起了几只灰知更雀"。诗中对"马的声音"做了意象化的描绘，但这与诗的声音无关。

四是声音的语象与声音的模式。语象的创造跟意象的创造一样，是诗歌艺术的重要表征场域，声音的语象属于实体语象，即在诗歌里利用语言能指要素创造出新的艺术符号③，与一般符号的差别在于，它是语境敏感的、临时的、一次性的，具有令人惊讶的、陌生化的艺术效果。声音语象意味着它首先是个表意的符号，其次才是声音的形象或效果，但声音的模式首先在于声音本身的形象或效果，至少有没有表意是非常次要的。前者与其他语象、意象一起构筑一首诗的诗意，后者与音乐亲近，给予一首诗以外部的音乐形式，体现歌与诗结合的原始形象。诗歌中声音的模式之极

---

① 王恩衷编《艾略特诗学文集》，国际文化出版公司，1989，第 249 页。
② 陈卫、陈茜：《音乐性与中国当代诗歌》，《江汉论坛》2010，第 95 ~ 99 页。
③ 李心释：《当代诗歌的意象问题及其符号学阐释途径》，《学习与探索》，2013，第 121 ~ 125 页。

致是格律，汉语近体诗的格律可以说是极致中的极致，比英语诗歌的格律更为严格。

可是人们往往混淆两者，一谈论诗歌的声音，就自然把注意力集中在格律问题上，殊不知声音问题远大于格律问题，声音语象与声音的模式也不是同一回事。格律或声音的模式要考虑的声音要素都是有限的，近体诗格律对音步节奏、平仄（声调）、韵脚有严格的要求（兼有意义上的要求，如律诗中的对仗），而不考虑其他声音要素，如声母、音色、轻重、语气、语调、声音搭配、声音风格等。在诗中，一切声音要素都可能形成声音的语象，参与诗意的创造与传达过程。

声音与文字的关系问题在现代诗中非常突出，文字从另一向度上对诗艺的可能性进行了挖掘，若说古典诗歌的成就是声音的成就，现代诗的成就则是文字的成就，然而声音与文字的探索都可以走向背离诗艺的歧途。文字产生后，语言成了双轨的存在，"写"出来的诗歌隐藏起声音，使声音变成一种潜在的存在。现代诗愈来愈成为"看"的诗歌，可以把当代"看"的诗歌与"读"的诗歌之区分视作古典文人诗以来诗歌与音乐的进一步剥离进程。看与读既有一致也有不一致的地方，比如现代汉语的基本节奏单位与视觉单位是一致的，即双音节与两个汉字对应，但在意群层面上，声音的组织并不体现在视觉的文字排列上，如"暗香浮动月黄昏"，声音的组织是 2 + 2 + 2 + 1，视觉的组织是 2 + 2 + 1 + 2，在"无边落木萧萧下"中两者又一致了，都是 2 + 2 + 2 + 1。可见"看"的诗歌有离开"读"的诗歌的空间，离开远了，"看"的诗歌就演化为完全不顾声音组织的"具象诗"（Concrete Poetry），在汉语诗中，更准确地说是以汉字的图示而成就其诗意的诗。

这种以图示诗或具象诗从相反的角度对声音的模式在诗中的重要性提出了质疑。汉字带给汉语诗歌的特质是诗歌中多了一个声音之外的中心，即意象；汉字具有图像性质，使写下的汉语带有原始的意象特征。当歌与诗分离后，意象在诗歌中越来越被重视，到唐代无以复加，诗话完成了意象理论的建构。晚唐司空图《诗品·缜密》云"意象欲生，造化已奇"，把意象拔高到神奇的地步。明代胡应麟《诗薮》云"古诗之妙，专求意象"，道出古典诗歌的一种真相，但他在另一处又说"律诗全在音节，格调风神尽具音节中"①，或许这两个都是真相吧。现代的以图示诗是对意象的进一步延伸，发挥了汉字本身的造型功能，但形成的不是视觉语象而是视觉意象——因为这一造型无法内转，只能外转指称具体的事物形象。如白荻的《远望丝杉》：

> 望着远方的云的一株丝杉
>
> 　　远方的云的一株丝杉
>
> 　　　　一株丝杉
>
> 　　　　　丝杉
>
> 　　　　　　在
>
> 　　　　　　地
>
> 　　　　　　平
>
> 　　　　　　线
>
> 　　　　　　上
>
> 　　　　一株丝杉
>
> 　　　　　　在
>
> 　　　　　　地
>
> 　　　　　　平
>
> 　　　　　　线
>
> 　　　　　　上

从"在"一行开始倒过看，就像一棵丝杉站立在大地上，前后茫茫，颇有孤独风姿。这是由汉字形体组织造就的意象符号，它指向外部空间形象及其意蕴。

以图示诗是对中国古典诗歌意象的拓展，但图示模式毕竟是外部的形式，它可以并不表意，而只是对诗中所写之物的外部形象的模仿，它的简单性与可重复性使之迅速丧失诗意功能。反观声音模式，"读"的诗在隋唐时期走向声音模式，也渐渐与诗意无缘，声音模式对古人来说，成了一件非常

---

① 〔明〕胡应麟：《诗薮·内编》，载吴文治编《明诗话全编》（七），凤凰出版社，1997，第6843页。

容易穿上的空壳。正如文字的图示不可能穷尽文字本身的意象属性，声音模式也没有穷尽声音的丰富性，意象与声音（语象）都还是诗歌的根本化生之地。汉字的意象不等于汉语的意象，"看"的诗歌本质上仍然是语言的诗歌。与汉字具象的直接性不同，语言中产生的形象永远是间接性的，即语言属于标记，只能指称，而汉字则具有例示的性质，既提供直接形象的样品，又有指称①。汉字不可能不读出声音，尽管汉字可以用不同的声音来读。以图示诗，倾向于拒绝声音，以格律的声音模式写诗；倾向于拒绝意义，都是诗歌写作的歧路。

从艺术符号学角度看，声音天然地被要求表意，在诗歌中寻求意义与声音的结合具有正当性。不表意的声音模式，要么是音乐对诗歌影响的一种遗产式的证据残留，要么是文化观念要求在诗歌语言中留下自己的传统印记，故而格律在语言文化上的意义远大于诗学意义。寻求声音模式或传统观念对现代诗的再度统治已不再可能，现代诗人都在自觉地创造没有因袭性的声音的语象，这意味着一首诗有一首诗独特的声音，最终会自然而然产生内在于现代汉语的诗歌音律之普遍性特征。

三 声、音、韵、律的关系考辨

在上古汉语中，"声音"不是一个词，而是两个词。"声"的范围远远比"音"广，包括自然界里的一切声响，也包括人发出来的一切声响，既包括音乐的声响，也包括噪音；"音"则特指语词的声音，一种有理路、有意味的声音，它的理路来自于文词的组织，意义也来自文词，声音和意义的关系一般不存在自然的或相似的联系，完全取决于音与义的约定俗成。《毛诗大序》这样区分二者："情发于声，声成文谓之音。"而情从何而来？《乐记·乐本篇》开篇云"凡音之起，由人心生也，人心之动，物使之然也"，《文心雕龙·物色第四十六》亦云"物色之动，心亦摇焉"，可见情由外物感动人心而生。据《毛诗大序》诠释，音与情是没有直接联系的，音是文之音，但又不离声，又是声之音，情在声、音、文之间流转，贯穿其中。诗

---

① 古德曼：《艺术的语言》，彭锋译，北京大学出版社，2013，第44页。

歌里的"声"是狭义的声，指情之声，即由情促发的声，或促发情的声；诗歌里的音也是狭义的音，指文之音，不包括音乐的音（《乐记》里的"音"）。由于文的参与，音还要区分音之义与音之声，那么情之声与音之声就不是一回事。先看声与情，声为情的符号，属于"一种集中体现了情感释放的行为方式"，"滋生于潜意识"、"饱含感情色彩"的缩合符号（相对待的符号类型是指示符号）①。不同的情对应于不同的声，如喜有笑声，悲有泣声，怒有吼声，当然，更细微的情也会有更细微的声之差异来呈现，但这些并非音之声。音之声只建立在文辞之上，它融入声中的情，却比声更有明晰的意义，即有了音之义。从声符号到音符号，情贯穿其中，故而都是缩合符号，但在跟外物的关联上，音比声更少，"在缩合符号中，与外物的关联越小，意义越丰富"②，音之所以有丰富而复杂的含义，正是这个道理。文辞则已经属于纯粹的指示符号了，在其中，情的原始语境消失，只具有通过一个语言社会的共识所建立起来的指示特征。这样，在诗中，文之音与文辞本身虽然在意义上不可分离，但可以分属不同符号。那么声如何成文？这关乎人何以有语言，据当代语言学研究表明，人类有天生的语言能力，后天给予哪种具体的语言刺激，即可发展出说哪种语言的能力。人一旦会语言，从情之声到文之音是必然的，因前者简单而直接，后者处于表意的高阶，复杂丰富，更加灵活自由。所以，"声音"有其合用的基础，一是同属传情的缩合符号；二是在单一的范畴内如诗歌里，"声"与"音"混用或合用不会产生歧义，指向同一个狭义的意思。宋人郑樵喜欢专用"声"而非"音"指诗歌的声音，如"乐以诗为本，诗以声为用"，"诗者，声诗也，出于情性"③，此处"声"即"音"也。

从文辞中剥离出声音符号，能够较好地说明诗与散文的区别。虽然诗与散文都用文字写成，都兼有看与读之两用，但它们各有侧重点。这一点，从翻译看就很清楚："诗较散文难译，是因为诗偏重音，而散文偏重义，义易译而音不易译，译即另是一回事。"④ 为什么诗会偏重音节？因为诗缘于情，

①　萨丕尔：《萨丕尔论语言、文化与人格》，高一虹等译，商务印书馆，2011，第332页。
②　萨丕尔：《萨丕尔论语言、文化与人格》，高一虹等译，商务印书馆，2011，第333页。
③　〔宋〕郑樵：《国风辨》，载吴文治编《宋诗话全编》四，凤凰出版社，2006，第3465页。
④　朱光潜：《诗论》，广西师范大学出版社，2004，第84页。

情更倚重声音这种缩合符号，而非专用于看的指示符号。当然，用文字写就的语言本身必可读出声音，散文也不是不能偏重音，再加上记忆的要求，若没有韵律的帮助，人们很难记忆长文；古汉语文章还靠韵律来断句，所以古代也有太多在音与义上都很优秀的散文作品。但是总体上散文有越来越远离声音的倾向，对韵律的抑制是在散文出现之后，因为散文背后的精神是认知性的，当让知性成为认识活动的主宰，语言的情感传达功能就弱下去了，"这种精神首先就排斥韵律，更确切地说，像韵律这样一种以确定的感觉来制缚语言的形式，对于无处不在进行探索和联系的知性是不适用的"①。这至少也是诗歌内部从传统诗到现代诗的转变中，声音的重要性似有减弱的一个原因，即现代诗比传统诗更注重智性与认知革新，注重新的人类经验与表现方式，但现代诗仍然具有坚硬的不可翻译性，说明声音在诗歌中依旧占据着主导地位。

　　诗歌研究中最大的混淆不是声与音，也不是声音与所描述的对象声音，而是声音与音律，人们通常一谈论诗歌中的声音，就直接指向诗歌音律（指诗歌中的音乐成分，亦称韵律、节律、格律等），连朱光潜也不例外。诗与歌联姻的原型应是导致这一混淆的重要原因，朱光潜据此原型在诗中分出语言的节奏与音乐的节奏，诗要兼而有之。语言的节奏属于表意部分，音乐节奏属于纯形式部分，诗歌的声音在其中就没有位置了，所以他就不自觉地将诗歌的声音归入音乐部分。他说："我们并非轻视诗的音乐成分，不能欣赏诗的音乐者对于诗的精微处恐终隔膜。我们所特别着重的论点只是：诗既用语言，就不能离开意义而专讲声音。"② 第二处出现的"音乐"可用"声音"替代，而末尾的"声音"一词可用"音乐"替代。

　　无论中外，在现代自由诗出现之前，有音律的诗或格律诗在诗歌领域中都占有统治地位，诗歌的理想形态被认为是语言与音乐的合一。宋代郑樵认为："诗三百篇，皆可诵可舞可弦"③；清代黄宗羲说："原诗之起，皆因于

①　洪堡特：《论人类语言结构的差异及其对人类精神发展的影响》，姚小平译，商务印书馆，2004，第244页。

②　朱光潜：《诗论》，广西师范大学出版社，2004，第99~101页。

③　吴文治编《宋诗话全编》四，凤凰出版社，2006，第3472页。

乐，是故《三百篇》即乐经也"①；朱自清曾引《今文尚书·尧典》中舜的话及郑玄的注后说："这里有两件事：一是诗言志．二是诗乐不分家。"② 当语言被置于音乐之下，语言会发现两种变形，一是其声韵组配要依据音乐的需要而定，如古代的词、曲（文）和今天的歌词；二是语言受音乐同化，在音节上趋向形式化、整齐而有节奏。当这种影响成为语言的目标时，即为形式而形式时，音律便产生了。诗歌的音律有宽有严，宽者如古体诗，严者如与近体诗，严格的音律即为格律（Meter），如律诗、绝句，还有宋、元的词、曲。中国诗走上律化道路的原因，朱光潜归纳为三个：一是声音的对仗起于意义的排偶，此特征先见于赋，而后影响了律诗；二是佛经翻译与梵音输入导致的音韵研究极其发达，对诗的声律运动是一种强烈的刺激；三是齐梁时代是乐府递化为文人诗的最后阶段，外在音乐消失，文字本身的音乐起来代替它，永明声律运动是这种演化的自然结果③。不能否认，格律的声音本身所具有的审美意义，也不能否认这一审美意义与语言的意义在一首诗里可以相得益彰，但诗歌的声音在格律之后分化了。格律的声音虽然仍然是语言的，由语言的声音所建构，但脱离语言自成体系，语言的声音不过是它的材料，这样便迅速形成了形式和意义的对立——形式有可能并不为意义服务，意义也会反抗形式的束缚。由于历史上诗与歌长期相伴，诗歌语言的格律化成了理所当然的目标，把诗歌的原始形式当作理所当然的"真理"，没有人对音乐置于诗歌之上提出质疑，没有人对诗歌中格律的必要性提出质疑，使得诗歌中的声音特征反而失去了主体地位，变成形成音乐性特征的一个材料。

在声音与音律之间，存在一个语言本身的韵律特征。"语言表现即便没有严格的韵律，也仍然可能是有节奏的"④，它不是语言受音乐影响的证据，它反而是音乐这种艺术形式产生之普遍性基础，是音乐之前的音乐性特征。这种特征同时为生物结构与社会结构所分享，如前所述，人的身体器官有强烈的对称性，建筑和一些社会组织结构也有韵律化的对称。语言声音本身的

① 郭绍虞主编《中国历代文论选》三，上海古籍出版社，1979，第34页。
② 朱自清：《诗言志辨》，广西师范大学出版社，2004，第1页。
③ 朱光潜：《诗论》，广西师范大学出版社，2004，第171页。
④ 帕克：《美学原理》，张今译，广西师范大学出版社，2001，第180页。

韵律性先于音乐，而格律是后于音乐并受音乐影响所形成的，两者相通却不同混淆。弥尔顿说："对于能审律的耳朵，韵是不足道之物，并不产生真正的乐感，乐感只产生于恰当的格律，数目合适的音节。"[①] 可见，真正受音乐影响产生的是格律，而非韵律。近十年来，学界在汉语的韵律特征及韵律作为词法、句法的手段等方面的研究取得了重要进展，如冯胜利的《汉语的韵律、词法与句法》《汉语韵律句法学》和吴为善的《汉语韵律句法探索》，都说明韵律在语言学上与音乐、诗歌音律之间没有相关性，它是语言和诗歌的声音自带的内在特征。施莱尔·马赫说："语言有两个要素，音乐和逻辑的，诗人应使用前者并迫使后者引出个体性的形象来。"[②] 此处的"音乐"即指语言声音的韵律，后起的音乐反而成了语言声音的韵律特征的方便代称。

不区分声音与音律的结果是作茧自缚，其必然将音律推向诗歌声音的追求目标，而无法摆脱形式的焦虑。自新诗诞生以来，焦虑一直折磨着历代诗人和诗歌理论家，但从闻一多到林庚，他们所尝试的新诗格律的理论和实践都已失败。他们不肯承认或没有能够认识到，诗歌中重要的不是向音乐看齐的音律，而是微妙而神奇的声音语象，将格调、神韵、意味都吸纳在内的独特的声音语象的创造，才是作为声音的诗艺的奥秘所在。这种情形跟西方诗歌自由化之后一段时间内对新格律形式的期待非常相似，但西方诗人和理论家承认新的格律形式已不可能再现，自由诗本身已成为一种形式[③]。

古代文献足以呈现，诗人对诗歌声音包括非格律的韵律的重视远甚于音律或格律。"夫声发于性情，中律而成文之为诗"[④]，古人承认诗歌必须穿上"律"这件外衣，也的确从不曾质疑过它有没有脱下来的可能性。但"律"也仅仅止于诗的外在标志这一作用，诗的境界与"律"无关，只与诗歌中的"音节"即声音及韵律有关。胡应麟《诗薮·内编》云："古诗自有音

---

① 王佐良：《英国诗史》，译林出版社，1997，第 165 页。
② 克洛齐：《美学的历史》，王天清译，中国社会科学出版社，1986，第 162 页。
③ Timothy Steele. Missing Measures: Modern Poetry and the Revolt against Meter. Fayetteville: The University of Arkansas Press, 1990, p. 280.
④ 〔明〕许相卿：《渐斋诗草序》，载吴文治编《明诗话全编》三，凤凰出版社，1997，第 2200 页。

节。陆、谢体极俳偶，然音节与唐律迥不同。"此处"音节"相当于诗歌中的声音，大于格律的声音模式。语言的韵律跟瑞恰兹研究诗歌的四个维度——即 sense（意义）、feeling（感受）、tone（音调）、intention（意图）——中的前二者关联度较大[1]，韵律可加强感觉，强调某种特殊的意义，韵律还能调节情感，使情感变得更加精确。对于唐宋人来说，格律不难，难在"音节"，"两句三年得，一吟双泪流"。因为音节不是无意义的音节，整体音调、节奏、声韵，都可能传达诗意或与诗意舛互，声与调有轻重缓急、清浊长短高下之分，扬多抑少，则音调匀，抑多扬少，则音调促，远非一个"合律"能解决的。同是格律诗，在整体音调上仍可分出唐、宋，"论诗之要领，'声色'二字足以尽之……古人之诗未有不协声律者，故言诗而声在其中。骚、雅、汉、魏、六朝、三唐之声各不同以乐随世变也"[2]。韵律和其他声音一样由情而生，而格律慕音乐而成。一首诗的音调是一切韵律因素的综合效果，是声调、音步节奏、词句式样搭配、语气、语调的统一。如荆轲诗句"风萧萧兮易水寒，壮士一去兮不复还"，其以单音形成的框架像鼓点，风、寒、去、还的韵脚为阳声韵，因急促地配上词义内容而显出激昂、坚毅和悲愤，这就是音调与情的表里关系。相对格律诗而言，古体诗可谓古代的自由诗。李白、杜甫所写的格律诗并不比古体诗多，亦见出古人对于格律不是顶礼膜拜，现代人又有什么必要存此影响的焦虑？

在诗歌中，语言主要不是抽象思维的工具，而是审美的对象，韵律能够使语言变成一种具体而感性的实际存在。韵律包括声、韵、调、音步节奏的和谐特征，当韵律与诗意紧密相随时，它就变成实体语象，即从单纯的语言声音的特征变为诗歌中的美学单位。作为语象的韵律会充分利用声音的初始象征意义为诗意创造服务，如诗中所押之韵有洪细、阴阳之别，前者为响度差别，响者为洪，弱者为细；后者为韵尾之别，元音韵尾为阴，辅音韵尾为阳。洪声韵宜传达欢乐、激昂、奔放的情感，如杜甫《闻官军收河南河北》韵脚为"裳、狂、乡、阳"；细声韵则适于传达幽怨、缠绵、低沉的情绪，

---

① I. A. Richards. *Practical Criticism*：*A Study of Literary Judgment*. New Jersey：Transaction Publishers，2004，p. 181.

② 〔清〕冒春荣：《葚原诗说》，载郭绍虞主编《清诗话续编》，上海古籍出版社，1983，第1618～1619 页。

如杜甫《登楼》的韵脚为"临、今、侵、吟"。但韵类的初始象征意义并不一定与整体诗意对应，韵的作用相对于诗句整体声音效果要小得多。如苏东坡《惠崇春江晚景》："竹外桃花三两枝，春江水暖鸭先知。蒌蒿满地芦芽短，正是河豚欲上时。"用的是细韵"支思韵"，表达的却是欢快与生机，只因其洪韵字总数占了一半多；再如同样用洪声韵的苏轼"十年生死两茫茫"和"老夫聊发少年狂"，一为悲凉哀伤，一为壮志豪情，都是因其为句段意义、音步节奏整体调配所左右，故前一首诗停延大，语气平缓；后一首诗停延小，一气呵成，导致效果大为不同。阳声韵通过鼻腔共鸣，适于传达雄浑、辽阔的意境。如李商隐的《赠刘司户贲》"江风扬浪动云根，重碇危樯白日昏"两句共 14 个字，其中有 11 个阳声韵，9 个浊声母（浊音字）。古人写诗对"声"（声母）同样重视，古代的"韵"兼指现在的"声"和"韵"。朱光潜说钟嵘《诗品》谓"若'置酒高堂上''明月照高楼'为韵之首"，此处"韵"显然指"声"①。一首诗中的整体韵式也能表意，看韵的疏密，愈密节奏愈快，越急促迫切；再如换韵，韩愈《听颖师弹琴》先是阴声韵，仿音乐之轻柔婉转，后用阳声韵，仿琴声慷慨激昂。

在英语诗歌中，格律之外的声音表意也比格律更值得重视。现代英美许多自由诗作者有时还会写写格律诗，但用力之处往往在于声音的实体语象创造。如罗伯特·弗洛斯特的 *Once by the Pacific*：

> The shattered water made a misty din.
> Great waves looked over others coming in,
> And thought of doing something to the shore
> That water never did to land before.
> The clouds are low and hairy in the skies,
> Like locks blown forward in gleam of eyes.
> You could not tell, and yet it looked as if
> The shore was lucky in being backed by cliff,
> The cliff in being backed by continent;

---

① 朱光潜：《诗论》，广西师范大学出版社，2004，第 141 页。

It looked as if a night of dark intent

Was coming, and not only a night, an age.

Someone had better be prepared for rage.

There could be more than ocean – water broken

Before God's last 'Put out the Light' was spoken.

　　全诗 14 行，144 个音节，其中 70 个音节含有爆破音，是对海洋的躁动不安、汹涌澎湃的描摹；7 对英雄双韵体诗句（heroic couplet）体现史诗的波澜壮阔风格，其中有 4 对跨行连续 enjambement，使诗意连续，一气呵成。

　　朱光潜把诗歌的声音表意现象也归入"意象"，"所谓意象，原不必全由视觉产生，各种感觉器官都可以产生意象"[①]。此中有两点混淆，首先是混淆了语言文字和其指称的物象，他所说的不是文字转写之后的语言视觉形象（今天的以图示诗的诗即此，当外指事物时是意象，当自指文字本身形象时是语象），而是语言所指称的事物之形象；其次，就诗歌的听觉而言，只能是语言引起的听觉，而不是语言所指物象所引起的听觉形象，那么由语言听觉形象形成的诗歌符号就不是听觉意象，而是听觉语象了。因为这种声音形象主要在于传情或气氛的造型，很少用于暗示或外指客观事物。如果格律只是诗歌语言的单纯的音乐形式，那么就肯定不是语象，汉语格律多属于这一情形；英语的不同格律却有明显差别的风格意义，如英雄双行体之于阳刚之气，十四行诗体之于优雅之美，似乎多少有一点语象特征。

　　今天的诗可以没有律，但不可能没有声、音与韵，因为"诗言志"，情感与后者有直接的联系，诗歌语言兼具指示符号和缩合符号的特点。若从律或音乐性的探索角度看，当代诗歌的音乐性探索仍然未突破 20 世纪 20 年代的试验[②]，但从声音语象的创造看，朦胧诗以来的现代汉语诗歌远比之前丰富、复杂。

---

　　① 　朱光潜：《诗论》，广西师范大学出版社，2004，第 41 页。
　　② 　陈卫、陈茜：《音乐性与中国当代诗歌》，《江汉论坛》2010 年第 7 期，第 95 ~ 99 页。

四　音乐与诗歌的分离

汉语近体诗格律的产生，与歌诗传统对诗的压力有关。汉代文人诗的产生促使歌与诗彻底分离，但音乐在格律上找到了还魂的机会，此中可能有佛经翻译的功劳，因其引发了音韵研究的繁荣。格律已非音乐，而是语言的声音的组织，是语言声音的部分要素根据音乐原则组合、调配得到的语音形式系统。格律与声音之间还隔着一个东西，即韵律，它由语言中特定声音要素构成的最小的具有音乐效果的形式。在英语中，三者就是 meter（格律）、rhythm（韵律）和 sound（声音）的不同，所以格律是一种声音的整体格局，直接构成单位是韵律，间接构成单位是语言的各种声音要素。格律或有其他的作用，比如西方诗的格律在长诗中有组织作用，易使诗形成一个完整的织体，汉语诗的格律可以使音节、表意都容易散漫的汉语得到规整。格律有特定体式，汉语诗格律有律诗、绝句、词、曲等，英语诗格律有 Blank verse（素体诗）、Sonnet（十四行诗）、Heroic couplet（英雄双行体）等，每一种体式都有具体的格律内容。如英雄双行体的要求是：（1）五音步抑扬格；（2）押尾韵对偶句；（3）韵尾为 AA BB CC DD……不重复。格律对于诗而言只是外衣，穿也容易，脱也容易，但在格律盛行的时代，穿不穿外衣事关重大，犹如道德戒律，沃尔特·惠特曼在 19 世纪中叶首倡自由诗（Free verse）写作的时候，诗句中还时不时夹杂着符合抑扬格五音步诗等格律要求的诗行，进入 20 世纪以后，诗人是否写格律诗则完全凭个人的喜好了。

即使是音乐模式，也总能传达泛化的情感意义，何况格律还是语言的声音组织，问题的关键在于格律是否自足，即是否相对于语言的语义表达自成系统？其次是格律是否与语言的语义传达相互协调、应和？[①] 从语象理论看，可归结为一个问题：格律算不算语象？音乐与诗的结合或分离，跟声音与意义如何关联，是两个不同的问题，然而诗歌格律因其与音乐、语言都相关，两个问题就纠缠在一起了。先就声音来说，声音本身具有象征意义，如

---

① Victor M. Hamm: Meter and Meaning, *PMLA*, Vol. 69, No. 4, Sep., 1954, pp. 695–710.

人们对古汉语声调的体会是"平声哀而安，上声厉而举，去声清而远，入声直而促"；同样，在绘画中线条本身也有一种表意倾向，如直线冷硬，曲线温柔。再看格律，声音的整体格局自有其风格意义，如英雄双行体有阳刚之气，雄浑、坚定、简洁，十四行诗体却给人以优美、雅致、浪漫的感觉。可见，声音与格律的泛化表意倾向与诗歌艺术无关，只有当它们参与到具体诗歌作品的诗意建构中去时，才能成为语象符号。格律由于其整体格局的稳定性，往往顽固地自守既有的风格意义，很难参与诗的独特意义的传达，故而与语象无缘，但诗歌中的声音要素却可以灵活地为诗意服务，在每一首诗中都可能创造出独特的语象。那么，通常被人们称颂的一首诗音节如何婉转、悦耳，节奏优美动听，就根本说明不了一首诗的好坏，因为其声音很可能并未参与进诗意的传达。一首好诗在于独特的语象或意象的创造，声音与意义的第一次崭新的结合，才算得上声音的语象，如同当线条深入绘画独特的意味中去时，才真正与绘画发生关系。从声音符号学角度看，格律与诗歌的分离是必然的，即使格律与诗中意义的协调问题在某个诗人那里已经得到解决，也还是两层皮，格律仍然无法触及诗歌艺术的核心。

　　近体诗格律对于唐宋诗人而言是随意可穿上的衣裳，他们对诗艺的打磨完全在格律之外的声音中，还有鲜活的声音与意义的关联，对一个字音的响与暗都要琢磨良久。"一简之内，音韵尽殊，两句之中，轻重悉异"（沈约语），如果格律于诗歌重要，何至于"两句三年得，一吟双泪流"？看不透这一点，才会产生形式焦虑，这是被歪曲了的影响的焦虑。中国现代诗人，如闻一多者，尝试新诗格律，实属不谙传统奥秘所致。如果对新诗格律的探讨本质上违背诗歌演化历史的规律，将注定以失败告终；诗歌写作要不要穿上格律的外衣，最多是一种文化趣味的选择，与诗艺无关。然而，中国现代诗的另一个片面又出现了，如戴望舒者，在对《雨巷》的反思中将格律与诗歌的声音一同抛弃；如郭沫若者，提出"诗之精神在其内在的韵律……内在的韵律便是'情绪的自然消涨'"[1]，将内在韵律与外在韵律对立起来。但诗歌是不可能不考虑语言的声音与意义的关联，如古人所言，情生声，声

---

① 郭沫若：《论诗三札》，载杨匡汉、刘福春编《中国现代诗论》上编，花城出版社，1995，第51页。

成文，才有诗，而语言的声音并不自动地与情绪的自然"消涨"对接。音节与情绪抵牾之处的诗遍地可见，自由诗怎可能如此随便写就？今天多数人对自由诗的误会都可追溯至郭沫若，其舍弃声音造成诗艺的败坏，反而甚于提倡新诗格律。海德格尔曾引瓦雷里的话说："诗歌乃是音调和意义之间经久不息的踌躇。"[①] 这与中国古人写诗状态何其相像！艾略特《诗歌的音乐性》云："只有拙劣的诗人才会把自由诗看作是摆脱形式的一种解放而表示欢迎。自由诗的对僵死的形式的反叛，也是为了新形式的到来或者旧形式的更新所做的一种准备；它是对每一首诗本身的独特的内在统一而反对类型式的外在统一的坚持。"[②] 声音与意义的关联，语象的诗歌艺术属于"内在统一"，而格律作为音乐性与诗歌的统一则属于"外部统一"。惠特曼开创的自由诗传统将诗艺引向更加纯粹的内在统一，这也是为什么自由诗并不自由，自由诗并不好写的原因所在。庞德的话更清楚明白："只应当在你'必须'写的时候才写，那就是说只有当所咏'事物'构成的韵律，比规定的韵律更美，或者比正规的抑扬顿挫写出的诗的韵律更真切，比它所要表达的'事物'的情感更为融洽、更贴切、更合拍、更富有表现力。那是一种为固定的抑扬格或抑扬格所不能充分表现的韵律。"[③] 通常声音与意义中的情感部分更易联姻，声音的组合还会表现出相对独立的情感表达属性，这只是声音的自然倾向，"规定的韵律"代表的是这一自然倾向，比"规定的韵律"更美、真切、更融洽、更富有表现力的声音已是诗中的声音语象，其独创性为每一首诗所有，而没有任何可复制性。例如"70后"诗人三子的一首诗《桃花溪》：

> 桃花开过了，就到袖里去
> 那人，
> 在溪边走倦了
> 就坐一朵桃花，到水里去。

---

① 海德格尔：《荷尔德林诗的阐释》，孙周兴译，商务印书馆，2000，第186页。
② 王恩衷编译《艾略特诗学文集》，国际文化出版公司，1989，第186页。
③ 庞德：《回顾》，载王治明编《欧美诗论选》，青海人民出版社，1990，第354页。

七里坳。春风此去已是七里
水继续在流。那人
抖抖衣袖上的水渍
折转身，回到镇上去。

　　现代诗的分行是诗歌声音上的要求，分行的一般作用是对诗句声气与节奏的调配。现代汉语的词音节多变，一至三个音节或多个音节都很常见，字的整齐与音节的和谐已是毫不相关，音节间的关系主要依靠分行来调节。分行对诗句意义传达还有辅助性作用，其停顿与继续，往往关乎意的断续、快慢、突显等。这相当于分行的"规定的韵律"，还不是特定的声音语象。在《桃花溪》里，分行创造出了特定的语象，如第一节的首句与末句，都由两个分句构成一个音句，节奏呼应，尾字相同；而中间断句，强将一个完整句分为两个音句，首尾如同环路将"那人"围在里边，暗示了一个封闭的有梦境意味的"桃花源"世界。第二节若按英语诗歌术语来说，就是跨行连续（enjambement），分行断而不分，首句两个"七里"也是相咬成句，在音节效果上如"水继续在流"，直到"去"字又出现方戛然而止，恍如回到现实中来。这种音与意的不可剥离性，正是诗歌难以翻译的重要原因之一。

　　格律容易退化为外部的音乐性，而与诗意分离，即缺少了与诗的鲜活生命感受的联系，格律中的要素平仄、音步节奏、押韵，以及声音的象征都被会当作写作的技巧，在格律这一声音模式中，诗反而丧失了"声音"。诗歌与音乐的彻底分离在中外诗歌史上都是晚近的事，这一分离使得诗人愈来愈倚重意象和转义语象。在西方现代诗歌中，格律在诗中的作用明显衰弱了，这一点可从 Homer—Shakespeare—Eliot 的诗歌获知。西方诗人很早就倾向于将语言（诗歌）和音乐分离，认为它们各自的审美效果比结合在一起更好，这个分离过程一直延续到近代。现在的诗是愈来愈看重 metaphor（隐喻）、symbols（象征）和 myth-visual（视觉奇构），同时声音的笼统表意功能也趋于弱化。但是独特的声音语象常在优秀的现代诗里出现，诗歌与声音的联姻从来不曾解体过，因为声音语象为诗歌的特质。

五　当代诗歌中的声音探索

汉字与汉语的声音并不平行。汉字记录汉语的义，对应于汉字的读音远不止一种，有多少方言就有多少读法。但有两点是确定的，一是无论用共同语还是方言读，基本上每个汉字都读成一个音节，这就决定了总体节奏面目不会随读法而改变；二是普通话写作或方言写作在一首诗里有统一性，这实际上已经选择了诗歌的声音来源。所以将现代汉诗视为偏向于看的诗歌并不合理，声音永远会在读诗过程中起作用的，"声音节奏是情趣的直接的表现，读诗如果只懂语文意义而不讲求声音节奏，对于诗就多少是门外汉"①。现代诗声音探索遵循的是一个艺术符号学的原则，即声音与意义的双向平行关联，这一原则体现为如下两个方面：一是声音与意义的和谐，声音与特殊表意相应合；二是声音语象的创造。

亚历山大·蒲柏有一首《论批评》，诗中这样描述声音与意义的和谐关系："不要满足于用词没有声病／声音该是某种意思的回音／微风习习，声调也必须轻柔／溪水潺潺，当用轻快的节奏。"这部分意义与情感息息相关，或称之为情感意义。声音尤其是语气语调和音步节奏，是情感自然流露的外部纹路，它很可能会与词句的概念意义表达不同步或不一致。这时，诗歌跟日常语言或科学语言的处理相反，义的要求往往屈从于音的要求，但这不是音本身的音乐性要求，而仍然是意义内部的要求，即概念意义屈从于情感意义。戴望舒1932年发表的《诗论零札》，其中第一条便是"诗不能借重音乐，它应该去了音乐的成分"。编《望舒草》的时候，他竟将成名作《雨巷》以及其他类似的诗歌都删去了，其实《雨巷》刻意制造音乐美虽不足取，但此诗总体上音和义还是和谐的。戴望舒这一代诗人都重视内在的情绪带动的语言节奏，不愿为外部音律所约束，但是他们不明白情感语言的节奏与语言的韵律特征并不冲突，没有韵律感的语言往往难以表达情感意味，只是韵律感的侧重点都在变。

《文心雕龙·声律》云："异音相从谓之和，同声相应谓之韵。""和"

---

① 朱光潜：《研究诗歌的方法》，《朱光潜全集》第九卷，安徽教育出版社，1993，第207页。

是诗歌中声音的最高境界，声音彼此差异而做到和谐不容易；同理，音和义也是差异，一首诗的"和"应指声音之和到意义之和。"韵"较为次要，西方诗人弥尔顿很轻视用韵，《诗经》《乐府》中有许多无韵诗，佛经中也有很多无韵的偈赞。现代诗的韵在形式感上还有一点作用，可以使散漫的音节得到一定规整，但其与意义的关联不大，故而大量的诗都是无韵诗。现代诗如何做到音与义的和谐、音与特殊表意义的应合？笔者认为分行在其中起到关键性作用，分行能够自由调节一行诗的音节及节奏。现代汉语的词音节多变，一至三个音节或多个音节都很常见，字的整齐已完全不必要，但音的和谐仍然可以做到，这种和谐为表现情感意义提供了最灵活的手段。如分行可使日常叙述性语句变为情感性表达语句：

> 在到处都是玻璃的地方，
> 玻璃已经不是它自己，而是
> 一种精神。
> ……
> 语言溢出，枯竭，在透明之前。
> 语言就是飞翔，就是
> 以空旷对空旷，以闪电对闪电。

（欧阳江河《玻璃工厂》节选）

在"而是"和"就是"处分行能够读出声音之上强烈的情感，与日常叙述中的客观语调大不相同。"一种精神"四个音，"以空旷对空旷，以闪电对闪电"句式相同，节奏稳当，与被强调的意义相"和"。这样的声音也有助于加强"是"的肯定意味，还加强了"一种精神"和"玻璃"之间的张力，即一种实体和虚幻的张力；在"就是"处分行，同样把形成张力的地方留到了停顿之后。分行能够轻易地使语义的对照得到声音上的支持，或者说，分行易使声音产生雅柯布森说的相当与等值，从而映射到意义上也使之具有等值关系。再如：

> 一页页翻过，疏散的枪声

> 远远越过枯竭的河流
> 发黄的广告竟魅力无穷
> 我无忧无虑地看那纸上的
> 夕阳陨落。我应该
> 回到那个时代，倾囊而出
> 买一只钢笔，或
> 一架嘎嘎响的风车

（西川《读 1926 年的旧杂志》节选）

"夕阳陨落"由于前面的停顿而成为一个相对独立、完整的意义重心，从语义关系上来看，"那纸上的"和"夕阳陨落"这一矛盾搭配构成了意义相反的等值张力；"我应该"处分行不仅体现一种肯定的意绪，并与前面诗行形成意义上的相对待关系；"或"之后的分行，使"买一只钢笔"和"嘎嘎响的风车"在意义上产生等值联想。可见，分行为实现诗歌语法提供更便捷的手段，并且分行可以利用声音催生语义层层递进的效果，逐步扩大张力。如：

> 我们弯曲着
> 向着风雪的一极
> 弯曲得有如很久以前
> 青铜铸造的
> 犁铧

（骆一禾《突破风雪》节选）

此处"犁铧"由于分行而得到一种强调，又由于音节的减少而成为语义递进的最高层，进一步扩大其词义的张力，使"犁铧"获得一种长存性和神圣感，另外也延伸了我们对"弯曲"的想象。如前所述，声音与特殊表意相应合，在古典诗中也出现过，但自由度不像现代诗那么大，只以具有象征意味的声或韵的使用为主，用例也不多。现代诗没了格律的束缚后，反而有助于发掘声音的潜力，自由的分行形成的声音效果就有可能使诗意得到充分的表现。

人们一般认为格律是对诗意自由传达的束缚，而不知格律首先是对声音的束缚，因此也难以认识到现代自由诗的诗学价值首先在于对诗歌声音的解放，这方面最好的见证是当代诗歌中产生了大量的声音语象。声音语象是利用语言的声音实体形成的诗学符号，其音与义跟原有语言符号处于不同的层次，是语言符号再度符号化的结果，以往诗歌中的声音效果如押韵、叠音、平仄、反复、节奏等不再只是为了产生形式上的音乐美感，而具有诗意表达的功能时，它们就变成了声音语象。如：

> 最初只是雪山上滴下的一颗水珠
> 最初的种子只是一粒
> 历尽沧桑的河流
> 它注定要遇见世上最美丽的女人和春天
> 信教者们死去　河水日夜流淌
> 高山森林石头风暴太阳荒原和鹰
> 只是阳光　只是那河流上的一小片风景

（于坚《飞碟》节选）

后面三行诗节奏为"缓—急—缓"，"高山森林石头风暴太阳荒原和鹰"，诗行全是事物名称的连用，中间没有停顿，呈现为声音上的快节奏；最后一行缓节奏靠"只是"的重复、中间的停延与前后音节数量短长的搭配来实现。"高山"句呈现了词语令事物直接在场的感觉，并且传达出时光快速流变的意味（如果每个词语之间运用了一般的停顿，那么话语将回归到叙述线条，这些词语则会变成一张物品清单，诗意全无），也使后面缓节奏诗行中的事物具有永恒的意味。由此可见，声音语象往往跨越多个词位或句子，并且是各种声音要素相互配合的整体所显现的表意效果。声音语象的基础是音与义的和谐，以及声音本身所具有的表义潜能，如反复、回旋的节奏能够传递出某种程度递进的意味，或对照所产生的不可言传之意。如西川《秋天的十四行》一诗中，"大地上的秋天，成熟的秋天"、"出于幻觉的太阳、出于幻觉的灯"、"预感到什么，就把什么承当"等诗句都有声音效果

催生的诗意。声音语象的意义也可以非常明朗，直接表现诗歌所描述的特定
情景或事物。如：

> 结结巴巴我的嘴
> 二二二等残废
> 咬不住我狂狂狂奔的思维
> 还有我的腿
>
> 你们四处流流流淌的口水
> 散着霉味
> 我我我的肺
> 多么劳累

（伊沙《结结巴巴》节选）

　　诗题为"结结巴巴"，诗中重复字词的声音用来模拟这一状态，这个语
象虽明朗但不简单。此诗每节都有两处以上重复字词，整体音义和谐，语感
处理很纯熟，并另有传情，表明它不是对"结结巴巴"概念意义的简单的
形象表征，而是作为整首诗的元语象参与诗意的生产，让声音的停滞与前行
对应于生理的残疾与精神的健全。声音语象既可以出现在一首诗内部，又可
以是一首诗只创造一个整体声音的语象，如《结结巴巴》；再如：

> 走在额头飘雪的夜里而依旧是
> 从一张白纸上走过而依旧是
> 走进那看不见的田野而依旧是
>
> 走在词间，麦田间，走在
> 减价的皮鞋间，走到词
> 望到家乡的时刻，而依旧是
>
> 站在麦田间整理西装，而依旧是

　　屈下黄金盾牌铸造的膝盖，而依旧是

　　这世上最响亮的，最响亮的

　　依旧是，依旧是大地

　　（多多《依旧是》节选）

　　这首诗较好地用"依旧是"的声音诠释了"依旧是"的意义，将情感与思绪自由起伏的变化与某种始终如一的状态，通过声音语象呈现出来。

　　包含声音语象的诗歌属于读的诗歌，虽然这样的声音具有基本的韵律感，但它与诗歌的音乐美无关，这种韵律内在于诗歌的声音，如同韵律同样内在于世界上其他事物一样。声音语象是一种巴拉什诗学意义上的诗歌形象，每一个都是新颖的、独一无二的，本身就承载诗意，"是作为语言的一种新存在而出现"①。一个独特的诗人创造的声音语象还可能覆盖不止一首诗歌，如德·曼对里尔克诗歌的声音分析所示，里尔克《祈祷书》的主要成就在语音上，他对诗的控制几乎对应于对语音范围的控制②，这在最后一节诗达到了极致：

　　让你的右手撑托住天国倾斜的宁静吧，

　　Lass deine Hand am Hang der Himmel ruhn,

　　并默默地忍受我们暗地里强加于你的负担。

　　Und dulde stumn, was wir dir dunkel tun.

　　这两行诗通过主韵与准押韵互相联系，将每个语音效果封入另一个语音效果中，使语言的语义功能服从于语音功能，对诗意传达主要不是靠词句意义而是靠语音手段。当然，完全脱离词句语义束缚的语音是完全难以想象的。德·曼将里尔克的诗在声音上的成就总结为"交错法音响诗学"，即用声音上的交错表明事物属性的交叉。

---

　　①　巴什拉：《梦想的诗学》，刘自强译，三联书店，1996，第4页。

　　②　保尔·德·曼：《阅读的寓言》，沈勇译，天津人民出版社，2008，第34页。

六 结语

诗歌与声音的关系在传统与现代视野中是两种不同的景致。传统诗歌中的歌与诗一体两面，音乐形式笼罩在诗歌之上，或与诗如影相随，使诗的语言依音乐规律来组织；当诗歌与音乐分离后，格律成为音乐在诗歌中最好的替身。现代自由体诗彻底放逐了音乐形式，但并没有放逐诗歌的声音，声音是语言的本质属性。现代诗学表明，以语音为中心的组织原则内在于所有的诗歌，格律解除之后的诗歌释放了声音的潜能，每首诗都可能有自己独特的声音形式，自由体诗不可能再回归格律诗，因为它就是一种新的独立的诗歌形式。在中国现代诗学史上，人们很大程度上地混淆了声音与格律，对古典诗学中的声、音、韵、律诸概念之间的差异也缺乏辨别，以致既有人钻进格律陷阱重新自缚手脚，又有人完全抛弃诗歌的声音追求，在歧路上徘徊。对待声音的态度像一面镜子，照出了百年现代汉语诗歌的成败。

由文字转写的语言永远不可能取消声音在语言中的本质地位，作为"看"的诗歌只会是"读"的诗歌的补充，而不会成为诗歌的主体部分。诗歌终归是语言的艺术，而格律外在于诗歌，这张皮到现代终于变得没有任何黏合力，但这种剥离的驱动仍在于诗歌自身的独立要求。在格律诗时代，历代诗人均未忽视声音的锤炼，这实际上跟格律无关，写诗符合格律对受过良好诗歌教育的诗人们而言应不在话下，但要做到音与义的和谐对诗人们却是亘古的难事。所以现代诗舍弃格律，对意义的自由表达反而并不特别重要，更重要的是解放了诗歌语言的声音，使声音与意义的和谐得到前所未有的踌躇空间。语言本有韵律特征，一首诗的韵律要求就像韵律句法一样，与音乐无关，它不过是诗歌语言的一种自然属性，不仅不妨碍语言表意，反而可能呈现诗歌中的特殊意味。诗歌中的声音探索总是遵循艺术符号学原则，音与义的双向平行关联意味着音为义服务，或义由音繁殖。可以说，诗歌中音与义的关系最低要求是和谐，不相互违抗；最高要求则体现为声音语象的创造，但现代诗在声音语象探索上还有漫长的路要走。

（作者单位：西南大学文学院）

现代汉语诗歌诗体的现代性

王　珂

　　摘　要：现代汉语诗歌诗体的现代性主要指语体和文体的现代性。现代世俗性情感和现代通俗性语言是现代汉诗诗歌的两大现代性特征。现代汉语诗歌诗体的现代性建设必须重视人的构形本性与艺术的具形本性，不但要重视诗既需要耳朵又需要眼睛的特性和现代汉诗既是重视语言的现代也是重视精神的现代的特性，而且要重视现代汉语的实用性和个体性以及现代汉诗的先锋性和现代诗人的时代性，尤其要重视古今汉诗的诗歌生态及诗歌功能的差异性。如现代汉诗更重视情绪，古代汉诗更重视情感；现代汉诗更重视写作过程；古代汉诗更重视写作结果。现代人的视觉思维比古代人更发达，现代汉诗的视觉形式建设就比音乐形式建设更重要。现代汉语诗歌诗体的现代性应该体现在诗的形体的现代性上，要重视现代汉语及现代汉诗的特性，也要与世界现代诗保持联系。

　　关键词：新诗　诗体　现代性　现代意识　现代汉语

　　现代汉语诗歌诗体的现代性主要指语体和文体的现代性。本文题目采用《现代汉语诗歌诗体的现代性》，不用《新诗诗体的现代性》或者《现代诗诗体的现代性》，是想强调这种文体的语言特性，更是为了强调这种抒情文体的诗体建设需要重视现代汉语。实际上，涉及汉诗的"现代性"问题时，最准确的题目应该是《现代汉诗诗体的现代性》。

用"现代汉诗"取代"新诗"的历史并不长，这种"取代"在某种程度上可以呈现出新诗诗人，特别是新诗理论家们渴望新诗被"现代性"，甚至渴望新诗的文体建设与中国政治经济改革的现代化进程同步的心态。1991年春天，唐晓渡与芒克、孟浪等人创办了诗歌民刊《现代汉诗》。1996年，王光明教授获得国家社会科学基金重点课题项目"现代汉诗的百年演变"；1997年夏天，由他负责的"现代汉诗的百年演变"课题组在武夷山承办了福建师范大学和中国社会科学院文学所联合举办"现代汉诗诗学国际研讨会"（笔者是课题组成员，负责这次研讨会的会务）。海外学者奚密教授也提出了"现代汉诗"的概念，她的两部著作的名称就是《从边缘出发：现代汉诗的另类传统》《现代汉诗：1917年以来的理论与实践》。大陆很多新诗学者，如沈奇也认为应该把讨论限定在"现代汉诗"的范畴内才有效。

笔者一直主张用"现代汉诗"取代"新诗"。1997年，在武夷山"现代汉诗诗学国际研讨会"上，笔者提出，"现代汉诗"的"现代"指"语言的现代"和"情感的现代"，即现代汉诗是用现代汉语写现代情感的诗。

2000年，笔者给当时的现代汉诗下的定义是："诗是艺术地表现平民性情感的语言艺术。"[①] 这个定义两次用了"艺术"一词，目的是强调这种抒情文体的艺术性，却用了"平民性情感"来强调现代汉诗的两大现代性特征——现代世俗性情感和现代通俗性语言。这个定义受到了西方现代诗人波德莱尔和奥登的影响。一个世纪以前，世界现代诗歌的鼻祖波德莱尔就意识到了诗的自主性和世俗化特征："只要人们深入到自己的内心中去，询问自己的灵魂，再现那些激起热情的回忆，他们就会知道，诗除了自身外并无其他目的，它不可能有其他目的，除了纯粹为写诗而写的诗外，没有任何诗是伟大、高贵、真正无愧于诗这个名称的。"[②] "即便在理想的诗中，缪斯也可

---

① 王珂：《诗是艺术地表现平民性情感的语言艺术——论现代汉诗的现实出路》，《东南学术》2000年5期，第104页。

② 〔法〕波德莱尔：《再论埃德加·爱伦·坡》，《波德莱尔美学论文选》，郭宏安译，人民文学出版社，1987，第135页。

以与人来往而并不降低身份。"① 半个世纪以前，奥登加快了世界诗歌，尤其是现代诗的世俗化进程："诗不比人性好，也不比人性坏；诗是深刻的，同时却又浅薄，饱经世故而又天真无邪，呆板而又俏皮，淫荡而又纯洁，时时变幻不同。"②

10 年后，笔者把这个诗的定义扩展为："新诗包括内容（写什么）、形式（怎么写）和技法（如何写好）。内容包括抒情（情绪、情感）、叙述（感觉、感受）和议论（愿望、冥想）；形式包括语言（语体，含雅语：诗家语——即陌生化语言、书面语；俗语：口语、方言）和结构（诗体，含外在结构：句式、节式的音乐美、排列美，内在结构：语言的节奏）；技法包括想象（想象语言、情感和情节的能力）和意象（集体文化、个体自我和自然契合意象）。可以用一句话来概括这个新诗观：新诗是采用抒情、叙述、议论以及表现情绪、情感、感觉、感受、愿望和冥想，并且重视语体、诗体、想象和意象的汉语艺术。"③ 这个定义超越了把诗分为内容（写什么）与形式（怎么写）的"两分法"，把应该属于"怎么写"的技法（如何写好）单列，目的是为了强调现代汉诗在写作技法上的现代性——现代汉诗是用现代技法写的现代汉语诗。这个定义还总结出现代汉诗的几个特质：一是在写什么上多变的情绪多于稳定的情感。二是在写作手法上叙述受到重视，但是诗的叙述是从主观世界，尤其是从感觉和感受出发，写的是所感所思；散文的叙述是从客观世界，尤其是从生相和物相出发，写的是所见所闻。三是平民化口语多于贵族性书面语，方言受到重视。四是诗的内在节奏大于诗的外在节奏，诗的音乐性减弱。五是诗的视觉结构大于听觉结构，诗的排列形式重于诗的音乐形式。

2014 年 10 月 16 日，笔者给研究生上"诗歌文体学"课时，提出了"新诗是体现现代精神的诗"，主张"新诗的现代化必须与中国人的现代化基本同步"和"新诗的现代性建设必须为中国的现代性建设作贡献"。笔者认为新诗与现代情感、现代意识、现代思维、现代文化、现代政治、现代生

---

① 〔法〕波德莱尔：《再论埃德加·爱伦·坡》，《波德莱尔美学论文选》，郭宏安译，人民文学出版社，1987，第 134 页。
② 林以亮：《美国诗选》，今日世界出版社，1976，第 4 页。
③ 王珂：《今日新诗应该守常应变》，《西南大学学报》2010 年第 4 期，第 27 页。

活、现代文体一致，具体为：一是现代情感重视自然情感和社会情感的和谐；二是现代意识重视个人意识和群体意识的融合；三是现代思维重视语言思维与图像思维的综合；四是现代文化强调保守主义与激进主义的共处；五是现代政治追求宽松自由与节制法则的和解；六是现代文体需要本质主义与关系主义的同构。这六点实际上是对今日新诗"如何现代"的总结，也是新诗文体及诗体的"现代性"建设的构建策略。

现代汉语诗歌诗体的现代性应该体现在诗的形体的现代性上。人类艺术最早起源于人对形式及体式的追求，诗人对诗的形体为主要显象特征的诗体的重视出于人的构形本性和艺术的具形本性。歌德在《论德国建筑》说："艺术早在其成为美之前，就已经是构形的了，然而在那时候就已经是真实而伟大的艺术，往往比美的艺术本身更真实、更伟大些。原因是，人有一种构形的本性，一旦他的生存变得安定之后，这种本性立刻就活跃起来。"[①]中外学者对文体也有多种诠释，"在一个社会中，某些复现的话语属性被制度化，个人作品按照规范即该制度被产生和感知。所谓体裁，无论是文学的还是非文学的，不过是话语属性的制度化而已"[②]；"我们大致上给文体这样一个界说：文体是指一定的话语秩序所形成的文本体式，它折射出作家、批评家独特的精神结构、体验方式、思维方式和其他社会历史、文化精神。上述文体定义实际上可分为两层来理解，从表层看，文体是作品的语言秩序、语言体式，从里层看，文体负载着社会的文化精神和作家、批评家的个体的人格内涵"[③]；"文体生成错综复杂，新诗是多元发生的文体……一种文体在某种程度上是一代文人、一段历史、一个社会的象征。"[④] 可以，"诗体"特指诗的"体裁"、"体式"的规范，即从"怎么写"上来考察诗的形式特征，指的是"诗人所运用的言语结构"，即通常所说的诗的"形式"（form）。诗人无法逃避被"类型化"（体裁化）了的那种形式，诗体，即是对诗的形式属性及文体属性的制度化的具体呈现。

---

① 〔德〕恩斯特·卡西尔：《人论》，甘阳译，上海译文出版社，1985，第179页。
② 〔法〕托多罗夫：《巴赫金、对话理论及其他》，蒋子华、张萍译，百花文艺出版社，2001，第27页。
③ 童庆炳：《文体与文体创造》，云南人民出版社，1994，第1页。
④ 王珂：《新诗诗体生成史论》，九州出版社，2007，封底。

"诗不是一种特殊的艺术（Peculiar Art），却是所有艺术中最有威力的艺术，除戏剧以外，它是唯一的既需要耳朵又需要眼睛的艺术，是融视觉与听觉于一体的艺术。所有的艺术都需要耳或者眼，但并不是两者都需要。"① 诗体更多是指约定俗成的诗的常规形体，包括视觉形体和听觉形体，即诗的音乐（the music of poetry）范式和图画模式（the shape of poetry）。诗体主要分为定型诗体和准定型诗体两种，即诗体是诗的形体范式，是诗的体裁属性的具体的显性表现，是对诗的形式属性制度化后的结果；即规范化、模式化的诗的语言秩序和语言体式，具有制定作诗法则的意义。诗体总是以动态的方式存在，总是处在自我完善的进化状态中。诗的内在逻辑，总是以动态的方式存在，诗的内在逻辑的发展，常常会导致另一种理性和另一种感性向已成为统治的社会惯例所合并的理性和感性挑战，这决定了诗的形式及诗体的不稳定性。人的追求自由的本能要求打破形式的羁绊，追求"诗无恒裁"的自由境界；艺术的自主性要求诗人必须遵循特定艺术的形式。"诗有恒裁"使诗一直在对形式的"破"与"立"的矛盾中运动，使诗体运动频繁。追求自由是人的天性，更是诗人的特性，正是因为长期以来诗在各种文学体裁中是最具有形式感和规范性的艺术，使诗人对作诗规范产生强烈的抵触情绪和背叛行为。"诗有恒裁"等作诗规范还使诗体内部存在的诗体革命潜能剧增。诗人的反叛和诗体的革命使诗成为最具有革命性的艺术，诗体革命甚至还成了人类自由的象征。所以，诗体构建的目标是建设宽松而有节制的诗体格局，策略是准定型诗体＞定型诗体＞不定型诗体；诗美构建的目标是多元而有界限的诗美格局，策略是技巧美＞形式美＞内容美。

从笔者 2000 年、2010 年和 2014 年给现代汉诗下的定义的变化，具体为从重视"主题的现代"与"体裁的现代"共处到偏向于体裁的现代，最后到偏向于主题的现代，不难看出笔者的政治观影响了诗歌观。在 2000 年前后，笔者大力主张建立准定型诗体，这是受到了建设宽松而有节制的上层建筑的政治观的影响；2010 年前后，笔者大力强调诗的语言技法，甚至在 2008 年在"九龙湖诗会"上提出了"谁掌握了语言技巧，谁就是新诗的主

---

① Louis Untermeyer. *Doorways to Poetry*. New York：Harcourt，Brace and Company，1938，p. 4.

人"的极端口号，还于 2009 年在武夷山举办了"现代诗研究创作技法研讨会"，这与当时中国政治强调建设"和谐社会"有直接关系。当时随着改革开放的深入，特别是"和谐社会"口号的深入人心，新诗与政治的关系远远没有改革开放中前期那么紧密。近年笔者又重视起现代汉诗的"现代精神"，甚至在文体学研究中高度重视功能文体学及语话文体学，这也与时局有关。因为笔者从中外诗史，特别是诗体流变史中发现，诗体具有艺术价值和政治价值，既有艺术规范及艺术革命的潜能，也有政治律令及政治革命的潜能，是诗的文体功能及文体价值和诗人的存在意义及生存方式的显性表现。"任何价值系统都形成一种意识形态，很明显，一种意识形态只能存在于通过转移而被重新构建的境况之中。"① 诗体研究实质上是诗的本体研究。现代社会越来越重视"形式本体"、"混合本体"和"表现本体"，新诗诗体三者兼具，特别是当代及未来的新诗，是由多种诗体（定型诗体、准定型诗体和不定型诗体）共存、多种文体（散文、戏剧、小说、新闻）共建和多种技法（抒情、叙述、议论、戏剧化）共生的文体。诗体在当代社会更具有特殊价值，不仅是诗的语言体式，而且是调控权力之流的规则系统，因此新诗诗体学不仅具有诗学的意义，还具有政治学和伦理学的价值。讨论现代汉语诗歌诗体的现代性，就是在讨论现代汉语诗歌，尤其是现代汉诗的现代性，即在现代汉语诗歌诗体的现代性建设中，要高度重视它的政治建设，重视它与意识形态的直接关系。

现代汉诗是与中国政治文化变革基本同步的先锋性文体。仅从共和国成立到改革开放，就出现过多次论争，如新诗的民族形式、新诗与传统等。改革开放的 30 年是中国政治大改革、文化大转型和思想大解放的特殊时期，诗歌论争更是层出不穷，如 20 世纪 80 年代的朦胧诗论争、20 世纪 90 年代的个人化写作论争等。今天，这种文体在功能、文体、体裁、题材、技法、写作方式和传播方式等方面都有较大变化，如技法、情绪、叙述、方言、诗体、个体自我意象等受到重视，这些变化正是现代汉诗被"现代性"或者"现代化"的结果。

---

① Judith Williams. *Decoding Advertisements*. London：Robert MAClehose and Company Limited，1978，p. 43.

生态决定功能，功能决定文体。"新诗"、"现代诗"和"现代汉诗"、"现代汉语诗歌"等多种称谓被用来指称胡适、刘半农等领导的"白话诗"运动产生的这种汉语文学中的抒情文体，这种抒情文体主要分布在中国大陆、台湾、香港、澳门、东南亚等地。虽然各地都是用现代汉语写源自白话诗运动的诗，"现代汉语"这种抒情文体的同一性，但是由于地域空间、政治体制、文化记忆等原因，尤其是政治原因，形成了不同的诗歌生态，导致文体功能、形态甚至价值都有差异。如用现代汉语写的这种诗歌文体在中国大陆的主要称谓是"新诗"，台湾在 20 世纪 50～70 年代，主要称为"现代诗"。台湾 20 世纪 50 年代出现了现代派诗歌运动，纪弦 1953 年创办了《现代诗》季刊，1956 年 1 月在台北召开了现代诗人第一届年会，正式宣布成立"现代派"，提出了"现代诗六大信条"。20 世纪 70 年代后，尤其是 21 世纪，"新诗"称谓又受到重视，出现了"现代诗"与"新诗"共存现象。以几部重要的台湾新诗著作和诗选的书名为例，有萧萧的《台湾新诗美学》（2004 年）、杨宗翰的《台湾现代诗史》（2002 年）、白灵的《新诗 30 家》（2008 年）、张默的《现代女诗人选集》（2011 年）。同时，一位台湾新诗理论家也将"现代诗"与"新诗"混用，如丁旭辉的著作名称为《浅出深入话新诗》和《台湾现代诗图象技巧研究》。

在澳门，也有人认为"现代诗"有别于"新诗"，如陶里用"现代诗"取代"新诗"，"在中国语境中论说现代诗，首先遭遇到的是如何区分'新诗'与'现代诗'的问题。依陶里之见，将这两者等同起来显然不恰当，而这种等同恰恰是中国学界的普遍做法。在写于 1989 年的《认识现代诗》一文中，陶里指出所谓'现代诗'有两种界说：其一指'五四'以来的新诗，国内学界多持此种看法；其二指二战以后反传统或反既定模式、强调个人实验或感觉历程的诗，海外学界多持此种看法，陶里说他认同后者"[1]；"1989 年，陶里、黄晓峰等人组建'五月诗社'，极力鼓吹现代诗。正如陶里所说：'五月诗社以弘扬现代主义的姿态出现于保守的澳门诗坛，引起文化震荡'"[2]。

---

[1] 李观鼎：《论陶里的现代诗论》，《世界华文文学论坛》2001 年 3 期，第 31 页。
[2] 李观鼎：《论陶里的现代诗论》，《世界华文文学论坛》2001 年 3 期，第 31 页。

梁实秋在 1930 年 12 月 12 日给徐志摩的信中说："我一向以为新文学运动的最大的成因，便是外国文学的影响；新诗，实际上就是中文写的外国诗。"① 1951 年，梁实秋在台北又说："白话诗运动起初的时候，许多人标榜'自由诗'（Vers libres）作为无上的模范……我们的新诗，一开头就采取了这样一个榜样，不但打破了旧诗的规律，实在是打破了一切诗的规律。这是不幸的。因为一切艺术品总要有它的格律，有它的形式，格律形式可以改变，但是不能根本取消。我们的新诗，三十年来不能达于成熟之境，就是吃了这个亏。"② 但是今天外国现代诗的影响越来越少，可以说是"荡然无存"。现代汉语诗歌诗体的现代性既要重视现代汉语及现代汉诗的特性，也要与世界现代诗保持一定的联系，如适当讲究诗体规范。在西方，现代诗不能等同于自由诗，自由诗严格地说是自由体诗。"在通常意义上，形式指一件事物作为整体的设计图样或结构布局。任何诗人都无法逃避已经形成类型的某些形式……用定型形式写诗，指一个诗人跟随或者发现一些模式，如十四行诗体，它有自己的韵式和十四个五音步抑扬格诗行。通常，定型形式的诗倾向于寻找规则和对称……采用定型形式写作的诗人明显追求完美，也许很难替换已采用的任何词语……采用非定型形式（open form）的诗人通常自由地使用空白作为强调，能够根据感觉的需要来缩短或者加长诗行，诗人让诗根据它的进程来发生自己的形状，如同水从山上流下，由地形和隐形的障碍物来调整形状。过去的很多诗采用的是定型形式，现在美国诗人更愿意采用开放形式，尽管韵律和节奏已经没有它们过去那样流行，但是它们仍然明显存在。"③ "自由诗是没有韵律和缺乏一个有规律的诗律的统一的诗，自由诗不是形体上的自由。"④ "自由诗（'free'verse）不是简单地反对韵律，而是追求散体与韵体的和谐而生

① 梁实秋：《新诗的格调及其他》，载杨匡汉、刘福春编《中国现代诗论》上编，花城出版社，1985，第 141 页。
② 梁实秋：《文学讲话》，载徐静波编《梁实秋批评文集》，珠海出版社，1998，第 228 页。
③ X. J. Kennedy. *Literature：An Introduction to Fiction，Poetry，and Drama*. Boston. Toronto：Little，Brown and Company，1983，p. 557.
④ David Bergman，Daniel Mark Epstein. *The Heath Guide to Literature*. Toronto：D. C. Heath and Company，1987，p. 24.

的独立韵律。"① 美国诗人乔治·欧佩（George Oppen）认为诗的形式具有两大重要性，1961 年他在给玛丽·艾伦·索沃特的信中说："我们非常关注诗体（poetic form），不仅是因为形式（form）可以作为结构（texture），而且还是一种能够让诗可能被抓住的形状（shape）。"② 西方诗体学偏重诗歌语言的听觉形式和视觉形式研究，如诗节、诗行、音步、抑扬格或扬抑格等，语体是诗体的重要内容。如 1938 年纽约出版的《诗的门口》（*Doorway to Poetry*）共六章，有三章涉及诗体。其中第二章是《诗的语体》（*The Diction of Poetry*），第三章是《诗的类型》（*The Kinds of Poetry*），第五章是《诗的构成》（*The Forms of Poetry*）。第五章分为四个小节：《诗是如何建立的》（*How Poetry is Built*）、《形体与诗节》（*Shape and Stanzas*）、《十四行诗》（*The Sonnet*）和《定型形式与自由形式》（*Forms Fixed and Free*）。作者路易士·昂特梅尔（Louis Untermeyer）这样定义自由体诗："自由体诗（Free verse）韵律自由、规则的音步自由和诗节形式的常规限制自由。"③

"艺术乃是一种视觉形式，而视觉形式又是创造性思维的主要媒介，要想使艺术从它的非创造性的孤立状态中解放出来，就必须正视这一点。"④ 诗形建设是新诗诗体建设的主要内容，新诗的韵律不严格甚至完全没有表面的韵律结构所造成的诗的音乐性的减少，必然导致它对诗的内容与形式的承载功能的减弱，而诗的分行排列及对诗的排列的高度重视恰好可以弥补诗的音乐性的减少所造成的损失，因此新诗的视觉形式建设比音乐形式建设重要。但是诗体重建不能走格律化的极端，必须考虑新诗的自由化、世俗化等文体特性，在百年新诗诗体建设已有的基础上，进行改良式的"常规诗体"的建设。任何文体的生成和创造及演变都既与文体传统有关，更与当时的社会政治文化和创作主体有关，文体变革的三大动力是社会变革、人的创造天性和文体自身的进化潜能。现代汉诗本质上是一种反对"经典化"、"定型诗体"和"贵族性"的世俗化、自由化和平

---

①　Northrop Frye. *Anatomy of Criticism*. New Jersy；Princeton University Press，1971，p. 272.

②　Mike Weaver. *William Carlos Williams*. London；Cambridge University Press，1971，p. 55.

③　Louis Untermeyer. *Doorways to Poetry*. New York；Harcourt，Brace and Company，1938，p. 417.

④　〔美〕鲁道夫·阿恩海姆：《视觉思维》，滕守尧译，光明日报出版社，1987，第 426 页。

民化文体，因此今天的诗体重建应该顺应历史潮流，遵循渐进的文体进化原则，强调诗歌及诗体的多元与和谐——这种和谐甚至应该包括古代汉诗（格律诗）与新诗（自由诗）的"和平共处"式的和谐。但是要重视古今汉诗的诗歌生态及诗歌功能的差异性，如现代汉诗更重视情绪，古代汉诗更重视情感；现代汉诗更重视写作过程，古代汉诗更重视写作的结果。

（作者单位：东南大学人文学院中文系）

浅谈"如何现代"与散文诗

灵 焚

引 言

拙文使用此次会议的主题名称"如何现代?"是因为觉得这是一个充满许多诠释可能的诗意的命名,也就是说,"如何现代,怎样新诗",是一个诗意而充满可能性的主题。然而"如何现代,怎样新诗"究竟何解?每一个人都会有自己的切入方式。在"如何"与"怎样"之后,各自省略了一个动词,这两个动词既可以是相同的,也可以是不同的,这取决于每一个审视者关于这个问题的思考角度。对此,拙文采用大家都能想到,并且是前后句同样的动词:"理解",来阐述这个会议可以探讨,也应该探讨的问题:即"如何**理解**现代?怎样**理解**新诗"。当然,这是从论者的角度而言,而对于参加这次会议的许多作者来说,更多的可能会思考"如何**表现**现代?怎样**创作**新诗"的问题。然而,笔者觉得这个角度同样已经包含在模糊而中性的动词"理解"里。

在探讨"如何理解现代"时,我与大家应该具有相近的问题意识,然而,在思考"怎样理解新诗"或者"怎样创作新诗"这个问题上,我却选择了"散文诗"的角度。这不仅仅由于我是一个"散文诗"的爱好者,更为重要的是"散文诗"这种诗体本身就是"现代"社会的产物。我们要探讨新诗创作的"现代性"问题，如果"散文诗"不能成为话题之一，不能不说是一种缺憾。然而，这个"缺憾"在中国诗歌理论界却一直存在着。这些理由，就是拙文选题的原因所在。

那么，我们应该"如何理解现代"？为什么可以说"散文诗是现代社会的产物"？在散文诗中都有哪些"现代性"的表现？这是拙文拟要探讨的问题。

一　如何理解今天所面临的"现代"：堂前燕与百姓家

关于"现代"，这是一个不明确的动态的概念，因为任何一个时代都有一个关于"现代"的问题。特别是进入 21 世纪，我们所说的"现代"与波特莱尔时代所说的"现代"之间存在着很大的差别。一般来说，我们现在已经进入了"后现代"，与此前所谓的"现代"，在社会性质上存在着很大不同。那么，在思考"现代性"问题的时候，首先必须与发生于西方 18 世纪和 19 世纪的"现代"或者"现代主义"进行区别理解，不然，无法探讨"现代性"问题。

其实，关于"现代"（modern），在西方思想界是一个由来已久的问题，它最初只是相对于古典性、古代性（antique，antik）的意义而言的，只是到了 17 世纪末在法国兴起了关于"新旧论争"①，以及此后经历了从启蒙主义到浪漫主义思潮的发展，才有了 19 世纪中叶以后在文学、艺术领域中关于"现代主义"的艺术运动与相关的理论探讨。当然，这个历史是大家所熟悉的。正如大家所熟知，在西方所谓的"现代主义"，主要是建立在近代市民社会基础上的文学和艺术主题，其中人的个体存在的自

---

① 17 世纪末 18 世纪初，欧洲出现了以法国为中心的关于古代与近代孰优孰劣的论争，这在西方思想史上被称为"新旧论争"。在论争中，古代派（以波瓦罗、拉－凡特努、腾布尔、斯维福特等为代表）高举美的绝对性理论大旗，提倡古典古代的诸多杰作，如荷马史诗等仍然是审视现代艺术价值的一面镜子。而近代派的持论者（以贝罗、凡德勒尔、罗耶尔－苏塞提等为代表）却认为，现代应该具有与现代社会相对应的文学艺术。他们不仅提出了美的相对性的主张，更进一步强调现代文学的优越性。他们的理论中导入了"进步"的概念，从对于科学技术的进步，以及人们生活的舒适度、物质的丰富性等问题，肯定现代社会远远超越了古典古代。那么文学艺术同样，当然也应该是现代比古典、古代来得优秀、卓越。

我主体性危机成了"现代性"的核心问题。比如，在绘画领域中的抽象派的诞生（毕加索、康定斯基），音乐领域出现了抛弃音调元素的尝试（冼贝尔克），文学中也出现了现实性话者缺失的小说（卡夫卡）等。但我所关心的是诗歌中出现的语言的主题化倾向，特别需要认识波特莱尔所提出的"现代"概念在其中的重要意义。这些"现代主义"文学、艺术的追求，主要是建立在对于近代市民社会中文化的自我满足的批判，以及日常经验中主体世界的崩溃与对于日常世界的超越的追求之中。这些追求，按照阿多诺的说法，就是"历史性前卫"的表现。在"现代主义"的文学、艺术运动中，"前卫"的追求是其最为重要的特征与理念之一，而这种"前卫"的追求，与作为社会文化的"知识垄断者"的"精英意识"有关①。可是，当西方世界经历了第一次和第二次世界大战之后，人们开始产生了对于此前的文学和艺术态度的怀疑，并逐渐发展成为对"现代主义"的暧昧性的反思与批判；特别是20世纪60年代以后，随着人们对于人类全体共同幸福的追求，即所谓的"进步主义"思想的抬头，开始出现了关于"宏大叙事"的批判等。至此，我们所面对的"现代性"问题在尚未能够完全消化的困顿中，历史已经进入了所谓的"后现代"时期。

那么，何谓"后现代"？这又是一种仁者见仁，智者见智的问题。我们能够体验的是，在当下生存中的我们，谁都无法逃离消费性、商业性、物流性、虚拟性等要素无所不在的包围，其实，这些问题正是所谓的"后现代"社会所呈现的鲜明特征。20世纪60年代之后，随着二战的硝烟消散，现代社会的物质生活空前繁荣，高效率、高速度、高消费的生存理念被西方先进国家的人们广泛接受。比如，原来只属于贵族消费的汽车走进了普通的市民家庭，流水线上的机械化生产速度，产品的整齐划一，批量销售，为社会提

---

① 之所以说这种"前卫"（avan-garde）追求源于"精英意识"，主要表现在艺术上的前卫追求，不仅意味着对于艺术的前卫探索，也包含着政治上的前卫观念、崭新思潮引领与社会进步的自主担当。其实，"前卫"是一句法语的单词，本来属于一种战争用语，被转用在艺术理论表现中，为此，这种"前卫"同时蕴含着战斗性与破坏性的因素。也就是说，其中具有对于阻碍进步与发展的旧的思想、观念的破坏性使命。这种来自艺术追求而承担的使命感，正是艺术运动引领者的一种"精英意识"使然。

供了空前丰富的物质性。在这样的社会中，人们原有的对于生活用品等"这个想要那个想要"的欲望正在消退，物质性欲望基本上达到了饱和的状态。然而，即使这样，人们的心理需求仍然没有摆脱"匮乏感"的纠缠，这究竟是为什么？这些仅仅以原有的所谓"精神空虚"是解释不了的，其中的原因应该更为复杂，这种复杂呈现着一种过剩与匮乏的并存结构。后现代商业社会的最大特点，表现在服务与休闲的强化，人们不仅仅追求消费品的享用，更追求售后服务的完备。巨大购物中心的出现，商场内休闲区域与设施的出现，使原来只是一种商品的集散地或销售点，已经逐渐转化为融购物与休闲于一体的庞大消费性怪物，并随着汽车社会的到来，从原来的市区繁华地段搬到郊外。这些商业模式的出现，就是为了调动人们处于物质饱和状态的购物欲望，唤醒人们心中始终挥之不去的"匮乏感"。比如，在日本经济高度发展的 20 世纪 80 年代，出现了一个非常有创意的广告词："想要的东西，还是想要（欲しいものが、欲しいわ）"这是典型的为了唤醒那些处于物质饱和状态的人们继续产生消费欲望的潜意识暗示。而在中国，20世纪 90 年代也出现过一句著名的化妆品广告词："去年二十，今年十八。"这个广告词与日本的那句属于同样类型的商品宣传目的，具有同样的心理暗示效果。人的年龄是不可逆转的，却在广告词中暗示女性只要肯花钱消费，青春是可以逆成长的。也就是说，这个广告意在提醒着女性："想要的年轻，还是想要"，年轻是大家想要的，即使本来很年轻还是想要年轻，即使不可能继续年轻，但是年轻还是大家想要的。这些都是后现代社会，当物质达到高度丰富和过剩之后出现的此前所谓的"现代社会"所没有的消费性，及商业性中"匮乏感"唤醒策略。至于流通性、虚拟性问题，已无须在此举例和分析了。

大家一定也都注意到，在这商品经济高度发达的"后现代"时期，只要肯付出劳动，每一个人都可以享受到即使到了所谓的"现代"时期，仍然被贵族（或权贵）垄断的各种休闲与消费。在这种意义上，人与人之间在消费生活中的权利是平等的。在这种社会生存背景下，催生了文学艺术的崭新理念。虽然这是发生于现代后期的一个审美事件——即 1917 年，杜尚把从商店里购买的男用小便池贴上"泉"的命名，以此作为自己的雕塑作品参加纽约独立美展，从而诞生了日常生活用品（消费品）与艺术品之间审美界限模糊的全新艺术理念。这颠覆了人们对于审美的固有认识，让人们不得不重新思考什么是艺术的问题①。本来，艺术作品是艺术家们垄断的审美特权，然而，杜尚摧毁了这座圣殿，让每一个人都具备了艺术家的身份与可能，让每一件物品都具备了艺术品的资格。这就像上文所说，最初的汽车属于贵族阶层垄断的奢侈品，然而，对于进入后现代的人们来说，汽车已经成为普通市民的代步工具。从这个意义上说，几年前出现在中国诗坛的"梨花体"事件，与此举具有异曲同工之妙——当然，这还需要赵丽华在自我意识上必须达到同样的认识高度。与杜尚是一名著名的画家一样，赵丽华在其"梨花体"出现之前也写过许多很不错的分行诗。比如，她的《第五大街·逆光中的女人》写得多好：

> 一个神色恍惚的女人/走在第五大街/她仿佛丢了什么/她笑了一下/她走得慢极了/她有时候干脆就站在那儿/她站在那儿就挡住了从第四大街/走过来的人和/一些光线/但是在她后面/那些来自第六大街的人/仍在陆陆续续从她旁边走过去/我这样说你就能想象/她的头是朝向/她的身子也是/我与她的遭遇几乎是必然的/我沿着第四大街走过来/步履匆

① 1917 年 2 月纽约独立美展时，作为评委之一的杜尚，送展的一件男人小便池，即尿斗，并在其上署名："R. mutt"，这就是《泉》。作品遭到拒绝，因为他没有署上自己的赫赫大名。他就把这件"作品"搬回博物馆，并宣布退出独立艺术家协会。此事引起了轰动，有些评论家指出这件作品是剽窃，因为它是工厂生产的现成工业品。杜尚书面答辩说："这件《泉》是否我亲手制成，那无关紧要。是我选择了它，选择了一件普通生活用具，予它以新的标题，使人们从新的角度去看它，这样它原有的实用意义就丧失殆尽，却获得了一个新的内容。"罗马尼亚籍理论家布雷东为杜尚的《泉》辩解道："作为《泉》的尿斗是工业品，这是事实。但它经过艺术家杜尚的选择，它就从工业转化为艺术品，因此关键在大艺术家的选择。"这件艺术品的问世表明达达主义对传统文明的否定，同时展现出它的意义在于，当艺术家将生活中现成品提高到艺术品的高度加以肯定时，它标志着生活和艺术的界限的取消，提出了生活就是艺术崭新艺术理念。这个观念，为后来出现的波普艺术打开了先河。但我们最值得思考的是以"尿斗"为艺术品所带来的问题："什么是艺术"？如果"尿斗"是艺术，还有什么不是艺术？如果没有什么不是艺术，那就什么都是艺术；如果什么都是艺术，也就意味着什么都不是艺术。如果什么都不是艺术，那么，艺术也就只剩下了对艺术本身所发出的质疑和追问了（参照 http：//www.zyysz.com/sjmhxs/sjmhxs097.htm）。可以说，杜尚是"后现代"艺术理念的先驱。在此后的 1926 年，意大利画家勒内－马格利特创作了著名的"烟斗"系列，其中"这不是烟斗"最为引人瞩目。虽然没有直接证据，但我仍然认为这个创作的创意应该是受到了杜尚理念某种启发或影响。在马格利特去世一年后的 1968 年，法国著名哲学家福柯以"这不是烟斗"为题，写了一本小书，专门对这种绘画理念展开哲学探讨。

匆/手里提着两兜贡菜/我停下来/她看着我/是吃惊的表情/她极其认真地端详我/又笑了一下。

与之后出现的"梨花体"一样，同样采用的是口语性描述，但这首就如像一幅画，其丰富性可能让人有无数的想象。可她偏偏就不再这么写了，一定要把原有的丰富性削减得只剩下线条没有形体结构了，简单成了"一只蚂蚁，两只蚂蚁……"，或者"……我做的馅饼/是全天下最好吃的"那样，这确实跟人们所景仰的神圣诗歌开了一次巨大的玩笑。而"梨花体"的贡献，至少提醒了我们，凭什么诗歌就一定只有具备诗人天赋的人才可以写，凭什么一定要做到"语不惊人死不休"那样呕心沥血才行。她所带来的问题与杜尚是一样的。什么是诗歌艺术？如果说话就是诗歌，那还有什么不是诗歌？比如骂人更具激情，哭泣更为动心。而如果什么言语行为都是诗歌，那也就没有诗歌存在的必要了。然而，话虽这么说，"梨花体"不仅让我们需要思考这些问题，更重要的是她把诗歌从少数人的垄断中解放出来，向一般大众开放，让每一个人都成为诗人，让每一句日常生活用语都成为诗，让诗歌走下圣殿。

凡此种种，后现代社会就是这样："旧时王谢堂前燕，飞入寻常百姓家"（刘禹锡《乌衣巷》）。去特权化、去精英化，在凡庸中发现审美意义，赋予一切存在的平等机会以及重估一切传统价值，以观念确立当下生存中的话语与消费的权利。

可在人们无限制地追求物质消费的社会中，必然会出现人的动物性满足的极端需求，犹如青蛙与蝉的肆无忌惮、随心所欲地鸣叫那样，人类的儿童对于玩的无休止追求与成人对于性欲的无节制满足的渴望等，都呈现出前所未有的人的动物性放纵心理的社会性蔓延，在日本学界这种现象被称为后现代社会人的"动物化"（东浩纪语）倾向。而在中国，随着商品经济的发展，20世纪90年代之后诗坛出现的所谓"下半身写作"等，就是这个时代社会心理的冰山一角的显露，其实此前的"口语化写作"也是这种社会心理的变形与审美前兆。

然而，人类与动物不同。动物的本能性生存，即自然状态在人类社会中却演变为与自然相适应的秩序性生存，从这个意义上说人类是秉承着与自然相乖离的方式获得了人类存在的意义。这种"秩序"是人的生存之可承受之"重"，可是到了"后现代"社会，这种"重"逐渐被"轻（自然—不确定性—放纵）"所替代，一切的秩序成为人的无节制自我满足（情动）实现过程中的樊篱，在文学艺术领域，以"去审美性"的倾向与追求的面目出现。前述的日本学者东浩纪在其分析德里达的哲学时提出了解构主义哲学中存在着"邮件性解构"的特征（"邮件性"是德里达的用语）①。

在通常意义上，人的认识总是秉承着认识主体与对象之间的关系具有明确的区分，真理性认识建立在语言与对象的一致性关系之中。也就是说，对象认识是可以通过观察得以确认与证实的。然而，人的存在总是伴随着苦恼、不安、情欲与享乐性追求等，那么超越科学性的知识追求自然由此产生。比如，我们总是在寻求用语言来表现语言无法言说的感受，其实这也是海德格尔之后的西方现代哲学的根本问题，由此出现了所谓"解构主义"哲学。在这种哲学中，一般被人们所熟悉的是"逻辑性解构"和"存在论解构"的问题②。然而，问题是如果考虑到人与人的交流需要通过语言来进行，这种交流的不确定性关系是不可避免的，其中"转移"的问题如何克服又将成为新的困境。这种"转移"呈现着一种"邮件性"的特征，这就是东浩纪所说的"解构主义"的第三种倾向之"邮件性解构"。那就是如果把语言换成物质性存在来理解，其中交流过程，即意义的转移过程——意义与解释之间——存在着破损、丢失、劣化的可能性。也就是说话者与听者之间由于观念、意识、情感等因素的存在，其中同样的观念、单一的语言意义能否顺利抵达值得怀疑。这正如邮件在"转移"过程中出现的投递错误，

---

① 参照東浩紀，『存在論的、郵便的——ジャック・デリダについて』，新潮社，1998。

② "逻辑性解构"，指的是在体系中寻求矛盾之所在的解构性论证。如笛卡儿的"我思故我在"，而这种"我在"也只是一种"我思"之间存在着无法克服的矛盾。这种自我存在的无根据，世界的漏洞等问题就是由于想以语言表达语言无法表达的问题而产生的。为了确立自身存在，对于终极存在的信念由此产生，这也是"形而上学"存在的基础。而"存在论解构"是指当海德格尔在存在论中发现了存在的逻辑性矛盾之后，其后期转向语言特权化的探索，从而走向了对于荷尔德林的诗歌研究，因为诗人就是这种特权的所有者。与萨特的人等同于存在的理解不同，海德格尔认为，正是存在先于人才有人的存在。人的存在充其量只是效果性的，不是决定性的。为了探索存在，他选择了倾听靠近世界的本源最近的诗人的声音。

运输过程的破损一样，语言的多义性、歧义性、解释性等在人与人的交流过程中时有发生，话者与听者的一致性是得不到保障的。这种人与人、人与世界，也就是自己与他者之间存在的这种"邮件性"关系，在后现代流通、虚拟世界中显得尤为突出，这种人的存在的主体性危机与意义的不确定性成为文学艺术的摧毁权威与圣殿的审美暴力，为近年诗坛的口语化、下半身写作等提供了滋生的土壤。也就是说，以平易的语言表达审美情感、以暴露的描写呈现隐秘性诗意，达到最大限度地减少意义"转移"过程中的歧义与破损。无论作者是有意识还是无意识追求，这种现象已经出现，成为文学、艺术中新的审美倾向。

二　散文诗是现代社会的产物：波特莱尔的贡献

那么，有了上述的关于"现代"与"后现代"理解的背景，我们再来看看散文诗这种文体对于如何表现"现代"所具备的审美意义。

"散文诗"的诞生与"现代性"相关，这已经是学界的一种常识[①]。王光明在《中国大百科全书·中国文学卷》的文体条目中，对"散文诗"作了这样的界定：

> 散文诗是一种近代文体，是适应近、现代社会人们敏感多思、复杂慎密等心理特征而发展起来的。[②]

王光明对于散文诗的文体判断，来自于他对于波特莱尔《巴黎的忧郁》的研究所得出的结论。被作为《巴黎的忧郁》"序言"的一封名为"给阿尔

---

① 虽然有些学者认为，中国最早的散文诗可以追溯到庄子中的一些篇章，如郭沫若等。也有一些学者（如黄恩鹏等）把六朝骈文、汉赋、唐宋部分散文，以及宋词、元曲小令，甚至部分古代文人笔记、书信等都作为散文诗的雏形来看待，认为尽管不以"散文诗"命名，其实这些就是散文诗。与此相对，又出现了关于散文诗的"征古主义"倾向的批判性观点（如陈培浩等）。理论界所谓的散文诗的"身份焦虑"，或者"身份尴尬"的问题由此而产生。但是，就目前的理解而言，笔者赞同"散文诗"就是舶来品的看法，它是始于波特莱尔以及他在信中所揭示的那样，属于"现代性"审美的产物。

② 参照王光明《散文诗的世界》，长江文艺出版社，1987，第82页。

塞－胡塞"的信中，波特莱尔明确表达了自己为什么产生写作那些后来被称为"小散文诗"的作品的初衷：

> 我有一句小小的心里话要对您说。至少是在第二十次翻阅阿洛修斯－贝特朗的著名的《黑夜的卡斯珀尔》（一本书您知、我知、我们的几位朋友知，还没有权利称为著名吗？）的时候，有了试着写这些类似的东西的想法，以他描绘古代生活的如此奇特的别致的方式，来描写现代生活，更确切地说，是一种更抽象的现代生活。[①]

由于这段话，关于散文诗的历史源头，就出现了两种观点：一种认为应该始于阿洛修斯－贝特朗，因为波特莱尔是受到贝特朗的启发才开始这种体裁的创作。而另一种观点则占主流，把波特莱尔作为散文诗的源头，因为是他最初使用了"小散文诗"来命名这种体裁的。笔者的观点也是如此，也许在表现形式上贝特朗在先，然而贝特朗描绘的是"古代生活"，而波特莱尔则是用这种形式表现"现代生活"——只有"现代生活"，才有"散文诗"的诞生。比如，接着上一段话，他是如此描绘这种创作冲动的。

> 在那雄心勃发的日子里，我们谁不曾梦想着一种诗意的奇迹呢？没有节奏和韵律而有音乐性，相当灵活、相当生硬，足以适应灵魂的充满激情的运动、梦幻的起伏和意识的惊厥。[②]

这段话是大家非常熟悉的，这是波特莱尔关于散文诗作为一种文体的审美性质的表述，因此，往往被用来当作回答"散文诗究竟是什么"的说明，更是被许多人作为衡量"散文诗"与否的一种审美标准：诗意与自由，音乐性、梦幻性、抽象性、意识律动，等等。然而，这之后有一段同样重要的内容却往往被忽略：

---

① 波特莱尔：《恶之花——巴黎的忧郁》，郭宏安译，上海人民出版社，2008，第425页。
② 波特莱尔：《恶之花——巴黎的忧郁》，郭宏安译，上海人民出版社，2008，第425页。

　　这种萦绕心灵的理想尤其产生于出入大城市和它们的无数关系的交织之中。亲爱的朋友，您自己不也曾试图把玻璃匠的尖叫声写成一首歌，把这叫声通过街道上最浓厚的雾气传达给顶楼的痛苦的暗示表达在一种抒情散文中吗？

　　波特莱尔的这种描述已经无须说明了。"大城市和它们的无数关系的交织"，"玻璃匠的尖叫声"，"街道上最浓厚的雾气"，等等，这些审视对象就是波特莱尔《巴黎的忧郁》的审美背景，这些场景不正是我们所熟悉的"现代"社会中仍然司空见惯的日常吗？波特莱尔要把这些"写成一首歌"，或者"一种抒情散文"（此时他还没有使用"散文诗"），这种既是"歌"又像"抒情散文"的表现形式，他认为是"如此奇特的别致的方式"，后来他把这样一种崭新体裁称之为小散文诗。

　　那么，波特莱尔究竟如何在其所谓的"小散文诗"中表现出其在"现代生活"中的"灵魂的充满激情的运动、梦幻的起伏和意识的惊厥"的呢？

　　在《巴黎的忧郁》中，我们随处可见这种思想与灵魂的律动和暗示。比如在《穷人的玩具》中，富人的孩子不理会自己家中那些昂贵的玩具，却对两个穷人孩子从笼子里拿出来，被作为玩具那样"逗着、弄着、摇晃着的"一只"活老鼠"感兴趣[①]。诗人在这里呈现着一种从高贵与低俗的意义消解到物质性价值意义消解的现代性逻辑。然而，现代社会在一方面呈现出物质性价值意义消解的同时，另一方面物质性的物质意义却总在另一种时空中成为冲突的根源。在与此有异曲同工之妙的《点心》一篇中，诗人叙述了自己的旅行所见：自己递给一个衣衫褴褛的小孩的只是一片面包，而那个孩子却把此称为"点心"。问题是进一步情节的推演，此时冲出了另一个"与他长得十分相像"的孩子，从而引起了为了争夺这片面包的兄弟之间一场残酷的战争，直到那片面包在争夺中成为碎屑，他们谁也没有获得。最后诗人不无伤感地自言自语：

　　有一个美好的地方，那里面包被称作点心，这甜食如此稀少，竟能引起一场兄弟间残杀的战争！[②]

[①]　波特莱尔：《恶之花——巴黎的忧郁》，郭宏安译，上海人民出版社，2008，第468页。

[②]　波特莱尔：《恶之花——巴黎的忧郁》，郭宏安译，上海人民出版社，2008，第459页。

这个结尾饶有意味，被诗人称为"美好的地方"是一个物质相当匮乏的地方，所以"面包被称作点心"。然而，对于诗人来说，与那些物质丰富、每天面包吃不完作为垃圾处理掉的富足都市相比，它却是"美好的地方"——在这样的地方，物质的物质性意义是被否定的。然而，在被诗人称为"美好的地方"这个物质匮乏之地，物质的物质性意义得以复活，"竟能引起一场兄弟间残杀的战争"。这里引出双重的与"物质"相关的"匮乏"内涵：在物质丰富的地方，对于物质的饥渴是匮乏的，所以，物质匮乏之地却成为"美好的"去处；而在物质匮乏之地，对于物质的满足是匮乏的，从而上演了为获取物质"兄弟间残杀的战争"之亲情的匮乏。这种物质性的物质意义，在"后现代"社会中演变为物质性"过剩与匮乏"的心理逻辑基础，因为物质从原有的使用价值转化为审美价值、身份价值和心理价值。

再比如一个母亲对于自己上吊的儿子之死无动于衷，却竟然只索取那根吊死儿子的"绳子"（《绳子——给爱德华 - 马奈》），因为对于母亲，现实中只有那根"绳子"的意义是确定的，至于儿子的死，那只是一种幻觉性的存在。对于那个母亲"没有一滴眼泪"的无动于衷，诗人最初认为那是"无声的痛苦"所致，可是第二天许多人来信，竟然提出了同样的要求："索取一段悲惨而有福的绳子"，并且这些人中女人比男人多，而都不属于低下的平民阶级。此时，诗人揭示了母亲行为的原因来自于以此获得"自我安慰"的思维方式，即通过人与物关系的幻觉来确认母爱的可确定性。又比如，在《狗与香水瓶》中，诗人通过一只狗对于两种性质相反的物品的态度揭示了对于不同存在物质的价值与意义的颠倒。狗对于诗人递给它的香水瓶"惊恐地后退"，并对他叫，责备他；而"如果我拿给你一包大粪，你会有滋有味地闻它，可能还会吞掉它"。诗人最后发出感叹：

　　你就像那公众……应拿出精心选择的垃圾！[1]

只有这样，才会被接受。在这里，诗人揭示了现代社会中自己与他者之间意义"转移"的破损、迷失之认识与价值的不可互换性。

---

[1]　波特莱尔：《恶之花——巴黎的忧郁》，郭宏安译，上海人民出版社，2008，第439页。

凡此等等例子，在《巴黎的忧郁》中俯拾皆是。而在此书的最后一篇《好狗》中，诗人发出了如下宣言：

> 滚开吧，学院派的缪斯！我不要这一本正经的老太婆。我祈求家庭的缪斯，城市的缪斯，生动的缪斯，让我歌颂好狗、可怜的狗、浑身泥巴的狗……①

有一种观点认为，波特莱尔的意义在于"把丑恶、畸形和变态的东西加以诗化"。其实问题远非如此简单，更为重要的意义在于，他唤醒了在近代社会的城市化生活中的人们，对于古典古代的传统审美理想（这一本正经的老太婆）的价值重估（我不要）。

上述波特莱尔的这些作品，不是以分行诗的形式表现，而是通过故事性、情节性、象征性、细节性等场景的呈现与蒙太奇式的叙事剪接，在细节上采用了意象性，在叙事中融入了象征性等手法，从而使这种体裁如小说一般却没有完整的情节展开、人物刻画，更抛弃了叙事性的完整细节描写等因素，所以它不是小说，而形式上如散文一般却没有完整的叙事、纪实或抒情等特征，从而也不能称之为散文。而这种形式上似小说却非小说，似散文却非散文的"如此奇特的别致的方式"，其内在的情境与象征意味更接近于诗歌文学，只是表面上去除了诗的韵律、跳跃、简洁和规整跌宕的节奏等。虽然最初他是想要写"抒情散文"，却由于写出来后出现了上述这些特点，他才把这种在既成的文学形式范畴中找不到对应命名的体裁称为"小散文诗"②。这些内容，这种表现形式，就是他为了呈现"出入大城市和它们的

---

① 波特莱尔：《恶之花——巴黎的忧郁》，郭宏安译，上海人民出版社，2008，第538页。

② 根据王光明的理解，波特莱尔的散文诗，"摆脱了对于现实生活的拘泥状态，获得了充沛的诗情"，在内容上"他已经不是把散文诗看作纯粹是'性灵'的个人表现，而看作是自我与外部世界的'应和'表现。在结构上，他主张去掉情节和事件过程的'椎骨'，不把'读者的倔强意志系在一根没完没了的极细致的情节线索上'，完全以消长起伏的情感逻辑来结构作品，'所有的篇章同时都是首，也是尾，而且每一篇都互为首尾'。"他的散文诗，"让日常生活场景、细节从原来的自然物质状态中蜕变出来，成为思想感情的形象载体，然后通过散文诗艺术构成的心理综合，表现曲折流转的情感意绪，显露内心世界'瞬间转变如同云雾中山水的消息'。这是一种从有限事物中鉴别生活、向'无限'的锋利顶点飞跃的艺术"（参见王光明《散文诗的世界》，长江文艺出版社，1987，第17～22页。

无数关系的交织之中"的现代生活而创造的。那么，显然，被波特莱尔命名为"散文诗"的这种体裁，是属于"现代社会"的产物。而正是因为波特莱尔的尝试与命名，才有立足于现代社会的"散文诗"问世。

三　"现代性"与散文诗：萩原朔太郎的现象

如前所述，散文诗作为现代社会生活的产物，自诞生以来，一直都伴随着现代社会的发展而发展。如果说波特莱尔的散文诗，表现的是 19 世纪后期的巴黎这个颓废、病态而畸形的都市的生存现实场景，那么，之后的各国作家、诗人都在各自不同时期采用了这种表现形式呈现着自己所处时代的心灵与梦幻，揭示自己与现代社会之间抽象、紧张，甚至神秘的关系。大家耳熟能详的名字在西方有兰波、屠格涅夫、王尔德、里尔克、圣琼－佩斯等，而东方也有泰戈尔、纪伯伦、鲁迅等，他们的作品成为我们理解与走进至今为止的近、现代社会在各个时期的心灵与梦幻的一张张导游图。对于这些大家熟悉的作家的作品，本文不准备在这里复述；但是，本文想介绍一位大家尚不太熟悉的日本现代诗人萩原朔太郎，通过他对于散文诗的态度的前后不同的转变，以及其散文诗作品中所呈现出来的鲜明的"现代性"特征，揭示散文诗与表现"现代性"的关系，以及他的从否定到认可散文诗所带给我们的启发。

萩原溯太郎（1886—1942）是日本现代诗的奠基者，一生著述诗歌作品很多，出版了多部诗集。他最晚年的一部作品集《宿命》出版于昭和十四年（1939），这是一本自选集，其中的内容由抒情诗（分行诗）和散文诗以及附录"散文诗自注"三个部分构成（由此可见他是有意识地为了"散文诗"而选编了这本最后的作品集）。其中，散文诗部分共有 73 章作品，多数作品选自此前作为箴言集（而不是散文诗）出版的《新的欲情》《虚幻的正义》《绝望的逃避》，而其中只有 9 章是新作。也就是说，在此自选集出版之前，他并不是自觉地创作散文诗，因此才会以"箴言"性质的体裁出版了上述作品集。可是到了他的晚年时期，却选编了"散文诗"，并把谈论散文诗的文章作为附录部分。根据当代日本著名的诗歌理论家、诗人北川透的研究表明，"对于朔太郎，散文诗曾是否定性的概念"，因为他把那些没有韵律性的所谓的散文诗当作"印象散文"加以排斥。所以，他最初不采用这种命名，而是作为一种箴言类的作品①。然而，在他的最晚年（去世三年前），却改变了以往的看法，不但把自己的这些作品称作散文诗，并且在这本书的关于"散文诗"的文章中认为：

> 今日我国一般被称作自由诗的文学中，特别是那些优秀的上乘的作品（而那些既没有节奏又无艺术美的不好的作品属于纯粹散文）相当于西洋诗家所谓的散文诗……与其他抒情诗相比，我认为散文诗可以称作思想诗，或者随笔诗……实际上可以说，现代是"散文诗的时代"。②

那么，为什么萩原朔太郎晚年改变初衷，从最初否定散文诗走向承认，甚至把散文诗提到抒情诗的最高存在来认识呢？

根据北川透的看法，这可能源于当时日本兴起了一场关于现代诗的"新散文诗运动"所致③。那是为了与这个运动的主倡者北川冬彦等对以萩原朔太郎为代表的日本现代诗的诘难④，从而促成了萩原朔太郎把此前自己的作品以散文诗的视角重新审视，表明自己对于散文诗的理解与态

----

① 北川透：「散文詩」の時代のジレンマ─萩原朔太郎『宿命』・その他《現代詩手帖》平成 5 年第 10 号，新潮社，平成 5 年第 10 月 1 日発行，第 10 页。

② 引自《超越散文诗时代的思想》参见北川透「散文詩」の時代のジレンマ─萩原朔太郎『宿命』・その他《現代詩手帖》平成 5 年第 10 号，新潮社，平成 5 年第 10 月 1 日発行，第 11～12 页。

③ 北川透：「散文詩」の時代のジレンマ─萩原朔太郎『宿命』・その他《現代詩手帖》平成 5 年第 10 号，新潮社，平成 5 年第 10 月 1 日発行，第 13 页。关于"新散文诗运动"的观点，参北川冬彦《新散文詩への道》（《詩と詩論》第三册、昭和四年三月）。

④ 北川冬彦在《新散文詩への道》（往新散文诗的道路）中如此诘难当时的自由诗："不能把'新散文诗运动'看作'诗的散文化'，那是过于尊重语言的'音乐性'过去了的诗人的观点，只是那些被旧韵文学毒害的旧象征主义的见解。本来要求日本的诗中'音乐性'是没有意义的。"而萩原朔太郎最初把自己的非分行作品称作"箴言"而不是散文诗，就是因为他认为诗歌文学是需要韵律的存在。比如他在昭和 1936 年的一篇文章中谈道："大正中期以后，诗人开始以口语体之言文一致形式写诗，诗这种文学完全丧失了韵律性，只是通过分行的形式，以表面上的韵文乱真，成为畸形的欺骗性文学"（参见：萩原朔太郎《純正詩のイデアを求めて》）。"真正具有本质性的诗的表现，没有音律性要素是绝不可能存在的"（萩原朔太郎《散文詩の時代を超越する思想》）等。从这个意义上看，作为当时诗歌界重镇的萩原，就是北川冬彦不指名的批判对象。

度，并把自己过去的作品重新编选，出版了一本以散文诗为主的自选集《宿命》，以此与之抗衡。北川透的这种观点，基本上触及萩原朔太郎这种变化的重要原因之所在。然而，笔者认为，仅仅从抗衡的角度来理解只是触及其中原因的一个方面，另一方面更为重要的应该是，萩原朔太郎到了此时，对于自由诗与散文诗的理解和认识上发生了根本的变化，而这种变化可能恰恰就是来自于批判者北川冬彦的批判性内容启发的结果。

北川冬彦在其《往新散文诗的道路》一文中尖锐地指出：

今天的诗人，已经不是果断的**灵魂记录者**。也不是**感情流露者**。／他们只是优秀的技师，通过尖锐的大脑，把散乱的无数语言进行周密地筛选、整理，构筑成一个构成物。

北川冬彦的这个批判，虽然没有指名萩原朔太郎，然而作为日本现代诗的奠基者与引领者，这种批判指向他是显而易见的。根据北川透的介绍，晚年的萩原朔太郎已经停止创作，不，可以说是写不出来了。因为到了那个时期（大正期），在日本的口语化自由诗中，一直被萩原朔太郎作为诗歌第一要素的"韵律性"问题只是诗歌的其中一个要素，不再是绝对要素，它仅仅只是诗歌的其中一种修辞手法而已。当被作为绝对要素的诗歌"韵律性"的要求降格到了作为一种"手法"的地位时，作为口语化自由诗还有什么是最重要的呢？这应该是萩原必须思考的问题。这时批判者指出了当时的诗人作为"灵魂记录者"、"感情流露者"身份的缺失，让萩原从原来的对于诗歌形式（"韵律性"属于形式）的注重中苏醒过来，转向了关于诗歌内容（灵魂记录、感情流露）的审视。这种转变的结果，也就出现了前述引文那样的新观点，把散文诗与口语化自由诗（他称之为"抒情诗"）等同理解，并指出散文诗是"思想诗，或者随笔诗"，这是关于内容方面的指涉，已不再是形式上的问题了。正是由于这种转变，他一反以前把散文诗当作"印象散文"的态度，改变了对于散文诗所持的否定性立场，并进一步明确声明：

我决不否定散文诗，不仅如此，更是痛感其在诗歌形态上的近代性意义。

这种对于"在诗歌形态上的近代性意义"的提出是值得关注的。正是这种"在诗歌形态上的近代性意义"（日语中的"近代性"与"现代性"同义）的认可，使他改变了原来对于散文诗的排斥态度，接受并肯定了诗歌的这种新的表现形式（萩原的这种转变，也印证了本文在第二部分谈到的关于散文诗属于现代社会产物的论断）。然而，即使如此，萩原也没有放弃他对于诗歌文学的韵律性要素的要求①，只是此时，他由原来的外在形式上的韵律性强调转向内在韵律性要求。关于这种内在韵律的要求，他是这样说的：

　　……虽然无视一定的韵律法则，以自由的散文形式来写，然而从作品全体来看音乐的节奏很强，且艺术美的香气很重的文章，称之为散文诗。

——《关于散文诗》

从外在韵律（韵律法则）的要求到内在韵律（从作品全体来把握音乐节奏感）的提出，萩原的这种转变也是一种从韵律的外在形式到内在内容的转变。作品全体的音乐性，即内在韵律是通过作者叙事中的内在情感、情绪，呈现思想的深浅、意味性的浓密来实现的。正是这种转变，让萩原重新审视自己以往的那些曾被作为"箴言"的作品，从"在诗歌形态上的近代性意义"上，从内在韵律的角度，那些具有"近代性意义"的作品成为他所认为的"散文诗"。这样，既坚守了自己所提倡的诗歌文学需要"韵律性"的一贯立场，又找到了以"散文诗"身份出场的依据。他以此回应那些把自己当作"过去了的诗人"的"新散文诗运动"的倡导者，表明自己早就已经写出了散文诗，那就是那些曾经的"箴言"。

当然，仅凭这些举措，即在旧作中自选出一本新诗集《宿命》，把曾经的

---

① 他在这篇肯定散文诗的文章中，仍然没有忘记强调诗歌的韵律性："然而，散文诗被肯定是一方面；另一方面，其道理并没有说真正的韵文之纯诗是不存在的。不，真正具有本质性的诗的表现，没有音律性要素是绝不可能存在的。"

箴言作品换一个名称"散文诗"，把旧作重新包装出场，萩原是赢不了这场论争的。关键是在萩原的那些旧作中，有作为具有"近代性意义"的散文诗也当之无愧的名篇《不死的章鱼》，这为他稳固了作为日本现代诗（分行诗＋散文诗）奠基者的地位。即使那些推动"新散文诗运动"的诗人们，后来也没有人写出了一篇比这首散文诗更具有影响的作品。这首散文诗的内容是这样的。

不死的章鱼①

在一个水族馆里，屋檐的庇间、饲养过一条饥饿的章鱼。在地下昏暗的岩石下面，总是漂浮着悲凉的、青灰色的玻璃天窗的光线。

无论谁都忘记了那个昏暗的水槽。已经是很久以前，人们都认为章鱼已经死了。只剩下散发着腐味的海水，在充满灰尘的泻进来的日光中，总一直淤积在玻璃窗的槽里。

然而，那动物并没有死。章鱼藏在岩石的阴影里。所以，当它醒来时，在不幸的、被忘却的水槽里，几天连续着几天，不得不忍受着恐怖的饥饿。什么地方也找不到食物，吃的东西完全没有了。它开始碎吃自己的脚。先吃其中的一根，接着再吃一根。最后在全部的脚都吃完的时候，这下把胴体翻过来，开始吞噬内脏的一部分。一点点地，从其他一部分再往另一部分，顺着吃下去。

就这样，章鱼吃完了自己身体的全部。从外皮，从脑髓，从胃袋，这里那里，全部一点不剩地，完全地。

某日早晨，突然值勤人员来到这里时，水槽中已经空了。在模糊蒙尘的玻璃中透蓝的潮水与摇曳的海草动了一下。而在岩石的各个角落，已经看不到生物的身影了。实际上，章鱼已经完全消灭了。

然而，那章鱼并没有死。它消失之后仍然还尚且永远在那里活着。在破旧的、空空的、被忘却的水族馆的水槽中，永远——恐怕经过了几个世纪间——有某种东西怀抱着异常的匮乏与不满活着过，（一种）人们的眼睛看不到的动物。

---

① 笔者翻译的这章散文诗在国内这是第一次被介绍。

这首散文诗，最初发表在 1927 年日本发行的《新青年》杂志的 4 月号上，最初被收入箴言集《虚幻的正义》，于 1929 年出版发行，而后又被选入 1939 年出版的萩原的最后自选诗集《宿命》中。根据日本著名诗评家、诗人高桥顺子的理解：

> 朔太郎似乎拥有本能的对于生的恐惧。他不得不承认人的一生作为生活者的无能，其结果，实际的人生只有不毛（之地）而没有别的。
>
> 这章散文诗表现的是恐怖的饥饿感，大概诗人觉得自己也是被饥饿感所吞噬的那样吧？这并非仅仅只是幻想性地描写了死后也许仍然存在的意识的诗作。
>
> ——《日本の現代詩 101》①

这篇从箴言集《虚幻的正义》中抽出来，被萩原作为散文诗重新编选的作品，无论表面上怎么看都不具有"韵律性"，然而，其内在所传递的强烈的情绪节奏在我们阅读过程中油然而生。其中"章鱼"自我吞噬的细腻描写，其画面感、场景性、细节性所发出强烈的恐怖声响，进而让"饥饿与不死"对应所具有的象征意味、梦幻意味等，都使读者的心情，自然产生了从现实到非现实，再回到现实之波特莱尔所说的"灵魂的充满激情的运动、梦幻的起伏和意识的惊厥"。也许这就是萩原所说的"从作品全体来看音乐的节奏"吧，而这篇作品所具备的现代性意味更是不言而喻的。北川透认为："在谁也不关心的场所，通过把自己吞噬殆尽而死获得永生的章鱼，也许可以读出近代艺术家、诗人的命运！"② 其实，从某种意义上说，这篇作品可以说正是作者所生存的那个历史时期的社会缩影。1927 年，整个西方处在世界性经济危机爆发的前夜，虽然资本主义世界正在经历着短暂虚假的繁荣，但这种繁荣并不平衡，脆弱而缺乏竞争力的日本在这种不平衡中震荡，在强化国家垄断资本主义的同时，加快了军国主义步伐，使整个社会深陷灰暗而冷漠的气氛之中。此后在美国爆发了 1929～1933 年席卷世界

---

① 高橋順子編著：《日本の現代詩 101》，新書館，2007，第 38 页。
② 北川透：「散文詩」の時代のジレンマ—萩原朔太郎『宿命』・その他《現代詩手帖》平成 5 年第 10 号，新潮社，平成 5 年第 10 月 1 日发行，第 15 页。

的经济大萧条，这正是第二次世界大战的直接诱因。这样的时期，萩原通过一条饥饿的章鱼自我吞食充饥之死而获得永生的寓意，准确地回应了那个时代的生存状态：无所不在的饥饿感，现实生活的无力与自我消耗的恐怖。也许他只是无意识地完成了这篇作品的创作，其结果却留给我们无数可解释的空间。这样的内容，只能采用散文诗这种形式——即对于章鱼的寓意排除了说明性叙述，对被叙述的对象的非现实性、超现实性的梦幻般细节性展开，以及象征手法等运用，从而使作品的意味拥有多义的解释，才可以在最有限的篇幅里融进了最无限的内涵。反过来，散文诗也只有具备了如此丰富的现代性内容，才能呈现出这种表现形式的体裁独特性与艺术审美性。

　　总之，萩原朔太郎正因为认同了散文诗"在诗歌形态上的近代性意义"，才改变了原来对待散文诗的态度。换一种角度，正是散文诗这种形式所具有的表现"近代性"的意义，才得到了萩原朔太郎的认同（"痛感"），此其一；其二，正是以"近代性"为尺度，才让萩原朔太郎从"箴言"中重新认识《不死的章鱼》的意义，而这章散文诗正是以其鲜明的"近代性"成为萩原的散文诗，乃至全部自由诗的代表作，同时也成为日本现代诗的不朽名篇；其三，《不死的章鱼》并非从创作散文诗的文体自觉出发而诞生的作品，仅仅只是因为这种寓意性、象征性的内容，只有通过散文诗这种形式才能得到如此充分的表现。这就印证了关于散文诗的一种观点：散文诗一定是非要以这样的表现不足以表达自己的情感、思想的情况下才会采用的体裁。按照萩原的观点："毕竟散文诗之所以为散文诗的原因，在于不能以此替代纯粹意味的诗。"[①] 也就是说，这种体裁有其独立的体裁意义，它的存在同样是其他体裁不可替代的，这就是萩原朔太郎的现象带给我们的关于如何认识散文诗的启发。

（作者单位：中国人民大学哲学院）

---

① 转引自北川透：「散文詩」の時代のジレンマ—萩原朔太郎『宿命』・その他《現代詩手帖》平成 5 年第 10 号，新潮社，平成 5 年第 10 月 1 日发行，第 11 页。

散文诗跨文体写作的现代意义

张　翼

　　摘　要：中国现代文学发展中散文诗与新诗几乎同时出现，但其却始终处于一种边缘地位；"非诗非文"的文体特质使其文体特征模糊，文类归属尴尬。散文诗是诗歌与散文两种传统文体规范间的碰撞、对话后互动、协商的结果，是文体交叉、融合的必然，符合巴赫金所说的体裁的"现代化"。这种跨文体的写作特征在实质上对应多元文化对话协商、兼容并蓄的时代潮流，是进入现代社会后多种文化基因交汇形成杂交型文学作品的代表。随着社会的发展，混合类型的作品日渐增多，将多种文体的艺术特征创造性地融合在一起，势必出现文体越界、交叉的现象。在原有的文类划分范畴内给跨文类写作下定义势必造成理论的困境。借鉴哈贝马斯研究文化机制现代性所用的交往理性与诗学话语为散文诗文体重新定位，即可使其在哲学、社会学视野中得到学理性的阐释，理解其跨文体写作的先锋意义。

　　关键词：交往理性　散文诗　跨文类　文体越界　跨文体写作

　　在 20 世纪中国文学整体发展格局中，散文诗与新诗几乎同时出现，却始终处于一种边缘的地位，其文类边界模糊，归属地位尴尬。以往，曾出现

"两栖论"、"未定型论"，甚至"取消论"等观点学说，致使散文诗长期处于"非诗非文"的尴尬处境，影响了其文体独立地位的确立。从理论文体学的角度看，散文诗是诗歌与散文两种传统文体规范间的碰撞及对话后互动和协商的结果，是文体交叉、融合的必然，符合苏联著名文艺学家巴赫金所说的体裁的"现代化"。从历史文体学的角度看，处于不同时间维度的文体内部结构要素还会经历自身转化、兴替、变易的文体衍化渐变的过程。我们只能从后设的视域去寻找并归纳散文诗独有的文类特性，在审视其文类个性逐步形成的动态过程中，建构并确立其文体的独特性和独立性。什么特质要素才是散文诗所"独有"的？这是笔者最为关注的，也是最想回答的问题。由此进一步追问：散文诗如何去表达分行诗、抒情散文等已有文体所无法传达的人生经验，或是用一种更新颖、更适宜的艺术方式来表达人们已熟知的经验而赋予其新鲜的感受，或表达人生暧昧未知的经验，提供给读者进一步体味与想象的可能，从而彰显其文体形式的先锋性？

一

诗歌理论家谢冕先生认为，散文诗"在中国文学史中的地位并不高，它在很大程度上受到了忽视"①。可能是由于散文诗属于"两栖文体"的缘故，既涉及诗的创作领域，又介入散文的写作范畴，所以导致两边的文类都没能把它纳入自己的研究范畴，使其处于没有哪个文类愿意认领的漂泊无依状态。例如，何其芳的《画梦录》即处在文体归属的尴尬境地，连作者本身也对其归类含混不清："比如《墓》，那写得最早的一篇……我写的时候就不曾想到过散文这个名字。又比如《独语》和《梦后》，虽说没有分行排列，显然是我的诗歌写作的继续，因为它们过于紧凑而又缺乏散文中应有的联系。"②

这番创作谈表明何其芳在《画梦录》创作过程文体意识的游移不定，虽自身认为是诗歌写作的延续，但又深知其不具备诗的最基本也是显著的语

---

① 谢冕：《散文诗随想》，《散文诗》1999 年第 7 期。
② 易明善等：《中国当代文学研究资料·何其芳研究专集》，四川文艺出版社，1986，第 591 页。

言形式——分行排列；虽具有散文的外在形式，但其内在表述的跳跃性和心灵化又跨越了散文的语言范式。尽管语体意识不明，尚存文体困惑，但何其芳还是采用诗文交融的形式写下《画梦录》。这种全新的创作形式触及了散文和诗歌边界间的暧昧性，揭示了不同文体吸纳互通、相互借用的可能性，也从某个侧面印证了把散文诗归入原有四大文类的困难。其实，作为一种综合性的跨文类写作，散文诗的创作触角甚至延伸到小说的领域，创作了溢出原先定义的作品。沈从文的《看虹录》、汪曾祺的《复仇》等"散文诗"小说的产生，都可以称为文体的"出位"① 现象。散文诗既然能影响小说创作，也有可能渗入戏剧等其他文学体裁，鲁迅的《过客》和郭沫若的《寄生树与细草》就入侵了剧本的边界。当然，换个角度反观，也可以视作小说、戏剧、诗歌等已有体裁对散文诗这种新文类体式结构要素的转化、兴替、渗透。总之，散文诗正是在与其他文类的对话性阐释中，更好地展现其文体诗学的丰富蕴含，不仅表达一种已知的情感体验，更是以流动不拘的文本形式去凝聚暧昧未明的现代生活情愫。

　　纵观两千多年中国文学进程，不独诗歌和散文的"中间地带"曾产生"赋"这样非诗非文，又似诗似文的新文类，散文和小说的"中间地带"也曾有"笔记"这样的文类出现。"笔记"的文体界限相当模糊，兼及"散文"与"小说"的著述形式，一书中往往二者杂陈。陈平原先生认为"笔记"是一种很特别的文类："笔记之庞杂，使得其几乎无所不包。若作为独立的文类考察，这是一个致命的弱点，但任何文类都可以自由出入，这一开放的空间促成文学类型的杂交以及变异。对于散文和小说来说，借助笔记进行对话，更是再合适不过的了——这是一个双方都可以介入又与之渊源甚深的'中间地带'。"②

　　魏晋以后，"笔记"之作代不乏人，各呈异彩。"笔记"的出现对跨越文类的边界是一种有益而且有效的尝试，其为文体的转换与革新提供了更加开放的研究空间，也影响了后来许多文学作品的创作。宋人杂录历史逸闻的

---

① 源于德国美学用语 Andersstreben，指一种媒体欲超越其本身的表现性能而进入另一种媒体的表现状态的美学，钱钟书称之为"出位之思"。参见叶维廉《中国诗学》，人民文学出版社，2006，第 199 页。

② 陈平原：《中国散文小说史》，上海人民出版社，2004，第 15 页。

"笔记"中不乏大家手笔，如欧阳修的《归田录》、苏轼的《东坡志林》、陆游的《老学庵笔记》等，皆叙述高简，文字清新，既似小说又似散文。宋代散文朴实中见风采，平易中显才情，与宋代文人普遍欣赏并撰写笔记不乏关系。"散文诗"的出现也如"赋"、"笔记"一般，由于其开放的文体空间聚合着不同的文体特征，使其难以归入传统的文类中考察；而作为一种独立的文类研究，又面临着理论研究的盲点。社会生活的变迁，促使人性的发展与其个性的丰富，此间变化必然反映在文学作品的内容中，而内容是通过形式表现出来的。黑格尔指出："没有无形式的内容，一如没有无形式的质料，内容之所以为内容即由于它包含有成熟的形式在内。"[1] 这两个范畴本身就是互为存在的前提。文学作品都是具有形式的内容，文学形式的演进包含许多方面，例如文类的中间地带产生新的文体，同一体裁中门类的增多，凡此种种，无不是满足人类日益复杂的人性发展和情感体验的需要。艺术的形式不仅包含内容，而且组织它，塑造它，决定它的意义。内容和形式的统一，组成了文学作品复合的整体。文类的更新，门类的增减，这不是中国现代文学创作的特有现象，而是自古如此，中外皆然。

中国古代诗文融合，"契会相参，节文互杂"[2]，产生了老庄、楚辞、骚赋和杜甫、韩愈、欧阳修、苏轼等"以文为诗"和"以诗为文"的现象；在欧洲文坛，诗歌与戏剧的"中间地带"也产生了"诗剧"这样的混合文体。诗剧（Closet drama）用诗体来写剧本，既符合情节叙事的需要，又满足人物抒情咏怀的需要，如弥尔顿的《力士参孙》、雪莱的《钦契一家》、拜伦的《曼费瑞德》等。随着欧美现代诗剧的崛起，中国的文人也深受影响，郭沫若、穆旦等先后创作出《女神之再生》《棠棣之花》《湘累》《神魔之争》《隐现》《森林之魅》等优秀的诗剧作品。据诗人袁可嘉的观察，1935 年前后现代诗剧在中国的兴起更多是基于技术上的原因。

"诗剧形式给予作者在处理题材时，空间、时间、广度、深度等诸方面的自由与弹性都远比其他诗的体裁为多，以诗剧为媒介，现代诗人的社会意识才可得到充分的表现，而争取现实倾向的效果；另一方面诗剧又利用历史

---

[1] 〔德〕黑格尔：《小逻辑》，商务印书馆，1959，第 222 页。

[2] 周振甫：《文心雕龙今译》，中华书局，2000，280 页。

做背景，使作者面对现实时有一个不可或缺的透视和距离，使它有象征的功用，不至粘于现实世界，而产生过度的现实写法。"①

　　诗剧更易于针对一个时代普遍的现实状况与文化命运而发言，强化了因多声部合奏而产生的张力效果。1937 年，文学家金克木化名"柯可"发表了论文《新诗的新途径》，其中指出："散文诗、叙事诗、诗剧，是新诗形式方面的三个可能开展。"② 这既是对新诗未来创作的更复杂的构想，也是对诗歌功能与边界的扩大化尝试。扩大诗歌的容量，以容纳更为宽广的现实内容，是横亘在很多诗人心头的一个结。20 世纪 40 年代著名诗人卞之琳之所以放弃了诗歌创作而改为小说写作，跟他认为小说容量更多，可以更好地承担时代的观念有关。虽然他的小说成就不如诗歌，但他的文体选择却很好地说明了形式对内容的组织、塑造，文体的形式可以决定质料的意义。卞之琳曾在"诗与小说"这个命题中阐明了自己的观点："时代前进，人类的思想感情也随之复杂微妙化，在文学体裁中已不易用本来单纯也单薄的诗体作为表达工具，易于单线贯穿的长篇叙事诗体在高手或巨匠手中也不易操作自如以适应现代的要求。"这段话道出了诗人打破既有文类边界，扩充诗歌的历史可能性的焦虑。类似的探索并不鲜见，朱自清的《毁灭》、孙大雨的《自己的写照》等"长篇"诗歌都曾在拓展诗歌的丰富表现力方面做出过相应努力。20 世纪 40 年代的中国需要更为开阔、更具包容性的心智文本来书写现代生活本身的复杂，1943 年，正着手编选《现代诗钞》的闻一多先生在展望新诗的前途时提出：

　　　　放弃传统意识，完全洗心革面，重新做起，要把诗做得不像诗……而像小说戏剧至少让它多像点小说戏剧，少像点诗。太多"诗"的诗，和所谓"纯诗"者，将来恐怕只能以一种类似解嘲与抱歉的姿态，为极少数人存在着。在一个小说戏剧的时代，诗得尽量采取小说戏剧的态度，利用小说戏剧的技巧，才能获得广大的读众。③

① 袁可嘉：《新诗戏剧化》，《诗创造》第 12 期，1948 年 6 月。
② 柯可（金克木）：《新诗的新途径》，《新诗》第 4 期，1937 年 1 月。
③ 闻一多：《闻一多全集》第 10 集，湖北人民出版社，1993，第 19 ~ 20 页。

　　闻一多对新诗未来发展的多元化期盼是源于其对文学发展的历史走向的判断，他指出"文学的历史动向"即不同文体吸纳互通、相互借用的发展趋势。20 世纪 40 年代，不少知识分子希望通过对诸多文体转换和结合实验，创作一种综合的、立体的文学样式以更好地表达时代生活，书写对变幻不定现实的繁杂感受。20 世纪 40 年代初，沈从文在一封书信中这样表达对自己写作的期许："好好再写十年，试验试验究竟还能不能用规模较大的篇章，处理一下这个民族各方面较大的问题。"

　　随着社会的发展，现代人的综合意识突显，产生了日益强烈的干预社会的意识，而不断更新变化的文体形式则为这些现代体验与思考提供更深沉、多样的表达载体。历史的推演，促使新的文类不断涌现，"文体越界"① 现象更加频繁，混合类型的作品日渐增多。这些作品把多种文体的艺术特征创造性地融合在一起，兼收并蓄，表现出明显的杂多性趋势，笔记、诗剧、散文诗这些新文类都体现了"文体越界"的杂多性与变异性，包容了不同文类的生命基因与艺术优势。重要的是，这种兼容并包不单是对文体形式的转用或模拟，或是文类边界的扩大，而是带来了新的思想因素、文化因素和美学因素，给作者以更大的创作自由和弹性，给读者带来更具冲击力的感受和想象的多维空间。

　　文类间的越界、交叉，不仅促使新的文类诞生，还能从对方获得变革的动力与方向感。不同的文类互为他者，其互补互动的关系也值得深入探究。固守已经勘定的"边界"，有利于文类的承传与接纳，但也容易因此而窒息其不断更新的生机。清代的桐城派曾拒绝小说的渗透，认为"所谓小说气，不专在字句"，更重要的是"用意太纤太刻"②。然而颇具讽刺的是，桐城三祖之一方苞的名篇《左忠毅公逸事》也未能撇清与小说的关系；桐城古文派奉为旗帜的韩文公为文也不大守规矩，其引小说笔法入文，或以文为诗，时有入侵其他文体边界之作。开创者还有兴趣与能力穿越文类边界的壁垒，尝试各种创新；后来者大都只是守成，因而更倾向强调"边界"的神圣，并谴责各种"越界"的行为。任何文类如果不随着时代更新变化，都难免

---

① 申丹先生认为"文体越界"指的是，在一个创作文本中包含了另一种或多种的文体形态或文体片断。参见申丹《叙述学与小说文体学研究》，北京大学出版社，1998，第 282 页。
② 吴孟复：《桐城文派述论》，安徽教育出版社，1992，第 43 页。

消沉衰亡，这是文学历史发展的必然规律。

现代理论界对于文学分类研究的趋势是说明性的，并不限定可能有的文学种类的数目，也不给创作者制定规则。现代文学的类型理论认为"类型"可以在纯粹单一的基础上形成，也可以在包容丰富的基础上构成。美国学者勒内·韦勒克（René Wellek）和奥斯汀·沃伦（Austin Warren）认为："现代的类型理论不但不强调种类与种类之间的区分，反而把兴趣集中在寻找某一个种类中所包含的并与其他种类共通的特性，以及共有的文学技巧和文学效用。"①

现代文学类型研究趋势的转变乃是社会转型使得心理节奏加快，内心层次繁杂，催生了更多文学种类的杂交和变异所致。现代社会文化生活现状是：本土与外来、传统与现代、现实土壤与流行观念已然交织成复杂多元犬牙交错的状态，人们内在于其中。光怪陆离的物象、景象、事象，促使人们由表层意义进入深层思考，引发对各自人生境遇的丰富联想；对现代性的多样感兴体验促成更多类型艺术形式的涌现以辐射复杂的人生，承担起时代的观念，帮助人类度过现实与理想之间的重重关隘，释放出鲜活的时代精神，从而实现身份认同、文化认同和族群认同。文体形式变化背后，是现代社会林林总总的冲击所赋予人们写作实验的冲动和艺术探索的热情。

二

近代以来，文学与新闻结合，产生了报告文学；文艺与科学结合，产生了科学文艺；文艺与电媒结合，产生了电视散文、电视诗歌、影视剧本等杂交型的文化产品。这种文艺自身内部及外部的融合，多种文化基因的交汇，是艺术作品生命丰富与发展的表现，是艺术领域值得认真研究的重大理论课题。文学艺术多种门类的融合，文学与社会科学，甚至与科学技术之间的融合，是一条不以人的主观意志为转移的客观历史发展规律。现代社会的发

---

① 〔美〕勒内·韦勒克、奥斯汀·沃伦：《文学理论》，刘象愚等译，江苏教育出版社，1990，第279页。

展，不仅文类之间相互杂糅，文学和哲学、科学之间也一改从前那种不相往来的做法，开始主动地相互靠拢，以至哲学家、科学家与文学家之间的界限越来越模糊，愈发难以确定。法学家如德国的德里希·卡尔·冯·萨维尼（Friedrich Carl von Savigny）、史学家如瑞士的雅各·布克哈特（Max Burckhardt）、心理学家如奥地利的西格蒙德·弗洛伊德（Sigmund Freud）、哲学家如法国的让－保罗·萨特（Jean－Paul Sartre）等，他们同时也是伟大的作家。他们作为科学家、法学家、哲学家与他们作为作家的身份相互之间并不冲突，反而相得益彰。他们的影响也走出了单一学科的界限，呈现出跨学科研究的走向。如果没有文学的感染力和哲学的思维在弗洛伊德头脑中的整合，恐怕他在心理学领域也无法取得现有的高度。这种学科间的整合趋势，在现实中已为人们广泛接受，并逐渐成为一种共识。德国哲学家尤尔根·哈贝马斯（Jürgen Habermas）指出，现实中再把专业书籍和文学作品区别得泾渭分明已经变得不足为取。以德国为例，德国最大的报纸《法兰克福汇报》在这方面带了个好头。他们在本来只能刊登纯文学作品的文学副刊上登载哲学家的著作，而且刊登的不是他们所擅长的精神史研究著作，而是随笔性质的沉思录和札记等。这样做是一种新颖的尝试，也是一次大胆的挑战，它所挑战的还不仅仅是学科之间的差别问题，而是整合思维的一种新方式。目前，我国也出现了整合学科的趋势，不少出版社在出版风格上逐步把科学和人文融合在一起；教育制度也开始改革过去学科分类过细的做法，尤其在大学校园开始更重视通识教育。这些发展趋势究其原因在于，现代社会生活的复杂化使得单一的学科思考和文类表述都不足以完整地阐述一些复杂的思想体系，也无法反映社会问题参差交错的庞杂化。

回到中国现代文学的研究场域，我们也发现单一的文体写作已无法承载处在社会遽变中知识分子对社会问题日渐多元的深入思考。中国的现实世界充满了矛盾的多重性，历史过程的不同阶段的特征都胶着在一起。对鲁迅、林语堂、郭沫若、沈从文等都无法用思想家、史学家、小说家、诗人、散文家等单一的称呼来涵盖他们的艺术成就，他们的许多优秀作品都是文、史、哲结合的跨学科创作的典范。他们跨学科、跨文类的写作既是对自身艺术创作的大胆尝试、突破，更是缘于可以容纳、承载强烈的现实意识和多视角文化思考的需要。鲁迅《故事新编》的文体创作显然不同于他以往的小说写作，其交融了诗歌、杂文等文体样式，故郑家建先生称之为"反文体写作"①；捷克学者普实克认为是鲁迅以新的、现代手法处理历史题材而产生的"一种新的结合体"。正如法国当代作家莫里斯·布朗肖（Maurice Blanchot）在评论德国小说家赫尔曼·布洛赫（Hermann Broch）时所说：像许多当代作家一样，他受到了这一来自文学的不可阻挡的压力，即文学不再容忍体裁划分，企图打破界限。

法兰克福学派在方法论上的一个特色就是主张跨学科（interdiscipline）研究，主张把各学科之间相互打通来做综合研究。作为法兰克福学派的领军人物，哈贝马斯对于哲学、科学与文学之间界限的理解应该说是最具代表性的。他认为随着现代社会的建立，现代性作为一项综合设计涉及生活的诸多领域，如认知领域、道德实践领域、审美实践领域、个体信仰领域等，对它的解析也需要兼用上述领域的理论资源。这是哈贝马斯交往理性的核心内涵，他断定如果仅靠其中的某个领域的建设来推动现代社会和思想的全面发展，显然力不从心。换言之，即现代性问题本来就是多方面、多维度的，而现代性之所以在历史上和现实中还面临着重重困境，其重要的原因之一就在于其各个领域各自作战，甚至画地为牢，故无法综合起来，形成研究的合力。哈贝马斯主张的跨学科的方法论可以概括为学科交往主义，整个现代学术机制从总体上讲就是由各学科共同组成一个学科共同体，这是他著名的"理性交往主义"②的一种具体运用。值得借鉴的是，哈贝马斯在提倡跨学科研究的同时，也强调学科的确定性和差异性，对所谓"文类不确定性"③

---

① 郑家建先生认为"反文体"是鲁迅的一种独特的文体创作方式，即作家出于一种独特的表达自我的想象方式的需要，有意识地对已有文体的话语方式、艺术规范进行反叛和解放，从而消解甚至颠覆这种文体的稳定性。参见郑家建《历史向自由的诗意敞开：〈故事新编〉诗学研究》，上海三联书店，2005，第103页。

② 所谓"理性交往主义"，也就是说要求在理性分化的基础上强调理性的统一性；或者说，在肯定理性的差异性的前提之下研究理性的统一性。没有差异性，也就没有统一性；没有统一性，同样也不能有差异性。参阅曹卫东论哈贝马斯的文学概念，见《交往理性与诗学话语》，天津社会科学院出版社，2001，第128～129页。

③ 哈贝马斯所指的"文类"是学科分类概念，即文学、哲学、科学等属于不同的文类划分。而笔者所用的"文类"是关于文学分类的术语，等同于"体裁"，即小说、诗歌、戏剧等。本文中这样使用可能会带来一些理解上的混淆，在哲学界没有更好的术语来代替"文类"这个类似"学科"概念的情况下，为保留哈贝马斯理论体系的完整与严密，只能暂时与文学共用这个术语。

持一种批判的态度。哈贝马斯反对文类的不确定性是针对后现代主义者主张文学中心主义有感而发的[①]，他一方面是要捍卫文学的自律性，另一方面则是反对把文学中心化，这就避免了后现代主义研究将文学视为哲学替代物的偏颇。我们不能抹杀学科的差异性而单谈学科的统一性，具体而言，就文学与科学、哲学的关系来看，后现代主义者在颠覆哲学的中心地位的同时想把文学立为新的中心，于是极力呼吁将文学哲学化和哲学文学化。学科间的规范必须由各学科共同商讨建立，而不能由某个学科单方面给出，既不能否定学科的差异性，也不要忽视了学科间的统一性。文学理论的研究也形同此理，既要确定文类的差异性，也要发现文类间的联系性。

打通文学话语和哲学、人类学、科学等话语体系，进而加以综合分析，这在国际思想界已是一个非常普遍的做法。文化机制不能再有中心，而是代之以对话、协商的机制。哈贝马斯认为："各种学科，各种文类，必须同时被纳入到现代性的文化机制当中来。这就像社会机制当中政治、经济、文化和个体心性话语必须同时被调动起来是一样的。"[②] 只有以宏观的现代性的整体视角来思考学科、文类的差异性与统一性，方能领悟散文诗的文体特殊性——跨文类写作的先锋意义。从哈贝马斯以开放的姿态建立起的文化现代性的方法论、认识论以及普遍语用学的思路和逻辑中可以看到各学科之间的互动交往，文学作为公共领域文化机制所发挥的是一种中介作用，而绝不是一种工具作用[③]。文学是现代思想的有机组成部分，它催发和表现了其他的文化机制，为表达这种独特的现代性话语，文类间免不了互动、沟通，把文学审美的现代性统合到整个文化现代性中，以建立更好的"主体间性"（intersubjectivity）[④]，进行一场彻底的交往理性革命。

作为现代社会分化的结果，学科分类有其充分的存在理由，需要予以肯定。只要社会还有分化，学科就必然要分类。学科之间的界限存在是完全合

---

① 〔德〕哈贝马斯：《后形而上学思想》，曹卫东、付根银译，译林出版社，2001，第228页。
② 曹卫东：《交往理性与诗学话语》，天津社会科学院出版社，2001，第132页。
③ 〔德〕哈贝马斯：《公共领域的结构转型》，曹卫东等译，学林出版社，1999，第89页。
④ 哲学、社会学、文学对"主体间性"都有不同的理解，本文采用的是金元浦先生在文学研究中对主体间性含义和本质的规定。参阅金元浦《文学解释学》，东北师范大学出版社，1997，第132页。

理的，没有学科之间的区别就没有现代学术机制的建立和完善，更无法取得当前学术的辉煌成就。从这个意义上看，学科分类不但无可厚非，且必须予以继续保留和完善；社会分化不但不能取缔，反而必须持续进行并推向深入。诚如学科的分类本是不言而喻，学科之间的融合也是实属必然。纵览中外思想史，不难发现，几乎所有的大思想家都有跨学科或跨文类的创作。许多伟大思想家的方法论都有一个跨学科的特点，这实际上也就意味他们的思想需要用跨学科、跨文类的写作来表述和阐发其复杂而多样的内容。《道德经》《圣经》《古兰经》等中外经典作品，很难把它们归入文学或哲学的单一学科著作；即便是《史记》这样的历史著作，《庄子》这样的哲学著作，《水经注》这样的科学著作，也无不可被视为文学作品。文类研究不是越精微越确定就越好。文类本来只是借以描述文学现象的一种基本假设，在实际操作中，论者为了渲染其合理性，往往将文类标准凝固化。辨析越细致，也就越会出现问题。《左传》《史记》等史书中若干不可能有见证人的密室之语或临终独白等难道没有掺入撰写者的虚构与想象？钱钟书更是将其视为"史有诗心，文心之证"。他说：

> 史家追叙真人实事，每须遥体人情，悬想事势，设身局中，潜心腔内，忖之度之，以揣以摩，庶几入情合理。盖与小说、院本之臆造人物，虚构境地，不尽同而可想通。①

司马迁的笔端常饱含着悲愤，其抒情性强，对布衣闾巷之人、岩穴幽隐之士和才高被抑者更是写得一往情深，所以鲁迅在《汉文学史纲要》中称其为"史家之绝唱，无韵之离骚"。由此看来，历史著作也可以是文学作品，《史记》无论当作散文还是小说来阅读，都无损其伟大的艺术成就。法国当代作家莫里斯·布朗肖（Maurice Blanchot）认为，重要的只有书，就是这样的书：它远离体裁，脱离类别——散文、诗、小说、见证，拒绝置身其中，不承认它们拥有规定其位置和形式的权利。要弄清楚詹姆斯·乔伊斯《芬尼根的守灵》是否归属散文或某种被称作小说的艺术这类事难免荒唐，

---

① 钱钟书：《管锥篇》，中华书局，1979，第166页。

这一切表明文学的深层作用是力图破坏各种区分和界限，以期显示其本质（《文学的空间》）。

打通学科实际上也是强调学科和文类之间的交流、整合，当然，这并不是否定学科或文类之间的差别或取缔分类。跨学科、跨文类写作并不等于抹杀不同学科、文类的差异性，对于这一问题需要用辩证的眼光才能透彻把握，否则很难理解其中的复杂性。首先，我们必须指出的是：文类之间应当有起码的差别，也就是说，不能把一切作品整齐划一，而全然不顾文体之间的差别，否则会造成创作上的混乱局面。我们确信小说、诗歌、戏剧、散文等文类之间的确存在很大的文体差异性，文类可以交叉、变异，但无法穿越。其次，我们也要认识到文类间交叉、越界后产生的新文类不是凭空出现的，它们是在传统上的创新，在它们身上往往会凝聚着已有文类的某些或局部特征。美国人类学家莱斯利·怀特（Leslie A. White）指出，文化创造存在连续性，一种事物总是导源于另一种事物；一种创造实际上是一种综合，为了达到这种综合，"所需要的文化因素必须是现成的和可资利用的，否则便不可能形成这种综合"①。文体的演变也是如此，新文体的产生是对已有文类创造性转化后的推陈出新。一个体裁总是一个或几个旧体裁的变形，即倒置、移位、组合。散文诗作为诗和散文碰撞之后产生的新文类，具有极强的附着力和聚合性，是一种综合性的文体。最后，必须明确我们是在承认文类分化的基础上强调文类的综合性，或者说，在肯定文类的确定性、差异性的前提之下研究文类的统一性和整合性，探究一个文类中所包含的并与其他文类所共通的特性，以及它们所共有的文学技巧和相通的效用。不同的文类当然有着各自的特性，其功能、文风、读者、传播媒介等不尽相同，这些"差异"在文类都得到充分发展的今天，似乎是天经地义，反而是讨论之"合"——某种程度的互补与互动，需要特别加以论证。

从哲学意义上看，事物没有差异性，也就没有统一性；没有统一性，同样也不可能有差异性。文类在保持个性的基础上统一化，在同一化的基础上再凸显个体化。文类越是有个性，就越有存在的价值，也就越具有了普遍性；文类的差异性，即个性成为文类特征的前提，也是文类的标识。每种文

---

① 〔美〕L. A. 怀特：《文化的科学》，沈原等译，山东人民出版社，1988，第199页。

类都因其个性而具有存在的意义，散文诗的个性就在于其跨文类的文体特点——将多种文体的艺术特征创造性地融合在一起。如果我们继续在原有的、单一的文类范畴内给文体越界或交叉后产生的跨文类的写作下定义，势必造成理论上的困境，诚如陈平原在研究"笔记"时因其之庞杂——几乎无所不包，而发出这一"致命的弱点"使其难以作为独立文类考察的感慨。陈先生认为不知归为散文还是小说是"笔记"致命的弱点，而笔者则不认同这种观点。考察这些混合性的杂交文体，需要采用新的理论方法与研究视域去审视，才能突破原有文学归类的理论架构。文学创作中，没有什么东西是静止的，一切都在随着时代变易、转化且和谐地运动；昔日的体系只能描述昨日的世界，我们必须学会像动态的创作原则那样描述体裁，否则绝无可能真正把握变化中的文学艺术。如果借鉴哈贝马斯研究现代性的文化机制所用的交往理性与诗学话语，就会明白这不是它们"致命的弱点"，而恰恰是混合型文体的特质——也是它们存在的价值。一些因文类交叉变异后产生的综合性文类，如赋、笔记、诗剧等，因其他文类可以自由介入、并与之都渊源甚深的中间地带，如果还用旧的体裁划分，难免存在归类上无处可去的尴尬；如若继续在原有理论框架内沿袭以往的文类划分和设置而不突破旧的瓶颈，就会使自己常常陷于悖论中，而无法给予新的文学作品合理的文体定位和文类归属。实际上，理论的界定往往后于作品的产生，"立名责实"总是后于创作实践。文类的内涵、外延及边界会随着文学的发展始终处于动态的变化或越境过程，这也是文学保持新鲜与活力的源泉。现代文学的演变恰恰在于使每部作品成为对文学存在本身提出的问题，唯有创立开放式的文类架构，感受文类边界移动的活力，使文体保有一定的自由度和包容性，文艺理论才能合理地解释不断来自文类内部与外部突破的"个例"和"越境"行为。鲁迅的《野草》、于赓虞的《魔鬼的舞蹈》、何其芳的《画梦录》等文体创新的背后隐藏着作家主体强有力的情感驱动力，当已有的文体形式无法申述新的生活经验和社会意识刺激之下的个体感受，获得与真实心灵的对话、反省和把握时，他们便不拘于体式，不囿于字句，"发乎情，肆于心而为文"。这种文体越界和文本互渗的创作，表现出主体对现实、对文化的积极再创造与再想象的思想动力。笔记、诗剧、散文诗、报告文学等混合类型的作品日渐增多，无不是文学创作中文类沟通、交叉、融合而产生的跨文类写作的现象；跨文类的综合性写作是它们共通的个性，但在同一化的基础上，它们又都有各自的独特性，如何凸显它们的独立性和存在价值，也是非常值得深入研究的诗学课题。

在人类进入全球一体化的今天，不同信仰、价值观、生活方式和文化传统之间，必须实现符合双方甚至多方交往平等和民主的对话，才有利于进行有效的跨文化研究，构建理想化的合理性的社会。在社会机制当中，政治、经济、文化必须同时被调动起来，各学科之间相互打通，同时纳入到现代性的文化机制当中做综合研究，才能以宏观的视角思考现代性问题，更好地推动现代社会和思想的全面发展。文学反映了不同文化模式下主体心灵对现代性的认同或抵制，自然产生了从内容到形式的不同变化；文类间也要不断通过对话交往，从他者身上获得文体变革的动力才能创作出更经典的文学作品。跨文类写作已越来越显现为文类演化的趋势，文学评论家茨维坦·托多罗夫（Tzetan Todorov）认为："不再遵循体裁划分，这在一位作家身上可说是真正的现代性之象征。"① 优秀作品的个性化创造总能突破既有的文类规范，而获得广泛的认同，从而形成新的文体规范。任何一种文体的内涵都必然随着时代发展而不断丰富，外延也随之拓展。稍加追溯，即可看到班固眼中"君子弗为"的小说与梁启超定为"文学之最上乘"的小说，无论其内涵与外延都相距甚远！文学凭借文体样式的更新而不断获得新的生命力。文艺理论家巴赫金（Bakhtin）认为：真正的体裁诗学只能是一种体裁社会学。同任何制度一样，体裁也展现其所属时代的构成特征，它是一种社会历史以及形式的实体。散文诗是诗歌和散文甚至多种文体特征相互对话协商和渗透沟通的结果，其跨文体写作的特征在实质上对应了全球文化对话协商、兼容并蓄的时代潮流，是进入现代社会后多种文化基因交汇形成杂交型文学作品的代表，是文体融合的胜利。体裁的变革与社会变化息息相关，散文诗作为一种具有人类学意义的现代文学读本，应该在哲学和社会学视野之中得到理性的阐释，才能使人们理解其跨文体写作的先锋意义。

（作者单位：福建警察学院）

---

① 〔法〕托多罗夫：《巴赫金对话理论及其他》，蒋子华等译，百花文艺出版社，2001，第21页。

20世纪90年代诗歌的戏剧化特质

——以现代性为视角

王昌忠

摘　要：由于诗歌写作者诗学观念的"断裂"，20世纪90年代诗歌与此前中国新诗相比，发生了明显"转型"。戏剧化特质，正是这种转型的表征之一。戏剧化特质把现代汉语诗歌引向了现代性的轨道，因而具有其"合理性"和"时效性"。20世纪90年代诗歌的戏剧化特质具体体现在戏剧化诗学观念、戏剧化诗思结构和戏剧化表意策略诸方面。

关键词：戏剧化　诗学立场　诗思结构　表意策略

在中国新诗史上，20世纪90年代的诗歌语境无疑最为宽松和自由，正因为如此，诗歌写作者在诗歌"写作"中获得了多向度探索、发掘的可能和机会。在促成20世纪90年代诗歌范式转型的诸多"力量"中，戏剧化如同叙事、反讽等一样，成为至关重要、举足轻重的一股力量。事实上，自艾略特提出诗歌写作的"非个人化"以来，在现代诗歌的发展进程中，戏剧化一直被当作"检验"诗歌"现代性"的重要指标之一；在中国，戏剧化也不断被有着新诗现代化吁求的新诗人倡导和实践，如闻一多、卞之琳、袁可嘉等。通过诗歌创作为诗人的精神心灵找到艾略特所说的"客观对应物"，从而做到情感知性化、思想知觉化和抽象具象化，是现代主义诗人的基本诗学观念。按照袁可嘉的说法，现代主义诗歌就是要使意志和情感"转化为诗的经验"，而"设法使意志与情感都得着戏剧的表现"① 正是这一"转化"得以实现的根本途径。因此，戏剧化特质在 20 世纪 90 年代诗歌现场的突现，在很大程度上可以说是中国新诗走向现代化、获具现代性的必然结果。从现代性维度打量，20 世纪 90 年代诗歌的戏剧化特质有其深刻的诗歌背景和因由，也自然有其诗学"合理性"和"时效性"。具体来说，可以从戏剧化书写立场、戏剧化诗思结构、戏剧化表意策略三个方面来观照和把握 20 世纪 90 年代诗歌的戏剧化特质。

一　戏剧化书写立场

相较于 20 世纪 80 年代及之前诗歌的"超验"书写和"体验"书写，20 世纪 90 年代诗歌的"断裂"主要体现为"经验"性质。也就是说，20世纪 90 年代诗歌写作者一方面摒弃了规范性意识形态色彩的或传统惯性驱动的集体化超验写作，如政治写作、道德写作和山水情趣、田园牧歌写作；另一方面也"悬置"了 20 世纪 80 年代曾一度风靡盛行的个人体验写作，如身体写作、隐私写作，而将书写现实生存境遇中的个人经验作为诗歌抱负的主旨和根本。在 20 世纪 90 年代诗歌写作者的诗学见解中，所谓个人经验的书写，指的是个人经验的呈示、应对和分析、处理，并以此反映、揭露个人生存境遇和命运遭际——当然，这个人经验、生存境遇、命运遭际又必须是艾略特所谓"非个人化"的。也就是说，这"个人"只是起点，其指归和要义是要上升到普遍意义、共通意义的人类和整体。"诗歌是一种集中"是"把一大群经验集中起来"产生出的"新东西"②；同时，由于经验总是滋生与根植于现实世界，因而通过书写个人经验也实现了坦陈、审视并超越、纠正现实的功能意义。在 20 世纪 90 年代之前的诗歌写作中，无论是描绘现实、把握本质的传统现实主义诗歌，还是抒发情意、传达感想的浪漫主义诗歌，以及寄寓意念、投射情思的现代主义诗歌，尽管其诗歌观念大异其趣各

---

① 袁可嘉：《论新诗现代化》，生活·读书·新知三联书店，1988。
② 〔美〕艾略特：《传统与个人才能》，李赋宁译，《艾略特文学论文集》，百花洲文艺出版社，1994。

有不同，但具体到每一类型的每一首诗歌，其诗歌主题都是明晰而单一的，意蕴内涵都是确指而狭隘的，表现方式都是规范而程式化的，在整体审美风貌上都呈现出平面、单调、枯燥、雷同的特征。因此，为了有效拓殖诗歌的内涵、延展诗歌的外延、开掘诗歌的容量，20世纪90年代的诗歌写作者提出了复杂化、空间化和立体化的诗歌美学立场，并在诗歌实践中力求做到主题的多指涉、多关联、多涵纳；意蕴的庞杂、丰富和繁复；表现方式的综合法、"跨文体"等交织穿插。显然，对于上述内涵转向的抱负和审美质地包容性、复杂化的要求，除了被20世纪90年代的诗歌写作者赋予了特定意义的"叙事"、"戏剧化"等诗歌理念和立场能够满足与顺应外，无论是单纯叙述、描写，还是直接推理、议论，尤其是20世纪80年代盛行的一味抒情、歌唱，都与之格格不入、背道而驰。

所谓戏剧化写作，按照艾略特的戏剧化理论，即便是一首短小的抒情诗，从诗歌形态上看，也应该像一出小小的戏剧那样人事物都具备。也就是说，"构成"诗歌的"部件"不再只是诗人的主观抒情和抽象议论，也不再只是奇崛诡异、隐喻意象的堆砌和罗列，而主要成了具体而微的生活场景、细节和事件等戏剧元素；而诗人，正是通过对戏剧"装置"的编织或组合来传达、体现出其人生经验，并由此揭示和处理人类生存境遇与命运遭际。20世纪90年代的许多诗歌写作者解构和颠覆了"宏大叙事"的政治抒情模式和小布尔乔亚式的浪漫抒情诗风，他们直接用诗歌的形式截取现实生存情状的片断或捕捉命运遭际的细节，使得一首诗的生成成为一幕幕"人生戏剧"的上演；他们高扬"个人写作"的旗帜，以个人自我的生活感受和生存认知为依据，紧紧围绕自己的生命经历和生存事实采集质料和素材，搭建和营构戏剧化诗歌。在市场经济、物质主义的20世纪90年代，作为从事精神劳作、生成精神产品的诗歌写作者，他们对自己的边缘处境、尴尬身份和艰难际遇以及身处其中时的灵魂探险、精神流浪的认知和感受肯定最为深刻、强烈和真切。在张曙光的《西游记》中，诗人把"从书本中寻找生存的依据"、"将写一部书，一部/无所不包的书，但里面只是一页页白纸"的诗歌写作者想象为当代孙行者，将他们的精神劳作想象为"西天取经"般的"一场精神的漫游——或者说历险"，从而用一幕幕戏剧化场景刻画出诗歌写作者的真实境遇。同时，对于"写诗"这一行为本身，20世纪90年代的诗歌写作者自然也深有洞察、感触颇多，并且积累了丰富的"经验"。在《潜水艇的悲哀》中，翟永明将写诗幻化为打造潜水艇这一物质行为，活灵活现地刻画了写诗活动中的具象行为和精神活动及其尴尬处境。当然，20世纪90年代的诗歌写作者还戏剧化地表现了各自独异的生存经历和特殊的生活情形，写出包容着不同个人复杂生命经验的诗歌。如王家新的《纪念》《伦敦随笔》等，"出演"的是诗人以亲身出访英国的生活事实为背景的"流亡"经验和感受；翟永明的《莉莉和琼》《咖啡馆之歌》等直接取材于诗人作为女人的生活情形、女性经验以及身处国外的生活感受和旅居经历。

　　以经验为写作对象的20世纪90年代诗歌之所以能在美学品质上摆脱平面性、单一性而显示出立体性、空间性和复杂性与多样性，是因为其经验本身的立体性和复杂性，以及"生成"经验的生活本身的空间性和多样性。生于纷纭错综、交织杂合的现实世界和历史时空，现代人的生命空间都是异质混成、互疑互否而又规约化成、综合包含的对立统一体；其内外经验和感受都既充满了矛盾、悖论和冲突与纠葛，又最终通过消解和调和达到了张力性的平衡与对等。20世纪90年代以前的大多数诗歌，不是有头有尾地陈述某一件事情并揭示出该事件所能显现的某一种生活本质，就是强烈、畅快地抒发某一种感情，或者抽象、教条地演绎、图解某一种观念、哲理，因此，它们的思想主题只会单一且明确，内涵意蕴只会直接且平面，而用以表现这单一、平面的思想主题和内涵意蕴的文体修辞与技艺手法也只会相对地显得单调和固定。由于纷纭复杂，其现实境遇中的人生经验和生存感受却是无主题、无定向的，而是由异质混成，互否互逆、对立冲突的。所以，当20世纪90年代诗歌写作者试图通过诗歌"承载"现实复杂经验和"盛装"真实生命的情态时，原先那种主题单一、意蕴明晰的诗歌模式就难以胜任了。戏剧化诗歌的书写立场，正在于把异质混成、互否互逆、互破又互相进入的现实人生情状直接"引入"诗歌，使诗歌如同戏剧本身一样，通过对具体、客观的人生世相和生存百态的展演，通过阐释、分析各种纷繁凌乱的生命形态，达到书写诗歌写作者现实人生经验的目的。西川的《致敬》是一首包容着诗人主体在物质和精神交战、浮躁与和平纠缠、喧嚷和宁静对峙的现实境遇中各种错综复杂的生存经验的"大诗"和"混诗"，其间的诗意是含混、驳杂的，既有在"星星布阵的夜晚"的"心灵多么无力"之感，又有在"苦闷"、"痛苦"和"欲望"、"叫喊"中的"致敬",以及深处"居室"时对"巨兽"的"哀求",对"幽灵"的"利用"……其所运用的诗艺是综合、"越界"的——箴言、场景、形象、独白、细节和动作交织穿插并复合配置,因而成为20世纪90年代戏剧化诗歌的典型代表之一。其他如肖开愚的诗歌《国庆节》、陈东东的长诗《喜剧》、王家新的诗片段系列《游动悬崖》等,也都是这种由异质经验、复杂生存境遇和感受化合、凝融而成的戏剧化诗歌。

二　戏剧化诗思结构

契合于客观性、间接性和经验性、立体化的诗学追求,20世纪90年代诗歌是在分析和处理生存经验和生命处境的基础上提纯与升华出情感和思想的。分析、处理对立和冲突而又趋向调和、平衡的生存经验和生命感受,决定了20世纪90年代的诗歌写作者必然要摒弃传统诗人直抒胸臆、描摹现实、直陈观点时所采取的那种单一、线性的诗思结构,而选取戏剧化的思维模式。所谓戏剧化的诗思结构,也就是在观察、感受和审视、思考时,以及在分析、处理和构思、表现时,都要像戏剧"动作"和"过程"一样,显现出辩证、关联、二元甚至多元的心理模式和意识结构。简单地说,就是在诗思运作过程中,诗人不管是欲抒发一种感情、表明一种意念、投递一种哲思,还是想设置一个意象、营造一种景象、叙说一个情节,在其思维活动中他都不是直接、纯粹或者仅仅单方面着眼于这些进行构思和书写,而是在意识中将其置放进"关联域"中,通过与对立者或对应者的戏剧性关联关系构思和写作诗歌。在诗歌创作中普遍采用戏剧化思维结构和心理模式说明,20世纪90年代的诗歌写作者在一定意义上是把戏剧化上升到了诗歌创作的本体层面,也说明他们捕捉和营造诗意的方式与传统诗人出现了根本不同。正是由于戏剧化创作心理所起的作用,20世纪90年代的诗歌在形式和意蕴上都具有了冯至自评《十四行集》时所说的"由于它的层层上升而又下降,渐渐集中而又解开,以及它的错综而又整齐,它的韵法之穿来而又插去"①

---

①　冯至:《冯至美诗美文》,东方出版社,2005。

的戏剧性色彩。20 世纪 90 年代诗歌所反映出来的诗歌写作者的戏剧化诗思结构，表现出三种形式：冲突、矛盾，对比、参照，调和、化成。

冲突和矛盾是传统戏剧戏剧性的主要来源。"外部情节与外在冲突在剧中占重要地位，每部戏都有一个中心事件，由这个中心事件产生戏剧的主要冲突即中心动作。戏剧就等于这个中心动作本身，戏剧性来源于紧张剧烈的冲突，剧中人之间的正面交锋形成戏剧冲突的基本特征。"① 当选取诗歌来呈现、应对、处理原本就充满戏剧性的人生经验时，20 世纪 90 年代的诗歌写作者"借用"了剧作家（剧诗人）创作剧本时惯常运用的冲突、矛盾式诗思结构和思维模式。通过这种运思方式写就的诗篇，充满的是异质、对立、混成的诗歌元素之间的冲突、撞击和互否、排拒，从而使得诗意与戏剧性在质地上趋合，同时也在悖论和矛盾中有效地彰显了诗人犹疑、复杂的感情和思想。张曙光在创作被程光炜确定为"20 世纪 90 年代文学书系"诗歌卷的总标题之作和开篇之作的《岁月的遗照》时，所运用的正是冲突、矛盾的思维模式和心理结构。面对"这些旧照片"，诗人对于过往岁月产生的是一种悖论、冲突的情感认知，一方面肯定和向往着过去的"年轻"与"活泼，乐观"，另一方面却对过去那种因"为虚幻的影像发狂"而"被抛入更深的雪谷，直到心灵变得疲惫"的生存方式产生了否定、困惑的情感意向；同时，当置身在"已与父亲和解，或成了父亲，/或坠入生活更深的陷阱"的现在，诗人一方面缅怀、追忆于"青年时代的朋友"和"辉煌的时代"，另一方面却对由"遗照"勾连、回忆而来的过往岁月的真实性发出了质疑和诘问："而那一切真的存在/我们向往着永远逝去的美好时光？或者/它们不过是一场幻梦，或我们在痛苦中进行的构想？"正是通过这些冲突、悖论的设计，诗人既传达出了现在的精神境遇，也投递出了清醒的历史观念："一度称之为历史"的东西，往往"并不真实"。王家新的著名诗篇《伦敦随笔》也是按照矛盾、冲突的诗思结构营造诗意建构诗境的。客居伦敦的诗歌主体"你"遭遇的生活方式、生命经历（包括爱情生活）与中国人固有的思想意识、传统道德观念之间的冲突，西方文化对"你"的吸引与"你"对中国传统文化的执拗之间的纠葛，对伦敦的留恋、念想与"无

---

① 　朱栋霖、王文英：《戏剧美学》，江苏文艺出版社，1991。

可阻止的怀乡病"以及必然的回归之间的矛盾……正是将诗歌主体"摆设"在多重戏剧化冲突和悖论中。诗人揭示与思辨了"流亡者"的尴尬存在境遇："接受另一种语言的改造，/在梦中做客鬼使神差，/每周一次的组织生活：包饺子"、"怎样把自己从窗口翻译过去？"

应该说，概念、判断和命题，总是为分辨和区别不同观照对象而确立并显出意义的；人、事、物的性格、性质、特征，也是在与他（它）们的关联物的比较、对照中被指认了的。戏剧的表现特征之一，就是把人置于与其关联者的"关系"中，通过外在行为和内心活动的对比、参照等戏剧"动作"刻画人物形象、推进故事情节并展现作品主题。移用了戏剧化表现策略的 20 世纪 90 年代的诗歌写作者在创作心理上与直陈式和宣泄式传统诗人的一个不同点在于，其戏剧化关联意识和比照思维的凸显和强化。解读 20世纪 90 年代的诸多诗篇可以看出，不管是表露的意象、场景、情节、事件，还是深隐的哲思、情感、意念，都不是单方面"出场"的，它们总是与其对立面、对应体、比照物"并置"着"显影"与"发声"的。这样，既使诗歌"敞开"了人类普遍性的生存境遇、包容了人类共通性的复杂经验，又使诗歌呈现出浑然、融合的审美特质。孙文波写作诗歌《在傍晚落日的红色光辉中》的动机在于给我们"交代"一个诗人的"虚构"，显然，他在写作和运思中采取的是戏剧化的诗思结构：一方面让"我们的前辈们"虚构出的"伟大的天堂"、"可能的来世"，让"虚构"的"一个活着的人突然进入到死者的国度中，/目睹到死者在另一个世界的痛苦。/或者总是一种善与一种恶在较量"的"场景"与"我们的虚构"进行比较和对照，另一方面将诗人对两种形象的情感态度进行比照并在比照中"释放"自己的价值立场："但我们当然不能像他们一样，步他们的后尘。/我们的虚构应该更加宏大"；"我们的虚构将尽力抹去这一切，为自己/呈现一个不存在这一切的远方"。在诗作《潜水艇的悲伤》中，翟永明将诗人孤独而坚韧的生存态势（"有用或无用时/我的潜水艇都在值班"）、将诗人"造"潜水艇——写诗——的精神劳作（"酒精，营养，高热量/好像介词，代词，感叹词/锁住我的皮肤成分/潜水艇它要一直潜到海底"）与物欲、享乐、喧哗、"缺水"的现实世界（"碎银子哗哗流动的声音"、"国有企业的烂账"、"小姐们趋时的妆容"）加以真切、鲜明地对照和比较，并通过这种对照和比较凸显诗人主体的精神形象和立场、阐发诗歌写作及其诗歌的存在价值。"都如此不适宜了/你还在造你的潜水艇/它是战争的纪念碑……但它又是离我们越来越远的/适宜幽闭的心境",诗人如是说。

为了营造围绕中心事件产生的戏剧性冲突,大量在性质和形态上矛盾、悖论的戏剧"构件"被并置在了传统架构剧中。然而,戏剧的目的并不在于"盛装"进这些矛盾和悖论"构件",也不仅仅在于"展览"他(它)们之间的冲突和斗争,戏剧的功能更在于调和悖论、消解矛盾、化约冲突,使互疑互否和异质异构的戏剧性因素经过综合与化成以后,趋向和谐、稳定与融合。也就是说,在美学本质上,戏剧是各种对立和冲突的戏剧"构件"达到张力平衡后的统一体和浑成体。在 20 世纪 90 年代的诗歌写作者的生存境遇里,既有各种外在和内里生存要素间的冲突和矛盾,又有这些元素间的化合、消融和调和,而他们的复杂人生经验正是来源于这种矛盾着又凝融着的生存事实。既然是操持着戏剧化诗学立场书写现实人生经验和戏剧性人生境遇和生存状态,20 世纪 90 年代的诗歌必然会留下 20 世纪 90 年代的诗歌写作者调和冲突、化成异质的诗思结构与心理模式的鲜明印记。肖开愚的《为一帧遗照而作》固然"陈列"着作为旧时代"知识精英"的"你"在内心对独立精神和自由意志的渴求与走向以"机器,老虎,和民主"为特征的"革命"时代主潮的生命事实的矛盾,然而在诗作中,这矛盾却得到了调和和化约:通过"审视着/灰色的庞然大物,一枚勋章","你"在走向"革命"的人生道路上维护了自己的精神性,从而整合了现实与理想的裂痕、物质与精神的冲撞,"你以对月球的/眺望来调和彼此粗糙的区别"。在张枣的《边缘》里,因疏离于社会中心、自绝于社会规范而身处"边缘"的"他"与这世界、社会处于对立和矛盾之中:"总之,没走的/都走了。//空,变大。他隔得更远";然而,"当边缘处境中的孤独和空虚被克服之后","随之而来的,很可能就是对生命真谛的洞悉。不仅是洞悉,还有可能是一种生命的自由情景"①。"他"也因此而与世界、社会重新达成了默契和呼应:"果真,那些走了样的都又返回了原样……秤,猛地倾斜,那儿,无限/像一头息怒的狮子/卧到这只西红柿的身边。"对上文提到的翟永

---

① 臧棣:《聆听边缘》,洪子诚《在北大课堂读诗》,长江文艺出版社,2002。

明的《潜水艇的悲伤》、肖开愚的《国庆节》等诗作进行细致解读会发现，其中也是既营构了异质诗歌"元素"间的对立、悖论，同时也呈示了各种异质成分在冲突之中发展，最后走向"和解"、亲近而达到"戏剧性整体"的"一致性"——而这显然来自于诗歌写作者调和冲突与化成异质的诗思结构和心理模式运作的必然。

三　戏剧化表意策略

20 世纪 90 年代诗歌的戏剧化，还具体体现为戏剧化的表意策略。当秉持戏剧化立场写作诗歌，20 世纪 90 年代的诗歌写作者写诗的过程既不再像现实主义和浪漫主义诗人那样单纯地运用抒情、言志、感怀等传统的表现手法，也不再如同古典象征派诗人那样一味地运用"对于日常经验赋予事物内在底蕴却难以发掘和表达"的"象征与暗示"[①] 的修辞技巧，而是为了打破诗歌艺术表现的单调和平面化而将各种各样的戏剧表现形式容纳于或短或长的抒情、说理与叙事的框架中，将写诗的过程等同于创作戏剧的过程，以展示丰富复杂的诗歌内涵和提高艺术表现的力量。阅读那些综合和吸纳了戏剧表现方式和手段的 20 世纪 90 年代诗歌，收获的也是观摩戏剧时的所见所闻和体验感受：其中搭建着剧场和舞台；人物"角色化"为了包含着不同矛盾和异质人生经验的剧中人物，他们或者在冲突或对立性情节与场景的表演中展现其戏剧性生存处境，或者通过戏剧性独白、对白或旁白暴露其心灵深层的运动与变化。戏剧性表现手法的运用，是 20 世纪 90 年代诗歌戏剧化诗学立场的落实前提，是戏剧化诗思结构的感性显现，也是"充分发挥形象的力量，把官能的感觉形象和抽象的观点、炽热的热情密切结合在一起，成为一个孪生体"[②] 的重要方式。我们可以选取戏剧性角色的设置和戏剧性处境的营造两个角度，来考察、分析 20 世纪 90 年代诗歌戏剧化的表意策略和戏剧性表现手法。

作为一种表演艺术，"集中反映矛盾冲突"的戏剧的基本特征之一是

---

① 龙泉明：《中国新诗流变论》，人民文学出版社，1999。
② 龙泉明：《中国新诗流变论》，人民文学出版社，1999。

"以人物台词推进戏剧动作"。角色化的人物是戏剧舞台上的核心和最活跃的戏剧"要件",戏剧情节的演进和发展,戏剧冲突及其调和都只有依赖戏剧角色在剧作家虚构的具有普遍现实人生意义的戏剧性情境中的台词——对话与独白——和动作来完成,因此,创作戏剧时最重要、最根本的表现手法便是戏剧角色的打造和设置。诗歌写作者采取戏剧化表意策略写作诗歌,在根本上也就应该落实为"人"的打造和设定,通过对人内外境遇的呈现、处理和分析体现诗歌写作者的现实人生经验与感受。20世纪 90 年代诗歌在表现手法上对戏剧因素的引入,首先就体现为在诗中提供鲜活、生动的戏剧化角色,通过戏剧形象的"表演"来客观、间接、知觉、具象地传达诗人主体的情感、意志、哲思及人生经验和感受。20世纪 90 年代诗歌中的角色化技艺手法,突出表现为诗人对诗歌对象的情感态度、哲思认知以及对现实人生的复杂经验和独异感受并不是由诗人直接抒发、陈述出来的,而是将其寄寓、投射游走和"动作"在或虚或实的生存图景中的形象身上。正如程光炜所述,尽管戏剧性历来是翟永明"孜孜以求的效果",但在 20 世纪 90 年代,她"愈发心仪'舞台'"并"渴望'表演'"了[①]。在《我策马扬鞭》《时间美人之歌》《土拨鼠》等诗作中,翟永明用一种客观、自制、冷静的笔触描摹出"策马扬鞭"的"我"、历史上的三个"美人"和"土拨鼠"等角色形象,借助"客观的戏剧"用代言人的"表演"混沌曲折地转化、传达诗人自我的人生经验,从而使得个体经验的诗意表现得更为深入与成熟。比如在《我策马扬鞭》中,诗人独特的女性经验、对女性命运和生存境遇的认知,不再是如诗人20 世纪 80 年代的诗歌《女人》《静安庄》那样直接宣泄和书写,而是将其涂抹、嫁接给"在揪心的月光里/形销骨锁"但却"不改谵狂的秉性"的"策马扬鞭"形象身上了。戏剧性的独白和旁白,作为重要的角色化表现手法,也被 20 世纪 90 年代的诗歌写作者经常采用。现代主义诗歌中的戏剧性独白和旁白与传统诗歌中的直陈事实、直抒胸臆明显不同,因为戏剧性独白虽然也是诗歌主体的直接表述和言说,用以表露自己的生命感

[①]　程光炜:《不知所终的旅行:90 年代诗歌综论》,王家新、孙文波《中国诗歌九十年代备忘录》,人民文学出版社,2000。

受和情感思想，但是，这诗歌主体是特定的戏剧性处境中被角色化了的剧中人物，其言说带有戏剧动作的性质和功能价值；而戏剧性旁白则是诗歌主体（往往也化身在戏剧情景之中）对生命情状、生存境遇的分析和处理。在诗作《动物园》中，肖开愚设置了"我"与"时髦女士"游览动物园、观赏各种动物的戏剧性生活事件，其中的大量独白手法，一方面表达出了"我"的生活情趣、生命经历、生存经验，另一方面因为诗人把这些独白安排在具体的戏剧性处境中，所以就赋予了戏剧性独白的艺术魅力——既与"时髦女士"构成了戏剧冲突并产生了诗意的张力，又推动了情节发展和人物性格形成。

动作，由戏剧性和戏剧冲突产生的动作，是戏剧的本质特征，是戏剧艺术的魅力之本。我们知道，不管是外在情节、行为的还是内里精神、心灵的，冲突和动作总是来源于或者发生在具体的戏剧性处境中，因而，为了塑造人物性格、揭示人物命运而打造和建构的戏剧冲突与戏剧动作离不开对戏剧性处境的精心营构。戏剧性处境指的是戏剧角色在特定情节、事件、环境、场景和人物关系中所处的境遇和情形。正是因为注重把角色化了的诗歌主体置于特定的戏剧性处境之中"制造"戏剧性动作和戏剧性氛围，20世纪90年代诗歌得以在表现形态上契合、顺应了"经验化"的现代主义戏剧化诗学立场并具备了综合和立体的戏剧化艺术特质。20世纪90年代诗歌是关于人生经验、生命感受、生存境遇和人类命运的诗歌，而这些自然都"存在"于"人"具体、细致、实在、精微的生命形式和现实生活之中。20世纪90年代的诗歌写作者——有时是诗歌写作者托付诗歌中角色化了的诗歌主体——正是在形而下的具体生存事实、生命样态中"发现"、"观察"和"提炼"、"分析"出人生经验、生命感受、生存境遇与人类命运的，这就使得戏剧性处境在20世纪90年代诗歌中成了基础性"设施"。韩东是一位致力于消解传统诗意的诗人，他20世纪90年代的短诗《甲乙》同样沿袭了这一精神理路。男女之间的性爱行为，在传统的文学想象和表现中总是浪漫、温情、甜蜜和快乐的，然而，在韩东的"个人经验"里却是无聊、空落、淡然，甚至"不洁"的。对于这种独异的个人经验和感受，他收获的途径不是在诗歌中做生理学透视，也不是做心理学解释，而是通过"观察"和"分析"一对男女在发生性爱行为后闲散、沉闷地"看"——男的看室外的"街景"，女的看屋内的"餐具"，这一由场景和行为"组装"而成的戏剧性处境捕捉和领悟到的。柏桦在诗作《琼斯敦》中，把"白得眩目的父亲"、"男孩们"、"一个女孩"等诗歌形象置于具体的"人民圣殿教"这一具体的戏剧性处境中，借助对该处境的显影、描摹和处理、提炼，言传出诗人对人性与神性的冲突、信仰与狂热的矛盾、激情与迷茫的搏斗的态度见解和认知评价；而在长诗《致敬》里，西川提供给读者的则是将自己的人生经验、现实感受和生命意志与精神立场弥散、消融在了大量寓言式和幻觉式的戏剧化处境当中。

（作者单位：浙江湖州师范学院文学院）

现代汉诗缘何"事态叙事"?

杨四平

首先必须声明的是，我在这里所说的"事态"是不同于《现代汉语辞典》里所说的"局势"、"情况（多指坏的）"的辞典语义，它是指事件发生的状态；这里的"事件"也不同于《现代汉语辞典》里所说的"历史上或社会上发生的不平常的大事情"，而是像《牛津英语词典》里所说的："事件"是指"发生的事情"。也就是说，它不论重大与否，平常与否。诗歌都是叙述的；诗歌所叙述的是精神事件。事态叙事，如以状态为主，则与呈现叙事比较靠近；如以动态为主，则与写实叙事接近；如果从思潮流派上看，事态叙事属于现实主义和现代主义"两结合"的诗歌叙事。现代汉诗对事态叙事的重视绝非偶然，其必然性体现在以下几个方面。

一 摒弃士大夫趣味，现代诗人开启"寻根"之旅

中国古典诗词几乎均为士大夫所写，写的大都是才子佳人和帝王将相的奇闻雅事，体现的是士大夫的生活情趣和文学趣味，这在"五四"文学革命时期被贬为"贵族文学"、"山林文学"和"古典文学"。有人认为，"'温柔敦厚'的教义，和老庄思想相结托，就产生了一般士大夫们的文学趣味"①。他们甚

---

① 姚雪垠：《略论士大夫的文学趣味》，《大公报·战线》1943年5月23~30日。

至认为，正是这种士大夫趣味误国、误诗，使得 "中国多产短的抒情诗，不产生伟大的叙事诗"；毕竟 "地主士大夫的诗着重于内心表现，再加之儒家的平实思想，温柔敦厚之教，一方面反对诗人接触深刻的现实问题，一方面反对用神话材料以丰富想象"①。尽管这些话是就中国古代为什么没有产生伟大的叙事诗而言的，但我们由此可以认识到士大夫趣味之狭隘。

自从科举制度废除以来，士大夫失去了通过读书和科考跻身士绅官宦行列的门径，同时，也就难以把自己的聪明才智直接献给朝廷和皇帝。在艰难时局里，他们只得退而求其次，将自己的热血、激情、学识和思想全部奉献给社会和民众——借此，一方面可以启发民众，另一方面在 "救人"、"救国" 的同时实施 "自救"。他们有些像堂·吉诃德，与大风车搏斗，既激荡人心，又空茫凸显。汉学家舒衡哲说："中国知识阶级对于国家的疏离，并不像 19 世纪中期的俄国知识阶级对于国家的疏离那样的决绝和完全……它（中国知识阶级）面对的是国家的瓦解。"② 因为中国现代知识分子既疏离了传统，又与自身所从属的阶级分隔，还疏离了当时的晚清政府、北洋军阀政府和国民政府；最要命的是，就连他们意欲投身服务的社会和民众也与之若即若离，所以，他们感受到的是强烈的孤独感和漂泊感。1917 年 12 月 11 日，胡适用拟 "数来宝" 的白话快板的语言节奏写了《老鸦》。如上所述，因为当时中国现代知识分子没有做好与社会和民众联系与沟通的工作，他们既不见容于当局，也不被民众所理解，他们被视为 "另类"。胡适对此有自知之明，所以，他以在中国文化里被视为极为不吉利的老鸦自喻，有聊以自慰之意。以之相似，近有鲁迅写的《狂人日记》塑造狂人形象；远有西汉贾谊写的《鵬鸟赋》，以猫头鹰这种厄运之鸟获取宽慰。由此可以体味到，中国现代知识分子的 "无根" 之尴尬与困境，以及其面对现实和理想之矛盾，同时也反映出他们的承担之重与道路之曲。20 世纪 20 年代，徐志摩的《为要寻一颗明星》，描述自己像堂·吉诃德似的 "骑着一匹拐腿的瞎马"，快马加鞭，冲入黑夜，直至累死了自己和 "拐腿的瞎马"，"天上透出了水晶似的光明"。明星出现了，人和马却死了；此时明星虽然出现了，又有什

---

① 姚雪垠：《略论士大夫的文学趣味》，《大公报·战线》1943 年 5 月 23～30 日。
② Benjamin Schwartz, The Intelligentsia in Communist China: A Tentative Comparison, in DAEDALUS, p. 613.

么意义呢！诗人采用的是反语、悖论和复调，由此获得了丰沛的张力。但是，中国现代知识分子寻找理想的那种飞蛾扑火的精神及其与现实生活不可调解的矛盾，已经发展到你死我活之地步了，即使到了抗战时期，何其芳依然在《夜歌·后记》里告白："叙述一个抗战的故事，一个泥水匠参加抗日军队的故事，却是为了使一个知识分子的意志更坚强些。"[①] 何其芳写抗战故事，不是为写故事而写故事，而是试图从他笔下的抗战故事和抗日人物那里寻找道义、理想、人格和精神支撑，使自己能够去掉感伤和脆弱，变得坚强、快乐起来。如此，诗歌形象与诗人形象就产生了有效的对话和交流；以诗自慰，以诗疗伤，以诗给自己打气，以诗给自己壮胆，均表明中国现代知识分子内心脆弱。其实，他们愿意改变自己，在保持独立精神的前提下，重新融合社会，贴近民众，致力于民族独立和国家解放；因此，他们不但关心周边事态，国家大事，进行"事态叙事"，而且也精心呵护自己独立的精神空间，把外界风云变幻吸纳其间，再通过诗呈现出来。不管是哪一个时代、哪个流派的现代诗人，不管他们之间的分歧有多大，他们都愿意自比"老鸦"、"瞎马"，而且始终是诗人与诗人、诗人与民众、诗人与时代、诗人与诗之间的相互寻找，并对此寄予厚望，充满信心。

二　回应现代生活并对其进行有效发言

漫长而庞大的前现代社会，使得中国人形成一种超稳定的家天下的封建意识。那里，小桥流水、犬吠鸡鸣；那里，"老树枯藤昏鸦，断肠人在天涯"；那里，诸侯争雄、穷兵黩武、民不聊生；那里，耕读传家、科举取士；那里，历史悠久、文明灿烂……与西方动荡不安的社会相比较，中国前现代社会相对"平稳"些，故有不少西方哲学家认为古代中国崇尚一种静态美学。中国古典诗词也以营构境界为美学理想，产生了令世人引以为傲的难以企及的唐诗宋词。进入近代以来，中国社会的积贫积弱全都显现出来，加上外族加紧了入侵中国的步伐和力度，这种内忧外患彻底打破了这个东方古国在政治、经济、社会、文明和意识形态方面运作了几千年的超稳定体

---

① 何其芳：《夜歌·后记》，诗文学社，1945。

系，终于促成了从辛亥革命向"五四"新文化运动的历史嬗变。面对一个急剧震荡的时代更迭，中国古代文明、古典诗词和古典汉语遭到了全面质疑与清算，从而在文学界、文化界和思想界展开了轰轰烈烈的文学革命、道德革命和政治革命，其中，文学革命是"主旋律"，而在主旋律中，诗歌革命又是其最主要的乐章。胡适在文学改良的"八事"主张里，革五种古典诗词的命："摹仿"、"无病之呻吟"、"烂调套语"、"用典"和"对仗"；而倡导"言之有物"、"讲求文法"和"不避俗字俗语"①。"五四"文学革命之所以既"破"又"立"，且边"破"边"立"，是因为此前的文学尤其是诗歌在时代急遽变化面前显得捉襟见肘、无所适从，难以及时有效地回应社会关切，也不适应诗歌内部革命之大势；这就导致它们在形式和语言上势必要让位于现代汉语和自由体或者现代"规律体"（不一定是"格律体"）新诗。请注意我在这里的用词及表述：关切、大势。我并没有像某些乐观主义者那样，天真地设想：新时代来临之后，旧体诗词全面无效，立马"消失"。其实，它们不但没有退出历史舞台，从象征派、新月诗派到现代诗派，都可以看到现代汉诗在意境塑造方面有向古典诗词折返的倾向，只是因为我们过分看重其西化倾向而忽视了其古典化努力。

　　不同于古典生活的抒情性，现代生活本身，无论是启蒙，还是救亡，均是叙述性的；作为修辞的艺术，叙事刚好适应了现代生活的这种要求。而现代生活往往是"非诗意"的，或者说"反诗意"的。在这样一种很现实、很功利的语境中，只有叙述而无"故事"的抒情诗，是无法予以回应的。也就是说，抒情无情与叙事无事一样都是乏力的。那么，到底什么样的诗歌方能回应现实并清晰地揭示出生活实质呢？显然，只有既叙述又有"故事"的"事态诗"才能担此重任。因为只有那种内在的述说欲望、思辨冲动和抒情气质，才能使现代汉诗的叙事成为可能。同时，我们应该明白，叙事仅仅是诗歌多样表达中的一种，而不能包揽一切。在现代汉诗叙事的背后，与其说暗藏着对叙事本身的潜在反动，不如说是对叙事的理性把控。前者依然执着于抒情至上观；后者才是"叙"、"抒"融合观。诗歌叙事是一种诗性叙事，即"准叙事"、"亚叙事"，既不唯抒而抒，也不唯叙而叙。只有叙抒

---

　　①　胡适：《文学改良刍议》，《新青年》1917年1月第2卷第5号。

融合，方能对现实生活进行有效发言。

三　中国诗歌传统的历史性新变

中国古典诗歌为我们提供了多方面的经验和传统，几乎可以说方方面面都写到了，而且各种方法都尝试过了，只是有些说法和现代人的表述不同而已——比如，古人叫"兴"，今人叫"象征"。现代诗人要做的，仿佛只能从一首已有的诗中写出另外一首诗；换言之，诗歌基因遗传的影响力巨大，仿佛我们已经没有了多大创新的空间与可能。艾略特在《传统与个人才能》里也谈到了，面对丰富的传统，不能说我们有多少创新，而只能说我们与传统到底发生了多少联系；我们仅仅是把传统延续下去的一个个"历史中间物"，一个个"过客"；换个角度说，就是我们的个人才能及其创造有没有给传统增点光、添点彩的问题。从这个意义上可以询问的是，我们有没有部分地刷新传统，形成新传统，或者说给传统以新面貌？这种状况不仅存在于诗歌中，人文社科领域亦然。本雅明认为，所有的写作几乎都是"引文写作"，是那种叫"词生词"式的写作。这是我们面对传统时，正确看待"常"与"变"辩证联系的态度。既然如此，我们是不是可以这样说：现代汉诗事态叙事是对古典汉诗事态叙事传统的继承与发展呢？如果此说成立，那么这里面，哪些是"常"哪些又是"变"？从它们的联系中，我们能够理解现代汉诗事态叙事怎样的现代性处境？要回答这样的追问，我们就应该折返到古典汉诗叙事传统那里去寻找答案。

理解古今诗学之变，理解古诗与新诗在思想、语言和审美方面的差异和关联，是把握新诗现代性的前提。李怡在这方面的研究令人信服。在《中国现代新诗与古典诗歌传统》里，他把"中国古典诗歌的思维方式概括为物态化"[1]，"亦即社会化"[2]，甚至连自我都物态化和社会化了。而这种"泛物态化"的文化精神也大面积地在现代汉诗中衍生。首先，"比"与"兴"依然是促成现代汉诗事态叙事修辞与生成的艺术手段；其次，社会化

---

[1]　李怡：《中国现代新诗与古典诗歌传统》（增订版），北京大学出版社，2008，第43页。

[2]　李怡：《中国现代新诗与古典诗歌传统》（增订版），北京大学出版社，2008，第45页。

题材占据了现代汉诗"题材库"的大部分空间——尽管它们总要内化为诗人内部的精神事件，但它们常常被人格化、政治化和道德化。这是中西诗歌在处理社会化题材时所显示出的不同面向。我们似乎可以说，中国古典诗歌存在"有物"而"无我"的状态，直到现代汉诗开始向西方那些主体性和意志化很强的现代性诗歌学习之后，这一局面才得以扭转，"有我"、"有物"且"有事"的诗歌才真正以现代面貌出现在中国诗歌里。"反映在语言上的是'我有话对你说'，所以'我如何如何'。"① 显然，这是从西方现代诗歌"有我"的叙述语法那里借鉴而来的。惠特曼《草叶集》里的"Song of Myself"叙述语法，鼓舞了新诗人们超越他们的先人，发挥汪洋恣肆地大胆想象，酣畅淋漓地尽情倾述。20 世纪 20 年代，郭沫若式的"我是一条天狗呀"的狂飙突进；20 世纪三四十年代，艾青式的"我也应该用嘶哑的喉咙歌唱"的愤激与深沉。用叶维廉的话来说，"有我"这种新出现的意志化诗歌先后形成了"过早乐观的文学"和"批判社会的文学"两种诗歌类型。综上所述，我们不难看出，现代汉诗的发展是物态化和意志化、社会化和主体化之间的交相辉映。其实，事态化是物态化、意志化、社会化和主体化"四化"的凝聚。

中国古典诗歌以情取胜，而"仅是情感力量或仅是情感外溢不能创造出诗来。自我感情的丰富充沛仅是诗的一个要素和契机，并不构成诗的本质"②，何况人类的情感存在同质化，如喜怒哀乐！换言之，我们不缺少情感，缺少的是对情感的个体的经验方式。对诗而言，经验比情感重要，真实的经验比普通情感重要，还有就是这些经验和情感传达方式往往又比它们自身重要。简言之，"说法"比"想法"重要！米沃什说："说出，并见证。"

请先读汉代乐府民歌《上山采蘼芜》："上山采蘼芜，下山逢故夫。长跪问故夫：'新人复何如？''新人虽言好，未若故人姝。颜色类相似，手爪不相如。''新人从门入，故人从合去。''新人工织缣，故人工织素。织缣日一匹，织素五丈余。将缣来比素，新人不如故。'"再请读胡适的《"应该"》："他也许爱我、——也许还爱我、——/但他总劝我莫再爱他。/他常

---

① 叶维廉:《中国诗学》，生活·读书·新知三联书店，1992，第 217 页。
② 于坚:《于坚诗学随笔》，陕西师范大学出版总社有限公司，2010，第 137 页。

常怪我；/这一天，他眼泪汪汪的望着我，/说道、'你如何还想着我？/想着我，你又如何能对他？/你要是当真爱我、/你应该把爱我的心爱他、/你应该把待我的情待他。'/……他的话句句都不错、——上帝帮我！我'应该'这样做！"两诗一古代一现代，中间跨度几千年，写的都是婚恋关系中新人与故人之间剪不断理还乱的复杂情感纠缠；但是，它们都没有采取直抒胸臆、一吐情怀的常见的抒情方式，而是采用了事态叙事的方式，将此情此感、那人那事叙述出来。不同于《上山采蘼芜》采用了"对话体"结构叙事，《"应该"》运用的是"独白体"。胡适对此诗颇为自得，他说："用一个人的'独语'写三个人的境地，是一种创体，古诗中只有《上山采蘼芜》略像这个体裁。"① 于此，胡适既指出了两者的差异，也指出了两者的关联。其实，他更看重差异，自认为"是一种创体"。在《谈新诗——八年来的一件大事》里，他以此诗为例，进一步彰显新诗与旧诗之间的巨大沟壑。他说："这首诗的意思神情都是旧体诗所达不出的。别的不消说，单说'他也许爱我、——也许还爱我'这十个字的几层意思，可是旧体诗能表得出的吗？""那样细密的观察、那样曲折的理想、决不是那旧式的诗体词调所能达得出的。"② 这两首诗都写三个人之间的情感关系，只是在叙述方式上，旧诗作者仿佛是旁观者，在向读者转述一个悲欢离合的别人的故事，且含蓄不露；而新诗里的作者与叙述者似乎是同一个人，仿佛在向读者讲述一个发生在自己身上、令人头疼的风花雪月的情事，直接、细密而复杂。质言之，新诗找到了与生活、与事态、与语言一致的表达方式，因为诗人所写的均是自己的或者是与自己有关的事件，而不像古诗从思想到形式都偏好装饰性。这些大概就是胡适所说的"用具体的做法，不可用抽象的做法"③ 和俞平伯倡导的"增加诗的重量"、"不可放进旧灵魂"④。同时，新诗在叙述个人经验时，需要诗人的"灵敏"，像瑞恰慈所说的，它对于经验的组织非同一

---

① 胡适：《逼上梁山》，载胡适选编《中国新文学大系·建设理论集》，上海良友图书印刷公司，1935。

② 胡适：《谈新诗——八年来的一件大事》，《星期评论》，"双十节纪念号"第五张，1919。

③ 胡适：《谈新诗——八年来的一件大事》，《星期评论》，"双十节纪念号"第五张，1919。

④ 俞平伯：《社会上对于新诗的各种心理观》，《新潮》，1919 年 10 月第 2 卷第 1 号。

般①；经验如果组织得好，就会取得很好的表达效果。九叶诗派的诗人们就 "恰当而有效地传达最大量的经验活动"②。最好的经验组织与传达，就是自然而然地在组织和传达过程中使经验具备超越性，如此，诗歌就能达到兼容各种异质经验的目的，从而使诗歌丰厚而轻盈。

　　以上，我们从现代汉诗的叙事主体——现代诗人的出现及其寻找支撑，现代生活的尖锐和紧逼，以及中国诗歌传统自身发展所经历的历史嬗变三大方面，论述了事态叙事在现代汉诗中的必要性、重要性和延展性。

（作者单位：安徽师范大学）

---

①　瑞恰慈：《文学批评原理》，杨自伍译，百花洲文艺出版社，1992，第 162～163 页。
②　袁可嘉：《新诗现代化的再分析》，天津《大公报·星期文艺》，1947 年 5 月 18 日。

论当代"口语诗"的叙述语言艺术

孙丽君

摘　要： 当代"口语诗"是诗歌创作方式的一次重要探索，它以返璞归真的叙述姿态和对语言独特的处理方式，展现了诗歌的另一种可能性。当代"口语诗"产生于鼓吹民间立场的诗人对知识分子写作所进行的反叛之下，民间立场的创作初衷决定了当代"口语诗"言说的真实与叙述的可靠，也使其在力求"拒绝隐喻"的创作前提下更新诗歌的语言策略。然而，当不断地反叛与创新成为一种常态，大量低劣粗俗的"口水诗"便诞生了。

关键词： 口语诗　叙述　语言

"口语诗"作为一种诗歌现象，缘起于 20 世纪初的白话诗歌。早在"新文化运动"之前，黄遵宪就提出了"我手写我口"① 的诗歌创作理念；之后，胡适也在《文学改良刍议》中指出诗歌创作应该"不必俗字俗语"——他的初期白话诗也正是这一提议的践行。当代"口语诗"是鼓吹民间立场的第三代诗人对知识分子垄断写作格局的有力宣战，但也有一些诗人认为"口语诗"的提法恰恰彰显了作者自身的边缘性位置。诗人杨黎就曾指出："口语是一种阴谋。这个阴谋，是'知识分子'写作对纯粹的、现

---

① 黄遵宪：《杂感》，钱仲联笺注《人境庐诗草笺注》，上海古籍出版社，1981，第 42～43 页。

代汉语的写作所设立的圈套。承认口语诗，就等于进入了这个圈套。"① 在文化快餐的风起云涌之中，当代"口语诗"往往被看作一种精神策略和文化策略，甚至是媚俗策略，然而，"口语诗"所特有的叙述与语言策略却往往因口语本身的通俗化和大众化而被忽视。

当代"口语诗"不仅是一种反叛冲动之下的文化策略，也是一种诗歌建构方式的探索与实验，它着重于在叙述与语言组织层面的创新，使诗歌从"抒情"向"叙述"转向，并开启了诗歌语言探索的新模式。叙述的转向以及语言的实验，决定了当代"口语诗"具有叙事性、先锋性及通俗性的诗貌，也使接受者与诗歌文本之间的紧张关系有所缓和。当代"口语诗"从其本身的文学概念而言无所谓褒贬，它只是诗歌运动在其特殊的历史条件下所经历的必然过程。事实上，在当代"口语诗"中不乏经典的作品，如韩东的《有关大雁塔》《你见过大海》、李亚伟的《中文系》、于坚的《0档案》、王小龙的《纪念》、伊沙的《车过黄河》等，当代"口语诗"中平面化、碎片式的个人生活体验，使文化、英雄和权威消解在庸俗、普通与卑微之中。然而，在诗歌文本中，意义终究附着于语言符号这一载体之中，并通过特定的策略传达出来。

一　力求叙述的可靠性

当代"口语诗"，顾名思义，即以现代汉语中的日常口语来组织与建构诗歌，它于缘起上就暗含了一种"媚俗"的意味，代表了民间立场下的诗歌创作。在"口语诗"中，原有的浪漫抒情方式常被放逐，取而代之的是通俗、大众的叙述方式。事实上，"口语诗"这一诗歌现象本身就是一矛盾、分裂的组合，既成的庙堂之音与民间通俗的叙述姿态，无不说明此类诗歌在界定与创作上所存在的困难。因此，当代"口语诗"如何以民间话语产生最有力的诗学效果，是其在艺术努力上首先需要突破的难点。

1. 叙述者指涉的个人化

当代"口语诗"产生于人们为"朦胧"而狂欢的不经意的瞬间，它以

---

① 　杨黎：《关于口语诗》，《诗人谈诗》2005 年 9～10 月号。

新的言说姿态和语言策略给当代诗坛带来一股熟悉又陌生的潮流，使诗歌与意识形态、共同体等集体概念迅速剥离，回归到个体生命的本真状态。在"口语诗"中，叙述者惯于将自己赤裸裸地暴露在世俗的眼光之下，言说个人庸俗的生活常态已然成为一种时尚与前卫。

　　与第一代诗歌和朦胧诗相比，当代"口语诗"最突出的叙述特点便是叙述者指涉的个人化、单一化。在第一代诗歌和朦胧诗中，叙述者的身份往往是泛化的和模糊的，第一代诗歌中以"我们"、"咱们"作为叙述者的作品俯拾即是。如民歌《咱们的领袖毛泽东》：高楼万丈呀平地起/盘龙卧虎呀高山顶/边区的太阳红又红/边区的太阳红又红/来了咱领袖毛泽东。诗歌虽源于一种带有集体创作色彩的即兴口占，却终究要在个人的解读中完成自身。诗中虽利用了民歌在群众中的号召力量，但模糊泛化的叙述身份与浮夸失真的话语相互佐助，实际上是在加阻读者与文本的对话。

　　此外，第一代诗歌与朦胧诗中的叙述者"我"也完全不同于"口语诗"中的"我"。如"大跃进"期间陕西安康有一首诗歌《我来了》：天上没有玉皇/地上没有龙王/我就是玉皇/我就是龙王/喝令三山五岳开道/我来了。自不待言，诗中的叙述者"我"在个人的名义下指涉出的是一个群体，而不是现实中的具体的个人。由此便产生了一种隐指作者[①]与叙述者相疏远的姿势，作者对叙述者所言内容的认可也随之被削弱。也就是说，作者只是在记录叙述者的话语，而并不一定认同此叙述所传达的价值观念。在"朦胧诗"中，"泛化"的叙述身份隐藏的更为深邃，叙述者的能指与所指往往存在着一种隐秘的错位关系，它通常在表面上呈现为一种个人话语的言说。然而，正如北岛诗中所言，"我，站在这里/代替另一个被杀害的人"（《结局或开始》）；诗中，叙述话语中的个人身份无法逃离集体的捆绑，叙述者只能是代表某一类人群发言，"我"所指涉的依然是在"文革"中惨遭迫害的一类青年人。

　　个人身份的凸显是"口语诗"的主要特征之一。在"口语诗"中"个人"得以具象地、世俗地呈现，行动元也往往是"我"、"你"或"他"；叙述者惯于以个人身份在场式地显现，隐指作者成为作者自身价值集合的一

　　[①]　赵毅衡：《当说者被说的时候》，中国人民大学出版社，1998，第11页。

部分，作者的虚化面具消融在真实的生活记录之中，作者与叙述者之间的价值理念趋向相符甚至等同，诗歌也从"真实的言说转向言说的真实"①。如王小龙的《纪念》：

> 假如我要从第二天成为好学生
> 闹钟准会在半夜停止跳动
> 我老老实实地去当挣钱的工人
> 谁知有一天又被叫去指挥唱歌
> 我想做一个好丈夫
> 可是红肠总是卖完
> 这个世界不知为什么
> 老和我过不去
> 我宁愿自己是个混蛋
> 于是我想和一切和好
> 和你和好
> 你却突然转身走了

　　诗中的叙述者"我"是世俗的、卑微的，它在一系列的迹象中碎片式地呈现，是戏剧化的个人生活在琐碎的细节中的再现，表现了现代人类似囚徒的生存困境。诗中作为叙述者的"我"，除了指向自身的实体意义之外，很难再参与其他意义的指涉，它是用日常生活话语所建构的具有似真性的个体，消解了第一代诗歌和朦胧诗中参与虚幻与浮夸的"共同体"想象的过程。诗中，叙述者"我"的价值取向在逐渐贴近"作者"的思想意向，在真实生活的碎片之中，叙述者的发音是代表作者的发音，这种声音也因其对文化面具的消解而变得更加可靠。

2. 与叙事距离的消解

　　与叙述者相对应的是叙述接受者。叙述接受者是叙述行为中的一个必要

---

① 沈奇：《怎样的"口语"，以及"叙事"——"口语诗"问题之我见》，《沈奇诗学论集》，中国社会科学出版社，2008，第85页。

的成分①，它绝不是读者；读者是相对于叙事作品而言的，正如罗兰·巴特所言："没有叙述者和没有听众（或读者）也就不可能有叙事作品。"② 然而，相同的或接近的价值理念与情感取向会使叙述接受者与读者的对话更加和谐。在优秀的"口语诗"中，言说的真实不仅使叙述的可靠性得到了有力提升，更使许多读者跻身于"倾听者"的范畴，试图与所叙之事产生对话。如：于坚的《作品52号》：

> 很多年　屁股上拴串钥匙　裤袋里装枚图章
> 很多年　记着市内的公共厕所　把钟拨到7点
> 很多年　在街口吃一碗一角二的冬菜面
> 很多年　一个人靠着栏杆　认得不少上海货
> 很多年　在广场遇着某某　说声"来玩"

诗中的叙述者退出庙堂的立场，隐存在日常平庸的琐事之中，生活中曾被忽略的真实细节在叙述者的铺排中强烈地触及了接受者从未被挑动的神经，平淡无奇的生活常态也展现了诗歌叙述的另一种可能。作者与叙述者、叙述接受者与接受者之间的界限变得晦暗模糊，接受者似乎在跳跃中近距离地参与了与文本叙事的对话。

有些作品甚至直接以第二人称"你"为主体，造成真实读者与作品中叙述接受者的重叠假象。如韩东的《你见过大海》。

> 你见过大海
> 你想象过
> 大海
> 你想象过大海
> 然后见到它
> 就是这样

---

① 赵毅衡：《当说者被说的时候》，中国人民大学出版社，1998，第8页。
② 罗兰·巴特：《叙事作品结构分析导论》，《叙述学研究》，中国社会科学出版社，1989，第28页。

......

诗中的叙述接受者采用第二人称"你",使读者产生一种直面叙述者的错觉;此外,"海"是一种在文学作品中被反复使用与变形的意象,它与文化的化合产物已根植于人们的审美想象之中,通过对"海"这一意象的消解,使诗歌契合了普通人物与"海"之间的本真的关联,毫不留情地唤起读者对真实生存境况的再思考。诗歌与读者所暗合的一致的价值观念,使接受者的分层趋于模糊,产生了一种叙述链上的蒙太奇效果,消解了叙述接受者与读者之间的距离。

叙述声音的可靠性是接受者获得心理满足的一个重要因素,当代"口语诗"中所发出的源于生命本质的呼吸以及洗尽铅华之后的朴素的生活面貌,催促了普通大众关于原始的、素面的生存状态的思考,使诗歌虽以一人发言,却颤栗了无数读者空白的神经。

二　在重组中获取诗意

以戏谑、调侃的姿态去完成一场严肃的文化反叛,当代"口语诗"将取胜的筹码压在了语言之上。"他们"诗派提出了"诗到语言为止"的主张;上海的"海上诗群"也认为"语言发出的呼吸比生命发出的呼吸更亲切、更安详"。而"民间话语"在诗歌文本中的重置是当代"口语诗"对诗歌语言探索的重要一维,正如于坚在《1998中国新诗年鉴·序》中指出"第三代诗的历史功绩在于,它重新收复了'汉语'一词一度被普通话所取缔的辽阔领域,它与从语言解放出发的'五四'白话诗运动是一致的,是对胡适们开先河的白话诗运动的承接和深化。"① 在当代"口语诗"中,隐喻的退场,意象的放逐使其不得不寻找新的语言策略与组织规则。

1. 以语言反语言

"文学中可以有生活、现实经验、自然、想象的真实、社会条件,或者你对其内容所愿望的一切东西,但是文学本身却不是由这些东西构成的。诗

---

① 于坚:《穿越汉语的诗歌之光(代序)》,《1998中国新诗年鉴》,花城出版社,1999。

只能从别的诗中产生，小说只能从别的小说中产生……"① 当代"口语诗"产生于一种反叛的冲动之下，而一切的反叛都必须从被反叛之物出发；当代"口语诗"在将眼光投向日常生活的大背景之下，依然习惯取材于一些"文化"意象，并试图从意象出发来消解意象。其典型的如于小韦的《火车》：

> 旷地里的那列火车
> 不断向前
> 它走着
> 像一列火车那样

以意象本身来消解意象，于小韦的《火车》似乎是一场语言符号的狂欢游戏，然而，它并不是能指的回环往复，而是在严肃地提醒外在势力对语言符号本身的侵犯。"火车"只是一辆"火车"，它不再需要文化因素强制附着在语言符号上的枷锁。褫夺语言符号之外在的侵犯势力，回归语言最朴素的面貌，是当代"口语诗"的共同取向。再如伊沙的《车过黄河》：

> 列车正经过黄河
> 我正在厕所小便
> 我深知这不该
> 我应该坐在窗前
> 或站在车门旁边
> 左手叉腰
> 右手作眉檐
> 眺望　像个伟人
> 至少像个诗人
> 想点河上的事情
> 或历史的陈账

---

① 弗莱：《作为原型的象征》，《神话—原型批评》，陕西师范大学出版总社有限公司，2011，第155页。

　　那时人们都在眺望

　　我在厕所里

　　时间很长

　　现在这时间属于我

　　我等了一天一夜

　　只一泡尿功夫

　　黄河已经流远

　　"黄河"这一文化意象曾在多位诗人的笔下得到了有力的渲染，"欲渡黄河冰塞川，将登太行雪满山"；"黄河远上白云间，一片孤城万仞山"……而在伊沙的笔下，它神圣的文化义素被普通人的庸俗生存状态消解了，它只是地理意义上的可以与小便融合的一条河水。文化意象的消解是当代"口语诗"的重要特点之一，实际上，意象消解的过程便是语言义素在具体的语境之中产生裂变的过程。

　　任何一种诗歌的语言所指都存在于其能指之外，这是因为在由义素构成的所指之中，诗的语言往往另有指涉，它以语境以及文化中新的义素的添加而形成弦外之音，继而超出语言在日常生活中形意对应的平衡状态。优秀"口语诗"的艺术张力便源于矛盾关系对诗性语言的打破，它以符号所指中文化义素的剔除来表现自己的反叛立场，使词语的所指与能指形成一种紧张的关系，以追求其在语言表达层面的特殊效果。如韩东的《半坡的雨》：

　　半坡的雨季

　　人人在看天

　　活人全都在看天

　　没有死人

　　半坡的雨季

　　男人们失了神

　　十分优雅又十分孤单

　　女人则端坐在她们的椅子上

　　不动声色……

　　"半坡"在传统文本中已被建构成一种文化象征，它不仅仅是地理意义上的存在，更是文明意义上的先驱。而在韩东的笔下，"半坡"这一语言符号所承载的文化义素被毫不留情地剔除了，这一连接过去与未来的文化载体也被冷漠地撕裂了，所有关于"半坡"的文化与历史经验在此刻都只是变成了一种对视觉事物的现场体验。

　　语言符号中文化义素的剥离使某些"口语诗"达到了消解文化解构寓意的创作目的，然而，在反文化与反权威之前，必须先反语言。于坚在《棕皮手记》中指出："如果一个诗人不是在解构中使用汉语，他就无法逃脱这个封闭的隐喻系统。"[①] 语言从来不是私人的，它是各种文化权力集合的结果，在文本中，文化义素附着于语言符号之上，只有在特殊的语境中祛除语言符号中的文化权力因素，才能使语言所指在某种场合下产生与能指相游离的艺术效果，而当游离衍变为悖离之时，反讽便产生了。如韩东最出名的作品之一《有关大雁塔》：

　　　　那些不得意的人们
　　　　那些发福的人们
　　　　统统爬上去
　　　　做一次英雄
　　　　然后下来
　　　　走进这条大街
　　　　转眼不见了
　　　　也有有种的往下跳
　　　　在台阶上开一朵红花
　　　　那就真的成了英雄
　　　　当代英雄

　　"英雄"一词在汉语中的意义无疑包含着一种强大、有力的文化义素，它是在社会历史中所形成的一个非政治意义上的等级概念，与之相对的是

_____

　　① 于坚：《棕皮手记》，东方出版中心，1997，第244页。

"平民"、"大众"。在韩东的诗中，"英雄"一词在新的语境中指向了与传统意义断裂甚至是对抗的一端，它不再具有附着于符号层面的强大、有力和高出平民的色彩，而是指向了普通大众甚至是庸俗卑微的人物，也正是如此，此诗充满了一种调侃的、反讽的意味。

当代"口语诗"中不乏对经典意象的消解，它既是一种语言策略也是一种接受策略，其通过对意象的消解及其反面的挖掘，与互涉文本之间构成对抗，实质是将熟悉之物置于陌生的言说方式之下，使功能效果与读者的期待视野产生冲突与错位。概言之，语言符号中文化义素的剥离与剔除可以使"口语诗"有效地达到反文化、反权威的创作目的，但它却需要诗人敏锐的体验能力与巧妙的结构组织能力。

2. 在对抗中重组语言

在语言的序列层面，当代"口语诗"习惯于走向两种极端，一种是自然流畅的朴素口语，它平铺直叙，以冷漠的姿态叙述现实。如王小龙的诗歌《纪念航天飞机挑战者号》：

> 这一瞬间改变了什么被炸得粉碎！你热恋中的绝妙信物你球场上忘我的发泄被炸得粉碎！你期待你公园免费长椅上最后一个衰老的午后被炸得粉碎！你总统手中的麦克风你椭圆形的肺刚恢复功能被炸得粉碎！……

平面化和碎片化的铺排风格是"口语诗"要求拒绝隐喻、解构象征、打破深度模式的重要手段之一，也是诗歌创作的常用法则。正如罗曼·雅各布森所言："从语言的任何一个层次上说，诗歌之艺术技巧的精华都在于重复再现。"[①] 再如陈东东的《远离》：

> 远离橙子林
> 远离月光下的橙子树林

---

① 罗曼·雅各布森：《诗学问题》，瑟伊出版社，1973，第 234 页。转引自兹维坦·托多罗夫《文学作品分析》，载《叙述学研究》，中国社会科学出版社，1989，第 81 页。

远离只有两只蓝鸟飞过的橙子树林

也远离被一片涛声拍打的橙子树林

诗歌类似一场在序列上循环往复的文字游戏，语言符号在系统的层面上被不停地替换，最终只以一种组合方式构成整首诗歌。

另一种则擅于在语言的组合层面上跳跃、翻转，甚至使组合序列产生断裂与对抗。与"扭断语法的脖子"不尽相同，"口语诗"在组合序列层追求的是一种"所指"层面的断裂，而语法层的断裂首先表现为语言符号能指组合层面的断裂。当代"口语诗"在组合层面的建构法则一般不同于传统诗歌中的语法矛盾，"民间话语"和"民间立场"的创作姿态决定了"口语诗"必须在言说规则上保持一种通畅。此外，语法层面的扭断会使语言符号在系统层和隐喻层的负担加重，这也违背了"口语诗"所追求的"拒绝隐喻"、消解象征的创作初衷。然而，一味地铺排直叙、畅通无阻的语言必然会在大量的、反复的复制中走向趣味的消解。为寻找新的语言策略，一些"口语诗"巧妙地将语法层的断裂转化为"所指"组合的断裂，更激进者，使其形成一组对抗的关系，构成颠覆与反讽。如于坚的《0档案》，在档案与0之间建立的关联，使语言符号在所指的组合层面形成一种悖离：

《0档案》

建筑物的五楼 锁和锁后面 密室里 他的那一份

装在文件袋里 它作为一个人的证据 隔着他本人两层楼

……

一个墨水渐尽的过程 一种好人的动作 有人叫道"0"

他的肉体负载着他 像0那样转身回应 另一位请他递纸

他的大楼纹丝未动 他的位置纹丝未动 那些光线纹丝未动

那些锁纹丝未动 那些大铁柜纹丝未动 他的那一袋纹丝未动

"档案"是个人被征收为集体一分子的实体表现，在现实中，档案已被建构为一种权威，它不仅代表了一个人的履历，更在某种程度上成为评判一个人物的"金科玉律"。在于坚的笔下，"档案"是属于个人的，可又完全不属于个人，它成为一个代表空白的符号，那就是"0"。诗中，"档案"一词所指发生的叛变直接源于它的修饰语"0"，它是通过语言所指在组合层面上的悖离而实现的，"0"与"档案"的组合并没有在语法层面上产生裂变，而是两者所指之间连接关系的断裂；"档案"在向"0"的靠近中消解自身，成为一种被虚构的空白符号。

再看李亚伟的《中文系》依然是遵循了这一写作手法：

> 老师命令学生思想自由命令学生
> 在大小集会上不得胡说八道
> 二十二条军规规定教授要鼓励学生
> 创新成果
> 不得污染期中卷面

李亚伟的多首诗歌都是通过组合层面上意义的矛盾与分裂来实现的，《中文系》是较为典型的一首。"命令学生思想自由"是诗中非常具有震慑力的一句，在语法层面，"命令思想自由"这一短语的组合规则是无懈可击的，它的艺术张力来源于组合词语之间意义的方枘圆凿，"命令"一词具有"强制"的义素，而"自由"则拥有"反强制"的一面，在"命令"与"自由"之间建立关联显然是一种紧张的矛盾关系。

基于平面化的叙述特征，"口语诗"在所指组合层上的断裂还有另一种表现方式，那就因上下文的转折而构成的整个文本在组合层面上的意义断裂。如李亚伟的《老张和遮天蔽日的爱情》：

> 哺乳两栖类的光棍老张
> 生活在北半球的季风里
> ……
> 他曾在茶馆里肯定地说：
> 爱情会遮天蔽日而来
> ……
> 他在街上游着，沉默如一尾鱿鱼
> 偶尔用耳朵听一下女人，然后说"唉！"

从对爱情的来临充满自信到现实的残酷事实，是一种历时意义上的转折，它所对应的正是语言符号在组合层面的意义裂变。李亚伟极擅于在故事的叙述中表现一种意义的裂变，他的另一首诗歌《生活》也采用了此种表达策略。

当代"口语诗"的写作宗旨在某种程度上决定了其语言的流畅和自然，然而，"日常口语"终究不能被称之为诗；在力求消解权威、消解文化的创作冲动之下，寻求新的组织策略才能使"口语诗"具有独树一帜的艺术张力。在当代"口语诗"中，语言是"历时性"存在的，它惯于在组合的层面上巧妙地延展、断裂亦或是反叛，将组合的断裂衍生至所指的层面，使"口语诗"在力求消解隐喻的语境下依然别有一番情趣，构成一种叙述的独特性与新颖性。然而，在缺乏隐喻的前提下，没有矛盾支撑的"口语诗"很难在艺术层面达到一定的高度。20世纪90年代以来，"口语诗"成为媚俗文化中的重灾区，"梨花体"、"乌青体"等事件的出现便是"口语诗"粗制滥造、泛滥成灾的突出表征。

当代"口语诗"以独特的叙述语言策略使诗歌从"王谢堂前燕"飞向了"寻常百姓家"，它的民间立场以及对口语的挖掘也为当代诗歌创作开辟了新的可能。然而，当代"口语诗"于发轫之初就在试图发明一种新的叙述与语言策略，其实，作为一种"先锋"运动，"口语诗"在反叛、创新之初就已将自己定义在一种深度的自我否定的状态之中。当不断的反叛成为一种常态，便意味着重复、冗繁等弊端的滋生；而当大量的低劣复制品面世的时候，根植于消费文化中的"口语诗"写作最终陷入了媚俗的泥淖之中，"口语诗"衍变为"口水诗"便也不足为奇了。

（作者单位：首都师范大学中国诗歌研究中心）

诗之所不能畅所欲言的

——论杨牧《十二星象练习曲》兼及现代性

郑慧如

　　摘　要:《传说》是杨牧最后一本以叶珊为笔名的诗集,其中的 7 首长篇叙事诗发表于由报社文学奖兴发的叙事诗风潮之前,不但开风气之先,且接通抒情与叙事,以精致的语言和宛转的情思,成为台湾现代诗叙事转向的枢纽。

　　这 7 首长篇叙事诗中的《十二星象练习曲》总行数 100,写于 1970 年,是杨牧长篇叙事诗中诗文本的意涵较不依赖所用典故的作品。从两两互生、补缀救济的话语因子,审度诗作中"星象"与"地支"、"生肖"与"星象"、"方位"与"星象"、"时间"与"星象"的关连,追溯过录与修改自《天干地支》后半部《地支》的线索,再讨论该诗的形式与声音,可知《十二星象练习曲》吞吐于创伤论述的修辞方式与绵延自 20 世纪 60 年代台湾文坛普遍对于存在的省思合拍。该诗不但是从叶珊过渡到杨牧的指标诗作,相当程度上亦与杨牧发表于 1976 年的《现代的中国诗》互文,是 1972 年左右现代诗论战以前极其重要并亟待仔细探究与开发的诗文本,因此也为学界留下辽阔的诠释空间。

　　《十二星象练习曲》从天文知识中渡来悬疑,从漫兴自白里拓展声色变化，兴于潜文本的越战，而想象之磨利、声音之姿态、风格之碰撞，皆以欲语还休之姿重新安排了"现代"与"中国"，为中国现代诗的现代性提供了新消息。

关键词：十二星象练习曲　现代性　杨牧

前言：重新安排的"现代"与"中国"

——从《十二星象练习曲》到《现代的中国诗》

本名王靖献（1940～）的杨牧是台湾诗人抒情声音的代表，尤其在笔名仍是叶珊的青春时期①。一般认为，杨牧的诗以浪漫为主要基调，即使勾勒内在思维的知性之作亦复如此，而与以前卫、实验性著称的诗风有相当距离。

然而尽管侬丽而宛转，浪漫的潮水打在过渡到杨牧的叶珊身上，却并未将他全然湿透。1971 年出版的《传说》，即可谓浪漫叶珊到现代杨牧的里程碑，其中 7 篇叙事诗创作，镕铸了叶珊时期奠定的诗法，寓暗示于冷静的笔触，在浓缩的篇幅里策动声色意象，照顾语言与情思而富于张力②。

杨牧《传说》中的叙事诗可谓台湾现代诗叙事转向的枢纽。置诸 20 世纪 70 年代台湾的文化语境，叙事诗的技巧得到发展，叙事诗的风潮因而重启，杨牧《传说》中的叙事诗功不可没。20 世纪 70 年代之初，

---

① 杨牧在台湾出版的中文诗集（不含被翻译的诗集）有：《水之湄》（台北）蓝星书店，1960；《花季》（台北）蓝星书店，1963；《灯船》（台北）文星书店，1966；《非渡集》（台北）仙人掌出版社，1969；《传说》（台北）志文出版社，1971；《瓶中稿》（台北）志文出版社，1975；《北斗行》（台北）洪范书店，1978；《杨牧诗集 I》（台北）洪范书店，1978；《禁忌的游戏》（台北）洪范书店，1980；《海岸七迭》（台北）洪范，1980；《有人》（台北）洪范，1986；《完整的寓言》（台北）洪范书店，1991；《杨牧诗集 II》（台北）洪范书店，1995；《时光命题》（台北）洪范书店，1997；《涉事》（台北）洪范书店，2001；《介壳虫》（台北）洪范书店，2006；《杨牧诗集 III》（台北）洪范书店，2010；《长短歌行》（台北）洪范书店，2013）。叶珊时期出版的诗集包括《水之湄》《花季》《灯船》《非渡集》《传说》。
② 包括《序韩愈七言古诗"山石"》《延陵季子挂剑》《第二次的空门》《流萤》《武宿夜组曲》《十二星象练习曲》《山洪》。见叶珊《传说》，台北洪范书店，1971。

以纪弦为首的现代派运动逐渐式微，而杨牧最后一本以叶珊为笔名的诗集《传说》，却密集以 7 首长篇叙事诗展开创作实践。20 世纪 70 年代初期的台湾还没有著名诗人倾如此之力于长篇叙事诗，直到以媒体为主的文化界于 20 世纪 70 年代中期以后，由高信疆等为主的报社文学奖大力倡导，长篇叙事诗才风起云涌，得到诗人的普遍瞩目。故而《传说》7 首叙事长诗的历史定位，放到当时的诗潮与及文化语境更显特别。因为杨牧的前导与实践，我们知道，20 世纪 70 年代中期以降，昌言走入社会、关怀现实、介入世界的叙事诗风潮，于实际的诗史发展已非首发；而因文学奖大力倡导常见的松散、平板或冗沓，并非叙事诗这个诗体本身的局限。杨牧早就接通抒情与叙事，突破叙事过程中的意念先行，在叙述者和诗中人之间穿梭自如，以精致的语言和宛转的情思，转化私密经验与集体意识。

《十二星象练习曲》是《传说》中较长的作品，写于 1970 年，总行数 100。与同诗集中的数首叙事诗相较，《十二星象练习曲》更受诗坛瞩目①，它受到瞩目的表面原因是书写性事而造成的 "隐晦"②。但如果仅是这样，很难解释《十二星象练习曲》历久弥新的吸引力。全面搜罗《传说》前后时期的叙事诗③，可知《十二星象练习曲》在篇幅、题材和结构上都不是一

---

① 杨牧曾为《传说》中的《山洪》不若《十二星象练习曲》那般受到诗友称赞，以 "酖于远航"、"扯帆而不识水性" 自嘲，亦自有垦殖之愉悦在焉。参见叶珊《前记》，《传说》，（台北）洪范书店，1971，第 2 页。

② 郑慧如在《身体诗论》中，引《十二星象练习曲》为论述台湾 20 世纪 70 年代 "隐喻的身体" 的例子。略谓："就一九七〇年代台湾新诗的身体书写而言，隐喻的身体面临三个诗学任务：第一，转化现代主义的思考方式，思索切身的现实问题；第二，把身体观从由内向外的感官解放，转为由外向内的厚沈聚敛；第三，排除身体书写的惯性思考和模糊不清的温存诗意，给诗作严肃而清醒的内涵。" 见郑慧如《身体诗论》，（台北）五南出版社，2004。

③ 《传说》收有写于《十二星象练习曲》之前的作品，包括《续韩愈七言古诗 "山石"》（1968 年）、《延陵季子挂剑》（1969 年）、《第二次的空门》（1969 年）、《流萤》（1969 年）、《武宿夜组曲》（1969 年）；后于《十二星象练习曲》者，则有收于《瓶中稿》的《林冲夜奔》（1974 年），收录于《禁忌的游戏》的《郑玄寤梦》（1977 年）、《马罗饮酒》（1977 年）、《吴凤成仁》（1978 年），收录于《有人》的《班吉夏山谷》（1984 年）、《妙玉坐禅》（1985 年）等名篇。

枝独秀①。

若仅就题材比较，《妙玉坐禅》与之类似，使用的词汇更华丽②。但是《十二星象练习曲》也是杨牧长篇叙事诗中诗文本的意涵较不依赖所用典故的作品，相当特别。从《十二星象练习曲》的叙事事件出发，可捕捉杨牧诗作难得的反讽和一向的隐喻，以及沈湎于激情中的感官栖止，这是令读者感到"隐晦"的真正原因。

1976 年，杨牧发表《现代的中国诗》一文。从"现代派"以《现代派信条》揭竿而起，到 1972 年现代诗论战之后、1978 年乡土文学论战之前，《现代的中国诗》着墨的焦点触碰到论战口水罕能及义的"现代性"。杨牧

---

① 表列杨牧组诗之行数及组成统计如下：

编号	诗题	总行数	组数	组成方式
01	《续韩愈七言古诗"山石"》	31 行	2 组	1、2
02	《延陵季子挂剑》	38 行		
03	《第二次的空门》	23 行		
04	《流萤》	32 行	3 组	上、中、下
05	《武宿夜组曲》	22 行	3 组	1、2、3
06	《林冲夜奔》	186 行	6 组	第一折、第二折、第三折甲、第三折乙、第三折丙、第四折
07	《郑玄寤梦》	61 行		
08	《马罗饮酒》	52 行		
09	《吴凤成仁》	64 行		
10	《班吉夏山谷》	46 行		
11	《妙玉坐禅》	206 行	5 组	一　鱼目、二　红梅、三　月葬、四　断弦、五　劫数

② 《妙玉坐禅》从《红楼梦》取材设事，以代言体操作形神分离的许多想象，让诗作多了向外延展的特质；亦用了双关、镶嵌、影射等技巧来转化《红楼梦》中妙玉坐禅的故事。诗分五节，冠以标题为：鱼目、红梅、月葬、断弦、劫数，分别描绘妙玉坐禅、宝玉生辰、宿命谶语、入魔惊梦、强盗入庵等五个情节，深入诠释文学典故，表现妙玉的心理挣扎，直探情欲需求。作者用繁复的感官意象暗示妙玉的性醒觉，以对比情欲和宗教之间的冲突，并使用一再重复的句子来状写妙玉的心情，采取的是听觉意象和视觉意象的交替、错综和串连。相关论述参见郑慧如《身体诗论》，（台北）五南出版社，2004。

在该文中，主张发扬汉语因素、文化传统和在地情境，强调中国的质地、性格和精神，取代富于砥砺与挑逗、"以现代技巧表现现代精神"的"中国的现代诗"①。他既主张倾听民族诗风的脉搏，又兼顾平衡"西而不化"的作诗弊病，确是转移诗潮的折衷观点。

《现代的中国诗》重新安排的"现代"与"中国"，在发表该文前六年的《十二星象练习曲》中，杨牧已经有极佳的创作展示。本文将从诗作本身印证和发掘《十二星象练习曲》的独特魅力，先就话语因子探究历来学者认为的"晦涩"之因，再从"地支"与"星象"的主客易位讨论"十二星象"在诗行里的效应，然后从时间序列中提取形式与声音，诠释《十二星象练习曲》的既定命题。

"隐晦"之由：两两互生、补缀救济的话语因子

多位学者为《传说》中的《十二星象练习曲》撰过令人更想一窥究竟的评文②。比对原诗，根据周边资料，学界对这首诗的共识为：

1. 最早出现在散文集《年轮》的《第一部：柏克莱·天干地支》③；
2. 作者以一个上午修整旧作，组成此诗④；
3. 此诗以一对男女的性爱过程为主要题材；

---

① 见杨牧《现代的中国诗》，杨牧：《文学知识》，台北洪范书店，1986，第3～10页。虽然如何"中国"，其实仍与如何"现代"一样，堂皇的口号等待诗作的实践来填空与完成，但是《现代的中国诗》无论就杨牧个人的诗观或当时台湾现代诗发展上，都具有指标性的意义。

② 参考尉天骢等《评杨牧"十二星象练习曲"》，《诗宗季刊》，第5期，1972年3月；杨子涧：《"传说"中的叶珊与"年轮"里的杨牧》，张汉良、萧萧编：《现代诗导读（批评篇）》，台北：故乡出版社，1979，第329～375页；陈慧桦：《从神话的观点看现代诗》，孟樊编：《当代台湾文学评论大系4：新诗批评》，台北：正中书局，1993，第53～85页；陈芳明：《杨牧现代抒情的诗艺：阅读"十二星象练习曲"》，彰化师范大学国文系编：《第六届现代诗学研讨会论文集：台湾前行代诗家论》，台北：万卷楼出版社，2003，第123～138页；马苏菲（Silvia Marijnis-sen）：《"造物"：台湾现代诗的序列形式（以杨牧《十二星象练习曲》为例）》，李家沂译，《中外文学》，第368期，2003年1月，第192～207页；丁旭辉：《在天地性灵之间：杨牧情诗的巨大张力》，《彰化师大国文学志》，第23期，2011年12月，第1～28页。

③ 见杨牧《年轮》，台北：四季出版公司，1976，第104～126页。

④ 参见叶珊《前记》，《传说》，台北：洪范书店，1971，第2页。

4. 此诗援用越战为部分意象之背景①；

5. 此诗以中国十二地支、西方黄道各宫和罗盘上的方位等标示时间的方法结构为诗，建立各子诗类别与顺序上的关连。

回到诗作本身，《十二星象练习曲》诗行中有一些似续若断的话语因子，如星象、生肖、地支、方位和时间，这些因子看似可有可无，却强韧如蜘蛛丝，彼此以凝练的诗语互相补缀救济，刚刚好缚系整个意象群于不坠，以致读诗如解谜。易感觉晦涩的地方有几处：（1）"星象"和"地支"的关系；（2）"生肖"和"星象"的关系；（3）"方位"和"星象"的关系；（4）"时间"和"星象"的关系。下表以段落为序，腾列这些因子在各节的作用与表现：

段落	地支	与地支相应之中气	农历月份	生肖	时间	方位	星象	与星象相应之中气
1	子	冬至	11	鼠	23：00～1：00（我们这样困顿地/等待午夜）	北（我挺进向北）	白羊（转过脸去朝拜久违的羚羊罢）	3.21～4.20
2	丑	大寒	12	牛	1：00～3：00（四更了，虫鸣霸占初夜的半岛）	偏东北（NNEE）	金牛（我以金牛的姿势探索那广张的/谷地）	4.21～5.20
3	寅	雨水	1	虎（波斯地毯对你说了什么/泥泞对我说了什么）	3：00～5：00（破晓）	偏东北（倾听东北东偏北）	双子（双子座的破晓）	5.21～6.20
4	卯	春分	2	兔（向来春奔跑如野兔）	5：00～7：00	东（请转向东方）	巨蟹（当巨蟹/以多足的邪褒）	6.21～7.20

① 杨牧：《年轮》，（台北）四季出版公司，1976，第104～126页。

续表

段落	地支	与地支相应之中气	农历月份	生肖	时间	方位	星象	与星象相应之中气
5	辰	谷雨	3	龙（龙是传说里偶现的东）	7:00~9:00	偏东南（ESE）	狮子（在西方是狮）	7.21~8.20
6	巳	小满	4	蛇	9:00~11:00（上午）	偏东南	处女（或者把你上午多露水的花留给我）	8.21~9.20
7	午	夏至	5	马（风的马匹）	11:00~13:00（正午的天秤宫）	南（新星升起正南、我喜爱你屈膝跪向正南的气味）	天秤（天秤宫垂直在失却尊严的浮尸河）	9.21~10.20
8	未	大暑	6	羊（收获的笛声）	13:00~15:00	偏西南（收获的笛声已经偏西了、偏西了）	天蝎（午后的天蝎、剧毒的星座）	10.21~11.20
9	申	处暑	7	猴（请如猿猴升起）	15:00~17:00（拥抱一片清月）	偏西南（四十五度偏南）	射手（驰骋的射手仆倒）	11.21~12.20
9	酉	秋分	8	鸡	17:00~19:00（太阳已到了正西）	西（太阳已经到了正西）	魔羯（魔羯的犹疑）	12.21~1.20
10	戌	霜降	9	狗	19:00~21:00（初更的市声）	偏西北 WN-WN	宝瓶（盛我以七洋的咸水）	1.21~2.20
11	亥	小雪	10	猪（请你复活于橄榄的田园，为我/并为我翻仰）	21:00~23:00（这是二更）	偏西北（北北西偏西）	双鱼（接纳我伤在血液里的游鱼/你也是璀璨的鱼）	2.21~3.20

根据表格审度该诗引发晦涩的几处，则可解释为：

1. "星象"和"地支"的关系：倘若覆案诗题以寻扯诗意，"十二星象"是此诗的焦点和隐喻生发的基础，"十二地支"仅作各节标示顺序之用；但是反复诵读，即可发现"地支"才是整首诗凿壁偷光的源头，"星象"反而是内在影像转化为意象结构的客体。换言之，《十二星象练习曲》的语感冲动来自"地支"。

2. "生肖"和"星象"的关系："星象"与"生肖"一西一东，各为不同文化语境下用以占卜的符码。"生肖"依地支纪年而来，"星象"则依黄道十二宫而来，两者在诗外水米无干，在诗中也没有对应的关系。之所以会令读者产生混淆，是因为两者的动物代码共同围绕作品的中心主题开展，在模糊而闪烁的感发中互相投射。

3. "方位"和"星象"的关系：此诗各节对应的方位依从地球和太阳的相对位置而来，呼应诗中所述事件在一日之中按照顺序发生的时间，遵循及衍申的是"地支"与"钟表"的方位，而非"星象"。例如子对应北方，午对应南方。天文学中用以测量星座方位的星座图所测的是天上；此诗所测为人间男女。

4. "时间"和"星象"的关系：相应于十二地支顺序呈现的十二星座，其对应的中气并不等同于该段地支所对应的中气；与地支相应的农历月份与二十四节气，在《十二星象练习曲》也没有发挥真正的作用。而一天中相对于地支的时间，在诗行里可找到对应。证实《十二星象练习曲》演绎的是 24 小时中的性爱。

从地支到星象的练习：《十二星象练习曲》 的生成与效应

诗作与表格对照后发现，几个容易引起误解的因素都来自"地支"与"星象"的主客易位，那么误导阅读方向的"十二星象"在诗作中又生成出怎样的效应？这个提问触及《十二星象练习曲》"扯帆"出航之后诞生的语感及语意。

回到此诗的基本阅读共识，《十二星象练习曲》的前身收于《年轮》诗文同构的长篇作品《柏克莱》。《柏克莱》长达 125 页，以反越战为创作背景，主述者为作者虚拟代言参与越战的美国二等兵弗兰克·魏尔西。其中，用作收煞的长篇组诗题为《天干地支》共两大节，各以"天干"为标目，组为前十小节81行、"地支"为标目，组为后十一小节100行。《天干》以女性向爱侣发声，召唤《柏克莱》的主角弗兰克·魏尔西，但在诗行中隐去此名；《地支》以男性发声，其中的女性人名"露意莎"在《柏克莱》的文脉中纯为幻设，并无情节对应。杨牧对切《天干地支》，使得《十二星象练习曲》为《天干地支》后半部《地支》的过录与修改。

《十二星象练习曲》用作标目的"地支"原来相应于"天干"，而为一首完整组诗的后半段，它和前半段的《天干》有结构和情节上的对应关系。《天干》刊落之后，《天干地支》前半段具延续性的叙事线索均皆断裂，诸如战场意象、男主角的士兵身份、男女主角因战争而分隔的6年时间、取材于越战的情节等。独立后的《地支》改题为《十二星象练习曲》，从传播与发表层面切断与娘胎《柏克莱》的因果关连，摒除手足《天干》的叙事支应，然因创作血缘而来的点点滴滴，则或在诗行之间的呼应下而摇落成符号般的暗示，或因顿失所依而看似空中抓取的浮末。也因为如此，对号入座的阅读方式特别不适合《十二星象练习曲》。首先，"以越战为背景"已无法当作对此诗的有效认知，学界的既有研究应作修正；诗中的"战争"可以是任何战争，也可以只作为床战的虚拟映衬。其次，《地支》中做为弗兰克·魏尔西性幻想对象的"露意莎"，在《十二星象练习曲》中更强化其声符而削弱其意符，空间意义减少，时间意义增加。缺少如《天干》与《地支》那样对应的《十二星象练习曲》，每一声"露意莎"同时充溢着生命与绝望，而且浩叹更大过呼唤，表现出诗中人对生命不停息的挣扎。独立于《天干》而炉灶另起的《十二星象练习曲》，其主题与其说是学界既定的性爱记事，不如说是寄托于春梦的生命追问。

《十二星象练习曲》由标目"地支"引起晦涩的主要原因，不是因为增加了与"星象"无干的元素，而是因为减去了与"地支"对称的另一半。删除与《天干》的对话之后作者不再弥缝补缀，然而断不掉的创作血缘就像不间断的意识，在诗行中拾遗于错落相应于"地支"的诗语，转化成阅读干扰。

另一方面，"地支"与"星象"经由诗题导引后的主客宾主易位，不但改变《十二星象练习曲》从《天干地支》演化而来的关系结构，也改变了整首诗的意涵与风格。"星象"负载隐喻中"诗人"的意谓，从《地支》的浮流窜升，但同时也暗指人间烽烟，由此演绎杨牧耽思傍讯的知性与秾丽宛转的抒情诗风，以纷然罗列的十二星象为主轴，发挥联想机制的中枢作用，调动"十二星象"拓张而成的关系网为意象流动的轨迹，让原本以"地支"为想象中心的相关元素：方位、时间、生肖，变成诗的叙事背景；它们多轨前进，支撑表演的主角——"十二星象"。

所谓"十二星象"，乃假想太阳在天上每年巡逻一周的轨迹为黄道，把两侧各八度的恒星十二等分，得十二宫，依次为白羊、金牛、双子、巨蟹、狮子、处女、天秤、天蝎、射手、魔羯、宝瓶、双鱼。《十二星象练习曲》以黄道十二宫的相对位置为性爱意象或时间指涉，从3月21日开始的白羊座，到2月21日开始的双鱼座，依照春夏秋冬四季安排十二星象出现的顺序；各星座以相应的诗语探入诗行，依序为：白羊（转过脸去朝拜久违的羚羊吧）、金牛（我以金牛的姿势探索那广张的/谷地）、双子（双子座的破晓，倾听吧）、巨蟹（请转向东方，当巨蟹/以多足的邪亵摇摆出万种秋分的色彩）、狮子（在西方是狮）、处女（或者把你上午多露水的花留给我）、天秤（天秤宫垂直在失却尊严的浮尸河）、天蝎（午后的天蝎沈进了旧大陆的/阴影）、射手（驰骋的射手仆倒，拥抱一片清月）、魔羯（魔羯的犹疑/太阳经到了正西）、宝瓶（盛我以七洋的咸水）、双鱼（接纳我伤在血液的游鱼/你也是璀璨的鱼）。

因而就内涵而言，杨牧拈取旧作《天干地支》的《地支》，使得由"地支"而来的"生肖"、"方位"、"时辰"等元素成为此诗的基本意象；进而撒豆成兵，与反客为主的"十二星象"在同异之间承续错综、相呼相应，铺叙纸上谈兵的竟日春梦，演练为有始有终、有先有后的时间艺术；从子时的白羊座到亥时的双鱼座，将并置渲染的星座意象与战争意象互相浮雕，展现发酵定型后的内在语象，是为《十二星象练习曲》。

形式与声音的练习：时间序列中的云端春梦

诗和乐曲的结构感必须在时间的序列中呈现，因而同为时间的艺术。现代诗发展的过程中，不乏诗人向音乐汲取声音表现的灵感，痖弦即为着例①。而着重诗作韵律的杨牧，其《十二星象练习曲》即以取题的内涵向语音节奏致意。

"练习曲"为曲式的一种，指的是为训练特定的演奏或演唱技巧而作的曲子，经常为了特定乐器的表演技巧而量身定做。在杨牧的《十二星象练习曲》发表以前，台湾现代诗史上以"练习曲"定题的名作以方莘的《练习曲》为佳②。该诗以一位名为"林达"的女主角作为诗中第一人称独白与恋慕的对象，于呼唤"林达"的同时，焕发诗行以细碎缠绵的韵律，在语音速度上有独特的表现。《十二星象练习曲》以"练习曲"取题，从精神上转嫁技巧演练的意涵，情调上遥接同辈诗友的名篇而更诉诸内在的律动，在个人的创作史上尤发扬了叙事诗的民族性与意象性。

杨牧很重视诗的形式与音乐性，不但在文章中多所阐释发明③，更在诗创作中经营实践。相较于同样从音乐提取概念的其他诗作④，《十二星象练习曲》行数较多，尺幅千里，声音的发展与延伸更看得出特质与效果。从技巧演练的层面重新检视，《十二星象练习曲》的声音表现便从湮没于"性爱"的主题框架中凸显，更重要的是，我们对此诗的叙事风姿也将有进一步的理解。以下讨论，将从时间序列中提取形式与声音，做为诠释《十二星象练习曲》既定命题的基本面向。

（一）形式

在形式上，《十二星象练习曲》特别值得留意之处有三：其一，正如迄今对《十二星象练习曲》最具阐释力的马苏菲从"异素"的角度发现，第六地支只有一行，位居《十二星象练习曲》正中，是整首组诗100行中的第51行⑤；

① 如痖弦的《如歌的行板》。
② 方莘：《练习曲》，《蓝星季刊》第4号，1962年11月，第26~27页。
③ 例如《音乐性》，杨牧：《一首诗的完成》，（台北）洪范书店，2004，第146~149页；《出发》，杨牧：《搜索者》，（台北）洪范书店，1982，第14~15页；《诗的自由与限制》，杨牧：《杨牧诗集Ⅱ》，（台北）洪范书店，1995，第514~515页。
④ 如《子午协奏曲》《未完成三重奏》，这些在标题上显示音乐意象或精神的作品。
⑤ 参见马苏菲（Silvia Marijnissen）着《"造物"：台湾现代诗的序列形式（以杨牧《十二星象练习曲》为例）》，李家沂译，《中外文学》第368期，2003年1月，第192~207页。该文所谓"异素"，定义为规律系统中不安定的逸走元素。"异素"的作用可使系统与自身都受到注意。

其二，以十二地支为段落布局敷演而成的组诗只有 11 首，诗章数不等于地支数，因为其中《申》、《酉》合为第 9 首；其三，《十二星象练习曲》大致上每一首都有两节，但是第 10 首诗《戌》只有一节，第 6 首《巳》则一行成诗。这三点特质使得《十二星象练习曲》更具向心力，更紧密结合由地支贯串的时间与数字序列。依次讨论于下。

首先，位居 100 行正中的第 51 行独立成诗，在语法、结构、意涵上，都有统合全诗的作用。该诗以"或者把你上午多露水的花留给我"构成，在语法上，以"或者"一词承接、联系前此的诗行；在结构上，仅只一行特具"醒"的作用。在《十二星象练习曲》里，《巳》以其形式颠覆了整个结构，也因而强调了它的特殊地位。在意涵上，"上午"暗示时间上与"巳"对应的 9：00 到 11：00；"多露水的花"具有阴阳两面的影射，阳面呼应《十二星象练习曲》唯一未在字面上提到的星象——处女座，阴面投向与"巳"对应而特有阳具暗示的生肖——蛇。

其次，《申》《酉》合为第 9 首而使得《十二星象练习曲》的诗章数不等于地支数，则在时间序列的意涵上与结构互相发明，给人"内容即形式"、"形式内在于文本"的思索。按对应隐于诗行的时间，第 9 首描绘的是 17：00 到 19：00 的事件。揆度全诗循序渐进的时间推演，诗中许多意象明显支持将该诗诠释为：一对男女遵循循环的时间系统，而在一日内重复、连续生发的性事。例如"羚羊"借代为女阴的三角形地带；"金牛"为男性埋首苦干的姿势；"游鱼"并指伤亡的精子和女性扭转翻腾的体态；"巨蟹"象征欲焰里窜舞的手足；"射手"为性爱中冲刺的男性。那么从朝拜"羚羊"象征前戏，到"金牛"探索谷地的爱抚，"双子"、"巨蟹"、"狮子"的狂欢，以致"处女座"汩汩的体液。"天秤"象征垂头丧气的阳具"天蝎"东山再起；"射手"卧倒杀场，"魔羯"和"宝瓶"的恍惚，迄于"双鱼"伤亡在彼此的激情，人体的正常反应与梦魇而酣畅的性爱过程应有合理的呼应。故而《申》《酉》合为一首，如"升起，升起，请如猿猴升起／我是江边一棵哭泣的树"，"猿猴"和"哭泣的树"即嘲讽、暗示诗中主角心有余而力不足，诗之尾声将至。

其三，第 6 首《巳》及第 10 首诗《戌》以形式的偏离暗示内涵的逸走，诗意因此偏疑，情节缝隙加大，尖锐而隐晦的当代感性更为凸显。

《巳》以起于犹疑而结以决断的语气一行成诗，夹在多半以两节组成一首、每首约 10 行左右的组诗结构里，就阅读长篇叙事诗而言是一个转折和休息站；《戌》以四行煞尾句组成，虚指的方位开篇后，焦点集中在"初更的市声伏击一片方场/细雨落在我们的枪杆上"，特写津液洋溢中的幻丽洁净。

（二）声音

《十二星象练习曲》一贯保持杨牧悠然舒缓的慢调，因为此诗以长达 24 小时的激情性事为主要叙述情节，声音与题材便由逆向拉扯而造成特殊的张力。烬余的沉静取代激烈性爱的快节奏，透过回忆与想象，沉淀到笔下，组成交织着危机与往事的印象空间[①]；隐隐的躁动还在，但已是抽离当下之后，因内心挣扎而显示的独白，整首诗充盈着中断、寻思、质疑、犹豫的语调[②]。

以下从两方面观察《十二星象练习曲》的声音与题材逆向拉扯而造成的张力：召唤咏叹的语气和慢镜头的视象叙述[③]。

《十二星象练习曲》以第一人称独白体开展，叙事声音强烈认同着诗中的"我"，朝向"我"的同一边而凸显抒情性格，也因此而多咏叹，少讽刺。叙事者透过诗中"我"对于和"露意莎"互动的事后描述，以过程中的心理活动达致类似角色扮演而来的仪式作用，可谓另类"面具"的应用

[①]　石计生藉班雅明（Walter Benjamin，1892 - 1940）的"印象空间"诠释杨牧诗中的"内在森林"，提到水印和马赛克的观念。参见石计生：《印象空间的涉事：以班雅明的方法论杨牧诗》，《中外文学》第 31 卷第 8 期，2003 年 1 月，第 234～245 页。

[②]　杨宗翰认为，杨牧诗的形式选择建立在他自己的格律认同上。在旺盛的企图心展现后，又要求自己需继之以冷静的思考后再下笔，但呈现出来的又带有对现实的万分无奈，和一开始的热情参与顿时有了颇大的距离。当诗人心绪中参与的热忱越高涨，诗作中叙述者的态度就越暧昧。不定的问号如满天星斗，表现在刻意的语言不确定、犹豫迟疑的语调、反复的自我否定与质问，和一贯抒情、微带忧伤的笔调。见杨宗翰《摆荡：论杨牧近期的诗创作》，《台湾诗学季刊》第 14 期，1996 年 3 月，第 114～120 页。这个观察有助于了解《十二星象练习曲》的声音表现——尽管杨宗翰对杨牧诗的声音设计态度保留，认为杨牧有时刻意迁就格律而压缩字数，反而造成诗质稀薄。

[③]　陈大为认为："杨牧的叙事节奏一向都相当舒缓，有时候近乎停顿，写了十几行还在原来的位置。这种慢镜头的视象描述较适合短诗，杨牧的短诗大都是非常舒缓的，彷佛时光随之栖止在美好的事物上。而视觉的栖止，让杨牧捕捉到更多让我们容易忽略的微小事物。"见陈大为《诠释的缝隙与空白——细读杨牧的时光命题》，《当代诗学》第 2 期，2006 年 12 月，第58 页。

方式。诗中人屡屡呼唤的"露意莎"同时具备情人、上帝、野兽的特质，诗行中的"死亡的床褥"、"霜浓的橄榄园"以弹跳的、浮雕般的时空动线来展现"露意莎"或诗中人的性欲，而诗中人呼告"露意莎"之时，往往危机也随之显现。例如："发现我凯旋暴亡/僵冷在你赤裸的身体"，在声东击西的迷离幻境里，召唤"露意莎"的语调有如强烈拍击的韵律，使得行进中的诗行达成祝祷般的效果。

　　以星象为隐语，纷陈而辽远的十二星象一方面表现燎原的情欲，另一方面表达对性欲的疑虑和避忌。例如"倾听，匍匐的伴侣/不洁的瓜果"、"你也是璀璨的鱼/烂死于都市的废烟"，透过呼唤"露意莎"诗中人向爱神顶礼恳求，叙事者则以代言人之姿，为沉湎至深的爱情求得一个纸上谈兵的收场。诗人几乎每节必呼告的"露意莎"，既有牵引各节诗语以断续相连的作用，也促使《十二星象练习曲》的性爱氛围由躁入静、由急而缓。以"露意莎"为名，诗中邻近的前后文主要是绵密、不安和神经质的告白；稍远于"露意莎"的，则是章句交织的宁静、爱怜和暴烈，以及荡开各层次的意象和思想辨识。比如从"露意莎"宕开、以水为核心的意象群："多露水的花"、"溪涧"、"丰满的酒厂"、"失却尊严的浮尸河"等，即用作转腔过调，有如石计生文章中所谓的"印象交迭的水印"[①]。又因"露意莎"介入思索者"我"展开的叙事，话语便在独白和倾诉之间摆荡，则"我"和"露意莎"可谓一体的两面；叙述主体分成两个扞格的自我，在情欲和社会的规范中雌雄同体，交缠厮杀，思索僵局，接通自我与他人，既保有"叙事诗"想当然的叙事意味，又策动声色意象，以凝练的诗语互相救济。

　　《十二星象练习曲》最值得留意的声音表现是悠缓节奏与慢速镜头造成

---

① 石计生：《布尔乔亚诗学论杨牧》提到杨牧的浪漫主义骑士精神、布尔乔亚诗学性格、浸淫于古典诗词的人文素养，又说杨牧诗追求的多半不是行云流水般的连续与协调，而是中断、停止、喘息，以阿多诺（Adorno1984）所谓的"知识性核分裂"，揉合主体与客体的印象交迭的水印，创造诗的乌托邦。参见孟樊编《当代台湾文学评论大系4：新诗批评》，台北：正中书局，1993，第375～389页。另，关于杨牧叙事诗的内向情感投射，可参考张芬龄、陈黎《杨牧诗艺备忘录》，林明德编《台湾现代诗经纬》，（台北）联合文学，2001，第240页。

的静止效果。权且借用王次照的说法①，假如"慢"是杨牧诗作的声音风格所系，那么杨牧在诗中表现音色样态的情绪，无宁大多数是与"慢速"相关、酝酿或浸淫而得的沉静、安定、自在、闲适等正面情绪，或愁闷、彷徨、忧苦、烦心等负面情绪；而不是爆发性的狂喜和亢奋等正面情绪，或震怒或崩溃等负面情绪。然而题材相当层度框架了《十二星象练习曲》的情绪表达，而杨牧仍以惯用的慢动作镜头调理诗中情侣经历巅峰经验时的激动情绪，声音速度与情节效应就形成很大落差，而使得于诗行促刺前进时冒现出巨大的摇曳感。出于文字经营出的画面与诗中叙述的实际时间、心灵时间既构成反差，又呼应隐然的因果关系，于是纷飞的意象与歧出的细节反倒成为奠定整首诗的背景，变成《十二星象练习曲》定调的关键。杨牧为人熟知的迟疑、摆荡和略带忧伤的笔路，在题材的对比下，成为优势。

《十二星象练习曲》中，穿梭在激烈行动里的慢速声音，既是诗中人情思所系，也相当程度地表现了叙述者的思路牵递过程。其实叙事情节非常单调干枯，反而杨牧以声音表现去弥合叙述的缝隙，在情节敷衍之中呈现的逸走现象，才是值得关注的美学焦点。意象的浓淡疏密是此诗表现声音的主要方式，其演绎出独特的声音姿势——意象从纷繁到单一，语句从断裂到平稳，情思从忐忑跳沓到定静沉淀，"音色"从浮躁悬疑到从容清明，声音从缭绕流转趋于偃旗息鼓。

此诗一开篇，写在山洪欲来的性爱事件之前，是以遥远而纯真感的意象切入的，其与激烈性爱的飞扬不同，表现了沉坠感。诗行如此展开："当时，总是一排钟声／童年似地传来"，充满由瞬间氛围引发追忆的出世、茫然。这样的美感效应统领全局，每在诗中人陷入沉思的刹那间，慢镜头般的叙述就歧出于床上的肉搏战。比如："饥饿燃烧于奋战的两线／四更了，居然还有些断续的车灯／如此寂静地扫过／一方悬空的双股"，第一句蓄满性爱的紧张气氛后，镜头立即调远拉长，而以"断续的车灯"权充滤光镜，拓展床战的声色变易，与"一方悬空的双股"摩擦出光线的无声对话，表达诗中人刹那间的情思逸离。诗中人如是且战且走，浪头般袭来的思绪即出入

① 王次照以为，如果从表现性的角度来衡量音响要素，音色应居于首要考虑。因为音色是象征情绪变化的综合因素，不仅能象征情绪的紧张与松弛、激动与平静，而且还能象征情绪的积极、增力和消极、减力的效用。参见王次照《音乐美学新论》，（台北）万象图书，1997，第17页。

于意识与潜意识之间，且发酵为流转的诗句。诗行进行到中间，慢速所造成的停顿感越趋增强，如："我是没有名姓的水兽/长年仰卧。正午的天秤宫在/西半球那一面，如果我在海外……/在床上，棉花摇曳于四野"，意象塑造的时光栖止之感映照诗中人幽凉的情思，而连续几个待续句响应了飘摇动荡中的悠然，间接也暗示诗中人一直处在过度的空虚和充实的预备状态里。

倾斜的"现代"与"中国"：吞吐于创伤论述的现代性修辞

长期以来，弱势论述以各种不同的面目支撑着台湾文学的现代性，依于不同的时代背景，探索或诉求的重点可能是彷徨失所的文人心灵，也可能是大环境造成的无依边缘人。投资弱势、强化苦难、控诉强权、抵抗主流、摆脱中心和寻找"弱势"的能动性：骨子里依赖幽暗意识而忽略作品本身的创伤论述，是许多学者及作家有意或不自觉援以证明台湾文学"现代性"和实践历史想象的方式。

回看历史脉络，日本占领时期的台湾文学，就以"抗争"、"控诉"为标签行诸多年；一直到厌倦全球盛行的"竞相成为受难者"而兴起新的认同想象，以"海洋台湾"取代"悲情台湾"，"受伤者的逻辑"才以另一种变貌存在①。甚至陈芳明历经多年思索，其于厘清逻辑，扫荡异声，掘发历史事实，以"后殖民"取代"后现代"，企图为二次世界大战以降、解严以前的台湾文学史建立解释的正当性时，也不免掉落"去中心"论述的陷阱：在"去中心"的强力论述下，新的话语权力中心于焉树立②。而在1987年解严之后，各种长久压抑于霸权论述的微弱声响在学者相继剔出后涌现，并一度展现出强大的论述威力，成为"众声喧哗"下的显学：如与异性恋对峙的同志文学、与男性沙文主义对峙的女性主义文学等。倘若作者把"为

---

① 周蕾提出的"受伤者的逻辑"，曾是1990年代台湾学者用以解释中国现代文学与历史的论述手法。"受伤者的逻辑"凸显待解释的历史主体被侵略、压迫、蹂躏的受害者位置，以赋予历史资产新的符号，安置到以意识形态及国族认同为主文化想象里。参见周蕾《妇女与中国现代性：东西方之间阅读记》，（台北）麦田出版社，1995。

② 参见陈芳明《后现代或后殖民——战后台湾文学史的一个解释》，载陈芳明《后殖民台湾——文学史及其周边》，（台北）麦田出版社，2011，第23～46页。

伤口唱歌"的夸饰修辞当作创作的轴心,作品就难免单薄;而若读者放大作品的创伤论述而无视其他,此读法乍看是文化的,其实是政治的,久之也就背离了创伤论述的抵抗精神。于是吊诡地,复制创伤论述受压迫的结构以凸显或更新某种话语权力,变成日本占领至其投降后学者或史家诠释台湾文学流变的常见策略。然而所有曾经的"弱势"与"伤痕"一旦被大张旗鼓,最后都好像望坟而笑的婴儿①,在壮大的过程中,一方面等着早晚会推翻它的后起"弱势论述",一方面证明了借由它呈现的历史想象如何朝向话语权力倾斜。

　　"现代性"虽然不见得必与现代主义紧扣,但是学界普遍的论述网络中,台湾文学的"现代性"仍无法与现代主义断然切割;而在台湾,现代主义文学思潮是跳跃前进的,其与西方沿着写实主义、现代主义和后现代主义顺序进行的次第差别很大。尤应留意的是,台湾在流衍所谓现代主义文学的 20 世纪 50~60 年代,是以刻画心灵放逐与原乡追慕的存在主义为主要精神依归,放眼所及均为无所不在的悲伤,这正是悲情或弱势论述的另类表现。则倘若"现代性"意味着现代意识取得了话语权力,而"现代意识"以对时间上的断裂为基本内涵,谋求与自己、与过去的决裂,那么《十二星象练习曲》就更值得关注了,因为它不仅兼具"现代性"的反叛精神,又有涟漪不断的自我质疑,创作与发表时间又在"现代派"已呈疲态之后至现代诗论战开始之前,作为长篇叙事诗风潮的领头羊,《十二星象练习曲》具有"被强调"、"被论述"、"被定位"的优良基因。

　　以上这段讽人兼自讽,抑或可视为《十二星象练习曲》的侧面观想。但无论如何,代表从叶珊过渡到杨牧的《十二星象练习曲》的确汇聚了杨牧个人的诗风特质,其声音姿势、造意措辞和诗思之勃兴、指涉之隐匿等,的确力能创新以待来人。发端于战争的意象集中于前线士兵,连结风景和大自然,并结合性爱,回应洪流翻滚的世界……诗人动用的故事可有可无,叙述方向虽不致于断线而去,也不宜禁受读者追问——因为属于诗人的慧眼所看到的悲伤到处都是,只能是一些涟漪,而在飘摇的记忆和认知中,诗中人内心的困顿已足够为人侧目了。

---

　　①　借用洛夫《石室之死亡》中的诗句。

结论：有限的英雄主义，无尽的悲剧意识——现代性的练习

研究当代诗的一个乐趣，是为作品找出合理而精辟、犀利而有效的诠释路径，在追捕的过程中，实现相对正义而体贴的评价。从这一点说，经典化而又烟雾弥漫的《十二星象练习曲》正是我们讨论的对象。

《十二星象练习曲》以天体喻人体，游移在耽美的语言风格和睥睨世俗的情调里，表现了两种个性的碰撞。杨牧以越战发动诗情，又从天文知识中渡来悬疑，从漫兴自白里拓展声色变化，喻体与喻依互相修饰并往来追逐。诗以"地支"和"星象"组成重重烟幕，但是撇开非必要的方位及生肖之修饰词后，就可发现云雾后面的面貌才是整首诗的基础音色。"地支"固为标题所依而为末节，"星象"作为诗情所酝亦非本体，二者都指向隐喻，成为勾勒内在思维，用作引发诗思成型的元素。在诗史和诗艺上，《十二星象练习曲》各子诗透过带有明显性指涉的意象产生互动，在许多印象迭合的细节里，演练穿织于戏剧独白与假面诗学的叙说技巧中，展开对心象的剖视和生命主题的思索，最终以隐喻展现沉思和肃穆的姿态，成功完成从叶珊到杨牧的换位。

对照写于6年后的《现代的中国诗》，《十二星象练习曲》以"有限的英雄主义，无尽的悲剧意识"为中国诗的现代性开创了焕发的活力[1]。

（作者单位：逢甲大学中国文学系）

附录：杨牧《十二星象练习曲》（1970）

子

我们这样困顿地
等待午夜。午夜是没有形态的
除了三条街以外

---

[1]　杨牧：《涉事·后记》，（台北）洪范书店，2001。

当时，总是一排钟声
童年似地传来

转过脸去朝拜久违的羚羊罢
半弯着两腿，如荒郊的夜哨
我挺进向北
露意莎——请注视后土
崇拜它，如我崇拜你健康的肩胛

丑

NNE　E露意莎
四更了，虫鸣霸占初别的半岛
我以金牛的姿势探索那广张的
谷地。另一个方向是竹林

饥饿燃烧于奋战的两线
四更了，居然还有些断续的车灯
如此寂静地扫过
一方悬空的双股

寅

双子座的破晓，倾听吧
大地汹涌愤懑的泪
倾听，葡萄的伴侣
不洁的瓜果
倾听　东北东偏北
爆裂的春天　烧夷弹　机枪
剪破晨雾的直升机　倾听

啊露意莎，波斯地毯对你说了什么

泥泞对我说了什么

卯

请转向东方，当巨蟹
以多足的邪衰摇摆出万种秋分的色彩
Versatile
我的变化是，啊露意莎，不可思议的
衣上刺满原野的斑纹
吞噬女婴如夜色
我屠杀，呕吐，哭泣，睡眠
Versatile

请与我齐向东方悔罪
向来春奔跑的野兔
越过溪涧和死亡的床褥
请你以感官的欢悦为我作证
Versatile

辰

在西方是狮（ESE）
龙是传说里偶现的东。这时
我们只能以完全的裸体肯定
一座狂喜的呻吟

东南东偏南，露意莎
你是我定位的
蚂蟥座里
流血最多
最宛转
最苦的一颗二等星

巳

或者把你上午多露水的花留给我

午

露意莎，风的马匹
在岸上驰走
食粮曾经是糜烂的贝类
我是没有名姓的水兽
长年仰卧。正午的天秤宫在
西半球那一面，如果我在海外……
在床上，棉花摇曳于四野
天秤宫垂直在失却尊严的浮尸河

以我的鼠蹊支持扭曲的
风景。新星升起正南
我的发胡能不能比
一枚贝壳沉重呢，露意莎？
我喜爱你屈膝跪向正南的气味
如葵花因时序递转
向往着奇怪的弧度啊露意莎

未

"我愿做你最丰满的酒厂"
午后的天蝎沉进了旧大陆的
阴影。亢奋犹如丑时的金牛
吸吮复挤压，汹涌的葡萄

汹涌的葡萄
收获的笛声已经偏西了
露意莎还在廊下嗣鸽吗？

偏西了，剧毒的星座
请你将她的长发掩盖我

申·酉

又是一支箭飞来
四十五度偏南：
驰骋的射手仆倒，拥抱一片清月

升起，升起，请如猿猴升起
我是江边一棵哭泣的树
魔羯的犹疑
太阳已经到了正西

戌

WNW N
盛我以七洋的咸水
初更的市声伏击一片方场
细雨落在我们的枪杆上

亥

露意莎，请以全美洲的温柔
接纳我伤在血液的游鱼
你也是璀璨的鱼
烂死于都市的废烟。露意莎
请你复活于橄榄的田园，为我
并为我翻仰。这是二更
霜浓的橄榄园

我们已经遗忘了许多
海轮负回我中毒的旗帜

雄鹰盘旋，若末代的食尸鸟
北北西偏西，露意莎
你将惊呼
发现我凯旋暴亡
僵冷在你赤裸的身体①

———————————

① 杨牧：《传说》，（台北）志文出版社，1971，第83~91页。

洛夫诗语言的现代性

刘士杰

　　说起风格特异的现代性诗人，洛夫绝对是绕不过去的一位重要诗人。1954 年，他与张默、痖弦在台湾创办《创世纪》诗刊，并担任总编辑数十年，使之成为中国现代诗歌的标志性刊物之一，这对台湾现代诗的发展产生了极为重要的影响。他还创作了现代主义、超现实主义的诗歌，被誉为中国诗坛超现实主义的代表人物；由于其表现手法近乎魔幻，因此被诗坛誉为"诗魔"。台湾出版的《中国当代十大诗人选集》把他列为中国当代十大诗人之首，他的《漂木》一诗获得诺贝尔文学奖的提名。

　　诗歌是语言的艺术，要使诗歌具有现代性，必须做到诗歌语言的现代性。

　　要做到诗歌语言的现代性，就必须更新对诗歌语言认知的观念。很显然，把语言仅仅作为诗歌的材料和要素，这样的观念已显得陈旧和片面的了。诗的语言之所以成为诗的语言，而不是生活语言，就在于正是诗的语言才使诗的王国从现实世界脱颖而出，并有别于且超越现实世界，从而达到超验的完美境界。也就是说，诗人只有通过营造、熔铸诗的语言才能使自己和别人换一种角度去观察生活，换一种方式去思考事物，从而使日常生活中的平凡事物闪闪发光，并赋予其较高的价值和较深的含义。这就是诗的语言所具有的魔化力量。诗人洛夫深谙诗的语言的这种魔化力量，并在自己的作品中发挥到淋漓尽致，宜乎被称为"诗魔"。如《挖耳》这首诗。挖耳本是在人们日常生活中屡见不鲜的动作，琐屑之极，甚至不登大雅之堂，而洛夫却将其形之于诗，并赋予其深刻的内涵。那"不仅痒/还隐隐作痛"的"耳垢"，原来是"谣诼蜂起/一些随风而逝/一些具化为油质的耳垢"，于是生理现象被提升为社会现象。同类的诗还有《剔牙》：

> 中午
> 全世界的人都在剔牙
> 以洁白的牙签
> 安详地在
> 剔他们
> 洁白的牙齿
> 依索匹亚的一群兀鹰
> 从一堆尸体中
> 飞起
> 排排蹲在
> 疏朗的枯树上
> 也在剔牙
> 以一根根瘦小的
> 肋骨

同样是琐屑不雅的动作，诗人用强烈对照的语言来表现，越是形象生动，越是震撼人心。在这首诗中，诗人基本上用的是白描手法，一改他擅长使用的迷离晦涩的语言。我想，这也许为了彰显诗中所要表现的社会意义吧！

诗的语言与生活的语言最根本的不同，就在于诗的语言绝对不会去摹写、照搬现实事物，不会去追求经验的现实；相反，它要与现实疏离，把现实陌生化。也就是说，诗人通过诗的语言，否定经验的现实世界，而创造一个与之对立的和完全不同的全新的审美时空。那么如何把现实陌生化，从而创造全新的审美时空？这就要求诗人用诗的语言替代日常语言，有意扭曲、触犯标准语言，打破日常语言的程式，颠覆并破坏日常语言的结构方式。这样，取代日常语言的诗的语言就摈弃了对现实事物的简单摹写，诗人笔下的事物已不复是现实生活中存在的事物，而是与现实事物疏离，甚至将现实事物变形或陌生化后的全新的富有诗意的事物。《石室之死亡》是洛夫现代气息最为浓郁的一首长诗。洛夫在诗集《石室之死亡》的"自序""诗人之镜"中说："我认为中国现代诗的发展，大致上可归纳为两个倾向：一为'涉世文学'之发展，二为'纯粹性'之追求，前者与存在主义思想有根本上的渊源，后者则是超现实主义必然产生的归向。我认为反传统的积极意义在于创造精神之建立，而存在主义与超现实主义乃是构成现代文学艺术真貌之两大基本因素，只是前者偏重于精神之启发，后者着重技巧之创新，正是以存在主义的'虚无'，超现实主义的'以心眼去透视'为归依，我以《石室之死亡》展开了现代主义诗歌创作实践。"可见，《石室之死亡》是洛夫现代主义诗歌的重要篇章。

在《石室之死亡》这首诗中，诗人"展开了现代主义诗歌创作实践"，其语言技巧娴熟，令人目不暇接。如其《十二》：

> 闪电从左颊穿入右颊
> 云层直劈而下，当回声四起
> 山色突然逼近，重重撞击久闭的眼瞳
> 我便闻到时间的腐味从唇际飘出
> 而雪的声音如此暴躁，犹之鳄鱼的肤色
>
> 我把头颅挤在一堆长长的姓氏中
> 墓石如此谦逊，以冷冷的手握我
> 且在它的室内开凿另一扇窗，我乃读到
> 橄榄枝上的愉悦，满园的洁白
> 死亡的声音如此温婉，犹之孔雀的前额

很显然，诗中的语言组合和搭配都是对标准语言的扭曲、颠覆和破坏，如按标准的语言结构和搭配来看，诗中的语言就太荒谬了。"山色"如何能"撞击"？"时间"怎么会有"腐味"？无声的"雪"，居然会发出"暴躁"的声音，而且还会像"鳄鱼的肤色"；最不可思议的是"死亡"还会有"声音", 还 "如此温婉", 并且 "犹之孔雀的前额"。虽然, 这些诗句看来荒诞不经, 但是因为这是诗人将自己的主体意识、情感和感觉投射在客观事物上, 将客观事物变形, 所以给人惊奇陌生的感觉, 而细细品味, 还是可以悟出隐含其中的逻辑性和合理性。当然, 对现实事物变形和陌生化并不意味着可以随心所欲地胡诌, 而应该在荒诞中求合理, 从无序中找逻辑。如上引诗句, 因为云层和山色在一起, 显得特别浓重, 诗人的主体意识一时产生错觉, 不认为那是山的颜色和气体的云, 倒像是富有质感的固体物质, 所以才能产生撞击的想象; 而时间的 "腐味", 则是形容时间的旷日持久, 而毫无意义; "死亡的声音" 只是诗人的幻觉, 而 "温婉" 因为与 "孔雀的前额" 相联系, 立即具体生动、活泛起来。对于诗歌因为晦涩, 是否影响流行的问题, 洛夫先生说: "诗歌像流行歌曲一样大众化, 品质肯定好不到哪里去。很多年轻诗人要去跟流行文化竞争, 把诗歌写得很白, 那是误区。诗歌没有诗歌的味道, 谁去看它?" 他认为诗歌需要写现实, 但很多诗人对语言的把握驾驭都不够, 语言没有穿透力, 导致读者对诗歌没兴趣, 这是新诗界的危机, 也是诗人自身的原因。

当然, 洛夫不是一概反对 "把诗歌写得很白", 他反对的是 "没有诗歌的味道" 的 "白"。如果有真情实感, 有诗歌的味道的 "白", 那就另当别论了。他有一首没有迷离晦涩的语言, 显得较为澄明的长诗《血的再版》, 这是诗人悼念母亲的诗。诗人于 1949 年离开大陆去台湾, 从此与母亲天各一方, 终成永诀。这首感人肺腑的诗源于感人肺腑的诗的语言而感人肺腑的诗的语言来自诗人真实的内心世界。诗的语言是诗人情感和内心世界的外在表露, 因为是噬心镂骨的丧母剧痛, 故而总地说来发自内心的诗的语言不假斧凿, 也无需斧凿, 即能令人感泣。请读诗人初闻噩耗时的诗句: "四月, 谷雨初降/暮色沉沉中/香港的长途电话/轰然传来/一声天崩地裂的炸响/说你已走了, 不再等我/母亲/我忍住不哭/我紧紧抓起一把泥土/我知道, 此刻/你已在我的掌心了/且渐渐渗入我的脉管/我的脊骨/我忍住不哭/独自藏身在书房中/沉静的/坐看落日从窗口蹑足走过/黄昏又一次来临/余晖犹温/室内/慢火在熬着一锅哀恸/我拉起窗帘/夜急速而降/赶来为我缝制一袭黑衫。" 虽然全诗总体上看似不假斧凿, 但是从局部细节中仍然可以看出诗人对诗的语言的刻意经营。如 "落日从窗口蹑足走过"、"夜急速而降/赶来为我缝制一袭黑衫"，以拟人化的"落日"和"夜"烘托抒情主人公的悲痛心情。落日的"蹑足走过"既是时间的流逝，又是为了不忍惊扰浸沉在沉重悲恸中的"我"，虽然落日西沉原本悄无声息；而夜"赶来为我缝制一袭黑衫"，更堪称神来之笔，以黑夜为"我"赶制丧服，烘托悲伤的气氛。诗人以客观的对应物来状写主体的情绪，或者毋宁说，诗人以情感的方式将诗意的主体性投射到客观的环境中去。诗人以原本相对静态的"落日"和"夜"的动态，来反衬原本相对动态的人，也就是"我"的静态，以反常、错位的一静一动，极写丧母的"我"在"沉静的"外表下，创巨痛深无法平静的内心！这首在洛夫诗中显得较为"白"的诗，既有真情实感，又有诗歌的味道，堪称上乘之作。后来，诗人终于可以回大陆为母亲上坟了，于是就有了这一首《河畔墓园——为亡母上坟小记》：

> 膝盖有些些
> 不像痛的
> 痛
> 在黄土上跪下时
> 我试着伸腕
> 握你蓟草般的手
> 刚下过一场小雨
> 我为你
> 运来一整条河的水
> 流自
> 我积雪初融的眼睛
>
> 我跪着。偷觑
> 一株狗尾草绕过坟地
> 跑了一大圈
> 又回到我搁置额头的土
> 我一把连根拔起
> 须须上还留有

　　你微温的鼻息

　　可以想象，离开母亲时尚是青年，生离死别几十年，如今好不容易到了母亲的坟前，自己也已进入了暮年，该有多少离情别绪，有多少遗憾悲痛，又有多少肺腑之言要向母亲倾吐，揆情度理，自当呼天抢地，悲恸欲绝。然而，我们在诗中，却看不到大放悲声的激动诗句，甚至没有出现"流泪"、"悲痛"等词；但是，我们从貌似平静的诗句中，分明感受到诗人那痛彻心扉的哀伤。你看，诗中虽未着一"泪"字，可是，"我为你/运来一整条河的水/流自/我积雪初融的眼睛"，"一整条河的水"呵，都是诗人泪！诗人规避了华赡的常用词语，却以朴素的、看似夸张但合情的意象，用平静的描述道出了对母亲深沉的爱和刻骨铭心的哀伤。母亲是和故乡血肉相连的，思母和乡愁又是密不可分的，于是这首《边界望乡》是如此强烈地震撼着读者的心。请看：

　　说着说着
　　我们就到了落马洲

　　雾正升起，我们在茫然中勒马四顾
　　手掌开始出汗
　　望眼镜中扩大数十倍的乡愁
　　乱如风中的散发
　　当距离调整到令人心跳的程度
　　一座远山迎面飞来
　　把我撞成了
　　严重的内伤

　　病了病了
　　病得像山坡上那丛凋残的杜鹃
　　只剩下唯一的一朵
　　蹲在那块"禁止越界"的告示牌后面

咯血。而这时

一只白鹭从水田中惊起

飞越深圳

又猛然折了回来

而这时，鹧鸪以火音

那冒烟的啼声

一句句

穿透异地三月的春寒

我被烧得双目尽赤，血脉贲张

你惊蛰之后是春分

清明时节也不远了

我居然也听懂了广东的乡音

当雨水把莽莽大地

译成青色的语言

喏！你说，福田村再过去就是水围

故国的泥土，伸手可及

但我抓回来的仍是一掌冷雾

　　洛夫先生在谈到这首诗创作时的心情时说："1979 年 3 月中旬我应邀访港，当时祖国大陆尚未开放，然而到了香港，离家越近，乡愁越浓。16 日上午在港任教的余光中兄，亲自驱车陪我参观落马洲之界河。当时轻雾氤氲，望远镜中的故国山河隐约可见，而耳边正响起数十年未闻的鹧鸪啼鸣，声声扣人心弦，发人愁思，又令人'近乡情怯'，大概就是当时的心境吧。""近乡情怯"、"乡愁越浓"，诗人这些话为这首脍炙人口的名作作了最好的诠释。中国古典诗歌讲究"诗眼"，系指一首诗中最精彩的诗句。这首诗也有"诗眼"，就是这样的诗句："望眼镜中扩大数十倍的乡愁/乱如风中的散发/当距离调整到令人心跳的程度/一座远山迎面飞来/把我撞成了/严重的内伤。"诗人用超现实主义的手法，极度宣泄了思乡之深与乡愁之痛。

　　从上述悼念亡母、抒发乡愁的作品看，洛夫此类作品有一个共同的创作特点：在语言上比较澄明，并不以晦涩为旨趣；而在创作方法上，则运用超现实主义的夸张，甚至荒诞的技巧。这样，他的诗既有前卫新潮的特点而呈现出现代性，又因语言"不隔"，从而能与更广泛的读者沟通，以传达动人心魄的真情实感。这类诗，既表现了现代性的审美趋向，又符合传统意义上的审美诉求。

洛夫先生说过超现实主义重视技巧的创新。要做到诗歌和语言的现代性，就必须做到技巧的创新。事实上，要使生活语言提升为诗的语言，就必须运用必要的技巧，如比喻、象征、联想、韵律和含蓄等。比喻和象征历来受到推崇，有一句名言是这样说的：所有的美就是比喻。最高的东西人们是无法说出来的，只有比喻地说。洛夫对诗的语言技巧的把握，可谓驾驭自如，得心应手。如："香港的月光比猫轻/比蛇冷/比隔壁自来水管的漏滴/还要虚无"（《香港的月光》），这里用的比喻属于"远取譬"，即把完全不同类的事物，只要有哪怕一点相同，就加以类比。月光和猫、蛇完全不同类，但在轻和冷这一点上有可比性，就可加以类比。这是明喻，还有暗喻。"晚钟/是游客下山的小路"（《金龙禅寺》），这是暗喻，意谓游客循着晚钟下山，把晚钟比为小路又是"远取譬"。这首诗还运用了联想的手法："羊齿植物/沿着白色的石阶/一路嚼了下去"，虽然羊齿植物是植物，但因为有"羊齿"两字，诗人就联想到咀嚼的动作，于是就"一路嚼了下去"。有此联想，使整首诗活了起来，生气灌注，诗趣盎然。如"六月原是一本很感伤的书/结局如此之凄美/——落日西沉"（《烟之外》），这里也是用隐喻，用"落日西沉"来隐喻结局的凄美，真是凄美极了。又如"子夜的灯/是一条未穿衣裳的/小河/你的信像一尾鱼游来"（《子夜读信》），这种绝妙的比喻令人过目不忘。再如："我的头壳炸裂在树中/即结成石榴/在海中/即结成盐"（《死亡的修辞学》）也是用的联想的手法，由炸裂的头壳联想到开裂的石榴，由海联想到盐，这种由此及彼的联想的表现手法颇类似电影中的蒙太奇。电影中的蒙太奇也是由两个或两个以上的镜头，由其相似处引发联想而加以组接的。此外，诗人还运用了通感、错觉的手法，即将不同的感觉有意混淆和替代。如"月光的肌肉何其苍白/而我时间的皮肤逐渐变黑/在风中/一层层脱落"（《时间之伤》）。月光属于不可触摸、无法把握的视觉，而肌肉则是可触摸的、富有质感的物质，这里不仅是视觉与触觉的交错变换，而且还运用了隐喻。时间原是抽象的概念，而在诗人的笔下，却变成具象的皮肤，这是虚实结合，抽象和具象的变换。还有如"怎么也想不起你是如何瘦的/瘦得如一句箫声/试以双手握你/你却躲躲闪闪于七孔之间"（《回响》）。"箫声"无疑属于听觉的范畴，而"瘦"与形体相联系，应该属于视觉的范畴；只一句"瘦得如一句箫声"，视觉就置换成听觉。听觉置换成味觉的更妙，枪声居然有芥末味："枪声/吐出芥末的味道"（《死亡的修辞学》）。值得一提的是，诗人将同一词句多次重复排列，与诗句浑然天成，收到新颖奇异的艺术效果。如：

> 你纯粹的眼，亦如
>
> 你逃逸的脚
>
> 你逃逸的脚　亦如
>
> 你反抗的发
>
> 你反抗的发　亦如
>
> 你痴愚的唇
>
> 你痴愚的唇　亦如
>
> 你哀伤的血
>
> 你哀伤的血　亦如
>
> 你化灰后的白

——《诗人的墓志铭》

　　同样，《白色墓园》也用这种写法。此诗分上下两节，上节将"白色"放在前面，下节将"白色"置于后面。因为篇幅较长，上下两节各选前四行：

> 白的　　　　　　　　　　　一排排
>
> 石灰质的
>
> 白的　　　　　　　　　　　　　脸，
>
> 怔怔地望着
>
> 白的　　　　　　　　　　　一排排
>
> 石灰质的脸

白的	干干
净净的午后	

………

地层下的呼吸	白的
沉沉如炮声起伏	白的
这里有从雪中释出的冷肃	白的
不需鸽子作证的安详	白的

　　诗人在这首诗的"后记"中说："两节上下'白的'二字的安排，不仅具有绘画性，同时也是语法，与诗本身为一体，可与上下诗行连读。"与此相似的手法，诗人还大量使用排比句。如《裸奔之二》共有七节，倒有六节使用排比句。如第一节：

　　　　帽子留给父亲
　　　　衣裳留给母亲
　　　　鞋子留给儿女
　　　　枕头留给妻子
　　　　领带留给友朋
　　　　雨伞留给邻居

　　以"诗魔"著称的诗人选择明白如话的语言，运用排比句，使整首诗如行云流水一泻而下，张扬了裸奔者自由奔放的个性。

　　诗人对诗的语言刻意经营，锐意创新，由此可见一斑。

　　洛夫先生可称为台湾现代派诗的巨擘。他无疑受到西方现代主义诗歌的影响，在他的一些作品，特别是早期的作品中，现代派的倾向较为明显。他对现代派诗歌语言技巧的把握已相当纯熟，写来驾轻就熟，但是他从来没有排斥传统的中国古典诗歌。正如他在《诗的传承与创新》一文中说："我个人认为，向西方借火有时是必要的，问题是，诗人不应留连异邦而忘返。一个民族的诗歌必须植根于自己的土壤，接受本国文学传统的滋养，在创新的过程中也就成为一种必要。"一次，在接受记者采访时，洛夫先生说："回归并不是倒退，是另一种精神领域的探索，另一艺术境界的追求。我在数十年的诗歌创作过程中，曾将超现实手法做过批判性的调整，并与中国古典诗中暗合超现实手法的技巧相互印证，加以融会，而逐渐形成自己一套独特的表现手法。我心目中的现代诗，是'以现代为貌，以中国为神'的诗。换言之，就是能以现代人的生活体验、语言形式，而体现真正属于中国风味的作品。"

我们在他的作品中，可以看到在诗的语言的斟酌和锤炼上，明显受到中国传统诗歌的影响。比如，他有意识地将古典诗词引入自己的诗中，有时是整个诗句引入，有时是引入诗意。如"那种悲伤/那种蜡烛纵然成灰/而烛芯仍不停叫痛的悲伤/那种爱/缠肠绕肚，无休无止/春蚕死了千百次也吐不尽的/爱"（《猿之哀歌》），这两句诗分明化用了李商隐"春蚕到死丝方尽，蜡炬成灰泪始干"的诗句；又如《与衡阳宾馆的蟋蟀对话》中"醒来/不知身是客"，是化用了李煜的词《浪淘沙》中"梦里不知身是客"。有时，诗人还和古代诗人对话，或以这些古代诗人及其作品为创作题材，充分地表现诗人对中华民族传统诗歌的热爱和尊崇。这样的诗有《长恨歌》《与李贺共饮》《李白传奇》《车上读杜甫》《走向王维》等。在《长恨歌》中，诗人一方面用现代诗的语言对唐玄宗极尽揶揄之能事，另一方面又引用或改写了原作的诗句。如"从此/君王不早朝"，把"山在虚无缥缈间"改写成"脸在虚无缥缈间"；《与李贺共饮》则把李贺的名句"石破天惊逗秋雨"改写为"石破/天惊/秋雨吓得骤然凝在半空"。特别有意思的是，在《车上读杜甫》一组诗中，诗人将杜甫的七律《闻官军收河南河北》的每句诗作为诗题，以八首小诗组成一组诗，十分新颖。洛夫先生在回答为何以中国古代诗人为写作对象的问题时说："我的看法是：中国古典诗中蕴含的东方智慧、人文精神、高深的境界，以及中华民族特有的情趣，都是现代诗中较为缺乏的，而我个人所追求的也正是为了弥补这种内在的缺憾。"（《诗的传承与创新》）此外，诗人的有些诗还取材于《世说新语》（如《猿之哀歌》）和庄子的寓意故事（如《爱的辩证》取材于庄子的《盗跖篇》）。

洛夫先生不仅在诗的语言上作了大胆的探索和创新，而且在此基础上还创造了新的诗体，即"隐题诗"——这虽然是一种新的诗体，却与诗的语言密切相关。按照洛夫先生对"隐题诗"的解释是："标题本身是一句诗，或一首诗，而每个字都隐藏在诗内，若非读者细心，很难发现其中的玄机。这决非文字游戏，也不是后现代主义的新花样，因为这种形式的最高要求在于整体的有机结构。"这种隐题诗颇类中国古典诗歌中的藏头诗，可能诗人由此受到启发。藏头诗通常是五言、七言的绝句，而隐题诗则完全是新诗，并且突破四行的限制，因此隐题诗的写作难度似乎更大。笔者读了 20 首隐题诗，每一首诗的诗题的每一个字成为每行诗句的第一字。如《我在腹内喂养一只毒蛊》：

> 我与众神对话通常都
> 在语言消灭之后
> 腹大如盆其中显然盘踞一个不怀好意的胚胎
> 内部的骚动预示另一次龙蛇惊变的险局
> 喂之以精血，以火，而隔壁有人开始惨叫
> 养在白纸上的意象蠕动亦如满池的鱼卵
> 一经孵化水面便升起初荷的粲然一笑
> 只只从鳞到骨却又充塞着生之恓惶
> 毒蛇过了秋天居然有了笑意，而
> 蛊，依旧是我的最爱

　　洛夫的隐题诗，有的诗题较长，分为两节诗，那么第一节诗的每行第一个字合起来成为诗题的上半句诗，第二节每行诗的最后一个字合起来成为诗题的下半句诗。如此，诗的整体浑然一体，自然熨帖。如此缜密细致，流圆精巧，可以想见，诗人在创作时，字斟句酌，苦心孤诣，该下了多少工夫！

　　艺术的本质就是不断地创新和超越。杰出的诗人之所以能获得成功，主要应归功他时时超越自己，具有不断创新的精神。洛夫先生从 1946 年开始新诗创作，迄今已有 68 年，在这将近 70 年的创作生涯中，创新精神一直贯穿其中。我们仅从上述对他的诗的语言的分析中便可看出，创新精神如何使他的诗的语言不仅灿若珠玑、美不胜收，而且被赋予了鲜活的生命。也正是创新精神，使他的诗的语言和他的诗总是挺立在现代诗歌的潮头之上。在诗

人笔下，那些古灵精怪或小精灵似的语言按照诗人的意愿排列组合，成为一首首脍炙人口的好诗。从这个意义上说，杰出的诗人实在无愧于"语言大师"的称号。洛夫先生已届耄耋之年。古话说：衰年变法，然洛夫先生衰年不衰，变法却还要一直变下去。且听他的"夫子自道"："我所追求的是最现代的，但也是最中国的，继承古典或发扬传统最好的途径就是创新。创新才是我最终的目标，最本质的追求。"（《诗的传承与创新》）我们钦佩洛夫先生执着地不断求索、不断创新的精神，我们更期盼读到他不断使我们惊喜的新作。

（作者单位：中国社会科学院文学研究所）

论洛夫《漂木》的意象创造及经典意义

熊国华

摘　要：洛夫的长诗《漂木》是诗人 70 多年生命体验和思想探索的艺术结晶，也是集洛夫一生诗歌创作经验和心血的巅峰之作。本文探讨了《漂木》的意象在长诗结构中的作用，在叙述方式上的运用，以及典型意象的创造。《漂木》的经典意义在于：在长诗中成功运用了意象思维；创造了象征性的典型意象；在诗艺和思想上熔铸古今中外。《漂木》是一座蕴藏丰富的诗学宝库，其价值还有待人们深入开发和研究。

关键词：洛夫　漂木　意象　创造　经典

"诗魔"洛夫以 72 岁高龄，在公元 2000 年创作了一部 3000 多行的长诗《漂木》。2001 年元旦，台湾《自由时报》副刊开始像连载长篇小说一样连载这部长诗；同年 8 月，《漂木》由联合文学出版社隆重推出。这是洛夫继《石室之死亡》之后的第二部震撼诗坛的长诗，从其写作和出版的时间来看，可以说是 20 世纪的最后一部长诗，同时也是 21 世纪的第一部长诗。《漂木》问世之后好评如潮，台湾著名诗评家简政珍认为，"没有这一首长诗，他已攀上中国二十世纪诗坛的高峰。有了这一首三千行的长诗，他已在'空'境的苍穹眺望永恒的向度"[①]；大陆著名诗评家龙彼德也说，"长诗

[①]　洛夫：《漂木》，联合文学出版社有限公司，2001，第 19 页。

《漂木》，是洛夫一生的总结，是他集古今中外之大成的精品"①。时过 13
载，笔者重读《漂木》仍然激动不已，深感其思想的博大精深和穿透时空
的艺术魅力。本文仅就《漂木》意象的运用和创造作一粗浅探讨，以就教
于方家。

一　意象在长诗结构中的作用

长诗的写作不同于短诗，首先要考虑的是结构——如同建造一座宏伟的
殿堂，首先必须有坚实独特的结构去支撑。洛夫自言："多年来，我一直想
写一首长诗，史诗，但是属于精神层次的，把自己的生命体验和美学思考做
一次总结性的形而上建构，而不是西洋那种叙述英雄事迹的 epic。"② 纵观
洛夫的人生经历，从大陆到台湾，又从台湾到加拿大，一生经历了抗日战
争、国共内战、金门炮战和越南战争，目睹了战乱、死亡、饥荒、瘟疫，颠
沛流离、漂洋过海、远离故土的漂泊命运伴随了诗人的一生。这部长诗可以
说是洛夫 70 多年生命体验和思想探索的艺术结晶，也是集洛夫一生诗歌创
作经验和心血的巅峰之作。

洛夫如何设计他最重要的长诗的结构呢？全诗分为四章："漂木"、
"鲑，垂死的逼视"、"浮瓶中的书札"、"向废墟致敬"，其关键词分别为
"漂木"、"鲑鱼"、"浮瓶" 和 "废墟"。不难发现，《漂木》的结构竟是由
四个原创性的意象支撑的，换句话来说，洛夫竟然选择了用四个意象来结构
他的长诗。第一章 "漂木" 与长诗同名，是这部诗集的核心意象，隐喻诗
人漂泊流放的命运；第二章通过加拿大的 "鲑鱼" 洄游到内陆淡水河流产
卵、然后死亡的生命历程，展示动物的回归和对死亡的逼视；第三章的
"浮瓶"，即漂流瓶，通过瓶中的书信表达了对母亲、对诗人、对时间、对
诸神的怀念和思考，仍与漂泊的主题有关；第四章的 "废墟" 由一个大家
族祖屋的荒废，进入到现代人精神漂泊荒诞虚无导致整体文化的 "废墟"，
蕴含着对人类存在意义的思考和终极关怀。这四部分，分而独立成章，合而

---

① 　洛夫：《漂木》，联合文学出版社有限公司，2001，第 281 页。
② 　洛夫：《漂木》，联合文学出版社有限公司，2001，第 248 页。

构成一个有机的整体。用"意象"来结构长诗，既避免了故事性的冗长叙事，也没有抽象议论的空泛虚浮，又从不同角度和层面展示了诗人大半个世纪以来的生命体验和美学思考，极有创意。

另外，每一章的标题和章前的引文（分别引自屈原《哀郢》、洛夫《石室之死亡》、洛夫《血的再版——悼亡母》、海德格尔和尼采的名言，以及《金刚般若波罗蜜经》等）与正文形成提纲挈领、相得益彰的互文关系，产生一种诗意弥漫的张力，增强了诗歌文本的艺术感染力。第二章附录的《伟大的流浪者——鲑鱼小史》，亦可作如是观，足见诗人构思的精巧高妙。

二　意象在叙述方式上的运用

诗歌文体长于抒情，短于叙事，但仍然存在一个"说话者"。即便是抒情诗，也是一种不以讲故事为主的"叙述"，仍然有叙述者、叙述视角、叙述方式和叙述策略的问题，只不过因为诗歌一般篇幅短小直抒胸臆，常常被诗人和研究者所忽略，而一旦涉足长诗，这个问题就显得非常重要了。

《漂木》作为一部3000多行的长诗，承载着抒发诗人的生命体验和形而上思考的重任，不可能采用小说全知全能的叙述视角讲故事，如果采用作者第一人称抒情议论，又势必显得直白抽象、诗质淡薄。于是诗人经过反复思考，不论在叙述视角还是在抒情策略方面都选择了"意象"。长诗的第一章"漂木"，其叙述内容是一块漂浮在水上的"木头"。作者通过漂木在大海、加拿大、台湾和中国大陆之间的漂泊经历，甚至透过漂木的眼光来审视现实世界的荒诞、混乱和堕落现象，呈现其迷惘、悲凉、痛苦与无奈，在多次失望中仍坚守信念、寻找家园的悲剧命运。第二章"鲑，垂死的逼视"，则用第一人称"我们"，以"鲑鱼"的身份来叙述抒情，同样是一个意象。第三章"浮瓶中的书札"，浮在海上的漂流瓶中的书信，一般为个人的秘密、心里话和愿望等。作者以第一人称"我"和第二人称"你"对话的形式，分别展开了对母亲、对诗人、对时间、对诸神的叙述和思考，其载体仍然是一个意象"浮瓶"。第四章"向废墟致敬"，以作者第一人称为叙述视角，其叙述的主要内容还是一个巨大的意象。综上所述，长诗在叙述方式上，或者以"漂木"、"废墟"作为叙述的内容和对象，或者以"浮瓶"作为叙述的载体，或者直接以"鲑鱼"作为叙述视角，意象在长诗的叙述中起到很重要的作用。

洛夫擅长在长诗中合理变换叙述视角，还根据内容和抒情的需要不时运用视角越界。如第一章以中性的全知视角叙述，然而"一块木头/被潮水冲到岸边之后才发现一只空瓶子在一艘远洋渔/船后面张着嘴"，通过木头的视角"发现"空瓶子，已经从"外视角"转移越界到"内视角"了。"木头的梦不断上升/它终于在云端看到/那悲情的/桀骜不驯的岛"，仍是运用视角越位。通过"漂木"的视角看台湾，"凤梨。带刺的亚热带风情/甘蔗。恒春的月琴/香蕉。一篓子的委屈/地瓜。静寂中成熟的深层结构/时间。全城的钟声日渐老去/台风。顽固的癣疥/选举。墙上沾满了带菌的口水/国会的拳头。乌鸦从瞌睡中惊起/两国论。淡水的落日"，一系列蒙太奇的自由组接，句号从中间隔断的互文句式，增强了诗句的内在张力和隐喻效果；如此，再加上大量的独白、追忆、梦幻、跳跃、自由联想、时空穿越和立体的多视角叙述，创造了一种虚实相生、亦真亦幻的审美情境。个人经验与历史事件、现实场景融为一体，这种蕴含了个人深层意识和复杂内心感受的叙述方式，恰好成为诗人在大半个世纪的战争、灾难和流放经历中的生命体验与存在拷问的最佳表现形式。20世纪以来西方现代主义小说的叙述革命，改变了传统的、单一的、外部的和以再现社会生活及人物性格命运的叙述方式，而转向现代或后现代的多元的、隐匿的和以表现人的生存状态的内心世界及生命体验的叙述方式。洛夫在长诗《漂木》中所运用的现代叙述方式和技巧，并不亚于优秀的现代主义小说。

《漂木》没有什么故事情节，如何吸引读者阅读并产生审美快感呢？洛夫还是选择了意象，运用核心意象主导的意象群，以意象的演绎和隐喻推进叙述的持续发展。第一章和第二章自不必说，试以第三章的"瓶中书札之一：致母亲"为例略加分析。洛夫的"致母亲"没有像一般悼念亡诗那样宣泄情感和伤痛，反而显得比较平静。请看开头："守着窗台上一株孤挺花，我守着你/一个空空的房间/空得/像你昨天的笑/窗外是一个更空的房间/昨天你的笑/是一树虚构的桃花"。洛夫是在1949年21岁时离别母亲开始放逐生涯的，直到1988年才回到故乡，但他见到的却是母亲的坟墓。再到2000年洛夫写《漂木》，"空空的房间"也许是追忆首次回乡时的实景，也许是梦幻中想象的情景，也许来源于佛教的"空即是色，色即是空"（《心经》）。其丧母的虚空、孤独、思念和内在伤痛，通过空房间、孤挺花等意象透露出来。"致母亲"的核心意象是"空房间"，并衍生出桃花、碎玻璃、壁钟、时间和灰烬等意象，"隔着玻璃触及你，只感到/洪荒的冷/野蛮的冷/冷冷的时间/已把你我压缩成一束白发"。接着，诗人沿着"白发"的意象继续演绎，"我，天涯的一束白发/雪水洗白的，这之前/秋风洗白的/在秋风中流窜的/曳光弹洗白的/战争，那年在梦的回廊拐弯处遇到/我便跟它走了/跟它步入雨淋，踏上险滩/在散落的一页历史中登陆"，意象一环扣一环，推进到台湾，形成母子"一水之隔"的思念与永诀。诗人在极度思念中仿佛听到母亲的"唇语"："在那病了的年代/贫血，便秘，肾亏，在那/以呼万岁换取粮食的革命岁月中/我唯一遗留下来的是/一条缀了一百多个补丁/其中喂养了八百只虱子的棉袄/和一个伟大而带血腥味的信仰。"意象的纵深延伸与拓展，增加了诗歌的历史厚度和社会内容，使诗人个人家庭的遭遇与国家命运民族灾难交织在一起，发生在这种历史语境中的母爱也就有了独特的社会意义与文学价值。诚如洛夫所言："我个人的悲剧实际上已成为一种象征。"[1] 与母亲有关联的意象，还有脐带、坟头、墓碑、蚂蚁、狗尾草、蜉蝣和夕阳等，它们组成一个隐喻着感伤悲愤色彩的意象群，其中"空房间"的意象反复出现并贯穿始终，寓有深厚的象征意蕴。

三　典型意象的创造

一个成熟的或者伟大的诗人，一般都会创造出最能表现自己的个性特征、时代语境和美学理想的典型意象。庞德甚至认为："一生中创造出一个'意象'，胜于创作出无数部作品。"[2] 诸如屈原的香草、陶渊明的菊花、李白的明月、杜甫的悲秋、李商隐的春蚕、苏轼的赤壁，以及艾略特的荒原、叶芝的天鹅、聂鲁达的大地、布罗茨基的黑马、埃利蒂斯的太阳，等等。洛夫在语言策略上极其重视意象的鲜活与精炼，在以往数十年的写作生涯中创

---

① 《洛夫精品》，人民文学出版社，1999，第301页。
② 杨匡汉、刘福春编《西方现代诗论》，花城出版社，1988，第62页。

造了很多令人难忘的诗歌意象，当然，其中最有代表性的应为《石室之死亡》中的"石室"。而长诗《漂木》似乎有过之而无不及，"漂木"、"废墟"和"鲑鱼"都是意蕴深厚、新颖独特的典型意象。本文仅对"漂木"意象进行解读，其余留待另文探讨。

"漂木"是书名，也是长诗第一章的题目。从语义学来看，漂木指"飘在水上的木头"；从修辞学来看，其隐喻着漂泊、漂流、流浪之意；从诗学来看，可视其为一种放逐、流放命运的象征。如果说，洛夫 1949 年跟随几百万人从大陆去台湾是第一次放逐的话，那么 1996 年从台湾移民加拿大则是第二次放逐。虽然这两次放逐有被迫放逐与自我放逐的不同，但远离故土、漂泊海外的命运却是一样的。因此，"漂木"隐喻着诗人个人的身世与命运，从而具有某种普遍的放逐和流放的象征意义。诗前引用屈原《哀郢》的诗句"民离散而相失兮，方仲春而东迁。去故乡而就远兮，遵江夏以流亡。出国门而轸怀兮，甲之朝吾以行。背夏浦而西思兮，哀故都以日远"，可作为长诗最好的注脚。

"没有任何时刻比现在更为严肃"——这是长诗的第一句，当诗人面对着自己一生漂泊命运的时候，当他感觉自己仿佛成为一块漂木的时候，他能不严肃吗？这种严肃也是出于对诗歌和生命的敬畏。"落日／在海滩上／未留一句遗言／便与天涯的一株向日葵／双双皆亡"，一幅多么凄清感伤、带有死寂色彩的画面，"一块木头／被潮水冲到岸边"，就此出场；伴随木头的，是天涯、海滩、落日、向日葵和远洋渔船，一只空瓶子与烟、天空、木头一起"浮沉沉浮"；漂泊天涯的木头"不见得一直是绝望的木头／它坚持，它梦想／早日抵达另一个梦……／它的信念可能来自／十颗执拗的钉子"。木头而有梦，具有人的灵性、思维和信念。木头的梦是什么呢？诗人没有明说，但我们可以从"被选择的天涯／却让那高洁的月亮和语词／仍悬在／故乡失血的天空"和"究竟什么是那最初的图腾？／那非预知的／亦非后设的／正在全力搜索的／心中的原乡"中寻找到蛛丝马迹。为了寻梦，木头"开始起锚，逐浪而行……／这漂泊的魂魄／随着浪花的跃起，观望／日出"；尽管"漂泊是风，是云／是清苦的霜与雪／是惨淡的白与荒凉的黑"，仍不能阻挡木头对梦的追寻。

诗人的诗思随着"漂木"在海上漂流，通过"漂木"的视角展现了台湾和中国大陆的历史和现实的社会面貌，包括政治、经济、军事、文化、教育、道德、风土民情和生活方式等，诗人用蒙太奇式的意象排列组合呈现出来，其中不乏深刻的反思和尖锐的批判。"而年轮/却是一部纹路错乱伤痕累累/不时在虫蛀火燎中/呼痛的断代史/宝岛林木葱郁/内部藏着日趋膨胀的情欲，和/大量贪婪的沉淀物/红尘，由烟雾编织的神话/流传于国会与棒球之间……/一大早捷运系统/就会有系统地把抗议群众和市长候选人/一一送进了历史的某章某节/电视里议员们以拳头发言/电视外议员们与黑道角头杯酒交欢。"而大陆呢，经过一系列天灾人祸之后，"十年冰雪/一旦解冻小河便一丝不挂/闪着细腰/落花流水送来一群母鱼……/宾馆。五星级的情欲在房门后窥伺/茅台。黄河之水天上来……/龙井掺一滴五粮液。不太成熟的民主程序/普希金的抒情诗。蟋蟀在寂寞中哀鸣/乡镇企业。一个飞上太空却以为到了天国的僧侣"。当然，这也许是期望太高，恨铁不成钢式的反讽与责问。海峡两岸，似乎都与诗人心中理想的"原乡"有一定差距，"大地为何一再怀孕却多为怪胎"。那么，诗人的"原乡"究竟是什么呢？"或许，这就是一种/形而上的漂泊/一根先验的木头/由此岸浮到彼岸/持续不断地搜寻那/铜质的/神性的声音/持续以雪水浇头/以极度清醒的/超训诂学的方式/寻找一种只有自己可以听懂的语言/埋在心的最深层的/原乡"。由此可见，诗人上下求索的原乡不一定是现实中存在的原乡，"形而上的漂泊"追寻的更多可能是一种精神的原乡，即"精神家园"。洛夫一生遭遇两次放逐，这种放逐不仅是肉体的，也是精神的放逐。背井离乡，漂泊异国，时间越久思之越勤，空间越远念之越深，且已至落叶归根的老年，对故国乡土、民族文化的回归亦属必然。既然在现实中因为种种原因还不能回归，那么只能在精神上回归，以写作的姿态对抗命运的安排，"漂木"乃是诗人一生漂泊命运的写照和象征。

四　《漂木》的经典意义

文学经典与其他学科的经典一样，需要经过时间和读者的双重检验，才有可能成为或者被确认为经典。洛夫的长诗《漂木》能不能成为经典，尚需后世验证。但是，经典本身是一个开放流动的系统，有些历史上曾被认为是经典的作品，到了今天或将来可能被淘汰，而我们今人创作的优秀作品，也有可能成为新的文学经典。从这种观点来看，《漂木》或许是一部潜在的中国汉语新诗经典的长诗。

不同的文体，因其文体特征不同而有各自的经典。文学是一种语言艺术，诗歌的语言与小说、散文、戏剧语言的不同之处，在于"诗歌是一种最具有原创性的高级语言艺术，它用充满张力的心灵化的意象语言，实现对客观世界的重新整合，以最富于想象、哲思和美感的形式探求宇宙人生的真谛，从而获得精神的超越和心灵的自由"①。也就是说，诗歌主要是一种"意象"语言，诗人将主观的意识、情感、观念投射到客观的物象上去，或者说，客观外界的物象被摄入诗人的心象之中，两者完全契合，主客交融，意象同一，并转化成语言文字写进诗中，意象由是完成。意象是诗歌的基本构成单位，诗人借意象与世界对话，向读者展示诗人的情感、体验和审美发现，引导着读者的思维指向。一首诗就是一个意象的世界，诗歌的思维，基本上可以说是一种充满想象力的意象思维。

洛夫，对意象炉火纯青的运用和苦心孤诣的创造，在长诗《漂木》中有着令人惊叹的表现：

首先，诗人成功运用了意象思维，从而避免了一般长诗和史诗的通病——以讲故事为中心的叙事、抽象乏味的议论或直白泛滥的抒情，等等。《漂木》在构思上采用了漂木、鲑鱼、浮瓶、废墟四大意象，支撑了长诗的宏大结构；在叙述方式上采用多元立体的叙述视角，甚至通过鲑鱼、漂木的"眼睛"去观照事物，进行思维，达到物我同一的境界；通过核心意象主导的意象群，用意象的隐喻和演绎拓展来推进叙述的持续发展。这种以意象为主导的诗性思维，改变了传统长诗和史诗比较单一的、外部的和以讲述故事歌唱英雄人物为中心的叙述方式，从而转向现代多元的、隐匿的和以表现人与生物的生存状态、内心世界和生命体验的叙述方式，在长诗叙述方式上做出了成功的探索。

其次，诗人创造了象征性的典型意象。"漂木"是一个物性、人性与神性三位一体的意象，它是木头，前生为树且有根，曾青枝绿叶，而今生失

――――――――

① 熊国华：《旋转的世界》，中国戏剧出版社，2013，第 1 页。

根、无叶，失去身份归属后只能在水上漂浮，这是物性；它能发现（有眼睛）、能说话、能做梦，有心跳、有呼吸、有痛苦、有故乡，亦有爱恨情仇，这是人性；它又是一个"漂泊的魂魄"、"先验的木头"，能够到处漂泊、审视事物和洞察人性，搜寻"神性的声音"，这是神性。这种三位一体的意象，在诗歌史上是独一无二的原创性意象。艾克诺认为："20世纪的知识追寻是一种放逐。"[1] 那即是一种精神的放逐，诗人、作家和思想者，为了保护心灵的一方净土或对某种乌托邦的寻求，自己选择了放逐的命运，而不纯粹是由于外力的不可抗拒的逼迫。但无论是他人放逐还是自我放逐，有一点是相同的，那就是远离了一个情感上认同的家园，从而产生语言、文化、种族、生活习惯和空间距离等方面的疏离感和漂泊感。从个人来看，"漂木"可说是诗人洛夫一生漂泊命运的隐喻和象征；从整体来看，人类或许是被某种不可知的力量放逐到地球上，至今仍在浩瀚无比的宇宙中漂泊的生物，那么，"漂木"也是整个人类漂泊命运的象征。

最后，在诗艺和思想上熔铸古今中外。长诗不像短诗那样可以骤然爆发的灵感取胜，而需要深厚的思想底蕴、宏观的宇宙视野和娴熟的艺术技巧。洛夫出生在一个基督教家庭，曾熟读研习佛教、道家、儒家的著作，同时又受到西方尼采哲学和海德格尔存在主义等的影响，诗人结合自己的人生经历和生命体验去广采博收，融会贯通，并作为形而上的思考在长诗中艺术地呈现出来。从诗学师承关系来看，洛夫既有中国古典诗学的底蕴，同时又吸收了西方现代主义诗歌的养分。他的诗中，有屈原对现实的忧愤、理想的追求和内心的孤独；有陶渊明的隐居情怀、田园意识；有王维山水诗的空明、澄净和禅趣；有李白的天然飘逸、浪漫雄奇；有杜甫的沉郁悲悯、忧国忧民；有李贺的冷峭怪僻、梦幻色彩；有李商隐的深情绵邈、朦胧感伤；有苏轼的旷达渊博、理趣超迈；同时，还能隐约看到波德莱尔、兰波、马拉美、瓦雷里、里尔克和卡夫卡的影响。洛夫的诗举凡老子、庄子、孔子、佛祖、基督、苏格拉底、伊壁鸠鲁、康德、罗丹、柴可夫斯基、巴哈，及以上所引的哲人、诗人——或以人物形象出现在诗中，或化用和引用他们的名言诗句，

---

① 转引自简政珍《放逐诗学》，联合文学出版社有限公司，2003，第 9 页；Richard Exner，"Exul Poeta: Theme and Variations," *Books Abroad*, L, No. 2（Spring, 1976），p. 293.

还经意不经意地活用《圣经》《金刚经》和中外名著中的典故。值得指出的是，洛夫继承中外诗学，不是标签式的引用罗列，而是一种熔铸式的脱胎换骨的创新，是在传统的思想文化的土壤上生成一种现代的解构，创造出新的意象和意境。下面试举几例。

　　例一：
　　昨日的豪情
　　犹如黄河之水
　　奔流尚未到海便只剩下涓滴
　　君不见
　　早晨镜中的青丝
　　一到晚上便成了一把失血的韭菜
　　例二：
　　向被情欲伤害的天使致敬
　　明镜亦非台
　　红尘的趣味何其多元
　　上网和上床同样叫人发疯
　　例三：
　　我很满意我井里滴水不剩的现状
　　即使沦为废墟
　　也不能颠覆我那温驯的梦

　　例一化用李白《将进酒》中的诗句，在"黄河之水"前面冠以"昨日的豪情"，还没有奔流到海就只剩下"涓滴"，暗指豪情逐渐消失。李白"朝如青丝暮成雪"隐喻时光易逝、人生短暂，到洛夫这里变成了"失血的韭菜"。这除了包含原句的意思外还增添了新的含义："失血"意味着韭菜枯萎灰白；收割"韭菜"时用刀割下茎叶，根部留在土中，等下次长出来后再割，隐喻人的不断被割的命运，从而在古典的土壤之上创造出新的现代意象。另外，韭菜的收割方式，同头发的不断被剪极其相似，令人读来忍俊不禁。

　　例二中"天使"都被情欲伤害，意味着世道衰落、情欲泛滥。接下来插入一句"明镜亦非台"，原为六祖慧能所作的偈中的诗句，印证佛教"凡所有相，皆是虚妄"（《金刚经》），即世界上一切有形体的事物或现象都是虚幻不真实的，万事皆空，诸法空相，明镜当然也是如此，用在这里极具反讽意味。后两句承接第一句的意思，红尘中的凡夫俗子追求享乐，与佛教修行者形成鲜明对比，表面上是对"明镜亦非台"的解构，实为对消费时代物欲横流、道德沦丧的讽刺批判。

　　例三是长诗第四章"向废墟致敬"的结尾，与开头"我低头向自己内部的深处窥探／果然是那预期的样子／片瓦无存"相呼应。"滴水不剩"、"片瓦无存"意为虚空，是佛法"凡所有相，皆是虚妄"的诗意呈现。洛夫在苦难经历中深深感受到"生命的无常和宿命的无奈"①，对生命、死亡、存在的意义有所顿悟，意识到"空虚有时也是一种充盈"，甚至要"向废墟致敬"，以一种淡泊祥和、悲悯宽恕的心态观照生命苦难和悲惨世界，即使"沦为废墟"仍然葆有"温驯的梦"，进入一种心无滞碍的澄明境界。

　　《漂木》在诗歌表现手法和技巧上堪称集大成之作，举凡暗示、隐喻、象征、通感、双关、谐音、用典、变形、跳跃、拼贴、反讽、矛盾修辞、自由联想、意象叠加、词性活用、无理而妙、反常合道、虚实交替、蒙太奇组接、时间空间化和空间时间化等古今中外的诗歌艺术技巧均信手拈来，且运用得炉火纯青，臻于化境。

　　《漂木》是一座蕴藏丰富的诗学宝库，其珍贵的思想价值和美学价值，还有待人们深入开发和研究。

（作者单位：广东第二师范学院中文系）

---

① 洛夫：《漂木》，联合文学出版社有限公司，2001，第286页。

彭燕郊的散文诗写作和现代诗的一种可能

陈太胜

摘　要：彭燕郊是中国现代继鲁迅之后在散文诗写作上做出最重要贡献的作家。他的众多散文诗"以思考代替抒情"，并让思想有了诗性的音乐化了的形式，体现出了思想和音乐相交响的新的艺术形式。这类作为诗的散文诗，与一般的诗化散文有很大的不同，它非常关注自身的结构和肌理，尤其是内在的节奏感。彭燕郊的这类散文诗体现了现代诗一种新的可能。

关键词：散文诗　诗化散文　抒情　思考　音乐化

诗人彭燕郊（1920—2008）漫长的写作生涯，从1938年算起，长达70年。其间，若以他本人在编自己的诗文集时设定的1949年和1979年两个时间点为界，则大概可分为早中晚三期。我在一篇讨论彭早期诗作的文章中，以对他一些作品的分析为基础，得出这样的结论：彭的诗，非常明显地体现出与一般文学史赋予"七月派"的那种单一的、战斗的现实主义的总体风格的不相吻合；他早期诗作中的很大一部分，都可被列入新诗史上最好的作品之列；他具有一种惊人的把现实变成想象的诗的能力（我称之为"幻视"），与那种夸张的强制性的语言暴力完全不同，他的诗的声音是节制的更为有力的声音，他的写作确证了诗这种语言在人类文明中独特的作用和力量，这不仅仅是一种知识，一种呼吁，同时也是娱乐人的带有甜美声调的音乐①。作为一个长期被忽视，至今其写作成就没有得到应有和公正评价的诗人，彭的散文诗写作也遭受到了相类似的命运，还只为少数人所看重。事实上，依我个人的判断，彭是中国现代继鲁迅之后在散文诗这一文类的写作上做出最重要贡献的作家，还没有得到充分重视和研究的彭的散文诗写作，恰恰体现出了他的写作的丰富性与实验性，或者说是先锋性。他在《漂瓶》《无色透明的下午》《混沌初开》等作品中展现出新的艺术形态，"以思考代替抒情"，并让思想有了诗性的音乐化了的形式，即思想和音乐相交响的艺术形式，这称得上是中国现代散文诗文体的一种创新形式。似乎，对彭来说，散文诗更符合他心目中理想的现代诗的样子，其原因大概是表现"思想"丰富的可能性，以及呈现像诗一样又与诗有所不同甚至是更多变的某种音乐的旋律性的可能。

一　"以思考代替抒情"

彭的散文诗写作始于 1938 年，其至 1998 年 60 年间写的作品的"几乎全部"，都结集于他自己编辑的诗文集中的"散文诗卷"中②。他本人曾将他的散文诗写作分为三个阶段，并将每个阶段不同的作品分成若干组，一共有 17 组之多③。第一阶段的作品包括 1938 至 1948 年的作品，即他自己编辑的从第 1 组到第 8 组的作品；第二阶段包括 1950 至 1979 年的作品，即他自己编辑的从第 9 组到第 11 组的作品；第三阶段则包括 1980 年后写的作品，即他自己编辑的从第 12 组到第 17 组的作品。

第一阶段的作品，粗略地可分为三类。第一类是以《家山七草》《村里》和《高原行脚》等为代表的写家乡或旅途中的风物的作品，包括集中的第 3、6 两组，是作者自己说的"追求诗美"④的产物。彭本人曾说，他

---

① 陈太胜：《幻视的能力：彭燕郊的早期诗作》，《诗探索》第 1 辑，九州出版社，2008。
② 参见彭燕郊《后记》，《彭燕郊诗文集·散文诗卷》，湖南文艺出版社，第 367 页。
③ 彭燕郊本人说是一共十六组，当是统计上小小的失误，实际上应是十七组，只是忘了计算十六组之后那些较长的包括《溶岩洞，音乐不朽了》《混沌初开》等在内的最后一组作品。可参见《彭燕郊诗文集·散文诗卷》中的《后记》第 368 ~ 371 页。
④ 彭燕郊：《后记》，《彭燕郊诗文集·散文诗卷》，第 368 页。

所有的散文诗，如果勉强加以划分的话，可分为"梦"和"现实"两类，"'梦'类显得耽于爱美、追求美；'现实'类免不了悲痛、愤懑，两类都离不开沉重的反思"①。显然，这第一类的作品更偏向于追寻"梦"的美，尽管大多时候写的是现实中的风物。第二类则以《百合花》《萎绝》《暗冷的月夜》和《生命》《一把箭》等为代表，包括集中的第1、2、5、8共四组，主要写诗人少年或成年后四处行走，甚至是处身于牢狱中时对现实的描绘和感受。这一类作品显然更对应于彭本人说的写"现实"的一类，常有悲痛、愤懑的情绪。第三类则是彭本人自称在鲁迅的《野草》影响下写的以集中第4组中的《谷》《土》《宽阔的蔚蓝》《土地的魔力》等为代表的作品；同时，我也将第7组中的5章，包括《恩惠》《倔强的侵蚀》等作品归入此类。这类作品似乎更多是"梦"与"现实"间冥想的产物，于玄思中更关注语言和意象本身。

其第二阶段的写作留存的作品并不多，三小组共9章，其中主要分为两类，一类为土改时写的带有讲故事性质的以《"这是娘的奶呀！"》《流浪人》为代表的作品，即集中的第9、10两组；另一类作品则写于"胡风案"和"文革"期间，以议论为其特色，有以对话体写成的《真假论》，以记梦写成的寓言体的《裸之痛》等，包括集中的第10、11两组。

第三阶段，也是彭散文诗写作最丰富，最有成绩的一个阶段。这个阶段的作品彭本人分为7组。依我大致的划分，可分为这样三类：第一类为集中第13组以《浮影》《岩衣草》等为代表的作品。依彭本人的说法，原来有个标题叫"爽赖清游"，是"游山玩水"的产物②，与第一阶段中的第一类，即写风物的作品，在题材上有某种承继关系，但艺术风格迥异。第二类是集中第14组和第16组以《还有几次》《驯狮人》《七夜谈》《群猴》《说文解字》等为代表的作品。这类作品或写"地狱变相图"，或写现实各种见闻，共笔法颇类"杂文"，而文体上又多有寓言的味道，与第二阶段第一类带有讲故事性质的作品颇具承继关系。第三类包括第12组、第15组和第17组（即最后一组）等以《德彪西〈月光〉语译》《漂瓶》《无色透明的下午》

---

① 彭燕郊：《后记》，《彭燕郊诗文集·散文诗卷》，第367页。
② 彭燕郊：《后记》，《彭燕郊诗文集·散文诗卷》，第370页。

《风信子》《溶岩洞，音乐不朽了》《混沌初开》等为代表的作品。事实上，我个人评价最高的，也是这第三阶段中这最后一类的作品。它在总体的特色上承继了第一阶段第三类在鲁迅《野草》影响下写成的作品，是介于"梦"与"现实"之间的产物。

以上述这种粗线条的梳理为基础，我们可以获得彭散文诗写作大致的发展衍变的轨迹。其早年散文诗的写作，写家乡风物的作品，像《家山七草》系列中的《破土日》《檐滴》、《村里》系列中的《敲土者》《遣嫁》和《高原》系列中写"四季"的作品，都具有抒情小品文的性质，追寻的是风景画一般的单纯的性质，在抒情方式上与他早年同时期写的诗一样，都具有艾青的影响的痕迹。而与这类散文诗写作体现出不同气质的，则是他自称受鲁迅《野草》影响下所写的第一阶段中第三类的作品。这类作品与单纯的由"现实"出发作描绘，以此表达同情和愤怒的情绪的同时期第二类作品也不相同，它努力企图像《野草》一样行走在现实与虚构的梦之间，在超现实的情境里展开它的玄思。如果说，抒情仍然是这类散文诗的特质的话，那么，抒情的性质在这儿确实已经产生了很大的改变，它在气质上更接近彭本人所说的"思考"。在一封信中，彭在谈到他晚期的作品《混沌初开》时说："这首长诗，是我这几年思考的结果。我以为，现代诗应该是思考的诗而不是抒情的，或不单单是抒情的，甚至可以说是以思考代替抒情的。"[1] 在我看来，这种清晰地对自己的散文诗写作所作出的定位，于彭本人来说，是在几十年的探索中逐渐作出的一种领悟。写"思考的诗"，或者说，"以思考来代替抒情"，正是他1980年后的散文诗写作的总体特色。

总体而言，彭燕郊写于动乱年代的散文诗是他写作的第二阶段，此期留存的作品并不多，在艺术上也并没有更大的开拓；而其写作的第三阶段，即晚年的写作，则完全可以说是在前两阶段的写作外开拓出了一个全新的艺术境界——即使是那些名为"爽赖清游"的作品，尽管与他早年写家乡和旅途中风物的作品在题材上颇为相类，但于艺术表现的方式上，却已经有了很大，甚至可以说是质上的不同。如果说，彭早年的那类诗是纯粹抒情的，那

---

① 转引自郭洋生《混沌与超越》，《彭燕郊近作 I 混沌初开》（作者自印本），1996，第63页。

么，这类诗则也是"以思考代替抒情"的产物，尽管有些篇什表现得并不那么彻底。像《浮影》一诗，显而易见的表层意思，是在比较了自己在溪水和古潭两种不同的水面上的倒影之后，得出了"太清澈的水对我是不适宜的"这样的结论。全诗貌似在抒情，但自始而终弥漫着"思考"的特质，当中有这样的段落："我的影子映在黑的幽深里，如同被包围在莽密的草丛里，发出黑的微光，显示自己的体积，以及那里面所包容的我的隐私，欲望，我的小小野心和对生存状态的小小的异议。所有这些，形成我的重量，证实我是有厚度的。我的影子不是像薄纸一样躺在水面上，而是站在水里，不是漂浮着而是向深处沉潜，它还有正常的肺活量。"① 抒情，在这里确实是具有了另一种与一般的风花雪月迥然有异的气质，它就像这个通过古潭上的影子来进行多少有点是玄奥的自我反思的说话者一样，是十足内省的。《金鞭溪》和《螺化石》其实也一样，都不是简单地在风物上寄托自己的情愫，而是像早年的《家山七草》或《高原行脚》那样，通过外物来进行自我的玄思。

当然，这类"以思考代替抒情"的散文诗，最典型地体现在上面区分出的彭晚年散文诗写作中的第三类作品里。这当中有像《混沌初开》这样的长篇巨制，更多的是像《漂瓶》《烟声》《风信子》这样的中短篇作品。这类作品最重要和最明显的艺术特色，在我看来，是那种思想和音乐相交响的特点，它是思考的诗，但其整个艺术形式（形式上的重要特征）却是充分"音乐化了的"。至其艺术形式上"音乐化"的特点，将在本文第三部分中讨论，这里仅仅指出其作为思考的诗的特点。关于这一点，其实已经有少数评论者精要地指出过。李振声就精辟地指出："地标性建筑物一般的长诗《混沌初开》，诗中那个精神漫游者，与整个人类最优秀的精神（诗人称之为'光'）之间的对话、诘难，凌厉的自我反思，思想的强健和阔大，足以成为近年已不多见的有关人的精神深度和宽度的一个象征。"② 李振声还将彭的这种精神探寻与鲁迅《野草》联系起来，认为像

---

① 彭燕郊：《浮影》，《彭燕郊诗文集·散文诗卷》，第 181 页。
② 李振声：《诗心不会老去——写在〈彭燕郊文集〉出版之际》，载孟泽、季水河编《默默者存——彭燕郊创作研讨会实录暨论文选》，湘潭大学出版社，2009，第 66 页。

《站台》这样的诗涉及对"不确定性"的亲近感①。评论者郭路生也认为《混沌初开》"从精神气质、情绪、节奏等方面看",与西方的现代史诗《荒原》《四个四重奏》《诗章》《裴特森》更为接近;他说《混沌初开》"是一幅气韵生动的、混合着人的各种气味的、以最具体的意象刺向最高哲理和抽象和中国画——现代主义的人类画卷"②。他们两人所深切地感受到的,正是彭的散文诗由于思考的性质,在哲学上所达到的对人类精神的把握的宽度和深度。

事实上,彭的散文诗所具有的这种哲学思考的特质,是他自己有意识地进行艺术追求的结果。他曾经概括出"用思考磨炼智慧"的省悟:

> 诵读《玛斯纳维全集》使我省悟,大诗人使人倾倒之处在于他的对于现实的透视能力,在于他能够从人间万象、芸芸众生的哀乐中提炼出哲理,作为诗人他不想教训谁,他明确知道让人们自己去感悟更好。而我呢,往往专心于美好词语,新鲜形象等等的这些表层、浮面的东西消耗我、迷惑我,丧失最根本的努力取向:用思考磨炼智慧。③

正是在这样的背景下,彭本人一直强调现代诗由"抒情"到"思考"的转变,并将它作为"超越"和"告别"浪漫主义的现代诗人的重要目标,他把这称为中国新诗真正的"现代主义",即他自己所谓的"现代现实主义"④。他本人写有《再会吧,浪漫主义》长文,这篇文章的核心观点即是"现代诗歌不同于浪漫主义及此前所有诗歌之处,是用思考代替了抒情的主体地位"⑤。这种诗学上的判断与他自己的写作确实是正相符合的。

---

① 李振声:《诗心不会老去——写在〈彭燕郊文集〉出版之际》,载孟泽、季水河编《默默者存——彭燕郊创作研讨会实录暨论文选》,湘潭大学出版社,2009,第70页。
② 郭洋生:《混沌与超越》,见《彭燕郊近作Ⅰ混沌初开》(作者自印本),1996,第60~61页。
③ 彭燕郊:《〈波斯经典文库〉》,《纸墨飘香》,岳麓书社,2005,第156页。
④ 关于"现代现实主义"的内涵,可见孟泽的精辟分析,见孟泽,《序》,《彭燕郊诗文集·评论卷》,湖南文艺出版社,2006。
⑤ 彭燕郊:《再会吧,浪漫主义》,《彭燕郊诗文集·评论卷》,第7页。

二　作为诗的散文诗

在由彭本人编定的文集中，他明确地将"诗"和"散文诗"独立成卷。两者在形式上的区分，似乎是易于辨识的：凡编入"诗卷"的，都是分行的文字，而编入"散文诗卷"的，都是分节而不分行的文字。而在编入"散文诗"的作品中，《德彪西〈月光〉语译》《无色透明的下午》《雨渡》《回声》等作品又是比较特殊的，它们排列时不像散文那样每节前空两字分节，而是像一般分行的诗那样顶格开始，就像诗行被无限地拉长了。事实上，这类作品与被彭本人编入"诗卷"中的《过洞庭》①在形式安排上完全一样。按照我的大胆猜测，它们即使被编入"诗卷"中，也是完全合适的；或者，反之亦然，也可以将《过洞庭》一诗编入"散文诗卷"中。也就是说，尽管有"诗卷"和"散文诗卷"之分，但这种界限其实有时是相当模糊的。在这个意义上，或者更可以理解彭本人这样的想法，散文诗这一文体，与自由诗并没有多少不同，用他的原话说，即是"很少去想它（指散文诗）和自由诗有什么不同，好像不同之处也不很多吧"②。

通过对编入诗文集中的"散文诗卷"全部文本的阅读，我发现，总体而言，彭的散文诗有着两类颇不相同的文体；或者，严格地说，一类可称为我们通常所谓的"散文诗"（prose poem），而另一类应被称为"诗化散文"（poetic prose）更合适些③。在阅读时，我明显地感到都被作者纳入"散文诗"文类内的这两类作品的不同。像早期的《家山七草》《村里》《高原行脚》尤其可被看成是"诗化散文"一类的；而晚期的《七夜谈》《上上下下》不仅更接近于"诗化散文"，甚至是小说（当然是小小说）或寓言。但像《德彪西〈月光〉语译》《漂瓶》《无色透明的下午》《风信子》《E = mc2》《混沌初开》等则是彭本人说的与自由诗没有什么大的不同的真正的

---

① 彭燕郊：《过洞庭》，《彭燕郊诗文集·诗卷下》，湖南文艺出版社，第 229 页。
② 彭燕郊：《后记》，《彭燕郊诗文集·散文诗卷》，第 366 页。
③ 我的这种区分得益于汉学家贺麦晓在研究刘半农的散文诗时提到的一种区分。See Michel Hockx, *Questions of style：Literary Societies and Literary Journals in Modern China*, 1911 – 1937, Leiden & Boston：Brill, 2003, p. 172.

"散文诗"，或可称为纯粹的散文诗。这类散文诗在彭那儿的滥觞，则是早年在《野草》影响下所写的作品，他晚年所写的大部分作品（包括上面讨论的第三阶段的第一类和第三类作品）都属于此类。在我看来，这类散文诗，其实只是诗的一种变体，其本身的意义和价值是作为诗而存在的。彭本人对鲁迅的散文诗写作有很高的评价，他说："从新诗的发展来说，《野草》虽然不是分行排列的，但却应该是新诗的最高成就，《野草》是自有新诗以来最富现代感、世界感的真正的新的诗。"为了说明《野草》的世界感，他甚至说《野草》和《恶之花》一样"具有里程碑的意义"，"它不是一般的散文诗，它和《恶之花》一样是开一代诗风的"[1]。或许，彭自己此类纯粹的散文诗写作，承继的正是开一代诗风的《野草》这样的现代诗风。

　　现代的散文诗脉络，一是以泰戈尔为代表的抒情小品文一类；二是以纪伯伦为代表的哲理散文一类；三是屠格涅夫抒情与叙事小品文一类；四是波德莱尔和兰波的现代诗一类。散文诗之所以被认为是一个难以讨论、难以归类的文体或文类范畴，其主要原因或者正在于它的庞杂性。正像《纪伯伦散文诗全编》的编者伊宏所言："收入这一《全集》的作品，虽然一般说来都可以称之为散文诗，但具体分析起来，并非篇篇都符合文体学家提出的散文诗定义和标准。严格地说来，收入本书的某些篇章称之为'抒情散文'，'杂文'，'哲理小说'或'现代寓言'等亦无不可。"[2] 这多少是道出了现代散文诗这一文体所面临的一种真实处境。这种情形其实于屠格涅夫和泰戈尔也是多少存在的。彭本人在早期（即第一阶段）的第一类和第二类作品，及中期（即第二阶段）和晚期（即第三阶段）的第二类作品中，即我称为"诗化散文"的作品中，面临的即是这种情形，其作品在气质上更类似于"抒情散文"、"杂文"、"哲理小说"或"现代寓言"；而其纯粹的散文诗写作，正像他自己意识到的，秉承的是波德莱尔、兰波和鲁迅的《野草》的艺术追求。彭本人在考虑散文诗是不是一种可以与诗、散文并列的文学体裁或文学门类时，追溯了散文诗在现代的兴起，他不仅把兰波的《地狱的一季》《彩图集》、波德莱尔的《巴黎的忧郁》称为散文诗，也把美国惠特曼、

---

① 彭燕郊：《再会吧，浪漫主义》，《彭燕郊诗文集·评论卷》，第 82 页。
② 伊宏：《前言》，伊宏编，《纪伯伦散文诗全编》，浙江文艺出版社，1993，第 5 页。

桑德柏格、金斯堡的写作并入散文诗写作的范围。有意思的是，他认为散文诗的这种源起，"首先是诗歌母题的变化，从抒情的诗发展为思考的诗，现代人的丰富、复杂的感受和思考必然带来新的审美需求，于是甚至连自由诗也承担不了这种负荷，满足不了这种需求，这样就从自由诗发展散文诗"①。我觉得，这种定位是准确的，这也正是彭本人纯粹的散文诗写作的艺术成就所在，他对散文诗写作的贡献因此也必然是对中国现代诗的贡献。

李振声在谈论彭的散文诗的精神气质时，认为中国现代散文诗的源头是鲁迅的《野草》，并认为它与有文本渊源关系的波德莱尔的《巴黎的忧郁》、尼采的《查拉斯图特拉如是说》、夏目漱石的《梦十夜》都共享着一种类似的"精神气质"："即一意孤行（以一己之勇）地透过存在的某些裂隙，直接逼视和窥得人性真实处境的勇气和胆识。"② 他认为那种目下随处可见的"风花雪月、小树小草、弱不经风、轾才小慧"的散文诗是远远地偏离了散文诗真正的源头的。李振声的评论，确实是准确地抓住了彭的散文诗写作在精神上的严肃追求的。在这个意义上，那种风花雪月式的"散文诗"企图将散文诗独立为一个与诗、散文相并列的文类，并妄想借此使散文诗有更高地位的想法，在我看来，其实是对散文诗的贬低，其不但无法将散文诗提到与诗、散文相并列的地位，还在事实上有使散文诗成为散文的附庸的危险。

在彭的这一类具有创造性意义的纯粹的散文诗写作中，体现出来的其实还是彭本人一以贯之的诗的艺术追求。孟泽曾经说："彭燕郊的'散文诗'，特别是20世纪80年代以后的创作，似乎并不能以分行或者不分行来区分（《消失》一诗，就有分行和不分行两个版本）。营造意境、意象，勾勒思维状态与精神历程，雕刻与心灵有关的时空和场景，在具体而微的细节与画面的铺排中，包含对于世事的洞彻、历史的感悟和灵魂的叩问，从彭燕郊的'散文诗'中，可以体会到内在的或者说潜在的节奏感，一种源于并伴随着情绪、情感、精神流动的节奏感，但几乎没有形式上的韵律。"③ 亦即是说，他的散文诗打破了诗体上形式的束缚，如不再讲究押韵和不押韵。对此，彭

---

① 彭燕郊：《我学会了学习吗》，《彭燕郊诗文集·评论卷》，第286页。
② 李振声：《序》，载彭燕郊《夜行》，山东友谊出版社，1998，第4页。
③ 孟泽：《序》，载《彭燕郊诗文集·评论卷》，第23~24页。

自己也有深刻的认识，他说："从'五四'开始，所有反对新诗的老夫子，头一句就问：不押韵为什么叫做诗。他们的逻辑是非常简单的，既然是诗，就一定要押韵，诗必须是韵文。但现代诗人从波德莱尔算起，反对诗依靠音乐性。押韵等于一种欺骗手段。"① 或者，不押韵但具有节奏感的散文诗，正是彭本人在诗体上的艺术追求。这样，散文诗便也只是诗的一种形式，这也是其真正的价值和意义所在。

三　"音乐化了的"散文诗

在我看来，存在于彭的所有的散文诗中的"诗化散文"与纯粹的"散文诗"两类还有个基本的区分方式，即可从这些诗的语言和结构的音乐性入手，尤其是其旋律性上。尽管不能说"诗化散文"没有音乐性，但显而易见的是，"诗化散文"将更多的关注点放在描绘风物、写人纪事和抒发感情上。而纯粹的"散文诗"则更多关注如何赋予思想以某种音乐的光影声色之美。思想和音乐性（旋律）正是理解彭此类纯粹的散文诗的关键。这样的散文诗，对彭来说，是更舒缓、更丰富，更适合于表现思想（不是激情但又不排斥激情）的语言，它似乎是思考的诗的音乐的特殊形态。这种形态使诗的音乐明显地超越了对旋律简单的"歌"的摹仿（这种摹仿在徐志摩的《雪花的快乐》这样的诗中最明显，不能表达丰富的东西），使得它以说话的语调，多变的旋律模仿了音乐——而且是较为大型的，像奏鸣曲、交响乐这样的音乐——多变的丰富性。这种纯粹的散文诗其实颇接近于瓦雷里阐释的"纯诗"，它是音与义谐调地结合在一起的，其诗意世界是"音乐化了的"②。

彭本人曾经这样说："散文美应该包含音乐性，但这不完全是靠押韵，不能像中国旧诗那样依靠押韵来限制节奏。散文美的新诗节奏变得丰富了。我写《混沌初开》，看起来像散文，但我很讲究节律。我有一个时期写诗的

---

① 彭燕郊语，转引自孟泽《序》，载《彭燕郊诗文集·评论卷》，第24页。
② 〔 〕瓦雷里：《纯诗》（一），《瓦雷里诗歌全集》，葛雷、梁栋译，中国文学出版社，1996，第306页。更详细的有关"纯诗"观念的描述，可参阅陈太胜《象征主义与中国现代诗学》，北京大学出版社，2005，第30～32页。

时候，好像是在谱写一个交响乐一样，讲究内在的音乐性，情感的变化，音调的高低，也可以变调。"① 在其晚年与易彬的谈话中，他除《混沌初开》外，还提到在写《德彪西〈月光〉语译》一类诗时有相似的"谱曲"的感觉，并认为那是"内在的节奏"的涌动②。彭此类散文诗艺术上"音乐化"的特点，也被一些评论者注意到，孟泽也曾经引用徐炼的观点对彭这种介于哲学和音乐之间的诗作出过精到的阐释。徐炼说："作为认识经验的形态它靠近哲学，而作为诗的审美的形态它类似音乐体验。"孟泽认为这是对彭诗歌的"特殊形态"所作的最透辟的解释文字之一③。龚旭东也将"内在的音乐性"作为彭包括《混沌初开》在内的诗歌的一贯特征，认为《混沌初开》的音乐性表现在两个方面：一是近信于贝多芬、马勒等大师的交响曲，他颇为准确地指出："在彭燕郊诗歌中，诗的思想内容所具有的诗性与它的音乐性往往是同一的、本能的和气质上的，无需特别通过某种外在形式来证实和强调"；另一则是"多声部复调性"，即"从本质上说，'我'、'你'、'非我'乃至于'第二我'和'光'，都是同一精神实体的不同侧面不同阶段的对象化，它们之间的'对话'所构成的和声流程就是这个精神实体（人的心灵）的超越历程"④。

　　概括起来，彭此类纯粹的散文诗，一方面，以诗的形式使诗达到现代哲学思考的深度，"语言"在这里成了真正的思考的载体；另一方面，诗以语言的诗性形式（音乐化了的形式）实现了哲学思考的功能。在这个意义上，彭的散文诗所具有的，是他熟悉的梁宗岱所谓的真正的"哲学诗"的境界，这是一种赋予思想以音乐的境界。哲学诗这个概念是梁宗岱最早在《保罗梵乐希评传》（1928 年）中提出的一种理想诗体。这不是那种道德或思想说教式的"教训诗"，或是把"冷静的理智混入纯美的艺术"的诗。梁宗岱这样来评价瓦雷里的哲学诗：

① 彭燕郊语，转引自孟泽《序》，载《彭燕郊诗文集·评论卷》，第 25 页。
② 彭燕郊口述、易彬整理《我不能不探索：彭燕郊晚年谈话录》，漓江出版社，2014，第 72 页。
③ 徐炼：《"你，一个生动的过程"——彭燕郊诗读法臆说》，原载《湘潭大学学报》1999 年第 4 期，转引自孟泽《序》，载《彭燕郊诗文集·评论卷》第 1 页。也可参阅孟泽关于彭的诗的这种"特殊形态"的相关论述。
④ 龚旭东：《充满生命之光的精神史诗——论彭燕郊的〈混沌初开〉》，载《彭燕郊近作 I 混沌初开》（作者自印本），1996，第 151 页。

他像达文希之于绘画一般，在思想或概念未练成浓丽的色彩或影像之前，是用了极端的忍耐去守候，极敏捷的手腕去捕捉住那微妙而悠忽之顷的——在这灵幻的刹那顷，浑浊的池水给月光底银点成溶溶的流晶：无情的哲学化作缱绻的诗魂。[①]

可以看出，梁宗岱所谓理想的哲学诗，是把"思想或概念练成浓丽的色彩或影像"，是把"无情的哲学化作缱绻的诗魂"，也就是内容（思想或哲学）化入到诗歌的形式中去。换言之，就是将内容（思想或哲学）赋形于艺术形式中的诗。由此，梁宗岱进一步说："可是与其说梵乐希以极端的忍耐去期待概念化成影像，毋宁说他底心眼内没有无声无色的思想，正如达文希底心眼内没有无肉体的灵魂一样……而深沉的意义，便随这声，色，歌，舞而俱来。这意义是不能离掉那芳馥的外形的，因为它并不是牵强附在外形底上面，像寓言式的文学一样，它是完全濡浸和溶解在形体里面，如太阳底光和热之不能分离的。"[②] 在梁宗岱看来，在哲学诗中，"概念"与"影像"、"意义"与"外形"的合一，就像"太阳底光和热"与人的灵魂和肉体一样是不能分离的——这里，"深沉"的意义是与"声，色，歌，舞而俱来"的。有意思的是，梁宗岱的这种描述，似乎在很大的程度上符合我阅读彭纯粹的散文诗的印象。

或者，正是带着这样一种将诗与音乐相类比的印象，重读《无色透明的下午》时，我读到的曲调和旋律感是类似于一支钢琴曲的印象，那"家乡的栀子花"的形象在诗中反复出现，像音乐中的回旋，似乎是为诗定下了某种悠远、意味深长的基调。诗的结构不在某种可以将好几页的长诗串联在一起的事件的关联，而是纯粹某种类似于音乐的东西的感情的旋律，《风信子》的旋律感也与此类似。而与这两首散文诗似乎有很大不同的，则是《混沌初开》。全诗分为五章，初读之下似乎没有章法可寻；或者说，你很难清楚地看到这五章的划分是有什么明显的依据的。但当我以音乐境界这样

---

① 梁宗岱：《保罗梵乐希评传》，保罗梵尔希著，梁宗岱译《水仙辞》，中华书局，1933，第10～11页。

② 梁宗岱：《保罗梵乐希评传》，保罗梵尔希著，梁宗岱译《水仙辞》，中华书局，1933，第12页。

的启示来重新阅读这首诗时，我感到是亚里士多德所谓的"整一感"；或者，它就可以理解为一首彭本人所说的大型的交响曲，而五章就是其组成部分，其中，确实有复调的音乐结构，有不同的声部——全诗的丰富性，正是凭借着某种音乐结构组织起来的。梁宗岱在《试论直觉与表现》（1941 年）中曾经将瓦雷里的《年轻的命运女神》和巴赫的《追逸曲的艺术》进行类比，说它们是"诗人和音乐家各自的人生观宇宙观和艺术观底最丰盈最光明的结晶。因为诗境，和音乐一样，是一个充满了震荡回声的共鸣的世界。当我们凝神握管的时候，我们整个生命的系统——官能和理智，情感和意志，意识和非意识——既然都融作一片，我们底印象和观念，冲动和表现，思想和技术，就有如铜山西崩洛钟东应，一切都互相通约，互相契合，互相感召"①。彭的《混沌初开》，还有其他诸多的散文诗，确实就是这种充满着"震荡回声的共鸣的世界"，在其中，他将思想和音乐"互相通约，互相契合，互相感召"了。

以音乐的结构入诗，并使诗具有音乐的旋律感，在现代诗人中，其实尝试者甚众——像上文梁宗岱提到的瓦雷里。还有像艾略特，就写过模仿音乐结构的著名的诗《四首四重奏》，这是他模仿贝多芬四重奏艺术形式的大胆尝试。诗中，有不少诗行反复出现，像音乐中的回旋；整部诗由冠以特定地名的独立成篇的四首诗组成，它好像音乐上长短大致相同的四首四重奏，每首都有大致相等的五个乐章②。这称得上是诗用语言模仿音乐结构的显例。似乎完全有理由相信，在《混沌初开》这样的散文诗中，彭确实也将这种原来只在诗中一试的技艺发展到散文诗中了。

四　结语：现代诗的一种可能

彭的散文诗写作，在我看来，在探索现代诗的各种可能性中有其特殊的意义。在他的散文诗写作中，其实存在着隐秘的对现代诗内在的质和艺术形式的大胆探索。孟泽在谈到彭的散文诗时，曾经这样说："事实上，从世界

---

① 梁宗岱：《试论直觉与表现》，载李振声编《梁宗岱批评文集》，珠海出版社，1998，第 276 页。
② 参阅迈克尔·特鲁《〈四首四重奏〉简介》，赵萝蕤等译，《艾略特诗选》，山东大学出版社，1999，第 194 页。

的背景看，汉语新诗的开端，就必须面对一个'散文化'的世界，而不再是一个浪漫主义的'诗'的世界，因此，鲁迅的《野草》在某种意义上可能最合符现代诗的本质，它所指示的也是现代汉诗最根本的方向。彭燕郊对于《野草》的认同，从心灵出发，同时契合其'散文诗''造型'。"① 照我的理解，这其实是说，在彭的散文诗写作中，揭示的正是"散文化"的世界里"现代汉诗最根本的方向"。这种方向，要细究起来，它既包括彭在散文诗写作中在母题上所作的"以思考代替抒情"的这一涉及现代诗的根本方向的转变，也包括他在艺术形式上所实行的将语言"音乐化"的尝试。中国现代散文诗的写作，其实是自新诗诞生一开始就作为新诗探索的一种路向而存在着的，像刘半农、沈尹默、周作人、冰心等都在这方面作过尝试，更不要说还有鲁迅《野草》这样出现在新诗诞生不久后，但同时也称得上是彭所说的真正的"新的诗"的作品了。我个人认为，中国新诗发展中这一本来应该是相当重要的发展脉络，却在新诗的评论和写作中有被忽视的危险；而彭的散文诗写作，正是在这个意义上，揭示了现代诗（新诗）的一种新的可能。彭在散文诗上的这一探索，还与中国当代另一重要的诗人昌耀在诗的文体上模糊了一般所谓的诗与散文诗界限的尝试，有异曲同工之妙。

　　废名在 20 世纪 30 年代曾提出有关新诗应当新颖的观点，认为新诗之为新诗，先要在内容上是诗的，而其形式上则是散文的②。我觉得废名所提出的这一明显是针对新诗诞生以来有关新旧诗的争论的观点，其揭示的正是在现代的文学观念下，对诗之为诗的根本的一种揭示，即现代诗（新诗）不应只将自己"诗之为诗"的质像古诗那样依附于外在的形式上，而是着重于内在的质上。我想，这称得上是废名在 20 世纪 30 年代提出的有关新诗的卓见，这对今天的我们探索新诗可能的方向也仍然具有启示意义。正是在这个意义上，我认为彭所践行的纯粹散文诗写作的路向揭示了现代诗在自由诗上的一种可能。就其与新诗中的格律诗相比较而言，散文诗无疑应是自由诗，但正因为这种比一般的自由诗还要自由的形式，在彭身上，辅以"以思考代替抒情"这一现代诗的理念，则大大地拓宽了现代诗表现现代生活

---

① 　孟泽：《序》，载《彭燕郊诗文集·评论卷》，第 26 页。
② 　参见废名《论新诗及其他》，辽宁教育出版社，1998，第 4 页。

丰富的可能性。当然，这种散文诗自由散漫的形式，也并非是没有形式的，相反，它非常关注自身的结构和肌理，在彭身上，甚至成了一种被精心构造起来的音乐化了的艺术形式。无论是在"写什么"（所指），还是"怎么写"（能指）上，彭燕郊的散文诗都体现了现代诗一种新的可能。

（作者单位：北京师范大学文学院）

当代诗歌中的意象问题和骆一禾、海子的诗歌写作

西　渡

　　意象问题是当代诗学的核心问题之一。朦胧诗在反抗主流诗歌代数式的单一象征和复写式的现实主义过程中，借鉴古典诗歌的意象处理方式和英美意象主义，形成了一套可以称为"准意象主义"的诗写方法，"意象"也由此成了朦胧诗的看家法宝。这种意象写法是对当时主流诗歌了无意趣的 A =B 的口号式写法的美学反抗，但也有很强的因袭性。这种因袭不但体现在写作方法论上，而且体现在具体意象上——朦胧诗的意象以自然意象为基础，这明显是袭用旧诗意象的结果；更甚者，朦胧诗与它反抗的对象——当时的主流诗歌，也存在某种同构性。朦胧诗不同意主流诗歌 A = B 的公式，对此它说"我不相信"，然后它说 A = C。但是，这两个公式实际上是同构的。这样，随着朦胧诗文学地位的确认，大面积的雷同及自我复制很快成为朦胧诗人及其模仿者的噩梦。上海诗人王小龙早在 1982 年就对朦胧诗的意象提出了批评。他说："他们把意象当成一家药铺的宝号，在那里称一两星星，四钱三叶草，半斤悬铃木，标明'属于'、'走向'等等关系，就去煎熬'现代诗'"，"'意象'！真让人讨厌，那些混乱的、可以无限罗列下去的'意象'，仅仅是为了证实一句话甚至是废话。"① 这种批评，得到了年轻一代诗人的认同。我们回过头来看，朦胧诗基本还是旧诗的写法。朦胧诗人在

---

① 　王小龙：《远帆》，《老木·青年诗人谈诗》，北京大学"五四"文学社，1985。

古典诗、新诗、西诗修养上都存在先天不足，其意象写法是汲取了古典诗和新诗传统中比较简单的一路而发展出来的，这种写法可以说从"五四"以来的现代诗传统倒退了。因为新诗对意象的处理，到20世纪40年代已经形成了一个不同于旧诗的传统。旧诗的意象可以说是时间性的，也就是说，它主要和过去的文本发生联系，有很强的因袭性。这就是"美的积淀"的实质。新诗的意象则是空间性的，它主要和文本的上下文发生关系，处于上下文的空间结构之中，这个空间的结构决定了意象的意义①。也就是说，新诗的意象是不通用的，每一个意象都要是一个发明。海子和骆一禾都在其成长的关键阶段对朦胧诗的意象写法给予了批评，并在此基础上形成了不同于朦胧诗的、个人化的诗歌方法论——这是他们的诗歌区别于朦胧诗的诗学基础，也是他们作为优秀诗人对当代诗歌的贡献之一。但是，如果我们仔细考察他们关于意象的说法以及他们的诗歌文本，我们将发现骆一禾和海子并没有从理论上对朦胧诗的意象主义作彻底清算，也没有完全放弃意象的写法。从短诗创作的总体倾向看，他们仍可以算作"意象主义"的诗人。骆一禾和海子真正发明了不同于"意象主义"方法论的，是他们的长诗实践。通过引进神话叙事、戏剧、史诗元素（情节、人物、结构），骆一禾和海子的长诗完全颠覆了朦胧诗以自然意象为基础的意象写法，把诗中的意象成分降到了最低，这一点可以说是骆一禾和海子在写作方法论上对当代诗歌最大的贡献。

　　海子拥有"反意象"的名声。他那段"反意象"的原话是这么说的："我觉得，当前中国现代诗歌对意象的关注，损害甚至危及了她的语言要求……月亮的意象，即某种关联自身与外物的象征物，或文字上美丽的呈现，能代表诗歌中吟咏的本身。它只是活在文字的山坡上，对于流动的语言的小溪则是阻障。但是，旧语言旧诗歌中的平滑起伏的节拍和歌唱性差不多已经死去了。死尸是不能出土的，问题在于坟墓上的花枝和青草。新的美学和新语言新诗的诞生不仅取决于感性的再造，还取决于意象与咏唱的合一。意象平民必须高攀上咏唱贵族。"② 海子此番关于意象的议论是在讨论诗的

---

①　按照李心释的看法，新诗的这种意象应称为"语象"，以区别于传统的意象。我认为李心释的这一区分很重要，它凸显了新诗和旧诗写作方法论和审美心理的不同。见李心释《当代诗歌的意象问题及其符号学阐释途径》，《学习与探索》2013年第7期。

②　海子：《日记》（1987年8月），《海子诗全编》，上海三联书店，1997，第880页。

抒情性的时候说的，它本身并非对"意象"或"意象式写作"的否定。海子不满的是意象对情感的遮蔽。意象，作为"某种关联自身与外物的象征物"是视觉性的、静止的，与情感的联系不是直接的，在这一点上它与吟咏——情感的直接表现，表现出差距。海子提出的纠正办法是"意象平民必须高攀上咏唱贵族"。也就是，海子并没有提出一个替代"意象"的语言方案，只是要求"意象"必须追随"咏唱"——情感本身的运动。海子对意象的批评主要针对意象的视觉性——其实这正是海子1987年以前最用力的地方。在海子看来，意象的视觉效果会妨碍语言的流动，从而妨碍情感的表现。这一批评没有触及意象的意义层面和象征层面，也就是意象与世界的关系。当我们更加深入地思考这个问题，我们会发现意象的遮蔽作用并不那么单纯，也不只关联于意象的视觉性。事实上，意象的视觉性遮蔽感情，意象的间接性和象征性则遮蔽世界；在意象中，意义是现成的和已成的，而不是生成的，这种现成的和已成的意义阻碍新的诗歌意义的生成。因此，在以意象为构造基础的写作中，创始的诗歌变成了已成的诗歌，意象以其已成的意义遮蔽了诗人对世界的原初体验、感受和发现。故此，要让诗歌真正成为原初的、创始的表现，就必须对意象进行去蔽处理——去除包裹着意象的现成意义，把意象还原为词语，并在最为积极的意义上恢复词语和存在的亲密联系，让两者彼此敞开、互相进入，达到彼此照亮和透亮的一体共存。显然，海子对意象的反思没有达到这一层面。海子以诗人的直觉感到了意象对情感的遮蔽，但并没有深入反思造成这一遮蔽的原因，而把它简单归结于意象的视觉性、静止性。

海子还拥有一个名声，就是"反修辞"。他主张"必须克服诗歌的世纪病——对于表象和修辞的热爱。必须克服诗歌中对于修辞的追求、对于视觉和官能感觉的刺激，对于细节的琐碎的描绘——这样一些疾病的爱好"，"诗歌是一场烈火，而不是修辞练习"，"诗歌不是视觉。甚至不是语言。她是精神的安静而神秘的中心。她不在修辞中做窝"①。在这里，海子重申了对视觉性的否定——这也是海子的自我否定；他还否定了"官能感觉"——感觉的独特和敏锐，实际上这种独特和敏锐恰恰正是海子诗歌最

① 海子：《我热爱的诗人——荷尔德林》，《海子诗全编》，上海三联书店，1997，第916~917页。

具原创性的地方。从这样的否定中，我们看到海子其实并不了解自己——他不大善于倾听别人，似乎也不太善于倾听自己。对于"细节"的否定，则暗含着海子对世界的否定。海子诗歌着力表现的是自我对世界的感觉、感受、感情、体验，但对世界本身却相当漠视。在"诗歌是一场烈火"的宣言里，海子刻意强调的本质上还是感情和自我体验的表现，这和华兹华斯对诗的定义——"诗是感情的自然流露"，其实没有很大的距离，只是海子更加强调感情的强度，而排斥其他更为丰富的感情样态，实际上比华兹华斯的定义还要狭窄。在这里，海子也没有提出一个取代"意象"的方案，"诗歌是一场烈火"本身就是一种修辞，而且是一种强修辞；事实上，海子在其写作生涯中从来没有摆脱对修辞的依赖，也没有摆脱对意象的依赖。在意象/语言和世界的关系上，海子是站在意象/语言一边的。事情的真相是，海子只能通过意象与世界发生联系；"烈火"如果不能通向世界而燃烧，它实际上仍然只能停留在"意象"层面。海子的"烈火"是落日的辉光，镜中的火焰，拒绝燃烧，没有温度。一句话，海子的烈火仍然是意象，因此，海子在抒情诗写作上，多数时候仍然是一个标准的"意象"诗人。

骆一禾曾多次批评20世纪80年代的"意象化"写作风气，对那种拼贴意象以为现代的做派，甚至在诗中也忍不住加以挖苦："切近的身体清朗纯净，无须像/意象那样叠来叠去。"［《风景》（1987）］总体上，骆一禾对意象的批评和海子的思路类似，认为当时已经模式化的意象拼贴式写作造成了语言的僵硬，缺少整体律动。他提出的解决办法也与海子类似，希望以"诗的音乐性"荡涤僵化的意象组合，从而获得语言的动态。与海子有所不同的是，骆一禾认为这种意象拼贴不单是一个技艺的问题，其根源在于写作者内心的坍塌。他说：

> 由于自我中心主义，内心锐变为一个角落，或表现在文人习气里，或表现在诗章里。在诗章里它引起意象的琐碎拼贴，缺少整体的律动，一种近乎"博喻"的堆砌，把意象自身势能和光泽的弹性压得僵硬，沦为一种比喻。归根结底，这是由于内心的坍塌，从而使张力和吸力失去了流域，散置之物的收拾占据了组合的中心，而创造力也就为组合所代替而挣扎。这里涉及到"诗的音乐性"的问题，这是一个语言的算

度与内心世界的时空感，怎样在共振中构成语言节奏的问题，这个构造（给）纷纭叠出的意象带来秩序，使每个意象得以发挥最大的势能又在音乐节奏中相互嬗递，给全诗带来完美。①

因此，骆一禾特别强调精神（"内心世界的时空感"）作为艺术创造的动力和造型力量，要求诗人的自我汇通于大生命，汇通于人类"最基本的情感、我们整个基本状态"。这种与大生命相通的基本情感与基本状态，骆一禾借用荣格心理学的术语称之为"原型"。他说："种种原型是我们不可能绕过的，人类历史从未绕过去，绕就是回避，或可因此得到逃避的高度，失去的却是原型的深度，在得到某种现代性时，却不得不付出逃离生命自明的代价。有原型，诗中的意象序列才有整体的律动，它与玩弄意象拼贴的诗歌，有截然的高下。"②骆一禾的"原型"比之海子的"烈火"说内容更为丰富，也更具体验的深度。"原型"联系着人类的基本情感和基本状态，但它又不止于感情，它还和他人、和人类的集体无意识地相联系，因此，它不是唯我论的，而是超越个人和自我的。这是骆一禾的见识高于海子的地方。另外，骆一禾的"意象"批评还触及了意象和世界的关系。骆一禾认为，"意象"中的"语"与"象"、表征与存在之间实有天然联系，在每一个词汇的下面都包含着存在的身躯；诗人对"意象"与存在的这一关系必须保持敬畏和崇敬，不可任意为之和随意捏造。骆一禾还提及庞德对描写和呈现的区别。不过，骆一禾始终并没有给出一个"意象"的明确定义，似乎"意象"和词语不过是一物而两名，这就给他的意象批评带来一定的局限。事实上，"意象"包含"意"和"象"两个成分，"象"使它联系于世界，"意"又使这种联系止于"象征"，并不直接触及世界——"意"的事先规定性使"象"与世界的联系半途而废。也就是说，"意象"最终表达的是已成的"意义"，而不是呈现世界。更重要的，骆一禾并没有意识到，表征（语言）和存在的关系其实是任意的，语言作为一个符号系统有其封闭性。也就是说，表征和存在的关系并没有那么"天然"，每一个词汇下面并不一定包含存在的身躯。这种差别就像

① 骆一禾：《美神》，《骆一禾诗全编》，上海三联书店，1997，第834页。
② 骆一禾：《美神》，《骆一禾诗全编》，上海三联书店，1997，第838页。

棋盘上的攻守与真正的战争的差别，落实到诗中的意象，更是"意"大于"象"，"存在"其实已经被事先规定的、现成的意义挤出了。这种不自觉，使骆一禾在短诗写作上最终还是一个依赖意象写作的诗人。

当然，由于骆一禾、海子对意象抱有上述警惕，他们的意象与朦胧诗的意象已经拉开了距离。实际上，他们创造了一种新的意象，并进而创造了一种区别于朦胧诗的当代新诗。朦胧诗的意象公共色彩浓厚，这种意象的谱牒，它的语法、结构、运算规则，以及"意"和"象"的关系一般情形下都是传统的。因此，朦胧诗人的象征体系和主题类型高度一致，没有很强的个人性；诗人写诗几乎就是用现成的意象谱系进行代数运算，以得出事先规定的意义。一些朦胧诗人也试图突破这一套运算体系，但朦胧诗人的突破中没有触及它的语法规则，因此只能给它的演算过程带来一些变化，并不能完全解构它的公共象征谱系，它的预定的答案。骆一禾和海子则创造了一系列个人性的意象，或在更高的程度上赋予了已有意象个人的意义和象征，从而给朦胧诗的意象谱系来了一次大换血。如两人都经常采用的身体意象、麦地意象、暴力意象和幻想性意象；骆一禾的道路意象、宗教意象和社会历史意象；海子的黑夜意象、死亡意象和性别意象等，在当代新诗的意象谱系中，都属于原创性意象。这类意象即使在以往的诗歌中曾有出现，也总是处于被遮蔽的或次要的地位，而骆一禾和海子通过把它们调用到中心的位置赋予光照，让它们得到几乎全新的显现。在骆一禾和海子之后，"麦子"、"王"、"神"等，一度成为当代诗歌流行意象，就是因为骆一禾和海子给予这类意象的强光照亮了它们，从而引来了众多二手的贩卖者。还有大量的意象虽然在朦胧诗的意象谱系中已经存在，但骆一禾和海子改变了这些意象的意义和方向，对它们加以个人化的使用。如骆一禾和海子诗中都有大量出现的自然意象、农耕意象，其中最为突出的是火、太阳、大海、天空、石头等意象，骆一禾和海子赋予了它们之前从未彰显的意义，使它们在意义和象征层面发生偏移，从而使它们变身为新的意象。这两类新意象一起构成了骆一禾和海子个人化的意象谱系，从而废黜了朦胧诗的公共性意象谱系。不仅如此，他们还同时改变了朦胧诗的象征谱牒、主题类型和世界—意义关联，以独特的个人化象征谱牒、主题类型和意义关联代替它们。朦胧诗的意象运算规则因此得到了比较彻底的更新，一种新的诗歌得以脱颖而出。

骆一禾和海子拥有众多共源、共生、共鸣的诗歌意象，两人的早期诗歌都亲近于水源性意象、植物性意象、农耕意象和女性意象，他们的后期作品又都大量使用太阳意象、火意象和暴力意象。正是根据他们在意象谱系上的这种重合与交集的印象，人们得出了两位诗人孪生的结论。但印象总是流于表面，实际上，在上述共源性意象谱系之下，两位诗人表现出来的审美意趣和精神指向却相隔天渊。早期海子执着于农耕诗意，从海子固执的后视眼看来，农耕既是诗意的来源，也是生命的理想状态，所以，他不仅执着于发现和歌唱农耕诗意，而且渴望停留或者说回到农耕时代——海子终其一生都"热爱着空虚而寒冷的村庄"[《春天，十个海子》（1988）]；后期海子则从农耕时代退回到了更为遥远、更为原始的狩猎时代，迷恋于草原文明，其诗中的农耕背景已大为褪色。

骆一禾对农耕诗意也有亲切感受，但他对农耕文明的向往止于"在回忆中发现往日"（《大海》第二十歌），并不想回到或停留在农耕时代。《大海》第二十歌题为"海王村落"，是骆一禾集中处理"农牧文明"的代表之作。在这一歌里，诗人在"回忆"中再现了农牧文明的美好往日，并为它正在经历的"朔烈的冬天"唱响了挽歌。骆一禾在农耕诗意中强调的，是他倾心的力量和生命。也就是说，在骆一禾看来，农耕文明的本质或其中最有价值的部分，乃是农民们在生存搏斗中所体现的力量和坚韧，因此，他在农耕歌咏中所呼唤的乃是农牧之神蕴含的生机和力量。这使他始终面向未来和新生："震醒我，召唤那挖石吞土的力量/击鼓的力量和铸造洪钟的力量/靠近地和海的力量"，"在时间的尽头，闪电频仍/划过盲目的生机/而火树银花抚摸着伟大歌王的粗糙磐石/——'怀抱植物，沉沉演生'。"对骆一禾来说，农牧诗意并不像海子理解的那样，是和现代文明彼此对立、仇视并为敌的，相反它们是相通而相互演化的。农耕文明所体现的力量和生机也是现代文明中生生不息的本质。文明的形式尽管变了，但体现其中的生命本质却并无变化。实际上，这种文明的继承和演化从未停止过，生命也正因之而滔滔向前。

两人心性和精神构造上的区别也体现于共同的太阳意象中。骆一禾在太阳面前的态度始终是谦卑而虔诚的，他把自己称为太阳"短暂的儿女"[《爱情（三）》（1986）]。骆一禾把自己视为太阳的朝拜者，并以最大的热忧把自己奉献给太阳。他说："太阳是我的方向"［《太阳》(1988)］，"修远。我以此迎接太阳"［《修远》(1988)］。随着太阳意象在骆一禾诗中出现的密度越来越大，它也越来越炽热滚烫，最终把诗人的精神蒸腾为滚滚的沸浪而进入太阳："它一层一层地揭去我的头发/揭去我的耳朵　深入我的身体/走动在太阳的下面/骨头成行地啼鸣"［《日球》(1987)］；"太阳一片闪光，炸开内心/一片闪光，鲜红的岩芯一片闪光/烈火从肩头向下剥离/从脊椎和呼吸的中心，一片闪光"（《世界的血·太阳日记》）。太阳最终让"我"消失而成为光明的一部分，"而太阳上升/太阳作巨大的搬运/最后来临的晨曦让我们看不见了/让我们进入滚滚的火海"。在骆一禾的诗里，太阳意象有一个不断放大恢弘的过程，而伴随着这一过程，诗人的自我则受到越来越严格的限制，最终消失在太阳的一片光明中。

　　海子的太阳意象与主体的关系与此完全不同。在海子的诗里，诗人的自我是和太阳形象是一起被放大的，太阳成了诗人自我的镜像——诗人自我膨胀的过程恰好在太阳意象里得到揭示。《阿尔的太阳》是海子第一首以"太阳"为题的诗。在这首诗里，太阳形象主要联系于作为表现对象的第三者（凡·高），它还没有和抒情主体建立直接联系。在另一些诗里，太阳则作为一个自然意象出现："活在这珍贵的人间/太阳强烈/水波温柔/一层层白云覆盖着"［《活在珍贵的人间》(1985)］，"太阳，我种的/豆子，凑上嘴唇"（《梭罗这人有脑子》）。他于1985年写的《夏天的太阳》开始显示出太阳与主体的一种亲昵关系，但太阳还是抒情主体顶礼的对象。1986年，海子完成了《太阳·七部书》的第一部《断头篇》，在这部未完的长诗里，暴烈、紧张的火已经替代了温柔、包含的水，"太阳"元素以宇宙大爆炸的形式（原始火球）全面侵入海子诗歌。在"无头战士"的面具下，海子这样表白："我这滚地的头颅/都必须成长为太阳/太阳/都必须行动，都必须/决一生死"，"做一个太阳/一个血腥的反抗的太阳/一个辉煌的跳跃的太阳。"可以看出，这里主体与太阳已有渐渐合一的趋势；长诗后记的表述更为直露："太阳就是我，一个舞动宇宙的劳作者，一个诗人和注定失败的战士。"[①] 这是海子首次把自己的诗和太阳直接联系并等同，以后海

① 海子：《动作》（《太阳·断头篇》代后记），《海子诗全编》，上海三联书店，1997，第887页。

子诗中的抒情主体更以"太阳王"的形象直接出现。从一个谦恭的诗人到一个傲慢的太阳王，这正是海子心灵所经历的炼狱。

骆一禾和海子的诗中都散布着不少暴力意象。正如农耕意象和太阳意象在骆一禾和海子的诗里各具不同内涵一样，这些暴力意象也体现了两人不同的价值取向和精神构造。骆一禾的暴力意象或者关乎弱者的受难，或者关乎爱者的牺牲，或者关乎勇者的搏战，因此，暴力意象在骆一禾诗里始终有一种庄严的伦理承担——从根本上说，骆一禾不是一个暴力的歌颂者，而是一个暴力的批判者。然而，在海子那里，暴力修辞和暴力意象却缺乏这样一种伦理担当，而成为一种语言的超级消费；诗人似乎从充斥的暴力意象和暴力修辞获得一种特殊的心理满足，而越来越迷醉于此。

在两人引人注目的意象交集之外，骆一禾和海子还拥有众多意趣在霄壤之间或精神指向相反的对抗性意象群。譬如，骆一禾对早晨的倾心和海子对夜的迷恋；骆一禾对大海的一往情深和海子对天空的情有独钟；骆一禾的动情于血和海子的痴恋于石；骆一禾的金头之锻造与海子的断头之赋形……显然，对诗歌意象的这种不同偏好表现了两位诗人各自心性和禀赋的差异。两人诗歌中这些旨趣迥异、意义指向往往相反的意象系列，在其共源性意象之外构成了另一组耐人寻味的对峙、对抗性意象群。进一步深入考察两位诗人的意象体系，则骆一禾诗歌虽然后来也引入了太阳、火等源于父性本质的意象群，但其意象体系的核心仍然由母性的水源性意象构成，他从雨水、河流出发，返诸己而作泪与血的抒写，最后以恢弘的气象放歌于人类空间里最大的水——大海。这是一个向着自己的来源不断深入的过程，同时意味着成长和广大。与骆一禾一样，海子的意象体系也从河流、雨水出发，但他在1986年的《太阳·断头篇》开始从人间母性走向原始母亲，从大地之水向上进入天空，驰骋于太阳与火的幻象，最后以飞翔的石头身份消失于天空。海子的向天而行，是一个不断虚无化的过程，也是一个不断受伤的过程，其间泪雨纷纷，结局则是一无所有、两手空空。可以说，骆一禾和海子的诗歌意象同中有异，异中也有同——准确地说，它们是貌合神离，"同"为它们的貌，"异"为它们的骨。

（作者单位：中国计划出版社）

现代诗歌中的现代性

"他是属于未来的诗人"

——读《妇人画报》徐迟几首"摩登"现代诗

孙玉石

在讨论新诗现代性探索历程中，回顾历史，深化思考"如何现代、怎样新诗"这一问题的时候，不应该被忽视的一种新诗艺术发展的历史现象，是以徐迟、施蛰存等代表的20世纪30年代上海诗人群体，在《妇人画报》杂志上，于现代性新诗与"摩登"性漫画结合这样一种艺术传达方式尝试中，留下的另一种"都市文学"探索的足迹。

对于包含这一侧面在内的那个时代独特的文学现象，李欧梵、陈子善等先生已经从理论深度阐释和史料汇集评说等不同方面，作了很多严肃的开拓性研究工作，但由于传统文学观念的一些限宥，他们的某些颇富创造性和历史意义的劳动和探索，尚没有引起新诗学术研究者们的足够重视；特别是从新诗现代性发展如何迈向艺术表现多元化这样的视角，对于一些新诗及其他作品所表现的别一番大都会"摩登"现代性特色，如何给予应有的凝视关注、阅读理解、深化阐释，并从新文学艺术现代性探求研究者思维多元化的视角进行更为充分一些的文本接受、理论思考和艺术认知，乃至诗画一体的阅读感悟、理解评析和历史书写，都还有待新诗研究者们作出进一步的努力。

这里，我仅以徐迟在《妇人画报》上发表的多首新诗和其他作品作为释例，与相关的漫画插图结合起来，尝试作一点阅读感受印象式的文本解读和说明；并以此为"话题"，从新诗"现象关注"的学术视野，进行一点阅读之后极为肤浅的感受性思考。

由上海良友图书公司主办发行的《妇人画报》（英文名为"THE WOMAN'S PICTORIAL"），创刊于1933年4月，开始为半月刊，最初主编为邓倩文。该杂志出至第9期，其刊出内容和社会反映均颇为一般，被视为"确实平平，乏善可陈"①，更主要的是该杂志的刊发内容与当时已经蓬勃发展的新文学创作之间没有发生直接的艺术联系。直到自1934年1月第10期起的"革新"号之后，《妇人画报》改由郭建英主编，才有所改观，出现了这样一种当时颇为引人瞩目的"时髦"文化趋向：努力将当下崛起的先锋性新文学作家的作品和自己创作的现代"时髦"漫画联手介入杂志，刊出之诗文与漫画结合的"时髦"现代性特色。1935年11月出至第33期后，因为主编易旨（先后由李青主编第34～43期、沈传仁主编第44～47期，刊行至5卷47期，于1937年7月停刊），《妇人画报》原有这种注重新文学作家诗文与现代漫画配合刊出的"时髦"现代性特色也便渐行少见或消失了。诚如有文章述及的那样："到李青任主编时，作者群发生了很大改变，一些原来的主要作者已不见踪影……到了沈传仁作主编时，大部分作者都是新面孔了，惟有徐迟、姚赛瑛、史炎还偶有新作。"②

《妇人画报》主编郭建英，十分钟情于现代性色彩很强的新诗、散文与小说等形式的文学创作，其自身又是一位颇有素养和功力的漫画家，且特别擅长于大都市摩登生活的漫画创作，后来还曾出版过《建英漫画集》③。郭建英精通英语，又熟悉英美等国外现代文艺性漫画的发展现状和最新信息，因此，他接手主编《妇人画报》之后，刊物面貌便发生了很大改观。其主要表现是：能够"在保持杂志时尚特色的同时，逐步注入了文学的因素"。当时活跃于以施蛰存主编的《现代》杂志为中心的诗歌、小说、散文创作

① 陈子善：《编者的话》，见陈子善选编《脂粉的城市：〈妇人画报〉之风景》，浙江文艺出版社，2004。
② 向雯：《都市文化情境里的女性刊物——评析〈妇人画报〉》，包头《职大学报》2008年第1期。
③ 参见李晓红《女性的声音——民国时期上海知识女性与大众传媒》第4章第3节，《"摩登"的女性读本——〈妇人画报〉》，学林出版社，2008。

的文学新人群体之"刘呐鸥、穆时英、施蛰存、黑婴、徐迟、陈江帆、侯汝华、黄嘉德、姚苏凤等人的名字",均先后以自己现代性色彩甚浓的诗文创作与郭建英所配漫画创作联手刊出的形式,"开始在《妇人画报》上出现了"。而这些作者们,当时均已经"是30年代上海文坛上颇有知名度的中青年作家诗人"①。

这一簇新崛起的现代意识很强的年青作家群体,在上海这个现代大都会文化的典型场域中,先后与《妇人画报》的主编者携手"合谋",努力打破高下雅俗之别的传统文学观念的限宥,尝试着联手以诗文与漫画创作配合刊出的艺术实践,将现代都市漫画力求新异的"时髦"风尚与年青诗人作家们追求"摩登"色彩的现代性文艺潮流大胆结合起来。他们陆续创作刊出了许多漫画与诗文呼应配合一起刊出的新诗、小说和散文随笔等作品,并且以这样一种前所未有的新颖创作与刊出的形式,造成了新文学创作的刊出发表与读者接受沟通之美丽"合谋"这样一种前所未有的大都会"时髦"文艺发展的新兴潮流,它的吸引力与影响度形成了一种新的文学冲击波。作为"二十岁人"的年青诗人徐迟,当时在这一刊物上先后发表了多首新诗与其他散文、小说等作品,因此也就呈现出当时新崛起的那种"海派"新文学创作独有的"摩登现代性"的特色。

这里,我尝试从粗浅读解《妇人画报》上刊登的徐迟多首诗文作品入手,思考和讨论这些创作实绩本身所蕴藏的情感内涵和艺术方法,及其呈现出来的20世纪30年代上海大都市文学具有怎样的别一番"摩登现代性"的特色。

诗两篇

(一) 罗斯福的新纸牌

诗序:美国在一九三四年时有 President Rosevelt 的新纸牌政策,喻旧的纸牌局已不足应付当前的世界大众,非 New deal 了纸牌不可了。在恋爱上,我的女郎是以 Poker‐face 来畏吓我的,在恋爱上,那么我也得有 New deal 的需要了吧。

---

① 陈子善:《编者的话》,载《脂粉的城市:〈妇人画报〉之风景》,浙江文艺出版社,2004。

这个
幽居在扑克颜的欠表情的颜容，
纸牌颜，

熟练地玩着纸牌
罗斯福是好色之徒。
紧张地料理着的，他的
纸牌局开场了哪。

扑克颜是
施着畏吓人的夜的颜容的。

我
贪恋人生的艺术。
此少年人的胆怯，
旅行在异乡地，
紧张料理中的纸牌的
恋爱局又开展了啊。

何必做出扑克颜来呢？
何必
闭着可爱的眼睛呢？

让我们
换一局新的纸牌吧。

这边我愿意怀着罗斯福的新纸牌的政策下的
良夜的颜容。

（二）RUBY

我抽着 Ruby　Queen 的纸烟的时候

有着 Ruby　Queen 的火柴匣

有着红宝石似的美的迷惘。

一个旷夫的我，

抽着 Ruby　Queen 的时候

我有着一个 Ruby 的女性。

矿的产物的 Ruby 的玉

缕缕的烟起

Ruby 的发是可爱的。

唇是典丽地在上升的使我迷惘了。[①]

　　这里刊发的徐迟《诗两篇》，第一首《罗斯福的新纸牌》，已经收入他的第一本诗集《二十岁人》（上海时代图书公司，1936 年 10 月出版）；第二首《RUBY》，诗集未曾收录，似为一首集外诗。该期杂志上同时还刊有徐迟的一篇散文化小说《故乡的游历》。徐迟的这两首短诗，以簇新的"摩登"的现代表现手法，抒写他自己个人的，也是上海大都会青年人的，一种生活于 20 世纪 30 年代大上海都市青年之爱情意识、心境和风气。第一首诗，借罗斯福总统像为装饰的"新纸牌"上所绘面孔的冷峻色彩，来说明那种"扑克颜"是怎样"施着威吓人的夜的颜容的"，而自己却很不喜欢这样的"颜容"，由此，对自己所恋爱着的人，作出婉转的劝言。诗人坦率真诚而又婉曲含蓄地说明，自己是一个贪恋人生艺术的"胆怯"的"少年人"，不喜欢在这样"纸牌"式的颜面下"开展"如是这般的"恋局"，以此传达出自这样直率的善美良意："何必做出扑克颜来呢？/何必/闭着可爱的眼睛呢？//让我们/换一局新的纸牌吧。/这边我愿意怀着罗斯福的新纸牌的政策下的/良夜的颜容。"徐迟在这首诗里抒发的这种渴望真实坦率，反对虚情伪饰的爱的善意，体现出了一个有纯真性情的年青诗人对于爱情怀有怎样一颗诚挚率真而又"清净纯洁的心"。

---

① 原载《妇人画报》第 20 期，1934 年 8 月。

　　当时，徐迟就曾在他的一篇文章里这样坦率说过："我是恋爱的长败军。大小凡数十战，屡战皆北。甚至诗人欧外·鸥已写了：'可是，在恋爱上却是个连战皆北之士，惨啊，惨啊！'的诗来赠给我了。但我有我的恋爱的观念，我有我的恋爱的哲学。只是感到诗人欧外·鸥的恋爱法则（见连载于《妇画》的欧外·鸥署名下的许多力作）是恶魔 ISM 且 istic 太甚，太甚了。我不说教，我只是不得不说。我只是拥护我的恋爱。'我的女性'，将是拥护'我的话'的。"在关于自己恋爱"观念"和"哲学"这样的坦率表述之后，徐迟又借厨川白村以白朗宁观念阐述的恋爱思想，进一步说明了自己如是般的爱情观："在恋爱上，我佩服诗人 R. Browning 和以 R. B. 氏来阐述恋爱的厨川白村。厨川白村有这话：'如果没有像修道院僧人那样清净纯洁的心，决不能得着真恋人。'"① 徐迟在这首诗里抒写的感情，和厨川白村表述的爱情观是完全一致的。徐迟在不失"时髦"而又富有坚守的"恋爱的观念"表述里，透露的是：他怎样守望着爱情是不能偏离人人所应该坚守的道德底线，以葆有一种纯真情感所应有的真实美丽而"清净纯洁"的精神境界。

　　第二首诗《RUBY》（即《红宝石》），诗人徐迟写自己对于有着"红宝石"般美丽的女性，拥有怎样一种热烈而真挚的爱的感情。"红宝石"牌香烟的比喻，抒情快乐的气氛，渲染了年青人之间爱的纯洁与热烈："缕缕的烟起/Ruby 的发是可爱的。/唇是典丽地在上升的使我迷惘了。"这样一种现代化都市青年的爱情，经过诗人对大城市现代场域里典型生活意象和氛围的渲染，构成了时尚喧嚣大都会中爱情书写的特有意象、情调、心理，呈现出了 20 世纪 30 年代现代派诗的一种别样的新景观，它真实地描绘出了徐迟眼中富有浓郁现代性时髦色彩的"爱"的"都市风景线"。此篇诗作，刊出时配有《妇人画报》主编所绘的漫画插图。这样特异的诗与漫画交相辉映的联手刊发，更增强了诗作的美丽纯洁感、接受的吸引力和诗作传达与接受之间关系呈现之大都会爱情拥有的那种特有的"时髦"色彩。

　　这样"时髦"而纯洁的诗语书写的文字，加上纯洁美丽线条构成的浪漫而典雅的漫画，使得当时上海及其他相同境遇中某些层次的艺术接受者

---

① 　徐迟：《恶魔的哲学》，《妇人画报》第 24 期，1934 年 12 月。

群体能够远离猥亵和低俗，在新异透明的朦胧文字与线条优美的漫画配合起来的艺术渲染中，获得了某种难以清晰言说的精神丰富而向上升华的"新感觉"。这比起阅读那些仅以纯文字或写实或浪漫或别种单纯文字抒怀的现代主义爱情诗作，更多收获了一种别样一番诗意文字与优美漫画结合后所产生的艺术效果之可能性：让众多接受者们于阅读感受中，品味了如进入令人遐思猜想之美丽而纯净的大都会"摩登"爱情境界的另一番现代性美感。

新诗两篇

（一）我及其他

我，日益扩大了。

我的风景，我！
倒立在你红色彩图的 IRIS 上，
我是倒了过来的我。

这"我"一字的哲学呵，
桃色的灯下是桃色的我。

向了镜中，瞟瞟了时，
奇异的我
忠实地爬上玻璃别墅的窗子。

我安息了——或是昼梦吧，
我在深蓝的夜间中辗侧。

于是，在梦中，在翌日，
我在恋爱中翻着筋斗。

我我我我，我我我我，

我已日益扩大了。

（二）白鸽的指环

白鸽的指环，

青空，结了婚的鸽子。

再到了北京

到青空底下，去望着

带了哨笛的鸽子

吹着口笛，

而，结婚去吧。

你的白鸽之翼笑接了我的。

我带来了白鸽的指环了。

1932 年①

　　这两首诗最初载于《妇人画报》上，写作时徐迟年仅 18 岁，后来均收入于徐迟的第一本诗集《二十岁人》中了。它们为《脂粉的城市：〈妇人画报〉之风景》一书所未收。

　　第一首诗《我及其他》，后来在收入《徐迟文集》（长江文艺出版社，1993 年 4 月）的时候，文字作了微修改，诗末还有诗人补写的一段《附记》，里面如是说："在 30 年代的版本，这首诗中的'我'字的排字：扩大了的就用大一号的字；倒立的用倒着排的铅字；照镜子的，排了反过来的字；辗侧的就把这字这样那样横过来排；转圈儿的每个'我'字排成转四十五度的转了一圈。现在无此必要了。也因此作了少许改动。IRIS，为眼球中的虹彩。"从这段说明文字里，可以明显看出，徐迟在写作这首诗的时候，除了诗本身传达的抒情内涵之外，还力图怎样从文字意义传达之阅读感

---

①　原载 1934 年 12 月《妇人画报》第 24 期。

觉和接受视觉的统一方面；他对于一种"时髦"的现代性审美感的追求意识和写作实践，是如何在努力打破新诗传统作者文字书写和读者视觉接受的惯性习俗，而从作品抒发内容的现代性和文字视觉接受之怪诞性的统一方面，在汉字书写新诗之多样可能性的范围内，进行了怎样大胆的尝试。

这首诗里面所传达的，是年青人爱的炽热和感情的狂烈。"我"为爱而疯狂，怎样"在深蓝的夜间中辗侧"，"在恋爱中翻着筋斗"，毫不掩饰地写出了一个青年人"狂爱"情感的状态，似真实，似梦境，将真实与梦幻交织在一起，给读者以很强烈的接受刺激和想象空间。多年之后，在收入《徐迟文集》的时候，作者将"我安息了——或是昼梦吧，/我在深蓝的夜间中辗侧"这两行诗的后面一句，改成了"我在苦恋之中辗转反侧"。这样的修改，大约是为了在现实艺术氛围的条件下，有意放弃往日追求的现代性表现方法的某些艺术特性，而让诗的传达效果变得更加容易为读者所接受的缘故吧。但是从艺术表现方面来看，我以为，诗人在排列形式之外这样一些修改的结果，多少会弱化了原诗艺术追求的现代性特色。

第二首《白鸽的指环》也是一首爱情诗，里面充满青春的欢悦和浪漫的气息。诗人驰骋想象，由自己赠予所恋者的一枚"白鸽的指环"，想象怎样感觉快悦的如一只翱翔于"青空"的"结了婚的鸽子"，再由此延伸想象如自己怎样在北京读书时所见的典型情景："到青空底下，去望着/带了哨笛的鸽子/吹着口笛/，而，结婚去吧。"最后写如何快愉于自己爱的馈赠为恋人所接纳了的心境："你的白鸽之翼笑接了我的。/我带来了白鸽的指环了。"诗里以"白鸽的指环"作为恋人间爱情的象征物，将热恋中情感的纯洁美丽写得如此含蓄而超越。我们沿着诗人想象的轨迹，进入阅读，丝环相扣地追寻意象的跳跃与连接，了解了诗人婉转抒写中所隐匿的象征内涵，也便容易进入其清丽诗境而获得诗意理解和审美接受了。

徐迟这个时期里所写的青春气息和现代味甚浓的爱情诗，包括一些新诗文字配以刊物主编亲手所绘之明朗纯洁而颇富美感的漫画的诗作，其读者艺术接受上的效果，均可能在诚挚、活泼、轻松和带有某种"摩登"色彩的同时，依然能够保持着诗学艺术自身追求的严肃和健康。从中我们不难看出，在青年诗人徐迟的深层审美意识里面，始终与当时那种迎合市民低俗的商业趣味和暧昧情诗，保持着应有距离这样一种严肃的个人坚守的自觉意识。诗人这种自身道德层面的情操和艺术创造意识的底线坚守，在当时现代大都会场域里流行的那种时髦生活和艺术风气之氛围中，应该说是非常难能可贵的。

从创作背后隐藏的诗人自身精神品格方面，需要再进一步深入一些阐说和"猜想"的是：在同样发表于《妇人画报》上的另一篇散文与诗句夹杂的随笔性文字里，我们可以清晰地看得出徐迟在这些诗创作背后所隐藏的更为重要的一个精神亮点：身处时髦生活和文化场域漩涡中的年青诗人徐迟，当时对于男女"恋爱"这种自认"高傲"、"纯洁"的守望意识，是有着怎样源自自身灵魂和意识深处难得的清醒和坚守。而当时能够葆有这一点清醒和坚守，又是怎样的难能可贵。徐迟就是在这篇题为《罗盘针应该向北及其他——P. S. 给年轻同志》满溢理性与诗性统一精神的文字中，如是严肃地向当时的青年们提出了如是令人警醒的思想："不要给恶魔们的哲学拉走你们的高傲和纯洁"，"只有懂得纯洁的人才懂得恋爱"。这篇文章分为"ABCD"四部分，这里仅就一、二部分中的文字，作片断的摘引和读解。

A

N←（按：意为"向北"），这符号应该在每个我们年轻同志的恋爱路径上时时立了牌，出现的。

记着，恋爱的飞行中，不要让恋爱主宰了你。人应该巧妙地执着操纵杆，航行在空中的虚空里，尽量享受着这奇异的大气中的风景。最后，因为你的命运是飞不到火星的，飞不出这尘寰的，你要降落的，要回到这人间来的，你巧妙地一斜，便向了北登上陆地吧。

…………

时时把罗盘针放在手上，到相当的一个时候，便到"北"这地方去降落。

"北"，是恋爱的故乡，时时回去探望你的家园哪。

有一天，你不到"北"的故乡去，那末，你的青春便丧失了。

青春是永久的东西。只要罗盘针的趋向指了北，那你的青春就永远不会消失的……

B

N←

这是我们的恋爱的终点的记号。

我们是倒着讲过来的。现在，我讲的是恋爱的时候的姿势，恋爱的时候的，必需如此如此的方式。

年轻同志，有他们的尊贵，高傲。不是在拍卖场被槌子一敲便 "Sold out" 的拍卖品。再不要战战兢兢地购了 Lady's fnriend 把可以用诸社会事业的元气消耗殆尽的这样做。

我们鄙视 Erotic（色情）。

又鄙视 Grotesque（怪癖）。

我们的红色的嘴唇是高贵的，我的诗：

犹太族的，苏格兰族的，以悭吝驰誉世界的，

我的嘴唇。

嘴唇是灵魂的门户，

除了沉默是黄金，

他又是不预备给谁吻的。

我不是败落户暴发，

我的唇体，

发光的唇体，

是高贵的代表。

贱价地就出卖了我的吻，我幸而没有这样卑劣过。什么才是我们年轻同志，应付美丽的恋爱的姿势呢？

两个字：高傲。

仔细阅读了这些文字之后，可以清晰地看出，徐迟反对维护孔孟守旧思想之"道德家"们鼓吹的所谓"男女授受不亲"之礼教信条，他如是态度

鲜明地赞颂说："这样羞涩的恋爱，愈是热，愈是隐藏，这叫做美丽的初恋啊！"他明确主张：年青人应该拥有这样纯洁而"美丽的初恋"的真爱。为此，他还在文中引了自己曾经写过的这样两句诗：

> 平静的姿态下，
> 两菇人燃烧着。

并且由此紧接着，他进一步阐释了自己所真诚坚守的"恋爱"观念："恋爱，要给你美丽的意象的。"为此他反对保利·穆杭在小说《不夜天》、《夜闭》中所描写的那种"都会的错综复杂的恋爱"情境，然后如是直率地叩问说：在这样情境中所呈现的"恋爱有什么意义呢"？徐迟紧接着在文章中尖锐地批评当下中外某类文学作品中一些不正常描写爱情的现象，严肃而率直地阐明他自己所真诚崇奉和坚信的那种"无尽的纯洁"的恋爱观：

> 恋爱是纯洁的。只有懂得纯洁的人才懂得恋爱。堀口大学诗中的："衣服尚且脱去了，袜子遂做了她皮肤的一部分吗？"的事还算恋爱吗？穆时英的《Craven A》中的解几十个钮子，酒冒上来，和欧外·鸥的"恋爱学 XYZ"中跨进浴室之门的鼓励之字句，到那时候，有什么恋爱，恋爱早叹了一口气轻迅地消失了。毋宁欧外·鸥君是写的《人类欲望学 XYZ》一文呢。
> 尽量地新鲜，尽量地年轻下去，无尽的纯洁！
> 对于恋爱，你不配有欲望。
> 污辱了恋爱的人，打倒他们！

这种充满人间正气和严肃理性的批评文字，这样反对爱情书写庸俗低下现象而发出的清醒而大胆的呼号，在当时那种时髦恋爱作品风行于世的氛围中，应该说是很难得听到的声音了！正是在如是严肃思考而充满批评勇气的文字之后，徐迟如是直率而诚恳地向当时那些"阅世未深的年轻同志"阐明了自己所葆有的清醒可贵"高傲和纯洁"的爱情"哲学"：

恋爱的时候，必须如此如此的方式，演着初恋。否则，便不是恋爱，年轻同志！阅世未深的年轻同志，不要给恶魔的哲学拉走你的高傲和纯洁，只有这高傲和纯洁才是恋爱，初恋。①

这就是在 20 世纪 30 年代现代主义诗潮中发出如是严肃而充满正气声音的徐迟，这就是在《妇人画报》"时髦"现代诗风中思想异常活跃而又十分清醒的徐迟，这就是由"时髦"现代主义后来走向与艾青一起创办《顶点》之后写出了许多具有时代沉思与呼号性歌声的徐迟。当时《妇人画报》的主编郭建英，为《罗盘针应该向北及其他》这篇作品创作了一幅具有别样特色令人深思的漫画插图——在弥漫漆黑的夜空中，一位身材修长而严肃的美丽女性，胸前心灵的指针永远是"向北"的。这幅严肃而富有寓意的漫画，以特有的形象化手段，美丽而严肃的色调，与徐迟的理性、深警、轻松而又严肃的文字搭配在一起，使得我们在阅读这篇作品的时候，能够更形象地理解一位永远同样给人以无限迷人"猜想"审美空间，并努力追踪如何将浪漫与严肃精神凝聚于一身年仅 20 岁的诗人徐迟：他那些关于青年人爱情描写的思想律动，传达着在当时是怎样难得的在灵魂深处拥有的一份纯洁、严肃和真诚！

徐迟在《妇人漫画》上还发表有《新诗两篇》《恋爱的梦的断片》等诗和散文作品，其新诗两篇中的《恋女的篱笆》《隧道隧道隧道》，均已收入诗集《二十岁人》，前者写初恋中一位乡村少女之羞涩似水般的纯洁和柔情；后者以挖掘"弯弯曲曲"、"文字晦涩"的爱的"隧道"，来隐喻恋者如何"开采"少女的心。虽然他（她）们之间都在各自努力开掘着，"可是，我却不知道，/这宝贵矿床的剖视图上，/两条隧道是否相见呢"？其曲折而执着追求真爱之美的隐喻意义，应该是不言自明的。在另一篇近于诗化散文的《恋爱的梦的断片》中，徐迟鲜明反对描写男女恋爱作品中存在的肉麻的"温情主义"和"廉价感伤"，反对一些诗人以"爱的赝品充斥市场"等这样一些不良创作现象。他如是直接地告诫当时的青年和更多的人们说：

---

① 徐迟：《罗盘针应该向北及其他——P. S. 给年轻同志》，《妇人画报》第 25 期，1935 年 1 月。

无论如何，不做肉麻的温情主义者。

像贾宝玉偷胭脂吃，那样的事是抵死不干的。虽然说抛下男子之泪，大可把女子之心溶化了，但在男子的眼眶中，感伤得流下泪是不有的吧。

换言之，事事为女子着想，这样的用心，可有或可不必。

有善舞粲莲之舌之男子，有善挥生花之笔之男子。

舌之艺术可爱，但不可贵；笔之艺术，可贵，又可以可爱。

但尘上尽有为黄金的歌喉为引诱而去的女子的，也尽有束缚了女子的心以散文与诗的神术的男子。两者有共有之可颂处。

而舌之时间性效力养给于幻觉之丰满与否中，是值得考虑的。

…………

爱的赝品是充斥在市场上。时代所赐予爱的，是二十世纪的赝品恋爱的特产。这机械的世界中，鱼目混珠的古典随处皆是，是科学的特产，科学家的发明。最堪痛惜的是爱的赝品已出落得比爱神自身美丽了哪。①

年青的诗人徐迟，面对当时大上海爱情文学"赝品"充斥文化市场的生活氛围和精神环境，能够如此葆有自己的精神坚守，并发出这般充满清醒深警而振聋发聩的思想与声音，他用如是充满感情的文字，所写出的这种源自灵魂深处的呼号，在当时影响甚大的《妇人画报》上的刊出，自己是需要葆有怎样的一种清醒意识、精神坚守和逆潮流而行的艺术勇气啊！作为"二十岁人"的年轻的徐迟，在大上海那个"爱的赝品充斥在市场上"的花花世界里，用自己的诗笔，让他的灵魂和他的精神之花绽放得如此纯洁、高尚而且美丽！他如是呼号的真美而充满正气的声音，不仅仅属于当时，属于过去，也属于我们生活世界的今天和未来！

另外，于前述《罗斯福的新纸牌》等两首短诗一起，同一期刊发于《妇人漫画》上的《故乡的游历》，则是一篇富有诗意的散文"速写"。作品用快悦而轻松的笔调，描写了"我"同友人纯元一起，回到自己故乡小

---

① 徐迟：《恋爱的梦的断片》，《妇人画报》第 17 期，1934 年 4 月。

城；通过他们及风流倜傥的"故乡上的危险男子"朱某某与一个年轻女子之间的生活交往，描述了他们三人与"她"之间短暂而朦胧之情。这篇于小城时髦男女交往之轻松简约的叙事中，蕴含着 20 岁的诗人徐迟对于恋爱的清醒意识和淡淡诗意，也隐隐传达出诗人自己对于年青人流行的那种轻浮之爱行为和心态的讽刺和否定。

年轻的徐迟以极富现代性色彩的新诗、散文创作和译作，先后通过施蛰存、戴望舒等主编的《现代》《矛盾》《文艺风景》《新诗》等杂志活跃于文坛，并与一些"现代"诗人作家成为挚友。他融入了上海大都市"时髦"文学的生活圈子，融入了"时髦"现代性味甚浓的文化"场域"。诚如有的研究者描述那样：

> 除了跑书店，施蛰存还带徐迟去茶室和咖啡馆。咖啡馆是二十世纪三十年代在上海生活的文人们经常聚会的地方，也是当时追逐新潮的青年人体验现代生活方式的主要场所。甚至可以说，坐咖啡馆，成了当时是否融入都市摩登生活的一种标志。作为一个在文学上正对现代主义有着朦胧的认识和隐秘的热情的青年诗人，徐迟极其自然地对上海时尚文化和摩登情调有了浓厚的好感。他爱去南京东路新新百货公司二楼那个名叫"新雅"的茶室，那里可以喝下午茶，也可以进餐；有时也去静安寺的 D . D . Cafe 和霞飞路上的一个名叫"文艺复兴"的咖啡馆去喝咖啡。在那里他见到了众多上海文艺界人士。因为施蛰存的关系，他与杜衡、叶灵凤、刘呐鸥、穆时英、郭建英、路易士等等都有了或深或浅的交往。这些人大抵都有着文学上的"现代派"特点和生活上的摩登趣味。徐迟也难免受到影响。因而在三十年代初期，徐迟可以说是一个与现代派、唯美主义、象征派、新感觉派都沾了一点边儿的文学青年。
>
> 上海的摩天大楼和时尚文化深深吸着他。1933 年整个暑假里，徐迟都迷恋在上海等风花雪月之中。在他写于这时期或稍后两年的一些诗歌如《都会的满月》《七色之白昼》《年轻人的咖啡座》里，可以看到当时的一些具有标志性的都会风景和上海文人生活的摩登影像。①

---

① 徐鲁：《徐迟：猜想与幻灭》，大象出版社，2006，第 24、25 页。

徐迟自己后来也曾经从这样现代性味甚浓的日常生活和艺术背景来谈论过那时候自己的作品。如在谈到诗作《雨》的时候，他就如是解释说："这是一首写景的诗，用的是现代派的意象派手法，刻画出、塑造出、印刷出一个雨的意象，雨的景色。也有一点儿情意在内，但不鲜明。这诗写于1934年初夏，我在苏州大学时，那时写过介绍意象派的文章，发表在《现代》杂志上。50年前的小诗，现在再看，也还觉得有点温柔敦厚的意思，没有后来的剑拔弩张，金刚怒目，还抒发感情，多少还有点情景交融。这样的诗现在不一定写得出来了。"①

思考徐迟当时创作那些先锋性很强的大都会文学诗文所呈现的现代性意识与情感根源的时候，重读自己过去曾经读过而至今仍不能忘怀的这样一些记述文字，是感到怎样的真实而亲切："李欧梵先生曾经如是描述徐迟回忆那段生活和创作时候的迷恋与激动的感情：'像施蛰存一样，徐迟绝望地迷恋上海城，原因如他对我说的，很简单：在中国再没有上海那样的都市了。在我们的谈话中，他几次——隔着半个世纪——流露了赤裸的激动'。"②

从徐迟《妇人画报》一些诗文作品和历史回忆记述中，最后给予我自己的另一番启示性思考是：我们新诗历史的研究者，如何需要从一种别样的视角，从更渊深复杂的审美层面，从文学发展未来性的眼光，从宏观历史考述到微观文本细读，来重新走近，重新认知，进一步理解和阐释诗人徐迟，真正走近他早期新诗创作中所蕴藏的现代性意识和艺术创造中之丰富多样的呈现，以及他一生中对于新诗及其他艺术现代性多样探索精神的"未来性眼光"和"当下的意义"怎样结合这个问题。本文仅仅以《妇人画报》的作品为例，抽样式地简略回顾与描述了他20世纪30年代在大上海时髦生活场域下，诗歌创作所蕴含之现代性艺术探索的新异色彩，以及其外在呈现和内在隐藏的在更深层面上所拥有的"现代性"与"未来性"的特征，也即是20世纪30年代青年诗人徐迟拥有的艺术灵魂之独特现代性、先锋性思想的和审美的内蕴，便是试图对于徐迟新诗丰富多样的历史足迹作如是思考的

---

① 赵红丽主编，《最受读者喜爱的诗歌大全集》，北京：外文出版社，2012，第108页。
② 李欧梵：《三十年代的上海》，转引自徐鲁《徐迟：猜想与幻灭》，大象出版社，第25页。

一种十分肤浅的尝试。

关于徐迟一生拥有怎样一颗闪光的灵魂，徐迟诗歌艺术探索"先锋性"创作成果中蕴藏有怎样更深层次的开拓勇气、探索精神、美学底蕴和其对于中国现代性诗歌历史乃至整个文学发展之"未来性"意义，郁风女史于徐迟仙逝后曾有过如此富有预见和洞察性的描述：

> 他是属于未来的诗人。小音说，他永远是站在一个最高的山顶上看世界、人类和文化；其实，他早已在云雾以上，走出污染的大气层，在宇宙间遨游了。
>
> 就在那天，苗子正和杨宪益、范用等北京的老友们通信中开玩笑互赠挽联，我曾在苗子修改挽联的一封信中附笔写了两行："没想到徐迟如此勇敢。诗人在跃出窗外时，也许是兴高采烈，他以为是飞向火星了。"①

（作者单位：北京大学中文系）

---

① 郁风：《理解·尊重》，邓志伟主编《永远的徐迟》，上海远东出版社，2009，第20~21页。

西部边疆史地想象中的"异托邦"世界

——解读孙毓棠的《河》兼论现代诗歌中的多元现代性

吴晓东

一

孙毓棠创作于 1935 年的《河》在中国现代诗歌史上堪称是一首独异的诗作。当同期的大部分中国现代派诗人借镜于波德莱尔、瓦雷里、艾略特等西方象征主义诗人的时候,孙毓棠却把目光投向了中国广袤的内陆西部北疆。我的解读由此是从翻阅拉铁摩尔的《中国的亚洲内陆边疆》一书开始着手的,我试图解决的困惑是,为什么孙毓棠在诗中创造了一个流向广袤的内陆沙漠地域的向西的大河?为什么河流上相竞的千帆承载的是一个种族性和集体性的通过河流的大迁徙,其方向是朝向黄沙漫漫的西部边疆,甚至是一个历史的版图疆域之外的一个疑似子虚乌有的地方——古陵?这条穿越沙漠奔腾向西的几千里长的河流所表现出的地理形态,在今天中国的版图上似乎难寻踪迹,更像是历经沧海桑田的地质巨变之后蒸发在中国西部地理空间和历史时间中的甚至连故道也消失殆尽的中古史上的河流。或许,这条呜咽的大河,本来就存在于孙毓棠关于西部边疆的史地想象中,连同诗中屡屡复现的"古陵",是类似于福柯所谓的"异托邦"式的存在物。

这首写于1935年的诗作借助超凡脱俗的想象力所勾勒的这条西部大河以及神秘的"古陵",因此多少显得有些独异。我试图在拉铁摩尔的《中国的亚洲内陆边疆》中寻求某种解释的可能性。当我读到拉铁摩尔关于"中国历史的主要中心是黄土地带"[①] 的判断,读到书中展示的华夏文明自秦汉直到盛唐都辉煌于中国的西部边疆的史地图景,同时联想到孙毓棠创作《河》的时候的史学家身份,我开始意识到孙毓棠的想象力的脉管中流淌的可能就是汉唐之血。作为历史学家的孙毓棠,从民族历史,尤其是从西北边疆史地中汲取了想象力的资源以及历史素材的给养,并最终获得了一种宏阔的史诗图景,进而超越了20世纪30年代现代派诗人笔下的镜花水月,而具有了一种史诗的苍茫壮阔以及悲凉之美。

从这个意义上说,《河》堪称是对民族历史强盛时期的浑圆而豪迈的生命力的招魂曲。

二

解读《河》的另一种可能的途径是把《河》看成是孙毓棠的鸿篇巨制——叙事史诗《宝马》的前史。从这一角度上说,两年后问世的《宝马》就并非一部毫无征兆的横空出世之作,其酝酿的因子或许已经在《河》中初露端倪。

孙毓棠1933年8月毕业于清华大学历史系,读书期间就关注于对外关系史,学士论文以《中俄北京条约及其背景》为题。此后孙毓棠大量中国史研究的成果,触及政治、军事、经济、文化、民族、中外关系诸多领域,具体课题涉猎"战国时代的农业与农民"、"汉代的农民"、"汉初货币官铸制"、"战国秦汉时代的纺织业"、"两汉的兵制"、"汉代的交通"、"汉与匈奴西域东北及南方诸民族的关系"、"隋唐时期的中非交通关系"、"北宋赋役制度"等诸多领域。其中,先秦史、汉唐史、交通史等领域直接为他的《河》以及随后的惊世之作《宝马》提供了专业化的知识储备。

---

① 拉铁摩尔:《中国的亚洲内陆边疆》,唐晓峰译,江苏人民出版社,2005,第21页。

　　孙毓棠在 20 世纪 30 年代的中国诗坛多少显得有些异类，这种异类性的最突出的标志就是他发表于 1937 年的叙事史诗《宝马》①。《宝马》写的是汉武帝时李广利率兵西征大宛获取宝马的故事。其发表后不久，孙毓棠在创作谈《我怎样写〈宝马〉》中自述：伐宛"这件事在中国民族的历史中当然具有相当重要的地位，它是张骞的凿空及汉政府推行对匈奴强硬政策的必然的结果，这次征伐胜利以后，汉的声威才远播于西域，奠定了新疆内附的基础。在今日萎靡的中国，一般人都需要静心回想一下我们古代祖先宏勋伟业的时候，我想以此为写诗的题材，应该不是完全无意义的"；"已往的中国对我是一个美丽的憧憬，愈接近古人言行的记录，愈使我认识我们祖先创业的艰难，功绩的伟大，气魄的雄浑，精神的焕发。俯览山川的隽秀，仰瞻几千年文华的绚烂，才自知生为中国人应该是一件多么光荣值得自豪的事。四千年来不知出头过多少英雄豪杰，产生过多少惊心动魄的故事……整个的民族欲求精神上的慰安与自信，只有回顾一下几千年的已往，才能迈步向伟大的未来"②。这段自述既仰瞻中华几千年的辉煌历史，憧憬"神话所讲述的年代"，又同时指涉了"讲述神话的年代"——日寇兵临城下民族面临生死存亡的关头，为读者提供了理解《宝马》的现实视角。晚年的孙毓棠谈及当年《宝马》的创作时亦称："缅怀古代两千年前，我们是一个多么光荣、伟大而有志气的民族。""打开案头书，阅读两千余年前司马迁的《史记·大宛列传》，让我怀念我们祖先坚强勇猛、刚正果毅的精神和气魄，在我年轻的心中，热血是沸腾的。因此，我写了这篇《宝马》。"③

　　《宝马》堪称是孙毓棠对辉煌的民族历史的一次回眸，诗中的意象因此"五光十色，炫人眼目。而且句句有来历，字字有出典"④。将士西征的场面尤其被诗人极尽能事地铺排，大宛国的"宝马"也诚如诗题所写，成为诗歌的核心。王荣在《中国现代叙事诗史》中论及《宝马》时指出："需要注意的是，和《史记·大宛列传》及《汉书·张骞李广利传第三十一》里所

---

① 孙毓棠：《宝马》，《大公报·文艺》1937 年 4 月 11 日。
② 孙毓棠：《我怎样写〈宝马〉》，《大公报·文艺》，1937 年 5 月 16 日。
③ 转引自卞之琳《人与诗：忆旧说新》，安徽教育出版社，2007，第 221～222 页。
④ 卞之琳：《〈孙毓棠诗集〉序》，《人与诗：忆旧说新》，安徽教育出版社，2007，第 223 页。

记载的史实相比，在诗人所创造的虚构性故事情节中，宝马的获得与否，不仅成为艺术结构的中心，而且成为牵动着国家的荣誉与尊严，将士与民众等个人命运的叙事主元素。所以，在主题思想方面，古代史实中穷兵黩武的意味被消解淡化，汉王朝与大宛国的冲突，汉军将士的浴血奋战，以至于普通民众付出的牺牲等，成了展示古代中国强悍刚健、不惧困难的民族性格与精神风貌的'有意味的形式'。这在当时日寇步步紧逼，民族存亡危在旦夕的时刻，就成了作者……用以激发中华民族奋发图强的爱国精神，'迈步向伟大的未来'等创作目的的一种有'意义'的'实践'性艺术表达方式。"①

《宝马》中时时复现的，也是如《河》中的一唱三叹般的"向西"：

> 向西去！向西去！一天天
> 头顶着寒空，脚踏着漠野，冷冰冰
> 叫你记不清北风已吹成什么日子，
> 只知道月已两回圆又两回残缺。
>
> 向西去！曲折蜿蜒这几十里大军
> 象一条大花蛇长长地爬上了荒漠，
> 白亮亮戈矛的钢刃闪烁着鳞光，
> 是鳞上添花纹，那戈矛间翻动的
> 五彩旌旗的浪，听铜笳一声声
> 扭抖着铜舌，战鼓冬冬冬敲落下
> 钢钉的骤雨，驼吼，驴嘶，牝骡的长嗥

卞之琳称："孙毓棠要不是史学专家，就不会写出他的《宝马》一类的代表诗作。"② 繁复的意象有赖于丰富的史地知识的强有力支持，也显示出与早两年发表的《河》的某种沿承性。《河》的出现因此可以看作是两年后

---

① 王荣：《中国现代叙事诗史》，中国社会科学出版社，2004 年。
② 卞之琳：《〈孙毓棠诗集〉序》，《人与诗：忆旧说新》，安徽教育出版社，2007，第 222 页。

《宝马》的某种预演，既标志着《宝马》渊源有自，也证明了《河》并非心血来潮的孤立之作。把《宝马》作为《河》的前理解，似乎可以更好地阐释《河》的难解之处。

孙毓棠的另类之处还在于，作为一个史学家，他既没有对 20 世纪 30 年代中国诗坛的潮流趋之若鹜，也无落伍之虞，反而能够发挥自己的性情和专长进行写作。在写于 1934 年的《文学于我只是客串》一文中，孙毓棠更倾向于把自己视为一个业余写作者："我是以史学为专业的人，并且将来仍想以史学为专业；文学和我的关系不过是'客串'而已。"① 《宝马》这般中国诗坛他人无法贡献的叙事史诗以及《河》这样具有独异的诗歌美学特质的佳构，正是一个史学家"业余""客串"的产物。

三

作家冯沅君在 1935 年的《读〈宝马〉》一文中认为："写史诗，我觉得有三个不可缺少的条件：精博的史料，丰富的想像，雄伟的气魄。"② 这三个条件在孙毓棠的《河》中也得到了充分的体现。

《河》最初刊载于 1935 年 2 月 10 日《水星》第 1 卷第 5 期。开头几句即在无边的荒沙的大背景下突现出一条"向西方滚滚滚滚着昏黄的波浪"的大河，三四句"带着呜咽哭了来，/又吞着呜咽向茫茫的灰雾里哭了去"奠定的是整首诗略显悲凉甚至悲怆的基调。这种"呜咽"既可以看成是河流的悲鸣，也可以读解为下文船上迁徙者心底的哀音。接下来则从大尺度俯拍的漫漫黄沙的全景式镜头推向河流上的近距离中景："载着大沙船，小沙船，舢板，溜艇，叶儿梭/几千株帆樯几万只桨"，描绘的是一幅数以万计的人群沿着一条大河千帆竞逐，万桨齐发的大迁徙的壮阔图景。镜头接着从中景推进到关于船帆的特写："荒原的风/似无形又似有形，吹动白的帆，黑的帆，/破烂的帆篷颤抖着块块破篷布"，暗示着这是一次漫长而艰苦卓绝的旅程。

---

① 孙毓棠：《文学于我只是客串》，《我与文学》，生活书店，1934.
② 冯沅君：《读〈宝马〉》，《大公报·文艺》1937 年 5 月 16 日。

接下来诗中有三处集中描写了上千只形体各异的船上的搭载。除了"舱里舱外堆着这多人"之外，一处写的是船上所载的日常生活和劳作的用具，一处写的是"粮食，酒"以及大大小小的牲畜连同宠物，第三处则集中写的是沙船运载的形形色色的兵器。从诗歌状写的具体图景上看，这是一次整个族群的背井离乡的集体大迁徙，连家禽家畜都随船带离；同时可以看出的是兵器在运载物中的重要位置，形形色色的冷兵器意象彰显出故事的古代背景，而对兵器的细致入微的摹写一方面说明这只迁徙大军的军事化程度，另一方面则说明军事在当时所占据的重要地位，这似乎是一个兵民一体化的族群。而"双刃的戈矛"、"青铜的剑"、堆成了山的"皮弓，硬弩，和黑魆魆的钢刀"、"几十船乌铁的头盔，连环索子甲，/牛皮的长盾"等，也许同时暗示着这次迁徙将不可避免地伴随着一场军事化的征服。

诗中的"呜咽"、"哭"、"哽咽"等修辞策略反映出孙毓棠没有把这次族群迁徙写成类似摩西"出埃及记"那样的壮举，从"破烂的帆篷颤抖着块块破篷布。/曲折弯转像吊送长河无穷止的哽咽，/一片乱麻样的呼嚣喧嚷"等场景中，也可看出亦无李广利西征大宛的雄壮的声威；而"舱里舱外堆着这多人，这多人，/看不出快乐，悲哀，也不露任何颜色"，则可以想见踏上征程的人们对未来的些许茫然甚至麻木，似乎这不是一次前途光明的旅程，而更是一次无奈的甚至可能是被迫的流徙。

这首诗的美感风格由此而呈现出一种悲壮和苍凉的色调，但仍蕴有一种内在的雄浑的力度。这种力度恰恰蕴藏在"看不出快乐，悲哀，也不露任何颜色"的人们的脸上，蕴藏在"船夫一声声/叠二连三的吆喝"声中，蕴藏在"青年躬了身，咸汗一滴滴点着长篙，/紫铜的膀臂推动千斤的桨，勒住/帆头绳索上一股股钢丝样的力量"中，更蕴藏在"摇动几千株帆樯几万支桨，荒原的风/似无形又似有形，吹动如天如夜的帆：/多少片帆篷吸满了力量，鼓着希望"之中。而诗人最终把这次长旅定位为一次宿命之旅，一起值得回味的是重复两次的"这不管"：

> 谁知道
> 古陵在茫茫的灰雾后有多么遥远，
> 苍天把这条河划成一条多长的路？

　　　　这不管，只要有寒风匆匆牵了帆篷向前飞，

　　　　这不管，只要寒风紧牵了帆篷，长河的
　　　　波涛指点着路——反正生命总是得飞，飞，
　　　　不管前程是雾，是风暴，古陵有多么
　　　　远，多么遥，苍天总会给你个结束。

　　这里出现的是"生命"与"宿命"意识的相互交织。"古陵"所代表的正是这种生命和命运的双重召唤，在《河》固有的拓展族群新的生命空间，超越既有生活以及存在形态的拓疆精神之外，携带上了某种更具有永恒性的"人"的色彩。而无论是开疆拓土的精神，还是聆听命运的召唤，都与汉民族在漫长的历史时间中逐渐形成的安土重迁的传统构成了某种差异性。其中更为独异的是关于生命的求索所展示的具有人类学意义的普遍性。有学者论及《宝马》时指出："它是一部真实表现历史原生态的史诗，一部深邃洞察历史复杂性的史诗，一部寄托着诗人忧国之心与民族性格理想的史诗。除此之外，关于西域自然环境的描写，不仅提供了比古典诗词更为宏阔而细腻的画卷，而且涉及人与自然的关系的哲学层面。"[1] 而《河》所最终抵达的更是关于人类命运的层级。这也是这首诗的"异托邦"维度所蕴含的超越"时间之外的永恒性"。

四

　　《河》中最令人赞叹不已的是"古陵"的意象以及"叠二连三"的"到古陵去"的呼喊；如何解读"古陵"，也构成了诠释《河》这首诗的关键环节。

　　文学史家陆耀东谈及《河》中的"古陵"意象时指出："《河》中十多次呼唤，到古陵去，古陵在哪里？它只是一个象征。如果从'古陵'两个字面上猜测，它是古代的陵（墓）园。也就是说，不管前面是什么地方，

---

　　① 秦弓：《从〈宝马〉看经典重读的必要性与可能牲》，《江汉论坛》2005 年第 2 期。

船上载的什么，路途怎样，船行快或慢……最终的地方是死亡，是坟墓。'到古陵去！'口号也就是驶向死亡的代名词。"①

这里把"古陵"看成"死亡"的代名词可能有些阐释过度了。"陵"不仅仅可以解读为陵园，也可以解读为山陵。但究竟是陵园还是山陵，诗中并没有明确的透露，也绝非重要。诗人其实赋予"古陵"的是多重想象性与阐释的多义性特征：

> 谁知道古陵在什么所在？谁知道古陵
> 是山，是水，是乡城，是一个古老的国度，
> 是荒墟，还是个不知名的神秘的世界？

"古陵"魅惑孙毓棠的地方可能是这个字眼儿散发出的古远的感觉以及神秘不可知本身，一种与现实世界相异质的"异托邦"的属性。

也有研究者认为《河》中的"古陵"似乎是一个堪比《宝马》中所写的西域国度，代表的是一种与华夏文明异质的异域文化。其实，虽然《河》与《宝马》分享的是同样的西域边疆史地资源，但是在《河》中很难对"古陵"究竟是一个什么样的地方得出确凿的答案。也有人认为"古陵"是一个古代的乌托邦或者是这个迁徙的种族的原乡式的故乡，但与经典的乌托邦想象相异的是，孙毓棠诗中的古陵，既不是一个典型的乌托邦世界，也并非"出埃及记"中犹太人所千里迢迢奔赴的一个祖先的民族集体无意识的记忆之邦，更不是陶渊明式的世外桃源。"古陵"是命运的他乡，宿命的皈依。它更像是一个异托邦的符码，是一个诗人在想象中构建的诗歌中的异质空间——一个边疆史地意义上的"异托邦"。

20 世纪 30 年代的诸多现代派诗人在诗中构建了一个个"辽远的国土"，梦中的伊甸园，如辛笛"我想呼唤遥远的国土"（《RHAPSODY》），何其芳"我倒是喜欢想象着一些辽远的东西，一些并不存在的人物，和一些在人类的地图上找不出名字的国土"（《画梦录》）。这堪称是一批戴望舒所谓"辽远的国土的怀念者"（《我的素描》）。"辽远的国土"具有典型的乌托邦乐

---

① 陆耀东：《论孙毓棠的诗》，《文学评论》2007 年第 6 期。

土的性质。但是孙毓棠似乎无意于营造乐土的维度。他有着自己独异的资源——中国古代边疆史地带来的想象力的空间。古陵的特征只有穿越沙漠的几千里长河向西的空间维度，以及遥远、神秘和广袤本身，是一个最可能承载"异托邦"想象的地方，也是只有一种异托邦的想象力才能真正企及的地方。也正是关于"异托邦"的想象，提供着现代人存在方式的别样性和可能性，它是一个差异的空间，一个正史之外的世界。《河》中的古陵所获得的正是人类在历史时间和空间之外所有可能获得的生存和繁衍的空间，它绝非理想和圆满，却具有独异性和超现实性的意向性。

福柯于1967年3月14日在一次题为《另类空间》讲演中指出："作为一种我们所生存的空间的既是想象的又是虚构的争议，这个描述可以被称为异托邦学。第一个特征，就是世界上可能不存在一个不构成异托邦的文化。这一点是所有种群的倾向。但很明显，异托邦采取各种各样的形式，而且可能我们找不到有哪一种异托邦的形式是绝对普遍的。""我们处于这样一个时代：我们的空间是在位置关系的形式下获得的。"① 与大多数向欧洲与北美寻求位置关系的学者和作家相异，孙毓棠在学术领域以及诗中所获得的位置，是先秦和汉唐史地研究给予他的，这一空间图景正是在中国的西部——在《宝马》中，是李广利将军出师的大宛，而在《河》中，则是一个谁也不知道的想象化的西部空间。如果说，《宝马》的创作得益于《史记·大宛列传》及《汉书·张骞李广利传第三十一》里所记载的史实，那么，《河》虽然可以在边疆史地的背景中获得理解的可能性，却是缺乏具体的历史性的，它唯一具有的维度恰恰是福柯所谓的"空间性"和异质性。

福柯所处理的理论意义上的"异托邦"更想强调它作为一个差异性空间的特征，同时强调异托邦与乌托邦的差别在于异托邦所具有的"现实性"："乌托邦是一个在世界上并不真实存在的地方，而'异托邦'不是，对它的理解要借助于想象力，但'异托邦'是实际存在的。"② 但在深受福柯影响的西方文学理论家以及史学家的发挥性解读中，则慢慢赋予了"异

---

① 福柯：《另类空间》，王喆译，《世界哲学》2006年第6期。
② 福柯：《另类空间》，王喆译，《世界哲学》2006年第6期。

托邦"以遥远的"想象性"的特征。正如有研究者指出:"异托邦地理的基本特征是某个遥远的、封闭的、处在时间之外的永恒的地域。"① 张历君在《镜影乌托邦的短暂航程:论瞿秋白游记中的异托邦想象》一文中,也强调福柯所举的关于异托邦的例子中一些与旅行和流徙有关的例子:福柯"把船视为异托邦的极致表现,他指出,船是空间的浮动碎片,是没有地方的地方。它既自我封闭又被赋予了大海的无限性,是不羁想象最伟大的储藏所。'在没有船的文明里,梦想会枯竭,间谍活动取代了冒险,警察代替了海盗。'"②

孙毓棠的《河》中那些千帆竞逐、万桨齐发的大大小小的船只,也堪称是诗人的"不羁想象最伟大的储藏所"。而具有不可重复的独异性的《河》也在启示我们:诗歌是最有可能储存和建构异托邦的理想而完美之所。

而另一方面,西部空间或许既可以看成孙毓棠的想象力的资源,也可以看成是孙毓棠建构诗歌艺术空间与现代性之独特关联的途径。当文学史叙述逐渐把现代性资源向度单一化和本质化的时候,《河》这类独异的创作启示我们现代文学所吸纳的养分的多样性,以及现代诗歌中的多元现代性取向。

(作者单位:北京大学中文系)

附:

《河》

孙毓棠

　　两岸无边的荒沙夹住一条河,
　　向西方滚滚滚滚着昏黄的波浪;

---

① 周宁:《中国异托邦:20世纪西方的文化他者》,《书屋》2004年第2期。
② 张历君:《镜影乌托邦的短暂航程:论瞿秋白游记中的异托邦想象》,载王德威、季进主编《文学行旅与世界想象》,凤凰出版传媒集团、江苏教育出版社,2007,第151页。

从茫茫的灰雾里带着呜咽哭了来，
又吞着呜咽向茫茫的灰雾里哭了去。
载着大沙船，小沙船，舢板，溜艇，叶儿梭
几千株帆樯几万只桨；荒原的风
似无形又似有形，吹动白的帆，黑的帆，
破烂的帆篷颤抖着块块破篷布。
曲折弯转像吊送长河无穷止的哽咽，
一片乱麻样的呼嚣喧嚷，杂着船夫一声声
叠二连三的吆喝："我们到古陵去！
我们到古陵去！"
古陵是什么地方？
没有人知道，没有人知道古陵
是山，是水，是乡城，是一个古老的国度，
是荒墟，还是个不知名的神秘的世界。
只知道古陵远远的远远的隔着西天
重重烟雾。只听见船夫们放开喉咙
一声声呼喊："我们到古陵去，到古陵去！"
大大小小多少片帆篷鼓住肚子吸满了风，
小船喘吁吁嗅着大船的尾巴跑，
这一串樯头像枯林斜拖几千里路。
舱里舱外堆着这多人，这多人，
看不出快乐，悲哀，也不露任何颜色，
只船头船尾挤作一团团斑点的，
乌黑的沉重。倚着箱笼，包裹，杂堆着
雨伞，钉耙，条帚，铁壶压着破沙锅；
女人们蓬了发，狠狠的骂着孩儿的哭；
白发的弯了虾腰呆望着焦黄的浪；
青年躬了身，咸汗一滴滴点着长篙，
紫铜的膀臂推动千斤的桨，勒住
帆头绳索上一股股钢丝样的力量。

这一串望不断像潮退的鱼群，

又像赶着季候要南旋的雁队，

一片片风剪着刀帆，帆剪着风，

"我们到古陵！到古陵去！"

谁知道

古陵在茫茫的灰雾后有多么遥远，

苍天把这条河划成一条多长的路？

这不管，只要有寒风匆匆牵了帆篷向前飞，

昏黄的河浪直向了西天滚，"到古陵去！

我们到古陵去！"小船载了粮食，酒，

大船载了牲畜——肥胖的耕牛和老马，

白发的山羊勾着乌角；满船的呼

是一笼笼鸡，鸭，野雁和黑棕的猪；

锁在船头上多少只狂信的癞皮狗，

骂桅杆上嚼着牙的跳荡猢狲。

"到古陵去……古陵去！"满蒙着

尘土的沙船载了双刃的戈矛，青铜的剑，

皮弓，硬弩，和黑魆魆的钢刀堆成了山；

几十船乌铁的头盔，连环索子甲，

牛皮的长盾点缀着五彩的斑斓。

"到古陵去！"

谁知道古陵在什么所在？谁知道古陵

是山，是水，是乡城，是一个古老的国度，

是荒墟，还是个不知名的神秘的世界？

这不管，只要寒风紧牵了帆篷，长河的

波涛指点着路——反正生命总是得飞，飞，

不管前程是雾，是风暴，古陵有多么

远，多么遥，苍天总会给你个结束。

"到古陵去！"啊，古陵！船夫一声声呼喊，

摇动几千株帆樯几万支桨，荒原的风

似无形又似有形，吹动如天如夜的帆：
多少片帆篷吸满了力量，鼓着希望，
载了人，马，牲畜，醇酒和刀矛，追随着
长河波涛无穷止的哽咽，"我们到
古陵去！我们到古陵去，到古陵去！"

（载《水星》1935 年 2 月 10 日第 1 卷第 5 期）

《蕙的风》版本校释与普通话写作

颜同林

摘　要：早期白话诗集《蕙的风》是湖畔诗人汪静之的代表作，一共有若干版本，1922 年亚东版、1957 年人文版与 1992 年增订本具有较高的版本学价值。在这三个版本的校释与还原中，既彰显了对应于不同时代的白话式口语写作与普通话写作的内容，也反映了 20 世纪 20 年代初与 50 年代初、90 年代初这些阶段中国社会历史与文化的变迁。《蕙的风》数个版本名同而实异，折射出诗人不同时期的审美心态与时代应对，是新诗史上诗集异动序列中的一个典型个案。

关键词：《蕙的风》　白话诗集　普通话写作　版本比较

汪静之的诗集《蕙的风》，是中国白话新诗史上较早的个人诗集之一。诗集于 1922 年 8 月初版，出版、发行均是上海的亚东图书馆。作为师范学校的学生，汪静之是当时白话新诗最早的跟进者，他在出版个人诗集之前还作为湖畔诗派主要成员之一与冯雪峰、应修人、潘漠华合出过《湖畔》诗集。在《蕙的风》初版时，当时新文学的领军人物胡适、周作人、鲁迅，以及其老师叶圣陶、朱自清、刘延陵等或作序鼓励，或书信往来肯定，或在汪氏受攻击时施以援手，展现出新文学的青春活力与温情画面。这一现象较为少见，背后的原因似乎是多样的。譬如汪静之是胡适的小同乡，同是安徽绩溪人氏，汪静之写作白话诗之初就与他有较多的书信往来；汪静之与朱自清、叶圣陶、刘延陵有师生之缘，同处得风气之先的浙江第一师范，他们一起切磋诗艺，相处十分融洽；汪曾主动大胆写信给支持新文学的周氏兄弟，均能得到他们的道义支持。

汪静之出版《蕙的风》之后声名鹊起，新诗创作给他造成的影响甚大，也成为汪静之数十年不断的精神财富。在浙江一师毕业后就工作的他，在民国时期大部分是靠教书度过的，其间辗转求职与不断跳槽，不少机会都得益于《蕙的风》的诗名①。新中国成立之后，《蕙的风》也曾修订再版，成为汪静之一生当中最有代表性的诗集。如果从版本的角度来考察，《蕙的风》则是一个突出醒目的个案。近一个世纪以来，《蕙的风》有数个版本，虽然诗名是保留住了，但名同而实异，特别是20世纪50年代被诗人自己改削重版以来，重版之举与普通话写作有勾连相通之处②，而且一直延续到20世纪90年代初的增订重版。在汪静之生前，改动之后的《蕙的风》一直没有恢复过原来的历史面貌，直到20世纪初，其子飞白编辑《汪静之文集》时，才将《蕙的风》大体上恢复原貌。可以说，《蕙的风》在修改类型上是"跨时代或跨时段修改"③的个案，不同时代的诗集版本构成一个历史的圆圈，留下了诸多言说的空间，以及历史的教训与经验。

一 版本变迁：名同而实异

《蕙的风》的版本，择其要则一共有四个。四个在同一名字的诗集，其斧削之剧烈、异动之悬殊，在新诗史上并不多见。

初版本的《蕙的风》，系经胡适推荐，于1922年8月在上海亚东图书馆出版，收诗170余首（以下称为亚东版）；封面上"蕙的风，汪静之作"系

---

① 参见汪晴记录整理《汪静之自述生平》，载上海鲁迅纪念馆编《汪静之先生纪念集》，上海书画出版社，2002，第221~307页。

② 参见拙文《普通话写作的倡导与方言文学的退场》，《广播电视大学学报》2011年第4期；《〈女神〉版本校释与普通话写作》，《广东社会科学》2012年第3期；《苏联经验与普通话写作》，《福建论坛》2013年第12期。

③ 金宏宇：《新文学的版本批评》，武汉大学出版社，2007，第25页。

周作人的手迹；文字之上有一个长着翅膀的丘比特，持箭射中人心之图案；扉页的题词"放情的唱呵"系诗人的女朋友符竹因（又名菉漪或绿漪）所书写；诗前依次有朱自清、胡适、刘延陵作的序和作者自序；全部诗作一共分为四辑呈现。《蕙的风》初版印刷三千册，随后在近十年时间内重印 5次，印数达两万余册，主要有 1923 年 9 月的再版；1928 年 10 月印行第 4版；1931 年 7 月印行第 6 版。后续各版都是翻版重印。此外，汪静之在1927 年 9 月由开明书店印行《寂寞的国》，诗作共分两辑，分别是"听泪"与"寂寞的国"。

《蕙的风》第二个版本是 1957 年 9 月由人民文学出版社新出的版本（以下称为人文版）。1952 年 10 月，汪静之辞去复旦大学中文系国文教授之职，应老朋友冯雪峰之邀北上，成为新成立不久的国家权威出版社——人民文学出版社古典文学编辑室的一名编辑，主要工作是校刊古籍。因其编辑思想迥异，与直接领导聂绀弩关系不恰，几年之间两人闹得很不愉快，甚至一度被停发工资，被对方宣称要开除工作。此事化解的方式是，1955 年汪静之转调中国作家协会任专职作家。这一时段，汪静之写了较多的政治抒情诗，也写了一些假大空的颂歌；在此期间，《蕙的风》经冯雪峰提议重新出版。在新的时代面前，汪静之对《蕙的风》初版本进行了极大的斧削，所以人文版《蕙的风》取消了亚东版中朱自清、胡适、刘延陵的序和汪自己的自序，代之以新版之序；他对诗中诗作也进行了大量的删除与改削，并增添了 1922 年到 1925 年所写的诗作，也就是纳入《寂寞的国》的诗作。亚东版《蕙的风》经过这样一番去掉三分之二的删节处理，剩余 51 首，与删节幅度少许多的开明书店版《寂寞的国》合为一册，仍冠名《蕙的风》面世。在人文版中，原剩余的《蕙的风》部分作为第一辑，大体上按写作顺序排列，《寂寞的国》则成为第二辑。作为诗人思想改造与普通话写作的重要见证，本文将重点校释亚东版的《蕙的风》与人文版的《蕙的风》。

第三个版本的《蕙的风》，是 1992 年 3 月由漓江出版社出版的增订本《蕙的风》（以下称为增订本）。增订本书前附有影印的亚东版的封面与扉页和人文版的序，及作者另写有短短的增订本序；书后则有附录二个：一是"五四"以来对本书的评论（摘），一是"五四"以来"湖畔诗社"的评论（摘）。整个诗作仍分为两辑，第一辑是《蕙的风》（1920 – 1922 年），第二辑是《寂寞的国》（1922－1925 年）。就第一辑而言，一共收录 82 首诗；据增订本序交代："增订本仍旧遵守'只剪枝，不接木'的规定，但有几首诗各增加了一二句。"① 在排列上也像人文版一样按照写作初稿的先后次序排列。从人文版到增订本，诗集变化也甚大，同样体现了诗人的编辑理念与本人意志。此版出现了新的情况与特征，下面也将略为展开论述。

第四个版本是 1996 年 4 月由浙江文艺出版社出版的《蕙的风》，系中国新诗经典系列丛书之一。从篇目与内容看，这一版本仍与增订本相同，估计是按增订本重排出版。此外，在 21 世纪问世的《汪静之文集》中，其诗歌卷上收入了《蕙的风》。因"编辑方针是尽量找到和保存作品的历史原貌"②，所以，亚东版的原样在经过近一个世纪的改变后，又大体恢复了原样，还录了此一时期的佚诗 20 首，其中白话新诗 10 首。此版中，一些修改过的诗作也用小号字体附录了一部分，以资比对。后面这两个版本或沿袭了增订本的优劣，或是亚东版的重排组合，在此不准备多涉及。

由此可见，对于《蕙的风》而言，真正具有版本价值的是亚东版、人文版与增订本。这是新旧不同时代的鲜明对照，既彰显了对应于不同时代的白话式口语写作与普通话写作的内容，也反映了在 20 世纪 20 年代初与 50 年代初、90 年代初这些阶段，中国社会历史三十年河东与三十年河西式的沧桑巨变。是焉非焉，均引人深思。

二　从亚东版到人文版：人民文艺的呈现

对于《蕙的风》而言，亚东初版本与人文版的差异甚大。在新的时代背景下，政治、文化与文艺的规则都发生了明显的变迁，大体而言，自毛泽东在延安文艺座谈会的讲话发表以后，以毛泽东文艺思想武装的延安文艺，逐渐成为当代文艺的主流与范式，正如周扬所说，解放区的文艺是真正新的人民的文艺，它有新的主题，新的人物，新的语言和形式③。至于 20 世纪 50 年代的文学，也差不多笼罩在这一文艺思想与形态、范式的影响之下。

---

① 汪静之：《增订本序》，《蕙的风》，漓江出版社，1992，第 7 页。
② 飞白、方素平：《总序·汪静之文集（诗歌卷上）》，西泠印社出版社，2006，第 9 页。
③ 周扬：《新的人民的文艺》，《周扬文集》（一），人民文学出版社，1984，第 513 页。

在共和国文学的新语境下，出于对过去历史时间的追讨与旧我形象的修正，诗人对新中国成立前出版的诗集，在获准重新出版时往往事先"删削一番"，好比一次埋葬旧我、走向新生的自我亮相，借此来改变自己在过去历史中的形象，这已成为常态。已在新中国成立前成名的诗人们纷纷作自我矫正，从郭沫若、冯至、何其芳、臧克家、徐迟、袁水拍、李季等都有相类似的举动。如冯至对十四行集的自我"遗忘"，早年诗作也被改得面目全非；何其芳把"那些消极的不健康的成分"①都积极地改了。汪静之也一样，在对人民文艺的向往与想象中，他对《蕙的风》从内容与形式进行大量修改，至于改得如何，则自有其短长。

汪静之在新版序文中有所交代："《蕙的风》是我17岁到未满20岁时写的。我那时是一个不识人情世故的少年，完全蒙昧懵懂。因为无知无识，没有顾忌，有话就瞎说，就有人以为真实；因为不懂诗的艺术，随意乱写，就有人以为自然；因为孩子气重，没有做作，说些蠢话，就有人以为天真；因为对古典诗歌学习得少，再加有意摆脱旧诗的影响，故意破坏旧诗的传统，标新立异，就有人以为清新。其实是思想浅薄，技巧拙劣。"②在具体操作中，汪氏则以"园丁整枝的办法，只剪枝，不接木"③的修改原则作理论支撑，但实际情况远非如此，从亚东版到人文版，实际上连主干都剪得七零八落了。试以诗作题目而论，题目上改动的就相当多，有些是截取一诗首尾变为两首分别命名的，有的是改变原有标题换成新名的。似乎可以断定，30多年过去了，新文学之初一些评论者的意见仍留在汪静之的脑海中。典型的是他采纳了东南大学学生胡梦华的"不道德的批评"意见，比如像字眼上"娇波"改为"眼波"、"情爱"改为"爱情"一样，"亲吻"、"接吻"之类的字眼删掉不少，描写身体亲热行为的诗句被大量淘汰了，一些写得比较暴露的诗行也大大改削了。这一举动似乎暗示胡梦华的批评是正确的，鲁迅、周作人等人当年的辩护，也就成为一种无谓的摆设了！据此，曾有论者就认为："汪静之的这一修改，从整个社会历史的发展进程来看，不

---

① 何其芳：《〈夜歌和白天的歌〉重印题记》，载蓝棣之编《何其芳全集》（第一卷），河北人民出版社，2000，第527页。
② 汪静之：《蕙的风·自序》，《蕙的风》，人民文学出版社，1957，第3页。
③ 汪静之：《蕙的风·自序》，《蕙的风》，人民文学出版社，1957，第3页。

能不说是对当年争论的一个莫大的讽刺；就诗人本人来说则是一个莫大的悲哀。"① 也有年轻的学人不无反讽地认为："'修改'实际上是承认了当年攻击的合理性。"② 估计 20 世纪 50 年代仍健在的胡梦华君看到新出的《蕙的风》之后也会百思不得其解吧！又例如他把亚东版开卷第二首《定情花》后的自注"在一师校第二厕所"删除，原因之一便是闻一多的讽刺。当时这句话引起了在美国留学的青年诗人闻一多的借题发挥："《蕙底风》只可以挂在'一师校第二厕所'底墙上给没带草纸的人救急……便是我也要骂他诲淫。"③

下面不妨引录一些诗作来对比一下前后之别吧：

伊底眼是温暖的太阳；/不然，何以伊一望着我，/我受了冻的心就热了呢？/伊底眼是解结的剪刀；/不然，何以伊一瞧着我，/我被镣铐的灵魂就自由了呢？/伊底眼是快乐的钥匙；/不然，何以伊一瞅着我，/我就住在乐园里了呢？/伊底眼变成忧愁的引火线了；/不然，何以伊一盯着我，/我就沉溺在愁海里了呢？

——《伊底眼》（亚东版）

她底眼睛是温暖的太阳；/不然，何以她一望着我，/我受了冻的心就会暖洋洋？/她底眼睛是解结的剪刀；/不然，何以她一瞧着我，/我的灵魂就解除了镣铐？/她底眼睛是快乐的钥匙；/不然，何以她一瞅着我，我就过着乐园里的日子？/她底眼睛已变成忧愁的引火线；/不然，何以她一盯着我，/我就沉溺在忧愁的深渊？

——《她底眼睛》（人文版）

我冒犯了人们的指谪，/一步一回头地瞟我意中人；/我怎样欣慰而胆寒呵。

——《过伊家门外》（亚东版）

我冒犯了人们的指谪非难，/一步一回头地瞟我意中人，/我多么欣

---

① 雁雁：《〈蕙的风〉及其引起的争论》，载汪静之：《六美缘》，十月文艺出版社，1996，第289 页。
② 姜涛：《"新诗集"与中国新诗的发生》，北京大学出版社，2005，第 196～197 页。
③ 闻一多：《致梁实秋》，《闻一多全集》（三），生活·读书·新知三联书店，1982，第 609～610 页。

慰而胆寒。

——《一步一回头》（人文版）

上述两处引用的诗均是完整的诗作 ——《伊底眼》与《过伊家门外》，它们是流传甚广的。从亚东版到人文版，这两首诗均有字面上的改动，如改"伊"为"她"，去掉了民国"五四"时期的旧时气息；在句尾增添字眼或改变词序，以便诗行押韵；删掉语气词，冲淡白话口语之风。诗集中宛若唱片主打歌似的名作《蕙的风》，原诗共四节，修改后则合并为一节。试比较原作的前二节："是那里吹来/这蕙花的风——/温馨的蕙花的风？/蕙花深锁在园里，/伊满怀着幽怨。/伊底幽香潜出园外，/去招伊所爱的蝶儿。"修改后成了三句："蕙花深锁在花园，/满怀着幽怨。/幽香潜出了园外。"此外，带口语性质的曲折或舒缓的语气词和虚词在修改中大多数被删除，原本诗意浓郁、摇曳多姿的句子变成较为呆板和理性的陈述句，给人一副板着面孔说话的样子。如此，诗中早期胡适、朱自清所说的稚气、天真的品格也就荡然无存了。

沿着这一思路对比校释这两个版本，不难发现这样的修改贯穿始终。从文本改动来看，既有被肆无忌惮地剪除枝丫的，也有连主干都被削掉的。如《天亮之前》，由四节 40 行改为一节 24 行；《我俩》原九节 70 行，改为《一江泪》为一节 8 行；《悲哀的青年》原五节 31 行改为《寻遍人间》为一节 4 行；《孤苦的小和尚》由四节 38 行改为《小和尚》三节 12 行；《愉快的歌》由三节 87 行压缩成一节 10 行；《恋爱的甜蜜》原四节 18 行压缩为一节 13 行；《我都不愿牺牲哟》由五节 35 行改为一节 4 行小诗；《醒后的悲哀》由七节 46 行改为《醒后》一节 4 行和《希望》一节 4 行。

考虑到 1957 年全国已处于普通话如火如荼推行之时，汪静之虽然没有点明这一背景，但时代要求的具体历史细节还是相当清楚的。因此，去方言化、白话化，缩小与普通话写作之间的距离，也是其题中应有之义。这于诗中主要体现在两方面：一是改正方言韵；二是把带有方言成分的口语句子改成较为规范的普通话。首先来看他的方言韵问题。

作者改韵的原因是，原诗"多数是自由体，押韵很随意，一首诗有几句有韵，有几句无韵。又因不懂国语，押了很多方言韵。现在把漏了韵的补起，把方言韵改正了。为了押韵，字句上不得不有些改动，但不改动原诗的思想内容"① (《寂寞的国》也有改正方言韵的,这里因论题所限,存此不论)。但仔细校读,事实上不像汪静之本人所论述的那样简单,也没有他所说的那样成功,诗人似乎还是根据个人印象与水平在改方言韵,虽然改得较多但改得不彻底,而且在改的过程中反而增添了不少,其原因大概还是不能清楚辨别哪些是方音哪些是普通话音,或受到其普通话水平的限制。具体表现如下:在亚东版中,为省事安全起见,套用同音虚字结尾押比较低级的虚字韵较为普遍,如"的"、"了"字韵简单重复。《蕙的风》中的"了"字韵与《尝试集》不相上下。其次是押韵的字,作者是想放弃方言韵,但很多没有押对,只是换上了另外的方言韵而已;或者反而改错了,不但连累了原诗的神韵与生气,反而留下了败笔,改来改去仍是方言韵。如新本中《礼教》一诗"紧"与"細",《我愿》一诗"个"与"我",《热血》中"心"与"根",《七月的风》中的"灵"与"纹",《蕙的风》中"醉"、"蕙"与"飞",《谁料这里开了鲜艳的花》中"迹"与"去",《眼睛》中"睛"与"饮",皆有弄巧成拙之嫌。另外亚东版中也有许多方言韵因察觉不出而没有改正,如《恋爱的甜蜜》中"嘴"、"许"与"侣",《愿望》中的"门"与"情"。还有机械式处理的,如《一步一回头》中加上"非难"以便于"胆寒"协韵,《谢绝》中为了与"苦恼"押韵,改"幕了"为"帐幕一套",但意义是重复的,是为了韵的屈就。可见方言韵切除不当并没有带来什么可圈可点之处,有些作品虽然强化了押普通话韵的意识,但也残存着不少方言韵的尾韵,整体上音节的和谐、自然与整齐等方面都有所退化。

除改正方音韵之外,作者进行修改力度较大的是方言语汇,而进行力度最大的则是口语方言句子。前者除"姆妈"、"要子"、"勿"、"烈热"、"莫来由"、"怎的"、"勤"、"闹热"之类方言语汇被删除之外,还淘汰了一些个人化的不规范语汇,如"飞红着脸"、"园角头"(《园外》),"绿浓浓的"、"蹈舞"(《西湖杂诗·五》)。后者系改方言成分的口语句子为中规中矩的普通话,在当时口语入诗色彩极浓的汪静之,尽情放情地讴歌爱情,是没有多少顾虑与犹疑的,字里行间都透着稚气与天真。其在改口语句子时最显著的标志是大量删弃表示语气、情态的语助词,这些语助词虽然没有太多

---

① 汪静之:《蕙的风·自序》,《蕙的风》,人民文学出版社,1957,第1页。

的意义，但句子的节奏、伸缩度和表达出的韵味都丧失不少。另外作者在改句子时大多删削曲折含蓄的说法，换用古板着脸的政论文式语言，而且一般是生硬、僵化的陈述句。像"北高峰给我登上了"（《西湖杂诗·三》），"我亲爱的父母，的姊妹，的朋友呵！"（《西湖杂诗·七》），"我只是我底我，/我要怎样就怎样"（《自由》）之类的口语化句子或改或删，都在新版中不见踪影了。《蕙的风》新版中留下的诗有好有坏，但整体上诗歌的生气与内在韵律受的内伤颇重，许多诗作从鲜花变成了纸花，正像"敏慧的鸟儿，/宛转地歌唱在树上"被改为"鸟儿在树上宛转地歌唱"一样，很少能达到精益求精的理想效果。总体而言，在新的时代背景下，对过去的旧作进行修订有得有失，但《蕙的风》从亚东版到人文版失大于得，它既破坏了原版的完整与形象，也没有站在真、善、美的高度提升旧我。其次，从版本学考量，后来的研究者因不能看到初版的序作者或研究者，而增加了新的困惑与矛盾，也增加了不必要的人为困难。因此，从亚东版到人文版，《蕙的风》曾经给汪静之带来了相当的声誉，可是事过境迁，30 多年后在向普通话写作与人民文艺的过渡中，几乎每一首诗却逃不掉刀斧相加于身的命运。

三　从人文版到增订本：公共空间的退缩

1992 年漓江出版社的增订本，应该说是诗人生前最后修改的定本。在增订本的短序中，汪静之补充述叙了在亚东版基础上所作的两次大的修改的缘起与理由。首先，1956 年鲁迅逝世 20 周年纪念日，冯雪峰因为鲁迅先生对《蕙的风》的赏识，而决定重新出版；1956 年在修改《蕙的风》时，自己决定"只剪枝，不接木"，只删不增，只在字句上修改，决不提高原诗的思想水平。似乎这一策略在诗人看来是可取而有益的，因此增订本仍然沿袭这一方法，仍旧"只剪枝，不接木"。其次，据作者所言，人文版因读者责怪诗人把初版本删汰太多，现增选 41 首。这样，增订本与亚东版比较，几乎在篇数上达到了亚东版的一半左右；但因为文字删削过多，在诗行上仍只占四分之一左右。最后，据诗人介绍，"增订本注明赠某人忆某人的名字，作为纪念"，因此出现了三个人的名字，一是符竹因（以菉漪为其别名，有时也写作绿漪），二是曹珮声，三是曹珮声的丈夫胡家。

从实际情况来看，诗人在《增订本序》中的说法并不准确：一是诗集的作品数量，实际上包含了人文版删去 3 首之后的 48 首，这次从亚东版中重新遴选了 34 首进行补充，一共 82 首；二是恢复真名实姓也没有完全做到，有四首诗是题赠或回忆 H 所作，"H"没有标明是谁，据考证，应是在杭州与诗人谈过恋爱的湖南籍女学生傅慧贞；三是修订原则上也大大突破了作者的原则，增添诗行的情况较多，诗句内容已发生较大变更的，则是相当普遍的了。

从人文版到增订本，兼顾亚东版到增订本，这次修订具有以下几个特点。首先，增订本与人文版相比有三种改动：一是从标题来看，一共有 37 首没有改动，只是排列顺序发生了变化，原先在"小诗几首"名义下的也放到了单独的位置上；二是有 10 首改动了标题，分别是《题 B 底小影》改为《题珮声小影》、《眼睛》改为《含情的眼睛》、《恋爱底甜蜜》改为《恋爱的甜蜜》、《愿望》改为《薇娜丝》（现在通译维那斯）、《她底眼睛》改为《漪的眼睛》（正文中为《萋漪底眼睛》）、《心上人底家乡》改为《心上人的家乡》，而《西湖杂诗》（五首）分别取名为《月亮与西湖》《山和水的亲呢》《上等人》《我是鱼儿你是鸟》《荷花》；三是删掉 3 首，分别是《白岳纪游》之二、《寻遍人间》和《伴侣》——前面二首被删主要是艺术上比较差，后一首则是内容上的原因。《伴侣》在亚东版上原是《情侣》，是记叙作者与冯雪峰、潘漠华、应修人同游西湖雷峰之景所写，从字里行间来看，则是写"我"与应修人挽手共上雷峰之事，改《情侣》为《伴侣》自然很合适。但从增订本来看，诗人主要倾向于他与几个异性之间的爱情书写，因此删除了这一首。

其次，增订本的《蕙的风》在思想内容方面滑向个人生活，有从公共空间退缩的趋势。在诗集目录的标题中，这一点看不出来，但在正文中，标题变化较大——都标明赠某人或忆某人，这样即坐实了诗的内容与对象，明显是回退到个人私密性的生活中去。20 世纪 90 年代汪静之出版的《六美缘》，便明确指向与自己恋爱和交往的六个女性。这一方面不避讳，反映了诗人汪静之坦荡与纯真的本色，可见汪静之的情诗，都是诗人自己的情事，皆真名实姓而有案可查。因此，增订本正文的具体标题下，汪静之以"忆某某"、"赠某某"附录的诗比比皆是，统计结果是这样的：与萋漪相关的有 28 首，与曹珮声相关的有 9 首，与 H（即谈过恋爱的傅慧贞）相关的有 4 首，此外偕珮声、菉漪同游西湖所作的《西湖小诗》6 首。如流传甚广的《伊底眼》（人文版改为《她底眼睛》），此时改为《菉漪底眼睛（赠菉漪）》，主打诗歌《蕙的风》改为《蕙的风（回忆 H）》，推测起来是"蕙"与"慧"谐音之故。

以上所述是相关性的背景资料，下面再来看具体诗作的文本异同情况。从亚东版到人文版的诗作修改，在增订本中绝大多数仍沿用了，但当中也有例外，如人文版的《愿望》改为《薇娜丝（赠菉漪）》后，诗句也有大的变动：原诗二节 8 行改为三节 12 行，采用的是加法，诗句修改之处达 10 余行。另外，这次增加的 34 首，或是改变标题，或是摘取亚东版原作的开头或结尾之诗节，略作修订重新取名。试以亚东版与增订本校释，其中有 12 首保持原有题目，22 首是从原有组诗或诗行中摘录出来并重新命名的。亚东版的原有的诗，有的一首诗变成了若干首，如从《别情》中析出了《水一样温柔》《处处都有你》《梦中相会》3 首，《只得》改为《胡家的鬼》，《互赠》改为《最美满的情缘》，《遣忧》改为《牧童与樵女》，等等。在内容上，增订本中七成以上的诗作在诗行上改动甚大，既体现在趋向格律体与民歌体等形式上，也体现在诗行的字词句上，或押韵，或协调，或去口语化。因为这一方面的修改十分普遍，这里便不一一列举详述了。

四　版本差异：在优劣与得失之间

通过对《蕙的风》诗集主要版本的考察，可以发现，新中国成立之后作家思想改造与文艺思潮领域推行普通话写作的时代语境，深浅不一地持续影响了诗人对诗集的删节与斧削。正如一位年轻学者所言，"50 年代作家对旧作的修改可分为语言和内容两个层面"，"作家对语言的修改体现了 50 年代汉语规范化的时代要求"[①]。在新诗领域，新诗白话化（某种程度上是方言化）、口语化与现代汉语的规范化之间，存在某种张力结构。同时，语言

---

① 陈改玲：《重建新文学史秩序：1950—1957 年现代作家选集的出版研究》，北京：人民文学出版社，2006，第 200 页。

的稳定性与基础性，语言风格的持续性，又暗中反弹，限制了语言的同一化进程。比如，方言也不能全部剔除净尽，方言身份的复杂、表现力与诗人语言资源等原因，以及题材上的限制也保护了这一点。所以，在诗歌中语言的变动应是比较缓和的，不那么容易做到脱胎换骨。但是，汪静之在新版《蕙的风》里基本否定了《蕙的风》的过去，语言形态已是今非昔比。"50年代'绿皮书工程'的大修改，已经偏离了正常状态的修改，是常态与异态并存，甚至常常是异态压倒了常态。"① 作为"绿皮书工程"中的一本，《蕙的风》也可以说是偏离了"常态"的修改。

从这个案再反观新中国成立后新诗普通话化，这一转变对于诗歌也是矛盾重重、富于歧义的。当时提倡为语言的纯洁和健康而斗争，明显是为统一的国家共同体服务，当然，它还需要经过实践的检验。这似乎在做一个论点偏颇、论据有限而论证又不足的论述题；这一切影响甚至左右着诗人们的写作，包括投入的愉悦与不适的焦虑。像写什么一样，如何写作便是当时横亘在每一个诗人面前的具体问题：要么表态支持普通话写作，并落到实处，在自己的每一次写作中得到体现；要么停止创作，转身而去。这似乎成了当时的两条背道而驰的道路。像重新学会怎样说话一样，背弃固有的口语，投入到宏大而陌生的共同语规范化的汪洋中，也是一个重新开始、适应的过程。在这写作范式的背后，则存在作家思想改造的有力支撑，对于汪静之而言，他在国民党中央军校任教的那段历史，时时成为他企图重新融入新中国的阻碍。告别过去的阴影，许多人总想通过回避或掩饰来改头换面赢得新生，因此，对于自称一生不问政治的汪静之而言，也难逃此律。比如，诗人在20世纪50年代以后曾加入到时代合唱中去，成为宏大叙事与抒情的积极者，故其口号式的写作有之，宏大题材有之，讴歌党与时代之作有之。汪静之试图以诗载道，但实践证明这一

---

① 杨义：《五十年代作家对旧作的修改》，《中国现代文学研究丛刊》2003 年第 2 期。摘要：早期白话诗集《蕙的风》是湖畔诗人汪静之的代表作，一共有若干版本，1922 年亚东版、1957 年人文版与 1992 年增订本具有较高的版本学价值。在这三个版本的校释与还原中，既彰显了对应于不同时代的白话式口语写作与普通话写作的内容，也反映了 20 世纪 20 年代初与 50 年代初、90年代初这些阶段中国社会历史与文化的变迁。《蕙的风》数个版本名同而实异，也折射出诗人不同时期的审美心态与时代应对，是新诗史上诗集异动序列中的一个典型个案。

道路并不是人人适合走的路子，汪氏后来将此类诗稿焚毁一空，便是明证。

　　《蕙的风》从亚东版到人文版再到增订本，则是时代殃及池鱼的副产品，不同版本的《蕙的风》，大体是倒着走路的退步之举，留下的是一声沉重的历史叹息。

（作者单位：贵州师范大学文学院）

"无韵诗"到"散文诗"的译写实践

——刘半农早期散文诗观念的形成

赵　薇

　　摘　要：本文从翻译和新诗实践的角度聚焦刘半农散文诗观念的形成。从"增多诗体"的试验意识出发，刘半农在新文化运动的早期并没有将"无韵诗"和"散文诗"概念完全等同起来。从英、法诗歌史知识中传来的"无韵诗"概念，以及为白话诗先锋们大力提倡的"无韵诗"写作，最大程度体现了"新诗就是自由诗"的解放精神，由此必然延伸出的翻译理念，启发刘半农完成了从"意译"到"直译"的转化，最终以完全散文化、口语化的现代汉语节奏去翻译屠格涅夫和泰戈尔的诗篇。在这个过程中，只有当"散文诗（无韵诗）"的文体概念作为一种外来资源被明确地注入现代文学的发生装置后，"无韵诗"和"散文诗"的意涵才逐渐等同了起来。

　　关键词：刘半农　释译　无韵诗　散文诗　直译

　　我们追溯中国现代散文诗的"前史"时往往会发现两种截然不同的观点，一种观点将早期散文诗看成是"无韵新诗"，属于"白话诗"的一种；而另一种则倾向于认为散文诗不过是一种外来文体形态，经由译介而催生。应该说这两种说法都在相当程度上简化了深受西方现代文学影响的中国现代散文诗的发生过程。实际上,同是由白话文运动孕育而出的新文体,同是自"五四"前夕的新文学场中诞生,散文诗与白话诗的发生,在共享了同一套文学革命的内在逻辑的同时,却又保持了自身的特异和复杂之处。那么,散文诗与白话文语体革命的关系究竟是什么?是否可以将早期散文诗仅仅理解为是由"白话新诗"分蘖而出的"诗体大解放"的必然产物?作为一种现成的文类观念的"散文诗"概念传入中国后,对散文诗体式的确立具有怎样的影响?这影响的路径是如何展开的?在这个过程中,最早的诗歌翻译究竟担当了怎样至关重要的角色?这些都是有待深究的问题。在 1915~1920 年这一关键时段内,身为初期散文诗最重要的译介者和实践者的刘半农,理当成为关注的焦点。

最早的翻译尝试:"释意 (paraphrase)"与"意译"

我们知道,刘半农对外国散文诗的翻译始于屠格涅夫,屠格涅夫作品在现代中国最早的译者就是刘半农。这一译介实例中广为人知的一点是,当时鼎鼎大名的报刊文人刘半农是以文言的形式,将屠格涅夫散文诗置于《中华小说界》(1915 年 7 月,二卷七号)的版面中,当作一篇篇十分动人的短篇小说来发表的。刘半农很有可能是被这几篇散文作品的叙事性吸引,从而进行了译介。有证据表明,刘半农在此之所以弄错了文类归属,和他所借助的英译本在编译时造成的误会也许不无关系①。但事实上,如果翻查刘氏当时所用的此流行英译本,会发现这四篇散文分明是清晰地标在"Poems in Prose"分卷之中的。刘半农之所以对此无动于衷,大概是因为他对于即将在中国掀起的诗体革新运动还没有太多意识。而如果比较原文和刘半农的译文,也会发现其中对于核心情节不无错译,甚至还部分地加入了自己的理解

---

① 据贺麦晓 (Michel Hockx) 考证,刘半农使用的英译本作者是将俄国作品译入英语世界的最著名、最得力的译者伽奈特夫人 (Constance Garnett, 1861 – 1946 年)。刘氏很可能是受了这一英译本的总题名"Dream Tales"的影响,将屠格涅夫的散文诗理解为"小说"的。参见:Ivan Turgenev: *Dream Tales and Prose Poems*, trans. Constance Garnett, London: William Heinemann, 1897, Michel Hockx: *Questions of Style*: *Literary Societies and Literary Journals in Modern China 1911 – 1937*, Leiden: Brill Academic Publishers, 2003, pp. 163.

和阐释。当然，这也是晚清民国时期"小说"翻译的普遍风气使然，在以林纾为代表的翻译小说盛行的时期，这种做法并不足为奇。

一年之后，汇聚到陈独秀麾下的刘半农继续自己的翻译事业，陆续翻译了一些英、法诗，如《马赛曲》（《新青年》二卷六号，1917年2月1日）和《咏花诗》（《新青年》三卷二号，1917年4月1日）等，总题名《灵霞馆笔记》在《新青年》上连载。值得注意的是，他仍旧延续了以中国既有的传统体式（长短句、曲、乐府）来对应外国诗体的翻译方法，只不过，在此文体选择的过程中，尽管他不断发挥精湛的翻译功力，找寻高明的译体与之相匹配，却仍难以应付所有的现实困难。兴许正是出于不得已，刘半农在以中国旧体翻译西式韵文的时候发明出了"释译"（paraphrase，又译"意译"）之法，即先将英语或法语的韵文以较浅显、通顺的英文散体句式徐徐译出，然后再译回中文的杂体。正如很多研究者注意到的，这种杂体译文颇类似于历史上对佛经的翻译语言——一种四言为主，杂以六、七言，骈散兼有的文言散文。

为何非要经过一道英文散体句法的处理和阐释，才能翻译成中文呢？在刘氏第一次将《马赛曲》译成乐府之后，他将此举的因由自陈为：华、法两语种相去甚远，需要以英语为中介①。应该说，这种语际层面的考虑，自然言之有理，却也很容易掩盖了一个语内现象，即译者很可能是想以"韵/散"之间的转换，去巧妙地平衡掉诗歌在接受过程中必将面对的古/今、西/中之间的差异，这和刘氏之前将屠氏散文诗译成"小说"的做法如出一辙。客观地说，这种想要平衡和"对译"的强烈心愿将有可能影响到翻译的效果与准确性，一些"诗意"在转译的过程中多少有所流失，格调也难免发生偏移，就连单纯的"英译中"也莫不如此。这当然只是一种"试验"，全过程被刘半农谨慎地呈现如下：

---

①　在《马赛曲》的翻译导言中，刘半农写到："兹以吾国习法文者较英文略少。特踵 Paraphrase 之成例，有英文浅显之 prose，直译法文。对列其下，又不辞谫陋，译为华文附之。惟法华文字相去绝远。又为音韵所限，虽力求不失原义终不能如 Paraphrase 之逐句符合也。此不独华文为然，即英法二国，文字本属同流，字义相同者十居三四，而对译诗歌，亦往往为切音 Syllables、叶韵 Rhyme、诗体 Poetic Forms、空间 Hiatus 诸端所限，不能尽符原意。故 Paraphrase 之法尚焉。惜吾国译界，尚无此成例也。"参见刘半农《阿尔萨斯之重光 马赛曲》，载《灵霞馆笔记》，《新青年》二卷六号，1917年2月1日。

Days stars than open your eyes with morn to twinkle.

From rainbow galaxies of earth's Creation,

And dew-drops on her lonely altars Sprinkle

As a libation.

(O flowers that may well be called)

"Day stars"! that open your eyes with the morning to twinkle from the rainbow colonred milky way of the earth (made by various flowering plants), and that sprinkle dew—drops on the earth's lonely altars as a liquid poured in honour of a deity.

（嗟尔群卉），尔如明星。（星明于夜），尔耀于昼。晨光甫动，尔即启目，闪烁（向人）。有如大地之上，亦有银河。（河具五色），灿若长虹。又或朝露凝珠，（集于尔身）。（尔所在处），遂如神坛。（神坛）幽静，露珠圆洁。如酹酒以祀天神，（天神来格）。①

这是 18 世纪诗人史密司氏（Horace Smith）《颂花诗》（Hymn to the Flowers）15 首中的第一首，其中分行部分为原诗，英文散体部分是刘氏自己的"释译"，最后为译文。仔细体会一下不难发现，文言译体不仅"稀释"了原诗的意思，而且将其表达大大的繁复化了。而如果注意一下促使刘半农采取"释意"策略的这一类诗的总特点，会发现它们大都行文"古奥"，用语存在着大量倒装、省略、比喻、通感等现代诗歌手法，偏离了今人的"正常语序"。这既是英汉语言之间的差异造成的，也和这一类诗的自身格调相关。也许在刘半农看来，为了顺应"中国诗"的形式，破除原文由"诗法"问题导致的"晦涩"效果，需要先将这些句式理顺并稀释成散体形式，再将这种散体语言装入为人们所熟悉的类似译经语言的传统句式中。也就是说，只有将源语言的风格体式导入接受者的文体期待中，才能为中国读者所理解。

---

① 刘半农：《咏花诗》，《新青年》三卷二号，1917 年 4 月 1 日。

白话诗运动中的"增多诗体"与"无韵之诗"

现代中国散文诗观念的产生和白话诗运动有着千丝万缕的联系。作为一个名词概念的"散文诗",最早就出现在刘半农关于"增多诗体"的著名主张中。

众所周知,刘半农是白话诗革命中第一个大张旗鼓打出"废韵"主张的人。1917年,紧随陈独秀、胡适其后,刘半农在《我之文学改良观》(《新青年》三卷三号,1917年5月1日)中亮出了自己的文学改良主张,将除旧立新的措施落实到了语体和诗体形式,特别是音韵(声音)层面;其中较重要的一点,是在韵文改良的名目下,提议废除土音旧韵,希望"国语研究会"制定标准音谱。考虑到当时正是"国语运动"与"白话文运动"双流合一的蜜月期,不难理解此议当是从国语建设和规范读音的角度出发,来考虑诗体重建问题的。既然是重建,"更造新谱"——让人们仍能够依据某一标准韵谱来押韵做诗——就成为其本意。刘半农此议当然可理解成更是针对旧体诗而言的。

如果说在"废韵"主张的第一点中,对"韵"的理解还需基于"押韵"(韵脚)这一旧体诗写作无法规避的老问题,那么第二点则在更大的范围触及了新诗格律的层面。这便是和白话诗有直接关系的"增多诗体",也是最耐人揣摩,对后来的"散文诗"发展影响深远的一点:

尝谓诗律愈严,诗体愈少,则诗的精神所受之束缚愈甚,诗学决无发达之望。试以英法二国为比较。英国诗体极多,且有不限音节不限押韵之散文诗,故诗人辈出,长篇记事或咏物之诗,每章长至十数万字,刻为专书行世,亦多至不可胜数。若法国之诗,则节律极严,任取何人诗集观之,决无敢变化其一定之音节,或作一无韵诗者。因之法国文学史中,诗人之成绩,决不能与英国比。长篇之诗,亦破乎不可多得。此非因法国诗人之本领魄力不及某人也,以戒律械其手足,虽有本领魄力,终无所发展也。故不佞于胡君白话诗中《朋友》《他》二首,认为建设新文学的韵文之动机。倘将来更能自造、或输入他种诗体,并于有韵之诗外，别增无韵之诗，（无韵之诗，我国亦有先例。如诗经"终南何有，有条有梅。君子至止，锦衣狐裘。颜如渥丹，其君也哉"一章中，"梅、裘、哉"三字，并不叶韵，是明明一首无韵诗也。朱注，"梅"叶"莫悲反"，音"迷"，"裘"叶"榘之反"，音"奇"，"哉"叶"将梨反"，音"赍"，乃是穿凿附会，以后人必押韵之"不自然"眼光，无端后人。古人决不如此念别字也。）则在形式一方面，既可添出无数门径，不复如前此之不自由。其精神一方面之进步，自可有一日千里之大速率。彼汉人既有自造五言诗之本领，唐人既有造七言诗之本领。吾辈岂无五言七言之外，更造他种诗体之本领耶。（着重号为笔者注）

此段响应胡适"诗体大解放"精神的文字，比胡适的"八事"主张又往前跨了一大步，从更根本的废除"戒律"的角度将西欧诗体样式拉入了国人视野，目的是证明若能输入"新体"，于有韵之诗外别增"无韵之诗"则更好。也就是将"无韵之诗"放到了和"有韵之诗"相同的高度上，赋予胡适"白话诗"（《蝴蝶》《他》，载《新青年》二卷六号，1917 年 2 月）的出现以合法性。按照后来者们的理解，这"无韵之诗"也就是最初的"散文诗"了，在刘半农的意念里，它们似乎是两种完全可以画等号的诗体。此种诗体在英国不仅"不限押韵"，连"音节"也可以不限！然而，很多人却正是在这一点上发出了质疑。例如贺麦晓（Michel Hockx）就曾指出，这里的"散文诗"概念之于刘半农，很可能并非指后来我们所理解的、作为一种文类兴起于英、法的"prose poetry"（散文诗），而更接近于一种"诗化散文（poetic prose）"。因为在当时的英国，实际情况是 prose poetry 绝非流行性文体，而同样属于备受冷落的边缘文体。而且据贺麦晓看来，刘氏对法国诗歌的误解更令人惊奇，简直还停留在对半个世纪以前的法国诗坛的认识上[1]。

事实上，如果仔细分析刘半农在《我之文学改良观》中的这段文字，

---

[1] Michel Hockx: *Questions of Style: Literary Societies and Literary Journals in Modern China 1911–1937*, pp. 172.

可以发现在作者的使用中，"无韵诗"并不一定就等同于"散文诗"，其间多少还是存在一定差异的。当刘半农在解释为何法国没有出现"无韵诗"的时候，更是从"无节律"的角度出发对其加以理想化的描述："若法国之诗，则节律极严，任取何人诗集观之，决无敢变化其一定之音节，或作一无韵诗者。"此时的刘半农偏重的是"无韵之诗"的意涵；而另一方面，当他谈到英国（英语）的"散文诗"时，脑子里的文体形态却更接近于一种真实存在的散体书写的诗化散文篇章，所谓"英国诗体极多，且有不限音节不限押韵之散文诗，故诗人辈出，长篇记事或咏物之诗，每章长至十数万字，刻为专书行世，亦多至不可胜数"。这一点我们从刘半农一直以来的译介实践也可以估量出，他显然对英语作品更为熟悉，有着更多的文本经验。而相比之下，20世纪10年代的译者却很可能因眼界限制，造成了对近代法国诗歌发展史的误解。我们知道，法国诗坛并非一直为格律诗所占据，这种局面到了19世纪末、20世纪初即为散文体诗的出现打破。波德莱尔接踵贝尔特朗其后，发表了《巴黎的忧郁》等一系列小散文诗而声名远播于世就是明证。遗憾的是，波德莱尔等人的法语散文诗当时可能还无缘进入刘半农的视野，他似乎并不了解所谓散文诗在欧洲的真实发展情况，更像是一知半解的臆想和为我所用，尽管这种臆想和推测也许不无道理。

因此，至少在刘半农最初的认识中，所谓"无韵诗"是从废除"格律"、为自由诗革命服务的角度自然生发出的一种想象中的新诗形式；而来自英语世界的"散文诗"概念，却似乎更像是一种已然存在且可以习得的现实范型。只有注意到了这一区别，才便于解释作为诗人，同时也是译者的刘半农在后来的诗体试验中做出的种种尝试。

从"无韵诗"到"散文诗"

追求"增多诗体"的刘半农的确可算是早期白话诗试验中最有诗体意识的一位。诚如他自己所说："我在诗的题材上是最会翻新鲜花样的。当初的无韵诗，散文诗，后来的用方言拟民歌，拟'拟曲'，都是我首先尝试。"[1] 的确，从早期的白话诗写作，到后来语言日益散化的"无韵诗"试

---

[1]　刘半农：《扬鞭集·序》，北新书局，1926。

验,到文体意识日渐成熟后对泰戈尔的"无韵诗"和屠格涅夫散文诗的译介,再到旅欧期间创作出相当成功的散文诗作品……刘氏一条译、写相得益彰的探索线索基本清晰。"无韵诗"和"散文诗"在相当长的一定时期内都并非一物。

1918 年 1 月,在放出了堪称第一批"白话诗"的那期《新青年》(四卷一号)中,刊登了刘半农的《相隔一层纸》和《题女儿小蕙周岁日照相》。这两首诗都具有早期白话诗的典型特征,例如压尾韵,分行、分段,音节大致相同等。刘氏此后的《车毯》在音节的追求上虽然随意一些,却仍执拗地压了尾韵,与胡适、沈尹默等人的白话诗比起来,其口语化的结构明显多了,但还谈不上"无韵"。直到 1918 年 5 月 15 日四卷五号的《新青年》上出现了中国第一首白话"无韵诗"《卖萝卜人》,作者特意在小注里标明:"这是半农做'无韵诗'的初次试验",可见其意图也日渐明显起来,即从"增多诗体"和诗体解放的思路出发,倡导一种独具一格的白话诗试验。这一则看似简单叙事明朗的小短文,之所以给研究者造成了"散文诗"的印象,不仅因为它不再以自然句分行,不再刻意追求整齐划一的音组结构,更可能因其已从篇章的层面上注意到了结构体式的经营。该诗三个小段追求近乎一致的结尾,形成了一唱三叹、卒章显志的效果,初步具备了后来"散文诗"的特征。自此之后,一直到做出标志着"中国第一首散文诗诞生"的《晓》(《新青年》五卷二号,1918 年 8 月),可谓一段刘半农"无韵诗"写作的试验阶段。此间种种迹象表明,诗人的心思确实为之萦绕不已,所写之诗都可视为标准的"无韵",已经挣脱了旧诗的音节和体式,渐渐导向散文的节奏。

有意思的是,正是在与《卖萝卜人》同期出现的,对印度歌者拉坦·德维(Ratan Devi)的英语散文《我行雪中》(《新青年》四卷五号,1918 年 5 月)的翻译中,刘半农同时引用了 *Vanity Fair* 月刊导言"结撰精密之散文诗"的叫法来明确称定《我行雪中》的文体,作为一种西方现代文体的 prose poem 从此正式进入人们的视野。这也说明,此时的刘半农还没有将对"散文诗"文体的译介与自家"无韵诗"的"尝试"有意识地联系起来,至少直到此时,这还是两条平行发展的线索。但仅仅 3 个月之后,1918 年五卷二号的《新青年》上,出现了刘半农对泰戈尔《恶邮差》和《著作资格》的白话译文，并且开始在译文中正式使用"无韵诗"这样的称谓。在五卷三号的《新青年》上，他又翻译了同一作者的《海滨》和《同情》，连同屠格涅夫的《狗》和《访员》。泰戈尔的四首诗同出自《新月集》，被译者明确标明为"无韵诗"，而屠格涅夫的两首诗散文，尽管与之前刊登在《中华小说界》上的屠氏"小说"出自同一个英文译本，这一回却直以"散文诗"称呼了。这一变化一方面意味着屠格涅夫的散文诗名已经传入国内，作为一种模仿和译介范型的"散文诗"文体已经成立，另一方面也说明北上进入《新青年》知识者群体的刘半农仍相当敏感于新诗体式的创新，坚持认为这两种诗体之间还存在着细微差别。然而，尽管泰戈尔的这几篇诗歌译本被刘氏称为"无韵诗"以区别于屠格涅夫的"散文诗"，但无论是从其对物态细腻的刻画、哲思的彰显或是篇章的布局，还有重章叠唱的句式，都可以较明显地看出后来意义上的散文诗特征了。尤其是《海滨》的翻译，启用了一种相当纯熟又颇有韵致的白话译笔，较之此前陈独秀以文言译出泰戈尔的《赞歌》，无论如何已具备了无可比拟的"新文学"的文体价值。

　　自此之后，"无韵诗"和"散文诗"的边界才开始渐渐模糊起来，文坛上对两个概念的使用也几乎可以混同了——只不过这种混同大多是想利用这两个概念所携带的足以与旧体律诗相抗衡的"自由诗"气息，来打破"无韵则非诗"的信条。例如，1920～1921 年由文学研究会成员发起的关于"散文诗"的笔战中，尽管对"无韵诗"的定义仍然因人而异，但是在以这一对概念来齐心反对南京的旧体诗群体打压白话诗创作这一点上，郑振铎、王任叔、叶绍钧等人的出发点并没有太大差别。如果仔细分辨郑振铎本人那篇很有代表性的《论散文诗》中的核心论述，会发现郑氏其实并没有太多要将"散文诗"独立看待的意识，而是像早期刘半农一样，更偏取了其"无韵之诗"的特征[①]。但正是经过了这一役，这位对中国影响最大的泰戈尔诗歌的译者便在 1922 年的序言里，将《新月》和《飞鸟》与惠特曼的诗歌一并统称为"散文诗"了。一时间"散文诗"名声大噪，其后还影响了冰心、宗白华等新诗作者，掀起了一场颇具影响的"小诗运动"（朱自清语）——这一约定俗成的叫法遂在 20 世纪 20 年代的文学场中传播开来。

---

① 西谛（郑振铎）：《论散文诗》，《时事新报 - 文学旬刊》第 24 号，1922 年 1 月 1 日。

如此看来，尽管在早先的刘半农身上，"无韵诗"的写作同"散文诗"的译介各成一体，分疏有别，但从初期散文诗观念的产生和确立来看，"无韵诗"仍可被视为一个白话诗歌革命过程中具有相当权宜性和中介性的概念，其必然导向中国现代散文诗体的诞生。事实上，早在新诗革命发生之前，"无韵诗"就可谓"热词"了，曾经活跃在不同的尝试者心中。例如，胡适、陈衡哲等人孤悬海外酝酿白话诗革命时，不仅将英诗中的"blank verse"（五音步抑扬格素体诗）翻译成"无韵之诗"、"文体之诗"，还摹仿、写作过这种半格律体的诗歌，并且积极思考这种体式在中国传统诗体中的对应物①。可见这一在翻译和先行者自身摸索中建构起来的诗体概念，的确曾给予白话诗的诗体散化以极大的灵感和动力支持。与此稍有不同的是，刘半农"无韵诗"的试验产生在初期白话诗的"放脚"阶段，和他对"散文诗"的译介恰在同期发生。考虑到泰戈尔的《新月》在"五四"前夕的传播语境中还没有"散文诗"的固定叫法，那么一时间以"无韵诗"这种已经"试验成功"，同时又是最为自由的分行排列的诗体形式来对应之，也就成了顺理成章的事。

从意译到直译：散文诗翻译体式的生成

尽管胡适、刘半农和郑振铎等人都曾在这一时期借助"无韵诗"的概念来推动诗体的大解放，但不可否认的是，此阶段的新诗人们关于散文诗的文体意识从总体上看还是相当淡漠和不自觉的。仅就刘半农而言，直到《新青年》上出现第一首"结撰精密之散文诗"的时候，还需要借助某种传统的"译经"语言才能将之呈现世人面前。译者对此感到不满，却又无可奈何：

> 两年前，余得此稿于美国《VANITY FAIR》月刊，尝以诗赋歌词各体试译，均苦为格调所限，不能竟事。今略师前人译经笔法写成之，取其曲折微妙处，易于直达。然亦未能尽惬于怀，意中颇欲自造一完全

---

① 曹伯言整理，《胡适日记全编2》，合肥：安徽教育出版社，第357页。

直译之文体，以其事甚难，容缓缓‘尝试’之。①

　　刘半农曾尝试启用各体文体，他最后仍沿袭前法，直接采用了佛经翻译这一传统体式，即一种四言为主、杂言为辅的散体语言。这种语体风格和他一年前对《颂花诗》的翻译语言可谓一脉相承，很可能是同样带点宗教神秘色彩的内容，使刘半农下意识地采取了相近的体式，以便于从整体上传达一种庄严、整饬之感。然而，和《我行雪中》相比，《颂花诗》这样的 18世纪文本到底有着截然不同的语体形式，属于较为典型的格律体诗，对音节、押韵和分行结构都较为讲究，用"译经之法"译之倒也相合；但是，当译者面对一首 20 世纪的"散文诗"时，却还是本能地感到了它所传递出与往常不同的新鲜气息，所以才在不得已沿袭了旧译法之后，立志要"自造一完全直译之文体，以其事甚难，容缓缓'尝试'之"。

　　大概正是自此以后，刘半农才立志尝试用"无韵"的"白话"来翻译泰戈尔和屠格涅夫的诗篇，当冲破了任何一种传统体式规约的框限后，他终于促成了散文诗翻译文体的诞生。值得注意的是，这一艰难的尝试过程，也是他的"无韵诗"从"试验"到成功的关键时期。我们当然可以从文体实践的意义上说，很可能正是"无韵诗"的写作推动了翻译语体的转变，这看上去有些不可思议，但却是交织在一起的共时性过程。那么此一时期的"无韵诗"对于刘半农翻译思想的转变，在更深层的意义上到底意味着什么呢？

　　在谈论刘半农的译诗时，贺麦晓和彭秋芬都注意到了周作人的翻译思想对刘半农译诗的影响②。周作人的观念启发了刘半农，促使他完成了从旧文学向"新文学"的文类转换。可这里的启发究竟是一种怎样的启发？对中国现代散文诗观念的最终生成又具有怎样关键影响？贺麦晓等人并未透彻说明。

　　周作人发表《古诗今译》（《新青年》四卷二号，1918 年 2 月 15 号）

---

① 刘半农：《我行雪中》译者导言，《新青年》四卷五号，1918 年 5 月。

② Michel Hockx：*Questions of Style：Literary Societies and Literary Journals in Modern China 1911 – 1937*，pp. 181，彭秋芬：《"自造一完全直译之文体"——刘半农的诗歌试验》，《中国现代文学研究丛刊》，2011 年第 1 期。

时，曾提出自己的翻译理论：

> 一、Theokritos 牧歌（Eidyllion Bukolikon），是两千年前的希腊古诗，今却用口语来译他；因我觉得他好，又信中国只有口语可以译他。什法师说，"翻译如嚼饭哺人。"原是不差。真译得好，只有不译。若译他时，总有两件缺点：但我说，这却正是翻译的要素。一，不及原本，以为已经译成中国语。如果还同原文一样好，除非请 Theokritos 学了中国语，自己来作。二，不像汉文——有声调好读的文章——因为原是外国著作。如果同汉文一般样式，那就是我随意涂改的糊涂文，算不了真翻译。
>
> 二、"口语作诗，不能用五七言，也不必定要押韵；只要照呼吸的长短作句便好。现在所译的诗，便用此法，且来试试，这就是我的所谓'自由诗'"①。（着重号为笔者注）

任何跨语际的诗歌翻译都将不仅仅是翻译，而是两种语言相互融合、创造性地再生的过程。这首鲜活生动的古希腊牧歌，驱使周作人在胡适之后准确地找到了现代汉语（"口语"）作为译体语言，从而提出了最早的中国现代自由诗理论（或者说是一种颇为超前的"内在音乐性"理论）。照这一观念来看，刘半农对《我行雪中》的翻译，大概正属于为周作人所否定的"算不了真翻译"——一种试图将外来文体勉强套进自身传统内部的"糊涂文"，简而言之，也就是并非"直译"的"意译"了。在 1921 年给周作人的一封信中，刘半农透露了当时他和周作人译诗观相合的部分，从中可以察觉出他的译诗观念所经历的内在转变：

> 我们的基本方法，自然是直译。因是直译，所以我们不但要译出它的意思，还要尽力的把原文中语言的方式保留着。又因为直译（Literal translation），并不就是字译（transliteration），所以一方面还要顾着译文中能否文从字顺，能否合于语言的自然。……我想，我们在译事上，于

---

① 周作人：《古诗今译》，《新青年》四卷二号，1918 年 2 月。

意义之外，恐怕也只能做到求声调于神情之中的一步。①

认识到"求声调于神情之中"，对于刘半农的译诗实践有着非同寻常的意义。根据周作人的观念，这种跨语际的诗歌翻译从本质上讲，不过是寻找一种自由呼吸的口语化语言，去承载意思。这既可看成是一种自由诗理论的前驱，也提示了某种合乎白话文运动内在理路的，相当务实的翻译方法。这一观念很可能对刘半农构成了不为所知的触动，启发他完成了从"意译"（释译，paraphrase）到"直译"的关键转变，这同胡适的白话诗理论，所谓"自然的音节"、"话怎么说，诗怎么做"取得了内在精神上的呼应。也就是说，初期的白话诗写作与诗歌翻译其实具有某种内在相似性——都是在寻找合适的语体，将诗意诉诸恰如其分地表达。翻译是"二次创造"的过程，像刘半农之前所谓的"paraphrase"步骤，也就是"二次做诗"。此时刘半农虽然在"写诗"——这个"创造"的过程中已经践行了这个道理，甚至写出了比较可观的"无韵白话诗"——既不限音节，也没有韵脚，而纯粹是自由思想合乎内在气韵的自然流露，但是，当他终于明白了其实译诗也同样不需要在音节、句式这些"外在律"上寻求"形似"以过多地受制于传统体式的规约，而只要"神情"上合拍，即所谓"求音调于神情之中"——参透了这一点，才算是真正理解了"无韵诗"的神髓，从此拉开了他现代诗翻译的新篇章。

就像新诗放弃了对整齐划一的外在格律的严格遵从，发明了"相体裁衣"的自由声律观，为了做到神情上的合拍，刘半农也终于放弃了业已存在的体式资源，"自造一完全直译之体"，为现代散文诗创造出了全新的译体，也就是泰戈尔"无韵诗"《恶邮差》《著作资格》以及屠格涅夫《狗》和《访员》的译体。这种译体很快即在《海滨》一诗的翻译中达到了近乎完美的成熟，成为一种颇具欣赏价值的新文体，为中国第一批"散文诗"作者提供了可资效仿的样式，而《我行雪中》便成为刘半农以"意译"，或者说"转译"的方式来以译代写的最后一站。就像《关不住了》（《新青年》六卷三号，1919年3月15日）的翻译，带给胡适真正口语的调子和语气，让他摸索到了新诗

---

① 刘半农：《关于译诗的一点意见》，《语丝》第139期，1927年7月9日。

的"声音";也正是在这一意义上,《我行雪中》成为刘半农文体创新的重要转关而被人们铭记。自此之后,刘半农本人的新诗创作也逐渐从"无韵诗"的试验过渡到了一些成熟的"散文诗"写作,特别是他在20世纪20年代旅欧时期,写出了《在墨蓝的海洋深处》这一类篇章构架、哲思感悟都有模有样的散文诗作品,可以说达到了一定水准。而"无韵诗"的位置,恰如15年后作者感慨早年投身新诗写作时所言,不过是"鞋子里塞棉絮的假天足",都变成了"三代以上"的事,徒具有中间物般的历史价值了①。

也许现在可以说,刘半农的译诗、写(无韵)诗实践同散文诗的文体观念形成之间的关系已经比较清晰了,即因白话诗革命带来的相对多元的诗体观和极强的实验意识("增多诗体"),使得刘半农在新文化运动的早期并没有(也无从)将"无韵诗"和"散文诗"概念完全等同起来。"五四"时期的文化先锋们大力提倡的"无韵诗",最大程度地体现了"新诗就是自由诗"的解放精神,由此必然延伸出的翻译理念,促使译者完成了从"意译"到"直译"观念的转变,最终以完全散文化、口语化的现代汉语节奏去翻译屠格涅夫和泰戈尔的诗篇。1920年后,当"散文诗"的文体概念作为一种外来资源被明确地注入到现代文学的发生装置中,"无韵诗"和"散文诗"的意涵才能逐渐等同起来。从这一点上说,中国现代散文诗的发生,体现在刘半农身上,就是自身的写作实践与译介外来体式相"接合"的复杂过程,而并不能看成是单纯以白话诗写作来打破"无韵则非诗"这一传统信条的"副产品",亦或者是某种外国诗体移植、输入中国的简单现象。在这个跨语际的实践过程中,"无韵诗"作为最重要的诗体概念,发挥了不可或缺的中介性作用,其不应被忽视。

(作者单位:清华大学人文学院中文系)

---

① 刘复:《初期白话诗稿》,北京星云堂书店,1933。

朱自清："新诗的进步"与"新诗史"的诞生^①

段从学

　　1935 年 8 月，在《〈中国新文学大系〉诗集导言》结尾处，朱自清"按而不断"，把新文学第一个 10 年的中国新诗划分为三派：自由诗派、格律诗派、象征诗派。一年之后，朱氏对这个划分作了郑重其事的修正，提出了"新诗的进步"说：

　　　　在《新文学大系·诗集导言》末尾，我说："若要强立名目，这十年来的诗坛不妨就分为三派：自由诗派，格律诗派，象征诗派。"有一位老师不赞成这个分法，他实在不喜欢象征派的诗，说是不好懂。有一位朋友，赞成这个分法，但我的按而不断，他却不以为然。他说这三派一派比一派强，是在进步着的，《导言》里应该指出来。他的话不错，新诗是在进步着的。许多人看着作新诗读新诗的人不如十几年前多，而书店老板也不欢迎新诗集，因而就慢慢悲观起来，说新诗不行了，前面没有路。路是有的，但得慢慢儿开辟，只靠一二十年功夫便想开辟出到诗国的康庄大道，未免太性急儿。^②

---

　　①　本文系匆促写就，文中观点和文字均未作认真推敲和校订，仅供会议交流之用，望同仁暂勿引用。特此说明并致歉。

　　②　朱自清：《新诗的进步》，《朱自清全集》第 2 卷，江苏教育出版社，1996，第 319 页。

这个修正，可分两个层次来看。第一，是把此前"按而不断"的三大诗派，明确叙述成了一个线性时间轴上进步序列——"一派比一派强"，建立了中国现代新诗史最初的，也是迄今为止仍在持续发挥作用的叙事框架；第二，针对悲观论者"新诗不行了"的论调，"新诗的进步"保证了新诗的未来前途，为中国现代新诗提供了新的合法性资源。但一直以来，一般的研究者和无数的文学史教材多停留在第一个层面上，仅满足于简单地沿袭朱氏具体的结论和观点，而忽视了"新诗的进步"说与新诗的合法性问题之间的关联。

而事实上，后者才是朱氏特地把《导言》的"按而不断"，郑重其事地修订为"新诗的进步"根源。可以说，正是为了回击"新诗不行了"的论调，朱自清才重提《导言》，提出"新诗的进步"说，为中国现代新诗发明了新的合法性资源。在中国现代新诗本体话语之建立与演化的历史脉络中，"新诗的进步"论实际上是胡适之后的一次重大突破，它成功地将新诗的合法性建立在了新诗自身的历史进程之中，从而把现代新诗塑造成了一个独立自足的现代性话语空间，彻底摆脱了对"旧诗"的对抗性依附。

一

既不同于传统"旧诗"，又不同于"外国诗"的中国现代新诗，一直存在着一个如何在写出作品的同时，建立关于自身合法性的本体话语，为自身的历史存在提供合法性根据的问题。首开其端的胡适，挟席卷中国思想界的进化论思潮，以"历史的文学观念"为武器，在"旧诗"与"新诗"的差异性空间中，根据"新诗"之于"旧诗"的进步性，为中国现代新诗奠定了第一块合法性基石①。《〈尝试集〉自序》《谈新诗》等，时时处处贯穿着的，就是这种在新旧对比中肯定"新诗"比"旧诗"更好的话语方式。

朱氏的《导言》，实际上是就手接过胡适的说法，继续在"新诗"与"旧诗"的差异性空间中，通过新旧对比的方式，发掘"新诗"之于"旧

① 关于此一问题的具体论述，参见拙文《胡适新诗本体话语的差异性建构》，《南京师大学报》（社会科学版）2011年第5期。

诗"的进步性。他对初期白话诗中的情诗之评级和肯定，就是典型例子：

> 中国缺少情诗，有的只是"忆内""寄内"，或曲喻隐指之作；坦率的告白恋爱者绝少，为爱情而歌咏爱情的更是没有。这时期的新诗做到了"告白"的一步。《尝试集》的《应该》最有影响，可是一半的趣味怕在文字的缴绕上。康白情氏《窗外》却好。但真正专心致志做情诗的，是"湖畔"的四个年轻人。①

不顾一般人的误解和非议，朱自清高度肯定郭沫若在中国诗歌史上的历史贡献，其根据，同样是"新诗"与"旧诗"——乃至整个"旧文学"——的对比：

> 他的诗里有两样新东西，都是我们传统里没有的——不但诗里没有——泛神论，与二十世纪动的和反抗的精神。中国缺乏冥想诗。诗人虽然多是人本主义者，却没有人去摸索人生根本问题的。而对于自然，起初是不懂得理会；渐渐懂得了，却又只是观山玩水，写入诗只当背景用。看自然作神，做朋友，郭氏是第一回。至于动的和反抗的精神，在静的忍耐的文明里，不用说更是没有过的。②

不止《导言》如此，朱氏编选《诗集》的思路也是着力凸显"新诗"之不同于"旧诗"的"新"。他把为《大系》编选新诗的理由，归纳为两条：第一是"历史的兴趣"，即"我们现在编选第一期的诗，大半由于历史的兴趣；我们要看看我们启蒙期诗人努力的痕迹。他们怎样从旧诗镣铐里解放出来，怎样学习新语言，怎样寻找新世界"；第二是为"新诗"之"新"搜集样本，确立未来的榜样，即"为了表现时代起见，我们只能选录那些多多少少有点而新东西的诗。"哪些是所谓的"新东西"呢？朱自清进一步解释说：

---

① 朱自清:《〈中国新文学大系〉诗集导言》，《朱自清全集》第 4 卷，江苏教育出版社，1996，第 369 ~ 370 页。

② 朱自清:《〈中国新文学大系〉诗集导言》，《朱自清全集》第 4 卷，第 371 ~ 372 页。

"新东西"，新材料也是的，新看法也是的，新说法也是的；总之，是旧诗里没有的，至少不大有的。①

两条理由，前者建立了"新诗"与"旧诗"之间的对抗性关系，后者则把"新诗"不同于"旧诗"的差异性特征暗中转化成了"新诗"自身的历史特征，即"新诗"之为"新诗"的"新"。前者，可以说是胡适"诗体大解放"的同义语；而后者，则是"诗体大解放"之后的自然结果。他说：

> 新文学的语言是白话的，新文学的文体是自由的，是不拘格律的。初看起来，这都是"文的形式"一方面的问题，算不得重要。却不知道形式和内容有密切的关系。形式上的束缚，使精神不能自由发展，使良好的内容不能充分表现。若想有一种新内容和新精神，不能不先打破那些束缚精神的枷锁镣铐。因此，中国近年的新诗运动可算得是一种'诗体的大解放'。因为有了这一层诗体的解放，所以丰富的材料，精密的观察，高深的理想，复杂的感情，方才能跑到诗里去。②（着重号为引者所加）

在这个意义上，朱自清的《导言》尽管在具体的观察和结论上体现了精细入微的文学史家品格，但总体说来却依然笼罩在胡适的阴影之下，未能摆脱后者开创的本体话语及其言说方式。相应地，利用"新诗"与"旧诗"之间的差异性特征，在整个中国诗歌传统脉络中来谈论"新诗"的言路，也说明他尚未把"新诗"从整个"中国诗"的历史连续性中剥离出来，当作一个独立自足的话语空间来对待。尽管强调了"从镣铐里解放出来"，他心目中的"新诗"。仍然是和"旧诗"有着某种共同特征的"诗"，而不是一种"新的诗"。

---

① 朱自清：《选诗杂记》，《朱自清全集》第4卷，第381~382页。
② 胡适：《谈新诗——八年来的一件大事》，载姜义华主编《胡适学术文集·新文学运动》，中华书局，1993，第385~386页。

<h1 style="text-align:center">二</h1>

但在《新诗的进步》中，问题就完全不一样了。在"新诗的进步"这个观念之下，朱自清对新诗的叙述和评价发生了根本的改变，"新诗"也由此而摆脱对"旧诗"的对抗性依附，成了一个独立自足的话语空间，获得了自身的"历史"；而"新诗史"，又反过来，成为新诗自身的合法性基础。

从逻辑上说，"新诗"之为"新诗"，就在于它不是"旧诗"。因此，"新诗"和"旧诗"之间的差异性特征，实际上不可能反过来成为"新诗"的合法性来源。按照胡适"一时代有一时代之文学"的说法，"新诗"之"新"，乃是由于"时代"之"新"，由于"时代"发生了变化，而不是"诗"自身发生了变化。胡适之所以不得不倒过来，承认"做新诗的方法根本上就是做一切诗的方法"①，宣传"文学本没有甚么新的旧的分别"②，取消了"新诗"与"旧诗"在"诗本质"上的区别，原因就在这里。如前所述，在挪用进化论这个普遍性的"时代思潮"来为新诗的合法性辩护的时候，胡适的《谈新诗》和朱自清的《导言》立论的依据都是"新诗"相对于"旧诗"的进步性。这种比较，乃是预先把两者当作同一存在，再根据此一同一性，反过来凸显个别性差异的结果；没有这种预先设置的同一性，不同事物的比较就无从谈起。基于这种预设的同一性，胡适和朱自清们固然可以说"新诗"不同于"旧诗"，但换个角度，后人完全可以根据同样的思路，得出胡适和朱自清们的"新诗"只不过是发展了的"旧诗"的结论。质言之，在朱自清的《导言》里，中国现代新诗的合法性根基，仍然在于它和整个中国传统"旧诗"相比较而言的进步性，"新诗"因而也和作为比较对象的"旧诗"一起，被纳入了"中国诗"的整体范畴。

而同样是挪用进化论，"新诗的进步"说则以明确断言时间轴线上的自由诗派、格律诗派、象征诗派"这三派一派比一派强，新诗是在进步着"

① 胡适：《谈新诗——八年来的一件大事》，《胡适学术文集·新文学运动》，第397页。
② 胡适：《新文学运动之意义》，《胡适学术文集·新文学运动》，第169页。

为起点，把问题转化成了新诗自身的进步。在《导言》中，朱自清以"旧诗"为对照，肯定了自由诗派在打破"旧镣铐"的历史功绩的基础上，《新诗的进步》巧妙地把综合了题材和表现技巧两大论域，以初期自由诗派的模式化为参照对象，推导出了格律诗派的进步意义。朱氏指出，自由诗派打破了"旧镣铐"，开始了"学习新语言"，"寻找新世界"的努力，

> 但是白话的传统太贫乏，旧诗的传统太顽固，自由诗派的语言大抵熟套多而创作少（闻一多先生在什么地方说新诗的比喻太平凡，正是此意），境界也只是男女和愁叹；咏男女自然和旧诗不同，可是大家泛泛着笔，也就成了套子……格律诗派的爱情诗，不是纪实的而是理想的爱情诗，至少在中国诗里是新的；他们的奇丽的譬喻——即便不全是新创的——也增富了我们的语言。徐志摩、闻一多两位先生便是代表。

紧接着，他又进一步把论域收缩到表现技巧上，以格律诗派"奇丽的譬喻"为参照，肯定了以"远取譬"为特色的象征诗派之于格律诗派的进步性。以格律诗派为起点，朱自清写道：

> 从这里再进一步，便到了象征诗派。象征诗派要表现的是些微妙的情境，比喻是他们的生命；但是"远取譬"而不是"近取譬"。所谓远近不指比喻的材料而指比喻的方法；他们能在普通人以为不同的事物中间看出同来。他们发现事物间的新关系，并且用最经济的方法将这关系组织成诗；所谓"最经济的"就是将一些联络的字句省掉，让读者运用自己的想象力搭起桥来。没有看惯的只觉得是一盘散沙，但实在不是沙，是有机体。①

就是说，朱自清衡量"新诗的进步"的标准有二：第一是"新语言"，即传达技巧的"新"；第二是"新世界"，即取材范围的"新"。如果说在肯定格律诗派和象征诗派的进步性时，其着眼点主要是传达技巧的"新"，

---

① 朱自清：《新诗的进步》，《朱自清全集》第 2 卷，第 319 ~ 320 页。

取材范围之"新"尚不那么明显的话，在肯定乡土诗派的进步性的时候，"新语言"和"新世界"并重的立场，就明明白白地表露了出来。朱氏首先以新诗运动以来表现民间劳苦的"社会主义倾向的诗"为参照对象，在题材相同的前提下，从传达技巧方面肯定了以臧克家为代表的 20 世纪 30 年代乡土诗派的进步性：

> 初期新诗人大约对于劳苦的人实生活知道的太少，只凭着信仰的理论或主义发挥，所以不免是概念的，空架子，没有力量。近年来乡村运动兴起，乡村的生活实相渐渐被人注意，这才有了有血有肉的以农村为题材的诗。臧克家先生可为代表。概念诗唯恐其空，所以话不厌详，而越详越觉得罗嗦。像臧先生的诗，就经济得多。他知道节省文字，运用比喻，以暗示代替说明。

紧接着，他又特意针对左翼文人和象征派、现代派之间的争执，指出了取材范围之"新"的重要意义：

> 现在似乎有些人不承认这类诗是诗，以为必得表现微妙的情境的才是的。另一些人却以为象征诗派的诗只是玩意儿，于人生毫无益处。这种争论原是多少年解不开的旧连环。就事实上看，表现劳苦生活的诗与非表现劳苦生活的诗历来就并存着，将来也不见得会让一类诗独霸。那么，何不将诗的定义放宽些，将两类兼容并包，放弃了正统的意念，省了些无效果的争执呢？从前唐诗派与宋诗派之争辩，是从另一角度着眼。唐诗派说唐以后无诗，宋诗派却说宋诗是新诗。唐诗派的意念也太狭窄，扩大些就不成问题了。①

作为《新诗杂话》的开篇之作，《新诗的进步》实际上笼罩全书，构成了朱自清新诗理论的核心观念。传达技巧的"新"和取材范围的"新"这两大标准，既是他观察和评价整个中国现代新诗的出发点，又贯注到了分析

---

① 朱自清：《新诗的进步》，《朱自清全集》第 2 卷，第 320～321 页。

和评价具体作家作品的微观层面。"解诗"虽然占据了《新诗杂话》的绝大部分篇幅，但却不是一个独立板块，而是由"新诗的进步"—— 具体而言就是传达技巧的进步——而引发出来的方法论。"新的语言"日趋精细、复杂，象征诗派对省略、暗示等技巧有意识的运用，带来了理解新诗和了解新诗"文义"的困难，对读者提出了更高的要求，由此才催生了"解诗"的历史实践。单独来看《中国新文学大系·诗集导言》，无论是话语空间和具体的论述思路，朱自清都没有超越胡适的《谈新诗》，而"新诗的进步"论，才是朱氏的独创之见和理论基石。也只有在"新诗的进步"论的烛照之下，《导言》精细入微的观察和敏锐的洞见，才从诗话式的当代评论，变成了文学史家的不易之论。

三

理论上，只有预先设定了未来的目标和方向，才能据此认清某个事件或某种趋势是否正在向着此一目标和方向演进，进而判断其"进步"还是"倒退"。在进化论这个庞大而透明的"时代思想"装置的笼罩里，朱自清当然不必，也没有可能对我们今天所说的"历史目的论"提出质疑。放大点说，仅仅是"新诗史"，似乎也还不足以承担起批判和反思进步神话及其背后隐含着的目的论预设。

《新诗杂话》的处理方式，是接着胡适，接着自己的《导言》，用"新"/"旧"对比的方式，把"新"特质的出现，直接认定成进步的标志。其区别在于：这里，作为参照对象的"旧"，已经不再是本来就不是"新诗"的"旧诗"，而是变成了"新诗"自身存在时间轴线上的过去时态的"旧"——粗糙点说，就是线性时间轴上的先后关系与价值尺度上的"新/旧"关系产生了重合。格律诗派在和自由诗派的比较中显出其进步，象征诗派又较格律诗派进步，"一派比一派强"。论及卞之琳、冯至等人在抗战时期的创作时，朱自清使用的也是这个"比较"→"进步"逻辑。

朱氏这种进步的文学史观，表面与胡适的《谈新诗》没有根本差异，但立论的基础却从胡适的"诗"转移到了"新诗"。这种转移意味着：第一，"新诗"自身的内部差异已经取代《导言》"新诗"与"旧诗"之间的外部差异，变成了中国现代新诗的合法性来源；第二、诗自身的历史存在已经形成了独立自足的价值秩序，在为诗人们提供"创新"的基础和方向的同时也构成了朱氏判断"新诗的进步"的基本尺度。一句话，中国现代新诗，从此变成了一个有自身历史与方向的独立存在。

用朱自清的话来说，就是：中国现代新诗已经建立了自己的传统，并且以此为根据，找到了自己的道路和方向。如果说他 1936 年的《新诗的进步》还仅只是"看出一点路向"①，没有明确而具体地意识到"新诗"究竟应该向着什么样的方向走才算是"进步"的话，1943 年的《诗与幽默》，就完全不一样了。以解释中国现代新诗里何以"幽默不多"为话头，朱氏明确宣告了中国现代新诗自身的传统之建立与存在。中国旧诗里不乏幽默，"新文学的小说、散文、戏剧各项作品里也不缺少幽默"，"只诗里的幽默却不多"。原因是什么呢？朱氏推测说，原因之一是"将诗看得太严重了，不敢幽默，怕亵渎了诗的女神"。他接着说：

> 二是小说、散文、戏剧的语言虽然需要创造，却还有些旧白话文，多少可以凭借；只有诗的语言得整个儿从头创造起来。诗作者的才力集中在这上头，也就不容易有余暇创造幽默。这一层只要诗的新语言的传统建立起来，自然会改变的。新诗已经有了二十多年的理事会，看现在的作品，这个传统建立的时间大概快到来了。②

这个解释的意义，显然不仅仅只是肯定新诗已经创造出了自己"新语言的传统"。更重要的是，它暗中整合了"新语言"和"新世界"即传达技巧和题材领域这两个衡量新诗之"新"的基本尺度，使之成为一个具有内在逻辑关联的整体性存在。创造"新语言"是寻找"新世界"的起点和前提，寻找"新世界"是创造"新语言"的历史归宿，有了这个内在的整体关联，中国现代新诗才从匿名或无序的"自然之物"变成了一个有自身内在目的与方向的"历史进程"。

---

① 朱自清：《新诗的进步》，《朱自清全集》第 2 卷，第 319 页。
② 朱自清：《诗与幽默》，《朱自清全集》第 2 卷，第 337～338 页。

进而，在这个自身内在目的与方向的引导下，自然时间顺序上的"新"，也才因其更接近未来的终极目标而变成了"进步"。这里还有一个值得注意的细节——朱氏以在大自然中发现哲理的初期新诗作为比较对象，肯定冯至"在日常的境界里体味出精微的哲理"的《十四行集》之"进步"性。他说：

> 在日常的境界里体味哲理，比从大自然体味哲理更进一步。因为日常的境界太为人们所熟悉了，也太琐屑了，它们的意义容易被忽略过去；只有具有敏锐的手眼的诗人才能把捉得住这些。这种体味和大自然的体味并无优劣之分，但确乎是进了一步。[①]（着重号为引者所加）

"这种体味和大自然的体味并无优劣之分，但确乎是进了一步"，这个特别附加的说明恰好反过来，表明了朱氏在"优劣"和"进步"之间曾经有过的犹豫，以及最终跨过这层犹豫，毅然在"新"和"进步"之间画上了等号的心理过程。

有了"新"和"进步"之间的等值关系，诗人们的写作随之也就变成了有目的、有意识的自觉行为。在朱自清的叙述中，如何有意识地在与他人的比较中凸显自己之"新"，凸显自己之"进步"，变成了中国现代新诗的创作动力。

> 从这个立场看新诗，初期的作者似乎只在大自然和人生的悲剧里去寻找诗的感觉。大自然和人生的悲剧是诗的丰富的泉源，而且一向如此，传统如此。这些是无尽的宝藏，只要眼明手快，随时可以得到新东西。但花和光固然是诗，花和光以外也还有诗，那阴暗，潮湿，甚至霉腐的角落儿上，正有着许多未发现的诗。实际的爱固然是诗，假设的爱也是诗。山水田野里固然有诗，灯红酒醉里固然有诗，任一些颜色，一些声音，一些香气，一些味觉，一些触觉，也都可以有诗。惊心怵目的生活里固然有诗，平淡的日常生活里也有诗。发现这些未发现的诗，第

[①] 朱自清：《诗与哲理》，《朱自清全集》第 2 卷，第 334 页。

一步得靠敏锐的感觉，诗人的触角得穿透熟悉的表明向未经人到的底里去。那儿有的是新鲜的东西。闻一多、徐志摩、李金发、姚蓬子、冯乃超、戴望舒诸位先生都曾分别向这方面努力。而卞之琳、冯至两先生更专向这方面发展；他们走得更远些。[①]

同样是自己写诗，可以说古代性的创作动力，是把位于开端之处的存在奉为最高典范，以最大限度地接近或"神似"过去时态的最高典范为目标；而现代性的创作动力，则奉终结之处的未来目标为最高典范，越接近未来时态的最高典范也就越加"进步"。在这个意义上，朱氏实际上是通过"新诗的进步"观把胡适提出的"不摹仿古人"转化成了切实具体的创作动力机制，彻底扭转了"旧诗"——尤其是明清以来在"宗唐"或"宗宋"之间打圈子的"旧诗"——的古代性写作观，确立了以打破规范和追求差异为根本目标的现代性写作观。

那么，这种以打破规范和追求差异为目标的现代性写作机制，会不会反过来打破中国现代新诗自身，把新诗内部的过去时态之物当作了必须予以清除的对象呢？回答是否定的。就像打破一切的现代性唯独不会打破自身，而是巧妙地终结于自身的"白色神话"一样，在朱自清的叙述中，中国现代新诗已经初步形成了我们今天所熟悉的所谓"否定之否定"、"螺旋式上升"的发展道路。通过这种"否定之否定"，新诗内部的过去时态之物不是被更"进步"的后来者取代或清除，而是成为后者的有机养分，被有效地包容在了后者之中。在《抗战与诗》中，他描述中国现代新诗的发展历程说，"抗战以前新诗的发展可以说是从散文化逐渐走向纯诗化的路"，"抗战以来的诗又回到了散文化的路上"。但这并不是简单地否定或绕过格律诗派和象征诗派，回到自由诗派那种"诗里的散文成分实在很多"的老路，而是充分消化和吸收了格律诗派、象征诗派的艺术营养之后的"散文化"。正如"格律运动虽然当时好像失败了，但他的势力潜存着，延续着"成为后起的象征诗派的艺术营养一样，抗战以来中国现代新诗从纯诗的象牙塔走向散文化，同样也是吸收和消化了既有的艺术传统之后的散文化。抗战以来的中国

---

① 朱自清：《诗与感觉》，《朱自清全集》第 2 卷，第 326 ~ 327 页。

新诗，这样的散文化，不是取消或否定，而是反过来"促进了格律的发展"①。

就是说，"新诗"之于"旧诗"的"进步"，乃是通过彻底打破和挣脱"旧诗"而显现出来；新诗自身的"进步"，则是通过吸收和消化既有艺术传统的方式体现出来。朱氏以格律诗派、象征诗派和散文化的抗战诗三者之间的关系为例，阐明了这种"进步"。他说，闻一多、徐志摩等人的格律诗派"在创造中国新诗体，指示中国新诗的新道路"，引领着中国新诗从自由诗派的散文化向着"匀齐"、"均齐"的道路上行进的同时，也因为"只注重诗行的相等的字数而忽略了音尺"，有"驾驭文字的力量也还不足"等缺陷，引来了"方块诗"、"豆腐干诗"的嘲讽。

> 这当儿李金发先生等的象征诗兴起了。他们不注重形式而注重词的色彩和声音。他们要充分发挥词的暗示的力量：一面创造新鲜的隐喻，一面参用文言的虚字，使读者不致滑过一个词去。他们是在向精细的地方发展。这种作风表面上似乎回到自由诗，其实不然；可是格律运动却暂时像衰歇了似的。一般的印象好像诗只须"相体裁衣"，讲究格律是徒然。

但事实上呢？"但格律运动实在已经留下了不灭的影响。只看抗战以来的诗，一面虽然趋向散文化，一面却也注意'匀称'和'均齐'，不过不一定使各行的字数相等罢了。"朱氏以刚刚出版了《十年诗草》的卞之琳为个案，进一步阐明这种在格律上的先后相承中体现出来的"进步"关系，认为在陆志韦、闻一多、徐志摩、梁宗岱等人之后的卞之琳"实验过的诗体大概不比徐志摩先生少。而因为有前头的人做镜子，他更能融会那些诗体来写自己的诗"②。

这就是说，《导言》里"新诗"之于"旧诗"的进步是一种断裂关系，"新诗"在斩断与"旧诗"的整体性关联中绽现其"进步"之所在，其断

---

① 朱自清：《抗战与诗》，《朱自清全集》第 2 卷，第 344～346 页。
② 朱自清：《诗的形式》，《朱自清全集》第 2 卷，第 397～398 页。

裂越彻底，就越是"进步"；但在其自身传统范围之内，"新诗的进步"却是一种包容关系，它后来在以吸收和包容既往者的方式，在和既往者的比较中绽现其"进步"。打个比方，这样的"进步"就像滚雪球一样，滚动中的雪球在自身向前"进步"的同时，也扩大了雪球的体积，使之在包裹和挟带既往体积的"进步"中，扩大了雪球自身的存在。在这种"进步"中，中国现代新诗也就变成了一个有自身历史，且依靠这种历史彰显"进步"，并自己为自己提供合法性的整体性存在。

综上所述，从《导言》到《新诗杂话》，从"按而不断"到"新诗的进步"，实乃中国现代新诗本体话语空间的一次根本性转换。"新诗的进步"说，把中国现代新诗叙述成了一个有目的、有方向、且有自身内在发展规律的历史过程，从而把新诗的合法性根基建立在了自身存在的基础上。

（作者单位：西南交通大学艺术与传媒学院）

意义的寻求还是诗艺的探索

——论 20 世纪 30 年代梁实秋和梁宗岱的争论

郑成志

摘　要：20 世纪 30 年代，中国新诗坛出现了在当时著名的"二梁之争"。表面上看，梁实秋和梁宗岱的争论是意气之争；但是，在逞才使气的背后，他们的争论是由于各自所秉持的诗歌观念的迥异造成的。"二梁之争"发生在中国新诗从"非诗"走向"本体的诗"、从"散文化"走向"纯诗化"的分歧路口，在中国新诗的理论发展史上有其丰富的内涵。

关键词：象征主义　非诗　本体的诗　散文化　纯诗化

梁实秋在中国新诗理论发展史上虽算不上一位举足轻重的大家，但他早期的《〈草儿〉评论》《读〈诗底进化的还原论〉》《〈繁星〉与〈春水〉》《现代中国文学之浪漫的趋势》以及《新诗的格调及其他》等论文却是新诗理论文献中的重点篇章，它们在某种程度上都涵括了早期中国新诗在寻求现代性过程中的真知灼见。而梁宗岱是中国新诗理论发展史上一位重中之重的新诗理论家，其《诗与真》《诗与真二集》是新诗理论的经典之作，尤其书中的《论诗》《象征主义》《谈诗》《新诗底纷歧路口》等论文，更是研究者经常称引的篇章。然而，在 20 世纪 30 年代梁实秋与梁宗岱却因为诗歌观念的不同发生了规模不小的争论，从表面看"二梁之争"是意气用事，或者更进一层是两者诗歌观念的迥异所带来的争论；但是，若把他们的争论放在中国新诗理论发展史上来看的话，"二梁之争"的背后隐含了中国新诗在其发展过程中从"散文化"逐步走向"纯诗化"的艰难行程，也折射出中国新诗理论家们从早期全盘否定古典诗歌遗产到后来对传统诗歌艺术的创造性转化中，融合古今中外诗歌资源的开放性视野。

一

　　梁实秋与梁宗岱的争论肇始于20世纪30年代初由徐志摩等人创办的《诗刊》。在创刊号上，梁实秋以信函的方式发表了《新诗的格调及其他》，在这篇文章中，梁实秋首先总结了早期中国新诗的渊源、成果与欠缺："新诗，实际就是中文写的外国诗"、"新诗的起来，侧重白话一方面，而未曾注意到诗的艺术和原理一方面"、"《诗刊》[1] 上所载的诗大半是诗的试验，而不是白话的试验"；其次，梁实秋对中国新诗的发展前景提出了一些建设性的意见。他认为中国新诗在"取材的选择、全篇内容的结构、韵脚的排列"都不妨斟酌采用外国诗的，但对"音节能否采取外国诗的"表示怀疑；同时希望中国新诗人"自己创造格调"，并且"练习纯熟"，使之"成为新诗的一个体裁"。梁宗岱在看过第一期的《诗刊》后，连续给主编之一的徐志摩写了两封信[2]，对梁实秋这篇文章的一些观点非常不屑，其中一篇以《论诗》为题发表在《诗刊》第二期上。梁宗岱在信函中认为梁实秋的信函"只有两句老生常谈的中肯语，其余不是肤浅就是隔靴搔痒，而'写自由诗的人如今都找到更自由的工作了，小诗作家如今也不能再写更小的诗了……'几句简直是废话"；其次，梁宗岱旁征博引古今中外的诗歌，指出自由诗、小诗的艺术价值绝不亚于长诗和格律诗的艺术价值；最后，梁宗岱

---

① 此《诗刊》是附在《晨报副刊》上出版的《诗镌》，它创刊于1926年4月1日，6月10日停刊，共出11期，由徐志摩、闻一多、饶孟侃等人编辑。

② 在梁宗岱给徐志摩写的论诗函《论诗》中，梁宗岱写道："今晨匆匆草了一封信，已付邮了。午餐时把《诗刊》细读，觉得前信所说'《诗刊》作者心灵生活太不丰富'一语还太笼统。现在再审说几句。"由这句话可以猜出，梁宗岱给徐志摩写了两封信，但第一封已无从查考；同时也可看出梁宗岱对《诗刊》阅读的细致和思考的深度。

回到梁实秋信函中有关音节的探讨，对"中国文字和白话底音乐性"与英法两国文字的音乐性的同异作了细致的辨析，可以说是对梁实秋信函中"不主张模仿外国诗的格调"、"中文和外国文的构造太不同"等笼统说法的深化和推进。其实，如果剥离年少轻狂、意气行文的表层意义，平心静气地看待梁实秋、梁宗岱写给徐志摩的论诗信函可以看出：梁实秋的《新诗的格调及其他》对早期中国新诗的总结、对新诗以后的发展方向的前瞻，在中国新诗理论史上的价值都是不容抹杀的；而梁宗岱的《论诗》恰恰是站在梁实秋论诗函的终点"起飞"，对中国新诗的艺术技巧、新诗人的艺术修养、传统资源的再利用直至中国语言文字的音乐性都做了一番全面的探讨，这对当时中国新诗的创作、新诗理论的拓展都是一副清新的药剂。

　　随后，梁实秋很快就看到梁宗岱的《论诗》信函，连续发表了《什么是"诗人的生活"》《论诗的大小长短》两篇文章，一方面回击了梁宗岱的"《诗刊》作者心灵生活太不丰富"[1]的观点，另一方面针对梁宗岱在《论诗》中征引中外短诗、小诗对自己的嘲弄给予针尖对麦芒的回应——"伟大的作品却没有篇幅很短的"[2]。而梁宗岱在北京大学国文学学会作了《象征主义》的演讲后，梁实秋又化名周振甫再次发表《什么是象征主义》一文，认为象征主义是"神秘主义"，"象征主义的文学，不过是捣鬼，不过是弄玄虚，无形式，实在亦无内容"，以"象征主义者无疑的是逃避现实"[3]等论调来嘲讽梁宗岱。1936年，梁实秋再次在《自由评论》25、26期合刊上发表了书评《〈诗与真〉》。书评认为"象征主义是一个迷迷糊糊的东西"，梁宗岱"不能用简单明白的理论与文字来解说，愈解说愈使人茫然。其间根本没有什么理论，只是单纯地一股对神秘的爱好与追求"。此外，梁实秋也非常尖刻地指责梁宗岱的专著"不用常识，不用理智，不用逻辑方法去思维"，而"用感情，用直觉，用幻想去体验。这种性格，本来宜于写诗，因为不宜于做旁的事，不过若趋于极端则变为病态。这种性格不宜于说理，因为在说理时是用不大着感情、直觉与幻想的"。梁实秋的这两篇文

---

① 梁宗岱：《论诗》，《诗刊》第2期，1931年4月。

② 梁实秋：《论诗的大小长短》，《梁实秋文集》第一卷，鹭江出版社，2002，第340页。

③ 周振甫（梁实秋化名）：《什么是象征主义》，《益世报·文学周刊》第48期，1933年10月28日。

章，直捣梁宗岱象征主义诗论的理论堡垒。面对梁实秋来势凶猛、直取自己理论核心的"攻击"，梁宗岱不得不使出浑身解数，写了《释"象征主义"——致梁实秋先生》来捍卫自己的象征主义理论。在这封公开信中，梁宗岱先是心平气和地指出梁实秋"过去的文章底立场"距离自己太远，"立论又那么乖僻"，以致自己和他的朋友都认为梁实秋要么是"意气之争"，要么是"不宜于做诗乃至谈诗的"性格；随后，梁宗岱也直取梁实秋的"诗必须明白清楚"的诗歌理论，并且认为梁实秋"缺乏哲学底头脑，训练，和修养实在达到一个惊人的程度"，因而看不懂自己"关于'契合'的理论却是植根于深厚的哲学里的"①。至此，梁实秋与梁宗岱的论争已达到白热化的程度，双方都对各自的诗歌理论作了直取"要塞"的"爆破"，孰是孰非其实都是个人之见，或者说对他们的争论作一种是非评判并不是明智之举，因为"一个理论必须不仅仅是一种推测：它不能一望即知；在诸多因素中，它涉及一种系统的错综关系；而且要证实或推翻它都不是件容易事"②。

二

清华时期，梁实秋的新诗批评文章主要有《读〈诗底进化的还原论〉》《〈草儿〉评论》《诗的音韵》《〈繁星〉与〈春水〉》等。这一时期梁实秋的诗歌观念由于受创造社"为艺术而艺术"文学观的影响以及对郭沫若诗歌的激赏，其诗歌批评倾向于浪漫主义，认为"诗的主要的职务是在抒情"，"情感、想象，可谓诗的扶翼双轮"③。然而，在留学美国三年间，梁实秋抱着"挑战者的心情"选修了当时美国哈佛大学的法国文学和比较文学教授欧文·白璧德的课程，受其新人文主义理论的影响，学成回国后的梁实秋在文学批评观念上来了一个一百八十度的转弯，"从极端的浪漫主义，

① 梁宗岱：《释"象征主义"——致梁实秋先生》，《人生与文学》第2（1936年11月）、3（1937年4月）两期。
② 〔美〕乔纳森·卡勒：《文学理论》，李平译，辽宁教育出版社，1998，第3页。
③ 梁实秋：《〈草儿〉评论》，《梁实秋文集》第一卷，鹭江出版社，2002，第7、22页。

转到了多少近于古典主义的立场"①；其诗歌批评也转向"以理性驾驭情感"，"以理性节制想象"，"诗必须明白清楚"为其理论核心的立场。

1926 年 3 月，梁实秋在《晨报》副刊发表《现代中国文学之浪漫的趋势》一文，矛头直指中国新文学"推崇情感轻视理性"、"采取印象主义"的人生态度和"主张皈依自然并侧重独创"的浪漫主义倾向。1928 年 3 月，梁实秋在《新月》创刊号上发表《文学的纪律》，从正面立论，认为"文学里可以不要规律，但是不能不要标准"，文学最根本的纪律是"态度之严重"、"情感想象的理性的制裁"。基于这种批评观的指导，梁实秋回应、反击梁宗岱批评时，在《什么是"诗人的生活"》中认为"诗人的生活应该是平常人的生活，不必矫情立异"；而在《论诗的大小长短》中，梁实秋看似谨慎实则非常简单、草率地下结论："文学作品里也有个等级，虽然我们不能武断地划出几等几级，可是我们心目中总少不了一个标准，用来衡量作品的价值，认出这作品是伟大的，那作品是比较不伟大的"；在《新诗的格调及其他》中，梁实秋再次强调"标准"的重要性，认为当时写新诗的人"以打破旧诗的范围为唯一职志，提起笔来固然无拘无束，但是什么标准都没有了，结果是散漫无纪"；在《一个评诗的标准》中，梁实秋更是跨越文类最基本的审美追求，认为评价一首诗最基本的标准是"把诗译成散文，然后再问有什么意义"，同时指出"意义是最重要的"，"凡是写出令人不懂的诗的人，一定是他自己压根儿的就没有什么可写的，或是糊里糊涂地还没有弄清楚自己所要写的情思，所以结果是产出一些不成熟的晦涩的无意义的作品。有的人美其名曰'象征诗'"②。在这篇文章中，梁实秋混淆了文类的审美界限，难道一首诗的艺术价值最重要的是其意义？正因为梁实秋抱着"以理性驾驭情感"、"以理性节制想象"等反浪漫主义的批评观念，以及他把一首诗的"意义是最重要的"作为评价诗的最基本的标准，所以，当他遭遇梁宗岱的象征主义诗歌理论时，也就很自然地认为梁宗岱的象征主义的理论"不充实"、是一个"迷迷糊糊的东西"；其诗歌理论写作"不用常识，不用理智，不用逻辑方法去思维"，而"用感情，用直觉，用幻想去体

① 梁实秋：《关于白璧德先生及其思想》，《梁实秋文集》第一卷，第 548 页。
② 梁实秋：《一个评诗的标准》，《梁实秋文集》第一卷，第 475 ~ 476 页。

验"——这些都是由梁宗岱"极度浪漫的性格"造成的。

梁宗岱 1924 年秋天出国,先后留学于法国、德国和意大利,1931 年秋天回国。留法期间,梁宗岱于 1926 年春天结识法国著名作家保罗·瓦雷里(梁译梵乐希),并与之成为忘年之交。在对瓦雷里的认识、阅读与理解的过程中,他逐渐形成了中西融合的、同时又非常个人化的象征主义诗学观。对梁宗岱来说,瓦雷里首先是作为他了解和学习法国象征主义诗学的一把钥匙、一个向导,进而促使他上溯到对波德莱尔—马拉美—瓦雷里等象征主义大师一脉相承关系的探索。在高度把握"象征主义"的精髓后,梁宗岱返观中国诗坛,形成了自己非常独特的"象征—契合—纯诗"的象征主义诗歌理论。梁宗岱的象征主义诗论不仅来源于他对法国象征主义诗学的谙熟,同时也植根于他对中国古代文论中意象论、意境论等的理解和把握。对梁宗岱来说,他心目中的"象征"是"藉有形寓无形,藉有限表无限,藉刹那抓住永恒,使我们只在梦中或出神底瞬间瞥见的遥遥的宇宙变成近在咫尺的现实世界,正如一个蓓蕾蕴蓄着炫熳芳菲的春信,一张落叶预奏那弥天漫地的秋声一样。所以它所赋形的,蕴藏的,不是兴味索然的抽象观念,而是丰富,复杂,深邃,真实的灵境"①。也就是说,这种"象征"并不是修辞上的,也不是心理学、生理学上的,而是本体论意义上的。在梁宗岱看来,理想的"纯诗"是"摒除一切客观的写景,叙事,说理以至感伤的情调,而纯粹凭借那构成它底形体的元素——音乐和色彩——产生一种符咒似的暗示力,以唤起我们感官与想象底感应,而超度我们底灵魂到一种神游物表的光明极乐的境域"②,从而指引我们去"参悟宇宙和人生奥义"。因此,"象征—契合—纯诗"论不仅从诗歌的形式上追求纯粹性,还从诗歌的内在质地上追求纯粹性,这就使梁宗岱的诗歌理论走上对象征之境的追求和宇宙意识追求的精神之旅,充满着哲学和玄学的意味。在《象征主义》一文中,梁宗岱的宇宙意识不仅有对西方泛神论思想的吸纳,同时也有对中国传统文化中天人合一思想潜移默化熏陶后的转化,形成自己与众不同的宇宙意识,这样使本来就带有宗教神秘主义面纱的宇宙意识更增添了一层虚无和晦涩的色

① 梁宗岱:《象征主义》,载马海甸主编《梁宗岱文集》(评论卷),中央编译出版社,2003,第 66~67 页。

② 梁宗岱:《谈诗》,载马海甸主编《梁宗岱文集》(评论卷),中央编译出版社,2003,第 87 页。

彩。建立在这种宇宙意识基础之上的梁宗岱诗歌理论当然也就无法认同自"五四"以来胡适提出的"诗须要用具体的做法，不可用抽象的说法。凡是好诗，都是具体的；越偏向具体的，越有诗意诗味"[①] 的诗歌观念；更无法认同胡适和梁实秋他们在 20 世纪 30 年代提出的"诗必须明白清楚"的诗歌理论。所以，梁宗岱在面对梁实秋于大大小小的文章中的"辱赐教言"后，终于忍无可忍，写了《释"象征主义"——致梁实秋先生》一文，批评梁实秋"缺乏哲学底头脑，训练，和修养实在达到一个惊人的程度"，并重申自己充满个性化的"象征—契合—纯诗"的象征主义理论。

三

　　梁实秋和梁宗岱的争论发生在"新诗的纷歧路口"。新诗从其发生伊始，就有意无意地接受了外国诗歌的影响，在短短十几年的时间里，早期新诗人在对外国诗歌的翻译、介绍、借鉴和吸收的过程中，中国新诗在形式上经历了自由诗、格律诗、商籁体和无韵体等的创作实践。但是，一方面，由于现代汉语本身的不成熟，还处于"言""文"的磨合与提炼之中，使得各种诗体的实践在语言工具的运用上就产生巨大的分歧和争论；另一方面，也因为早期的新诗人对西方近代诗歌形式理论理解的不完全，却又急于冲破旧体诗形式的束缚，导致了后来的新诗作者和读者对自由诗、格律诗等的误解，如把自由诗的写作简单地等同于一句话或几句话分成的"行子"，格律诗则被讥为"方块诗"或"豆腐干块"等。在诗歌的内在质地上，中国新诗由于处在"五四"新文化运动的宏大历史方阵中，在个人和民族国家都急迫地求解放的语境下，它必然带上了个人主义、人道主义和浪漫主义色彩，使早期新诗出现情感泛滥、散漫无纪的倾向，因而梁实秋提出"以理性驾驭情感"、"以理性节制想象"对于早期新诗的滥情主义倾向无疑起到了纠偏的作用。但是，当新诗的发展走到一个分歧路口时，梁实秋却和胡适提倡"明白清楚"的"胡适之体"诗歌，并一再地攻击梁宗岱的象征主义

---

① 胡适：《谈新诗》，载《中国新文学大系·建设理论集》，上海良友图书印刷公司，1935，第 308 页。

诗歌理论和其他新诗人创作的具有现代主义倾向的诗歌，这确实给正在转向新的审美经验的新诗带来极其不利的影响。当梁实秋认为新诗最重要的标准是其意义，为获取意义可把诗歌翻译成散文，这就严重地混淆了文类的界限及其美学诉求，也就与梁宗岱的"只有散文不能表达的成分才可以入诗——才有化为诗体之必要"① 的观念形成了鲜明的对照。其实，在梁实秋混淆诗与散文两种不同文类的背后，是其对作为工具的语言在两种不同文类中的功能和效果的误解，因为在"散文所特有的对语言实际而抽象的运用中，形式不被保存，在被理解之后不再继续存在，它在意思明了之后解体，它行动过，它让人理解过，它存在过"；但是，诗歌恰恰相反，它"不会因为使用过而死亡，它生就是专门为了从它的灰烬中复活并且无限地成为它从前的样子"②。

　　梁宗岱自称是新诗的试验者和探索者，他认为新诗自"五四"以来提出的理论或口号"不仅是反旧诗的，简直是反诗的；不仅是对于旧诗和旧体诗底流弊之洗刷和革除，简直是把一切纯粹永久的诗底真元全盘误解与抹煞了"③。所谓"诗底真元"就是指诗之为诗的本体艺术，梁宗岱在这里一针见血地指出了新诗发生以来的非诗化或者说散文化倾向，因而他试图通过融汇中西诗学构建自己独特的"象征—契合—纯诗"的诗歌理论来匡正正处于"纷歧路口"的中国新诗。然而，梁宗岱在阐发自己的"象征—契合—纯诗"的诗歌理论过程中，是从西方象征主义诗学和中国传统的意象、意境理论介入，运用大量的中国古典诗歌来作为论据，从而推导出自己理想的"纯诗"。这种从理论到理论的推衍，而论据又不是从新诗的创作实践出发，就必然使梁宗岱构建的"象征—契合—纯诗"的诗歌理论有蹈空之嫌，而在行文表述中的"超度"、"神游物表"、"光明极乐"、"不朽"等词汇，使其象征主义诗论的核心——"宇宙意识"——更充满了玄学甚至是神秘主义的意味。所以，梁实秋批评其诗论"捣鬼！弄玄虚"并不是空穴来风。遗憾的是，梁实秋并没有指明梁宗岱在构建他的诗歌理论过程中所出现的

---

①　梁宗岱：《谈诗》，马海甸主编，《梁宗岱文集》（评论卷），北京：中央编译出版社，2003，第88 页。

②　〔法〕瓦雷里：《论诗》，段映虹译，《文艺杂谈》，天津：百花文艺出版社，2002，第337 页。

③　梁宗岱：《新诗底纷歧路口》，马海甸主编，《梁宗岱文集》（评论卷），第156 页。

"裂缝"，而一味地指责象征主义是"神秘主义"，"象征主义的文学，不过是捣鬼，不过是弄玄虚，无形式，实在亦无内容"，反而使自己遭致"缺乏哲学底头脑"的嘲讽；更让人遗憾的是，梁实秋批评象征主义诗论是为胡适和自己的"诗必须明白清楚"的诗歌理论张目，这就有开历史倒车之嫌。

在《抗战与诗》中，朱自清在勾勒抗战前新诗发展趋势时写道："抗战以前的新诗的发展可以说是从散文化逐渐走向纯诗化的路。"① 梁实秋和梁宗岱的争论表面上看是意气之争，但是，若把他们的争论置放在中国新诗理论发展史上来看的话，其彰显出来的理论内涵是否也可以说是散文化与纯诗化的争论？从成仿吾《诗之防御战》对胡适《尝试集》的批评，到格律诗派的闻一多、徐志摩等人对初期白话诗从形式上对其进行反拨，再到穆木天《谭诗——寄沫若的一封信》对胡适的清算，直至梁宗岱的"象征—契合—纯诗"理论对"五四"以来新诗发展中的非诗化、散文化总的清理，中国新诗在艺术上正逐步走向诗的本体。从某种意义上说，中国新诗由散文化走向纯诗化、从非诗走向本体的诗的过程中所发生的一次又一次的新诗观念的论争，推动了中国新诗写作与理论的发展，梁宗岱与梁实秋的争论的深刻涵义也许就在于此。

（作者单位：福建龙岩学院文学与传媒学院）

---

① 朱自清：《抗战与诗》，朱乔森编，《朱自清全集》第 2 卷，南京：江苏教育出版社，1999，第345 页。

当代诗歌中的现代性

无中之有

——当代中国诗歌的现代性透视

骆　英

"绝望之为虚妄，正与希望相同。"

——鲁迅散文诗《希望》所引裴多菲诗句

一

虚无主义越来越成为全球化时代的文化危机的根源。

在现代性的自证体系中，虚无主义拥有同一的谱系。

尼采为虚无主义进行了本质性概括："上帝死了"。他说："'上帝死了'，基督教的上帝不可信了，此乃最近发生的最大事件……这事件过于重大、遥远，过于超出许多人的理解能力，故而根本没有触及他们，他们也就不可能明白由此而产生的后果，以及哪些东西将随着这一信仰的崩溃而坍塌。有许多东西，比如整个欧洲的道德，原本是奠基、依附、根植于这一信仰的。断裂、破坏、沉沦、倾覆，这一系列后果即将显观。"[1] 因为"最高价值自行贬黜了"，因此尼采做出了推论："我描述的是即将到来的东西：虚无主义的来临……对于虚无主义即将到来这一事实，我在这里不加褒贬。

---

[1]　尼采：《快乐的科学》，黄明嘉译，漓江出版社，2007，第23页。

我相信将有一次极大的危机，将有一个人类进行最深刻的自我沉思的瞬间：人类是否能从中恢复过来，人类是否能制服这次危机，这是一个关于人类的力量的问题。"当然，尼采肯定地说"这是可能的"[1]。

丹尼尔·贝尔进一步总结："虚无主义是人类的宿命。由于社会如此脆弱，一个举动，一颗炸弹，便能把文明撕成碎片，摧毁所有规定，将人剥得只剩下本能。"他解释说："价值虚无之所以成为时代的特色，根本上是现代性本身出了问题，尤其是经济高速发展中的文化裂变的结果，也就是资本文化社会内部经济、政治、文化相互脱节断裂的结果。"[2]

实际上，从启蒙时代起，欧洲的文学思潮中，虚无主义情绪几乎坐落于文化艺术潮流的中心，表现了荒诞、痛苦、焦虑、抑郁、怨恨以及厌世的人类心灵困境，映射出对现代性的反思与抵抗，深深渴望"回家"。

中国在拥抱现代化、全球化的同时，也陷入了现代性的迷宫。

在争论谁的现代性的同时，其实，也存在谁的虚无主义的问题。一方面，作为人类文明共同进程的现代化表象，现代性如骑在鹅背上的通灵者，在全球化的工地中来去自如——在这个意义上，中国社会蔓延的虚无主义情绪可以在尼采的虚无主义理论谱系中找到依据；另一方面，后发先至的中国现代性困境在"三千年未有之大变局"时，价值体系的确证遇到巨大挑战。其中，对虚无主义在传统文化中的再回视，既有必要，亦困难重重。

老子曰："吾所以有大患者，为吾有身，及吾无身，吾何有患？"庄子的"至人无己，神人无功，圣人无名"提倡的是虚无；佛教的"六趣"则把人生置于"空"的轮回，"一切有为法，如梦幻泡影，如霜亦如电，应作如是观"，讲的即是一切空寂。这是中国社会虚无主义祖谱，是中国知识分子的文化基因。

因而，虚无主义在当代中国具有了源头性场域和他者性特点。其无法自宫，也不可能刮骨疗伤。

二

20世纪80年代以来的当代中国诗歌从朦胧诗潮开始，就具有强烈的虚

---

① 尼采：《快乐的科学》，黄明嘉译，漓江出版社，2007，第732页。

② 丹尼尔·贝尔：《资本主义文化矛盾》，江苏人民出版社，2010，第1～3页。

无主义特征。

以"我不相信"为起点，体现的是一种以虚无主义为载体的质疑。

《中国，我的钥匙丢了》，是一种幻灭的悲愤及痛苦。

《傍晚穿过广场》，以解构"革命"、"解放"及"广场"的模式表达了历史的虚无性。

《有关大雁塔》让历史的英雄、崇高情节黯然失色，回到一切不过如此的虚无状态。

《中文系》对存在者的身份嘲讽、自虐，表达了价值体系的疑问。

《在哈尔盖仰望星空》以神秘而虚无的星空让我们变成了无足轻重、诚惶诚恐的荒原之子。

《〇档案》是一次冷寓言，把不可能存在的"人"的符号一撇一捺、一点一顿、一字一句地拆解得干净彻底，构造了一种虚无主义的诗歌美学经典。

《阿姆斯特丹的河流》带来的是焦虑、不安以及无法融入的时代情绪。那种一切都突然抖动起来的没有孩子的空旷街道在滚动的河流旁，让人伤感、无助。

《静安庄》的"我"很无助，是一种对时代的疑问，更主要是对"我"的一种"人"的存在的怨恨。

《神女峰》的"与其在悬崖上展览千年/不如在爱人肩头痛哭一晚"，可以读解为对"人"的工具性的命运的反思，对以往的"存在"的虚无否定。

至于已经大众化、世俗化的《面朝大海，春暖花开》，就是因为那种放弃的悲观主义的虚无化的乌托邦情绪直抵时代的虚无主义码头，演化成今天的小时代经典。

从新诗诞生之日，虚无主义就成为诗歌写作的文化资源。

传统文化中的老庄、佛家无为文化，一切皆空的价值体系已成为中国社会的精神建构，由此成为新诗的内生谱系，所以，优秀的诗歌作品无不浸淫其中。这是一次自觉的继承行动，目的是指向人性及人生，与历史的动荡、生命的无常相对抗，有着积极的审美意义。

出于对现代化进程的渴望与期待，中国文化从历史、传统的角度被虚无弱化，它们从"五四"时代的启蒙到20世纪80年代的再启蒙，都转向了西方。宏大叙事的解体造成"最高价值的贬黜"与"家"在何方的困惑，导致虚无主义文化思潮涌起。在此背景下，虚无主义变成了形形色色的寓言方式，隐身于各种各样的诗歌审美争论中。

现代性困境以更激烈的前所未有的场域贯穿于中国的现代化进程。一系列政治事件的发生，社会阶层的大分化，改革狂欢后的利益分歧及城市化带来的"公社"解体，人的家园感的丧失，还有文学艺术的市场化，诗人写作的退场、边缘化，都造成了价值观的虚无崩塌。这些被迅速反映在当代诗歌的写作中，既体现了当代诗歌的张力和活力，也为当代诗歌向文本写作和艺术写作提供了新路径。例如，知识分子写作与民间写作其实都是一种与现实拉开距离，采取批判、对立的立场；都具有现代主义或者后现代主义的色彩；都是对当代社会的虚无主义回应及企图从虚无主义的内核中突破，寻找或建造一种形而上的乌托邦净土。

最后要说的是，百年来中国知识分子面对现代性始终处于被动接受消化的处境，在激烈的争论中，到现在还没有形成与中国的现代性现象相向的理论体系。文学创作实践一直缺乏一种中国的现代性审美批评护佑，其结果显现为：象征主义、现代主义、后现代主义、新古典主义和浪漫主义被混杂一体，虚无主义成为一种写作技巧或是个性化的时尚。于是，我们看到的不少山寨版的波德莱尔、兰波、艾略特……从这一现象出发，写作的诗人们不得不开始自己言说，对虚无主义写作激情进行虚无主义的圆梦。此外，作为先知先觉者，诗人的写作在无意识地透露了虚无主义的私人性表达之后，还有意识地追求虚无主义美学表达，从艺术表象上仿古及"尼采化"。

上述方面，构建了中国新诗尤其是朦胧诗以来以虚无主义为核心的诗歌美学的现代性特征和写作实践。

三

在中国的传统文化中，虚无主义的指向有着积极色彩：道家的无为文化的目的是人格独立的健全；出世不是自弃，而是针对物欲社会的自避法则，同样强调的是人生责任。在这个意义上，"无"成为"有"的突破方式。佛家的"空"是"人"脱"苦"的宗旨，"人"之所以"苦"，是有欲念、贪念、恶念等；修行入虚无，"人"就具备了形而上的境界。"悟道成佛"，佛是智者，是拯救者，又是彻底的虚无者。所以，修佛的过程又是虚无的过程，最终，摆脱了各种罪孽。这是一种向死而生的态度，有着形而上的彼岸意识。

虚无主义在尼采那里分解成三个层次：否定的虚无主义，消极的虚无主义，以及积极的虚无主义。积极的虚无主义是尼采批判和克服虚无主义的办法，"它可以是强者的标志：精神力量可能如此这般的增长，以至于以往的目标（信仰、信条）已经与之不相适应了……另一方面，它也可能是不充分的强者的标志，目的是创造性的重又设定一个目标，一个为何之故，一种信仰"[①]。这是尼采对柏拉图主义的超感性价值世界的否定，是价值重估的开始，是艺术化生存的序幕。尼采以后，虚无主义是巨大的文化危机课题。然而，"一切坚固的都烟消云散了"，现代性的风险越来越不可控。现代文化的悲剧性困境体现为生命与形式的冲突与对抗。工具理性使人生存于铁屋之中，"由于这个原因，生命与形式从一开始就处于一种潜在的对抗之中，并在活动的许多领域表现出来。从长期来看，这种紧张关系最终会发展成为一种普遍的文化危机"。[②]从审美现代性角度出发，现代主义表明了抗拒姿态。与现实相对立、保持距离，以追求纯粹的美，纯艺术的态度表示了价值重估，以他者的角度重新审视被异化了的文明。这种被异化了的文明导致"人""只有在距离的基础上他才可能对自然产生真正的审美观照，此外通过距离还可以产生那种宁静的哀伤，那种渴望陌生的存在和失落的天堂的感觉"[③]。这是现代主义的战斗姿态，这是一种穿过虚无主义迷雾，寻找新的彼岸的文化行动。我们可以从艾略特、波德莱尔等一大批星光灿烂的诗人作品中找到例证。

20世纪80年代，是中国社会的思想的再启蒙时期。从荒诞中刚刚抬起头，星空反映的是虚无，一场以重新的现代化场景为共识的改革为文化的复兴提供了平台。从"我不相信"开始，虚无主义在当代中国诗歌里就表现

---

① 尼采：《权力意志》，孙周兴译，商务印书馆，2007，第401页。
② 德国文化社会学家齐美尔的观点，转引自杨向荣《距离：现代主义艺术的一种思考》，《文艺理论研究》，2005年第4期。
③ 〔德〕齐美尔：《货币哲学》，陈戒女译，华夏出版社，2002，第389页。

出来积极建构的欲望冲动。以自我确认的朦胧诗开始，当代中国诗歌写作一方面通过对往事的虚无主义质疑、哭诉表示断裂情绪，另一方面又以"相信未来"的宣言表达了对价值重估的认同和期待。来到 21 世纪，身处全球化时代的中央广场，中国的现代性已经成为中国文学现代性，在面对人类共同的文化危机的同时，也亟待回向传统文化寻找克服文化危机的资源。在图像化的世界面前，现代性已成为现代中国人必须面对物欲化、世俗化、碎片化的难题。经过 30 年的文化恶补，中国的知识分子已经打通了东西方文化的通道，并提供着中国的现代性智识。在"小时代"、"我是流氓我怕谁"的虚无主义泛滥时刻，面对虚无主义成为文化重建的课题，可惜的是当代中国的诗学批评没有出现有效的美学反应——我猜想可能是由于禁忌心理所致，也有很大可能是知识结构的更新不足所致。庆幸的是诗人们以积极的态度在写作实践中表明了对当代虚无主义的突破，从否定的消极的虚无主义情绪中脱身而出，寻找一种新的诗学建构，构建一条新的审美通道，从而激发了当代中国诗歌的张力和活力，终结了仰慕、摹仿和遵循的西方诗歌情节。中国诗歌以群体的态势彰显于世界诗坛，必将引领一次全球化时代的诗歌美学价值重估，成为全球化时代文化危机根源的虚无主义的强大克星。

作为例证：有必要读一读西川、欧阳江河、臧棣等人的近作。

西川是难得的在诗歌手艺上巧夺天工的当代诗人。在"上帝"的"坏孩子"波德莱尔划着现代主义的独木舟，载着他的"恶之花"顺流而下之后，西川从哈尔盖的星空下出发，带着他的圣餐"远游"。他是少有的读书人、破谜者，完成了现代主义诗学知识结构的更新。波德莱尔以恶之美的忧郁、颓废表达了对资本主义社会的不屑与抵抗，凸显美的现代性和主观性。对他的诗学体系来说，在现实世界中，丑的东西更具真实性和丰富性；他可以透过粉饰，掘出一个地狱，表达了对美的高贵的现实世界现象的怀疑；他看见的美是以特殊形式展示的，也就是说他能看见别人看不见的东西。所以，他表示："如同任何可能的现象一样，任何美都包含某种永恒的东西和某种过渡的东西，即绝对的东西和特殊的东西。绝对的、永恒的美不存在，或者说它是各种美的普遍的、外表上经过抽象的精华。每一种美的特殊成分来自激情，而由于我们有我们特殊的激情，所以我们有我们的美。"波德莱尔通过社会及精神堕落、人的丑恶来找出艺术之美，做了一次病态的审美叙事，与传统的现实主义和浪漫主义审美价值掰了一回手腕。从这个意义上看，现代主义的诗学体系建立伊始就表明了其否定和虚无的立场。

西川与波德莱尔的秘密通道有待进一步考证，但是西川的现代主义诗学观点的完美成熟确实是有迹可循，其主要特征应该是西川具有独特的能力找到他的美，表达他的激情。他的诗歌主题涉及的多具形而上的终极性追问，他喜欢用大词、智识考古，做本源性的诗艺探险，通过处理死亡和还乡、荒诞、超验等主题，力图从一种高贵的纯洁的灵魂的虚无陷阱中自救，做彼岸的摆渡者。由此，他成为当下少有的能够写"大诗"的诗人，是一个具有突破可能性的诗人。阅读他的三首近作，我惊讶于他随意穿越虚无主义的篱笆，来去自如，举重若轻，让我感到了他与波德莱尔遥相呼应。只不过西川更狡黠，诗里诗外都具有了寓言色彩。

《醒在南京》（作于 2013 年 7 月 14 日 – 11 月 21 日），总计 129 行。诗人以半梦半醒的状态自问自答，制造了一种亦真亦假、亦古亦今、亦分裂亦淡定和亦高贵亦低下的美学对比。"天醒的一刻我闭着眼听见雨声呃呃呃是听了半生的雨声并不浪漫"，诗句中透出无聊及无奈；然后，"奇怪/乡村的小雨淋在城市的大脑壳上/小雨中的杏花张望着窗畔喝茶的小文人这是我印象里的江南"。这是一种哀怨，是无法还乡的伤感，意思是印象里的江南永久失去了，无奈身在醒在南京的当下。"怎么没有鸟鸣呢这是清晨的错还是鸟雀的错/不知道我在用盲人的耳朵搜寻吗"；"或者鸟雀已相约不再啼鸣"。人的主体化和工具化后，我们已经丧失了与自然对话的兴趣，鸟鸣还是不鸣，听得见还是听不见都是无关真相，这已成为了诗人寻找家园的发问。实际上，"分裂的现实感我内心的鸟鸣早已开始"；"它们分成十六个派别选择在我心里吵嘴/它们吵嘴时顾不上为旭日而歌唱"。现代性的社会是高风险的社会，利益的诉求多元化让社会充满了焦虑、不安、怨恨，这些恰恰是构成虚无主义情绪的基本词汇。所以，诗人又接着说："而窗外的鸟鸣尽量满足孟浩然的倾听/仿佛窗外的世界不是真正的世界，只有出了事的世界才是真正的世界/不出事的世界不让人相信它的真实性仿佛它是虚拟鲍德里亚也有说不准的时候。"顺手把孟浩然请出来，又把鲍德里亚挽过来做了一次现代性批判。活在鲍德里亚的虚拟的象征的世界是现代性的世界，是真正的然而是出事的从而是应该逃避的虚无的；孟浩然的不出事的世界不是真正的世界。因为它不会再存在了。在现代性面前"一切坚固的都烟消云散了"；"听见厕所冲下水的声音我活着别人也活着"；"但把尿直接撒到长江里的事我不干就像孟子吃肉而远庖厨/是有点虚伪是文明的必要虚伪/人如能躺在床上眺望长江我会虚伪而快乐地大声感谢合法的生活和非法的生活"。这是一种寓言式的自白反讽，以犬儒主义的姿态表现了现实的社会生存现实，是诗人"哦不能明说的不满和不屑说出的抱怨"。最后，诗人有点伤感，空虚了，"端午将近/端午在任何国家都没有意义只在江南有意义而江南就是我床下这块土地/这也是吴地但也是楚地吗/我在楚国有朋友我在吴国没有朋友我在江南倒也有朋友。而此刻，我一个人"。何等的悲凉，再梦醒的江南，吴国楚地已成烟云，古往今来独自一人。诗人发够了呆、无聊之极，讲了一个此江南非江南、此世界非世界的寓言，这是一首现代性的虚无主义的哀歌。无奈之下"我撩开被子下地双脚认进一次性纸拖鞋/深呼吸/站稳"。

是的，一定要深呼吸/站稳，在这个充满风险的现代性世界。

《潘家园旧货市场玄思录》（作于 2014 年 1 月 27 日－2 月 4 日春节）185 行。这是一个真与假的寓言，涉及道德、圣人和正派人存在与否，诗人直接指出："骗子与道德模范长着相似的脸，他们合称'人类'/而区分骗子与道德模范不是件容易的事。"诗人极机智，借假古董的旧货市场让我们联想到了现实世界的荒谬与不可思议。"假古董也是劳动成果，成本是免不了，但以假古董售人那是不道德的。/而真古董多为盗墓所得，但那也是不道德的。/整个潘家园就是一个不道德的地方。它为什么迷人？"是的，确实需要问一问：一个图像化的物欲化的工具理性的现实世界为什么会如此迷人？古董贩子"老苏眼红而又聒噪好像沉默会使他飞离这个世界。/在他看来世界就是人群，而不在人群之中那是可怕的。/不得已一个人走路，一个人喝酒，一个人唱歌那是可怕的"。我猜想，诗人有一种与波德莱尔对话的用意，针对工具理性，现代主义的抵抗是非理性和反理性，强调的是激情和怪异。波德莱尔在《现代生活的画家》里把他的天才艺术家称为浪荡子。他说："我很愿意把他称为浪荡子，而我对此是颇有道理的，因为浪荡子一词包含着这个世界的道德机制所具有的性格精髓和微妙智力；但另一方面，浪荡子又……被观察和感觉的激情所左右……如天空之于鸟，水之于鱼，人群是他的领域。他的激情和他的事业，就是和群众结为一体。对一个十足的漫游者、热情的观察者来说，生活在芸芸众生之中，生活在反复无常、变动不居、短暂和承恒之中，是一种巨大的快乐。离家外出，却总感到是在自己的家里：看看世界，身居世界中心，却又为世界所不知。"① 这个浪荡子是不是就是尼采用以克服虚无主义的超人，艺术化生存的代表？他是不是就是那个可以击败马尔库塞的"单向度的人"的斗士？西川的老苏不停地说话，"他时常消失，不知他是否越过了道德的边界。/消失时他也许是个假人，/神明再把他捉住变回真人扭送回潘家园"。他必须被西川扭送回来，因为他只有回到潘家园才是真人，因为潘家园就是他的世界，而他只有在这个卖假古董的世界卖假古董，他才是真实的老苏。这是一个虚无主义的悖论：离开潘家园的人群，不卖假古董回到道德这边，他就是不存在的，虚无的。波德莱尔的浪荡子不在人群中，他就是一个傻瓜，一个"单向度的人"，不再是天才，不再有漫游的激情。有了如此的感悟，诗人最后说："真与假，寂寞的物件。/半真半假的物件同样享受寂寞的风雨、日光和星光。/而偶见人骨和兽骨的旷野，还有大音稀声的群山乃是寂寞本身。" 虚无之极，令人唏嘘。

《开花》（作于 2014 年 6 月 3 日）121 行。其节奏迭进，横行霸道，以一种尼采的强力意志，气势咄咄逼人，又以一种波德莱尔的"恶"劲，恣意放纵，这是一首罕见的至臻的时代之作。诗人似乎是如人不耐于北京雾霾一样终于思而无可忍，向虚无主义时代呵斥怒吼。

波德莱尔在他的《腐尸》里，将太阳照射的腐败女尸身比喻为开花。他说："天空对着这壮丽的尸体凝望，/好像一朵开放的花苞。"这朵花苞实在令人难以忘怀，因为她是独一无二的恶之花、恶之美，波德莱尔举起这朵花，向世界展示的另一种审美通道。但西川的花始终没有命名，你不知它是牡丹还是罂粟，是马兰花还是天堂鸟。他以上帝的口气喝令她开起来，"你若开花就按我的节奏来，/一秒钟闭眼两秒钟呼吸三秒钟静默然后开出来"。这是一种自信而又野性的口吻，可以想象为一头从现代性的铁笼里终于冲出来的大熊回到了本性。他为什么要让花开呢？应该是这个现实世界缺点什么

---

① 《波德莱尔文学论文选》，郭宏安译，人民文学出版社，1987，第 481～482 页。

了吧。诗人是在替天行道，因为他说"开花就是解放开花就是革命/一个宇宙的诞生不始于一次爆炸而始于一次花开"。这是典型的形而上推论。为此，可以想到：西川从一个放大了胆子，但屏住呼吸领取到圣餐的孩子终于长成了西川，带着现代主义诗歌建构的密旨，怀有西西弗斯般的使命情怀来构造他的诗歌花园了。所以，在整首长诗中，诗人一口气都不喘，命令、请求、下跪、哄诱、絮叨、抽打，逼迫花朵盛开。这样急切的心情可以解读为是一种诗艺至臻后对突破的渴望与行动，揭识当代中国诗歌的一个突破点和高度。也可以认为是对现实世界的彼岸期待和乌托邦式的虚无主义宣泄，是一种在 21 世纪的现代性困境中换个活法的方案。"在你和你的邻居闹别扭之后/在你和你的大叔了小姨子拍桌子瞪眼睛突然无所适从的时候/你就开花换个活法。"谁能否认呢？也说不准这是个当代中国诗歌的新活法呢。所以，"开呀/尽管俗气地来吧尽管下流地来/按照我的节奏来你就会开出喜悦的花朵/有了喜悦你便不至只能截取诗意中最温和的部分/你便不再躲避你命中的大光亮"。作为读者我有一种终于得到的心情：当代中国的诗歌实际上已经整体性地长大成人，这是一种积极面对现实世界的成熟过程。在中国现代化实践中，当代中国诗歌直接拥抱了现代性，在审美创作实践中找到了面对现代性困境的途径，因而在"三千年未有之巨变"社会的极大活力张力中始终在场。不论是何种诗歌流派主张，基本上都没有临阵逃脱，不但丰富了当代中国诗歌的技艺，也解决了汉语在当代中国诗歌中的再生长关系。其以难以置信的能力和速度在 30 年的中国改革开放的现代化进程中更新了知识结构，在汉语写作的实践中整体崛起，与世界诗歌有了平等对话能力，西川的近作就是例证。他在写作的冒险中找到了乐趣，也获得了成功，因此，我同意他说的："开花是冒险的游戏/是幸福找到身体的开口黑暗的地下水找到出路。"而且，我愿意跟诗人一起喊："幸福/是等于地上汗孔的幸福集市上臭脚丫子的幸福/抽泣的瑟瑟发抖的幸福不幸福也幸福的他妈大汗淋漓的幸福/开一朵不够开三千朵/开三千朵不够开十万八千朵/开遍三千大千世界/将那些拒绝开花的畜生吊起来抽打。"这是一个现代人的觉醒，是一次突破现代性困境的挑战。不管到底开的是什么花，需要的是开的行动；也许是恶之花，也许是荒原之花，也许是纯诗之花，也许是"人"性之花，确实需要开了，在一个虚无主义弥漫的时代。

西川的三首近作让人睡不着觉了，这种大开大阖，纵横自如的诗歌手艺实在让人叹为观止。可以讲这是现代世界的三个"伊索寓言"，也可以是乌托邦哀歌，还可以说是形而上的超感性世界的叩门声。它们让读者震惊，让读者深思，让读者期望。希望这是当代中国诗歌面对虚无主义的突破开始。因此，我们就应该听西川的话，"你就傻傻的开呀／你就大大咧咧地开呀开出你的奇迹来"。

做为结语，我又不得不把西川拉过来面对波德莱尔。因为波德莱尔似乎是有先见之明，在100多年前给西川留下了一段话："（艺术中的）每一次开花都是自发的，个体性的……艺术家仅仅发源于他自己……他只能自己保护自己。他没有继承人。他是他自己的国王，他是自己的牧师，他自己的上帝。"

确实，需要有所准备和一定的文化修养，才能彻底在西川的近作中找到愉悦。这与知识分子写作无关，而是因为西川为代表的当代中国诗歌长大成人了。而我们的读者，大多在青少年阶段，现代社会并不负责现代主义诗歌审美培育。所以我可以残酷的把波德莱尔的话转述给大家："如果读者自己没有一种哲学和宗教指导阅读，那他活该倒霉。"

欧阳江河的近作是天下皆知的长诗《凤凰》，是当代中国诗坛的大作。以他的功力再度出手，应该是有备而来，胸有成竹。欧阳江河喜欢隔着玻璃看人论事，实际上他也是站在现代主义这边，寻找一种新的审美救赎；他对现实世界保持了高度的警惕与距离，始终拒绝跳到后现代主义的彼岸。也就是说，他一直使用他的诗歌艺术对现实生活进行否定，而不是与之和解。在这个意义上，他具有当代中国诗歌守望者的气质。我们可以找出阿多诺来为他做出说明："艺术之所以是社会的，不仅仅是因为他的生产方式体现了其生产过程中各种力量和关系的辩证法，也不仅仅是因为它的素材内容取自社会；确切地说，艺术的社会性主要因为他站在社会的对立面……艺术的这种社会性偏离是对特定社会的特定否定。"[1] 我猜想，这一定说到了欧阳江河的心坎上了。阿多诺还说："艺术只有具备抵抗社会的力量时才会得以生

---

[1]　阿多诺：《美学理论》，王柯平译，四川人民出版社，1998，第386页。

存，如果艺术拒绝将自己对象化，那么它就成了一种商品。"① 很不幸，在21世纪的今天，艺术商品化已成为现实社会的普遍趋势。

欧阳江河以大胆量、大气魄、大手笔去创造他的《凤凰》，试图通过对虚无的凤凰复活，指向一种乌托邦传奇，反思和对抗他所面对的现实世界。这是一种负责任的艺术态度，具有形而上的使命感和颠覆原罪的冲击力。诗人扮演了女娲的继承者角色，"给从未起飞的飞翔/搭一片天外天/在天地之间，搭一个工作的脚手架"。我们可以理解为诗人一直梦想搭建一个乌托邦理想世界的起飞台，飞离他抗拒、解构的现实生活。这应该可以追溯到尼采的价值重估强力意志，也可以看看海德格尔对"存在"的在思考。总之，对付欧阳江河这样的"老谋深算"的现代主义诗人，我们一定要从形而上的高度理解他的"人类并非鸟类，/但怎能制止高高飞起的激动"这句箴言。现代性困住了人类，上帝不再救赎人类，人类寄希望高高飞起，脱离苦难，这应该是《凤凰》的隐喻。然而，传奇的就是虚无的，谁见过凤凰呢？于是"一种叫做凤凰的现实，/飞，或不飞，两者都是手工的，/它的真身越是真的，越像一个造假"。结果，手工造出来的真身也是假的，不存在的。诗人表达了困惑、无奈。诗行中，大量的现代词汇被使用：钢铁、水泥、民工、CBD、资本、地产商、临时工、暂住证，等等。这些词汇被用来构成一种《二十一世纪资本论》场景——这是一个叫托马斯皮凯蒂的法国人写的关于世界的不平等问题的著作。他问道："私人资本积累的动力是否必然导致财富在越来越少的人手中集中，就象卡尔·马克思在19世界所相信的那样？或者经济增长、竞争和技术进步的平衡力量是否在发展的后期导致各个阶级之间不平等的减少与更大的和谐，就象西蒙·兹涅茨在20世纪所认为的那样？"② 诗人对于这些词汇的处理贯穿全诗，表现出深深地不满和愤恨。"铁了心的飞翔，有什么会变轻吗？/如果这样的鸟儿都不能够飞，/还要天空做什么？"为什么如此焦虑不安呢，因为"那些夜里归来的民工，/倒在单据和车票上，沉沉睡去。/地产商站在星空深处，把星星/像烟头一样掐灭。他们用吸星大法/把地火点燃的烟花盛世/吸进肺腑，然后，

① 阿多诺：《美学理论》，王柯平译，四川人民出版社，1998，第387页。
② 〔法〕托马斯·皮凯蒂：《21世纪资本论》，巴曙松译，中信出版社，2014。

优雅地吐出印花税"。接下来更是令人拍手叫绝的隐喻，"转世之善，像衬衣一样可以水洗，/它穿在身上就像沥青做的外套，/而原罪则是隐身的或变身的：变整体为部分，/变贫穷为暴富。词，被迫成物。/词根被银根攥紧，又禅宗般松开。/落槌的一瞬，交易获得了灵魂之轻，/把一个来世的电话打给今生"。由此，当代中国诗歌在与现代性的对话中获得了一个节点，对抗的味道极强，显示了自广场、手枪、玻璃工厂、纸手铐以来的欧阳江河情节的使命性。"凤凰"的重生是通过艺术的虚无交配而成，艺术穿戴上了白手套，念着咒语复原了一种传奇。这种传奇刻意与垃圾、废品有关，刻意与资本、市场、原罪有关，具有了全新的后现代性的审美破坏力量。其留给诗人无限的创作想象空间，以隐喻出发，再回到隐喻，在象征之上，再确立象征，拥有了历史意义的审美现代性。所以《凤凰》在现代主义诗性上，在传达与现实的关系和对未来的指向上，都使隐喻、象征这些诗性指涉达到了"还乡"的目的：谁的现代化，中国的现代化；谁的现代性，中国的现代性；谁的凤凰，中国的凤凰；谁的虚无主义，中国的虚无主义；谁的欧阳江河，中国的欧阳江河。

"凤凰向你走来，浑身都是施工。/那么，你会为食物的多重性埋单，/并在金钱的匿名性上签名吗？/无法成交的，只剩下不朽。因为没有人知道不朽的债权人是谁。"这的确是一个大问题。现代性是一项未竟的工程，民族复兴的宏大叙事正如火如荼，贫富差距日益加大，吉登斯的现代性风险正在应验。我们往那里去呢？在物欲的虚无主义文化危机面前，我们谁来抵抗呢？欧阳江河的凤凰能飞起来吗？他能帮我们找到一个乌托邦的神秘园吗？欧阳江河似乎有点底气不足了，他报告："凤凰把自己吊起来，/去留旋而未决，像一个天问……将落未落时，突然被什么给镇住了，/在天空中/凝结成了一个全体。"

原来如此。欧阳江河，谢谢你如此坦诚，说出了真相。

欧阳江河一直在建构自己的诗学体系，他有一种世界的视角，因而，他的写作资源具有很强的外来性；也因此，他具有了一种超视距现代主义审美能力。他从庄子那里偷艺而来的是哲思式的诡辩习惯，他和庄子一样，说着许多原发性的隐喻，描写一些人类没有见过的传说动物，增加了事物的神秘、神圣，压迫读者的思想，强迫读者屈服，甘拜下风。在他言说的事物的一半是另一半的一半时，你就无语了。因为，你就跟阅读庄子一样，被宏大、机智、寓言、虚无所征服了，自认渺小，获得了一次心服口服的审美历程。此外，在某种意义上，欧阳江河是不是有点像波德莱尔的"浪荡子"呢？一方面，他在现代性中受益掘宝，喜爱那种"光亮、灰尘、喊叫、欢乐和嘈乱的街头"，那种"生命力的疯狂的爆炸"的街头；另一方面，他则始终清醒，决不跟人群"他们"融为一体。"他如此之深的卷入他们中间，却只为了在轻蔑的一瞥里把他们湮没在忘却中。"也许，这就是欧阳江河喜爱玻璃的原因吧。在这个意义上，他的《凤凰》算不算是也具有主人的这种矛盾特性21世纪的宠物呢？

欧阳江河的诗学体系直接建立在现代主义架构上，而且从来不隐晦绝不妥协的审美立场。这是当代中国诗歌非常难能可贵的。《凤凰》的批判色彩极浓，是对抗现代性的让人眼睛为之一亮的佳作。诗人蓄势待发，把肚子里的存货恨不得一首诗用尽，以至于少见的不得不在再版时以注释的方式与读者见面。这也是他的强势风格体现！不但要强迫性阅读，还必须强迫性理解。这样的后果可能会是：《凤凰》不再起飞，诞生之日就死亡了。因为，文本到此为止，诗歌到此为止，读者到此为止，生长到此为止。何得何失，是不是值得考虑，值得发问一下呢？此外，大量的典故、知识、考古充斥诗中，会不会使诗歌丧失灵动性，不再是艺术品而成了工艺品了？那么，"误读"还成立吗？本来，《凤凰》应该更美更传奇的，这是我的遗憾。再啰嗦一句，古典诗词不都是这么死去的吗？

算了，看在欧阳江河快成了传奇的份上，就放他一马吧。因为，《凤凰》也许能飞起来呢，毕竟，我们不能埋没在虚无主义的尘埃中，我们需要有一个彼岸，我们需要一个21世纪的乌托邦。

我们来谈谈臧棣。他是当代中国诗歌界的幸运儿，今年的"渡·爱2014外滩艺术计划"为他选了一条船，叫"臧棣号诗歌船"，选了他近作22首。臧棣的诗早早自成一体，是当代中国诗坛的标志性人物。我一直在脑海里有一个场景：他是一头遍体金黄的鱼，在残荷满塘的叶子下吐出一个又一个神秘的泡泡。当然，那是一片夕阳下的诗歌圣殿中的池塘。为什么呢？我想是因为他的诗歌的神秘性。

在浪漫主义诗歌潮流来到中国时，其实，很多诗人不明浪漫主义的虚无指向。许多诗人很快从滥用抒情滑向了空虚、痛苦、无望以及死亡。幸好，现代主义来了，聪明的中国诗人们学会了控制激情，度过了青春期写作。然而，臧棣一开始就是有所节制。我相信是维特根斯坦帮他定了神："世界上的事物是怎样的这一点并不神秘，神秘的是它是那样存在的。"这句话也许激发了臧棣的灵感，他从此一直向诗神告解，从而保持了他的诗性的一贯性、一致性，成为一个无法复制的诗人。他对现代诗歌理论知识的占有也让我吃惊，他和西川都有构建自己的诗学批评体系的能力，这可是整个世界诗坛难能可贵的。受益于此，他和西川的写作都懂得节制，再狂野，再散漫也能即刻回神、淡定如初。这22首诗是2014年2月5日至7月12日之间创作的，题目都是臧棣式的说不上好，也说不上坏。但是，与西川一样，他的写作体现出了当代中国诗歌的高度和深度，也是当代中国诗歌全面成熟的重要标志。

臧棣的每一首作品都似乎一定是要掉入到事物的细节，这也许是他意识到了自己讲述不能讲述之事物的能力超常吧。在这一方面，他确实可以自恋，因为他的这种独特观察能力以及对缺少诗意的事物表达出诗意来的本事确实无人可及。现代主义诗学要求创作不再朝向实在的现实生活，而是朝向与之对应的一面，并且主张打碎生活使之变形。这是审美现代性赋予现代主义诗学的任务，被现代主义诗人奉为圭臬。臧棣讨了巧，他站在旁边看，不苟同，不造反；他涂满了一些浪漫主义色彩，让他的诗歌既神秘又略带伤感，还与现实保持了距离。也许，这是一种原发性的臧棣诗学吧。如果有人用到了晦涩来谈他的诗，那一定是那个人的智识结构没有及时更新补充。臧棣每当把头埋进他的诗句里时，那是他在水下里吐泡泡。你并没有必要也把头伸进去吐泡泡，因为你读到了晦涩，其实已弄懂了他一半的诗意了。例如，他的《兼职速记》里有三个角色：蝴蝶、另一个我、盲人。然后，"另一我"同时还是个乞讨者；"另一个我"负责受"蝴蝶"邀请采访黑暗，然后，作为乞讨者又去乞讨，三小时后又变成盲人，但"每天只乞讨10块钱"。为什么，因为"这差不多也是黑暗的一个底价"。很有意思，蝴蝶只负责邀请，之后就消失了。去哪里了？你别问别管，反正是黑暗中，去向不明。给你一种美的担忧，美的闪念。10块钱什么意思，这就是一天的生活费，最低的生活成本。我是跟蝴蝶为伍的人，自在高洁。品朝露，吃落英足矣，这是一种君子的气节。那么，黑暗呢，一定让人迷茫吧，"但你猜错了。我其实也没见过黑暗"。是的，所有的人都猜错了，我是盲人，"我的确没看见过光明"。那么，我如何见过黑暗呢？诗人以平静地回忆勾画了一幅让人心里很不舒服的事物构图。可是，恰恰是好诗，才让你有点不舒服，一定是击中了你心灵深处的某些东西。你很失望，因为你有一种预期中的美学等待。诗人很聪明也很狡猾，他偏偏不给你所要的审美体验，怪怪地让你就是不舒服。乞丐、盲人、蝴蝶、光明、黑暗都是似有似无的，都具有虚虚实实的疑问，完全打破了现实生活的规律。因此，作为一个阅读者，你完了，落入了他的审美陷阱；当然，反过来说，你因此增加了审美经验。这是什么呢，这就是晦涩之美。恰恰就是这种晦涩之美表达出了不可表达的诗意，你才真正引起了心灵的反应。臧棣骨子里具有诗人的天性：伤感，有虚无癖好。他在《春天的志愿者协会》一诗里刻意透露出了一种"还乡"情节，"湖边，桧柏因灰尘而陈旧……/我不怕灰尘，但害怕灰尘的年龄—/尤其是依附在树木身上的灰尘的年龄"。这种哀伤的情绪是指向过去的，也同时指向了未来。以虚无的话说，指向过去，是因为岁月流逝，物是人非，这可是典型的李清照情绪；指向未来，则不可预测。两头都不落好，两头都不着落，人生如此，不过一个虚无罢了。诗人的这首诗不显晦涩，但是沉抑。说到底，"人人都渴望/在即将落下的雨中焕然一新，仿佛唯有我/不屑将这些灰尘作为一种代价"。波德莱尔的浪荡子欢天喜地地挤在人群中，是现代人。"我"呢，则愁绪满心，与人人焕然一新拉开距离。这是乡愁之美，也是虚无之美，是一首好诗造成的审美效果。《嫌疑犯丛书》是典型的现代性困境表现，在西美尔那里，"人们在任何地方都感觉不到在大都市人群里感到的孤立和迷失"。波德莱尔的浪荡子被爱伦·坡称为"人群中的人"，而人群是一种可怕的威胁。所以，在现代性的今天，诗人在人群中不得不保持高度的警觉，遇着嫌疑犯的他，同样紧张。"他努力想掩饰的和我一样：/我们的警觉已变成我们的折磨：不是你像我眼中的他，就是我/是你心里的他。而他极力掩饰着/你我对他的鉴别。他的反应/如同伟大的群众演员。更诡异的，/还没有到达目的地时，作为同方向的乘客，/我对他的鉴别，也是你对我的鉴别。"一种典型的他人即地狱的现代性情节。一场史无前例的无产阶级"文化大革命"彻底把"人"消灭了，工具理性达到极致。因为没有从文化根源上清理"文革"，致使今天中国社会人与人的信任程度极为低下。诗人是经历过的人，所以，能极为传神地捕捉细节提示了现代社会的人的生存危机，促使读者不得不考虑当下生存的真实性。

在此，也要提一提诗人、翻译家田原，他也写过一首关于《逃犯》的诗歌，是同样的情绪，每个人都是追捕者，是猎人，每个人也都是逃犯，是猎物。《二月的校园丛书》写的是大雾天，因为什么都模糊，所以一切都在变形，一切都值得怀疑。比如"你的背影里像是漂浮着/一只野生的棕熊。偌大的世界可疑的归宿可疑就可疑在/落叶正在为你刷卡。/你退出，人，紧接着挤了进来—/人走着，但猫才更抽象。/猫的脚步更轻柔。猫移动时就好像/雾，刚卖掉了一口白棺材"。这真是为现实世界描绘出的一幅诡异景象。你的身份是不明白的，"人"的动作更可疑，猫呢，则抽象的不可思议。最后，是死亡的象征——一口白棺材。这是诗人心中恐惧的诗化反应：我们都是上帝的孩子，可是上帝死了，没有人照顾我们了。这个现代性的世界危机四伏，而那一口白棺材卖给了谁呢，谁将是死亡者呢？

《呀诺达丛书》让人惊讶地表达了人的厌倦，虚无的过客情绪。我们可以回忆起韩东的《有关大雁塔》。那是一种历史情节，英雄叙事的消解。在这里，我猜想诗人无意有回应情绪，而是以旁观者的身份做一种箴言式的告白："此地生动于天堂竟还能被借用多次。/效果也很突出：上山时，你不过是游人；/下山时，你是你的过客。"是的，我们谁不是现代性的过客呢？我们谁又不是自己的过客呢，托尔斯泰的伊凡·伊里奇到死才明白这个道理。波伏娃的福斯卡却因为不死而痛苦；陀思妥耶夫斯基的地下室人苟且偷生；屠格涅夫的父与子无所事事，构成了一幅现代性困境的悲剧场景。所以，诗人在短短的一首诗里再重复一遍时，我们已不必凄凉，只是谢谢诗人的再一次提醒罢了。

《非凡的仁慈丛书》是 22 首诗的结尾之作，呼应了肖斯塔科维奇"请在我们脏的时候爱我们"。诗句很顺畅清晰，结语虽然有点形而上，但一样可以做一次关于虚无主义的延伸解读。诗人的目的是回答为什么"请在我

们脏的时候爱我们"这样一句箴言，但最后他却以再一次审美覆盖的形式
又形成了箴言："我们拥抱着，练习互相扎根—/这样的冬眠几乎没有破
绽；/但节奏稍微一慢，你就纯洁得有点复杂，/就好像在时代的幽灵面
前，/最纯洁的人显然比最纯洁的植物/给世界带来了更多的麻烦。"太好
了，我的解释可以更为流畅：我们在什么时代？在全球化时代，在第三次工
业革命到来的时代；谁是这样的时代的幽灵？当然是现代性。启蒙传奇让人
成为主体，宰制万物，且在科技和进步的护佑下具有了巨大的控制能力，结
局是"给世界带来了更多的麻烦"。这是间接对波德莱尔的"恶之花"审美
的回应，最纯洁的未必是最善的，最脏的未必是最美的，最进步的未必是最
有益的。

　　臧棣的 22 首近作实际上是摆脱了晦涩为主的写作习惯，有了陌生化写
作的突破，对事物的观察也越来越与现实生活有直接关系，隐喻的美学手法
更自然，没有刻意的成分。诗在象征的表象后掩有更多的形而上东西，对词
语的分配过渡更为简约节制；韵律感依旧很强，浪漫主义气质更为冷静。他
不喜欢大幅度调用知识考古学元素，这使他能照看到一首诗的整体意象，增
添了诗意的美感，并在总体上保持了干净、雅致、细腻、善意、景深、气
味、箴言及异质性。在神秘的气息后保持了诗歌王子般的魅力，臧棣是中外
诗坛上深具特色的指向未来的诗人。

结　语

　　当代中国诗歌是在中国近 30 年改革开放的现代化全球化浪潮中与现
代性深深拥抱的；它走过了自我指涉，自我确定的阶段。从概念到体系，
当代中国诗歌的现代主义框架像中国经济的迅猛发展一样，也得到了快速
度的历史性突破。回首往事，其实是一个野蛮生长的过程。从失望开始，
到怨恨、痛苦、忧郁，恐惧、苦闷以及革命冲动。30 年来的中国社会政
治经济每一种重大事件都直接影响冲击了当代中国诗歌。最致命的击打是
物欲化、世俗化、商品化后的社会虚无主义思潮。不仅面临形而上的最高
价值重估问题，也必须面对后现代主义的撕扯。没有人一开始就是清醒

的、坚定的、指向未来的，在各种诗潮的争吵谩骂中，每一个人都喊哑了喉咙；从来没有如此多的诗学主张，也从来没有如此广泛而激烈的诗学讨论。这应该是与诗学如何处理传统关系有关，也与如何对待现实世界有关，当然，更与如何处理与西方的诗学文化关系有关。应该说，在人类文学史上，似乎还从来没有一个民族的诗学会突然面对如此复杂、如此陌生、如此充斥入侵意义的文学思潮冲击。当然，相比被动的进入现代化，接受现代性，当代中国的诗学怀有主动、渴望的体态。之所以在短短30年内当代中国文学就站在了世界的平台上，而没有迷茫，被现代化"化"掉，是因为存有两种文学理论体系或者说价值估值。一是传统的意识形态支撑的在时间上线性的起主流作用的体系，这一体系依然以体制的形态保持主流社会的审美偏好，它的作用在于保护了传统下的民族审美没有全面崩溃，而且，显示了强大的生命力，并且与当代中国的政治生态、经济形态社会关系相辅相成；二是因为前者的稳固、强势和前所未有的文化宽容，伴随着改革开放的思想交锋，现代主义文学思潮爬在中国的现代性理论体系建构的背上以完整的面目来到了中国。最重要的是，现代性的张力随中国经济、社会的快速发展很快张显；利益诉求的多元化、价值重估的多重可能性、全球化之中的东西方冲突以及人类共同面临的生态危机、恐怖主义危机、生存危机、文化危机等都激活了中国当代社会的前所未有的回应和由此产生的社会活力。当代中国诗学在这种大背景下很快改变了生态，从"新诗的崛起"至今，诗人们走在了批评家的面前。社会形态为写作提供了新的审美资源，写就是美，就是涅槃，就是突破。因为人类当下所有的现代性困境都在中国的当下展示，让诗人们的写作几乎是在近代史上第一次没有了顾忌和羁绊——有如此丰富可以反复咀嚼的历史伤痛和民族崛起的悲壮，以及终于可以直接面对的西方世界文化资源。遗憾的是文学批评界可能因为人大都在体制内、教室内，需要一种传统的审美教育研究的延续性，也可能是因为语言能力所制约、更可能是因为意识形态的文化主张不接受或丧失能力更新现代性知识结构，结果，是诗人们不得不出来自圆其说。

在此，我必须事先说明：我绝没有要求选边站队，也绝不是以挑拨挑衅的方式发难，我只是希望在如此宽松的学术环境下面向世界加紧推进中国诗学的体系建设，让当代中国诗歌在下一个30年贡献于世界。

总之，30年的当代中国诗歌的状态总体处于生长期及成熟期。环顾世界，可以说当代中国现代主义诗学已经完全独立，中国现代主义诗学体系正在最后形成，我们拥有了北岛、多多、舒婷、西川、于坚、欧阳江河、翟永明、臧棣、王家新等一批形成了个性诗学写作风格的世界诗人。这是一次中国诗学的真正崛起，是一种必然，也是一次事件。

本文原想分析上述其他诗人近作，可惜光明老师的稿约时限已过，不忍给他添麻烦，只好作罢。分析的过程中亦是我的诗学知识的更新过程，我有一种如释重负的感觉，那就是：面对当下的中国虚无主义思潮，上述诗人们都具有一种自觉的突破意识，他们以指向未来的姿态重新架构了审美情趣，以诗歌的手工艺大师的气质建造了稳固、透亮、现代、简洁的当代中国诗歌大厦。

当然，我也必须说明：现代中国必须面对虚无主义，视其为文化危机。简单的意识形态式的批判和否定是无济于事的，因为虚无主义来源于现代性也抵抗着现代性，有直达人心底部的生命终极发问的力量。以相信未来的姿态建立具有新浪漫主义色彩的诗学审美未必不是一种尝试，我以为西川、欧阳江河、臧棣已经敲开了上帝之门，发现了这一诗学的历史秘密。

最后，我的心底在兴奋之后，产生了一种伤感。我想以海男的一首诗作为本文的结束，也许，这就是我们作为现代"人"面临的现代性困境的写照："忧伤的黑麋鹿在旷野迷了路／它在荆棘的微光中趴下，吮吸着／溪水中的青苔，然后倒地而眠／宛如用颤栗的梦境划分天堂或地狱的距离"。

谁是黑麋鹿？谁迷路了？是你？还是我？上帝呢？上帝会迷路吗？

（作者单位：北京大学中国新诗研究所）

蒙着面纱的缪斯

——浅谈朦胧诗与中国诗歌现代性

王性初

摘　要： 中国现代诗发展迄今，已经历了百年历程。进入 21 世纪的今天，研究中国诗歌现代性，离不开 20 世纪 80 年代在中国大地冒尖的"朦胧诗群"及"三个崛起"所带来的又一场促使中国诗歌现代性的洪流般的冲击效应。它冲决了中国诗坛大一统的"红诗堤坝"，重新构建了中国文学体系中的"诗生态平衡"。

如今，重新回顾、理性评价当年朦胧诗现象在中国诗歌现代性中的作用与局限，为中国诗歌现代性的发展提供前瞻性的借鉴，进一步遵循党的"百花齐放，百家争鸣"的方针，为构建中国诗歌新的现代诗学创造有利的条件，中国诗坛呼唤另一次"新的崛起"。

关键词： 朦胧诗　三个崛起　诗生态平衡　新的崛起

翻开中国 20 世纪 80 年代的黄页，是一个非常特殊、非常纠结又令人欲说还休的年代。"四人帮"被粉碎了，欢欣鼓舞中携带着愁绪万千；一丝希望中掺杂着几分迷茫。中国的文坛，虽然出现了以"文革"为背景的"伤痕文学"，但是，诗坛仍是像谢冕老师所说的："我们中国的诗歌是一个封闭的诗歌，与世隔绝的一个世界，与世隔绝的一个诗歌，诗歌越来越单调，越来越贫乏。"诗坛只有一家"红诗食堂"在支撑着门面。就是在这种沉闷的环境中，朦胧诗出现了。

一、朦胧诗撞开了"红诗食堂"之门，让诗坛出现"诗自助餐厅"

1949 年后的中国诗人，有人形容说看起来有许多，有诗人有作品，但其实只是一个人，这个人就是"大我"，所生产出来的产品都在"红诗食堂"里陈列。在陈列的菜色中，不管是民歌体，还是"马体"或是其他什么体，其实只有一种口味，姑且称之为"颂"味吧，人们没有选择。我们并不反对唱颂歌，我们只是希望诗坛的口味多元些，在诗歌的森林群落中有一种自然的"诗生态平衡"。我觉得诗歌在心灵的创伤中孕育，因为心灵曾经受过创伤，因此才能写出感人的诗歌来。古今中外，概莫能外。我们为什么歌颂和平？因为我们受过战乱的心灵创伤；我们为何歌颂爱情？因为我们曾经饱受过失恋的创伤；我们为何歌颂光明？因为我们曾经在黑暗中感到恐惧，在黑暗中无辜惨遭迫害；我们为何歌颂开放改革？因为我们曾经遭受闭关自守带来的创伤。

也就是在颂歌飘扬之际，在这时，突然冒出了一群年轻人，他们想表达自己的审美情趣、人生价值以至生命的呼唤。正如当时"崛起派"大将孙绍振所指出的："朦胧诗意味着一种新的美学原则的崛起：一、不屑于作时代精神的号筒，不屑于表现自我感情世界以外的丰功伟绩，而是追求生活溶解在心灵中的秘密。二、强调自我表现。三、对于传统艺术习惯的背离。"这时，中国的一些刊物，特别是《诗刊》，陆续刊登了被称为"朦胧诗"的诗歌。他们用自己的诗歌作品，撞开了"红诗食堂"的大门。这在中国诗歌界，其实不仅仅是诗歌界，可以说从整个文学界扩展到思想界、理论界引起了一场关于诗歌的大辩论。历史是无情的。当时，面对新崛起的"朦胧诗"，一批只会烹调"颂"味的"诗厨"以及一批吃惯了"颂味"的遗老遗少对其进行了"围剿"，企图维持"红诗食堂"一家独大的经营，但在新的思潮面前，现在再去检验他们当时的言论，实在没有必要再去重现那些十分浅薄与可笑的文字。

要说朦胧诗群，虽然有一批崭新的名字，但是，他们又是以自己的声音，写出个人对生命的感悟，用自己的视角表达对社会的呐喊。他们撞开了"红歌食堂"之后，用台湾诗人向明的说法，诗坛就像是一个"自助餐厅"。于是，给人们的选择变得多样化。因为朦胧诗的出现，完全打破了"红诗食堂"垄断中国诗坛的大一统局面，他们的功绩在中国新诗的史册上树起了一座丰碑。

总而言之，今天我们谈到朦胧诗的贡献，对于当代诗人而言，朦胧诗对我们的影响是怎么夸大都不过分的。我们所熟悉的北岛、多多、顾城、杨炼、舒婷、江河、昌耀、食指，这几位诗人的写作划开了一个时代，即不再按"红诗食堂"里的菜色烹调。朦胧诗的出现虽然仍然带有国家与民族振兴的使命，但它主要的贡献在于：让诗回到了诗歌和个体本身；朦胧诗解决了"自我"的问题，使"我"成为主体。事实上，只有"我"成为主体之后，诗歌才能完成它确立的首要基础；在完成对"自我"的肯定之后，朦胧诗之后的中国诗坛，才真正开始了"诗自助餐厅"的时代。

二　蒙着面纱诗神的局限

当我们充分肯定"朦胧诗"在中国诗坛打破"红诗食堂"的垄断地位中的历史性作用之后，不得不回过头来，总结它的局限。

1. 在内容上，给中国思想界补钙不足

1984 年至 1986 年，是"朦胧诗"的过渡期与衰落期。

社会现实的变迁，黑夜的阴影在阳光的照射下逐渐散去。在新的时代意识面前，传统保守与落后的无形脉络正在烂掉，旧的迷雾正在澄清，因而习惯在黑暗中歌吟光明，在丑恶中追求纯真与歌颂英雄。我们可以回顾一下自新诗诞生以来的情景。"五四"运动催生了新诗，"五四"时期也涌现了一大批著名诗人。接下来，20 世纪 20 年代、30 年代、40 年代、50 年代……每个年代都有众多名诗人出现，而且根本用不着间隔十年，有时三五年、有时一二年，都有一些诗人进入人们的视野，他们的诗作也被人传诵。朦胧诗群当然也有其代表诗人与诗作，给人们留下了思想启迪与揭示人们内心对真理的渴望，对光明的追求。但是，因为它的意象是朦胧的，表达方式是隐晦的，因此人们不能苛责朦胧诗不能像中国古代的诗人，诸如屈原、文天祥、

岳飞那样，发出振聋发聩的声音，引起浴血奋战的惨烈。

即使是一些人们所熟悉的诗句，如北岛《一切》中的："一切都是命运/一切都是烟云……"，《回答》中的"卑鄙是卑鄙者的通行证/高尚是高尚者的墓志铭……"顾城的《一代人》中的"黑夜给了我黑色的眼睛，我却用它寻找光明"，也很难与近代诗人田间的那首《假如我没不去打仗》"敌人用刺刀/杀死了我们/还要用手指着我们骨头说：'看哪，这就是奴隶！'"相比。因为朦胧诗的朦胧，它是蒙着面纱的缪斯，它不可能像战场上冲锋陷阵的战士，它只能委婉朦胧地发出萨士风般的变调与风笛似的旋律。更有人将朦胧诗与《抗日诗抄》《革命烈士诗抄》《天安门诗抄》相比，指出朦胧诗并没有那些"红诗"般的鼓舞人心的战斗作用。其实，这与朦胧诗所处的时代有一定的关系。因为"四人帮"已经被打倒，朦胧诗的敌人已经不是面对面的冲刺与搏杀，他所面对的是精神的压抑，人性的摧残，"小我"的忽视，因此它不是冲锋号，不是刺刀匕首。我们只要朦胧诗能撞开"红诗食堂"的大门，让中国诗坛出现"诗自助餐厅"的局面，就足以显示朦胧诗在思想界留下的功绩；我们不能苛求朦胧诗给中国思想界以强有力的"补钙"作用。

2. 在艺术上，基本没有超出"五四"新诗的领地

至于朦胧诗在艺术上的成就，绝对超越了"红诗食堂"中那些单一、别无选择的"菜肴"；然而，如果从"五四"以来中国新诗所走过的漫长诗路历程来看，有人觉得朦胧诗从中汲取了某些营养，但在艺术上的总体成就依然没有超出"五四"新诗的领地。

中国新诗经过近百年的风风雨雨，在它的丰碑上铭刻下许多至今不朽的诗篇，几乎每个年代都有着不同的诗人经营着不同的诗歌流派。例如：

20 世纪初至 20 年代：尝试派、文学研究会（人生派，为人生派）、创造社（早期浪漫主义）、湖畔诗派、新格律 诗派（新月派）、中国早期象征诗派；

20 世纪 30 年代：中国现代派诗群（中国现代主义）、汉园三诗人、七月派；

20 世纪 40 年代：中国新诗流派、九叶诗派（九叶诗人）；

20 世纪 50 年代：台湾的蓝星诗群（蓝星诗社）、创世纪诗群（创世纪诗社）。

从中可以看到，在诗坛上，原先的"诗自助餐厅"还是经营得有声有色的，也留下了许多灿烂的诗篇，而至今读者还记得他们的名字：胡适、刘半农、朱湘、徐志摩、冰心、郭沫若、宗白华、应修人、汪静之、林徽因、刘梦苇、闻一多、邵洵美、卞之琳、陈梦家、李金发、穆木天、王独清、戴望舒、卞之琳、何其芳、李广田、苏金伞、冯至、纪弦、辛笛、徐迟、南星、艾青、胡风、田间、彭燕郊、牛汉、鲁藜、绿原、阿垅、曾卓、邹荻帆、穆旦、杜运燮、陈敬容、郑敏、袁可嘉、金克木、徐迟、李瑛、郭小川、公刘、张志民、闻捷、贺敬之、郑愁予、余光中、覃子豪、蓉子、周梦蝶、向明、洛夫、张默、痖弦、杨牧、辛郁、管管、非马、商禽、叶维廉……

当然，我们记忆犹新的还有朦胧诗群的食指、北岛、杨炼、多多、舒婷、芒克、顾城、江河、梁小斌、严力、王小妮、林莽、傅天琳……

在那五光十色的"诗自助餐厅"中，他们各显特色，将中国现代诗歌的特点演绎得十分出色，也给今天中国诗歌的现代化提供了许多可供借鉴的经典。但不可否认，朦胧诗人的作品并没有超出"五四"以来新诗的领地，只是因为20世纪50年代后，中国诗坛只有一家"红诗食堂"在提供单调的菜色，人们长久已经习惯了"红诗"的口味，因此当朦胧诗以崭新的口味出现在诗坛时，让人们的审美口味焕然一新——只是与那垄断一时的"红诗"比较，因而给诗坛以空前的震撼力。从此，朦胧诗走进了中国现代诗坛的"诗自助餐厅"，并站稳了自己的品牌，而获得了它应有的地位。

三　中国诗歌现代性前瞻

1. 维护"诗生态平衡"的可喜局面，进一步遵循党的"百花齐放，百家争鸣"的方针

改革开放的30年来，中国诗坛可以说出现了空前的繁荣景象，但是，就像习近平主席最近指出的，我们的文艺有高原，没高峰。我们的诗坛曾出现了许多新的流派，诸如羊羔体、梨花体、废话体、口水诗……我们的诗歌传播更借助网路，出现在电视屏幕、手机里、QQ里、微信里、微博上，但似乎尚未出现真正让民众喜闻乐见、振奋人心、广为流传并能像唐诗宋词元曲一样流传千古（因为还没有受到时间的筛选）的当代优秀经典诗歌。中华民族是有悠久诗歌传统的民族，我们希望通过整合、争鸣、倡导，让诗人们写出真正反映伟大时代、反映人民心声的伟大时代作品。

今天，好不容易出现的"诗生态平衡"局面，不要因为在"诗自助餐厅"中出现了几道味道异样，甚至不很健康的食品，就大惊小怪。随着人们审美品位的提高，加上诗歌评论家的正确导向，在"诗自助餐厅"中，人们有权选择自己喜爱的菜色，也有权拒绝、摒弃某些下三滥的"诗歌"。重要的是千万不要重蹈覆辙，破坏"诗生态平衡"的局面，让"诗自助餐厅"再次关闭。

2. 呼唤新的崛起，展现诗歌的正能量；在"诗生态平衡"中发展，在"诗生态平衡"中淘汰

在总结"朦胧诗"以来的经验时，我们没有忘记当时"三个崛起"的评论家的杰出表现。特别在今天，诗坛的"诗自助餐厅"中，出现了许多可令评论家大显身手的机会，但是，我们的评论家却噤若寒蝉，哑口失声。再也没有出现诸如"三个崛起"那样可引领时代潮流，面对种种无法与时代同步的评论，发出振聋发聩的声音。中国诗歌如何在继承传统与适应时代步伐的整合中开创中国诗歌新的里程？这是我们中国诗人与评论家的共同职责。

我们的时歌正面临着时代新的挑战，我们要让真正的好诗得以传播、普及，我们可以让诗歌进入手机，建立"诗墙"……现在，电视节目中有"中国好诗词"，可是那仅限于古典诗词，我们呼唤"中国当代好诗词"。另外，我们的微信中有"为你读诗"、"诗在线"，等等，希望能出现更多当代的诗歌经典作品。

诗歌的"自助餐厅"中，只有摆出更多以新的美学烹调的诗食谱，只有吸引更多的人光顾、品尝，只有靠更多评论推荐、介绍和评论那些味道鲜美且充满了正能量的诗歌菜谱，诗歌才有望更加繁荣。也只有在诗歌繁荣中，经过时间的磨砺，才能让诗歌在"诗生态平衡"中发展，在"诗生态平衡"中淘汰。

（作者单位：美国《中外论坛》杂志社）

铭记苦难与诗的伦理

——论"归来诗人"铭记历史创伤的独特方式

李文钢

摘　要： "归来诗人"以他们的诗，留下了一场历史灾难中的幸存者的证词，在人类的文化记忆中矗立起了一座座诗的纪念碑，这是他们铭记历史创伤的独特方式。他们的诗歌创作，避免了情感的直接宣泄，遵循着诗歌艺术自身的美学伦理，是一种诉诸人类文化记忆的"专门化实践"。如果我们理解并记住了他们的诗，也就永远铭记了他们的伤痛。

关键词： 归来诗人　诗歌创作　文化记忆　创伤记忆

在 20 世纪中国诗歌史上，有一个十分重要而独特的诗歌创作群体，他们虽然没有共同的创作理论，没有形成相近的风格——有的甚至差异极大，但却在一段被扭曲的历史中承受了类似的苦难，经历了大致相同的命运，因而，有一条无形的情感纽带把他们连结在了一起，使得他们的诗歌创作都要共同面对如何处理和表述一段惨痛的创伤记忆的课题。这个诗人群体就是今天已为人们所熟知的"归来诗人群"，其中包括了 20 世纪中国诗歌史上多位重要诗人：1955 年因"胡风集团"事件而"陷落"的"七月诗"派（胡风、鲁藜、绿原、牛汉、曾卓、冀汸、彭燕郊、罗洛等）；1957 年"反右运动"中被划为"右派分子"的诗人（艾青、公木、吕剑、唐祈、唐湜、苏金伞、公刘、白桦、邵燕祥、流沙河、胡昭、梁南、昌耀、孙静轩、岑琦、孔孚、周良沛、杭约赫等）；因在诗歌观念与艺术方法上不能适应"新时代"的要求而选择了"假寐"①的"九叶"诗人（辛笛、郑敏、陈敬容、杜运燮、袁可嘉）；以及在 1958 年被定为"历史反革命分子"的穆旦和在 20 世纪五六十年代屡受批判、20 世纪 60 年代初已不能公开发表作品的蔡其矫等。

在 20 世纪 50 年代中后期那一特定历史时刻，他们几乎同时被打入"冷宫"，从人们的视野中消失了，一别 20 多年。在这 20 多年里，他们遭遇了各种各样的不公正待遇，屡受创伤，饱经风霜。当他们终于在 20 世纪 70 年代末"归来"时，已是伤痕累累。20 年的光阴，差不多是人生岁月的四分之一，创作生命的二分之一，而在"归来诗人"那里，这宝贵的光阴以一种十分荒诞的方式被剥夺了，一切都已无法追回。就像艾青在《失去的岁月》一诗中的感叹："丢失了的不像是纸片，可以拣起来，/倒更像是一碗水泼到地面/被晾干了，看不到一点影子。"②"归来"以后，他们所经历的苦难也如同被蒸发的水，没有在社会公众的视野中留下影子；除了默默接受一纸平反通知，他们并没有得到更多的理解和补偿。

与"文革"受害者的创伤经验明显不同的是，"文革"的历史错误因被明确归责于毛泽东的错误发动和"四人帮"、林彪"反革命集团"的利用，且在"文革"结束后还曾出现过一段较为宽松的反思"文革"的历史环境，这就为"文革"受害者表述自己的创伤记忆提供了有利条件。而对于 20 世纪 50 年代即开始受难的"归来诗人"来说，他们那一段饱经屈辱的历史只是被认定为"冤案"，却没有承担罪责的施害者，是无法追责的创伤。"归来诗人"对于自己创伤经验的表述和创伤记忆的建构也没有获得类似的宽松环境，他们在"归来"后因有怨言而被迫做自我批评的事件仍不时出现。如 1981 年，诗人孙静轩因觉得受了"委屈"而"带有怨气"③地写下《一个幽灵在中国大地上游荡》一诗，发表之后即受到严厉批判，他本人及发表了此诗的《长安》编辑部均公开做了自我批评。

---

① 郑敏：《郑敏诗集·序》，《郑敏诗集：1979—1999》，人民文学出版社，2000，第 9 页。
② 艾青：《失去的岁月》，《星星诗刊》1980 年第 2 期。
③ 《〈幽灵〉作者认真作自我批评》，《长安》1981 年第 12 期。

　　如同人们已经认识到的："承认集体政治罪过的忏悔，需要借助某种公开承担的仪式，成为一种公开宣誓，而不只是一种私人性质的良心负担"①，社会的集体行动对于修复创伤有着极为重要的意义。而"归来诗人"显然并没有等到这样的忏悔或仪式，内心的伤痛仍不时地在折磨着他们。随着改革开放的"春风"吹遍大地，人间仿若旧貌换新颜，那些曾经批斗他们的人，曾经向他们吐口水、踹飞腿的人仿佛一夜之间全都不见了；除了"十恶不赦"的"四人帮"，好像每个人都成了受害者，都只是被利用了的好人。于是，他们留在心底的创伤也就永远只能留在心底，再也无处去追账了。然而，那些真切的伤痛还在，那些伤痛并不像黑板上面的字可以随意擦去，那些伤痛已经改变了他们。

　　根据西方创伤心理学的研究，他人的支持反应可以缓和创伤事件对人所造成的冲击，与他人分享创伤经验，则是饱受创伤的人对世界恢复有意义感的条件。"社会的反应对于最后是否能解决创伤问题，有强大的影响力。弥合受创者与社会的裂缝，首先有赖于社会大众对于创伤事件的认知，其次则有赖于某种形式的社会行动。一旦社会大众体认到人们受伤了，社会就必须采取行动，为伤害担负责任并修补伤害。这两种反应——体认与修复——对重建幸存者的秩序感和正义感是必要的。"② 以第一次世界大战遭受战争创伤的退伍军人为例，他们正是在要求建造纪念碑、设立纪念日、举行公开的纪念仪式并要求个人伤害补偿的行动中确认了他们在战争期间所经历的杀戮和死亡所带来的创伤的道德意义，这些要求的满足（尤其是战争纪念碑的建造）对于他们疗伤止痛起到了效果明显的作用。而"归来诗人"则显然没有获得这样的社会条件的支持，除了默默接受一纸平反通知书，他们大多并没有做出寻求公正和赔偿的努力。这样，他们就必须在自己的创伤没有得到普遍承认与反思的环境中发展出一种自我安慰、自我化解的能力，他们必须在社会公众没有为他们的创伤建造纪念碑的情形下自己为自己建立起诗的纪念碑。这一心态为他们的诗歌创作提供了不竭的动力源泉。

---

① 徐贲：《"反右"创伤记忆和群体共建》，《在傻子和英雄之间：群众社会的两张面孔》，花城出版社，2010，第 346 页。

② 〔美〕朱蒂斯·赫曼：《创伤与复原》，杨大和译，时报文化出版企业有限公司，1995，第 95 页。

　　牛汉曾经期待："后人研究我的诗，也认清了这一段历史。"① 几乎一致地，"归来诗人"在希望着人们能够通过他们的诗去理解他们。他们的这一努力，乃是渴望将自己所经历的创伤诉诸"文化记忆"，体现了他们要为自己的苦难求得更久远的后世的理解的雄心。德国学者简·奥斯曼曾经阐明，文化记忆的特点是"通过文化形式（文本、仪式、纪念碑等），以及机构化的交流（背诵、实践、观察）而得到延续"，"通过文化的型构，一种集体的经验开始结晶，一旦接触这种经验，其意义就会突然跨越千年而再一次变得触手可及"②。不同于最多只能留存 80 年到 100 年的交往记忆，文化记忆可以"跨越千年"，而要想建构起这种能够得到永久流传的文化记忆，则必须"依赖于专门化的实践"③；只有当遭受创伤的群体"拥有在公共领域诉说其宣称（或许可以称为'制造意义'）的特殊论述天赋"，他们才能有效地诉说其创伤体验④。对于"归来诗人"来说，他们既是一段特殊历史灾难的承受者，又是"特殊天赋"的拥有者，这一"特殊天赋"就是诗歌创作。为了诉诸文化记忆，他们必须凭借其"特殊天赋"写出真正"专业化"的，可以称得上经典，并在文学史中站得住脚的诗歌文本来。而要做到这一点，首先就必须遵循诗歌自身的美学伦理。

　　人们相信："诗歌是一份擦去原文后重写的羊皮纸文献，如果适当破译，将提供有关其时代的证词。"⑤ 而这一证词成立的条件则是，它并非文献式的原文，必须以诗的方式"重写"。因此，"归来诗人"的诗有必要对他们所遭受的苦难事实保持适当的距离，而以诗所特有的"赋、比、兴"手法间接地去触及它们。这样的处理不仅不会减弱诗的力量，反而会因为其隐忍的情感而使得诗歌艺术避免直白的宣泄，从而孕育成为能取得更为恒久

---

① 牛汉口述，何启治、李晋西编撰：《我仍在苦苦跋涉——牛汉自述》，生活·读书·新知三联书店，2008，第 278 页。

② 〔德〕简·奥斯曼（Jan Assman）：《集体记忆与文化身份》，陶东风译，陶东风、周宪主编：《文化研究·第 11 辑》，社会科学文献出版社，2011，第 7 页。

③ 〔德〕简·奥斯曼（Jan Assman）：《集体记忆与文化身份》，陶东风译，《文化研究·第 11 辑》，第 9 页。

④ 〔美〕杰弗里·C. 亚历山大（Jeffrey C. Alexander）：《迈向文化创伤理论》，王志弘译，《文化研究·第 11 辑》，第 21 页。

⑤ 〔波〕切斯瓦夫·米沃什：《诗的见证》，黄灿然译，广西师范大学出版社，2011，第 15 页。

的见证力量的艺术品。

张志扬先生在他的《创伤记忆——现代哲学的门槛》一书中提出了一个话题："苦难向文字转换为何失重？"[①] 他所追问的也就是：为何我们表现苦难的那些文字和苦难本身的重量并不相符，或者说，我们何以还没有写出能和我们所经历的苦难的重量相当的文字？怎样才能写出与他们所经历的伤痛和苦难相匹配的诗作，这正是摆在"归来诗人"面前的一个重要课题。他们所要面对的，首先是如何维持创作心态平衡避免简单发泄的障碍，其次是如何实现诗歌语言的艺术表达及升华的障碍。

当"归来诗人"们"归来"时，他们终于走出了噩梦般的黑暗。但是，面对着人生的真相和生存的现实，漫长的心理危机仍不断地在纠缠着他们；内心的郁结，既是他们挥之不去的阴影，又是哺育了他们的诗歌创作的土壤。为了维持创作心态的平衡，在外部条件的限制下，很多"归来诗人"选择了以"自我超越"的方式去化解心中的创伤。所谓"自我超越"，即"反诸求己"，依靠自己的精神力量找到一条超越过去的创伤的道路，并以这种方式重新调整和设定了自己安身立命的基础。

"自我超越"的选择，对"归来诗人"的心态产生了重要影响，也直接影响到了他们诗歌创作中的意蕴，此种影响因诗人具体心态的不同又呈现为不同的形态。以昌耀为例，在他的意识中，已将人生历程视为一个苦海，一次炼狱，生活中的一切苦难都被看作当然，因而，他不再纠结于具体历史事件的对与错，获得了一种超然物外般的眼光。在他的笔下，老人无悔的追忆仅有着对于世事的万般宽宥（《先贤》），他甚至劝说圣经故事中那位埋怨恶人逍遥、善良人遭灾的约伯不要诅咒，因为人世无可祈望赦免（《给约伯》）。他偏执地信仰着生活的磨炼或命运之困扰实乃作家之存在、之造就的秘诀，若不经历一次生死荣辱的幻灭终是难于有作家的顿悟，诗人实乃苦难岁月有意孕成的琴键（《艰难之思》）；他所要做的，是在与命运的顽强抗争中向美求生，去完成一个诗人的使命；他因而把自己看作一个苦行僧，无可回归，只可前行（《我们无可回归》）。昌耀就是这样以"人生苦海"的理念解释并坦然接受了发生在自己身上的悲剧，而将人生救赎的希望寄予自

---

① 张志扬：《创伤记忆：中国现代哲学的门槛》，上海三联书店，1999，第 1 页。

己的诗歌创作。

与昌耀相类似，其他"归来诗人"也在以各种不同形式的"自我超越"的心态去面对着过去创伤的历史。如牛汉，他将自己的苦难遭遇视为获得了人生的清醒的契机，并要求自己去清醒地感受这痛苦的命运本身；而对邵燕祥来说，"过去"则被视为一个"做破了的梦"，梦醒之后，他以其杂文去批判和质询梦的荒诞，而让他的诗去直面自己内心世界的真实感受。

在不断地以"自我超越"的方式去疗治内心创伤的同时，他们中的很多人还已经意识到，如果只是简单地回到过去，抚摸自己的伤疤，或者激烈地批判，写不出好诗，更实现不了艺术的新突破。诗歌创作，绝不应简单地停留在"诗人必须说真话"① 的层次，它是不同于现实世界的另一个感觉世界的开掘和建造，必须遵循诗歌自身的美学伦理。

也有些诗人"归来"之后在时代语境的限制下，在个人主观因素（包括诗歌观念和艺术积淀）的影响下遭遇了各种各样的艺术困境。在这些诗人那里，大多存在着忽视诗歌创作的艺术规律，违反诗歌文类特点的现象。以公刘为例，他在"归来"之后的诗，常常将诗歌的价值归结为政治价值，而忽略了诗歌语言艺术的美学特点。如他的《沉思》一诗的最后一节："既然历史在这里沉思/我怎能不沉思这段历史/玩火者！休得放肆！/十年，百年，莫妄动一根手指！"② 在"政治正确"的前提下，公刘也如他诗中所写的"一名期待恶战的老兵"，传递着一种充满火药味的情绪，失去了诗歌创作时应有的冷静和克制。而"反思历史"的责任其实是远非诗歌艺术所能担负和所应担负的，诗并不是要简单地告诉我们曾经发生过什么，或者我们应该去做什么，而是更为关注人们的心灵和具体生命感受，告诉我们生活在这个世界上是何感觉。以公刘为代表的很多诗人，常常停留在了僵硬刻板的理性思维层次，忽略了对于个体内心世界真实生命感受的具体关注和美学提升，因而没有在艺术上取得新的更大突破。这样的创作，虽然有着"反思历史"的野心，却终因其对诗歌艺术自身的美学伦理的忽视而显示出了其单薄简陋处，或许注定无法在人类的文化记忆中留下印痕。

---

① 艾青：《诗人必须说真话》，《中国出版》1979 年第 2 期。

② 公刘：《沉思——读摄影作品〈最后的时刻〉》，《诗刊》1979 年第 2 期。

　　"归来诗人"的创伤经验是独特的，但面对着相似的经验，并非所有诗人都能将其内化为自己独特的美学体验，进一步实现艺术的升华。相形之下，以牛汉、昌耀、邵燕祥、彭燕郊、郑敏等为代表的取得了新的艺术突破和超越的诗人们的成就尤显可贵。在这些成功地实现了新的艺术超越的诗人那里，几乎无例外地"与自己原有的带有功利性质的经验保持距离"，他们多是"再次感觉自己的感觉，感受自己的感受，或者说把先前自己的感觉、感受拿出来'反刍'、'再度体验'"①，从而形成了各自不同的创作个性和情感色彩。他们并不停留于个人的经验世界，而是去力图探索语言所能支配的整个感觉领域，并在遵循诗歌自身的美学伦理的前提下，在由个人创伤经验到独特美学体验的转化过程中，创作出了面貌各异、风格多样的诗歌作品。

　　以邵燕祥为例，他的诗歌的意义，首先在于他在对自己的创伤体验的反刍中发展出了能处理他的创伤体验和疼痛感觉的方法与技巧。当邵燕祥带着伤痕"归来"，他的人生经验已经发生了重大改变。这些新的创伤经验是他以前所熟悉的那些颂歌式的诗歌表达手段和写作风格所难以表现和捕捉的，因此，他必须努力去寻找新的表达方式，赋予自己的新情感以新形式。虽然寻找的过程曲曲折折，他终于找到了适合自己的路，以讲述历史故事的方式来讲述自己，就是这些道路中的一条。在这一创作方向上，最具代表性的作品是创作于 1988 年的《最后的独白——剧诗片断，关于斯大林的妻子娜捷日达·阿利卢耶娃之死》②。

　　在长诗《最后的独白》的表层，邵燕祥通过苏联领袖斯大林的妻子阿利卢耶娃自杀前夜的一番独白，塑造了一个不甘屈辱而又无力反抗，只能以死亡表达抗议的刚烈女性形象。斯大林曾经救了阿利卢耶娃的命，更是阿利卢耶娃年轻时的偶像，然而，幻想着"嫁给真理"的阿利卢耶娃在嫁给了斯大林之后才发现她心中的偶像其实只是一个暴君。在她这个妻子的眼里，斯大林的"丈夫"形象竟是像"严寒"一样冰冷，"用冰雪的大氅/把我紧紧地包裹/还悄悄地、悄悄地问我：/暖和不暖和/暖和不暖和……"这是一

---

①　童庆炳：《经验、体验与文学》，《北京师范大学学报》（人文社会科学版）2000 年第 1 期。

②　邵燕祥：《最后的独白》，《邵燕祥诗选》，百花文艺出版社，1994，第 441 页。

个"好女子遇人不淑"的故事，但作者当然不是想在这样一个表层的故事中探讨家庭伦理问题或者女性主义话题，而是通过一个故事所营构出的"情境"实现了自己特别的寄寓。当我们读到阿利卢耶娃的自喻："做客人间三十年，她发现自己/是从来没有独立存在过的人/一条小木船拖在一条巨轮后飘荡/一头小牝鹿拖在高驾的马车后狂奔"的时候，当我们读到阿利卢耶娃的感叹："我无力埋葬一个时代，只能是时代埋葬我"的时候，就会发现她的命运和曾经也被错误的"时代"无情地"埋葬"过的邵燕祥的命运是多么的契合。当阿利卢耶娃在伤感"初恋只有一次/我的初恋背叛了我/人生只有一次/我却再也没有别的选择"的时候，我们也许马上就会联想到，邵燕祥不是也在伤感自己："沧海横流，日月穿梭一瞬/愚蠢的单恋，一个人的命运"①吗？"愚蠢的单恋"和"背叛的初恋"何其相似。当阿利卢耶娃无奈地说："如果是上帝决定我的命运，你就是上帝。/如果是魔鬼决定我的命运，你就是魔鬼"的时候，我们也会想到，这不正是邵燕祥悲痛地问自己"曾经交给了上帝还是撒旦"②的答案吗？当阿利卢耶娃决绝地说出："无论你是上帝还是魔鬼，/我第一次不再听命运的安排"的时候，不正是应和着邵燕祥的自励"做破了的梦，再不能忍受强奸"③吗？实际上，在邵燕祥的诗中，"恋爱"也许早已成为了他和政治之间的关系的一种独特隐喻。从真诚地"为政治服务"，到被实际政治所"嘲笑、玩弄、甚至迫害"④，不正是一个从"愚蠢的单恋"到"做破了梦"的过程吗？可以说，在阿利卢耶娃的这个故事里，浓缩了邵燕祥在一段特殊历史时期中的心路历程，包含了他全部的"过去"。

正如西方创伤理论所说明的，"讲述和见证是愈合创伤所必须的"⑤。然而，由于意识形态的现实规训，更由于语言自身的固有局限，完全真实的讲述又是不可能实现的。或者，即使能在一定程度上实现，也无法完整表达出

---

① 邵燕祥：《〈找灵魂〉跋》，《找灵魂——邵燕祥私人卷宗：1945—1976》，广西师范大学出版社，2004，第313页。

② 同上。

③ 邵燕祥：《〈找灵魂〉跋》，《找灵魂——邵燕祥私人卷宗：1945—1976》，第313页。

④ 邵燕祥：《我与诗与政治——诗与政治关系的一段个案》，《西湖》2007年第1期。

⑤ 〔德〕加布丽埃·施瓦布：《文学、权力与主体》，陶家俊译，中国社会科学出版社，2011，第145页。

内心的全部创伤与复杂感受。因此，邵燕祥需要找到一个象征来呈现自己的心理现实，进而，他需要创造一个世界，并把这个世界作为一个创造性的转换对象来讲述他自己的创伤。循此思路，我们可以更深入地理解邵燕祥笔下的那些故事——其实，那些故事只是他建成的一所所房子，用来贮存他那郁结于心却无以为寄的情感。故事虽然不是自己的故事，但是故事的主人公却都有着与自己相类似的情感类型。

在邵燕祥的另一首代表作长篇组诗《金谷园》中，作者为我们讲述了另一段发生在公元 300 年的陈年往事。与《最后的独白》相似，它的主题也是关于"世上熄灭了一束美好的青春"[1]。诗中的主人公——美丽而柔弱的绿珠，年仅 15 岁就被荆州刺史石崇以三斛明珠买去做了侍妾；在那声色犬马、诗酒调笑的金谷园，绿珠虽名为侍妾，却不过是一个为主人取悦客人的玩物。这个怯怯的小生灵，常常在挥金如土的宴席上被惊得目瞪口呆，但她并不明白，她所要取悦的那些人，不过是一群血腥、铜臭、会耍阴谋的野兽；当她最后被迫跳楼为石崇殉葬，却又被人们解读为"情愿以身命相许"。小小的绿珠，"只知有晋，哪知道几千年的残暴荒淫"，通过她的命运，邵燕祥再一次诉说了"千百万被践踏的草根的无辜"[2]。

如苏·格兰德所言："讲述故事是为了记录单纯的事实描述中缺少的真理。"[3] 当个人经验中的一些无法言传的隐秘创伤通过故事的形式得到讲述，也就讲述了人生中那些很容易被人们所忽视的带有某种真理性的现象。邵燕祥笔下的这些故事，虽然细节各不相同，却都有着相似的典型情节。通过这些故事，他既讲述了自己内心的创伤，又重新描述了人生的真实。通过这些故事，他还把对自己的痛苦的记录，转化为了对整个人类在痛苦中挣扎着的灵魂的记录。当他讲述了阿利卢耶娃和绿珠的悲剧，不仅让人们理解了两个有着悲剧命运的女人的灵魂，也让人们理解了与这两个女性有着类似命运的更多灵魂，这其中，也包括了他自己。同样作为历史上的无辜受害者，同样的无处申诉，无情的历史毫不在意他们这些小人物的命运，"千万年的北邙

---

① 邵燕祥：《金谷园》，《当代》1997 年第 4 期。
② 同上。
③ 苏·格兰德：《邪恶的繁殖》，转引自〔德〕加布丽埃·施瓦布《文学、权利与主体》，第 135 页。

山要埋尽一个个百年的秘密",把他们的青春"化为沉默的丘墟"①。如西方创伤理论研究所说明的:"常见的是,受创者以伪装的方式重演了创伤情境的某种层面,浑然不知自己在做什么。"②邵燕祥在创作这些故事时也许并没有这一明显的直接意图,但是,潜藏于他无意识深处的申诉创伤的冲动无疑暗中支配了这些创作。

另外,值得注意的是,在邵燕祥笔下的这些故事中几乎都同时存在着这样几种角色类型:加害者、受害者、旁观者、见证者。加害者和受害者的角色是为人们所易于理解的,值得特别关注的,是旁观者和见证者角色的出现。所谓旁观者,即是说他们本来有机会帮助受害者,但是却没有任何反应,在某种程度上,也可以说他们共同参与了迫害。在《金谷园》里,这些旁观者的典型就是那些在石崇的宴席上谈笑风生的宾客,他们十分清楚地看到了受害者的悲惨地位,却同样诗酒调笑,轻薄地拿绿珠取乐。由于这些旁观者的存在,更进一步加深了受害者对人生的绝望;而见证者与旁观者的不同之处在于,他同样知晓给受害者带来"创伤"的事件的全过程,但始终站在受害者的立场上声援他们。在上述两首长诗中出现的见证者形象,就是《最后的独白》中的"诗人"和《金谷园》中的"我"。

长诗《最后的独白》以斯大林的妻子娜捷日达·阿利卢耶娃作为第一人称叙述视角,通过她向斯大林做最后告白的方式写出,倾诉出了一个悲愤欲绝的内心世界。既是"独白",全诗本应只出现阿利卢耶娃这一个角色,但是,作者却在长诗的结尾部分附加了一节"诗人的话"。创造了阿利卢耶娃形象的"诗人"为什么会忍不住自己跑到台前来?他所想要说的话不能通过阿利卢耶娃之口说出吗?是的,"诗人"在这里所表达的,正是已经绝望了的阿利卢耶娃本人所不敢奢望的。阿利卢耶娃,这个绝望了的31岁的俄罗斯女人,以自杀的方式向一位"伟大领袖"做出了勇敢的反抗,在临死前甚至不敢幻想能得到别人的理解。而在半个世纪后,茫茫人海中终于出现了一双能理解她的灵魂的眼睛,这就是"诗人"那满含着同情的双眸。"诗人"的出现,作为一个见证者,证实并理解了阿利卢耶娃的全部苦难。

---

① 邵燕祥:《金谷园》,《当代》1997年第4期。
② 〔美〕朱蒂斯·赫曼:《创伤与复原》,第57页。

"诗人"虽然不能向阿利卢耶娃伸出援手，但是，仅仅是证实与理解，就意义重大。因为，证实与理解，就意味着一种道义上的声援。"诗人"的出现表明：冷漠的人间并非只有袖手旁观者，冰雪的世界尚有希望存在。

在组诗《金谷园》中，见证者则直接以第一人称叙述者"我"的面貌出现。见证者与叙述者双重身份的合一，使他能以更清醒的姿态吹去笼罩在一个虚伪的"爱情传奇"① 上的尘霾，向读者呈现出一个被权势和密谋所蹂躏的苦痛灵魂的内心世界；同时，这种双重身份的合一，也使他能随时跳出具体历史情境，更独立地发表自己的感想和见解，表达出自己的全部悲愤。然而，悲愤也仅仅只是悲愤而已，作为一个见证者，"我"只能眼睁睁地看着绿珠被花言巧语所哄骗，"我无权判定：谁不犯罪；谁犯罪"，更不能"救绿珠于既死"。作为一个见证者，"我"无力去讨还公正，只能无奈地接受不公平的现实，只能悲伤地为夭折的绿珠唱一曲挽歌。尽管如此，正如组诗《金谷园》的最后一句所说，"但，经过了八王之乱以至奥斯维辛之后／世间仍有诗，诗比野蛮更长久"。当见证者以叙述者的身份写出了这首诗，也便把所有那些参与残害了绿珠的"野蛮人"永久地钉在了历史的审判席上。正如作者终于挥起铁锹，铲去了长久以来厚积在绿珠的故事表层的那些虚假爱情的浮土，让我们看到了一个真实而痛苦的小生灵。所有那些妄想被历史的积尘永久掩埋的秘密，也终究会像绿珠的故事一样，将有显示其真相的一天——而这，也许正是诗人邵燕祥本人所期望看到的。

在中国当代诗歌史中，在诗里写"故事"的本来就不多，称得上写得好的就更少了。邵燕祥的《最后的独白》和《金谷园》这两首佳作，为中国当代诗歌贡献了两个鲜活的"故事"题材。然而，人们不应忘记，它

---

① 绿珠的故事最早见于《晋书·石崇传》，原文为："崇有妓曰绿珠，美而艳，善吹笛。孙秀使人求之……（省略号为引者所加，以示删节，下同）崇勃然曰：'绿珠吾所爱，不可得也。'……秀怒，乃劝伦（司马伦，被封赵王——引者注）诛崇……崇正宴于楼上，介士到门，崇谓绿珠曰：'我今为尔得罪。'绿珠泣曰：'当效死于官前。'因自投于楼下而死。"从这些记载来看，绿珠虽为地位低下的歌妓，但石崇不以寻常歌妓视之，对她毕竟尚有一份不舍的感情在，而绿珠的"效死"亦是对这份不舍的一种回报。因此，历代文人从这则典故中生发出了无数故事，把绿珠之死解读为是对爱情的忠贞的不在少数，其中较为重要的作品有：唐杜牧的诗作《题桃花夫人庙》，唐韦瓘的传奇《周秦行纪》，宋乐史的传奇《绿珠传》，宋元时期的话本《绿珠坠楼记》，清毕万侯的传奇《竹叶舟》等。然而，在邵燕祥这里，这些爱情传奇的佳话终于被还原为了一个凄惨的故事，蒙尘的典故被他重新擦拭出了光芒。

们是作者用自己的真实血泪换来的，在邵燕祥笔下呻吟着的那些痛苦生命，回响着他自己的呻吟之声。在邵燕祥笔下期望着后人理解的那些含冤之躯，也被灌注了他自己的真实期待。"写故事"这种创作手法的发挥，绝非从天而降的灵感，其实正是出自作者内心的痛苦孕育，是他为表达自己铭心刻骨的创伤经验所苦苦寻觅到的适当表现形式。"讲述创伤故事"、"搭建创伤情境"等表达策略的运用，不仅有效地节制和疏导了作者的情感，也会强化思维和语言的活力，为中国当代诗歌贡献出了十分独特的诗歌文本。

伤痛是很多"归来诗人"的共同主题，而邵燕祥的超越之处在于，他较为成功地把这些心中的伤与痛转化为了具体的诗歌情境。邵燕祥曾说："文学，即使来自现实生活，毕竟是一种虚构；古往今来的诗，无非作者营造的意境或称情境，有时甚至是一种幻境。"① 在他的诗歌创作中，将自己的特定心境"情境化"正是其重要表达策略之一。通过这些精心营建的"情境"，邵燕祥寄寓了那些无法直接表达的情感与心境。正如苏珊·朗格所说："把可称为诗的任何东西视为不过是'以作诗法'陈述事实，从一开始就妨害艺术的欣赏。诗歌总要创造某种情感的符号，但不是依靠复现能引起这种情感的事物，而是依靠组织的词语——荷有意义及文学联想的词语，使其结构贴合这种情感的变化。"② 邵燕祥在他的诗中搭建出了多种创伤情境，正是因为这些情境结构契合了他自己内心的伤痛。这些由自身苦难孕育而来的创伤情境的反复出现，作为一个个纪念碑，标识并排遣着他内心的全部伤痛。

"归来诗人"中那些取得了新的艺术突破的诗人，大多都是像邵燕祥这样，在尊重诗歌艺术自身规律、遵循诗歌艺术的美学伦理的前提下，通过诗歌创作的方式，既排遣了内心的郁结，又实现了新的艺术创造。诗人彭燕郊，也在他长期悲惨困顿的生活中，凭借着对于艺术与美的坚定信念，进行

---

① 邵燕祥：《我与诗与政治——诗与政治关系的一段个案》，《西湖》2007年第1期。
② 〔美〕苏珊·朗格：《情感与形式》，刘大基、傅志强、周发祥译，中国社会科学出版社，1986，第267页。

了卓尔不群的精神突围。他将"反对恐怖主义"①作为自己的写作目标，但却没有走向凄凄哀哀或慷慨激昂，而是把自己所经历的全部苦难放在艺术的熔炉里熔铸出了《生生：多位一体》《混沌初开》这样具备史诗般品格的重要作品，达到了雄浑开阔、宽广深邃的超现实主义美学境界。诗人郑敏虽然没有经历像其他"归来诗人"那样残酷的人生曲折，却同样经受过痛苦的灵魂折磨。尽管她的诗歌创作权利被剥夺了20多年，但她却很少直接书写不快的记忆，而是更多地探索着生命与存在本身之谜。她常常将现实的表象转化为一种潜意识中的"心象"来表现，她的典型诗作，如《成熟的寂寞》《诗人之死》《渴望：一只雄狮》，大多具备了一种"沉思"的品格。诗人昌耀20世纪80年代诗歌中的悲壮美学、20世纪90年代诗歌中的失败美学，诗人牛汉在对生命痛苦本身的反复冷静咀嚼中所呈现出来的痛感美学莫不如此。

对于"归来诗人"来说，他们所遭遇的现实生活是窘迫的，甚至"归来"之后的生活也同样没有多少诗意可言。要在这没有诗意的现实生活中生发出诗意，经由生活经验的跳板越向"语言与想象的现实"，他们所走过的道路令人感慨。阿尔多诺曾有一句名言："奥斯维辛之后写诗是野蛮的。"他还说：在罪恶面前，"生存者要在不自觉的无动于衷——一种出于软弱的审美生活——和被卷入的兽性之间进行选择"，但是，"二者都是错误的生活方式"②。对于大多数"归来诗人"而言，他们所做的，正是在奥斯维辛之后如何写诗的工作。然而，他们的诗，绝非如阿尔多诺所说的"一种软弱的审美生活"，因为他们的诗无一不对应着他们的创伤体验和历史痛感。邵燕祥诗中痛苦的呻吟与执着的呼喊，昌耀诗中奋发的悲壮与失败的叹息，牛汉诗中倔强的反抗与清醒的孕育，都清晰地显示出一场灾难在他们的精神世界所留下的痕迹。

但是，"归来诗人"笔下的那些经典诗作并非是对所遭受的创伤的简单

---

① 彭燕郊在他的长诗《生生：多位一体》的后记中曾经这样写道："十年了，反恐怖主义这个主题一直在激动我……对于人性和道德合理性完全缺失的恐怖主义的憎恨使我鼓起勇气写起来，不管能不能写也要努力再写……"见《彭燕郊诗文集：诗卷·下》，湖南文艺出版社，2006，第353页。

② 〔德〕阿尔多诺：《否定的辩证法》，张峰译，重庆出版社，1993，第364页。

揭示或批判，而是艰苦卓绝的艺术超越与升华，其既遵循着诗歌艺术自身的伦理，又凝结着他们心中所有苦难的重量。他们所进行的，正如王家新笔下的帕斯捷尔纳克，是将苦难转换为音乐的工作：

> 蜡烛在燃烧／冬天里的诗人在写作。／整个俄罗斯疲倦了／又一场暴风雪／止息于他的笔尖下，／静静的夜／谁在此时醒着，／谁都会惊讶于这苦难世界的美丽／和它片刻的安宁／也许，你是幸福的，／命运夺去一切，却把一张／松木桌子留了下来，／这就够了。／作为这个时代的诗人已别无他求。／何况还有一份沉重的生活／熟睡的妻子／这个宁静冬夜的忧伤，／写吧，诗人！就像不朽的普希金／让金子一样的诗句出现／把苦难转变为音乐……①

在对这灵魂音乐的静心谛听中，我们不断地感动于他们自苦难中升华出的艺术世界的美丽与庄重。如同只要我们记住了《史记》，就会记住司马迁，只要我们记住了"归来诗人"的诗，也必将永远记住中国当代文学史上曾经走过的这一群特殊的诗人，和一段特殊的历史。

"归来诗人群"的诗，如同曾卓的《悬崖边的树》："它的弯曲的身体／留下了风的形状。"他们以自己的诗行，留下了幸存者的证词，在人类的文化记忆中矗立起了一座座诗的纪念碑，这是他们铭记并超越自己的创伤的独特方式。这些"诗的纪念碑"遵循着"诗的伦理"，由语言文字铸成，必将比钢筋水泥更为坚固持久。

（作者单位：河北科技师范学院文法学院）

---

① 王家新：《瓦雷金诺叙事曲：给帕斯捷尔纳克》，《花城》1992 年第 6 期。

时代之诗的去蔽与可能

董迎春

摘　要：当代诗歌书写，远离了语言本体上的表现意识。重提回归语言本体的诗体意识，重视时代的介入与再现关系，将两者有效融合成一种"表现"力量，既强化汉语诗歌的文学性的精神追求，也丰富了当下时代的表现可能。语言、时代表现之间必须确立一条精神通道，在语言与时代之间生成对话、沟通关系，它们共同组合成神奇的诗歌文本，见证与推动着文化意识的建构，最终实现生命意识与时代历史的双重在场。回归语言、时代的表现意识，这对当代诗歌书写、突围具有重要意义。

关键词：语言　当代诗歌　时代　可能

一　语言、时代的表现

诗歌是一个复数概念，这就意味着不同诗人之间的差异性、自主性，这也成就了当代诗写不同的理念与实践。

追求语言艺术的诗歌，自然回归"语言"这一本体，但是这个本体绝非静止的、中心化概念或者范畴，而是融注差异性、自主性的审美趣味、生命意识的一种认知思维与哲学态度。"语言是一种很特殊的东西，它从来不会在任何地方同时全部用上，也从来没有在任何地方见诸实物或实体。然而又使我们觉得它无时无刻不存在于我们的思想和我们每一具体的言语行为中。"① 当代诗写（诗语）有两个值得重视的语言意识：一种是语言作为一种修辞格，使用不同的修辞方式，比如隐喻、陌生化、通感、变形、超验、超现实等修辞技巧。修辞化的语言所描绘的世界既是时代敏锐的文化触角，同时也专注于幽暗的精神世界的勘探，修辞的语言强化了文本效果，抵达审美化、主观真实。另一种是语言本体充当认知思维，诗歌成为主体认知的有效动力与思想源泉，为人类反思、寻找自我提供了一种可能。语言与思维、表达之间有着密切关联，精神主体与语言之间既有一种对应的、对等的理据关系，也有一种彼此超越、诱引的差异关系。"语言与人类的精神发展深深地交织在一起，它伴随着人类精神走过每一个发展阶段，每一次局部的前进或倒退，我们从语言中可以辨识出每一种文化状态。"② 语言的思想书写，尤表为现出深刻、独立的品质与可能。"语言产生自人类的某种内在需要，而不仅仅是出自人类维持共同交往的外部需要，语言发生的真正原因在于人类的本性之中。对于人类精神力量的发展，语言是必不可缺的；对于世界观的形成，语言也是必不可缺的，因为，个人只有使自己的思维与他人的、集体的思维建立起清晰明确的联系，才能形成对世界的看法。"③ 现实世界的现实性、客观性背后则隐含着丰富的差异性、可能性，由此，诗歌自然成为人类自我的潜意识、精神隐秘地带的探寻与勘探的思维武器，同时也成为诗人有效的认知工具，促成他们认识自我、厘清精神与现实的各种隐秘关联。

任何书写自然无法脱离时代，所以时代构成书写最厚实的思想根基。让话语发出现实的诗意回声，诗歌成为当代文化最重要的精神内容与上层建筑，诗歌成为诗人认识自我、确认身份的媒介。但是，诗歌因为其纯粹性和思想性，往往成为一种阅读与智力的考验。诗人在创作中、读者在阅读中，

---

① 〔美〕费雷德里克·詹姆逊：《语言的牢笼 马克思主义与形式》（上），钱佼汝、李自修译，百花洲文艺出版社，2010，第 23 页。

② 〔德〕威廉·冯·洪堡特：《论人类语言结构的差异及其对人类精神发展的影响》，姚小平译，商务印书馆，1999，第 21 页。

③ 〔德〕威廉·冯·洪堡特：《论人类语言结构的差异及其对人类精神发展的影响》，姚小平译，商务印书馆，2010，第 25 页。

我们发现并审视我们时常忽略的精神世界与生命真相。诗歌往往通过一种晦涩抵达幽暗，通过纯粹抵达澄明。"真理之适合于其自身所言说的东西，字面的真理之适合于其字面上的所言说的东西。但是，我们已经看到，世界不仅仅是其字面上所言说的东西构造出来的，而且也包括其言说的隐喻意义；并且，也不仅仅是用其字面上或隐喻说出来的东西构造的，也包括其例证或表达的东西——与所言说的东西一样，也是由其所显示的东西构造的。"① 语言作为文化的产物，无法剥离与时代复杂的纠缠联系。诗歌对现实发出回声，自身也会烙上时代的印痕。从语言角度来看，诗歌文本为时代提供了一种更具艺术效果的深度现实，对文化、时代产生某种建构、影响功能。"所有的语言系统都将使用者与社会秩序从而也与共用该语言系统或具有一种类型的他人牵扯了起来，同时，也允许每个人使用时具体而特殊的差别。语言控制带来的快乐跨越了个人和社会的领域。"② 而作为认知思维的语言，诗性书写提供了一种切近时代、观照自我与世界关系的情感纽带。时代意识与鲜活的生命态度和审美意识紧密相连，不可分割；语言的隐秘地带也是思维的隐秘地带，走向认知思维的诗意语言投射人类内心，成为时代鲜明的思想景观。

诗歌是追求语言本体的艺术，它融注了诗人的审美、哲学态度；诗歌作为一种文化立场，实践了艺术的自主、友爱，它触摸人类孤寂的思想状态，通过书写实现自我的升华与认知。"语言是存在之家"（海德格尔语），当代诗写，成为诗人们审美化、艺术化的文化立场，为时代提供鲜活、诗意的文化形式，积极地建构诗人书写中的自我与时代身份。诗人及其作品自然成为积极思想上表现的内容与形式，丰富与推动了当代文化的建构。诗人自身与创造的个人诗语（艺术话语）有效地成为时代镜像，呈现了敏感而真实的时代面貌。不同时代诗人的积极书写推动不同时代与不同时期话语建构，诗人们以"介入"的方式（把诗歌作为人生形式）修复、增补当代文化形式中的诗性思维。

---

① 〔美〕纳尔逊·古德曼：《构造世界的多种方式》，序，姬志闯译，伯泉校，上海译文出版社，2008，第 19 页。
② 〔美〕约翰·菲斯克：《解读大众文化》，杨全强译，南京大学出版社，2006，第 29 页。

　　20 世纪 80 年代以来，口语化、日常化的"口语写作"走向反讽中心主义①，口语的反讽书写的中心化、标准化渐成为当代诗写的"逻格斯"。"第三代诗"以于坚、韩东、伊沙、杨黎等的口语写作为代表，他们将反讽作为主要修辞策略，逐渐呈现秩序化、中心化的写作趋势，由此而形成的口语写作景观，遮蔽了当代诗写的丰富性、可能性。口语写作，从本质意义来看则是讲究叙事性的再现性的写作，当代诗写停留与拘泥于"写什么"的"内容"，"拒绝隐喻"、"诗到语言为止"、"及物写作"不过是诗人尚未消化和有待厘清的诗歌观念。

　　因此，当代诗写"如何写"既是诗歌写作技巧意识的探索，同时也是诗歌创作的思维转向。美国新历史主义代表人物海登·怀特所倡导的"后现代叙事"，即话语转义轮回的"反讽"，代表了修辞与文化的成熟状态，以口语写作为代表的"反讽"这种成熟的转义要突破，必然要重新回到隐喻、象征的语言本体的思维。自 19 世纪以来，现代性的危机不断地投射于我们时代的内心深处，反讽话语是一种否定性写作，背后则渗透着强烈的"虚无主义"，其重心是走向语言本体与时代融合。"第三代诗"的"后朦胧诗"一脉则以审美化、哲理化的诗性语言探索当代诗写的可能，呈现时代对诗人的积极影响。这种"后朦胧诗"中的海子、西川、王家新、张曙光等形成"知识分子写作"写作倾向，体现出一种积极建构的文化姿态，他们淡化反讽，并走向诗歌与时代的隐喻、象征为特征的语言本体写作。

　　诗歌作为一种体裁的同时，更是一种时代精神的折射。"贫困时代，诗人何为？"（荷尔德林语）诗歌的本体追寻与关怀，使得诗歌变成一种活生生的日常媒介，导引着哲理化、诗意化的审美态度生成；在情怀与性灵上的展现，使得诗人们对时代有着天然素养与表现能力，他们追求语言上的张力、结构，通过诗艺的合理展现，强化语言修辞的文本力量。诗歌向时代发声，维系语言与时代的联系；时代文化作为生命外部的现实回声，其表现形式并非单一的历史现实、政治现实、社会现实等，同样也涵盖人类处境中现实存在本身和语言表达与自我超越的性质，它被诗歌语言赋予理解与表现的可能。"在许多情况下，我们必须承认诗歌是灵魂的初创活动。与灵魂结合

---

　　① 董迎春：《当代诗歌：走向反讽中心主义》，《社会科学研究》2012 年第 3 期。

的意识比起与精神现象的意识更为放松而更少意象化。诗歌中显露出某种力量,它们不经过知识的回路。当我们考虑到灵魂和精神这两极时,灵感和天赋的辩证法就变得清晰了。"① 诗人打通主客二元的通感、变形、超验、超现实、陌生化等表现技巧,在语言与时代之间进行沟通,彼此影响且各自生长,你我交融,相互依存。

介于语言与时代之间的表现之诗,自然是对诗体自身的追求与维系,从活生生的时代现实中找获积极建构的力量与源泉。对语言的清醒认知、积极审视,也让语言与时代保持某些距离与自我警惕。尼采说:"人类的伟大,在于它是一座桥而不是一个目的。"当下诗歌,回归语言本体的诗艺探索与追求,为探索汉语诗写提供了某种可能。这种追求既是诗体自身规律与发展需要,也是审美化、艺术化的生命意识觉醒的时代表现。

德里达把文学当成一种机制(建制),语言本体与生命意识双重维度的当代诗写,使之成为时代的有效修复、增补,成为当下文化积极建构的力量与信心。

二　走向深度现实

诗的语言与表现意识的写作,勘探的是一种透过现象界的深度真相与主观现实,从而为客观现实和日常生活提供一种修复、增补的可能。"如果艺术是一种迷狂性的知识,那么这是因为有两种现实,一种是显见的,一种是隐藏的。我们可以通过我们的感官和推理性的智力到达显见的现实,而隐藏的现实则只能由艺术(或哲学)揭示出来。"②

尽管"口语写作"一直强调重视日常细节、凡俗生活,用鲜活的口语替代书面语,从某种意义上来说,这种以反讽为话语特征的叙事逐渐成为当下诗写的趋势与主流。当下诗写的"非诗"倾向明显,再现的叙事形式替代了语言本体追寻与表现意识的"诗"的写作。

反讽性叙事,注意对客观现实的悲情细节处理,构成了这个时代的大体

---

① 〔法〕加斯东·巴什拉:《空间诗学》引言,张逸婧译,上海译文出版社,2009,第7页。
② 〔法〕让-马里·舍费尔:《现代艺术:18世纪至今艺术的美学和哲学》,生安锋、宋丽丽译,商务印书馆,2012,第21页。

写作现状。叙事在当代诗歌的过多关注，摆脱了浪漫主义的、审美化的诗歌元素的频繁涉及，他们重视现象的、肉生的、快感的和吸引眼球的，这种写作无疑走向大众化、娱乐化的时代景观。相对于边缘化和孤寂化的诗的写作，这种趋势自然会赢得市场化、大众化的轰动效应。当下喜剧的、娱乐的精神既萌生出诗人对精神性和审美性的排斥与遮蔽，不自觉地走向了快餐式和娱乐的游戏写作，这就导致了当下"叙事性"的再现的非诗写作的盛行。这种成为主流中心的叙事化为特征的写作潮流，既反映了这个时代的精神一直处于极度压抑与虚无情绪笼罩当中，也隐含着时代精神危机所必然伴随的虚无主义文化思潮。调侃一切、否定一切，成为喜剧社会带有某种否定性或误导性的生命现状。

鉴于当下诗歌写作的非诗倾向与叙事化为中心话语的写作潮流，有必要重提语言表现意识的诗性写作与走向深度现实的写作，让诗歌重返心灵真实。语言表现意识的诗性写作的表现功能指向文学性，诗歌的音韵、词汇和句法，都可以进行话语分析，都可以考察出诗人写作时所表现出来的心理状态与价值立场。"诗歌语言具有了一种实验性，从这实验中涌现了不是有意义来谋划，而是以自身制造意义的词语组合。常用的词语材料展示了不同寻常的意义。"① 在创作中尽量淡化诗歌对现实的过分纠缠，尽量回归诗体意识的语言艺术，重新激活语言的内部繁殖能力，扩展诗歌的表现可能。诗歌突出语言的诗性功能，自然慢慢摆脱反映论哲学一直影响下的再现、现实思维，最终摆脱意识形态对诗歌创作的干扰，实现语言本位的诗学回归。诗人须独立且清醒，并对时代以艺术形式发声、说话。

历史是文化的结果，其具有客观性，但是这些所谓的史料与现实仍旧有主观性和遮蔽性。当下诗歌语言表现意识的诗性写作走向深度的现实体验，必然根植于历史与语言诗性。海登·怀特等为代表的西方新历史主义主张从浩渺繁杂的史料中建构起诗性，关注文学史在多大程度上是被建构起来的，所以，他们也关注到历史书写中的修辞性。历史是历史写作者写出来的，这些历史写作者自然会烙上某种意识与结构，而且"大历史"与"小历史"

---

① 〔德〕胡戈·弗里德里希：《现代诗歌的结构：19 世纪中期至 20 世纪中期的抒情诗》，李双志译，译林出版社，2010，第 4 页。

也有所区别。我们对历史的看法往往看到了大历史叙事，但忽略了小历史的细节和记忆。任何历史都是意识形态的结果。"语言的形式与历史过程不只本身有意思，而且非常有诊断价值，能帮助我们了解思维心理学上的一些疑难而又难以捉摸的问题，和人类精神生活上的那种奇怪的、日积月累的趋势，即所谓历史，或进步，或进化。这种价值主要依靠语言结构的无意识性质和未经理智化的性质。"①

西方学者克罗齐说，一切历史都是当代史。这同样说明了历史包含着诗性与修辞性的成分在内。历史自然是阐释的结果，这就意味着历史越来越与诗性写作靠近。诗歌是探讨生命可能的，从生命意识出发，回归生命意识。"艺术的本质或许就是：存在者的真理自行设置入作品。"② 诗的媒介是语言，语言蕴含生命之思；有了生命意识的诗篇自然比历史更具有哲理性、洞见性。"正是语言把我们投向了语言能指的东西，它通过它的运作本身在我们眼前隐匿自身，它的成功在于它能够让自己被忘却，并在语词之外为我们提供进入作者思想本身的通道，我们因此在事后相信我们是与作者不用说话地、精神对精神地联系在一起。"③ 由语言出发，向生命内部挺进，这恰恰是诗人最为重视的现实之实。"语言究竟是极端复杂的历史建筑。"④ 过去之事、可能之事都是意识与思维的结果，对于生命最终指向未来、可能。这就决定了语言与诗的融合，语言与思想的融合。在这个时代，当代诗歌语言的本体回归与诗性表现意识，推动了当代诗歌的生产、理解、沟通与成长。

诗歌是"是"与"不是"的写作，是追求超验甚过现实的超现实写作，是走向世界现实的象征之林。"任何针对存在的特殊提问，在存在中都不相应地有一个'是'或'否'来予以解决。但是，知道为什么存在着问题，以及这些不知道却想知道的非存在是如何可能的，对于这样的问题在存在中是找不到答案的。"⑤ 既然不能选择理想的生活，就让自己的诗篇导引自己

---

① 〔美〕爱德华·萨丕尔著：《语言论》，陆卓元译，商务印书馆，2010，第 1 页。
② 〔德〕马丁·海德格尔：《林中路》，孙周兴译，上海译文出版社，2010，第 21 页。
③ 〔法〕莫里斯·梅洛－庞蒂：《世界的散文》，杨大春译，商务印书馆，2005，第 9 页。
④ 〔美〕爱德华·萨丕尔著：《语言论》，陆卓元译，商务印书馆，2010，第 125 页。
⑤ 〔法〕莫里斯·梅洛－庞蒂：《世界的散文》，杨大春译，商务印书馆，2005，第 17 页。

在艺术的殿堂和精神的长廊中漫游，捕捉生命的热度和诗意，从而发现自我，认识世界。"语言的本质就在于，其构造的逻辑从来都不属于那些被置于概念之中的逻辑，而真理的本质在于，它从来都不会被占有，它唯有透过某一表达系统（这一表达系统带着另一过去的印迹和另一未来的胚芽）被搞混的逻辑才是透明的。"① 诗歌的语言，就是这样一种迂回、神奇的艺术（对写作者而言），它在书写中完成反思与自我塑造及提升的可能，而读者亦同样在诗中操练心灵并产生情感共鸣。因为自在的、邂逅的灵感，象征与幻想最终将促成某个艺术主题的诞生，也让受众从被遮蔽的生活事实中抵达主观的、深度的、现实的沉思与感悟。

好诗更是这现世中一种良药，增补我们强健的体魄与内心。"只有诗人同时既是主体又是客体，既是自我又是世界，诗人自己才能到达绝对真理。"② 这条探索之路的意义也在于对生命可能的洞悉和生命智慧的捕捉。此刻的"时间"将成为永恒，孤寂也因此而生动、自然地走进读者必然需求的内心。"诗篇"，成为现世的一面镜子。幻想克服了现实的焦虑，成为主观心灵的深度现实，介入当下，不断地让艺术为时代凝聚、裂变新的深度可能。

三　幻想与可能

当下各种符号所形成的语言系统自然与当下大众文化现实不无关联，各种为意识形态引导的现实生活灌输着消费文化、娱乐文化。它的危险之处在于它嵌入毒性，时常被意识形态利用；这种危险具有隐蔽性和摧毁力，它要破坏的正是深度现实的生命回归与心灵感悟，它的危险至害正是慢慢变异属于人的内心与精神。语言，变成意志或长官的产物，被集团、集体占有，语言从个性、差异中被疏离，远离了个人、个体的存活状态与思考。没有个人的语言，就如没有穿衣服的人类，它必然走向集体与等级的统领与占有。因而可以说，语言成为这个时代最明亮而又最灰暗的镜子，它是对人类追逐符

① 〔法〕莫里斯·梅洛 – 庞蒂：《世界的散文》，杨大春译，商务印书馆，2005，第 39 页。
② 〔法〕让 – 马里·舍费尔：《现代艺术：18 世纪至今艺术的美学和哲学》，生安锋、宋丽丽译，商务印书馆，2012，第 26 页。

号，变得越来越空洞，最终瘦小的躯壳被棺木、坟地这类趋近的符号支配的现实的昭示，但悖论还在于我们清醒地意识到活生生地消费这类冰冷空虚符号。时代的种种假象、幻相成为社会的装束，光鲜亮丽把内心拉向黑暗深渊，这是时代镜象。时代快感放纵的现实毗邻黑暗，这是我们的精神现状与虚无情绪深有所感的。生活在这一特定的话语时代，个体意味着艰辛与责任并存。诗人个体诗写的荣誉在于对当下诗歌精神独立的清醒与坚守，即使生活失落，精神迷失，也必须表现正经、严肃的诗写。当下文化是修辞的产物，远离人的非人特征，它加重了我们的心灵异化。文学叙述，包括反讽的叙述在内，能够很好地实现这一目的，它们既是历史最好的修补和编织，也往往是作家们最后坚守良知的阵地。

当代诗歌的精神重构，多少带有伦理学和道德学色彩，但是，任何一个对时代充满敏感与担当情怀的诗人都会担负起这样的精神拷问。尽管有许多自称为民间写作的诗歌流派，但也不自觉地滑入官方意识倡导的文化意识，当下诗歌写作不自觉与大众文化合流，这类写作仍旧是共谋、合谋的结果。重谈诗歌的责任，从认识自己、自我开始，如果没有这一前提，我们就无法辨识真正的诗歌。寻找当代诗歌精神，诗人必须洞见与跳过时代幻相，抵达被现实遮蔽的深度真实。时代总比人性慢几拍。对任何一个时代，我们总有许多埋怨，但恰恰是这类批判与反思的意识推动了人类的文明。无论西方的中世纪，还是中国历史的专制，体制化与系统化束缚了人类观照自身的可能。体制是一个系统，系统则意味着稳定、坚固；而文明作为一种道德、思想和艺术的标准则代表着开放与可能。体制倘若没有质疑、批判，它则会落入圈套、因袭，开放的、可能的文明也会被系统和旧俗捆绑。只有当体制与文明联结时，体制才成为文明，文明也走向体制。

诗歌像奔走四方的幽灵横闯着时代的痛处。诗歌让历史与现实发出回声，同时它也处于不断幻想与建构之中，并在语言深处凝聚成果决与清醒的信心。诗人成为知识分子，知识分子不断对社会发言、批判、质疑，捣毁板结的、因袭的结构与系统。它播撒友爱和悲悯心；它既是历史的偶然事件，也是内心最为饱满、强大的理想图景。"写作是这样一个空间，在这里，语法的人称和话语的始原，相互融合、缠结，并消失在不可辨识的状态中：写作是语言的真理，而不是个人的（作者的）真理。因此写作永远比言语走

得更远。同意把自己的写作说出，就像我们现在做的这样，这就只是在告诉
他人，他的言语是被需要的。"① 诗歌本身无关政治，但诗歌却无处不是现
实境遇的内心回声。幻想与象征的写作将我们从赤裸裸的客观现实、日常际
遇拉向了内心与意识深处的空白地带与深度真实，向时代发出孤寂但异常有
力的生命回声。

　　诗歌写作是个人、个体对时代精神的投射，自然也与诗人的时代、社会
发生关联。诗之影响在时代面前往往微弱，但对于文化却有着重要的潜在影
响。"凡是作家所在的地方，惟有存在在说话—— 这意味着话语不再说话，
而是存在着，把自身献给了存在的纯粹的被动性。"② 诗人的认知、审视显
然要走在时代之前，因而真正的诗人，或者有所追求的诗人，是非常机智和
耐心的漫游者、艺术家、思考者、哲人，他们必然与所处的时代保持距离。
当下诗歌的批评与研究过于重视诗人的社会生活现场表现，而诗歌终究是少
数人的艺术，尽管优秀诗人和经典作品影响了时代的文化，但这毕竟尚是少
数。"人们却一直认为艺术是与美的东西或美有关的，而与真理毫不相干。
产生这类作品的艺术，亦被称为美的艺术，以区别于生产器具的手工艺。在
美的艺术中，并不是说艺术美就是美的，它之所以被叫作美的，是因为它
是，产生美。相反，真理归于逻辑，而美留给了美学。"③ 诗歌成为艺术的
标志也往往在于它与时代保持距离，与当下文化保持距离。诗歌是艺术中最
为精英的艺术，它的位置很高，高不可攀，也高处不胜寒。精神传统在这个
时代是断裂的，诗人热衷正义与理想，铲除、清理汉语背后因袭的意识形态
之毒，也变成写作的必然前提。"大地离不开世界之敞开领域，因为大地本
身是在其自行锁闭的被解放的涌动中显现的。而世界不能飘然飞离大地，因
为世界是一切根本性命运动的具有决定性作用的境地和道路，它把自身建基
于一个坚固的基础之上。"④ 我们倡导诗歌与公共生活的耦合、沟能，也要
警惕时代或社会的集体意识绑架、劫持诗歌本身所承担的人文精神及普世伦
理。对于一个极权、强权的体制而言，这种清醒而疏离的写作思维尤其重要

① 〔法〕罗兰·巴特：《符号学历险》导论，李幼蒸译，中国人民大学出版社，2008，第7页。
② 〔法〕莫里斯·布朗肖：《文学空间》，顾嘉宸译，商务印书馆，2012，第8页。
③ 〔德〕马丁·海德格尔：《林中路》，孙周兴译，上海译文出版社，2010，第21页。
④ 〔德〕马丁·海德格尔：《林中路》，孙周兴译，上海译文出版社，2010，第35页。

且可贵。

当代诗歌的语言尽管对语言有着清醒的审视意识，但绝大多数的写作语言还停留在"器"的层面，语言在此处仅充当了工具与触媒。只有当语言与天地神人融注一起，这种语言也自然走向道之生成，这种诗思融为一体。"语言在产生时对于直接境况有一种起支配作用的关系。不管它是信号还是表达，它首先是对于这一环境中的那种境况的这种反应。在语言的起源中，直接当下的特殊性是所表达的意义中的一个突出因素。"① 象征、幻想的超现实写作，把我们从这种工具论、反映论的语言思维中解救出来。这种类型的语言，凝聚生命的深度情感与体验，穿过现实遮蔽的意识，完成诗歌作为艺术的审美与认知功能，走向心灵与主观的深度真实，为现实日常提供另一种生命思之可能。当代诗歌的语言探索完成了历史的语言工具论的转型任务，同时也完成了时代的精神突围。语言不仅是具体可操作的媒介，也是精神内心的情感触媒，它既是具体的语料与可分析的单位，也是生命勘探、质询的精神因子。

语言作为语言的诗性哲学追寻的方式，则意味着语言能成为人类重要的认知思维，可以穿越与破除各类政治意识形态之间的纠结关系。"揭示是世界记号永远意味着与对事物的某种无知的斗争。"② 100 年来，学者仍旧在纠缠中国新诗中文言与白话何是何非，他们无疑是将语言看成切割的单位，却忽略了这种文化血脉中的连接关系。将语言放在可以切割的工具层面，白话存在的合理性不是语言的合理性而是人为的命名的合理性；将语言放在工具的层面切割语言，无疑将语言的高度与功能降至工具层面。在某些时刻，语言自然有其系统、稳定的功能结构，但语言更关注的是它的差异性和去总体性。"任何研究的基础，表达。包括意义的研究，其中就有表达的基础：意义。"③ 索绪尔、列特斯维劳斯、罗兰·巴特、拉康、德里达和乔姆斯基的语言学的研究，既是语言的研究，又非仅仅局限于语言的研究，他们通过微观与具体的语言的实证研究拆解了语言背后渗透的各种纠结的文化意识形态。他们是

---

① 〔英〕怀特海：《思维方式》，刘放桐译，商务印书馆，2013，第 37 页。
② 〔法〕罗兰·巴尔特：《符号学历险》，导论，李幼蒸译，中国人民大学出版社，2008，第 166 页。
③ 〔瑞士〕费尔迪南·德·索绪尔著：《普通语言学手稿》，于秀英译，南京大学出版社，2011，第 283 页。

语言学家，更是诗人、哲学家，这种语言的开放研究也为当代诗歌的语言探索提供了另一种镜子，他们走向生命与人类思维的跨界眼光与文化视野。

尽管我们诉求这样的文化视野，我们不断践行诗写理念，但这也变成一种挑战与耐心。事实上，当代诗写往往远离了现代诗歌在语言本体上的表现意识，我们将这种的诗歌语言与哲理观照看作是一种写作的目标去追求与实践。"诗歌形象在其新颖性和主动性中具有一种特有的存在，一种特有的活力。它属于一种直接的存在论。"① 重提回归语言本体的诗体意识，重视时代的介入与再现关系，将两者有效融合成一种"表现"力量，既强化汉语诗歌的文学性的精神追求，也丰富了当下文化的表现可能。"语言都不是由一套肯定的和绝对的价值组成，而是由一套相对而存在的相反或相对的价值组成。"②

语言与时代表现之间必须确立一条精神通道，在语言与时代之间生成对话、沟通关系，它们共同组合成神奇的文学和文化文本，见证与推动着文化意识的转型与建构，最终实现生命意识与时代历史的双重在场。"符号停留为在任何时刻都可以被完整地解释和证明的某种思想的单纯简化。表达唯一的却是决定性的效力因此就是用我们真正为之负责的那些意指行为来代替我们的每一思想对所有别的思想的混乱暗示（因为我们在知道它的准确范围），就是为我们而恢复我们的思想之生命。"③ 回归语言时代的表现意识，这对当代诗写的突围充满了挑战，也极具意义。

在这个时代和文化语境中，我们可能要将视野投入思想自身及语言自身。优秀的诗歌是没有地域的，用一个地域文化、地理身份概念无法圈定一批诗人，诗歌写作是没有边界的。诗歌是所有在生活中忙碌、挣扎的时代回声，也是拥有各种世俗成功但却在思想道路不断捕捉生命可能的精神居所。

（作者单位：广西民族大学文学院）

---

① 〔法〕加斯东·巴什拉：《空间诗学》，引言，张逸婧译，上海译文出版社，2009，第2页。
② 〔瑞士〕费尔迪南·德·索绪尔著：《普通语言学手稿》，于秀英译，南京大学出版社，2011，第65页。
③ 〔法〕莫里斯·梅洛–庞蒂：《世界的散文》，杨大春译，商务印书馆，2005，第3页。

"大国写作"或向往大是大非

—— 以四个文本为例谈当代长诗的写作困境

颜炼军

摘　要：近几年诞生的四部汉语长诗或说大篇幅的诗歌作品：欧阳江河的《凤凰》、西川的《万寿》、柏桦的《史记》、萧开愚的《内地研究》，多半是诗歌强力"转向"所谓当代中国复杂生活现场的产物，它们显示了这一代诗人写作一种集体性的转向。它们的横空出世，似乎满足了不少读者和批评家的期待，甚至满足了一些汉学家们寻找当代中国隐喻的需求。笔者就当代汉语长诗两个方面的困境——精确性和整体性，即技艺层面和观念层面，指出了这些作品的不足。最后，从写作立场的角度，指出在这些长诗写作中，诗人的非诗学立场没有成功地转换为词语立场，进而对写作造成了干扰。一首理想的长诗，应该拨开"现实"的云雾，展开一幅令我们沉迷的新的"现实"，这才是它应追求的大是大非。

关键词：长诗　精确性　整体性　隐喻

一　长诗之"大体"

"为了发出声音，他们每个人都不得不首先要确定自己在我们眼前形成的这个世界中究竟处于何种位置。"① 伟大的诗歌女性曼德尔施塔姆夫人在回忆斯大林时期诗人们的处境时，曾精确地洞察到现代诗人与世界之间的紧张关系。世俗社会的或美学化的挤压与诱惑，与消费社会的枯燥、甜腻以至刃不见血，是现代诗歌遭遇的两大劲敌。面对前者，诗人已经坚韧地发出了夜莺的声音；而面对正经历着的后者，诗歌正在练习新的苦吟。对当代汉语诗歌写作者来说，后者也是烫在脑门儿上的魔咒：来自社会历史的压抑，让当代汉语诗歌写作整体陷入另一"如何确定自身的位置"的焦虑。许多热爱诗歌的人也被这个魔咒附身。最近几年先后诞生的几部汉语长诗或说大篇幅的诗歌作品，堪称从这种焦虑出发的代表作品，它们似乎满足了不少读者的期待，甚至满足了一些汉学家们寻找当代中国隐喻的需求。其中特别引起瞩目的作品，有欧阳江河的《凤凰》，西川的《万寿》，柏桦的《史记》和萧开愚的《内地研究》等。

要确定诗歌写作的出发点，就得一定程度地定义写作主体置身的困境。欧阳江河在最近一篇诗学笔记中表达了他长诗写作的几个基点："单纯的美文意义上的'好诗'对我是没有意义的，假如它没有和存在、和不存在发生一种深刻联系的话。"欧阳江河认为："长诗有可能变成什么或者已经变成什么，是一个只有极少数大诗人才问的事情。"他将"长诗"与"大国写作"这一自己发明的概念联系起来②，这种"大国写作"意识，部分地说出了当代汉语诗人面临的那种康德 - 利奥塔式的崇高感：由全球化、现代化、消费、高速 GDP、生态危机、核危机、矿难、高房价、民工、雾霾、转基因、地沟油、微博、"艾滋病村"、恐怖袭击、微信……构成的当代中国社会，以及置身其间的十几亿个体，每天都在发生各种远超乎文学想象力的事件，都足以让诗歌写作者望洋兴叹，无从置喙，唯有祈望分泌激素般发明诗歌得以成立的某种精神力量。诗人萧开愚在近期的一篇文章里也讲了这种困惑："当代文化的共享能源是共谋之枯竭，所谓左右不适，横竖不对。为治疗失眠而失眠，排空愚蠢的愚蠢：将自我设计为无法把握的差异社会中能够

---

① 〔前苏〕娜杰日达·曼德尔施塔姆：《曼德尔施塔姆夫人回忆录》，刘文飞译，广西师范大学出版社，2013，第 182 页。

② 欧阳江河：《电子碎片时代的诗歌写作》，载于坚主编《诗与思》，重庆大学出版社，2013，第 29、31、33 页。

自我把握的玩偶。"置身于这样的混沌里，艺术中的主体构建本身，已经无奈地玩偶化，任何一般意义上的抒情，不小心都会沦为虚伪或矫情的语言面具，成为欧阳江河所谓的美文意义上的"好诗"。

这种处境，一方面让诗人对诗歌写作产生一种持守的态度："诗歌的文化触角除了吸血、输血和引导关注，还承担着明确自身界限、性质和功能的任务，诗歌只是诗歌，不是烹调、栽培、升天和政权，它的范围极端有限。"① 另一方面，也对诗人发出了写作的诱惑：通过词语的吸星大法，把世界的喧嚣与寂寥内化为诗歌的爆发力；把当代中国人面临的崇高感置入诗歌之中，把世界的复杂、碎片和诡异，通过诗歌庞大固埃式（《巨人传》的主人公）的胃消化为魂灵的丰富。这正如贝多芬、肖斯塔科维奇把大革命或世界大战的激昂和悲怆置入音乐的交响中一样。

由于近代以来中国强大的文学现实主义批评传统，实践"大国写作"式的诗歌梦想，不仅诱发了诗人创作的野心，也诱发了批评家们的阐释冲动。比如，资深批评家李陀先生在为欧阳江河《凤凰》写的序言中，就高度赞扬了诗人进行的这种"由外至内"的转换。李先生的逻辑简单明确：一方面，他痛切地表达了对大众文化无所不在的愤怒和恐慌，由此表达了对诗歌处境和未来的担心；另一方面，他也充满了革命者式的乐观：我们处于一个前所未见的"文化大分裂"时代，而《凤凰》显示了当代诗歌对这种大分裂的"宣战"。他认为这样的"诗的锋芒不是指向大分裂本身，而是形成这个大分裂背后的更深层次的动力和逻辑"。他由《凤凰》欣喜地联想到波德莱尔、艾略特、庞德所标志的伟大诗歌时代，李先生看到，北岛、翟永明、西川等诗人近期的长诗作品都显示了攻击这个"大分裂"时代的"勇气"②。这种赞美，得到了不少批评家各个角度的呼应。当然，也有质疑，比如诗人批评家姜涛撰文指出了这些长诗面临的历史想象力与诗歌想象力之间失衡的问题③。

那么，这种"诗人览一国之事以为己心"（孔颖达《毛诗正义》）的抱

---

① 萧开愚：《当代诗歌的一些文化触角》，载臧棣、萧开愚、张曙光主编《中国诗歌评论：诗在上游》，上海文艺出版社，2013，第6、8页。
② 欧阳江河：《凤凰》，牛津大学出版社，2012，第7~10页。
③ 姜涛：《"历史想象力"如何可能：几部长诗的阅读札记》，《文艺研究》2013年第4期。

负，在他们的作品中是怎样展开的？萧开愚的长诗《内地研究》虽佶屈聱牙，以至满纸"乱文"，但开篇的一句诗，却讲出了长诗写作的处境是"摸黑接近大体，经验宏观逼供"。这里的"大体"，既是"差不多"的意思；按齐泽克式的理解，也有"世界整体"之意。两者连起来，其实就是当代长诗写作困境的两个方面：命名的精确性和命名的整体性。

二　"意不指适"之病

就精确性而言，现代诗歌越来越明显地进入一种前所未有的处境：文字语言的传统功能领域自 17 世纪以来越来越缩小，首先是科学语言与文学语言的渐趋分野，随后是图像语言大面积占领了日常生活的各个角落，再接着是人类有史以来最剧烈的信息革命。它们对长诗写作的直接影响就是，现代长诗不可能再像但丁、弥尔顿、歌德的作品那样，可以有兼容巨细的知识、真理抱负和语言抱负，可以用词语大江大海的雄辩或戏剧场景来命名剧变的生活世界。现代诗人的长诗写作虽因克服上述不可能而自铸伟辞（比如艾略特的《荒原》《四个四重奏》，庞德的《诗章》），他们将精确命名"大体"的艰难，通过各色反讽结构转换为诗歌的晦涩，但其中显示的现代长诗可能的展开方式显然已经成为现代长诗写作的通则，并不断地被轻松重复演绎，诗歌语言与世界之间的重重隔阂，也在这种渐趋固化的写作图示中加厚。

汉语新诗一开始是作为现代启蒙话语的一部分，可惜启蒙之期未竟，却宿命般先后被革命话语利用和遗弃，当代以来又被消费社会边缘化。由于自身独特的历史，它反思工业现代性和全球化危机的传统非常弱，直到 20 世纪 90 年代以来的当代诗歌才在这方面有所作为。现代以来成功的欧美长诗都是以批判现代性为主题，梦想新的精神统一性为主旨，它们在这两方面都走在了思想与政治反省的前面，因此而显出特殊的历史价值。对当代汉语诗人来说，要以长诗写作来大面积地发明精确性命名，面临着种种困难。首先，经典意义上的现代性反省修辞在西方的现代长诗写作中已然消耗殆尽，不可复制；其次，面对中国当下面临的复杂体验，已有的新诗技艺资源则显得捉襟见肘。现实内蕴的超级想象力，对诗歌命名的精确性提出了近乎残酷的要求，对长诗写作尤然。诗歌的精确性涉及各方面的因素，我们可以在最近诞生的几部长诗中看到。

欧阳江河的长诗近作《凤凰》中，精确性的不足主要体现为两方面。

首先是诗歌主题的方面。以第一章为例，开头三行"给从未起飞的飞翔/搭一片天外天，/在天地之间，搭一个工作的脚手架"[1]为全诗打开了一个元诗的起点，即说出现代诗歌的基本特征："飞翔"、"天地之间"、"工作的脚手架"。这既指涉了当代社会的物象特征，也指涉了诗歌写作本身——在现代诗写作里，这已是常见的手法。接下来的部分，在精确性上就出现了问题：

> 神的工作与人类相同，
> 都是在荒凉的地方种一些树，
> 炎热时，走到浓荫树下。
> 树上的果实喝过奶，但它们
> 更想喝冰镇的可乐，
> 因为易拉罐的甜是一个观念化。

诗人想建立一个隐喻，举重若轻地呈现人类从伊甸园/农业社会进入超级工业社会的过程。如果在西方语境中，神种树可以与伊甸园自然地联系起来，比如读者从艾略特的"荒原"（wasteland）中的各种现代物象的词根或语意双关的隐喻结扣中，就可以联想前工业化的西方社会；但我们从上面的诗句里，就不能明确地被唤起某种文化上的类似联想，"荒凉"、"树"、"炎热"、"奶"这些诗句中的核心名词，显得很单调，没有复义。这几行诗的读者，可能直到"可乐"的出现，才恍悟其主旨。"可乐的甜"，料想是欧阳江河在好友张枣那里得到的启发。张枣在《跟茨维塔伊娃的对话》中写过"英雄早已隐身，只剩下非人与可乐瓶，围观肌肉的健美赛"；在他生前最后的访谈中，专门阐释过诗歌对甜的向往："诗歌也许能给我们这个时代元素的甜，本来的美。"在这个互文关系的基础上，我们便可知晓欧阳江河

---

[1]　欧阳江河：《凤凰》，牛津大学出版社，2012。

的主旨："元素的甜"被"可乐的甜"取代，"众树消失了：水泥的世界，拔地而起"。除去这个现代艺术中陈旧的现代性批判主题，这部长诗的开篇一章给了我们什么新的见识呢？原因在于，诗人没有做出一个精确的、纯然的词语建筑，能够让词语的延展摆脱对陈旧观念的演绎。按照米兰·昆德拉的话说，这样的诗没有成就一种"彻底的自主性"①。"凤凰"这个意象以及诗人由此展开的词语魔术，与徐冰的凤凰雕像、与古典意义上的"凤凰"之间，虽然成功地构成了从德国浪漫派批评家开始辨认出的那种主宰了现代诗歌内在逻辑的反讽结构或悖论修辞，但由它散开的意义暗示空间，由此生成的种种命名，只是呼应、演绎而非超越了当下中国社会批判的常识。在《凤凰》全诗的各部分中，不同程度都有"自主性"不足的问题。

其次是诗歌素材自我重复的问题。就前述演绎"陈旧观念"的方式而言，熟悉欧阳江河诗作的读者很容易发现，诗人常常以他早期作品中一再出现的诗意逻辑来展开《凤凰》的长诗写作。他写于1985年的著名短诗《手枪》中的诗句："而东西本身可以再拆/直到成为相反的向度/世界在无穷的拆字法中分离"，道出了欧阳江河写作中"强词夺理"的特征，可以说，这正是他早期创作中的核心诗意逻辑。这种欧阳风格的诗意逻辑，也大量地出现在长诗《凤凰》的字里行间，只是，诗人在后者中把构成"相反向度"关系两端的元素做了替换，置入了更为"时髦"的内容。比如，《凤凰·19》开头写道："凤凰把自己吊起来，去留悬而未决，像一个天问。"而早在1989年他写的《快餐馆》中，已经有类似的诗句："货币如天梯，存在悬而未决。"货币被置换成了为"凤凰"，其他成色基本不变，这类例子能找出不少。

许多作家会对自己最为天才的那部分发明过于痴迷，这可能也是《凤凰》中有许多细节是对此前诗歌素材的直接重复的原因之一。作为一个不算高产的诗人，欧阳江河诗歌的素材重复率集中体现在了《凤凰》一诗中。下面举出几例：

诗人在《凤凰·13》中写道："孩子们在广东话里讲英文。/老师用下载的语音纠正他们。/黑板上，英文被写成汉字的样子。"熟悉欧阳江河诗

---

① 〔捷克〕米兰·昆德拉：《小说的艺术》，董强译，上海译文出版社，2012，第132页。

作的读者，一定会想起欧阳江河1987年的诗《汉英之间》："英语在牙齿上走着，使汉语变白。"诗人在《凤凰·2》中写道："飞，或不飞，两者都是手工的，/它的真身越是真的，越像一个造假。"而在《感恩节》中亦有相似的诗句："……分离出一个皇后，或一只金丝鸟，/两者都带有手工制作的不真实之美。"诗人在《凤凰·13》中写道："穿裤子的云，骑凤凰女车上班，/云的外宾说：它真快，比飞机还快。"而在2005年写的《一分钟，天人老矣》中，诗人写过这样的诗句："你以为穿裤子的云骑车比步行快些吗？/你以为穿裙子的雨是一个中学教员吗？"这样的例子，还可以找出不少。重写自己写过的素材，这不是什么怪事，许多伟大作家的写作中都有过。但是，在欧阳江河的诗中，我们没有看出前后之间具有足够的"变形"。他那些先前的发明是如此迷人，以致热爱他诗作的读者，在《凤凰》中一眼就看出它们。这种似曾相识感泄露了这部长诗的局限：诗人并没有兑现他的"大国写作"蓝图，仅就这些局部的"砖瓦"看，他并没有摆脱自身已经"石化"了的那些诗歌发明，那些欧阳江河式的"美文"。一句话，他在细处写得太像他自己了。

　　比起欧阳江河曲折的雄辩，北方诗人西川的长诗向来被认为有宣言式的风格，至少在诗歌的声音上更具统摄力。他的尚未完工的长诗巨制《万寿》，显示了张开诗歌的大嘴来吞吐近现代中国史的雄心，可以说，这就是他10多年前的长诗《致敬》中那头"嘟囔着厄运的巨兽"[①]的变形。我们先从诗人西川的长诗《万寿》随便拿出一段：

　　　　吾皇万岁万岁万万岁。
　　　　吾皇三百二十二人中也有好的。
　　　　吾皇宽宏大量，把宣武门的一小片土地卖给了利玛窦。

　　　　利玛窦穿儒服，徐光启有面子。
　　　　康熙道："难道我们满洲人在祭祀中所树立的杆子
　　　　不如尔等的十字架荒唐吗？"

---

　　① 西川：《深浅》，中国和平出版社，2006，第6页。

　　艾儒略不得不瑟瑟发抖。
　　他写完《职方外纪》，也就写尽了天下的边边角角，
　　只是未写到脚下生虱子的土地——这不是他的使命。

　　艾儒略瑟瑟发抖，请求上帝饶恕自己不务正业——
　　他没能广布福音，
　　却殚精竭虑为中国皇帝尽了点"绵薄之力"。[①]

　　作为现代中国的开端，晚清民国在时下广受思考和阅读，这是当下中国所处的境地使然。西川一向被认作诗人中的博学者，他也从这里取材写诗，当然不能以时髦等闲视之。一路读下来，可以感觉到，诗人告别了自己此前的长诗写作中那种高密度的隐喻修辞，而代之以对历史细节的磨洗和呈现。而遗憾的是，诗人过分依赖于被挑选出的历史细节，即这些历史细节的精确，在某种程度上替代了诗歌自身的精确。当然，这些细节足够精确吗？它们组合起来的诗歌肌理的精确性，必然要受限于诗人的历史感与历史见识。还有一个老问题，也是最重要的一点，诗人对历史的调度方式，能否凭空发明出一个秩序，来容纳历史的庞杂与凌乱？这首长诗细节精确性上的问题，似乎应该回溯到对诗歌本身雄辩的声音——这些细节的分泌者的反省。在词语的精确与历史的精确之间的平衡上，诗人柏桦的《史记》系列至少在表面上不像欧阳江河与西川那样有一以贯之的史诗抱负，因而可以在片段的精确与优美上发挥他出色的抒情才华。他撷取的素材，加上剪裁的方式，更像一位高妙的文抄公或糊裱匠，在攒造一部近现代历史小品或掌故集。从注释看，他似乎比较酷爱汉学家略显陌生化的中国史表述，善于触摸革命美学器官中那些最敏感的末梢，善于在他提取的素材里，找出一种独特的词色和语调。诗人学者杨小滨在评价柏桦这个系列的作品时曾说，它们"出色地探索了现代性宏伟意义下的创伤性快感"[②]。的确，"创伤性

---

　　① 本文所引西川《万寿》，来自豆瓣 http：//www.douban.com/group/topic/28684777/。
　　② 杨小滨：《毛世纪的"史记"——作为史籍的诗辑》，《中国诗歌评论》2012 年春夏号，第17 页。

快感"就是给不熟悉近现代史的当代读者们，重现近现代中国各个角落里的创伤性记忆，让我们在重返历史的途中，获得段子或短信般的消费快感。从这个意义上讲，《史记》系列寻租历史想象力的方式，暗合了当下的历史消费癖好。当然，不可避免的是，如果诗歌借助历史的转基因，然后退化为掌故，诗歌命名的精确针芒是不是也会随之变幻成如意，把创伤摩挲成快感？

从面目上看，在这几部长诗中，萧开愚的《内地研究》也许是焦灼感最强的一部。这种焦灼感体现为主题意识、文体意识和语言意识。主题意识体现为长诗所涵盖的经验与景观的庞杂多样，诗中可以看到取自当下中国社会的各种语汇、情节或素材，充满了"反诗"之诗；文体意识体现为诗人对于长诗文体的实验勇气与把握能力，诗人非常用力地编织每个交叉或延续的纹理；语言意识，在萧开愚这首诗里，如他近期不少诗文一样，显示为一种过犹不及的修辞之浓腻。比如，诗中屡屡有这样费解的诗句："兽性流动和自毁豹变因缘超觉接触，不为未知而发动，为对已知实行清扫"、"否认新娘由于腐烂，因为遵守唯一。/否则淫秽如多妻制，机制的清晨受控于陌生。"[①] 强扭的瓜不甜，诗人的雕琢之苦，不时地把词语的长征推进了呓语的泥淖。陆机《文赋》曾讲过一种写作病兆："文繁理富，而意不指适"，似可用来批评上述品种的诗句。其中的隐喻关节过分扭曲，导致语义超载，影响了诗歌命名的有效兑现。以乱写乱，固然是一种充满挑战的长诗写作策略，但错杂终究需成文，遵守基本的语词伦理，才能将各种经验和景观焊接为流利的诗歌履带，所向披靡。质言之，想通过对词语的揉捏、拉扯和浇铸，来完成关于"内地研究"的诗意建构，可能首先得在词语面前持守某种谦卑之心，才能避免才识力学在词语的暗处纵欲过度，使其面目全非。

三 "化"功之不足

就整体性而言，这些长诗也不约而同地显示出类似的问题。在过去的

---

① 本文所引《内地研究》，据诗人余旸兄提供的《内地研究》电子版。

100 年里，汉语新诗基本上耗尽了政治乌托邦 – 语言乌托邦（这是世界现代诗歌传统中的两个基本发力点）分泌的激情，转入到一个新的阶段。作为语言巫师，当前的汉语诗人必须面临复杂的崇高性处境：人类自造的拥堵的物质世界带来的种种灾变和不确定的未来，已科学化的宇宙观导致的人类的现代式孤独。当代长诗写作者面对的，不仅是民族处境或"大国写作"内蕴的复杂性，也同样面对着人类的整体处境——比如宇宙处境：地球在宇宙中的微茫，太阳系最后将转换为另一种能量，人类也可能将随之终结……在走向这一结局的路上，我们还要继续承受工业化、信息化、核武器和地球环境的彻底恶化等随时可能失控的风险。现代人这些困局，已然内在于我们的精神困境，使一切思考和写作都可能变得没有意义。面对这些，我们不约而同地陷入了惊惧、茫然，以及由此生发的特别美感和哀伤。如何在词语的建筑中，像一颗露珠折射无根宇宙天空包含亿万微生物那样，包含我们面临的这一切，同时又保持诗歌的风度，这一定是长诗写作者们面临的整体性困难。

在我们所见的这几部长诗里，虽然有"前所未有的包容性和扩展性"[1]，但都可以看到其缺乏一种内在的诗歌整体性——如果对现代体验持反对、诅咒或内化的态度，不能算作一种长诗意义上的新的整体性的话。这实在不能责怪诗人，毕竟这是精神困境在诗歌写作中最直接的内在体现。堂吉诃德通过把世界想象为游侠骑士的世界，然后在对桑丘的讲述中、在朝向世界的冲杀里成功地展开了梦想，即使他伤痕累累，却信以为真。在我们的时代，任何品种的乌托邦都宣告失败，已无一个神话或传奇能够作为长诗写作信以为真的想象基础了。我们敬佩这些长诗作者的勇气和尝试，但不得不遗憾地说，他们的写作，还没有显示出某种命名汉语复杂处境的整体性神话框架，而只是借着历史与当下现实的复杂性来构造自己的复杂性，虽大张旗鼓，却没有逃脱前者的无所不在的手掌心。模仿柏拉图有点恶毒的话说，这只是对于摹仿的摹仿。回想一下当年的朦胧诗吧，诗歌从政治乌托邦一片光明的黑屋子里中率先醒过来，英勇地向宏大的革命和历史发起进攻，最后，却不慎让自己被同化为革命话语的回声。当下集中出现的几部长诗，在指向李陀先

---

[1]　吴晓东：《"搭建一个古瓮般的思想废墟"——评欧阳江河的〈凤凰〉》，《凤凰》，牛津大学出版社，2013，第 24 页。

生所讲的"文化的大分裂"背后的形式与逻辑时，是否也同样会因为类似的原因，而被钙化为"大分裂"欢娱的一个部分？

有长诗写作者也许依然会说：面对这个时代之种种快与不快，他们笔下的主题指向是多么重要！这让人想起在恩格斯致考茨基那封著名的信中，曾经提到的所谓"倾向性"文学。恩格斯认为，"倾向性"最好了无痕迹地掩蔽在艺术的纹理中，深有同感的纳博科夫也强调过孔夫子"言之无文，行而不远"的道理："使一部文学作品免于蜕变和腐朽的不是他的社会重要性，而是它的艺术，也只是它的艺术。"① 在主题重要与诗歌的重要之间，从来都不能建立因果关系。"文"或"艺术"在长诗写作中，应是不变的基质。

古老的周易曾给我们留下一句解读空间很大的箴言："物相杂而成文。"今天，是一个真正的"物相杂"的时代，物相杂构成的天文地文人文如此这般残酷地令人迷思；在迷思中，创造当世之"文"，以化成"天下"，是长诗写作最大的困难所在。就此而言，当前这些长诗，在"文"上虽偶有诱人的绚烂，但"化"功显然有所不足。读这些长诗，让我想起奥古斯丁的一个小故事，据说奥古斯丁想写一部包揽万物的书，他常常憋着困顿在地中海边散步。有一个小孩每天在他散步的路边海滩玩耍，小孩从海里捧起水，然后跑上沙滩，倒入一个小沙坑。奥古斯丁不解其中乐趣，问其故。小孩说，他想把海水都放进沙坑。奥古斯丁提醒他说，你这小小的沙坑如何装得下大海？小孩反问道：先生您不是也想把万物都写到你的一本书中么？

有人会引用法国诗人瓦雷里"一滴美酒令整个大海陶醉"的著名比喻来反驳上述故事背后的寓意，但问题在于，得有马拉美式的比喻才能，这个反驳才能成功。亚里士多德早说过，发明隐喻，是诗人天才的标志②。上述所谓"化成"，即是铸就关于这个世界的鲜活的隐喻体系，它能够以改变语言来改变世界。长诗写作得建立足够用包容力的隐喻建筑，"就我们人类的境遇说出任何社会学或者政治学都无法向我们说出的东西"③，这才称得上是长诗向往的"大是大非"。加缪说过："伟大的感情到处都带着自己的宇

---

① 〔美〕纳博科夫：《独抒己见》，唐建清译，浙江文艺出版社，2012，第34页。
② 〔古希腊〕亚里士多德：《诗学》，陈中梅译注，商务印书馆，2002，第158页。
③ 〔捷克〕米兰·昆德拉：《小说的艺术》，第132页。

宙，辉煌的或悲惨的宇宙。"① 理想的当代长诗建筑，应凝聚着这种至大无外，至小无内的伟大情感。

四　回到词语的立场

对当代汉语长诗写作者来说，甚至对任何诗歌写作者来说，社会批判是容易的，甚至是廉价的，因为每个专业的知识分子甚至是普通公民，只要具备一定的良知与见识，都能对社会进行直接的批评或指责。一个诗人发明一个珍贵的隐喻，发明一个惊人的命名，产生的贡献一定远远超过他的社会诅咒——这最多是诗人的业余工作。在文学史上，可见的例证比比皆是。

从这个意义上，把上述几部长诗放到 20 世纪现代长诗传统中考虑，我们会发现一些有趣的参照结果。庞德《诗章》更大程度上是个诗歌观念的胜利，他的写作以一种超级强大的长诗方法论，辉煌地响应了现代西方古典崇高性坍塌之后的诗学困境。换言之，他在观念上成功地把社会、历史、文化的困境，转换为一个巨大诗学困境来突破。就像画家杜尚以小便池为泉，生动地展示出古典美感在现代人造物境中的尴尬处境，诗人庞德也把种种古典崇高性坍塌后的纷繁碎片在诗歌中焊接起来，制造了一个篇幅巨大的诗歌尴尬。庞德式的长诗观念，让许多后来的长诗写作者着魔不已，但遗憾的是，焊接碎片的理想总是相似的，如何焊接这些碎片，却是回到诗歌最为核心的问题：词如何命名物。在这个问题面前，诗人之气清浊不同，诗人之才力高下有别。曾经被庞德修改过的艾略特之《荒原》，因文本完美的内在统一性，加之庞德式的长诗观念的渗透，成了现代长诗的典范；就诗本身，它比庞德的《诗章》更为成功。在这首诗中，诗人真正发明了一种词语的液态，成功地溶解了社会历史的焦虑。以"荒原"（Wasteland）为首的一系列意象，成了西方工业社会场景最为有效的诗歌命名；而我们的所见的这几部当代长诗，虽有庞德、艾略特式的抱负，在其中却似乎还看不到"荒原"式的有效命名——一个重要的原因，可能是诗人们过于看重或依赖自己所写的所谓"现实"了。他们笔下的诗意形态和词语的指标，是直接通过其社会历史批判性呈现来完成的。

---

① 〔法〕阿尔贝·加缪：《加缪文集》，郭宏安等译，译林出版社，1999，第 629 页。

有意思的是，许多批评家也喜形于色地认同这一点。

固然，一个诗人足够的观察、阅世和体验会增加他命名的穿透力，但它们不能直接转换为诗歌本身。这一点上，诗人瓦雷里的精辟论述可以提醒我们："令我感动和向往的是才华，是转化能力。世上的全部激情，人生经历的全部事件，哪怕是最动人的那些事，也不能够写出一句美丽的诗行。"①在诗人操控的词语面前，一片叶子呼吸尾气的疼痛，不应该比"艾滋病村"、汶川地震或恐怖袭击渺小；蚁族在地下室潮湿发芽的灵魂，与被情人以跳楼胁迫写情书的官员的灵魂之间，应有着隐秘的共鸣；被污染的地球在宇宙的虚无，有时可以等同于某阔太太遛狗的虚无……总之，内在于诗歌的民主、正义与同情，与知识分子追求的民主、正义与同情有着本质的区别，后者，只应是前者的一部分。在本文提及的几部长诗写作中，后者常常因为比重过大而成为诗意展开的一个重要干扰，这导致了诗歌描写的对象不能锻炼为诗歌本身。如果诗歌的社会批判，像知识分子批判那样只能依赖其批判对象而立言，那么诗歌就必然沦为它的批判对象的附庸，诗歌的反讽也就势必成为一种戴着诗歌面罩的社会学反讽。长诗写作，需将诗人的现实立场有效地转换为诗歌的立场或词语的立场；否则，它们所持有的现实立场再尖锐，语言再绚丽，也只是借诗歌的肉身发言，时过境迁，便是一堆词语的废铜烂铁。在诗歌的词语建筑里，是不包含所谓现实立场的，只有从中折射出的一些光芒，会时常照亮"现实"的幽暗角落。我们对荷马所处的现实一无所知，却丝毫不影响他笔下的阿喀琉斯或奥德修斯的词语辐射力——从这个意义上，一首理想的长诗应该展开一幅令我们沉迷的新的"现实"，这才是它应追求的大是大非。

（作者单位：浙江工业大学人文学院）

---

① 〔法〕瓦雷里：《文艺杂谈》，段映虹译，百花文艺出版社，2002，第4页。

"第三代"诗歌的后现代性：以韩东诗歌为例

蒋登科　邱食存

摘　要：后现代主义思潮拓展了文学创作的空间，丰富了文学批判的视角，给中国当代文学创作和批评带来了深远的影响。深受后现代主义思潮影响的"第三代"诗歌打破了精英文学的一家独大的局面，使文学由神圣的殿堂走向了人们的日常世俗生活。作为"第三代"诗人的典型代表，韩东创作的诗歌具有独特的后现代主义特征，既有对"朦胧诗"隐喻象征性宏大叙事解构的一面，同时更是促成了一种超越艺术崇高性指向的"生活的美学化"创作原则，具有重要的建构意义。

关键词："第三代"诗歌　韩东　后现代性

后现代思潮：显学抑或被忽视的话题

20 世纪 80 年代，当人们还在就现代派文学问题争论不休之时，后现代主义思潮已然随着"现代派"浪潮悄然进入中国。进入 20 世纪 90 年代，"伴随全球化步伐的加快，中国日益融入世界经济体系之中，作为西方后工业时代文化表征的后现代主义文化思想问题，也不同程度地出现在中国大地，成为我们必须面对和解决的时代议题"[①]。进入 21 世纪，全球化已经成

---

① 宋伟：《当代社会转型中的文学理论热点问题》，文化艺术出版社，2012，第 237 页。

为世界性的经济现实，科技飞速发展，电脑互联网的迅速普及，后现代文化已充斥到中国的各个角落，因此，我们"不再处于批判与申辩、斥责或赞颂、犹豫与彷徨的状态，而是实实在在地进入了一个后现代的话语空间"①。不过，在后现代主义逐渐成为中国学界显学和难以否认的社会现实的同时，"在第三代诗人的诗论文章以及众多中国当代诗史的学术论著，如洪子诚、刘登翰合著的《中国当代诗歌史》以及程光炜的《中国当代新诗史》等书之中，后现代主义并没有得到应有的关注或讨论，形同隐匿"，究其原因，就在于当代文学史主要是"以诗歌群落和思潮流派的兴替"作为"先锋诗歌的主要分期依据"，从而"刻意忽视第三代诗歌所蕴含的后现代特质"②。其实，程光炜早在1990年出版的《朦胧诗实验诗艺术论》在对"第三代"诗歌进行极富启发性的文本分析中，已然指出"第三代"诗歌的后现代性特质："'他们'诗派代表诗人于坚的《尚义街六号》和韩东的《有关大雁塔》……也程度不同地表现出反文化的激烈态度。具体表现是：以平民的、反讽的日常态度反对英雄化、崇高化和贵族化的精神倾向；以强调生命体验的口语化，反对朦胧诗的意象化；以冷抒情，客观还原，反对浪漫主义的抒情模式。"③ 相比之下，程光炜《中国当代诗歌史》（2003年）"并没有特别标示或凸显出后现代主义的影响，即使面对最具后现代特质的韩东《有关大雁塔》，都坚持不援用后现代诗学来进行评析"④。这显示出当代文学史对"中心"价值的维护，"仍然习惯性地以'中心'价值来评判与规范诗歌，仍然过于重视诗歌的社会承诺而不重视诗歌写作中个人感受力和想像方式的变化"⑤。

而一旦学界将论述视角转向"文艺理论"、"文艺思潮"或"思潮史"，后现代主义则风生水起，逐渐成为20世纪90年代的"权威话语"，只不过学者们的批评对象主要是先锋小说，迟至2012年宋伟在《当代社会转型中

---

① 宋伟：《当代社会转型中的文学理论热点问题》，文化艺术出版社，2012，第239页。
② 陈大为：《被隐匿的后现代——论中国当代诗史的理论防线》，《安徽大学学报》（哲学社会科学版）2010年第4期。
③ 程光炜：《朦胧诗实验诗艺术论》，长江文艺出版社，1990，第134页。
④ 陈大为：《被隐匿的后现代——论中国当代诗史的理论防线》，《安徽大学学报》（哲学社会科学版）2010年第4期。
⑤ 王光明：《现代汉诗的百年演变》，河北人民出版社，2003，第622页。

的文学理论热点问题》中以专章对后现代主义所做的多方梳理、检视和评价中，仍找不到有关诗歌批评的只言片语。这不免让人产生疑惑：难道中国后现代主义只存在于小说，而与诗歌无缘？但事实上，早在 1984 年小说界的文化寻根创作活动最热火朝天的时候，韩东和"他们"文学社就"推出了他们的平民意识极为鲜明"的诗歌，"'他们'诗群的创作意向中早就具备了后现代主义文学中解构精英文化的先锋意识"①。诗评家巴铁从对欧阳江河诗作的个案分析中辨认出后现代主义的因素，而且还从江河与欧阳江河诗作的比较中，发现了从现代主义到后现代主义的转折②。还有敏锐的批评家曾指出 1984 年中国式的后现代写作就已在"他们"、"非非"、"莽汉"、"海上"等诗群中出现，他们的诗"既拆除深度，又拆除对深度的拆除；既消解价值，也消解对价值的消解；既反抗意识形态集体顺役的'崇高'，又使自由自为的个体主体性竖立；既采用习语、口语等'大众'语型，又通过这一语型来对'大众'进行讥讽"③。孔范今主编的《二十世纪中国文学史》（1997 年）也认为"新生代的出现标志着诗歌美学观念与方法在新时期的第二次变革，它或许可以视为'后现代主义'文化与艺术思潮的一次初步的冲击与尝试"④。其后，号称"面向 21 世纪课程教材"的《中国现代文学史：1917 - 1997》下册（1999 年出版，2000 年重印）一方面说"不能否定'后新诗潮'思潮所具有的探索性及其意义"，另一方面则大力指责其带来的最主要的"严重的问题"是"在不全面考察中国和西方的历史、现实和艺术传统的情况下，把西方的后现代主义哲学思潮和文化、文学思潮搬用过来并视为圭臬"，"把数千年积淀下来的民族文化心理、道德理想和艺术审美追求不加分析地作为反叛对象"⑤。这恰恰从反面证明了中国存在后现代诗歌的事实。由此，田中阳主编的《中国当代文学史》（2003 年）行

---

① 梁云：《中国当代新诗潮论》，春风文艺出版社，1998，第 98 页。

② 巴铁：《当代诗歌中的后现代主义因素——以欧阳江河的两首小诗为例》，载吴思敬编选《磁场与魔方——新诗潮论卷》，北京师范大学出版社，1993，第 278 ~ 287 页。

③ 李志清：《现代诗：作为生存、历史、个体生命话语的特殊"知识"——陈超先生访谈录》，《学术思想评论》第二辑，辽宁大学出版社，1997，第 16 页。

④ 孔范今主编《二十世纪中国文学史》（下），山东文艺出版社，1997，第 1450 页。

⑤ 朱栋霖、丁帆、朱晓进主编《中国现代文学史：1917 - 1997》（下册），高等教育出版社，1999，第 200 ~ 201 页。

文中的肯定语气就显示出特别的意义,他指出 20 世纪 80 年代末文学中盛行的"零度写作"和"冷抒情"手法,韩东"早在 20 世纪 80 年代最初几年就已使用",尤其是《有关大雁塔》已经"成为后现代诗歌在叙述方式上的一个范式"①。总之,在"第三代"诗人那里,"宏大叙事消歇,历史深度式微,情感表现零度化,价值形态平面化,结构零散化,语言日常化",这一切"对以往现代主义诗歌进行解构的品性和迹象"都表明:"朦胧诗后先锋诗歌已经进入后现代主义时代"②。在当今这样一个文学批评多元化的时代,这一系列对"第三代"诗歌后现代特性的指认理应受到我们的高度重视,特别是在许多"第三代"诗人本人因为各种原因极力撇清其与后现代主义的关系的背景之下③。毕竟,文本的创作要受到当时历史、社会、人文等多方面的影响,作者本人刻意否定不足为证,况且作者的主观评价很多时候也会发生变化④。韩东作为"第三代"诗歌的主要代表人物,他的诗歌创作当然也会受到当时具体语境多方面的影响,但因篇幅有限,本文重点不是做具体的语境考察,而是通过具体细致的文本分析,辨析出韩东诗歌中的后现代特征。

后现代艺术意味着"艺术崇高性的破灭",也就是"生活(或日常事物事件)的美学化"⑤。诗歌从现代主义到后现代主义最显著的变化是"由严肃的语态和严谨的结构中放松开来",从"不断引带读者升向某种类似形而

---

① 田中阳:《中国当代文学史》,湖南师范大学出版社,2003,第 417 页。

② 罗振亚:《朦胧诗后先锋诗歌研究》,中国社会科学出版社,2005,第 22 页。

③ 从王家新、孙文波合编《中国诗歌九十年代备忘录》(2000)、陈超主编《最新先锋诗论选》(2003)、郭旭辉编选《中国新时期诗歌研究资料》(2006)三书,所收录的近百篇评论(部分篇章重复),即可明显看出后现代论述所占比例之低,充分反映了第三代(先锋)诗人对西方文学理论的心理,以及自行命名的欲望。参见陈大为《被隐匿的后现代——论中国当代诗史的理论防线》,《安徽大学学报》(哲学社会科学版)2010 年第 4 期。

④ 1991 年,周伦佑特别强调"永远不作别种思想恶势力的雇佣军!"而在经历 1992-1995 年间的后现代浪潮的冲击之后,周伦佑接编了《当代潮流:后现代经典丛书》(五卷本),并在诗选本的序言中说:"中国先锋小说中的后现代写作也是在 1989 年以后才形成势头的。而中国最具本土色彩的后现代写作却先行地体现于它的先锋诗歌,并且在 80 年代结束以前就已排列出了它的主要代表性作品。所谓'后新诗潮'、'第三代诗',就是以向后现代写作倾斜为其主要特征的。"参见周伦佑《第三代诗与第三代诗人》,周伦佑编《亵渎中的第三朵语言花——后现代主义诗歌》,敦煌文艺出版社,1994,第 1 页。

⑤ 〔美〕叶维廉:《叶维廉文集(第五卷):解读现代后现代生活空间与文化空间的思索》,安徽教育出版社,2004,第 28 页。

上的秩序"到"在我们熟识的地面上";在题材上,后现代诗歌因为反过度形式化而变得直接、个人化、本土化,这些"都是冲着现代主义中的神话结构、传统、历史感和共性共相而来的"①。后现代诗歌"回归到了一种不再一味追求高雅的纯艺术,不以自我为中心的叙事模式,善于接受语言和经验中松散的、偶然的、不全面的东西"②。"生活的美学化"原则正是韩东诗歌的后现代特质所在:这些诗歌体现着市民阶层的文化趣味,是对世俗的日常生活的一种原生态展现以及对以建立宏大叙事、深度理性的"大我"精神偶像为目标的"朦胧诗"的超越。韩东秉持有"独立精神和自由创造品质"③的民间立场,反对代表"主流的思想、主流的意识形态"、"模式化和概念化"④的文化。诗歌中,这种主流的思想和意识形态一般是通过隐喻和象征作为表达媒介的,因此,韩东要拒绝隐喻和象征,在主流意识形态之外寻求以非隐喻象征性的原生态口语作为言说方式,以凸显"此时此地"之"现在性"的后现代时空观,肯定当下的世俗日常生活,最终形成一种超越艺术崇高性指向的"生活的美学化"创作原则。

拒绝隐喻和象征

韩东不是理想主义者,他"热衷于反映普通人的日常生活状态,捕捉他们的内心情感与心理波澜,揭示他们的喜怒哀乐,并赋予自己对他们深刻的理解与同情态度"⑤,这多少有些威廉斯式的平民意识与平民情怀。与艾略特同时代的诗人威廉斯是美国后现代主义诗歌的先驱,他终生致力于书写美国本土的人和事物,不纠缠理念,直抵物象本身;他与艾略特之间的论战事实上是"美国新诗传统的争取独立的诗歌运动,同时也是反映在美国诗

---

① 〔美〕叶维廉:《叶维廉文集(第五卷):解读现代后现代生活空间与文化空间的思索》,安徽教育出版社,2004,第48页。
② 〔英〕史蒂文·康纳:《后现代主义文化》,严忠志译,商务印书馆,2007,第177页。
③ 韩东:《论民间》,见《1999中国新诗年鉴》,广州出版社,2000,第465页。
④ 胡彦:《没落,还是新生?——一份关于当代汉语诗歌命运的提纲》,见《1999中国新诗年鉴》,广州出版社,2000,第407页。
⑤ 陈旭光、谭五昌:《秩序的生长——"后朦胧诗"文化诗学研究》,陕西人民教育出版社,2002,第57页。

歌方面的后现代主义与现代主义的论战"①。威廉斯不承认意念是超验的存在，反对西方自柏拉图以来的逻各斯中心主义，认为"没有意念，除非在物中"（No ideas but in things），强调诗歌不是表达意念的工具或媒介而是要直抵物象本身以便捕捉物象最直接的即时的状态。威廉斯这种突破西方形而上学束缚的后现代性诗歌对20世纪70和80年代的美国后现代主义诗歌各个流派都产生了深刻影响。

　　"意"、"象"本是中国古典诗歌的两个不同的重要元素，也是古典诗歌批评的重要术语，其着重点在"象"；至于"象"外之"意"，是难以言传的，讲求的是"象外之象"、"可以意冥，难以言状"；"意"、"象"之间并无必然的关联，"象"外之"意"也是开放而灵活的，全在于读者的感受；随着"象"所表达的某种"意"被人为固定，才逐渐产生富有隐喻象征意味的"意象"。庞德创建"意象"派时也颇受他所理解的中国古典诗歌的影响（其本人并不懂中文），从而开启美国现代主义新诗潮流，到艾略特时代达到顶峰（具有超前意识的威廉斯则始终反对美国诗歌以此为圭臬）。在中国，"朦胧诗"恢复了现代主义诗歌（中国现代主义诗歌颇受欧美现代主义诗歌的影响）的意象传统，"除了变革和拓展传统诗歌内涵而向着精深沉厚方向推进外，其在诗艺革新方面的最大贡献即在于引进意象化方式而为新诗注入鲜活的生机。用意象的暗示或隐喻取代以往那种明白无误的叙说或抒发"②。但后期"朦胧诗"中的意象成为一种规范化的意识形态话语符号，丧失了生命力的原始冲动和"陌生化"的艺术效果，"意"念与物"象"的组合呈现一种模式化态势，物"象"沦为表达"意"念的媒介或手段。"第三代"诗歌要想超越这种隐喻象征性意象化的写作方式，首先就要拒绝隐喻和象征。"在今天，诗是对隐喻的拒绝。这是一个隐喻后的世界，命名的时代一去不返。回到命名时代的愿望只不过是一厢情愿的隐喻，一种乌托邦的白日梦，最终还是读后感。"③ 这样，"朦胧诗"中的意象联缀在"第三

---

① 郑敏：《郑敏文集：文论卷》（中），北京师范大学出版社，2012，第349页。
② 谢冕：《意象符号与情感空间——诗学新解·序言》，吴晓著，中国社会科学出版社，1990，第1页。
③ 于坚：《拒绝隐喻》，载吴思敬编选《磁场与魔方——新诗潮论卷》，北京师范大学出版社，1993，第310页。

代"诗人笔下，成为一种事态化叙事，将诗"演绎为一种行为一个片段一段过程"①。如"晴朗的日子/我的窗外/有一个人爬到电线杆上/他一边干活/一边向房间里张望/我用微笑回答他/然后埋下头去继续工作……"②，其诗的情趣和韵致不再依靠设置隐喻象征性的意象来实现，而是借用几个连续性动作和一个片段式情节，从而将"意象化抒情"转换为"事态化叙事"。韩东这种"去意象化"实验的意义在于将物"象"从"意"念的统摄或控制中解脱出来，从而达成一种拒绝隐喻直抵物象本身的写作风格，这有利于诗人在主流意识形态之外独立而自由地书写日常的世俗生活，实践其日常生活审美化的民间立场。

　　《你见过大海》是拒绝隐喻、把日常生活审美化的写作范例。"你见过大海/你想象过/大海/你想象过大海/然后见到它/就是这样……//你见过大海/你也想象过大海/你不情愿/让海水给淹死/就是这样。"③ 在相当长的诗歌传统中，特别是在"朦胧诗"中，"大海"一直是"自由"、"崇高"、"博大"等"大词"的隐喻和象征，如舒婷的《海滨晨曲》将"大海"人格化为一种自由的象征，而奔向"大海"的"我"也被类化为"呼唤自由的使者"，并不带有个体生命体验。但是，韩东笔下的"大海"已经与隐喻和象征无关。诗中，"你见过大海/你想象过/大海"有节奏感地重复着，让读者不觉产生一种心理上的认同感，使人觉得事情就是这样；作为一个普通人，"你"对大海只能是想象，或者见一见，如此而已。不管通过"见"大海这种直接日常生活体验还是"想象"大海那样含有象征和隐喻意味的虚构，"大海"就是"大海"，"你"就是"你"，不会有什么实质改变，那种一厢情愿的隐喻关系已经被彻底打碎了。而且，为了避免读者去追寻深藏在"象"之外的"意"，韩东在诗中反复强调："就是这样"、"顶多是这样"、"人人都这样"，诗中的"大海"仅仅作为一个物象而存在，顶多只是一片风景而已，而如果"你"因为"喜欢大海"而进入，结局是被淹死。"这种

---

① 罗振亚：《朦胧诗后先锋诗歌研究》，中国社会科学出版社，2005，第 201 页。
② 韩东：《写作》，载万夏、潇潇主编《中国现代诗编年史：后朦胧诗全集》（下卷），四川教育出版社，1993，第 246 页。
③ 韩东：《你见过大海》，载阎月君、周宏坤编《后朦胧诗选》，春风文艺出版社，1996，第 59页。

想像比见和想更恐怖，因为它是接触到真实就意味著死亡"，事实上"你"与"大海"之间"不存在任何真实的关系"①。"你不情愿/让海水给淹死/就是这样/人人都这样"是一句幽默的反讽，既瓦解嘲讽了文人骚客们对大海的浪漫性遐想，又突出了日常生活气息；它是诗人神来之笔，绕到了严肃崇高和诗意庄严的背后去，起到了比严肃"意"念还严肃的作用。这种把"朦胧诗"中常见的蕴蓄情感、意义的象征隐喻性意象转变叙事性描述，显然是对"朦胧诗"意象—意识形态话语模式的颠覆和超越。

《有关大雁塔》创作于1982年，韩东后来回忆它的创作过程时说："来西安之前刚读过杨炼的'史诗'《大雁塔》。在这首浮夸的诗里，大雁塔是金碧辉煌、仪态万方的。我的失望之情开始针对大雁塔，后来才慢慢转向杨炼的诗。在此刻单纯的视域里，大雁塔不过是财院北面天空中的一个独立的灰影。它简朴的形式和内敛的精神逐渐地感染了我。这是我的美学观形成的一个重要时期。"② 可见，《有关大雁塔》是诗人韩东消解大雁塔的历史深度和"英雄"文化符号隐喻的一次主动出击，体现了诗人由模仿"朦胧诗"隐喻象征性创作模式到直抵物象本身（大雁塔的"简朴的形式和内敛的精神"）的日常事物美学的转向，同时也是预示"第三代"诗人美学选择的整体写照。毕竟，与"朦胧诗"诗人不同，"第三代"诗人未曾体验"文革"的灾害，"历史"也只是些文字记录，没有切身的利害关系，他们迫切地要摆脱"朦胧诗""影响的焦虑"，他们必然要告别沉重的历史大写意笔法，冷却诗歌的革命激情，将思维从"朦胧诗"的英雄主义视野上降下来，回到平民的生活视野。诗人兼诗评家陈超就曾认为，该诗"可以被视为新生代写作'宪章'，具有消解'圣词'的后现代主义意味"③。

"有关大雁塔/我们又能知道些什么？"④ 这种反诘、质疑的语气表明，对于大雁塔"我们"已经有了太多的"前见"和"预设"（如杨炼的《大雁塔》把它当作民族的、文化的、传统的象征符号），这里就是要还作为"物象"的大雁塔以本来面目：它其实并不能告诉人们什么，并没有所谓见

---

① 龙泉明：《中国新诗名作导读》，长江文艺出版社，2003，第468页。
② 韩东：《有关〈有关大雁塔〉》，《韩东散文》，中国广播电视出版社，1998，第156页。
③ 陈超编著《二十世纪中国探索诗鉴赏》（下册），河北人民出版社，1999，第892页。
④ 韩东：《有关大雁塔》，载《中国现代诗编年史：后朦胧诗全集》（下卷），第240页。

证历史的深刻意义。该诗分为两个小节,第一个小节说的是"爬上去"的人们,第二个小节说的则是"再下来"的人们;"'爬上去'的人们是'别人','再下来'的人们就是诗人自己"①。"有很多人从远方赶来/为了爬上去/做一次英雄/也有的还来做第二次/或者更多",因为大雁塔的名声,很多远方人从"从远方"赶来,为的就是做"英雄"而"爬上去",但也只是做一次"爬上来的英雄"而已。这里,大雁塔就不再是象征文化、民族、传统的"庞然大物",而只是人们做一两次"英雄"的道具。"那些不得意的人们/那些发福的人们/统统爬上去/做一做英雄/然后下来/走进这条大街//转眼不见了",那些为做"英雄"而"爬上"大雁塔的人们,无论是失意人还是得意者(发福的人),不过是想象地做一回"当英雄"的梦,然后隐匿于日常的平庸。"也有有种的往下跳/在台阶上开一朵红花/那就真的成了英雄/当代英雄","有种的"会在大雁塔上自杀,成就所谓的"当代英雄"。此处最能体现韩东一贯的平淡化的口语和漫不经心的反讽语气:这些"当代英雄""视死如归",恰恰说明他们因在现实社会中找不到自己的位置而痛苦徘徊的尴尬处境,只能证明他们生命的多余和无意义。诗的第二节只有四行,"我们爬上去/看看四周的风景/然后再下来",诗人似乎强调"我们爬上"大雁塔不是为了"做一次英雄"或是做"当代英雄",而是去"看看四周的风景",去看清并理解"我们"所处的现实世界,然后"再下来",回到坚实的大地上——毕竟,人们不可能总是置身于历史乌托邦的想象之中,注定要回归与之休戚相关的日常世界。至此,诗人"下来了",超越了"朦胧诗"隐喻象征性创作美学,从而完成了他日常生活美学化的转向。毕竟,这种"对日常生活的热情和爱恋","在平凡中有伟大"②。

原生态口语的彰显

拒绝隐喻与象征、颠覆艺术崇高性,从而形成日常生活美学化的后现代诗歌美学,最终都要在语言中落实。书面语言是文化积淀最深厚的部分,集

---

① 王学东:《"第三代诗"论稿》,巴蜀书社,2010,第68页。
② 李泽厚:《美学三书》,安徽文艺出版社,1999,第83页。

中体现了饱含隐喻与象征的人文传统；对书面语言的拒绝必然驱使韩东对较少遭受隐喻和象征浸染的、能有效体现"生命的具体性、自足性、一次性、现时性和不可替代性"①的原生态口语的重视，因此韩东"力主返回语言的原生地——口语，从中汲取营养，然后创造生成新的诗歌语言"②。总之，要想实现反英雄、反崇高、反文化的日常生活美学化后现代诗学原则，韩东必须首先反书面语言，必须主动地"遗忘"各种意念并"倒空自己"。"我们是在完全无依靠的情况下面对世界和诗歌的，虽然在我们的身上投射着各种各样观念的光辉。但是我们不想、也不可能用这种观念去代替我们和世界（包括诗歌）的关系"③，只有这样，才能直抵物象生命本身，才能真正地走向平民和庸众主体并以此发言。当然，这种运用原生态口语的写作也不是所谓的"诗意写作"。韩东认为，"诗一样的语言所到之处是对诗的瓦解、勾销，并非是对诗的发扬光大"；诗歌"必须保证其尖锐性，它的纯度、强度、不兼容不包含、难得稀有、可一不可再"④。韩东的这种语言观既是对传统语言意识的抗衡，也是诗人回归原初冲动的最佳途径。还有，崇尚原生态口语不是搞纯粹的口语化运动，而是要更有效地表达诗人的生命体验，因为"如果诗歌没有灵魂，那么即使满纸口语，也是白搭"⑤。

　　在《有关大雁塔》中，韩东没有使用那些具有深度情感模式的语体修辞，相反，他选用基本上都是些日常性口语，如"赶来"、"爬上去"、"不得意的"、"人们"、"发福的"、"统统"、"做一做"、"转眼"、"有种的"，等等，这就将语言符号之外的所有隐喻象征等修辞剥离开去，呈现的只是本真物象而已。诗中通过运用日常性口语描写的凡人琐事和使之透出的冲淡语气，与杨炼《大雁塔》以揭示历史象征和隐喻为己任的承担意识以及那种力挽狂澜的厚重语气形成了鲜明对比。诗人显然就是要用凡俗与平淡颠覆包括杨炼《大雁塔》在内的所有有关大雁塔的宏大叙事。这一点，诗评家程

---

① 韩东：《〈他们〉，人和事》，《今天》1992 年第 1 期。
② 王庆生主编《中国当代文学史》，高等教育出版社，2003，第 530 页。
③ 韩东：《"他们"艺术自释》，见《中国现代主义诗群大观 1986－1988》，同济大学出版社，1988，第 52 页。
④ 韩东：《关于诗歌的两千字》，《韩东散文》，中国广播电视出版社，1998，第 168～169 页。
⑤ 于坚、韩东：《现代诗歌二人谈》，《云南文艺通讯》1986 年第 9 期。

光炜的精妙语义分析可以佐证：

> "有关大雁塔"作为前提性对象状语，其语义关系本身是反讽的。"有关"的随意，使其后名词的丰富含义暗打折扣。前提的可疑性连带到作为呼应的第二句，后者遂被肢解为两个矛盾性语文结构："我们又能——知道些什么。"前者欲言又止，佯装不知其实腻味，后者将注意力分散（些），用"什么"这个疑问词强调一种自恋心理的愚不可及。两者又反过来证实着前提的可疑性……"什么"、"知道些"、"能"、"又"、"我们"，这些词性不同而能指范围又大小不一的词语，足以使读者对"真实态度"产生诸多歧解。①

应该说，在《大雁塔》中整首诗都无不透出对"庞然大物"的大雁塔的质疑和解构，这种剔除隐喻象征系统的"原生态口语化"写作为 20 世纪 80 年代中期以来的生活化叙事提供了范例。同样，《你见过大海》在原生态口语的运用上也堪称经典，特别在语音上，它通过反复使用日常口语"你"、"见过"、"想象过"和"就是这样"，从而形成一种简慢的节奏和回环的韵律，表明日常口语的运用也能达成丰富的表达效果。而且，这种冲淡的口语加上漫不经心的反讽语气的运用，将原本充满神秘莫测、自由辽阔和深沉崇高等理念中的大海，还原为没有任何人为思想价值观附加的普通物件，它颠覆了大海的崇高象征之美，抽空了大海意象的全部文化涵义，直抵物象之大海的本相存在。当然，《有关大雁塔》和《你见过大海》在解构历史与文化中那些窒息人们去探索自由而独立的思想和生活的隐喻和象征的同时，恰恰是"看重个别生命的现时，认同平凡人平凡生活本真的部分，肯定具体的人性，不让整个背谬性的、荒诞的、矛盾的背景催垮人的精神，也自有另一种高贵和美丽"②，这莫不是一种解构中的建构。

---

① 程光炜：《朦胧诗实验诗艺术论》，长江文艺出版社，1990，第 124 页。

② 王光明：《艰难的指向："新诗潮"与二十世纪中国现代诗》，时代文艺出版社，1993，第 212 页。

后现代时空观："此时此地"的"现在性"

在后现代作品里，传统线性时间的瓦解使得"时间的现时性突出而成为一种实践的空间"，"现在性"会以一种"观感的物质感，有力迫人"①。"从平淡感到某种新的永久的现在……暗示了后现代现象的最终的、最一般的特征，那就是，仿佛把一切都空间化了，把思维、存在的经验和文化的产品对象都空间化了。"② 因此，在时空意识上，后现代主义表现为"此在性"，即"'现时'的'在'与'现地'的'在'"，只有"抓住眼下每一个可供感觉栖息的时刻，才能真正去体验'此时此地'的生命过程和漫长而又短暂的人生之旅"③。在中国，历史和文化传统从来都是些"庞然大物"，特别是在"朦胧诗"诗人那里，历史和文化传统充满着隐喻与象征，他们对宏大历史的隐喻性发掘也必然导向对未来的憧憬，于是，个体生命深陷于对过去与未来的双重幻想之中，呈现出一种虚假的状态。这种现代主义时空观正是韩东所要反叛的。他说，"那怕是你经历过的时间，它一旦过去，也就成了从来没有存在过的东西了"④；历史的"'根'是没有的。它是对往事的幻觉，一种解释方式。对未来，我们真的一无所有"⑤。韩东立足此时此地的生命体验，质疑过去与未来这种线性时间，体现出了后现代主义时空观：时间压缩于"现在性"的"此在"，具有了空间的特性；它不再是一种纵向的时间延展，而是一种具有多向度的空间存在。因而，韩东关注的是个体生命体验当下的行为动作和瞬时感受，其既无目的性，也不附带任何理念、价值和理想。

韩东喜欢"在路上"的感觉，喜欢"将场景放在运动中进行"，对

---

① 〔美〕叶维廉：《叶维廉文集》（第五卷），《解读现代后现代生活空间与文化空间的思索》，安徽教育出版社，2004，第32页。
② 〔美〕詹明信：《晚期资本主义的文化逻辑》，陈清侨等译，三联书店，1997，第293页。
③ 孙基林：《中国第三代诗歌后现代倾向的观察》，《文史哲》1994年第2期。
④ 韩东语，见《诗刊·青春诗话》1985年9月期。
⑤ 引自韩东给孙基林的一则诗话，转引自孙基林《中国第三代诗歌后现代倾向的观察》，《文史哲》1994年第2期。

"'旅行'、'迁徙'、'从此地到彼地'这样的命题容易兴奋"①，"在此和在彼之间的距离激活了"他"创造的灵感"②。"我坐在丽江古镇上/喝着茶，看清澈的河水/像真的似的/蓝天白云，像真的似的/远山雪峰，像真的似的/打飞机过来/然后一路跑马/为了来这里坐坐、走走/漫无目的，无所事事/悠然自得，像真的似的。"③ 诗中没有对丽江古镇历史的幻想和追溯，也没有涉及"旅游"对于未来人生的意义，诗人关注的是"坐在丽江古镇"当下的行为、举止和感受：坐下喝茶看天看云看远山雪峰并一路跑马，感觉"像真的"旅游"似的"；为了这些所谓的旅游的行为、举止和感受，诗人还得煞有介事地"打飞机过来"。"为了"一词表明"我"是有目的的，即"来这里坐坐、走走/漫无目的，无所事事/悠然自得，像真的似的"，可见，这"目的"又是多么的"无目的"。旅游通常是为了找寻美景陶冶性情，但诗中的"我"的"旅游"行为却是"漫无目的，无所事事"，只是装作像"真的"在追求那种为获取景点的人文价值和增加人生阅历的旅游，加上"像真的似的"反复出现，成了串联诗人动作、感受和不成其为目的的"目的"的诗眼，具有一种幽默的反讽效果。由此，全诗有效地对处于后现代情绪中人们脱离生命体验一味附庸风雅进行了解构。

　　这种"在路上"后现代式的时空体验不仅表现于物理空间，更根植于人们的情感：无所依傍、对象缺位、孤独彷徨。"三月到四月/我记得你多次离开/船头离开了原来的水面……//五月，我的房屋/就要从水上漂走/……我们中的一人最终要成为/另一人离去的标志//回想四月，我沉浸于/黑色的水域，观察/某种发光物的游动/你的闪烁带给我熄灭后的黑暗/我已被水击伤//六月前面是更开阔的海洋/……一去不返但始终是/海洋上的船只。"④ 诗人借助物象"船"、"房屋"、"海洋"，将并没多少时间意义的三月到六月并置于同一个空间平面，为的是突出正身处"此时此地"的"我"的一种爱人离去爱情破裂的惆怅无依之感。大海中"船"漂泊无定、始终

① 瘦马：《韩东："回到自我"》，《东方艺术》1996 年第 2 期。
② 韩东：《从我的阅读开始：沟通在艺术创造中的可能》，《韩东散文》，中国广播电视出版社，1998，第 224 页。
③ 韩东：《像真的似的》，《诗歌月刊》2003 年第 1 期。
④ 韩东：《演绎》，载阎月君、周宏坤编《后朦胧诗选》，春风文艺出版社，1996，第62～63 页。

在离开"原来的水面"因而不可把握;爱人之"船"的离去让"我的房屋……从水上漂走","家"的感觉也就随"船"飘散了;黑暗中游动的"发光物"每次不定的"闪烁"之后所带来的只有遮蔽时空的"黑暗";人生之"开阔的海洋",无论从哪个方向出发,"船"都是那"一去不返但始终是/海洋上的船只"。爱情没有永恒,终究要离去;情感始终在"漂"着,无所依傍,个体生命因而是孤独的。又如,"空出了位置就像和亲爱的死者/肩并着肩/和离去的生者/手挽着手"①,诗人在想象中和曾经朝夕相处的"亲爱的死者"和"离去的生者"肩并肩、手挽手,更加凸显诗人"此在"的虚空和孤独,这有效地展示出对象缺位状况下诗人虚妄而又不失真实的个体生命体验。再看,"多么冷静/我有时也为之悲伤不已/一个人的远离/一个人的死/离开我们的两种方式/破坏我们感情生活的圆满性"②。诗中,"远离"和"死"使传统时空发生断裂,所以对诗人真实的个体生命感受来说,没有永恒的时空,有的只是因时间的折断和空间的破碎所带来的"有力迫人"的"现在性"③;所以,尽管亲人的远离或死去破坏"感情生活的圆满性",尽管诗人"有时"会为此"悲伤不已",但诗人还是会"多么冷静"地过着"此时此地"的、哪怕是无所依傍的现实人生。这即是对日常生活"现在性"状态的世俗肯定。

《机场的黑暗》也是表现这种注重"此时此地"的"现在性"的后现代时空观的佳作。"温柔的时代过去了,今天/我面临机场的黑暗/繁忙的天空消失了,孤独的大雾/几何的荒凉,犹如/否定往事的理性/弥漫的大雾追随我/有如遗忘/近在咫尺的亲爱者或唯一的陌生人//……成熟的人需要安全的生活/完美的肉体升空、远去/而卑微的灵魂匍匐在地面上/……雾中的陌生人是我唯一的亲爱者。"④ 诗人开篇就强调"温柔的时代过去了","今天"的"我"必须直面时空的缺失与"荒凉"。"机场的黑暗"和"大雾"将"我"身外空间笼罩,让人难以辨认时空的边界;遥远的空间"繁忙的

---

① 韩东:《天气真好》,《中国诗人》2004年第1期。

② 韩东:《多么冷静》,载《爸爸在天上看我》,河北教育出版社,2002,第240页。

③ 〔美〕叶维廉:《叶维廉文集(第五卷):解读现代后现代生活空间与文化空间的思索》,安徽教育出版社,2004,第32页。

④ 韩东:《机场的黑暗》,载《爸爸在天上看我》,河北教育出版社,2002,第250页。

天空"消失了，近处的"几何"空间也是"荒凉"的，这些都促使"我""否定"时间纬度上"我往事的理性"；"雾中的陌生人是我唯一的亲爱者"，在物理甚至是心理距离上，对于身处这缺失了时间的"荒凉"空间（被黑暗和大雾笼罩的机场）的"我"来说，唯有陌生人此时此刻是与他最贴近的人。由此，本该是离自己最近的亲爱的人与在远方的机场里遇见的、注定是擦身而过的陌生人，在"我"身处的"此时此地"后现代感浓烈的时空中形成了一种悖论式的关系错位，但这却又是个体生命多么真切的瞬间感受和生命本体的原初冲动，从而也就更凸显个体生命"我"当下的孤独。然而，即使是面对这种痛彻心扉的无言孤独和为理想价值甚至是消费主义等理念所"规训"了的、也许是诗人最亲爱的人的"完美的肉体"的"升空、远去"，"我"那拒斥"庞然大物"的"卑微的灵魂"还是"匍匐在地面上"，在坚守着"此时此地"当下的日常生活。

　　总之，后现代主义思潮拓展了文学创作的空间，丰富了文学批判的视角，给中国当代文学创作和批评带来了深远的影响。深受后现代主义思潮影响的"第三代"诗歌打破了精英文学的一家独大的局面，使文学由神圣的殿堂走向了人们的日常世俗生活。作为"第三代"诗人的典型代表，韩东创作的诗歌具有独特的后现代主义特征，既有对"朦胧诗"隐喻象征性宏大叙事解构的一面，同时更是促成了一种超越艺术崇高性指向的"生活的美学化"创作原则。这具有重要的建构意义。

（作者单位：西南大学中国新诗研究所）

关于新世纪诗歌的先锋性问题

王士强

  新世纪诗歌已经悄然走过了 10 余个年头，关于它的论说与评述到目前已有不少，观点各异、众说纷纭。有的人认为新世纪以来诗歌好得很，处于历史上最好的时期；也有人认为这一时期的诗歌糟透了，全面退步与溃败，濒临（或者已经）灭亡。一定程度上，"唱盛"与"唱衰"新世纪诗歌皆有其道理，可能都说出了它不同方面的特征，正像对于今日中国的评价一样。一种可能的状况是，新世纪诗歌既好得很（某些方面、某些角度），同时也很糟糕（另外的方面、另外的角度）；它已经发展到了一个比较"高级"的阶段，包含了丰富、复杂、矛盾的质素，人们可以由之而得出完全不同的两种判断却皆不失真；它既包含着活力、可能性，也包含着重重的问题。但不管怎样，对之的关注是必要的，有更多的讨论甚至论辩，才可能对其长处与不足有更为准确、深入的理解，从而扬长避短，获致更为健康地发展。张德明教授近来发表的长文《新世纪诗歌八问》对新世纪诗歌进行全面观照，讨论了其先锋性、民间性、难度意识、伦理底线、诗歌刊物、诗歌奖项、审美标准和诗歌批评等八个方面的问题，显示了作为一名诗歌批评家的敏锐、识见与勇气。特别是，在当前一团和气、不着边际、"批评"缺席惟余"表扬"的诗歌批评氛围里，他的直言不讳是非常可贵的。文章探讨了新世纪诗歌存在的诸多方面的问题，许多观点我是同意并有同感且深为敬佩的。本文拟主要讨论一下新世纪诗歌中的先锋性问题——在张德明的文章中，他认为这一时期的诗歌缺乏语言创新、形式创新、思想创新，因而先锋性极为欠缺①。我希望从另外的角度对这一问题进行考察，表达我对新世纪诗歌的一个观点和态度：新世纪以来，集体性、大规模的先锋诗歌运动已经不复存在，但是诗歌的先锋性仍然存在，且更为内在和多元，先锋诗歌以更为健康的方式存在着；先锋诗歌还在，活得很好。对于正在发展中的当代诗，不必急着"规范"，且让它自由探索，即使出现一些问题，它也有自行改正、修复的能力。

一

关于近年来的"先锋文学"、"先锋诗歌"，评论家张清华有一个影响很大，同时也引起了一定争议的观点，即先锋文学的终结论。他指出："'先锋文学'或者'先锋诗歌'在我看来是一个'历史概念'了，当年的'先锋作家'或'先锋诗人'现在已经不再'先锋'了，某种意义上，先锋文学作为一个运动在 20 世纪 90 年代中期以后就已经结束了，因为支持先锋文学的两个最重要的元素消失了：一是精神思想方面的叛逆性与形而上追求，二是形式与艺术方面的异端与实验诉求。""'先锋的时代'已经终结，在一个惯常和平庸的时代'硬要'成为先锋，也许注定是一厢情愿的事情，只能写出一点极端性的文本罢了。没办法，认命吧。"② 这其中显示了一名学者深刻的历史洞察力，其主要结论是令人信服的。作为运动的先锋诗歌的确已经终结，当年产生先锋诗歌运动的环境已经不复存在，再产生如 20 世纪 80 年代到 90 年代前期那样的影响巨大的先锋诗歌运动已经不太可能，"先锋的时代"的确已经"无可奈何花落去"。不过，对于先锋诗歌本身来说，这倒不一定是坏事，反而可能是好事，它的发展环境可能更健康、更有利于其长期存在与发展。张清华认为支持先锋文学最重要的元素"精神思想方面的叛逆性与形而上追求"、"形式与艺术方面的异端与实验诉求"已经消失；在我看来这些因素可能只是作为集体运动方式的消失，而在更个体和更

①　张德明：《新世纪诗歌八问》，《创作与评论》2014 年 6 月下半月。
②　张清华、黄咏梅：《认命吧，先锋已终结》，《羊城晚报》2012 年 4 月 15 日。

内在的层面上并未消失，反而是更强烈、更深入了，许多的诗人特别是年轻诗人仍然在孜孜探求着诗之先锋和先锋之诗，未曾止歇。新世纪诗歌仍然具有探索、叛逆、实验、前卫、自由和极致性等品质与追求，在不同的层面、向度上进行着探索和创造。也就是说，先锋诗歌还在，虽然时代环境与其自身都已经发生了不可谓不大的变化。

如果我们不是以外在的"登高一呼应者云集"的标准来要求的话，那么新世纪的先锋诗歌不但存在，而且是健康发展的——相比此前的一体化、"一统天下"，它更为多元和分散；相比此前的突发性、事件性，它更为日常化和常态化；相比口号式、宣言式的理念先行，它更重视心灵性和内在性；相比追逐西方的"现代性焦虑"，它更重视从本土、从现实出发，更重视传统与现代和中国与西方的有机结合与对话。新世纪先锋诗歌的存在已经发生了一系列深刻的变化，其呈弥散状、碎片化存在，用诗人朵渔的话说便是"不团结就是力量"。或许可以说，先锋诗歌运动已经不复存在，"水消失在了水中"，但是先锋诗歌精神却被继承和发扬下来，并以一种"不动声色"的方式获得了实质性的长足发展。

二

从新世纪诗歌所处的时代环境和现实条件看，无疑较之此前是更为宽松、自由了。随着社会的现代化、文明和开放程度的不断发展，诗歌所受到的外部限制更少，更有利于其创造性和"生产力"的解放。"先锋就是自由"，自由是先锋诗歌最重要的品质和至高追求，在一个更为自由的环境中，无疑是更有可能进行自由的追求，并追求到更多自由的。新世纪以来诗歌所处的环境，正是一个逐步松绑、更为自由的历史阶段，这其中不容忽视且至关重要的一个因素是网络。网络之于 21 世纪诗歌的意义大概是怎么强调都不为过的，从 20 世纪末进入中国，到 21 世纪之初快速发展，其发挥了越来越大的影响，改变了人们的生存、交往方式，也为近年的诗歌带来了一系列深刻的变化。网络诗歌在价值观念、诗歌语言、诗歌形式等方面都有其独具的特征，促成了新的诗歌美学的生成，有着不可替代、甚至堪称革命性的意义。关于网络新媒体诗歌，诗评家吴思敬谈道："新媒体给诗人带来了新的感受方式、思维方式与价值观念，改变了诗人的审美趣味，使诗人的审美心理结构发生了微妙的变化，为诗人的艺术想象打开了一个新的天地。""网络诗歌写作给了诗人充分的自由。年轻诗人有可能利用网络'去中心'的作用力，消解官方文学刊物的话语霸权。与公开出版的诗歌刊物相比，网络诗歌有明显的非功利色彩，意识形态色彩较为淡薄，作者写作主要是出于表现的欲望，甚至是一种纯粹的宣泄与自娱。这里充盈着一种自由的精神，从而给诗歌带来了更为独立的品格。"① 网络的确为诗歌带来了全新的开放性与可能性，使其"豁然开朗"，呈现了与此前大为不同的更丰富、多元、别致的面目。究其原因，主要是在于网络作为一种"民主化"力量，创造了一个新的传播、交流的平台，改变了诗歌的生产、传播和评价体系，释放了被压抑的创造性与生产力，从而改变了此前诗歌的格局。一定意义上，网络时代确实是一个"诗歌的'去编审'时代"②，"去编审"本身即是一种解放，其积极意义不言而喻。当然，当今时代的网络诗歌也不可避免地包含着这个时代的病症甚至严重的问题，但应该看到的是，其革命性意义是首要的和主要的，这一点不容否认。在这样的情况下，先锋诗歌"大发展"的外部与客观条件已然具备，它没有理由不大步向前，更没有理由自行退却、消泯。

　　21世纪以来，随着社会经济的发展诗歌所面临的经济问题整体而言也有所改善，加之网络新媒体所提供的"低准入"和便利、快捷，这一时期诗歌无论是写作者还是写作数量都非常之多，堪称壮观。如果说认为这一时期的诗歌空前繁荣属于过于乐观的话，那么无论如何也不应过于悲观，认为其一无是处。实际上，无论是从数量还是质量方面，21世纪诗歌都有颇多可圈可点之处，在这其中，诗歌民刊与网络诗歌成为21世纪诗歌创新性的主要载体。笔者在此前的一篇文章中认为其构成了一种"崛起"（这其中自然有与新时期之处的"三个崛起"相呼应的意味），指出"诗歌传播方式和存在方式的这种变化保证了极大限度的艺术探索和自由言说，除了特定的政治领域外，诗歌可以任意地发言，自由度极高，它所包含的艺术向度更多，

---

① 吴思敬：《新媒体与当代诗歌创作》，《河南社会科学》2004年第1期。
② 龙扬志：《诗歌的"去编审"时代》，《星星》诗歌理论2007年第10期。

思想强度也更为激烈，其复杂性和可能性是前所未有的，这与艺术的先天本性相契合，也应该是出现优秀和伟大作品的有利条件。"""（诗歌民刊与网络诗歌的）'崛起'代表一种新生力量的生成、成长，很大程度上它是'民间'、'异质'力量对于'官方'、'主流'、'秩序'的冲击、突围、颠覆。"① 这种诗歌传播方式的变化绝不是无关紧要的，也不是"非诗"的，它是有深刻的及全局性影响的。麦克卢汉曾有著名观点"媒介即信息"，而在一定意义上人所接触到的信息即能够影响甚至决定个人的观点与表达方式，因而网络的意义显然并非仅仅是媒介或媒体那么简单，它同样还和思想观念、艺术方式等有内在的关联。对于21世纪诗歌的先锋性问题而言，一定意义上它是历史所赋予的前所未有、千载难逢的机遇，在这样的前提下，21世纪诗歌将先锋的触角伸向了不同的层面和不同的方向，进行着卓有成效的探索。

三

如果我们从21世纪诗歌的"内部"来观察的话，会发现它的确发生着诸多积极、深刻的变化，它实际上是更为先锋了，无论是在观念、语言、形式、美学等方面，都有着令人欣喜的进步与拓展。对21世纪诗歌的批评，很大程度上只是因为对之抱有更高的期待，是"恨铁不成钢"，是"爱之深、责之切"，而不是真的认为其一无是处、一无可取。张德明对21世纪诗歌所做的批评当如是理解。与之类似，评论家罗振亚也曾对21世纪诗歌提出尖锐批评，但如他自己所说："（这）绝不意味着我从根本上否定新世纪诗歌，或者说我只是有意强调了新世纪诗歌的一个侧面，以期引起诗坛'疗救'的注意。事实上，新世纪诗歌尽管存在着不少缺憾，却始终能够在边缘化的文化语境中顽韧地坚守，非但没像有些学者预言的那样走向'死亡'，反倒以一系列的创作实绩不断传递着突破的信息，昭示出种种生长的可能和希望。"② 实际上，21世纪先锋诗歌的确是有突破、有开拓、有超越

---

① 参见拙文《诗歌民刊与网络诗歌的"崛起"——诗歌传播方式变化之于新世纪诗歌的意义》，《天津大学学报》（社会科学版）2010年第5期。
② 罗振亚：《新世纪诗歌：在坚守中突破》，《艺术评论》2012年第6期。

的，这一点应该是讨论诸多相关问题的前提。

关于 21 世纪以来中国诗歌的美学变化，笔者曾在此前的一次答问中有过如下的表述，这大致也可代表我对这一时期诗歌先锋性的理解。其原因在于，这里面所谈到的美学变化，同时也是具有先锋性的：

> （1）身体观念、身体意识的变革。这其中既包括感性、欲望的苏醒，重新建立起身体本身的合法性，又包括身体作为独立个体，对加诸己身的道德、伦理、政治、意识形态等归约性力量的反抗，寻求更为自由的身体状态；（2）本土特征增强。更多的汲取与借鉴民族、传统文化资源，不再唯西方马首是瞻，自信心与自主性增强。诗歌写作更接地气，立足此时此地，深入"泥土与骨头"，直面现实、时代以及自我的内心；（3）公民意识的兴起。创作主体的权利意识、责任意识、参与意识、自由意识、反抗意识更为明显，个体自我真正建立起来，诗歌对于社会现实有更强烈的介入、批判作用。特别是在年轻诗人的写作中，这一特征更为明显，体现了新一代诗人价值观与审美取向的位移，昭示了一种新的可能性；（4）后现代特征更加明显。与社会发展层面的前现代、现代、后现代同时并存相一致，文化上也是多种样态并存，众声喧哗，蔚为大观。写作风格、技法方面异乎寻常的丰富与混乱，统一性彻底丧失，无限生机孕育其中，"不团结就是力量"。①

这其中所讨论的问题，身体观念、身体意识、公民意识、公共性、后现代特征等与先锋性的关联相对比较明显，容易理解；本土性与先锋性之间的关系或许会引起一定的疑虑：凸显本土特征也是先锋性的体现吗？在我看来答案应该是肯定的。"先锋"很大程度上是一个动态的、历史的范畴，指作品中具有超前、探索、实验特征的艺术因素；它是"少数派"，但却与艺术的本质更为契合，能够引领潮流、代表发展的方向。在这个意义上，当诗歌脱离现实、脱离本土，而沉湎于狭隘、精英的小圈子的时候，对于诗歌本土性的强调同样是具有先锋性的。在 21 世纪之初的现实

---

① 见杨森君、王士强等《新世纪以来中国诗歌现状考察》，《诗潮》2012 年第 7 期。

语境中，对于本土性的强调增强了诗歌的表现力及物性，使其在"历史"与"美学"之间更具平衡感，这本身使得诗歌的先锋性步入了更为健康的轨道。

如果从语言、形式、技艺、思想等方面对 21 世纪诗歌进行总体性观照，其成就也应该是大于问题的。语言方面，由于网络的助推，21 世纪诗歌的语言呈现快速更替的态势；新陈代谢的周期很快，口语化写作占据上风，诗歌语言更为生活化、日常化，更有弹性和活力，其恢复了语言自身的主体地位，在一定程度上摆脱了此前的革命化、政治化和贫乏、苍白的状况，使现代汉语变得更优雅、纯正和富有生机。形式方面，自由体早已成为现代诗的主流，其并无定式。形式的"创新"不可谓不难，这里面真正的问题是，自由诗每首诗都有其独特的形式，最重要的是写作者是否具有"形式意识"，每首诗是否找到了最适合自己、最完美的形式，是否已做到了"一字不易"。这样来看，诗人们还是注重诗歌的形式建设的，大多有比较明确的形式意识，诸多优秀的作品相得益彰，达到了形式与内容的高度融合。此外，一些图画诗、抽象诗、超文本诗歌、多媒体诗歌等新的诗歌形式中也出现有益的探索，具有一定的先锋性特征。在诗歌的技艺、艺术手法方面，总的来看，其"现代化"、"现代性"程度继续推进，后现代特征更为明显，诗歌的技艺、技法更为丰富、复杂、圆熟。思想、观念方面，这一时期的诗歌更为独立、自由和多元，21 世纪诗歌中公民意识更为明显，主体精神更为强大，观念更少束缚，诗歌有着更强的现实性、介入性与批判性，除开少数哗众取宠的炒作之外，诗歌所传达的价值观念总体来看也是更为理性、成熟和稳定的。总的来说，21 世纪诗歌是在"前进"中，其新的语言、新的价值观念、新的美学风格等均在形成，诗歌并未改变其先锋属性。

当然，这么说绝不代表我完全认同 21 世纪诗歌的历程与现状，实际上，它的确存在着诸多这样那样的问题，而且其问题可能一点也不比其优点与成就少。但应该看到，这些问题的确是前进中的问题，也是不可避免的；而且，应该相信，诗歌是有着强大的自我清洁能力和免疫能力的，它所暴露出的问题会在此后的时间中去克服、规避、修正，而不致于酿成大错或万劫不复，故而对它所存在的问题不必过于悲观。先锋诗歌的本质在于自由，而自由不可能全部是"正确"的;自由本身即是对"正确"的边界的勘探,同时也包括了"犯错误"的自由。先锋诗歌仍在,它仍然是探索与光荣的代名词,它依然对得起它所处的这个时代,也值得人们进一步瞩望、牵念与奉献。

(作者单位:天津社会科学院文学研究所)

二十一世纪以来的中国诗歌

何言宏

一

对于 21 世纪以来的中国诗歌，曾经有很多不同的观察，有人认为，21 世纪以来的中国新诗进入了一个新诗史上少有的黄金时代，出现了很多相当重要的诗人与诗作，诗歌已经全面复兴；有的对此则不以为然，甚至在判断上与此相反，认为 21 世纪以来的中国诗歌并没有出现好的诗人，也没有什么好的作品，他们因此也很少——甚至是拒绝阅读。对这两种观点，我并不想只是简单地附和。因为前者过于乐观，轻忽了一些隐含在"复兴"背后的基本问题，而后者，则由于阅读的局限，实际上对这样的问题并没有什么发言权。我个人以为，21 世纪以来的中国诗歌虽然就其精神和美学上的"历史突破"而言，比不上很多人所怀念的 20 世纪 80 年代，但还是以其独特的诗歌成就开辟了一个新的时代。它不仅是中国当代诗歌史，甚至也是整个中国新诗史上的一个相当独特的"诗歌时代"。

以"诗歌时代"这样的说法来指称 21 世纪以来的中国诗歌，意味着后者明显有着相对的独特性、阶段性和历史完整性，有着诗歌史分期的意味。实际上的情况也确实如此，21 世纪以来的中国诗歌进入了一个新的历史时期，它不仅有着自己的历史前提和社会背景，也有自己的诗歌史特征。就历史前提和社会背景而言，2001 年的"9·11 事件"引发了全球格局的历史性巨变，继 20 世纪 90 年代冷战结束后，世界范围内的冲突与紧张更加由此前的意识形态层面而被文化的层面所代替。文化与文明，似乎成了我们这个时代的人们包括很多诗人所迫切面对与突出考虑的问题；在中国内部，1997年 7 月 1 日的香港回归、1999 年 12 月 20 日的澳门回归和我国大陆与台湾之间开始于 2001 年后来基本实现于 2008 年的两岸"三通"，对于促进两岸三地的诗歌交流、共同营造汉语诗歌的诗歌文化与诗歌生态产生了相当重要的影响；2001 年 11 月，中国加入 WTO，市场化社会逐步形成，随着消费文化的日益蔓延和网络文化的不断发达，人们的生存方式和价值观念也在不断地发生着裂变……要知道这些变化，并不仅仅简单地构成着我们诗歌实践的外在背景，而是从很多具体的方面，甚至是从深处与根部，影响着我们的诗歌。

同时，从诗歌史自身的历史演变与发展逻辑来看，1999 年 4 月的"盘峰论战"提出的很多重要问题，比如诗的本土传统与西方资源问题、知识分子精神与民间精神问题、诗的叙事性与口语化问题、个人写作问题等。经过 1999 年和 2000 年近两年的拓展与深化，尤其是以王家新、孙文波所编选的《中国诗歌：90 年代备忘录》和杨克主编的《1999 中国新诗年鉴》《2000 中国新诗年鉴》等汇集了论争中重要文章与文献选本的出版为标志，整体性地凸现在诗歌界面前，很难让我们忽视与回避。21 世纪以来的中国诗歌，在对自身问题的关注与处理的意义上，实际上就展开于这样的背景。基本上就从 2001 年开始，中国诗歌出现了转型，所有对诗学问题有所思考和有所自觉的诗人都将在上述背景中有所调整，他们的创作，也变得更加自觉和更加明确。所以说，无论是从外部性的历史语境，还是从自身的历史逻辑来看，似乎是一种巧合，21 世纪之初，恰好是中国诗歌进入一个新的历史时期的清晰节点。21 世纪以来，我们的诗人和诗歌界的广大同道一起，共同开辟了一个新的"诗歌时代"。

二

指出 21 世纪以来的中国诗歌进入了一个新的"诗歌时代"，我们首先需要解决的问题就是要在总体上对其把握与定位，要对它的总体特征有很明确的了解与认识。在此方面，曾经有论者以"常规化"的说法来予以概括，认为我们的诗歌目前正处在"常规化时代"。这位论者指出："之所以这样定义，是相对于此前的非常规化时代而言，比如至'文革'真正结束的前30年，由统一思想改造所贯穿的运动风暴；其后的第一个10年，以拨乱反正为主旨的思想解放大潮；截至世纪末的第二个10年，无序竞争中的全民经商下海洪流。及至21世纪以来，中国社会始得步入的，则是历经剧烈的左右摇撼而渐趋明确的，以经济建设为中心的经济社会，亦即与全球发展潮流相一致的常规化时代。常规化时代当然有它自己的问题，但它的一个重要特征，则是社会机制由大起大落的意识形态运动，转向恒常务实的经济发展；人的社会生活和价值观念由强制性的大一统而转向多元。"在这样一种"常规化"的社会历史时期，"当下诗歌已在潜滋暗长中形成了自身新的格局。其基本特征是：已往诗歌写作所依赖的轰轰烈烈的运动化、潮流化的模式已经风光不再，多元化写作中的诗人们依据各自的时代感受和艺术趣味，历史性地进入到了伏藏着深层艺术景观和精神景观的文本建设之中"①。

上述判断，与陈思和先生对于21世纪以来新世纪文学历史特征的概括基本一致。近几年，陈思和教授提出中国新文学历史中存在着"先锋"与"常态"两种最基本的发展模式，我们目前所身处的文学时代，则应该属于"常态化"的时代。他认为："这种常态在20世纪90年代已经出现，经过一二十年的演变，新世纪文学真正完成了文学与生活的新关系，那就是在边缘立场上进行自身的完善和发展。所以，我们从现代文学史上看到的代际间的冲突、争论、更替等热闹场面，现在已经消失，作家们各就其位进行自己的创作，通过市场发表作品换取报酬，一切盘踞在文学之上的力量渐渐远离。"②

所以说，我们这个"诗歌时代"的"常规化"或"常态化"特征，不管是在当代中国的社会历史变迁，还是在我们的诗歌史甚至是整个中国新文

---

① 燎原：《多元化建造中的纵深景观》，《诗刊》2014年第1期（上半月刊）。
② 陈思和：《对新世纪文学的一点理解》，《萍水文字》，上海文艺出版社，2011。

学历史发展的背景上，都已经得到很好的凸显。

三

但是在另一方面，"常规化"与"常态化"并不意味着我们"诗歌时代"的平庸与平常，实际上的情况倒反而是，21世纪以来，中国诗歌在几乎是不作宣告地"悄然"转型为"常态化时代"的历史进程中。确实正如陈思和先生所说，其扎实地"在边缘立场上进行自身的完善和发展"，已经取得了多方面成就，对于这些成就的及时总结，于我们的诗歌发展显然有着必要的意义。

21世纪以来，中国诗歌的一项重要成就就是在创生着一种独特的诗歌体制。一方面，以中国作家协会和各省、市、自治区的文联与作协为主干的官方文学体制，在诗歌界的影响仍然很巨大，各级作协的"会员"、"理事"、"副主席"以至于"主席"等身份，在不少诗人那里，某种意义上，仍然是衡量其诗歌成就与诗歌地位的重要标志；各级作协与文联主办的文学刊物特别是像《诗刊》《星星》诗刊、《诗歌月刊》《诗潮》《诗林》等老牌诗刊和《扬子江诗刊》《诗江南》等新创办的诗歌刊物，仍然是诗歌发表的重要阵地；以"鲁迅文学奖"中的"诗歌奖"为最高代表的诗歌评奖的"政府奖"体系，仍然会吸引较高的关注。另一方面，当代中国的诗歌界还存在着一种"亚体制"。我一直认为，相应于官方主导的文学体制，当代中国文学中一直存在着"文学亚体制"。"文学亚体制"有自己的运作方式和体制结构，也有其多方面的形成原因和文学文化功能，其与官方性的文学体制之间存在着非常复杂的关系。在我们的当代文学史上，"文学亚体制"最具历史传统和最为发达的方面，就是在诗歌界。"文化大革命"时期，流传和盛行于当时的"手抄本"和"文学沙龙"——典型的比如食指诗歌的传抄和活动于白洋淀/北京之间一些沙龙——就是这种亚体制的主要形式。及至后来，像《今天》《他们》《非非》等民间诗刊，更是开创了一种亚体制的重要传统，它们在后来不断发展与壮大，构成了我们文学史上最为独特和最具研究价值的亚体制方式。21世纪以来，虽然由于网络的不断发达似乎"冲淡"了民间诗刊的影响力和价值，但是像《诗歌与人》《后天》《诗参考》《自行车》《剃须刀》《野外》

等民间诗刊，仍然在很坚定地坚持与发展，其对中国新诗的重要贡献已经被越来越多的人所认识与评价。民间诗刊外，一些主要用于内部交流的"自印诗集"和大量民间性的诗歌网站——重要的如北京"汉语诗歌资料馆"所印的众多诗集和"诗生活"网站等，同样也属于亚体制。相应于官方体制中的"政府奖"体系，亚体制也有着自己的"诗歌奖"，有影响的比如"刘丽安诗歌奖"、"柔刚诗歌奖"、"《诗歌与人》诗人奖"和"中坤诗歌奖"等，它们或者创设于 20 世纪而在今天仍在坚持，或者创设于 21 世纪，都在各自以自己的方式、自己的诗歌趣味和诗学倡导，共同致力于中国诗歌的生态建设和健康发展。任何一个中国当代诗歌以至于整个中国当代文学的研究者和关注者，如果忽略了上面一些亚体制因素以及它们所取得的成就和所发挥的影响，已经很难称得上合格。

　　但是在 21 世纪以来，也越来越出现了一种新的状况，那就是官方性的诗歌体制和亚体制在各自运作的同时，经常会走向合作与融合。如果我们单纯地从字面上来看，"亚体制"往往会意味着与"体制"的对抗与紧张；在我们的诗歌史上，比如在"文革"时期，亚体制也确实是对当时文化专制主义的精神反抗。但是在近来，亚体制和体制之间经常会在有些方面互相借重、互相合作，体制性的诗歌刊物经常会介绍民间诗刊，选发一些民间诗刊上的作品，有时甚至会以专栏、专题或专刊的方式突出后者；亚体制的诗歌奖，特别是它们的颁奖活动，也经常会充分"整合"民间资本、社会力量、各级文联与作协和政府文化部门的丰富资源。体制性的边界变得很模糊，以至于在诗歌界，近乎形成了一种类似于经济领域中"混合所有制"的"混合体制"。我们可以说，21 世纪以来中国的诗歌实践，实际上已经在自觉不自觉和有意无意地探索与创生着一种新的诗歌体制，这样的实践其方伊始，相信经过进一步的努力，一定会探索出一种不仅有利于我们的诗歌，更有利于我们的文学与文化的体制创新。

四

　　21 世纪以来的中国诗歌，不仅在探索与创生着新的诗歌体制，也在创生着丰富多彩和充满活力的诗歌文化。中华民族一直具有深厚悠久的诗歌文化传统，从古代的乐府采诗、以诗取仕和文人间的结社、雅集与唱酬应答、诗酒风流，到现代时期的朗诵运动等，都是诗歌文化的不同表现。21 世纪中国的诗歌文化，除了我们在前面所说的诗歌体制与亚体制意义上的制度文化，还有其他丰富的表现。

21 世纪以来，我们经常会发现很多地方都在举办形形色色的诗歌活动，最为典型的，就是各种"诗歌节"的举办。这些"诗歌节"名目繁多，动机不一，操办者构成也复杂，往往由"主办"、"联合主办"、"协办"、"承办"和"媒体支持"等很多方面"整合"而成。"诗歌"而成"庆典"，而成"节"，是其不同于小说和散文等其他文学艺术门类的独特"待遇"与独特荣光，虽然它也会引发或伴生着一些应景性的诗歌写作和诗人们的奔走与浮躁等问题，但是它对整个社会诗歌氛围的形成、诗歌文化生态的营建和对诗歌交流的促进却起到了很大作用。在我个人对"诗歌节"的参与中，印象最深、也最为看重的，是其中的"诗歌朗诵"和"诗歌研讨"环节——很多诗人不远千里、鞍马劳顿地去参加一个诗歌节，往往就是为了一两首诗的朗诵。在我们这个时代，这种似乎让人有点不可思议的行为与现象，实际上更让我们感觉到诗的珍贵。在那样一个仪式性的场合，诗人之间因为诗、因为语言、因为诗与语言与我们的灵魂与世界之间千变万化难以穷究而又无比迷人的可能而深深认同。诗歌与声音、与我们的肉声，它们之间源之于原初的内在同一，也在那样的场合而被我们深深领会和再一次分享。在这样的意义上，我们才能够理解为什么哪怕语言不通，一些国际性的诗歌节中诗人们仍然热衷于一场又一场的诗歌朗诵——很多时候，仅仅是以声音，诗人就能找到自己的同志，自己的知音。至于"诗歌研讨"，很多诗歌节并不安排，而安排这一环节的在诗歌活动中其名目也不一，有的叫"论坛"，有的则就叫"研讨会"。在我看来，"诗歌研讨"之有无，特别是其所达到的深度与高度，它所取得的成效，应该是衡量一个诗歌活动的内在品质和文化含量的重要方面。此一方面，目前在各地仍方兴未艾的"诗歌节"，显然应该加强。

在可以称之为诗歌的"节庆文化"的诗歌文化之外，包括印刷文化和网络文化在内的诗歌媒介文化，同样也是 21 世纪以来值得关注的诗歌文化现象。就诗歌的印刷文化而言，虽然我们的出版制度特别是其中的书号制度仍然加大了出书的成本，置难以盈利的诗集出版于极其不利的地位，但是由于不少出版人对诗歌的热爱与责任，加之一些社会力量的支持和一些诗人自身经济状况的允许，21世纪以来的诗集出版无论是种类与数量，还是在装帧设计方面，要远比此前的20世纪90年代繁多与优秀。像长江文艺出版社和江苏文艺出版社在诗集的出版方面投入较多，还建立了相应的品牌；而诗歌文化中的选本文化，作为我国历史悠久的诗歌文化传统，21世纪以来也较为发达。如春风文艺出版社、长江文艺出版社、花城出版社和漓江出版社，一直坚持不懈地出版诗歌年选，各自拥有着已成品牌的张清华、李少君、王光明、杨克和宗仁发等人的年度选本；《诗刊》《诗歌月刊》《星星》诗刊、《诗林》和《诗选刊》等诗歌刊物，从2001年开始，先后分身扩容，开办各自的"下半月版"，《星星》诗刊还专门开辟了"理论批评"版和"散文诗"版，扩大为实际上的"旬刊"。与这些官方诗刊相比，民间力量也不示弱，在很多企业家的赞助下，《新诗评论》《当代国际诗坛》《中国诗歌》《诗建设》《读诗》《译诗》《飞地》和《诗国际》等诗歌研究与批评、诗歌翻译、诗歌创作类刊物也应运而生，它们往往定位高端，趣味纯正，具有很好的诗歌品质和学术品质。

21世纪以来，网络文化的兴盛使我们的诗歌文化呈现一种前所未有的景观。诗歌网站、虚拟性的诗歌社区与网络论坛、个人博客、微博、微信和电子刊物等，极大地改观了我们的诗歌文化生态，诗歌写作和诗的发表、诗歌信息和诗学观点的表达与传播方式发生了巨大变化。在传统纸媒所必然具有的发表门槛及发表周期与容量方面的限制一下子被冲破的同时，主要以一些诗歌网站的虚拟论坛为阵地，形形色色的诗歌论争此起彼伏，仿佛一扇巨大的闸门被轰然打开，洪水滔滔，泥沙俱下，不仅出现了很多"粗鄙"、"即兴"和"口水化"的、基本没有艺术难度的"无难度的亚文学写作"①，在网络论坛中，还曾出现过很多情绪性的越过了基本文明底线的宣泄与哄闹，一度，甚至还引发过诸如"梨花体事件"和"羊羔体事件"之类的网络狂欢。但这一切，我以为都不过是我们诗歌文化转型中的暂时性问题。我们也很欣慰地看到，随着时间的推衍和我们对网络媒介的逐步适应，这些负

---

① 张清华：《诗歌标准·网络平权·无难度写作》，《穿越尘埃与冰雪》，西北大学出版社，2010。

面性的问题正趋消失，一种更加清明、健康和更加理性和有序的网络文化生态已经出现，典型的比如"诗生活"网站，已经赢得了诗歌界的广泛信任。

五

在诗歌体制的探索和诗歌文化的转型与创生之外，最为主要的是，21世纪以来的中国诗歌还以其创作实绩证明了自身，宣告着自己足以代表着一个时代，一个既不同于20世纪80年代，又不同于20世纪90年代的具有新的诗学特征与诗歌成就的"诗歌时代"。

21世纪以来，中国诗歌几代同堂。老一辈诗人如"中国新诗派"的郑敏、唐湜、"七月派"的牛汉、绿原、彭燕郊和"右派诗人"白桦、公刘、孙静轩、邵燕祥、郑玲等人，和身处台湾或客居海外的余光中、杨牧、洛夫、郑愁予、痖弦、张默等一起，不仅诗心不减当年，仍然坚持写作，奉献出很多晚年期的杰作，还对社会历史、现实人生和诗与诗学有着更加透彻、更加深邃和玄远的思考；前"朦胧诗"、"朦胧诗"一代和后来的许多"第三代诗人"，如陈建华、黄翔、北岛、多多、林莽、食指、杨炼、王家新、王小妮、欧阳江河、翟永明、西川、黄灿然、柏桦、陈东东、周伦佑、于坚、孙文波、萧开愚、韩东和臧棣等，虽然在目前的诗歌史编纂中已入正典，但仍然在诗歌创作、诗歌翻译、诗学研究和诗歌理论批评等诸多方面多向探索，体现着我们这个时代的诗歌高度。21世纪以来，10多年的诗歌历史，涌现出了很多相当优秀的诗人，他们的写作，或者起步于20世纪90年代，或者开始于21世纪，他们的年龄，有的是"60后"，有的则是"70后"与"80后"，他们中的最杰出者，实际上已具有经典性的品质。

与整个文学界一样，21世纪以来，诗歌界也经常会以年龄与代群来划分和把握诗歌潮流与诗歌格局，因此，"80后诗人"、"70后诗人"和"60年代生诗人"等，就先后被用来作简单化的命名或自我命名。但我个人认为，这些命名，由于很难明确地指称或概括出有关写作的精神实质与诗学品格，对于它们的命名对象与社会历史和诗歌史间的内在关联实际上也无从揭示，所以在最后，它们并不可能真正有效地置身于历史和扎根于历史，命名便显得空洞与无效，带有"强扭感"与人为色彩。与此不同，倒是像"下半身写作"、"打工诗歌"和"草根写作"等之类的命名，不管我们对它们作怎样的评价，精神和美学上有所确指——哪怕是一种破坏性的精神和破坏性的美学——却都是它们的共同特点。只是在我们这个"常态化"的诗歌时代，这些命名和它们所指称的写作，已经不再可能像 20 世纪 80 年代那样，会凭一股潮流，或者一位诗人，会借助和裹挟于一股潮流，而荣登史册纳入正典。也正是由于这个原因，21 世纪以来的诗歌界虽然不无很多打造流派的努力与尝试，有的还不惜投入巨大资金，调动许多社会资源，最后却总难奏效。所以说，专注于"自身的完善和发展"便不仅是整个诗歌界，也是每一个具体的诗人最应作出的明智选择。

六

相较于 20 世纪八九十年代的中国诗歌，21 世纪以来，中国诗歌的精神和美学都发生了新的变化，以我个人的观察，以下几个方面的精神向度尤其重要。

一是历史向度。对于我们这个民族久远历史的揭示和与它的精神对话，一直是中国诗歌的重要传统，21 世纪以来，有不少诗作，如梁平的《吊卫元嵩墓》、龚学敏的《紫禁城》、柏桦的《水绘仙侣》、翟永明的《鱼玄机赋》和耿林莽的《孤城落日》、姚辉的《为自己痛哭的阮籍》、箫风的《放鹤亭》等散文诗，或者潜入狰狞鬼魅的帝王世界，或者书写和感怀历史人物的生活与命运，其所着力表达的，却是各不相同的历史感受；而当代中国的近期历史，则更为很多诗人所关注。如白桦的《从秋瑾到林昭》在对林昭烈士追求自由思想和捍卫独立人格的歌颂和缅怀中，一方面上溯联系于当年的秋瑾烈士，另一方面则将秋瑾与林昭的命运置放于历史、时代，特别是我们这个民族精神痼疾的关联与背景中，做出了令人警醒的精神批判与历史批判。邵燕祥的《夹边沟》、谷禾的《〈胡风传〉第284页》，写的也是当代史上政治专制所造成的悲剧；而王家新的《少年》、雷平阳的《小学校》、姚风的《没有缴械的记忆》和阳飏的《六十年代的回忆》等所书写的，则是惨痛的"文革"记忆。诗人的见证与反思，且能切身于自己的个体生命，其历史意识，尤为痛切。

二是现实精神。正如我们前面所指出的，21 世纪以来的中国社会发生了很多巨大的变化，具有较强的社会意识的诗人们都纷纷以诗的方式去感应、书写甚至介入这些变化，从而使得诗歌显示出相当突出的现实精神。一方面，乡土中国的现实状况为很多诗人——如北野、成路、大解、杜涯、韩宗宝、胡弦、黄玲君、雷平阳、李成恩、马新朝、牛庆国、沈浩波、田禾、王夫刚、杨键、张联、张执浩等——所充分关注；另一方面，伴随着社会转型所出现的农民工进城及其所引发的精神与社会问题，还有我们的都市生存，像杨克、杨子、苏历铭、叶匡正、郑小琼、谷禾、卢卫平、张尔克、简单、陈忠村、许强、熊焱、默默等诗人都曾写有出色的诗篇。我们这个时代的内在真相和令人揪心的痛苦，在雷平阳的《杀狗的过程》、杨克的《人民》、王家新的《田园诗》、谷禾的《宋红丽》、邵燕祥的《哀矿难》、蓝蓝的《矿工》和朵渔的《今夜，写诗是轻浮的》等诗作中，表现得尤为锐利。我们的精神和我们的生存，宿命般地嵌入于时代，书写和关注时代与现实，实际上就是关注我们自身，我们对此责无旁贷。

三是日常意识。日常生活的美，日常生活的温暖、奇妙、忧伤与疼痛，是 21 世纪以来中国诗人所尤为钟爱的主题。在广阔的社会历史和社会现实之外，我们细小甚至卑微的日常生活，实际上是一个无比深邃和丰富的世界，更有它的尊严。柏桦的《水绘仙侣》写的是 17 世纪冒辟疆与董小宛的故事，它写了水绘园中的唯美生活，写了其中的锦衣美食、香事与茶艺，还有文人雅集；但是在最后，这梦一般的光阴都被残暴的历史所毁灭，日常的脆弱和它的珍贵，均在于斯。所以，柏桦总是容易耽溺于生活的美，《在猿王洞》中；在猿王洞，即使有苍蝇，他也能够体味着生活 ——"苍蝇，两三只，闲闲地飞着，/很清瘦，很干净。/孩子们朝它喂饼，/一位红色小姐在拍它/此时，我注意到一个人，/他渴望生活，/于是他喝了酒"。除了柏桦的诗，像王家新的《和儿子一起喝酒》、李少君的《抒怀》、周庆荣的《日记》、食指的《家》、林莽的《夏末十四行》、孙文波的《这只鸟》、胡弦的《夜读》、侯马的《静电》、马铃薯兄弟的《春天如此蔓延》、沉河的《昨日大雪记》、张维《宁静的美与痛》、黄梵的《中年》、黄礼孩的《劳动者》、丁俭的《时间的缝隙》、凌越的《我贪恋庸常的时日》、李琦的《下雪的时候》、李小洛的《一只乌鸦在窗户上敲》、徐俊国的《这个早晨》、叶辉的《叙事》、子川的《这一天》、冯晏的《深居》和东荡子的《喧嚣为何停止》等很多诗篇，都专注于日常生活。在我们对日常生活的体味中，充分感受到那些"高于"、"低于"或者是"深于"生活的东西，它们有很丰富的精神指向，让我们时刻体验着"日常的奇迹"（黄灿然：《日常的奇迹》）。

四是生命体验。在很多关于日常的诗篇中，我们的生命都曾被呈现，但是向更深处，向我们生命内部的神秘、慌乱、冲动、哀伤、无奈、向往、恐惧、渴望和黑暗与荒谬去挖掘，并且触碰到我们的深渊和我们所仰望的最高的事物——那终极性的死亡和终极性的光。在诸如张枣的《灯笼镇》、阿翔的《农事诗》、朵渔的《野榛果》、韩东的《自我认识》、韩作荣的《毕节》、刘漫流的《归来》、默默的《为上帝补写墓志铭》、孙磊的《存在之难》、西川的《小老儿》、王明韵的《原罪》、王久辛的《淫秽论》、张尔的《论身体》等作品中，都曾对其有挖掘，特别是在黄灿然的《冬天的下午》《日常的奇迹》、梁雪波的《修灯的人》、凌越的《在乡间公路上》和徐江的《骑车仰头所见》等作品中，"光"已经成了照耀和提升我们生命的最重要的象喻。诚如凌越所言，我们黑暗中的生存，永远渴望着那"最主要的星光"，我们期待着"形而上学"的引领（麦城：《形而上学的上游》）和神性的降临（李少君：《神降临的小站》）！而沙光的《心笛》、蓝玛的《竹林恩歌》、靳晓静的《耶稣爱你》、李建春的《街心花园祈祷》和黄礼孩的《劳动者》《小兽》所表达的已经是一种"福音诗学"，是生命和至高与永恒的深刻联结。

五是女性意识。与 20 世纪八九十年代相比，中国诗歌中的女性写作发生了很大变化。一方面，女诗人们继续在自己的写作中凸显她们异于传统的女性形象，她们或者性格"激烈"（安琪《我性格中的激烈部分》），"坚硬如铁"（李轻松《爱上打铁这门手艺》），"如火如风"（孙萌《红衣女子巴洛克》），甚至"像鬼一样芬芳四溢"（海男《像鬼一样芬芳四溢》）；她们不避情色（宇向《一阵风》、吕约《欢爱时闭上的眼睛》），多有自恋地书写身体（潇潇《秋天的洪水猛兽》、路也《身体版图》）……但是在另一方面，对于上述女性自我的局限性（荣荣《"谢天谢地，青春终于逝去……"》、安琪《像杜拉斯一样生活》）和对爱的需要与依赖（马莉《爱一个人能有多久》、郁雯《接住我的灵魂》），以及与此同时的对于传统女性的精神认同（李琦《我一百零三岁的祖母》、黄玲君《归乡》、卢文丽《陈端生故居》、李成恩《汴河，汴河》）和与男性的和解与归一（海男《亲爱的琥珀》《受孕日》、从容《陌生人进入我的身体》），也被她们所经常表现。21世纪以来的女性诗歌具有更加坚实、更加宽阔与深厚的特点，最突出的如翟永明。在以20世纪末的"独白"与"叙事"确立了自己的诗歌史地位后，21世纪的翟永明更多地关注起现实（《洋盘货的广告词》），关注起当下中国社会现实中的女性处境（《关于雏妓的一次报道》），并且向历史的深处追究中国的女性命运（《鱼玄机赋》），从而使她的诗歌带有了强烈的批判色彩。像翟永明一样，自觉地"横站"于历史、"横站"于女性自身的命运之中，让自己的灵魂去咀嚼、体味并哀诉和呼喊出苍凉、苦难与历史悲情的，还有潇潇、娜夜、池凌云、林雪、周瓒、寒烟、杜涯、叶丽隽、宋晓杰、郑小琼和李南等很多相当优秀的女性诗人。

六是本土情怀。21世纪以来，全球化进程的加剧反而在世界各地激发出愈加自觉的本土意识，特别是在中国，伴随着21世纪以来的经济崛起，文化上的自信与自觉也日益突出，悠久、独特和深厚的历史文化传统越来越被人们所深切认同。在诗歌界，杨键曾经说过他"要将这一生奉献给自己的文化母体"[1]，因此在他的《古时候》《荒草不会议忘记》《多年以后》特别是他后来的长诗《哭庙》中，他才为祖宗见弃、古风不存和庙的毁圮而感到哀痛。这种对我们这个民族的传统文化和我们传统的精神意识与生存方式（如山水自然意识）的重新发现与强调，以及对它们的亲近、守护与继承，在雷平阳、陈先发和李少君等人的诗中，表现得尤其突出；而吉狄马加、阿尔丁夫·翼人和列美平措等人的写作，则分别以对各自所属的族裔文化精神与文化传统（彝族、撒拉族和藏族）的认同，在对全球化的回应与表达中，由于超越了民族国家的阈限，具有了更加突出的人类性。在重返传统之外，21世纪中国诗歌中的本土情怀，还表现在"地方性"的凸显，像雷平阳诗中的云南、沈苇诗中的新疆、潘洗尘诗中的东北、哨兵诗中的洪湖，以及陈东东、赵野、潘维、庞培、朱朱、叶辉、黄梵、长岛、龚璇、丁

---

① 杨键：《〈古桥头〉自序》，《古桥头》，上海文化出版社，2007。

俭、胡桑、伊甸、张维、育邦、江离、泉子、叶丽隽、卢文丽等很多诗人作品中的江南，都是这些年来中国诗歌中的著名的"地方"。"地方性"的发达，甚至已经开始走向"偏至"，需要我们的警醒与超越①。在全球化时代的民族认同中，如何避免新的迷误，坚定和清醒地捍卫个体的价值，正是我们的迫切课题。

第七，实际上也是一个非常重要的精神向度，就是由于种种现实和历史的原因，21世纪以来的中国诗歌中，像北岛、多多、杨炼、张枣、欧阳江河、李笠、宋琳、田原、哈金、明迪、杨小滨、麦芒和欧阳昱等具有海外国籍或者具有深厚频繁的海外经验的诗人，在作品中出现了更多的家国情怀与跨文化意识。他们的写作，一方面与故国具有深切的精神关联，故国的历史、现实、乡土、故城与亲人，为他们所念念不忘——绝不止是乡愁，他们的生命因为深深地纠缠和扎入于历史，而使这种关联显示出尤其特别的低徊与沉痛；另一方面，他们跨国与跨文化的"流散经验"，又很突出地显示出全球化时代的一种新的精神景观。像杨炼、张枣和宋琳对我们的母语和我们传统诗学的强调，李笠的对故国文化的关切与回望，欧阳江河《泰姬陵之泪》的异域书写，都隐含着深刻的跨文化问题。随着全球化时代"流散生存"的日益普遍与寻常，这样的写作将越来越多、越来越常见，由此所引发的精神问题将越来越值得我们注意。

在近百年来的中国新诗史上，21世纪以来的新诗创作应该是最为活跃的一段时期，这种活跃性的一个重要标志，就是诗人的众多和作品数量的十分庞大。海量的诗歌创作，复又发表于具有"正规"刊号或书号的书刊、自印诗集、民间诗刊甚至网络等不同类型的诸多媒体上，给我们"诗歌卷"的编选工作带来了巨大困难；且不要说"网络诗歌"是个无底黑洞，单是自印诗集和民间诗刊，在目前的情况下想要搜罗齐全也几乎毫无可能。而且由于选本篇幅所限，选目也一再压缩，所以我们颇多割爱，也有不少的遗珠之憾。好在在我们的"大系"之外，还会有另外的选本来作补充。诗歌发表和诗歌出版的如此状况，也导致了另一个问题出现，那就是我们在编选时

---

① 沈苇：《地域性及其他》，载张曙光等主编《诗歌的重新命名》，上海文艺出版社，2013。

需要搞清楚的作品首刊情况，而这个问题有时很难去追溯。21 世纪以来，由于诗歌发表的方式变得很复杂，很多资料都隐伏在网络的深处或散落在民间，现有的纸质或数字化的检索手段已经无法将它们尽数总揽；加上这些年来诗歌界所特有的新作旧作不加区分地混搭在一起，一股脑儿冠之以"某某某的诗"来发表的风气非常盛行，所以我们的追溯虽多努力，仍不理想，故很希望今后能有更好的选本。当代中国的文学史上，相比于小说、散文和戏剧等文学门类，从《今天》以来，诗歌领域中的民间刊物和自印诗集所占取的成就与份额绝对不小于那些"正规"书刊，这也是我们诗歌史的重要特点。所以，这对我们的编选工作来说，虽然会带来如上所述的一些问题，认真权衡，我们还是只能取其轻者，姑且先容留这些问题，先将真正的好诗、真正重要的好诗遴选出来。

（作者单位：上海交通大学当代中国文学与文化研究中心）

现代性背景下的网络诗歌审美悖论

姚则强

摘　要： 21世纪10余年来，新诗的现代性进程遭遇了网络的狂欢，使得本已错综复杂的华文新诗的文体边界、审美意蕴问题更加扑朔迷离。尤其是微博、微信等与新诗的融合，更显出了新诗审美建设的急迫性。但不管如何，艺术发展总是有一定的规律制约着，新诗建设也一样不是一蹴而就的。本文认为，要解决好华文新诗的审美问题，应从诗艺和诗意两方面入手，在把握诗歌本质的同时，倡导诗体规范与实验创新相结合，创造出符合时代要求的华文新诗。

关键词： 现代性　网络诗歌　审美悖论　诗体建设

一　网络现状及其对华文新诗发展的影响

根据2014年7月21日，中国互联网络信息中心（CNNIC）在京发布《第34次中国互联网络发展状况统计报告》的资料显示：截至2014年6月，中国网民规模达到6.32亿；互联网普及率较上年底提升1.1个百分点，达到46.9%；手机网民规模达5.27亿，手机上网的网民比例为83.4%，相比2013年底上升了2.4个百分点；台式电脑和笔记本电脑上网网民比例略有下降。至此，我国网民手机上网使用率首次超越PC端，手机成第一大上网终端设备。同时，网民在手机电子商务类、休闲娱乐类、信息获取类、交通沟流类等应用的使用率都在快速增长，移动互联网带动整体互联网各类应用发展。博客/个人空间用户为4.44亿，使用率为70.3%；微博用户为2.75亿，使用率为43.6%；而网络文学用户规模达2.89亿，使用率为45.8%①。

中国社会科学网2014年7月22日转《京华时报》的报道称，今年上半年，随着智能手机对功能手机的替代已经基本完成，我国手机网民规模增长到5.27亿，较去年底增加2699万人；网民中使用手机上网的人群占比进一步提升，由2013年的81.0%提升至83.4%，手机网民规模首次超越传统PC网民规模②。

这些庞大的数据向人们表明，21世纪10余年来，具有两千多年文化传统的诗歌正经历着再一次的冲击与变革。"网络就是新世纪诗歌的一个催生婆，它将无数诗歌爱好者、创作者的创造激情与发表欲望煽动起来，让那些诗歌的'婴儿'纷纷降临到互联网的界面之中，降生到无限敞开的赛伯空间里。互联网正在创造着中国新诗的当代神话。"③ 网络诗歌无疑已成为当代汉语诗歌最有活力的一部分。金惠敏在《媒介的后果——文学终结点上的批判理论》中将电子媒介的后果归结为三种，即趋零距离、图像增殖、全球化/球域化④；而最终的后果，"其一是新媒介通过改变文学所赖以生存的外部条件而间接地改变文学；其二是新媒介直接地就重新组织了文学的诸种审美要素"。数量众多的文学网站、专业诗歌网站、诗歌论坛，再加上贴吧、博客、空间、QQ群和微博，这些都为网络时代的诗人们提供了自由宽松的交流环境和宣泄情绪的技术平台，供他们发帖或者灌水。垃圾派诗人蓝蝴蝶紫丁香曾说自己对于诗歌本来是失去了兴趣的，"可是，到了网络以后，我又对诗歌重新产生了浓厚的兴趣，我频频出现在诗歌网站论坛，我在

① 参见中国互联网络信息中心，《第34次中国互联网络发展状况统计报告》，http://www.cnnic.net.cn/hlwfzyj/hlwxzbg/hlwtjbg/201407/t20140721_47437.htm。
② 京华网报道，《手机上网比例首超PC》，http://epaper.jinghua.cn/html/2014-07/22/content_107601.htm。
③ 张德明：《互联网语境中的新世纪诗歌》，《中南大学学报》（社会科学版），第14卷第1期，2008。
④ 金惠敏：《媒介的后果——文学终结点上的批判理论》，人民出版社，2005，第3、118页。

无休止地进行肆无忌惮的灌水。所谓的灌水，不是指发口水帖一类的东西，而是不断地发贴、回帖，以文字为水，以话语为水，以情感为水，以诗为水。不断地灌水，思维会越来越活跃，灵感会不断地喷发出来。奇思妙想，在灌水的时候层出不穷。不断地灌水，不断地给诗歌注入新的东西，不断地实验，不断地创造，也不断地分享灌水的快乐"。[1]

更重要的是，网络语境将彻底改变诗歌的生产方式、发表方式、传播方式和交流方式，其中在蕴含创造力的同时也饱蓄破坏力。正如欧阳友权所指出的，数字媒介作品的"软肋"正在于有"网络"不见"文学"，有"文学"而缺少"文学性"，在于其以技术智慧替代艺术规律，以游戏冲动替代审美动机，以工具理性替代价值理性，以"技术的艺术性"操作打造"艺术的技术化"文本，最终则是"过剩的文学"与"稀缺的文学性"形成鲜明的反差[2]。

事实表明，网络背景下，特别是微博、手机媒体的迅猛发展，文学，特别是诗歌，审美的距离取消了；或者说网络实现了零距离的胜利，即是网络时代的诗歌消除了以下三种距离。一是传播的距离。网络光速传播以及图文呈现的即时效果，诗歌的大众民间参与属性，使得相距千里之外的人实现了随时随地的互动和交流。二是诗人与读者之间的距离。诗人在网络中发表作品，随后便能获得读者的评价和意见，甚至读者的意见能同时参与到诗歌的创作中去。三是通过超文本，消除了文字表意解码到意象、意境解读的距离。本雅明在《机械复制时代的艺术作品》一文中认为："技术复制能把原作的摹本置入原作本身无法到达的地方。"[3] 这似乎正预言了网络时代文学对时间和空间在"距离"上的绝对胜利。由于即时性与快餐化的深刻影响，这种距离的消除，突出体现在新诗诗体的边界模糊上。什么是"诗"？在网络现代性的背景下更是日显模糊。

---

① 张德明：《互联网语境中的新世纪诗歌》，《中南大学学报》（社会科学版），第 14 卷第 1 期，2008。

② 欧阳友权：《比特世界的诗学——网络文学论稿》，岳麓书社，2009，第 450 页。

③ 阿伦特编《启迪：本雅明文选》，张旭东、王斑译，生活·读书·新知三联书店，2014，第 235 页。

二 网络诗歌的现状与审美悖论

新诗的现代性进程遭遇了网络的狂欢，使得本已错综复杂的华文新诗的文体边界、审美意蕴问题更加扑朔迷离。由于网络虚拟世界的自由、开放、迅捷等自身的特性，诗歌走下神坛，一再从含蓄、隐喻滑向平白、口水；从艰辛的孕育、推敲走向浅显和随意；从作者权利缴械投降变成读者权利，再到读者也是作者，作者亦在充当读者；从消解权威和神性径直走到"渎圣"和恶搞；从"垃圾派"、"下半身"到"梨花体"、"羊羔体"等现象，我们看到了网络背景下华文新诗诗体的丛生乱象。

作为"梨花体"事件的主角的国家一级作家赵丽华，其部分作品让网络背景下的新诗诗体接受出现了两边倒。

傻瓜灯——我坚决不能容忍
我坚决不能容忍
那些
在公共场所
的卫生间
大便后
不冲刷
便池
的人

我终于在一棵树下发现
一只蚂蚁，另一只蚂蚁，一群蚂蚁
可能还有更多的蚂蚁

陈琳41：36
我正在听
陈琳的歌

这几首诗歌全诗都只有数行，内容极其平白浅显。真正取消了距离，把诗意与艺术本该有的美感给捅破了。关于引起轰动效应的"赵丽华事件"，张清华曾撰文指出，诗歌作为大众娱乐的方式不但可能，而且已迅速变成了戏剧性的广泛的现实：参与"恶搞"的人发泄了他们针对一个女人、一个写作的女人、一个用非通常的方式写作的人的不满与潜意识想象；观看恶搞的人欣赏到了一个特殊的热闹景观，有了饭桌上助兴佐餐的谈资；"被恶搞"的人呢，则在"受伤害"的同时得到了前所未有的"点击率"和知名度……正所谓各取所需，各得好处。诗歌这种古老的艺术形式，可见已摇身成为现代的公众游戏文化娱乐的主角了①。这样的评价是中肯的，事件本身几乎就是一个"娱乐至死"的标本。

在网络中，诗歌文本的生产、流通、消费和接受等中间的"距离"被无情地取消了；网络与大众所达成的默契，通过零距离的胜利，实现了对传统文学特别是诗歌生产和消费机制各个流程限制的胜利，同时打破了文学精英对于话语权的垄断。在"革命"的热烈与狂欢中，在野的一方似乎已经胜利了，然而悖论也随即现身。陈培浩在一首题为《诗人的一生》（一、李自成）的组诗中有这样的表达：

> 在诗歌中当个起义者
> 率领问号和叹号揭竿而起
> 反抗语言压迫的暴君
> 打到北京城中
> 才发觉吴三桂是一个句号
> 将一切结束在山海关
> 在朝和在野对诗的一个比喻
> 传说中李闯王来到台湾岛
> 至死也想不通这个永恒的悖论

---

① 张清华：《持续狂欢·伦理震荡·中产趣味——对新世纪诗歌状况的一个简略考察》，《文艺争鸣·新世纪文学研究》2007 年 6 期。

对于致力于"破坏"一个"旧世界"的"革命者"来说，破坏的最终结果就是对革命行为本身的消解。一个起义者的存在价值就是找寻一个在朝的对象。当这个对象失败、瓦解或被取代，而且是被起义者击败或取代的时候，起义者也便不复存在（自我完结）。这几乎等同于网络时代新诗审美悖论的内在逻辑。网络的在野以"革命"的方式颠覆了传统媒体的在朝权威，随即便陷入了杂乱、失范的状态。

三 华文新诗建设的现实背景

纵观华文新诗的现代性追求和流变，从晚清"以暴制暴"的"诗界革命"，到"白话诗运动"对传统定型诗体的彻底否定，再到民间歌谣的"散漫口语"和外文翻译诗体的"散文化"影响，特别是 21 世纪以来网络媒体的勃兴，使得新诗发展进程中破坏大于建设、非诗多于诗。

网络诗歌打破了时空限制，呈现更加自由开放的趋势，这与新诗天然简约、凝练、自由等特点相吻合。但由于网络的低门槛，不仅为专业诗人，同时也为大众提供了诗歌的竞技场，还提供了诗歌娱乐的游戏场，或说打油的练兵场，诗歌的写作伦理和审美风貌已经在网络大潮中悄然转向，诗歌的"通行证"已经下发到所有写手和网民的手中。在网络这锅百味杂陈的浓汤里，我们可能烹出美味佳肴，也可能因为一颗老鼠屎而坏了整锅粥。

"网络是自由的，又是无序的；是丰富的，又是芜杂的；是富于生机的，又是不乏浮躁和我粗糙的；诗歌由平面向网络的延展，是必然的又是遗憾重重的，但就其对诗人创造力的激发而言，互联网仍具有其他媒体所不可替代，甚至不可比拟的优势。然而，我们面对网络的时候，的确需要把自己的眼光磨砺得锐利一点，对诗歌的标准的坚持更有定力一些，这样我们才不仅能享受网络带来的恩惠，还可以减轻它对诗歌精髓的某种消极腐蚀。"①

面对新诗的现代性问题，特别是网络背景下新诗在"诗意"与"诗艺"方面的双重缺失，多少诗人和批评家都高声疾呼"诗体重建"——从 20 世纪新诗草创期的闻一多、朱自清、艾青等，直到 20 世纪 80 年代的吕进、吴

---

① 马铃薯兄弟编选，《现场：网络先锋诗歌风暴》，江苏文艺出版社，2005，封底。

思敬等，已在 10 余部新诗理论著作中涉及"诗歌类型学"。到了 21 世纪，吕进的《中国现代诗体论》、骆寒超的《论新诗的本体规范与秩序建设》、骆寒超和陈玉兰合著的《中国诗学——第一部形式论》、许霆的《旋转飞升的陀螺——百年中国现代诗体流变史论》和《趋向现代的步履——百年中国现代诗体流变综论》、许霆与鲁德俊合著的《新格律诗研究》和《十四行体在中国》、王珂的《诗歌文体学导论——诗的原理和诗的创造》《百年新诗诗体建设研究》《新诗诗体生成史论》等，也都围绕"诗体"建设的话题做了专门的研究①。

考察 21 世纪 10 余年来的网络诗歌事件，不难发现网络诗歌不时会出现极端的"行为艺术"，或者"过把瘾就死"的事件，这些是值得反思的。"十年磨一剑"，中国的网络诗歌总体来说喧嚣中闪现着希望和亮光；然而，必须明确的是，诗意的消耗使网络诗歌变得一味地平板化、单一化。吕进曾引用梁实秋在《新诗的格调及其他》的话："新诗运动的最早几年，大家注意的是'白话'，不是'诗'；大家努力的是摆脱旧诗的藩篱，不是如何建设新诗的根基。"他认为，重破轻立一直是新诗的痼疾，当下的新诗面临三个"立"的使命：在正确处理新诗的个人性和公共性的关系上的诗歌精神重建；在规范和增多诗体上的诗体重建；在现代科技条件下的诗歌传播方式重建②。

有学者认为，21 世纪应该是重"立"轻"破"的"建设时代"，目前应该全面进入"和谐诗歌"和"艺术诗歌"的建设时期，反对一切极端的"折腾"，处理好个体与群体、自由与法则等矛盾；新诗应该回归诗的本体，研究重心应该由"写什么"转向"怎么写"，由社会学、伦理学的外部研究转向语言学、诗体学的内部研究；新诗是艺术地表现平民性情感和思想的语言艺术，是最高的语言艺术和最讲究技法的文学文体；有必要强化诗人的"文体自律"和"技巧自觉"与"诗体意识"和"诗形意识"③。

---

① 王珂：《新诗诗体学的历史、现实与未来——兼论新诗诗体学的构建策略》，《河南社会科学》，2012。

② 吕进：《新诗诗体的双极发展》，《西南大学学报》（社会科学版）2012 年第 1 期。

③ 参见王珂、陈卫，《诗体之争与诗体重建——"现代诗创作研究技法"学术研讨会热点话题论争综述》，《江苏大学学报》（社会科学版）第 6 期，2010 年 11 月。

　　尽管在新诗诗体中存在这样或那样的问题亟待解决，但依然有很多诗人从文体的自发转向了自觉，甚至由自觉进而推动诗体的规范和创新。华文新诗应在倡导和建立规范与创建"恒体"的同时，营造良好的诗歌生态，使得诗体建设在有序、健康的环境中成长。

四　网络背景下新诗现代性追求的可能

　　任何一种文艺的发展演变都应该遵循一定的科学规律，尽管一代有一代之文学，但在新诗的发展过程中，总会经过从自发到自觉，再到规范与创新的发展过程。从中外诗歌演变和发展可以看到，诗歌现代性追求的过程同时也是诗体演变发展的过程；一个诗体的演化和生成，必然要经过数十代人甚至上百代人的努力才能建设而成。我们希望努力营造良好的诗歌生态，使诗体建设在有序和健康的环境中进行。本文认为，网络背景下的华文新诗诗体建设主要可从以下两个方面展开。

　　首先，在诗艺上，重视视觉效应与音乐节奏的和谐。徐志摩的《再别康桥》几乎为大家耳熟能详：

　　　　轻轻的我走了，正如我轻轻的来；
　　　　我轻轻的招手，作别西天的云彩。

　　　　那河畔的金柳，是夕阳中的新娘；
　　　　波光里的艳影，在我的心头荡漾。

　　　　软泥上的青荇，油油的在水底招摇；
　　　　在康河的柔波里，我甘心做一条水草！

　　　　那榆荫下的一潭，不是清泉，
　　　　是天上虹揉碎在浮藻间，沉淀着彩虹似的梦。

　　　　寻梦？撑一支长篙，向青草更青处漫溯，

满载一船星辉，在星辉斑斓里放歌。

但我不能放歌，悄悄是别离的笙箫；
夏虫也为我沉默，沉默是今晚的康桥。

悄悄的我走了，正如我悄悄的来；
我挥一挥衣袖，不带走一片云彩。

这首优美的抒情诗，读起来几乎有一种完美的音乐感，或者说节奏感，而且有华美的视觉效果，富有图景想象。诗歌是 1928 年秋，作者再次到英国访问旧地重游时写下的。诗歌将自己的生活过的康桥作了精美的比喻，说康桥是"夕阳中的新娘"、是"天上虹"，通过美好的视觉图景展现一种很空灵又亲切的表达；在视觉形体，也就是所谓的"建筑美"上，诗中具有另一个特点就是两行两行的结构很整齐，除中间 3、4 两节外，每一句基本上是 6~8 个字，句中如"来"与"彩"，"娘"与"漾"，"摇"与"草"，"箫"与"桥"都是押韵的。"轻轻的"、"悄悄的"回环使用，"星辉"、"放歌"、"沉默"等词语的顶真手法，都无疑更增强了诗歌的韵律感。

其次，更重要的是努力在诗意上体现并葆有诗歌的本质，即创作"距离"的美感。"文学即距离"，这是金惠敏在《媒介的后果——文学终结点上的批判理论》一书中提出的观点。当然，这个观点并不新鲜，在文学研究理论中很早就有"距离说"。"文学更本质上关切于距离，因为简单而毋庸置疑的是，距离创造美。"金惠敏转引叔本华所指谓的"距离"，"我们的生命履历就像一幅马赛克图案，惟当与其拉开一定的距离，我们方才能够认识它、鉴赏它"[①]。距离使得诗歌成为可能。且看卞之琳创作的《距离的组织》：

想独上高楼读一遍《罗马衰亡史》，
忽有罗马灭亡星出现在报上。

---

① 金惠敏：《媒介的后果——文学终结点上的批判理论》，人民出版社，2005，第 13 页。

报纸落。地图开，因想起远人的嘱咐。

寄来的风景也暮色苍茫了。

（醒来天欲暮，无聊，一访友人罢。）

灰色的天。灰色的海。灰色的路。

哪儿了？我又不会向灯下验一把土。

忽听得一千重门外有自己的名字。

好累呵！我的盆舟没有人戏弄吗？

友人带来了雪意和五点钟。

　　这首仅有 10 行的短诗，以极富张力的语词在印象的碎片中编织戏剧化的时间与事件。午睡而入梦，复又梦醒，梦境前后诗人的意识似乎在时空的隧道里穿梭，诡诞而至无逻辑的处理强化了戏剧的效果。诗中被组织起来的关系几乎都与"距离"有关，或是时间的，或是空间的，亦或者"距离"就在人与人之间。在现代诗歌的创作、阅读和接受中，由于"想象"、"模仿"、"陌生化"、"隐喻"等审美维度和艺术手法起着极其重要的作用，艺术对象因而显得难于把握，故而增加了创作体验或者感受中的难度及延长时间的长度；而对日常生活的间离，则造成了疏离现实的诗美效果的延异。

　　欧阳江河在《站在虚构这边》的序言中说道："从虚构这边看，诗引领我们朝着未知的领域飞翔，不是为了脱离现实，而是为了拓展现实……也许，地球将小得几乎可以被一份晚报折叠起来，所有的历史事件都发生在通栏标题下，几个版面就足以概括生活，花上几分钱就能通读。"[1] 网络的匿名性、即时性、世界性、互动性，将印刷时代中编辑、审稿、出版社、书商等的种种限制给取消了。在网络四通发达的今天，不用笔和纸，只要你愿意并敲动键盘，你在作者与读者的双重身份中可以把你的诗文和观点在瞬间传达到地球的每一个角落。网络消灭了"距离"，但新诗诗体的自觉应该从对"距离"消亡的警惕开始，这几乎可以说是网络背景下华文新诗诗体特征的一个内在根据。

---

　　① 欧阳江河：《站在虚构这边》，生活·读书·新知三联书店，2001，第 8～11 页。

　　综合考察网络背景下的华文新诗的边界文体，我们依然坚定地认为，新诗诗体在螺旋上升的发展中，应该遵循应有的艺术的规律：即从诗艺上，重视语言形态的塑造和节奏感的和谐营造；在诗意上，凸显诗歌的隐喻创设和诗美想象。只有努力地把新诗的"恒体"规范与新诗实验创新结合起来，在倡导和经营新格律诗、小诗、汉语十四行诗和图形体诗歌等新诗准定型诗体规范的同时，才能促使华文新诗诗体不断朝着更加科学和合理的方向发展。

（作者单位：韩山师范学院诗歌创研中心）

贵州少数民族生态诗歌论

谢廷秋

摘　要： 贵州少数民族诗人的生态意识觉醒较早，具有超前性。他们创作的生态诗歌体现了生态整体观的建构、对自然生命的敬畏、对工业与城市文明的批判和回归自然的向往；在诗学策略上，将自然的审美维度鲜明地凸显出来，营造出灵动的审美意境，具有独特的审美价值。尽管贵州少数民族生态诗歌还存在一些艺术瓶颈，整体上却预示了文学发展的方向。贵州文艺理论界对生态诗歌的研究严重滞后于创作，不利于其进一步发展，生态诗歌亟需得到关注。

关键词： 生态整体观　自然　和谐　生命　审美价值

"新世纪以来，生态诗歌是诗坛上较为活跃的创作潮流，其创作主题呈现出对生态规律的尊重、对自然生命的敬畏和对工具理性的批判。新世纪生态诗歌具备了形成新的诗歌思潮的基础，不仅改变了当代诗歌中自然描写长期被忽略的现状，彰显出自然景观的美学魅力，而且有效地借鉴传统诗歌资源，衔接上了被割断的民族诗歌血脉，较好地实现了生态主题与诗歌文体相融合的美学效果，预示了新世纪文学发展的重要方向。"① 从

---

① 袁园：《新世纪生态诗歌论》，《南都学刊》第 29 卷第 3 期。

贵州诗歌特别是少数民族诗人的创作看，他们的创作不仅与整个诗坛的创作潮流合拍，而且在某种程度上具有超前意识；20 世纪末，他们的创作就表现出鲜明的生态意识，预示了 21 世纪贵州诗歌发展的重要方向。著名生态诗人华海认为："生态诗歌不是生态加诗歌，而是由现代生态文明观出发或在其影响下写作的诗歌，它应当是艺术地体现生态平衡，反思工业文明弊端与固疾，重构人与自然和谐关系，介入生态文明建构的诗歌。"① 这个论断表达了诗人对生态文学的理解和其创作主张，尽管有其感性和含混之处。生态文学理论家王诺认为："生态文学是以生态整体主义为思想基础、以生态系统整体利益为最高价值的考察和表现自然与人之关系和探寻生态危机之社会根源的文学。生态责任、文明批判、生态理想和生态预警是其突出特点。"② 分析研究贵州少数民族诗人的创作，他们的生态诗歌的确契合了诗人的主张和理论家的论断。本文将从五个方面对贵州少数民族诗人的生态诗歌进行解读，挖掘其诗歌中的生态文学思想，揭示其美学价值和艺术瓶颈。

一　生态整体观的建构

生态诗歌站在生态整体的高度，主张人类必须遵从生态规律，与其他物种和谐共处；体现在文本上，生态诗歌从生态整体角度来感受世界，表现人与自然的和谐。如禄琴（彝族）的《森林小调》：

> 黑头发的女孩
> 光脚走进森林
> 用很小的野花
> 编织桂冠
> 她在青草地上坐下
> 倾听植物生长的吱吱声

---

① 华海：《当代生态诗歌》，作家出版社，2005，第 90 页。
② 王诺：《欧美生态文学》，北京大学出版社，2003，第 11 页。

欣赏每一只

从头顶飞过的小鸟

那美丽的羽毛

变幻着许多种颜色

她想象那是一件

为新娘准备的礼服

穿上它

可以跳许多种舞

采食不同颜色的浆果

在绿荫里栖息

也在这土地上

吱吱拔节扎根①

　　诗人通过黑头发的女孩在森林中感悟自然，但不是像传统诗歌那样借景抒情言志，把自然景观作为主观情绪的投射客体，而是贴近森林倾听天籁之音，心灵与自然万物融为一体，从而彰显出鲜明的生态整体特征。正如利奥波德所言："要把人类在共同体中以征服者的面目出现的角色，变成这个共同体中的平等的一员和公民。它暗含着对每个成员的尊敬，也包括对这个共同体本身的尊敬。"②

　　又如张顺琼（布依族）的《一个伊斯兰教徒的祷告》：

主啊！我平生

平生只求你一次

求你　以主的名义

把我变成，一株绿色植物

有叶

有根

---

① 禄琴：《面向阳光》，贵州民族出版社，1996，第143页。

② 利奥波德：《沙乡年鉴》，吉林人民出版社，1997，第193页。

在落寞荒凉的高岗谷地
高擎手臂　支撑万物

我愿在
悬崖上看云气蓬松、朦胧花影
我愿在
深邃的长空
斜倚花树
为万千，真诚的恋人遥遥祝福①

　　诗人祈求回到大自然。在诗人想象的处所里，"我"化成自然界的生物，人与自然完全融为一体，并为人间的恋人祝福，生命在自然与我的身体间自由流淌。所以著名批评家叶橹曾经说过："我非常支持和欣赏'生态诗'的观念，并且认为它将会日渐获得众多诗人的认同。在人们的精神领域里，当诸如斗争和掠夺之类的观念淡出之后，和谐和统一的追求必将成为人们的理想和信念。"②

　　就生态诗歌的价值标准而言，"把生态系统的整体利益作为最高价值而不是把人类的利益作为最高价值，把是否有利于维持和保护生态系统的完整、和谐、稳定、平衡和持续存在作为衡量一切事物的根本尺度"③。因此生态诗歌从不同方面批判人类中心主义，揭示人类因违背生态规律而遭受生态灾难的惩罚。如徐必常（土家族）的《最近》：

最近我看见一株小草拼命的声音
它遭遇的再不是锄，而是一架挖掘机
挖掘机刚挖过，压路机又碾过来
……
最近我看见石头在叫。石匠每凿一锤

---

① 张顺琼：《绿梦》，贵州民族出版社，1991，第19页。
② 华海的生态博客，http//blog sina cob. cn/huahai shengtai。
③ 王诺：《生态整体主义辩》，《读书》2004年第2期。

> 它就大叫一声。
> 它是和石匠手中的锤子钢钎一起叫的
> 甚至包括石匠。
> ……
> 最近我发现很多很多。他们的声音
> 都是拼着老命叫出来的①

　　诗中的挖掘机、压路机、锤子和钢钎可以说是人类强力意志的象征，所到之处肆意践踏，将生态环境破坏得百孔千疮。而作为绿色植被的隐喻，小草在强暴的机械面前不堪一击，尽管它拼命抵抗，却挡不住人类的摧残。大自然拼着老命的惨叫，预示着人类将要面临灾难的惩罚。
　　又如非飞马（土家族）的《土地·种子》：

> 春天，一块土地等待着牛和犁铧
> 等待着疼痛，受孕
> 远处，一座高楼在乒乒乓乓的声音里
> 烟尘滚滚，变成一片废墟
> 过一会儿，就会开来春天的推土机
> 打扫现场。就会有一座高楼
> 拔地而起。这是城市的春天
> 郊区的土地陷入整体的焦虑
> ——她们早已荒芜
> 长满了巴茅草、野花和蕨藜
> 像一个失落的寡妇
> 在漫长的等待中
> 被荒芜和空虚占领
> 而城市的种子纷纷变节
> 除了少量的一批被运往乡下

---

①　徐必常：《苦日子，甜日子》（组诗），《诗刊》2009年第7期。

> 生根发芽。更多的都要被迫留下
> 接受节育手术。失却生殖能力①

　　诗中的土地意象既指现实意义的土地，更象征着人类的诗意栖居的家园；诗人通过对比，揭示如今家园荒芜，甚至生命种子的变节。就像100年前利奥波德所预测的那样："在有限的空地上拼命盖房子，盖一幢，两幢，三幢，四幢……直至所能占用土地的最后一幢。"② 如果有一天高楼林立而我们赖以生存的家园荒芜空虚，种子失却生殖能力，人类的末日还会远吗？

二　对自然生命的敬畏

　　生态诗歌强调自然生命的多样性与平等性，提倡尊重一切生命，正如阿尔贝特·史怀泽在《敬畏生命》一书中所言："善是保持生命、促进生命，使可发展的生命实现其最高的价值。恶是毁坏生命、伤害生命、压制生命的发展。"③ 如陈亮（布依族）的《夜猎》：

> 踏一片月光
> 追一片月光
> 采一片月光
> 在山中
> 我这样夜猎
> 那些兽们
> 早已躲进透明的星空里去了
> 而我的枪管
> 也只发出一种黯兰色的液体
> 没有人说我是一个猎手

---

①　非飞马：《活在乡村与城市边缘》（组诗），《民族文学》2011 年第 11 期。
②　利奥波德：《沙乡年鉴》，吉林人民出版社，1997，第 154 页。
③　阿尔贝特·史怀泽：《敬畏生命》，上海社会科学院出版社，1992，第 90 页。

没有谁相信我是一个猎手

而我

也不承认我仅仅是一个猎手

当我的名字

浸透一片月香

被太阳嵌进黎明的风景里

我分明感受到了

生命中最美好的意义①

　　诗中的"我"到山中夜猎，却任由野兽们"躲进透明的星空里去"，我却"分明感受到了，生命中最美好的意义"。诗人用充满戏剧化色彩的笔触，塑造了视万物平等、敬畏生命的"猎人"——"猎人"宁愿让猎枪闲置，承认自己不是一个真正的猎手，而更愿意让猎物们自由生活着，让生命继续保持它们的多姿多彩。因为自然之死就是人类之死，人类之死一定发生在自然彻底死亡之前。这首诗鲜明地体现了诗人的生态观，在诗人眼里，人与动物和谐相处才是生命中最美好的意义。

　　"进一步而言，生态诗歌将生命关怀的对象由动物界扩展至整个自然界，认为生态系统内的一切物种都具有生命，形成了以'敬畏生命'为核心的生命伦理学体系。"② 生态诗歌把生命体验融入对自然的感悟中，给予自然万物以生命的尊重，春花秋月、阳光露珠不再是表现诗人感情的审美客体，而是具有审美意识的主体。如陈亮的《所有的植物对我微笑》：

面对春天

所有的植物对我微笑

所有的植物，包括

那些多情的阳光、灿烂的花朵、清脆的鸟啼

---

　① 陈亮：《在夜郎我的故乡》（组诗），《民族文学》1990 年第 2 期。
　② 袁园：《新世纪生态诗歌论》，《南都学刊》第 29 卷第 3 期。

那些透明的露珠、精致的草叶、骚动的种子

那些黝黑的泥土、猩红的蚯蚓、宽阔的田园

所有的植物从早晨到黄昏

都以自己的方式

深入我的内心、我的思想和灵魂

感动我，使我无比骄傲与幸福

……

而更多的时候，我们以植物为界

谈论诗歌、爱情；谈论宗教、信仰；

谈论阳光或者其他……

我们总是显得很苍白

抓不住一缕月光与星光……

关键的问题

我们不仅要学会理解各种植物

我们还要懂得什么时候植物向我们恭手

什么时候我们向植物屈服

否则，我们的镰刀或锄头

只能飞舞在春天的阴影里……①

诗歌的字里行间充盈着大自然生命的活力，"所有的植物对我微笑，""所有的植物从早晨到黄昏/都以自己的方式/深入我的内心、我的思想和灵魂"。当诗人敏锐地感受到大自然生命脉搏的跳动，与自然万物进行着心灵交流的时候，大白然一切有生命的东西使我们骄傲和幸福。而当我们试图以大自然的主宰者自居，"以植物为界/谈论诗歌、爱情；谈论宗教、信仰/谈论阳光或者其他/我们总是显得很苍白/抓不住一缕月光与星光"；所以我们要懂得"向植物屈服"，做自然中的一分子，敬畏自然生命，与万物平等相处。

---

① 陈亮：《面对春天》（组诗），《山花》1993 年第 2 期。

三　工业与城市文明批判

随着人类工业生产和科学技术的飞速发展，工业化的负面影响日益加剧，如工业化对自然美和诗意生存的破坏，工业化造成生态系统的紊乱和自然资源的枯竭，等等。针对这些，生态诗歌批判工业文明对生态环境的破坏，抨击人类对科技的过分迷信。如惠子（苗族）的《工业》：

> 工业大口大口地喘着粗气
> 这头巨兽这头黄金的巨兽
> 在城市的上空
> 成吨成吨地吐气若兰
> 天空就阴沉下来
> ……
> 鸟儿找不到归巢的路
> 小男孩迷失在回家的途中①

在诗人的笔下，为了金钱，工业废气污染了整个天空，鸟儿找不到归巢的路，人类（小男孩）也迷失了方向，无家可归。人类发展工业和科技难道就是为了有一天无家可归吗？这样的诗歌还有罗莲（布依族）的《街心风景》：

> 每一条远去的道路都突然迷茫
> 连葡萄的甜蜜也不再澄澈
> 城市混乱的街心
> 站着一个被遗弃的孩子
> 她迷失了家的方向
> 曾经是母亲双乳的位置

---

① 惠子：《对一个时代的描述》（组诗），《贵州作家》第24辑。

与父亲温暖的手指
旋转的天空已经使一切改变
苹果倾斜着
光线纷乱缭绕
太阳太阳险些就要坠落下来①

　　这是一幅多么可悲的街心风景：葡萄不再澄澈，苹果倾斜，光线纷乱，甚至太阳险些就要坠落下来。在这样的都市，谁会找得到家园，找得到家的方向？这些诗歌充盈着欲望批判和生态预警这些生态文学思想的内涵。

　　再看陈德根（布依族）的《在工业区》：

工业区的表层
被切割的光阴和籍贯
那些苦难深重的命运推搡着
进入一座座城市
我们想念火柴和露珠
我们假装若无其事地
目睹金属尖锐的摩擦声
再贴近那些工衣紧裹的青春
和被工装模糊了性别的车工、操作工……
像雨中的青苔
年轻或不再年轻的面孔在电子产品、塑料件和打桩机的侧面反光
始终找不到生活的位置
让那么多的人感到无所适从②

　　失去家园的农民工进入一座座城市，在金属尖锐的摩擦声中，变成性别模糊的车工、操作工……他们的面孔在电子产品、塑料件和打桩机的侧面反

---

① 罗莲：《街心风景》，《星星诗刊》2010 年第 11 期。
② 陈德根：《像一场雨水》（外一章），《诗刊》2010 年第 12 期。

光，却始终找不到生活的位置。人们在工业文明中"始终找不到生活的位置"，让我们不得不思考：我们的文明究竟在哪里出了错？

四　回归自然

随着工业化和城市化的快速发展，我国的环境污染令人触目惊心，江河污染、沙尘暴弥漫、PM2.5严重超标……这一现实语境为生态诗歌的集中出现提供了生长的土壤。从更深的层面说，生态诗歌的出现根源于现代人的精神危机。物欲的膨胀使现代人沦为急功近利的单维人，与诗意的精神世界越来越远；生态诗歌呼唤回归自然，具有疗救现代人精神病症的意义。如王泽洲（布依族）的《月光曲》：

> 偌大一座幽迷的宫殿
> 没有霓虹灯的炫目
> 没有庄严的金丝绒垂帘
> 咖啡的兴奋
> 双声道的喧嚣
> 迪斯科和探戈的疯狂
> 以至于白兰地的热烈
> ——都没有，全都没有
> 游丝般的雾霭
> 静静地弥漫着
> 随意地
> 从这儿飘向那儿
> 唯一丰厚的饮料
> 是涂染着淡乳白颜色的氧
> 慷慨地，盛满每个毫升的空间
> 年长的参天古树
> 年轻的乔木和灌木丛
> 稚嫩的野花群和芳草

　　——庞大的家族

　　笼罩在银色的、缥缈的帷幕里

　　它们有过于微妙的思维

　　各自都那样长久地专注

　　不知在肯定或否定着什么

　　在这儿思索

　　有隐隐的压抑

　　迷离的清醒

　　朦胧地，解释着所有清晰的世界

　　月姑娘冷静地

　　操持着这份家园

　　——她永远是冷静的

　　大森林交响乐的演奏也是冷静的

　　此刻，她温柔的手指

　　轻快地起落在每一个叶片的琴键

　　细碎的彩色的音符

　　不时轻轻地掉下

　　落叶铺织的绵软的地毯上

　　不会有丁点儿的声响

　　山泉、溪涧和瀑布群琴弦颤动着

　　微微地泛出幽幽的寒光

　　沉沉的旋律

　　回旋在地心的音箱里

　　整个宇宙

　　都受到强烈的震撼①

　　之所以不厌其烦地引这样的长诗，是因为这首诗通过对比所呈现的自然之美令人震撼，"整个宇宙/都受到强烈震撼"。霓虹灯、咖啡、白兰地、迪斯科等

---

① 胡维汉等：《贵州新文学大系·诗歌卷》，贵州人民出版社，1997，第176页。

是现代都市文明的象征，而诗人正是要抛却现代文明的喧嚣和物欲，在月光流淌的夜晚去感受大自然的静谧，呼吸如乳一样的自然之氧，聆听森林交响乐。这不仅体现了一种回归大自然的观念，更建构了一个可以诗意栖居的家园。

王黔（白族）的《给BB》却表达了渴望逃离和无法逃离的矛盾：

> 亲爱的
> 为什么不能住在边疆
> 住在风景幽静的湖边
> 我们为什么不能去
> 树林茂密的大山开一个小茶馆
> 让日子闲如流云野鹤
> 或做一双安静的过路人
> 像随季节迁徙的雁
> ……
> 看到未来写好的路我无比绝望
> 在一个气候恶劣住房拥挤
> 环境嘈杂的城市
> 我们将像现在一样扎挣着生存
> 生养后代追求职位和薪水
> 直到被生活榨尽最后一滴血汗
> 被尘世围困不能自拔①

这首诗是诗人为爱人而写，"BB"是baby的缩写，在这里指称爱人。诗人向往的是在森林里"幽静的湖边"过闲云野鹤的日子，然而他与爱人却不得不继续栖身于气候恶劣住房拥挤环境嘈杂的城市，为薪水、职位苦苦挣扎。诗人向往自然和自由，一再用"我们为什么不能"这样的句式渴望回归自然。尽管事实上，"我们"未能逃离城市，但逃离是一种态度，有这样的精神，逃离才会有批判的眼光，疗救的希望；同时这样的逃离也与古代

---

① 黑黑：《给BB》，《诗刊》2002年第2期。

诗人"久在樊笼里，复得返自然"的向往在精神上一脉相承。

五　贵州少数民族生态诗歌的美学价值与艺术瓶颈

　　贵州少数民族生态诗歌不仅反映出我国严峻的生态现状，也折射出现代人的精神生态危机，在批判生态现状、敬畏生命、注重生态整体利益、表现人与自然的关系方面都有着积极的生态价值；除此之外，其生态诗歌还有较高的美学价值。

　　贵州少数民族生态诗歌改变了当代诗歌中自然描写长期被忽略的现状，彰显出自然景观的美学魅力。放眼当代诗歌，自然描写已经渐行渐远，"大漠孤烟直，长河落日圆"、"两个黄鹂鸣翠柳，一行白鹭上青天"的经典诗句几乎难以再现。当下诗歌沾染浓厚商业文化气息，蓝天、青山、绿水、月亮、星星等自然意象，这些不能吸引消费者眼球的东西，对于生活在都市的新生代诗人来说简直就是恍如隔世。"自然审美维度的缺失是当代诗歌急待走出的误区，缺少了自然描写的诗歌必将影响其美学价值，并导致读者审美趣味的粗鄙化，这在生态现状日益严峻的当下更为突出。"[1] 贵州少数民族诗人对自然有着天然的亲近，一是贵州欠发达的省情使得贵州保留了更多的青山绿水，诗人与大自然的亲近有较好的条件；二是贵州少数民族居住的环境大都远离都市，具有更良好的生态环境，在这样的环境成长的诗人更爱自己的家园；三是贵州的很多少数民族有自然崇拜观，相信万物有灵，天人合一，很多植物、动物是他们的图腾对象。这就不难理解这块土地上生活的少数民族诗人为什么钟情于自然了。正是由于他们钟情于自然，他们的生态诗歌在诗学策略上，将自然的审美维度鲜明地凸显出来，营造出灵动的审美意境。如禄琴（彝族）的《彝山》：

　　　　彝山　　　　你
　　　　茂密弯曲的黑发　　　从高原
　　　　披散下来

---

[1]　袁园：《新世纪生态诗歌论》，《南都学刊》第 29 卷第 3 期，2009 年 5 月。

溅起一片生命的歌舞

天空中飞翔的鹫

涂抹着一块块飞翔的雄姿

溟濛的世界常有山魈出没

山寨于森森的林间

彝人的血脉

在这片土地上延伸

日子凝聚成耸立的山峰①

诗歌在跌宕起伏的节奏中，渲染天人合一的澄明意境，较好地实现了生态主题与诗歌文体相融合的美学效果。

贵州少数民族生态诗歌借鉴了传统的诗歌资源，使民族诗歌血脉得以衔接。中国当下诗歌在一拨又一拨现代、后现代诗歌浪潮的冲击下，诗歌创作"在内容上不触及现实生活，专注于抽象哲理的思辨；在形式上炫耀技巧难度，营造语言迷宫，越来越抽象难懂。"② 对于传统诗歌中人与自然交融的景观描写很多诗人视为过时了，诗歌创作陷入审美困境；然而，贵州少数民族生态诗歌有效地借鉴传统诗歌表现技巧，呈现出朴素自然、妙趣天成的审美风格。如张顺琼（布依族）的《晚景》：

投爱于天空

一天一个旧梦

一梦一个憧憬

投爱于湖水

一波一朵浪花

一浪一支春曲

投爱于黎明

答我白鸟的啁啾

① 禄琴：《面向阳光》，贵州民族出版社，1996，第7页。
② 袁园：《新世纪生态诗歌论》，《南都学刊》第29卷第3期，2009年5月。

　　　　万物的明媚

　　　　投爱于月光

　　　　一颗心一份欣喜

　　　　一滴泪一叶飘零①

　　"投爱于天空……投爱于湖水……投爱于黎明……投爱于月光……"诗人较好地借鉴传统诗歌一咏三叹的手法，投爱于天地日月，如《诗经蒹葭》的反复咏唱。爱天地日月，必将得到大自然的回报，诗歌语言自然明净，画面淡雅清新，营造出回味无穷的审美想象空间，读后有一种诗意的感动。

　　贵州少数民族生态诗歌更深远的意义还在于预示了文学发展的重要方向。三年前我在评论贵州省著名作家欧阳黔森的生态小说时，曾经预测过贵州文学的发展方向是生态文学，现在面对集中出现的生态诗歌，使我深感欣喜的同时更坚定了这种认识。因为今天人类面对前所未有的生态危机，保护生态环境已经成为关系人类生死存亡的最根本需要，建立人与自然和谐相处的社会是人类的共同目标。从这个意义上说，人类追求的不应该再是物质的丰富，而是精神的宁静，贵州少数民族生态诗歌的集中出现正是这种需要的产物。如果说有哪一类文学与人类的生存发展紧密相关，应该非生态文学莫属。特别是贵州正在建设生态文明省，保护原生态的民族文化，其少数民族诗人的生态意识尤其可贵，这些生态诗歌直接参与了生态观的建构。

　　贵州少数民族生态诗歌具有较高的美学价值是毋庸置疑的，但也普遍存在艺术瓶颈。如陈德根（布依族）的《在城市流浪》：

　　　　暂住证、房租、水电费、物价上涨……

　　　　我的籍贯颠沛流离，贫病交加

　　　　合同、定单、违约金……

　　　　我在鸟笼里传来的呜咽中睡去

　　　　梦中的家园已经牛羊成群、五谷丰登②

---

① 张顺琼：《绿梦》，贵州民族出版社，1991，第71页。
② 陈德根：《在城市流浪》（外一章），《岁月》2008年第2期。

　　这是寻找家园的生态诗歌，单从题目即可看出生态主题的表现过于直露，虽然有鸟笼的意象，但特别生硬；看似大幅度跳跃的诗歌由于意象切换的生硬，形同直白的说教，结果诗歌变成了生态思想的载体，生态价值远远大于文学价值。又如徐必常（土家族）的《所见》：

> 故乡的田野上只剩下一群老农在挥锄
> ……
> 土的痛是自己被荒芜
> 好肥的土呵，就如乡村鼓着奶子的少妇
> 她们却被外出打工的男人丢下①

　　人们追逐金钱荒芜了自己的家园，这样的诗歌生态主题是明显的，但由于缺少审美中介的转换，生态思想未能隐蔽地渗透在诗意世界之中，生态主题先行的弊端一览无余。

　　综上所述，贵州少数民族生态诗歌是生态危机中诗歌的自我救赎，它预示了贵州诗歌发展的重要方向。由于特殊的原因，贵州少数民族诗人对生态问题的敏感具有超越性，他们以鲜明的生态观写出了独特的人与自然交流的诗歌，与其他省份的生态诗人的创作并没有多大差距——只要积极探索并努力创作，就有可能走在国内前列。但贵州文艺理论界对生态诗歌的研究严重滞后于创作，具有严格学理意义的生态诗歌概念尚未得到界定，这不利于贵州生态诗歌的进一步发展。本文抛砖引玉，期待贵州少数民族生态诗歌得到更多的关注。

（作者单位：贵州师范大学文学院）

---

　　① 　徐必常：《苦日子，甜日子》（组诗），《诗刊》2009 年第 7 期。

中国现代诗的"诗经"时代

汪剑钊

必须承认，在文化层面上，诗歌应该是一个高端性的存在；判断一个国家、一个民族的文化质地，诗歌绝对是一块屡试不爽的试金石。可举一例的是，俄罗斯之所以为全世界瞩目，并不是它的军事实力，不是它的核武器，不是它强大的海军或空军；而是它的文学，那指向诗歌的语言艺术，是普希金、托尔斯泰、陀思妥耶夫斯基、阿赫玛托娃、曼杰施塔姆、布罗茨基等留下的精神财富，他们以自己创造性的文化行为替自己的民族赢得了崇高的荣誉。经验告诉我们，武力让人恐惧，而文化则受人尊敬。在诗歌中，有着人的自由、独立、尊严和普世并举的善与美；一个没有诗歌的民族很难说是一个具有高质文化的民族。

人类的精神发展史证明：诗，是人类真正的母语。这句话意指的是，诗与语言实际是同步诞生的，或者说，诗甚至要早于语言而孕育。当初民最早萌生了发言的冲动，实际是被内心诗意的洪流搅动到了一个逼近决堤的状态，因此，所谓的"太初有道"，这"道"所倚重的乃是"太初有言"。当人的内心有情感的需要，有对美的向往，也就有了表达的愿望，要找到一个突破口，于是，语言产生了。它以恰切的方式为诗歌这种灵魂中的灵魂找到了一个可以栖居的家，世界则在"言"中重塑了另一个世界，这便是诗的魅力。这样，我们在回眸中发现，上帝造人之后，人类又为自己创造了另一个奇迹——诗。正是在此意义上，我们说，诗人在尘世的使命便是完成上帝未完成的事业，让不完满的人性向完满的方向前进。诗，在语言的屋顶下为自己找到了一个可以栖居的家，对此，我们从世界各民族任何一种语言中都存在着大量的诗歌文本这一事实便可以获得印证。因为，诗歌的意义就蕴藏于人性，只要有人类存在，自然就有人性以及人性的自我完善。人性在，诗歌智慧就不灭，诗歌也永远不可能死亡，哪怕它出现了当代的转型，它的形式出现了巨大的变化。

我曾经说过，这是一个诗歌的乌鸦时代。如果说19世纪上半叶以前是诗歌的夜莺时代，那么，自从爱伦·坡的《乌鸦》在暗夜里发出的"永不再"（nevermore）的宣告，世界的诗歌已进入了乌鸦的时代。乌鸦向来被当作不祥、凶险的象征，但相传，乌鸦的血可以擦亮人们的眼睛。得知这一点，我们的诗人大概可以得到少许的慰藉，或许，由于它们的存在，人们可以看清被世俗生活所蒙蔽了的真实。另外，鸟类学家告诉我们，乌鸦具有不少优点，譬如：杂食性，忠诚，反哺。与之相对照，现代诗似乎同样具备这些特性。首先，现代诗有一个强健的"胃"，就内容而言，举凡生活的方方面面，诗人们都敢于吸纳进来，在形式上，叙事性、戏剧性、口语等因素作为亚体裁纷纷出现，诗歌越来越体现出某些综合性的特征；其次，新时期以来，诗人们在自己的领域里孜孜不倦探索着汉语言的艺术，其做出的贡献可以说超过了任何一种其他文体；至于说到反哺，青年诗人调整了相当部分老一代诗人的诗歌观念，并且还为后者的写作提供新的艺术经验，也是屡见不鲜的事情。在这样一个时代，诗人被赋予了新的使命，他必须持有批判的立场，对社会重新承担类似先知的责任，以现代意识来观照世界，甚至具备一定的预知能力，而不是相反。试想，人类生活在21世纪，倘若仍然套用19世纪的诗歌观念来衡量当下的创作，无异于拿着牛鞭抽打着火车，骑着毛驴登月球。

行文至此，有必要强调的是，我们今天所处的时间点也是一个现代诗的"诗经"时代。当一部分被功利主义和商业文化遮蔽了双眼的人们声称"文学已死"、"诗歌没落"的时候，他们根本不清楚，其实诗从来不曾远离我们，而是以一种更深入、更广阔、更坚韧的方式存在；诗始终与我们同在，并且如盐粒溶化于水似的渗透于我们的日常生活中间。另外，针对现代诗迄今尚存的一些缺憾和不足，需要特别指出的是，中国诗人在建设现代诗的过程中所面对与负荷的挑战性和艰巨性。他们实际承担的是两个任务，其一是完善和丰富现代汉语；其二是在未完全成熟的现代汉语中就现代诗的诗艺（形式层面）进行内部探索。这就是说，目前的中国的现代诗实际上正处在一个"诗经"的时代。坦率地说，就诗歌艺术而言，《诗经》所收纳的305首作品，尽管曾经孔老夫子的甄别和删削，却绝非每篇俱是佳作。剔除《关雎》《静女》《蒹葭》《鹤鸣》《遵大路》等10余首，其余大多为历史价值大于艺术价值的作品。即便如此，《诗经》仍然是中国古典诗歌一个伟大的开始，而如果没有这样的开始，期望出现唐诗、宋词那样的繁荣是不可想象的。中国现代诗由文言转向白话文不过百年的历史，但已经积累了不少堪与评说的成果，同时也毋庸讳言，它迄今还存在着诸多的不成熟。但是，我认为，这种种的"不成熟"恰恰为这个同样伟大的开始从另一侧面作出了确凿的证明。倘若在未来的某一天，中国现代诗进抵一个繁荣的"唐诗"时代，它必须感谢今天从事新诗写作的每一位"诗经"时代的作者。

当然，诗歌在任何时代都不是所谓的"主流"（显性），但同时在任何时代也不会成为"支流"（隐性），尽管有不少人认为它处在边缘、没落什么的。李白、杜甫在他们的时代都没有获得世俗意义的荣华富贵和大众目光的高度关注，但他们的写作在未来，亦即他们的身后赢得了大多数。

从中国文化的传承来看，诗在很多时候都体现作一个为自由而来，逐渐向自由趋近的语言行为。正如高尔泰先生所称："美是自由的象征。"借用而言，诗，作为美的象征，已被中国诗歌史的发展所证实。中国的先民们最早以"断竹，续竹，飞土，逐宍"的描述，"候人兮猗"的表白，奠定了诗的基础，其后它逐渐定格为四言、六言；接着，在汉代，诗又以自如、舒展为旨归，发展为"五言"、"七言"的"律"、"绝"，并于唐代大放异彩，殆至有宋一代，再蜕变为词曲的"长短句"式的咏叹；最终，中国诗歌脱掉了平仄、尾韵的束缚之后，以极为自由的形态来展现。人生而自由，自由是精神向往永远的目标。"五四"以降，现代诗（或称新诗）的写作已成了现代社会中的文学样式中不可回头的选择。现代诗人为现代汉语铺展了一条"裸体的玛哈"式的纯真道路，美在脱去一切衣衫后赢得了名副其实的掌声，并以实验的方式为在汉语中生存的中国人洞开了一个新的精神空间。

人性的变化自然会导致诗歌形态的变化；不过，形态的变化反过来又会产生新的推动。在西方文学史上，王尔德的"让生活模仿艺术"曾经广受诟病，但实际说出了艺术和诗歌最根本的意义。在一定程度上，诗歌或艺术的存在，为未来的生活提供了一个更好的模式。当代文化愈来愈朝着多元化的方向发展，诗歌智慧也因着这变化呈现出多种变体。最明显的例子是，文学与艺术之间的相互渗透，文体的模糊化，语言的庞杂。此外，诗歌的智慧已不再仅仅局限和蜗居于传统的分行排列的文字中，而是渗透到了我们生活中的方方面面，在小说、散文、美术、电影、建筑，甚至最近出现的一些微博、微信等形式中展示了更多的表现可能性。由于诗歌智慧的存在，我们发现，甚至连广告词也不再僵硬，而显现出人性柔软的一面。海德格尔的名言"诗意地栖居"，便是由形而上的表述转化成广告的一个例子。另外，广告商对海子的诗句"面朝大海，春暖花开"的袭用更是广为人知。当然，坊间也出现了专为广告撰写的诗性表述，这样的例子不胜枚举，例如"平时注入一滴水，难时拥有太平洋"、"不要让我们的眼泪成为大地上的最后一滴水"。前者是太平洋保险公司的一则广告，后者是节水、环保的公益性广告，它们都渗透了极强的诗歌智慧，其中有着广阔的想象空间和大悲悯的情怀。再有，我曾在某地看到某旅行社曾发布过这样的宣传广告："海到天边云是岸，山登绝顶我为峰。"无疑，这是一句极富内涵的诗歌，在人生与自然的关系中找到了一个极佳的衔接点。

粗略地概括一下，诗歌智慧的当代转型主要体现为四个方面：感受力的敏锐、洞察力的深入、想象力的丰富和创造力的扩大，上面那些例子无疑都不同程度地印证着这一点。套用一个当下时髦的词，它们都是推动人类文明发展的正能量。诗歌智慧的当代转型甚至还游走在领导艺术中，对于现代化的管理人员而言，它不仅是情操上的陶冶、审美上的愉悦，更是一种思维上的启迪。比如想象力与领导决策、整体思维与全局观念、节奏与工作步骤、"诗眼"与工作重心，等等，都有很多话题可以展开。于此，我们可以发现，诗歌智慧已不再停留于文字的分行中，也不仅流动于节奏与韵脚之间，而是遍布于我们的生活各个角落，或显在或潜在地影响着人类的生存。

因此，诗的现代性问题或许是一个如何摆脱农耕文明的思维，如何正视城市文化的兴起与繁荣的问题。而解决这一问题的症结，就需要诗人们慎取每一个词、每一个句子，从大处着眼，但从小处着手如砌砖盖瓦似的建造自己的诗歌之屋。

（作者单位：北京外国语大学外国文学研究所）

个案中的现代性

根子诗中"心"的风景

朱　西

　　摘　要：在中国传统思想中，"心"不仅是指心脏作为一个生理器官，而且作为我们感觉、理解世界的"头脑"而存在。本文通过细读、分析根子①诗中"心"这个意象和修辞，分析这个早慧诗人与中国传统文化的关系。

　　关键词：根子　"心"　中国文化传统

　　西方汉学家当中，法国马塞尔·葛兰言（Marcel Granet）的作品对国人影响比较大。在 1934 年写的 *La pensée chinoise* 中，葛兰言介绍中国人思维的一些特点——因为他是一个社会学家，所以他以社会学家的方式去思考中国人原始的思维方式。

　　葛兰言介绍孔子思想的时候强调孔子思想的社会性：通过学习一个人可以变成君子，可是假如君子和周围的环境都没有任何关系时，他无法表达出个人的尊严；修行就是要尊重别人，尊重自己和尊重他人，这两种精神规定

---

　　①　根子（本名岳重，1951 年出生于北京），中国当代著名诗人，中国当代诗歌的革新者之一。有关他的诗歌也可以看：Genzi, *Marzo e la fine. Baiyangdian* "三月与末日，白洋淀"（Giusi Tamburello 编辑及翻译），Libri Scheiwiller, Milano, 2001；Giusi Tamburello, *Mang Ke, Genzi e Duo Duo: i "tre moschettieri" del rinnovamento della poesia cinese contemporanea* [芒克，根子和多多：中国当代诗歌的更新的"三剑客"]，在《Poesia》[诗歌]，nr. 181, Crocetti, Milano, 2004，第 31~46 页。

使得君子和一般的人不一样。按照葛兰言，所有的人可以不伤别人，不可以只在乎物质世界，但是只有君子才可以公平公正地客观判断。客观的判断就表示对自己及对其他人的尊敬。

通过礼、通过仪式，形成对自己及对其他人的尊敬，这种态度源于"仁"，是一种最高的美德；自我尊重、包容、诚信、勤奋、慷慨是"仁"的首要条件。虽然孔子说他解释不了"仁"是什么，但是他认为有文化的人都应该热爱他的邻居。葛兰言认为，孔子对"仁"的概念是由人本主义的意识启发；孔子拒绝对宇宙的任何猜测，而使人本身成为知识的对象，所以，知识原于社会生活。按照葛兰言之见，知识，控制，共同改进这些工作是人文文化由于君子的尊严构成；为了很好管理，智者该了解别人的行为，可是别人的行为不是自治现实而是和别人的联合的；一个人不是也不能和他人以及社会分离的；君子和各阶层的人一起过日子从而塑造了他的人格和尊严。

孔子的思想并不是抽象的，而是一种生活的艺术而它包括心理、道德和政治，这种生活的艺术可以定义为以人为本。孔子要解放创痛的思想就好像要从古老思想的黑暗中离开，比如孔子认为只有君子的社会圈子往往是更和谐更有效的。可以说，孔子认为人类文化和公益事业一致①。

在孔子的思想中，修身养性是非常重要的，在修身养性过程当中"心"也是很重要的。虽然孔子没有写过有关人性的理论文本，不过他很了解人性及情绪都影响人格的塑造。Yuet Keung Lo 也在他的文章中讨论了这个话题②。他认为孔子对"心"的理解很清楚，孔子以为"心"③ 有认知和情感能力的双重维度，而孔子的一辈子的修身养性目的是要达到智力和情感的完美的整体论④。

虽然在孔子的论语里"心"这个词只用了六次，但通过论语里的例子可以比较清楚地看到"心"可以适用于智力训练，它也是一个人的野心和

---

① Marcel Granet, p. 354 – 366.
② Yuet Keung Lo, *"Mind-heart and Emotions in the Analects"*, 在（Giusi Tamburello 编辑）, *Concepts and Categories of Emotion in East Asia*, Carocci, Roma, 2012, pp. 71 – 86.
③ Yuet Keung Lo "心" 翻译成英文的 "mind-heart"，请看 71 页。
④ Yuet Keung Lo, 同上。

情感的信息库①。

　　Yuet Keung Lo 也强调心里的"仁"通过人际交往变成最高道德美德，就是说人不可以孤立地实现"仁"②。

　　关于论语为政，Yuet Keung Lo 是这么翻译的：

　　　　At fifteen, I set my mind upon learning (*zhi yu xue* 志於學). At thirty, I took my stand (*li* 立). At forty, I had no doubts (*bu huo* 不惑). At fifty, I knew the will of Heaven (*zhi tianming* 知天命). At sixty, my ear was attuned (*er shun* 耳順). At seventy, I follow all the desires of my heart (*cong xin suo yu* 從心所欲) without breaking any rule。③

　　从这一段，Yuet Keung Lo 说明"心"的发展和成熟构成了孔子的精神进步，不过，这种进步不能不包括意志额外维度。④ Lo 介绍"志"这个词是按照汉朝的"说文解字"的解释由两部分组成的："心"（*xin*, mind-heart）和"士"（*zhi*, to go），所以我们可以理解它的意思为"that which *xin* aims at"（心之所至）；它蕴含目标的意思，以目标为导向的行动和决心的想法。Lo 还提出段玉裁（1735–1815）注释中"志"的三种写法及三个意思：愿望，记录，知识，而强调"志"包括的认知意识和意志⑤。

　　15 岁的时候，孔子决定学习，他规划自己的行动，目的是获取更多的知识。1951 年 9 月 29 日根子他在北京出生，在写《三月与末日》和《白洋淀》的时候，根子才 20 岁，很年轻。诗人多多于 1972 年的春节看了根子的诗歌觉得十分震惊，他认为根子写诗的方式并不是在写诗⑥。

　　有很多让我觉得根子这两首诗歌非常有意思的原因，而这次我只特别地注意根子的诗中用"心"的方式。我选择这个话题的原因是，"心"就是这

---

① 　Yuet Keung Lo，第 72~73 页。
② 　Yuet Keung Lo，第 76 页。
③ 　Yuet Keung Lo，第 77 页。《論語·為政》：子曰："吾十有五而志于學，三十而立，四十而不惑，五十而知天命，六十而耳順，七十而從心所欲，不踰矩。"
④ 　Yuet Keung Lo，77 页。
⑤ 　Yuet Keung Lo，第 77 页。
⑥ 　多多：《1972–1978 被埋葬的中国诗人》，《开拓》第 3 期，1988，第 166 页。

种中国文化和西方文化的"纽带":从一方面表示我们身体的一个组成部分,从另一个方面表示人的一个感受情感及感觉的部位。

"心"这个词,在《三月与末日》中出现7次,在《白洋淀》除了两次为双音节词"心脏"和"甘心",另外还出现一次。下面我列出"心"这个词的相应出现。

在《三月与末日》可以看到:

A)诗行22~35"心"在第24行和第32行

　　　她竟真的在这个时候出现了
　　　躲闪着,没有声响
　　　心是一座古老的礁石,十九个
　　　凶狠的夏天的熏灼,它
　　　没有溶化,没有龟裂,没有移动
　　　不过在礁石上
　　　稚嫩的苔草,细腻的砂砾也被
　　　十九场沸腾的大雨冲刷,烫死
　　　礁石阴沉地裸露着,不见了
　　　枯黄的透明的光泽。今天
　　　暗褐色的心,象一块加热又冷却过
　　　十九次的钢
　　　安详,沉重
　　　永远不再闪烁①

B)诗行43~47"心"在第47行

　　　既然他没有智慧
　　　没有骄傲

---

① 根子中文诗歌的片断都是引自 Genzi, *Marzo e la fine. Baiyangdian* ［三月与末日,白洋淀］,(Giusi Tamburello 编辑及翻译), Libri Scheiwiller, Milano, 2001; A)10 页; B)12 页; C)14 页; D)16, 18 页; E)22 页; F)26 页; G)34 页。

更没有一颗
庄严的心

C）诗行 55～60 "心" 在第 57 行和第 58 行

春天的浪做着鬼脸和笑脸
把船往夏天推去，我砍断了
一直拴在船上的我的心——
那钢和铁的锚，心
冷静地沉没，第一次
没有象被晒干的蘑菇那样怨缩

D）诗行 88～93 "心" 在第 88 行和第 92 行

心已经成熟
第一次清醒的三月来到了
迟早，这样的春天，也要加到十九个，我还计划
乘以二，有机会的话，就乘以三
春天，将永远烤不熟我的心——
那石头的苹果

在《白洋淀》中可以看到：

E）诗行 15～19，在第 15 行有双音节词 "心脏"

我当初跌倒时，心脏
从胸上的伤口里被摔出，
湿漉漉地
滚在我的头旁，现在
也皱皱巴巴，裹满了沙粒。

F）诗行 52 有"心"

　　不拣拾遗失的心

G）诗行 147 ~ 148，在第 147 行有双音节词"甘心"

　　可是我怎么甘心
　　永别这些生活的奇迹？

　　真的很难清楚地解释《三月与末日》的内容，简单地说可以有三个人物：春天，大地和"我"，其中春天是女性的，大地是男性。三月来的时候，春天作为一个有强烈性欲望的女人去吸引大地。大地虽然已经老了，但是他无法抑制内心的由春天激起的兴奋；"我"是大地的朋友而想保护大地，可是因为大地无法抗拒春天的诱惑，"我"帮助不了他的朋友。春天是谁？读者了解不了。可是"我"和春天的矛盾很大，"我"反对春天。春天继续击败"我"，可是"我"也很倔强，不允许自己被打败。在这些情况下，虽然根子不经常用"心"这个词，但是读者可以发现"心"是一个过程。

　　在 A）段，可以看"心"是"一座古老的礁石"。这个形象非常明确和界定。"心"受了"十九个凶狠的夏天的熏灼"而因为"熏灼"是"凶狠的"，读者可以想象"心"感受到的疼痛。"心"的"古老的礁石"硬度特点被"没有溶化，没有龟裂，没有移动"强调。"心"／"岩石"保留青年回音在"稚嫩的苔草，细腻的砂砾"这些词，只不过是一个回音因为它们都"被十九场沸腾的大雨冲刷"，留下来的只是"烫死 礁石阴沉地裸露着"而年轻的明亮已不存在因为"心"／"岩石"就"不见了枯黄的透明的光泽"。"今天 暗褐色的心，象一块加热又冷却过／十九次的钢／安详，沉重／永远不再闪烁"这一段又重复火、硬度和亮度三个主题，已经硬化的"心"，它可以不再闪耀。

　　B）段当中的"心"是大地的。由于大地经历春天的吸引力，由于这个吸引力是源于本能，似乎大地还没有成熟，没有达到理性的意识，因此

"既然他没有智慧/没有骄傲/更没有一颗/庄严的心"。

C）段又提出"热"和"硬"的两个元素，并介绍"船"——这是根子非常珍视的元素。这次的"心"作为"钢和铁的锚"是"冷静地沉没"的，"冷静地"而不紧张，似乎"心"已经超过了本能反应的水平。

D）段像确认 C）段的内容。在这一段里，"心已经成熟"，可以自己下决定所以"我还计划"，用的是"计划"这个动词，等于说今天做未来的安排，而这个动词暗示工程师、电脑、科学这个语义环境。经过很多的经历，以及长时间的思考和长期的忍受痛苦，"心"已变成了"石头的苹果"，所以"春天，将永远烤不熟我的心……"。

在《白洋淀》里，根子扩展"心"词，结合成两个双音节词，在 E）段根子用"心脏"。在这一段，根子必须用"心脏"，用人体器官这个定义是必要的，因为"心"先"被摔出"然后在地上"滚"，所以根子建立一个非常具体的生动的画面。根子获得很好的效果，因为"心脏"事实上不能"被摔出"也不能在地上"滚"，他建立的诗意的影像立即在隐喻层面打动了读者。

在 G）根子写"甘心"。这个双音节词等于副词和动词。两个都有一个意志的成分。

真正在《白洋淀》用"心"这个词，只有一次，在 F）这个诗行。在这一条行，诗人问自己为什么"不拣拾遗失的心"。在这一条行"拣拾"建议时"心"已不在它的自然的置上，而且"心"已"遗失"了。

读根子的诗歌，只注意"心"尚不能够得到全面、具体的理解。的确，根子诗歌的影像太多而太丰富，不过，特别的注意"心"的时候读者可以遵循诗歌中的一个"人物"的发展。"心"这个'人物'，在《三月与末日》通过很痛苦的成熟的过程，这种过程当中虽然丢掉了一些很宝贵的元素，不过得到了高度认识，因为这样，"心"才不怕。在《白洋淀》里"心"非常痛苦而好像"遗失"，痛苦变成被高度认识的不想要的必要的一个过程，"白洋淀"的最后一行是："疼痛"。

细读在根子的诗歌中"心"这个"东西"，我们观察到，"心"的行为就像是开始转型的过程中的引擎。这种转化过程产生一种更高的水平的认识。在中国传统思想中，"心"字指意的不仅是作为一个生理器官的心脏而且是作为"头脑"——我们的"感觉"的心脏。

当代科学家安东尼奥·达马西奥（Antonio Damasio）研究身体和情绪之间的关系，他认为组成意识结构的身体和情绪是连接的。在他的书《The Feeling of What Happens》中，[1] 达马西奥非常详细地介绍这么一个过程：从我们出生，我们的器官，我们身体的器官，从周围的世界收到各种的信息。在这些信息的基础上，我们的大脑处理这些信息而这些信息转化为感情。这反过来又产生情感的感觉。情感的感觉揭示在外面还可见的我们身体的变化（例如，哭在语音质量的变化、脸部颜色的改变等）[2]。

达马西奥解释的人这个人类身体和情感的关系，对了解和认识人类很有用处。知道了就可以选择；选了以后，身体便适应它的响应。

当达马西奥非常有意思地解释他的思想的时候，他不但提出西方古老哲学：

> I marvel at the ancient wisdom of referring to what we now call mind by the word psyche which was also used to denote breath and blood。[3]

而且也提出东方古老哲学：

> All emotions use the body as their theater（internal milieu，visceral，vestibular and musculoskeletal system），but emotions also affect the mode of operation of numerous brain circuits：the variety of the emotional responses is responsible for profound changes in both the body landscape and the brain

---

[1] Antonio Damasio，"*The Feeling of What Happens*"，Harcourt，Inc.，San Diego，New York，London，1999.

[2] 我可以注达马西奥的书章节和页面，但是因为他语言科学浓度很强，我觉得最好还是看他的全面的书。

[3] Damasio，同[1]，第30页。"我惊叹指的是我们现在称之为 *psyche*，心灵的词，这也是用来表示呼吸和血液的古老智慧"（我的翻译）。

landscape。①

在第一句，达马西奥引用古希腊哲学的 psyche（心灵）提出它的呼吸和血液的双重性质；在第二句，他回响中国古哲学，特别是 landscape（景观）这个词。达马西奥认为上述介绍的过程最重要的效果是能提高意识。更重要的是为了得到这种效果意识和情绪是不能分开的；并进一步，意识和情绪也是和身体不能分开的②。

达马西奥区分"意识"分为两个不同的层次。他所说的"核心意识"（core consciousness）是一种简单的意识。这种意识：

> ……provides the organism with the sense of the self about one moment – now – and about one place – here。③

对核心意识，过去和未来概念是比较模糊的。第二种意识，达马西奥定义为"扩展意识"（extended consciousness），是一种复杂的意识；它有许多层次和等级：

> ……provides the organism with an elaborate sense of the self – an identity and a person，you or me，no less – and places that person at a point in individual historical time，richly aware of the lived past and of the anticipated future，and keenly cognizant of the world beside it。④

---

① Damasio，同1，第51～52页。"所有的情绪用身体作为基础（内环境，内脏，前庭和肌肉骨骼系统），而且情绪也影响了无数的大脑回路的运作模式：各种情绪反应了身体的现状无一不深刻变化大脑中的景观"（我的翻译）。

② Antonio Damasio，"*The Feeling of What Happens*"，Harcourt，Inc.，San Diego，New York，London，1999，第16页。

③ Damasio，同①。"提供给机体一种自我意识，有关一个时刻—现在；或者一个地方—这儿"（我的翻译）。

④ Damasio，同①。"提供给机体一种身份的精心意识对个人的或对他人的，对你的或对我的，一点都不缺少，及把那个人放在一个各人的历史时间点上，丰富意识到生命的过去和未来的预期，并敏锐地认识到旁边的世界。"（我的翻译）

达马西奥认为核心意识不只是人类的，而且也不依靠记忆、推理和语言；扩展意识发展，不可以否定一些非人类也有扩展意识，不过它在人类达到其最高值。达马西奥说：

When it attains its human peak，it is also enhanced by language。①

按照达马西奥的研究，创意和扩展意识是有关系的。他说明意识对两个事实构建知识：该生物体是参与到与某些对象，并且，在相对于该物体引起的生物体的变化②。所以大脑这个"设备"通过意识一直自然的保留身体的相对稳定，就为了保证生存③。如果真的是这样，那么达马西奥认为意识和生活是相互交织的④，而情感可以认为作为一个生存逻辑的体现⑤。

达马西奥介绍的过程强调的是身体和情绪的关系，这使我回到孔子的概念——这种想法出于我在看达马西奥下面文字的时候。

To be sure，at this point in evolution and at this moment of our adult life，emotions occur in a setting of consciousness：We can feel our emotions consistently and we know we feel them. The fabric of our minds and of our behavior is woven around continuous cycles of emotions followed by feelings that become known and beget new emotions，a running polyphony that underscores and punctuates specific thoughts in our minds and actions in our behavior。⑥

我觉得达马西奥的这一段用别的词汇"翻译"上述被介绍过的孔子的

---

① Antonio Damasio，"*The Feeling of What Happens*"，Harcourt，Inc.，San Diego，New York，London，1999. "当它达到其人力高峰的同时，用语言来表达。"（我的翻译）
② Damasio，同①，第20页。
③ Damasio，同①，第22页。
④ Damasio，同①，第23页。
⑤ Damasio，同①，第42页。
⑥ Damasio，同上，第43页。"可以肯定，在进化这一点上和在我们的成年生活中的这一刻，情感发生在意识的设置：我们可以感受到我们的情绪持续并且我们知道我们感觉到它们。我们的思想和我们的行为组织着情绪不断循环之后感情变得已知和招致出新的情感，正在运行的复调音乐的强调我们的思想和我们的行为，和行动的具体想法。"（我的翻译）

想法，因为孔子也表示一个人通过感受和情感来逐步地形成与构建意识。作为当代西方人，达马西奥的语言的科学性更强。

回到根子的诗歌，他对"心"的介绍也代表同一类的意识构成。在 A）段里，"熏灼"就表示感情的水平。这种水平"心"感到了以后，就影响它的外边的样子，"心"变成"礁石"一样硬及一样深颜色的；这种过程产生情绪，"心"变成"安详，沉重"；因为意识提高了，"心"就"永远不再闪烁"。C）段、D）段、E）段都可以用同样的分析方法去看和理解。

我也觉得很有意思是根子所选的其中传达的温暖感的元素。在 C）段有下面的一行：

没有象被晒干的蘑菇那样怨缩。

大家都知道，蘑菇水分很大。"晒干的蘑菇"就"怨缩"，全面地变了样子。在他的一篇文章《Rudolf Pfister》介绍了人体状态的冥想过程中的变化[1]。Pfister 解释了 18 世纪写的《陈先生内丹诀》：

……and a dry mouth, the stopping of saliva production is seen a result of《being not calm》, or《agitated》-bù ān 不安。[2]

在他的诗歌中，根子常常介绍热、干燥。

中国文字的特点有好多个。一个非常突出的是文字和艺术是分不开的。中国国画常常有文字和绘画，在国画中文字和绘画相关。在他的诗歌，根子用文字"画"风景；写"心"的时候，根子就"画""心"的风景。他写：

E）段

我当初跌倒时，心脏

---

① Rudolf Pfister，"*Phosphenes and Inner Light Experiences in Medieval Chinese Psychophysical Techniques:
An Exploration*"，*Concepts and Categories of Emotion in East Asia*，Carocci，Roma，2012，p. 38 – 70.

② Pfister，同上，第 55 页。"而口干，唾液分泌的停止，或激动 或不安的结果。"（我的翻译）

从胸上的伤口里被摔出，

湿漉漉地

滚在我的头旁，现在

也皱皱巴巴，裹满了沙粒。

我们看它马上就看见了。他写：

C）段的两个行

那钢和铁的锚，心

冷静地沉没，

我们看到了它，也马上就看见了"心"。在根子诗歌当中这些例子有很多。

虽然根子体现中国文字这个特点到了极致的水平，不过他诗歌的这个特点仍还属于中国文字传统的特点。在他的诗歌中"心"的风景代表成熟过程和意识的景观是非常令人惊讶的，这一部分结合中国传统的儒家思想和其他符合西方人最新的认知"心"为心脏头脑的双重性质。更加不可思议的是，当根子写他令人难忘的"心"的风景时，他还只是一个 20 岁的男孩。

（作者单位：意大利巴勒莫大学）

日常生活的政治

——从臧棣的《菠菜》看 20 世纪 90 年代诗歌趋向

张桃洲

一

臧棣的《菠菜》写于 1997 年，是一首看起来简单平淡的短诗。因为，这首诗写了生活中一种极为普通的事物——菠菜：

美丽的菠菜不曾把你
藏在它们的绿衬衣里。
你甚至没有穿过
任何一种绿颜色的衬衣，
你回避了这样的形象；
而我能更清楚地记得
你沉默的肉体就像
一粒极端的种子。
为什么菠菜看起来
是美丽的？为什么
我知道你会想到
但不会提出这样的问题？
我冲洗菠菜时感到

　　　　它们碧绿的质量摸上去

　　　　就像是我和植物的孩子。

　　　　如此，菠菜回答了

　　　　我们怎样才能在我们的生活中

　　　　看见对他们来说似乎并不存在的天使的问题。

　　　　菠菜的美丽是脆弱的

　　　　当我们面对一个只有 50 平方米的

　　　　标准的空间时，鲜明的菠菜

　　　　是最脆弱的政治。表面上，

　　　　它们有些零乱，不易清理；

　　　　它们的美丽也可以说

　　　　是由烦琐的力量来维持的；

　　　　而它们的营养纠正了

　　　　它们的价格，不左也不右。

　　为什么选择菠菜这样一种十分常见的事物作为书写的对象，这也许是首先引起的疑问。当然，菠菜之类普通事物进入诗写的范围并非始自此诗，在20 世纪 90 年代诗歌里也不是孤立的个案。不过，这类写寻常之物的诗歌在20 世纪 90 年代较为密集地出现，体现了这一时期诗歌的某种变化，表明诗歌开始放弃关于超拔、伟岸和庄严事物的宏大叙事，转向对身边的切近的琐屑事物的书写。这是一种具有重要的诗学意义的转变，虽然其中不乏为写俗物而写俗物以至于泛滥无边的伪劣之作。值得注意的是，《菠菜》虽然可算作一首写物的诗，却不同于以往（古典时期和新诗早期）的"咏物诗"，它对菠菜这一"物"的书写没有采取歌咏或称颂的态度，而是以一种非抒情的方式进行了书写，其间甚至包含了强烈的论辩的成分。如果要考察 20 世纪 90 年代的非抒情趋向，《菠菜》也许是个较好的切入点。

　　与臧棣的其他许多诗一样，《菠菜》采用了不分节的样式，全诗 27 行①

---

　　①　此诗有的版本是 28 行，即"看见对他们来说似乎并不存在的天使的问题"被分成了二行："看见对他们来说/似乎并不存在的天使的问题"。

浑然一体、非常紧凑，这是它在外形上的一个特点。不过，尽管没有分节，但随着平缓节奏的推进和语风的转换，整首诗还是显得颇有层次感。如果一定要划分层节，这首诗大致可以分为三节：从开头到"一粒极端的种子"为一节，从"为什么……"到"……天使的问题"为另一节，从"菠菜的美丽……"到末尾为最后一节。

　　"美丽的菠菜不曾把你/藏在它们的绿衬衣里。"诗的开头两行用否定的句式（"不曾"）给出了菠菜和"你"（这个"你"是谁呢？下文将有分析）的关系；一个"藏"字道出了菠菜形象的特点之一：宽大。加上前句中的修饰语"美丽"和本句中的"绿衬衣"，令菠菜的形象得到了初步敞露。有必要指出，作为全诗的起首，"美丽"（一个抽象的词）显得波澜不惊，似乎毫无独异之处，但在诗中多次出现，几乎成了专门形容菠菜状貌的语词。这两行诗有两点格外值得留意：其一，此诗一开始就用复数人称"它们"来指代菠菜，较符合菠菜有着鲜明群体性的宽大形象；其二，在描述菠菜与"你"的关系时，菠菜占据主导位置，是动作的发出者，而"你"是受动者，仿佛菠菜是能够荫庇"你"的强大之物。

　　还有一点要特别提出：开头这两行所突出的菠菜的"绿"，实际上是呈现菠菜形象和理解全诗意旨的关键之一；紧接着的三行诗陈述"你"对"绿颜色的衬衣"的态度，在语感上显然是顺承第二句而来。这三行也用了否定的表述（"没有穿过"），显示"你"对"绿衬衣"形象的回避，并且将菠菜与"你"的主动－受动位置进行了颠倒。从属性和外观来说，菠菜所具有的"绿"是一种相当单纯的颜色。一方面，绿色赋予菠菜"碧绿的质量"（第 14 行），其纯粹、柔和的色泽和质感让人不免生出怜爱之情（"像是我和植物的孩子"），而"绿衬衣"这一喻象也给人某种温暖的感觉；另一方面，正是这种绿色的过于单纯，却让"你"对之产生了怀疑乃至抵制的意绪，故而"回避了这样的形象"。第 7～8 行中"我"所记得的"你沉默的肉体"，并将之比喻为"一粒极端的种子"的说法，无不可视为对这种"回避"态度的强调，尽管此处的"种子"与后面的"我和植物的孩子"之间可能存在着隐秘的联系。毋宁说，这折射的是由菠菜的单纯之"绿"引发的"你"和"我"之间复杂而矛盾的心态。

　　那么，菠菜的"绿"为何会引起"你"的抵制和"回避"呢？这一点后面将会有所揭示。

如果说诗的前 8 行（作为相对独立的一部分）是基于"你"的角度或立场看待菠菜，那么从"为什么……"到"……天使的问题"这部分，则是以"我"的眼光和感受来评价菠菜在"我们"生活中的意义——对，的确是一种评判。"为什么菠菜看起来/是美丽的？为什么/我知道你会想到/但不会提出这样的问题？"这两个缠绕在一起、具有相互抵消意味的连续发问，体现了臧棣式诗思和句法的狡黠，但不能说这样的发问毫无价值。前一个"为什么"既可以是充满疑惑的提问，也可以是设问（无须回答），关键是谁发出来的；从后一个"为什么"的字面来看，该问题应由"你"发出，但根据后一个发问暗含的意思，"你"只是"想到"、实际却并未（"不会"）提出该问题。这让前一个"为什么"的设问成分占了上风，由此菠菜的"美丽"变得不容置疑。"想到/但不会提出"——这一通过发问而展现的微妙心理，再次确认和强调了菠菜的"美丽"。

在随后的三行诗里，"我"因与菠菜直接接触而产生的喜悦之情溢于言表。请注意其中的两个动词："冲洗"和"摸"，它们都是非常生活化的动作。"冲洗"似可见出"我"对菠菜的细心与珍惜；"摸"更显"我"与菠菜关系的亲密。这样的喜悦之情在一个关于菠菜的新奇譬喻中达到极致，"就像是我和植物的孩子"。无疑，这个譬喻会带来令人愉悦的奇幻效果，它勾联着诸如图尔尼埃的《礼拜五，或太平洋上的灵薄狱》[1] 之类的现代寓言文学传统。

不过，此处在用"孩子"这一譬喻表达怜爱之意的同时，字里行间也掠过一丝须细细体察的隐忧。这种隐忧与菠菜引出的话题有关："菠菜回答了/我们怎样才能在我们的生活中/看见对他们来说似乎并不存在的天使的问题。"在此，菠菜无疑为"我们"洞察（"看见"）生活的奥秘提供了一次契机，"看见"犹如经过生活化语汇转化的浪漫主义的"灵视"，体现了一种先知般的对于生活的领悟与处理能力。这里出现了仅此一次、显然与

---

[1] 这部小说颠覆性地改写了名著《鲁滨逊漂流记》，讲述鲁滨逊未能驯服野人礼拜五、反遭其同化的故事，其中有人与神秘植物做爱的情景。关于《菠菜》中这一诗句与图尔尼埃小说关联的论述，参阅胡续冬《诗歌让"不存在的天使"显现》，载洪子诚主编《在北大课堂读诗》，长江文艺出版社，2002，第 58 页。

"我们"相对的复数人称"他们"，应该指有别于"我们"、处在全然隔绝状态的人们；借用布尔迪厄的术语来说，"我们"和"他们"是被"区隔"（distiction）的两类人，而这三行中更为引人瞩目的是"天使"一词，这是理解全诗意旨的另一关键语词。正是经由菠菜，"天使的问题"才得以彰显出来，而"天使的问题"早就存在于"我们的生活"中（这是诗中直接提及"生活"）。那么，何为"天使的问题"？怎样理解此处所说的"天使"？

根据上下文推断可知，这里所说的"天使"并不具有其在宗教中的原初含义及引申义，也不同于里尔克诗歌里的"可怕的天使"[①]，而只是被还原为一种非人间的、高踞于现实生活之上的飞翔物。联系诗中前面所述的菠菜之"绿"，可以说那种如"天使"一般的生活"形象"与生活方式的单纯性、抽象性，正是菠菜之"绿"的单纯性的极致，这种过于单纯的生活"形象"和生活方式，势必会引起警惕和"回避"。臧棣后来写过一首《天使政治学丛书》（2011年），其中写到："没有一座天堂能经得起我们的怀疑"；而另一首《必要的天使丛书》（2013年），虽然借用了美国诗人史蒂文斯文集的标题，但呈现的是十分具体的现实生活场景，包含了痛彻心腑的个体性体验。臧棣还有一篇题为《绝不站在天使一边》的短文，是讨论诗歌中的所谓边缘与中心问题的，他赞成南非诗人布雷腾巴赫提出的"要保持批评的态度，绝不能站在天使一边"，认为"边缘离天使太近，离历史太远"，因而"必须取消边缘"、回到对历史现实的关注[②]。

自这三行以下，《菠菜》的主题逐渐显露。接下来的一行诗非常重要，是一个判断句："菠菜的美丽是脆弱的。"何以作出了这样的判断？显然，这种"脆弱"性部分地来自菠菜之"绿"的单纯性，它虽然"美丽"，但却是"脆弱"的；更重要的原因则在于："当我们面对一个只有50平方米的/标准的空间时，鲜明的菠菜/是最脆弱的政治。"这三行诗是全诗用力的着眼点，也是彰显全诗主旨的最核心的句子。如果说在"菠菜的美丽是脆弱的"这句之前，都还是对菠菜及"你""我"与菠菜关系的直观描述，那

---

① 参阅瓜尔蒂尼《〈杜伊诺哀歌〉中的天使概念》，林克译，《〈杜伊诺哀歌〉与现代基督教思想》，上海三联书店，1997。

② 臧棣：《绝不站在天使一边》，《为您服务报》"知识分子如何对社会发言"专版，1995年8月31日。

么从该句起，诗人将目光聚集在切近的与自己息息相关的生存处境，深入其内在进行思索和剖析。可以看到，相对于生存处境的窘迫和严峻而言，有着单纯绿色外表的菠菜的"美丽"无疑是"脆弱"的，其"脆弱"性与生存处境的巨大压力之间形成强烈反差，从而成为一种"政治"。这里所说的政治是一种泛化的政治，指盘踞在人们观念里、支配其言语行为的某种意识形态或心理机制。"50 平方米的/标准的空间"对于某一个体而言是具体而微的生活境遇，它直陈了 20 世纪 90 年代以来的现实状况和社会生态——包括那种"标准"化指令对人们思维与生活的制约。按照法国学者列斐伏尔的看法，"空间是政治的。空间并不是某种与意识形态和政治保持着遥远距离的科学对象（scientific objects）。相反地，它永远是政治性的和策略性的"①。因此，在 20 世纪 90 年代以后社会文化潮流的冲击下，"50 平方米的/标准的空间"已不再具有私密性和稳固性，而是因挤压、剥蚀而暴露无遗且无处躲藏，"脆弱"得不堪一击。这构成了日常生活的政治。

对"空间"的观察和书写是一项重要的诗学命题。法国哲学家巴什拉在其著名的《空间的诗学》一书中认为："被想象力所把握的空间不再是那个在测量工作和几何学思维支配下的冷漠无情的空间。它是被人所体验的空间。它不是从实证的角度被体验，而是在想象力的全部特殊性中被体验。"②这正是诗歌的独特魅力所在，也是这首以反思"空间"为主题的诗的价值。

究竟应该怎样应对那种"脆弱的政治"导致的后果呢？在诗的结尾部分，诗人的目光重新投向了菠菜："表面上，/它们有些零乱，不易清理；/它们的美丽也可以说/是由烦琐的力量来维持的。"也就是，返回到如"零乱""不易清理"的菠菜一样的日常生活当中，担负起它的无尽的"烦琐"、枯燥和平淡。因为，日常生活中的甜蜜与幸福如同菠菜的"美丽"，"是由琐碎的力量来维持的"，这无疑是一种富于辩证意味的生活哲学。在此，"烦琐"不只是风格意义的，而更是现代社会日常生活的形态及其美学特征。显然，对菠菜的重新审视引起了诗人对日常生活的深层反思，这一反思在诗的最后两行戛然而止：

---

① 〔法〕列斐伏尔：《空间政治学的反思》，包亚明主编《现代性与空间的生产》，上海教育出版社，2002，第 62 页。

② 〔法〕加斯东·巴什拉：《空间的诗学》，张逸婧译，上海译文出版社，2009，第 23 页。

　　　　而它们的营养纠正了

　　　　它们的价格，不左也不右。

　　"营养"与"价格"巧妙地指向了一种内与外的关系，"纠正"以及"不左也不右"中的"左"和"右"这对往往与特定历史语境联系在一起的范畴，在此显然被讽喻性地借用了，恰切地回应了上述"政治"题旨。

　　现在，可以对《菠菜》中的几种人称略作探究了。这首诗的人称转换十分频繁，除明确指代菠菜的"它们"外，还有"你""我""我们"三类人称在交错使用。那么，这几种人称分别指代什么？其在诗中的关系如何？"我"的指代可能好理解，应当指言述者或观察菠菜的诗人本身；而"你"所指的对象却要模糊许多，既可以指诗人的一个亲密的对话者，甚至可以明确为他生活中的伴侣——即与"我"组成"我们"、共同居于"50平方米的标准的空间"的那个人。要是这样解释行得通的话，那么全诗的语气就是一种倾诉的语气，但这种倾诉并不是单向的，还需要有一个倾听者或对话者，双方能够构成一种言述—倾听的关系。同时，"你"也可指"我"的替身即另一个"我"，这个"你"可被看作是从"我"中分裂出去的，倘若如此的话，这首诗就成了一种充满自审、反思的独白或絮语，所有与"你"展开的对话、问询最终都指向了"我"自身："为什么菠菜看起来/是美丽的？为什么/我知道你会想到/但不会提出这样的问题？"——这样的提问便成了一种无对象的自我提问。当然，还可以极端地认为"你"一无所指，或者只是一个缀词或语气词，如此阅读起来也许别有一番滋味。

二

　　《菠菜》是一首典型的20世纪90年代诗歌，它的主题和表达方式显示了20世纪90年代诗歌的某些新的趋势。由于普通之物的进入和对日常性的关注，这首诗透露出这样的信息：20世纪90年代诗人已经不再像20世纪80年代中期的诗人那样，拘泥于一种所谓的"不及物"写作，而是将诗歌的笔触指向了平凡、琐屑的现实生活。"不及物"写作由于过分强调诗歌的纯粹性与自我指涉而放弃了直面现实、介入现实的责任，因而丧失了应有的向现实生活发言的能力。

在《菠菜》一诗中，菠菜其实仅是一扇窗口或一个媒介。它朴素得只给人留下纯然绿色的印象，它是"美丽的"，同时这种"美丽"又是"脆弱的"，正是它单纯的绿色把诗人引向了对日常生活的观察。菠菜是人们每天遭遇的食物（蔬菜）中的一种，据说含有丰富的维生素和人体所需的微量元素（即"营养"），人们从市场上购买它，与商贩讨价还价，然后把它带回家中。在这样的过程中，菠菜充当了一个中介，使人们所居留的相对独立的"空间"与外界广阔的现实生活发生了关联。不仅如此，菠菜被带回家后，在成为桌上的一道菜、一种食品之前，它还要经过精心的清洗、烹饪，但"它们有些零乱，不易清理"，因此"它们的美丽也可以说/是由烦琐的力量来维持的"。也就是在"冲洗"菠菜等一系列"烦琐"行为中，居家之内的所有成员在已有的关系之外，平添了一种新的关联。由于菠菜是人们每天都面对的现实，所以每天人们都要在"冲洗"菠菜之类的行为中，进行这种新的关联的情绪操练。因而在诗中，菠菜既是把个人（比如说书斋里的某个人）与现实生活连接起来的通道，又是诗人观察和思索这种生活哲学的窗口。

从隐喻的意义来说，20世纪90年代的诗人们希望发明一种方式，像连接个人与现实生活的菠菜一样，重新构筑诗歌与现实生活之间的联系，为此诗人们付出了很大的努力。应该说，诗歌与现实的关系问题是新诗史上持续困扰诗人写作的关键议题之一，曾得到反复的不同层面的讨论。在20世纪90年代诗学情境中，诗人们一度试图对这一关系作出新的诠释："先锋诗一直在'疏离'那种既在、了然、自明的'现实'，这不是什么秘密；某种程度上尚属秘密的是它所'追寻'的现实。进入20世纪90年代以来，先锋诗在这方面最重要的动向，就是致力强化文本现实与文本外或'泛文本'意义上的现实的相互指涉性"①；"文本意义上的现实，也就是说，不是事态的自然进程，而是写作者所理解的现实，包含了知识、激情、经验、观察和想象"②，这被认为是诗歌处理这一问题的最理想状态。20世纪90年代的代表

---

① 唐晓渡：《90年代先锋诗的几个问题》，《山花》1998年第8期。
② 欧阳江河：《89后国内诗歌写作：本土气质、中年特征与知识分子身份》，《谁去谁留》，湖南文艺出版社，1997，第247页。

性诗人王家新提出"把我们的写作从一个'纯诗的闺房'中引出，恢复社会生活和语言活动的'循环往复性'，并在诗歌与社会总体的话语实践之间重新建立一种'能动的震荡'的审美维度"①，他期待的正是将诗歌重新带入现实生活场域的"菠菜"。

在谈到20世纪90年代诗歌时，臧棣曾作出过一个著名的表述："90年代的诗歌主题实际只有两个：历史的个人化与语言的欢乐。"② 他本人在20世纪90年代的颇具创造性的诗学理想和写作实践恰好充任了这番表述的例证，能够体现20世纪90年代诗歌在语言探索方面可能达到的深度及面临的困境。

关于"语言的欢乐"，臧棣早在20世纪90年代初完成的《后朦胧诗：作为一种写作的诗歌》一文中，就主张语言特别是与语言密切相关的技艺在诗歌中的优先地位："写作就是技巧对我们的思想、意识、感性、直觉和体验的辛勤咀嚼，从而在新的语言的肌体上使之获得一种表达上的普遍性。""在现代诗歌的写作中，技巧永远就是主体和语言之间相互剧烈摩擦而后趋向和谐的一种针对存在的完整的观念及其表达。技巧也可以视为语言约束个性、写作纯洁自身的一种权力机制。"③ 在较晚近的一次访谈中，他还提出"诗歌就是不祛魅"的观点，认为："诗歌在本质上总想着要重新发明语言"，"诗歌的特性也是由在使用语言的过程中所触及到的某种特殊的行为来完成的"，"每一个真正的诗人身上都寓居着一位贵族……这个贵族的生存空间是语言与事物之间的多重关系"④。这种强调诗歌"特殊性""贵族化"的观念，承接着中外现代诗歌中的"为诗一辩"的传统。当然，在当前变幻多端的诗学语境里，这种源自语言的"可能性"和"为诗一辩"的勇气而衍生的写作信念，其诗学效力和限度几乎同时显现。如何延伸和拓展为语言的"可能性"所激活的诗学空间，或许并非臧棣一个人需要面对的难题。

---

① 王家新：《阐释之外：当代诗学的一种话语分析》，《文学评论》1997年第2期。
② 臧棣：《90年代诗歌：从情感转向意识》，《郑州大学学报》1998年第1期。
③ 臧棣：《后朦胧诗：作为一种写作的诗歌》，《中国诗选》第1辑，成都科技大学出版社，1994，第351页。
④ 臧棣、木朵：《诗歌就是不祛魅——臧棣访谈》，见"诗生活"网站之"木朵作坊"。

臧棣的"重新发明语言"的意图，使得他的不少诗作表现出一种综合的对诗歌写作本身进行反思的意识和能力，成为某种意义的"元诗"。如下面这首：

> 每个松塔都有自己的来历，
> 不过，其中也有一小部分
> 属于来历不明。诗，也是如此。
> 并且，诗，不会窒息于这样的悖论。
>
> 而我正写着的诗，暗恋上
> 松塔那层次分明的结构——
> 它要求带它去看我拣拾松塔的地方，
> 它要求回到红松的树巅。
>
> ——《咏物诗》

不难发现，在臧棣的诗歌中，"写作的可能性"伴随写作进程的展开被探讨着，或者说，其诗歌写作就是有意识地对"写作的可能性"、写作行为本身乃至写作的终极目的进行勘察和追问的过程。这种反思意识在写作中的渗入，赋予了臧棣诗歌以变动不居而又相对稳定的样态，其中蕴藉着多股相互冲突却并非相互抵消的力量：它既瓦解着过往的囿限又确立着新鲜的可能，既消除着预设的韵律又构筑着内在的节奏和旋律，在不断的超越与回溯、毁灭与复苏的共生中，完成着经验和语词的重组，由此体现出一种"语言的欢乐"。

而"历史的个人化"的确成为20世纪90年代诗歌的总体趋向之一。除去那些极端的遭受诟病的"私人化"写作，20世纪90年代涌现了众多真正的"个人化"诗歌，它们如陈超所描述的那样，"从个体主体性出发，以独立的精神姿态和判断力去处理生存和生命中的问题"[①]。臧棣当然不会赞同

---

① 陈超、李志清：《现代诗：作为生存、历史、个体生命话语的特殊"知识"——陈超先生访谈录》，《学术思想评论》第2辑，辽宁大学出版社，1997。

"私人化"写作，却也极力反对诗歌对历史、现实的直接书写。出于对诗歌与现实之间过于简单的关系的反拨，臧棣的不少诗歌显出"即兴"色彩和"喜剧"精神，表现为一种自由的充满智性的语词"嬉戏"，并因此发展出一种富于启发性的观念——将诗歌比喻为"风箱"。在臧棣那里，"风箱"既"散发着日常生活的气息"，又具有"往复不已"的劳作的特性；"风箱"的结构之空与不断更新的特点，使这一寻常而奇特的事物中，几乎隐喻着关于诗歌写作的全部秘密；"咫尺之远，新的事物被创造着，并和人类对生命的体验以及对历史的探索融为一体"。借助于"风箱"这一譬喻，臧棣想呈现诗歌与现实之间的良性关系及诗歌抵达历史深处的暗道："如果我拉动风箱的把手，我也许会给诗歌的'空'带去一股强劲而清新的现实之风，我也不会忘记在把手上镂刻一句铭文：向最高的虚构致敬。"[1] 这或许是让诗歌保持活力和有效性的通途。

　　不管在诗歌中还是在实际生活中，臧棣都毫不掩饰对日常生活特别是生活细节的迷恋。他的诗集《新鲜的荆棘》的开篇之作，就是一首《日常生活》，"每天清晨，我的邻居/会向路边的花草弯下身去，/样子就像一个厨师/捡掉在地板上的大蒜"，采用的是一种基于细节的白描；而在《新鲜的荆棘》一诗中，作者更是不厌其烦地叙写了烹饪荆棘的过程："他用香油拌料酒/泡软了去过皮的荆棘，/决心将它们的生硬和锐利/征服在不粘锅内——把姜丝切成胡须，/把花椒和辣椒放在一起，/把枸杞撒入啤酒，/把狗肉换成兔子肉，/把油烧开，把抽油烟机打开，/把锅盖盖好，把火苗调小，/把专注挪开十五分钟，/把回味提前两分钟，/把它们再焖一会儿。"这种孜孜于日常生活细节的经营，正是诗人对日常生活中政治的抵制。

（作者单位：首都师范大学中国诗歌研究中心）

---

① 臧棣：《诗歌的风箱》，载朱大可、张闳主编《21世纪中国文化地图》（第一卷），广西师范大学出版社，2003。

前现代性的社会矛盾与现代性的个人体验

——从骆英的诗歌写作谈起

耿占春

（1）如果通常我们把现代性理解为世界观的理性化和人的主体化过程，即个人获得自主性和社会获得自治的过程的话，就不得不看到骆英的诗歌写作由两种不同的经验世界组成，一是以《小兔子》《第九夜》《水·魅》《死亡意象》《绿度母》等为标志的关于个人经验、个体命运的困厄的表达；一是如《知青日记》《文革记忆》为另一极的关于社会记忆、社会矛盾的叙述。

骆英的诗歌对社会问题领域的关注及历史视域的回应是广泛的，他的修辞方式从最复杂的个人化的修辞到极其口语化的"现代乡谣"变化多端，其思想的复杂性、摆动与振幅也很大，难以给予全面的解析。这里，只能就他的诗歌所揭示的前现代性的社会矛盾与现代性的个人体验这样两个相互纠结在一起的主题略作分析。

（2）为什么说《文革记忆》所表述的是前现代社会的矛盾？政治领袖的属性无可否认的具有准宗教属性；群众的属性尚属于未加分化、未分层的同质性的集合体；执政组织亦在从武装的信仰组织充满曲折地转向管理组织或官僚组织。尽管就整个世界范围来看，20世纪的六七十年代显然正是现代性的辉煌时期，然而在闭关锁国的中国，依然处在类似于中世纪的准宗教迷狂之中，交织着貌似现代性的"革命"。《文革记忆》《知青日记》为

"革命"描绘了一幅肖像。关于"文革"的理论研究是抽象的，《文革记忆》提供了经验的具体性，"革命群众"的面貌得到了个案式的刻画。

"文革"的魔魅之处在于，无论在传统社会还是在民国以来的社会生活中，"意识形态"这种东西，就如"革命""文化""辩证法""历史规律""人类解放事业"之类的这些概念，与平民百姓一点关系都没有。但是"文革"，突然承诺那些几乎不怎么识文断字或刚刚脱盲的人们也都能够参与革命事业，并且也都已经是在参与革命事业，无论他们实际的社会、政治、经济地位多么低。实际上，身份越是低，革命事业所承诺的荒诞不经的东西就越发有魅力，改变身份的幻觉比真实的利益似乎在某个时刻占据了理性的上风。老百姓瞬间变成了"人民群众"，"匹夫""草民"变成了革命群众，成为革命戏剧中的群众演员，而且有时还可以参与"武斗"。集体动员起来的群体力量则更为盲目，除了"誓死捍卫"之外，就是借势释放"破坏砸烂一切"的暴力本能。把这种运动描述成无政府主义或虚无主义都极其不适当地拔高了它，就像把这场没有社会目标的运动称为"革命"就掏空了这个概念的实质性意义一样。这一切都在骆英的书写中得到了令人惊心动魄的描述。《文革记忆》所见证的就是这一过程中所发生的社会矛盾。《文革记忆》"后记"洞察到"我们都是红卫兵"这一社会前现代性矛盾的延续状态。它既是见证又是反思。

（3）《文革记忆》等揭示了中国社会前现代性的社会矛盾，这里谈谈与"现代性的个人体验"有关的《小兔子》，因为它不仅是一个诗歌文本，也是一个思想性的文本。它提供的一些东西，处在诗歌史的脉络中，也同时处在思想史的脉络中。

从社会进程来说，我们的社会尚处在合理化的过程中，换一个概念，也就是世俗化过程。在这个意义上来讲，骆英在《小兔子》和《第九夜》里对身体、欲望的动物寓言式描写，也就处在诗歌的表征和社会思想史的双重交汇之中。《第九夜》是一个非常独特的诗歌文本，但是《小兔子》同时可以当作一个思想性文本来解读——在这个意义上来看，它具有尼采的一些风格，那是一种先知加狂人加疯子这样多重的声音交织在一起，一种特别神圣的声音和一种特别世俗的声音交织在一起，构成了这个文本的复杂性。

《小兔子》结构更加复杂，前面几篇论痛苦、论恐惧，有着诗人先知般、狂人般的口吻；但是后面又转向了不同社会性格的动物描述，使诗歌象征和思想议题的论争交织在一起。在通过各种不同的动物面具描述身体和欲望的时候，骆英常常表现得非常肆无忌惮。由于有了动物寓言的方式，他可以说出非常彻底的话；各种动物的声音，也有可能是他在这个时代里面所扮演角色的声音，他本人的声音可能隐含在这里面并且进行自我嘲讽或与之论争。这既可以看作是个体的表达，也可以视为非个体的、一种集体的、带有普遍性的，就像动物寓言一样，它想揭示更普遍的状况。其实从骆英写《动物日记》开始，到《第九夜》，再到《小兔子》，动物是他一再使用的寓言式形象。借用德勒兹的说法，动物有几种：一种是宠物型的，如骆英诗歌里面的猫是女性的、宠物型的，马是男性欲望的化身；还有一种是社会性的动物，像蟑螂、蝌蚪，蟑螂是属于群居的、邪恶的；他也经常提到蚯蚓，是底层生灵的一个象征。应该说，还有一个国家动物型，《小兔子》中的乌鸦就是国家性格、权力性格的体现。可以说这些动物既处在诗歌的象征谱系里面，也处在社会思想的脉络里面，就像在《小兔子》"最后的人类"这个篇章里所描述的，为了仅仅生存下来，不惜跟制度性的"乌鸦"苟合，或争做它的宠物。

由此可以感受到，骆英所描述的现代性的个人体验，是与一种社会层面上滞后的现代性语境有关的，《小兔子》是社会肖像与个人体验的交织，在思想层面，动物强调的是身体和欲望，动物形象强调了身体，并频繁地写到性和欲望。与思想史中的从意识向身体的下降过程一致，社会过程也是一个下降的过程，或者叫世俗化过程。这一进程呈现在骆英的笔下，变得越发剧烈和漫画化，成了现代性的一幅变形记。20世纪后期以来，在西方哲学里面广泛讨论的核心概念既不是理性，也不是情感，而是身体，福柯就是一个象征。但就是《第九夜》里面写到的，福柯在中国现在真不算什么了，欲望不只是身体的属性，而是成为社会经济、政治和权力的属性。

（4）从揭示前现代性的社会矛盾到反思个人的现代性体验，贯穿于从《小兔子》到《文革记忆》的书写，其中的思想性主题非常复杂，但其中贯彻着一个死亡主题。《文革记忆》中描述的死亡是社会性的、群体性和政治性的；而本来作为附录的"死亡意象"则是对死亡的现代意义的反省。死亡是一种特别的现代性经验，前现代社会中的死亡的个体性被某种集体信念分摊了。《小兔子》的前两章，论痛苦，论恐惧，隐藏着骆英较为个人化的思想，他对痛苦有一种特别的理解。痛苦、死亡，这两个概念，对骆英来说比通过动物表现的身体与欲望的狂欢更具有值得肯定的精神价值，他之所以批判身体和欲望的狂欢，跟它们对痛苦的消解这个因素有关。

骆英在他论痛苦和论恐惧中谈到了与欲望狂欢的表象互为表里的杀戮、暴力和焦虑问题，他富有洞见地描写了恐惧和屠杀之间的循环；出于焦虑与恐惧的杀戮，他没有把屠杀、暴力置于"弱小者"特有的恐惧情绪之外。他说，有一些屠杀是因为恐惧产生的。他最终能够有所肯定的是痛苦，所以他说只要保留一种精神的痛苦，可能就有生活的尊严，在精神的痛苦中生命的尊严才会得到恢复。在某种意义上，在他穿越了特别现代的，或者后现代的这些概念——身体、动物化、狂欢化和欲望之后，有一个隐隐约约被他肯定的东西，那就是痛苦和死亡。

他写到这样一种处境，人由于恐惧死亡和逃避痛苦才堕落成，或者变异成动物；就是人向动物蜕化性的反向生成，生成不同的动物类型。在骆英的诗歌里，正是对死亡和痛苦的承当，意味着最后的人性体验的核心部分。死亡和痛苦会让我们保留尊严，他提醒这一最基本的事实。死亡也许是我们生命中剩下的唯一的"奇迹"了，别的都很平庸，恰恰是由于对死亡的逃避，我们变得平庸而丧失尊严。在骆英的诗歌中，他把对痛苦和死亡的接纳，而不是逃避到快感瞬间，作为一种救赎之道。

（5）但骆英不是一个轻易给出救赎的诗人，最具有思想性的《小兔子》也没有给予文本中的多重声音中任何一种声音以特别的道德优势。比如说"思想者"，我一开始以为这张应该是一个正面声音了，结果发现它同时又是对思想者的一个讽刺；后来发现他写"语言、词组"的时候，我想这可能意味着一个拯救吧，又发现是对诗人的批判，因为诗人们纷纷消除了、解构了痛苦，使语言变成了一场狂欢。

骆英在书写个人经验时已经将之深深地融进了社会矛盾、社会困厄之中了。但我们也能够在骆英的诗歌中发现一些富有意义的瞬间的感知，这是一些自然之物被显现的时刻。《水魅》中的大部分作品具有这样的救赎意味，这是一些感性的时刻，一些非社会化的个人的感性经验的时刻。《绿度母》中的一些篇章和《死亡后记》中都包含着现代性的个人体验中的一种具有救赎意义的经验，或许对骆英来说，救赎的力量是感性的，即美学的。

（作者单位：海南大学人文传播学院）

"无作为1"或者"无作为0"与中国诗学现代性的危机

——一个对骆英的试验性回答

石江山著

　　当我读到骆英的《虚无与开花——当代中国的现代性透视》时，我非常激动，因为他提出的问题、他对文学批评的挑战与我的学术兴趣非常接近。在我的论著《虚无诗学：亚洲思想在美国诗歌中的嬗变》（中国社会科学出版社，2013年版）一书中，我首先感兴趣的是，在跨太平洋美国诗歌的背景下，"无""空""虚"这些概念的不同形式在诗歌中的体现。现在讨论这个与现代中国诗人们相关的议题非常重要，在我看来，甚至没有比这些更重要的问题了。

　　当我们试图讨论"虚无"这一概念，问题首先在于我们运用什么样的语言。我们是用现代汉语、文言，或者是从西方的"Nothing"翻译而来的一个词语？无论如何，我们发现用现代汉语表达的这一术语，从古典的文化传统中提取了两个汉字，它们具有和现代概念的"虚无"完全不同的历史和哲学意义。因此，正如我开头所言，我想试着去采用一套新的词汇，从而清晰地表述出我们正在讨论的"无"是什么，同时我希望我们能够固定我们的词汇。通过这样一种方式，我们能够继续骆英已经开始的工作，探索现代中国诗歌怎样应对在现代性危机中心地带不断恶化的虚无主义。

为清晰地表述这些术语，让我们这样开始：在最初，

从老子，我们知道了：道生一，一生二，二生三，三生万物，万物归一；

从伏羲，我们知道了：无极生有极、有极是太极、太极生两仪，即阴阳；

两仪生四象，即少阴、太阴、少阳、太阳，四象演八卦，八八六十四卦。

在众多的关于天地起源的传说中，中国神话的开头就是我将要谈到的"无作为1"，这个"1"和西方术语中的"无作为0"是完全不同的。我们说它能更好地翻译中国"无作为1"表示别的什么都没有的概念。

在美国我经常问我的学生们，什么数字对他们而言代表"没有"？他们总是回答是0。然而我告诉他们那不可能，因为0需要1这样一个概念的补充；0的存在必须依赖于二进位，它是一个不完整的概念，它需要1的补充才能具有意义。因此，我认为它不能单独存在，这样，根本没有"无"，只有某物的缺席，0至少是因为二进位而存在的。

与此相反，我告诉他们只有1能真正被叫作无，因为如果只有1，那将没有边沿、没有差别，这样"没有别的"通过"除无之外一无所有"来表示。想象一下，如果宇宙是由牛奶组成的，只有牛奶，牛奶之外再无一物，也没有任何物质超越于牛奶之上，这样也就没有像牛奶这样的事物。但是，这个牛奶有多么丰富？每样东西都不会浮现其中吗？因此，"无"是源头，一个无穷的单数——1。

当尼采打开了虚无主义的可能性，他做这些的时候是从文化特殊的系统内部出发，它们牢牢根植于1和0的领域。正如圣经中所说：

> 起初，神创造天地。地是空虚混沌；深渊上一片黑暗，神的灵运行在水面上。神说："要有光！"就有了光。

在这个操作系统内部，我们用如下概念开始：0等于宇宙未形成之初、虚空、黑暗；1等于上帝。上帝用1填充了0，1是光、生命、存在；因此当尼采宣称"上帝死了"，我们就失去了1，仅仅剩下0。

尼采留给现代人两个选择：陷入绝望并变成一个虚无主义者（活着

没有任何意义），或者肯定这个0，去拥抱它，用我们的意志去选择，说出0将成为我们的意义。在众多的方式中，20世纪似乎已经证实了尼采的宣告，因为我们已经看到了0/1的二元优势。但我相信对于很多诗人而言，他们可以有另外一条道路，转而朝向仍然无法清晰表达的"无作为1"，虽然在语言上已经产生了与之相关的词语"太一"或者"无极"。

传统的宗教体系继续存在于世俗世界，在那里"无作为0"支撑着消费者们的物质主义，但是他们已经不得不改变到一个较小的社会和意识形态的范围。现在重新回到不是"无作为1"，就是"无作为0"的传统世界观已经不可能了。在传统社会中，"1"对于意识而言是一个具有优势的意识形态基础，因为"无作为1"或者"某物作为1"的认识论已经被同化进他们的主导意识形态。今天，当宗教团体立志于通过插入性意识形态组织在某个社会范围内恢复"无作为1"或者"某物作为1"，这看起来已经不可能了，取而代之的是我们看见人们在个人的基础上追求这些结果，一种不可被意识形态组织转换（或者毁坏）的精神实践。这种灵性的形式也与很多诗歌实践相类似。

当代中国诗歌与诗学以及"无"的问题：

如果现代性的危机在全球范围内把"无作为0"留给我们，那么就诗学而言，那些先于这种状态的概念范畴的根本区别在哪里？它们改变了中国和西方现代性的动态。从"无作为1"相对于"某物作为1"它们进入虚无主义的不同是怎样的？在这两种情况下，"无作为0"仍然提供导向消费主义和资本主义机器的"匮乏"感；在这两种情况下，"无作为0"操作起来就像一个黑洞，0揭示出世界核心地带的断裂，那是一个未成熟的黑洞，我们尽可能地用消费主义、物质主义、消遣、性以及不变的紧张而无意义的娱乐去填充它，以回避正视当前的伤口。"无作为0"缺乏意义，我们依循这一逻辑而行动。

因此，在哲学、审美和诗学领域，当"无作为1"的观念在20世纪之交进入西方，它们很快在继费诺罗萨/庞德到Beats再到约翰·凯奇等人的先锋派艺术革新之后变成了巨大的动力。它们产生了催化性的效果，因为它们对"无作为1"的危机似乎提供了一个回应。

然而，在中国现代诗学中，对于"无作为1"我们发现了一个不同的关系。但沿着不同的历史轨迹，它也促进了中国当代诗歌的发展，因为它已经不再沉醉于同古代意识形态习惯的关系。在中国，我们发现了从20世纪70年代后期以来"无作为1"的两个矢量：一方面是创新的诗歌和诗学，另一方面是保守的或传统的学识。学者们用向后急转防御来回应源自"无作为0"的挑战，他们试图保留甚至复兴"无作为1"的古典观念，在意识形态的层面上这场战役似乎并没有输。另外，对于诗人而言，他们似乎已经接受了伴随着跨国资本主义汹涌而来的意识形态上"无作为1"的缺失，这一"无作为0"。但是他们继续寻找它的对抗手段，包括"某物作为1"。顾城的短诗《一代人》写道："黑夜给了我黑色的眼睛，我却用它寻找光明。"这首诗用光明来对抗黑暗的愿望，强化了除浪漫主义和它的诗学之外依靠1和0来变化的世界观。在其他时期，顾城更多地从"无作为1"的道教和禅汲取资源。

这是我的主要观点——中国现代诗人并没有寻求回到"无作为1"的意识形态形式，就像我们在比较诗学的学术领域看见的那样，而代之以一系列强烈的个人诗学去寻觅新的方式，去重新想象一个空间。在这个空间里，1同时作为"某物"和"无"而存在，其中还包括尼采哲学有关存在的对0作为自身意义的接纳。这是准确的事实，中国诗歌已经采用了所有的这些形式，它们从20世纪70年代发展以来被允许保留在中国文化生产的最前沿。我想以多多的作品为例，探讨这一意愿，即承认"无作为0"在作品中的优势。那些来自于现代性创伤和人类状况危机的诗歌联结，赋予他的作品以热度和火花。

比较诗学学者

中国在20世纪70年代诞生了两个"虚无诗学"，从朦胧诗时期以来的创新派和保守的学术传统。20世纪70年代叶维廉开始在一个新的子领域写作，他可能是第一个将之称为"比较诗学"的。作为一个诗人，叶维廉的作品是一个重要的范例，它们融合了古典和现代因素，发现了一种新的"无作为1"的语言；但是在很多叶维廉自己的学术著作中，他用诗学空间去清晰地表达介于东方和西方之间的战斗，因为当某物仍在进行时，他看到了"无作为1"的缺失。这场战斗还没有输，因此他聚起希望努力建造装备去抵御西方知识暴力的入侵，他已经看见它们通过现代汉语语法和句法中特有的句法渗透进中国诗学。

　　自从叶维廉在20世纪70年代的写作以来，已经有中国学者完成的数十本著作问世，这些著作建立在祖国大陆、香港和台湾地区以及欧洲和美国基础之上，都有同样的基本概念地图、东西方的分岔，以及在诗学内部的战线划分。诗歌已经变成了前线，用一个比喻来说就是东西方文化为了获得全球性的承认而竞争。

　　我几乎毫不怀疑这一冲动，从那些未说明的愿望到回归"无作为1"、反对"无作为0"的优势。但是我不相信这种策略会成功，因为他们的争论不能解释为何"无作为1"作为一种精神资源仍然在起作用，它不再通过以插入性力量抗击消费主义从而居于意识形态系统之内。"无作为1"没有缺失，它是资本主义和殖民主义身后的动力，0需要被填充。因此，我们可以说"无作为1"在意识形态的层面不能与世俗的消费主义竞争，但是能在个人的层面抗击它。它的意识形态的武器装备在一个多世纪以前就被破坏了，也不会被很快重建。这样，当前许多学者所从事的比较诗学已经带他们离开了现代性的时空连续性、离开了消费者的物质主义的危机，进入到意识形态的避难所——一个想象的、轮流交替的宇宙。在那里，"无作为1"仍然受困为学术交换的商品，在被现代性的逻辑"无作为0"所引导的经济中交易。上文已经谈到，这样的学识为它自己提供，作为资源供诗人们去研究。所以当代诗歌在超越它的想象力时能通过它的知识而丰富。针对"无作为0"，我确实相信中国古典哲学和诗学拥有巨大的资源能够变成有效的对策，但是它们必须经过改变，变成新的，针对"无作为0"是主导性操作范例的世界而变。

　　诗人们，包括叶维廉，我不公平地挑选了他，一直致力于此项工作。他们的策略证明资源丰富得多，我坚定地相信现代性令人畏惧的现实。诗人们已经带着"无作为0"的问题迎面而上，他们没有通过长久抵抗放弃要塞而回避它，而是去寻求一种对于"无"的新的理解，不是像一个世纪以前那样被虚无主义或宇宙论所决定。这就是好消息所在：现代诗人们此时此刻正在努力工作，在现代性内部，我们需要他们；他们正在寻求一条向前的路。然而，比较诗学致力去重建准确的描述、文件和解释，致力于赢得这场论争，诗歌从内部创造语言。

以此为例：

从中国比较诗学的许多著作中，我们得知隐喻和象征是通过强加来创造美感，通过对自然而又清晰的事物进行人为曲解、迫使它们与人的心情融合为一，这是一种类似于殖民的愉悦。当我们用景与情的不同来比较隐喻和象征，我们肯定能鉴别出中国人的观念遵循一元论远远大于二分法的世界观。我们发起这场论争意义何在？我们是否满足于，或者骄傲于中国古典诗学"优于"英语国家或中国现代诗歌？这场论争对于世界会改变什么？我想仅仅在这些情况下它真的很重要：如果现代中国人把他们自己当成生活在封建王朝时代同样的人、现代和古代汉语是同样的语言、一元论的意识形态体系仍然存在，即使它的物质和意识形态武器已经坍塌（科举考试等）。但有一点是准确的，那些中国现代诗人们喜欢的，西川强烈地反对。

西川：

现代汉语和西方语言以及古代汉语存在邻里关系，这意味着现代汉语必须"翻译"两者，它也不能仅仅"读"语言，即使它同两者分享质量（古代汉语的字和意，英语类西方语言的句法和词汇结构）。因此西川认为继续将古典文学翻译成现代汉语的必要性不仅仅在于它们能变得更易于理解，而且能够丰富现代汉语，就像通过翻译西方哲学、诗歌和文学已经丰富了现代汉语一样。再谈到"虚无"这个词，我的观点在最初是用汉字表达现代汉语"没有"，传达"无作为1"的抽象，但是今天，在现代性逻辑之内，这两个汉字传递出"无作为0"的意义。因此我需要把"无作为0"对抗"无作为1"这些名词"翻译"成现代汉语和英语，因此我们有了一种语言，它能从古代和现代汉语的界面划分出意义。

于坚：

我相信西川已经开始发明这样一种语言，就如诗人于坚所做的，他尝试去创造一种没有隐喻的语言，使一种看的新方式成为可能。他的诗歌并不试图去证明传统中国诗学优于西方诗学，相反，他从阅读中吸取了海德格尔、萨特、帕斯卡尔、雅斯贝尔斯和中国古典哲学，完成了对老子的现代重读。从这一融合当中，他已经创造出一种"无作为1"的现代中国诗学。作为一个诗人，于坚能够超越古典诗学缺失的悲叹，用一种此时此刻就能"工作"的率直的常识性语言去重新想象"无作为1"的语言建筑学。于坚是一个很好的例子，他担负起诗人的责任去回应世界以及它与语言、遮盖和命名的关系。我们无法要求《道德经》去承担现代性的全部重量，但是他的作品用他率直而又柔软微妙的方式反复讲述着"道"，并在现代语言和文化的状态下激活它的潜能。

马骅：

2004年，在他悲剧性地死亡之前，马骅已经开始翻译，为"无作为1"的诗学发明了一种现代语言，它加强了王维开创的语言技术。马骅已经开始重组、更新、重申新的技巧，在那里诗人与风景和诗歌内部世界的差别相融合，没有太多叶维廉称之为"认识论的详细阐述"。这项工作从表面看起来像抒情主义，但是如果向下深究，我们会发现"无作为1"的现代诗学正在努力浮现。

我感到，和顾城不同，马骅的诗同西方浪漫主义传统的联系不那么紧密，也不那么强烈。从某种方式说，这也更少危险，是"无作为1"的无目的论特征之一，因为没有缺失，没有所谓得到或者失去。这样也少了戏剧性、少了热度。对顾城来说，大自然紧密地同时容纳着"无作为1"和"无作为0"，但是我感到他从"某物作为1"中汲取得最多。在他的作品中，一种超越一切的冲动使他在湮灭威胁下的现存恐怖中脆弱易碎，然而，他的作品仍然使我惊讶，充满敬畏；一种有力的震颤直到今天仍然在全世界引起共鸣。

杨炼：

其他诗人似乎更多地被从有相互关系的、正式的实验中提出来，这些来源于"无作为1"的古典中国诗学体系的技术创造。我相信杨炼一直致力于通过调整诗学密码和规则来打开进入（又一次回到）"无作为1"的通道，而将这些古代因素"翻译"成现代汉语。关于这一点，他的杰出新作《同心圆》争议性地成为他的最佳代表作。

结　论

我想论证我们必须更为宽广地审视中国诗歌，看到"无"的完整框架，它在当代已经激发了它的诗学。对于诗人们来说，他们被分类为所谓的"知识分子群体"，或者"底层"，或者"寻根"或"草根"等，他们都已经发现了从"虚无"这个重大的命题中汲取并贡献于它的途径。当资本主义依靠0内在的匮乏，依靠"无作为0"的黑洞去作用于它当前的形势，虚无主义的前景将继续支配这个世界。然而，抗拒无所不在，只是采取了个人诗学的形式，正如唐晓渡指出的那样。这把我带到了我的上一个观点。我已经提到很多诗人在写诗学论文，当然包括骆英，我正在回应他的文章。对中国诗人们来说，通过哲学推论的、抒情诗的、从属或者并列的手段等写作诗学论文很重要。我们需要诗人们去争论和反对，去深挖"虚无作为0"的伤口，对它的挑战培养出不断增加的哲学回应，而且，它确实有助于像我这样的西方人更好地理解中国当代诗歌中的利害关系。诗歌并不意味着论争，尽管它们自己能赋予意义，能部分地由它们的紧迫感和方向感引出，然而这就是诗学所为。交流作为一种并列文本超出了诗歌，没有于坚、西川、杨炼或者叶维廉（顾城）的诗学论文，我就会没有工具去理解他们的作品产生这些问题的细微差别的方式，而且没有诗歌的话，诗学将干涸且化为灰烬随风而散。我们必须创造必要的文化条件去减轻苦难，增加怜悯，回到如此饱满的完整与丰富。没有任何东西能将它带走，因为它已经包含了"无"自身。

（作者单位：美国俄克拉荷马州立大学英语文学系）

骆英诗歌中对死亡的谈论

荣光启

一　引言

这次会议①的主题是谈论"如何现代，怎样新诗"的问题，意思是：新诗如何在经验、语言和形式方面能真正成为"新"的？"怎样新诗"的"新"，在这里是动词。同时，新诗如何又是"现代"的且能够有效地传达现代人的经验、感觉和想象？骆英（黄怒波）先生的诗歌（包括散文诗），在经验、感觉和想象的层面为当代汉语诗歌提供了许多不同的东西，在语言和形式上也有它自己的特色。骆英的写作，对思考"如何现代，怎样新诗"，我觉得应该有一定的启发。

"骆英诗歌中对死亡的谈论"，我选择这个题目，是因为我非常看重在"诗质"的意义上，骆英诗歌为当代汉语诗歌提供了一种特别的生存经验：对死亡的倾心，被死亡事件所困扰，为死亡之意义的晦暗不明而焦虑，大量的写作被死亡的意象所笼罩；虚无像一个影子一样，纠缠着他的写作……当代汉语诗歌，很少有这样的大篇幅的在死亡意象笼罩下的生命经验的言说。这种"诗质"，在当代汉语诗歌中，是非常可贵的，说其非常"现代"，应

---

① 本文为提交给"如何现代　怎样新诗——中国诗歌现代性问题学术研讨会"（2014年10月31日~11月3日，北京）的论文。

该是合适的。

对于人而言，死亡的问题一定是个非常重要的问题，甚至可能是活着的第一要务：如果不了解死，我们如何生？这就像如果我们不知道夜晚会发生什么，我们在白天就活得不安心一样。但更多的中国人似乎长期以来奉行的是孔子"未知生、焉知死"的生命原则，对于死亡的看法常常是"人死如灯灭"、死了就是"一了百了"……在完整生命意蕴的支取上，我们忽视死亡之维，只满足于这未死的一半人生。而在西方，则有相反的世界观——人应当"向死而生"，人应当正视那被死亡凝望的现实：

> 我们面对的情况：只要我们活着，就只能面向死亡的噩运。既然如此，就得讲明我们说的自由到底意味着什么。如果从惯常生命进程这种意义来说，那是谈不上有选择的自由的。如果我们认识到垂死的必然不可赦免性，那就只有一种选择，即是否接受强加于我们的这种不可能性，或奋起反抗，或听之任之。在这里令人忧虑的并不完全是死的不可亲历性，而是对死后情形的茫然……人因其死而陷入的可怕虚无，是应引起重视的，尽管在我们看来它是那样茫然而荒诞。①

死亡的问题没有答案，我们所引以为傲的人的自由、生命的意义等问题都显得荒诞；对死亡没有胜过的话，虚无的阴影会一直将我们缠绕。

二　"倾心死亡"

2011 年 12 月 9～11 日，"当代散文诗的发展暨'我们'文库学术研讨会"在北京召开。我因着这个会接触到《小兔子及其他》②这本诗文合集，也由此知道"骆英"这个名字。这本书中的诗歌也很特别（比如分行和节奏上），但最引起人兴趣的还是那些非诗非散文的文本：洋溢的抒情、恣肆的议论突破了文体边界，带来了一种奇异的文学样式——将

---

① 参阅〔德〕弗兰茨·贝克勒等编著《向死而生》，张念东等译，生活·读书·新知三联书店，1993，第 5～6 页。

② 骆英：《小兔子及其他》，北京：作家出版社，2008。

这种文学样式称之为"散文诗"也许确实比较合适。这个写作《小兔子及其他》的人，给我的印象是：一个特别的诗人和哲思者，他的文字中，充满了对死亡的想象和谈论；与之相应的是，他对性及纵欲在现代人精神困境的突围功能的絮语与反思。他的文字，在意象与情境的想象上、在对现代人的生存境况的忧心上令人印象深刻；而其语言与形式、思维与想象的某种超常规的"暴力"（没有一般诗人的优雅与精致，显得不循常规，在粗砺中显出一种自由与力量），更是给读者带来一种少有的阅读震撼。

《致死亡者》

在午夜，特别是凌晨时分感觉寂静，就是突然想到死亡的那种刺激与恐惧。

作为词语，死亡的意义既古老又神秘，以至我忍不住要发问："死亡"，是不是人类或是说宇宙最值得尊重的词汇？

杀死一个生命，往往短暂和偶然得只是一个"刹那"；但也有一种死，需要枯坟的骨或者挫骨扬灰的过程。

因此死亡必须受到敬仰，然后才能和死亡者一起被消灭：

被一个车轮消灭，被一种语言消灭，被一颗子弹消灭，被一个强权消灭，被一个基因消灭，被一个旱季消灭，被一个国家消灭，当然啦，还会被一只金币消灭。

未死者都是旁观者，主要是预习自己未来旦夕间的死亡，就像树，互相观望着死，然后，一齐死去，犹如相互约定而又守诺如金的集体无意识的死。

死亡者最大的财富应该是无法得知死亡的时刻，以及那一时刻的快感或痛苦，就像 1982 年的"拉菲"，观赏的满足大于品尝的愿望。

在英格兰酒吧里彻夜酗酒，是对死亡者最卑鄙的蔑视。至少，在饮酒前应该向死亡者脱帽行礼。

穿着艳丽的衣裳在长街行走，一定要记住为死亡者侧目让道，以便让死亡一词的结构不必被再次解构。

在肉欲的狂欢后最好肃立片刻，重新温习一次关于死亡的记忆或者痛苦，好让死亡者知道，我们，其实并不是一群乱伦的犯人。

被谋杀的语言，我们都在不知所措地使用着，并继续参与着谋杀的过程，并企图通过语言的谋杀来合理合法的谋杀他人。

小狗和鸽子的死亡，开始引起我们的惊讶与同情，其实，这是我们旁观后的非正常情绪。

如果一次大规模的死亡开始按顺序进行，我们应该尽快先屠杀所有的语句，再尽可能地储存好杜蕾斯牌的避孕工具。

必须对形形色色假构的语言进行毫不留情的种族清洗，因为它们极为恶劣地忽视死亡者的年序，更主要地，因此成为谋杀者的麻醉剂。

回避死亡者的音容是一种世世代代的可耻，会致使你无法辨认死亡者的最后去向和踪影，而这才是谋杀者真正的目的。

用一个死亡者去屠宰另一个死亡者也是不能原谅的，就如同用一种语言去翻盖另一种语言一样，那是一种触犯天条的暴行！

死亡者可以是一颗胡杨，死而复死地在塔克拉玛干沙漠中倔强；也可以是一条曾经的河，死后在地图上变成一条直线；但也可以是一只老死的泥蛙，并不幸灾乐祸地诅咒与绝唱。

建筑，是死亡者的盒子，或者说，是被死亡者设计建造、供死亡和死亡者享受的通用平台。想一想吧，设计并建设一种死亡是何等的神圣和高尚。

有的人只是死亡者，有的人是死亡者的死亡者，有的人是死亡者的死亡者的死亡者。

最好的死亡者，是那种不必疯狂而直接死亡的死亡者，或者反过来，是那种死后也仍然疯狂的死亡者。当然了，也包括那些贪欲了死亡者的死亡者。

作为死亡者的旁观者的死亡者，自然会先把死亡的语序一刀杀死，然后，分成"天堂"和"地狱"两类词语继续死亡的注解。

最可怕的是旁观者突然删除所有关于死亡的正面词汇，这将使死亡者的灵魂变得无助而无奈，于是，死亡就失去了让人仰慕的尊严与光芒。

多么卑鄙无耻的旁观者！

清晨，来不及拉开的窗帘裂开一条缝，像一种宽容，让阳光以及旁观者或谋杀者的身份来到我的床上，然后开始它神圣的谋杀——

或死亡。[①]

《小兔子》单行本十篇散文诗，《致死亡者》乃第一篇，可见作者对"死亡"问题的倾心。作者表达的意思明显是对死亡的尊重和对现代人漠视死亡的谴责。人应当"向死而生"，就像如果我们知道夜晚来临会发生什么，我们在白天就活得安心。可惜在这个世代，似乎大多数人满足的只是白天（今世的时光），大多数人只是在乎这一生七八十年的肉体的情欲，忘却了死亡，漠视了死亡之后的情形（对很多人而言，根本没有"死亡之后"），成了骆英说的真正的"死亡者"和"无耻的旁观者"！

其实对死亡问题的倾心是诗人的职责，这里我想起"第三代"诗人在诗歌中对死亡的言说的巨大热情。唐晓渡先生在编辑"第三代"诗人的长诗、组诗卷时，将这一卷命名为"与死亡对称"，多好的名字！我们的生存与死亡对称，那死后的世界与时间是我们此在的生命的另一半。唐晓渡说道，死亡"这一古老的诗歌母题之所以对今天的诗人们显示出特别的重要性，是因为无论就民族及其文化的命运还是就个人的经历，无论就集体记忆还是个人记忆而言，死亡都是他们一直亲历，因而过于熟悉的东西。它不可能不成为一种被共同辨认出的'巨大元素'，并且无人能抗拒它的'召唤'，尽管在不同的诗人那里，它会呈现出不同的涵义……如果说，过多的死亡使之不能不在累积中凝聚成'巨大的元素'，不能不成为这个时代的诗人最重要的灵感源头之一的话，那么，在这片腐殖质的泥土中肯定还混合着另一些同样巨大的'元素'；并且，尽管诗人对死亡的观察和表现可以像史蒂文斯在言说那只在他笔下出没的乌鸦一样，有多种角度和方式，但一无例外地都包含着它的对立面，包含着对死亡的体恤、拒绝和超越。因为言说死亡毕竟

[①] 骆英：《小兔子》，北京：人民文学出版社，2014，第1～6页。

是活人的事。这里，死亡的经验一如艾略特所说，是被植入一个'更大的经验整体'之中的。在通常的情况下，对死亡深入程度和对它的超越成正比。后者同样可以有多种角度和方式"①。

对于诗人、哲学家等群体而言，忽视死亡的问题几乎是不可能。死亡对我们而言"……它始终是个问题：过去是，现在是，将来也永远是；并且它的意义远不止于道出了一个人在面临生死关头的激烈内心矛盾和冲突，更重要的是如米兰·昆德拉所说，'表明了活着与存在的区别'。昆德拉尖锐地指出：'如果死后我们继续做，如果死后依然存有什么东西，那么死（无生命）就不会使我们从存在的恐惧中解脱出来。'因此，'哈姆雷特提出了存在的问题，而不是活着的问题'。他进而给所谓'存在的恐惧'下了个定义：'死有两副面孔，一张是非存在，另一张是令人恐怖的尸体的物质存在。'（引文均见《小说的艺术》）……这是一种双重的恐惧。而对诗人来说，前一重较之后一重更令人恐惧。在后一重恐惧面前他和所有的人一样无能为力，只好到时把自己交出去完事；他真正需要对付的是前一种恐惧，因为它意味着活生生地看着自己成为'非存在'，成为一具精神的尸体。只要他指望死后能在诗中'继续做梦'，只要他意识到诗不但在他生前就已存有，而且在他死后'依然存有'，这种恐惧就不可避免。然而他却'无法选择一种坚实的持久的直叙方式'来克服这种恐惧，获取存在。换句话说，他必须寻找和不断寻找一种非直叙的方式，来表达他对生存和语言的双重关注。这就是诗人毕其一生要做的事。其中蕴涵了诗歌语言的全部可能性"②。

生命的这一半，与之对称的"死亡"，它是什么？那死去的东西（"死亡者"又是什么？）"死亡者"可以胜过吗？对这些问题的追求，似乎是诗人的天职，他们必须在一个贫乏的世代借着对死亡的追问寻求生命的真相。

---

① 谢冕、唐晓渡主编《当代诗歌潮流回顾·写作艺术借鉴丛书·与死亡对称》（长诗、组诗卷），北京师范大学出版社，1993，第4~8页。
② 谢冕、唐晓渡主编《当代诗歌潮流回顾·写作艺术借鉴丛书·与死亡对称》（长诗、组诗卷），北京师范大学出版社，1993，第9页。

大篇幅的史诗性的著作、长诗、组诗及海子说的"大诗"①，是"第三代"诗人给我们留下的宝贵遗产，可能在热衷于日常生活叙事和小情歌小经验的今天，杨炼、海子那样的涉及死亡、天国和永恒的写作，成了很多人嘲笑或者漠视的不说人话的东西。当代诗坛，像骆英那样的倾心于死亡的诗歌写作，在这个背景下，显得独特而可贵。

三 "死亡·意象"

骆英还有一组"大诗"——"死亡·意象"，这个题目是有意思的。对骆英来说，很多时候，死不是常人的生命终结，而是一种意象状态。这个"意象"是什么意思呢？可能是"我"一直在死，"我"的生命就是一种死亡的意象。死是他言说的对象，是他想象的源泉，是对生命追问的一个入口。他诗歌中的自我生命常常呈现为一种在死亡之中的状态，他将此称为"死亡意象"，他常常"从一种死亡意象中慢慢走出"②。在后来与骆英先生的谈话中，我的这种感觉被证实。骆英先生是登山家、是探险家，他说：死亡是他身边常常发生的事，比如攀登珠峰，亲眼看到另一位登山者死在身边；比如多年以后，看到以前失踪的登山者的尸体露出山体，冰雪使他的身体变得像玉一样，一切是那么残酷又是那么不真实。我想，正是在这种关于死亡的真实感受与不真实的感受之间，死亡成为占据他生命的重要意象：

---

① 海子在《动作（〈太阳·断头篇〉代后记）》（载西川编《海子诗全编》，第888页，上海三联书店，1997）中说："诗有两种：纯诗（小诗）和唯一的真诗（大诗），还有一些诗意状态。诗人必须有力量把自己从大众中救出来，从散文中救出来，因为写诗并不是简单的喝水、望月亮，谈情说爱，寻死觅活。重要的是意识到地层的断裂和移动，人的一致和隔绝。诗人必须有孤军奋战的力量和勇气。诗人必须有力量把自己从自我中救出来，因为人民的生存和天、地是歌唱的源泉，是唯一的真诗。'人民的心'是唯一的诗人。在写大诗时，这是同一个死里求生的过程。"写诗并不是简单的喝水，望月亮，谈情说爱……重要的是意识到地层的断裂和移动，……在写大诗时，这是同一个死里求生的过程——也许，这是那些"倾心死亡"的"大诗"的意义？

② 骆英：《死亡·意象（三十一首）》之七，《骆英诗选》，作家出版社，2013，第396页。此诗后标有"2012.11.10 4：54 美国洛杉矶 Newport Beach，Linda Isle 96号"。骆英在诗作之后一般都有精确的时间、地点的记录，其目的不是供研究者或自己检索之方便，而是他常常处在一种时间的"死亡"之中。比如他在南极的探险，半年白天半年黑夜，时间似乎消失了，天地茫茫，记录人之存在的往往就是这诗。所以，诗歌成了生命存在的表征，成了对抗死亡的有效方式。

"我"的生命似乎在写就一个关于死亡的意象，或者说，"我"活着，只是一个死亡的意象在呈现……

无论如何，对我来说，他的 31 首《死亡·意象》，是在"第三代"诗人的关于死亡的诗歌热潮之后，我看到的又一部可以"与死亡对称"的汉语杰作：

> 一切都死了　即便是时间　哲学　命运以及历史
> 当故乡仅仅成为一座荒坟之后　草和骆驼变成了杀马者
> 我呢　成为一个往下走的人　身披黑色斗篷及心怀恶意
> 天空深处打着鼓　却没有马或鸽子急急飞来
> 死让我们伟大了　即使我们常常只是像一片叶子
> 即便是这样　也不必疑虑以什么方式落下来或以多长时间腐烂
> 此刻　你只需要向着太阳翻过身去　不需要声响也不需要激动
> 此时　你只需要手持黑色的剑挥向宇宙的另一边或是黑暗深处
> 无边无量的死让我们从心底深处感到了无足轻重
> 历史如一匹野蛮的马疾驰而去又回顾一切而惊心动魄
> 我们都因此是生还者　死亡者　或者是杀生者以及是谋害的人
> 我们如野性的马打着响鼻因而鄙视一切
> 死　让我们崇高了　即便是我们曾经卑鄙
> 我们藏起金色的手铐在岁月的密林中潜行捕食一切
> 在思想的墓穴中我们并没有因而高大或者微不足道
> 我们只是死　让我们因此获得一块墓碑或者一个二十一世纪的地标
> 想一想　向失群的雁打一声响指并举起一杯酒
> 红颜向我致以微笑并在我的来路款步而行
> 作为一个数叶子的人　我不习惯于想象历史
> 当杀马者穿越隐秘小径之后　我也不习惯会有马兰花开
> 夜鸟如一匹骆驼　隐没于草丛　波涛之下
> 那种日子轻易就为灰蛇蜕去第三十六层皮
> 在叶子下抖动　不形于色让某种痛苦无足轻重①

---

① 骆英：《死亡·意象》（三十一首）之一，《骆英诗选》，作家出版社，2013，第 386～387 页。

　　"一切都死了……"，这是骆英对这个世代的深刻洞见。作为一位在这个世界有多种身份的成功人士（可能唯有对于死亡他不是），他看见诸多时代的内幕。"简单地说，我或者我们深知一个时代的最新秘密，那就是所有的金币和权力都可以交配为一个物种最低下的情欲与性欲的占有和被占有、享用和被享用的物品。"① 以各种唐皇的名义"放纵"情欲，是现代人的一个暂时缓解生存实际压力和精神压力的普遍途径；"……放纵，是一种冠盖或者深藏于文明或者是高尚与低下之中的高层次文明或者是高层次高尚与低下的终极标准／我可以佐证，当一张张金币最终成为床上或者是发廊的占有与被占有、购买与被购买、交易与被交易、高潮与被高潮的性交证明时，我的贪婪与低下，就不至于过于显得贪婪与低下了／这是什么呢，是否可以以文明的名义解释为现代化时代的物种的双修行为，以打通一条天路，好让男男女女们以向往天堂的名义放纵／是否可以以哲学的名义解释为现代化时代的物种的升华形式，以完成人的概念与定义，好让男男女女们以叛逆的借口享受／是否可以以经济学的名义解释为现代化时代的物种的生存规则，以体现市场经济的致命活力，好让男男女女们以繁荣的角度使用／是否可以以社会学的名义解释为现代化的物种的公地现象，以论证财富的辉煌程度，物种以集体沉沦的方式向生命的高级阶段转型／作为上述一切的结晶与逆种，堕落就可以看成是我对自己的宽容，也可以延伸为对他人或者是变种和异形之前的马的由此相关的一切物种的宽容与容忍／因此，长夜，你将来临，我一定要穿透你的黑色与肉腥，完成一匹马的变种和异形的无耻之旅……"②。

　　"马"的意象是放纵情欲的现代人或曰诗人自我，这是骆英的"变形记"。"杀马者"是一个更加重要的意象，是这个时代对这个寻求生命意义的自我的遮盖之物，是一切意义消失者的根源，最要命的是，"我"也可能置身其中。存在的根源消失了，人所处的环境是无序的，世界成了一种"杀害与被杀害"的网络，人陷入了无边的"恐惧"。"……恐惧的真正含义是：我有可能杀害。／那么来吧，我的爱人！来杀害我的城市、我的乡村、

---

① 骆英：《第九夜·马篇——关于一匹马的性感经历及其道德困境（两首）》之《第一夜　马之悲伤》，《骆英诗选》，作家出版社，2013，第369页。
② 骆英：《第九夜·马篇——关于一匹马的性感经历及其道德困境（两首）》之《夜前》，《骆英诗选》，作家出版社，2013，第360~361页。

我的婴儿、我的诗歌、我的过去，最终杀害我自身！/在一个过于繁荣的世纪，杀害也有繁荣的变种，以致一只鸟的坠落，就足以杀害整整一个种群，/以至深夜将近时，一个人因为恐惧而打开了恐惧之门，就再也不知道怎样把它关闭。/那么，就让我们共同来恐惧，共同完成杀害与被杀害的过程。/哪怕仅仅是利用一种思想去杀害另一种思想，利用一个爱人去杀害另一个爱人，利用一种语言去杀害另一种语言，利用一种恐惧去杀害另一种恐惧！/——这才是恐惧最底层的缘由。"①

> 在思想的深处我们都是死亡者　因为我们都诅咒过上帝
> 我们恐惧老　害怕贫穷　厌恶背叛　因而我们夜半惊梦
> 在一棵树枯萎后　我们仍旧活着　这本身足以说明我们并不光明
> 我们如夜行的蝙蝠在夜的隙缝中飞　像地狱密使
> 在童色的马喊叫妈妈时　一切都不会因此变调或变色
> 我们紧闭住眼睛等待或寻找一条密色小径
> 在翅膀不飞翔时　我们以羽毛紧裹住身躯在宇宙中抖动
> 在光线变黑或是变铁色时我们紧揪住双手捂住尖叫
> 露水渐渐地变重了如雄浑的铁叮叮咚咚地响起来
> 面对一匹马的枯骨　我们缓缓地举起双手遮住眼睛
> 一切都在死　都在变白　都在粉碎　都在静下来
> 如海潮举起小墨鱼的尾鳍及碎屑不顾一切而去
> 尽管我是在歌颂死　我还是惊心动魄
> 无论是我写不写落日如血　我都会热泪盈眶
> 我宁愿相信海深处　密林中　河对岸有一种琴在弹拨
> 它如风云　如铁锤　如凄厉　如永别　层迭而来逐浪而去
> 如一匹黑色的马惊恐从荒原上飞腾紧紧地抿起它的双耳
> 深灰色的波浪在大地上重重地划出一道世纪印痕②

---

①　骆英：《论恐惧》，《小兔子》，人民文学出版社，2014，第 15～16 页。
②　骆英：《死亡·意象》（三十一首）之二，《骆英诗选》，作家出版社，2013，第 388～389 页。

　　这里仍然是"一切都在死……"这些诗作是"哀歌"式的写作，似乎在写"死"的行为中打捞生之意义。"这是一个黑夜的孩子，沉浸于冬天，倾心死亡/不能自拔，热爱着空虚而寒冷的乡村……"这是海子诗作《春天，十个海子》中的诗句。"倾心死亡"而又"热爱……村庄"，寻求灵魂的栖息地，这似乎是许多诗人的共性，像一枚硬币的两面。海子毕生以诗人的激情、想象与生命在写一部"死亡"之诗，而骆英也一直在诗文中想象"死亡"与挖掘"死亡"的深意。他的那些急促、磅礴、长句连连、大块大块的段落累加，如果说是诗歌写作，似乎也"带着不可抗拒的死亡的速度"（海子：《祖国或以梦为马》）。

> 因为偷窥死　我在地平线上趴下来心情紧张
> 从那遥远的暮色　我盼望出现杀手或是死者
> 大地暖暖　因为它已被一整天的阳光照过并且没有发生任何事情
> 这种日子就算是无聊的　是想象什么都无法激动起来
> 我应该如狗　仔细地嗅觉过去的痕迹　那应该是死的气味
> 就是上帝还没有说你必须死或是生的那个年代的死的气味
> 如此地贴近地面才发现秋菊花都枯萎了尽管霜还没有来
> 它们残黄　余香甚至会有点死而复生或者破旧不堪的味道
> 在阳光还没有叮叮当当地消失前　有人或是生灵开始打呼噜了
> 似乎有什么人或是生灵在地平线上蹿出来又跳回去
> 我打起响指表示我的存在想说明我还没有死
> 之后　我在仔细地考虑后站起来向大地的深处撒了泡尿
> 我很喜欢这种尿的骚味　它让空气温暖起来
> 不去关心它是否淹没了小地鼠的窝或马兰花的根
> 当我站起来时我很喜欢　我是地平线的生死分界线
> 此时　我还看见一个巨大的影子在宇宙上站起来开始打哈欠①

　　对死亡的"偷窥"（诗意的想象），期望在此行为中得见死之真相。虽

---

　　①　骆英：《死亡·意象》（三十一首）之十一，《骆英诗选》，作家出版社，2013，第400~401页。

然没有答案，但诗作却呈现出这个偷窥者的形象。"因为偷窥死　我在地平线上趴下来心情紧张/从那遥远的暮色　我盼望出现杀手或是死者/……当我站起来时我很喜欢　我是地平线的生死分界线/此时　我还看见一个巨大的影子在宇宙上站起来开始打哈欠"，极为大气的想象，这是一个悲怆的英雄，他向死亡讨意义，给大地留下了一个悲怆的身影。

> 每一次登顶后我都祈祷下山时能看到雄鹰在飞
> 主要是我害怕死亡的死　害怕在冰峰上冻得刚硬
> 为了活下来我常常有很卑鄙的念头及不齿于人的举动
> 例如会跨过一个难友的尸体并且抢先在别人面前跨过冰缝
> 在别人死亡后我们变得高尚起来　因为我们没有死
> 太阳升起来时那种血色的红以及惨淡的白让活着有点儿诡秘
> 跨越一具具尸体回家　一如逃生者拼命下潜
> 实际上灵魂极有可能骑在鹰背走了
> 恐惧死让我们变得很低下很无耻很凶狠
> 问题在于我们把死只是作为一种肉体腐烂的过程
> 我猜想那些躺在8000米以上仰望太阳的死一定考虑着一千年以上的问题
> 那是一种死在阳光下被照耀　被闪亮　被慢慢地划过
> 伸出手不一定指向远方或是某一种四　也不一定是天堂或是地狱
> 让体温暖起来走过每一个死的呼吸
> 其实 这并没有关联　过去和未来　现实与存在的我
> 其实　在经历一万种死亡后　死不死都已经无关死①

这首诗里有作者的登山经验，也是难得一见的在8000米高度的一次对死亡的想象，"我猜想那些躺在8000米以上仰望太阳的死一定考虑着一千年以上的问题"。对死亡真相的追问，可能会超越时间和空间，对死亡的想象

---

① 骆英：《死亡·意象》（三十一首）之十三，《骆英诗选》，作家出版社，2013，第404～405页。"……骑在鹰背走了"此句疑为"……骑着鹰背走了"。

与追问，可能是进入永恒之门。"在经历一万种死亡后　死不死都已经无关死"，那"一万种死亡"可能是实际的死亡事件，在这么多的"死"之后，"我"最渴慕是的"死"之本质和意义，故曰"死不死都已经无关死"。

四　虚无之意义

"一切都在死……"这是一种彻底的虚无主义。虚无主义在骆英身上，似乎别有意味，因为现实生活中的他，却是一个极为成功的人。他是少有的富商；在身体上，他的健康与意志更是少有人可以匹敌（他攀登过世界七大高峰，是著名的登山家）。如果将生命的意义限定在物质财富和身体健康的层面，他是无比富有的，但在诗歌中他却是一个虚无主义者，他说"一切都在死……"一切都是"无意义"：

"这是一首现代性困境的最后哀鸣之作。从《都市流浪集》到《小兔子》、《第九夜》以及《绿度母》，或者说《知青日记》《文革记忆》《动物日记》等等，其实都是一种世纪失落，或者说哀歌式的情绪。作为一个商人，一个财富的获得者，看到的是更多的生存的无意义。当所谓的宏大愿景和历史叙事仅仅变成了物欲的、群体的、变态的、贪婪的获得和再获得之后，人就被人类解构了。在尼采声称'上帝之死'之后，我们就不再相信过去和未来了。然而，在种种民族复兴、国家强盛、社会富足、个人自由的全球化的迪士尼叙事中，人被消解得支离破碎了。那些巨大的愿景、宏大的叙事、强势的权力覆盖了一切，以至于你感到了无助，在你渺小微不足道时，你就会自弃和放纵，你就生活在一种人的死亡意象的场景。现代性是没有终点的。我们已经深陷其中。也许再往下写或者说再往后走，我们就会回到那种哀歌式的浪漫主义意象中。在这个意义上，有可能是现代性的更高层次的异化。下一次，我们回归浪漫主义吧。从这个角度看，死亡意象是现代性写作的一种解构。解构了人和当下之后，应该回到存在的源头去，在那里还原作为人的存在意义。"①

我相信诗人说的是真的，正因为他在财富和身体健康上的无人能比，才比别人更真实地感受到虚无。我们在拼命追求的，在他那里却是无意义的。

---

① 骆英：《死亡·意象》（三十一首）之三十一，《骆英诗选》，作家出版社，2013，第431页。

许多人追求远方，而他，比我们更早领略"远方除了遥远一无所有"（海子诗句）。灵魂的安定、心灵的平安，不在财富和肉体的状况上，而是在于我们是否知晓永恒之有无、人如何能否进入（或曰得到）永恒。这是生命得到"救赎"的真正含义。

一个最富有最健康的人，却是一个最虚无的人；一个人对自己所拥有的别人以为荣耀的东西，却觉得这是最无意义的东西，这是很有意思的事情。骆英的心灵经历让我想起基督教历史上最大的使徒保罗（St. Paul，约3年~约67年）。保罗曾经是最虔诚的犹太教信徒，正统的希伯来人，受教于当时犹太社会最好的老师，有最好的学问和社会地位，按照今天的话说，是精英中的精英；但他在遇到耶稣之后，他将这些都看作虚无，看作粪土。保罗说"在罪人中我是个罪魁"①，他突然转变成了耶稣的信徒，成了基督教最大的使徒；他将拿撒勒人耶稣从死里复活，以大能证明这就是上帝差遣来的弥赛亚（救世主），这令人难以置信的福音传遍了希腊哲学盛行的罗马帝国。基督教的神学，除了耶稣的教导外，保罗的书信是基督教教义、神学的基础。很难想象，没有保罗的书信，基督教的历史会是怎样的情形。我常常觉得骆英是中国当代文化中一个特别的人物，他在世界上的成功和荣耀，他在内心对这一切的虚无感，两者其实是相应的，因为这一切不能满足人的灵魂。像保罗一样，骆英对于中国当代文化，也要承受一种使命？他是否如保罗一样，也是上帝特别拣选的子民？

现代化的进程并没有使我们幸福，带来的却是一种叫"现代性"的东西，让人在一种迷惘而绝望的"困境"之中。一部分文学家认同这种"困境"，觉得这是人世的本然，文学的目的就是在无意义的世界中书写，让书写本身成为意义；而另一部分文学家并不认同这种"困境"，觉得可能还有另外的出路，文学的书写通往永生的一种道路，这样的写作自然会倾心死亡、叩问永生，这样的写作可能偏执、笨拙和叫人难以忍受，但未免没有意义。骆英的写作显然是后一种。

诗人试着给出解决这个问题（"现代性困境"）的出路，"回归浪漫主义……回到存在的源头去，在那里还原作为人的存在意义"，这些言语能给

① 《新约·提摩太前书》，一章15节。

我们真正的安慰吗？这种"浪漫主义"是什么？在给这次会议提交的论文《无中之有——当代中国诗歌现代性透视》（纲要）中，骆英谈论了一个非常重要的问题：虚无主义作为一种生命观，对于文学写作，并不只有消极的意义，也有积极的意义；许多伟大的作品，正是在虚无主义的心态中产生的。他提醒人们注意：虚无主义，是当代中国诗歌的有效资源。在文章的开头，他引用了鲁迅先生在《野草·希望》中所引用的话："绝望之为虚妄，正如希望相同。"（匈牙利诗人裴多菲诗句）按照我们对鲁迅在《野草》中的哲学的理解，这里要表达的意思应该也是"反抗绝望"以及如何胜过虚无，这是当前中国文化中最迫在眉睫的问题。

"北岛、多多、舒婷、西川、于坚、欧阳江河、翟永明、臧棣、王家新等一批形成了个性诗学写作风格的世界诗人……面对当下的中国虚无主义思潮，上述诗人们都具有一种自觉的突破意识。他们以指向未来的姿态重新架构了审美情趣，以诗歌的手工艺大师的气质建造了稳固、透亮、现代、简洁的当代中国诗歌大厦……现代中国必须面对虚无主义，视其为文化危机。简单的意识形态式的批评和否定是无济于事的，因为虚无主义来源于现代性也抵抗着现代性，有直达人心底部的生命终极发问的力量。以相信未来的姿态建立具有新浪漫主义色彩的诗歌审美未必不是一种尝试。"这篇长文（虽然还只是"纲要"）也让我知道，骆英诗文的虚无主义不只是文人的感伤的油然而发，他有自觉的文化建构的意识，有对当前人类精神的危机的意识，并且，他有意识地在寻求解决这危机的出路。

写作中的"浪漫主义"与"新浪漫主义"到底是什么？我们如何能够保证它指向的不是一个新的乌托邦？骆英先生在文章的末尾忽然说"我的心底在兴奋之后，产生了一种伤感……"与此有关吗？

五　文学能否胜过虚无？

文学的功能有多大？能拯救人与精神危机吗？鲁迅在《南腔北调集·我怎么做起小说来》一文中说他为什么要写小说："……我的取材，多采自病态社会的不幸的人们中，意思是在揭出病苦，引起疗救的注意。"我对这话的理解是：文学的功用可能不是让我们直接摆脱"困境"，得到拯救、

"疗救"，其意义在于文学性的描述，可以"引起疗救的注意"。真正"疗救"我们（摆脱"现代性困境"，进入生命的自由）的可能不是文学本身，而在文学之外；但文学家的责任最重要的地方是：描述问题、揭示问题，使我们在被拯救的时候得到更好的对症下药。我想骆英的文本意义，他对虚无主义的文化洞察与诗文中的深切描述，正在于揭出了我们的病苦有多深。文学到这一步，也算是与人有益了。

而骆英自己追问的死亡与永生、生命的自由和道德的困境的问题，可能不在文学之内；或者说，得救在诗外。

文学在人的生命范围之内；而死亡所属的领域，从死亡能胜过人此世的生命这一事实来看，明显比人的生命范围大。人要胜过死亡或者说明白死亡为何物，焉能不跳出人有限的看得见的世界、有限的此世的生命之范围？不在一个比死亡更大的视阈，我们焉能看清死亡、胜过死亡？

似乎世事洞明的张爱玲有一篇文章叫《中国人的宗教》，她说我们的文学"细节往往是和美畅快，引人入胜的，而主题永远悲观。一切对于人生的笼统观察都指向虚无。世界各国的人都有类似的感觉，中国人与众不同的地方是：这'虚空的虚空，一切都是虚空'的感觉总像是个新发现，并且就停留在这阶段。一个一个中国人看见花落水流，于是临风流泪，对月长吁，感到生命之短暂，但是他们就到这里为止，不往前想了"①。到"虚无"为止，这是我们的文学通常的境界，但其实，当我们对"死亡"的问题有着截然不同的认识，比如有一种方式可以胜过"死亡"，可能我们的生命就不会认同"虚无"就是人生的本然。

揪住死亡问题不放的人，即使他现在还没有答案，但他的写作是值得尊敬的，也是极有意义的。这样的诗歌写作，我们如何能说它不是"现代"，不是一种有深度、有力量的新诗篇？

（作者单位：武汉大学文学院）

---

① 　张爱玲：《中国人的宗教》，《张爱玲文集》第四卷，安徽文艺出版社，1992，第111页。

"带着语言的盒子以免在这个世界落单"

——论骆英近年来的诗

赖彧煌

在一组写于 2009 年题为《语言的盒子》中，骆英写道："语言否认与我有任何关联/我一再重复它们也没有用/可是我还是必须带着我的语言盒子/否则　我将在这个世界上落单。"这几乎可以理解为诗人近年来驳杂多样的诗歌中的最重要密码。他意图在隐喻的意义上击穿语言有待克服的锁闭与傲慢，同时提醒自己，虽说可以挑战语言不由分说抛来的气馁，拒绝绝对性。但是，语言亦非绝对可靠，从语言内置的幻觉逃离，难保不进入到另一种自我中心主义的幻觉，需要谨慎地"以言行事"，诗人于是继续写道："我需要在语词间小心行动/像一条无鳞而黏滑的鱼。"

的确，打开环绕于语言的自闭和自负，不只是面向语言内部的问题，而且是存身于语言之中的作为主体性的自我的任务。骆英正是通过他斑斓的、具有高度复杂性的文本建制，有力地将写作作了如下命意：语言和自我之间既相互角力，亦互为征显。舍此就难以切近诗人的文本实践的真义：为何骆英以片段化的方式写诗，与总体化的写作诀别，而使得他近年来的写作在整体上犹如一个联缀而非连贯的制品？为何骆英将自我分解成各个侧面，以独特的反唯心主义致思，拯救长期以来在诗歌写作和思想史的战场中早已声名狼藉的主体性，并将惯有的把主体性空心化的解构做法重新置于有待再解构的视界——当然是在诗的视界中，以此实现自我多面的构型？为此，将激活既是关于骆英亦是关于诗的追问：在诸种经验不断涌现、胶着和耗损的现时代，以迂回的方式趋近诗，在矛盾的徘徊进退中去承受始终悬而未决的使命，不断收集、汇编关于语言、自我和诗的碎片，诗如何可能？或许人们将会看到，骆英的写作正是如此体认的，即在犹疑的美学自知中努力——在现时代，将诗的片段化视为一种命定，但自我的分裂既需要揭示又有待凝聚，于是，处于不间断、深刻辩驳中的语言和自我，在某种程度上抵近了诗的边界。

一　作品的地貌学和批评的任务

面对语言和自我的不透明视域，骆英显然对此种迷误葆有充分警惕，即存在某种轻便洞穿世界的写作，为此，人们首先遭遇的是其颇具考究的作品的地貌学问题。诗人仿佛一名不无狡黠的设色造景之人，正意味深长地向他所期待的观者乐此不疲地构造着他的诗歌风貌，多重异质性环绕的景观使得任何一条不言而喻的探析路径都将变得疑窦丛生。

就诗歌意识而言，诗人了然于胸的是，偶发的、随波逐流的写作几乎难以劝阻地走到了它的黄昏，因为面对既非铁板一块亦非条理清晰的语言和世界，诗首要的作为就是突入进它们的褶皱、裂缝和暗纹之中。据此，现时代的写作只能是自觉的、精心布局下的书写。一段时期里，诗人在一类作品和另一类作品之间、任何一类文本的内部（在此只能暂时权宜性地使用类型的概念，一类作品实际是某一类型的系列性作品），构设着具有明显层叠、交叠和错综性特征的文本建制，以片段环绕的方式凸显了某种并置、互否和对峙的异质性，由此远离了某种为总体性目标所青睐的、预先布置的积累和佐证有机性的写作。这种异质性并非因为以多样化的风格和题材进行写作，尽管风格和题材的展示确实是其表征之一，而异质性问题在诗人的创作中有更复杂、更深刻的表现。某种意义上说，异质性给诗歌批评和诗学研究带来了巨大的挑战，某些习以为常的批评的策略和诗学分析的言路面临调适和修正。

检视诗人的写作历程，突出的印象是，大约自《小兔子》系列（2006年）之后，诗人既加快了写作的节奏，也增加了写作的面向。就后者而言，它甚至构成了对此前不久的诗集《都市流浪集》的告别①，而这显然和诗人独特的美学意识的苗生有关（下文将会更具体地再次触及这个问题）。除了《小兔子》系列，在接下来的六七年时间里，诗人写下（后来多数亦以此为名称出版诗集）《第九夜》（2007、2008 年）、《7 + 2 登山日记》（2008、2009、2010、2011 年）、《知青日记及后记》（2008、2010、2011 年）、《绿度母》（2009、2010 年）《水·魅》（2010、2011 年）等可以称为组诗或系列性的作品，此外，诗人还出版了集合上述诸种类型的选本《骆英诗选》（内中既有上述诗集中部分作品的选录，亦有未入它集的作品，如组诗《死亡·意象》，就本文视野所及，这是目前最新面世的作品，写于 2012、2013 年之交）。

看起来这里似乎只是重复了某种粗陋的年代学问题，实则不然，标识出某一类作品的创作时间，是为了进一步对时间所暗含的推进、综合和完成预设予以质疑。较之写作时间的频密（只是在这里，频密才多少暗示了诗人致思时遭遇到的紧张之密度），更值得关注的是诗人独特的构思。可以发现，这些作品难以归类，倘若妄图将它们统合到某种整体的形式旨趣和美学风格的概括，如下疑问就更显突出。如果《小兔子》系列主要因多面的自我、多义的语言而"涣散"成了距离上似乎或远或近的十个篇章，如何理解同样是以散文诗体式结撰的《第九夜》？后者试图追踪不断分裂的自我并将其（其是它们？）凝聚的可能，但似乎又示出了具有相当的形式自觉的结构——它由两部对称的篇章组成（马的刚烈和猫的阴柔构成张力），每篇的主体均为九个部分组成，均从悲伤（"马之悲伤"）和哀怨（"猫之泪"）开始，在马或猫之死结束，并且均设置了作为序诗和终曲的"夜前"与"尾

---

① 骆英的《都市流浪集》作为对现代社会异化问题的诗的省思，自有其突出的意义，内中既有波德莱尔的传统，亦可以看到对当代都市诗歌书写的深化，显得更具"当代性"。但是，若和此后的《小兔子》系列等作品对比，我以为，后者不仅依然延续了批判性，更重要的是，后者将自我内置于批判性中，成为批判的对象，而不像《都市流浪集》，主要是外部的批判。这才是探询自我和语言之复杂性的意义。例如，《小兔子》系列中《蟑螂说》实际是对自我的省思，而《都市流浪集》中的《都市蟑螂》总体上是一种外部的批判。这首诗如下："这拥挤的车辆像蟑螂在城市扫荡/一条条马路象黑蛇在飞扬/隔着车窗相对人与人同样落寞/象被囚车押送去角斗场/这城市的环路啊真像磁场/谁不许从城市逃亡/这城市的车辆啊真像蟑螂/滚滚向前谁也不肯退让/那闪烁的警灯像哭喊/像疯狂窜行的老鼠般慌张。"

声"。更进一步看,《小兔子》系列却以表面的"涣散"设置了更稳定的结构,因为它的开篇《致死亡者》的开端和末篇《小兔子》的结尾却是严丝密扣的呼应,它们分别是:

在午夜,特别是凌晨时分感觉寂静,就是突然想到死亡时的那种刺激和恐怖。

然而,却有一只分不清大小、老幼、公母,疑似兔子的兔子死了,是自愿跳下了高楼的顶端。

反观《第九夜》却是,表面上起到节制(包括马和猫的相互节制)和疏导(九夜中每一夜的长度几乎试图强制性地起到分疏的作用)作用的结构,与内里奔流不息的自我之狂野和分裂构成了强烈的对峙。关键还在于,《小兔子》系列的十个篇章单独地看是激烈的,但并置在一起却几乎"允许"读者从随便的篇章进入,并在错落中获得某种散淡和自由的阅读体验,《第九夜》则有某种强制性,对单个部分譬如某一夜的阅读将遭到严厉的抗拒,它们几乎不由分说地被"糅合"在一起,而后激起整体性的震惊的阅读体验。

不惟《小兔子》系列和《第九夜》之间具有强大的相异性,其他类型的作品之间亦然。如果《7+2登山日记》《知青日记及后记》有明显的"记事"特征,如何与较为虚悬的《水·魅》统一?它们在写作年代上是相互重叠的。如果《知青日记及后记》是自我精神上的回乡之旅,内中交织的戏谑、沉痛、愤懑的声调,为何没有被同样也是象喻回乡的《水·魅》延续,转而进入到一种轻声细语的呢喃语调?如果采用散文诗体式的《第九夜》具有寓言性,如何理解同样具有寓言性的组诗《死亡·意象》却向自由诗体式"回归",并且不再采用前者激越、铺排的声调,而显得更为平和、琐碎?

大约在写作《知青日记及后记》和《7+2登山日记》之前,诗人完成了《第九夜》的写作。就所书写的经验体现的某种空间感而言,《第九夜》以及略早的《小兔子》系列几乎以自我的投掷贴近异己的"现场",比较而言,《知青日记及后记》中的经验则是时间上的过去,过往无论刺痛还是甜蜜，在自我的回溯中呈现的却是亲密的"远方"。就感知方式而言，还可以发现，《知青日记及后记》似乎通过"纪实"来触及业已流逝的远方，《水·魅》则似乎通过玄思来把握尚未到来或者本已在场但难以现身的现场。如果把《第九夜》比譬为下坠的地狱之旅，或者在下坠中更强烈地祈向一种拯救的上升，那么《7+2登山日记》中的登山和探险则以生命的强与弱、畏与惧的亲证，在不断攀登中回返到人或某种常态的确认。

进行一番不无繁琐的诗歌地貌学的考察，实际上是为了申议，作为一种阅读（观看）的方法，人们越来越难以采取透视或俯视的目光对对象作一览无余的探求了。在批评的策略上，这类文本吁求的是环视或"分解"的目光。这正如法国画家塞尚在其创作的后期告别印象主义之后，以《圣维克多山》系列试图从不同侧面打开二维平面中长期以来命定般缺失的一维——一般说来，绘画是难以展示物体的侧面和背面的，过往的努力主要依靠焦点透视法的使用和景深的设置等方法，通过突出中心和正面的构形，转移了绘画的平面性这一关键性问题。但是自塞尚开始，一种分解的方法——后来被部分立体派画家继承并发展为几何化的方式，试图在相当程度上破解绘画二维平面的疑难，并以接近唯物主义的努力把日益成为绝对的第三维的幻象逆转过来——绘画必须在绝对的平面性中重组物象的侧面乃至背面。这是一种"把同一事物的几个不同方面结合在一绘画之中"的努力，它被倔强地称为"同存主义"[①]。

然而，在诗歌批评和诗学研究中，透视主义大行其道成为痼疾久矣。在众多的方案中，如何推定诗人的写作路径与美学取向，如下模式似乎最为便当，即一位诗人无论有多少旁逸斜出、节外生枝的书写，环绕他的焦点以及他所奔赴的终点，是某种在预备、深化等一系列环节中终被实现的总体性的诗学特质，具体写作中的转折、分叉或对峙的表现要么被强行统合其间，要么干脆视而不见，否则就无法完成适当的归位和概括。于是，诸如庞德的根本标识最好到《诗章》上去寻找，艾略特的核心密码则在《四首四重奏》

---

① 参阅赫伯特·里德扼要的评述，载《现代绘画简史》，上海人民美术出版社，1979，第48页。可以进一步申议的是，此种"同存主义"在多大程度上切合对象或多大程度上是主观趣味变形之后的呈现并不重要，关键是，作为对透视主义的反抗，它意图击溃中心化和总体性的幻觉，以期为被遮蔽的事物张目，正是在这里，绘画的透视法被最坚决地宣称走向了确定的崩溃。

中，此前的《普鲁弗洛克的情歌》乃至《荒原》不过是从技术和美学意识上为前者做了一些起跳前的热身动作。

如此预想以及对它的实施呼应着设计好的中心和终点，它采用了双重的、互为支援的标准：用化约、集束的方式进行诗学的抽象，用线性、延展的脉络进行个人写作史的编排，而后得出写作走向汇合或走向再深化的结论。毫无疑问，期待此种流畅的起承转合属于致命的幻觉。它的根源既和诗学话语命定的不足——它常常面向无根基的共时性——有关，也与对个人写作史的审视惯于被一种粗糙的年代学认识绑架有关。倘若不能有效地予以克服，不仅将妨碍对上述诗学预设的反思，而且会损害对正在进行中的写作的辨认，使诗歌批评远离了对新异性的知觉——在最好的时刻，批评本应为诗学和诗歌史提供必要的准备和纠正。

为此，面对骆英的这些异质性如此突出的作品群落，需要将他在如此集中的时间内，不断交叉书写的风格和观物方式以及经常互为对峙、混融的写作，申张出另一种独特的个人写作年代学，并谨记福柯对复杂性的教诲："一种总的描述必然将所有的现象紧缩于某种唯一的中心周围，如本原、意义、精神、世界观、总体形式等；而通史则相反，它展示出向四周扩散的巨大历史空间。"①

不无悖论的地方似乎是，我们既反对仓促得出的总体性结论，又强调对骆英诗歌作综合的、关联性的阅读与比对，看起来是自相矛盾的。但是，作为对一种尚在展开中的写作的辨识，这既是语言和自我之间互为对峙难以终结的过程，在根本上也是片段化的写作与分裂的自我互为确证的过程，并临界于诗本身的或许亦有待批评予以确认的疑难和可能。由骆英诗歌中复杂地貌（它看起来是如此不合章法）开始的思考，就通常的批评言路来说，源于诗歌最终作为形式和语言建制的考量，几乎应该直接地、无犹豫地以形式考量的办法去探析诗的建筑术和写作的片段化问题，不过，又源于此种地貌的异质性如此明显，则首先要对地貌形成背后的动力学作一番探究。毫无疑问，这就是自我的问题。

---

① 米·福柯：《〈知识考古学〉导言》，载利奥塔等著、赵一凡等译《后现代主义》，社会科学文献出版社，1999，第 83~84 页。

二　直面作为问题与命题的自我

形式层面的考量作为面向完成形态的文本的方法，将被置后于发生学意义上的文本书写的动力的考察。从诗学评议的要求看，这看起来近乎是一种言路的颠倒。因为对于深受 100 多年来现代艺术实践的启迪和 20 世纪以来卓有成效的美学和文学理论的培育之下的诗学方法而言，这似乎违背了语言论转向的教诲——意识、思想包括世界的构图均是某种语言程序的过程与结果。正如求索于命题精确性的哲学家奥斯汀，要以强有力的辩护和拓展重申哲学的命题哪怕是探讨黯晦地平线上的感觉与可感物，也要以言行事；何况以声调和符号捕捉经过多重转译的世界的诗歌，毫无疑问地要以言写诗、读诗。

自马拉美时代以来，作为一种信念，诗不仅要在语言与音律的内部建构世界的幻象，而且要从中建构世界本身，这成了迷人的承诺，培育着写诗与读诗的越来越精微也越来越自得的美学趣味。这就是为什么，后结构主义之前的罗兰·巴特几乎不可一世地批判了萨特在《为什么写作》中要求的"介入"，并宣称作家（实际上是由作家暂时标定作品，因为他是在"语言结构"这个既是"栖息地"也是"界限"中编织文本的）的使命只是出自"形式的伦理"："社会场景绝不是一个实际消费的场所。问题不在于由作家去选择他为其写作的社会集团：他很清楚，除了发生革命以外，写作永远只可能是针对同一个社会的。他的选择是一种意识的选择，而不是功效的选择。他的写作是思考'文学'的一种方式，而不是扩展'文学'的一种方式。"① 尽管被批判的萨特其所属意的是将艺术家的主体性置入到接受与交流中的可检验的主体性中，进而唤醒一种交互主体性的可能，但罗兰·巴特尖锐批评的正是主体性——作为道德、政治的驱动者——的不可靠性，最终傲慢地发布了"作者之死"的讣告。

如果回顾 20 世纪以来在更具有思想史斗争的意义上展开的主体性是否背叛的辩驳看，则主体性即使不是作为需要全盘抹去的虚幻，也是作为有待

---

① 　罗兰·巴特：《写作的零度》，李幼蒸译，中国人民大学出版社，2008，第 12 页。

严厉钳制其活性的对象。质言之，从社会文化的维面，人们不得不面临关于主体性信念走向衰退的不可遏止的哀伤。但是，钳制或束缚乃至颠覆是一回事，反思和重设则是另一回事。在艺术实践领域，可以质问的是，如果诉诸主体性的对世界之触及绝不可靠，那么，一种仅凭符码的运作折射和建构的世界难道不是极易滑入到冷漠之中？当康定斯基以富于传奇性的笔触回顾对自己的某幅画的非客体世界的投射的再认识时，他决绝地走向了抽象，绘画完全是线条和色彩的组合①；当马蒂斯仅仅依赖色彩的调配完成就艺术性而言堪为 20 世纪最重要的杰作之一《生活的欢乐》时，他和康定斯基一样，通过废止画家与观者和世界的接触，而扭断了可有可无的主体性的发条。但是，其时正值 1905 年前后，外部世界如断崖般在其画板之下崩塌，他居然躺在 "艺术的安乐椅"② 中面不改色地信奉绘画即为视觉性的实现，这无疑令人尴尬。

　　这不是说，艺术实践要莽撞地在腰间配好炸弹，也并非教唆只有确定的外部世界如战火的凶残、政治的狡诈需要刻画，更非鼓动人们回到某种粗陋的语言观和美学观，而是强调，关于语言和形式的现代信念如果彻底剥离了主体性以及首先由主体性所测知的世界时，那么，这种语言的形而上学是虚妄而不可靠的。这就是为什么，尽管我们都能同意，人的征显根本上被语言所书写，但是，语言中的犹疑、限度乃至放纵的意识依然首先和主体性相关；这也就是为什么，我们要从将自我作为一种问题和命题作为进入骆英诗歌的切口。或许我们将会看到，多义的、分裂的自我被触及，才会有下文将进一步指证为片段化写作的诗。

　　骆英诗歌中的自我既是建构性也是反思性的。在他看来，自我是首要的观测基点，舍此，世界绝不能采取僭越或超然的态度显形。人们可以看到，

---

① 康定斯基云："很久以后在慕尼黑，有一次我被自己画室里一个意想不到的景象惊呆了。当时已接近黄昏时分，画完画，我拿着画箱回到家，仍然沉浸在遐想和刚刚完成的作品中。这时我突然看见一幅无法描述的美丽图画，浸透在一种内在的光辉之中。开始我优了一下，接着便冲向这幅神奇的画，除了形式和色彩，我什么也没看见，其内容是难以理解的。我很快就找到了谜底：这是我画的画，它一边着地靠墙放在那里。"见康定斯基《回忆录》，李政文等译《艺术中的精神》，云南人民出版社，1999，第 285～286 页。

② 马蒂斯：《画家笔记》，杰克·德·弗拉姆编、欧阳英译《马蒂斯论艺术》，河南美术出版社，1987，第 24 页。

他或许是新诗坛为数不多的既切进自我内部，以我观物，又在自我内部予以反转的诗人。自我因而不仅面目多样，而且充盈着伦理的自觉。既然世界首先在自我内部打开，那么自我作为一种精神现象学的表征，隐含对世界原初的姿态，同时也流露对语言原初的姿态。

关于后者，甚至可以揣测，在诗人那里，倘若触及语言对世界和自我之不怀好意的自负和遮蔽时，他宁愿将自我置于语言的前端（这粗看起来似乎是难以置信的，因为一种崭新的语言的形而上学几乎过于傲慢地悬设于主体之前，或恰如维特根斯坦所言"语言的边界就是世界的边界"），而在隐喻的意义上"摧毁"语言，在《小兔子》系列的《最后的人》中。诗人云：

> 建议它首先击杀所有的诗人，以避免那种猫叫春式的矫情和失宠的痛苦弄臊集体狂欢的心情。

而在诗的实际运作上，诗人实际上是以前语言或者说反诗的方式表露此种自我"先"于语言的姿态的。我以为，这点集中地体现在《知青日记及后记》中。

环绕于诗人内心的无疑是，对于过往的苦难岁月的回望，既要警惕简单的批判，也要提防隐秘的美化，这是通过"记事"或"怀人"触及自我的写作原则。于是，人们看到，大量的不假修辞乃至以粗野的"滚蛋"（《秋收的麻雀》）、"去你的"（《秋收的麻雀》、《后记》）语言有意地置入到诗中；为了呈现自我的本义。他甚至大量地且有意地把一种本可以省略的时间性提示词突兀地置于诗中，似乎有意要以坐实的日常化以反对诗化，譬如《伊忠人》一诗以"那时候""有一天""后来""再后来""那一夜""第二天""2006年的下雨时节"异常精密地贯穿而成。在这里，一种了无诗意的、确切发生过的心酸往事才不至于被一类语言所美化。流水账式的记录毋宁是反诗的，是对诗意贫乏年代的印证。

这是一种诚实的要求，记忆中的他人或自己，表达是美学也是伦理学的，如何将不怨尤、不漠然的自我呈现出来，的确值得深思。例如即使是遭遇生命之虞的时刻，诗人努力唤醒对温暖人性的体味：

> 一个春节的雪夜我实在无处可去
> 躺在土炕上静静地发烧以及说胡话
> 第三天一个乡亲破门而入带走我
>
> 花被子很暖和但我体味难闻
> 我想 那时候可能我的心肺已腐烂
> 从此以后我喜欢一切花的被子及衣服
> 每逢雪夜 我的心就会感到寒冷 （《一个春节的雪夜》）

这是一种需要重新体会的自我，作为知青回忆的系列诗作之一，诗人并未着意于对知青岁月的笼统反思，而是将其具体化，以保存乃至致敬苦难岁月中令人感动的人性光辉。这是将自我予以落实、分疏的写作，正因为落实、分疏，即便明显的对时代与制度予以批判的诗作，自我也不是作为光辉的、俯视一切的形象出现的。譬如《红旗牌自行车》呈现自我的虚荣：

> 知青的日子它是我的主要身份象征/我总是把铃铛按得很响

又如反思时代极其荒谬的"性诬诈"，活灵活现地呈现了彼时的自我之"憨气"，而绝不以"今日之我难昨日之我"。在《马秋芸的哥哥》中，当办案人员为了甄别性风波的真假，分别审问大队书记和当事女子对关键部位的描述是否属实时，涉及隐秘的性器官，于是"从此　我听报告总是盯着书记的裤腰"。

我以为，这是一种值得注意的关于诗之真诚的书写，因为是以具体、多面的方式触及自我的面目，这是对一种语言、一类诗歌惯性的抽象且有效的反拨；为此，当自我既对异化世界的逼仄性、压迫性展开批判，也对作为构成世界之同谋与帮凶的自我进行自省时，它的效果是令人震惊的。我以为这是骆英近年来诗歌写作之重要特点。在《第九夜》中，他如此开篇：

> 我，终于不得不承认，我，其实就是一种马的变种或者是异形
> 以至于在二十一世纪的灿烂年代，我突然成为一种处于游离天界地

狱的特殊物种

以至于在全球化物欲的时代前沿，我不得不以九夜的长度和方式解释我的性感经历及其道德困境

在这里，自我不是作为一个高蹈的俯视者去面对 21 世纪和全球化的主体，而是作为其内部的一个单元，这意味首先将自我作为观察的对象。有趣的是，诗人通过对诸种先哲、人物的譬拟，实际上是为了交付自我的疑难：

我最宏大和最哲学的目标是成为一种病变和异形的标本，从而在永存的意义上超越那种福柯、萨特的现象
或者说，超越海德格尔和哈耶克现象
或者说，超越艾略特和金斯堡现象
或者说，超越布希和陈水扁现象
或者说，超越哈姆雷特和瓦格纳现象
或者说，超越俄狄浦斯和凯鲁亚克现象

诗中，所引人物之间几无可通约性。在一定程度上，海德格尔仍葆有对后形而上学的眺望，存在本身既不可让渡又要在悬疑中审慎推定，哈耶克的无悬疑地在新自由主义中将伦理维面的自由绝对化；同样，俄狄浦斯以其对责任的担当而具有崇高的悲剧性，但凯鲁亚克则对各类义务、规则激进嘲讽。也正是在这里，值得注意诗人是将自我作为一个疑难同时又是一个命题予以追寻的。关于后者，他写道：

我比任何物种，或者是我和我们，或者是你和你们，都渴望来到一个新的世纪和时代！

有人或许怀疑，似乎我们正在为某种成问题的浪漫主义招魂。如果比较一下郭沫若的《天狗》则会明了，郭氏既轻信了语言又轻信了自我，重要的是，他是以无分疏的自我突入到语言之中的。整首《天狗》以自我之能量的单向扩张建立在一体化的句式和语势中（几乎通篇都是以"我"打头

驱使一种行动的幻觉,而它的指令通过毫无决疑的判断句式展开),最终沦陷于没有节制的自我之虚妄的边界——"我的我就要爆了"。

骆英的自我是切身性的,即使在黯淡年代中沉默、茫然和不无偏执的自我,亦获得了洞察和谛听;即使是《第九夜》中沉沦的自我,它(们)亦是旁观者、自救者和被救者多重化身。这毫无疑问是对自我之多面性的触及,发现且申张了自我的丰富性和复杂性,他有力地超越了情感上偏执的自我,也超越了政治上空洞的自我。当然,就诗人晚近的诗歌写作来说,他超越了迟钝(没有切身的感动的)和冷漠(语言的幻象中沉溺的)的两种表现。

明了了这一点,我们就能理解《第九夜·马篇》之"第六夜 马之远遁"中和福柯对话的用心。福柯以对制度性运作的冷静揭示著称,包括对云遮雾罩的性的解构,是绝对的去神秘化处理;但骆英却要为"远遁"(莫非源于依然有待揭示的性之沉沦尚在遥远的地平线的那一端,故为遁乎?)寻找"托词",为此与福柯展开辩驳。后者在话语的脉络中祛魅,诗人却要在诗的语言中返魅,至少是暂时的返魅:

> 严格地说,我只是想以诗题或者文本的途径再把我的肉体和精神的本原诗体或者文本一遍

晚期的福柯回到了"自我的享用",似乎一定程度上告别了虚无主义。但是,这里的福柯却将既是问题也是命题的主体空心化了,作为一种诗的批判,我以为诗人保持了难得的清醒,是以诗对抗自诩澄明(又是透视性的问题!)的思想,显示了相当的深刻。最重要的是,在制度、文化的夹缝中,那不为人知的人性的迷惘(《马篇》的第三夜为"马之迷城"),或许是哲学和宗教都难以拯救的狂野,诗人以固执的方式继续予以延展(本篇结尾云"我只是想堕落得再前沿些"),这无疑是一种诚实——在他看来,只有继续揭示,只有在沉沦中才能祈向拯救,并把拯救切实地担当为形而上学。

将自我的多义性置于前语言的境域,实际上显示的是绝不向现时代被不断切割、粗暴拼贴的世界屈从,实际上是对多年来被各种文化和制度培育的

语言的洁癖和幻觉保持警觉；但是，自我又不能根本地自外于语言，因为既光亮又阴郁的自我不能逃避质询的豁免权，不能僭越的依然是语言中的反思。在这里，毋宁说，自我之真诚问题将被彰显为真理问题，由此人们看到，骆英以片段化的写作朝向了诗之建筑术的意味深长的营建。自我与语言之间正是以相互举证的方式进入到或异化或锁闭的世界中，并以谨慎且坚定的姿态倾听它的呼吸和心跳，在更形而上学的维面，则是或敲打或爱抚着这个本已的世界。由此证明，在任何方面，将语言恢复为一种"在家的感觉"既是自我的也是诗的任务。

三　片段化的写作与诗的建筑术

自我作为问题与命题具有的多面性，必须在语言中接受自负和气馁两个向度的偏差之再盘诘，并被申张为如下命意：被钳制的或者甘于自闭的或者过于自负的自我被重复恢复在骆英的诗中，透视和俯视的能力就要被废黜为有限的、片段的探询。正是对待自我的这一既非虚无主义又非无根基的狂妄自大的处置，人们可以看到，关于物我关系的辩证必然成为对物的独特构造。就结构性特点而言，自我有多少副面孔，经验亦有多少副面孔，物的维面实际是自我维面的构型，这种构型就其终点而言则是诗的建筑术问题。

无论拒绝为透视性构设有着流畅的起承转合的诗之地貌，转而在众多文本中凸显异质性，还是从写作动力的层面将自我处置为既需仰赖又要节制的精神现象学问题，抑或就其最终的语言和形式建制所具有的非有机性的结构而言，骆英对某种可以称之为诗的断片化的写作有了充分的美学自觉，否则，如何定位这些以层垒、交叠和错综的方式展示风格与精神向度均截然不同的写作呢？又如何进一步申议面对本身难以理念化的世界所流露出的犹疑、矛盾和紧张呢？

在我看来，诗的断片化在现时代不只是美学的问题，而且是道德的问题。正是在这里，诗才以它自身的方式有力地击溃了关于总体性世界的幻觉；诗才如此紧张地面对早已不再是不言而喻的语言问题——它在书写策略上不断地表现为多种风格的对峙（为了反风格化？）、多种手法的调拨（为了不断商谈以切近被不断推延的等待触及的世界？）；诗才在真诚与真理的交汇处谨慎地落下它徘徊、摇摆的步点。

　　这就是为什么，在《知青日记及后记》与《水·魅》之间、《小兔子》与《第九夜》之间的对峙之外，每一类型的文本内部亦是对峙性的。在此，我们实际上和诗的重要本质（如果本质不死或者本质不止一种表现方式）相遇，这就是诗的具体性问题（新诗的老祖宗胡适在其名文《谈新诗》中曾展望了这个问题——新诗要用具体的作法）。这是一种不断析分或者破碎的具体化，某种意义上说，现时代卓有成效的诗均是对碎片化的收集和汇编；从诗学意识上而言，这是对不确定性的敏觉。骆英的名为《哲学批判》的诗可以视为一个象喻：

> 概念在一列火车疾驶而来时被碾死了
> 毕竟它只是一个弱小的词
> 那些无情的坚冷的铁轮一压就是一千遍
> 足以让一个世界无词可用了
> 破碎的词条在火车驶过后纷纷做起来
> 它们各自向不同的方向起身远去
> 马呢　一个一个地去　追赶它们
> 因为马的定义就此失去
> 在一个河边　马停下来喝水时
> 看见了它的真正原貌
> 可是　在马继续前行横跨铁路时
> 又被火车无声地驶过撞得四分五裂
> 马就产生了多种定义
> 也好　一切的词就是这样死烂后再生的
> 一切的马也都是这样失踪的

　　他将语言设定为总体和多样的对峙，总体性"被碾死了"，才有多样性和具体性，但是，一旦"马"去追赶"破碎的词条"，"马的定义就此失去"。这是一种焦虑，但它却并不导向绝对的气馁，因为"一切的词就是这样死烂后再生的"。

就时间历程而言，骆英毫无疑问首先在《小兔子》系列中尖锐地遭遇到了自我的复杂性，由此可以看到一个受自我之多面性影响的诗的营建问题。正是在这部诗集中，骆英首次使用了散文诗的体式。表面上看，它仅是由 10 则互不关涉的篇目组成，这不只因为每篇可以单独阅读，而且源于它们的诗题。例如《致死亡者》和《两棵树》之间、《性的考证》和《蟑螂说》之间似乎强化了一种各自为政的印象，在这里，值得注意两种策略性地将语言隐喻化的用法。在《痛苦》篇中，诗人苦于语言的"不足"：

> 当语言或者诗歌已经被解构得说不出痛苦时，很可能，所有的痛苦，无论在哲学还是肉欲的层次上都已失语。
> 也就是说，是预言者、诗歌者以极端恶毒的方式击杀了语言或诗歌，从而使一个繁荣的种群丧失了表达痛苦的能力。
> 多么巧妙的阴谋啊！可我为什么仍然感到痛苦？

如果说，这是一种为语言陷入某种绝育性的痛苦，那么，在《最后的人》中，则是为语言的繁殖力"鼓呼"：

> 首先，我必然是最后一个诗人，因此可以无耻，可以与任何主人或者敌人共存，换句话说，也可以与这只令人胆战并且敬畏的乌鸦共存。

源于语言的丰饶或者不足，诗人面对的语言之多面性使他难以构设如郭沫若式的完整而具体性的诗。

有人或许会说，诗人固然精心组织，但片段化的写作之构思或许常常只从大处入手，主要用力于自我之各个面向的分割与关联之设置，必然疏于在一首诗的内部作技术与美学上的组织与勾连。这种担忧的背后实质隐含了一种期待，诗人如何在众多难以统一的各种诗作之间以其出色的技巧宣示其细部技巧上的成熟，联系《小兔子》系列在形式上的断裂（我指的是各篇章是共时的并置），诗人的致思似乎难以有效地深入到有长度、有重量的诗作中。

我以为，《第九夜》给出了出色的回答（尽管它所达到的形式建制的顶峰也正是其边界，或者说在边界处使形式命题变得异常尖锐，这点将留待下文论述）。这是一部由两首互为对峙而又相互关联的长诗《马篇》和《猫篇》组成的散文诗集，实际上，它突出的特点在于，在结构上比《小兔子》系列更考究，后者仅仅只有空间性的维度，而前者则将两首诗置于时间的链条中。对照所谓分别由九个夜晚织就起《第九夜》的开端和终结，这使得两首诗既有明确的时间单元，又有自我割据的空间单元，它们的行进节奏因而有特别明显的跌宕起伏的特点。就两首诗之间的关系看，马和猫的寓言所隐含的刚烈与阴柔也使得《第九夜》处于两种阅读状态的张力中。

尽管诗和叙事性的作品不同，后者对时间维度的调拨以掌握叙述的节奏、态度和方向，以免被自然时间所冲决，但是，在诗（在这里当然不包括实际上和小说更为亲近的史诗这种类别）中，设若因了空间结构的扩张，而需要予以制约和引导时，时间的设置就显得意味深长了——实质上，时间成了空间的一部分，成了形式建制的不可或缺的要素。在《马篇》和《猫篇》中，"夜"之分割的意义应该得到充分估量，每一夜作为一种时间的分割，是对每一夜之空间展开的限定与赋形，因为一方面，显而易见的是，诗人要给予一个"时间性"的暂时了结，以开放新的空间。譬如《猫篇》的《第三夜　猫之吻》实际上是对《第二夜　猫之媚》的承接，第二夜如此结束：

> 我那可怜可爱可近的小花猫、小女猫啊，我看见，你正向我玉步而来，准备轻身一跃，在我的正充满邪恶的怀抱中得到温暖和安全
> 我发誓，今夜我必将护卫你的贞洁与美梦

作为时间延续的第三夜却是这么开始的：

> 今夜，猫们都有点发狂

时间的延续性实际上被情绪的转折打断，因为允诺（"发誓"）的"护卫"就其字面意指而言与"稳定"相连，现在却为"发狂"这种"不稳定"所替换。正是在这里，在空间布局中置入的时间标杆的功能值得进一

步省思：第一，时间的承接仅是一个虚设，它并非为了顺接上篇予以深化或扩展，而是转折，转向新的空间；第二，但它同时又起到时间性的作用，是为了对上篇不断扩展的空间予以收束。

这种以独特的片段化方式进行诗的建筑术之营构的做法，从美学上而言，实际上与黑格尔所言的"艺术的终结"有关。但黑格尔并未指明方向，他只是感叹："但是到了完满的内容完满地表现于艺术形象了，朝更远地方瞭望的心灵就要摆脱这种客体性相而转回到它的内心生活。这样一个时期就是我们的现在。我们尽管可以希望艺术还会蒸蒸日上，日趋于完善，但是艺术的形式已不复是心灵的最高需要了。"① 对于黑格尔来说，美作为真理的征显，它以理念的感性显现而结晶为艺术作品的形构，在他心目中，当然是体现了理念（内容）和形式之间微妙的平衡的古典型艺术是为典范；而近世的（对他而言是当代的）浪漫型艺术因为理念压垮了形式，形式破碎了，难以征显真理的艺术只能被哲学和宗教取代。

如果转换致思方向，形式破碎的艺术则祈向为乌托邦愿景。恩斯特·布洛赫云：

> 因为正如世界处于邪恶之中一样，世界也由于这种邪恶处于未完成性之中，处于实验过程之中。这一过程提出的形态就是暗码、比喻以及丰富多样的象征，但是，这些形态本身全部还是片段、现实的片段，通过这些片段，世界过程开放地川流不息，并且辩证地前导其他的片段。
> ……
> 因此，一切艺术要素都无非是一切宗教的前假象，恰恰从这种根源和下述尺度中，一切艺术得以具体化：归根结底，这个世界上的片段特征乃是为了构造前假象而提出的阶段和素材而已。②

的确，在经验贫乏的年头，本雅明才会在《机械复制时代的艺术作品》中为"可复制性"张目，是为了击碎为"光晕"所深深圈养的艺术之神秘

---

① 黑格尔：《美学》第一卷，朱光潜译，商务印书馆，1997，第 131~132 页。
② 恩斯特·布洛赫：《希望的原理》（第一卷），梦海译，上海译文出版社，2012，第 264 页。

性，即可确定亦不可确定的艺术创作情境的"一时一地性"（就艺术作品的本性而言。在古典时代，它们当然是某些艺术家在某个时刻某个地点的创造，但因为"光晕"的不可企及性，此一时一地性实际上并不可知），而将其开放到不受限制的任何时间空间的审美把握。这亦是一种为艺术实践之片段化张目的表达。反观骆英的诗，他的作品均非常精确地刻录了时间、地点，这是意味深长的。不唯如此，不少作品之间创作之间隔短则几分钟、十几分钟，在同一类型的作品中，经常是几天或十几天完成了创作。莫非这也是一种有意识地将正在不断加速旋转的世界予以奋力捕捉的努力？莫非这也是波德莱尔敏锐觉察到的现代性的真义："从流行的东西中提取出它可能包含着的在历史中富有诗意的东西，从过渡中抽出永恒①?"毫无疑问，这也就是利奥塔为现时代的一种艺术实践——画家纽曼的油画——所下的断语。此刻即为永恒，此刻即为崇高，并进而概括为一种和构设形式与内容之调谐、苦心经营之完美、观者只需审美静观的优美的美学不同的美学，即崇高的美学②。

（作者单位：福建师范大学文学院）

---

① 波德莱尔：《现代生活的画家》,《1846 年的沙龙——波德莱尔美学论文选》,郭宏安译，广西师范大学出版社，2002，第 424 页。

② 参阅利奥塔《瞬时，纽曼》《崇高与先锋》，罗国祥译，《非人——时间漫谈》，商务印书馆，2001。实际上，如果从散文诗（骆英的《小兔子》系列、《第九夜》均为散文诗，在我看来，他的自由诗体式的作品亦充满野性和挑衅）的层面看，散文诗之无形式或者说形式的不足暗合的是康德的著名论断，崇高感的根源就是主体（理性）对难以以知性和想象力的协调的方式处置时的一个运作——它面对力学的绝对强和空间的绝对大时的反应。我以为，骆英的许多作品可以从崇高美学的维面予以更多的开掘，某种意义上说，将"此刻"、将不可呈现的东西予以呈现的崇高美学可以视为一种英雄主义，正如骆英的诗所言："可是我还是必须带着我的语言盒子/否则 我将在这个世界上落单。"

"动物化"与中国散文诗的现代性

——以骆英《小兔子》《第九夜》为例

陈培浩

　　摘　要："物化"作为一种中国古典诗歌极为常用的修辞，在大量咏物诗中俯拾皆是。在中国诗歌的现代转型中，"物化"修辞也分裂出新的现代性方式，它越来越以"动物化"的形式来表达一种现代性批判立场。在骆英的散文诗作品《小兔子》《第九夜》中，"动物化"修辞得到相当精彩，并且愈来愈自觉地运用。骆英使"动物化"修辞获得了一种生猛、野蛮的个人风格。在此过程中，骆英还使《第九夜》的主体要素产生了三重复杂的"分裂"，这种诗歌主体要素的复杂化折射的不是简单的技艺纯熟问题，而是现代精神境遇的极端复杂性问题。正是无比幽深分裂的现代精神危机使诗歌主体的复杂化具有合法性和可能性。考察《小兔子》《第九夜》，不能不跟它们的文体——散文诗相联系，它们的成功提醒我们思考：中国当代散文诗如何接续散文诗的象征性传统和现代性批判传统；如何充分发挥散文诗的文体可能性，又融合先锋诗歌的语言创造能量。

　　关键词：骆英　《小兔子》　《第九夜》　动物化　散文诗现代性

一

在《小兔子》附记中，骆英对写作初衷有一番夫子自道：

> 我，确定是一个城市的弃儿。
>
> 我们已不再意识到思想的痛苦，不再对死亡保有发自内心的尊重，不再因为麻木和漠然感到恐惧。
>
> 天堂更高了，地狱更深了，以至一种以公司形态存在的社会结构。
>
> 我或者说我们不能放弃一种质疑和批判的态度。①

城市作为现代化最重要的社会化形态成为骆英凝视反思的对象；而现代公司制度所隐喻的高效率、非人化宰制同样引起诗人的警惕。诗人更反思现代化话语对人的内化和驯服，换言之，骆英关注的是人不再保持其精神完整性和自主性的危机。

在对发达工业社会进行深入研究后，马尔库塞认为：“我们社会的突出之处是，在压倒一切的效率和利益日益提高的生活水准这双重的基础上，利用技术而不是恐怖去压服那些离心的社会力量。”② 马尔库塞最担心的是，技术作为现代化最诱人的面具导致批判的停顿，从而造就“没有反对派的社会”，“在这里，发达工业社会却使批判面临一种被剥夺基础的状况。技术的进步扩展到整个统治和协调制度，创造出种种生活（和权力）形式，这些生活形式似乎调和着反对这一制度的各种势力，并击败和拒斥以摆脱劳役和统治、获得自由的历史前景的名义而提出的所有抗议”③。骆英的诗歌显然内蕴着一个马尔库塞式的质询，显然希望借着诗歌成为现代社会的反对派。

在《第九夜》后记中，骆英再次重申了扮演现代社会反对派的立场：

---

① 骆英：《附记》，《小兔子及其他》，作家出版社，2008，第34~35页。
② 〔德〕马尔库塞：《单向度的人》，上海译文出版社，2008，第2页。
③ 〔德〕马尔库塞：《单向度的人》，上海译文出版社，2008，第3页。

　　我是一个扔石头的人。

　　向一个新世纪扔石头，向包括我自身在内的许许多多的人扔了一块大石头①。

　　他忧思的依然是现代的困境："两极分化、滥用资源、文化侵略、霸权主义、宗教冲突。尤其出现了全人类的道德倒退现象。关于性、关于爱情、关于忠贞、关于友爱、关于宽容，统统被淹没在利益之争当中。"②《第九夜》"马篇"写"一匹马的性感经历及其道德困境"，"猫篇"写"一只猫的初夜故事与死亡传奇"。马/猫篇具有互文性，由此我们不难发现诗人借用从《小兔子》便开始使用的"动物化"修辞，以性的镜像，烛照现代伦理困境的用心。

　　骆英不甘心于小打小闹、小情小调，他的诗歌所用力、用心的是具有精神高度的人类大问题。在《第九夜》"马篇"之《第七夜 马的荒原》他如是写道：

　　　我终于登上了一个7546米的高地

　　　回望荒原及上一个世纪，我清晰地看见一片片草、一座座山、一粒粒石子、一座座坟头、一个个尸体都在裸露，保持加害与被加害者的姿态，保持占有与被占有、享用和被享用的余味，保持变种和异形、被变种和被异形的形态

　　　我终于仔细观察了太阳如何被冰凉刺骨地举起的过程，由此，我也想到了我和我们、你和你们为什么等于低下和沉沦③

　　这个登高回望荒原的场景堪称《小兔子》《第九夜》最核心的精神概括。1980年代以来，现代汉诗逐渐确立语言本体的基础性地位，这本是新时期现代汉诗发展重要的收获。但反过来，很多现代诗歌在个人性转型过程中，也日益缺乏跟历史、时代和存在等重大议题对话的能力。正是在这种背

　① 骆英：《后记》，《第九夜》，二鱼文化事业有限公司，2011，第171页。
　② 骆英：《后记》，《第九夜》，二鱼文化事业有限公司，2011，第171页。
　③ 骆英：《第九夜》，二鱼文化事业有限公司，2011，第72页。

景下，《小兔子》和《第九夜》的精神高度具有炫目的辨识度。它迫使读者重新思考诗歌跟各种重大议题之间的关联性问题。

但是，正如艾略特所言，诗人对于自己的民族并不负有直接责任，但对民族的语言负有直接的责任。诗歌作为一种审美符号系统很难直接承担社会责任。因而，一个诗歌文本批判性的发生依然必须透过文学符号的创造来实现。《小兔子》《第九夜》的震撼性，既跟诗人站立的精神高度相关，更跟他所创造的表意方式相关。"《第九夜》自然不是简单的批判性论述，而是在语言的历险中完成思想表述的。"[①]，具体而言，我以为是其中相当突出的"动物化"修辞。那么，何谓"动物化"修辞？它跟诗歌现代性有何内在联系？骆英又在何种意义上丰富和充实了"动物化"修辞？这是本文接下来关注的。

二

《凤凰涅槃》也许是现代汉诗历史上最早使用"动物化"修辞的诗歌了。然而，其"动物化"的内核却与骆英的《小兔子》《第九夜》大异其趣。孙绍振教授在分析《凤凰涅槃》的意象创造时指出："不死鸟出于埃及，凤凰出于中土，涅槃出于印度，而泛神论出于欧洲（荷兰），为基督教哲学之一派。胡适新诗倡言不用典，而郭沫若氏则将来自非洲、欧洲、亚洲：四者融为一体，加以重构，创造出凤凰涅槃之新典，其学养与才华无愧于一时之杰。"[②]

《凤凰涅槃》是诗人为一个民族从前现代向现代转换过程所找到的"动物化意象"，其奥妙在于意象创造过程中强大的历史想象力和文化涵纳性的结合。它体现的是对一个民族汇入"现代"的热烈呼唤和浪漫想象。相比之下，《小兔子》《第九夜》的"动物化"修辞却是在"反思现代性"的谱系中运作，其精神趣味和立场必须归属于异国小说家卡夫卡《变形记》中"甲虫"的谱系。

---

① 杨小滨：《快感之快》，《第九夜》，二鱼文化事业有限公司，2011，第5页。
② 孙绍振：《"凤凰涅槃"：一个经典意象建构的历程》，《现代诗歌的语言与形式——中国现代诗歌语言与形式学术研讨会论文集》，社会科学文献出版社，2014，第12页。

在一篇小说中，青年作家王威廉将一个有关"动物化"的质询镶嵌其中：

　　通常我们都会认为，卡夫卡写出的人变成虫的故事，是现代文学的开端。但我特别好奇的是，如果卡夫卡在写作《变形记》时，不是把人变成甲虫，而是变成了其他什么形式的生物，这部作品的感染力还会有这么强大吗？或者说，这部作品还能具备如此深远的原创价值吗？

　　当然，人变成虫的故事，肯定并非只有一篇《变形记》。我中学的时候就学过蒲松龄的短篇小说《促织》，一个小孩子变成了一只蟋蟀，它非常英勇好斗，战胜了其他的各种蟋蟀，讨得了皇帝的欢心，从而使得整个家庭都过上了锦衣玉食的生活。——这当然也是一种"变形记"，一种典型的中国式的"变形记"。虽然它和《变形记》有着非常相似的核心意象，但是它在故事的各个方面几乎都和《变形记》是完全相反的。它的"变形"拯救了家庭，而卡夫卡的"变形"则是被家庭彻底遗弃。这就是传奇和现实之间的差别①。

如果说传奇的动物化变形是获取美好生活的文学途径，那么现代文学的动物化变形则仅仅是通向进一步破碎的第一步。换言之，"甲虫"的变形实质是世界出了毛病，而诉诸"甲虫"想象的动物化修辞则是将现代世界置于文学反思的显微镜之下。无论是《小兔子》中的"小兔子""蟑螂""蝌蚪""乌鸦""螳螂""响尾蛇""小母狗""小麻雀"，还是《第九夜》中的"马"和"猫"，骆英的动物化修辞为当代的中国生存找到了一批卡夫卡"甲虫"的家族相似意象。有趣的是，王威廉将卡夫卡的"甲虫"唯一化，骆英则以多样的动物化意象昭示了动物化修辞内部具有相当的多样性。

20 世纪之初，郭沫若在欢呼召唤着代表帝国现代转化的"凤凰涅槃"；21 世纪初，骆英以同样激烈然而野蛮的风格书写"现代"所带来的"动物

---

① 王威廉：《书鱼》，《收获》2014 年第 5 期。

化"荒原。在追求现代和反思现代的两者之间横亘着的中国，发生了复杂丰富的剧变。如果说《凤凰涅槃》的"动物化"修辞开启了中国文学关于现代的浪漫想象的话，那么中国文学关于"现代"的反思在骆英之前已经不绝如缕。同样是"物化"修辞，闻一多的《死水》是骆英化物为诗的现代性反思的先声。"物化"或所谓咏物诗是中国古典诗歌传统重要的组成部分，然而在《死水》中我们发现"物化"修辞发生了现代的挣扎和转换。物世界已经不再能够成为承载自我精神顿悟的"天地"，转而成为满身裂痕、满目疮痍，需要通过批判和反思来为其净身的对象。对于中国文学而言，古典向现代的转换实质在于：人被迫从"天人合一"的世界中分离出来，世界不再可以栖心，转而成了批判的对象。"批判性"成了现代诗人为自己创设的重要精神位置，在此现代背景下，一个有趣的诗歌转变是传统咏物的"物化"修辞将被大面积地从"植物化"转换为"动物化"①。相比之下，"梅兰菊竹"等静态的美好植物意象跟和谐的精神修为有更天然的联系；而"甲虫""蟑螂"等不无恶浊之气的动物意象则跟现代的分裂紧密相关。"动物化"由此成了与现代性反思如影随形的诗歌想象。

放眼当代中国诗坛，显然不仅骆英对动物化心领神会，南方诗人黄金明的《会议记录》同样通过大量的"动物化"修辞来表征当代中国的生存境遇，不妨视为《小兔子》《第九夜》的精神兄弟：

> 要往天空的蛀洞里填上干净的
> 白云，要劝把水搅浑的乌贼投案自首，洗清
> 乌鸦的冤屈：这暧昧难明的时代，有着鲇鱼
> 扁平的头部，潜水员露出了鲨鱼的牙齿。要
> 奖励兢兢业业的高音喇叭，它像猫王的喉咙
> ——老虎在秋天穿过了音乐的长廊。要扣除

---

① 值得注意的是，在"物化"修辞中，"植物化"往往倾向于表达和谐的意趣和顿悟；而"动物化"则倾向于表达生猛的批判。当骆英通过各类动物表达生存的残忍和种群的堕落时，诗人艾菲儿则在《非处方用药》中通过大量中药花草寄托对生命和谐之可能的想象。《非处方用药》，中国青年出版社，2011。

醉菊的奖金，它像贝多芬聋掉的耳朵，对这
个时代的大合唱无动于衷。要对马铃薯实行
计划生育，它数量惊人的后代推翻了植物园
的围墙。要对浓妆艳抹的玫瑰进行批评教育
别在月光下露出娇小的乳房，苍蝇不叮无缝
的蛋。希望新分配来的女大学生，学习冰箱
里的白菜，洗净了脚丫上的泥巴，仍保持着
乡村姑娘那羞涩的神情。请多嘴的麻雀放下
叽叽喳喳的指头，请胸无大志的蜗牛不要背
着房子四处乱走，请交头接耳的鼹鼠们注意
会场纪律——现在宣布下岗人员的名单：老
式挂钟的秒针走得太慢了，千里马总是踩坏
田里的庄稼，水彩笔要用摄影机替代。有没
有木偶拒绝在刻刀下露出未来的面目？请考
场上的小学生，用橡皮擦掉西绪福斯手上的
巨石：它像凡高的耳朵，长出来是为了割掉。①

　　然而，真正使"动物化"修辞成为一种鲜明个人风格的当属骆英无疑。在散文诗集《小兔子》的《蟑螂说》《小兔子》《蝌蚪论》《最后的人》诸篇中，骆英已经对"动物化"修辞有牛刀小试。在这些篇章中，诸如话语规训、公司化宰制、伦理失范、欲望泛滥、丛林法则盛行等现代和城市之恶的主题都一一呈现。然而，它们毕竟只是10个篇章中的四篇。其他如《致死亡》《两棵树》《论恐惧》《痛苦》《思想者》《性的考证》诸篇，则试图以其他途径来表意传思。但骆英显然强烈感到了采用动物化修辞诸篇的强大动能，因此在《第九夜》中分别以"马"和"猫"为对象将"动物化"推至极致，并使作为一种文学修辞的"动物化"打上了鲜明的个人烙印——生猛的文学创造和野蛮的语言风格。

---

① 黄金明：《会议记录》，《出生地：广东本土青年诗选》，花城出版社，2007，第76页。

三

从《小兔子》到《第九夜》，"动物化"修辞被聚焦、提炼、强化，并且产生了前所未有的速度感和冲击力。正如杨小滨所言，"一种跳跃的、迷乱的速度成为骆英这部长诗的基本节奏，但诗人强调的是，只有在这种迷恋的享受中才能劈开享受的幻美外衣，或者说，必须沉浸在这快（感）之中才能体会到诗人所砍向的'诱拐'、'无耻'、'放纵'、'乱伦'……"① 又如陈超所言，这部作品的语言创造力体现为某种"杂语融汇体"。②

诚然，语言速度感和杂语融汇体都是《第九夜》相对于《小兔子》的独特审美印记。此外，还必须注意的是，从《小兔子》到《第九夜》，一个深富意味的"前景叙事人"③ 被发展并巩固下来。正如陈超所言："如果说在《小兔子》里，'说话人'（诗人）对生存的批判、反讽和揭弊，与诗中的'小兔子'、'蟑螂'、'蝌蚪'如此等等寓言角色的'内心自语'，还达成了某种对称性的盘诘的话；那么在《第九夜》中，'马'和'猫'却一跃成为最主要的'说话人'，二者以其大面积的无耻而无告，施虐和受虐扭结一体的'独白'，几欲打破那种对称和平衡。"④

在《蟑螂说》《小兔子》二篇中，"动物化"修辞下的寓言并不配搭一个以"我"为外在表达的"同位叙事人"⑤：

　　小兔子会这样说：我愿意被城圈养并且听话——不仅因为温驯是兔

---

① 杨小滨：《快感之快》，《第九夜》，二鱼文化事业有限公司，2011，第5页
② 陈超：《我看骆英的〈第九夜〉》，《第九夜》，二鱼文化事业有限公司，2011，第15页。
③ 对于一般诗歌而言，作品中的叙事和抒情是由诗人"自我"和诗中的"我"来完成的，而诗人自我和诗歌中的"我"在立场上也是统一的。譬如北岛的《回答》，舒婷的《致橡树》，食指的《相信未来》等。对于《第九夜》而言，诗中的"我"具有抒情和叙事的功能，但它跟诗人自我并不统一，它带着"我"的面具，跟诗中的"动物"——马/猫精神同位，价值同构，是诗中的一个角色，因此，关于这个叙事/抒情主体，我称为"前景叙事人"，这个"我"的沉沦式存在同时暗示着一个批判性的"隐身叙事人"的存在。因为这个叙事人跟"动物"角色的同位，所以有时我又称之为"同位叙事人"。
④ 陈超：《我看骆英的〈第九夜〉》，《第九夜》，二鱼文化事业有限公司，2011，第11页。
⑤ 参见本文关于"前景叙事人"的注释。

子的第一美德，还因为被圈养可以提供基本的安全保障；

　　大兔子会这样说：我愿意被高楼收容并成为哑巴，因为我历经流浪之苦，深知沉默是金，安分守己是在这里呆下去的第一条件；

　　老兔子会这样说：我愿意被公司控制并勤奋交配，因为锅里有，碗里才会有——公司的命运就是我的命运，公司的法则就是我的法则；①

　　这里，小、大、老兔子喻示着现代公司体制对身在其中者人格的塑形过程。值得注意的是，此时的叙事人是隐身的，叙述的背后读者不难揣摩到其或忧思，或激愤的语调。然而，这种"动物化修辞"却是公众化的，它并未形成一种反身的自我批判。但在《蝌蚪论》中，我们却首次发现了一种搭配"同位叙事人"的"动物化修辞"；并且在《第九夜》中，这个"同位叙事人"被作为鲜明的文本设置贯穿始终：

　　首先必须申明：虽然我是一个词语的人，或者是一个被词语的人，但在集体的意义上，不得不与蝌蚪相提并论。②

　　虽然蝌蚪的象征是整篇的醒目前景，但诗人开篇便明示了关于蝌蚪的叙述，同时也是关于"我"的叙述："尽管骆英在诗中痛击着这些邪恶符号，诗人并没有自我提升为俯视世界之恶的批判主体，而是沉浸在历史性之中，以不断反身的方式进行主体自身的批判。"③ 因为，所谓"前景叙事人"，是指一个在文本中既承担叙事人功能，又在精神上平行于"动物化"象征符号的"我"。于此，骆英触目惊心地指出了现代人乃至于物种的道德沉沦。他无意高高在上、置身度外地与精神沉沦完成切割，"没有人是一座孤岛"，人类的溃败，"我"必萦绕其中，这显然是骆英的基本判断。但有趣的是，这种自噬其心的叙述却显然没有损失作品批判的锋芒，"反而更内在、更令人感到怵目惊心了"④。

---

① 骆英：《小兔子》，《小兔子及其他》，作家出版社，2008，第29页。
② 骆英：《蝌蚪论》，《小兔子及其他》，作家出版社，2008，第31页。
③ 杨小滨：《快感之快》，《第九夜》，二鱼文化事业有限公司，2011，第5页。
④ 陈超：《我看骆英的〈第九夜〉》，《第九夜》，二鱼文化事业有限公司，2011，第12页。

因此，我们可以在《第九夜》中辨认出"动物寓言符号 - 前景叙事人 - 隐身叙事人"这三重主体要素。不论是"马"或"猫"，诗中的"我"同时是一个在现实和精神境遇上与其同构的角色，而诗人才是那个隐身于马、猫和"我"背后的精神叙事人。过往的现代汉诗，在诗歌"主体"这一元素上从未这样复杂过。对于古典式"托物言志"抒情而言，主体与物世界化合无间，抒情话语直通写作的主客体，这里只存在一元性的精神世界；对于现代的批判式抒情而言，主体无法在"物世界"象征的文化位置上居留，所以，抒情者和物世界之间分裂了。然而，诗歌抒情者和诗人本人却并未分裂，《死水》便是这样的作品，写作者闻一多化为了诗中的抒情者发出强烈的呼告和批判。值得注意的是，在鲁迅的《野草》等自我拷问、自噬其心的写作中，已经存在着诗歌抒情者的分裂，譬如在《希望》一篇中，"我"这个文本中的抒情主人公便是分裂的。一方面"我的心分外地寂寞"、"没有爱憎，没有哀乐，也没有颜色和声音"，这是那个绝望的"自我"；另一方面，"我只得由我来肉薄这空虚中的暗夜了，纵使寻不到身外的青春，也总得自己来一掷我身中的迟暮"，这是那个看到了"绝望之为虚妄，正与希望相同"的自我。抒情主人公的这种分裂构成了作品中"自我"的复杂性，然而无论再怎么分裂，抒情主人公都若合符契地指向了写作者。抒情话语的分裂对应的恰恰是写作者自我的分裂。反过来说，写作者与抒情主人公之间其实是统一的。

由此反观《第九夜》，我们会发现三重的分裂：第一是主体/物世界的分裂；第二是主体自身的分裂；第三则是写作者与抒情主人公的分裂。前两重分裂是以往作品中以各种形式存在着的，《第九夜》则将这三种分裂的复杂性融于一体。无论作品中的通过前景叙事人"我"发出的无耻话语如何喧嚣，由于"我"与动物性象征的同构关系，这种无耻话语始终处于隐身叙事人的批判视角之下；同时，正是由于写作自我分裂成代表沉沦的"前景叙事人"和代表救赎的"隐身叙事人"，在诗歌中直接说话的抒情角色不再像以往诗歌那样直接代表写作者的深层情感。换言之，写作者与抒情角色之间是通过分裂和反讽来构造的。我们或许可以说，《第九夜》既使中国新诗的动物化修辞获得个人风格，又使中国新诗的抒情方式跟反讽话语紧密连接。因此，陈超说"'说话人'身份骇人而彻底地置换，是骆英对新世纪诗歌写作方式的特殊贡献"①，确乎此言不虚。必须补充一句的是，诗歌主体要素的复杂化折射的不是简单的技艺纯熟问题，而是现代精神境遇的剧烈复杂性问题，正是无比幽深分裂的现代精神危机使诗歌主体要素的复杂化具有合法性和可能性。

四

当我们如此这般探讨《小兔子》及《第九夜》的精神视野和文本创造的时候，其实不能忽略它所属的诗歌亚文类——散文诗。换言之，正是"散文诗"这一体式的特性支撑了《小兔子》《第九夜》的强烈个人化的"动物化修辞"、语言速度感、杂语型构和多重分裂的叙事结构。很多评论者在分析这些作品时基本将其指认为长诗，事实上，无论从其建行建节的方式，还是从它对散文诗独特性的彰显，这两部作品都应归属于典型的散文诗范畴，而且，它们的出现对于当代中国散文诗显然不无启示意义。

陈超先生盛赞《第九夜》"杂语融汇体"的个人句型，也欣赏此诗对长诗写作的启示，但显然陈先生并未从"散文诗"的视角看《第九夜》。然而，难道不正是散文诗"有诗的情绪、意境、想象，但又容纳了有诗意的散文性细节"②，从而相比分行诗歌具有更强的经验涵纳性，相比散文又具有诗性的表意方式，才造就了《第九夜》对丰富"个人语型"的吸收吗？

相比之下，分行诗倾向于"修枝剪叶"，散文诗倾向于"开枝散叶"。分行诗特别是20行以内的短诗基本是一种凝缩的语言微型景观，它固然也内蕴着无限的诗法可能性，但其吸纳经验内容的有限性是很明显的。而优秀的散文诗，往往能用散文性细节包裹社会经验内容，又将这些散文细节置于整体的诗意提炼框架中。因而，容纳"杂语"的散文诗往往成了崭新表意创造的急先锋。

优秀的诗人往往谙熟散文诗和分行诗各自的长短，善于为不同的材料量体裁衣，比如西川。大体而言，西川会让分行诗去处理想象的场景，让散文

---

① 陈超：《我看骆英的〈第九夜〉》，《第九夜》，二鱼文化事业有限公司，2011，第11~12页。
② 王光明：《散文诗的世界》，长江文艺出版社，1987，第89页。

诗去处理带有现实性的材料。在《梦见一架飞机撞向我》中他写道：

> 我劝它慢一点，慢一点，
> 别那么气势汹汹，别那么义愤填膺。
> 我该死吗？让我思想我的罪过！
> 一架飞机撞向我，
> 一个比一架飞机大得多的世界顷刻瓦解
> 在我疯掉之前，在我晕掉之前，
> 我不值得被它冲撞，
> 但它已来到我的面前：
> 命运让我看到恶魔也是壮烈的！
> 我真该迎头向它撞去！
> 我该死吗？让我想想我的罪过。①

　　这首诗的现实质料非常少，它更专注于对"飞机撞我"这个过程的想象性延宕、分解和重新的话语填充，它的诗质来自于奇思妙想般的想象。细察西川的分行诗，会发现大抵如是。如此看来，西川是把分行诗作为一种想象力的拓展和发射，想象的舞蹈与分行诗的体制相宜；但那些有可能经过处理而诗化的现实质料呢？它们常常构成了诗歌的及物性和现实质感，是否因此被过滤了呢？西川把这些交给了散文诗。以"鉴史三十章"中的《王大人、李大人，谁的蓝帽顶》为例：

> 王大人、李大人，你们中间的哪一位来认领这一枚蓝顶帽？
> 蓝中带紫的蓝帽顶，艳蓝的、捏胎玻璃料蓝顶帽，我攥在手里。
> 一个三品大员的文韬武略，我攥在手里。
> 我攥住了他的糖尿病、大腹便便，以及他的老花眼。
> 部级官员，是个大官儿了。他握过银子的手也剥过莲蓬，
> 他捏过小老婆奶头的手也捧读过圣人的宝卷。

---

① 西川：《梦见一架飞机撞向我》，《个人好恶》，作家出版社，2008，第31页。

小的爱吃东来顺的涮羊肉和月盛斋的艾窝窝。

小的从未碰见过三品大员。或者小的有眼不识泰山。

王大人、李大人，你们中间的哪一位，见皇上时戴着这枚蓝帽顶？

你们中间的哪一个对着洋人瞪过眼？

戴这么漂亮的帽顶而治理不好国家是一件耻辱的事。

皇上说："夺去他的顶戴花翎！"皇上没说："留下他的蓝帽顶。"

王大人、李大人，大清国是否就毁在你们中间哪一位的手上？

或者你们两人是同案犯？①

　　此篇的现实触媒也许是古代文物博物馆中一顶古代官员身份标志的乌纱帽——"蓝顶帽"。所以，此诗事实上是某种类型的"咏物诗"，但跟一般的咏物诗法又迥然有异。我们会发现西川将通过"转喻"的方式从"蓝顶帽"出发，引申出大批转喻轴上的同类项；由"蓝顶帽"而推及其他种种：蓝顶帽——王大人、李大人——三品大员——文韬武略——糖尿病、大腹便便、老花眼——握过银子的手也剥过莲蓬，捏过小老婆奶头的手也捧读过圣人的宝卷……最后一顶官帽文物居然推及了江山社稷、治国存亡的大主题。而这，正是借着"转喻"实现的。在雅各布森看来，隐喻是通过相似性原则进行的归类，而转喻是通过相关性原则进行的归类。他认为隐喻是属于诗的，而转喻是属于非诗的散文文类的。但是，西川显然正是利用了"散文诗"的散文质——转喻而重新创造了诗性的。由是，很多既有现实性、又有想象性的悖论材料被引入了——捏过小老婆乳头也碰过圣贤宝卷的手、藏着文韬武略也藏着糖尿病、老花眼的身体被创造性地粘合于以"蓝顶帽"为核心的篇章中。

　　这再次提示了散文诗非常重要的特点：对现实材料的涵纳性、由转喻所实现的意义渗透性。诚然，散文诗确实是一种"能大能小"的文体，像以上悖论材料如果引入分行诗，难免显得接近打油；但由于散文诗的文体涵纳性，它可以消化笔记、段子、语录等种种体式，确乎能够为某些难以进入分行诗的材料提供转化为诗的入口。

---

①　西川：《王大人、李大人，谁的蓝帽顶》，《个人好恶》，作家出版社，2008，第145页。

正是因为散文诗的经验涵纳能力，《第九夜》以各种方式引入了代表各类型现实社会经验的符码。陈超说："《第九夜》中给我印象很深的，就是那类诗人自创的，我姑且称之为是：'拟时政－经济议论句'，'歪理正说反思句'，'正理邪说疑问句'，'戏仿文化卡里斯马句'，'闲笔侧击句'，'罗曼司滑稽模仿句'，'雄辩的热水浴突转冰水澡之句'。这些个人化语型，不但和隐喻、暗示、象征，以及口语、叙述、戏剧独白等句型奇妙地融汇起来；更时常与商圈语汇（商贸黑话、俚语切口）、科技词汇、生理学语汇、神话原型、甚至意识形态惯用语等，'野蛮'焊接并置一体。"[①] 这里，谈的是个人语型创造问题，事实上这些语型与各种行业的社会经验互为表里，正是广泛的社会内容构成了作品现代性批判的基础。反过来，也正是散文诗体容纳了将各种语型"焊接"于一体的个人创造。

> 可以奸淫一棵树或者被一棵树奸淫
>
> 可以奸淫一种哲学或者被一种哲学奸淫
>
> 可以奸淫一首诗或者被一首诗奸淫
>
> 可以奸淫一缕月光或者被一缕月光奸淫
>
> 可以奸淫一夜高潮或者被一夜高潮奸淫
>
> 可以奸淫一张百元大钞或者被一张百元大钞奸淫
>
> 可以奸淫一只酒杯或者被一只酒杯奸淫
>
> 可以奸淫一次藐视或者被一次藐视奸淫
>
> 可以奸淫一种死亡或者被一种死亡奸淫
>
> 可以奸淫一个时代或者被一个时代奸淫
>
> 可以奸淫一生的奸淫或者被一生的奸淫奸淫[②]

不难发现，上引段落存在着一种姑且称之为"排比反复循环拼贴"的语型，它甚至可以被视为《第九夜》的典型语型。这一语型不断在各章中出现，表面上是一种句式的不断重复，但在复沓中它始终坚持一种自反式的

---

① 陈超：《我看骆英的〈第九夜〉》，《第九夜》，二鱼文化事业有限公司，2011，第16页。

② 骆英：《第九夜》，二鱼文化事业有限公司，2011，第25～26页。

循环。"可以……或者……"后半句是对前半句的否定，这种连续的自反否定取消了古典排比句那种不断叠加的价值势能。换言之，狂欢式、一泻而下的语势并没有导致相匹配的统一、连贯的情感，价值判断在每一句的内部被瓦解取消了。这种"价值瓦解"同时也是通过混搭拼贴进行的，诗歌、哲学、月光、酒杯跟奸淫句内混搭，哲学跟高潮、百元大钞等则构成了句间混搭。这个无比复杂的狂欢句型在形和神上都无比贴切地呼应着这个欲望泛滥、价值真空、是非颠倒、娱乐至死的社会和时代，它像是一支后现代歌剧中的咏叹调，是此诗的个人语言创造、速度感的来源。

　　但必须注意到，这个段落并不可以独立成诗，这是因为此段落中很多符码需要在原诗的词语场中才能被解释、激发、补充。狂欢式的解构语型必须跟全诗"动物化"修辞和现代性批判勾连起来才获得充分的合法性，这提示着，在长篇散文诗中，不同部分获得了功能分化、充分伸张的自由。一个宏大的精神结构统摄下，很多构件具有更多自行其是的可能性。

　　必须说，骆英的《小兔子》《第九夜》充分发挥了散文诗文体可能性。那么，这些作品跟中国散文诗传统有着何种勾连？对于当代散文诗又有何启发呢？

　　在我看来，《小兔子》《第九夜》的成功显然因为它们始终紧密地联结着中国散文诗的现代性传统。"中国散文诗的发展，与 20 世纪中国社会的现代性寻求一直保持着十分直接、紧密的联系。这是贯穿中国现当代散文诗历史发展的最突出的特点。这种特点既与现代中国异常突出、尖锐的社会政治课题直接沟通，亦与中国作家传统的社会责任感和文学意识紧紧相连。"[①]无疑，《小兔子》《第九夜》也是有着深刻时代、社会关怀的作品，只是它是站在现代狂潮席卷之后，以审视批判的眼光来看待社会现代性。然而，我所谓的中国散文诗现代性传统，还包括散文诗在回应社会现代性课题过程中发展起来的技艺现代性。如果说中国散文诗在艺术的现代性上有什么堪称传统的文学经验的话，那么也许是"象征性传统"和"美文性传统"。

　　无疑，鲁迅的《野草》代表了中国散文诗象征性传统的开端和高峰；其后何其芳、彭燕郊、昌耀等优秀诗人所写的散文诗正是这个传统的绵延。

---

① 　王光明：《现代汉诗的百年演变》，河北人民出版社，2003，第 182 页。

"象征"传统对于书写现代分裂丰富的内心具有独到的优势，即使是在世界散文诗谱系中，那些伟大的散文诗作家，基本都熟悉并深谙象征式的散文诗。但是，在具体的社会进程中，中国散文诗的象征传统与现代个人的内在关联而被抛弃了——1949 年以后，中国大陆散文诗兴起、流行并沉淀的是一种"美文性传统"，革命文学视野下的美文性冻结散文诗跟现代个人的连接通道，将散文诗收归为革命颂歌的属下工具，将散文诗定位在语言修辞层面，充分发展了散文诗自由抒情、语言舒展和优美悦耳的层面。这种"田园牧歌"的散文诗即使滤去具体的赞美对象，用于抒发个人情绪，往往也格局有限。

　　从语言创造的角度看，骆英的《小兔子》《第九夜》等散文诗还具有鲜明的先锋性，然而这种"先锋"跟西方 20 世纪先锋派以及 20 世纪 80 年代"第三代"诗歌运动的"先锋"却有着截然不同的特点。卡林内斯库认为："历史地看，先锋派的萌生和发展似乎都紧密联系着现代非神圣化世界中的'人'的危机。"[①]"立体主义者和未来主义者在作品中扭曲并且常常是取消人的形象，打破人的常规图像，使人的结构错位，他们肯定属于最早意识到'人'已成为一个过时概念，人本主义修辞必须被抛弃的那批艺术家。""在尼采看来，现代性尽管是由来已久的'死亡意志'加剧了的表现，它相对于传统人本主义却至少有一个鲜明的优势：它承认人本主义作为一种信条不再可行，并承认一旦上帝死了，'人'也得清扫历史舞台。"[②]　如果说西方先锋派联系着的"人"的危机是站在反人本话语立场的"人文主义的危机"的话，中国的"第三代"诗歌运动的先锋性在拒绝崇高、反对宏大话语过程中释放的依然是"日常之人"。换言之，20 世纪 80 年代中国先锋诗歌反对的是人的政治化、集体化定义，而非人本主义话语本身。事实上，"日常之人"的出场正是人本主义话语对被革命垄断的"人"的矫正和祛魅。《小兔子》《第九夜》等作品思考的同样是当代语境下破碎、分裂的"人的危机"，但其内在依然内蕴着对人之可能性的人文主义话语的确认，这是它们有别于西方先锋性的地方；相比于中国"第三代"诗歌运动，它既承续了

---

① 卡林内斯库：《现代性的五副面孔》，顾爱彬、李瑞华译，商务印书馆，2010，第 135 页。
② 卡林内斯库：《现代性的五副面孔》，顾爱彬、李瑞华译，商务印书馆，2010，第 136 页。

那种颠覆、创造、狂欢化的语言先锋性，又摒弃了某种非意义化、无承担的唯解构倾向。

中国当代大部分散文诗往往不能被纳入先锋性视野，其原因很可能是它们往往没有从强大的美文性传统中摆脱出来，它们把散文诗定义为精巧、抒情的语言小玩意。骆英的《小兔子》和《第九夜》提示着：散文诗写作如何深刻地站在当代人之危机的立场上，如何接续跟现代性有着更深关联的散文诗传统，又如何充分发挥散文诗文体的可能性，融合先锋性语言的创造能量。这种启示对于新诗，特别是其中的散文诗显得尤为意味深长。

当然，《小兔子》和《第九夜》都并非尽善尽美。诗人的思想批判和审美创造有时并非融合无间，因而时有重复之感。这两部作品都有意以"性"作为现代欲望失范的典型镜像，特别在《第九夜》中，以性为喻得到了狂欢化的美学表现，但同时又不免使诗人批判性的文化立场显得泛道德化。毕竟，现代性乃至当代性的人的危机并非单一的性欲泛滥问题，在《小兔子》中，诗人还常常从话语规训、公司化体制等视角观照。至于《第九夜》，也许是为了强化阅读冲击力，"性"视角的反思被强调到无以复加的程度，这固然使作品获得充分的辨识度，但也某种意义上弱化了诗歌真正的思想分量。

（作者单位：韩山师范学院中文系）

骆英：一部巨人传的开头

张光昕

在《巨人传》的开头几页，拉伯雷（Francois Rabelais）描述过一个荒诞不经的情节：格朗古歇太太身怀六甲，又好吃肥肠。临产那天，由于大肠状况甚于分娩问题，不得不服用收敛药。当母腹中的胎儿遭遇到突然紧缩的产道时，离奇的事情发生了。这个无比硕大的家伙从涨破的胎盘上跳了出来，钻进了大动脉，通过胸部横隔膜，一直爬到肩膀上（大静脉在那里一分为二），以一种势不可挡的意志，终于从他母亲的左耳里钻了出来。这个古怪的新生儿并没有带来哇哇的哭声，而是发出了震耳欲聋的叫喊："喝呀！喝呀！喝呀！"他的父亲惊呼道："好大的嗓门！"按照古希伯来人的习俗，这脱口而出的第一句应当用做小孩的名字，婴儿因此被称为"高康大"（Gargantua）。

不知有多少人在捧腹大笑之中读过《巨人传》里这个最知名的段落。其中，米兰·昆德拉（Milan Kundera）在似笑非笑之际转向我们，亮出了一条他酝酿已久的文学契约，它近乎一个常识：这里讲述的都不是什么正经事，文学不负责声明真理，不保证它所描写的内容都是事实。高康大，这个富有18层下巴的怪婴，每天要喝17913头奶牛产下的奶，就这样，他用肥大的身躯携带着一种不正经的气味来到这个信奉正经事的人间。在这个世界上，究竟什么才是正经事？这个问题或许会招来许多理由充分的答案，一时难有定论。比如，一般人都会言之凿凿地说，反正那些报纸、电视和网络上的巨人该干的事，就是正经事。但有一点也是确定的，写诗，一定不算是正经事，尤其是在一个巨人林立的强者时代，一个普通人有太多的正经事要做了。

到底是因为在临盆的关头迷了路，还是由于母体赐予的过剩精力无处施展？诗人似乎都可理解为从左耳钻出来的特殊人种。在这个群雄争霸的密集区域，他早已习惯了五花八门的赞美和诅咒，习惯了每时每刻的声嘶力竭和窃窃私语，习惯了形形色色的人们九曲十八弯的语调，假意或真心，他却仍能像里尔克（Rainer Maria Rilke）的"少女"那样，在耳中为自己铺一张安静的小床，鼾声如饴，美梦连天。因为血统和出身问题，诗人甫一降生，就被这个世界当作主流价值的异端（如西方）或者装饰（如中国）。从左耳生出的诗人，装着消耗不尽的才华和智慧来到世间，居然也不正儿八经地哭上两声（按说这才是一个人最早该干的正经事），就禁不住扯开嗓门张罗着"喝呀！喝呀！喝呀！"为了能回到宁静岁月里的那张小床，诗人走遍每一条可能开辟的林间小道，喝遍全天下的好酒；因为没有什么正经事可做（从事文学活动不大可能成为一件正经事），他们从一出生就开始了不同程度的流亡和远游。

如果一个诗人，他从一个不那么正经的年代里走来，揩去裤脚上的泥水和昨日的泪水（如同洗净一个新生儿），在新时代里做了几件漂亮的正经事（比如只手成立一座商业帝国，并大力扶植诗歌事业），成为别人眼中的强者，他还会像一个一贫如洗的人那样去写诗吗？如果恰好这个诗人热衷于极限冒险活动，向全球七大洲最高峰和南北两极发起过相当完美的征服运动，并分别在那些我们也许一生都到达不了的地方写下大量作品，还在凛冽的寒气中神情严肃地朗诵手上那叠热腾腾的诗稿，甚至都忘记了在那里建立一个党支部。如果这个诗人的名字恰好是人们如雷贯耳的房地产大亨黄怒波，那么对于所有震慑于他威名的读者来说，就不要指望他能老老实实地将自己顺产到这个世界上来（把生意和诗歌都伺候得风生水起的人物，我等凡人别想猜透他），我们还是到世界屋脊的左耳旁去聆听诗人骆英的声音吧（这个几乎望尽天涯路的成功男人，在那个巅峰时刻，不论说出什么样的汉语，或许都能成为诗吧）：

在我用雪掩盖住尿迹时
一片云以寒冷遮住了我

就这样　我们一直走着　一直撒着尿
也就是说　我们将撒着尿到极点

（骆英《在南极撒尿》）

我向一切问好　因而从此我会热爱一切
我不再预测未来　因而从此对未来无比敬畏
我将从此告别一切巅峰　甘愿做一个凡夫俗子
我想我从此会在这个世界上慢慢走　让我的灵魂自由干净

（骆英《泪别珠峰》）

　　不论诗人骆英在珠穆朗玛峰或者南极写下或朗诵了什么诗篇，我们的耳边仿佛一直回荡着高康大降生时的喊叫声："喝呀！喝呀！喝呀！"黄怒波喝下了全世界的好水和好酒，足以媲美高康大创下的 17913 头牛日均产奶量的纪录，锻造出异常活跃的肾脏和无比发达的泪腺，以供他从黄怒波这个名字里分出一个骆英，同上诗歌的梁山。登山运动是一场灵魂之旅，冒险家同时经历着地狱和天堂，"7 + 2"的辉煌业绩已经暗示黄怒波非同寻常的胃口——他力图以一个巨贾吞吐冰岛的食欲来咀嚼一个诗人浩渺的心事——骆英的左耳里居住着一位高康大，他在写作时不得不忍受哪些响亮的咒语（这也是现代世界一贯表彰的强力意志），而他迄今为止出版的多种诗集或许也可以统统读成一部当代中国的巨人传：

我是黄会计我很有权
我掌着印把子和算盘
乡亲们婚丧嫁娶都要找我开介绍信
自行车指标木头配额都归我管

（骆英《黄会计》）

　　黄会计，是骆英诗歌系列《知青日记》中的讲述者和主人公，也是 20 世纪六七十年代中国山乡的知青群体中一个从左耳诞生的角色，他既是以黄怒波的早年当知青的经历为基底而塑造的文学形象，具有自传色彩，又明显地带有作者骆英的笃定语气。毋宁说，黄会计其实是地产大亨黄怒波向他过往岁月里投去的巨大背影，照耀他的光源始终悬挂于诗人从事写作的当下时间。

从《7＋2登山日记》和《知青日记》两部骆英以"日记"冠名的自传性诗集中，我们可以发现一个微妙征候：前者的写作时间几乎就是当事人攀登每一座山峰的时间，这会让人信服这部诗集堪称一部名副其实的"登山日记"（一部巨人传？），比如在前面提到的《在南极撒尿》和《泪别珠峰》，两首作品注明的写作时间/地点分别为"2009－12－21　21：31　第一次扎营帐篷"和"2011－5－11　19：25　珠峰5800米过渡营地帐篷"；后者虽名为《知青日记》，但作品里标注的时间却只是写作时间，比如《黄会计》的写作时间/地点就是"2010年11月15日　02：25　中坤大厦办公室"，这显然不能让人将这部作品认可成《知青日记》。

《知青日记》的时间都去哪了？它们或许已经隐藏在了每一首作品中提及的名字和情节中了。与《7＋2登山日记》中宣扬的胜利者和思想者的坚硬姿态不同，这部隐藏真实故事时间的《知青日记》却充满了一个回忆者和抒情者的柔软语调，但这依然是一个巨人的回忆和抒情，也就是说，即使这种写作再柔软、再感人，它依然透露着巨人的强硬：当大队小黑板上"黄会计"的名字置换成《纽约时报》上的"HuangNubo"，骆英已经在无意识中发明了一种遍布他所有诗歌作品中的巨人时间，它以一种登山者的强力意志，修炼成一种写作中的强者逻辑，并在一切自传性叙事中修改、整编了平淡无奇的凡人时间，以及他们无穷无尽的羞耻时间、苦难时间和失败时间。这种巨人时间，把黄会计在知青岁月中给村民计算"公分"的某一个时辰，强行修改为了一个商业帝国领袖坐在自己办公室敲打键盘的时间（真正实践着时间即金钱的真理）。在一个巨人的视野里，一切低矮的事物都要经受他那条巨型舌头的舔舐，接受他坚硬牙齿的研磨，直到形成一整套驯顺的、合乎常理的形式。冒险家和富豪重新定义了正经事，诗人却总是留着一条尚未进化完全的尾巴：

> 后来　是一种日子和岁月的概念了
> 可是　我总是以为我是知青还在计算工分

我在福布斯榜上加减乘除

以一个黄会计身份清点财富

有一天　我想　我也许是回去的最好时刻

以一个都市人的身份以及一个富人的面孔

（骆英《知青日记·后记》）

　　巨人的惊世胃口掩藏了诗人拒绝进化的尾巴，规定了他的记忆性质和书写意志。一个成功儒商的惊世战略和计算精神，转化为一个诗人在布局谋篇和文体意识上的自觉。骆英回馈给黄怒波对发达资本主义的反思和纠正：一个勇敢的登山爱好者自我养成的摘星揽月的豪情和悲天悯人的胸怀，打通了一个写作者处理个体与世界关系问题的任督二脉，那些在旅途和客栈中草草落成的作品也成为一个行色匆匆的中国灵魂处理经验和记忆的有力见证。声音已经消逝，这一切终将交给文字，这危险的替补。在商人、登山者、诗人和一个曾经在乡村苦熬、在都市流浪、如今又在事业的巅峰向死而生的中年男人之间，骆英以其无可匹敌的胃口僭越了这一切味道和分别心，整合了一切起点和归宿。他左耳中的高康大传授他成为命运之僭主的心法：一个诗人在自己心灵内部穿越了胸部的横膈膜，游历了内在的山水，经受了如此多的黑暗时刻和失败时间，从蓬勃的动脉漂流到无声的静脉，还要摩拳擦掌地寻找崭新的突破口。骆英，这个追逐心灵利润的企业家，这个向往精神高地的攀登者，已经在他的巨人时间里锻炼出一只宽阔的胃和一颗勇敢的心。在这里，一部巨人传的开头或许已是一部史诗的中途：

假如我认为，我是回答一个能转回阳世间的人，

那么，这火焰就不会再摇闪。但既然，如我听

到的果真没有人能活着离开这深渊，我回答你

就不必害怕流言。

（但丁《神曲》）

（作者单位：首都师范大学文学院）

从死亡到复活，从世故到神性

——骆英诗歌阅读笔记

陈芝国

1970 年代中后期，在朦胧诗潮出现之时，骆英就开始拿起诗笔，但始终不太为人所知。此后近 40 年间，虽然他的社会身份变动甚巨，但北大求学时期中国当代诗歌黄金时代的中心光芒始终照耀着他，让他从未放弃诗歌写作。他在沉默中以诗心观察世界和诗界，思考时代和诗歌，也不时将自己的所见所感诉诸笔端。当 21 世纪到来之后，也是他的诗歌写作收获之时。他的诗集《不要再爱我》《拒绝忧郁》《落英集》《都市流浪集》《空杯与空桌》《小兔子》《第九夜》《知青日记及后记》和《水·魅》，既以一种解构修辞击中了繁华时代和历史的要害，又走出了时代和历史的藩篱，终于与世界达成了和解，通过一系列转化，抵达了一种超时空的人的神性。

一 当下中国人的死亡

在《骆英诗选》这本 2013 年出版的诗歌选本的最后，骆英这样回顾自己的诗歌写作："从《都市流浪集》到《小兔子》《第九夜》以及《绿度母》，或者说《知青日记》《文革记忆》《动物日记》等等，其实都是一种世纪失落，或者说哀歌式的情绪。"这种持续不断的哀感，源于他看到的人的死亡场景："在种种民族复兴、国家强盛、社会富足、个人自由的全球化的迪士尼叙事中，人被消解得支离破碎了。那些巨大的愿景、宏大的叙事、强势的权力覆盖了一切，以至于你感到了无助，在你渺小微不足道时，你就会自弃、放纵，你就生活在一种人的死亡意象的场景。"① 这种当下中国人的死亡场景震动了他的心灵，深印在他的心中。这种场景，其他诗人也有所涉及，但从未曾表现得如此激烈、集中、彻底和深刻。

在《都市流浪集》中萌芽的死亡意象，在以《致死亡者》开篇的《小兔子》中，死亡开始成为一个主题性的象征。在黑暗与光明交会处的寂静午夜，是大都市空间中肆意横行的现代性时间的短暂停顿。从哲学角度而言，只要有时间的停顿，就有在时间中存在和运行的生命的死亡。诗人正是从时间的短暂停顿处"突然想到死亡的那种刺激与恐惧"，以反诘句"'死亡'，是不是人类或者说宇宙最值得尊重的词汇"确认了死亡的形而上学的地位。诗人根本不屑于从价值角度区分死亡的轻重，而是从时间角度区分了两种死亡："杀死一个生命，往往短暂和偶然得只是一个'刹那'；但也有一种死，需要枯坟的骨或是挫骨扬灰的过程。"前一种死亡的死亡者，"是那种不必疯狂而直接死亡的死亡者"，他"无法得知死亡的时刻，以及那一时期的快感或痛苦"。所谓"需要枯坟的骨"则喻指未死者对死亡者的无视与遗忘："回避死亡者的音容是一种世世代代的可耻，你会因此无法辨认死亡者的最后去向和踪影，而这才是谋杀者真正的目的。"而"挫骨扬灰的过程"，则是一种死亡的旁观者采取的最可怕的行为："突然删除所有关于死亡的正面词汇，这将使死亡者的灵魂变得无助而无奈，于是死亡就失去了让人仰慕的尊严与光芒。"在时间的短暂停顿处因思考死亡而获得生命存在的人终将面对重复到来的白天，继续在都市的光芒中无处遁逃。在《致死亡者》的结尾，诗人描绘了一个现代性的悖论场景：

> 清晨，来不及拉开的窗帘裂开一条缝，像一种宽容，让阳光以旁观者或谋杀者的身份来到我的床上，然后开始它神圣的谋杀——
> 或死亡。

---

① 骆英：《骆英诗选》，作家出版社，2013，第 431 页。

波德莱尔曾经从纯美学的角度出发定义现代性："现代性，就是那种短暂的、易失的、偶然的东西，是艺术的一半，它的另一半内容是永恒的、不变的。"从波德莱尔到现在，城市之夜已发生巨大的位移。在城市机械资本主义时代，现代性的"短暂的、易失的、偶然的""艺术的一半"在朦胧的蒸汽灯中闪现之时，往往在夜晚 10 点钟左右。到了如今的大都市后工业化时代，现代性的"艺术的一半"闪现的时刻则在黑暗与光明交会的午夜。清晨的阳光隐喻的新的一天指向现代性的永恒的不变的层面，即线性进步的资本文明恶灵将很快重新主宰人的全部行为、语言与情思。如果说"我思故我在"，那么后工业资本主义时代的技术革新导致个人个体的孤独地进行诗性思考的寂静时刻愈趋短暂，被神圣化的现代性杀死的人的时间则更长。

诗人骆英对这一悖论场景的描绘来源于他对现代性困境的体认，即为社会的进步而欢呼，"但是，作为一个既得利益者，一个充分的物质享受者，一个处于悠闲状态的诗人，一个不断拓展想象空间的知识分子，我或者说我们不能放弃一种质疑和批判的态度"。[①] 这种体认当然并非他所独有，我们在其他诗人的笔下也经常能看到，但他对现代性的欢呼与批判，都包含在他对城市疯狂生长的高楼大厦的想象之中。作为中国地产神话时代中出现的企业家，当他作为一个诗人进行写作时，他拥有其他任何中国诗人都缺乏的对于城市高楼大厦的复杂体验。他这样阐释城市疯长的理由："我们的肉体需要被放置在一个满是物体的大盒子里相互滋养，同时引诱盒子外的肉体蜂拥而入。"正是从肉体而不是身体层面进行思考，骆英对城市的性的考证才成为可能。他考证的结果就是"性欲的城市应该被用作 21 世纪的象征"。在他的眼中，疯长的城市高楼不仅有着生命，亦有它们在城市森林中执行的动物世界的野蛮的丛林法则："最高的楼总是被用以炫耀一个城市的雄性特征或者说发情的巅峰，一次以高贵的名义完成的交配或淫欲，实际上降低了所有交配或淫欲的水平。"不仅城市中最高的楼给诗人雄性的印象，而且他发现："远远地眺望城市，会令人意乱神迷，感到一种阳具泛滥的恐慌。你会情不自禁地想尽快地脱光自己，被淫乱或者去淫乱。"如今，诗人的

---

① 骆英：《小兔子》后记，人民文学出版社，2014。

隐喻正在北京成为现实，人民日报新大楼正以阳具的形象出现于人民的视野之中。充满阳具的城市，或许只是最近一二十年中国地产神话或者说崛起神话的典型象征。因为在不太遥远的现代，中国的城市形象往往由女性充任。

美国社会学家莱德菲尔德和辛格对城市进行了大体分类：（1）"系统出现的城市，也就是道德秩序、传承文化的城市"，代表"政治权力与行政控制"，举的例子是北京。（2）"自然出现的城市：技术秩序的城市；地方文化瓦解，心灵与社会重新整合"，上海属于这一类。① 张英进据此指出，在中国现代作家笔下"存在一种典型的性别构形：城市被看成一个戴面具的（因而不可知的）女人，她肉感的身体展现在观察者的偷窥之下，而她的秘密需要用谨慎的叙述来加以探索"②。茅盾的小说尤其是《子夜》曾经最集中地以女性身体尤其是女性乳房表征大都市上海的性别特征。此后，曹禺的《日出》、师陀的《结婚》、刘呐鸥的《流》、穆时英的《白金的女体塑像》，也都将上海想象成一个风情的年轻女子，戴望舒的《雨巷》当然也不例外。《雨巷》书写了传统中国向现代中国转变过程中的一个典型的城市事件：一个来自乡土或类乡土的前现代城市的穷愁男诗人，突然在现代城市的街道上遇到了一个陌生的年轻女孩。于是，这个来自前现代空间的青年男性，他的那种被现代都市激发的"不可控制的男性欲望"，"不论其为诗意的，还是性的，都不是靠自身而存在。相反，它是靠一个本质上的'他者'而存在，那就是那个女性化的人物，她必须回应男子的注视，'投出太息一般的眼光'，才能完成'诗的过程'"③。骆英之所以没有如同现代文人一样以女性想象城市，原因在于他不可能再像离开乡土离开母亲的现代文人那样，能从大城市中复魅情感和象征的诗意。在他看来，与当下中国城市的阳具化过程同时进行和完成的，是诗意和情爱的双重祛魅："诗的堕落以语句被随意拆卸和组装为最低尺度，情爱的堕落以交配或淫欲被冠以高贵制名为终结标准。"

---

① 〔美〕莱德菲尔德、〔美〕辛格：《城市的文化角色》，转引自张英进《中国现代文学与电影中的城市》，秦立彦译，江苏人民出版社，2007，第 24 页。
② 张英进：《中国现代文学与电影中的城市》，秦立彦译，江苏人民出版社，2007，第 9 页。
③ 张英进：《中国现代文学与电影中的城市》，秦立彦译，江苏人民出版社，2007，第 181 页。

通过性的考证来书写当下中国人在城市中的死亡，《小兔子》只是开端，《第九夜》才是顶峰。诗人在《第九夜》中持续推进当下中国人的死亡主题。近二十年一直在中国大地疯长的城市高楼，依然是《第九夜》反思全球化与现代性的空间基点。在《第九夜》"马篇"的"马之诱拐"中，诗人好似站在巅峰之上俯视城市，对城市中的人们发问："人们呀，瞧瞧，你们都做了些什么?!"他认为自己能够"提出一种世纪般的时代般的全球化的美德的高尚的发问"，正是因为他以自己的独特体验"终于得知一座座高楼无法避免地被我或者我们、你或者你们向上更高更粗壮更淫邪竖起之后"，因而他坚信"全世界或者说是一个时代的物种的处女们肯定会在一夜之间统统死去"。

《第九夜》将这种死亡意象铺排成了一片现代性的荒原。在敦厚含蓄的中国诗歌传统里浸泡过的读者，初读骆英《第九夜》，一定会对它感到惊诧而不知所措。即使视野深广如耿占春者，也会对其中的"肆无忌惮地对时代的色情化与福柯式性事的讽刺性描写"，"备感难堪"①。《第九夜》可能是征用与性有关的词汇最多的诗集，在短暂的难堪过后，更应惊异于性书写背后的荒原意识。在《第九夜》"马篇"的"第七夜"中，诗人写道：

> 这就是荒原，被奸杀者的荒原，被背叛者的荒原，被变种和异形的荒原，被马了的荒原，被破处的荒原，被赤裸裸的荒原，被性器官的荒原，被交易了的荒原，被赞美了的荒原，被诅咒了的荒原，被轰炸了的荒原，被二十一世纪了的荒原，被福柯了的荒原，被苹果了的荒原，被皮肤了的荒原，被玻璃了的荒原，被诺日朗了的荒原，被镜子了的荒原，被回答了的荒原，被伟哥了的荒原，被泡沫了的荒原
> 以及，被荒原了的荒原
> 被在路上的荒原②

---

① 耿占春：《为微物之神而歌——读〈水·魅〉》，见《骆英诗集：知青日记及后记 水·魅》，人民文学出版社，2012，第74页。
② 骆英：《第九夜》，二鱼文化事业有限公司，2011，第74页。

　　这里的"荒原"是多么的似曾相似，却又完全陌生。说它似曾相似，是因为凡是读过 T. S. 艾略特《荒原》原文或汉译本的中国读者，都很容易发现二者的亲缘关系。《第九夜》内容或与艾略特《荒原》的精准而冷静的反讽差异极大，但它的确在修辞与主题两个方面都受惠于后者——不押韵、参差不齐的散文诗行和文本中遍布的注释。诗人登上"一个 7456 米高地"之后"回望荒原"，并非雪峰下的自然荒原，他刻意违反不说破的禁忌，明确地将"荒原"注释为："英国现代派诗人艾略特的长诗《荒原》。以古代圣杯传说和当代生活画面相互穿插变现资产阶级文明的崩溃和现代西方式精神空虚，宣扬皈依上帝的宗教思想，以多种诗体类型组成，极少用韵；现实世界与神话世界水乳交融；大量征引古今作品的名句，赋之新的含义，形成新的意象。"说它陌生，是因为它带给读者的荒原感，是过去的诗人极少触及的。

　　T. S. 艾略特的《荒原》曾对 20 世纪 30 年代中期的中国诗人卞之琳、孙大雨、徐迟、曹葆华和吴兴华造成巨大的美学冲击。1936 年 7 月，诗人何其芳在他的散文《论梦中道路》中说："当我从一次出游回到这北方大城，天空在我眼里变了颜色，它再不能引起我想象一些辽远的温柔的东西。我垂下了翅膀。我发出一些'绝望的姿势，绝望的叫喊'。我读着 T. S. 爱里略忒。这古城也便是一片'荒地'。"① 然而，正如张洁宇所言："赵萝蕤们正是通过引进《荒原》表达他们对新诗'现代化'的迫切要求。"② 至于艾略特在诗中表达不满、嘲讽和反思的现代都市文明，却正是上述中国诗人们内心追慕的景象。北京只在最近 30 年左右，才成为如纽约、伦敦和巴黎那样的现代国际化工商业大都市，中国诗人在 20 世纪 30 年代的京城感受的荒原，并不是来自他们对现代性的反思和批判。即使现代诗人对上海爱恨交加，那也是爱多于恨的。前述戴望舒的《雨巷》已清楚地呈现了这种对中国唯一的大都市的迷恋。施蛰存、路易士、徐迟也都"绝望地迷恋上海"，

---

① 何其芳：《论梦中道路》，《大公报·文艺》第 182 期，1936 年 7 月 19 日。
② 张洁宇：《荒原上的丁香：20 世纪 30 年代北平"前线诗人"研究》，中国人民大学出版社，2003，第 97 页。

原因很简单，在当时的中国，"再没有像上海那样的都市了"①。艾略特给予这些中国现代诗人的启发，往往是修辞性的，而不是主题性的。用李欧梵的话来说，即中国诗人的文学现代主义观念是通过翻译在书刊里发现的②。在何其芳写下这些文字的 40 年后，同属平津文化圈的穆旦，在 1976 年 3 月，写下了他晚年的代表作《智慧之歌》。在这首诗中，他放声追问："还有什么彩色留在这片荒原？"纵观穆旦的写作和翻译，我们很难看到艾略特对他的影响。穆旦追问的"荒原"也不是对现代都市文明生活的嘲讽，而是对 1949 年以后政治权力主宰城市文化空间而逐步凋敝现实的批判。穆旦之问的潜在参考和向往的对象依然是现代性的都市文明。

　　之所以骆英与前述书写荒原的中国现代诗人相比差异悬殊，原因就在于中国现代诗人面对的仍然是城市文明尚欠发达的文化生活空间。他们所处的中国社会主要由上层阶级和底层阶级构成，中产阶级并没有发展壮大起来形成最大的阶级群体；而艾略特所面对的发达的现代都市文明则是以城市中产阶级为中心的文明。埃德蒙·威尔逊曾敏锐地指出："艾略特现居伦敦，为英国正式公民，但盎格鲁-萨克逊中产阶级社会的荒凉感，及其美学与精神上的干枯，则与波士顿并无二致。现代大城市中可怕的阴郁气氛就是《荒原》之所在——在这种阴郁中，浮现出简洁与活跃的意象，蒸馏出简洁的纯粹的情感时刻；我们意识到在我们的身边，数以百万计的无名者正在进行着索然寡味的办公室例行公事，在不间断的操劳中把灵魂磨蚀净尽却无从享受任何对他们有益的报酬——人们的享乐是那样的龌龊和脆弱，以至于几乎比他们的痛苦更形哀伤。"③ 无需引用任何社会统计数据，我们也能深切地感受到中国城市中产阶级经过了一个多世纪的痛苦挣扎，终于成长为当下中国社会的决定性力量。骆英的《第九夜》面对的正是在一个前所未有的全球化时代发展成型的中产阶级文明。

　　作为《第九夜》前奏的《小兔子》，其中的核心象征兔子，即为城市中产阶级的化身。他让被城市的高楼和公司圈养的小兔子、大兔子和老兔子分

---

① 李欧梵：《上海摩登——一种新都市文化再中国 1930~1945》，毛尖译，北京大学出版社，2001，第 158 页。
② 同前，第 136~162 页。
③ 埃德蒙·威尔逊：《阿克瑟尔的城堡》，黄念欣译，江苏教育出版社，2006，第 77~81 页。

别发言。小兔子说自己听话，因为在它看来第一美德是温驯；大兔子愿意哑巴，以安分守己和沉默是金为信条；老兔子表示自己工作勤奋，以公司为自身命运的寄托所。"一只分不清大小、老幼、公母，疑似兔子的兔子死了，是自愿跳下了高楼的顶端！"则表明中产者反抗自身阶级属性的现象是如何的稀少。《第九夜》的后半部分"猫篇"，可以读成中国当下中产阶级的群体相像。"猫篇"的"夜前"章以异形或者说变种的方式精准地描绘了城市有产者的现状：

> 大家都要成为一个繁华年代的好猫好人
> 比如，绝不能以一种艳体诗的态度去放纵自己的性欲冲动
> 要主张在二十一世纪还是有情有义、有时爱得很深
> 比如，对一只你深深爱上并且许多情欲之徒也暗中惦记的小花猫、小女猫要加以关注并进行情感指导
> 绝不能以公猫杂种的念头去在第一时间诱拐并且在之后遗弃
> 我知道，对于二十一世纪来说，我也只不过是一只以猫的幻象方式无足轻重地朝九晚五
> 没人把你当回事
> 也没猫把你当回事
> 你忙着偷食、忙着偷情、忙着交配、忙着，忙着[①]

中国当下的部分城市中产者之所以表现出如此伪善、自私、无聊与冷漠，是因为他们猫的平庸生活是靠马的野蛮践踏得来的，部分中产者财富的得来，源于他们与权贵结盟，共同参与到财富掠夺的盛宴之中。如果说艾略特的《荒原》用的是一种神话的忧思笔调，依然以英美中产阶级文化的精致巧妙地编织隐喻与典故，那么从行政与权力的从业者直接跳跃到产业新贵的骆英，从小至今都没有经历过大都市中产阶层的精致与无聊，因此他在《第九夜》中似乎无法将城市中产者的生活以精致的细描手法绵密地展现出来。他表现当下中国人在城市中的死亡时，往往采用的是一种寓言化狂欢化的愤怒笔调。

---

① 骆英：《第九夜》，二鱼文化事业有限公司，2011，第 102 ~ 103 页。

这种狂欢化的笔调，近似于他在诗中引用和注释的金斯堡的"嚎叫"。

二　关于死亡的回忆

全球化时代的城市文明病，或者说当下中国人的死亡，当然是骆英在《小兔子》和《第九夜》中的愤怒与嚎叫的原因。但如果对其愤怒与嚎叫作进一步的精神分析，不难发现更深层次的东西。一方面，他"无法克制对财富的贪婪和夺取"，他"不能在一个财富的全球化时代一贫如洗"；另一方面，对于贫穷的恐惧又来自少时刻骨铭心的痛苦经历，"你一旦被作为最底层的种类，你就基本上被从精神上忽视或者干脆是消灭"，"就像我曾经作为人的一种底层现象，被一种社会和人类轻而易举地划定在物种和生物的边界"。诗人年少时被划定在社会的底层和边缘，使他有一种被城市阶层抛弃的感觉。这种被抛弃的感觉即使在他作为地产从业者，已经成为城市英雄后，仍然梦魇一般地纠缠着他，使他在批判和反思城市文明病时，一再表明："我，确定是一个城市的弃儿。之所以自称为弃儿，是因为我从内心无法完全融入现代城市的物质化之中。"①　对城市的物质化导致的人的死亡的批判只是心灵的冰山露出水面的部分，冰山在水面下真正巨大的部分，依然需要靠对死亡的回忆进行治疗。

骆英终于在诗中面对自己的过去。首先出现在他的视野中的是知青岁月。作为革命者的后代，他被革命灌输的意识形态血液野蛮地滋养，即使日后发迹变泰，知青会计的经历仍让他"总以为我是知青还在计算工分/我在福布斯榜上加减乘除/以一个黄会计身份清点财富"。现在我们知道，知青生活并非千篇一律，而是分很多种的。有以高干子弟为主在延安跳舞唱歌的知青生活，有山西吕梁雁北地区使人发疯的知青生活，有在西双版纳橡胶林中留下孽债的知青生活，也有芒克、根子、多多等人在北京与白洋淀之间浪漫的诗歌游历生活。知青岁月对骆英而言，则是苦涩的"混蛋岁月"。当他已在福布斯榜上起起落落，他一次次理直气壮地回到知青点，与过去相认又与过去告别。他写道："第四次我在乡镇大道上徘徊/想流泪想大喊想说岁

① 骆英：《小兔子》后记，人民文学出版社，2014。

月是个狗屁/我们其实从来都不是土地的耕耘者/漂泊是我们心灵根深蒂固的情绪。"这种漂泊不同于为了生计的流浪，而是革命者天然的内在要求。也只有从这个内在的漂泊要求出发，我们才能理解他面对知青点农民的质问"真虚伪，你不是要扎根农村一辈子么"时所想的"去你的，这算什么话/那是你的农村凭什么要我扎根"。在宁夏插队的他，不太可能读到北京知青在白洋淀流转的现代主义白皮书、黄皮书和灰皮书，他能接受的诗歌教育主要是穆旦翻译的普希金诗歌，当然还有当地流行的民间谣曲花儿：

> 那年代唱这歌可是不得了的大麻烦
> 兰花花被算是淫词滥调
> 可锄了一天的地实在是让人厌烦
> 他悄悄地唱我悄悄地听心都凄然
> 他不识字可他唱着唱着泪花就闪
> 他拉长了调像在河水上漂
> 那黄河可是又宽又远没有船
> 想象着兰花花实在美似在眼前
> 我就在河滩上使劲向对岸看
> 河对岸的骆驼正在走远
> 一个知青从此把兰花花思念①

出身于北大中文系，有着丰富诗歌阅读体验和长期诗歌写作经历的骆英，本可以采用学院派诗人常见的雕琢和知识化的雅正诗体回忆过去，从而使已经死亡的过去显得庄重。但他以"某种脱胎于'花儿'的悲凉调子自始至终贯穿于作品之中"，一方面"跟作者来自花儿的故乡有非常密切的关联"②，另一方面也因为这种悲凉的民间小调切合诗人青少年时期的生活境况。换言之，他找到了一种地方音乐的调子，来回忆过去发生在那个地方的死亡。过去的死亡包括人和动物的非正常的肉体消失以及被偷走被错置的

---

① 骆英：《骆英诗集：知青日记及其后记》，人民文学出版社，2012，第62页。
② 汪剑钊：《那消逝的，将变成美好的回忆》，见《骆英诗集：知青日记及其后记》，人民文学出版社，2012，第10页。

生命。

　　他的知青日记所记之人、事、物，大多与死亡相关。独子金虹煤气中毒引起心脏并发症死后埋在贺兰山（《金虹》）；马华银在山坡上挖沙取土时山坡坍塌裹着他飞滚而下（《马华银》）；李华厄运不断，他的尸体在河滩上找到几只鲇鱼正钻在他的肚子里撕咬（《李华》）；"我"放炮炸冰埋的炸药却炸死了自己的乡亲（《被冰块炸死的乡亲》）；有人死在变压器上离地15米高还带着冰霜（《偷变压器的贼》）；还有18岁死于知青点的中学女同学李燕（《二十一世纪的乡愁》），这些都是插队时人的非正常死亡。骆英在《小兔子》和《第九夜》中频繁地书写动物寓言，当然并非受奥威尔的影响，因为他对现代性的批判更多的是在赫胥黎的《美丽新世界》的意义上进行。他批判现代性的动物寓言更多与他的知青生活经历相关。《第九夜》中的被诗人憎恶的猫早在《知青日记》中已经出现：

> 我是猫的死神在村庄里游荡
> 我是生灵的杀手决定世界的毁灭
> 在墙角一只老猫乖乖束手就擒
> 死亡的气息已让他放弃抵抗
> 老猫们在向日葵下等待我的麻袋
> 昨夜我的政府已向它们发布了灭绝令
> 一切都是因为它们过去贪吃田鼠
> 而田鼠正在传播黑死病
> 我是个知青无法决定命运
> 我只有杀戮和捕捉以换取工分
> 黄昏我在深坑中埋下那条麻袋
> 站在上面的整个世界都在抖动①

　　这是因政治命令而杀猫，还有因恐惧而杀猫。《关于鬼抬轿》述说看守荒坟中的大队部的知青会计，夜晚持枪追杀鬼魂，"天亮后我看见一只可怜

---

① 骆英：《骆英诗集：知青日记及其后记》，人民文学出版社，2012，第46页。

的小猫死在白骨旁边/它身中数弹半睁着眼睛"。猫的灵魂一直追逐着诗人，他曾以批判现代性之名将它们污名化，试图从伦理层面重新杀死它们一次，然而，这只能加深人的罪恶。诗人只有真实地回忆过去，以极其哀伤的花儿调子讲述自己对猫所作的平庸之恶，恶灵才会远去，宽恕才会到来。这种平庸之恶的产生及其洗脱，在《杀狗记》中有着更复杂的呈现：

> 小男孩牵来黄狗流着泪看我扣动扳机
> 老奶奶说没关系你是一个知青无所谓罪孽
> 麦场上一家三口的狗们午后打盹睡觉
> 我举枪击毙了爹妈　小狗还在梦中轻叫
> 狗们奔跑着说有一个知青杀手残忍手狠
> 它们在玉米地里藏　在河滩上跑
> 我有不计数的子弹和不受限制的杀戮权力
> 我还有无法诉说的苦闷和布置前途的烦恼
> 我的半自动步枪破旧然而从不卡壳
> 我击杀的狗都在光天化日下腐败发臭
> 第二年许多的树会因此更绿
> 第二年村庄和田野会死气沉沉
> 在杀死第三百一十二条狗后我洗了洗手
> 之后　一入夜我就以枪刺顶住门睡觉①

　　借助被赋予的不受限制的杀戮权力，合法地宣泄青春被误置的苦闷和前途茫然的烦恼。然而宣泄的同时产生的平庸之恶令诗人深感恐惧，洗手作为洗脱罪恶的隐喻并不能产生即时的心灵净化效应。似乎唯有时隔多年后的死亡回忆，曾让老奶奶的话在多年之后回忆起来犹如一纸判令，豁免所有的罪与罚。
　　在知青与动物的死亡之外，知青生活也是一代青少年的情感成长史。处于抑制状态的懵懂的爱和朦胧的性，使得"关于苦涩的回忆因时间的过滤

---

① 骆英：《骆英诗集：知青日记及其后记》，人民文学出版社，2012，第65页。

而尚能浮起一层诗意的蜂蜜"①，但苦涩的情感并不能消解死亡的沉重。知青经验中的死亡还只是心灵冰山的偶露峥嵘。这种"向日子复仇的记忆"（《大白兔奶糖》）需要继续向下探寻冰山的底部，沉浸到知青之前的童年，发现和讲述年少时亲人死亡造成的心理创伤，才可能将他自身从对现代文明的愤怒与嚎叫的魔咒中解放出来。在《"文革"记忆前传——苦难岁月》的"引子"中，诗人先对难以名状的声音进行言说：

> 夜半，我起身倾听那自远而近的声音
> 可能是一匹马　可能是撒旦　也可能是一位猎杀者
> 它在穿越时收起了蹄子或是脚坚定而缓慢
> 日日夜夜　它追踪我　偷窥我　以我为敌
> 它无形　刺鼻　总是大声地咳嗽抖动
> 它以猩红的长舌卷住一片片肢骨或是灵魂
> 它从不飞翔然而不停煽动巨大的羽翅
> 它逼迫我在阴影中跑　像绝地的蛇咝咝作响
> 在我想象着是一种投胎的过程时一切却安静下来
> 喘息声以隔壁的老者的方式苍硬而无情地此起彼伏
> 往事　不堪回首的像蚁群爬起来无声无息
> 恐惧　耻辱以及变种如毒火阻塞了世界的所有通道②

《第九夜》中嘲讽全球化时代进步幻象的马终于在此显露了它的前身。马蹄声既然来自生命的初始，以其为象征手段对当代城市社会中人的异化、变种与死亡的揭示与批判当然无法摆脱它的噩梦般纠缠。过去的革命理想和如今的进步神话，只不过是同一种民族国家意识形态的一体两面，国民都在同一个梦想之下集体癫狂。诗人只有直面不堪回首的往事，重新想象有关恐惧、耻辱与变种发生之时的所有故事，这个噩梦般的意识形态声音才会在夜半消失。在这样一个略显晦涩的剧体揭白诗似的引子过后，以浅白而哀伤的

---

① 汪剑钊：《那消逝的，将变成美好的回忆》，见《骆英诗集：知青日记及其后记》，人民文学出版社，2012，第5页。
② 骆英：《骆英诗选》，作家出版社，2013，第240页。

地方音乐调子讲述的家族故事正式登场。

我们最先听到的是父亲死亡的故事。诗人关于父亲的记忆从两岁开始，在三岁结束：

> 我两岁时他打哭了我抱我在炕上睡觉
>
> 他斜着眼倾听我是否睡着
>
> 我三岁时他被五花大绑捉走
>
> 他们说他是一个现行反革命
>
> 他是宁夏"双反"的革命成果
>
> 他是人民的敌人被关在西湖农场
>
> 因为敌人太多　牢房太小父亲生了病
>
> 他偷藏了三个月的药一吞而净
>
> 他们把他埋在荒滩时他还睁开了眼睛①

诗人的父亲是西北野战军团长，"因为打败了老蒋他又支边建设祖国西北边疆"。然而，这位父亲在"文革"前就被革命者以革命的名义逮捕了，留给诗人的是永难弥合的创伤性记忆。国家在诗人年幼的心中成了夺走父亲的令人恐惧的撒旦。诗人"对祖国的记忆是从饥饿与贫穷耻辱与低下开始"。这当然不是抽象的虚写，因为只需对诗人的记忆稍作考证，便不难发现与诗人的记忆同时开始的正是三年大饥荒。诗人"对父亲的记忆却从他的逮捕大会结束"，"从此　他像狗一样死去了　我呢　像狗一样开始生存/我决不杀死自己然而我也没有获得过新生"。从这简明直接而又沉痛悲哀的话语里，我们分明看见以革命名义实行的专制所产生的株连效果。从生命与时间的关系而言，父亲的死亡是父亲生命的剩余时间被连根拔走，儿子的死亡是正常人生轨迹被彻底改变后的心灵扭曲和尊严沦丧，从此只能以变种的狗的形象屈辱地活在社会边缘。时隔半个世纪，已经发迹变泰的诗人依然"现在回想起来的日子主要是屈辱"：

---

① 骆英：《骆英诗选》，作家出版社，2013，第242页。

　　日子像狼一样什么都得撕咬不屈不挠

　　我如无赖如泼皮革命者唤我二流子

　　要饭时我会抢走食客剩下的汤不顾一切喝光

　　我还会在银川公园与秃鹫争抢肉骨

　　我曾经捡吃大便误以为那是一段麻花

　　那天起我知道吃屎喝尿也并不是世界末日

　　那天起我明白我只是个贱民在一个伟大的祖国

　　我知道了流浪时三天不吃也不至于倒毙街头

　　我知道了讨到了剩饭决不能狼吞虎咽以免呕吐掉

　　月光下偷瓜我保证各个熟透香甜

　　我如国家的蟑螂令人厌恶但不会被赶尽杀绝①

　　在《小兔子》中，诗人曾以"蟑螂"隐喻当代城市底层阶级，正如前面的猫和马构成了诗人成长期精神创伤的重要物象，这里的"蟑螂"再一次表明诗人对现代性道德困境的反思与批判，并非全部植根于他对现代文明的不满，更深层次的原因仍然是成长期的精神创伤。最后一行告诉我们最明白易懂的直接的诗也会包含间接的成分，这个间接的成分就是诗人已经洞晓贱民政治的全部秘密。贱民如蟑螂令人厌恶但不会被赶尽杀绝，其秘密在于贱民被主流歧视被权力唾弃，他们处于社会边缘的悲惨境地，可以对其他公民造成巨大的心理恐惧，从而能有效地维持极权统治。

三　复活的神性

　　诗人"被当成贱民在我的祖国的大地上无处可藏"，在《斯巴达克》《基督山恩仇记》和《被侮辱与被损害的》教会他斗争、复仇与诅咒的同时，"逃学在城墙上读《复活》我觉得人类也挺好"。贱民一方面表现出兽性或野性，另一方面，人道主义书籍、坏脾气母亲的温暖怀抱和雪夜破门而入将诗人从死亡边缘救活的乡亲又使他始终对人性抱有希望。经过抽

---

　　① 骆英：《骆英诗选》，作家出版社，2013，第266～267页。

象无名的当下中国人的死亡，到具体有名的知青生活中的死亡，最终来到血浓于水的家族死亡以及自我的变形，诗人对于死亡的讲述终告结束。从露出水面的社会层面逐渐下潜到自身的成长经历，诗人看清冰山的全貌。诗人充满哀伤的讲述过程也是一个融化心灵冰山的治疗过程，当讲述全部结束以后，亦即"想象撕裂一切时天空却微微发亮了/淡粉　轻薄　以及无边无际"，与世界和解的诗人重新获得了心灵的平静，内心的杂质似乎也被清空了。这时的诗人犹如获得新生的婴儿，所有有关社会和人世的世故性思考都可以随时放在一边。具有神性无限接近于老子所说的"道"的《水·魅》出现了。如果没有写出《水·魅》，那么只能说明骆英仍然被死亡纠缠着，而骆英的诗名也将与产生他的那些世故诗的时代一起消亡。《水·魅》出现之后，他再也不用担心自己作为诗人的荣耀被他人遮蔽，被时间剥夺，因为它是诗人洞察世故的幽微超越世故的存在之后对超时的宇宙之道自然之灵的言说。

　　茅盾作为对世故知之极深之人，曾经论述过天才之于小说家、戏剧家和诗人的关系。他认为小说家和戏剧家与作家的个人天才关系不大，是生活环境决定了一个人能否成为小说家或戏剧家，而"诗人要有诗人的天才"。所谓诗人的天才，在他看来，"是精神上一种尖锐无比的透视力，能够透过肉界而窥测灵界；又是一种灵妙无比的捕捉力，能够把捉起于脑海中微波也似小电光也似的憧憬（vision）"。他进而指出："诗人全靠天才，没有这样的天才的人做起诗来，也许有几首是极好的，但他不是诗人。诗人的诗也有极坏的，或竟至坏的居多，但他无论如何，总是诗人，他的诗确是诗人之诗啊！"[①] 应该说这是一个在以写新诗为时尚的年代却不会写诗的小说家的肺腑之言。的确，许多诗人年少成名，靠的就是年少时的赤子情怀和诗人天才，一旦时过境迁，要么赤子情怀仍在，但天才早已被耗尽；要么天才仍在，诗人却已在诗中变得圆滑世故，似乎两者缺其一，其所写之诗就无法接近宇宙之道。骆英的《水·魅》则颠覆了这一通行的诗学常识，他也不是绚烂之极重归平淡，而是以一颗返朴归真的清空之心，涵纳万物之微，真正栖居于世界之中。诚如耿占春所言，阅读《水·魅》，"就像进入一种突然

---

　　① 茅盾：《说部、剧本、诗三者的杂谈》，署名"冰"，《时事新报·学灯》1920年11月14日。

来临的夜曲般的安宁，让速度慢下来，让高度降落，让噪声回归宁静。几近王阳明所说的'息有养、瞬有存'之境。这是心灵对世界对时间每一瞬息的领略、对每一感性事物的洞明与观照"①。

　　当然，夜曲般的《水·魅》，也并非毫无章法可循。《水·魅》共60首，都是抒情短诗，短则10行，长不过20行。骆英充分发挥了短诗在抒发刹那间感受的长处，避免了长诗因为情思已完只能靠文字敷衍的弊病。用废名的话来说，就是长诗和叙事诗用的是散文的写法，其内容是散文的内容，《小兔子》《第九夜》《知青日记及后记》和《文革记忆前传——苦难岁月》，莫不如此，而真正的新诗，"一定要这个诗是诗的内容，而写这个诗的文字要用散文的文字"。②《水·魅》的多数诗篇的情绪则是当下的、瞬时的，而不是深思熟虑的观念和回忆起来的情感。由于这些诗篇只写当下那种真实的情绪，因此文字方面就不需要一波三折，从而文本形态大多是短章，而不能作长篇。因为刹那间产生的那种单纯真实的情绪必不能饱满地运行于长篇大论之中，必然堕入"情生文，文生情"的陷阱。如《彩色的鱼》：

> 我看见　远方像水流动
> 彩色的鱼在时间中跃伏
> 古筝如叶子枯软斑驳
> 失群的马匹久久不去
> 在这样的远方我不会止步
> 随意走到世界的角落
> 在一切都慢慢干硬时静下来
> 听听远方流动之声
> 此时　小松鼠开始睡觉了
> 我呢　在朦胧中点亮一支火烛③

---

① 耿占春：《为微物之神而歌——读〈水·魅〉》，载《骆英诗集：知青日记及后记 水·魅》，人民文学出版社，2012，第74页。
② 废名：《新诗应该是自由诗》，见陈均编订《新诗讲稿》，北京大学出版社，2008，第12页。
③ 骆英：《骆英诗集：水·魅》，人民文学出版社，2012，第88页。

　　整首诗都是诗人对远方的想象，安静的心绪氤氲而现，不枝不蔓，纯净无染，没有掺杂任何其他的情思。

　　由于骆英清空了深埋在心底的世故的杂质，他的心灵就可以容纳整个世界或宇宙，并且能在最大的时空中观照最微小的生命。如"随意走到世界的角落"（《彩色的鱼》），"在宇宙的89度我成了徒步者/走过世界的一个小角落"（《宇宙的89度》），"蛛丝黏住树叶时黄枯金翠/像世界上的一种美丽符号"（《蛛丝泪》），"从一千年开始到一千年以后"（《时光》），"冰天雪地中有一个小小的窝十分温暖/也好　这个世界不至于过分冷酷"（《草》），"这是宇宙最后一个秘密/一千年我也绝不会将它失去"（《风笛》），"我让心静下来慢慢在溪流中走/想象着世界其实一直就这么流动"（《赤脚的痛》），"在它把松果抛向远方时眼神坚定/它像一个随意啄食世界的主人"（《乌鸦》），等等。世界或宇宙是这60首诗的核心象征。

　　与世故之诗急功近利的繁音嘈杂和迅疾快速不同的是，神圣的"道"之诗是无功利的"无所谓"心灵的敞开，诗中的人和物都"静下来"，"慢慢地"呈现生命的本真状态。如《静》："牛车慢慢地走/路途又细又遥/我在寂静中观察山河/无所谓新鲜　无所谓破旧"；如《风笛》："我有一只风笛却从未吹响/它只是在起风时自己呜呜而鸣/无所畏节奏也无所谓旋律"；如《水星花》："细细地捻起芦荻并没有吹响只是慢慢温暖起来/小河蚌悄悄张开缝时一切都静下来等待它的蠕动"。

　　骆英的"无所谓"、"不必"，当然不是一种文化犬儒主义，而是如前所述，在经历死亡、见证死亡和与死神擦肩而过之后，诗人用言语与死亡作战，最终发现"生活的本质是美的，这个世界其实没那么差"①，因为在社会、时代和历史之外，还有更为广大的宇宙和世界，还有更为鲜活的生命。因此，他的"无所谓"就是一种洞彻宇宙之道亦即生命之道的秘密之后与世界的和解，从而在一种自然状态中与世界同在。因此，如果要说他的这种"无所谓"的书写宇宙之道的幻象诗有什么明确的主题，那只能是如他自己所说的乡愁。他曾经试图用"烂到底"的语言与"烂到底"的历史、社会和时代作战，如今，他与世界达成了和解，他抛开历

---

　　① 骆英：《二十一世纪的乡愁》，载《骆英诗集：水·魅》，人民文学出版社，2012，后记。

史、社会与时代的纷纷扰扰，试图用语言重建一个纯净完美的精神原乡。在这个诗歌的原乡中，没有死亡，没有兽性，没有变形和变种，只有充满神性的生命。

（作者单位：广东第二师范学院中文系）

人马的蹄音

——试析骆英《第九夜》的道德踪迹

程一身

摘　要：骆英的诗《第九夜》以寓言化的方式描述了当代人在城市背景下的性爱经验与道德困境。全诗以马作为人的变种或异形，从而获得了一定的复调性：当代人化身或变种为马便可以突破道德，实现充分的性自由，而化身的不彻底性则使人觉悟自己仍然是人的现实，以人之实而行动物之事，难免陷入道德困境，性爱自由与道德困境的张力便生成于人的动物化倾向与动物化的限度之间。在某种程度上，这也对应着诗人旁观他人与自身亲历的双重视角，对应着诗人作为叙述者与被叙述者的双重身份，所谓"可怜身是眼中人"（王国维语），可以说，旁观的自由与亲历的困境同样交织于其中。

我看过毕加索的一幅素描：一个扑向女人的男子，上身是人下身是马。我觉得这个人马形象比较适合《第九夜》这部诗集的"马篇"。据作者说，"猫篇""并不是原来设计的"，只是为了"平衡马篇的过于偏激与疯癫"[1]。而我感兴趣的恰是这一部分，并且觉得最有价值的也是这一部分。因此，本

---

[1]　骆英：《〈第九夜〉后记》，二鱼文化事业有限公司，2011，第172页。

文的讨论仅限于"马篇"。在方法上，我主要结合诗中的语句加以分析，以展示这个变种为马的"我"为追求性爱自由在道德边界上留下的一串蹄印或蹄音。

"我，终于不得不承认，我，其实就是一种马的变种或者是异形。"① 这是作品的第一句话。人马形象由此生成。如果说它奠定了全诗的基调并不夸张。值得注意的是，在"我"与马之间存在着"我"向马变种的趋势，这种趋势既是本能的要求，也是外界强力塑造的结果。换句话说，在"我"变成马前，已经有人变成了马，这一点逐渐被"我"意识到，并"终于不得不承认""我"实质上也是马。这表明本诗写的不仅仅是"我"这个个体，而是"我"这个群体中的个体，个体的行为及其变化往往被群体逼迫或诱惑。因此，除了自身的追求和坚持之外，个体的行为和形象往往是特定生存处境的产物，当然，个体的行为与形象也是对特定生存处境的显示。在《第九夜》中，诗人用"迷城"来概括当代人的生存处境，它就像隋炀帝那座"迷楼"的扩大版，可以用高科技成果润及当代的芸芸众生：安检门（如同窥视镜）、避孕套、整形美容、阴道紧缩术、处女膜修复，如此等等。正是在高科技成果无所不在的都市里，"我"变成了马。人为何被迫或乐于变成马，这种变化对"我"以及21世纪的"我们"造成了什么后果？就此而言，考查从人到马——确切地说是人马——的变形记，对于理解本诗具有重要意义。

如果说人从猿演变而来是确切事实的话，就可以说人性里确有人所从来的兽性和向神而生的神性，这与弗洛伊德的本我、自我和超我理论是相通的。就本诗而言，自我由人体现，本我由马体现，但人马并不体现超我，它体现的更多是本我；如果说马体现的是纯粹的本我的话，人马体现的就是驳杂的本我，是自我与本我的混合体。统观全篇，作者对人马形象及其体现的非道德观并非单一的沉迷，而是游移于沉迷与远遁这两种态度之间，从而使全诗获得了一定的复调性。当然，作者对人马形象的沉迷是首要的，它体现的道德其实是零道德，即对传统道德的无视与消解"毫无廉耻、毫无障碍、

---

① 骆英：《第九夜》，二鱼文化事业有限公司，2011，第20页。后文中所引诗句均出自本书，不一一注明。

毫无顾忌、毫无道德"。大体上，诗人对传统道德的突破集中在性这个隘口上。为此，诗人一再声称"主动放弃一切作为人种的权利和自尊"，"我已经不再想和任何物种包括人种对话和交锋"，这体现了诗人将自己彻底动物化（人马化）的决心，也只有这样才能达到"醉生梦死、肉欲天下的顶级水平"。高度推崇人马的动物性与本我性当然是对传统道德的直接否定。在诗中，作者还结合自己的登山经历揭示了性本能的无可消除，这似乎可以作为"我"坚持非道德的生理依据：

> 因为，在7546米的角度，根本看不清廉耻的界线，因为，在7546米的高处，阳具会依然挺起，并由此产生奸淫一片荒原的杂念
>
> 群山乳房般在阳光下闪亮并由此显出可以被抚摸、被侵占的平面
>
> 河流想象着似被射出的精液，风如贪欲时的高潮快感，一堆一堆地涌来，又声嘶力竭地叫喊着消失在7546米高的山头后面
>
> 悲哀就在此，在于7546米的高度或者更高的高度依旧产生低贱的幻念
>
> 由此可以判断，几乎接近于天堂并不必然会促使一个物种和一个时代的变种和异形显得高雅和尊严

但是，在人马的四蹄对道德之路展开的一系列否定的声音里，诗人分明听到了道德之路的回声。被践踏的传统道德构成了非道德的反对力量，并使非道德的诗人陷入道德困境。就此而言，《第九夜》这部作品的现代性体现为非道德的极端实践与传统道德的强力反弹。换句话说，非道德的声音越强烈，传统道德反而显得越牢固，并对非议者构成反冲力："马呀，你瞧，我就是这样通过变种和异形穿透了道德和文化之门，然后，又发现我正被更道德、更文化的铜锁、纳米之锁、铂金之锁、钛合金之锁紧紧锁定。"事实上，挑战传统道德的尴尬之处在于必须把它作为摆脱之物，而现实的结局往往是摆而不脱。仅从用词来看，诗人一方面宣布："我需要清除我的语汇中所有关于爱情、忠贞、高尚、道德、正义、无私的相关术语，以使我不再背负前文明、前文化、前物种、前变种和异形的种种重负。"另一方面却不得不借用传统词语表达自己："因此，长夜，你将来临，我一定要穿透你的黑

色与肉腥，完成一匹马的变种和异形的无耻之旅。""无耻"这个词分明属于道德语汇，它当然可以显示诗人对传统道德的反对态度，而"耻"这个词正是传统道德的集中体现，它与忠、信、孝、悌、礼、义、廉一起构成了古人的行为准则。更有代表性的是"堕落"这个完成人马化的关键词，"我情愿在第一夜就直接堕落到最深层……"从人堕落为马，从高尚堕落为低贱，从传统道德堕落向个体新道德。无需提醒，"堕落"是个贬义词，它和诗中的"沉沦"一样指示着向下的轨迹。诗人用它描述人马的行踪，并用"堕落者"命名自己——"我已经是一个堕落者"，还自称"逆种"或"杂种"，有时甚至用更严厉的词"罪人"，这不仅不能显示其行为的革命性或合理性，反而显示了"我"的"非我化"或变"坏"的过程："我们乐于从更高尚往更低下变种和异形，从更文明向更野蛮变种和异形，从更富有向更贪婪变种和异形，从更全球化向更奴隶化变种和异形。"与其说这是诗人运用词语的窘境，不如说它显示了传统道德难以摆脱的困境。这种境遇可用诗中的一句话来概括，"其实在作为一匹马的变种和异形之前，我已经被一个世纪和时代深深污染"。在我看来，道德之所以难以彻底摆脱，是因为它是在群体中长期积淀的人际关系和规则，任何个体都不可能彻底突破它。

值得注意的是，在上述道德困境中，诗人并非传统道德的反抗者，所谓"我根本毫无能力反抗一个规则清晰的时代和物种"，充其量只是一个时代的"秩序破坏者"。在某种程度上，"我"的非道德只是以人马为面具展开的性自由活动："就如我也必须讲清的一样，你应该通过我的伪装程度，来观察和判断我的交配对象、交配程度、交配程序、交配时间和交配地点，以便为我在一个时代或者说是21世纪的身分地位准确定位。"在这里，"伪装"可以说是对面具的准确写照，就此而言，以人马形象展开的写作是一次戴着面具的讲述。在"一个时代都堕落了，我或者我们的坚守有何意义"的疑问声中，跃下道德深渊的底层成为包括"我"在内的许多当代人的共同选择。那么，这个戴着面具的"非法分子"到底想要什么呢？"我是马又绝对不是马，我只是依恋变种和异形导致的道德与高尚层次上的放松。"原来恣意妄为的性追求只不过是为了"摆脱高尚的压抑与阴影"而展开的放松活动，这不仅让人感到一缕反讽的气息。此外，诗中还有一些貌似较真实为讽刺的句子：

应该首先订购高潮的类型，并商定相关细节和支付方式

如果作为一堆二奶的首领，就必须要掌握性学报告的相关理论并获得 MBA 文凭，以便对性交配过程和高潮程度定性和定价分析

对一个物种的变种和异形之后的交配方式，有必要和有可能以经济学的公式计算并阐述

例如精液的射出次数和器官的使用程度，高潮发生的时间长短以及淫水如何四溅，统统都应该和必须在二十一世纪以性价比的途径得到论证

正是在这些地方，诗人对人马现象表明了他的否定倾向。至此，可以看出诗人对人马形象以及由此体现的色情化时代貌似迷恋实为批判的复杂态度，从而构成了本诗独特的复调性，并由此完成了从表面的非道德倾向向深层的卫道德品格的惊险翻转。

由于作品本身的复调性，《第九夜》很容易被误读，甚至可能会被粗心人误以为是倡导新型性道德之作。对此，作者也有预感或顾虑："这么说的意思是，事先挑明地别让什么人给我扣上一种精神污染、反社会、反人类的政治帽子。那样的话，我宁可把这《第九夜》一页一页地烧了。"① 说到底，这自然是因为人马的蹄音过于响亮，其回音比较微弱，易于被忽略。确切地说，是作品的性题材太刺目了。本雅明说："批评是一件道德方面的事。如果歌德判断错了荷尔德林和克莱斯特，贝多芬和让·保罗，那么，出错的不是他的艺术理解力，而是他的道德感。"② 性题材最易被误解。众所周知，爱默生是赞赏《草叶集》的，该集刚出版他就给作者写了一封祝贺信。但他后来建议惠特曼撤销组诗《亚当的子孙》，被惠特曼拒绝。在给爱默生的信中，惠特曼写道："我说男人和女人的身体这个主要的东西至今还没有在诗中得到表现；但身体是一定要表现的，性也是这样。"③ 后来惠特曼仍不改初衷，"禁止对它们作任何的删削"："《草叶集》公开承认是写性和色欲，甚至是写兽性的……虽然会有困难，但我看还是迫切需要让高等的男人和女

---

① 骆英：《〈第九夜〉后记》，二鱼文化事业有限公司，2011，第 173 页。
② 〔德〕瓦尔特·本雅明：《单行道》，王才勇译，江苏人民出版社，2006，第 54 页。
③ 〔美〕惠特曼：《致爱默生》，《草叶集》，李野光译，北京燕山出版社，2008，第 536 页。

人在思想上和实际上改变一下对于性感的思想和行为的态度，因为性感是作为性格、个性、激情的一个因素以及文学中的一个主题而存在的。"① 回到《第九夜》这部中国当代的性主题作品，作者自己都坦陈"读起我的诗来，我也心惊肉跳"②。有论者将对此诗的阅读经验归纳为"备感难堪"四个字③，无论是"心惊肉跳"还是"备感难堪"，都足以显示此诗在语言层面上生成的道德冲击力。在某种程度上，造成读者"备感难堪"的并非诗中的道德观念，而是被如实呈现出来的欲望泛滥的当代现实：

> 这是什么呢，是否可以以文明的名义解释为现代化时代的物种的双修行为，以打通一条天路，好让男男女女们以向往天堂的名义放纵
>
> 是否可以以哲学的名义解释为现代化时代的物种的升华形式，以完成人的概念与定义，好让男男女女们以叛逆的藉口享受
>
> 是否可以以经济学的名义解释为现代化时代的物种的生存规则，以体现市场经济的致命活力，好让男男女女们以繁荣的角度使用
>
> 是否可以以社会学的名义解释为现代化时代的物种的公地现象，以论证财富的辉煌程度，物种以集体沉沦的方式向生命的高级阶段转型④

面对这种非常的社会乱象，诗人骆英不仅做到了"为一个时代保留点什么"，而且成了一个对这个色情化时代大声说"不"的人。骆英认为，"全人类的道德倒退现象"已经成为令人涕泪长流的现实，而性则"蜕变成了可交易的社会工具和地位象征"；在这种情况下，每个人都有失去道德约束的可能。从这个意义上来说，《第九夜》既是众生批判，也是自我批判：

---

① 〔德〕惠特曼：《过去历程的回顾》，见《草叶集》，李野光译，北京燕山出版社，2008，第569~570页。

② 骆英：《〈第九夜〉后记》，二鱼文化事业有限公司，2011，第172页。

③ 耿占春：《为微物之神而歌》，见《知青日记及后记 水·魅》，人民文学出版社，2012，第74页。

④ 骆英：《第九夜》，二鱼文化事业有限公司，2011，第22~23页。与之对称的一段描述是《猫篇》中的《夜前》：那么多女人"作为性奴而被侮辱和被损害"、"作为贪官的二奶而被深藏于豪宅大院"、"作为社会的损耗品而被一次次减值快递"、"作为换妻俱乐部的附属品而被性游戏"、"作为性交易超市的货物而被挑选"、"作为市场经济的稀缺资源而被竞价获得"。

"揭露自己心灵的阴暗，实际上是向高尚迈了一大步。以诗的力量切割自己的心灵，应该产生一种震撼之力。以'烂'到底的语言和方式晒'烂'，活生生作为镜子，迫使人们面对，这就是批判的魅力所在。"①

在我看来，《第九夜》还有一个容易引起误读的因素：它是一个用人马形象完成的道德寓言。寓言手法可以视为写作的隐身术，它有助于对现实的艺术转化，并在一定程度上抑制了性描写的刺激性效果，但也给索引埋下了伏笔。骆英写动物应始于《水·魅》，但《水·魅》中的动物并未被寓言化，而是实体性的，原生态的，美丽的。在《小兔子》中，寓言化倾向已经形成。一个推测性的解释是，这种手法的运用与性道德主题有关。那么，骆英为何将寓言化手法与散文化语言结合起来呢？在我看来，语言的散文化不是为了顺应寓言的要求，而是出于对性道德沉思的需要，是隐秘的激情驱动了散文化诗句的生成："结果是这样的：小兔子被无情地轮奸；大兔子被剁去了生殖器官；老兔子的两只耳朵被齐根剪断；另一只中性的兔子，被惩罚在公众面前自慰，以男性或女性，或不男不女的姿态一遍又一遍表演……有一只分不清大小、老幼、公母，疑似兔子的兔子死了，是自愿跳下了高楼的顶端！"② 在这里，每种兔子都会让读者想起一种人。当然，诗人这样写也有诗体方面的考虑，一方面"试图呼应汉赋而突显诗的民族性"③，另一方面努力把诗写得更有力量。"把诗写得精致是一种熟练工种。但能否大气、冲击力强，确实值得一试。历代各国的诗体大凡是在推敲的地步枯死的。所以，文体诗句不应拘束，洋洋洒洒，不求细节。只是，要建构一个整体意向、意境。这也是一种写作态度。"④ 从中，不难看出言说者开辟新诗出路的雄心，这表明作为商界精英的骆英在诗歌创作上同样具有强烈的创新意识，一种被他称为"野蛮"的创新欲："我真正是一个诗歌门口的野蛮人。不愿意按大家约定的游戏规则出牌，而且我是真的绝不愿意以大家都认为的诗歌原则、意境来进行所谓的创作。对不起，那是语言工匠自我撒娇以及自恋、自虐过度的弟兄们愿意干及正在干的事情。野蛮的好处在于自己的

---

① 骆英：《〈第九夜〉后记》，二鱼文化事业有限公司，2011，第 171 页。
② 骆英：《小兔子》，人民文学出版社，2014，第 52~53 页。
③ 骆英：《〈第九夜〉后记》，见《小兔子》，人民文学出版社，2014，第 67 页。
④ 骆英：《〈第九夜〉后记》，二鱼文化事业有限公司，2011，第 172 页。

诗歌理念和创作能有一条新的出路。中国的新诗乃至世界的当代诗已经到了锱铢必较、咬文嚼字的死亡时。"① 由此可见，在《第九夜》中，骆英试图激活惠特曼与金斯伯格的传统，尤其是《草叶集》的开阔视野、性道德主题与自由体诗风，并融合了汉赋的句式与李白的气势，从而为当代诗歌增添活力，寻求新路。可以说，在当代诗坛，这是一种罕见的大气写作。无独有偶，被视为大诗人的昌耀后期也用散文的体式写诗，并提出他的"大诗歌观"："我是一个大诗歌观的主张者与实行者。我曾写道：'我并不强调诗的分行……也不认为诗定要分行，没有诗性的文字即便分行也终难称作诗。相反，某些有意味的文字即便不分行也未尝不配称作诗。诗之与否，我以心性去体味而不以貌取。'"② 总体而言，昌耀看重的是"使压缩的文字更具情韵与诗的张力"，而非分行与否。相比而言，骆英仍然分行，只是诗歌的句式非常散化自由，以能自由表达批判的激情为度。如果说《小兔子》是此种风格的发端之作的话，在《第九夜》中，骆英已经将性道德主题、寓言化手法和散文化语言相结合的倾向推向了一个高峰。

对诗人骆英来说，寓言是写作者将人动物化的必然途径。但它又不限于一种手法，也真切地显示了人的动物化处境。换句话说，人的动物化并非虚构，也非夸张，而是已然存在的普遍现实。就此而言，寓言也是写实，而这正是导致此诗读起来让人感到惊心动魄的原因。很显然，诗人对人的动物化处境极其不满，因而成为此种现象的批判者。在批判的声音中，诗人骆英抱着"为了明天发问和批判今天"③ 的心志试图把寓言变成预言，关于人类道德演进轨迹的预言：传统道德的重建。

（作者单位：湖南文理学院中文系）

① 骆英：《〈第九夜〉后记》，二鱼文化事业有限公司，2011，第172～173页。
② 昌耀：《〈昌耀的诗〉后记》，见《昌耀诗文总集》，作家出版社，2010，第681页。
③ 骆英：《〈小兔子〉后记》，见《小兔子》，人民文学出版社，2014，第64页。

跨越时光碎片的现代性[①] "返源"

——评灵焚的散文诗集《剧场》

孙晓娅

前言

灵焚是一位肩负着强烈的现代性文体意识的散文诗作者，他始终以求新的姿态打破传统散文诗外在形态与内在深度的规范，将一种孜孜不倦的探索意识融入散文诗的建设和创作之中。20 余年的创作探索，他一方面坚定不

[①] 笔者在主持即将出版的《新世纪十年散文诗选》编选工作中，始终秉持现代性这一首要录选宗旨。为该散文诗选做序时，笔者明确强调："作为本书的编者，我坚定认同王光明教授的观点：'散文诗是一种独立的文学形式。'从散文诗的审美内容和表现功能去看，散文诗要负载的是'现代生活'或'更抽象的现代生活'，以外在世界为起点向着更深层的内心世界开进，从而'适应心灵的抒情的冲动、幻想的波动和意识的跳跃'。散文诗成功于现代性探索和表现，其骨子里有着深刻的现代性本质和连绵的现代性传统。本书秉持这一编辑思路，着力筛选推出近 50 位散文诗作者在新世纪以来创作的 160 多篇散文诗作品。与已经出版的散文诗选本相比，我们的选本特色在于：努力推介那些热情投入散文诗创作、勇于创新的中青年作者，他们是散文诗创作的中坚力量。他们秉持敏锐慎独的判断力、思考力、批判力，葆有独立的人文个性和广阔的精神视域，脚踏坚实的生活土壤和个体经验，胸怀历史、理想和时代的省思；他们大胆创新，乐于开拓写作的新路径，敢于突破散文诗文体记忆的格局和局限，发表和出版了数量可观、影响广泛的散文诗作品。这些作品，既可介入社会经验应和新世纪文化生态环境，又可彰显个体的人文关怀散发高雅委曲的艺术品味；既可敲击时代的步伐和节奏，又可彰显个体存在的心灵境遇和诗性情怀。"（孙晓娅：《21 世纪，散文诗的世纪》，《新世纪十年散文诗选》漓江出版社 2015 年 1 月即将出版）

移地从"诗性"的内核突围散文诗文体自身的摇摆姿态，努力提升散文诗境界；另一方面，其不同时期的作品体现出的深邃的精神世界和强烈的现代意识，为当代散文诗写作确立了鲜明的现代性写作路向和文本典范。他是一位不断形成和突破已有风格的散文诗作者。他的散文诗蕴藏着深奥神秘的意义，"彼岸的真与美"，生命的"寻根的感动"和原始古朴的生命热力；浸透着现代的、哲学的气质，具有强烈的生命意识、突出的象征意义、鲜明的反叛精神——三个鲜明的现代性传统。他善于在喷薄激情中创造生命，衍生形象，营造语境，赋予散文诗以哲学和思想的深度，在深层领域探索情感与理智、原欲与道德、命运与归宿的终极问题；他在"独异"追索中，丝毫不掩盖坦荡与自由心灵的宇宙，富含哲理思辨的诗性气质。读他的散文诗我时常想起波德莱尔所说的"灵魂的抒情性的动荡、梦幻的波动和意识的惊跳"。

现今距灵焚第一本散文诗集《情人》（1990年）的出版已有20余年，此后，又有《灵焚的散文诗》《女神》两本散文诗集相继面世。如今，灵焚在新作《剧场》①中对自己逾20年、跨世纪的创作生命作了一次超拔而有意义的回溯与反顾。他说："在作品中重返自己的历史，让我与一种事实相遇，那就是碎片。碎片既是自己的生命经验，也是自己的审美经验。""这些碎片或片段，提醒着自己在每一个阶段的某种角色或身份。"（《在碎片里回溯》）易感而易被遗忘的生活最幽微又最困惑处，难以言辞述尽的生命细节以及关乎哲学命题的刹那启悟与长久思索，都在灵焚笔下被还原为一种由现实、想象、诗意、审美和哲思交织而成的碎片。这些碎片又切实接续起一段关乎自我、人类乃至生命终极的岁月长河，使灵焚得以与逝去时代的自己逐一相遇，逐一相知，又逐一告别。他回溯、审视自己的创作历史，同时也回溯、审视自己的生命历程。在这本刚刚出版的散文诗集《剧场》中，灵焚以穷源竟委、抉发精华的精神，探察和思考现实的动荡与变幻，个人情感体验的痛苦、困顿、愉悦与安宁，生命的丰沛与虚无，灵魂的漂泊与停放，形而上的追寻与求索，都在其审美中得以紧密、清晰的凝注。他以不拘格

---

① 灵焚：《剧场》，燕山出版社，2014，其中的第一辑为灵焚近年创作且从未发表的作品，其余为80年代至今发表过的作品精选。

套、别是一家的文理形态，以姿态横生的内在真实挖掘生命碎片的意义；他以赤子情怀的坦荡和精诚渲染诗性的光晕，从而完成了始终在路上却直指终极的现代性"返源"。

一　弥合与分裂："剧场"背后

纵观灵焚的散文诗作，从"情人"时期的灵魂漂泊到"女神"时期的生命寻根，再到如今探讨人之生存境遇、身份与生命的归属等问题的"剧场"，其创作显现出从完全的形而上境界过渡到现实与形而上相伴相生的广阔的精神视域的转变。这不仅体现在其于艺术题材上有更为多元的选择，也体现在其于具体意象及叙事方法上向写实的趋近。但这并不意味着灵焚放弃了他的哲学追求。实际上，在他的作品中，在个体生命的灵魂诉求背后，在对世间黑暗、荒谬之事实肆意地揭示、嘲讽与批判背后，在对现代人类群体之行为模式的反思背后，在关于生命、生存本相的终极探问背后，潜藏着统一的内在旨归，即人类对基于审美乌托邦幻象的弥合体验的持续追求，以及人之为主体在不断变动之时空中所必须面对的分裂结局。在这本诗集的后记中，诗人这样解释《剧场》的命名："自身作为某种'物'的存在，虽然拥有时间的连续性，但是'物'的主体性需要通过'事件'才能获得存在的意义，而当'物之存在'转化为'事件存在'时，其连续性必然被'事件'分解，成为非连续性的各种角色，并被其所替代。《剧场》的命名，首先源于这种人的生存性质的指认。人活着就是这样，在时光这个'剧场'中被构成，同时也在这个'剧场'中被分解、被解构。我的这些作品，既是自己在每一个'事件'中的不同角色，也是至今为止，在过往岁月中作为'物之存在'所拥有的一种宿命角色的破碎整体，呈现在各种审美经验之上。"（《在碎片里回溯》）在较为显在的层面上，诗人意图通过对过往真实生命的记录来勾勒一段完整的自我时光。然而，当这些文字进入"事件"从而取得存在的意义之时，生命的连续性却被裂解。时光的"剧场"是完整的，个体生命的"剧场"却无法完整，诗人所获得的只是拼凑想象中之永恒的文字碎片，但也惟以这些碎片才能对时光与自我做最真实的记录。这其中所隐含的宿命性体认，即不可克服的生存困境——人类摆脱分裂性的欲望与分裂的必然存在间所产生的矛盾是灵焚意欲反复揭示的哲学命题。

纠结而不可调服的矛盾首先表现在后工业时代的精神匮缺与人类潜意识中所追求的生命丰富性的对立之中。机械轮转的现代化进程使现代人类屈服于物质及金钱的迷乱与狂欢；随着工业文明的极速发展，情感与精神的震慑性似已消散，现实社会的腐朽与荒诞一一现形，物质力量在与心灵的角逐中逐渐占据上风，自然而柔软的诗意荡然无存，保留一种亲密而原始的生活方式几近成为奢望。诗人以极为讽刺的笔调揭示这一无以抹去的存在事实：

> 一群毛线鸡在门口晒太阳，低廉的口红格外抢眼。
>
> 我们还不能下岗！
>
> 残存的春色不是用来下蛋的！
>
> 嘎嘎，嘎嘎，咯咯咯……
>
> 她们就这样有说有笑，毛线团在手上慢慢滚动，慢慢编织体内的荒凉。
>
> ——《新闻短讯》

被"毛线鸡"浪掷的青春时光已一去不返，但它们仍在价值的错乱中妄想生命的欢愉，在它们"有说有笑"的外表下深藏着的是"体内的荒凉"，生命也因此开始分裂。"除了学会适应，习惯这白天隔着玻璃，夜晚隔着街灯的日子，城市的植物只能在水泥的裂缝里，窗风的皱褶里寻找记忆中的泥土。"（《女神》）"植物"作为人类精神的一种喻象，被困于现代化都市的铜墙铁壁中，它渴望返归作为精神源泉的"泥土"，返归生命的灵动与丰满，却限于自由的遥不可及。事实上，现代化进程正是造成生命连续性断裂的基本原因之一，物欲满足所形成的精神充盈只是一种暂时性假象；它们会随时间的流动而逐渐瓦解，人类终将意识到个体与精神原乡的分离，意识到自身已失去安放灵魂与生命的伊甸园。

其次，在灵焚的散文诗中，这种矛盾的另一形态表现为个体生命的分离。灵焚早期的散文诗作如《情人》《飘移》等作品显示出人类灵魂的流亡与漂泊状态，其时的主体意象"情人"是作为一种"不可靠近的终极之美，一种灵魂、一种归宿性的精神指向"（《我与我的"情人"》）而存在，而后，灵魂的困顿处境与对审美的不懈追求又促使灵焚找到"女神"这一新的主体意象，用以返归生命的原始状态与原初之美。无论是寻找"情人"还是寻找"女神"，都是作者自身以及作为个体的人类渴望逃离生命的孤寂与分裂，寻找灵魂的绝对自由以及彼此生命的充分弥合状态的显现。人类渴求生命情感、心灵精神与欲望肉体的紧密联结："时间穿过那个被镂空的暗道，在19个小时里拥抱，5个小时里使劲地蓝。"（《再一次写到清晨》）然而，诗人清醒地意识到个体生命的紧密结合只是一种理想主义的虚构，其背后暗含着更深层次的分离性，如在《碎片·反转》中，他隐隐地透露了这一观点：

> 爱情从对面而来。其实，我们并不相爱。
> 真的。而我们只能穿着衣裳拥抱。

"对面"一词已暗示了个体既定的分离性。在个体生命的结合中企图取得灵魂的共生或许是一种谬误，即使最密不可分的灵魂，也"只能穿着衣裳拥抱"。个体为摆脱分离境遇而做出的种种努力都将成为幻影，灵魂仍在漂泊，分裂是不可逃脱的生命结局。

最后，在更为深刻的意义上，灵焚一直以来所关注的生命"存在"问题——存在的虚无，也同样意味着等待在人类寻求弥合之路尽头的惟有分裂。在《空谷》中，诗人为我们展现了存在的虚无：

> 这里的时间是古老的，也是崭新的。
> 没有人指望少女们虔诚的许愿，数千年来高悬的星座一夜之间会在掌心纷纷圆寂。任何一种境况都不能企求自己与他者共同承担后果，必然是对于结局的最好阐释！
>
> 当蒙克的笔触让每一个行人都成为影子，每一座桥梁都在痉挛中扭曲，呐喊者成为一声不绝如缕的呐喊，与影子一起消失在呐喊之中……
> 曾经饱满的风从此空荡荡，在大地上形只影单千年万年地漂泊。
> 曾经丰腴的大地，由于空谷多了一种沧桑的记忆。

诗人借蒙克之笔表现其对物质存在的真实性的质询,一切"存在"图景乃至"存在"本身的价值与意义都将面对一种共同的结局:归入空无一物的虚无之境。对这一生存结局的揭示包含着诗人对于主体归宿的终极理解,也映射出诗人的内在焦虑:"任何一种境况都不能企求自己与他者共同承担后果,必然是对于结局的最好阐释!"实际上,与存在之虚无并蒂而生的正是作为独立个体之生命为摆脱焦虑及孤寂的危机体验,寻求与外界各种形式的结合以恢复生命的完整性却始终孑然一身的命运。诚如诗人所言:

> 有人说,孤独往往不是发生在一个人的时候。但孤独恰恰是由于感到自己是一个人。而在一个人的时候,每一个蓦然回首都是对生命的深入啊!
>
> 那时你会明白的。你要明白:所有的在者都会背身而去的。
>
> ——《某日:与自己的潜对话》

在当下生存空间,人类摆脱分裂性的欲望与分裂的必然存在间的矛盾日益突显。由此造成的结果是,生命彼此靠近、寻求弥合的行动被众多外在力量阻隔,灵魂始终处于漂泊状态,无法回到生命内部的自足原野得以安放;文明异化,机械与荒凉统治着我们的时代。"如何在这种生存背景下让生命能够保持鲜活的本真,让灵魂获得安宁与平静,应该是这个时代的宏大叙事背景与思维所面对的审视对象,是生命抵达审美境遇的必经之路。"(《从灵魂的漂泊到生命的寻根(代跋)》)这是灵焚的生命追求,也是灵焚的审美追求。只有通过审美提炼与转换人类在追求弥合过程中遭遇的生命的分裂性,才能达到对这一生存困境的超越。或许,正是人类渴望超越自身生存境遇的本能,促使灵焚持续地追求着生命的本真与灵魂的安宁,也持续地在他的散文诗创作中为这样的追求找寻安放灵魂的新的彼岸。

二 "返源":回归生命终极

灵焚的散文诗创作始终在探讨灵魂的漂泊与救赎问题,时而站在精神的高地俯瞰,时而返源生命之初,时而巡弋当下匍匐在凹凸不平的大地上。无论是灵魂向宇宙深处、人类生命初始的源点返源，还是关注于现实的生存，他的创作无一例外都指向生命终极的拷问与探究。在《风景如海》中，灵焚以"海"为心灵喻象将其真实刻骨的生命体验审美化，转换为动态的心灵图景，其中弥漫着有关"拒绝"、"距离"、"波涛"、"风暴"的漂泊感受与诗性言说。这也是诗人其时作品的关键词，而结尾多以一种迷惘、失落、黯淡的情绪作结，影射过往许多生命关系的破裂（如身在异乡的孤寂、情感无归属、人类在现代化进程中失去精神的伊甸园……）。此时，作者已表现出对复归生命原始状态的重建精神伊甸园的向往与渴望："给我一个梦吧！那栅栏应该是我们失去的森林，我们可以爬上一棵树，连遮羞的叶子都摘去，旁若无人地。"（《飘移》）随着对生存、梦想、生命韵致思考的逐步深入，灵焚又在我们所居住的、充斥着各种各样满足人之生存欲望的技术与工具、却丧失了生命最基本的自然性的时代中，愕然发现了现实中"远方"的失去、远逝：

> 城市化的表情。信息化的脾气。全球化的性格。
>
> 天涯就在身边。即使有亲朋好友远游，也在手机那一边、QQ 那一边、skype 那一边……随时挤眉弄眼，两情何止朝朝暮暮？
>
> 那么我们拿出什么用来回忆？应该思念谁？有谁还是异客，至今独在异乡？
>
> 登高？居住的楼房并不低，或者 office 坐落大厦的高层，远方就在伸手够得着的地方。临窗万家灯火，开门车水马龙。
>
> 现实，已没有了远方。
>
> ——《重阳·远方》

法国启蒙学者伏尔泰说："人类最宝贵的财富是希望。希望减轻了我们的苦恼，为我们在享受当前的乐趣中描绘出来日的乐趣的远景。如果人类不幸到目光只限于考虑当前，那么人就不会再去播种，不再去建筑，不再去种植，人对什么也不准备了。从而在这尘世的享乐中，人就会缺少一切。"显然，在灵焚的笔下，都市已被现代资讯和科技悄然无情地陌生化为情感的荒漠，人们沉潜于此在的享乐与物化之中，生命的律动听不到，远方的渴求早已黯然，唯剩下方寸间的局促和狭隘、咫尺与天涯的颠倒、距离与空间的缩短和封闭，现代都市人陷入灵魂流离无依的危机之中。然而，灵焚并不是一个绝对的悲观主义者，他仍旧渴望并相信一处"远方"，一处心灵栖息地的确切存在。在《重阳·远方》中他写道："当自己成了自己的异乡。我们，除了相信有一个故土在远方。"在灵焚的概念里，"故土"是精神滋长的原点，是生命发源的始初；"远方"则意味着超脱现实的理想空间的存在，是"诗意的栖居"，是生命前行的方向。由此，一种思路愈加清晰可循：以审美观照推翻、超越既有的生存困境，追求生命的弥合，摆脱生命的分裂性。"情人"与"女神"这两个主体意象都被统摄于这样的思路下得以诞生。在新的作品中，灵焚跳出了单纯的意象抒情，他找到一种新的途径与方式来展现其思考并为这种动态性意志行动命名——"返源"。

毋庸置疑，"返源"是灵焚内心系统的隐秘力量，它的提出一方面源于前文所述灵焚一直以来的生命追求与审美追求，另一方面则源于灵焚的世界观与哲学素养。于文字中梳理灵焚的所思所感，会发现在其作品中时常显现出关于"万物同源"的观念阐述："这里，一朵蒲公英在风的指缝寻找家园。一颗松果保留松涛的记忆从山顶滚落。生命的起源与归宿，一种存在由可能到现实，再由现实回归可能……"（《空谷》）灵焚以万物衍生消亡的规律道明生命起源与归宿的对等：起源朝向归宿，归宿又返回起源。所谓"万物同源"，万物始于同一本质，原点即是终极，而朝向生命终极的旅途就是"返源"。《返源》：

　　　　橙色携带火种，霉绿色绵延肥沃的大地，而那些隐隐约约游走的乳白水滴，让一切种子气息氤氲，在季节里媾和阴阳的呼吸。

　　　　正如从地中海、爱琴海边上岸的欧罗巴，沿着逻各斯路径回到始基，宣布万物同源。

　　　　抵达源头，失散千年的两朵雪花在一条江里戏水，在你的色彩里相认相知。

诗人信守惟有"返源"，恒久的生命之孤独才会在自身中消融，分裂才会退居幕后。立身于强大的生命本源和对这个世界的爱，诗人不想说出他的纠结，以及"纠结的真相"——"让真相留在真相里"。基于此，诗人随性地虚构出乌托邦的未来以填补他对宿命和辽远的想象：

> 这是一场未来的赴约，也许属于宿命里的某种真相。你领走
> 了他为你备好的奢华，仅仅一次完美的绽放，让他此后所有的春
> 天不再丰满。
> 应该是美好的开始，应该是的。他们都这样相信着。
> 这些，当然属于愿望，即使它是一种信仰。
>
> ——《虚构一场春天》

　　基于灵焚所固有的母性崇拜意识[①]，女性在"返源"中仍是不可或缺的角色。灵焚赋予女性以造物主的神性，通过意识重建，使女子形象——这一并未确定其具体指称的虚体成为"返源"的第一推动力，成为生命的本原意义与终极理想的对象化本质。"可你，却如此轻描淡写，告诉我，你只是盗来了阿尔卑斯峰顶的一朵新雪，在沿途种植一些星光蓄水，营造一次晶莹剔透的旅程"（《返源》）；"在源头，一个东方女子捧着一朵初冬的雪在颜色里受胎，用蓝，描摹繁星们的初夜"（《返源》）；"这是源头的火焰，让我只增不减，只涨不消，只生不死；让我们反复确认的相遇消弭时间，直到为我敞开的空间归零"（《返源》）；"让我们在天地之间站立，峰峦般抱紧，尚未挂起树叶的裸体沐浴干干净净的阳光，以花朵的姿势，重新开始芳香四溢的吻"（《返源》）。在男女的爱欲结合中，"返源"的意义得以实现：即自然、人体、生命本质的交融，灵魂、时间、空间的绝对弥合。《虚构一场春天》：

> 此刻，阴阳在反复相遇。时间凝固了，不再孵化下一刻；空间弥合
> 了，不再为此处与远方预留那些风声路过的缝隙。
> 时间不再挪动一步，空间不再分离。

---

①　从"情人"到"女神"，可从灵焚的散文诗创作中提炼出一种极为明显的母性崇拜意识。女性是其主要的抒情对象，在逻辑与思维的递进中，在情感与审美的升华中，女性逐渐脱离一般意义而具备了神性，上升为母性之神。这种"母性"，是作为生命之源的审美化精神而存在。

在灵焚的笔下，阴与阳不仅是代表男人与女人的符号化意象，同时向哲学领域延伸，具有更广泛的哲学意义。阴阳多用以阐述互相对立消长、矛盾而又统一的运动中的动态平衡势力，它们性质虽相反，但又和谐地处于一体之中。阴阳的结合，恰恰意味着生命的分裂性能够得到消融，这也从另一个侧面确证了女性形象在灵焚散文诗中出现的必要性。女性地位的跃然恰恰是现代理性进程中的杰作，灵焚从生命现象和人类学的层面跨越了它的局限。在他的审美体系中男女系抱朴合一的关系，男性在建设、破坏，女性始终是圣洁的救赎者——肩负着永恒的美和修复的意义，于"时间凝固"、"空间弥合"的生态中，人类从阴阳携手的时空内获得灵魂、精神与肉体的三重自由，在阴阳结合中返归纯净的远古天地，返归最初的精神家园。

生命的真正归宿并不是关乎功名利禄和物质享受的自我满足，而是要揭开生命内核，在审美顿悟中完成对生命本体的超越，还原生命的本源意义，抵达生命真谛。"返源"，即是要恢复人类的诗性情怀，恢复生命的灵动与丰富性，恢复情绪的真诚、饱满和激情；它"用色彩蔑视一切文字的表白"（《返源》），逃离现代社会的铜墙铁壁与纸醉金迷，返回自然自在的原野，返回安放灵魂的家园。在源头，生命抵达了终极的意义，人类将在永远的弥合中获得持久的满足。"那些在源头被孕育的人类，每一个都应该是你合格的情人。他们从此懂得爱，懂得万物不是尤物，不是为了承受毁灭而降生。"（《返源》）"阳光成为阳光，晴朗就是晴朗。雪山不再成长树木炫耀高度；云朵领着绿草自由往高处行走；浪花短暂的一生，只在时间里悸动；每一阵风过，只有经幡数着念珠，万物不需要发出存在的声响……"（《青海湖，穿越湛蓝的相遇》）；生命不再惧怕分离与死亡，因那朝向终极的旅途也朝向光明的始初，"只要白发长到三千丈，就不需等待了，剩余的时光都是雪飘飘。那时，过往的岁月都会在每一道皱纹里回暖，朝着春天的方向，缓缓地流，薄薄地流……"（《雪飘飘》）。灵焚俨然寻找到对现实与精神困境的突围路径——反叛的主体意识，在时间与历史中，物我置换、人我置换、自体置换；在世态万象中，屹立出一个互为阴阳、互为情人的"我"。这个"我"滋生不息，无所困滞、无所隔离，存在于芸芸纵横变迁之所。

三 在生活的剧场中探寻生命的主体性和审美性

　　灵焚将这本集结精选性质的散文诗集命名为《剧场》，既有现场感，又凸显了生活的与艺术的质感。剧场首先是艺术表演的场所，它上演着真相、假象和想象；其次，剧场一定是时间和空间的两个维度交叉的场域，这里，历史可以被拉近，现实可以被推远或被丰富化、立体化，冷淡可以变得亲近，熟悉转身为陌生……每一位观众置身其中。灵焚在组诗《剧场》中运用了多重隐喻和象征色彩：剧场本身就是一个丰富的隐喻，它隐喻人在有形的局限中被约束了生存的自在和生命的敞开宿命；剧场里上演着生命个体自我问答、自我与他者、他者跟他者的对话、行为生发的表演，走进其中，每一个人都既是倾听者又是发声者、既是演员又是观众，它构成了生命场域中的看与被看以及角色、身份的复杂置换。不管剧场这一命名多么富有张力和涵括性，在上述提及的层面之上，灵焚最为焦灼和关注的是生命的主体性的确立问题。与上述众多已经意识到的问题比照，诗人最为忧思的是在生命现场中，人被事件和行为消解了主体的完整性之后所致的主体性缺失——有时代所致、有个体迷失自我所致。《伤口》对主体性的缺失发出了温情的呼唤："向童年借来一缕炊烟，你要让这座城市回到温情的角度。"可是，中国人曾经饥饿怕了，穷怕了，出于对饥饿和贫穷的恐惧，人们不再关注精神世界；出于对物质生命极大丰富的转变，人们忘却了美好的愿景和灵魂的诉求。这导致商业的诱惑最终得以淹覆现代人灵魂的疼痛和愿想，如同失去重心的齿轮在滑坡下奔跑，飞速旋转的欲望，使主体生命无法停下步履，直至麻木、流失生命追索的方向与本初的情怀：

　　　　这是一种绝症，只能在借来的炊烟中延命。
　　　　自从搬到郊外的别墅区，你企图繁殖炊烟的数量，却发现炊
　　　　烟中潜在更大的商机。
　　　　从此，忘了伤口，为自己的天赋得意，直到忘形还没有忘记
　　　　继续得意。

　　　　　　　　　　　　　　　　　　　　　　　　——《伤口》

　　灵焚准确地捕捉到"飘移"一词，用它来形容远离生命之光普照的现代人在商品化时代中主体性的摇摆飘忽与混沌、自我消沉的状态，颇具深度与明晰度：

　　　　这是什么地方？山不像山，海不像海，鸟声已经绝迹。还记
　　得那一次我随你晕眩的目光升起？
　　　　这是高原吗？垂下的四肢如绝壁苍苍茫茫。
　　　　铁门的响声在遥远的地方滚动，我是被这声音惊醒了吗？
　　　　在眼睛睁开之前总要回忆点什么思考些什么吧！可是大脑混混沌
　　沌，尽是千年无人打扫的风尘。
　　　　以手加额，霜雪从心底漫卷而至。额上佝偻着无数男人和女
　　人圣洁的肉体在呻吟。
　　　　那个富足的股票经纪人饿死在神秘的塔希提岛上，呼唤世界。
　　　　始终没有回声，昼夜成为一幅空前绝后的谜。
　　　　就这样闭着眼睛飘移吧！管他从哪里来，到哪里去。
　　　　　　　　　　　　　　　　　　　　　　　——《飘移（一）》

　　除却商业诱惑对主体性的绑架，灵焚还犀利地讽刺了现代社会娱乐界的明星们被舆论牵制、为声誉和利益而活的可笑与悲哀：

　　　　一整天，我们用散发油墨味的报纸裹起赤裸的肉体，走过一
　　条一条霓虹灯布满的街道。我们携扶着，最后走进豪华的剧场。
　　吉他沿着打击乐器的叮咚铮蹒跚走来，云朵自您臀部一团
　　一团升腾，腰扭成弯弯曲曲一条河。玻璃球旋转起来了，繁星如
　　流萤飞满我披长茅草的肩边。
　　　　舞台是迷人的，吸引演员也吸引群众。
　　　　该轮到你表演了。我们很得意，以追光灯压迫你，赞美的掌
　　声仅仅为了掠夺你的丰采，并任意把你撕得粉碎。
　　　　你是无法挣脱的。我们在你的深处，骚动你的情绪，激昂，

激昂，激昂……

——《飘移（二）》

艺术的最高境界就是主体性的独立和在场。然而在媒娱时代，娱乐文化泛滥，艺术被流行亵渎，主体意识让位给大众，文化充其量停在表述层面。多少人在哗众取宠，多少人在千金买笑，多少人席卷于纸醉金迷的骚动消遣之中？诗人的忧患那么苍凉无奈深重，亦如当年德布雷对很多知识分子沦为追逐名声的动物的忧虑一样。根植于对现实的反思和主动的使命感，2013年，灵焚一改以往的风格创作了一组别具寓意的作品《新闻短讯》。这组作品戏谑而又现实、充满反讽的意味却不失旷远的忧患，拓展了散文诗关注现实时弊、介入当下生活的新手法。他以新闻聚焦的视点和快讯方式，片景式集合了当下社会最引人关注的新闻焦点和时弊问题，颇具时代感。他写火葬场、留守儿童、底层生活、买车摇号、不安全食品、雾霾、下岗问题和"好声音"、"星光大道"、"爸爸去哪了"等时尚流行节目，以及知识和文化被边缘化、明星商机、双规、潜规则、蜗居、热点八卦新闻、为房产假离婚、空巢老人等形形色色的社会世相：

今天天气，PM2.5 正在不断刷新峰值：北城 300，西城 400，东城 500，东南城、南城已经无法检测……
哈哈，亲爱的雾霾，托你的福，又一家医院把太平间搬到地下停车场。
……
好声音，好歌曲，草根们的星光大道……
真本事的大舞台，今夜，多少人陪你一起泪飞？
音乐真好，梦境有价，大舞台的夜色正在升值。至今为止的孤独，待价而沽的日子，可以按重量明码标价了。
即使我不是明星，但爸爸或者妈妈是明星。爸爸哪里去了？
因为爸爸是明星。明星明星，拓展商机的媒体盯上了明星的遗传基因。

——《新闻短讯》

　　所谓现代性的危机，就是文明之后为何出现荒昧，进步之后缘何出现倒退的问题，几百年前西方的卢梭这样问，几百年后中国的诗人们依然这样问。用传统审美改变现实已然很困难了，在流行趋势中，一代人正丧失自主的选择，心态扭曲，尊严荡然飘远，肤浅成为标签，一个时代空疏的悲哀被诗人赤裸裸地呈现无余，故而诗人发出："悲哉！此情何堪？/悲哉！此生何堪？"的痛彻慨叹。灵焚近年创作的不少散文诗都可以寻访到《巴黎的忧郁》的影子，我们可以权且称之为当代中国的忧郁。在这些作品中，人生如剧场、城市如舞台，人与物都在被经济繁荣的时代和繁华的都市异化，面目全非。诗人对现代都市有自己的纠结和痛楚，更有睿智的批判和反省，这在其 2013 年创作的一组散文诗《没有炊烟的城市》（选章）中可见一斑：城市的运输如同疲于奔命的蚂蚁——"一车一车的夜晚呀！也不管这里是不是装得下，反正继续运，不停地运，运到时间也成了一堆废铁，断电了，熄火了，终于不再喘气了……/脑血管堵塞了。心肌梗死了。/送走蚂蚁之后再搬运夜晚的这只蚂蚁也死了，终于不再是蚂蚁了。"（《都是蚂蚁》）随处充斥着秀色可餐的都市却陷入饥饿——"一种单一的饥饿顺着下水管道，向整个城市的每一家、每一户私奔。/饥饿在传染"（《遇到章鱼》）；沉迷享乐与肉欲的都市人一夜过后筋疲力尽，心灵空虚无依——"此时，一群身体肥硕、四肢却骨瘦如柴的蜘蛛，正陆陆续续爬出夜总会、酒吧、丰乳肥臀的按摩房。/月色正好，霓虹灯在身后逐渐昏暗。/河床正在龟裂。等不到杨柳岸，蜘蛛们已经精疲力竭，就地伸出毛茸茸的四肢收集露水，补给一夜之间彻底干枯的河流。/晓风习习，却听不到水声回响"（《蜘蛛》）；在摄像头、电子产品等冷漠的看与被看中，病态的心理危机四伏（《病态》）；网络的虚拟空间更换着人们的脸，每个人的出场都带着诡异的面具，谁也不知道面具下真实的脸，直至在面具的伪装下丢失了真实的自己（《他人的脸》）……青春、热情和勇气都被支付殆尽，那么窗外还有什么？（《患者》）置身没有隐私的都市，每个人在现代生活中都身患病疾，人们自动与被动地选择遗忘。"忘了伤口"（《伤口》），不去抵抗，"不承认孤单"、"漂也是一种选择"（《你不承认孤单》）；所有的问题和症状正悄然被传染，"植物也患流行病"（《流行病》）；生命在荒芜和黯然中不断地消失，忧心于意义的确实、主体性的消解，诗人唯有反复地自我敲击和警醒。他承认宿命的偶然，却无奈于没有反抗与觉醒的被动；他在"看"与"被看"中保持清醒，却无法改变事件发生过程中的碎片化；他试图在生命剧场中重构现实的审美性，却时而迷离于"返源"的归途路向。如此地纠结、挣扎、分裂、自嘲和重构，诗人以理性对话存在、经验，穿越了重重场域的围困，秉持烛照心灵的蜡炬，诗人最终以反现代的抉择对抗物质现代性的种种问题。可见，灵焚对现时代的境遇、都市的生活、生命剧场的描写和隐喻富有浓郁的理性批判精神，其清醒之处在于他以对话的姿态书写，淡化对抗带来的激进和单一。这一现代性的反思近似于埃德加·莫兰的观点："欧洲文化在把理性作为自己的主要产品之一和最大的生产者的同时，保持对理性以外的其他思想的开放、并且超越理性，批判和否定理性。欧洲文化的深刻特性并不仅仅是使理性被解放得到了自主地位，更是造就了'对话'的体系，在这个体系中理性成为一个不断演变复杂的角色，它和经验、存在、信仰进行着对话和对抗。"①

结　语

长期以来，灵焚"本于性情之真"②，将哲学、美学与诗学深度融汇。他善以情感丰沛的语言、内涵多指的意象、逻辑紧密的结构编织关乎生命与梦的哲学命题，寻求灵魂的救赎与安放，重现灵魂的乌托邦，其间洋溢着蓬勃的生命的热力。值得注意的是，诗人并没有放弃对生命现时意义的肯定与追求，他欣赏灵魂需具有坚实的硬度，"应该学会省略路途的磨难"（《果实的时光》），"沿着高远的志向驰骋，到达心灵所能到达的地方"（《回声四起·长城，或者与家园有关》）。同时，他深切地怀念着逝去之美，古典与现代的结合使其作品流露并释放出唯美、沉默、高贵的气质，以及文明、坚持、漂泊的气魄。在当代散文诗界，灵焚确是一位旗帜性人物。除了创作方面的求新求变外，他还倾尽心力推动中国当代散文诗的发展与理论建设，致力于改变当代散文诗的现有境况与存在姿态，以期登上新的高台——这其中

---

① 埃德加·莫兰：《反思欧洲》，生活·读书·新知三联书店，2005，第56页。
② 这一点与明代中期重要的诗人、诗论家、哲学家陈献章颇为相似，陈献章身兼多重身份，创作"不惟篇什繁复"，且具有独标一格的艺术成就。

包含着他对散文诗朝圣般的热爱。诚如诗人自己所说："越是靠近她，就越感到她的高光炫目，她是那么神圣与高贵，只能膜拜，不可站立仰视。她，显然已经成为我的个人宗教，是我匮乏年代、枯燥岁月、寂寞日子的精神避难所。为此，即使需要我在生活中租赁时光，也要向她朝圣。犹如那些藏传佛教信徒，罄尽毕生，都用在朝圣的路上。"（《在碎片里回溯》）

最后，反观本文的题目，我想说：个体生命的逆流返源，与现代性的当下感悟；生活被放置在生命剧场的整体规约中，与历史的碎片、时光的碎片和日常的碎片，这两对充满张力和悖论的对象，却被灵焚巧夺融汇。他以坚执的主体性，以穿越的灵动，时刻秉持着散文诗文体写作的现代性指向，在当下多向度的思考、思辨中，完成了生命探究旅途征程上终极的关怀、凝注、坚守直至突破。

（作者单位：首都师范大学中国诗歌研究中心）

胡宽：城市里的"修鞋匠"

黄尚恩

在中国现当代诗歌发展史上，关于都市经验的抒写可谓汗牛充栋。特别是从 20 世纪 70 年代末起，虽然伴随着对传统农业文明的眷恋，可是人们还是勇往直前地加入城市化、现代化的进程，进入都市的人们拥有了新的生活方式、审美观念和情感方式。陕西诗人胡宽，作为城市里的一名"修鞋匠"（《超级巨片 丽丽》），仔细地打量着这一切的变化，开始了他的城市抒写。

一 胡宽及其城市抒写概述

胡宽（1952—1995），中国当代诗人，出生于重庆，主要生活于西安，其父系"七月派"著名诗人胡征。胡宽的诗歌写作开始于 1979 年，大约可以分为三个阶段：

第一阶段，也就是 1979～1980 年，胡宽的诗歌技艺尚未成熟，诗歌所反映的是自我的苦闷与迷茫，以及对于爱情的一些微妙感受。第二阶段，即 1980～1988 年，胡宽这阶段的诗歌具有强烈的反文化姿态和对人性真实性的近乎残酷的展示。这些诗歌锋芒毕露，将批判的矛头指向了自我、人性、都市、真理、语言……在表达上，胡宽任由语言喷薄而出，无论语言、内容还是结构都能体现诗作信手拈来而非苦心经营的随意性特征。第三阶段，即 1990～1995 年，胡宽的写作心态变得平和了些，叙事的成分和自传色彩明显增强，语言上也更加节制，而不是像前一阶段随意乱用那些铺排堆积的句式，代表作就是《黑屋》《雪花飘舞》和《受虐者》）。

胡宽作为一个诗人的重要性，在于其具有一种独特的内在的批判气质，他以一种半写实、半寓言的诗歌写作表现了人性的丑恶不堪和人类的荒诞处境。我们能从其诗歌中看到他的顽皮、挣扎、软弱、无奈，但他从来不顾影自怜，他本质上是一个勇士，"命运扼住了他的咽喉"，但他试图作出自己的反抗。在胡宽的诗歌中，在对外部世界进行批判之前，他首先对自我进行批判和质疑，而且其批判的维度基本是基于文化—人性的维度。这些批判的向度，始终伴随着胡宽的诗歌写作。例如，在胡宽的都市抒写中，他就是要关注自我在都市文明的洪流中如何保持独立性，关注人性在都市文明中的异化问题。

胡宽笔下的城市，是一个"被垃圾噎满了食管的城市"①（《无形的诱饵》），它"像正在收缩的子宫"一般，"躺在血泊之中"（《无痛分娩》），它"远远地蹲在前面，犹如生命垂危的富翁"（《我们已不再幼稚》）。胡宽清醒地认识到都市文明的弊病，也就是它的腐败气质，以及人在其中的异化。但他始终对都市的日常生活抱有一种迷恋，也没有刻意地美化他记忆中的乡村，而是说"人类古老的故事里，包含着不幸，无穷无尽的"（《我们已不再幼稚》）。这就是胡宽对于都市的复杂态度。

二　胡宽城市抒写的三个侧面

对城市的抒写在胡宽的诗歌中占据着相当重要的分量，他的这种批判是与其对人性的关注密切相关。具体说来，可以从"城市快节奏对人的挤压"、"妓女与城市的蛊惑性"、"废墟与城市的寓言化抒写"三个角度对其城市抒写进行分析。

1. "列车"驶过人性的尸体

现代化的进程首先是从交通工具的变革开始的。以机器代替人的步伐，速度迅速提高上来。《胡宽诗集》中有一系列关于现代交通的意象：穿梭似

---

① 本文所引诗句均来自《胡宽诗集》，漓江出版社，1996。

的，拖着尾巴的铁甲壳虫（《遗憾的相遇》）；街灯 一条发光的蛇 恍恍惚惚（《要不要我帮你脱掉大衣》）；地铁 急匆匆的（《超级巨片 丽丽》）；怀着复仇心理的桥梁 带来了狰狞的钢铁怪兽（《奇迹是怎样创造的》）。这一切促使着这个城市快速地往前飞奔，并将自己的节律强加到每个人的身上。在《我们已不再幼稚》中，诗人写道："在苍凉的白惨惨的公路上/我和死（被称作狂妄分子）/摩肩而过/彼此间/是那样的生疏/或者是由于过度亲密造成的。"行人被抛入到现代城市的车流漩涡之中，人流和车流形成一种运动的混战。

这种快速的生活节奏，已经渗入到每个人的生命之中。这正如诗人所说的："高速列车，隆隆地驶过，人性的干瘪的尸体"（《奇迹是怎样创造的》），于是，陷于车流之中的人们，即使身体躲避了都市列车的碾压，可是精神却永远被它们挤压着。因此，诗人笔下的都市人，无论是个体还是人群，都带有一种萎靡不振的气息。他们蝇营狗苟、各奔东西，因而也迷失了自己：

　　　快速移动的脚 瓶子似的呆头呆脑（《超级巨片　丽丽》）
　　　电车闪过狰狞的脸 穿雨衣的甲虫黑压压一片（《一块发烫的猪排和冬天在这些日子》）
　　　人行道的水泥路面布满坑洼　忙忙碌碌地活跃着那些假面傀儡（《虚妄的婚媾》）
　　　臃肿的、干瘪的、衰老的、阴沉的、歪扭的、各式各样的脸（《遗憾的相遇》）
　　　人们病情严重、萎靡不振，背深深地驼着，喘气，腰在抽筋（《献给我亲爱的婆婆》）
　　　无赖横行现实 触目惊心 丑恶的 精神萎靡（《不屈的头颅》）

胡宽用这么多的笔墨来描绘都市中的人群，他们有如行尸走肉，但却"快速移动"，忙忙碌碌。都市的发展就是以这些人的自我丢失为代价的，而胡宽批判的基点就在于此。他是一个追求自我、追求个性的诗人，他不希望任何一个个体在城市的发展中迷失。然而，都市里的人，不得不面对残酷的现实生活。胡宽在《如果有偏见那也纯粹是巧合》中写道："大家的日子要想过得好一点儿/就得束紧脖子，实实在在地/经营算计/三七开或者四六分成，当然最好独自占有/麻木和忍受锤炼着/人们的意志。"在城市生活，就得遵守城市的法则，成为都市那忙忙碌碌的人群中的一员。他必须"苦苦思索，脑袋沉甸甸的，学习怎样顺从社会"（《——站住夹着尾巴的隐私》），还要"每天都要露出可爱的奴才相"，"夹着皮包 出入交际厅 钻进见不得人的地方/巴结愚蠢的颧骨和下颌"（《无形的诱饵》）。最终，你如空中飘舞的雪花，"以往的尖利、冷峻已荡然无存/还掌握了许多处事的技巧/你已经变得乖巧多了"（《雪花飘舞》）。最终，个体的棱角慢慢地被打磨，自我慢慢地被社会所吞噬。胡宽在自己的诗歌里，试图标举个性来反对都市现代文明对人性的压抑，但却显得如此无力。

2. "妓女"与城市的蛊惑性

妓女和城市相伴相生。胡宽在自己的诗歌中也写到了妓女的"卖弄风情的影子"（《遗憾的相遇》）。在《毒吻》一诗中，他写到妓女在等待着拜访者，甚至还写道："雨夜/瑟缩在 他的狭长的 阴影下/恶性循环/野鹳式/他的精液呈现出灰蓝色/前面的道路犬牙交错/我说/请你转过脸吧/呻吟吞没了风。"肉欲化的表达，至少激活了某些具体的场景，可是在缺乏某种精神向度的指引时，这种欲望细节却有可能陷入了一种迷乱之中。那么，在胡宽的妓女书写中，这种肉体表达到底有何意义呢？胡宽这样回答："我要去 真理的厕所 参观发泄/（这还不够神圣吗？）/或者是寻找 牢固的归宿/每一只青蛙 都会做出这样的选择。"以肉体经验来解构这种宏大的理念（真理），这就是他的一个目的。

但更重要的是，胡宽通过对妓女的书写，表达了自己对都市欲望的批判。胡宽敏感地把握到了城市与女性之间的暧昧关系，他在多首诗中把城市比喻成了妓女、情妇等，比如"城市——疲惫的妓女"（《自述 我是寒流》）、"啊，西安 透明的情妇"（《有形的和无形的》）、"炽热的黑影 插进城市的子宫"（《W乐章 自供状》）。此外，还有电车线在"轻佻的摆弄着女人发辫"（《漂亮的几声呐喊》），风骚的售报亭"鼻子上坠着情色救生圈"（《圈套》），而"姑娘们也变得越来越刁滑了/束假乳房"（《疼痛将会消失吗》）。妓女，在这里作为对都市的整体象喻，表现了都市中物欲的合法化和伦理的沦丧，即时享乐成为价值的中心，一切都市里的时尚和美学趣味都指向欲望话语。而城市就仿佛一个妖艳的"情妇"，诱惑着人们走进她，沉浸在她秽裹的怀抱里。

可是正如胡宽在《催眠曲》这首诗中所分析的，"这座废墟早已闻名遐迩"，所以虽然"出城来"的人们告诉将要进去的人说"切莫上当，里面什么都没有"的时候，是没有人相信的。"想进废墟碰碰运气的人们，已经排起了长蛇似的队伍"，而"这个废墟的名声还是经久不衰"。这就是城市的蛊惑性。面对城市（这"透明的情妇"），人们一方面意欲诅咒和摆脱城市的罪恶，可另一方面沉迷其中，无法自拔。城市的迷惑性，不仅发生在你未进去之前，还延续在你进去之后；不但在你糊涂时生效，而且在你清醒时有效；城市就是一个你沉溺其中的情妇，是你永远戒不掉的冰毒。

3. 一座地狱，一座死城

在一些篇章中，胡宽并不是对城市的现实场景进行直接描摹，而是通过寓言、童话、隐喻等形式来表达对都市的看法。而我们现在要考察的就是，在这些寓言化写作中，其都市经验的抒写是否有效。

首先，来看《护身符》中所描写的一座"地狱"。魑魅翁是一个很会享受日常生活的人，他一天大概吃了 15 顿饭，可是肚子里空如破铁盒，他要和情妇逛大街，要修尼龙拉链，要刮胡须，要买甲鱼，要上吐下泻，要办乱七八糟的荒唐事，要给 261 个聋哑人接生，要推销番茄酱……可是，魑魅翁对自己所生活的这座"城市"极其不满。一方面是由于这里很多设备陈旧不堪，下水道没人修理，环境也乱糟糟的，地狱里搞鬼的人不计其数；另一方面是由于对这种冲动、惊慌、关注和费尽苦心的苟活方式不满：活着就得把鄙俗的唾沫吐到自己的身上，鹦鹉学舌似的念庸人的单词，突发性地烦恼和歇斯底里撒泼装模作样地相信白内障如何治疗失恋和怎样克服心胸狭隘，等等，所以魑魅翁决定迁坟离开这个地方。他说："我要走了，这纯粹是一场误会！"诗中列举了很多的红尘俗事，表现了在这座"城市"生活的人们的虚伪生活。这些细节是真实的，或者说是可以对应于现实的，而且这些细节是被放置在一种历史眼光的统摄之中，从而使得这种都市批判获得了真实性。

其次，我们再看其诗作《死城》中所描写的情形。长诗描写了这样一群人，他们被"光环的巨口"吞噬了"有限的生命，手、脊背、粗糙干裂的脚和微弱的精神"，在这个城市里，他们的生命"只是廉价的饮料"，所以他们思索着如何摆脱身边形形色色的狰狞的可怖的金属网。有两种选择，回归农村，或者选择一座新的城市。可是诗人知道，一座现实中的城市，一定会带给他们同样的恶劣后果，所以诗人为他们虚构了一座"死城"。这座"死城"一派辉煌的气象，让人眼花缭乱："瓦砾、摩天大楼戴着耳环，连接宇宙的独木桥/腾起的烟雾，缪斯女神酒醉的呓语，脂肪林立/权力的基座——由金子铸成。"

最为奇特的是，城市和乡村两套逻辑在这个城市里并行不悖。它有城市的交易逻辑，所以"可供出租的童年，整整齐齐地挂在书橱里，标签上注明性别，也可以选择性别。可供出租的智慧，混居在现代的垃圾中间，包裹着陈旧的尸布"；也有乡村的习俗，大厅里播放着节日谚语，"二十三、祭灶房/二十四、扫房子/二十五、磨豆腐/二十六、杀口猪/二十七、猜灯谜/二十八、开礼花/二十九、点香炉/年三十、包饺子/大年初一、撅屁股作揖"。面对这样一个城市，大家都表现出一种极大的兴奋，就连"怀疑主义者歪鼻孔"也劝起小鸟说："你还犹豫什么？非常思念你，快来吧。我们已经适应了这座城。"于是他们喊道："每个人都拥有一个宇宙，并本身就是宇宙，每个人都能看到自己，看到未来神异的灵光！弟兄们，弟兄们，弟兄们！"

可是这座城终究是一座虚幻的"死城"，它的存在依托于"老猫"的存活，所以"死城"的新入住者却将无限的希望寄托于未来，注定是一场空。这正如《土拨鼠》中所写的："未来是什么呢？土拨鼠满怀信心地说：未来就是大地上竖立一根木头，木头上面插上几根烧焦了的鹅毛，鹅毛上面沾满了唾沫！"这不禁让我们想起廖亦武写的那首同名诗歌《死城》，人类的一切都逃不脱时间的轮回，现在即是过去的"间接的种子"，未来即是过去的存身之所。所以，在这都市里，人们应该试着关心着日常琐碎的细节，自得其乐。在《赌棍》中，"你"因为要搬家，所以细心地收拾着锅、碗、瓢、勺、油、盐、酱、醋、桌椅、板凳、柜子、杯子、大头针、穿衣镜、尿壶、鸡毛、老鼠药和肥皂，思考着往泡菜坛子里滴一小杯酒能保持味道鲜美。他们都很留恋自己这普通的生活，正如《土拨鼠》中所写的一样，土拨鼠喜欢靠在安乐椅上哼着"美丽的肛门美丽的牧场"这支歌曲，土拨鼠订阅时装杂志，观看冰球比赛，吃了一杯草莓冰淇淋，在芙蓉理发美容店里等了40分钟出来时非常风流倜傥。土拨鼠是不会回望那乡村的，因为它已经在这座城市练就了熟练的步伐。

三 对胡宽城市抒写的评述

胡宽对于城市的批判，是基于都市的细节的，但又深入其内里。除了对都市文明对人性的碾压、都市文明的妓女性，还有都市现代性时间进行批判，胡宽还批判了伴随着都市化进程出现的流行歌曲、浮华广告、商品化逻辑等。从我们今天的视野返回去看胡宽的这些城市抒写，我觉得还是有很多值得关注的点。

第一、在谈到20世纪八九十年代的城市写作的时候，我们总会想到上海的那一群城市诗人（当然还有一些新政治抒情诗中关于城市发展与国家进步的想象性描写，他们的就不说了）。"城市诗派"因为居住在上海这个大都市，而且是以诗歌流派的形式出现在人们面前，自然引人注目。可是我们没有想到，在相对"不那么都市化"的西安，有一个诗人胡宽，因为在一种相对开放的时代大潮中，敏捷地感触了城市发展的脉动及其带给人们的影响，写下了这么多关于城市的诗篇。这些诗篇所采用的视角，即使放在当下也不过时。

第二、胡宽的城市抒写不是"风景素描"、"景观式"的，他有自己的建构，将现实的情形进行一种寓言化的抒写，从而赋予作品更为丰富的涵蕴。他试图在这些作品中观察人性的美好与丑恶，展现人的悖谬式处境，达到了更深层次的批判力度。另外，写城市，不免以乡村作为另一个对应的尺度；胡宽也像很多的诗人一样，在对城市进行批判的同时，也以乡村的文明以及乡土的亲情作为都市文明的救赎。他在很多首诗歌里，试图激活记忆中的乡村，表达对乡村童年、乡村亲情和乡村习俗的怀念。但是胡宽并没有因此片面地否定城市和过度地将乡村诗意化，而是将二者同时并置开来，挖掘城市的美好一面，不避开农村的种种弊端。因为一种顽皮的、而具有内在批判性的写作气质，胡宽得以在两者之间游刃有余。

　　第三、胡宽关于城市的抒写，最重要的贡献在于，他为我们提供了一个独特的观察视野，或者描写都市时的诗人形象 ——"修鞋匠"。胡宽将诗人称为"修鞋匠"（《超级巨片 丽丽》），正如北师大教授张柠之分析："修鞋匠"是进了城的农民，但他们保留了一种根深蒂固的土地情结——数年如一日地坐在同一座立交桥下"守株待兔"；他们咬牙切齿地用力敲打着散发出脚臭的鞋跟，内心却梦想着衣锦还乡的日子；作为农民中的游离分子、大都市中的异类，"修鞋匠"（诗人）在城市日常生活中的卑微地位，以及他们独特的观察视角（坐在不引人注目的树荫下、街道的拐角处、立交桥边），决定了他们批判气质的独特性①。胡宽有着鲜活的城市体验，在当时那样一种语境中，他感受到了城乡交接地带的诗歌资源，表达出了未完成城市化的"城市人"的独特感受。

　　　　　　　　　　　　　　　　　　（作者单位：中国作协《文艺报》社）

---

　　①　张柠：《我们内心的土拨鼠》，《作家》，1999 年第 12 期。

"爸爸惩罚核桃夹的方式"

——对青蓖"非风格化"诗歌的印象与细读

刘洁岷

　　谈论青蓖的诗歌是我很乐意的且感到某种少见的忐忑，我知道要谈好它是有难度的，因为她一人即"煌煌然"占据了出色与无名的两极。这种出色的无名或者说无名的出色，从大的方面我们可以体察新诗百年的幼小稚嫩——对好诗的判断标准及对诗歌的秩序排列尚处在粗放的"无达诂"阶段，典范与平庸搅为一团，这不免令人有些许悲观。从小的方面看，我们惊讶于青蓖的珠玑文字，那种摇曳多姿、成色十足的书写；我们又不免通过这个珍贵的语言活体切片，为我们现代新诗的长足突进感到气通韵达而欣悦欣慰。

　　青蓖的诗，最初我是在 2007 年看到的，因为办一册民刊的缘故。她的诗歌起点水准之高，在我多年的对新诗人阅读史上不说是孤例，也会牢牢占据一席之地！我们那个印制简易的刊物有个重点栏目"女之书"，选稿要求尽量严格，但当时我们觉得放在哪个做栏目头条都不够醒目到位，最终还是特别地把她的 25 首诗以《蓝布镇》为题调整安排在头条。在定稿时我还有个体会，就是她的作品量大且质优又十分均衡，在取舍时感到颇费周折。要知道，这是一个 2006 年末才开始写诗的簇新面孔——当然，她也不是女巫蛊者。我们揣摩她的写作也无疑会像每一个普通写作者一样，一定会有长年的阅读与练习的过程，只不过她的阅读与练习有可能是在其他文体上，当然，同时还伴随着渴望灵魂被救赎的生存体验。在2007年那期刊物的卷首语中我提到："这是继当年水丢丢、苏瓷瓷等之后突然冒出来的又一个异数……我们就像那个捕蛇抵赋的古人，呼吸着带毒的疫气细察她的作品；与以往我们阅读到的总的'诗'以及此次的全部来稿相比较，最终使我们确信，其应该被放置在最前列，否则，我们的刊物就会像去年把周云蓬的作品放在某期'大展'而没有放在本刊一样，出现令人遗憾的'历史性'失误。"顺便提一句，周云蓬以及后来我们推举的灭人欲、林柳彬等至少在"量"的上面看来是明显逊色了。当然，只要时间依旧在持续，话就不能说死。

也许，有人会奇怪于笔者为什么绕开青蓖的诗歌文本本身，谈论那么多别的、间接的话题来衬托、烘托。实际上，以往在谈论一个"比较优秀"的诗人，或者在谈论一个创作思维可以在其文本上拿捏得到脉络的作者时，我们通常可以先落到实处——比如，通过一首诗的精彩部分推演开去；比如，抛出一个观点然后在作者的文本中找到佐证，等等。这些都是屡试不爽的伎俩与方法，但这些对于青蓖诗歌都不太适宜。她诗歌的丰富性，使得对她的研究无法用概括、提炼的方式"简而言之"——这里我忽然想起一名央视记者在记者招待会上要求奥巴马用一个关键词或短语描述中美关系被婉言拒绝的情形——我相信当事人的诚实。我们可以谈到某某诗歌的宣叙调、意象图景，某某诗歌的尖锐、敏感、宿命感，某某诗歌的焦虑、急促、大胆与孤绝，某某诗歌的旷达、温婉、讥诮，某某诗歌的透明、率真、感性却虚玄，等等。无须讳言，我已将青蓖与既往的那些诗人等量齐观了。我相信，青蓖的诗歌也最终会令我们找到描述其风格的关键词，但这不是那么简单的事，那是需要在一些研究者作进一步勘探式研究后的结论。这里，我们也看到，20世纪90年代以后，当代诗歌（女性诗歌）的某种嬗变，其诗歌的语境比较透明，当然也就谈不上晦涩，但已然不是那么易于归类的了——她几乎化若无痕地消除了她的师承，无中生有凭空而来水到渠成；她自如地穿行在现实的具象与抽象之间，风格宛在但需重新命名。

大抵说来，青蓖的诗歌有这样一些特点和路数。一是她的部分诗中有"我"，但并不十分贴近"我"本身；个人的遭际、个人的"生物信息"被她作为诗中的素材，但都作了一定的淡化与间接迂回的处理——这种做法使她的诗歌避免了若干女诗人会出现的过度"自白"的倾向，而使得她的作品呈现一种感性而不偏执的弹力。她在《风怀想——思舅舅》用细腻的笔法描述过舅舅的意外——在《就像一条奔向大海的河流》里也提到过——但这都是家族细节，还不算直接触及她本人。青苠在对现实生活的经验向语言的诗性经验转换上是有把握能力的，那种对节奏旋律的繁衍，对场景与细节的还原式描绘和干净、自然有笔锋劲道的收敛是成就一个诗写者脱颖而出的要点之一。诗是什么？我们知道一千个哈姆雷特在这个问题上纠结着。但我们可以以逆反的思维来揣摩——诗歌不是什么？诗歌是围绕着"抒情"的——这种抒情包涵着冷抒情与反抒情——这一点可能是一个核心和本源问题，只是在当代，我们在以经验代换、提升这种抒情。一种生存中积攒的能量构成一种澄澈的命名般的语言传达。新诗发展到了 21 世纪以来，我们已经本能地排拒了那种凌空蹈虚的高调，但我们也厌恶将诗歌等同于生活记录簿的"现实主义"。诗歌不是发癔症也不是模仿实在之物，诗歌的魂魄是在词语的内在旋律中找寻或创造出"诗性意义"。这里，诗人需要缪斯附体，而从事一种天才的劳动——只有如此，我们也才能理解如此年轻的诗人青苠等携带着如此海量佳作凌空出世的"灵异"现象。特例当然也是有的，比如《与我们有关的是什么》《威士忌安魂曲》等诗对自己的身体与心态作了直面的刻画。那种诚挚与无奈，就像"还有多少自说自话，在说出之后深深后悔"（《与我们有关的是什么》）这个句子，透出一种清新的情绪之外的语言魅力。不仅如此，在我阅读青苠诗歌的灵视里，感觉到她的诗里藏匿着那么一个小精灵：咕噜噜的大眼睛彻底地有点贪婪地观察这表象的世界，以一对雷达般的耳朵谛听形态各异生命的细微脉动，以游丝般的呼吸嗅探着阳光辐射下阴影的神秘；她对于我们人类的庸常、苦难、丑陋与快活都一概报以好奇与惊讶，而一旦有突如其来的动静，这脸色正常的小精灵又会睫毛抖颤地闭目祈祷、思索，带点残留的恶作剧、调侃神情。

　　我联想到美国的艾米丽·狄金森和芬兰的埃迪特·索德格朗，她们各自沉湎于相对封闭的生活状态，一辈子都在接龙一首个人的天籁，不断地构筑、丰富那个至善至美的小宇宙。同样，青苠偏居于湘南古城，与"诗界"素无往来——和他们保持距离最多是些网络的邮件交流，没有现实中的日常交流。但就是在这样的情形下，青苠在诗歌中的精神世界却是非常开阔而丰富的。她的词汇直接抵达了口语与书面语最当下的部分，她的诗歌抓手与抱负（不是现实功利的）远不局限于对个人精神与具体生活的关照、吟咏，而是秉有一种不说是思虑千载、纵贯古今的但也应算是辽阔的气度——就女诗人而言，在咀嚼、探测自我的同时逃避、超越自我的精神向度是一种可贵的品质，这样，她的诗歌将可能拓展出更大、更有层次和维度的时间地质空间。就像我偶尔开玩笑的说法：是否有一个号称"青蓖"的诗歌创作团队在支撑青蓖的写作？她当然不像波德莱尔、西尔维·亚普拉斯那样洞察社会的病态混乱与质疑世界的寒凉痛苦，也不会像她们的诗歌语言那样炽热、沉重与险峻——与此同时，她却又"迅即"以《女萝》《甲壳虫助理》《劝酒词》等来驳斥我刚刚艰难地作出的论断。我遽然发现，当我从对她诗歌的阅读朝向对其阅读的评说与判断时，有时会不自觉地陷入一种她预设给我们的误解与褊狭中。

还是选择她的一首诗，我们暂且撇开"社会历史语境"，虚心静气地一起阅读一番吧，不过要声明这也未必是很有"代表性"的，因为她的"路数"多多——《核桃之家》（2013 年）：

> 父亲退休后，一门心思都在夹核桃
> 核桃仁装满了罐子
> 而我和妹妹总是在买核桃
> "这个固执的老家伙"
> 邻居太太神经衰弱地听着核桃夹喀嚓喀嚓
> 压碎弹跳的果壳
> 我和妹妹睡觉，有时在睡梦中牵回
> 别人的长毛狗，扔给父亲
> "对，让长毛狗卡住核桃夹"
> 妹妹没有我阴暗
> 醒来后分不清梦是谁的
> 三十岁姐妹又同睡一张床
> 妹妹撅着屁股挨着我
> 我们的隔阂是核桃的膜

　　她挨我越近越感知到硬度

　　父亲每天从核桃壳中爬出来去洗脸

　　他睡在一张软垫

　　床留给了母亲早年的英魂

　　退休前母亲是亡妻

　　一张注销户口纸

　　现在成了强势的女人

　　让我们甚至以为母亲死于核桃夹

　　"爸爸惩罚核桃夹的方式"

　　妹妹天真地笑出粉扑的褶皱

　　呵，她比我老得快①

　　这是一首读起来流畅、灵巧，话语明晰有趣味的诗歌。其语境却与通常的生活流、日常流水账诗歌有明显的不同，一种陌生感油然而至。这种文本陌生效果的出现，要么是作者缺乏基本的写作训练，使得作品粗陋，缺乏与既有的优秀文本（可以当作一个总体的大文本）勾连、互文的素质；要么是因为作品具有卓尔不群的原创魅力。"母亲"已经去世，父亲"一门心思"地在"夹核桃"。这种专注看似有点怪癖，但"我"和妹妹不断地为父亲提供核桃，将这种不是为了吃而夹的行为凸显出来了——这是什么"核桃"？"核桃夹"是干嘛的？诗歌里的人物已经赋予了这些物件以某种寄托？玄思？直至让梦里的长毛狗的"长毛""卡"住父亲的"核桃夹"——符合怀有童心的姐妹（女性化）之梦的状态——那种看似冷漠怪异实际痛苦悲哀的夹核桃声让女儿们不耐了（记住，不断地给父亲"买"来核桃的也是这俩姐妹），而邻居只是单纯地讨厌噪音。此刻，她们和父亲都已经住进了"核桃"，一家子都在核桃里面，躯体之间只隔着核桃的瓣膜——一家子（剩下的三个连同一个"英魂"）已经回到老旧的，被时光弃置的空间里。"床"是"亡妻"的，是母亲的；"英魂"空洞地占据，构成让父亲睡在

---

①　青蔑：《核桃之家》，［BO/OL（2014－9－24）［2003－07－03］］http：//blog. sina. com. cn/u/1304033591。

"软垫"上的"强势"。至此，我们察觉到，使得这个家破裂、不完整的是一个巨大的"核桃夹"，那是使得母亲"户口纸"被"注销"的时间与命运！那种失去亲人的悲哀浸透了语速明快的字里行间。在情感的逻辑里，"核桃夹"即是这"核桃之家"的破坏者，是敌人；父亲那么"固执"的行为便是"惩罚核桃夹的方式"。这诗的整个语调有点带戏谑的小女孩气，但又表明是"三十岁姐妹"，结尾的"笑出粉扑的褶皱"也印证了她们的年龄。好似心灵还是在核桃老屋里那么幼小、"天真"，但身体已经进入了中年，进入了失去了母亲的世界。姐妹再次钻进核桃"又同睡一张床"，是回到了曾经母亲还健在的童年时光（但人已经"30岁"），也提醒并告知我们，整个以叙述的笔法描述的场景与语言是一场虚构，既是那么活灵活现有现实感，又是那么虚玄不真实——这正是一种摩擦我们心灵的力量。在"核桃"与"核桃夹"渐渐嬗变为象征之物的同时，饱满的情感与因为隐忍而怪异地将这种一般性的大众化的情感如剥丝抽茧般呈现出来，而且始终没有挑明，始终是在扑粉般地掩饰。这也是诗人的高超之处，那种情感，那种戏谑、俏皮包裹着的渴念、悲哀，脆弱又坚硬，只能藏在心的最隐秘的角落。诗的结尾出奇制胜，感人至深，是笔者最为欣赏的地方。当然，这也是整个诗歌一层层铺垫到这里才出现的效果。整诗的语感安排从容自然，但也非常老道，可以说无懈可击，意蕴丰厚但着笔鲜活，意趣丛生。从结构上看，语词以口语般的述说纳入了象征的框架，前后相互映衬、支撑，是个"连贯的统一体"——这样一首初读感受颇为"陌生"的作品，其"异质"性慢慢在自身的文本中经过规训、驯化而被有机地消化了。

这是一首不见"影响的焦虑"的原创力强劲的诗篇：诗歌的语音之轻（有点扮嫩的老女孩腔调）与意义之重（丧失之痛），构成了巧妙的张力；叙事中着重于叙述，不经意间成功地将叙述颠覆为诗歌的修辞；风格独特但难以归类，具备了20世纪90年代以来慢慢形成的新诗的综合性品质。

青蓖不像唐丹鸿、沈杰、沈木槿、宇向、水丢丢，也不像尹丽川、鲁西西、梅花落、苏瓷瓷、木杪、洛卜卜等那些风格各异但向度相对鲜明的女诗人，那她是怎么样的一个诗人？可以说她以一种非怪异的方式轻飘飘地离开了那些标志性的参照系诗人，也无法挂贴上一个现成的风格化的标签。她只是以她源源不断的写作试图让我们领略到神的言辞、云雀的话语如何"翻译"、魔幻为地道的尘世诗篇；试图在滚滚市井俚语中建构、同构出栩栩如生的高迈象征；试图在贫乏精神世界与心灵的广泛荒芜、枯竭中搜寻、化生成丰润、牢固、深刻的形而上学王国；试图在普遍、似乎彻底的的苦痛、迷乱、荒诞、虚妄的症候中检测、诊断、呈现出纯粹语词之感官之美——那甚至是直接的和无限的。

用笔者的一个现成的"老调"来说，青蓖是一位"非风格化"的诗人①。非风格化的诗人一直在逃避自己的风格，虽然，其最终的归宿还是她极具个人化的风格，但这个过程漫长多了。这个"抛物线"的焦点与准线相隔非常的遥远，一般的肉眼在若干个文本中还难以归纳出其风格曲线的轨迹——就像在古代，只有嫦娥才知道地球也是圆的一样。

我们对一位本真诗人的作品、对其一大批诗歌的"正确"阅读是否应当是在阅读者不同的年龄阶段持续地进行，在起伏动荡的情绪状态下，在被命运纠结的惶然失措中，在所谓世界观、人生观、艺术观发生了根本的变故之后？在此我开始琢磨她曾为自己诗集（未出版）所拟的《未来的邻居》那个名字——一个宏大、急切甚至可能夸张的悬疑是，她的诗歌是否就可能是当下诗歌与"未来"诗歌一个恰到好处的介质与载体？"邻居"意即我们与她、她的文字只间隔着一堵薄薄的友好的墙体、核桃瓣膜或体面可喜的封面，隔着"诗的想象域"②，那么我们是否打算自此把目光漫不经心地投向她诗的另一首的第一行？

（作者单位：江汉大学《江汉学术》编辑部）

---

①　关于"非风格化"诗歌的论述，参见刘洁岷《非风格化的〈桥〉》，《星星：上半月刊》2003年第10期。

②　赖彧煌：《从性别想象到记忆对经验的转换——论沈杰、青蓖、水丢丢和梅花落的诗》，载江汉大学现当代诗学研究中心编《现当代诗学研究专题论集》，武汉：长江文艺出版社，2011，第478页。

四首现代汉诗的诗画意味

梅丹理

　　提到传统诗歌文化时，我们常常会听到"诗画同源"或"诗中有画、画中有诗"这样的论述。本人认为词语意象与视觉意象的交叉运用仍然是中文现代诗的重要特点；本人还认为中国传统文化中一些讨论意象的方法，若能将其应用到现代汉诗的探讨，仍可获得很好的成效。选择这个角度探究可以算是一种"汉学实验"，因为本人认为研究"汉学"不应该局限于西方的方法，汉学的一部分内容，总要运用中国的方法来探讨。作为这个论点的具体表现，本人选了诗人画家严力的几首诗来讨论。

　　首先，严力诗中的意象往往有强烈的视觉意味，先看这首以狗的形象比喻现代人处境的诗。

　　明天的一首狗诗：明天/一条死后才成为野狗的狗/咬着这个世界没有松口/明天的诗也没有回答/咬住自己的罪行//明天/那些住够了城市的狗/将带领被家具软化了的楼房/冲进果园的怀孕期/咬住自己出生之前的原始形象不放//明天/狗牙已成为琴键/只有能咬碎骨头的音乐/才值得流行这个世界/明天/痛苦仍将是再版的乐谱/所以最会唱歌的是印刷厂的机器//啊 明天/明天的狗在医院里切除了它的看家本领/一个无家可归的世界/到处是度假的狗/天上经常飘着一团团像狗一样的云/有些开飞机的艺术家/则在天上画着姑娘形象的云/明天的狗沿着六月的上

午和十二月的下午/在白天的左右/仍然晒着无聊的舌头/它们无聊的幸
福抑制了交配的野性/明天的狗以畸形来延长它们的生命/也是科学的一
种//明天的狗窝像一件衣裳可以到处乱挂/但是明天的狗皮被狗脱掉了/
明天的一颗狗一样的人造卫星/甩掉它那烧焦的尾巴之后/去太空做人了
//啊 明天/我也将会有这样的明天/所以今天/趁宽阔的太阳系还没有被
狗群封锁/我叼着自己的影子/从阳光里/灯光里/甚至迷人的月光里/出
去了/永远/出去了/（1986）

在这首诗中我们能看到关于狗的几个视觉记号：咬着东西不松口，叼着
东西，冲进果园，咬碎骨头，晒着无聊的舌头，摇着尾巴，飘成狗一样的
云；同时也出现了狗身上几个标志性的部位：牙齿、尾巴、狗皮。这种描绘
有一点空泛，好像是把狗当作舞台上的道具。每一个视觉因素只提供一个视
角，让我们透过狗的形象来联想一些更切近人自身的问题。但是这种标志性
的意象有一个另诡的特点：它越像一个窗口让我们观想一些别的景象，其自
身的简约造型越能获得固定。本人每一次看这首诗，脑海里出现的是都市风
景中一只庞大的狗的形象。这只狗有好几个视觉姿态（或身影），就像同一
种标志可以灵活地运用不同的笔触来表达，而我们通过这个标志性的窗口能
看到什么？当然因人而异。但是这个窗口有特别的面向性，因此能引导观看
者去揣摩一些关于人性的问题。这首诗写于1986年，正值中国大陆的"文
化热"。当时，很多社会人士趁着意识形态的松动，以"人性"作为探讨的
课题，有的人从人道主义出发，愿意重申西方启蒙时代的人性论（比方说
李泽厚）；也有人愿意从人格修养的问题切入，来进行文化的寻根，以恢复
东方固有的人本价值观（比方说阿诚的"三王"小说）。

而诗人严力更愿意用他的诗歌作品参与到人性的讨论。"……那些住够
了城市的狗/将带领被家具软化了的楼房/冲进果园的怀孕期/咬住自己出生
之前的原始形象不放……"这里说的"出生之前的原始形象"很容易令人
想到禅宗语录中的"父母生我前的本来面目"。禅宗没有单纯地接受"人之
初，性本善"的教条，而是把"本来面目"当作一个仍待探讨的公案。而
严力以现代人的冷静眼光所看到的，是一条"死后才成为野狗的狗"。这条
狗把假想中的"原始形象"掩盖了（或霸占了）。

　　狗与人的共同特性包括愚忠、奴性、排他性；还有一个更根本的特性，就是狗和人都有某一种隐藏的野性，他们已经被文明驯服了，但潜在的野性有时会泄露出来。野生动物可以成为原始人类的图腾，但百兽中只有狗最适合成为都市人类的图腾。严力在这首诗中正是把狗当作现代人类的图腾来写。

　　严力之所以用狗的形象来加入有关人性的讨论，还有当时的历史原因和个人背景。1949 年后的祖国大陆，养狗不流行，这很像捷克小说家昆德拉在《生活不可承受之轻》中反映的情形一样，同样在一个共产社会的特定时代，养宠物会成为一种受到批判的把柄。严力在这样的社会背景中长大，于 1985 年来到纽约。他的小说集《与纽约共枕》中有一篇写到这样的情形：因为一位美国朋友要放假，把公寓的钥匙交给小说的主人公（就是严力），拜托他帮忙天天带狗出去溜达一下。过去很少接触狗的诗人，此时牵上一条巨犬，难免会引起种种想象；这只狗在他的遐想中甚至变成了一个吞没一切的庞大象征。

　　中国有一本用意象来探讨种种问题的经典，就是《易经》。作为《易经》的读者，我得以看到传统文人如何诠释各种象。我喜欢借鉴传统的那种深刻而有条理的解象方法来看当代的"众生相"。读严力的这首诗时，我会联想到《易经》的八卦之一，艮（山）。诗中所反映的人类形态不是假想中的本质或本性，也不是潜在的道德主观意识，而是历史中积习成性的倾向。它是制度的异化长期沉淀而产生的，是一种接近于本能的习性。单纯的人欲应该是自生自灭的，是互相抵消的，只有异化了的人欲会成为"死后才成为野狗的狗"，因为人欲会受到制度的扭曲。而从更长远的人类进化史来看，人类的兽性也是一种早已经沉淀了的深层结构，是人类的祖先经历长期的生存搏斗而形成的一系列自卫、求偶、侵占的本能。

　　这些随着不同的时光尺度而沉淀出来的特性，使我想起《易经》的艮卦☶。艮的阳爻在上面，不能再升，因此在震☳、坎☵、艮☶的序列中，艮代表的是过程的结果，是历史的沉淀。艮的这些特性在蛊卦☶☴中表漏无遗。艮的形态已定，已经没有能力与巽卦☴那种新的生机展开共同的运作。温和的巽因为遇到上面的艮而受到蛊惑，甚至会有畸形的发展。艮看来是固定的，但它一旦卷入快速变化的情境，很容易像齿轮间的碎石那样，成为不协调的因素。这种因素因失去了主观道德核心（心死了！）而变得更可怕。这正像诗中的情形：凭着年轻诗人的才华，与新的时代一碰撞，本来可以激起想象力的浪花，成为一首赞叹未来的诗，但它受到搅和因素的影响，因而成为一首蛊惑的诗。这首诗在骨子里是一首土生土长的未来主义的诗，它的节奏有一种欢快的速度，但因为人道的关怀只能在所关怀的事物周围低回良久，最后只能带着自己一种暧昧的言说能力，嘴里"叼着自己的影子"，逃离现场。

按《易经》"说卦传"的说法，艮卦▦的附带含义之一是"犬"，与这首诗的取象不谋而合，但是这一类的巧合在命里上的意义并没有引起我的兴趣。无论在严力的诗中或在《易经》的"说卦传"里，我更愿意往深里去谈"犬"的象征意义。

艮卦还有一点可以跟这首诗交相呼应：艮在后天八卦的排列中属于东北，位于杀伐之气的冬天与生机萌发的春天之间；艮卦是死者的世界与活人世界之间的枢纽，是死者魂灵要首先投奔的去处。所以古代各城镇的东岳庙（类似殡仪馆）都被认为是那座位于东北方的圣山——泰山——的延伸。因为我在严力的诗中读出了艮卦的联想，所以更觉得那句"死后才成为野狗的狗"在此诗的整个意象群中不失为一个自然的成分。

"明天的一首狗诗"的宿命感太强。用传统的象征语言来表达，这首诗的"艮山"特性太强。因此我很自然地会就近去寻找，在诗人的其他作品中有没有平衡的因素？果然，在严力差不多同时写的一首诗中，我发现了坎水的流动性：（史诗）"……一条河决堤了／因为幸福与我们拉长了两岸的距离／我们只有投票赞成这条河决堤的权力／而我／是其中一名不一定非要有好天气的水手／无论有没有我／桨都要把花园摇进你的眼中／世界有这个责任／把地球看成一座花园／来自宇宙的上帝也要买票入园……"

其次，严力在下一首诗里，很快就亮出他的艺术家身份。他一提到观看者和观看的对象，就想起"美学惯性"的问题。且看：

节日的弯度：礼花四射的光彩／沿天空的脊背弯下来／仰望者／以美学的惯性往甜的方向倾斜／内心的牙为此被幻想的糖腐蚀／／天空的脊背上／礼花继续叙述着节日的弯曲／我在人群中俯视着自己的鞋／它是一截

个人的尺寸/从集体中剪下来的孤独//礼花瞬息的灿烂/抽象了所有的具体/我从清醒中再清醒一次时/天空的脊背紧贴着我的脊背/之间已没有任何缝隙可以穿梭礼花// （1996年）

在这首诗里，如何生活和如何当好艺术家的问题几乎被合并到一块儿。把如何自处（修养）和如何欣赏（品味）的问题合并起来也是传统文人的典型作风。礼花是一个每逢节日都会有的景观，但因为提到"审美惯性"和"被幻想的糖腐蚀"的问题，使我们在礼花中看到寓意，就是生活中那种虽然精彩灿烂但很快会飘逝的东西。用艺术眼光来看，就会把人们对此的庆幸感（或滥情）看成审美问题。诗中"倾斜"两个字用得很好：既可以描写一部分人那种审美偏差，又可用来描写火星坠落时的抛物线。点缀天空的礼花看起来是轰轰烈烈的，但其实很空洞。按一般人那种美学惯性的"甜蜜方向"，天空往往被解读为无限可能性的空间，礼花的那种迸发和闪耀正好可以用来模拟心灵创意的展现。但严力故意要颠覆"天"的形象，他偏要把"天"拉回到身体所允许的范围以内。这是一种不得已的审美选择，因为他已经认识到甜蜜审美方向的后果（就是真正灵感的消失）。有限的个体受历史条件的制约，因此他的思想天空也要受到制约。传统的"天"可以象征无限的道德启发或无限道德成长的可能性，但诗人已经受够了"启发"，并且觉得自己的"成长"方式不是那么值得庆幸的。他不想再看到那些在天空中引导他视线的幻象，对他来说，"节日的弯曲"所叙述的不是（思想）空间的辽阔而是地球的引力。既然终归的主题是地球的引力，干脆往下面看自己那种专门负责承受重量的身体部位——双脚。这个念头其实转得很漂亮，从"甜蜜方向"的仰望到冷静的俯视，从集体到孤独，从被腐蚀的"内心的牙"到再度的清醒，都顺着引力的"方向"穿插在两个简单的视觉意象之间——礼花和鞋。两个意象之所以能容纳这些东西，是因为诗人的笔触含有想象力的因素，比方说"礼花继续叙述着节日的弯曲"那句，能引导读者的眼光去看事物之间各种呼应、衬托的审美关系。

再次，我还想谈谈严力的一首牵涉到艺术方法的诗，忘与记。

忘记了我是运用什么技术走进那里的/能听见两腿碰撞绿荫和花香

的声音/有史以来的山水随碰撞溅了出来/因为它们的价值在于有湿度的绿/我不得不记住/从江湖返回画面的感觉/以及文字逃离现实后的飘逸自在//用了那么多的力气/把不可视的内在场景/变为可视的外在画面之后/就是去享受它们一年年升值的记忆/但我是怎样对此丧失耐心的/却已忘记了//我还知道/被市场一拳拳地打出/商业创作勇气的经历也将被很快遗忘/然而那句"好了伤疤忘了疼"的话/一辈子也不会忘记//（2005年）

　　这是严力对个人艺术生涯的回忆，其中可以看到两个阶段的痕迹。第一个是他1978～1984年之间的星星画会时期。那个时候，除了油画创作以外，严力与当时的好友马德升一起投入先锋水墨的实验。当时他和马德升每逢沙龙式的聚会，常常带上宣纸、墨水、毛笔，在众人的注目下投入即兴的创作。严力之所以仍然乐此不疲地进行水墨创作，是因为他有童年的基础。他的爷爷严苍山既是文化人又是上海的名中医。严苍山家里在"文革"初期抄家之前收藏了上千幅古代、近代名家的绘画和书法作品（见《家世国事时代史》田园出版社，上海，2008），严力的童年是在那样的书香中度过的。之后因为"文革"的变动，他度过了一个复杂的少年时期：干校、街头、车间。他的少年时期像《阳光灿烂的日子》中拍的那群失学的城中孩子一样，父母被监禁或分配到干校，而孩子留在城里过日子。他们心中充满对文化与艺术的梦想，但因为缺乏引导有时会走向危险的边缘。知道了这个背景，就可以了解诗中的这句："我不得不记住，从江湖返回画面的感觉。"就是说，青年时期的他结束了街头游荡的日子，找到了一批志同道合的文化青年朋友，投入了艺术的生活方式。那时他难免要重新拾起早年在爷爷家里练习的笔墨，他和马德升的笔墨实验带着年轻人的冲劲和血性。有史以来的山水是"随着碰撞溅出来的"，而摸索着要体现一种先锋精神的他，更在观感和情感的复杂森林中要碰撞出自己的路子。而在绿荫中被他溅出来的"湿度"是耐人寻味的意象：既像泼洒在纸上的墨水，又像年轻人敢于敞开胸怀全面接受的那种足以滋润心田的丰盛感。

　　过渡到艺术生涯的第二个阶段，还有一个失去耐心的过程。严力来不及挖掘文化的记忆，因为新时代有太多迫使他做出反应的东西。他投入了油画的创作，而里面的"碰撞"比水墨更厉害。过去的碰撞是为了"把不可视的内在场景/变为可视的外在画面"；而现在的油画不但对快速变化的现实环境要做出反应，还要跟同时代的艺术家竞争，设法在世界潮流中崭露头角。因为艺术家的现实问题还牵涉到艺术市场，他要面对的考验何只是"碰撞"两个字能形容的？但是如果他能挺得住，各种逆境的"拳头"也是锤炼出独特艺术风格的"助力"。诗中用诙谐的笔调处理"忘"与"记"的辩证关系：已经"忘了"的事情被吸收到仍然"记得"的东西中。有一些事情因为跟人生的陷阱有关而不得不记住，要提醒自己保持警惕。人有时要设法消解痛苦的记忆，但民间智慧至少留下了一个关于善忘的格言。

　　当然，对画家孙磊的这首诗，我还要进一步地探讨，故仍无法做出全面的解释。

　　（孙磊）我女友名字叫树枝：只要有树枝我就弯下腰去，/我喜欢低头，向懦弱和尊严，/向药罐里转悠的幸福；向疼，/向停在路人心里的龙舌兰；/向勒紧的孤独；向雨，/向低矮的门、寂静的走廊；/向褶在肉里的泥，向浑浊的镜子；/向冷，向钟表里啪嗒啪嗒渐缓的秒针；/向一日三餐、衣食住行；/向寒气吹化的容颜；向你，/以及你身上的冬天。/但是我永远不能/向你的死弯腰。

关于这首诗，我只能提出三点。

（1）只有画家写得出这样的诗。这不是因为诗里用了"树枝"这种超现实的意象，而是因为画家最善于把生活中各种揪心的张力或对立面（"柔弱和尊严"）抽象到哲理的高度，然后再抽象一次，以成为视觉形式的形成因素。

（2）这里所说的"树枝"不是犹豫不定或优柔寡断的象征，而是画家必须反省并加以利用的思维上的分歧。每一个人的思想过程都可以视为一棵树写在内心的树形思维图，问题是能不能加以创造性地转化？向一个个树枝"弯腰"，是说你敢于承认事物深层意义的存在。"弯腰"有两个意思：其一，卑微地屈服于强势；其二，放下自己的身段去承认"他者"的价值。对这些树枝，我们不一定能一个一个地去追踪到底，但我们承认了它的价值，因此它的一部分意义将汇入到意识的洪流。我们不可能一个一个地去追踪事物的迹象，但我们可以体悟到一种容纳种种事物的境界，让种种事物的本质获得古人所说的"冥合"（暗合）。"向褶在肉里的泥，向浑浊的镜子"——单纯的表象跟事物内在的不纯洁因素，会形成一种理解上的张力；除了镜子呈现镜像的那种被动功能以外，它的浑浊有时会带给我们更多的信息。

（3）这首诗里的诗画意味不在于对某一幅画的文字描述。这首诗用文字重述了一个画家常常要琢磨的关于内心素材的问题。画家在表象与深层之间要找一个平衡，而这种平衡会影响到他采用的视觉形式。深层的分歧性有时像一个迷宫（各种牵制因素都有各自的来历，并含有种种选择），但是深层最要命的地方不在于它的分歧性。深层之所以考验我们的平衡力，是因为这些分歧所通向的结局都逃不了死亡。

《易经》是一本纯粹用意象写成的书。《易经·系习传》对"象"的使用有这么一段文字："子曰：'書不盡言，言不盡意'。然則聖人之意，其不可見乎？子曰：'聖人立象以盡意…'"有很多真实的思想对象只能用象来表达，因为它们的深刻内涵仍待我们探讨，或可说它们的意义仍然"在建构中"。中国的传统思想家一直承认这点并十分肯定"象"对思想的重要性，这种思想习惯正是塑造传统艺术审美特点的重要因素：含蓄，空灵，有丰富的解释空间。中国视觉艺术和中国诗歌都受了这个审美观的影响。

《易经》使我了解到：对某一个意象的最深刻解释有时要靠另一个意象；还有，视觉意象与词语意象的区别不是硬性不变的。一个意象可能是视觉的，但当你加以内在化并纳入联想的网络中，也可以用词语来表达。诗意的意象，虽然用语词表达，但有时很有视觉意味。一个视觉意象很容易流于过分具象化，这是因为它一开始是一种具体感官上的事实；而诗意的思想习惯可以使它变得更丰富，因为这种习惯善于从脑海意象出发以探究其中各种含义。反之，对词语意象的解释如果变得浮夸油滑，视觉意象可以让我们的思想更踏实，使它还归于真实的事物。视觉意象是手艺的产物，它会引起我们对其形成背景的好奇并呼吁我们做出一种对生成过程的阐释。笔者认为，视觉意象与词语意象的互补关系有所裨益，这种互补的机制，曾经使中国文明避免了西方那些"抱着一本书的民族"所遇到的文化坎陷。"抱着一本书的民族"的基本信仰法则，往往把真理的来源或根据放在超越的层次，在大自然之上，在一个无形的存在领域中，其当然不能用"象"来描绘。因此"抱着一本书的民族"往往会反对用"象"来表达一种超越的内涵。我们在《易经》这样的经典中会发现，中国的思想家对意象一直抱有欢迎的态度，因为意象可以让思维更具有抓住所指的能力（像轮胎的凸凹纹能抓住滑坡那样），使他们的思想既能进入高度概括的抽象领域又能指向真正的自然界，并以此方式追求真理。本人研究《易经》，是要表明这本伟大经典中的思维意象的丰富内涵，而这个内涵用词语意象表达也可以，用视觉意象表达也可以。对笔者来说，无论是传统文人文化或者现代中国诗歌，探讨视觉意象与词语意象的交叉性，都有哲学上的意义。

在现代中文诗歌中，我们可以看到一种基于空灵意象的审美观正在延伸、转型。严力这样的诗人一直在利用汉语中本土性的表现资源，因此，他的作品尽管在表现形式和境界探索上离传统很远，但仍能保存这个重要特点的连贯性。

（作者单位：中坤文化基金）

音乐于诗歌的另一种解读

——以欧阳江河《For "H"》——7 为例

朱明明

For "H" ——on turning 53 in Vermont

7

一条鱼躺在晚餐的盘子里，
被刀切过，被炉火烤过。
这是一个发生。
同一条鱼从河里游到电脑界面，
以超现实的目光看着我。
这也是一个发生。
人可以演奏鱼的音乐么，
从物种的同一性演奏出一个悖反？
比如，将盘子里的鱼演奏成厨师，
将水中鱼演奏成一个哲学家。
但是庄子在演奏更神秘的生命，
一条烤熟的鱼，在天空中游动起来。

(Ouyang, 98 – 9)①

---

① 欧阳江河：《站在虚构这边》，生活·读书·新知三联书店，2001。

我们的研究目标当然是诗学意义上的诗歌，然而一部具体的作品往往是思考的起点。本文即从思考欧阳江河一首诗中音乐与诗歌的关系入手——不同于韵律或节奏等音乐性的考察，本文希望思考作为艺术门类的音乐之于诗歌的关系是否另具新意。这样的探究旅程是否合理，这样的思考能否得到一些切实的有帮助性的结果，这一切都要取决于一条"诡异"的鱼。

正如大多数人不愿意相信鱼可以演奏音乐一样，我相信任何人读到这首诗，难免质疑将它视为一首可探讨内在音乐性的诗歌。从传统的视角看，这首诗从形式到韵律都难与音乐联系在一起，不能体现诗歌的音乐性。那么，这是否是由于音乐一定要凭藉声音被听到？很普遍的一种现象是当我们欣赏一件音乐作品时，被感动的瞬间往往不必须决定于那些我们用耳朵听到的音调、音高和节奏。更重要也更为常见的是，那些我们身心被感动的时刻，恰隶属于音效之外的、不能被耳朵听到的因素。

欧阳江河的作品，在我看来，非常典型地反映出了音乐与诗歌的关系。我们很容易就能够从他的作品尤其是晚期作品中看到音乐的元素回响在他的诗歌里。与此同时，他本人还是一位是狂热的古典音乐的发烧友。有一点在诗人的经历中是很值得注意的，当停止了创作后，欧阳江河以音乐为生计，将西方的古典音乐引入中国的唱片市场。更重要的是，听他所热爱的古典音乐对他而言，"是它余生最重要的事"。任何人进入他的工作室，见到他无数的唱片都不愿去相信，那是属于生活如此简单的他。

我不禁去猜想，音乐于他而言意味着什么，进而对于他的诗歌又意味着什么？作为因素的音乐现于他的诗中是否平行于作为艺术的音乐对于他生命的意义？更近一步，如果音乐，能够在欧阳江河的诗歌中被辨认出来，那么它是否也能作为一个整体的艺术形式，被诗歌这一艺术形式所吸收呢？

在这首诗中，欧阳江河质疑到"人可以演奏鱼的音乐么"，面对此种尴尬的问题，我们大都会考虑在哪种意义上鱼可以有自己的音乐。相似的问题出现在他的另一篇文章《倾听保尔霍夫曼》中："谁能够真正的欣赏鸟儿的诗歌呢？"[①] 相较之下，我们也许不会质疑鸟儿是否可以有音乐。那么，鸟儿何以能有音乐而鱼却不能呢？我们的重点并不在于这个蹊跷的问题上，然

---

① 欧阳江河：《站在虚构这边》，生活·读书·新知三联书店，2001，第76页。

而我却认为这可以被看作本首诗当中，欧阳江河一个间接的起点。

诗的前两句所描述的是在一个通常意义上不被质疑的、在现实中可发生的事情。前三句可被视为是第一部分，在叙述层面上，由此任何关于鱼的概念在我们的大脑中自动被唤醒。然而这条被演奏的鱼，给欧阳留下了更深的印象。他接下来的三句话也就是第二节，为我们提供了一个在现实中似乎不能发生的事件：在用音乐捕捉我们的注意前，这条鱼拥有了一双超现实的眼睛。依我看，对于这双超现实的眼睛，任何关于常理性的解释和概念都是不愿看到的，欧阳江河的叙述至此，渐已明确了反叙述的意图。

演奏，作为一个关键词，需要谨慎理解，由于其指涉听觉，那么鱼的音乐即指涉它的听众。我们不会争论音乐和文字同为语言这一事实，但音乐仅仅作为一种声音来讲，不是与文字相同的一种沟通系统。当然，有一些积极的争论肯定音乐的叙述性："尽管演奏出的音乐不能够改变呈现和传达的关系，但他却可以很好的表现。尽管演奏的音乐不能够以第二人称或者第三人称说话，但他却能很好的以第一人称叙述。"（Bernhart. 26）当然音乐作为一门艺术，主要是诉诸于听觉的，而文字虽可以有声音，却本质上是叙述性的。这样两个不同特征的系统，当然不是本文所观察的范畴，然而我们的重点却在于关于演奏和听觉之间的关系。

欧阳江河关于一些演奏家的文章，提供了很多值得参考的观点。在他一篇写古尔德的文章里我们发现，关于听觉的经验，可以是非常特殊的。他说："古尔德弹奏的巴赫去掉了宗教的成分，但同时向我开启了另外一盏灯，点亮了某个地方，模糊、却清楚的在那里。"[1] 在我看来，对于欧阳来说，通过听觉去欣赏绝不是去下载，去传达，去译介。我们若是把这不可捉摸的关系与演奏和听觉联系起来，正应了欧阳所说的：音乐对于耳朵来讲，就像是流动的水，是不可拆分的，无止境的、自我的填充，柔软且安静。[2]

在暗示鱼可以有音乐的同时，他将自己敞开于现实之外的存在。用欧阳的话讲："诗人所写的决不是已被看到的东西。"[3] 这点毋庸置疑，如诗人弗罗斯特所言："一个学校的男孩儿，会将自己定位为要能有序的讲出他在学

---

[1]　欧阳江河：《站在虚构这边》，生活·读书·新知三联书店，2001，第61页。
[2]　欧阳江河：《站在虚构这边》，生活·读书·新知三联书店，2001，第161页。
[3]　欧阳江河：《站在虚构这边》，生活·读书·新知三联书店，2001，第92页。

校里学习了什么，而艺术家却必须将自己的价值定义为他将事物之前的时间与空间打乱，组合成为一个新的、并不附着于既有的新逻辑。"（Frost. 131－3）总有一些事情我们未意识到，直至它被艺术家创作出来。鱼的音乐在我看来恰恰暗示了对发生之否定的无效性。在这层意义下，鱼的音乐可以平行于对阐释的否定。诗歌对于欧阳来说不是对现实的描述，相反，仅描述诗歌本身被欧阳称为"带着我们飞到从未去过的地方"①。艾略特支持这样的观点："诗人必须清楚地意识到那些显见的事实是艺术所不该去证实的。"（Eliot. 39）在这个层面讲，一个关于鱼必须有音乐的预设与不能有音乐的预设是同等神秘的。这里，音乐被精巧的等同于了通往未知的吊桥。

也就是说，在诗歌中有些东西，正如藏在鱼的音乐里一样，既不对读者敞开，也不欢迎阐释。如果我们联想到庄子与惠子那段关于鱼的经典辩论，也许能更好地解释这条鱼的来历。由庄子而上溯至老子，道家的哲学观点认为宇宙的本质是无法被语辞描述的，只能被经历，通过践行而不断接近。任何关于解释说明的行为都不可避免地落到"无名"的下一层。音乐由此对欧阳来讲，是一种对于"发生"的可能性的探险。由此我们永远可以说这的确是我听到的但不同于你听到的，换句话讲，无论被听到的是什么，是否是鱼的音乐，都不必须被证实和说明，对于诗人来讲，任何基于可能性的解释不该存在。由此，我认为，鱼的音乐可被看作一修饰的符号，如道家所言的"无名"。古尔德拒绝继续现场演奏会的形式，在欧阳看来，正是因为他对于与观众不对等关系的拒绝。自古尔德不再现场演奏转而唱片的录制后，结束了将其自身暴露于众多听众的这一不平衡关系。在欧阳看来，这正是一种一对零的暗示；这也即对于解释的拒斥，那最为宝贵的一点仅仅存在于对注定无果的意义追寻之放弃。尽管人们坚持认为在音乐中持续的可获取些什么（如人们可以从巴赫的音乐中感受到神的存在），但就此认为这中间存在必然的关联是不能令人信服的。凭借回避观众的耳朵，通过"消极的演奏"，也就撤离了音乐的内在和外在。音乐，正如欧阳所言："如风筝一样，飞向哪里由风决定。"②

---

① 欧阳江河：《站在虚构这边》，生活·读书·新知三联书店，2001，第92页。
② 欧阳江河：《站在虚构这边》，生活·读书·新知三联书店，2001，第96页。

　　通过风筝，欧阳暗示了这首诗中音乐的作用，那就是音乐本身既无任何意义，也是意义的全部；因而，音乐在诗歌中不该只被看作关系到听觉的层面的音乐性。一首诗中的音乐，是先于诗歌而存在的，它仅仅透过文字证明自己存在于哪里，如同风筝在空中，随风却不能藏匿于风中。因为音乐，对于欧阳来讲，不该让我们产生一种观点或情感，任何能被把握住的东西都会令音乐本身感到失望。这不是由于它急于被导向，恰恰相反，尽可能地被卸下而抵达放飞自身的地方，才是音乐所在的地方。

　　在此意义上，音乐伴随的诗歌，该是从被写下、被印刷的文字中释放出来。诗歌当然是寄居于语言文字的，也就不得不承载着意义；但诗中的文字，正如音乐并不作为实在材料而被诗人精心地表现出来，恰恰旨在松动其背后的意义。我们如果联系苇根斯坦在《生与熟》中关于 mana 的描述，也许会更愿意将诗歌放飞于意义：

　　　　力量与行为，质量与状态，名词与动词，抽象与具体，普遍存在与
　　局部存在，都同时并存——mana 实际上就是这一切的总和。然而，是
　　否又因为，mana 什么也不是，于是就说他是一个朴素的形式，或更确
　　切说，是一个纯粹状态下的象征。(Derrida. 289)

　　纯粹状态下的象征，便是作为艺术的音乐在诗歌中的音乐性，即是一切又同时非一切。

　　诗歌，如同鱼的音乐，仅仅为自身演奏。欧阳江河特别指出对诗歌的曲解，涉及社会的和个人两方，使得诗歌远离了自身。读者的过度阅读与冷漠阅读同样会关掉诗歌的光亮。他说："试想一下，将耳朵、目光、眼泪，都交给诗歌，那会成什么样子？"[①] 当我们看到诸如天空、大海这样的概念，会从容的呼应一系列所指，欧阳的意图正是针对那些将诗歌浸没于自动获得意义的惯性程序。鱼的音乐听醒着听众：诗歌，绝不是辨识与暗示的中介。音乐性难道不由此显现？

　　结束的时候我想引巴特的一段话：

---

　　① 欧阳江河：《站在虚构这边》，生活·读书·新知三联书店，2001，第 150 页。

　　音乐既是文本中被表达的也是不言明的：是被读出的却不清晰的，是立即获取外在意义的无意义……任何（音乐与诗歌）"成功的关系"成功在于，试图以不明朗的方式表述这种不言明，跨越清晰的同时又不陷入对不可名状之物的主观愿望的审视，这样的关系，正该被成作音乐性的。(Barthes. 83 – 4)

或许，这首关于鱼儿音乐的诗歌做到了巴特定义的音乐性。

注释：

Barthes, Roland. "Music, Voice, Language." "Music, Words and Voice：A Reader." Ed. Martin Clayton. Mancherster University Press Published in Association with The Open University, 2008. Print.

Derrida, Jacques. "Structure, Sign, and Play in the Discouse of the Human Science." *"Writing and Difference."* Trans. Alan Bass. London：Routledge, 2001. Print.

Eliot, T. S. "Traditional and Individual Talent." "Selected Prose of T. S. Eliot." Ed. Frank Kermode. New York：Farrar, Straus and Giroux, 1975. Print.

Frost, Robert. "The Figure a Poem Makes." "The Collected Prose of Robert Frost." Ed. Mark Richardson. Cambridge, Mass：Belknap Press of Harvard UP, 2007. Print.

Ouyang Jianghe. "For 'H' ——on turning 53 in Vermont", "Doubled Shadows." Trans. Austin Woerner. Hongkong：The Chinese University Press. 2009. Print.

（作者单位：哈尔滨师范大学）

后　记

　　2014 年在北京香山饭店召开的"如何现代，怎样新诗——中国诗歌现代性问题学术研讨会"，比 2013 年的召开的"中国现代诗歌语言与形式学术研讨会"提前了近一个月。时值一年一度的"香山红叶节"是北京城的嘉年华会，观赏红叶的游客热情似火，人流如织——是的，人流如织，而不是车水马龙，因为拥挤不堪的人流已经把香车宝马远远地堵在香山脚下。

　　这真苦了不住会的诗人骆英，他每天都是早早起床，在进入香山路之前就让司机半道折回，自己徒步一个多小时"赶会"，有人开他玩笑："没想到攀登珠峰的体力在开会时派上了用场。"而自己驾车的王家新教授虽对红叶节的拥堵有心理准备，却未曾料到它的严重程度。他请假半天回家处理要事，早早吃完午饭就驾车回赶，不想被堵在香山路上进退不能，最后只能选择弃车走路。那天下午正好是他的大会发言，一边是他心急火燎地赶路，另一边是会议主持人望眼欲穿，将他的发言次序一再后挪，直到大会行将闭幕，他终于汗涔涔地出现在演讲台上……

　　这些缀在会场边上的花絮，是从一个侧面呈现现代人寻求诗意的艰难，还是突出了我们"如何现代，怎样新诗"确是一个复杂纠缠的问题？"现代"这个词，简单说来是对时间的意识。古代人日出而作、日入而息，对时间不是特别敏感，但现代的时间从过去坐火车、乘飞机，现在又搭上光纤网络，它前所未有地改变了人类对时间和空间的感受，所以正如许多现代理论家所意识到的那样，当加速的时间穿过我们人类所生存的地球这个不变的空间时，人类对世界的感觉、情绪、想象力和应变能力，都在发生重大的改变。因此，与我们现代社会、现代生活方式纠缠在一起的"现代性"，无论是哈贝马斯（Jurgen Habermas）把现代性解说为启蒙思想家的建构方案也好，还是福柯（Michel Foucault）把它理解为一种英雄态度也好，或者利奥塔（Franc Lyotard）将其概括为元叙事为基础的知识总汇也好，"现代性"都表现出以理性精神不断反思历史与构建未来的倾向。现代性作为一种世界性的"宏大叙事"，其感召力无可置疑，但同样无可置疑的是，现代性的"时间之刃"既是它与传统断裂的理由，也是它本身也面临矛盾分裂的根源。现代性不是"一个"，而是多个：有信奉"时间神话"的现代性，相信历史的进步，相信科学技术的力量，相信人道主义的理想；也有文化和美学的现代性，这就是自波德莱尔以来的艺术前卫运动，极力要反抗资产阶级的庸俗、嗜利、保守、霸道，幻想创造一个想象的世界与平庸守旧的现实世界相抗衡。

"现代"已经把人类的经验和梦想放在一个分解与重构的容器中，这是"五四"新文学兴起的背景和动力，也是中国新诗变革一直倍受争议的原因。在中国社会探索现代化的历史进程中，中国新诗近百年来的自我革新、上下求索，有什么经验教训？有什么样的文学史意义？在新的历史起点上，中国诗歌如何为人民担当、为时代放歌，为梦想插上翅膀？这些是我们召开这个学术研讨会的意图。我们在会议邀请函中写道：

> 上世纪初"新诗革命"以来，如何现代、怎样新诗，一直是中国诗人面对的课题。无论语言形式、感觉经验，还是想像方式、趣味风格，抑或现代性本身从一种指标到成为一个问题，已经引起学界的广泛关注和讨论。为了进一步探讨现代性在诗歌创作和理论批评诸多方面的对话互动关系，把握中国诗歌想像现代问题的最新进展，首都师范大学中国诗歌研究中心、首都师范大学文学院、北京大学中国新诗研究所拟于 2014 年 10 月 31 日 – 11 月 3 日在北京香山饭店联合主办"如何现代，怎样新诗——中国诗歌现代性问题学术研讨会"，着重探讨：（1）现代、现代化与中国诗歌的现代性；（2）现代性与中国现代主义诗歌；

（3）汉语诗歌语言与形式的现代性；（4）移植与转译的现代性；（5）当代都市诗歌的风景线；（6）风格特异的现代性诗人（或重要诗歌文本）研究。

会议得到海内外学者的热情支持，提交会议研讨的论文超过了组织者的预期。为了纪念，也为了让相关问题的讨论在会后得到展开，我们延续2013 年"中国现代诗歌语言与形式学术研讨会"的方式，将经过研讨与修订的会议论文正式出版。

要想善始善终地开好一个学术研讨会也不容易，本次会议的成功召开和论文集的顺利出版，是全体与会学者和联办单位共同努力的结果，同时得到中坤诗歌发展基金的热情支持。北京大学中国诗歌研究院院长谢冕教授是诗坛的领军人物，《文艺报》梁鸿鹰总编辑一直重视诗歌的理论批评，首都师范大学副校长邱运华教授对歌研究事业的支持一如既往，首都师范大学中国诗歌研究中心主任赵敏俐教授对现当代诗歌研究关爱有加，他们拨冗出席会议并致辞，令与会学者感到鼓舞。首都师范大学文学院冯新华副院长为会议的召开和论文集出版提供了大力支持；诗歌研究中心办公室的郑俊蕊老师连续几天离开她才满周岁的宝贝儿子，全力以赴领导会务组为会议顺利进行提供了有力保障；博士生孙丽君、景立鹏除承担会前会后诸多会务外，还承担了会议论文集的编辑与校对工作；硕士生张彬、杨传召、陈湉、曲丽君、万冲、王晓悦、洪文豪等同学为会务付出了辛勤劳动……此借会议论文集出版的机会，一并向他们表示衷心感谢！

王光明

2015 年 9 月 12 日

图书在版编目（CIP）数据

如何现代　怎样新诗：中国诗歌现代性问题学术研
讨会论文集/王光明编.—北京：社会科学文献出版
社，2016.1
　ISBN 978 - 7 - 5097 - 8195 - 1

　Ⅰ.①如…　Ⅱ.①王…　Ⅲ.①诗歌评论 - 中国 - 当代
- 文集　Ⅳ.①I207.22 - 53

　中国版本图书馆 CIP 数据核字（2015）第 250658 号

如何现代　怎样新诗
——中国诗歌现代性问题学术研讨会论文集

编　　者 / 王光明

出 版 人 / 谢寿光
项目统筹 / 宋月华
责任编辑 / 周志宽　刘云萍

出　　版 / 社会科学文献出版社·人文分社（010）59367215
　　　　　地址：北京市北三环中路甲 29 号院华龙大厦　邮编：100029
　　　　　网址：www. ssap. com. cn
发　　行 / 市场营销中心（010）59367081　59367090
　　　　　读者服务中心（010）59367028
印　　装 / 北京盛通印刷股份有限公司

规　　格 / 开　本：787mm × 1092mm　1/16
　　　　　印　张：53　字　数：856 千字
版　　次 / 2016 年 1 月第 1 版　2016 年 1 月第 1 次印刷
书　　号 / ISBN 978 - 7 - 5097 - 8195 - 1
定　　价 / 268.00 元